ॐ नमो भगवते वासुदेवाय

国家十二五重点出版项目

中国社会科学院创新工程学术出版资助项目

博伽梵往世书

BHĀGAVATA PURĀṆA

第六卷 第四篇
(1–19章)

维亚萨戴瓦 著
英文译著 A.C.巴克提韦丹塔·斯瓦米·帕布帕德
中文翻译 嘉娜娃

中国社会科学出版社

目　录

第一章
玛努女儿的家谱

第1节

मैत्रेय उवाच
मनोस्तु शतरूपायां तिस्रः कन्याश्च जज्ञिरे ।
आकूतिर्देवहूतिश्च प्रसूतिरिति विश्रुताः ॥ १ ॥

maitreya uvāca
manos tu śatarūpāyāṁ
tisraḥ kanyāś ca jajñire
ākūtir devahūtiś ca
prasūtir iti viśrutāḥ

maitreyaḥ uvāca—伟大的圣人麦垂亚说 / manoḥ tu—斯瓦阳布瓦·玛努的 / śatarūpāyām—在他妻子沙塔茹帕中 / tisraḥ—三 / kanyāḥ ca—也是女儿 / jajñire—生下 / ākūtiḥ—名叫阿库缇 / devahūtiḥ—名叫黛瓦瑚缇 / ca—也 / prasūtiḥ—名叫帕苏缇 / iti—如此 / viśrutāḥ—著名的

译文 圣麦垂亚说：斯瓦阳布瓦·玛努和他妻子沙塔茹帕生了三个女儿，她们的名字是阿库缇、黛瓦瑚缇和帕苏缇。

要旨 首先，让我们恭恭敬敬地顶拜我们的灵性导师欧么·维施努帕德·施瑞·施瑞玛德·巴克提希丹塔·萨茹阿斯瓦提·哥斯瓦米·帕布帕德(Om Viṣṇupāda Śrī Śrīmad Bhaktisiddhānta Sarasvatī Gosvāmī Prabhupāda)。听他的命令，我承担了评注《圣典博伽瓦谭》(Śrīmad-Bhāgavatam)的艰巨任务，写下了巴克提韦丹塔(Bhaktivedanta)要旨。靠他的恩典，我们已经完成了前三篇的工作，正在开始做第四篇。让我们透过灵性导师的圣恩虔敬地顶拜主柴坦亚(Caitanya)，祂在五百年前开创了传播为至尊主做奉爱服务的科学(Bhāgavata-dharma)的奎师那意识运动。让我们透过灵性导师的圣恩顶拜六位哥斯瓦米(Gosvāmī)；然后向茹阿妲(Rādhā)和奎师那这对灵性爱侣顶礼膜拜，祂们永远在温达文(Vṛndāvana)与牧牛童及布阿佳布弥(Vrajabhūmi)的少女们一起享乐。让我们也恭恭敬敬地顶拜所有的奉献者和至尊主永恒的仆人们。

《圣典博伽瓦谭》第四篇共有三十一章，这些章描述了布茹阿玛(Brahmā)和众玛努(Manu)所进行的第二期创造。至尊主本人首先通过激活祂的物质能量进行了真正的创造；接着，宇宙中第一位被创造出的生物布茹阿玛，按至尊主的命令创造了所有的星系和居住其上的居民，并通过他的子孙增加生物体的种类和数量，正如众玛努和其他的生物体祖先所做的，他们按至尊主的命令一直不断地工作着。第四篇的第一章讲述了斯瓦阳布瓦·玛努(Svāyambhuva Manu)的三个女儿和她们的后代；接下去的六章讲述了达克沙(Dakṣa)王举行的祭祀，以及那场祭祀是如何被破坏的。那以后，有五章讲述了杜茹瓦(Dhruva)王的活动；在接下去的十一章中讲述的是普瑞图王(Pṛthu)的活动，而最后的八章讲述的是帕柴塔(Pracetā)诸王的活动。

正如这一章第一节诗讲述的：斯瓦阳布瓦·玛努有三个女儿，她们分别叫阿库缇(Ākūti)、黛瓦瑚缇(Devahūti)和帕苏缇(Prasūti)。在这三个女儿中，有关黛瓦瑚缇和她丈夫卡尔达玛·牟尼(Kardama Muni)、儿子卡皮拉·牟尼(Kapila Muni)都已经介绍过了。这一章特别介绍的是大女儿阿库缇的后代。斯瓦阳布瓦·玛努是布茹阿玛的儿子。布茹阿玛有许多儿子，但之所以先提到这个玛努，是因为他是至尊主伟大的奉献者。在这节诗中用的梵文查(ca)这个词，是指斯瓦阳布瓦·玛努除了有这里提到的三个女儿外，还有两个儿子。

第2节 आकूतिं रुचये प्रादादपि भ्रातृमतीं नृपः ।
पुत्रिकाधर्ममाश्रित्य शतरूपानुमोदितः ॥ २ ॥

ākūtiṁ rucaye prādād
api bhrātṛmatīṁ nṛpaḥ
putrikā-dharmam āśritya
śatarūpānumoditaḥ

ākūtim—阿库缇 / rucaye—向伟大的圣人茹祺 / prādāt—交给 / api—虽然 / bhrātṛ-matīm—有兄弟的女儿 / nṛpaḥ—国王 / putrikā—得到作为结果而生的儿子 / dharmam—宗教仪式 / āśritya—托庇 / śatarūpā—由斯瓦阳布瓦·玛努的妻子 / anumoditaḥ—被批准

译文 阿库缇有两个兄弟，但尽管如此，斯瓦阳布瓦·玛努王把阿库缇嫁给生物体的祖先茹祺时，还是提出把阿库缇生的儿子过继给他当儿子的条件。玛努是与他妻子沙塔茹帕商议后才这样做的。

要旨 没儿子的人有时会在嫁女儿时向女婿提出条件，那就是：把他外孙送回他身边，过继给他当儿子，以后继承他的财产。这称为普垂卡·达尔玛(putrikā-dharma)，意思是：人虽然跟自己的妻子没有生下儿子，但靠举行宗教仪式得到一个儿子。但在此我们看到，玛努的行为不同寻常，因为他虽然已经有了两个儿子，但在把大女儿嫁给生物体的祖先茹祺(Ruci)时，仍要求把他女儿生的儿子送回给他当儿子。圣维施瓦纳塔·查夸瓦尔提·塔库尔(Viśvanātha Cakravartī Ṭhākura)对此评论说，玛努王知道至尊人格首神会进入阿库缇的子宫，因为强烈希望有至尊人格首神做儿子和孙子，所以虽然已经有了两个儿子，还是想要阿库缇生的儿子。人类的法典是由玛努确立的，既然他本人执行了普垂卡·达尔玛，我们认为人类也可以采用这一制度。因此，人在有儿子的情况下如果还想要女儿生的孩子当儿子，就可以在嫁女儿时把这作为一个条件。这是圣吉瓦·哥斯瓦米(Jīva Gosvāmī)的看法。

第3节 प्रजापतिः स भगवान् रुचिस्तस्यामजीजनत् ।
मिथुनं ब्रह्मवर्चस्वी परमेण समाधिना ॥ ३ ॥

prajāpatiḥ sa bhagavān
rucis tasyām ajījanat
mithunaṁ brahma-varcasvī
parameṇa samādhinā

prajāpatiḥ—被委托生育子女的人 / saḥ—他 / bhagavān—最富有的人 / ruciḥ—大圣人茹祺 / tasyām—在她之中 / ajījanat—生下 / mithunam—一对 / brahma-varcasvī—灵性上力量强大的 / parameṇa—以极大的力量 / samādhinā—在神定之中

译文 茹祺是个强有力的布茹阿玛纳，被指派担任生物体的祖先之一。他和妻子阿库缇生了一儿一女。

要旨 梵文brahma-varcasvī一词非常重要。茹祺是个布茹阿玛纳(brāhmaṇa，婆罗门)，他严格地履行布茹阿玛纳的职责。正如《博伽梵歌》(Bhagavad-gītā)中说的，布茹阿玛纳的资格是：控制感官，控制心神，内外清洁，发展灵性和物质知识，简朴，诚实，坚信至尊人格首神，等等。代表布茹阿玛纳人格的品德有很多，茹祺被认为严格地遵守了布茹阿玛纳的规范守则，因此这里提到他时特别用了灵性上力量强大的(brahma-varcasvī)一词。如果一个人出生在布茹阿玛纳家庭里，但却不像布茹阿玛纳那样行事，那么韦达语言就把这种人称为布茹阿玛·般杜(brahma-bandhu)。他被视为是与庶铎(śūdra)和女人在同一个层面上。正因为如此，《博伽瓦谭》中说，《玛哈巴茹阿特》(Mahābhārata)是维亚萨戴瓦(Vyāsadeva)专门为strī-śūdra-brahma-bandhu 编写的。梵文 strī 是指妇女，śūdra 是指文明人中的低阶层人士，brahma-bandhu 是指那些出生在布茹阿玛纳家庭中但不认真遵守规范守则的人。这三种人被称为是智力欠佳的人；他们不能研究韦达经，韦达经是专给具有布茹阿玛纳资格的人看的。这种限制并不是在做教条的区分，而是以人的品质为基础。人除非培养了布茹阿玛纳品格，否则理解不了韦达文献。因此，那些不具备布茹阿玛纳资格，从没有在真正的灵性导师的指导下受过训练的人，去评注《圣典博伽瓦谭》(Śrīmad-Bhāgavatam)和其他《宇宙古史》(《普冉纳》，purāṇa)等韦达文献，确实令人遗憾，因为这种人根本无法传递这些经典中的真正讯息。茹祺被认为是个一流的布茹阿玛纳，因此这节诗中说他是 brahma-varcasvī——充满超凡的布茹阿玛纳力量的人。

第4节　यस्तयोः पुरुषः साक्षाद्विष्णुर्यज्ञस्वरूपधृक् ।
या स्त्री सा दक्षिणा भूतेरंशभूतानपायिनी ॥ ४ ॥

yas tayoḥ puruṣaḥ sākṣād
viṣṇur yajña-svarūpa-dhṛk
yā strī sā dakṣiṇā bhūter
aṁśa-bhūtānapāyinī

yaḥ—谁 / tayoḥ—他们之中 / puruṣaḥ—男性 / sākṣāt—直接地 / viṣṇuḥ—至尊主 / yajña—雅格亚 / svarūpa-dhṛk—接受形象 / yā—其他 / strī—女性 / sā—她 / dakṣinā—妲克希娜 / bhūteḥ—幸运女神的 / aṁśa-bhūtā—作为完整扩展 / anapāyinī—永不分离

译文　在阿库缇生的两个孩子中，男孩是至尊人格首神的化身，名叫雅格亚——主维施努的另一个名字；女孩是主维施努的永恒伴侣——幸运女神拉珂施蜜的部分扩展。

要旨 幸运女神拉珂施蜜(Lakṣmī)是主维施努(Viṣṇu)永恒的伴侣。这节诗中说至尊主和拉珂施蜜这对永恒的伴侣以阿库缇(Ākūti)子女的形式同时显现。正如许多权威确认的那样：至尊主和祂的伴侣都超越这个物质创造之外(nārāyaṇaḥ paro 'vyaktāt)。因此，祂们永恒的关系不能被改变。阿库缇生的男孩雅格亚(Yajña)后来娶了幸运女神。

第5节 आनिन्ये स्वगृहं पुत्र्याः पुत्रं विततरोचिषम् ।
स्वायम्भुवो मुदा युक्तो रुचिर्जग्राह दक्षिणाम् ॥ ५ ॥

āninye sva-gṛhaṁ putryāḥ
putraṁ vitata-rociṣam
svāyambhuvo mudā yukto
rucir jagrāha dakṣiṇām

āninye—带到 / sva-gṛham—家 / putryāḥ—女儿生的 / putram—儿子 / vitata-rociṣam—非常强大有力的 / svāyambhuvaḥ—名为斯瓦阳布瓦的玛努 / mudā—非常愉悦 / yuktaḥ—与 / ruciḥ—大圣人茹祺 / jagrāha—保留 / dakṣiṇām—名为妲克希娜的女儿

译文 斯瓦阳布瓦·玛努很高兴把俊美的男孩雅格亚带回家，他女婿茹祺则把女儿妲克希娜留在身边。

要旨 斯瓦阳布瓦·玛努(svāyambhuva Manu)很高兴看他女儿生了一儿一女。他原本担心如果他女儿只生一个儿子，而他又要过继走那个儿子，他女婿就会很难过。因此当他听说与男孩一同出生的还有一个女孩时，他非常高兴。茹祺(Ruci)遵守承诺把男孩过继给斯瓦阳布瓦·玛努，自己留下了名叫妲克希娜(Dakṣiṇā)的女儿。

主维施努是韦达经(Veda)的主人，祂众多名字中的一个就是雅格亚(Yajña)。雅格亚一名取自梵文 yajuṣāṁ patiḥ，意思是“一切祭祀的主人”。《亚诸尔·韦达》(yajur Veda)中介绍了各种不同的雅格亚仪式，而至尊主维施努是所有这些雅格亚的享受者。因此《博伽梵歌》(Bhagavad-gītā)第 3 章的第 9 节诗中说：人应该活动，但应该只是为了让维施努——雅格亚满意而履行自己的规定职责(yajñārthāt karmaṇaḥ)。

人如果不是为了让至尊人格首神满意而活动，或者说不做奉爱服务，那么他所从事的一切活动都会有报应。无论是好报还是恶报，只要我们不把我们的活动与至尊主的愿望契合起来，或者说只要我们不怀着奎师那意识活动，我们就必须承担我们所从事活动的一切后果。除了为满足雅格亚而从事的活动没有报应外，其他每一种活动都会有报应。因此，人如果为满足雅格亚——至尊人格首神而活动，就不会受物质世界的束缚，因为韦达经和《博伽梵歌》中都说过：研究韦达经和举行韦达仪式的目的，是为了了解至尊人格首神奎师那。人应该从一开始就努力怀着奎师那意识活动，这将使人摆脱物质活动的报应。

第6节　तां क ामयानां भगवानुवाह यजुषां पतिः ।
तुष्टायां तोषमापन्नोऽजनयद् द्वादशात्मजान् ॥ ६ ॥

tāṁ kāmayānāṁ bhagavān
uvāha yajuṣāṁ patiḥ
tuṣṭāyāṁ toṣam āpanno
'janayad dvādaśātmajān

tām—她 / kāmayānām—想 / bhagavān—至尊主 / uvāha—结婚 / yajuṣām—所有祭礼的 / patiḥ—主人 / tuṣṭāyām—在祂那十分快乐的妻子身上 / toṣam—极大的快乐 / āpannaḥ—得到了 /

ajanayat—生下 / dvādaśa—十二 / ātmajān—儿子

译文 祭祀之主雅格亚后来娶了渴望嫁给人格首神的妲克希娜，并愉快地与她生了十二个儿子。

要旨 理想的夫妻通常被称为拉珂施蜜·纳茹阿亚纳(Lakṣmī-Nārāyaṇa)，以把他们比作至尊主和幸运女神，因为至尊主和幸运女神(拉珂施蜜·纳茹阿亚纳)永远幸福快乐地在一起。妻子应该始终对丈夫满意，丈夫应该始终对妻子满意。

查纳克雅·潘迪特(Cāṇakya Paṇḍita)在他的道德教诲《查纳克雅·施珞卡》(Cāṇakya-śloka)一书中说，如果丈夫和妻子始终彼此满意对方，幸运女神就会自动到来。换句话说，丈夫和妻子之间如果从不争执，家里就会有所有的物质财富，优秀的孩子也会诞生其中。在韦达文明传统中，妻子受到训练在任何情况下都心满意足，而丈夫则必须按韦达教导用充足的食物、首饰和衣服取悦妻子。如果他们在共同生活中彼此感到满意，就会生出优秀的孩子。这样，整个世界就会安详、和平。但很不幸，在这个喀历(Kali)年代中没有理想的夫妻；他们生下要不得的孩子，使如今这个世界再无和平和繁荣可言。

第7节 तोषः प्रतोषः सन्तोषो भद्रः शान्तिरिडस्पतिः ।
इध्मः कविर्विभुः स्वह्नः सुदेवो रोचनो द्विषट् ॥७॥

tosaḥ pratoṣaḥ santoṣo
bhadraḥ śāntir iḍaspatiḥ
idhmaḥ kavir vibhuḥ svahnaḥ
sudevo rocano dvi-ṣaṭ

toṣaḥ—陀沙 / pratoṣaḥ—帕陀沙 / santoṣaḥ—桑陀沙 / bhadraḥ—巴铎 / śāntiḥ—商缇 / iḍaspatiḥ—伊达斯帕提 / idhmaḥ—伊德玛 /

kaviḥ—卡维 / vibhuḥ—维布 / svahnaḥ—斯瓦纳 / sudevaḥ—苏戴瓦 / rocanaḥ—柔查纳 / dvi-ṣaṭ—十二个

译文　雅格亚与妲克西娜生的这十二个男孩分别叫：陀沙、帕陀沙、桑陀沙、巴铎、商缇、依达斯帕提、依德玛、卡维、维布、斯瓦纳、苏戴瓦和柔查纳。

第8节　तुषिता नाम ते देवा आसन् स्वायम्भुवान्तरे ।
मरीचिमिश्रा ऋषयो यज्ञः सुरगणेश्वरः ॥ ८ ॥

tuṣitā nāma te devā
　āsan svāyambhuvāntare
marīci-miśrā ṛṣayo
　yajñaḥ sura-gaṇeśvaraḥ

tuṣitāḥ—图希塔类型 / nāma—名为 / te—他们所有人 / devāḥ—半神人 / āsan—成为 / svāyambhuva—玛努的名字 / antare—在那个时期 / marīci-miśrāḥ—以玛瑞祺为首的 / ṛṣayaḥ—伟大的圣哲们 / yajñaḥ—主维施努的化身 / sura-gaṇa-īśvaraḥ—半神人的国王

译文　在斯瓦阳布瓦·玛努时代，他所有这些子孙全都成为名叫图希塔的半神人。玛瑞祺当了七位圣人(瑞希)的领袖，雅格亚当了半神人的君王因铎。

要旨　斯瓦阳布瓦·玛努(Śvāyambhuva Manu)在世期间，称为图西塔(Tuṣita)的半神人，以玛瑞祺(Marīci)为首的圣人们，以及半神人之王雅格亚(Yajña)的后裔，生育了六种生物体。他们遵从至尊主的命令繁衍后代，使宇宙充满生物体。这六种生物体分别是玛努(manu)、戴瓦(deva)、玛努・普陀(manu-putra)、阿姆沙瓦塔尔(aṁśāvatāra)、苏瑞施瓦尔(sureśvara)和瑞希(ṛṣi)。雅格亚(Yajña)作为至尊人格首神的化身，当了半神人的首脑因铎。

第9节 प्रियव्रतोत्तानपादौ मनुपुत्रौ महौजसौ ।
तत्पुत्रपौत्रनप्तॄणामनुवृत्तं तदन्तरम् ॥ ९ ॥

priyavratottānapādau
manu-putrau mahaujasau
tat-putra-pautra-naptṝṇām
anuvṛttaṁ tad-antaram

Priyavrata—普瑞亚瓦塔 / uttānapādau—乌塔纳帕达 / manuputrau—玛努之子 / mahā-ojasau—非常伟大、强大的 / tat—他们的 / putra—儿子们 / pautra—孙子 / naptṝṇām—女儿所生的孙子 / anuvṛttam—跟随、遍布 / tat-antaram—在那个玛努时期

译文 斯瓦阳布瓦・玛努的两个儿子普瑞亚瓦塔和乌塔纳帕达，成了强有力的君王。他们的儿孙当时遍布三个世界。

第10节 देवहूतिमदात्तात कर्दमायात्मजां मनुः ।
तत्सम्बन्धि श्रुतप्रायं भवता गदतो मम ॥१०॥

devahūtim adāt tāta
kardamāyātmajāṁ manuḥ
tat-sambandhi śruta-prāyaṁ
bhavatā gadato mama

devahūtim—黛瓦瑚缇 / adāt—嫁给 / tāta—我亲爱的儿子 / kardamāya—向大圣人卡尔达玛 / ātmajām—女儿 / manuḥ—主斯瓦阳布瓦・玛努 / tat-sambandhi—在那一方面 / śruta-prāyam—几

乎完全听到 / bhavatā—由你 / gadataḥ—讲说 / mama—由我

译文　亲爱的孩子，斯瓦阳布瓦·玛努把他心爱的女儿黛瓦瑚缇嫁给了卡尔达玛·牟尼。我已经给你介绍了他们，你大概都听全了。

第11节　दक्षाय ब्रह्मपुत्राय प्रसूतिं भगवान्मनुः ।
प्रायच्छ द्यत्कृतः सर्गस्त्रिल ोक्यां विततो महान् ॥११॥

daksāya brahma-putrāya
prasūtiṁ bhagavān manuḥ
prāyacchad yat-kṛtaḥ sargas
tri-lokyāṁ vitato mahān

dakṣāya—向帕佳帕提·达克沙 / brahma-putrāya—主布茹阿玛的儿子 / prasūtim—帕苏缇 bhagavān—伟人 / manuḥ—斯瓦阳布瓦·玛努 / prāyacchat—嫁给 / yat-kṛtaḥ—由谁做 / sargaḥ—创造 / tri-lokyām—在三界中 / vitataḥ—扩展 / mahān—极大地

译文　斯瓦阳布瓦·玛努把女儿帕苏缇嫁给布茹阿玛的儿子达克沙。达克沙也是生物体的祖先之一，后代遍布三个世界。

第12节　याः क र्दमसुताः प्रोक्ता नव ब्रह्मर्षिपत्नयः ।
तासां प्रसूतिप्रसवं प्रोच्यमानं निबोध मे ॥ १२ ॥

yāḥ kardama-sutāḥ proktā
nava brahmarṣi-patnayaḥ
tāsāṁ prasūti-prasavaṁ
procyamānaṁ nibodha me

yāḥ—……的人 / kardama-sutāḥ—卡尔达玛的女儿们 / proktāḥ—被提到 / nava—九个 / brahma-ṛṣi—具有灵性知识的伟大圣哲 / patnayaḥ—妻子 / tāsām—她们的 / prasūti-prasavam—子孙后代 / procyamānam—讲述 / nibodha—努力认识 / me—从我

译文 我已经对你说过卡尔达玛·牟尼的九个女儿嫁给九位圣哲的事。现在，我要给你介绍他那九个女儿的后代。请听我说。

要旨 第三篇中已经讲述了卡尔达玛·牟尼(Kardama Muni)如何跟妻子黛瓦瑚缇(Devahūti)生了九个女儿，后来又如何把女儿们嫁给玛瑞祺(Marīci)阿特瑞(Atri)和瓦希施塔(Vasiṣṭha)等伟大圣哲的。

第13节 पत्नी मरीचेस्तु कला सुषुवे कर्दमात्मजा ।
कश्यपं पूर्णिमानं च ययोरापूरितं जगत् ॥ १३ ॥

patnī marīces tu kalā
suṣuve kardamātmajā
kaśyapaṁ pūrṇimānaṁ ca
yayor āpūritaṁ jagat

patnī—妻子 / marīceḥ—名为玛瑞祺的圣哲的 / tu—也 / kalā—名为卡拉 / suṣuve—生下 / kardama-ātmajā—卡尔达玛·牟尼的女儿 / kaśyapam—名为喀夏帕的 / pūrṇimānam ca—以及名为菩尔尼玛的 / yayoḥ—由谁 / āpūritam—传遍 / jagat—世界

译文 卡尔达玛·牟尼的女儿卡拉嫁给玛瑞祺后生了两个孩子，分别叫喀夏帕和菩尔尼玛。他们的后代遍布全世界。

第14节 पूर्णिमासूत विरजं विश्वगं च परन्तप ।
देवकु ल्यां हरेः पादशौचाद्याभूत्सरिद्दिवः ॥ १४ ॥

pūrṇimāsūta virajaṁ
viśvagaṁ ca parantapa
devakulyāṁ hareḥ pāda-
śaucād yābhūt sarid divaḥ

pūrṇimā—菩尔尼玛 / asūta—生育 / virajam—名为维茹阿佳的儿子 / viśvagam ca—以及名为维施瓦嘎 / param-tapa—敌人的毁灭者啊 / devakulyām—名为黛瓦库莉雅的女儿 / hareḥ—至尊人格首神的 / pāda-śaucāt—洗涤祂莲花足的水 / yā—她 / abhūt—成为 / sarit divaḥ—恒河中的超然之水

译文 亲爱的维杜茹阿，在喀夏帕和菩尔尼玛这两个儿子中，菩尔尼玛生了三个孩子，分别叫维茹阿佳、维施瓦嘎和黛瓦库莉雅。在这三个孩子中，黛瓦库莉雅是洗涤过人格首神莲花足的水，后来转变成天堂星球上的恒河。

要旨 在喀夏帕(Kaśyapa)和普尔尼玛(Purṇimā)这两个儿子中，这里介绍了普尔尼玛的后代。第六篇中将详细介绍这些后代。我们从这节诗中还可以了解到，黛瓦库莉雅(Devakulyā)是掌管恒河的神明。恒河从天堂星球流到地球，因为触碰过至尊人格首神哈尔依(Hari)的莲花足而被认为是圣化了的河。

第15节 अत्रेः पत्न्यनसूया त्रीञ्जज्ञे सुयशसः सुतान् ।
दत्तं दुर्वाससं सोममात्मेशब्रह्मसम्भवान् ॥१५॥

atreḥ patny anasūyā trīñ
jajñe suyaśasaḥ sutān

dattaṁ durvāsasaṁ somam
ātmeśa-brahma-sambhavān

atreḥ—阿特瑞·牟尼的 / patnī—妻子 / anasūyā—名为阿娜苏雅 / trīn—三 / jajñe—生育 / su-yaśasaḥ—非常著名的 / sutān—儿子们 / dattam—达塔垂亚 / durvāsasam—杜尔瓦萨 / somam—索玛(月神) / ātma—超灵 / īśa—主希瓦 / brahma—主布茹阿玛 / sambhavān—……的化身

译文 阿特瑞·牟尼的妻子阿娜苏雅生了三个非常著名的儿子，分别叫索玛、达塔垂亚和杜尔瓦萨，是主维施努、希瓦和布茹阿玛的部分扩展。索玛是主布茹阿玛的部分扩展，达塔垂亚是主维施努的部分扩展，而杜尔瓦萨是主希瓦的部分扩展。

要旨 在这节诗中我们看到有梵文 ātma-īśa-brahma-sambhavān 这一句。Ātma 是指超灵或主维施努(Viṣṇu)，īśa 是指主希瓦(śiva)，而 brahma 是指有四个头的主布茹阿玛。阿娜苏雅(Anasūya)生的三个儿子中，达塔垂亚(Dattātreya)是主维施努的部分扩展、杜尔瓦萨(Durvāsā)是主希瓦的部分扩展，而索玛(Soma)是主布茹阿玛的部分扩展。Ātma 不属于半神人或个体生物的范畴，因为祂是维施努，所以被描述为是 vibhinnāṁśa-bhūtānām。超灵——维施努是播种的父亲，是祂创造了包括布茹阿玛和主希瓦在内的众生。Ātma 一词的另一个意思可以是：存在于每一个 ātma(个体灵魂)中的超灵；或者，由于这节诗里用了梵文词 aṁśa——不可缺少的一部分，人就可以说，每一个个体灵魂的灵魂展示为达塔垂亚。

在《博伽梵歌》(Bhagavad-gītā)中，个体灵魂也被描述为是至尊人格首神——超灵的部分，因此有什么理由认为达塔垂亚不是那些部分中的一个呢？主希瓦和主布茹阿玛在此也被描述为是部分，因此有什么理由不认为他们都是普通的个体灵魂呢？答案是：维施努的展示和普通生物的展示无疑都是至尊主不可缺少的一部分，都不与至尊主同等，但在不可缺少的部分之间还分不同的种类、范畴。《瓦茹阿哈·普冉纳》(Varāha Purāṇa)中详细地解释说：在至尊主不可缺少的部分中，有些部分属于斯宛沙(svāṁśa)——维施努范畴，有些部分属于维宾囊沙(vibhinnāṁśa)——个体灵魂吉瓦(jīva)范畴。在维宾囊沙部分——吉瓦范畴内，也分等级。对此，《维施努·普冉纳》(Viṣṇu Purāṇa)中清楚地解释说，至尊主不可缺少的个体灵魂，被名为错觉(玛亚，māya)的外在能量所控制；这种能到至尊主创造的任何一个地方去的个体灵魂，被称为萨尔瓦·格特(sarva-gata)；他们正在受物质存在的苦。个体灵魂根据他们所受的物质自然三种属性的不同影响，以及从事的属于不同曾次的活动，相应地摆脱物质存在的愚昧覆盖。举例说，受善良属性影响的个体灵魂所受的痛苦，少于受愚昧属性控制的个体灵魂所受的痛苦。但是，纯粹的奎师那意识是众生与生俱来的，因为每一个生物(个体灵魂)都是至尊主不可缺少的一部分。至尊主的意识也存在于祂不可缺少的部分之中，生物体清除各自意识中物质尘埃的程度不同，他们的处境也就不同。《韦丹塔·苏陀》(Vedānta-sūtra)中，把不同等级的生物体比喻为是光亮强度不同的蜡烛或灯。比如：有些电灯泡可以发出一千根蜡烛发出的光亮，有些电灯泡的亮度相当于五百根蜡烛一起燃烧发出的亮度，有些相当于一百根蜡烛的亮度，有些则只有五十根蜡烛的亮度，等等。所有的电灯都发光，光存在于每一个电灯泡中，但发出的亮度不同。同样道理，布茹阿曼(Brahman，梵)也分不同的等级。至尊主维施努的斯宛沙扩展所展现的各种维施努形象像不同的灯，主希瓦也像灯一样。奎师那的亮度最亮，是百分之百。维施努·塔特瓦(viṣṇu-tattva)的亮度是百分之九十四；希瓦·塔特瓦(śiva-tattva)的亮度是百分之八十四；主布茹阿玛的亮度为百分之七十八；普通生物虽然与布茹阿玛在实质上一样，但受制约的情况不同，因此发出的光亮就弱多了。布茹阿曼也分等级，没人能否定这一事实。因此，ātma-īśa-brahma-sambhavān 一句是指：达塔垂亚直接是维施努的一部分，而杜尔瓦萨和索玛是主希瓦和主布茹阿玛的一部分。

第16节 विदुर उवाच

अत्रेर्गृहे सुरश्रेष्ठाः स्थित्युत्पत्त्यन्तहेतवः ।
किञ्चिच्चिकीर्षवो जाता एतदाख्याहि मे गुरो ॥१६॥

vidura uvāca
atrer gṛhe sura-śreṣṭhāḥ
sthity-utpatty-anta-hetavaḥ
kiñcic cikīrṣavo jātā
etad ākhyāhi me guro

viduraḥ uvāca—圣维杜如阿说 / atreḥ gṛhe—在阿特瑞家中 / sura-śreṣṭhāḥ—主要的半神人 / sthiti—维系 / utpatti—创造 / anta—毁灭 / hetavaḥ—原因 / kiñcit—某事 / cikīrṣavaḥ—想做 / jātāḥ—显现 / etat—这 / ākhyāhi—告诉 / me—向我 / guro—我亲爱的灵性导师

译文 维杜茹阿听了这些后问麦垂亚：亲爱的导师，布茹阿玛、维施努和希瓦这三位神明，作为整个创造的创造者、维系者和毁灭者，怎么会成为阿特瑞·牟尼的妻子的孩子呢？

要旨 维杜茹阿(Vidura)提的问题相当恰当，因为他知道：既然超灵、主布茹阿玛(Brahmā)和主希瓦(Śiva)经阿特瑞·牟尼(Atri Muni)的妻子阿娜苏雅(Anasūyā)一起显现，那必定有某种非凡的目的。否则，他们为什么要以这种方式显现呢？

第17节

मैत्रेय उवाच
ब्रह्मणा चोदितः सृष्टावत्रिर्ब्रह्मविदां वरः ।
सह पत्न्या ययावृक्षं कुलाद्रिं तपसि स्थितः ॥ १७ ॥

maitreya uvāca
brahmaṇā coditaḥ sṛṣṭāv
atrir brahma-vidāṁ varaḥ
saha patnyā yayāv ṛkṣaṁ
kulādriṁ tapasi sthitaḥ

maitreyaḥ uvāca—圣麦垂亚·瑞希说 / brahmaṇā—被主布茹阿玛 / coditaḥ—受到鼓舞 / sṛṣṭau—为创造 / atriḥ—阿特瑞 / brahma-vidām—在灵性知识方面很博学的人 / varaḥ—为首的 / saha—与 / patnyā—妻子 / yayau—去 / ṛkṣam—到名为瑞克沙的大山 / kula-adrim—大山 / tapasi—为苦修 / sthitaḥ—保留

译文　麦垂亚说：主布茹阿玛命令阿特瑞·牟尼娶阿娜苏雅后负责繁衍后代，阿特瑞·牟尼于是与他妻子一起到瑞克沙山中的溪谷里去从事艰苦的苦行。

第18节

तस्मिन् प्रसूनस्तबक पल ाशाशोक कानने ।
वार्भिः स्रवद्भिरुद्घुष्टे निर्विन्ध्यायाः समन्ततः ॥ १८ ॥

tasmin prasūna-stabaka-
palāśāśoka-kānane
vārbhiḥ sravadbhir udghuṣṭe
nirvindhyāyāḥ samantataḥ

tasmin—在那之中 / prasūna-stabaka—成束的鲜花 / palāśa—帕拉莎树 / aśoka—阿首卡树 / kānane—在森林花园中 / vārbhiḥ—被水 / sravadbhiḥ—流 / udghuṣṭe—在声音中 / nirvindhyāyāḥ—尼尔文迪亚河的 / samantataḥ—到处

译文 在那座山的溪谷里流淌着一条名为尼尔文迪亚的河，河岸边有许多阿首卡树和开满帕拉莎花的植物，流泻的瀑布不间断地发出优美的声响。夫妻两人到了那环境优美的地方。

第19节 प्राणायामेन संयम्य मनो वर्षशतं मुनिः ।
अतिष्ठदेक पादेन निर्द्वन्द्वोऽनिलभोजनः ॥ १९ ॥

prāṇāyāmena saṁyamya
mano varṣa-śataṁ muniḥ
atiṣṭhad eka-pādena
nirdvandvo 'nila-bhojanaḥ

prāṇāyāmena—通过练呼吸法 / saṁyamya—控制 / manaḥ—心神 / varṣa-śatam—一百年 / muniḥ—伟大的圣人 / atiṣṭhat—留在那里 / eka-pādena—单腿站立 / nirdvandvaḥ—无相对性 / anila—气 / bhojanaḥ—吃

译文 在那里，伟大的圣人靠练瑜伽呼吸法集中注意力，进而控制住所有的情感。他只服用空气不吃别的，采用单腿站立的姿势在那里连续站了一百年。

第20节 शरणं तं प्रपद्येऽहं य एव जगदीश्वरः ।
प्रजामात्मसमां मह्यं प्रयच्छ त्विति चिन्तयन् ॥ २० ॥

śaraṇaṁ taṁ prapadye 'haṁ
ya eva jagad-īśvaraḥ
prajām ātma-samāṁ mahyaṁ
prayacchatv iti cintayan

śaraṇam—托庇 / tam—向祂 / prapadye—投靠 / aham—我 / yaḥ—谁 / eva—肯定地 / jagat-īśvaraḥ—宇宙之主 / prajām—儿子 / ātma-samām—像祂自己 / mahyam—向我—prayacchatu—让祂给予 / iti—因此 / cintayan—想

译文　那时他想：愿我所托庇的宇宙之主高兴，仁慈地赐给我一个完全像祂一样的儿子。

要旨　看起来，大圣人阿特瑞·牟尼(Atri Muni)对至尊人格首神并没有具体的概念。但无疑，他肯定熟知韦达信息，那就是：有一位创造了宇宙的至尊人格首神，一切都来源于祂，是祂维系这个宇宙展示，整个展示毁灭后都保存在祂体内(yato vā imāni bhūtāni，《泰缇瑞亚·乌帕尼沙德》3.1.1)。韦达赞歌告诉了我们有关至尊人格首神的信息，所以阿特瑞·牟尼虽然不知道至尊人格首神的名字，但还是把注意力集中在祂那里，祈求祂赐给自己一个像祂一样的儿子。《博伽梵歌》(Bhagavad-gītā)中谈到了这种在不知神的名字的情况下所做的奉爱服务，至尊主说：有四种虔诚的人来向祂祈求他们所需要的事物。阿特瑞·牟尼想得到一个完全跟至尊主一样的儿子；他因为想满足自己的愿望，而这愿望是物质的，所以并不被认作是纯粹的奉献者。为什么说他想得到一个与至尊人格首神完全一样的儿子这个愿望是物质的呢？因为他没有要至尊人格首神本人，而只是要一个像祂一样的孩子。他如果想让至尊人格首神当他的儿子，就会因为想得到至尊绝对真理而完全没有物质欲望。但是，由于他想要的只是一个与至尊主一样的孩子，他的愿望便是物质的愿望。因此，阿特瑞·牟尼不能算是纯粹的奉献者。

第21节 तप्यमानं त्रिभुवनं प्राणायामैधसाग्निना ।
निर्गतेन मुनेर्मूर्ध्नः समीक्ष्य प्रभवस्त्रयः ॥ २१ ॥

tapyamānaṁ tri-bhuvanaṁ
prāṇāyāmaidhasāgninā
nirgatena muner mūrdhnaḥ
samīkṣya prabhavas trayaḥ

tapyamānam—在苦修时 / tri-bhuvanam—三界 / prāṇāyāma—通过呼吸法 / edhasā—燃料 / agninā—被火 / nirgatena—发出 / muneḥ—伟大圣人的 / mūrdhnaḥ—头顶上 / samīkṣya—看 / prabhavaḥ trayaḥ—三大神明(布茹阿玛、维施努和玛黑施瓦尔)

译文 阿特瑞·牟尼在从事这些艰苦的苦修时，所练的瑜伽呼吸法的功力使他头上冒出了大火，火光冲天，三个世界的三位主要神明都看到了。

要旨 根据圣吉瓦·哥斯瓦米(Jīva Gosvāmī)的说法，帕纳亚玛(prāṇāyāma)之火代表心智的满足。这火首先被超灵维施努(Viṣṇu)感受到了，由此，主布茹阿玛(Brahmā)和希瓦(Śiva)也感觉到了。阿特瑞·牟尼(Atri Muni)靠控制呼吸把注意力完全集中于超灵——宇宙之主。正如《博伽梵歌》(Bhagavad-gītā)第 7 章的第 19 节诗中证实的：宇宙之主就是华苏戴瓦(vāsudevaḥ sarvam iti)。主布茹阿玛和主希瓦都在华苏戴瓦(Vāsudeva)的指导下工作。因此，在华苏戴瓦的指导下，主布茹阿玛和主希瓦都感受到了阿特瑞·牟尼所从事的艰苦的苦行。于是，正如下一节诗中说的，他们很高兴地降临了。

第22节　अप्सरोमुनिगन्धर्वसिद्धविद्याधरोरगैः ।
वितायमानयशसस्तदाश्रमपदं ययुः ॥ २२ ॥

apsaro-muni-gandharva-
siddha-vidyādharoragaiḥ
vitāyamāna-yaśasas
tad-āśrama-padaṁ yayuḥ

apsaraḥ—天界的社交女郎 / muni—伟大的圣人 / gandharva—甘达尔瓦星球上的居民 / siddha—希达哈珞卡的 / vidyādhara—其他半神人 / uragaiḥ—纳嘎珞卡的居民 / vitāyamāna—被传到 / yaśasaḥ—名声 / tat—他的 / āśrama-padam—隐居地 / yayuḥ—去

译文　于是，三位神明在天国美人、甘达尔瓦、希达哈、维迪亚达尔和纳嘎等天堂居民的陪同下，来到阿特瑞·牟尼的隐居地，进入了因苦修而闻名于世的大圣人的隐居所。

要旨　韦达经典中劝人们要托庇于至尊人格首神，祂是宇宙之主，控制着创造、维系和毁灭。祂以超灵著称。当人崇拜超灵时，布茹阿玛(Brahmā)和希瓦(Śiva)等其他神明，就会与主维施努(Viṣṇu)一起显现，因为他们听超灵的指挥。

第23节　तत्प्रादुर्भावसंयोगविद्योतितमना मुनिः ।
उत्तिष्ठन्नेक पादेन ददर्श विबुधर्षभान् ॥ २३ ॥

tat-prādurbhāva-saṁyoga-
vidyotita-manā muniḥ
uttiṣṭhann eka-pādena
dadarśa vibudharṣabhān

tat—他们的 / prādurbhāva—显现 / saṁyoga—同时 / vidyotita—被启发的 / manāḥ—在心中 / munih—伟大的圣人 / uttiṣṭhan—被唤醒 / eka-pādena—即使单腿站立 / dadarśa—见到 / vibudha—半神人 / ṛṣabhān—伟人

译文 圣人正单腿站立着，一看到三位神明一起来到他面前便欣喜若狂，艰难地用一条腿蹦着上前迎接他们。

第24节 प्रणम्य दण्डवद्भूमावुपतस्थेऽर्हणाञ्जलिः ।
वृषहंससुपर्णस्थान् स्वैः स्वैश्चिह्नैश्च चिह्नितान् ॥ २४ ॥

praṇamya daṇḍavad bhūmāv
upatasthe 'rhaṇāñjaliḥ
vṛṣa-haṁsa-suparṇa-sthān
svaiḥ svaiś cihnaiś ca cihnitān

praṇamya—致敬 / daṇḍa-vat—像一根棍子 / bhūmau—地 / upatasthe—落下 / arhaṇa—一切崇拜用品 / añjaliḥ—双手合十 / vṛṣa—公牛 / haṁsa—天鹅 / suparṇa—嘎茹达鸟 / sthān—处于 / svaiḥ—自身的 / svaiḥ—自身的 / cihnaiḥ—由象征物 / ca—和 / cihnitān—被确认

译文 随后，他向三位神明祈祷。三位神明分别乘坐在公牛、天鹅和嘎茹达等坐骑上，手中分别持鼓、库沙草和飞轮。圣人五体投地，向他们表达敬意。

要旨 梵文 daṇḍa 一词的意思是“一根长棍”，vat 的意思是“像……一样”。在长者或地位比自己高的人面前，应该像一根棍子一样笔直地扑倒在地——五体投地，这种致敬的方法叫做丹达瓦特(daṇḍavat)。阿特瑞·牟尼就以这种方式向三位神明致敬。从他们不同的坐骑和手持的代表物能认出他们。这种诗说，主维施怒(Viṣṇu)坐在像鹰一样的大鸟嘎茹达身上，手持飞轮；布茹阿玛(Brahmā)坐在一只天鹅上，手持库沙(kuśa)草；主希瓦 śiva)坐在一头公牛身上，手持一个名叫达玛茹(ḍamaru)的小鼓。阿特瑞·瑞希(Atri Ṛṣi)从他们手持的代表物和乘坐的坐骑认出了他们，于是向他们致敬和祈祷。

第25节　कृपावलोकेन हसद्वदनेनोपलम्भितान् ।
तद्रोचिषा प्रतिहते निमील्य मुनिरक्षिणी ॥ २५ ॥

kṛpāvalokena hasad-
vadanenopalambhitān
tad-rociṣā pratihate
nimīlya munir akṣiṇī

kṛpā-avalokena—仁慈地注视着 / hasat—微笑着 / vadanena—以脸孔 / upalambhitān—显得非常满意 / tat—他们的 / rociṣā—被闪闪的光芒 / pratihate—眼花缭乱 / nimīlya—闭上 / muniḥ—圣人 / akṣiṇī—他的眼睛

译文　看到三位神明对自己很亲切，阿特瑞·牟尼非常高兴。三位神明身体放射出的灿烂光芒，把他晃得眼花缭乱，他只好暂时闭上了眼睛。

要旨　由于三位神明都微笑着，他能明白他们对他很满意。他们身体放射出的灿烂光芒显得他眼睛受不了，于是他暂时闭上了眼睛。

第26—27节　चेतस्तत्प्रवणं युञ्जन्नस्तावीत्संहताञ्जलिः ।
श्लक्ष्णया सूक्तया वाचा सर्वलोकगरीयसः ॥ २६ ॥

अत्रिरुवाच
विश्वोद्भवस्थितिल येषु विभज्यमानै-
मायागुणैरनुयुगं विगृहीतदेहाः ।
ते ब्रह्मविष्णुगिरिशाः प्रणतोऽस्म्यहं व-
स्तेभ्यः क एव भवतां म इहोपहूतः ॥ २७ ॥

cetas tat-pravaṇaṁ yuñjann
astāvīt saṁhatāñjaliḥ
ślakṣṇayā sūktayā vācā
sarva-loka-garīyasaḥ

atrir uvāca
viśvodbhava-sthiti-layeṣu vibhajyamānair
māyā-guṇair anuyugaṁ vigṛhīta-dehāḥ
te brahma-viṣṇu-giriśāḥ praṇato 'smy ahaṁ vas
tebhyaḥ ka eva bhavatāṁ ma ihopahūtaḥ

cetaḥ—心 / tat-pravaṇam—专注在他们身上 / yuñjan—使 / astāvīt—献上祈祷 / saṁhata-añjaliḥ—双手合十 / ślakṣṇayā—狂喜的 / sūktayā—祈祷 / vācā—话语 / sarva-loka—全世界 / garīyasaḥ—光荣的 / atriḥ uvāca—阿特瑞说 / viśva—宇宙 / udbhava—创造 / sthiti—维系 / layeṣu—在毁灭之中 / vibhajyamānaiḥ—被分的 / māyā-guṇaiḥ—被自然的外在属性 / anuyugam—根据不同的时代 / vigṛhīta—接受 / dehāḥ—身体 / te—他们 / brahma—主布茹阿玛 / viṣṇu—主维施努 / giriśāḥ—主希瓦 / praṇataḥ—磕头 / asmi—是 / aham—我 / vaḥ—向您们 / tebhyaḥ—从他们 / kaḥ—谁 / eva—肯定地 / bhavatām—您们的 / me—被我 / iha—这里 / upahūtaḥ—召唤

译文 但由于他的心已经被神明们吸引住了，他便设法定下神，双手合十，开始用甜蜜的话语向主宰宇宙的神明们祈祷。伟大的圣人阿特瑞·牟尼说：啊，主布茹阿玛，主维施努，主希瓦！您们为了每一个年代的创造、维系和毁灭，通过接受物质自然三种属性把自己一分为三。我向您们顶礼，并请问您们，您们三位中的哪一位是我祈祷请来的。

要旨 阿特瑞·瑞希(Atri Ṛṣi)祈祷邀请的是至尊人格首神佳嘎德·伊士瓦尔(jagad-īśvara)——宇宙之主。至尊主肯定在创造前就已经存在了，否则祂怎么能是创造的主人呢？如果说某人兴建了一座大楼，就意味着大楼建成前那人必定已经存在着了。因此，至尊主——宇宙的创造者，必定超越各种物质自然属性。但众所周知，维施努(Viṣṇu)掌管善良属性，布茹阿玛(Brahmā)掌管激情属性，而主希瓦(Śiva)掌管愚昧属性。所以，阿特瑞·牟尼说："那位佳嘎德·伊士瓦尔——宇宙之主，必定是您们中的一位，但由于您们三位一起出现了，我认不出哪一位是我祈祷请来的。您们都那么仁慈。请让我知道谁是真正的佳嘎德·伊士瓦尔——宇宙之主。"事实上，阿特瑞·瑞希对至尊主维施努的原本地位有所怀疑，但对宇宙之主不可能是玛亚(māyā)创造的生物之一这一点十分肯定。他问谁是他祈祷请来的这一举动表明，他对至尊主的原本地位感到疑惑。因此，他向三位神明祈祷道："请让我知道，谁是宇宙的超然之主。"当然，他明确地知道：他们三位不可能都是宇宙之主，宇宙之主是他们三位中的一位。

第28节

एको मयेह भगवान् विविधप्रधानै-
श्चित्तीकृतः प्रजननाय कथं नु यूयम् ।
अत्रागतास्तनुभृतां मनसोऽपि दूराद्
ब्रूत प्रसीदत महानिह विस्मयो मे ॥२८॥

eko mayeha bhagavān vividha-pradhānaiś
cittī-kṛtaḥ prajananāya kathaṁ nu yūyam
atrāgatās tanu-bhṛtāṁ manaso 'pi dūrād
brūta prasīdata mahān iha vismayo me

ekaḥ—一个 / mayā—由我 / iha—这个 / bhagavān—伟人 / vividha—各种各样的 / pradhānaiḥ—被用品 / cittī-kṛtaḥ—目标专一 / prajananāya—为生育一个孩子 / katham—为什么 / nu—但是 / yūyam—您们所有的人 / atra—此处 / āgatāḥ—显现 / tanubhṛtām—有物质躯体的 / manasaḥ—心中 / api—虽然 / dūrāt—从远处 / brūta—请解释 / prasīdata—对我仁慈 / mahān—极大的 / iha—这 / vismayaḥ—怀疑 / me—我的

译文 我之所以请至尊人格首神，是因为想得到一个像祂一样的儿子，我心中只有祂。但尽管祂远远超出人类心智推测的范围，您们三位却一起来到这里。我对此大惑不解，所以请告诉我您们是怎么来的。

要旨 阿特瑞·牟尼(Atri Muni)确信至尊人格首神是宇宙之主，所以祈祷邀请祂。因此，当他们三位一起显现时，他非常惊讶。

第29节 मैत्रेय उवाच

इति तस्य वचः श्रुत्वा त्रयस्ते विबुधर्षभाः ।
प्रत्याहुः श्लक्ष्णया वाचा प्रहस्य तमृषिं प्रभो ॥२९॥

maitreya uvāca
iti tasya vacaḥ śrutvā
trayas te vibudharṣabhāḥ
pratyāhuḥ ślakṣṇayā vācā
prahasya tam ṛṣiṁ prabho

maitreyaḥ uvāca—圣人麦垂亚说 / iti—如此 / tasya—他的 / vacaḥ—话语 / śrutvā—在聆听之后 / trayaḥ te—所有三位 / vibudha—半神人 / ṛṣabhāḥ—首要的 / pratyāhuḥ—回答 / ślakṣṇayā—温和的 / vācā—声音 / prahasya—微笑着 / tam—向他 /

ṛṣim—伟大的圣人 / prabho—强大的人啊

译文 大圣人麦垂亚继续说：听阿特瑞·牟尼这么说，三位伟大的神明微笑了；他们用甜蜜的话语回答他的疑问。

第30节

देवा ऊचुः
यथा कृ तस्ते सङ्कल्पो भाव्यं तेनैव नान्यथा ।
सत्सङ्कल्पस्य ते ब्रह्मन् यद्वै ध्यायति ते वयम् ॥ ३० ॥

devā ūcuḥ
yathā kṛtas te saṅkalpo
bhāvyaṁ tenaiva nānyathā
sat-saṅkalpasya te brahman
yad vai dhyāyati te vayam

devāḥ ūcuḥ—半神人们回答说 / yathā—就像 / kṛtaḥ—做 / te—由你 / saṅkalpaḥ—决心 / bhāvyam—将被做 / tena eva—由那 / na anyathā—不是相反 / sat-saṅkalpasya—永不失去决心的人 / te—你的 / brahman—亲爱的布茹阿玛纳啊 / yat—那 / vai—肯定地 / dhyāyati—冥想 / te—他们所有的人 / vayam—我们是

译文 三位神明告诉阿特瑞·牟尼：亲爱的布茹阿玛纳，你下的决心是正确的，因此你决定的事情将会发生，而别的事决不会发生。我们是你冥想的那同一个人，所以一起来到你这里。

要旨 阿特瑞·牟尼(Atri Muni)虽然对宇宙之主既没有清晰的概念，也不知道祂的具体形象，但却模模糊糊地想着至尊人格首神——宇宙之主。玛哈·维施努(Mahā-Viṣṇu)——随着祂的呼吸数以百万计的宇宙从祂的身体出出进进，因此可以视祂为宇宙之主。嘎尔博达卡沙依·维施努(Garbhodakaśāyī Viṣṇu)——从祂的腹部长出一朵莲花，而布茹阿玛(Brahmā)就诞生其上，因此也可以视祂为宇宙之主。同样，祺柔达卡沙依·维施努(Kṣīrodakaśāyī Viṣṇu)——众生的超灵，也可以被视为是宇宙之主。在这个宇宙中的维施努(祺柔达卡沙伊·维施努)的命令下，主布茹阿玛(Brahmā)和主希瓦(Śiva)也可以被接受为是宇宙之主。

维施努之所以是宇宙之主，是因为祂维系着整个宇宙。同样，布茹阿玛创造了不同的星系和居住其上的居民，所以也可以被视为是宇宙之主。还有负责最后毁灭宇宙的主希瓦，也可以被视为是宇宙之主。因此，既然阿特瑞·牟尼没有明确地提出想要见谁，布茹阿玛、维施努和希瓦他们三位就一起来到了他面前。他们说："既然你想得到一位与至尊人格首神——宇宙之主完全一样的儿子，你的决心就会实现。"换句话说，人的决心将按他为之投入的力量而实现。正如《博伽梵歌》(Bhagavad-gītā)第9章的第25节诗中说的：崇拜半神人的人，将在半神人中投生；崇拜祖先的人，到祖先那里去(yānti deva-vratā devān pitṝn yānti pitṛ-vratāḥ)。同样，人如果依恋至尊人格首神奎师那，就会被提升进主奎师那的居所。阿特瑞·牟尼对宇宙之主没有清晰的概念，因此三位主管神明便都来到他面前；他们其实都是宇宙之主，分管着物质自然三种属性。现在，根据他想要一个儿子的决心和为之付出的努力，他的愿望将会凭借至尊主的恩典得以实现。

第31节 अथास्मदंशभूतास्ते आत्मजा लोकविश्रुताः ।
भवितारोऽङ्ग भद्रं ते विस्रप्स्यन्ति च ते यशः ॥ ३१ ॥

athāsmad-aṁśa-bhūtās te
ātmajā loka-viśrutāḥ
bhavitāro 'ṅga bhadraṁ te
visrapsyanti ca te yaśaḥ

atha—因此 / asmat—我们的 / aṁśa-bhūtāḥ—完整扩展 / te—你的 / ātmajāḥ—儿子们 / loka-viśrutāḥ—在世界上著名的 / bhavitāraḥ—在将来诞生 / aṅga—亲爱的大圣人 / bhadram—一切好运 / te—向你 / visrapsyanti—将传播 / ca—也 / te—你的 / yaśaḥ—名声

译文　你会得到代表我们能量部分展示的儿子；而且，由于我们希望你吉祥如意，你的这些儿子将会在全世界显扬你的声望。

第32节　एवं क ामवरं दत्त्वा प्रतिजग्मुः सुरेश्वराः ।
सभाजितास्तयोः सम्यग्दम्पत्योर्मिषतोस्ततः ॥ ३२ ॥

evaṁ kāma-varaṁ dattvā
pratijagmuḥ sureśvarāḥ
sabhājitās tayoḥ samyag
dampatyor miṣatos tataḥ

evam—如此 / kāma-varam—想得到的赐福 / dattvā—祭品 / pratijagmuḥ—返回 / sura-īśvarāḥ—首要的半神人们 / sabhājitāḥ—被崇拜 / tayoḥ—当他们……时 / samyak—完全地 / dampatyoḥ—夫妻 / miṣatoḥ—正注视 / tataḥ—从那里

译文　就这样，布茹阿玛、维施努和希瓦这三位神明祝福了阿特瑞·牟尼，随后便在阿特瑞·牟尼夫妇的注视下消失了。

第33节　सोमोऽभूद् ब्रह्मणोंऽशेन दत्तो विष्णोस्तु योगवित् ।
दुर्वासाः शङ्करस्यांशो निबोधाङ्गिरसः प्रजाः ॥३३॥

somo 'bhūd brahmaṇo 'ṁśena
datto viṣṇos tu yogavit
durvāsāḥ śaṅkarasyāṁśo
nibodhāṅgirasaḥ prajāḥ

somaḥ—月球之王 / abhūt—出现 / brahmaṇaḥ—主布茹阿玛的 / aṁśena—部分扩展 / dattaḥ—达塔垂亚 / viṣṇoḥ—维施努的 / tu—但是 / yoga-vit—神通广大的瑜伽师 / durvāsāḥ—杜尔瓦萨 / śaṅkarasya aṁśaḥ—主希瓦的部分扩展 / nibodha—只是努力理解 / aṅgirasaḥ—伟大的圣人安给茹阿的 / prajāḥ—后代

译文 那以后，他们生下了布茹阿玛的部分扩展月亮神，维施努的部分扩展——伟大的神秘主义者达塔垂亚，以及希瓦(商卡尔)的部分扩展杜尔瓦萨。现在，你听我给你介绍安给茹阿的许多儿子。

第34节 श्रद्धा त्वङ्गिरसः पत्नी चतस्रोऽसूत कन्यकाः ।
सिनीवाली कुहू राका चतुर्थ्यनुमतिस्तथा ॥ ३४ ॥

śraddhā tv aṅgirasaḥ patnī
catasro 'sūta kanyakāḥ
sinīvālī kuhū rākā
caturthy anumatis tathā

śraddhā—刷妲 / tu—但是 / aṅgirasaḥ—安给茹阿·瑞希的 / patnī—妻子 / catasraḥ—四 / asūta—生 / kanyakāḥ—女儿们 / sinīvālī—希妮娃莉 / kuhūḥ—库瑚 / rākā—茹阿卡 / caturthī—第四位 / anumatiḥ—阿努玛缇 / tathā—也

译文 安给茹阿的妻子刷妲生了四个女儿，分别叫希妮娃莉、库瑚、茹阿卡和阿努玛缇。

第35节 तत्पुत्रावपरावास्तां ख्यातौ स्वारोचिषेऽन्तरे ।
उतथ्यो भगवान् साक्षाद् ब्रह्मिष्ठश्च बृहस्पतिः ॥३५॥

tat-putrāv aparāv āstāṁ
khyātau svārociṣe 'ntare
utathyo bhagavān sākṣād
brahmiṣṭhaś ca bṛhaspatiḥ

tat—他的 / putrau—儿子们 / aparau—其他人 / āstām—出生 / khyātau—很著名的 / svārociṣe—在斯瓦柔祺施时代 / antare—玛努的 / utathyaḥ—乌塔提亚 / bhagavān—很有力量的 / sākṣāt—直接地 / brahmiṣṭhaḥ ca—灵性上非常进步的 / bṛhaspatiḥ—毕尔哈斯帕提

译文 除了这四个女儿外，她还生了两个儿子，一个叫乌塔提亚，另一个是博学的学者毕尔哈斯帕提。

第36节 पुलस्त्योऽजनयत्पत्न्यामगस्त्यं च हविर्भुवि ।
सोऽन्यजन्मनि दह्राग्निर्विश्रवाश्च महातपाः ॥ ३६ ॥

pulastyo 'janayat patnyām
agastyaṁ ca havirbhuvi
so 'nya-janmani dahrāgnir
viśravāś ca mahā-tapāḥ

pulastyaḥ—圣人菩拉斯提亚 / ajanayat—生育 / patnyām—在他妻子体内 / agastyam—伟大的圣人阿嘎斯提亚 / ca—也 / havirbhuvi—在哈薇尔布体内 / saḥ—他（阿嘎斯提亚）/ anyajanmani—在下一生中 / dahra-agniḥ—消化之火 / viśravāḥ—维刷瓦 / ca—和 / mahā-tapāḥ—因为苦修而本领强大的

译文 菩拉斯提亚与他妻子哈薇尔布生了一个儿子名叫阿嘎斯提亚，阿嘎斯提亚在来世投生后名叫达茹阿格尼。除了他，菩拉斯提亚还有一个非常伟大而又圣洁的儿子，名叫维刷瓦。

第37节 तस्य यक्षपतिर्देवः कु बेरस्त्विडविडासुतः ।
रावणः कु म्भक र्णश्च तथान्यस्यां विभीषणः ॥ ३७ ॥

tasya yakṣa-patir devaḥ
kuberas tv iḍaviḍā-sutaḥ
rāvaṇaḥ kumbhakarṇaś ca
tathānyasyāṁ vibhīṣaṇaḥ

tasya—他的 / yakṣa-patiḥ—亚克刹之王 / devaḥ—半神人 / kuberaḥ—库维尔 / tu—和 / iḍaviḍā—伊达薇妲的 / sutaḥ—儿子 / rāvaṇaḥ—茹阿瓦纳 / kumbhakarṇaḥ—昆巴卡尔纳 / ca—也 / tathā—这样 / anyasyām—在另一人 / vibhīṣaṇaḥ—维比珊

译文 维刷瓦有两个妻子。他与第一位妻子伊达薇妲生了众亚克刹的主人库维尔，与第二个妻子凯西妮生了茹阿瓦纳、昆巴卡尔纳和维比珊三个儿子。

第38节 पुल हस्य गतिर्भार्या त्रीनसूत सती सुतान् ।
क र्मश्रेष्ठं वरीयांसं सहिष्णुं च महामते ॥ ३८ ॥

pulahasya gatir bhāryā
trīn asūta satī sutān

karmaśreṣṭhaṁ varīyāṁsaṁ
sahiṣṇuṁ ca mahā-mate

pulahasya—菩拉哈的 / gatiḥ—嘎缇 / bhāryā—妻子 / trīn—三 / asūta—生下 / satī—贞节的 / sutān—儿子们 / karma-śreṣṭham—很擅长功利性活动的 / varīyāṁsam—很令人尊敬的 / sahiṣṇum—很容忍的 / ca—也 / mahā-mate—伟大的维杜茹阿啊

译文　圣人菩拉哈的妻子嘎缇生了三个儿子，他们都是伟大的圣人，分别叫卡尔玛施瑞斯塔、瓦瑞延和萨黑施努。

要旨　菩拉哈(Pulaha)的妻子嘎缇(Gati)是卡尔达玛·牟尼(Kardama Muni)的第五个女儿。她对丈夫非常忠贞，她所有的儿子都像她丈夫一样优秀。

第39节　क्रतोरपि क्रिया भार्या वालखिल्यानसूयत ।
ऋषीन् षष्टिसहस्राणि ज्वलतो ब्रह्मतेजसा ॥ ३९ ॥

krator api kriyā bhāryā
vālakhilyān asūyata
ṛṣīn ṣaṣṭi-sahasrāṇi
jvalato brahma-tejasā

kratoḥ—伟大的圣人克茹阿图的 / api—也 / kriyā—奎雅 / bhāryā—妻子 / vālakhilyān—就像瓦拉克利亚 / asūyata—生育 / ṛṣīn—圣哲们 / ṣaṣṭi—六十 / sahasrāṇi—千 / jvalataḥ—很有光彩的 / brahma-tejasā—凭借布茹阿曼(梵)之光

译文　克茹阿图的妻子奎雅生了六万个伟大的圣人，

他们统称为瓦拉克利亚。所有这些圣哲都具有高度的灵性知识，他们的身体被这种知识照得灿然生辉。

要旨 奎雅(Kriyā)是卡尔达玛·牟尼(Kardama Muni)的第六个女儿，她生了六万个圣哲。这些圣哲都退出家庭生活，当了瓦纳帕斯塔(vānaprastha)，因此以瓦拉克利亚(Vālakhilya)闻名于世。

第40节 ऊर्जायां जज्ञिरे पुत्रा वसिष्ठस्य परन्तप ।
चित्रके तुप्रधानास्ते सप्त ब्रह्मर्षयोऽमलाः ॥ ४० ॥

ūrjāyāṁ jajñire putrā
vasiṣṭhasya parantapa
citraketu-pradhānās te
sapta brahmarṣayo 'malāḥ

ūrjāyām—在乌尔嘉 / jajñire—投生 / putrāḥ—儿子们 / vasiṣṭhasya—伟大的圣人瓦希施塔的 / parantapa—伟人啊 / citraketu—祺陀凯图 / pradhānāḥ—以……为首的 / te—所有的儿子 / sapta—七 / brahma-ṛṣayaḥ—具有灵性知识的伟大圣哲 / amalāḥ—没有污染

译文 伟大的圣人瓦希施塔与他的妻子乌尔嘉(有时又称阿润妲缇)，生了以圣人祺陀凯图为首的七个纯洁无瑕的大圣人。

第41节 चित्रके तुः सुरोचिश्च विरजा मित्र एव च ।
उल्बणो वसुभृद्यानो द्युमान् शक्त्यादयोऽपरे ॥ ४१ ॥

citraketuḥ surociś ca
virajā mitra eva ca

ulbaṇo vasubhṛdyāno
dyumān śakty-ādayo 'pare

citraketuḥ—祺陀凯图 / surociḥ ca—和苏柔祺 / virajāḥ—维茹阿佳 / mitraḥ—弥陀 / eva—也 / ca—和 / ulbaṇaḥ—乌尔巴纳 / vasubhṛdyānaḥ—瓦苏布瑞迪亚纳 / dyumān—玖曼 / śaktı-ādayaḥ—以沙克提为首的儿子 / apare—从他另一位妻子

译文 这七个圣人的名字分别是：祺陀凯图、苏柔祺、维茹阿佳、弥陀、乌尔巴纳、瓦苏布瑞迪亚纳和玖曼。瓦希施塔与其他的妻子也生了一些很有能力的儿子。

要旨 瓦希施塔(Vasiṣṭha)的妻子乌尔嘉(Ūrjā)有时又叫阿润妲缇(Arundhatī)，是卡尔达玛・牟尼(Kardama Muni)的第九个女儿。

第42节 चित्तिस्त्वथर्वणः पत्नी लेभे पुत्रं धृतव्रतम् ।
दध्यञ्चमश्वशिरसं भृगोर्वंशं निबोध मे ॥४२॥

cittis tv atharvaṇaḥ patnī
lebhe putraṁ dhṛta-vratam
dadhyañcam aśvaśirasaṁ
bhṛgor vaṁśaṁ nibodha me

cittiḥ—祺缇 / tu—也 / atharvaṇaḥ—阿塔尔瓦的 / patnī—妻子 / lebhe—得到 / putram—儿子 / dhṛta-vratam—完全献身于誓言 / dadhyañcam—达迪延查 / aśvaśirasam—阿施瓦希尔 / bhṛgoḥ vaṁśam—布瑞古的后代 / nibodha—努力理解 / me—从我

译文 圣人阿塔尔瓦的妻子祺缇，靠遵守名为达迪延查的严格誓言，生下了名叫阿施瓦希尔的儿子。现在，你再听我给你介绍圣人布瑞古的后代。

要旨 阿塔尔瓦(Atharvā)的妻子祺缇(Citti)，又叫桑缇(Sānti)。她是卡尔达玛·牟尼(Kardama Muni)的第八个女儿。

第43节 भृगुः ख्यात्यां महाभागः पत्न्यां पुत्रानजीजनत् ।
धातारं च विधातारं श्रियं च भगवत्पराम् ॥४३॥

bhṛguḥ khyātyāṁ mahā-bhāgaḥ
patnyāṁ putrān ajījanat
dhātāraṁ ca vidhātāraṁ
śriyaṁ ca bhagavat-parām

bhṛguḥ—大圣人布瑞古 / khyātyām—在他妻子凯雅缇体内 / mahā-bhāgaḥ—极其幸运的 / patnyām—向妻子 / putrān—儿子 / ajījanat—出生 / dhātāram—达塔 / ca—也 / vidhātāram—维达塔 / śriyam—一个名为施蕊的女儿 / ca bhagavat-parām—以及至尊主的一位伟大的奉献者

译文 圣人布瑞古非常幸运。他跟妻子凯雅缇生了两个儿子和一个女儿，儿子分别叫达塔和维达塔，女儿名叫施蕊，深深地爱着至尊人格首神。

第44节 आयतिं नियतिं चैव सुते मेरुस्तयोरदात् ।
ताभ्यां तयोरभवतां मृक ण्डः प्राण एव च ॥ ४४ ॥

āyatiṁ niyatiṁ caiva
sute merus tayor adāt
tābhyāṁ tayor abhavatāṁ
mṛkaṇḍaḥ prāṇa eva ca

āyatim—阿雅缇 / niyatim—妮雅缇 / ca eva—也 / sute—女儿们 / meruḥ—圣人梅茹 / tayoḥ—向这两位 / adāt—嫁给 / tābhyām—她们之中 / tayoḥ—两位 / abhavatām—显现 / mṛkaṇḍaḥ—穆瑞康达 / prāṇaḥ—帕纳 / eva—肯定地 / ca—和

译文　圣人梅茹有两个女儿，分别叫阿雅缇和妮雅缇，他把她们送给了达塔和维达塔。阿雅缇和妮雅缇分别生了名叫穆瑞康达和帕纳的儿子。

第45节　मार्क ण्डेयो मृक ण्डस्य प्राणाद्वेदशिरा मुनिः ।
क विश्च भार्गवो यस्य भगवानुशना सुतः ॥४५॥

mārkaṇḍeyo mṛkaṇḍasya
prāṇād vedaśirā muniḥ
kaviś ca bhārgavo yasya
bhagavān uśanā sutaḥ

mārkaṇḍeyaḥ—玛尔康戴亚 / mṛkaṇḍasya—穆瑞康达的 / prāṇāt—从帕纳 / vedaśirāḥ—韦达希尔 / muniḥ—伟大的圣人 / kaviḥ ca—名为卡维的 / bhārgavaḥ—名为巴尔格瓦的 / yasya—谁的 / bhagavān—极其强大的 / uśanā—舒夸查尔亚 / sutaḥ—儿子

译文　穆瑞康达后来生了玛尔康戴亚·牟尼，而帕纳则生了圣人韦达希尔。韦达希尔的儿子就是乌珊纳，又叫舒夸查尔亚或卡维。因此，卡维也是布瑞古家族的后裔。

第46－47节　त एते मुनयः क्षत्तर्लोकान् सर्गैरभावयन् ।
एष क र्दमदौहित्रसन्तानः क थितस्तव ॥४६॥

शृण्वतः श्रद्दधानस्य सद्यः पापहरः परः ।
प्रसूतिं मानवीं दक्ष उपयेमे ह्यजात्मजः ॥४७॥

ta ete munayaḥ kṣattar
lokān sargair abhāvayan
eṣa kardama-dauhitra-
santānaḥ kathitas tava
śṛṇvataḥ śraddadhānasya
sadyaḥ pāpa-haraḥ paraḥ
prasūtiṁ mānavīṁ dakṣa
upayeme hy ajātmajaḥ

te—他们 / ete—所有的人 / munayaḥ—伟大的圣人 / kṣattaḥ—维杜茹阿啊 / lokān—三个世界 / sargaiḥ—与他们的后代 / abhāvayan—充满 / eṣaḥ—这 / kardama—圣人卡尔达玛的 / dauhitra—孙子 / santānaḥ—后代 / kathitaḥ—早已讲过 / tava—向你 / śṛṇvataḥ—聆听 / śraddadhānasya—忠诚之人的 / sadyaḥ—立即 / pāpa-haraḥ—减少一切恶行 / paraḥ—伟大的 / prasūtim—帕苏缇 / mānavīm—玛努的女儿 / dakṣaḥ—达克沙王 / upayeme—结婚 / hi—肯定地 / aja-ātmajaḥ—布茹阿玛之子

译文 亲爱的维杜茹阿，宇宙人口就这样由这些圣人和卡尔达玛的女儿们繁衍增加了。任何人只要怀着信心聆听对这个朝代的描述，就会清除所有的恶报。玛努的另一个女儿帕苏缇，嫁给了布茹阿玛的儿子达克沙。

第48节 तस्यां ससर्ज दुहितॄः षोडशामल लोचनाः ।
त्रयोदशादाद्धर्माय तथैक मग्नये विभुः ॥४८॥

tasyāṁ sasarja duhitṝḥ
ṣoḍaśāmala-locanāḥ

trayodaśādād dharmāya
　tathaikām agnaye vibhuḥ

tasyām—向她 / sasarja—创造 / duhitṝḥ—女儿 / ṣoḍaśa—十六 / amala-locanāḥ—有莲花般的眼睛 / trayodaśa—十三 / adāt—给予 / dharmāya—向达尔玛 / tathā—如此 / ekām——个女儿 / agnaye—向阿格尼 / vibhuḥ—达克沙

译文　达克沙与他妻子帕苏缇生了十六个眼如莲花、美貌非凡的女儿。达克沙把这十六个女儿中的十三个许配给了达尔玛，把一个女儿许配给了阿格尼。

第49—52节　पितृभ्य एकां युक्तेभ्यो भवायैकां भवच्छिदे ।
श्रद्धा मैत्री दया शान्तिस्तुष्टिः पुष्टिः क्रियोन्नतिः ॥४९॥

बुद्धिर्मेधा तितिक्षा ह्रीर्मूर्तिर्धर्मस्य पत्नयः ।
श्रद्धासूत शुभं मैत्री प्रसादमभयं दया ॥५०॥

शान्तिः सुखं मुदं तुष्टिः स्मयं पुष्टिरसूयत ।
योगं क्रियोन्नतिर्दर्पमर्थं बुद्धिरसूयत ॥५१॥

मेधा स्मृतिं तितिक्षा तु क्षेमं ह्रीः प्रश्रयं सुतम् ।
मूर्तिः सर्वगुणोत्पत्तिर्नरनारायणावृषी ॥५२॥

pitṛbhya ekāṁ yuktebhyo
　bhavāyaikāṁ bhava-cchide
śraddhā maitrī dayā śāntis
　tuṣṭiḥ puṣṭiḥ kriyonnatiḥ

buddhir medhā titikṣā hrīr
　mūrtir dharmasya patnayaḥ
śraddhāsūta śubhaṁ maitrī
　prasādam abhayaṁ dayā

śāntiḥ sukhaṁ mudaṁ tuṣṭiḥ

smayaṁ puṣṭir asūyata
yogaṁ kriyonnatir darpam
arthaṁ buddhir asūyata
medhā smṛtiṁ titikṣā tu
kṣemaṁ hrīḥ praśrayaṁ sutam
mūrtiḥ sarva-guṇotpattir
nara-nārāyaṇāv ṛṣī

pitṛbhyaḥ—向琵塔们 / ekām——一个女儿 / yuktebhyaḥ—集合者 / bhavāya—向主希瓦 / ekām——一个女儿 / bhava-chide—使人摆脱物质束缚的人 / śraddhā, maitrī, dayā, śāntiḥ, tuṣṭiḥ, puṣṭiḥ, kriyā, unnatiḥ, buddhiḥ, medhā, titikṣā, hrīḥ, mūrtiḥ—达克沙的十三位女儿的名字 / dharmasya—达尔玛的 / patnayaḥ—妻子 / śraddhā—刷妲 / asūta—生下 / śubham—舒巴 / maitrī—麦特蕊 / prasādam—帕萨达 / abhayam—阿巴亚 / dayā—达雅 / śāntiḥ—商缇 / sukham—苏卡 / mudam—穆达 / tuṣṭiḥ—图施缇 / smayam—斯玛亚 / puṣṭiḥ—菩施缇 / asūyata—生下 / yogam—尤嘎 / kriyā—奎雅 / unnatiḥ—乌娜缇 / darpam—达尔帕 / artham—阿尔塔 / buddhiḥ—布蒂 / asūyata—生育 / medhā—梅妲 / smṛtim—斯密尔缇 / titikṣā—提缇克莎 / tu—也 / kṣemam—克史玛 / hrīḥ—慧蕊 / praśrayam—帕刷亚 / sutam—儿子 / mūrtiḥ—穆尔缇 / sarva-guṇa——切可敬的品质的 / utpattiḥ—宝库 / naranārāyaṇau—纳茹阿和纳茹阿亚纳两者 / ṛṣī—两位圣人

译文 在剩下的二个女儿中，有一个送到了琵垂珞卡，她在那里住得很满意；另一个嫁给了负责把罪人从物质束缚中解救出来的主希瓦。

达克沙那十三个嫁给达尔玛的女儿是：刷妲、麦特蕊、达雅、商缇、图施缇、菩施缇、奎雅、乌娜缇、布蒂、梅妲、提缇克莎、慧蕊和穆尔缇。这十三个女儿生儿子的情况是这样的：刷妲生了舒巴，麦特蕊生了帕萨达，达雅生了阿巴亚，

商缇生了苏卡，图施缇生了穆达，菩施缇生了斯玛亚，奎雅生了尤嘎，乌娜缇生了达尔帕，布蒂生了阿尔塔，梅妲生了斯密尔缇，提缇克莎生了克史玛，慧蕊生了帕刷亚，一切美德的泉源穆尔缇生了至尊人格首神圣纳茹阿·纳茹阿亚纳。

第53节　ययोर्जन्मन्यदो विश्वमभ्यनन्दत्सुनिर्वृतम् ।
मनांसि ककुभो वाताः प्रसेदुः सरितोऽद्रयः ॥५३॥

yayor janmany ado viśvam
abhyanandat sunirvṛtam
manāṁsi kakubho vātāḥ
praseduḥ sarito 'drayaḥ

yayoḥ—两者(纳茹阿和纳茹阿亚纳) / janmani—在显现时 / adaḥ—那 / viśvam—宇宙 / abhyanandat—变得高兴 su-nirvṛtam—充满欢乐 / manāṁsi—每个人的心 / kakubhaḥ—方向 / vātāḥ—空气 / praseduḥ—变得令人喜悦 / saritaḥ—河流 / adrayaḥ—山岳

译文　在纳茹阿·纳茹阿亚纳显现的时刻，整个世界喜气洋洋。人们变得心平气和，因此空气、河流和山脉——四面八方一片欢乐。

第54—55节　दिव्यवाद्यन्त तूर्याणि पेतुः कुसुमवृष्टयः ।
मुनयस्तुष्टुवुस्तुष्टा जगुर्गन्धर्वकिन्नराः ॥५४॥

नृत्यन्ति स्म स्त्रियो देव्य आसीत्परममङ्गलम् ।
देवा ब्रह्मादयः सर्वे उपतस्थुरभिष्टवैः ॥५५॥

divy avādyanta tūryāṇi
petuḥ kusuma-vṛṣṭayaḥ

munayas tuṣṭuvus tuṣṭā
jagur gandharva-kinnarāḥ
nṛtyanti sma striyo devya
āsīt parama-maṅgalam
devā brahmādayaḥ sarve
upatasthur abhiṣṭavaiḥ

divi—在天堂星球上 / avādyanta—发出声音 / tūryāṇi—乐队 / petuḥ—他们洒下 / kusuma—鲜花的 / vṛṣṭayaḥ—撒下 / munayaḥ—圣人们 / tuṣṭuvuḥ—吟唱韦达赞歌 / tuṣṭāḥ—心满意足 / jaguḥ—开始唱 / gandharva—甘达尔瓦 / kinnarāḥ—克伊纳尔 / nṛtyanti sma—跳舞 / striyaḥ—美丽的少女 / devyaḥ—天堂星球的 / āsīt—可见的 / parama-maṅgalam—最大的好运 / devāḥ—半神人 / brahma-ādayaḥ—布茹阿玛和其他人 / sarve—所有的 / upatasthuḥ—崇拜 / abhiṣṭavaiḥ—以虔敬的祈祷

译文 天堂星球里鼓乐齐鸣，居民们从天上向下撒花。感到安慰的圣人们吟诵、吟唱韦达赞歌，甘达尔瓦和克伊纳尔等天堂居民舒展歌喉，美丽的仙女翩翩起舞。就这样，在纳茹阿·纳茹阿亚纳显现时，到处可见吉祥的征兆。在那个时刻，布茹阿玛等伟大的半神人也献上他们虔敬的祈祷。

第56节 देवा ऊचुः
यो मायया विरचितं निजयात्मनीदं
खे रूपभेदमिव तत्प्रतिचक्षणाय ।
एतेन धर्मसदने ऋषिमूर्तिनाद्य
प्रादुश्चक र पुरुषाय नमः परस्मै ॥५६॥

devā ūcuḥ
yo māyayā viracitaṁ nijayātmanīdaṁ
khe rūpa-bhedam iva tat-praticakṣaṇāya

etena dharma-sadane ṛṣi-mūrtinādya
prāduścakāra puruṣāya namaḥ parasmai

devāḥ—半神人 / ūcuḥ—说 / yaḥ—谁 / māyayā—由外在能量 / viracitam—被创造 / nijayā—由祂自己的 / ātmani—处于祂体内 / idam—这 / khe—在空中 / rūpa-bhedam—云朵 / iva—仿佛 / tat—祂自己的 / praticakṣaṇāya—为展示 / etena—与这 / dharmasadane—在达尔玛家中 / ṛṣi-mūrtinā—以圣人的形象 / adya—今天 / prāduścakāra—显现 / puruṣāya—向至尊人格首神 / namaḥ—虔诚致敬 / parasmai—至尊者

译文 半神人们说：让我们恭恭敬敬地向超然的人格首神顶礼，您创造了这个作为祂外在能量的宇宙展示，而这个宇宙展示处在您体内，就像空气和云朵处在空间里一样；您现在以纳茹阿·纳茹阿亚纳·瑞希的形象显现在达尔玛家中。

要旨 至尊人格首神的宇宙形象，是由祂外在能量展现的宇宙展示。太空中有空气和数不胜数的各种星球，空气中飘浮着各种颜色的云朵，有时我们还能看到有飞机从一个地方飞到另一个地方。因此，整个宇宙展示是多姿多彩的。事实上，那丰富多彩的事物都是至尊人格首神的外在能量的展示，而这外在能量就存在于祂体内。现在，至尊主本人在展示了祂的能量后，又在祂能量的创造中显现了，而祂的能量与祂既是一体又有区别。所以，半神人向这位至尊人格首神致敬，祂本人亲自出现在祂丰富多彩的展示中。世上有些称为非二元论者的哲学家，由于持有非人格神的观念，便认为那多样化是虚幻的。这节诗中特别声明：多样化是至尊人格首神的能量的展示(yo māyayā viracitam)。由于能量与首神是一体，而首神是真实的存在，所以多样化也就是真实的。物质的多样化虽然短暂，但却不是虚幻的。它们是灵性多样化的倒影。这节诗里用“存在着多样化(praticakṣaṇāya)”一词，宣告了至尊人格首神的荣光。祂显现为纳茹阿·纳茹阿亚纳·瑞希(Nara-Nārāyaṇa Ṛṣi)。祂是物质自然中万事万物的源头。

第57节　सोऽयं स्थितिव्यतिक रोपशमाय सृष्टान्
सत्त्वेन नः सुरगणाननुमेयतत्त्वः ।
दृश्याददभ्रकरुणेन विल ोकनेन
यच्छ्ीनिके तममलं क्षिपतारविन्दम् ॥५७॥

so 'yaṁ sthiti-vyatikaropaśamāya sṛṣṭān
sattvena naḥ sura-gaṇān anumeya-tattvaḥ
dṛśyād adabhra-karuṇena vilokanena
yac chrī-niketam amalaṁ kṣipatāravindam

saḥ—那 / ayam—祂 / sthiti—被创造的世界的 / vyatikara—祸患 / upaśamāya—为摧毁 / sṛṣṭān—创造的 / sattvena—被善良属性 / naḥ—我们 / sura-gaṇān—半神人 / anumeya-tattvaḥ—通过韦达经认识 / dṛśyāt—注视 / adabhra-karuṇena—仁慈的 / vilokanena—目光 / yat—那 / śrī-niketam—幸运女神之家 / amalam—纯洁无瑕的 / kṣipata—取代 / aravindam—莲花

译文　至尊人格首神，靠真正权威的韦达文献才能了解您，您为了摧毁被创造的世界中的一切不幸而创造了和平与繁荣。请您仁慈地扫视半神人。您仁慈的扫视恰似纯洁无瑕的莲花之美，而莲花是幸运女神的住所。

要旨　正如云层和灰尘有时遮蔽天空或日月等发光体，物质自然的神奇活动遮挡了宇宙展示的源头——至尊人格首神。要发现宇宙展示的源头非常困难，所以物质主义科学家便下结论说，大自然就是一切展示的终极原因。但从《博伽梵歌》(Bhagavad-gītā)和其他韦达文献等权威的经典中，我们认识到：在这神奇的宇宙展示的后面有至尊人格首神；为了维持宇宙展示的正常秩序，让那些在善良属性控制下的人能看到祂，至尊主在这个宇宙中显现。祂是宇宙展示创造和毁灭的根源。因此，半神人们为了得到祂的祝福，祈求祂仁慈地扫视他们。

第58节　एवं सुरगणैस्तात भगवन्तावभिष्टुतौ ।
लब्धावलोकैर्ययतुरर्चितौ गन्धमादनम् ॥५८॥

evaṁ sura-gaṇais tāta
  bhagavantāv abhiṣṭutau
labdhāvalokair yayatur
  arcitau gandhamādanam

evam—如此 / sura-gaṇaiḥ—由半神人们 / tāta—维杜茹阿啊 / bhagavantau—至尊人格首神 / abhiṣṭutau—被赞美了 / labdha—得到了 / avalokaiḥ—(仁慈的)目光 / yayatuḥ—离开 / arcitau—受到崇拜 / gandha-mādanam—向甘达玛丹山

译文　麦垂亚说：啊，维杜茹阿！半神人们就这样通过祈祷，崇拜以圣人纳茹阿·纳茹阿亚纳显现的至尊人格首神。至尊主仁慈地扫视了他们，然后离开他们去了甘达玛丹山。

第59节　ताविमौ वै भगवतो हरेरंशाविहागतौ ।
भारव्ययाय च भुवः कृष्णौ यदुकुरूद्वहौ ॥५९॥

tāv imau vai bhagavato
  harer aṁśāv ihāgatau
bhāra-vyayāya ca bhuvaḥ
  kṛṣṇau yadu-kurūdvahau

tau—两者 / imau—这些 / vai—肯定地 / bhagavataḥ—至尊人格首神的 / hareḥ—哈尔依的 / aṁśau—部分扩展 / iha—这里(在这个宇宙中) / āgatau—显现 / bhāra-vyayāya—为减轻负担 / ca—也 / bhuvaḥ—世界的 / kṛṣṇau—两位奎师那(奎师那和阿尔诸纳) / yadu-kuru-udvahau—雅杜和库茹王朝的精英

译文 奎师那的部分扩展纳茹阿·纳茹阿亚纳·瑞希，现在分别以奎师那和阿尔诸纳的形象显现在雅杜和库茹王朝中，来减轻世界的负担。

要旨 纳茹阿亚纳(Nārāyaṇa)是至尊人格首神，纳茹阿(Nara)是至尊人格首神纳茹阿亚纳的一部分。能量和能量的拥有者合在一起就是至尊人格首神。麦垂亚(Maitreya)告诉维杜茹阿(Vidura)，纳茹阿亚纳的部分纳茹阿已经在库茹(Kuru)家族显现了，而奎师那的完整扩展纳茹阿亚纳也已经作为至尊人格首神奎师那莅临这个世界了，祂的目的是要把受苦受难的人类从物质负担的痛苦中解放出来。换句话说，纳茹阿亚纳·瑞希(Nārāyaṇa Ṛṣi)现在以奎师那和阿尔诸纳的形象到这个世界上来了。

第60节 स्वाहाभिमानिनश्चाग्नेरात्मजांस्त्रीनजीजनत् ।
पावकं पवमानं च शुचिं च हुतभोजनम् ॥६०॥

svāhābhimāninaś cāgner
ātmajāṁs trīn ajījanat
pāvakaṁ pavamānaṁ ca
śuciṁ ca huta-bhojanam

svāhā—阿格尼的妻子斯娃哈 / abhimāninaḥ—火神 / ca—和 / agneḥ—从阿格尼 / ātmajān—儿子们 / trīn—三 / ajījanat—生了 /

国际奎师那意识协会创办人、一代宗师
圣恩 A.C.巴克提韦丹塔·斯瓦米·帕布帕德

阿特瑞·牟尼一旦见到主布茹阿玛、主维施努和主希瓦，立即变得欣喜若狂，艰难地用一条腿蹦着上前迎接他们。（见第 22 页）

圣纳茹阿·纳茹阿亚纳一出现，天堂星球的乐队便开始奏乐，甘达尔瓦和克伊纳尔等天堂居民舒展歌喉，美丽的仙女翩翩起舞，半神人们从天上向下撒花。（见第 42 页）

一天，萨缇听说她父亲在家举行盛大的祭祀，便请求希瓦让她参加，尽管她并没有受到她父亲的邀请。（见第 95—97 页）

萨缇坐在地上，全神贯注地按神秘瑜伽的程序做，冥想火元素和主希瓦的莲花足，点燃了自己的身体。（见第 157 页）

主布茹阿玛和其他半神人、圣人，看到主希瓦坐在凯拉斯山上的一棵巨大的榕树下，像永恒的时间一样肃穆，身边围绕着库维尔和库玛尔四兄弟等崇高的人物。（见第 212—214 页）

一旦达克沙王在神圣的冥想中伴随着《亚诸尔·韦达》曼陀供奉纯净黄油，至尊主维施努便骑在嘎茹达的背上出现在祭祀现场。（见第255页）

当杜茹瓦往他父亲身上攀，想跟他兄弟一起坐在父亲的腿上时，他后母出言阻止他，愤怒的杜茹瓦像蛇被棍子打到时直喘粗气一样呼吸沉重。（见第 319—323 页）

纳茹阿达·牟尼教导杜茹瓦练神秘奉爱瑜伽的程序后，考虑最好去看望一下乌塔纳帕达王。纳茹阿达知道君王极为担心他儿子的安全，因此想去安慰、鼓励他。（见第 379 页）

杜茹瓦·玛哈茹阿佳看到自己的至尊主就在自己眼前时激动万分，像根竿子一样直直地扑倒在至尊主面前，完全沉浸在对首神的爱之中。（见第402页）

杜茹瓦祈祷说：我的主，您是至高无上的见证者，通过不间断的超然扫视监视着智力活动的所有阶段。您是充满着六种财富的原始人格首神。（见第 422 页）

至尊主站在钳制着一切无知灵魂的物质自然三种属性之上。在错觉的影响下，受制约的灵魂以为自己是剥削者或被剥削者。但事实上，在他们投靠至尊主以前，他们无疑是物质自然属性的奴隶。（见第 422 页）

杜茹瓦听到震耳欲聋的霹雳声，看到大雨倾盆而下。他还看到许多怒目圆睁、嘴里喷火的大蛇，以及一群群疯狂的大象、狮子和老虎，向他扑过来要吞噬他。（见第 496 页和 498 页）

杜茹瓦坐在超然的飞机里，就在飞机即将起动时，他想起可怜的母亲苏妮缇，心中对自己说：“我怎么能撇下我可怜的母亲，自己去外琨塔星球呢?”主维施努非凡的同伴南达和苏南达能了解杜茹瓦·玛哈茹阿佳的心思，于是给他看，他母亲苏妮

缇正坐在另一架飞机里。杜茹瓦·玛哈茹阿佳在穿越太空时，逐一看到了太阳系中所有的星球。一路上，所有的半神人都乘坐在他们各自的飞机里向他抛洒鲜花，鲜花如雨般地落在他身上。（见第 586 页）

作为至尊主的力量化身，普瑞图王被赋予了君主的力量。在他的加冕典礼上，不同的半神人送给他各种各样神奇的礼物。（见第 705 页）

pāvakam—帕瓦卡 / pavamānamca—和帕瓦曼 / śucim ca—和舒祺 / huta-bhojanam—吃供品

译文 火神与他妻子斯娃哈生了帕瓦卡、帕瓦曼和舒祺三个孩子，他们靠吃供奉给祭祀之火的祭品为生。

要旨 达尔玛(Dharma)的十三位妻子都是达克沙(Dakṣa)的女儿，麦垂亚(Maitreya)描述了她们的后代后，现在讲述达克沙的第十四个女儿斯娃哈(Svāhā)和她的三个儿子。供奉到祭祀之火中的供品是给半神人的，阿格尼(Agni)和斯娃哈的三个儿子帕瓦卡(Pāvaka)、帕瓦曼(Pavamāna)和舒祺(Śuci)代表半神人接受供品。

第61节 तेभ्योऽग्नयः समभवन् चत्वारिंशच्च पञ्च च ।
त एवैकोनपञ्चाशत्साकं पितृपितामहैः ॥६१॥

tebhyo 'gnayaḥ samabhavan
catvāriṁśac ca pañca ca
ta evaikonapañcāśat
sākaṁ pitṛ-pitāmahaiḥ

tebhyaḥ—从他们 / agnayaḥ—火神们 / samabhavan—被生出 / catvāriṁśat—四十 / ca—和 / pañca—五 / ca—和 / te—他们 / eva—肯定地 / ekona-pañcāśat—四十九 / sākam—以及 / pitṛ-pitāmahaiḥ—与父亲和祖父

译文 那三个儿子共有四十五个后代，他们都是火神。因此，加上父辈和祖父，火神共有四十九位。

要旨 在火神中，祖父是阿格尼(Agni)，儿子是帕瓦卡(Pā- vaka)、帕瓦曼(Pavamāna)和舒祺(Śuci)。这四位再加上四十五个孙子，共有四十九位不同的火神。

第62节 वैतानिके कर्मणि यन्नामभिर्ब्रह्मवादिभिः ।
आग्नेय्य इष्टयो यज्ञे निरूप्यन्तेऽग्नयस्तु ते ॥६२॥

vaitānike karmaṇi yan-
nāmabhir brahma-vādibhiḥ
āgneyya iṣṭayo yajñe
nirūpyante 'gnayas tu te

vaitānike—献上供品 / karmaṇi—活动 / yat—火神们的 / nāmabhiḥ—由名字 / brahma-vādibhiḥ—由非人格神主义布茹阿玛纳 / āgneyyaḥ—为阿格尼 / iṣṭayaḥ—祭祀 / yajñe—在祭祀中 / nirūpyante—是对象 / agnayaḥ—四十九位火神 / tu—但是 / te—那些

译文 这四十九位火神，都是非人格神主义布茹阿玛纳往韦达祭祀之火中供奉祭品的受益者。

要旨 为追求功利性结果而举行韦达祭祀的非人格神主义者，受各种火神的吸引，以他们的名义供奉祭品。这节诗里描述了四十九位火神。

第63节 अग्निष्वात्ता बर्हिषदः सौम्याः पितर आज्यपाः ।
साग्नयोऽनग्नयस्तेषां पत्नी दाक्षायणी स्वधा ॥६३॥

agniṣvāttā barhiṣadaḥ
saumyāḥ pitara ājyapāḥ
sāgnayo 'nagnayas teṣāṁ
patnī dākṣāyaṇī svadhā

agniṣvāttāḥ—阿格尼施瓦塔 / barhiṣadaḥ—巴尔黑沙达 / saumyāḥ—骚弥亚 / pitaraḥ—祖先 / ājyapāḥ—阿佳帕 / sa-agnayaḥ—那些用火的人 / anagnayaḥ—那些不用火的人 / teṣām—他们 / patnī—妻子 / dākṣāyaṇī—达克沙的女儿 / svadhā—斯娃妲

译文　所有的阿格尼施瓦塔、巴尔黑沙达、骚弥亚和阿佳帕，都是琵塔。他们不是萨格尼卡，就是尼茹阿格尼卡。这些琵塔的妻子，就是达克沙王的女儿斯娃妲。

第64节　तेभ्यो दधार कन्ये द्वे वयुनां धारिणीं स्वधा ।
उभे ते ब्रह्मवादिन्यौ ज्ञानविज्ञानपारगे ॥६४॥

tebhyo dadhāra kanye dve
vayunāṁ dhāriṇīṁ svadhā
ubhe te brahma-vādinyau
jñāna-vijñāna-pārage

tebhyaḥ—从他们 / dadhāra—生了 / kanye—女儿们 / dve—两个 / vayunām—瓦尤娜 / dhāriṇīm—达蕊妮 / svadhā—斯娃妲 / ubhe—他们两人 / te—她们 / brahma-vādinyau—非人格神主义者 / jñāna-vijñāna-pāra-ge—精通超然的知识和韦达知识

译文　嫁给琵塔们的斯娃妲，生了瓦尤娜和达蕊妮两个女儿，她们俩都是非人格神主义者，都精通超然的韦达知识。

第65节　भवस्य पत्नी तु सती भवं देवमनुव्रता ।
आत्मनः सदृशं पुत्रं न लेभे गुणशील तः ॥६५॥

bhavasya patnī tu satī
bhavaṁ devam anuvratā

ātmanaḥ sadṛśaṁ putraṁ
na lebhe guṇa-śīlataḥ

bhavasya—巴瓦(主希瓦)的 / patnī—妻子 / tu—但是 / satī—名为萨缇 / bhavam—向巴瓦 / devam—一位半神人 / anuvratā—忠诚服务 / ātmanaḥ—她自己的 / sadṛśam—同样的 / putram——一个儿子 / na lebhe—未得到 / guṇa-śīlataḥ—由优秀的品质和性格

译文 达克沙的第十六个女儿萨缇是希瓦的妻子。她虽然一直忠诚地侍奉她丈夫，但却没能生孩子。

第66节 पितर्यप्रतिरूपे स्वे भवायानागसे रुषा ।
अप्रौढैवात्मनात्मानमजहाद्योगसंयुता ॥६६॥

pitary apratirūpe sve
bhavāyānāgase ruṣā
aprauḍhaivātmanātmānam
ajahād yoga-saṁyutā

pitari—作为父亲 / apratirūpe—不怀好意 / sve—她自己的 / bhavāya—向主希瓦 / anāgase—纯洁无瑕的 / ruṣā—愤怒地 / aprauḍhā—在身体发育成熟前 / eva—甚至 / ātmanā—由她自己 / ātmānam—身体 / ajahāt—放弃 / yoga-saṁyutā—靠神秘瑜伽

译文 其原因是，萨缇的父亲达克沙曾经在希瓦根本没犯错误的情况下指责他。结果，萨缇在成年之前就借用瑜伽的神秘力量放弃了她的躯体。

要旨 主希瓦(Śiva)作为全体神秘瑜伽师的领袖，甚至从没有为自己建造过一所住宅。萨缇(Sati)是伟大的达克沙(Dakṣa)王的女儿，由于这个最小的女儿选择主希瓦做丈夫，达克沙王对她不是很满意。因此，不管她什么时候遇到她父亲，她父亲都要无中生有地批评她丈夫，虽然主希瓦根本没有犯错。为此，萨缇在成年之前就放弃了达克沙给她的躯体，所以没能生孩子。

到此为止，结束了巴克提韦丹塔对《圣典博伽瓦谭》第 4 篇第 1 章“玛努女儿的家谱”所作的阐释。

第二章

达克沙诅咒主希瓦

第1节 विदुर उवाच
भवे शील वतां श्रेष्ठे दक्षो दुहितृवत्सलः ।
विद्वेषमक रोत्क स्मादनादृत्यात्मजां सतीम् ॥१॥

vidura uvāca
bhave śīlavatāṁ śreṣṭhe
dakṣo duhitṛ-vatsalaḥ
vidveṣam akarot kasmād
anādṛtyātmajāṁ satīm

viduraḥ uvāca—维杜茹阿说 / bhave—向主希瓦 / śīlavatām—在温和的人中 / śreṣṭhe—最好的 / dakṣaḥ—达克沙 / duhitṛ-vatsalaḥ—疼爱他女儿 / vidveṣam—敌意 / akarot—表现出 / kasmāt—为什么 / anādṛtya—忽略 / ātmajām—他亲生女儿 / satīm—萨缇

译文 维杜茹阿询问道：达克沙既然那么爱自己的女儿，为什么要嫉妒最温文尔雅的希瓦并怠慢自己的女儿萨缇呢？

要旨 第四篇的第二章中解释了主希瓦(Śiva)和达克沙(Dakṣa)之间产生纠纷的原因，这场纠纷开始于达克沙为了整个宇宙的和平所安排举行的一场盛大的祭祀。这节诗中说主希瓦是最温文尔雅的人，因为他对任何人都没有恶意，平等对待众生，而且具备其他所有的优秀品质。梵文希瓦一词的意思是“绝对吉祥的”。主希瓦是如此平静、弃绝，总是远离一切世俗事物，甚至从没有为自己盖过一间房屋，而始终是住在树下，因此，没人能成为他的敌人。主希瓦是温和、亲切的象征。既然如此，把自己心爱的女儿嫁给这样一位绅士的达克沙，为什么要对主希瓦怀有如此强烈的敌意，以至于他那嫁给主希瓦做妻子的女儿萨缇(Satī)要为此舍弃自己的躯体呢？

第2节 क स्तं चराचरगुरुं निर्वैरं शान्तविग्रहम् ।
आत्मारामं कथं द्वेष्टि जगतो दैवतं महत् ॥ २ ॥

kas taṁ carācara-gurum
nirvairaṁ śānta-vigraham
ātmārāmaṁ kathaṁ dveṣṭI
jagato daivataṁ mahat

kaḥ—谁(达克沙) / tam—他(主希瓦) / cara-acara—整个世界(有生命和无生命)的 / gurum—灵性导师 / nirvairam—没有敌意 / śānta-vigraham—是一个平静的人 / ātma-ārāmam—他内心感到满足 / katham—如何 / dveṣṭi—恨 / jagataḥ—宇宙的 / daivatam—半神人 / mahat—伟大的

译文 整个世界的灵性导师希瓦性情温和，对谁都没有敌意，而且内心始终满足。在半神人当中，他最伟大。达克沙怎么可能对这样一位吉祥的人物怀有敌意呢？

要旨 这节诗中说主希瓦(Śiva)是 carācara-guru——一切有生命和无生命事物的灵性导师。他有时被称为布塔纳特(Bhūtanātha)，意思是“头脑迟钝的人崇拜的神明”。布塔有时也指鬼魂。主希瓦甚至负责改造、教育鬼魂和恶魔那样的人物，更不要说教导虔诚之士了。正因为如此，他既是头脑迟钝、生性邪恶的人的灵性导师，也是学识渊博的外士纳瓦(Vaiṣṇava，至尊主的奉献者)的灵性导师；他是每一个人的灵性导师。经典还说：主希瓦(商布，śambhu)是最伟大的外士纳瓦(vaiṣṇavanāṁ yathā śambhuḥ)。他一方面是头脑迟钝的恶魔所崇拜的对象，另一方面是最优秀的外士纳瓦——奉献者。他有一个师徒传承叫茹铎(Rudra)师徒传承。即便他是敌人或有时发怒，像他这样的人也不可能成为嫉妒的对象。所以，维杜茹阿(Vidura)才会惊讶地询问，他为什么会受到特别是达克沙的这种对待。达克沙也不是一个普通的人物。他是生物体的祖先(帕佳帕提，Prajāpati)，负责繁衍生物体。他所有的女儿地位都很高，特别是萨缇(Satī)。萨缇一词的意思是“最贞节的”。无论何时，只要一提到贞节，主希瓦的妻子——达克沙的女儿萨缇，都被认为是最贞节的。因此，维杜茹阿感到震惊。他想：“达克沙是如此伟大，而且是萨缇的父亲。主希瓦又是大家的灵性导师。他们之间怎么可能有那么强的敌意，以致最贞洁的女神萨缇能因为他们之间的纷争而放弃自己的躯体呢？”

第3节 एतदाख्याहि मे ब्रह्मन् जामातुः श्वशुरस्य च ।
विद्वेषस्तु यतः प्राणांस्तत्यजे दुस्त्यजान् सती ॥ ३ ॥

etad ākhyāhi me brahman
jāmātuḥ śvaśurasya ca
vidveṣas tu yataḥ prāṇāṁs
tatyaje dustyajān satī

etat—如此 / ākhyāhi—请告诉 / me—向我 / brahman—布茹阿玛纳啊 / jāmātuḥ—女婿(主希瓦)的 / śvaśurasya—岳父(达克沙)的 / ca—和 / vidveṣaḥ—纷争 / tu—以致 / yataḥ—由于什么原因 / prāṇān—她的生命 / tatyaje—放弃 / dustyajān—不可能放弃的 / satī—萨缇

译文 亲爱的麦垂亚，放弃自己的生命是很困难的。请您给我解释一下，他们这女婿和岳父之间怎么会反目成仇到如此地步，以致伟大的女神萨缇竟能为此放弃她的生命呢？

第4节

मैत्रेय उवाच
पुरा विश्वसृजां सत्रे समेताः परमर्षयः ।
तथामरगणाः सर्वे सानुगा मुनयोऽग्नयः ॥ ४ ॥

maitreya uvāca
purā viśva-sṛjāṁ satre
sametāḥ paramarṣayaḥ
tathāmara-gaṇāḥ sarve
sānugā munayo 'gnayaḥ

maitreyaḥ uvāca—圣人麦垂亚说 / purā—从前(在斯瓦阳布瓦·玛努统治时期) / viśva-sṛjām—宇宙的创造者的 / satre—在祭祀中 / sametāḥ—聚集 / parama-ṛṣayaḥ—伟大的圣人们 / tathā—还有 / amara-gaṇāḥ—半神人 / sarve—所有 / sa-anugāḥ—以及他们的追随者 / munayaḥ—哲学家们 / agnayaḥ—火神们

译文 圣人麦垂亚说：很久以前，这个宇宙创造的领袖们举行了一场盛大的祭祀，所有的大圣人、哲学家、半神人和火神们都带着他们的随从来参加。

要旨 经维杜茹阿(Vidura)询问，圣人麦垂亚(Maitreya)开始解释主希瓦(Śiva)和达克沙(Dakṣa)之间产生误会的原因，而萨缇(Satī)女神正是为此放弃了她的躯体。于是，玛瑞祺(Marīci)、达克沙和瓦希施塔(Vasiṣṭha)等宇宙创造的领导人举行一场盛大祭祀的历史序幕拉开了。这些伟大的人物安排了一场盛大的祭祀，因铎(Indra)和火神等半神人们都为此带着他们的随从聚集到一起，主布茹阿玛

(Brahmā)和主希瓦也出席了。

第5节 तत्र प्रविष्टमृषयो दृष्ट्वार्कमिव रोचिषा ।
भ्राजमानं वितिमिरं कु र्वन्तं तन्महत्सदः ॥ ५ ॥

tatra praviṣṭam ṛṣayo
 dṛṣṭvārkam iva rociṣā
bhrājamānaṁ vitimiraṁ
 kurvantaṁ tan mahat sadaḥ

tatra—那里 / praviṣṭam—进入以后 / ṛṣayaḥ—圣人们 / dṛṣṭvā—见到 / arkam—太阳 / iva—恰如 / rociṣā—有光泽 / bhrājamānam—发光的 / vitimiram—驱逐黑暗 / kurvantam—使 / tat—那 / mahat—极大的 / sadaḥ—聚会

译文 当生物祖先的领袖达克沙进入会场时，他的身体放射着太阳般的光芒，把整个会场照得通明，在场所有的人物自他到来后都显得黯然失色。

第6节 उदतिष्ठन् सदस्यास्ते स्वधिष्ण्येभ्यः सहाग्नयः ।
ऋते विरिञ्चां शर्वं च तद्भासाक्षिप्तचेतसः ॥ ६ ॥

udatiṣṭhan sadasyās te
 sva-dhiṣṇyebhyaḥ sahāgnayaḥ
ṛte viriñcāṁ śarvaṁ ca
 tad-bhāsākṣipta-cetasaḥ

udatiṣṭhan—站起来 / sadasyāḥ—与会成员 / te—他们 / sva-dhiṣṇyebhyaḥ—从他们各自的座位上 / saha-agnayaḥ—与火神们 / ṛte—除了 / viriñcām—布茹阿玛 / śarvam—希瓦 / ca—和 / tat—

他的(达克沙的) / bhāsa—被光泽 / ākṣipta—受影响 / cetasaḥ—那些人的心

译文 除了布茹阿玛和希瓦，当时参加那场盛大祭祀的全体火神和其他来宾，都受达克沙身体光芒的影响，对他肃然起敬，纷纷从自己的座位上站了起来。

第7节 सदसस्पतिभिर्दक्षो भगवान् साधु सत्कृ तः ।
अजं लोक गुरुं नत्वा निषसाद तदाज्ञया ॥७॥

sadasas-patibhir dakṣo
bhagavān sādhu sat-kṛtaḥ
ajaṁ loka-guruṁ natvā
niṣasāda tad-ājñayā

sadasaḥ—聚会的 / patibhiḥ—被领导人 / dakṣaḥ—达克沙 / bhagavān—一切财富的拥有者 / sādhu—恰当地 / sat-kṛtaḥ—受到欢迎 / ajam—向非生者(布茹阿玛) / loka-gurum—向宇宙的导师 / natvā—致敬 / niṣasāda—坐下 / tat-ājñayā—由他(布茹阿玛)的指令

译文 大会主席布茹阿玛合乎礼节地欢迎了达克沙，达克沙向布茹阿玛致敬后，便遵照布茹阿玛的指示，在他的座位上端坐下来。

第8节 प्राङ्निषण्णं मृडं दृष्ट्वा नामृष्यत्तदनादृतः ।
उवाच वामं चक्षुर्भ्यामभिवीक्ष्य दहन्निव ॥८॥

prāṅ-niṣaṇṇaṁ mṛḍaṁ dṛṣṭvā
nāmṛṣyat tad-anādṛtaḥ

uvāca vāmaṁ cakṣurbhyām
abhivīkṣya dahann iva

prāk—在……之前 / niṣaṇṇam—入座 / mṛḍam—主希瓦 / dṛṣṭvā—见到 / na amṛṣyat—不容忍 / tat—被他(希瓦) / anādṛtaḥ—不被尊敬 / uvāca—说 / vāmam—不诚实的 / cakṣurbhyām—用两眼 / abhivīkṣya—盯着 / dahan—燃烧的 / iva—恰似

译文　然而，达克沙在就座前一眼看到希瓦还坐在座位上没向他致敬，便感觉受到了极大的冒犯。那时，达克沙变得极为愤怒，他双眼通红，开始用激烈的言词攻击希瓦。

要旨　达克沙(Dakṣa)作为主希瓦(Śiva)的岳父，原指望女婿希瓦会与其他人一起站起来，向他这个岳父表示敬意。但由于主布茹阿玛(Brahmā)和主希瓦都是首要的半神人，地位都比达克沙的地位高，他们俩没有站起来。然而，达克沙无法忍受主希瓦不站起来向他致敬，认为这是女婿对他的污辱。他以前就对主希瓦不是很满意，因为希瓦在穿衣服方面很吝啬，看上去很穷。

第9节　श्रूयतां ब्रह्मर्षयो मे सहदेवाः सहाग्नयः ।
साधूनां ब्रुवतो वृत्तं नाज्ञानान्न च मत्सरात् ॥ ९ ॥

śrūyatāṁ brahmarṣayo me
saha-devāḥ sahāgnayaḥ
sādhūnāṁ bruvato vṛttaṁ
nājñānān na ca matsarāt

śrūyatām—聆听 / brahma-ṛṣayaḥ—布茹阿玛纳中的圣人啊 / me—向我 / saha-devāḥ—半神人啊 / saha-agnayaḥ—诸位火神啊 / sādhūnām—温和知礼的人啊 / bruvataḥ—讲说 / vṛttam—风

范 / na—不 / ajñānāt—出于无知 / na ca—并不 / matsarāt—出于嫉妒心

译文 他说：在场的全体圣人、布茹阿玛纳和火神们，请注意听我讲有关绅士的风范。我并不是出于愚昧或嫉妒而讲这些的。

要旨 为了说反对主希瓦(Śiva)的话，达克沙(Dakṣa)首先很圆滑地说他要讲有关绅士的风范，试图以此使聚集在祭祀场上的众人感到心安，尽管他的话自然会使某些没有礼貌的人不高兴；也可能使聚会的众人不高兴，因为大家甚至不愿意让没有礼貌的人感到被冒犯。换句话说，达克沙十分清楚：尽管主希瓦的行为无可挑剔，但他要说反对主希瓦的话。谈到嫉妒，达克沙从一开始就嫉妒主希瓦，因此已经意识不到自己是在嫉妒。他虽然像一个无知的人那样在说话，但为了掩饰自己的说明，便说自己不是出于鲁莽和嫉妒而说话。

第10节 अयं तु लोकपालानां यशोघ्नो निरपत्रपः ।
सद्भिराचरितः पन्था येन स्तब्धेन दूषितः ॥१०॥

ayaṁ tu loka-pālānāṁ
yaśo-ghno nirapatrapaḥ
sadbhir ācaritaḥ panthā
yena stabdhena dūṣitaḥ

ayam—他(希瓦) / tu—但是 / loka-pālānām—宇宙统治者的 / yaśaḥ-ghnaḥ—玷污名声 / nirapatrapaḥ—无耻的 / sadbhiḥ—由那些举止文雅的人 / ācaritaḥ—遵守 / panthāḥ—道路 / yena—由谁(希瓦) / stabdhena—缺乏正确的行为 / dūṣitaḥ—被污染

译文　希瓦损坏了宇宙管理者的名誉和声望，玷污了温雅风范之道。他厚颜无耻，因此不知道如何为人行事。

要旨　达克沙(Dakṣa)想让所有参加盛会的大圣人们心中留下一个印象，那就是：希瓦(Śiva)作为一个半神人，用他无礼的举动摧毁了全体半神人的美名。达克沙用来反对希瓦的话也可以用另一种方式去理解——从好的方面理解。例如：他说希瓦是 yaśo-ghna，这意思是“毁坏了名声的人”；但也可以解释为：他如此有名，以致使其他人相比之下显得默默无闻了。还有，达克沙用的梵文 nirapatrapa 一词也可以有两种解释，一种解释是“发育不良的人”，另一种解释是“维护不受他人保护的人”。一般人都知道主希瓦是低等生物体(布塔，bhūta)的主人。主希瓦对众生极为仁慈，而且非常容易满足，因此低等生物体都托庇于他。为此，他被称为阿舒头沙(Āśutoṣa)。对那些接近不了其他半神人或维施努的人，主希瓦给予他们庇护，梵文 nirapatrapa 一词就是这样的意思

第11节　एष मे शिष्यतां प्राप्तो यन्मे दुहितुरग्रहीत् ।
पाणिं विप्राग्निमुखतः सावित्र्या इव साधुवत् ॥११॥

eṣa me śiṣyatāṁ prāpto
yan me duhitur agrahīt
pāṇiṁ viprāgni-mukhataḥ
sāvitryā iva sādhuvat

eṣaḥ—他(希瓦) / me—我的 / śiṣyatām—从属地位 / prāptaḥ—接受 / yat—因为 / me duhituḥ—我女儿的 / agrahīt—他接受 / pāṇim—手 / vipra-agni—布茹阿玛纳和火的 / mukhataḥ—在……面前 / sāvitryāḥ—嘎雅垂 / iva—像 / sādhuvat—像一位诚实之人

译文　他通过当着布茹阿玛纳的面在火前娶我女儿，已经接受我为他的长辈。他娶了我那与嘎雅垂一样伟大的女儿，装得就像一个诚实人。

要旨　达克沙(Dakṣa)说主希瓦(Śiva)装得就像一个诚实人，意思是说：希瓦并不诚实，因为他虽然当了达克沙的女婿，但却不尊重达克沙。

第12节　गृहीत्वा मृगशावाक्ष्याः पाणिं मर्क ट ल ोचनः ।
प्रत्युत्थानाभिवादार्हे वाचाप्यकृ त नोचितम् ॥१२॥

gṛhītvā mṛga-śāvākṣyāḥ
pāṇiṁ markaṭa-locanaḥ
pratyutthānābhivādārhe
vācāpy akṛta nocitam

gṛhītvā—接受 / mṛga-śāva—像幼鹿的 / akṣyāḥ—她双眼的 / pāṇim—手 / markaṭa—猴子的 / locanaḥ—他的双眼 / pratyutthāna—从座位上站立起来 / abhivāda—荣誉 / arhe—向我这值得的人 / vācā—用体贴的话语 / api—甚至 / akṛta na—他并不 / ucitam—尊重

译文　他的眼睛长得像猴眼，但却娶了我那长着幼鹿般双眼的女儿。尽管如此，他既不起身迎接我，也不认为用和蔼的话语欢迎我是合适的。

第13节　लु प्तक्रि यायाशुचये मानिने भिन्नसेतवे ।
अनिच्छ न्नप्यदां बाल ां शूद्रायेवोशतीं गिरम् ॥१३॥

lupta-kriyāyāśucaye
mānine bhinna-setave
anicchann apy adāṁ bālāṁ
śūdrāyevośatīṁ giram

lupta-kriyāya—不遵守戒律 / aśucaye—不纯洁 / mānine—骄傲 / bhinna-setave—违背所有礼仪规范 / anicchan—不想 / api—虽然 / adām—嫁给 / bālām—我女儿 / śūdrāya—向一位庶铎 / iva—如 / uśatīm giram—韦达经的讯息

译文　我根本不想把女儿嫁给这个粗鲁无礼的人。他不遵守理应遵守的规范守则，因此不纯洁。可我还是被迫把女儿嫁给了他，就像一个人把韦达经中的知识传授给庶铎一样。

要旨　有着许多不良习惯的庶铎(śūdra)，不配听韦达教导，所以被禁止学习韦达经(Veda)。人除非具备了布茹阿玛纳(brāhmaṇa)的资格，否则不应该阅读韦达典籍：这条限制规定，就如限制说，想读法律的学生除非修完所有低年级的课程，否则不应该进法学院。在达克沙眼里，希瓦的习惯不洁净，不配娶他那极为博学、美丽和贞节的女儿萨缇(Sati)。这节诗里用的梵文 bhinna-setave 一词，是指不遵守韦达原则，违背了所有使人保持良好习惯的规范守则的人。换句话说，达克沙认为他女儿与希瓦的婚事不理想。

第14－15节　प्रेतावासेषु घोरेषु प्रेतैर्भूतगणैर्वृतः ।
अट त्युन्मत्तवन्नग्नो व्युप्तके शो हसन् रुदन् ॥१४॥

चिताभस्मकृ तस्नानः प्रेतस्रङ्न्रस्थिभूषणः ।
शिवापदेशो ह्यशिवो मत्तो मत्तजनप्रियः ।
पतिः प्रमथनाथानां तमोमात्रात्मक ात्मनाम् ॥१५॥

pretāvāseṣu ghoreṣu
　pretair bhūta-gaṇair vṛtaḥ
aṭaty unmattavan nagno
　vyupta-keśo hasan rudan

citā-bhasma-kṛta-snānaḥ
　preta-sraṅ-nrasthi-bhūṣaṇaḥ
śivāpadeśo hy aśivo
　matto matta-jana-priyaḥ
patiḥ pramatha-nāthānāṁ
　tamo-mātrātmakātmanām

preta-āvāseṣu—在焚化尸体的地方 / ghoreṣu—可怕的 / pretaiḥ—被普瑞塔 / bhūta-gaṇaiḥ—被布塔 / vṛtaḥ—为……陪伴 / aṭati—他游荡 / unmatta-vat—像一位疯子 / nagnaḥ—赤身露体 / vyupta-keśaḥ—披头散发 / hasan—笑 / rudan—哭喊 / citā—火葬用的柴堆的 / bhasma—用灰尘 / kṛta-snānaḥ—沐浴 / preta—骷髅的 / srak—戴个花环 / nṛ-asthi-bhūṣaṇaḥ—用死人尸骨做装饰 / śiva-apadeśaḥ—希瓦——吉祥，只是徒有其名 / hi—为了 / aśivaḥ—不吉利的 / mattaḥ—疯狂的 / matta-jana-priyaḥ—疯子非常喜欢他 / patiḥ—领袖 / pramatha-nāthānām—帕玛塔之主的 / tamaḥ-mātra-ātmaka-ātmanām—那些深受愚昧属性控制的人

译文 他住在火葬场那种肮脏不堪的地方，与鬼魂和恶魔为伍。他像疯子一样赤身露体，有时大笑有时哭喊，并把骨灰涂在自己身上。他不定时洗澡，还用头盖骨和骨头穿成花环装扮自己的身体。因此，他只不过在名义上是希瓦——吉祥的，实际上是最疯狂、最不吉祥的生物体。为此，那些深受愚昧属性控制的疯狂生物体非常喜欢他，而他是他们的领袖。

要旨　不定时洗澡的人大多是与鬼魂和疯狂的生物体为伍的人。主希瓦(Śiva)表面看起来就是这样；他的名字希瓦其实很适合他，因为他极为仁慈地对待处在愚昧属性控制的黑暗中的生物体，比如不定时洗澡的肮脏酒鬼等。主希瓦是那么仁慈，甚至保护这种生物体，并逐渐把他们的意识提升到灵性的层面上。尽管提升这种生物体，让他们有灵性的理解非常困难，但主希瓦还是照管他们。为此，韦达经中说主希瓦是绝对吉祥的。就连这么堕落的灵魂，都能靠与他的联谊得到提升。

伟大的人物有时会与堕落的灵魂见面；他们不考虑个人的利益，而只考虑那些灵魂的利益。在至尊主的创造中有各种各样的生物体，其中有些受制于善良属性，有些受制于激情属性，有些受制于愚昧属性。主维施努(Viṣṇu)负责照管那些有高度奎师那意识的外士纳瓦(Vaiṣṇava)，主布茹阿玛(Brahmā)负责照管那些迷恋物质活动的人，但主希瓦是如此仁慈，负责照管那些粗俗无知、禽兽不如的人。所以，主希瓦被特别称为“吉祥的”。

第16节　तस्मा उन्मादनाथाय नष्टशौचाय दुर्हृदे ।
दत्ता बत मया साध्वी चोदिते परमेष्ठिना ॥१६॥

tasmā unmāda-nāthāya
naṣṭa-śaucāya durhṛde
dattā bata mayā sādhvī
codite parameṣṭhinā

tasmai—向他 / unmāda-nāthāya—向鬼魂之主 / naṣṭa-śaucāya—缺乏各种清洁 / durhṛde—心中满是肮脏的东西 / dattā—被给予 / bata—唉！ / mayā—被我 / sādhvī—萨缇 / codite—被要求 / parameṣṭhinā—被最高的导师(布茹阿玛)

译文 尽管他一点儿都不干净，心中又装满下流污秽的东西，我还是在主布茹阿玛的要求下把贞洁的女儿嫁给了他。

要旨 父母的责任是：把女儿嫁给一位在财富、社会地位等方面都门当户对，并跟自己家人一样爱清洁、举止高雅的人。达克沙(Dakṣa)后悔自己听从父亲布茹阿玛(Brahmā)的要求，把女儿嫁给一个他认为是龌龊、低贱的人。他极为愤怒，甚至不愿承认提出这一要求的布茹阿玛是他父亲。他不把布茹阿玛称为父亲，而是用“宇宙中的最高导师(parameṣṭhī)”来称呼布茹阿玛。换句话说，他甚至指责布茹阿玛智力欠佳，因为是布茹阿玛让他把美丽的女儿嫁给这个龌龊、低贱的家伙的。人一愤怒就忘乎所以，达克沙也不例外。他在愤怒时不仅指责伟大的主希瓦，还批语他自己的父亲——主布茹阿玛。达克沙认为他正是因为听了布茹阿玛不怎么精明的建议，才把自己的女儿嫁给了主希瓦。

第17节 मैत्रेय उवाच
विनिन्द्यैवं स गिरिशमप्रतीपमवस्थितम् ।
दक्षोऽथाप उपस्पृश्य क्रुद्धः शप्तुं प्रचक्रमे ॥१७॥

maitreya uvāca
vinindyaivaṁ sa giriśam
apratīpam avasthitam
dakṣo 'thāpa upaspṛśya
kruddhaḥ śaptuṁ pracakrame

maitreyaḥ uvāca—麦垂亚说 / vinindya—辱骂 / evam—如此 / saḥ—他(达克沙) / giriśam—希瓦 / apratīpam—没有任何敌意 / avasthitam—保持 / dakṣaḥ—达克沙 / atha—现在 / apaḥ—水 /

upaspṛśya—洗手洗嘴 / kruddhaḥ—愤怒的 / śaptum—诅咒 / pracakrame—开始

译文　圣人麦垂亚继续说：就这样，达克沙看到希瓦坐着没有起身，就以为他是在反对自己，于是洗手、洗嘴并用如下的话语诅咒他。

第18节　अयं तु देवयजन इन्द्रोपेन्द्रादिभिर्भवः ।
सह भागं न लभतां देवैर्देवगणाधमः ॥१८॥

ayaṁ tu deva-yajana
indropendrādibhir bhavaḥ
saha bhāgaṁ na labhatāṁ
devair deva-gaṇādhamaḥ

ayam—那 / tu—但是 / deva-yajane—在半神人的祭祀中 / indra-upendra-ādibhiḥ—与因铎、乌彭铎和其他人 / bhavaḥ—希瓦 / saha—以及 / bhāgam——部分 / na—不 / labhatām—应得到 / devaiḥ—与半神人 / deva-gaṇa-adhamaḥ—最低级的半神人

译文　尽管半神人有资格分享祭祀的供品，但希瓦因为是最低等的半神人，所以不应该有份。

要旨　这个诅咒剥夺了希瓦(Śiva)分享韦达祭祀供品的权利。圣维施瓦纳特·查考瓦尔提(Viśvanātha Cakravatī)对此评论说：正是达克沙(Dakṣa)的这一诅咒，使主希瓦避免了与其他物质主义半神人分享供品的灾难。主希瓦是至尊人格首神最伟大的奉献者，并不适合与半神人那样的物质主义者吃在一起或坐在一起。因此，达克沙的诅咒间接地成了一个祝福，它使希瓦不必再与其他过分物质化的半

神人同吃同坐了。高尔克首尔·达斯·巴巴吉·玛哈茹阿佳(Gaurakiśora dāsa Bābājī Mahārāja)为我们树立了一个实际的榜样，他曾经坐在厕所边吟诵哈瑞·奎师那(Hare kṛṣṇa)。有许多物质主义者经常去打扰他，使他每天无法照常吟诵，他为了避免与他们在一起，就坐到厕所边上。那地方又脏又臭，令人厌恶，物质主义者不愿去那里。然而，高尔克首尔·达斯·巴巴吉·玛哈茹阿佳非常伟大，就连欧么·维施努帕德·施瑞·施瑞玛德·巴克提希丹塔·萨如阿斯瓦提·哥斯瓦米·帕布帕德(Om Viṣṇupāda ŚrīŚrīmad Bhaktisiddhānta Sarasvatī Gosvāmī Prabhupāda)这样的伟人都拜他为灵性导师。结论是：主希瓦以他独特的方式行事，以避免物质主义者在他做奉爱服务时打扰他。

第19节 निषिध्यमानः स सदस्यमुख्यै-
दक्षो गिरित्राय विसृज्य शापम् ।
तस्माद्विनिष्क्रम्य विवृद्धमन्यु-
र्जगाम कौरव्य निजं निकेतनम् ॥१९॥

niṣidhyamānaḥ sa sadasya-mukhyair
dakṣo giritrāya visṛjya śāpam
tasmād viniṣkramya vivṛddha-manyur
jagāma kauravya nijaṁ niketanam

niṣidhyamānaḥ—被请求不要 / saḥ—他(达克沙) / sadasya-mukhyaiḥ—被参加祭祀的成员 / dakṣaḥ—达克沙 / giritrāya—向希瓦 / visṛjya—给予 / śāpam—诅咒 / tasmāt—从那个地方 / viniṣkramya—出去 / vivṛddha-manyuḥ—极其愤怒 / jagāma—去 / kauravya—维杜茹阿啊 / nijam—到他自己的 / niketanam—家

译文 麦垂亚接着说：亲爱的维杜茹阿，达克沙不愿聚集在祭祀现场的全体成员的请求，极其愤怒地诅咒了希瓦，随后离开会场回家去了。

要旨 愤怒是如此有害，就连达克沙(Dakṣa)这样伟大的人物，都因为愤怒而不顾主布茹阿玛，以及所有伟大的圣哲和虔诚、圣洁之人都聚集在那里的事实，拂袖离开了祭祀场。尽管大家都求他不要离开，但他还是狂怒地离开，认为那吉祥的场所并不适合他。达克沙因地位崇高而妄自尊大，认为没有人比他更伟大。看起来全体与会成员，包括主布茹阿玛在内，都曾请求他不要愤怒，不要离开大家，但他还是置大家的请求于不顾，拂袖而去。那就是残酷的愤怒所导致的结果。因此，《博伽梵歌》(Bhagavad-gītā)劝告人们说：想在灵性意识方面取得实质性进步的人，必须避免物质欲望、愤怒和激情属性这三件事。事实上我们可以看到，物质欲望、愤怒和激情属性使人疯狂，即使像达克沙那样伟大的人也不例外。达克沙这个名字表示他精通所有的物质活动，但尽管如此，由于他不喜欢希瓦这么圣洁的人，他遭到了物质欲望、愤怒和激情属性这三个敌人的攻击。因此，主柴坦亚(Caitanya)劝告人们，要非常谨慎地不冒犯外士纳瓦(Vaiṣṇava)。祂把对外士纳瓦的冒犯比喻为是一头疯狂的大象。疯狂的大象会做出一切可怕的事；同样，当人冒犯外士纳瓦时，他会做出所有令人厌恶的举动。

第20节 विज्ञाय शापं गिरिशानुगाग्रणी-
नन्दीश्वरो रोषक षायदूषितः ।
दक्षाय शापं विससर्ज दारुणं
ये चान्वमोदंस्तदवाच्यतां द्विजाः ॥२०॥

vijñāya śāpaṁ giriśānugāgraṇīr
nandīśvaro roṣa-kaṣāya-dūṣitaḥ

dakṣāya śāpaṁ visasarja dāruṇaṁ
ye cānvamodaṁs tad-avācyatāṁ dvijāḥ

vijñāya—理解 / śāpam—诅咒 / giriśa—希瓦的 / anuga-agraṇīḥ—主要同伴之一 / nandīśvaraḥ—南迪施瓦尔 / roṣa—愤怒 / kaṣāya—红的 / dūṣitaḥ—盲目地 / dakṣāya—向达克沙 / śāpam—诅咒 / visasarja—给予 / dāruṇam—严厉的 / ye—谁 / ca—和 / anvamodan—宽容 / tat-avācyatām—对希瓦的诅咒 / dvijāḥ—布茹阿玛纳

译文 一旦明白到希瓦被诅咒了，希瓦的一个主要随从南迪施瓦尔变得异常愤怒。他眼睛通红，开始诅咒达克沙，以及所有在场容忍达克沙用刺耳的话语诅咒希瓦的布茹阿玛纳。

要旨 某些初级外士纳瓦(Vaiṣṇava)与希瓦的信徒之间长期存在着纠纷，一直不和。当达克沙用尖刻的话语诅咒主希瓦(Śiva)时，在场的有些布茹阿玛纳(brāhmaṇa，婆罗门)可能还很高兴，因为他们也不是很喜欢主希瓦。这是因为他们不了解主希瓦的地位。达克沙对主希瓦的诅咒刺激了南迪施瓦尔(Nandīśvara)，但他并没有向在场的主希瓦学习。主希瓦虽然也可以用同样的方式诅咒达克沙，但却保持沉默、容忍，可他的追随者南迪施瓦尔却不能容忍。当然，作为追随者，不容忍别人对主人的部分是对的，但他不应该诅咒在场的布茹阿玛纳。整个事件是如此错综复杂，以致那些定力不够的人都忘了自己的地位，就这样在大会上你来我往地互相诅咒着。换句话说，物质领域极不牢靠，就连像南迪施瓦尔、达克沙和许多在场的布茹阿玛纳这样的人物，也被愤怒的气氛感染了。

第21节 य एतन्मर्त्यमुद्दिश्य भगवत्यप्रतिद्रुहि ।
द्रुह्यत्यज्ञः पृथग्दृष्टिस्तत्त्वतो विमुखो भवेत् ॥२१॥

ya etan martyam uddiśya
bhagavaty apratidruhi
druhyaty ajñaḥ pṛthag-dṛṣṭis
tattvato vimukho bhavet

yaḥ—谁(达克沙) / etat martyam—这一身体 / uddiśya—涉及 / bhagavati—对于希瓦 / apratidruhi—不妒忌的人 / druhyati—容忍妒忌 / ajñaḥ—智力欠佳的人 / pṛthak-dṛṣṭiḥ—相对性观点 / tattvataḥ—从超然知识 / vimukhaḥ—丧失 / bhavet—会成为

译文 谁认为达克沙是最重要的人物，并出于嫉妒怠慢希瓦，谁就是智力欠佳的人，而用二元性的观点看事物会使他失去超然的知识。

要旨 南迪施瓦尔(Nandīśvara)的第一个诅咒是：支持达克沙(Dakṣa)的人都是愚蠢地把自我与躯体相认同的人；因此，由于达克沙没有超然的知识，支持他就会使人丧失所有的超然知识。南迪施瓦尔说：达克沙像其他物质主义者一样，把自我与物质躯体相认同，企图得到与躯体有关的各种便利。达克沙极度依恋他的躯体，以及与他躯体有关的事物，包括妻子、孩子、房子等。这些事物都不同于灵魂。所以，南迪施瓦尔的诅咒是：支持达克沙的人会丧失有关灵魂的超然知识，因此也失去有关至尊人格首神的知识。

第22节 गृहेषु कू टधर्मेषु सक्त ो ग्राम्यसुखेच्छ या ।
क र्मतन्त्रं वितनुते वेदवादविपन्नधीः ॥२२॥

gṛheṣu kūṭa-dharmeṣu
sakto grāmya-sukhecchaya

karma-tantraṁ vitanute
veda-vāda-vipanna-dhīḥ

gṛheṣu—在家居生活中 / kūṭa-dharmeṣu—自命虔诚的 / saktaḥ—被……吸引 / grāmya-sukha-icchayā—由追求物质快乐的欲望 / karma-tantram—功利性活动 / vitanute—他进行 / veda-vāda—由于韦达经的解释 / vipanna-dhīḥ—丧失了智慧

译文 炫耀自己过虔诚的居士生活，但在实际生活中却受物质快乐的吸引，从而对韦达经的肤浅解释感兴趣，将使人失去一切智慧，执著于功利性活动，认为它是头等重要的。

要旨 与躯体认同的人迷恋韦达典籍中描述的功利性活动。举例来说，韦达经(Veda)中说：遵守查图尔玛夏(cāturmāsya，四个月苦行)誓言的人，会在天堂王国享受永久的幸福。《博伽梵歌》(Bhagavad-gītā)中说：韦达经中的这些华丽辞藻，吸引的主要是那些与躯体认同的人。对他们来说，天堂王国中的快乐就是一切。他们不知道在天堂之外还有灵性王国——神的王国，不知道人可以到哪里去。他们失去了超然的知识。这中人为了在来世能升迁到月亮或其他天堂星球去，极为仔细地遵守家居生活的各种规范守则。这节诗中说，这种人不知道有永恒、充满极乐的灵性生活，因此非常依恋物质快乐(grāmya-sukha)。

第23节 बुद्ध्या पराभिध्यायिन्या विस्मृतात्मगतिः पशुः ।
स्त्रीकामः सोऽस्त्वतितरां दक्षो बस्तमुखोऽचिरात् ॥२३॥

buddhyā parābhidhyāyinyā
vismṛtātma-gatiḥ paśuḥ

strī-kāmaḥ so 'stv atitarāṁ
dakṣo basta-mukho 'cirāt

buddhyā—由智力 / para-abhidhyāyinyā—由于视躯体为自我 / vismṛta-ātma-gatiḥ—忘记有关维施努的知识 / paśuḥ—动物 / strī-kāmaḥ—迷恋性生活 / saḥ—他(达克沙) / asu—让 / atitarām—过分地 / dakṣaḥ—达克沙 / basta-mukhaḥ—山羊脸 / acirāt—在很短的时间内

译文 达克沙认为躯体就是一切。因此，由于他遗忘了维施努·帕达，或说维施努·嘎提，而只依恋性生活，他将在不久的将来得到一副山羊的脸。

第24节 विद्याबुद्धिरविद्यायां कर्ममय्यामसौ जडः ।
संसरन्त्विह ये चामुमनु शर्वावमानिनम् ॥२४॥

vidyā-buddhir avidyāyāṁ
karmamayyām asau jaḍaḥ
saṁsarantv iha ye cāmum
anu śarvāvamāninam

vidyā-buddhiḥ—物质主义式的教育和智慧 / avidyāyām—无知地 / karma-mayyām—功利性活动形成的 / asau—他(达克沙) / jaḍaḥ—呆滞的 / saṁsarantu—让他们一再投生 / iha—在此物质世界里 / ye—谁 / ca—和 / amum—达克沙 / anu—跟随 / śarva—希瓦 / avamāninam—侮辱

译文 那些因发展物质教育和才智而变得像物质一样迟钝的人，无知地被卷入功利性活动。这种人有目的地侮辱主希瓦，但愿他们继续轮回生死。

要旨 上面谈到的三个诅咒，足以使人变得像石头一样呆滞、迟钝，缺乏灵性知识，一心注重无知的物质主义教育。在说完这些诅咒后，南迪施瓦尔(Nandīśvara)又诅咒了在场的布茹阿玛纳(brāhmaṇa，婆罗门)继续轮回生死，因为他们支持达克沙亵渎主希瓦。

第25节 गिरः श्रुतायाः पुष्पिण्या मधुगन्धेन भूरिणा ।
मथ्ना चोन्मथितात्मानः सम्मुह्यन्तु हरद्विषः ॥२५॥

girah śrutāyāḥ puṣpiṇyā
madhu-gandhena bhūriṇā
mathnā conmathitātmānaḥ
sammuhyantu hara-dviṣaḥ

giraḥ—话语 / śrutāyāḥ—韦达经的 / puṣpiṇyāḥ—华丽的 / madhu-gandhena—有蜂蜜的味道 / bhūriṇā—丰富的 / mathnā—迷人的 / ca—和 / unmathita-ātmānaḥ—心思变迟钝的人 / sammuhyantu—让他们继续执著 / hara-dviṣaḥ—嫉妒主希瓦的

译文 但愿嫉妒主希瓦的人受韦达经中那些迷人许诺的华丽辞藻吸引，从而变得呆头呆脑，永远受功利性活动的束缚。

要旨 韦达经中有关把人提升到高等星球上去过更优越的物质生活的许诺，被比喻为是鲜花般华丽的辞藻，因为鲜花固然散发香气，但那香气并不持久；鲜花中也有花蜜，但那花蜜也不能永存。

第26节 सर्वभक्षा द्विजा वृत्त्यै धृतविद्यातपोव्रताः ।
वित्तदेहेन्द्रियारामा याचका विचरन्त्विह ॥२६॥

sarva-bhakṣā dvijā vṛttyai
dhṛta-vidyā-tapo-vratāḥ
vitta-dehendriyārāmā
yācakā vicarantv iha

sarva-bhakṣāḥ—吃所有的东西 / dvijāḥ—布茹阿玛纳 / vṛttyai—为维持躯体 / dhṛta-vidyā—受教育 / tapaḥ—苦行 / vratāḥ—及誓言 / vitta—金钱 / deha—躯体 / indriya—感官 / ārāmāḥ—满足 / yācakāḥ—当乞丐 / vicarantu—让他们漫游 / iha—这里

译文 这些布茹阿玛纳受教育、从事苦修并发誓，目的只是为了保养他们的躯壳。他们将失去辨别什么能吃什么不能吃的能力。他们会仅仅为了满足躯体的需要而挨门挨户地乞讨要钱。

要旨 南迪施瓦尔(Nandīśvara)对那些支持达克沙(Dakṣa)的布茹阿玛纳(brāhmaṇa，婆罗门)所发出的第三个诅咒，在如今这个喀历(Kali)年代里正彻底发挥着作用。尽管布茹阿玛纳是指具有布茹阿曼(Brahman，梵)知识的人，但现在很多所谓的布茹阿玛纳对认识至尊布茹阿曼(Brahman，梵)的本质已不再感兴趣。《韦丹塔・苏陀》(Vedānta-sūtra)中也说：人生的目的是要认识至尊布茹阿曼——绝对真理(athāto brahma jijñāsa)。换句话说，我们应该利用得到的人生，把自己提升到布茹阿曼的位置上。不幸的是：现代布茹阿玛纳，或者那些出生在布茹阿玛纳家庭的所谓布茹阿玛纳，不但不再履行他们的本职，而且还不允许其他人担任布茹阿玛纳的职位。《圣典博伽瓦谭》(Śrīmad-Bhāgavatam)、《博伽梵歌》(Bhagavad-gītā)，以及其他韦达典籍中，都描述了当布茹阿玛纳的资格。布茹阿玛纳的头衔或职位并不是世袭的。那些世袭的所谓布茹阿玛纳，排斥其他来自非布茹阿玛纳家庭(比如来自庶铎家庭)，但在真正的灵性导师指导下努力成为一名合格的布茹阿玛纳的人。那种被南迪施瓦尔诅咒了的布茹阿玛纳，实际已失去了辨别什么能吃什么不能吃的能力，只为维持会死的物质躯体和与它有关的家庭而活着。这种受制约的堕落灵魂，根本不配被称为布茹阿玛纳。但是，在喀历年代中，他们却声称自己是布茹阿玛纳，而且如果有人为获得布茹阿玛纳资格去认真努力的话，他们就想方设法阻止他进步。这就是如今这个年代的情况。

柴坦亚·玛哈帕布(Caitanya Mahāprabhu)强烈谴责布茹阿玛纳世袭制。祂在与茹阿玛南达·若依(Rāmānanda Rāya)谈话时说：一个人无论他出生在布茹阿玛纳家中还是庶铎(śūdra)家中，无论他是居士还是萨尼亚希(sannyāsī)，只要精通有关奎师那的科学，就一定是灵性导师。柴坦亚·玛哈帕布有许多门徒都是所谓的庶铎出身，比如：哈瑞达斯·塔库尔(Haridasa Ṭhākura)和茹阿玛南达·若依。就连主柴坦亚最主要的弟子哥斯瓦米们(Gosvāmī)，都是被逐出布茹阿玛纳阶层的人，但柴坦亚·玛哈帕布仁慈地使他们成了一流的外士纳瓦(Vaiṣṇava)。

第27节 तस्यैवं वदतः शापं श्रुत्वा द्विजकु लाय वै ।
भृगुः प्रत्यसृजच्छ ापं ब्रह्मदण्डं दुरत्ययम् ॥२७॥

tasyaivaṁ vadataḥ śāpaṁ
śrutvā dvija-kulāya vai
bhṛguḥ pratyasṛjac chāpaṁ
brahma-daṇḍaṁ duratyayam

tasya—他的(南迪施瓦尔的) / evam—如此 / vadataḥ—话语 /

śāpam—诅咒 / śrutvā—听 / dvija-kulāya—向布茹阿玛纳 / vai—确实 / bhṛguḥ—布瑞古 / pratyasṛjat—使 / śāpam—一项诅咒 / brahma-daṇḍam—布茹阿玛纳的惩罚 / duratyayam—不可战胜的

译文 南迪施瓦尔这样诅咒所有的世袭布茹阿玛纳时，圣人布瑞古用强有力的布茹阿玛纳诅咒来谴责希瓦的追随者，以作为反击。

要旨 这节诗里专门用“不可战胜的(duratyaya)”一词来形容布茹阿玛纳(brahmaṇa，婆罗门)发出的诅咒(brahmadaṇda)。布茹阿玛纳的诅咒力量极为强大，因此被说成是“不可战胜的”。正如至尊主在《博伽梵歌》(Bhagavad-gītā)中说的：物质自然的严格律法不可逾越。同样，布茹阿玛纳发出的诅咒也不可战胜。但《博伽梵歌》中也说，物质世界里的祖咒或祝福毕竟都是物质的产物。《柴坦亚·查瑞塔姆瑞塔》(Caitanya-caritāmṛta)中也确证说：在这个物质世界里被视为是诅咒和祝福的东西都一样，因为都是物质的。要想摆脱这种物质污染，就应该托庇于至尊人格首神，正如至尊主在《博伽梵歌》第7章的第14节诗中说的：皈依我的人能轻易地跨越它(mām eva ye prapadyante māyām etām taranti te)。最佳的路是超越一切物质诅咒和祝福，托庇于至尊主奎师那，保持超然的状态。托庇于奎师那的人始终是平静的；他们从不遭受别人的诅咒，也从不试图去诅咒别人。那才是超然的状态。

第28节 भवव्रतधरा ये च ये च तान् समनुव्रताः ।
पाषण्डिनस्ते भवन्तु सच्छास्त्रपरिपन्थिनः ॥२८॥

bhava-vrata-dharā ye ca
ye ca tān samanuvratāḥ

pāṣaṇḍinas te bhavantu
sac-chāstra-paripanthinaḥ

bhava-vrata-dharāḥ—发誓满足主希瓦 / ye—……的人 / ca—和 / ye—谁 / ca—和 / tān—这些原则 / samanuvratāḥ—遵行 / pāṣaṇḍinaḥ—无神论者 / te—他们 / bhavantu—让他们成为 / sat-śāstra-paripanthinaḥ—偏离超然经典的教导

译文 发誓要满足希瓦的人或遵循这一原则的人，无疑会成为无神论者，偏离超然经典的教导。

要旨 我们有时能看到主希瓦(Śiva)的奉献者模仿主希瓦的特征。比如说，主希瓦曾经喝下一汪洋的毒液，他的某些奉献者于是就模仿他，去吸大麻(gāñjā)一类的毒品。这节诗中的诅咒是：谁要是这么做，谁就肯定会成为无神论者，转而反对韦达的规范原则。经典说，主希瓦的这种奉献者将会成为“反对经典结论的人(sacchastra-paripanthinaḥ)”。《帕德玛·普冉纳》(Padma Purāṇa)中也确证了这一点。至尊人格首神为了达到祂特殊的目的，曾经命令主希瓦传播非人格神(玛亚瓦德，Māyāvāda)主义哲学。同样，经典中也谈到，佛祖(布达哈，Buddha)也曾为了达到某种目的而传播虚无主义哲学。

有时为了达到特定的目的，也需要传播违背韦达结论的哲学。《希瓦·普冉纳》(Śiva Purāṇa)中说：主希瓦曾经告诉帕尔瓦缇(Parvatī)，在喀历(Kali)年代中，他会化身为布茹阿玛纳传播玛亚瓦德哲学。因此，崇拜主希瓦的人一般都是非人格神主义者(玛亚瓦迪，Māyāvadi)。主希瓦本人说：māyāvādam asac-chāstram。梵文 asat-śāstra 的意思是非人格神主义的学说(玛亚瓦德)，或与至尊神合一的理论。布瑞古·牟尼(Bhṛgu Muni)诅咒说，崇拜主希瓦的人，会成为那些企图说至尊人格首神不具人格特征的玛亚瓦德学说(asat-śāstra)的追随者。此外，在主希瓦的崇拜者中，有一些人以非常邪恶的方式生活着。《圣典博伽瓦谭》(Śrīmad-Bhāgavatam)和《纳茹阿达·潘查茹阿陀》(Nārada-pañcarātra)这些权威的经典，被视为是引人走上觉悟神的路途的经典(sat-śāstra)。非人格神主义的学说(asat-śāstra)则恰恰相反。

第29节　नष्टशौचा मूढधियो जटा भस्मास्थिधारिणः ।
विशन्तु शिवदीक्षायां यत्र दैवं सुरासवम् ॥२९॥

naṣṭa-śaucā mūḍha-dhiyo
jaṭā-bhasmāsthi-dhāriṇaḥ
viśantu śiva-dīkṣāyāṁ
yatra daivaṁ surāsavam

naṣṭa-śaucāḥ—抛弃洁净 / mūḍha-dhiyaḥ—愚蠢的 / jaṭā-bhasma-asthi-dhāriṇaḥ—留长发，涂灰尘并佩戴尸骨 / viśantu—可以进入 / śiva-dīkṣāyām—受启迪开始崇拜希瓦 / yatra—那里 / daivam—是灵性的 / sura-āsavam—酒

译文　那些发誓崇拜希瓦的人愚蠢透顶，竟靠留长发来模仿他。他们一旦受启迪开始崇拜希瓦，就喜欢喝酒、吃肉等诸如此类的活动，靠此生活。

要旨　热衷于喝酒、吃肉，留长发，不洗澡，抽大麻，被视为是蠢人的嗜好。这种人不过节制和有规律的生活。上述嗜好使人变得没有超然知识。人在受启迪开始学习念希瓦·曼陀(Śiva mantra)后，会按一种名叫 mudrikāṣṭaka 的方式修炼，即：有时被建议坐在女性的阴道上想着涅槃(nirvāṇa)——自身存在的毁灭。在那种崇拜

程序中需要有酒，有时则是用一种已转化为麻醉品的棕榈树汁代替。讲述崇拜主希瓦的典籍《希瓦·阿嘎玛》(Śiva-āgama)，谈到了这种方法。

第30节 ब्रह्म च ब्राह्मणांश्चैव यद्यूयं परिनिन्दथ ।
सेतुं विधारणं पुंसामतः पाषण्डमाश्रिताः ॥३०॥

brahma ca brāhmaṇāṁś caiva
yad yūyaṁ parinindatha
setuṁ vidhāraṇaṁ puṁsām
ataḥ pāṣaṇḍam āśritāḥ

brahma—韦达经 / ca—和 / brāhmaṇān—布茹阿玛纳 / ca—和 / eva—肯定地 / yat—因为 / yūyam—你 / parinindatha—诽谤 / setum—韦达原则 / vidhāraṇam—坚持 / puṁsām—人类的 / ataḥ—因此 / pāṣaṇḍam—无神论 / āśritāḥ—已托庇于

译文 布瑞古·牟尼继续说：你亵渎韦达经和遵守韦达原则的布茹阿玛纳，说明你已经托庇于无神论。

要旨 布瑞古·牟尼(Bhṛgu Muni)在诅咒南迪施瓦尔(Nandīśvara)时说，不仅是他的诅咒使他们堕落成无神论者，他们其实已经因为亵渎韦达经这一人类文明的源泉而堕落到了无神论者的层面。人类文明建立在根据人的本性而划分的社会阶层的基础上，这些阶层分别是：知识分子阶层，武士阶层，生产者阶层和劳工阶层。韦达经为人类的灵性进步、经济发展和使感官享乐规范化提供了正确的方向，以便人最终能清除物质污染，恢复其真正的灵性身份(ahaṁ brahmāsmi)。生物只要还受物质存在的污染，就会不断更换躯体，从低级水生物的躯体到高级布茹阿玛的躯体不等。但是，人生是物质世界中最高级、最完美的生命形式。就有关如何在这一生结束后提升自己的问题，韦达经中给予了指导。韦达经是这种教导的母亲，而精通韦达经的布茹阿玛纳是父亲。因此，亵渎韦达经和布茹阿玛纳的人，自然会堕落到无神论的层面。这节诗中用的梵文纳斯提卡(nāstika)一词，专指那些不相信韦达经，但却自创宗教体系的人。圣柴坦亚·玛哈帕布说：信奉佛教的人都是纳斯提卡。佛祖(布达哈，Buddha)为了确立他的非暴力学说，完全否定了韦达经。后来，商卡尔阿查尔亚(Śaṇkarācārya)在印度终止这一宗教体系，并把它逐出了印度。

这节诗中说：brahma ca brāhmaṇān。梵文 brahma 是指韦达经，ahaṁ brahmāsmi 的意思是“我具有完美的知识”。韦达经断言：人应该想自己是布茹阿曼(Brahman)，因为实际上他就是布茹阿曼。如果韦达的灵性科学(brahma)受到责难，教授灵性科学的导师布茹阿玛纳受到责难，那么人类文明在何处立足呢？布瑞古·牟尼说：“并不是我的诅咒将使你们成为无神论者，你们已经信奉无神论了。所以，你们罪责难逃。”

第31节　एष एव हि लोकानां शिवः पन्थाः सनातनः ।
यं पूर्वे चानुसन्तस्थुर्यत्प्रमाणं जनार्दनः ॥३१॥

eṣa eva hi lokānāṁ
śivaḥ panthāḥ sanātanaḥ
yaṁ pūrve cānusantasthur
yat-pramāṇaṁ janārdanaḥ

eṣaḥ—韦达经 / eva—肯定地 / hi—为 / lokānām—所有人的 / śivaḥ—吉利的 / panthāḥ—道路 / sanātanaḥ—永恒的 / yam—那(韦达之路) / pūrve—在过去 / ca—和 / anusantasthuḥ—被严格遵守 / yat—在那之中 / pramāṇam—证据 / janārdanaḥ—佳纳尔丹

译文 韦达经为人类文明的吉祥进步所给予的永恒的规范原则，过去一直被严格地遵守着。这一原则的有力证据就是至尊人格首神，祂被称为佳纳尔丹——众生的祝愿者。

要旨 在《博伽梵歌》(Bhagavad-gītā)中，至尊人格首神奎师那声明：祂是所有生物体的父亲。物质世界里共有八百四十万种生命形式，主奎师那宣称祂是所有这些种类的生物体的父亲。生物是至尊人格首神不可缺少的一部分，因此都是祂的儿子。这些生物都以为自己能主宰物质自然，所以在物质世界里到处游荡。为了他们的利益着想，至尊主赐予他们韦达经(Veda)，以指导他们的生活。

正因为韦达经不是人类或包括宇宙中的第一位生物体布茹阿玛(Brahmā)在内的半神人写的，所以它被说成是 apauruṣeya——不是普通人写的。布茹阿玛不是韦达经的作者。由于他也是这个物质世界中的生物体，他不具备独立撰写和讲述韦达经的能力。在这个物质世界里的每一个生物体都具有四种缺陷：他的感官不完美，他辨不清真相，总犯错误，有欺骗的倾向。然而，韦达经根本不是这个物质世界里的生物体写的。正因为如此，它们被说成“不是普通人写的”。没有人能追溯出韦达经的历史。当然，现代人类文明社会中既没有按年月顺序排列的世界史或宇宙史，也不能呈现三千年前的真实历史。但没人能追溯出韦达经的形成时间，还有一个原因是：它们根本不是由受这个物质世界制约的生物写的。其他的知识体系之所以有缺陷，是因为它们是由这个物质创造的产物——人或半神人所撰写或讲述的。但是《博伽梵歌》是 apauruṣeya，因为它是由超越这个物质创造的至尊主奎师那讲述的，而不是这个物质创造里的人或半神人讲述的。就连像商卡尔阿查尔亚(Śaṇkarācārya)那种最权威的学者都承认这一点，更不要说茹阿玛努佳查尔亚(Rāmānujācā- rya)和玛达瓦查尔亚(Madhvācārya)等其他灵性导师了。商卡尔阿查尔亚承认纳茹阿亚纳(Nārāyaṇa)和奎师那是超然的，主奎师那自己也在《博伽梵歌》第 10 章的第 8 节诗中确证说："我是灵性世界和物质世界的源头，一切都来自我(ahaṁ sarvasya prabhavo mattaḥ sarvaṁ pravartate)。"这个物质创造，包括布茹阿玛和希瓦，以及所有的半神人，都是主奎师那创造的，因为一切都来自祂。祂还说：整个韦达经的目的是让人了解祂(vedaiś ca sarvair aham eva vedyaḥ，《博伽梵歌》15.15)。祂是韦达经的知悉者(veda-vit)，《韦丹塔》的撰稿人(vedanta-kṛt)。布茹阿玛不是韦达经的作者。

《圣典博伽瓦谭》(Śrīmad-Bhāgavatam)在一开始便明确地说：至尊绝对真理——至尊人格首神，通过心传的方式把韦达知识传授给布茹阿玛。能证明韦达知识不存在错误、幻觉、欺骗和不完美这四大缺陷的证明是：它是由至尊人格首神佳纳尔丹(Janārdana)讲述的，而且从布茹阿玛开始，自无法追溯的年代起就一直被遵行着。自远古以来，印度有高度文化的人们就一直遵守着韦达宗教——韦达经原则，没人能追溯出韦达宗教的历史渊源。因此，韦达经是永恒的(sanātana)，而对它的任何亵渎都被认为是无神论者的做法。韦达经被描述为是桥梁(setu)。想要恢复自我灵性存在的人，必须跨越无知的海洋，而韦达经就是横跨在无知汪洋上的桥梁。

韦达经中讲述道，按人的本性和工作能力把人类划分为四个阶层。这种划分制度不仅非常科学，而且也是永恒的，因为没人能追溯出它的历史渊源，它一直存在着。没人能废止四个社会阶层(瓦尔纳，varṇa)和四个灵性阶段(阿刷玛，āśrama)。例如：不管人们是否承认布茹阿玛纳这个名称，社会上一直存在着知识分子阶层，而这个阶层的人对灵性认识和哲学感兴趣。同样，社会上也有一类人对管理感兴趣，喜欢统治其他人。在韦达制度中，这种具有尚武精神的人被称为查锤亚(kṣatriya，刹帝利)。同样，世上无论哪里都有一类人对发展经济、经商、工业建设和赚钱感兴趣，它们被称为外夏(vaiśya，吠舍)。

世上还有一类人，他们既没有智慧，没有尚武精神，也不具备发展经济的才能，因此只能为其他人服务。这类人属于体力劳动者阶层，被称为庶铎(śūdra，首陀罗)。这种划分制度是永恒的，从有人类社会以来就有了，而且还会继续存在下去。世上的任何力量都阻止不了它。因此，由于这一永恒的宗教(sanātana-dharma)制度是恒久存在的，遵守韦达原则便能让人把自己提升到最高的灵性生活的层面上。

经典说历代圣人都一直遵守这一制度，所以遵守韦达制度就是遵守社会的礼仪标准。然而，沉溺于喝酒、吸毒、纵欲、不洗澡、抽大麻一类活动的主希瓦的所谓追随者们，却违反所有的人类礼仪。结果，违反韦达原则的人以他们自身的变化证明了韦达经的权威性，因为这不遵守韦达原则使他们都变得像动物一样。这些动物般的人本身就证明了韦达规范原则是至高无上的。

第32节 तद् ब्रह्म परमं शुद्धं सतां वर्त्म सनातनम् ।
विगर्ह्य यात पाषण्डं दैवं वो यत्र भूतराट् ॥३२॥

tad brahma paramaṁ śuddhaṁ
satāṁ vartma sanātanam
vigarhya yāta pāṣaṇḍaṁ
daivaṁ vo yatra bhūta-rāṭ

tat—那 / brahma—韦达 / paramam—无上的 / śuddham—纯粹的 / satām—圣洁之人的 / vartma—道路 / sanātanam—永恒的 / vigarhya—亵渎 / yāta—应去 / pāṣaṇḍam—向无神论 / daivam—神像 / vaḥ—你们的 / yatra—那里 / bhūta-rāṭ—布塔之主

译文 韦达经中的原则至纯至粹，是圣洁之人的最佳道路。亵渎它们，无疑会使你们这些希瓦(布塔帕提)的追随者坠落为无神论者。

要旨 这节诗中说主希瓦是 bhūta-rāṭ。鬼魂和那些受愚昧属性控制的人被叫做布塔(bhūta)，所以 bhūta-rāṭ 是指那些最低级的生物体的领袖。布塔的另一个意思是“任何投生的生物或任何生产的产品”，因此从这个意义上说，主希瓦可以被视为是这个物质世界的父亲。当然，在这节诗里布瑞古·牟尼(Bhṛgu Muni)把主希瓦当做是最低级的生物体的首领。前面已经解释过最低等的人所具有的特征，他们不洗澡，留长发，迷恋毒品。与布塔之王的信徒所走的路相比，韦达制度无疑是卓越的，因为它作为人类文明永恒的最高原则，把人提升到灵性生活的层面上。想亵渎韦达原则的人，将会堕落成为无神论者。

第33节

मैत्रेय उवाच
तस्यैवं वदतः शापं भृगोः स भगवान् भवः ।
निश्चक्र ाम ततः कि ञ्चिद्विमना इव सानुगः ॥३३॥

maitreya uvāca
tasyaivaṁ vadataḥ śāpaṁ
bhṛgoḥ sa bhagavān bhavaḥ
niścakrāma tataḥ kiñcid
vimanā iva sānugaḥ

maitreyaḥ uvāca—麦垂亚说 / tasya—他的 / evam—如此 / vadataḥ—被讲说 / śāpam—诅咒 / bhṛgoḥ—布瑞古的 / saḥ—他 / bhagavān——切财富的拥有者 / bhavaḥ—主希瓦 / niścakrāma—去 / tataḥ—从那里 / kiñcit—稍微 / vimanāḥ—郁闷的 / iva—如 / sa-anugaḥ—为他的门徒所跟随

译文 圣人麦垂亚说：当这种诅咒和反诅咒在希瓦的追随者和由达克沙、布瑞古组成的一派人之间你来我往地进行时，希瓦变得非常郁闷。他一声不吭地离开了祭祀现场，他的门徒也随他而去。

要旨 这节诗反映了主希瓦(Śiva)的优秀品格。尽管达克沙(Dakṣa)的追随者和主希瓦的追随者在那里互相诅咒，但主希瓦作为最伟大的外士纳瓦(Vaiṣṇava，至尊主的奉献者)却始终保持清醒、冷静，什么都没说。外士纳瓦忍受；主希瓦被视为是最高级的外士纳瓦，而他在这种情况下展示出的品德无疑是卓越的。他知道他的追随者和达克沙的追随者彼此互相诅咒是毫无必要的，对灵性生命毫无益处，所以变得很忧郁。他是个外士纳瓦，因此在他眼里大家是平等的，并不存在谁高谁低的问题。正如《博伽梵歌》(Bhagavad-gītā)第5章的第18节诗中说的：有完美知识的人从灵性的层面看待每一个生物，看不到谁比谁伟大或谁比谁低下(paṇḍitāḥ sama-darśinaḥ)。因此，主希瓦唯一的选择是离开祭祀现场，以使他的随从南迪施瓦尔(Nandīśvara)和布瑞古·牟尼之间的相互诅咒停止下来。

第34节 तेऽपि विश्वसृजः सत्रं सहस्रपरिवत्सरान् ।
संविधाय महेष्वास यत्रेज्य ऋषभो हरिः ॥३४॥

te 'pi viśva-sṛjaḥ satraṁ
sahasra-parivatsarān
saṁvidhāya maheṣvāsa
yatrejya ṛṣabho hariḥ

te—那些 / api—甚至 / viśva-sṛjaḥ—宇宙众生的祖先 / satram—祭祀 / sahasra—一千 / parivatsarān—年 / saṁvidhāya—

进行 / maheṣvāsa—维杜茹阿啊 / yatra—在那之中 / ijyaḥ—受到崇拜 / ṛṣabhaḥ—全体半神人的主宰之神 / hariḥ—哈尔依

译文 圣人麦垂亚继续说：维杜茹阿呀，宇宙众生的祖先接下来举行了历时上千年的祭祀，因为祭祀是崇拜至尊主哈尔依——人格首神的最佳方式。

要旨 这节诗清楚地说，负责繁衍全世界居民的权威人物，喜欢靠做祭祀取悦至尊人格首神。至尊主也在《博伽梵歌》(Bhagavad-gītā)第5章的第29节诗中说：人可以举行祭祀和从事苦行，但做这一切的目的都是为了满足至尊主(bhoktāraṁ yajña-tapasāṁ)。为满足个人而从事这种活动，就算是受无神论的影响(pāṣaṇḍa)；但如果为取悦至尊主而从事这种活动，就是在遵守韦达原则。全体与会圣人举行了千年大祭。

第35节 आप्लुत्यावभृथं यत्र गङ्गा यमुनयान्विता ।
विरजेनात्मना सर्वे स्वं स्वं धाम ययुस्ततः ॥३५॥

āplutyāvabhṛthaṁ yatra
gaṅgā yamunayānvitā
virajenātmanā sarve
svaṁ svaṁ dhāma yayus tataḥ

āplutya—沐浴 / avabhṛtham—祭祀之后的沐浴 / yatra—那里 / gaṅgā—恒河 / yamunayā—在雅沐娜河边 / anvitā—混合 / virajena—无污染 / ātmanā—由心 / sarve—所有 / svam svam—他们各自的 / dhāma—居所 / yayuḥ—去 / tataḥ—从那里

译文 亲爱的维杜茹阿——携带弓箭的人，举行祭祀的全体半神人，在完成了祭祀(雅格亚)仪式后，到恒河与雅沐娜河交汇处沐浴。这样的沐浴称为阿瓦布瑞塔·斯纳那。半神人们这样净化过自己的心灵后，便启程返回各自的住所。

要旨 在主希瓦(Śiva)继达克沙(Dakṣa)之后离开祭祀现场后，祭祀并没有停止。祭祀并没有因为希瓦和达克沙的离开而遭到破坏，圣人们继续他们在从事的活动。换句话说，这件事说明：人即使不崇拜半神人，哪怕是主希瓦和布茹阿玛(Brahmā)，照样能使至尊人格首神满意。《博伽梵歌》(Bhagavad-gītā)第 7 章的第 20 节诗中也证实这一点说：受物质欲望驱使的人去找半神人，以期得到某种物质利益(kāmais tais tair hṛta jñānaḥ prapadyante 'nya-devatāḥ)。《博伽梵歌》中特别用了 nāsti buddhiḥ 一词，意思是“失去理智的人”。只有这种人才会在乎半神人，想从他们那里得到物质利益。当然，这并不是说人不应该对半神人表示尊敬。然而确实没必要崇拜他们。诚实的人可以效忠政府，但无须贿赂政府公务员。贿赂是非法的，不贿赂政府公务员并不意味着不尊重他们。同样，怀着爱心为至尊主做超然服务的人不需要崇拜半神人，但也没有不尊敬半神人的倾向。至尊主在《博伽梵歌》第 9 章的第 23 节诗中进一步说，ye 'py anya-devatā-bhaktā yajante śraddhayānvi-tāḥ，意思是：崇拜半神人的人其实是在崇拜祂，只不过不是遵循规范原则做的(avidhi-pūrvakam)。规范原则是崇拜至尊人格首神。因此，尽管崇拜半神人是间接地崇拜至尊人格首神，但不符合规定。半神人都是至尊主不可缺少的一部分，崇拜至尊主这个整体，所有的半神人自然也就得到了服务。往树根上浇水，树的枝枝叶叶等各个部分就得到了满足；把食物送到胃里，手、腿、手臂等躯体的四肢也就得到了营养。同样，崇拜至尊人格首神能满足所有的半神人。然而，崇拜所有的半神人并不等于完全崇拜了至尊主，所以崇拜半神人是不合乎规范的，是对经典训谕的不敬。

尤其是在这个喀历年代，事实上更不适合举行崇拜半神人的祭祀(deva-yajña)。正因为如此，《圣典博伽瓦谭》(Śrīmad-Bhāgavatam)第11 篇第 5 章的第 32 节中推荐人们举行桑克伊尔坦·雅格亚(saṇkīrtana-yajña)说：“在这个年代里，智者仅仅通过吟诵、吟唱哈瑞·奎师那 哈瑞·奎师那 奎师那·奎师那 哈瑞·哈瑞 / 哈瑞·茹阿玛 哈瑞·茹阿玛 茹阿玛·茹阿玛 哈瑞·哈瑞，就完美地举行了所有的祭祀(yajñaiḥ saṇkīrtana-prāyair yajanti hi sumedhasaḥ)。主维施努一旦满意，祂不可缺少的部分——全体半神人，也就满足了(tasmin tuṣṭe jagat tuṣṭaḥ)。

到此为止，结束了巴克提韦丹塔对《圣典博伽瓦谭》第 4 篇第 2 章“达克沙诅咒主希瓦”所作的阐释。

第三章
希瓦和萨缇之间的对话

第1节

मैत्रेय उवाच
सदा विद्विषतोरेवं कालो वै ध्रियमाणयोः ।
जामातुः श्वशुरस्यापि सुमहानतिचक्रमे ॥१॥

maitreya uvāca
sadā vidviṣator evaṁ
kālo vai dhriyamāṇayoḥ
jāmātuḥ śvaśurasyāpi
sumahān aticakrame

maitreyaḥ uvāca—麦垂亚说 / sadā—不断地 / vidviṣatoḥ—紧张 / evam—就这样 / kālaḥ—时间 / vai—肯定地 / dhriyamāṇayoḥ—继续忍受 / jāmātuḥ—女婿的 / śvaśurasya—岳父的 / api—甚至 / su-mahān—极大的 / aticakrame—过去了

译文　麦垂亚接着说：就这样，岳父达克沙和女婿希瓦之间的关系长期处于紧张状态。

要旨　前一章已经解释过主希瓦(Śiva)和达克沙(Dakṣa)之间产生误解的原因。维杜茹阿(Vidura)询问圣人麦垂亚(Maitreya)的另一个问题是：达克沙和他女婿之间的冲突为什么会导致萨缇(Sati)毁了自己的躯体。萨缇放弃她躯体的主要原因，是她父亲达克沙举行祭祀，但却不邀请主希瓦参加。尽管举行每一场祭祀的目的都是为了满足至尊人格首神维施努(Viṣṇu)，但在举行祭祀时，全体半神人，特别是布茹阿玛(Brahmā)和希瓦，以及因铎(Indra)、昌铎(Can- dra)等其他主要的半神人，通常都会受到邀请并参加祭祀。据说除非全体半神人都出席了祭祀，否则祭祀便没有完成。然而，当岳父达克沙和女婿希瓦之间关系紧张时，达克沙开始举行祭祀，但却不邀请主希瓦参加。达克沙是主布茹阿玛的儿子，又被主布茹阿玛任命为是生物体祖先们的领袖，所以地位很高，也很骄傲。

第2节 यदाभिषिक्तो दक्षस्तु ब्रह्मणा परमेष्ठिना ।
प्रजापतीनां सर्वेषामाधिपत्ये स्मयोऽभवत् ॥ २ ॥

yadābhiṣikto dakṣas tu
brahmaṇā parameṣṭhinā
prajāpatīnāṁ sarveṣām
ādhipatye smayo 'bhavat

yadā—当……时 / abhiṣiktaḥ—指定 / dakṣaḥ—达克沙 / tu—但是 / brahmaṇā—被布茹阿玛 / parameṣṭhinā—最高的导师 / prajāpatīnām—帕佳帕提的 / sarveṣām—所有人的 / ādhipatye—为主 / smayaḥ—自高自大 / abhavat—他成为

译文 当布茹阿玛任命达克沙当负责繁衍宇宙居民的祖先(帕佳帕提)的领袖时，达克沙狂妄自大起来。

要旨 达克沙(Dakṣa)虽然嫉妒主希瓦，对他怀有敌意，但还是被指定为生物体祖先们的领袖(帕佳帕提，Prajāpati)。这使他变得极为骄傲。当一个人拥有的物质财富使他变得太骄傲时，他就会做出毁灭自我的事情来，达克沙就是如此。这一章对此作了描述。

第3节 इष्ट्वा स वाजपेयेन ब्रह्मिष्ठानभिभूय च ।
बृहस्पतिसवं नाम समारेभे क्रतूत्तमम् ॥ ३ ॥

iṣṭvā sa vājapeyena
brahmiṣṭhān abhibhūya ca

bṛhaspati-savaṁ nāma
samārebhe kratūttamam

iṣṭvā—在举行之后 / saḥ—他(达克沙) / vājapeyena—与一场瓦佳培亚祭祀 / brahmiṣṭhān—希瓦及其追随者 / abhibhūya—忽略 / ca—和 / bṛhaspati-savam—毕尔哈斯帕缇·萨瓦 / nāma—叫做 / samārebhe—开始 / kratu-uttamam—最好的祭祀

译文　达克沙开始举行一场名叫瓦佳培亚的祭祀。他对布茹阿玛会支持他这一点充满信心，接下来又举行了另一场名叫毕尔哈斯帕缇·萨瓦的盛大祭祀。

要旨　韦达经(Veda)中规定，在举行毕尔哈斯帕缇·萨瓦(bṛhaspati-sava)祭祀前，应该先举行名叫瓦佳培亚(vājapeya)的祭祀。然而，在举行这些祭祀时，达克沙(Dakṣa)却忽视了像主希瓦(Śiva)这样伟大的奉献者。按照韦达经典的规定，半神人有资格参加祭祀(雅格亚，yajña)，分享祭品，但达克沙却想甩开主希瓦。举行一切祭祀的目的都是为了满足主维施努(Viṣṇu)，但这意味着也包括主维施努的全体奉献者。布茹阿玛(Brahmā)、主希瓦和其他半神人，都是主维施努顺从的仆人，因此在没有他们的情况下，主维施努永远不会感到满意。然而，达克沙因为对自己拥有的权利感到骄傲，以为只要满意主维施努就够了，不需要取悦祂的追随者，所以想剥夺主希瓦参加祭祀的权利。但正确的做法并非如此。维施努想让祂的追随者先得到满足。在《圣典博伽瓦谭》第 11 篇第 19 章的第 21 节诗中，主奎师那说："崇拜我的奉献者比崇拜我好(mad-bhakta-pūjābhyadhikā)。"同样，《希瓦·普冉纳》(Śiva Purāṇa)中说：崇拜主维施努的最佳方式是供奉祭品，但比那更好的方式是崇拜奎师那的奉献者。因此，达克沙决定在不邀请主希瓦的情况下举行祭祀是不合适的。

第4节 तस्मिन् ब्रह्मर्षयः सर्वे देवर्षिपितृदेवताः ।
आसन् कृ तस्वस्त्ययनास्तत्पत्न्यश्च सभर्तृकाः ॥ ४ ॥

tasmin brahmarṣayaḥ sarve
devarṣi-pitṛ-devatāḥ
āsan kṛta-svastyayanās
tat-patnyaś ca sa-bhartṛkāḥ

tasmin—在那(祭祀)中 / brahma-ṛṣayaḥ—布茹阿玛·瑞希 / sarve—所有的 / devarṣi—戴瓦·瑞希 / pitṛ—祖先 / devatāḥ—半神人 / āsan—是 / kṛta-svasti-ayanāḥ—用首饰装饰得很美的 / tat-patnyaḥ—他们的妻子 / ca—和 / sa-bhartṛkāḥ—以及她们的丈夫

译文 在祭祀举行时，许多博学的布茹阿玛纳、大圣人、半神人祖先和其他半神人，以及他们的妻子们，都穿戴得漂漂亮亮，从宇宙各地赶来参加祭祀。

要旨 在参加婚礼、祭祀仪式和崇拜(菩佳，pūjā)仪式等所有吉祥的仪式时，已婚妇女为了讨吉利都要通过佩戴首饰、穿漂亮衣服和化妆的方式，把自己打扮得漂漂亮亮的。这些是吉祥的标志。在盛大的毕尔哈斯帕缇·萨瓦(bṛhaspati-sava)祭祀举行时，许多天堂中的女子都与她们的丈夫，包括戴瓦瑞希(devarṣi)、半神人和茹阿佳瑞希(rājarṣi)等一起来参加了。这节诗中特别提到，她们是与她们的丈夫一起参加的。这是因为女子打扮漂亮时，会使她丈夫更高兴。半神人和圣人们那些戴首饰、穿美服、化了妆的妻子，以及半神人和圣人们本身的快乐心情，对正举行的仪式来说都是吉祥的征兆。

第5—7节 तदुपश्रुत्य नभसि खेचराणां प्रजल्पताम् ।
सती दाक्षायणी देवी पितृयज्ञमहोत्सवम् ॥ ५ ॥

व्रजन्तीः सर्वतो दिग्भ्य उपदेववरस्त्रियः ।
विमानयानाः सप्रेष्ठा निष्ककण्ठीः सुवाससः ॥ ६ ॥

दृष्ट्वा स्वनिल याभ्याशे ल ोलाक्षीर्मृष्टकु ण्डलाः ।
पतिं भूतपतिं देवमौत्सुक्यादभ्यभाषत ॥ ७ ॥

tad upaśrutya nabhasi
khe-carāṇāṁ prajalpatām
satī dākṣāyaṇī devī
pitṛ-yajña-mahotsavam

vrajantīḥ sarvato digbhya
upadeva-vara-striyaḥ
vimāna-yānāḥ sa-preṣṭhā
niṣka-kaṇṭhīḥ suvāsasaḥ

dṛṣṭvā sva-nilayābhyāśe
lolākṣīr mṛṣṭa-kuṇḍalāḥ
patiṁ bhūta-patiṁ devam
autsukyād abhyabhāṣata

tat—那时 / upaśrutya—听 / nabhasi—在空中 / khe-carāṇām—那些在空中飞着的(甘达尔瓦)的 / prajalpatām—对话 / satī—萨缇 / dākṣāyaṇī—达克沙的女儿 / devī—希瓦的妻子 / pitṛ-yajña-mahā-utsavam—由她父亲举行的盛大祭祀佳节 / vrajantīḥ—正在去 / sarvataḥ—从所有的 / digbhyaḥ—方向 / upadeva-vara-striyaḥ—半神人们美丽的妻子 / vimāna-yānāḥ—乘他们的飞机飞翔 / sa-preṣṭhāḥ—以及她们的丈夫 / niṣka-kaṇṭhīḥ—挂着坠子的美丽项链 / su-vāsasaḥ—穿着漂亮衣服 / dṛṣṭvā—见到 / sva-nilaya-abhyāśe—接近她的住处 / lola-akṣīḥ—有着美丽、明亮的眼睛 / mṛṣṭa-kuṇḍalāḥ—漂亮耳环 / patim—她丈夫 / bhūta-patim—布塔之主 / devam—半神人 / autsukyāt—心情极为焦虑地 / abhyabhāṣata—她说

译文　达克沙的女儿——贞洁的女士萨缇，听到飞在空中的天堂居民正在谈论有关她父亲举行的盛大祭祀。当她在

自己的住处附近看到天堂居民美丽的妻子们穿着华服，佩戴着耳环，挂着有坠子的项链，美丽的眼睛闪闪发光地准备去参加祭祀时，便焦急地找到她丈夫——布塔的主人，对他说了如下的话。

要旨 看来主希瓦(Śiva)的住处不在举行祭祀的星球上，而是在外太空的某个地方，否则萨缇(Sati)怎么能看到从四面八方飞向那个星球的飞机，并听到过客们在谈论达克沙(Dakṣa)举行的盛大祭祀呢？这节诗中把萨缇称为达克沙雅妮(Dakṣāyaṇī)，是因为她是达克沙的女儿。这里提到的梵文 upadeva-vara 是指甘达尔瓦(Gandharva)，克伊纳尔(Kinnara)和乌茹阿嘎(Uraga)等低等半神人，他们不完全是半神人，而是介于人类和半神人之间。他们也坐飞机前往祭祀现场。梵文 sva-nilayābhyāśe 是指他们就从萨缇的住处旁边经过。这节诗详细地描述了天堂居民的妻子所穿的衣服和身体特征。她们眼波流动，佩戴的耳环和其他饰物闪闪发光，衣服极尽华美，佩戴的项链上都有别致的坠子。每一位女子都有丈夫陪伴。她们看上去美丽非凡，促使萨缇(达克沙雅妮)也想穿戴得漂漂亮亮，跟她丈夫一起去参加祭祀。女子的天性就是如此。

第8节 सत्युवाच

प्रजापतेस्ते श्वशुरस्य साम्प्रतं
निर्यापितो यज्ञमहोत्सवः कि ल ।
वयं च तत्राभिसराम वाम ते
यद्यर्थितामी विबुधा व्रजन्ति हि ॥८॥

saty uvāca
prajāpates te śvaśurasya sāmpratam
niryāpito yajña-mahotsavaḥ kila
vayam ca tatrābhisarāma vāma te
yady arthitāmī vibudhā vrajanti hi

satī uvāca—萨缇说 / prajāpateḥ—达克沙的 / te—你的 / śvaśurasya—你岳父的 / sāmpratam—现在 / niryāpitaḥ—已开始 / yajña-mahā-utsavaḥ—一场盛大的祭祀 / kila—肯定地 / vayam—我们 / ca—和 / tatra—那里 / abhisarāma—可以去 / vāma—亲爱的主希瓦 / te—你的 / yadi—如果 / arthitā 想 / amī—这些 / vibudhāḥ—半神人 / vrajanti—正在去 / hi—因为

译文　萨缇说：我亲爱的夫君希瓦，您的岳父现在正举行盛大的祭祀，所有的半神人都应他的邀请前去参加了。如果您想参加，我们也可以去。

要旨　萨缇(Satī)知道她父亲和丈夫之间关系紧张，但还是向她丈夫希瓦(Śiva)表示：由于那祭祀是在她父亲家里举行，而且有那么多半神人都去了，她也想去。然而，她不能直接表达自己的愿望，于是便对丈夫说，如果他愿去，她也可以陪他去。换句话说，她很婉转地向丈夫提出了自己的愿望。

第9节

तस्मिन् भगिन्यो मम भर्तृभिः स्वकै-
ध्रुवं गमिष्यन्ति सुहृद्दिदृक्षवः ।
अहं च तस्मिन् भवताभिकामये
सहोपनीतं परिबर्हमर्हितुम् ॥ ९ ॥

tasmin bhaginyo mama bhartṛbhiḥ svakair
dhruvaṁ gamiṣyanti suhṛd-didṛkṣavaḥ
ahaṁ ca tasmin bhavatābhikāmaye
sahopanītaṁ paribarham arhitum

tasmin—在那场祭祀中 / bhaginyaḥ—姐姐 / mama—我的 / bhartṛbhiḥ—与她们的丈夫 / svakaiḥ—她们自己的 / dhruvam—肯定地 / gamiṣyanti—将去 / suhṛt-didṛkṣavaḥ—想会一会亲戚 / aham—

我 / ca—和 / tasmin—在那聚会中 / bhavatā—与你(主希瓦) / abhikāmaye—我想 / saha—与 / upanītam—……给予的 / paribarham—饰品 / arhitum—接受

译文 我敢肯定，我所有的姐姐为了与自己的亲人相会，已经跟她们的丈夫一起去参加这场盛大的祭祀仪式了。我也想用我父亲给我的首饰打扮自己，好跟您一起去参加那场盛会。

要旨 女子天性喜欢戴漂亮的首饰，穿好看的衣服，把自己打扮得漂漂亮亮地陪丈夫参加社交活动，会见朋友和亲戚，以这种方式享受生活。这种爱好对女子来说很正常，因为她们是物质享受的中心。因此，梵文用 strī 一词来指女人，其意思是“使物质享受范围得以扩展的人”。在物质世界里，男人和女人之间有一种相互吸引的关系。这是给受制约的生命所作的安排。女人吸引男人，以这种方式使包括房子、子女、财产和朋友在内的物质活动范围得以增加，因此不但没有减少自己的物质需求，反倒被捆绑在物质享乐中。

然而，主希瓦(Śiva)与尘世的男人不同，为此他的名字叫希瓦。他根本不受物质享受的吸引，尽管他妻子萨缇是地位很高的领袖的女儿，在布茹阿玛的要求下被许配给了他。主希瓦不愿意去参加祭祀，但萨缇作为一名女子、君王的女儿，却想去享乐。她想象她姐姐们做的一样，去她父亲家与她们相聚，享受社交生活。在这节诗里，她特地提到要用她父亲给她的首饰打扮一番。她并没有说要用她丈夫给的首饰打扮，因为她丈夫对这种事很麻木。他总是心醉神迷地想着至尊人格首神，根本不知道怎么打扮妻子和参加社交生活。

根据韦达制度，女儿出嫁时要给她丰厚的嫁妆，因此萨缇的父亲在她出嫁时给了她一份嫁妆，其中包括首饰。按传统习俗，丈夫也会给妻子一些首饰。但这里特别显示出，萨缇的丈夫因为在物质上几乎一无所有，所以没能按传统习俗做，为此她想用她父亲给的首饰打扮自己。萨缇很幸运，主希瓦并没有拿他妻子的首饰去买大麻，但那些模仿主希瓦的人却抽大麻用光了家中所有的钱财。她们拿走妻子的财产，用它们去从事吸毒一类的活动。

第10节 तत्र स्वसॄर्मे ननु भर्तृसम्मिता
मातृष्वसॄः क्लिन्नधियं च मातरम् ।
द्रक्ष्ये चिरोत्क ण्ठ मना महर्षिभि-
रुन्नीयमानं च मृडाध्वरध्वजम् ॥१०॥

tatra svasṝr me nanu bhartṛ-sammitā
mātṛ-ṣvasṝḥ klinna-dhiyaṁ ca mātaram
drakṣye cirotkaṇṭha-manā maharṣibhir
unnīyamānaṁ ca mṛḍādhvara-dhvajam

tatra—那里 / svasṝḥ—自己的姐姐 / me—我的 / nanu—肯定地 / bhartṛ-sammitāḥ—以及她们的丈夫 / mātṛ-svasṝḥ—我母亲的姊妹们 / klinna-dhiyam—挚爱的 / ca—和 / mātaram—母亲 / drakṣye—我将见到 / cira-utkaṇṭha-manāḥ—长时间渴望的 / mahā-ṛṣibhiḥ—由伟大的圣人 / unnīyamānam—被提升 / ca—和 / mṛḍa—希瓦啊 / adhvara—祭祀 / dhvajam—旗帜

译文 我的姐姐、姨妈和她们的丈夫，以及其他彼此感情融洽的亲戚，肯定都聚集在那里了，所以我要是去的话就能见到他们。我将看到迎风飘舞的旗帜和大圣人们主持的祭祀。亲爱的丈夫，基于这些原因，我非常渴望去参加那盛会。

要旨 如前所述，岳父和女婿之间的紧张关系已经持续了相当长的一段时间。因此，萨缇(Sati)也很久没去父亲家了。她很想去她父亲家，特别是她姐姐、姐夫和她母亲的姊妹都会在那里。作为一名女子，她自然会想跟她的姐姐一样，也穿戴漂亮地由丈夫陪着一同前往聚会场所。毫无疑问，她并不想独自前去。

第11节 त्वय्येतदाश्चर्यमजात्ममायया
विनिर्मितं भाति गुणत्रयात्मक म् ।
तथाप्यहं योषिदतत्त्वविच्च ते
दीना दिदृक्षे भव मे भवक्षितिम् ॥११॥

tvayy etad āścaryam ajātma-māyayā
vinirmitaṁ bhāti guṇa-trayātmakam
tathāpy ahaṁ yoṣid atattva-vic ca te
dīnā didṛkṣe bhava me bhava-kṣitim

tvayi—在你之中 / etat—这 / āścaryam—奇妙的 / aja—主希瓦啊 / ātma-māyayā—由至尊主的外在能量 / vinirmitam—创造 / bhāti—显现 / guṇa-traya-ātmakam—作为物质自然三种属性的相互作用 / tathā api—即使如此 / aham—我 / yoṣit—妇女 / atattva-vit—不通晓真理 / ca—和 / te—你的 / dīnā—可怜的 / didṛkṣe—我希望见到 / bhava—主希瓦啊 / me—我的 / bhava-kṣitim—出生之地

译文 这个展示了的宇宙是物质自然三种属性相互作用的奇妙产物，是至尊主的外在能量。您完全了解这一事实。然而，我只不过是个可怜的女子，正如您知道的，我对事实不甚了解。因此，我想再去看一看我的出生地。

要旨 达克沙雅妮(Dākṣāyaṇī)——萨缇(Sati)很清楚，她丈夫希瓦(Śiva)对这个由物质自然三种属性相互作用所产生的物质世界的耀眼展示并不感兴趣。因此，她称她丈夫为阿佳(aja)。阿佳是指超越了生死束缚的人或已认识到自己永恒地位的人。她说：“你是觉悟了自我的人，因此没有把物质或宇宙展示这一灵性世界扭曲的倒影视为是真实存在的错觉。对您来说，社交生活的魅力，以及认为某人是父亲、某人是母亲、某人是姊妹等错觉，早已不复存在。然而，我是一个不幸的女人，没有多少超然的觉悟，因此自然而然地把这一切视为是真实的。”只有智力欠佳的人才会把灵性世界扭曲了的倒影视为是真实的存在。受外在能量迷惑的人以为物质展示是真实存在，但有高度的超然觉悟的人知道它是一种幻象。灵性世界里才有真实的存在。萨缇说：“我对觉悟自我所知甚少。我不知道真相，因此很不幸。我留恋我的出生地，想去看看它。”谁依恋自己的出生地、躯体，以及《博伽瓦谭》(Bhāgavatam)中提到的其他类似东西，谁就被认为是像驴或牛一样。萨缇也许多次听她丈夫希瓦讲过这一切，但因为是女人——尤西特(yoṣit)，所以还是追求这些物质的情感对象。梵文尤西特一词是指“被享受的人。”因此，女人被称为尤西特。人如果像玩偶一样被女人操纵的话，其灵性进步就会停止，因此灵修生活中始终限制与尤西特的交往。经典说：“如同玩物一样被女人控制在手中的人(yoṣit-krīḍā-mṛgeṣu)，不可能在灵性觉悟的路途上取得任何进步。”

第12节　पश्य प्रयान्तीरभवान्ययोषितो
ऽप्यल ङ्कृ ताः क न्तसखा वरूथशः ।
यासां व्रजद्भिः शितिक ण्ठ मण्डितं
नभो विमानैः क ल हंसपाण्डुभिः ॥१२॥

paśya prayāntīr abhavānya-yoṣito
'py alaṅkṛtāḥ kānta-sakha varuthasaḥ

yāsāṁ vrajadbhiḥ śiti-kaṇṭha maṇḍitaṁ
nabho vimānaiḥ kala-haṁsa-pāṇḍubhiḥ

paśya—看呀 / prayāntīḥ—去 / abhava—从不经历出生的人 / anya-yoṣitaḥ—其他女人 / api—肯定地 / alaṅkṛtāḥ—打扮得 / kānta-sakhāḥ—与她们的丈夫和朋友 / varūthaśaḥ—大量的 / yāsām—她们的 / vrajadbhiḥ—飞翔 / śiti-kaṇṭha—喉部湛蓝的人啊 / maṇḍitam—被装饰 / nabhaḥ—天空 / vimānaiḥ—用飞机 / kala-haṁsa—天鹅 / pāṇḍubhiḥ—白色的

译文 啊，从不经历出生的人，喉部湛蓝的人！不仅是我的亲戚，其他女子也穿着华丽的衣服，佩戴着首饰，与她们的丈夫和朋友一起赶往那里。看呀，他们乘坐的白色飞机成群结队，把整个天空点缀得美极了。

要旨 在这节诗里，主希瓦被称为是从不经历出生的人(a-bhava)，尽管他一般被称为经历出生的人(bhava)。茹铎(Rudra)——主希瓦，实际上是从主布茹阿玛(Brahmā)的双眉间生出来的。布茹阿玛又被称为斯瓦阳布(Svayambhū)，因为他不是由人类等物质生物体生出来的，而是直接诞生在从维施努的腹部长出的莲花上。因此，这里把主希瓦称为从不经历出生的人，其意思可以解释为是“永远感受不到物质痛苦的人”。萨缇(Sati)想让她丈夫知道，就连那些与她父亲没关系的人都正在赶往祭祀现场，更不要说她这个与达克沙有亲密关系的人了。

这节诗里还把主希瓦称为喉部湛蓝的人。主希瓦曾经喝下一汪洋的毒液，并把毒液保留在自己的喉部，没有吞到胃里去，因此他的脖子变成了蓝色。从那以后，他被称为蓝脖子的人(nīlakaṇṭha)。主希瓦是为了他人的利益才喝下一汪洋毒液的。当半神人和恶魔搅动海洋时，最先搅出来的是毒液，而由于一汪洋的毒液可能会使其他不太高级的生物体中毒，主希瓦便喝下了所有的毒液。换句话说，极为仁慈的他，既然为了别人的利益可以喝下那么多毒液，那么现在他妻子亲自请求他去岳父家，他即使心中再不情愿，也应该表示同意。

第13节 क थं सुतायाः पितृगेहकौतुकं
निशम्य देहः सुरवर्य नेङ्गते ।
अनाहुता अप्यभियन्ति सौहृदं
भर्तुर्गुरोर्देहकृ तश्च के तनम् ॥१३॥

katham sutāyāḥ pitṛ-geha-kautukaṁ
niśamya dehaḥ sura-varya neṅgate
anāhutā apy abhiyanti sauhṛdaṁ
bhartur guror deha-kṛtaś ca ketanam

katham—如何 / sutāyāḥ—女儿的 / pitṛ-geha-kautukam—在她父亲家中举行的节日 / niśamya—听到 / dehaḥ—身体 / sura-varya—最优秀的半神人啊 / na—不 / iṅgate—困扰 / anāhu-tāḥ—未受邀请 / api—甚至 / abhiyanti—去 / sauhṛdam——位朋友 / bhartuḥ—丈夫的 / guroḥ—灵性导师的 / deha-kṛtaḥ—父亲的 / ca—和 / ketanam—家

译文 最优秀的半神人啊！做女儿的听到父亲家有喜庆事发生时，怎么还能保持平静呢？尽管您也许考虑我并没有受到邀请，但人在没有受到邀请的情况下去朋友、丈夫、灵性导师或父亲家没有什么不好。

第14节 तन्मे प्रसीदेदममर्त्य वाञ्छि तं
क र्तुं भवान् क ारुणिक ो बतार्हति ।

त्वयात्मनोऽर्धेऽहमदभ्रचक्षुषा
निरूपिता मानुगृहाण याचितः ॥१४॥

tan me prasīdedam amartya vāñchitaṁ
kartuṁ bhavān kāruṇiko batārhati
tvayātmano 'rdhe 'ham adabhra-cakṣuṣā
nirūpitā mānugṛhāṇa yācitaḥ

tat—因此 / me—对我 / prasīda—请仁慈地 / idam—这 / amartya—不朽的主啊 / vāñchitam—愿望 / kartum—去做 / bhavān—大人 / kāruṇikaḥ—仁慈的 / bata—主啊 / arhati—能够 / tvayā—由你 / ātmanaḥ—你自己的身体的 / ardhe—在一半中 / aham—我 / adabhra-cakṣuṣā—具有一切知识 / nirūpitā—处于 / mā—向我 anugṛhāṇa—请给予仁慈 / yācitaḥ—请求

译文 永生的希瓦啊！请仁慈地对待我，满足我的愿望。您既然已经把我当做您的另一半，就请向我展示您的仁慈，答应我的请求吧。

第15节 ऋषिरुवाच
एवं गिरित्रः प्रिययाभिभाषितः
प्रत्यभ्यधत्त प्रहसन् सुहृत्प्रियः ।
संस्मारितो मर्मभिदः कु वागिषून्
यानाह को विश्वसृजां समक्षतः ॥१५॥

ṛṣir uvāca
evaṁ giritraḥ priyayābhibhāṣitaḥ
pratyabhyadhatta prahasan suhṛt-priyaḥ
saṁsmārito marma-bhidaḥ kuvāg-iṣūn
yān āha ko viśva-sṛjāṁ samakṣataḥ

ṛṣiḥ uvāca—伟大的圣人麦垂亚说 / evam—如此 / giritraḥ—主希瓦 / priyayā—由他的爱妻 / abhibhāṣitaḥ—被谈及 / pratyabhyadhatta—回答 / prahasan—微笑着 / suhṛt-priyaḥ—亲戚疼爱的 / saṁsmāritaḥ—想起 / marma-bhidaḥ—刺穿心 / kuvāk-iṣūn—恶意的话 / yān—这(话语) / āha—说 / kaḥ—谁(达克沙) / viśva-sṛjām—宇宙展示创造者的 / samakṣataḥ—在场

译文 伟大的圣人麦垂亚说：凯拉斯山的拯救者希瓦，一边听他深爱的妻子说话，一边报以微笑，尽管他同时在心中回忆起达克沙当着宇宙事务管理者们的面，说的那番恶毒而又尖酸刻薄的话。

要旨 主希瓦(Śiva)在听他妻子谈到达克沙(Dakṣa)时，心理反应是：立即想起了达克沙在宇宙管理者的聚会上所说的那些措词强硬的反对他的话。主希瓦一想起那些话，心中就十分难过，但为了让妻子高兴，他还是微笑着。《博伽梵歌》(Bhagavad-gītā)中说，解脱了的人面对这个物质世界里的苦与乐，心中始终平静。因此，现在有人也许会问：达克沙所说的话，为什么会使主希瓦这种解脱了的人心中那么不快呢？圣维施瓦纳特・查夸瓦尔提・塔库尔(Viśvanātha Cakravartī Ṭhākura)对此给予了回答。主希瓦虽然是彻底觉悟了自我的人(ātmārāma)，但因为负责掌管物质的愚昧属性(tamo-guṇa)，所以有时也受物质世界苦乐的影响。

物质世界中的苦乐和灵性世界中的苦乐之间的区别在于：灵性世界里苦乐的结果在质上是绝对的。因此，人在绝对的世界里也许会感到难过，但这种所谓的痛苦展示永远充满了极乐。例如：主奎师那童年时有一次受到祂母亲雅首达的惩罚；祂当时哭了，但尽管祂在掉眼泪，我们不能认为那是受愚昧属性控制的反应，因为整个事件充满了超然的快乐。当奎师那变着花样玩耍时，有时看起来祂使牧牛姑娘们很苦恼，但实际上他们之间的这种交往充满了超然的喜乐。这就是物质世界和灵性世界之间的区别。灵性世界中的一切都是纯粹的，而这个物质世界则是灵性世界的扭曲了的倒影。灵性世界里的一切都是绝对的，因此那里的苦乐等灵性多样化，除了让人感受到永恒的喜乐外没有别的。然而在物质世界里，由于一切都受到物质自然属性的污染，生物体便感受到快乐和痛苦。为此，主希瓦虽然是彻底觉悟了自我的人，但因为负责掌管物质的愚昧属性，所以还是会感到难过。

第16节 श्रीभगवानुवाच
त्वयोदितं शोभनमेव शोभने
अनाहुता अप्यभियन्ति बन्धुषु ।
ते यद्यनुत्पादितदोषदृष्टयो
बलीयसानात्म्यमदेन मन्युना ॥१६॥

śrī-bhagavān uvāca

tvayoditaṁ śobhanam eva śobhane
anāhutā apy abhiyanti bandhuṣu
te yady anutpādita-doṣa-dṛṣṭayo
balīyasānātmya-madena manyunā

śrī-bhagavān uvāca—伟大的主回答说 / tvayā—被你 / uditam—说 / śobhanam—是真的 / eva—肯定地 / śobhane—我亲爱的美丽妻子 / anāhutāḥ—未被邀请 / api—甚至 / abhiyanti—去 / bandhuṣu—在朋友中间 / te—那些（朋友） / yadi—如果 / anutpādita-doṣa-dṛṣṭayaḥ—不找毛病 / balīyasā—更重要 / anātmya-madena—与躯体认同而导致的骄傲 / manyunā—被愤怒

译文 伟大的希瓦说：亲爱的美丽妻子，你说人在没得到邀请的情况下也可以去朋友家，这是事实；但前提是，这种朋友不会因为与躯体认同而生那不速之客的气，于是在他身上挑毛病。

要旨　主希瓦(Śiva)能预见到，萨缇一旦到她父亲家，她那位因为与躯体认同而变得狂妄自大的父亲达克沙(Dakṣa)，就会在她面前生气；尽管萨缇是无辜的，并没有犯错，但达克沙会无情地对她发怒。主希瓦警告说，她父亲因为自己拥有的物质财富而变得极为骄傲，所以会发怒，而这对她来说将是无法容忍的，因此她最好别去。主希瓦本人已经领教过这一事实；尽管他当时并没有犯错，但达克沙还是用各种尖酸刻薄的话语诅咒他。

第17节　विद्यातपोवित्तवपुर्वयःकुलैः
सतां गुणैः षड्भिरसत्तमेतरैः ।
स्मृतौ हतायां भृतमानदुर्दृशः
स्तब्धा न पश्यन्ति हि धाम भूयसाम् ॥१७॥

vidyā-tapo-vitta-vapur-vayaḥ-kulaiḥ
satāṁ guṇaiḥ ṣaḍbhir asattametaraiḥ
smṛtau hatāyāṁ bhṛta-māna-durdṛśaḥ
stabdhā na paśyanti hi dhāma bhūyasām

vidyā—教育 / tapaḥ—苦修 / vitta—财富 / vapuḥ—身体的美丽等 / vayaḥ—青春 / kulaiḥ—与遗产 / satām—虔诚之人的 / guṇaiḥ—由如此品质 / ṣaḍbhiḥ—六 / asattama-itaraiḥ—对那些不是伟大灵魂的人具有相反的结果 / smṛtau—理智 / hatāyām—丧失 / bhṛta-māna-durdṛśaḥ—因骄傲而盲目 / stabdhāḥ—骄傲 / na—不 / paśyanti—见到 / hi—为了 / dhāma—光荣 / bhūyasām—伟大灵魂的

译文 尽管教育、苦行、财富、美丽、年轻和遗产这六项资格都是伟大的灵魂所拥有的，但因拥有这些而骄傲的人就会变得盲目，并由此失去理智，欣赏不到伟大人物的荣光。

要旨 有人也许会争辩说：达克沙(Dakṣa)博学、富有，从事过苦行，家庭出身极为高贵，他怎么会平白无故地对别人发怒呢？答案是：当受高等教育、出身好、美丽、富有等资格，被误放到那些会因为拥有这些资格而骄傲的人身上时，它们就会产生很坏的结果。牛奶是非常好的食品，但它一旦被嫉妒的毒蛇触碰过就变得有毒了。同样，教育、财富、美丽、好出身等物质财富无疑是好的，但当它们去点缀本性恶毒的人时，它们起的作用就有害了。查纳克雅·潘迪特(Cāṇakya Paṇḍita)举了另外一个例子，那就是：毒蛇即使头顶宝珠还是令人害怕，因为它是毒蛇。毒蛇生性对其他生物体怀有恶意，即使其他生物体并没有犯错。毒蛇咬其他生物体时，并不是因为其他生物体犯了错需要咬他们，而是出于毒蛇的习惯去咬其他无辜的生物体。同样，尽管达克沙拥有许多物质财富，但由于他为自己拥有的财富而骄傲，由于他心怀恶意，所有那些点缀他的资格就都被污染了。因此，对于一个正在培养灵性意识——奎师那意识的人来说，拥有这些物质财富有时反而是有害的。琨缇黛薇(Kuntīdevī)在向奎师那祈祷时，称奎师那是丧失了一切物质所得的人很容易接近的人(akiñcana-gocara)。物质贫乏对增强奎师那意识有好处。当然，人如果意识到自己与至尊人格首神的永恒关系，能利用渊博的学识、美貌、高贵的出身等自己拥有的物质财富为至尊主做服务，那么这些财富就值得称道了。换句话说，人除非具有奎师那意识，否则他的物质拥有都等于零。但是，当在这个零的前面有一个至尊的一时，它的价值就立即增加到十。零的前面除非有一个至尊的一，否则永远是零。人可以加上一百个零，但其价值还是零。人除非用他拥有的物质财富为奎师那做奉爱服务，否则那些物质财富就会给他这个拥有者带来灾难，使他堕落。

第18节

नैतादृशानां स्वजनव्यपेक्षया
गृहान् प्रतीयादनवस्थितात्मनाम् ।
येऽभ्यागतान् वक्र धियाभिचक्षते
आरोपितभ्रूभिरमर्षणाक्षिभिः ॥१८॥

naitādṛśānāṁ sva-jana-vyapekṣayā
gṛhān pratīyād anavasthitātmanām
ye 'bhyāgatān vakra-dhiyābhicakṣate
āropita-bhrūbhir amarṣaṇākṣibhiḥ

na—不 / etādṛśānām—像这 / sva-jana—亲属 / vyapekṣayā—依赖那 / gṛhān—在……家中 / pratīyāt—人应去 / anavasthita—困扰 / ātmanām—心 / ye—那些 / abhyāgatān—客人 / vakra-dhiyā—冷淡地接待 / abhicakṣate—注视 / āropita-bhrūbhiḥ—挑起眉毛 / amarṣaṇa—愤怒的 / akṣibhiḥ—用眼睛

译文　当这种人心烦意乱，高挑着眉毛、怒目圆睁地看他的客人时，人不应该到他家去，即使他是你的亲戚或朋友。

要旨　人无论其水平有多低，都从不会对自己的子女、妻子和近亲不好。即使在动物王国中，幼子也受到很好的对待，因此就连老虎都对自己的幼子很好。萨缇(Sati)是达克沙(Dakṣa)的女儿，因此自然认为不管达克沙有多冷酷，受多少污染，也不会不好好接待她。然而，这节诗中用梵文anavasthita一词暗示说，这种人是不能信任的。老虎虽然对自己的幼子很好，但有时也吃牠们。恶毒的人始终不稳定，因此不应该信任他们。为此。主希瓦(Śiva)劝萨缇不要去她父亲家，因为接受这种父亲为亲人，而且在没被邀请的情况下去他家是不合适的。

第19节 तथारिभिर्न व्यथते शिलीमुखैः
शेतेऽर्दिताङ्गो हृदयेन दूयता ।
स्वानां यथा वक्र धियां दुरुक्तिभि-
र्दिवानिशं तप्यति मर्मताडितः ॥१९॥

tathāribhir na vyathate śilīmukhaiḥ
śete 'rditāṅgo hṛdayena dūyatā
svānāṁ yathā vakra-dhiyāṁ duruktibhir
divā-niśaṁ tapyati marma-tāḍitaḥ

tathā—如此 / aribhiḥ—敌人 / na—不 / vyathate—被伤害 / śilīmukhaiḥ—被箭 / śete—依赖 / ardita—伤心委屈 / aṅgaḥ—一部分 / hṛdayena—被心 / dūyatā—悲伤 / svānām—亲属的 / yathā—像 / vakra-dhiyām—欺骗的 / duruktibhiḥ—被刻薄的话 / divā-niśam—日夜 / tapyati—痛苦 / marma-tāḍitaḥ—感情受到伤害的人

译文 伟大的希瓦接着说：亲人说的刻薄话语对人的伤害，比他被敌人的箭射伤还要让他感到伤心委屈，因为这种伤害日夜不停地刺痛着他的心。

要旨 萨缇(Satī)或许决定要冒险去她父亲家，以为即使她父亲对她说话不友善，她也会容忍，就像儿子有时容忍父母的责备一样。但主希瓦(Siva)提醒她说，她会受不了那种尖酸刻薄的话语，因为人的心理自然是：知道敌人本就是要给对方施加痛苦的，所以可以忍受敌人给自己的伤害而不很在乎；然而，亲人措辞强硬的话语所产生的伤害会使人日夜不停地受煎熬，有时甚至使人忍无可忍，最后去自杀。

第20节 व्यक्तं त्वमुत्कृष्टगतेः प्रजापतेः
प्रियात्मजानामसि सुभ्रु मे मता ।

तथापि मानं न पितुः प्रपत्स्यसे
मदाश्रयात्कः परितप्यते यतः ॥२०॥

vyaktaṁ tvam utkṛṣṭa-gateḥ prajāpateḥ
priyātmajānām asi subhru me matā
tathāpi mānaṁ na pituḥ prapatsyase
mad-āśrayāt kaḥ paritapyate yataḥ

vyaktam—显然 / tvam—你 / utkṛṣṭa-gateḥ—有最好的行为 / prajāpateḥ—帕佳帕提·达克沙的 / priyā—宠儿—ātmajānām—女儿们的 / asi—你是 / subhru—有美丽眉毛的你啊 / me—我的 / matā—认为 / tathā api—仍然 / mānam—尊重 / na—不 / pituḥ—从你父亲那里 / prapatsyase—你将遇到 / mat-āśrayāt—因为与我有关联 / kaḥ—达克沙 / paritayate—正感到痛苦 / yataḥ—从谁

译文 我亲爱的白皮肤妻子，事实明摆着，尽管在众多的女儿中，达克沙最宠爱你，但由于你是我妻子，你将不会在他家受到应有的尊重。相反，你会因为与我的关系而感到遗憾。

要旨 主希瓦(Śiva)进一步指出：即使萨缇(Sati)打算自己去，不用丈夫陪伴，但由于是他的妻子，萨缇还是不会受到好的接待。即使她自己去，也极有可能发生灾难。因此，主希瓦婉转地请求她不要去她父亲家。

第21节 पापच्यमानेन हृदातुरेन्द्रियः
समृद्धिभिः पूरुषबुद्धिसाक्षिणाम् ।
अक ल्प एषामधिरोढुमञ्जसा
परं पदं द्वेष्टि यथासुरा हरिम् ॥२१॥

pāpacyamānena hṛdāturendriyaḥ
samṛddhibhiḥ pūruṣa-buddhi-sākṣiṇām
akalpa eṣām adhiroḍhum añjasā
paraṁ padaṁ dveṣṭi yathāsurā harim

pāpacyamānena—燃烧的 / hṛdā—心 / ātura-indriyaḥ—哀伤的 / samṛddhibhiḥ—由虔诚的名望等 / pūruṣa-buddhi-sākṣiṇām—总是想着至尊主的那些人的 / akalpaḥ—无能为力的 / eṣām—那些人的 / adhiroḍhum—提升 / añjasā—迅速地 / param—只是 / padam—达到标准 / dveṣṭi—嫉妒 / yathā—像……那样 / asurāḥ—恶魔们 / harim—至尊人格首神

译文 受假我控制的人不论在精神上还是肉体上都会一直感到痛苦，而且不能忍受觉悟了自我的人拥有财富。他没有能力上升到觉悟自我的层面，于是便像恶魔嫉妒至尊人格首神那样嫉妒觉悟了自我的人。

要旨 这节诗解释了达克沙(Dakṣa)敌视主希瓦(Śiva)的真正原因。主希瓦作为至尊人格首神的属性化身地位崇高，而且因为直接与超灵互通而受到尊重，在祭祀场上坐的座位优于达克沙，达克沙为此而嫉妒主希瓦。除了这些原因，还有许多其他的原因。因物质拥有而狂妄自大的达克沙，受不了主希瓦具有崇高的地位，于是借着主希瓦在他进场时没站起来一事向主希瓦发泄愤怒。这不过是他嫉妒的最大限度的展现而已。正如这节诗里用的梵文 pūruṣa-buddhi-sākṣiṇām 一句所明确表示的，主希瓦始终处在冥想的状态中，而且一直感知着超灵。始终全神贯注冥想至尊人格首神的人，状态极为非凡，其他人尤其是普通人，根本无法模仿。达克沙进入祭祀(雅格亚，yajña)现场时，主希瓦正处在冥想的状态中，也许并没有看到达克沙进场，但达克沙因为长久以来一直嫉妒主希瓦，所以便借此机会诅咒他。真正觉悟了自我的人，看每一个个体都是至尊人格首神的庙宇，因为至尊人格首神以祂超灵(帕茹阿玛特玛，Paramātmā)的形象，住在每个生物体的体内。

人在向他人致敬时，并不是向物质躯体致敬，而是向处在其中的至尊主致敬。一直冥想至尊主的人总是向祂致敬。但是，由于达克沙的灵性觉悟并不高，他以为致敬的对象是物质躯体，而因为主希瓦没有向他的物质躯体致敬，他就不高兴。这种人因为不能把自己提升到像主希瓦那种觉悟了自我的灵魂层次上，所以就总是满怀嫉妒。这节诗里举的例子很恰当。恶魔或无神论者(阿苏茹阿，asura)总是嫉妒至尊人格首神，一心一意想杀死祂。在如今这个年代里，我们能看到某些嫉妒奎师那的所谓学者，评论《博伽梵歌》(Bhagavad-gītā)。奎师那在《博伽梵歌》第 18 章的第 65 节诗中说：永远想着我，成为我的奉献者，皈依我(manmanā bhava mad-bhaktaḥ)。那些所谓的学者便评论说，奎师那并不是我们所必须皈依的对象。这就是嫉妒。无神论者或恶魔(阿苏茹阿)，毫无理由地嫉妒至尊人格首神。同样，升不到觉悟自我的最高层次上的蠢人，不但不向觉悟了自我的人致敬，反而总是毫无理由地嫉妒他们。

第22节

प्रत्युद्गमप्रश्रयणाभिवादनं
विधीयते साधु मिथः सुमध्यमे ।
प्राज्ञैः परस्मै पुरुषाय चेतसा
गुहाशयायैव न देहमानिने ॥२२॥

pratyudgama-praśrayaṇābhivādanaṁ
vidhīyate sādhu mithaḥ sumadhyame
prājñaiḥ parasmai puruṣāya cetasā
guhā-śayāyaiva na deha-mānine

pratyudgama—从自己的座位上站起来 / praśrayaṇa—欢迎 / abhivādanam—敬礼 / vidhīyate—想 / sādhu—适宜的 / mithaḥ—互相 / su-madhyame—我亲爱的年轻妻子 / prājñaiḥ—被智者 / parasmai—向至尊者 / puruṣāya—向超灵 / cetasā—用智力 / guhā-śayāya—坐在体内的 / eva—肯定地 / na—不 / deha-mānine—向与躯体认同的人

译文 我亲爱的年轻妻子，毫无疑问，朋友和亲戚相见时都会起身迎接对方，并互相问候，向对方致以敬意。但那些提升到超然层面的人因为有智慧，所以会向坐在躯体中的超灵致以这样的敬意，而不会向与躯体认同的人致敬。

要旨 有人也许会辩论说：既然达克沙(Dakṣa)是主希瓦(Śiva)的岳父，主希瓦当然有义务向他致以敬意。为了回答这一问题，这节诗中解释道：有学问的人起身欢迎对方或向对方致以敬意时，是在向处在众生心中的超灵致敬。正因为如此，人们会看到外士纳瓦(Vaiṣṇava)之间互相致敬，甚至当门徒向他的灵性导师致敬时，灵性导师会立即回礼；他们是在彼此向处在对方体内的超灵致敬，而不是向躯体致敬，因此灵性导师也向处在门徒体内的超灵致敬。至尊主在《圣典博伽瓦谭》(Śrīmad-Bhāgavatam)中说，向祂的奉献者致敬比向祂本人致敬更可贵。奉献者不与躯体认同，所以向外士纳瓦致敬就意味着向维施努(Viṣṇu)致敬。经典中还说：作为一项礼仪，见到外士纳瓦时必须立即向他致敬，以表示向他心中的超灵致敬。外士纳瓦把躯体视为维施努的庙宇。主希瓦因为已经怀着奎师那意识向超灵致敬了，所以也就等于向与躯体认同的达克沙致敬了，因此不必再向他的躯体致敬。韦达教导中没有指示说要向躯体致敬。

第23节　　सत्त्वं विशुद्धं वसुदेवशब्दितं
यदीयते तत्र पुमानपावृतः ।
सत्त्वे च तस्मिन् भगवान् वासुदेवो
ह्यधोक्षजो मे नमसा विधीयते ॥२३॥

sattvaṁ viśuddhaṁ vasudeva-śabditaṁ
yad īyate tatra pumān apāvṛtaḥ
sattve ca tasmin bhagavān vāsudevo
hy adhokṣajo me namasā vidhīyate

sattvam—意识 / viśuddham—纯粹的 / vasudeva—瓦苏戴瓦 / śabditam—以……著称 / yat—因为 / īyate—被启示 / tatra—那里 / pumān—至尊者 / apāvṛtaḥ—无遮挡 / sattve—在意识中 / ca—和 / tasmin—在那之中 / bhagavān—至尊人格首神 / vāsudevaḥ—华苏戴瓦 / hi—因为 / adhokṣajaḥ—超然的 / me—由我 / namasā—以顶拜 / vidhīyate—崇拜

译文　我总是怀着纯粹的奎师那意识顶拜主华苏戴瓦。奎师那意识永远是完美无瑕的意识，名为华苏戴瓦的至尊人格首神会毫不掩饰地向有奎师那意识的人揭示祂自己。

要旨　生物原本是纯洁的。韦达典籍中说：灵魂永远纯洁，不受物质执著的污染(asaṅgo hy ayaṁ puruṣaḥ)。误解导致人们把灵魂与躯体相认同。应该知道：人一旦完全具有奎师那意识，就恢复了他原本纯洁的状态。梵文把这种存在状态称为“超越物质属性的状态(śuddha-sattva)”。由于这种“超越物质属性的状态”处在内在能量的直接作用下，物质意识的活动便在这种状态中终止了。这好比把铁放入火中时它就会变热；当铁变得又红又热时，它虽然还是铁，但已经具有了火的品质。同样道理，铜被充满了电时就不再起铜的作用，而是像电一样行事。《博伽梵歌》第14章的第26节诗也证实说，全心全意为主做奉爱服务的人，能立即被提升到纯粹布茹阿曼(Brahman，梵)的层面：

māṁ ca yo 'vyabhicāreṇa
bhakti-yogena sevate
sa guṇān samatītyaitān
brahma-bhūyāya kalpate

“在任何情况下都全心全意地做奉爱服务，就能立即超越物质自然属性，达到布茹阿曼的层面。”

因此，正如这节诗中描述的，超越物质属性的状态(śuddha-sattva)是超然的状态，术语称之为瓦苏戴瓦(vasudeva)。瓦苏戴瓦也是奎师那父亲的名字。这节诗解释说：这种纯粹的状态称为瓦苏戴瓦，因为在这种状态中，至尊人格首神华苏戴瓦(Vāsudeva)会毫不掩饰地展示祂自己。所以，为了做纯粹的奉爱服务，人必须遵守奉爱服务的规范原则，而丝毫不带靠功利性活动或心智思辨去获利的动机。

做纯粹的奉爱服务，意味着人把为至尊人格首神服务完全当做是自己的责任，没有理由，也不会被物质情况所阻止。这种境界就称为超越物质属性的状态(śuddha-sattva)或瓦苏戴瓦，因为只有在这种境界中，至尊人奎师那才在奉献者的心中揭示祂自己。圣吉瓦·哥斯瓦米(Jīva Gosvāmī)在他写的《巴嘎瓦特·桑达尔巴》(Bhagavat- sandarbha)一书中，很好地描述了这种瓦苏戴瓦或超越物质属性的境界。他解释说：在灵性导师的名字中加上108(aṣṭottara-śata)，是指他处在超越物质属性的状态或瓦苏戴瓦的超然境界中。瓦苏戴瓦一词还有其他用途。例如：瓦苏戴瓦也指无处不在的人；太阳也被称作瓦苏戴瓦·沙布迪塔姆(vasudeva-śabditam)。尽管瓦苏戴瓦一词有不同的用途，但无论我们怎么用，华苏戴瓦都是指无所不在或存在于局部区域的至尊人格首神。《博伽梵歌》第7章的第19节诗中也说：真正的觉悟是了解至尊人格首神华苏戴瓦并皈依祂。瓦苏戴瓦境界是至尊人格神华苏戴瓦从我们的内心予以展示的基础。当人清除了物质自然的污染，处在纯粹的奎师那意识层面上——瓦苏戴瓦的境界时，至尊者华苏戴瓦就会展示出来。这种境界也称为凯瓦利亚(kaivalya)，意思是"纯粹的意识"。当人处在纯粹、超然的知识层面上时，就达到了凯瓦利亚的境界(jnanam sattvikam kaivalyam)。因此，瓦苏戴瓦也就是凯瓦利亚。非人格神主义者一般都用凯瓦利亚这个词，但不具人格特征的凯瓦利亚并不是觉悟的最高境界，只有到了具有奎师那意识的凯瓦利亚境界——当人认识到至尊人格首神时，他才成功了。人通过聆听、吟诵和记忆等方法增加了有关奎师那的科学知识后，就会达到这种纯粹的境界，就能了解至尊人格首神。所有这些活动都受至尊主内在能量的指导。

这节诗中也描述了至尊主内在能量的作用，说它是没有任何遮挡(apāvṛtaḥ)。由于至尊人格首神本人，以及祂的名字、形象、特质和用品等都是超然的，超出物质自然，所以人用物质的感官不可能了解他们。只有当感官通过做纯粹的奉爱服务得到净化后(hṛṣīkeṇa hṛṣīkeśa-sevanaṁ bhaktir ucyate)人才能用纯粹的感官在毫无遮挡的情况下看到奎师那。或许有人会问，既然奉献者实际上与其他人一样有物质躯体，那么这同样的物质肉眼怎么能靠做奉爱服务得到净化呢？正如主柴坦亚(Caitanya)举例说的：奉爱服务清扫心灵这面镜子。在一面清洁的镜子面前，人可以十分清楚地看到自己的面容。同样，只要打扫干净心灵这面镜子，人就能对至尊人格首神有一个清晰的概念。《博伽梵歌》第8章的第8节诗中说：通过做奉爱服务履行自己的职责(abhyāsa-yoga-yuktena)，或者仅仅靠一直不断、全神贯注地聆听和吟诵(吟唱)有关神的一切，人就能悟到至尊人格首神(cetasā nānya-gāminā)。正如主柴坦亚所证实的：凭借以聆听和吟诵、吟唱为开始的奉爱瑜伽(bhakti-yoga)程序，人就能净化心灵和思想，从而能清楚地看到至尊人格首神的容貌。

主希瓦说：由于他心中始终充满了至尊人格首神华苏戴瓦观念，由于至尊主就在他的心中和思想里，他总是在向至尊首神致敬。换句话说，主希瓦始终处于因为冥想至尊神而心醉神迷(萨玛迪，samādhi)的状态。这种心醉神迷的状态不受奉献者的控制，而受华苏戴瓦的控制，因为至尊人格首神的整个内在能量在祂的指挥下运作。当然，物质能量也在祂的指挥下运作，但祂的直接旨意是专门通过灵性能量执行的。因此，祂通过祂的灵性能量展示自己。《博伽梵歌》第4章的第6节诗中说：我通过我的内在能量降临(sambhavāmy ātma-māyayā)。Ātma-māyayā 的意思是“内在能量”。奉献者通过做超然的爱心服务取悦至尊主以后，至尊主便出于祂甜美的意愿，靠祂的内在能量展示自己。奉献者从来不命令至尊主说：“亲爱的主啊，请到这儿来，好让我能看到您。”奉献者并不站在命令至尊人格首神到他面前或在他面前跳舞的位置上。有许多所谓的奉献者命令至尊主到他们面前去跳舞。然而，至尊主并不受制于任何人的命令。祂如果满意奉献者为祂所做的纯粹的奉爱服务，就会揭示祂自己。所以，这节诗中的梵文 adhokṣaja 一词意义重大，因为它指出：我们不可能通过物质感官活动了解至尊人格首神。仅仅靠主观推测的努力不可能了解至尊人格首神。但人如果愿意，就可以克制他感官的一切物质性活动。至尊主通过展示祂的灵性能量，向纯粹的奉献者揭示自己。当至尊人格首神向纯粹的奉献者揭示祂自己时，奉献者唯一该做的就是虔诚地向祂顶礼。绝对真理把自己的形象展示给祂的奉献者看。祂不是没有形象的。华苏戴瓦不是无形的，因为这节诗中说：至尊主一旦揭示自己，奉献者就顶拜祂。顶礼是献给人的，而不是给任何不具人格特征的东西。我们不应该接受玛亚瓦德(Māyāvāda)哲学的解释。这种理论说：华苏戴瓦没有人格特征。《博伽梵歌》中说人要皈依(prapadyate)。人们要投靠的是人，而不是不具人格特征的“非相对”事物。无论何时，只要一提到皈依或顶礼，就必须有投靠或致敬的对象。

第24节　तत्ते निरीक्ष्यो न पितापि देहकृद्
दक्षो मम द्विट् तदनुव्रताश्च ये ।
यो विश्वसृग्यज्ञगतं वरोरु मा-
मनागसं दुर्वचसाकरोत्तिरः ॥२४॥

tat te nirīkṣyo na pitāpi deha-kṛd
dakṣo mama dviṭ tad-anuvratāś ca ye
yo viśvasṛg-yajña-gataṁ varoru mām
anāgasaṁ durvacasākarot tiraḥ

tat—因此 / te—你的 / nirīkṣyaḥ—被见 / na—不 / pitā—你父亲 / api—虽然 / deha-kṛt—给予你躯体的人 / dakṣaḥ—达克沙 / mama—我的 / dviṭ—嫉妒 / tat-anuvratāḥ—他的(达克沙的)追随者 / ca—和 / ye—谁 / yaḥ—谁(达克沙) / viśva-sṛk—宇宙中的创造者们的 / yajña-gatam—出席祭祀 / vara-ūru—萨缇啊 / mām—我 / anāgasam—无辜的 / durvacasā—用残酷的话语 / akarot tiraḥ—被污辱

译文　尽管你父亲给了你身体，但他和他的追随者嫉妒我，因此你不应该去看他。最尊贵的人儿啊！尽管我是无罪的，但他却出于嫉妒，用尖酸刻薄的话语侮辱我。

要旨　对一名女子而言，丈夫和父亲是同样值得尊敬的。丈夫是女子年轻时期的保护者，父亲则是她孩童时期的保护者。所以，两者都值得尊敬，尤其是给予她躯体的父亲，更值得尊敬。主希瓦(Śiva)提醒萨缇(Satī)说："你无疑应该尊敬你父亲，甚至应该比尊敬我更尊敬他。但要小心，他给了你躯体，但也有可能夺走你的躯体，因为由于你跟我的关系，当你见到你父亲时，他可能会侮辱你。亲人所给予的侮辱比死亡更可怕，尤其是当人的处境良好时。"

第25节 यदि व्रजिष्यस्यतिहाय मद्वचो
भद्रं भवत्या न ततो भविष्यति ।
सम्भावितस्य स्वजनात्पराभवो
यदा स सद्यो मरणाय क ल्पते ॥२५॥

yadi vrajiṣyasy atihāya mad-vaco
bhadraṁ bhavatyā na tato bhaviṣyati
sambhāvitasya sva-janāt parābhavo
yadā sa sadyo maraṇāya kalpate

yadi—如果 / vrajiṣyasi—你要去 / atihāya—不顾 / mat-vacaḥ—我的话 / bhadram—好的 / bhavatyāḥ—你的 / na—不 / tataḥ—便 / bhaviṣyati—将成为 / sambhāvitasya—最尊敬的 / svajanāt—被你自己的亲戚 / parābhavaḥ—被污辱 / yadā—当时 / saḥ—那种污辱 / sadyaḥ—立即 / maraṇāya—至死 / kalpate—是同等的

译文 你若不重视我说的这番话，不听我的教导执意要去，结果将对你不利。你是最值得尊重的，但当你受到亲人的侮辱时，你会立即把那侮辱和死亡等同起来。

到此为止，结束了巴克提韦丹塔对《圣典博伽瓦谭》第 4 篇第 3 章“希瓦和萨缇之间的对话”所作的阐释。

第四章

萨缇舍弃她的躯体

第1节

मैत्रेय उवाच
एतावदुक्त्वा विरराम शङ्करः
पत्न्यङ्गनाशं ह्युभयत्र चिन्तयन् ।
सुहृद्दिदृक्षुः परिशङ्किता भवान्
निष्क्रामती निर्विशती द्विधास सा ॥ १ ॥

maitreya uvāca
etāvad uktvā virarāma śaṅkaraḥ
patny-aṅga-nāśaṁ hy ubhayatra cintayan
suhṛd-didṛkṣuḥ pariśaṅkitā bhavān
niṣkrāmatī nirviśatī dvidhāsa sā

maitreyaḥ uvāca—麦垂亚说 / etāvat—那么多 / uktvā—讲完话后 / virarāma—沉默了 / śaṅkaraḥ—主希瓦 / patnī-aṅga-nāśam—他妻子躯体的毁灭 / hi—既然 / ubhayatra—在两种情况下 / cintayan—了解 / suhṛt-didṛkṣuḥ—渴望见到她亲戚 / pariśaṅkitā—由于害怕 / bhavāt—希瓦的 / niṣkrāmatī—走出 / nirviśatī—走进 / dvidhā—左右为难 / āsa—是 / sā—她(萨缇)

译文 圣人麦垂亚说：希瓦对萨缇说完这番话，看她左右为难便沉默不语了。萨缇非常渴望到父亲家中去见自己的亲戚，但同时又害怕夫君希瓦的警告。她作不了决定，在屋里屋外来回走着，仿佛秋千来回摆动。

要旨 萨缇(Satī)拿不定主意到底是去她父亲家还是服从主希瓦(Śiva)的命令。这两种决定之间的冲突是如此强烈，迫使她像钟摆一样在屋里屋外来回走动。

第2节

सुहृद्दिदृक्षाप्रतिघातदुर्मनाः
स्नेहाद्रुदत्यश्रुक ल ातिविह्वला ।
भवं भवान्यप्रतिपूरुषं रुषा
प्रधक्ष्यतीवैक्षत जातवेपथुः ॥ २ ॥

suhṛd-didṛkṣā-pratighāta-durmanāḥ
snehād rudaty aśru-kalātivihvalā
bhavaṁ bhavāny apratipūruṣaṁ ruṣā
pradhakṣyatīvaikṣata jāta-vepathuḥ

suhṛt-didṛkṣā—想见她亲戚的愿望 / pratighāta—妨碍 / durmanāḥ—感到难过 / snehāt—因情感而…… / rudatī—哭 / aśru-kalā—被泪珠 / ativihvalā—很痛苦 / bhavam—主希瓦 / bhavānī—萨缇 / aprati-pūruṣam—没人与之平等或是对手 / ruṣā—愤怒地 / pradhakṣyatī—批评、爆炸 / iva—仿佛 / aikṣata—注视 / jāta-vepathuḥ—发抖

译文 萨缇对被禁止去父亲家看望自己的亲戚感到极为难过，她爱他们，因此难过得泪流不止。情感的煎熬使她痛苦得浑身颤抖，她看着她那非凡的丈夫希瓦，仿佛要用目光谴责他。

要旨 这节诗中所用的梵文 apratipūruṣam 一词的意思是，“没人与之平等的人”。在平等对待众生方面，物质世界里没人比得上主希瓦(Śiva)。他妻子萨缇(Satī)知道自己的丈夫平等对待众生，因此不明白：为什么在这件事上他对自己这么不仁慈，竟然不允许自己到父亲家去？这种痛苦超过了她忍受的极限，她盯着丈夫，

仿佛要用目光责备他。换句话说，由于主希瓦是阿特玛(希瓦一词也有阿特玛的意思)，这里预示萨缇准备自杀。Apratipūruṣam 一词的另一个意思是“没有对手的人”。萨缇既然不能说服希瓦允许她去，便求助于女人最后的武器——哭泣，以迫使丈夫不得不同意妻子的提议。

第3节 ततो विनिःश्वस्य सती विहाय तं
शोके न रोषेण च दूयता हृदा ।
पित्रोरगात्स्त्रैणविमूढधीर्गृहान्
प्रेम्णात्मनो योऽर्धमदात्सतां प्रियः ॥ ३ ॥

tato viniḥśvasya satī vihāya taṁ
śokena roṣeṇa ca dūyatā hṛdā
pitror agāt straiṇa-vimūḍha-dhīr gṛhān
premṇātmano yo ’rdham adāt satāṁ priyaḥ

tataḥ—那时 / viniḥśvasya—呼吸沉重 / satī—萨缇 / vihāya—离开 / tam—他(主希瓦) / śokena—因丧失 / roṣeṇa—因愤怒 / ca—和 / dūyatā—折磨 / hṛdā—心里 / pitroḥ—她父亲的 / agāt—她去 / straiṇa—出于她女人的本性 / vimūḍha —被迷惑 / dhīḥ—智力 / gṛhān—到房子 / premṇā—出于感情 / ātmanaḥ—他躯体的 / yaḥ—谁 / ardham——半 / adāt—给予 / satām—对圣洁的 / priyaḥ—珍爱的

译文 随后，萨缇离开她那出于爱而把自己的一半身体给予了她的丈夫——希瓦。愤怒和与希瓦的离别使她呼吸急促，她直奔父亲家。她是一个脆弱的女子，因此做出了这种缺乏理智的事。

要旨　韦达制度中的家庭生活观念认为，丈夫把自己的一半躯体给予妻子，妻子也把自己的一半躯体给予丈夫。换句话说，没有妻子的丈夫和没有丈夫的妻子都是不完整的。主希瓦(Śiva)和萨缇(Satī)之间的关系就是韦达式的婚姻关系。但有时候，女人因为脆弱而十分依恋娘家的人，萨缇就是如此。这节诗中特别提到，她那女人的弱点，使她想离开像主希瓦这样伟大的丈夫。换句话说，女性的弱点甚至也存在于夫妻关系中。夫妻离异一般都是由女性的弱点造成的。女人最好还是听丈夫的话，那会使家庭生活非常平静。有时候，夫妻之间可能会产生误会，正如我们看到的，就连主希瓦和萨缇这样一对崇高的伴侣也会有误解。然而，妻子不该因为误解而离开丈夫的保护。她要是这么做了，就是受她女性弱点的影响所致。

第4节

तामन्वगच्छ न्द्रुतविक्र मां सती-
मेक ां त्रिनेत्रानुचराः सहस्रशः ।
सपार्षदयक्षा मणिमन्मदादयः
पुरोवृषेन्द्रास्तरसा गतव्यथाः ॥ ४ ॥

tām anvagacchan druta-vikramāṁ satīm
ekāṁ tri-netrānucarāḥ sahasraśaḥ
sa-pārṣada-yakṣā maṇiman-madādayaḥ
puro-vṛṣendrās tarasā gata-vyathāḥ

tām—她(萨缇) / anvagacchan—跟随 / druta-vikramām—迅速离开 / satīm—萨缇 / ekām—独自 / tri-netra—主希瓦(有三只眼)的 / anucarāḥ—随从 / sahasraśaḥ—由数千的 / sa-pārṣada-yakṣāḥ—由他的同伴和亚克刹陪伴着 / maṇimat-mada-ādayaḥ—玛尼曼和玛达等 / puraḥ-vṛṣa-indrāḥ—有公牛南迪在前 / tarasā—快速地 / gata-vyathāḥ—没有恐惧

译文 看到萨缇独自急速地离开，几千个希瓦的门徒在玛尼曼和玛达的带领下，让希瓦的公牛南迪走在前面，亚克刹作陪，快速跟上她随她而去。

要旨 萨缇(Satī)迅速离去，以使丈夫不能阻止她，但有好几千名主希瓦(Śiva)的弟子，在亚克刹(Yakṣa)、玛尼曼(Maṇimān)和玛达(Mada)的带领下立即随她而去。这里用的梵文 gata-vyathāḥ 一词的意思是“没有恐惧”。萨缇根本不在乎独自前往，因为她几乎什么都不怕。另一个意义重大的词是 anucarāḥ，它表明主希瓦的弟子随时准备为主希瓦牺牲一切。他们都能理解希瓦的心愿，知道他不想让萨缇独自去。Anucarāḥ 的意思是“那些能立即明白他们主人的意向的人”。

第5节

तां सारिक ाक न्दुक दर्पणाम्बुज-
श्वेतातपत्रव्यजनस्रगादिभिः ।
गीतायनैर्दुन्दुभिशङ्खवेणुभि-
र्वृषेन्द्रमारोप्य विट ङ्किता ययुः ॥ ५ ॥

tāṁ sārikā-kanduka-darpaṇāmbuja-
śvetātapatra-vyajana-srag-ādibhiḥ
gītāyanair dundubhi-śaṅkha-veṇubhir
vṛṣendram āropya viṭaṅkitā yayuḥ

tām—她(萨缇) / sārikā—宠物鸟 / kanduka—球 / darpaṇa—镜子 / ambuja—莲花 / śveta-ātapatra—白色的伞 / vyajana—扇子 / srak—花环 / ādibhiḥ—以及其他的 / gīta-ayanaiḥ—由音乐伴随 / dundubhi—鼓 / śaṅkha—海螺 / veṇubhiḥ—用笛子 / vṛṣa-indram—在公牛上 / āropya—放在 / viṭaṅkitāḥ—装饰 / yayuḥ—他们去

译文 主希瓦的门徒安排萨缇坐在牛背上，把她宠爱的鸟儿给了她。他们带着莲花、镜子及诸如此类供她享受的用品，并给她撑着巨大的华盖。由鼓、海螺和号角伴奏的歌唱团跟随在他们后面，整个队伍看上去就像皇家队伍出游一样浩浩荡荡、豪华壮观。

第6节 आब्रह्मघोषोर्जितयज्ञवैशसं
विप्रर्षिजुष्टं विबुधैश्च सर्वशः ।
मृद्दार्वयःकाञ्चनदर्भचर्मभि-
र्निसृष्टभाण्डं यजनं समाविशत् ॥ ६ ॥

ābrahma-ghoṣorjita-yajña-vaiśasaṁ
viprarṣi-juṣṭaṁ vibudhaiś ca sarvaśaḥ
mṛd-dārv-ayaḥ-kāñcana-darbha-carmabhir
nisṛṣṭa-bhāṇḍaṁ yajanaṁ samāviśat

ā—从四面八方 / brahma-ghoṣa—伴随着韦达赞歌的声音 / ūrjita—装饰 / yajña—祭祀 / vaiśasam—动物的毁灭 / viprarṣi-juṣṭam—伟大的圣人们参加的 / vibudhaiḥ—与半神人们 / ca—和 / sarvaśaḥ—在所有的方面 / mṛt—黏土 / dāru—木头 / ayaḥ—铁 / kāñcana—黄金 / darbha—库沙草 / carmabhiḥ—皮革 / nisṛṣṭa—由……制成 / bhāṇḍam—祭祀用的动物和罐子 / yajanam—祭祀 / samāviśat—进入

译文 萨缇就这样来到她父亲家。那里正在举行祭祀，祭祀场上所有的人都吟唱韦达赞歌。伟大的圣人、布茹阿玛纳和半神人齐聚一堂，祭祀场上有许多献祭用的动物，以及做祭祀用的瓦罐、石头、黄金、库沙草和皮革。

要旨　博学的圣人和布茹阿玛纳(brāhmaṇa，婆罗门)聚在一起吟唱韦达曼陀(Vedic mantra)，他们中的一些人也就经典的结论展开辩论。就这样，有些圣人和布茹阿玛纳在辩论，有些在吟唱韦达曼陀，使整个环境充满了超然的声音震荡。这种超然的声音震荡，在这个年代已经被简化为哈瑞·奎师那　哈瑞·奎师那　奎师那·奎师那　哈瑞·哈瑞／哈瑞·茹阿玛　哈瑞·茹阿玛　茹阿玛·茹阿玛　哈瑞·哈瑞。这个年代里的人都反应迟钝，懒惰而且不幸，不能期望任何人在韦达知识方面受很高的教育。所以，主柴垣亚(Caitanya)推荐了哈瑞·奎师那这一超然的声音震荡，《圣典博伽瓦谭》(Śrīmad-Bhāgavatam)第 11 篇第 5 章的第 32 节诗中也推荐说：在这个喀历(Kali)年代里，明智的人以聚在一起吟唱圣名的方式崇拜始终吟唱主奎师那圣名的首神的化身(yajñaiḥ saṅkīrtana-prāyair yajanti hi sumedhasaḥ)。在现在这个年代里，人们都很贫穷，而且缺乏对韦达曼陀的了解，要收集起举行祭祀所需要的东西是不可能的。因此经典推荐这个年代里的人：聚在一起吟唱哈瑞·奎师那曼陀，以满足由同伴陪伴着的至尊人格首神。这间接是指主柴坦亚，祂由尼提阿南达(Nityānanda)、阿兑塔(Advaita)等同伴陪伴着。聚在一起吟唱哈瑞·奎师那曼陀，就是这个年代举行祭祀(yajña)的方法。

这节诗中的另一个重点是祭祀用的动物。这些动物都是用来做祭祀的，而不是要杀死它们。聚集在祭祀场里的大圣人和觉悟了的灵魂正在举行祭祀，而他们的觉悟程度要通过动物祭祀来验证，正如现代科学中用动物做试验，查看各种药物的效果。负责主持祭祀的布茹阿玛纳都是有高度觉悟的灵魂，为了验证他们的觉悟水平，他们要把年老的动物供奉到祭祀之火中，使它们返老还童。这也是对韦达曼陀的验证。人们并不是为了杀动物吃它们的肉而用它们作祭祀。祭祀的真正目的不是代替屠宰，不是为了吃肉，而是通过给动物以新生来检验韦达曼陀的力量。

第7节 तामागतां तत्र न कश्चनाद्रियद्
विमानितां यज्ञकृतो भयाज्जनः ।
ऋते स्वसॄर्वै जननीं च सादराः
प्रेमाश्रुकण्ठ्यः परिषस्वजुर्मुदा ॥ ७ ॥

tām āgatāṁ tatra na kaścanādriyad
vimānitāṁ yajña-kṛto bhayāj janaḥ
ṛte svasṝr vai jananīṁ ca sādarāḥ
premāśru-kaṇṭhyaḥ pariṣasvajur mudā

tām—她(萨缇)/ āgatām—到达 / tatra—那里 / na—不 / kaścana—任何人 / ādriyat—接待 / vimānitām—没有受到尊重 / yajña-kṛtaḥ—祭祀的举行者(达克沙)的 / bhayāt—因为害怕 / janaḥ—人 / ṛte—除了 / svasṝḥ—她亲姐姐 / vai—事实上 / jananīm—母亲 / ca—和 / sa-ādarāḥ—带着尊敬 / prema-aśru-kaṇṭhyaḥ—她们的喉咙里充满感情的泪水 / pariṣasvajuḥ—拥抱 / mudā—面带喜色地

译文 当萨缇和她的随从到达祭祀现场时，聚集在那里的人都因为惧怕达克沙而不好好接待她。除了她母亲和姐姐欢喜地含泪欢迎她，用令人愉快的话语问候她以外，其他人都没有对她表示欢迎。

要旨 其他人不好好接待萨缇(Satī)，但萨缇的母亲和姐姐们不能也跟着别人那么做。出于自然的亲情，她们立刻深情地含泪拥抱她。这表明女人的心肠都很柔软，用人为的方式阻止不了她们天生的爱。尽管在场的男人都是知识渊博的布茹阿玛纳和半神人，但他们害怕比他们地位高的达克沙(Dakṣa)，知道如果欢迎萨缇就会使他不高兴，于是虽然心里想迎接萨缇，却不敢付诸行动。女人天生心肠软，男人的心肠有时则很硬。

第8节　सौदर्यसम्प्रश्नसमर्थवार्तया
मात्रा च मातृष्वसृभिश्च सादरम् ।
दत्तां सपर्यां वरमासनं च सा
नादत्त पित्राप्रतिनन्दिता सती ॥ ८ ॥

saudarya-sampraśna-samartha-vārtayā
mātrā ca mātṛ-ṣvasṛbhiś ca sādaram
dattāṁ saparyāṁ varam āsanaṁ ca sā
nādatta pitrāpratinanditā satī

Saudarya—她姐姐的 / sampraśna—用问候 / samartha—恰当的 / vārtayā—消息 / mātrā—由她母亲 / ca—和 / mātṛ-svasṛbhiḥ—由她姨妈 / ca—和 / sa-ādaram—带着尊敬 / dattām—被给予的 / saparyām—崇拜，爱慕 / varam—礼物 / āsanam—座位 / ca—和 / sā—她（萨缇）/ na ādatta—不接受 / pitrā—由她父亲 / apratinanditā—没有受到欢迎 / satī—萨缇

译文　萨缇因为父亲既不跟她说话，也不以向她问好的方式对她表示欢迎，所以尽管她母亲和姐姐在接待她，她却既不回答她们问候她的话，也不接受她们为她准备的座位和送给她的礼物。

要旨　萨缇(Satī)因为父亲一言不发而极不满意，所以不回答她姐姐和母亲的问候。她是达克沙(Dakṣa)最小的孩子，知道自己是他的宠儿。但现在，由于她和主希瓦(Śiva)的关系，达克沙竟忘了对女儿的一片深情，这使她感到十分委屈。物质化的躯体概念的污染如此严重，甚至小小的刺激就能使我们所有的爱的关系化为乌有。躯体的关系如此短暂易变，在这种关系中，即使一个人对另一个人很有感情，但小小的刺激就能使这种亲密不复存在。

第9节 अरुद्रभागं तमवेक्ष्य चाध्वरं
पित्रा च देवे कृ तहेल नं विभौ ।
अनादृता यज्ञसदस्यधीश्वरी
चुक ोप ल ोक ानिव धक्ष्यती रुषा ॥ ९ ॥

arudra-bhāgaṁ tam avekṣya cādhvaraṁ
pitrā ca deve kṛta-helanaṁ vibhau
anādṛtā yajña-sadasy adhīśvarī
cukopa lokān iva dhakṣyatī ruṣā

arudra-bhāgam—供品没有主希瓦的份 / tam—那 / avekṣya—看 / ca—和 / adhvaram—祭礼之地 / pitrā—被她父亲 / ca—和 / deve—对主希瓦 / kṛta-helanam—表示轻蔑 / vibhau—对主人 / anādṛtā—没有被接受 / yajña-sadasi—在祭祀集会上 / adhīśvarī—萨缇 / cukopa—变得极为愤怒 / lokān—十四个世界 / iva—好像如果 / dhakṣyatī—燃烧 / ruṣā—用愤怒

译文 萨缇看到祭祀场上并没有给她丈夫希瓦供奉祭品。接下来，她认识到她父亲达克沙不仅没有邀请希瓦，而且看到自己——希瓦尊贵的妻子后也不予以接待，于是义愤填膺、怒不可遏，双眼盯着她父亲，仿佛要用目光把他烧成灰烬。

要旨 通过一边吟唱韦达曼陀(Vedic mantra)——斯瓦哈(svāhā)，一边向火中供奉祭品，人就向全体半神人、伟大的圣人和祖先(琵塔，Pitā)，包括主布茹阿玛(Brahmā)、主希瓦(Śiva)和主维施努(Viṣṇu)，献上了敬意。传统上希瓦也是接受致敬的人之一，但萨缇(Satī)到祭祀现场后，看到布茹阿玛纳(brāhmaṇa)们没有吟唱向主希瓦供奉祭品的曼陀——namaḥ śivāya svāhā。她并不为自己感到难过，因为在没受到邀请的情况下来到父亲家会发生什么情况，她心里已经做了准备，但她想看她丈夫是否受到了尊敬。见她的亲人、姐姐和母亲对她来说并不是那么重要；她甚至没有在意她母亲和姐姐对她的欢迎，最让她挂心的是，她丈夫是否在祭祀中受到了无礼的对待。她注意到他们对她丈夫不敬时，怒火中烧，愤怒地盯着她父亲达克沙，仿佛要用目光把达克沙烧成灰烬。

第10节　जगर्ह सामर्षविपन्नया गिरा
शिवद्विषं धूमपथश्रमस्मयम् ।
स्वतेजसा भूतगणान् समुत्थितान्
निगृह्य देवी जगतोऽभिशृण्वतः ॥ १० ॥

jagarha sāmarṣa-vipannayā girā
śiva-dviṣaṁ dhūma-patha-śrama-smayam
sva-tejasā bhūta-gaṇān samutthitān
nigṛhya devī jagato 'bhiśṛṇvataḥ

jagarha—开始谴责 / sā—她 / amarṣa-vipannayā—因愤怒而说话模糊 / girā—用话语 / śiva-dviṣam—对主希瓦有敌意的人 / dhūma-patha—在祭祀中 / śrama—被麻烦 / smayam—非常骄傲 / sva-tejasā—被她的命令 / bhūta-gaṇān—鬼魂们 / samutthitān—准备(伤害达克沙) / nigṛhya—阻止 / devī—萨缇 / jagataḥ—在大家面前 / abhiśṛṇvataḥ—被听到

译文　主希瓦的追随者——鬼魂们，各个摩拳擦掌准备攻击甚至杀死达克沙，但萨缇下令阻止了他们。她悲愤交加，谴责这场纯属功利性的祭祀活动，以及那些为举行这种毫无必要、给人带来麻烦的祭祀而感到骄傲的人。她尤其谴责她父亲，当着在场所有人的面反对他。

要旨 举行祭祀的目的仅仅是为了满足维施努(Viṣṇu)，祂是一切祭祀成果的享受者，所以又被称为雅格耶施(Yajñeśa)。《博伽梵歌》(Bhagavad-gitā)第 5 章的第 29 节诗中，至尊主也证实这一事实说：我是一切祭祀真正的享受者(bhoktāraṁ yajña-tapasām)。智力欠佳的人在不知道这一事实的情况下，为了获得某种物质利益而举行祭祀。像达克沙(Dakṣa)和他的追随者那样的人，就是为了得到供他们感官享乐的物质私利才举行祭祀的。这里谴责说，做这种祭祀是徒劳无功的。《圣典博伽瓦谭》(Śrīmad-Bhāgavatam)中也证实了这一点。人们可以按韦达经典的指示举行祭祀并从事其他功利性活动，但如果没有通过这些活动培养出对维施努的依恋，这些活动就都是无用的劳动。

培养了对维施努的爱的人，必须培养对维施努的奉献者的爱和尊重。在至尊主的奉献者——外士纳瓦(Vaiṣṇava)中，主希瓦被认为是最重要的人物(vaiṣṇavānāṁ yathā śambhuḥ)。正因为如此，萨缇看到父亲在举行盛大祭祀时没有对最伟大的奉献者希瓦表示尊重便非常愤怒。她的这种反应是对的。看到维施努或外士纳瓦受侮辱时应该愤怒。主柴坦亚(Caitanya)虽然一直在教导人们非暴力、温顺和谦卑，但当佳盖(Jagāi)和玛戴(Mādhāi)冒犯尼提阿南达(Nityānanda)时，祂也变得非常愤怒，要处死他们。因此，当维施努或外士纳瓦遭到侮辱和无礼对待时，人应该感到极为愤怒。纳若塔玛·达斯·塔库尔(Narottama dāsa Ṭhākura)曾经说过：我们都有愤怒，当我们把那愤怒的火焰直接对着嫉妒至尊人格首神或祂奉献者的人时，愤怒就是崇高的品德(krodha bhakta-dveṣi jane)。我们不应该容忍他人冒犯维施努或外士纳瓦。萨缇对她父亲的愤怒无可非议，因为达克沙虽然是她父亲，但却企图侮辱最伟大的外士纳瓦。因此，萨缇对她父亲发怒是相当值得称道的。

第11节

देव्युवाच
न यस्य लोकेऽस्त्यतिशायनः प्रिय-
स्तथाप्रियो देहभृतां प्रियात्मनः ।
तस्मिन् समस्तात्मनि मुक्त वैरके
ऋते भवन्तं क तमः प्रतीपयेत् ॥ ११ ॥

devy uvāca
na yasya loke 'sty atiśāyanaḥ priyas
tathāpriyo deha-bhṛtāṁ priyātmanaḥ
tasmin samastātmani mukta-vairake
ṛte bhavantaṁ katamaḥ pratīpayet

devī uvāca—受祝福的女神说 / na—不 / yasya—谁的 / loke—在物质世界里 / asti—是 / atiśāyanaḥ—没有竞争者 / priyaḥ—亲爱的 / tathā—如此 / apriyaḥ—敌人 / deha-bhṛtām—忍受物质躯体 / priya-ātmanaḥ—最心爱的人 / tasmin—向主希瓦 / samastaātmani—宇宙生物 / mukta-vairake—根本没有敌人的人 / ṛte—除了 / bhavantam—为你 / katamaḥ—谁 / pratīpayet—会嫉妒

译文　这位受祝福的女神说：主希瓦是众生最爱的人。他没有竞争对手。他既不特别爱谁，也不敌视任何人。除了你，没人会嫉妒这样一位心中不存憎恨的博爱之人。

要旨　至尊主在《博伽梵歌》(Bhagavad-gītā)第 9 章的第 29 节诗中说："我平等对待众生(samo'haṁ sarva-bhūteṣu)"。同样，主希瓦(Śiva)因为是至尊人格首神的品质化身，所以具有几乎与至尊主一样的品质。因此，他平等对待众生，没人是他的敌人，也没人是他的朋友，但生性嫉妒的人却能把主希瓦视为敌人。为此，萨缇(Satī)谴责她父亲说："除了你，没人会嫉妒主希瓦或把他当做敌人。"其他在场的圣人和博学的布茹阿玛纳虽然都依赖达克沙(Dakṣa)，但并不嫉妒主希瓦。除了达克沙，没人会嫉妒主希瓦：这就是萨缇对达克沙的指控。

第12节

दोषान् परेषां हि गुणेषु साधवो
गृह्णन्ति के चिन्न भवादृशो द्विज ।
गुणांश्च फ ल्गून् बहुलीक रिष्णवो
महत्तमास्तेष्वविदद्भवानघम् ॥ १२ ॥

doṣān pareṣāṁ hi guṇeṣu sādhavo
gṛhṇanti kecin na bhavādṛśo dvija
guṇāṁś ca phalgūn bahulī-kariṣṇavo
mahattamās teṣv avidad bhavān agham

doṣān—毛病 / pareṣām—其他人的 / hi—因为 / guṇeṣu—在品质中 / sādhavaḥ—萨杜 / gṛhṇanti—找寻 / kecit—某些 / na—不 / bhavādṛśaḥ—像你那样 / dvija—经过二次出生的人啊 / guṇān—品德 / ca—和 / phalgūn—小 / bahulī-kariṣṇavaḥ—极大地赞美 / mahat-tamāḥ—最优秀的人 / teṣu—他们之间 / avidat—寻找 / bhavān—你 / agham—毛病

译文 经过二次出生的达克沙，像你这种人只会在他人身上挑毛病。然而，主希瓦不仅不挑别人的错，甚至不管是谁只要有一点好品德，他就放大来看并加以赞美。不幸的是，你竟然挑剔这样一位伟大的灵魂。

要旨 达克沙(Dakṣa)王的女儿萨缇(Satī)，在这节诗中把达克沙称为经过二次出生的人(兑佳，dvija)。经过二次出生的人是指布茹阿玛纳(brāhmaṇa，婆罗门)、查锤亚(kṣatriya，刹帝利)和外夏(vaiśya，吠舍)等高阶层人士。换句话说，经过二次出生的人不是普通人，而是向灵性导师学习过韦达经典并能区分善恶的人。这样的人应该能了解逻辑和哲学。达克沙的女儿萨缇，把合理的论点摆在了达克沙面前。品德高尚的人只看别人的优点。正如蜜蜂只对鲜花中的蜜感兴趣，而不考虑花刺和花的颜色；品德高尚的人不是普通人，他们只看他人的优点，而不计较他人的缺点。相反，普通人则要评判什么是优点什么是缺点。

在非凡的优秀灵魂中也有层次之分，最优秀的灵魂不但接受他人微不足道的可贵之处，而且把它放大来看并加以赞美。主希瓦又被称为阿舒头沙(Āśutoṣa)，意思是“非常容易满足并给人以最高祝福的人”。例如：有一次，主希瓦的一个奉献者让主希瓦祝福他，只要他触碰别人的头，那人就会立即身首异处，而主希瓦就同意了。尽管主希瓦的那个奉献者为了杀死自己的敌人而要求这样的祝福是不应该的，但主希瓦考虑到那个奉献者在崇拜和取悦他时所表现的优点，还是按那个奉献者的要求给予了祝福。就这样，主希瓦把他的缺点当优点。萨缇指责她父亲说：“你则恰恰相反。尽管主希瓦有那么多优秀品质，而根本没有缺点，你却对他吹毛求疵，把他当做坏人。你把他的优秀当缺点，这使你不但成不了最高尚的灵魂，反倒成为最堕落的人。看他人的优秀品质可以使人成为最伟大的灵魂，但你因为毫无根据地把别人的优点当缺点，所以成了最低级的堕落灵魂。”

第13节　नाश्चर्यमेतद्यदसत्सु सर्वदा
महद्विनिन्दा कु णपात्मवादिषु ।
सेर्ष्यं महापूरुषपादपांसुभि-
र्निरस्ततेजःसु तदेव शोभनम् ॥ १३ ॥

nāścaryam etad yad asatsu sarvadā
mahad-vinindā kuṇapātma-vādiṣu
serṣyaṁ mahāpūrusa-pāda-pāṁsubhir
nirasta-tejaḥsu tad eva śobhanam

na—不 / āścaryam—神奇的 / etat—这 / yat—……的 / asatsu—邪恶 / sarvadā—总是 / mahat-vinindā—嘲笑伟大的灵魂 / kuṇapa-ātma-vādiṣu—在那些把没有生命的躯体当自我的人中 / sa-īrṣyam—嫉妒 / mahā-pūruṣa—伟大人物的 / pāda-pāṁsubhiḥ—被足上的尘土 / nirasta-tejaḥsu——光荣被减少的人 / tat—那 / eva—无疑地 / śobhanam—非常好

译文 那些把短暂的物质躯体当成真我的人，总是嘲笑伟大的灵魂。他们这么做不足为奇。物质主义者身上有这种嫉妒很好，因为他们就是这样堕落的。非凡人物脚上的灰尘贬低了他们。

要旨 一切都取决于接受者的力量。例如：灼热的阳光使许多蔬菜和鲜花枯萎，但同时也使许多植物生长得更茂盛。因此，枯萎和生长都取决于接受者本身。同样，经典说：伟大人物莲花足上的尘埃既能给接受者带来所有的利益，也能带来伤害。冒犯伟大人物的莲花足的人会枯萎，他们所具有的神圣品质会减少。伟大的灵魂或许原谅别人对他的冒犯，但奎师那不会原谅那些对伟大灵魂足上的尘埃进行冒犯的人，就像人们能忍受灼热的阳光照在头上，但受不了它照在脚上一样。冒犯伟大灵魂的人不断下滑坠落，从而很自然地会继续冒犯伟大灵魂的莲花足。错误地与短暂躯体认同的人，一般都会冒犯伟大的灵魂。达克沙(Dakṣa)王把躯体与灵魂认同，深陷在错误的观念中。他认为作为萨缇躯体的父亲，他的躯体比主希瓦(Śiva)的身体要高级，于是便冒犯主希瓦的莲花足。智力欠佳的人通常都会这样误把躯体与灵魂相认同，并在躯体化生命概念的影响下行事。在这种情况下，他们自然会越来越多地冒犯伟大灵魂的莲花足。经典认为，有这种生命观的人不比牛和驴那样的动物强。

第14节　यद् द्व्यक्षरं नाम गिरेरितं नृणां
सकृत्प्रसङ्गादघमाशु हन्ति तत् ।
पवित्रकीर्तिं तमलङ्घ्यशासनं
भवानहो द्वेष्टि शिवं शिवेतरः ॥ १४ ॥

yad dvy-akṣaraṁ nāma gireritaṁ nṛṇāṁ
sakṛt prasaṅgād agham āśu hanti tat
pavitra-kīrtiṁ tam alaṅghya-śāsanaṁ
bhavān aho dveṣṭi śivaṁ śivetaraḥ

yat—……的 / dvi-akṣaram—两个字母的组成 / nāma—名为 / girā ritam—只用舌头发音 / nṛṇām—人们 / sakṛt——次 / prasaṅgāt—从心里 / agham—罪恶活动 / āśu—立即 / hanti—摧毁 / tat—那 / pavitra-kīrtim—名声纯净的人 / tam—他 / alaṅghya-śāsanam—发出命令永远被执行的人 / bhavān—你 / aho—唉 / dveṣṭi—嫉妒 / śivam—主希瓦 / śiva-itaraḥ—不吉祥的人

译文　萨缇接着说：亲爱的父亲，你嫉妒主希瓦，犯了最严重的冒犯。他那由希(śi)和瓦(va)两个音节组成的名字，清除人所有的罪恶。从没有人不服从他的命令。主希瓦永远是纯洁的，除了你，没有人嫉妒他。

要旨　由于主希瓦(Śiva)是这个物质世界里一切众生中最伟大的灵魂，他希瓦这个名字对那些把躯体与灵魂相认同的人来说就非常吉祥了。那些人如果托庇于主希瓦，就会逐渐地认识到自己并不是物质的躯体而是灵性的灵魂。希瓦的意思是“吉祥的(maṅgala)”。在躯体里的灵魂是吉祥的。“我是布茹阿曼(ahaṁ brahmasmi)”。这种认识是吉祥的。人只要还认识不到自己真正的身份是灵魂，他所做的一切就都不是吉祥的。希瓦的意思是“吉祥的”，主希瓦的奉献者会逐渐上升到灵性认同的层面，但那并不是全部。占祥的生活以灵性的认同为起点，但还有更多的事情要做，那就是：人必须认清自己和至尊灵魂之间的关系。一个人如果真是主希瓦的奉献者，就会上升到灵性觉悟的层面，但他要是不够聪明，就会停留在只认识到他是灵魂(ahaṁ brahmāsmi)这一点上。然而，他要是够聪明，就应该跟随主希瓦的脚步继续前进，因为主希瓦始终在全神贯注地想着华苏戴瓦(Vāsudeva)。正如前面解释过的：主希瓦一直在冥想华苏戴瓦——圣奎师那的莲花足(sattvaṁ viśuddhaṁ vasudeva-śabditam)。主希瓦在《希瓦·普冉纳》(Śiva Purāṇa)中说，最高级的崇拜是崇拜主维施努(Viṣṇu)，所以人一旦开始崇拜维施努，就会认识到主希瓦的吉祥地位。主希瓦之所以受到崇拜，是因为他是主维施努最伟大的奉献者。但是，我们不要错误地认为主希瓦和主维施努是平等的。这种想法也是一种无神论的想法。在《外士纳韦亚·普冉纳》(Vaiṣṇavīya Purāṇa)中也指示说：维施努——纳茹阿亚纳(Nārāyaṇa)，是最尊贵的至尊人格首神，没人与祂平等，即使是主希瓦和主布茹阿玛(Brahmā)也不能与祂相提并论，更不要说其他的半神人了。

第15节

यत्पादपद्मं महतां मनोऽलि भि-
निर्षेवितं ब्रह्मरसासवार्थिभिः ।
ल ोक स्य यद्वर्षति चाशिषोऽर्थिन-
स्तस्मै भवान्द्रुह्यति विश्वबन्धवे ॥ १५ ॥

yat-pāda-padmaṁ mahatāṁ mano-'libhir
niṣevitaṁ brahma-rasāsavārthibhiḥ
lokasya yad varṣati cāśiṣo 'rthinas
tasmai bhavān druhyati viśva-bandhave

yat-pāda-padmam—……的莲花足 / mahatām—高级人物的 / manaḥ-alibhiḥ—心念之蜜蜂 / niṣevitam—因从事 / brahma-rasa—超

然快乐的(布茹阿玛南达) / āsava-arthibhiḥ—寻找甘露 / lokasya—普通人的 / yat—那一个 / varṣati—他满足 / ca—和 / āśiṣaḥ—欲望 / arthinaḥ—寻找 / tasmai—向他(主希瓦) / bhavān—你 / druhyati—嫉妒 / viśva-bandhave—向三个世界里的众生的朋友

译文　你嫉妒主希瓦，而他是三个世界中一切众生的朋友。他满足普通人的一切心愿。而且，由于他们想着他的莲花足，他便祝福其中那些寻求超然快乐(brahmanānda)的高等人士。

要旨　人通常分两类，一类是十足的物质主义者，他们要的是物质成功。这样的人只要崇拜主希瓦(Śiva)，就能实现自己的愿望。由于主希瓦很容易取悦，并很快地让人们实现其物质欲望，因此可以看到一般人都倾向于去崇拜他。另一类人是对物质主义的生活方式厌倦或感到挫折的人。这样的人崇拜主希瓦，是为了得到使人摆脱对物质认同的解脱。认清自己不是物质躯体而是灵魂的人，摆脱了愚昧。主希瓦也提供这方面的便利条件。人们信奉宗教通常是为了发展经济，赚一些钱，因为有了钱就可以满足感官的需求。但当他们受到挫折时，他们就想得到灵性的布茹阿玛南达(brahmānanda)——与至尊者合一。宗教、经济发展、感官满足和解脱是物质生活的四项原则，主希瓦既是一般人的朋友，也是培养了灵性知识的人的朋友。因此，达克沙(Dakṣa)与希瓦为敌对自己没有好处。就连超越这个世界里一般人士和进步人士的外士纳瓦(Vaiṣṇava)，也都崇拜主希瓦，把他视为是最伟大的外士纳瓦。主希瓦既是一般人的朋友、进步人士的朋友，也是至尊主的奉献者的朋友，所以是众生的朋友。因此，谁都不应该与他为敌，对他不敬。

第16节 किं वा शिवाख्यमशिवं न विदुस्त्वदन्ये
ब्रह्मादयस्तमवकीर्य जट ाः श्मशाने ।
तन्माल्यभस्मनृक पाल्यवसत्पिशाचै-
र्ये मूर्धभिर्दधति तच्चरणावसृष्टम् ॥ १६ ॥

kiṁ vā śivākhyam aśivaṁ na vidus tvad anye
brahmādayas tam avakīrya jaṭāḥ śmaśāne
tan-mālya-bhasma-nṛkapāly avasat piśācair
ye mūrdhabhir dadhati tac-caraṇāvasṛṣṭam

kim vā—无论 / śiva-ākhyam—名为希瓦 / aśivam—不吉祥的 / na viduḥ—不知道 / tvat anye—比你 / brahma-ādayaḥ—布茹阿玛和其他人 / tam—他(主希瓦) / avakīrya—散开 / jaṭāḥ—缠在一起的头发 / śmaśāne—在火葬场 / tat-mālya-bhasma-nṛ-kapālī—用人头骨做花环，身上涂满灰的人 / avasat—交往 / piśācaiḥ—与恶魔 / ye—谁 / mūrdhabhiḥ—以头 / dadhati—放置 / tat-caraṇa-avasṛṣṭam—从他的莲花足落下

译文 你以为像布茹阿玛那样比你重要，比你更值得尊敬的人物不知道这位名为主希瓦的不祥之人吗？他在火葬场里与恶魔在一起；他披头散发，脖子上挂着用人的头骨穿成的花环，还用火葬场里的骨灰涂抹全身。然而，尽管他有这些不吉祥的表现，像布茹阿玛那样的伟大人物却通过接受他人供奉给他莲花足的鲜花，并把它们尊敬地放在自己的头顶上来表示对他的敬意。

要旨 主希瓦(Śiva)的妻子萨缇(Satī)声明，责备像主希瓦这样的伟大人物毫无用处，就这样确立了她丈夫的至尊地位。她首先说，“你说主希瓦不吉利，因为他在火葬场里与恶魔共处，身上涂满了骨灰，而且用人的头骨作花环。你虽然指出希瓦的这么多缺

点，但却不知道他的地位永远是超然的。尽管他表面上显得不吉祥，但为什么像布茹阿玛(Brahmā)那样的人物要对他莲花足上的尘土表示尊敬，把受到你谴责的花环极其尊敬地顶在自己的头顶上呢？”萨缇是贞节的女士、主希瓦的妻子，所以有义务确立主希瓦的崇高地位，不仅靠感情，更要讲事实。韦达经典下结论说，主希瓦不是普通的生物。他既不属于至尊人格首神的层次，也不是普通生物。布茹阿玛几乎在所有的情况下都是个普通生物。有时候，在找不到一个适合担任布茹阿玛这个职务的普通生物时，主维施努(Viṣṇu)的一位扩展就会亲自担任这个职务。但在一般情况下，这一职务是由这个宇宙中的一个极其虔诚的生物担任的。因此，主希瓦虽然以布茹阿玛儿子的身份显现，但他的地位原本就比主布茹阿玛的高。这节诗里提到，就连布茹阿玛这样伟大的人物都接受给主希瓦供奉过的所谓不吉祥的花朵，以及主希瓦莲花足上的尘土。布茹阿玛的后代——以玛瑞祺(Marīci)、阿特瑞(Atri)和布瑞古(Bhṛgu)为首的九位大圣人，也都以同样的方式表示对主希瓦的敬意，因为他们知道：主希瓦不是普通的生物。

在许多《普冉纳》(Purāṇa，《往事书》)中都时有谈道：半神人的地位是如此高，几乎与至尊人格首神处在同一个层面上。但所有的经典都下结论证实：主维施努(Viṣṇu)是至尊人格首神。《布茹阿玛·萨密塔》(Brahma-saṁhitā)中，描述主希瓦就像酸奶(优酪乳)。酸奶与牛奶没有什么区别。由于酸奶是由牛奶转化而成，所以从一方面说酸奶也就是牛奶。同样，主希瓦从一方面讲就是至尊人格首神，但从另一方面讲又不是，就像酸奶也是牛奶，但我们还是要把二者加以区分。韦达经典中对这些都有描述。无论我们什么时候发现有个半神人担任了一个从表面上看比至尊人格首神的地位还要高的职务，都要知道：那只不过是为了把奉献者的注意力引向那位半神人而已。《博伽梵歌》第 7 章的第 21 节诗中也说：如果有谁想崇拜某个半神人，处在众生心中的至尊人格首神就会让他对那个半神人越来越依恋，使他可以升到那个半神人居住的星球去。崇拜半神人的人升到半神人的住所去(yānti deva-vratā devān)。同样，崇拜至尊人格首神的人，升到灵性王国中去。这一点在韦达经典的不同地方都有说明。萨缇在这节诗里赞美主希瓦，其中一部分原因在于主希瓦是她丈夫，因此她个人很尊敬希瓦；另一部分原因在于主希瓦的崇高地位，他的地位超过一般生物，甚至主布茹阿玛。

主布茹阿玛承认主希瓦的地位，所以萨缇的父亲达克沙也应该予以承认。这是萨缇所说的要点。实际上，萨缇到她父亲家来的真正目的并不是要参加祭祀；尽管她在来之前请求她丈夫说，想见见她姐姐和母亲，但那只是一个借口。实际上她心里一直想要说服她父亲达克沙，一直嫉妒主希瓦对他毫无益处。这才是她来她父亲家的主要目的。她发现说服不了她父亲时，便放弃了达克沙给她的躯体。详情请看下面的诗节。

第17节 क र्णौ पिधाय निरयाद्यदक ल्प ईशे
धर्मावितर्यसृणिभिर्नृभिरस्यमाने ।
छि न्द्यात्प्रसह्य रुशतीमसतीं प्रभुश्चे-
ज्जिह्वामसूनपि ततो विसृजेत्स धर्मः ॥ १७ ॥

karṇau pidhāya nirayād yad akalpa īśe
dharmāvitary asṛṇibhir nṛbhir asyamāne
chindyāt prasahya ruśatīm asatīṁ prabhuś cej
jihvām asūn api tato visṛjet sa dharmaḥ

karṇau—两耳 / pidhāya—堵塞 / nirayāt—人应该走开 / yat—如果 / akalpaḥ—不能 / īśe—主人 / dharma-avitari—宗教的控制者 / asṛṇibhiḥ—被不负责任的 / nṛbhiḥ—人们 / asyamāne—被亵渎 / chindyāt—他应该砍下 / prasahya—用力 / ruśatīm—诽谤 / asatīm—亵渎者的 / prabhuḥ—人能够 / cet—如果 / jihvām—舌

头 / asūn—(他自己的)生命 / api—无疑地 / tataḥ—那时 / visṛjet—应该放弃 / saḥ—那 / dharmaḥ—是做法

译文　萨缇接着说：人如果听到不负责任的人亵渎宗教的主人和控制者，而自己没有能力惩罚那个人，就应该堵住自己的耳朵走开；但他如果有能力杀了那个人，就应该先割下那亵渎者的舌头，杀了那冒犯者，然后结束自己的生命。

要旨　萨缇(Satī)提出的论点是：诋毁伟大人物的人是最低贱的生物体。但达克沙(Dakṣa)用同一个论点也能为自己辩护说：他是众多生物体的祖先(帕佳帕提，Prajāpati)，是管理重大宇宙事务的主管之一，他的地位是如此崇高，以致萨缇应该承认他的优点，而不是贬低他。对这个问题的回答是：萨缇并不是在贬低他，而是在为主希瓦辩护。达克沙在侮辱主希瓦，如果有可能的话，她本应该割掉达克沙的舌头。换句话说，希瓦是宗教的保护者，因此诽谤他的人应该立即被处死；而且，人在杀死这种人之后，应该放弃自己的生命。程序本应如此，但刚巧达克沙是萨缇的父亲，所以萨缇决定不杀他，而是放弃自己的生命，以弥补她因为听了对希瓦的诽谤而犯的罪。

《圣典博伽瓦谭》(Śrīmad-Bhāgavatam)在此阐明的教导是：人无论如何不该容忍任何诽谤或亵渎权威的活动。一个人如果是布茹阿玛纳(brāhmaṇa，婆罗门)，就不应该结束自己的生命，因为这样做将承担杀死布茹阿玛纳的罪责。所以，布茹阿玛纳为了避免听到对权威的毁谤之词，应该离开现场或堵住自己的耳朵。如果听到的人正巧是一位查锤亚(kṣatriya，刹帝利)，而他有权惩罚任何人，那他就应该立即割掉诽谤之人的舌头并杀死他。至于外夏(vaiśya，吠舍)和庶铎(śūdra，首陀罗)，他们听到别人诽谤权威时应该立即放弃自己的躯体。萨缇认为自己属于外夏和庶铎阶层，因此决定放弃自己的躯体。正如《博伽梵歌》(Bhagavad-gītā)第 9 章的第 32 节诗中说的：妇女、劳力和商人属于同一阶层(striyo vaiśyās thatā śūdrāḥ)因此，既然经典推荐外夏和庶铎听到对主希瓦这样崇高的人的诽谤之词时应该立即放弃躯体，萨缇就决定结束自己的生命。

第18节 अतस्तवोत्पन्नमिदं क ले वरं
न धारयिष्ये शितिक ण्ठ गर्हिणः ।
जग्धस्य मोहाद्धि विशुद्धिमन्धसो
जुगुप्सितस्योद्धरणं प्रचक्षते ॥ १८ ॥

atas tavotpannam idaṁ kalevaraṁ
na dhārayiṣye śiti-kaṇṭha-garhiṇaḥ
jagdhasya mohād dhi viśuddhim andhaso
jugupsitasyoddharaṇaṁ pracakṣate

ataḥ—因此 / tava—从你 / utpannam—接受 / idam—这个 / kalevaram — 躯 体 / na dhārayiṣye — 我 不 应 该 忍 受 / śiti-kaṇṭha-garhiṇaḥ—亵渎主希瓦的人 / jagdhasya—被吃过的 / mohāt—由于错误 / hi—因为 / viśuddhim—净化 / andhasaḥ—食物的 / jugupsitasya—有毒的 / uddharaṇam—呕吐 / pracakṣate—宣布

译文 因此，我不应该再忍受这具从你这个亵渎主希瓦的人那里得来的没有价值的躯体。如果吃了有毒的食物，最好的治疗方法就是呕吐出来。

要旨 萨缇(Satī)是至尊主外在能量的代表，因此有足够的力量征服众多宇宙，包括许多达克沙(Dakṣa)。但是，为了避免别人指控她丈夫主希瓦(Śiva)，说她丈夫因为在较低的位置上不能杀死达克沙，所以才指使她去杀达克沙，萨缇决定离弃自己的躯体。

第19节

न वेदवादाननुवर्तते मतिः
स्व एव लोके रमतो महामुनेः ।
यथा गतिर्देवमनुष्ययोः पृथक्
स्व एव धर्मे न परं क्षिपेत्स्थितः ॥ १९ ॥

na veda-vādān anuvartate matiḥ
sva eva loke ramato mahā-muneḥ
yathā gatir deva-manuṣyayoḥ pṛthak
sva eva dharme na paraṁ kṣipet sthitaḥ

na—不 / veda-vādān—韦达经的规范守则 / anuvartate—遵从 / matiḥ—心 / sve—他自己的…… / eva—无疑地 / loke—在自我 / ramataḥ—享受 / mahā-muneḥ—高级的超然主义者的 / yathā—正如 / gatiḥ—途径 / deva-manuṣyayoḥ—人与半神人的 / pṛthak—各自地 / sve—你自己的…… / eva—独自的 / dharme—规定职责 / na—不 / param—另一个 / kṣipet—应该批评 / sthitaḥ—处于

译文　履行自己的职责要比批评他人强。正如半神人是在空中旅行，而普通人类却在地面上旅行一样，进步的超然主义者有时会不遵守韦达经中的规范守则，因为他们不需要遵守。

要旨　最进步的超然主义者的行为和最堕落的受制约的灵魂的行为，从表面上看也许一样。进步的超然主义者能超越韦达经(Veda)中的规定，正如半神人在空中旅行时可以飞越地球表面上所有的丛林和岩石，但普通人类没有在空中旅行的能力，所以不得不面对那些障碍。最尊贵的主希瓦(Śiva)虽然看上去不遵守韦达经中的一切规范守则，但却并不因此而受影响，但如果普通人想模仿主希瓦这样做就错了。普通人必须遵守韦达经中所有的规范守则，而处在超然境界中的人则不必。达克沙(Dakṣa)挑主希瓦的毛病说，他不遵守韦达经中的严格规定，但萨缇(Satī)声明：主希瓦不需要遵守这种规定。据说像太阳或火那样强大有力的人，不存在纯洁与否的问题。阳光能杀死肮脏地方的细菌，但其他人经过肮脏的地方时就会受感染。我们应该严格地履行自己的职责，而不该试图模仿主希瓦，也永远不该诽谤主希瓦那样伟大的人物。

第20节 कर्म प्रवृत्तं च निवृत्तमप्यृतं
वेदे विविच्योभयलिङ्गमाश्रितम् ।
विरोधि तद्यौगपदैककर्तरि
द्वयं तथा ब्रह्मणि कर्म नर्च्छति ॥ २० ॥

karma pravṛttaṁ ca nivṛttam apy ṛtaṁ
vede vivicyobhaya-liṅgam āśritam
virodhi tad yaugapadaika-kartari
dvayaṁ tathā brahmaṇi karma narcchati

karma—活动 / pravṛttam—依恋物质享乐 / ca—和 / nivṛttam—不执著物质 / api—肯定地 / ṛtam—真实 / vede—在韦达经中 / vivicya—区别 / ubhaya-liṅgam—两者的特征 / āśritam—指示 / virodhi—矛盾 / tat—那 / yaugapada-eka-kartari—一个人从事两种活动 / dvayam—两个 / tathā—如此 / brahmaṇi—处在超然层面上的人有…… / karma—活动 / na ṛcchati—被忽视

译文 韦达经中对两种活动的从事方法进行了指导。这两种活动分别是：依恋物质享受的活动，以及放弃物质享受的活动。从事这两种活动的是品性各不相同的两类人。同一个人如果从事这两种活动，就会自相矛盾。但是，处在超然层面上的人会忽视这两种活动。

要旨　韦达经典所规定的活动是这样的：来享受这个物质世界的受制约的灵魂，可以按经典的指示行事，以使自己最终能不依恋这种物质享受，具备进入超然之境的资格。布茹阿玛查瑞(brahmacarya)、贵哈斯塔(gṛhastha)、瓦尔纳帕斯塔(vānaprastha)和萨尼亚斯(sannyasa)等人生的四个阶段，训练人逐渐学会过超然的生活。贵哈斯塔(居士)的活动和服装不同于萨尼亚西(出家人)，人不可能同时过这两种方式的生活。出家人不能像居士一样行事，居士也不可能像出家人一样行事。然而，有一种人超越那些忙于物质活动的居士和放弃物质活动的出家人之上。主希瓦(Śiva)就处于这种超然的境界，如前所述，他一直全神贯注地在心中想着主华苏戴瓦(Vāsudeva)。所以，无论是居士的活动还是出家人的活动都不适合他。他处在生命最完美的阶段——帕茹阿玛汉萨(paramahaṁsa)阶段。《博伽梵歌》(Bhagavad-gītā)第 2 章的第 52 和 53 节诗中，也解释主希瓦的超然状态说：当人全心全意地为至尊主做超然的服务，不追求功利性结果时，就上升到了超然的层面。那时，他没有义务再遵守韦达训示或韦达经(Veda)中的各种规范守则了。韦达经中介绍了可以使人获得各种诱人的物质利益的仪式规范，人一旦超越韦达经中的这些指示，完全沉浸于超然的冥想——通过做奉爱服务冥想至尊人格首神时，就处在布迪(buddhi)瑜伽的层面，也就是萨玛迪(samādhi)的狂喜中。臻达这一境界的人，无论是可获得物质享受的韦达活动，还是使人变得弃绝的韦达活动，都不适合他。

第21节 मा वः पदव्यः पितरस्मदास्थिता
या यज्ञशालासु न धूमवर्त्मभिः ।
तदन्नतृप्तैरसुभृद्भिरीडिता
अव्यक्त लि ङ्गा अवधूतसेविताः ॥ २१ ॥

mā vaḥ padavyaḥ pitar asmad-āsthitā
yā yajña-śālāsu na dhūma-vartmabhiḥ
tad-anna-tṛptair asu-bhṛdbhir īḍitā
avyakta-liṅgā avadhūta-sevitāḥ

mā—不是 / vaḥ—你的 / padavyaḥ—财富 / pitaḥ—父亲啊 / asmat-āsthitāḥ—我们拥有的 / yāḥ—那(财富) / yajña-śālāsu—在祭祀之火中 / na—不 / dhūma-vartmabhiḥ—靠祭祀的方法 / tat-anna-tṛptaiḥ—被祭祀的食物所满足 / asu-bhṛdbhiḥ—满足躯体需要 / īḍitāḥ—赞美 / avyakta-liṅgāḥ—谁的原因没有展示 / avadhūta-sevitāḥ—觉悟了自我的灵魂达到

译文 亲爱的父亲，我们所拥有的财富对你和那些奉承你的人来说是无法想象的，因为通过举行盛大的祭祀来从事功利性活动的人，关心的只是靠吃祭品来满足自己的身体所需。我们只要想展示我们的财富就能展示出来，而这一点只有那些弃绝、觉悟了自我的伟大灵魂才能做到。

要旨 萨缇(Satī)的父亲以为自己既有崇高的声望又极为富有，但却把女儿嫁给了一个毫无教养的穷光蛋。她父亲可能在想，尽管女儿是个贞节的女子，对丈夫极为忠诚，但她丈夫的处境却令人叹息。为了消除他的这种想法，萨缇说：像达克沙(Dakṣa)及他那些只会阿谀奉承、从事功利性活动的追随者那样的物质主义者，不可能了解她丈夫所拥有的财富。她丈夫的地位与他们不同。他拥有一切财富，但却不愿意炫耀它们。因此，这些财富被叫做“未展示的(avyakta)”。但如果需要的话，主希瓦(Śiva)仅仅凭他的意愿就能展现他神奇的财富。这里对这种事情作了预言，因为它不久就会发生。主希瓦所拥有的财富只有在弃绝和爱神的层面上才能享受到，而不是以在物质展示中以感官享受方式所能享受到的。这种财富只有像库玛尔(Kumāra)四兄弟、纳茹阿达(Nārada)和主希瓦那样的人物才能拥有，其他人则没有。

这节诗中谴责了举行韦达仪式的人，把他们描述为是靠吃祭祀的食物来满足自己身体所需的人(dhūma-vartmabhiḥ)。在祭祀中供奉的食物分两种，一种是在功利性祭祀仪式中供奉的食品；另一种，也是最好的，是给维施努(Viṣṇu)供奉的食物。尽管在祭祀的神坛上维施努始终是首要的神祇，但举行功利性仪式的人的目的是为了满足各种半神人，以期获得某种物质利益。然而，真正的祭祀是为了使主维施努满意，在这种祭祀上供奉过的食物有助于我们在奉爱服务的路途上向前迈进。不以取悦维施努为目标的祭祀程序，只能极为缓慢地提升祭祀的举行者，所以这节诗中谴责了这种程序。维施瓦纳特·查夸瓦尔提(Viśvanātha Cakravartī)曾经说过：举行这种仪式的人就像乌鸦一样，因为乌鸦喜欢吃被人扔在垃圾箱中的食物。萨缇也谴责了所有出席祭祀的布茹阿玛纳(brāhmaṇa，婆罗门)。

不管达克沙王和那些对他阿谀奉承的人是否能理解主希瓦的地位，萨缇只想告诉她父亲：不要以为她丈夫没有财富。作为主希瓦忠贞的妻子，萨缇把各种各样的物质财富赐给主希瓦的崇拜者。《圣典博伽瓦谭》(Śrīmad-Bhāgavatam)第 10 篇中讲述了这一事实。主希瓦的崇拜者有时候看起来比主维施努的崇拜者还富有，其原因在于：物质事务的掌管人杜尔嘎(萨缇)，为了增添她丈夫希瓦的荣光，可以把各种物质财富给予主希瓦的崇拜者；但维施努的崇拜者想要取得灵性上的进步，因此，他们的物质财富有时看上去是在减少。《圣典博伽瓦谭》第 10 篇对这一点进行了深入细致的谈论。

第22节 नैतेन देहेन हरे कृतागसो
देहोद्भवेनालमलं कुजन्मना ।
व्रीडा ममाभूत्कु जनप्रसङ्गत-
स्तज्जन्म धिग्यो महतामवद्यकृ त् ॥ २२ ॥

naitena dehena hare kṛtāgaso
dehodbhavenālam alaṁ kujanmanā
vrīḍā mamābhūt kujana-prasaṅgatas
taj janma dhig yo mahatām avadya-kṛt

na—不 / etena—由这 / dehena—被躯体 / hare—对主希瓦 / kṛta-āgasaḥ—冒犯 / deha-udbhavena—你的躯体生产出的 / alamalam—够了，够了 / ku-janmanā—以卑贱的出生 / vrīḍā 耻辱 / mama—我的 / abhūt—是 / ku-jana-prasaṅgataḥ—因与坏人交往而…… / tat janma—那出生 / dhik—充满耻辱 / yaḥ—谁 / mahatām—伟大人物的 / avadya-kṛt—冒犯者

译文 你冒犯了主希瓦的莲花足。不幸的是，我有一具你给予的躯体。我们之间有躯体关系使我感到无地自容。我的躯体因为与冒犯伟大人物莲花足的人有关而被污染，我为此谴责自己。

要旨 主希瓦(Śiva)是主维施努(Viṣṇu)最伟大的奉献者。经典中说：在主维施努的全体奉献者中，主希瓦最伟大(vaiṣṇavānāṁ yathā śambhuḥ)。在前面的诗节中，萨缇(Satī)说主希瓦的地位始终是超然的，因为他一直处在纯粹的瓦苏戴瓦(vasudeva)层面上。华苏戴瓦(Vāsudeva)——奎师那只有在瓦苏戴瓦层面上才揭示自己，因此主希瓦是主奎师那最伟大的奉献者。萨缇的言行为我们树立了榜样，谁都不该容忍有人亵渎主维施努或祂的奉献者。令萨缇感到难过的并不是她与主希瓦有亲密的关系，而是她的躯体与冒犯主希瓦

的人达克沙(Dakṣa)有关。她为自己有父亲达克沙所给予的躯体而感到有罪。

第23节

गोत्रं त्वदीयं भगवान् वृषध्वजो
दाक्षायणीत्याह यदा सुदुर्मनाः ।
व्यपेतनर्मस्मितमाशु तदाहं
व्युत्स्रक्ष्य एतत्कुणपं त्वदङ्गजम् ॥ २३ ॥

gotraṁ tvadīyaṁ bhagavān vṛṣadhvajo
dākṣāyaṇīty āha yadā sudurmanāḥ
vyapeta-narma-smitam āśu tadāhaṁ
vyutsrakṣya etat kuṇapaṁ tvad-aṅgajam

gotram—家庭关系 / tvadīyam—你的 / bhagavān——切财富的拥有者 / vṛṣadhvajaḥ—主希瓦 / dākṣāyaṇī—达克沙雅妮(达克沙的女儿) / iti—如此 / āha—称呼 / yadā—当……时 / sudurmanāḥ—非常郁闷 / vyapeta—消失 / narma-smitam—我的欢乐与微笑 / āśu—立即 / tadā—那时 / aham—我 / vyutsrakṣye—我应该放弃 / etat—这个(躯体) / kuṇapam—死尸 / tvat-aṅga-jam—你的躯体生产的

译文　由于我们是亲人关系，当主希瓦称我为达克沙雅妮时，我会立即变得闷闷不乐，笑容和欢乐顿失。我为有这个你所给予的皮囊般的躯体而感到遗憾万分。为此，我要舍弃它。

要旨　梵文达克沙雅妮(dākṣāyaṇī)的意思是“达克沙王的女儿”。在夫妻进行轻松交谈时，主希瓦(Śiva)有时会用“达克沙雅妮”一词来称呼萨缇，由于达克沙是一切冒犯的化身，而这个词使她想起她和达克沙王的关系，她会为此立刻感到羞愧万分。达克沙毫无必要的褒渎主希瓦这样伟大的人物，因此也是嫉妒的化身。萨缇只要听到达克沙雅妮这个词，就感到极为痛苦，因为这个词使她联想到，达克沙给她的这个躯体是一切冒犯的象征。由于她的躯体是使她一直不快乐的根源，她决定舍弃它。

第24节

मैत्रेय उवाच
इत्यध्वरे दक्षमनूद्य शत्रुहन्
क्षितावुदीचीं निषसाद शान्तवाक् ।
स्पृष्ट्वा जलं पीतदुकूलसंवृता
निमील्य दृग्योगपथं समाविशत् ॥ २४ ॥

maitreya uvāca
ity adhvare dakṣam anūdya śatru-han
kṣitāv udīcīṁ niṣasāda śānta-vāk
spṛṣṭvā jalaṁ pīta-dukūla-saṁvṛtā
nimīlya dṛg yoga-pathaṁ samāviśat

maitreyaḥ uvāca—麦垂亚说 / iti—如此 / adhvare—在祭祀场所中—dakṣam—向达克沙 / anūdya—说话 / śatru-han—消灭敌人的人啊 / kṣitau—在地上 / udīcīm—面朝北 / niṣasāda—坐下 / śānta-vāk—沉默地 / spṛṣṭvā—触碰后 / jalam—水 / pīta-dukūla-saṁvṛtā—身穿黄色的衣服 / nimīlya—闭上 / dṛk—眼光 / yogapatham—神秘瑜伽的方法 / samāviśat—变得专注

译文 圣人麦垂亚告诉维杜茹阿：消灭敌人的人啊！萨缇在祭祀场上一边对她父亲说这番话，一边面朝北方在地上坐了下来。她穿上橘色衣服，用水圣化自己后，便闭上眼睛全神贯注地按神秘瑜伽的程序做。

要旨 据说，人想要舍弃躯体时，就会穿上橘黄色的衣服。

萨缇(Satī)换衣服，看来是要表明她准备舍弃达克沙(Dakṣa)给她的躯体。达克沙是萨缇的父亲，所以萨缇决定不杀达克沙，而是毁灭自己的躯体——达克沙躯体的一部分。为此，她决定借助瑜伽的方法离开达克沙给她的躯体。萨缇是主希瓦(Śiva)的妻子，而主希瓦精通所有神秘瑜伽的程序，因此被称为尤给士瓦尔(Yogeśvara)——最优秀的瑜伽师，萨缇看来也知道这些。她要么是从她丈夫那里学会的瑜伽，要么是作为伟大君王达克沙的女儿本身就具有这种能力。瑜伽的完美境界是：人可以按自己的意愿离开躯体，摆脱物质元素所构成的束缚。达到完美境界的瑜伽师不受由自然法律控制的死亡的影响；这种完美的瑜伽师想什么时间离开躯体就什么时间离开躯体。瑜伽师通常先要能熟练地控制体内运行的气，从而把灵魂带到头顶的部位，当躯体燃烧起来后，瑜伽师就能去他想去的地方了。这种瑜伽体系承认灵魂的存在，因此不同于那种近期才发明出的“控制身体细胞”的所谓瑜伽方法。真正的瑜伽程序承认灵魂从一个星球转到另一个星球，从一个躯体转到另一个躯体的事实。看来萨缇想把她的灵魂转到另一躯体或另一个星球去。

第25节

कृत्वा समानावनिलौ जितासना
　　सोदानमुत्थाप्य च नाभिचक्रतः ।
शनैर्हृदि स्थाप्य धियोरसि स्थितं
　　कण्ठाद् भ्रुवोर्मध्यमनिन्दितानयत् ॥ २५ ॥

kṛtvā samānāv anilau jitāsanā
　sodānam utthāpya ca nābhi-cakrataḥ
śanair hṛdi sthāpya dhiyorasi sthitaṁ
　kaṇṭhād bhruvor madhyam aninditānayat

kṛtvā—放置后 / samānau—在平衡的状态下 / anilau—帕茹阿纳和阿帕纳气流 / jita-āsanā—控制坐姿 / sā—萨缇 / udānam—

生命之气 / utthāpya—提升 / ca—和 / nābhi-cakrataḥ—在脐轮 / śanaiḥ—逐渐的 / hṛdi—在心中 / sthāpya—放置 / dhiyā—用智力 / urasi—向肺通道 / sthitam—被放置 / kaṇṭhāt—通过喉咙 / bhruvoḥ—眉毛的 / madhyam—向中间 / aninditā—清白(萨缇) / ānayat—上升

译文 她先按瑜伽要求的姿势坐好，然后把生命之气向上提，置于肚脐旁的平衡点。接着，她继续把生命之气向上提，与智力混在一起提升到心脏，随后逐渐移向气管，再从那里移向两眉间。

要旨 瑜伽程序是：控制在体内不同部位运行的气，这些部位称为六个气轮(ṣaṭ-cakra)。气从下腹部上升到肚脐，从肚脐上升到心脏，从心脏上升到咽喉，从咽喉上升到两眉间，再从两眉间升到头顶。这是练瑜伽的实质所在。在按真正的瑜伽体系练之前，人必须先练好坐姿，因为这有助于控制上行气和下行气的呼吸练习。这是要达到瑜伽的完美境界所必须练习的一项重要技能，但这种修行方法并不是为现代人准备的。尽管在这个年代里没人能达到这种瑜伽的完美境界，但人们还是热衷于练那些多多少少像体操锻炼的瑜伽姿势。靠这种体操练习，人也许能改善血液循环，保持身体健康，但仅仅局限于这种体操练习并不能使人达到瑜伽的完美境界。正如《凯沙瓦·施茹提》(Keśava-śruti)中谈到的：瑜伽程序指示人如何按自己的愿望控制自己的生命力，把那生命力从一个躯体转到另一个躯体中，从一个地方转到另一个地方去。换句话说，瑜伽练习不是为了保持身体健康。任何有助于灵性觉悟的超然方法，都自然而然地帮助人们保持身体健康，因为使身体始终充满活力的正是灵性的灵魂。灵魂一旦离开躯体，物质躯体就立即开始腐烂。所有的灵修方法都会使人保持健康，而无须我们再做额外的努力，但如果认为瑜伽的最终目的就是保养身体，那就大错特错了。瑜伽的真正目的是把灵魂提升到更高的境界或使灵魂摆脱物质的束缚。有些瑜伽师努力把灵魂提升到更高级的星球上去，那里的生活条件与地球上的不同，其物质生活更舒适，生物体的寿命更长，有利于觉悟自我的便利条件更多。有些瑜伽师努力把灵魂提升到灵性世界——灵性的外琨塔(Vaikuntha)星球。奉爱瑜伽(巴克提·尤嘎)的程序可以把灵魂直接提升到灵性星球，那里的生命永恒、快乐，充满知识。因此，奉爱瑜伽被视为是最高级的瑜伽体系。

第26节

एवं स्वदेहं महतां महीयसा
मुहुः समारोपितमङ्कमादरात् ।
जिहासती दक्षरुषा मनस्विनी
दधार गात्रेष्वनिल ाग्निधारणाम् ॥ २६ ॥

evaṁ sva-dehaṁ mahatāṁ mahīyasā
muhuḥ samāropitam aṅkam ādarāt
jihāsatī dakṣa-ruṣā manasvinī
dadhāra gātreṣv anilāgni-dhāraṇām

evam—如此 / sva-deham—她自己的躯体 / mahatām—伟大的圣人的 / mahīyasā—最值得崇拜的 / muhuḥ——而再，再而三 / samāropitam—坐下 / aṅkam—在膝盖上 / ādarāt—极为谦恭地 / jihāsatī—想要放弃 / dakṣa-ruṣā—因为对达克沙感到愤怒 / manasvinī—自愿地 / dadhāra—放置 / gātreṣu—在四肢上 / anila-agni-dhāraṇām—冥想火和气

译文　就这样，萨缇因为对父亲感到愤怒而开始冥想体内的炽热气体，以便放弃她的躯体。这躯体曾经极为恭顺，充满感情地坐在主希瓦的腿上，而主希瓦备受伟大的圣哲贤人们的崇拜。

要旨　这节诗描述主希瓦(Śiva)是最伟大的灵魂。萨缇(Satī)的躯体虽然是达克沙(Dakṣa)给的，但主希瓦曾经通过让她坐在自己的腿上表示对她的喜爱。这表明主希瓦非常尊重她。因此，萨缇的躯体非同一般，但由于它与达克沙有关联，成了不快乐的根源，萨缇还是决定舍弃它。我们应该学习萨缇树立的这一严格的榜样，应该十分小心与那些不尊重高级权威的人的交往。因此，韦达文献中教导说：应该始终远离无神论者和非奉献者，努力与奉献者交往，因为与奉献者的联谊能使人提升到觉悟自我的层面。《圣典博伽瓦谭》(Śrīmad-Bhāgavatam)中有许多地方都强调这一教导说：要想摆脱物质存在的钳制，就必须与伟大的灵魂联谊；要想继续在物质世界里生活，就可以与那些物质主义者交往。物质主义的生活方式以性生活为基础。韦达文献既谴责沉溺于性生活的人，也谴责与沉溺于性生活的人的交往，因为与这种人交往只会妨碍灵性进步。然而，与伟大的人物、伟大的灵魂——奉献者交往，就会使人提升到灵性的层面上。萨缇黛薇(Satīdevī)决定舍弃从达克沙那里得到的躯体，把自己转到另一个躯体中去，以便在完全没有污染的情况下与主希瓦联谊。当然，她下一生会投生为喜马拉雅山的女儿帕尔瓦缇(Pārvatī)，再一次嫁给主希瓦。萨缇和希瓦的关系是永恒的；即使她更换躯体，他们的关系也不会中断。

第27节　ततः स्वभर्तुश्चरणाम्बुजासवं
जगद्गुरोश्चिन्तयती न चापरम् ।
ददर्श देहो हतकल्मषः सती
सद्यः प्रजज्वाल समाधिजाग्निना ॥ २७ ॥

tataḥ sva-bhartuś caraṇāmbujāsavaṁ
jagad-guroś cintayatī na cāparam
dadarśa deho hata-kalmaṣaḥ satī
sadyaḥ prajajvāla samādhijāgninā

tataḥ—在那里 / sva-bhartuḥ—她丈夫的 / caraṇa-ambuja-āsavam—在莲花足的甘露上 / jagat-guroḥ—宇宙中的至尊灵性导师的 / cintayatī—冥想 / na—不 / ca—和 / aparam—没有其他(比她丈夫) / dadarśa—看 / dehaḥ—她的躯体 / hata-kalmaṣaḥ—罪恶的污点被消灭 / satī—萨缇 / sadyaḥ—很快 / prajajvāla—燃烧 / samādhi-ja-agninā—被冥想所产生的火

译文 主希瓦是全世界至高无上的灵性导师，萨缇全神贯注地想着她丈夫希瓦那神圣的莲花足。她就这样彻底清除了所有的罪恶污染，靠冥想体内的火元素点燃起熊熊大火，在火中离开了自己的躯体。

要旨 主希瓦(Śiva)是至尊人格首神负责掌管展示了的物质世界的三大化身之一，萨缇(Satī)立即开始冥想她丈夫希瓦的莲花足，而仅仅这样做就使她感到巨大的快乐，甚至忘了与躯体有关的一切。这种快乐无疑是物质的，因为她舍弃现有的躯体是为了得到另一个物质的躯体。但是，这个例子可以使我们了解奉献者把注意力集中在至尊维施努(奎师那)的莲花足时所感受到的快乐。仅仅冥想至尊主的莲花足，就能使人得到极大的超然快乐，以致人能忘却一切，只记着至尊主的超然形象。这就是瑜伽萨玛迪(心醉神迷)的完美境界。这节诗中说，通过这种冥想，萨缇清除了一切污染。那污染是什么？那污染就是认为她的躯体是得自达克沙(Dakṣa)的这种概念，但她在全神贯注的状态中忘了与那躯体的关系。这意味着：当人摆脱这个物质世界里所有的躯体关系，只把自己放在至尊主永恒仆人的位置上时，他所有的物质执著污染就被超然狂喜的熊熊烈火烧成了灰烬。人不必外在地燃起一堆熊熊烈火，因为人一旦忘却他在这个物质世界里所有的躯体联系，认清自己的灵性身份，就已经凭借瑜伽萨玛迪(心醉神迷)的熊熊烈火烧毁了所有的物质污染。那是瑜伽最完美的境界。人如果表面上显出一副瑜伽大师的样子，但心中还怀念这个物质世界里的躯体关系，他就不是真正的瑜伽师。《圣典博伽瓦谭》(Śrīmad-Bhāgavatam)第 2 篇第 4 章的第 15 节诗中说：仅仅靠吟诵、吟唱至尊人格首神的圣名(yat-kīrtanaṁ yat-smaraṇaṁ)，铭记奎师那的莲花足，向至尊人格首神祈祷，人就能立刻凭借超然狂喜的熊熊烈火烧毁一切物质污染——物质的躯体概念。这样做立即见效，不会有一分一秒的延迟。

按圣吉瓦·哥斯瓦米(Jīva Gosvāmī)的说法，萨缇离开她的躯体意味着她心中断绝了与达克沙的关系。圣维施瓦纳特·查夸瓦尔提·塔库尔(Viśvanātha CakravartīṬhākura)也评论说：萨缇是掌管外在能量的神明，因此离开她的躯体后没有得到灵性的身体，而只是从达克沙给她的躯体转到另一个躯体中去了。其他评注者也说，她立即投胎到她未来的母亲梅娜卡(Menakā)的腹中。她离弃从达克沙那里得来的躯体，立即把自己转到一个比较好的躯体中，但这并不等于她得到了灵性的身体。

第28节

तत्पश्यतां खे भुवि चाद्भुतं महद्
हा हेति वादः सुमहानजायत ।
हन्त प्रिया दैवतमस्य देवी
जहावसून् केन सती प्रकोपिता ॥ २८ ॥

tat paśyatāṁ khe bhuvi cādbhutaṁ mahad
hā heti vādaḥ sumahān ajāyata
hanta priyā daivatamasya devī
jahāv asūn kena satī prakopitā

tat—那 / paśyatām—那些看到的 / khe—在空中 / bhuvi—在地上 / ca—和 / adbhutam—神奇的 / mahat—伟大的 / hā hā—哦，哦 / iti—如此 / vādaḥ—喊叫 / su-mahān—纷乱的 / ajāyata—

发生 / hanta—唉 / priyā—最爱的 / daiva-tamasya—最值得尊重的半神人(主希瓦)的 / devī—萨缇 / jahau—离开 / asūn—她的生命 / kena—被达克沙 / satī—萨缇 / prakopitā—愤怒

译文　当萨缇满腔怒火地毁灭自己的躯体时，整个宇宙一片哗然。主希瓦是最值得尊敬的半神人，他的妻子萨缇为什么以这种方式离开自己的躯体呢？

要旨　由于萨缇(Satī)既是伟大的君王达克沙(Dakṣa)的女儿，又是最伟大的半神人希瓦(Śiva)的妻子，她烧毁自己的躯体时，整个宇宙中所有星球上的半神人们一片哗然。她为什么变得如此愤怒，以至于要舍弃她的躯体呢？她是伟大人物的女儿、伟大人物的妻子，因此已经无须再求什么，但却还是因为不满而舍弃了躯体。这无疑令人震惊。人即使拥有最多的物质财富，也不会完全满意。与达克沙的父女关系和与最伟大的半神人希瓦的夫妻关系，使萨缇想要什么就有什么，但她还是出于某种原因而感到不满意。为此，《圣典博伽瓦谭》(Śrīmad-Bhāgavatam)第 1 篇第 2 章的第 6 节诗中解释说：人必须得到真正的满足(yayātmā suprasīdati)，但只有当人为绝对真理做奉爱服务时，人的身心灵(阿特玛，ātmā)才会彻底得到满足(sa vai puṁsāṁ paro dharmo yato bhaktir adhokṣaje)。梵文 adhokṣaja 的意思是绝对真理。人如果能培养起对超然的至尊人格首神坚定不移的爱，就能得到彻底的满足。否则，无论是在物质世界里还是在其他地方都得不到真正的满足。

第29节

अहो अनात्म्यं महदस्य पश्यत
प्रजापतेर्यस्य चराचरं प्रजाः ।
जहावसून् यद्विमतात्मजा सती
मनस्विनी मानमभीक्ष्णमर्हति ॥ २९ ॥

aho anātmyaṁ mahad asya paśyata
prajāpater yasya carācaraṁ prajāḥ
jahāv asūn yad-vimatātmajā satī
manasvinī mānam abhīkṣṇam arhati

aho—哦 / anātmyam—忽视 / mahat—伟大的 / asya—达克沙的 / paśyata—请看 / prajāpateḥ—帕佳帕提的 / yasya—谁的 / cara-acaram—众生 / prajāḥ—子孙后代 / jahau—放弃 / asūn—她的躯体 / yat—由谁 / vimatā—不敬 / ātma-jā—他自己的女儿 / satī—萨缇 / manasvinī—自愿地 / mānam—尊敬 / abhīkṣṇam—尊敬地 / arhati—应得

译文 众生的祖先达克沙如此不尊重自己的女儿萨缇，实在令人惊讶。萨缇不仅贞洁纯朴，更是伟大的灵魂，她之所以舍弃自己的躯体，是因为她父亲怠慢她。

要旨 梵文 anātmya 一词意义重大，其中 ātmya 的意思是"灵魂的生命"，所以这个词指出：达克沙(Dakṣa)表面上还活着，实际上已经是行尸走肉了，否则他怎么能怠慢自己的亲生女儿萨缇(Satī)呢？达克沙作为负责繁衍众生的祖先帕佳帕提(Prajāpati)，有义务照顾众生并维持他们的生活舒适度。他的亲生女儿是最高贵、最贞节的妇女，是伟大的灵魂，值得她父亲以最尊敬的态度去对待，因此他怎么能慢怠他这位亲生女儿呢？萨缇因被父亲达克沙怠慢而死去，这是令宇宙里全体伟大的半神人最惊讶的事。

第30节 सोऽयं दुर्मर्षहृदयो ब्रह्मध्रुक्च
लोकेऽपकीर्तिं महतीमवाप्स्यति ।
यदङ्गजां स्वां पुरुषद्विड्डुद्यतां
न प्रत्यषेधन्मृतयेऽपराधतः ॥ ३० ॥

so 'yaṁ durmarṣa-hṛdayo brahma-dhruk ca
loke 'pakīrtiṁ mahatīm avāpsyati
yad-aṅgajāṁ svāṁ puruṣa-dviḍ udyatāṁ
na pratyaṣedhan mṛtaye 'parādhataḥ

saḥ—他 / ayam—那 / durmarṣa-hṛdayaḥ—铁石心肠 / brahma-dhruk—不配做一个布茹阿玛纳 / ca—和 / loke—在世界里 / apakīrtim—坏名声 / mahatīm—广泛的 / avāpsyati—将获得 / yat-aṅga-jām—谁的女儿 / svām—自己的 / puruṣa-dviṭ—主希瓦的敌人 / udyatām—正准备……的人 / na pratyaṣedhat—不阻止 / mṛtaye—为死亡 / aparādhataḥ—因为他的冒犯

译文　铁石心肠的达克沙不配当布茹阿玛纳；他冒犯自己的女儿，不阻止她寻死，而且极其嫉妒至尊人格首神，因此必将臭名远扬。

要旨　这节诗里说达克沙是铁石心肠，因此没有资格当布茹阿玛纳(brāhmaṇa，婆罗门)。有些写评注的人说，梵文brahma-dhruk的意思是布茹阿玛纳的朋友(brahma-bandhu)。出生在布茹阿玛纳家庭中，但不具备布茹阿玛纳资格的人，被称为布茹阿玛纳的朋友。布茹阿玛纳一般都心肠柔软，而且因为有力量控制自己的感官和心念，所以都很能克制自己。然而达克沙一点儿都没有容忍的精神，只因为他女婿——主希瓦(Śiva)没有站起来向他致敬这么一点小事，就变得那么愤怒和铁石心肠，竟然能眼看着他最热爱的女儿死去而无动于衷。萨缇在没受到邀请的情况下还是来到父亲家，希望尽自己最大的努力缓和女婿与岳父之间的误会。那时，达克沙应该好好地接待她，忘掉过去的一切误会，但他却没有这么做。他的心肠如此坚硬，根本不配被称为阿尔延(Āryan，雅利安人)或布茹阿玛纳。为此，他将遗臭万年。达克沙一词的意思是“专家”，他之所以叫这个名字是因为有能力生育成千上万的子女。性欲和物质欲望太强会使人变得心如铁石，为失了一点面子，甚至可以让自己的亲生子女去死。

第31节 वदत्येवं जने सत्या दृष्ट्वासुत्यागमद्भुतम् ।
दक्षं तत्पार्षदा हन्तुमुदतिष्ठन्नुदायुधाः ॥ ३१ ॥

vadaty evaṁ jane satyā
dṛṣṭvāsu-tyāgam adbhutam
dakṣaṁ tat-pārṣadā hantum
udatiṣṭhann udāyudhāḥ

vadati—在谈话 / evam—如此 / jane—当人们……时 / satyāḥ—萨缇的 / dṛṣṭvā—看到后 / asu-tyāgam—死亡 / adbhutam—奇妙的 / dakṣam—达克沙 / tat-pārṣadāḥ—主希瓦的随从 / hantum—杀 / udatiṣṭhan—站立起来 / udāyudhāḥ—高举起武器

译文 当人们在互相议论萨缇那令人惊讶的自杀时，萨缇的跟班们纷纷拿起自己的武器准备杀了达克沙。

要旨 萨缇的随从们跟萨缇一起来的目的是要保护她免遭不幸，既然未能保护住主人的妻子，他们决定为她去死，但在死之前要先杀了达克沙(Dakṣa)。保护主人是随从的职责，如果失败就应该去死。

第32节 तेषामापततां वेगं निशाम्य भगवान् भृगुः ।
यज्ञघ्नघ्नेन यजुषा दक्षिणाग्नौ जुहाव ह ॥ ३२ ॥

teṣām āpatatāṁ vegaṁ
niśāmya bhagavān bhṛguḥ
yajña-ghna-ghnena yajuṣā
dakṣiṇāgnau juhāva ha

teṣām—他们的 / āpatatām—正接近的人 / vegam—冲动 / niśāmya—看到后 / bhagavān——切财富的拥有者 / bhagavān—布瑞古·牟尼 / yajña-ghna-ghnena—为杀死毁坏祭祀的人 / yajuṣā—用亚诸尔·韦达中的赞歌 / dakṣiṇa-agnau—在南面的祭祀之火中 / juhāva—供奉祭品 / ha—肯定的

译文 他们冲向他，但布瑞古·牟尼发现危险后马上把祭品供奉到南边的祭祀之火中，同时吟诵《亚诸尔·韦达》中的赞歌。用这种方法能立即杀死祭祀仪式的破坏者。

要旨 吟诵、吟唱韦达经(Veda)中的赞美诗能产生神奇的效果，这节诗就是说明韦达赞美诗力量的一个例证。在现在这个喀历(Kali)年代里，既不可能积聚举行祭祀所需要的大量资金，也找不到一个精通吟诵、吟唱韦达·曼陀(mantra)的技术精湛的布茹阿玛纳(brāhmaṇa，婆罗门)，因此除了推荐吟诵、吟唱哈瑞·奎师那曼陀的祭祀外，禁止人们举行韦达经中描述的其他各种祭礼。

第33节 अध्वर्युणा हूयमाने देवा उत्पेतुरोजसा ।
ऋभवो नाम तपसा सोमं प्राप्ताः सहस्रशः ॥३३॥

adhvaryuṇā hūyamāne
devā utpetur ojasā
ṛbhavo nāma tapasā
somaṁ prāptāḥ sahasraśaḥ

adhvaryuṇā—由祭司布瑞古 / hūyamāne—祭品被供奉 / devāḥ—半神人 / utpetuḥ—显现出来 / ojasā—以巨大的力量 / ṛbhavaḥ—瑞布 / nāma—称为 / tapasā—靠苦修 / somam—索玛 / prāptāḥ—获得 / sahasraśaḥ—被数千名

译文 布瑞古·牟尼一旦把祭品供奉到火中，成千上万个名叫瑞布的半神人立即出现。他们从月亮索玛那里获得力量，个个强壮有力。

要旨 这节诗里说，由于把祭品供奉到火中，同时吟诵《亚诸尔·韦达》(Yajur Veda)中的赞歌，成千上万个名叫瑞布(Ṛbhu)的半神人立即出现。像布瑞古·牟尼(Bhṛgu Muni)那样的布茹阿玛纳(Brāhmaṇa，婆罗门)都极为有力，仅仅靠吟诵韦达曼陀(Vedic mantra)就能造出强大有力的半神人。如今，韦达曼陀还能找到，但能正确地吟诵它们的人已经没有了。靠吟诵韦达曼陀、嘎雅垂(Gāyatrī)或瑞歌·曼陀(ṛg-mantra)，就能得到人想要的结果。谈到如今这个喀历(Kali)年代，主柴坦亚(Caitanya)推荐说：人只要吟诵、吟唱哈瑞·奎师那，就能得到一切完美。

第34节 तैरलातायुधैः सर्वे प्रमथाः सहगुह्यकाः ।
हन्यमाना दिशो भेजुरुशद्भिर्ब्रह्मतेजसा ॥३४॥

tair alātāyudhaiḥ sarve
pramathāḥ saha-guhyakāḥ
hanyamānā diśo bhejur
uśadbhir brahma-tejasā

taiḥ—被他们 / alāta-āyudhaiḥ—用火把当武器 / sarve—所有的 / pramathāḥ—鬼魂 / saha-guhyakāḥ—与古亚卡一起 / hanyamānāḥ—被攻击 / diśaḥ—在不同的方向 / bhejuḥ—逃跑 / uśadbhiḥ—灼热的 / brahma-tejasā—靠布茹阿玛纳的力量

译文 当半神人瑞布们用祭祀之火中燃烧了一半的木炭攻击鬼魂和古亚卡时，这些萨缇的随从立即四下散去，逃逸无踪。他们之所以能做到这一点，是因为拥有布茹阿玛纳的力量。

要旨　这节诗中用的梵文 brahma-tejasā 一词很有意义。以前，布茹阿玛纳(brāhmaṇa，婆罗门)的力量极为强大，仅仅靠他们的意愿和吟诵一首韦达曼陀(Vedic mantra)，就能制造出极为神奇的结果。但在如今这个堕落的年代里，已经没有这种布茹阿玛纳了。纳茹阿达(Narada)著述的有关崇拜神像的方法(潘查茹阿特瑞卡，pāñcarātrika)中说，由于如今丧失了布茹阿玛纳文化，现代人都是庶铎(śūdra)。但是，按照启示经典的补充文献外士纳瓦之部(外士纳瓦·斯密尔提，Vaiṣṇava smṛti)中的规定，对奎师那意识有所了解并显示出这方面征兆的人，都被视为是未来的布茹阿玛纳，应该为他臻达最高的完美境界提供一切便利条件。主柴坦亚(Caitanya)给予我们这个年代中人的最慷慨的礼物是：人只要采用吟诵、吟唱哈瑞·奎师那这一能使觉悟自我的一切活动都得以完成的方法，就能在这个堕落的年代里达到生命最完美的境界。

到此为止，结束了巴克提韦丹塔对《圣典博伽瓦谭》第 4 篇第 4 章“萨缇舍弃她的躯体”所作的阐释。

第五章

达克沙的祭祀受重挫

第1节

मैत्रेय उवाच
भवो भवान्या निधनं प्रजापते-
रसत्कृ ताया अवगम्य नारदात् ।
स्वपार्षदसैन्यं च तदध्वरर्भुभि-
र्विद्रावितं क्र ोधमपारमादधे ॥ १ ॥

maitreya uvāca
bhavo bhavānyā nidhanaṁ prajāpater
asat-kṛtāyā avagamya nāradāt
sva-pārṣada-sainyaṁ ca tad-adhvararbhubhir
vidrāvitaṁ krodham apāram ādadhe

maitreyaḥ uvāca—麦垂亚说 / bhavaḥ—主希瓦 / bhavānyāḥ—萨缇的 / nidhanam—死亡 / prajāpateḥ—由于生物体的祖先达克沙 / asat-kṛtāyāḥ—侮辱了 / avagamya—听了有关 / nāradāt—从纳茹阿达那里 / sva-pārṣada-sainyam—他的战士们 / ca—和 / tatadhvara—从他(达克沙)的祭祀产生出 / ṛbhubhiḥ—被瑞布们 / vidrāvitam—赶走 / krodham—愤怒 / apāram—无限的 / ādadhe—展示

译文 麦垂亚说：当主希瓦从纳茹阿达那里听说自己的妻子萨缇受生物祖先达克沙的侮辱而死去，自己的士兵们也被半神人瑞布们赶走时，他变得异常愤怒。

要旨 主希瓦(Śiva)知道：萨缇(Satī)作为达克沙(Dakṣa)最小的女儿，希望向父亲说明主希瓦(Śiva)的用意纯洁，以此减轻达克沙和他之间的误会。但萨缇不但没能促成和解，反而在没受邀请的情况下去父亲家时受到她父亲以不接待她的方式对她进行的蓄意侮辱。萨缇是物质能量的人格化身，在这个物质世界里掌握着生杀大权，她本人就能杀死她父亲达克沙。《布茹阿玛·萨密塔》(Brahma-saṁhitā)中描述她的力量说：她能创造和毁灭许多宇宙。但尽管她如此强大，她作为至尊人格首神奎师那的影子，还是要在至尊人格首神的指挥下行事。萨缇惩罚她父亲根本不费吹灰之力，但她考虑：作为女儿，她杀达克沙不合适。因此，她决定舍弃从达克沙那里得来的躯体，而达克沙甚至都不加以阻拦。

萨缇离开她的躯体后，纳茹阿达(Nārada)把消息传给了主希瓦。纳茹阿达总是传递类似事件的消息，因为他知道它们的重要性。主希瓦听到他贞节的妻子萨缇死了，自然变得极其愤怒。他还知道布瑞古·牟尼(Bhṛgu Muni)通过吟诵《亚诸尔·韦达》(Yajur Veda)中的曼陀(mantra)造出了名叫瑞布戴瓦(Ṛbhudeva)的半神人，这些半神人把他那些到祭祀场去的战士都赶走了。因此，他要对这一侮辱进行报复；既然达克沙是导致萨缇死亡的原因，他就决定杀了达克沙。

第2节

क्रुद्धः सुदष्टौष्ठपुटः स धूर्जटि-
र्जटां तडिद्वह्निसटोग्ररोचिषम् ।
उत्कृत्य रुद्रः सहसोत्थितो हसन्
गम्भीरनादो विससर्ज तां भुवि ॥ २ ॥

kruddhaḥ sudaṣṭauṣṭha-puṭaḥ sa dhūr-jaṭir
jaṭāṁ taḍid-vahni-saṭogra-rociṣam
utkṛtya rudraḥ sahasotthito hasan
gambhīra-nādo visasarja tāṁ bhuvi

kruddhaḥ—很愤怒 / su-daṣṭa-oṣṭha-puṭaḥ—用牙咬嘴唇 / saḥ—他(主希瓦) / dhūḥ-jaṭiḥ—他头上有黏在一起的头发 / jaṭām——

根头发 / taḍit—电的 / vahni—火的 / saṭā—火焰 / ugra—可怕的 / rociṣam—强烈的 / utkṛtya—抢夺 / rudraḥ—主希瓦 / sahasā—立即 / utthitaḥ—站立起来 / hasan—大笑 / gambhīra—深的 / nādaḥ—声音 / visasarja—猛掷 / tām—那(头发) / bhuvi—在地上

译文　怒气冲天的主希瓦咬牙切齿，从头上猛力扯下一缕像电光或火光一样闪亮的头发。他猛然站立起来，像疯子一样大笑着把那缕头发用力掷在地上。

第3节　ततोऽतिकायस्तनुवा स्पृशन्दिवं
सहस्रबाहुर्घनरुक्त्रिसूर्यदृक् ।
करालदंष्ट्रो ज्वलदग्निमूर्धजः
कपालमाली विविधोद्यतायुधः ॥ ३ ॥

tato 'tikāyas tanuvā spṛśan divaṁ
sahasra-bāhur ghana-ruk tri-sūrya-dṛk
karāla-daṁṣṭro jvalad-agni-mūrdhajaḥ
kapāla-mālī vividhodyatāyudhaḥ

tataḥ—这时 / atikāyaḥ—巨大的人物(维茹阿巴铎) / tanuvā—用他的躯体 / spṛśan—触碰 / divam—天空 / sahasra—一千 / bāhuḥ—手臂 / ghana-ruk—黑色的 / tri-sūrya-dṛk—如同三个太阳加起来一样亮 / karāla-daṁṣṭraḥ—有很可怕的牙齿 / jvalat-agni—(像)燃烧的火 / mūrdhajaḥ—头上有头发 / kapāla-mālī—带着用人头穿的花环 / vividha—各种各样的 / udyata—举起 / āyudhaḥ—佩带着武器

译文　就这样，一个可怕的黑色恶魔被制造出来。那个恶魔跟天空一般高，像三个太阳合在一起照射那么耀眼。

他的牙齿很可怕，头发像熊熊燃烧的烈焰。他有成千上万的手臂，手中拿着各式各样的武器，脖子上挂着用人的头骨穿成的花环。

第4节

तं किं करोमीति गृणन्तमाह
बद्धाञ्जलिं भगवान् भूतनाथः ।
दक्षं सयज्ञं जहि मद्भट ानां
त्वमग्रणी रुद्र भट ांशक ो मे ॥ ४ ॥

taṁ kiṁ karomīti gṛṇantam āha
baddhāñjaliṁ bhagavān bhūta-nāthaḥ
dakṣaṁ sa-yajñaṁ jahi mad-bhaṭānāṁ
tvam agraṇī rudra bhaṭāṁśako me

tam—对他(维茹阿巴铎) / kim—什么 / karomi—我应该做吗 / iti—因此 / gṛṇantam—询问 / āha—命令 / baddha-añjalim—以双手合十 / bhagavān—一切财富的拥有者(主希瓦) / bhūtanāthaḥ—鬼魂的主人 / dakṣam—达克沙 / sa-yajñam—与他的祭祀一起 / jahi—杀 / mat-bhaṭānām—我所有的随从的 / tvam—你 / agraṇīḥ—首领 / rudra—茹铎啊 / bhaṭa—精于作战的人啊 / aṁśakaḥ—生于我的身体 / me—我的

译文 那个恶魔双手合十地问主希瓦：“我的主人，您有什么吩咐？”以布塔纳塔著称的主希瓦命令道：“由于你来自我的身体，你在我的全体同伴中就是领袖。因此，去杀死达克沙和他那些在祭祀场上的士兵。”

要旨 布茹阿玛纳(brahmana，婆罗门)的力量布茹阿玛·忒佳(brahma-teja)和主希瓦(Śiva)的力量希瓦·忒佳(śiva-teja)从此开始较量。布瑞古・牟尼(Bhṛgu Muni)凭借布茹阿玛纳的力量布茹阿玛・忒佳，造出名叫瑞布(Ṛbhu)的半神人，把主希瓦安置在祭祀场上的士兵赶走了。主希瓦听到他的士兵被赶走，就造出一个高大的黑色恶魔维茹阿巴铎(Vīrabhadra)进行报复。善良属性和愚昧属性之间有时会进行较量，这是物质存在的方式。人即使完全处在善良属性的层面上，也随时有可能沾染激情或愚昧属性，或是受这二者的攻击。这就是物质自然的定律。纯粹的善良属性(śuddha-sattva)虽然只不过是灵性世界的基本要素，但在这个物质世界里却不可能展示出来。因此，各种不同的物质属性总是在彼此较量。主希瓦和布瑞古・牟尼围绕着生物体的祖先达克沙(Dakṣa)所展开的较量，就是物质自然各种属性之间相互竞争的一个实例。

第5节

आज्ञप्त एवं कुपितेन मन्युना
　　स देवदेवं परिचक्रमे विभुम् ।
मेनेतदात्मानमसङ्गरंहसा
　　महीयसां तात सहः सहिष्णुम् ॥ ५ ॥

ājñapta evaṁ kupitena manyunā
　sa deva-devaṁ paricakrame vibhum
mene-tadātmānam asaṅga-raṁhasā
　mahīyasāṁ tāta sahaḥ sahiṣṇum

ājñaptaḥ—被命令 / evam—以这种样子 / kupitena—愤怒 / manyunā—被主希瓦(愤怒的人格化身) / saḥ—他(维茹阿巴铎) / deva-devam—受到半神人崇拜的他 / paricakrame—绕拜 / vibhum—主希瓦 / mene—考虑 / tadā—在那时 / ātmānam—他自己 / asaṅga-raṁhasā—用主希瓦无敌的力量 / mahīyasām—最有力的 / tāta—我亲爱的维杜茹阿 / sahaḥ—力量 / sahiṣṇum—有能力对付

译文 麦垂亚接着说：亲爱的维杜茹阿，那个黑人是至尊人格首神的愤怒化身，准备执行主希瓦的命令。他认为自己有能力与所有攻击自己的力量抗衡，于是绕拜了主希瓦。

第6节 अन्वीयमानः स तु रुद्रपार्षदै-
भृशं नदद्भिर्व्यनदत्सुभैरवम् ।
उद्यम्य शूलं जगदन्तक न्तकं
सम्प्राद्रवद्घोषणभूषणाङ्घ्रिः ॥ ६ ॥

anvīyamānaḥ sa tu rudra-pārṣadair
bhṛśaṁ nadadbhir vyanadat subhairavam
udyamya śūlaṁ jagad-antakāntakaṁ
samprādravad ghoṣaṇa-bhūṣaṇāṅghriḥ

anvīyamānaḥ—被跟随 / saḥ—他(维茹阿巴铎) / tu—但是 / rudra-pārṣadaiḥ—被主希瓦的战士 / bhṛśam—吵闹的 / nadadbhiḥ—喊叫 / vyanadat—声音 / su-bhairavam—非常可怕 / udyamya—携带 / śūlam—三叉戟 / jagat-antaka—死亡 / antakam—杀戮 / samprādravat—赶往(达克沙的祭祀)ghoṣaṇa—喊叫着 / bhūṣaṇa-aṅghriḥ—脚上戴着脚镯

译文 主希瓦的众多士兵吵吵嚷嚷地跟随着那个凶猛的人物。他带着一把巨大的三叉戟，可怕得足以杀死死亡，他脚上戴着的脚镯发出雷鸣般的响声。

第7节 अथर्त्विजो यजमानः सदस्याः
ककुभ्युदीच्यां प्रसमीक्ष्य रेणुम् ।
तमः किमेतत्कुत एतद्रजोऽभू-
दिति द्विजा द्विजपत्न्यश्च दध्युः ॥ ७ ॥

athartvijo yajamānaḥ sadasyāḥ
kakubhy udīcyāṁ prasamīkṣya reṇum
tamaḥ kim etat kuta etad rajo 'bhūd
iti dvijā dvija-patnyaś ca dadhyuḥ

atha—那时 / ṛtvijaḥ—祭司 / yajamānaḥ—主办祭祀的人(达克沙) / sadasyāḥ—聚集在祭祀场上的全体人员 / kakubhi udīcyām—在北方 / prasamīkṣya—看到 / reṇum—沙尘暴 / tamaḥ—黑暗 / kim—什么 / etat—这 / kutaḥ—从哪里 / etat—这 / rajaḥ—尘土 / abhūt—来 / iti—如此 / dvijāḥ—布茹阿玛纳 / dvija-patnyaḥ—布茹阿玛纳的妻子们—ca—和 / dadhyuḥ—可是猜测

译文 那时，所有聚集在祭祀场上的人，祭司、主持祭祀的人、布茹阿玛纳和他们的妻子，都奇怪周围为什么突然变得天昏地暗。后来当他们弄明白那是沙尘暴时，大家都焦灼不安起来。

第8节 वाता न वान्ति न हि सन्ति दस्यवः
प्राचीनबर्हिर्जीवति होग्रदण्डः ।
गावो न क ाल्यन्त इदं कु तो रजो
ल ोकोऽधुना किं प्रल याय क ल्पते ॥ ८ ॥

vātā na vānti na hi santi dasyavaḥ
prācīna-barhir jīvati hogra-daṇḍaḥ
gāvo na kālyanta idaṁ kuto rajo
loko 'dhunā kiṁ pralayāya kalpate

vātāḥ—风 / na vānti—没有吹 / na—不 / hi—因为 / santi—是有可能的 / dasyavaḥ—掠夺者 / prācīna-barhiḥ—老君王巴尔黑 / jīvati—活着 / ha—还 / ugra-daṇḍaḥ—他会严厉地惩罚 / gāvaḥ—乳

牛 / na kālyante—没有被驱赶 / idam—这 / kutaḥ—从哪里 / rajaḥ—尘土 / lokaḥ—星球 / adhunā—现在 / kiṁ—它是吗 / pralayāya—为瓦解 / kalpate—考虑准备

译文 他们推测尘土飞扬的原因说道：这里既没有刮风，也没有牛群经过；这沙尘暴更不可能是由强盗们掀起的，因为强大的巴尔黑王还健在，他会惩罚他们的。那么，这沙尘暴是从哪里吹来的呢？难道星球就要毁灭了吗？

要旨 这节诗中的梵文 prācīna-barhir jīvati 一句意义特别重大。当时负责统治举行祭祀的那片土地的君王叫巴尔黑(Barhi)，尽管他已经上了年纪，但还健在，是一位非常强大的统治者。因此，盗贼根本不可能侵入那片土地。这里间接地指出：只有当王国中缺乏强有力的统治者时，强盗、流氓、小偷和不值得要的人口才会出现。当盗贼在公平的名义下得到自由存在的权利时，国家和王国就会受到这种掠夺者和不值得要的人的骚扰。主希瓦(Śiva)的士兵和助手们搅起的沙尘暴，类似世界毁灭时的情景。当需要毁灭这个物质创造时，主希瓦就会负责行动的实施。所以，他现在制造的情况类似宇宙展示毁灭时的情况。

第9节 प्रसूतिमिश्राः स्त्रिय उद्विग्नचित्ता
ऊचुर्विपाको वृजिनस्यैव तस्य ।
यत्पश्यन्तीनां दुहितॄणां प्रजेशः
सुतां सतीमवदध्यावनागाम् ॥ ९ ॥

prasūti-miśrāḥ striya udvigna-cittā
ūcur vipāko vṛjinasyaiva tasya
yat paśyantīnāṁ duhitṝṇāṁ prajeśaḥ
sutāṁ satīm avadadhyāv anāgām

prasūti-miśrāḥ—以帕苏缇为首 / striyaḥ—妇女 / udvigna-cittāḥ—非常焦虑 / ūcuḥ—说 / vipākaḥ—引发的危险 / vṛjinasya —罪恶活动的 / eva—事实上 / tasya—他(达克沙) / yat—因为 / paśyantīnām—他观看 / duhitṝṇām—她的姐姐们的 / prajeśaḥ—生物体的主人(达克沙) / sutām—他的女儿 / satīm—萨缇 / avadadhyau—侮辱 / anāgām—完全无辜的

译文　正与其他女士在一起的达克沙之妻帕苏缇，忧心忡忡地说：这危险是由达克沙造成萨缇死亡而引发的。萨缇虽然是无辜的，但却在她姐姐们的注视下离开了躯体。

要旨　帕苏缇(Prasūti)作为心肠柔软的妇女，能立即明白：这迫在眉睫的危险，是由心如铁石的生物体祖先达克沙(Dakṣa)从事不虔诚的活动所造成的。他是如此冷酷无情，甚至不阻止他最小的女儿萨缇(Satī)在姐姐们面前自杀。萨缇的母亲能理解达克沙侮辱萨缇时使萨缇有多痛苦。萨缇与达克沙的其他女儿都来了，只因为萨缇是主希瓦的妻子，达克沙就故意热情地接待她们，而唯独不理萨缇。考虑到这一点，达克沙的妻子相信危险迫在眉睫，而且知道达克沙必须准备为他那可恶的行为付出死亡的代价。

第10节

यस्त्वन्तकाले व्युप्तजट ाक ल ाप:
स्वशूल सूच्यर्पितदिग्गजेन्द्रः ।
वितत्य नृत्यत्युदितास्त्रदोर्ध्वजा-
नुच्चाट्टहासस्तनयित्नुभिन्नदिक् ॥ १० ॥

yas tv anta-kāle vyupta-jaṭā-kalāpaḥ
sva-śūla-sūcy-arpita-dig-gajendraḥ
vitatya nṛtyaty uditāstra-dor-dhvajān
uccāṭṭa-hāsa-stanayitnu-bhinna-dik

yaḥ—谁(主希瓦) / tu—但是 / anta-kāle—在毁灭时 / vyupta—披散着 / jaṭā-kalāpaḥ—他的黏在一起的头发 / sva-śūla—他自己的三叉戟 / sūci—在尖端上 / arpita—刺穿 / dik-gajendraḥ—各方的统治者 / vitatya—分散 / nṛtyati—跳舞 / udita—举起 / astra—武器 / doḥ—手 / dhvajān—旗帜 / ucca—大声的 / aṭṭa-hāsa—大笑 / stanayitnu—用霹雳般的声音 / bhinna—分开 / dik—方向

译文　毁灭来临时，主希瓦会披头散发地用他的三叉戟刺杀世界各方的统治者。他悲壮地放声大笑、舞蹈，像挥舞旗帜一样把统治者的手臂甩得漫天飞舞，仿佛霹雳撕裂笼罩世界的乌云。

要旨　帕苏缇(Prasūti)很欣赏女婿主希瓦(Śiva)的力量，于是在此描述了世界毁灭时主希瓦的作为。这一描述表明，主希瓦的力量是如此强大，以致达克沙(Dakṣa)的力量根本不配与之相比。世界毁灭时，主希瓦手持三叉戟，在各个星球的统治者躯体上跳舞。他的头发披散着，恰似那为把不同的星球投入下个不停的倾盆大雨中而遍布四方的乌云。在毁灭的最后阶段，所有的星球都淹没在洪水里，而那洪水是由主希瓦跳舞造成的。他跳的那种舞名叫毁灭之舞——帕拉亚(pralaya)舞。帕苏缇能明白这迫在眉睫的危险是由达克沙造成的：他不仅怠慢他的女儿，还置主希瓦的名誉和声望于不顾。

第11节　अमर्षयित्वा तमसह्यतेजसं
　　मन्युप्लु तं दुर्निरीक्ष्यं भ्रुकु ट्या ।
क राल दंष्ट्राभिरुदस्तभागणं
　　स्यात्स्वस्ति किं क ोपयतो विधातुः ॥ ११ ॥

amarṣayitvā tam asahya-tejasaṁ
　manyu-plutaṁ durnirīkṣyaṁ bhru-kuṭyā

karāla-daṁṣṭrābhir udasta-bhāgaṇaṁ
syāt svasti kiṁ kopayato vidhātuḥ

amarṣayitvā—导致愤怒后 / tam—他(主希瓦) / asahya-tejasam—以令人无法忍受的光芒 / manyu-plutam—充满愤怒 / durnirīkṣyam—看不得 / bhru-kuṭyā—通过挑动他的眉毛 / karāla-daṁṣṭrābhiḥ—用他那可怕的牙齿 / udasta-bhāgaṇam—驱散了发光体 / syāt—应该 / svasti—好运 / kim—怎么 / kopayataḥ—致使(主希瓦)愤怒 / vidhātuḥ—布茹阿玛的

译文　巨大的黑人龇着可怕的牙齿。他挑动眉毛，驱散了满天的繁星，并用身体放射出的耀眼光芒遮住了它们。达克沙的错误行为，连累得他父亲布茹阿玛都不能避开那愤怒的巨大展示。

第12节　बह्वेवमुद्विग्नदृशोच्यमाने
जनेन दक्षस्य मुहुर्महात्मनः ।
उत्पेतुरुत्पाततमाः सहस्रशो
भयावहा दिवि भूमौ च पर्यक् ॥ १२ ॥

bahv evam udvigna-dṛśocyamāne
janena dakṣasya muhur mahātmanaḥ
utpetur utpātatamāḥ sahasraśo
bhayāvahā divi bhūmau ca paryak

bahu—许多 / evam—就这样 / udvigna-dṛśā—以不安的瞥视 / ucyamāne—就在说这件事的时候 / janena—由(聚集在祭祀场上的)人们 / dakṣasya—达克沙的 / muhuḥ—一再 / mahā-ātmanaḥ—勇敢的 / utpetuḥ—显得 / utpāta-tamāḥ—非常强的征兆 / sahasraśaḥ—由数千 / bhaya-āvahāḥ—产生恐惧 / divi—在空中 /

bhūmau—在地上 / ca—和 / paryak—从所有的方面

译文 就在人们议论纷纷时，达克沙看到天上地下、四面八方都呈现出危险的征兆。

要旨 这节诗中把达克沙(Dakṣa)描述为是玛哈特玛(mahātmā)。不同的评论者对玛哈特玛一词有不同的解释。维尔茹阿嘎瓦·阿查尔亚(Vīrarāghava Ācārya)指出，玛哈特玛一词的意思是“意志坚定”。这就是说，达克沙的心如此坚硬，甚至当他的爱女准备结束自己的生命时，他也无动于衷，沉着镇定。但尽管如此，他在看到黑色的巨魔制造的各种麻烦时还是感到心慌意乱。维施瓦纳特·查夸瓦尔提·塔库尔(Viśvanātha CakravartīṬhākura)对此评述说：即使一个人被称为玛哈特玛——伟大的灵魂，但除非他表现出玛哈特玛的特征，否则被视为杜茹阿特玛(durātmā)——堕落的灵魂。在《博伽梵歌》(Bhagavad-gītā)第9章的第13节诗中，至尊主用玛哈特玛一词来描述纯粹的奉献者说：普瑞塔的儿子啊！不受蒙蔽的伟大灵魂受神性自然的保护(mahātmānas tu māṁpārtha daivīṁ prakṛtim āśritāḥ)。玛哈特玛一直受至尊人格首神内在能量的指导，像达克沙这种行为粗鲁的人怎么可能是玛哈特玛呢？玛哈特玛应该具有半神人的一切美好品德，因此，不具备那些品德的达克沙不能被称为玛哈特玛，而应该被称为杜茹阿特玛——堕落的灵魂。这里讽刺性地以玛哈特玛来形容达克沙的品德。

第13节

तावत्स रुद्रानुचरैर्महामखो
नानायुधैर्वामनकै रुदायुधैः ।
पिङ्गैः पिशङ्गैर्मक रोदराननैः
पर्याद्रवद्भिर्विदुरान्वरुध्यत ॥ १३ ॥

tāvat sa rudrānucarair mahā-makho
  nānāyudhair vāmanakair udāyudhaiḥ
piṅgaiḥ piśaṅgair makarodarānanaiḥ
  paryādravadbhir vidurānvarudhyata

tāvat—非常迅速地 / saḥ—那 / rudra-anucaraiḥ—被主希瓦的随从 / mahā-makhaḥ—盛大祭祀的场所 / nānā—各种的 / āyudhaiḥ—用武器 / vāmanakaiḥ—身材矮小的 / udāyudhaiḥ—举起 / piṅgaiḥ—黑色的 / piśaṅgaiḥ—黄色的 / makara-udara-ānanaiḥ—肚子和脸都像鲨鱼的 / paryādravadbhiḥ—在四周到处跑 / vidura—维杜茹阿啊 / anvarudhyata—被包围起来

译文 亲爱的维杜茹阿，主希瓦的全体随从包围了祭祀场。他们身材矮小，全副武装；肤色仿佛鲨鱼皮，又黑又黄。他们绕着祭祀场跑，开始制造事端。

第14节 केचिद्बभञ्जुः प्राग्वंशं पत्नीशालां तथापरे ।
सद आग्नीध्रशालां च तद्विहारं महानसम् ॥ १४ ॥

kecid babhañjuḥ prāg-vaṁśaṁ
  patnī-śālāṁ tathāpare
sada āgnīdhra-śālāṁ ca
  tad-vihāraṁ mahānasam

kecit——些 / babhañjuḥ—拉倒 / prāk-vaṁśam—祭祀棚的柱子 / patnī-śālām—妇女停留的地方 / tathā—也 / apare—其他人 / sadaḥ—祭祀场所 / āgnīdhra-śālām—祭司的房子 / ca—和 / tatvihāram—祭祀主办者的房子 / mahā-anasam—厨房

译文 其中一些士兵拉倒支撑祭祀棚的柱子，一些闯入妇女停留的场所，一些开始捣毁祭祀场，另一些进入厨房和住宿的地方。

第15节 रुरुजुर्यज्ञपात्राणि तथैकेऽग्नीननाशयन् ।
कुण्डेष्वमूत्रयन् केचिद्बिभिदुर्वेदिमेखलाः ॥ १५ ॥

rurujur yajña-pātrāṇi
tathaike 'gnīn anāśayan
kuṇḍeṣv amūtrayan kecid
bibhidur vedi-mekhalāḥ

rurujuḥ—打破 / yajña-pātrāṇi—祭祀中用的罐子 / tathā—如此 / eke—一些 / agnīn—祭祀之火 / anāśayan—熄灭 / kuṇḍeṣu—在祭祀场上 / amūtrayan—撒尿 / kecit—一些 / bibhiduḥ—扯下 / vedi-mekhalāḥ—围祭祀场的绳子

译文 他们打破祭祀用的罐子，有些士兵开始扑灭祭祀之火，有些扯下用来围祭祀场的绳子，另一些则在场上撒尿。

第16节 अबाधन्त मुनीनन्ये एके पत्नीरतर्जयन् ।
अपरे जगृहुर्देवान् प्रत्यासन्नान् पलायितान् ॥ १६ ॥

abādhanta munīn anye
eke patnīr atarjayan
apare jagṛhur devān
pratyāsannān palāyitān

abādhanta—堵住路 / munīn—圣人们 / anye—其他的人 / eke—一些 / patnīḥ—妇女 / atarjayan—威胁 / apare—其他人 / jagṛhuḥ—捕捉 / devān—半神人 / pratyāsannān—手旁边 / palāyitān—逃跑的

译文　一些士兵堵住圣人们逃跑的路，一些恐吓聚集在祭祀场里的女士，还有一些则捕捉正往祭祀棚外逃的半神人。

第17节　भृगुं बबन्ध मणिमान् वीरभद्रः प्रजापतिम् ।
चण्डेशः पूषणं देवं भगं नन्दीश्वरोऽग्रहीत् ॥ १७ ॥

bhṛguṁ babandha maṇimān
vīrabhadraḥ prajāpatim
caṇḍeśaḥ pūṣaṇaṁ devaṁ
bhagaṁ nandīśvaro 'grahīt

bhṛgum—布瑞古·牟尼 / babandha—抓住 / maṇimān—玛尼曼 / vīrabhadraḥ—维茹阿巴铎 / prajāpatim—生物体的祖先达克沙 / caṇḍeśaḥ—昌得沙 / pūṣaṇam—普萨 / devam—半神人 / bhagam—巴嘎 / nandīśvaraḥ—南迪施瓦尔 / agrahīt—抓住

译文　主希瓦的随从玛尼曼抓住布瑞古·牟尼，黑色恶魔维茹阿巴铎抓住生物体的祖先达克沙，另一个叫昌得沙的随从抓住了普萨，南迪施瓦尔则抓住了半神人巴嘎。

第18节　सर्व एवर्त्विजो दृष्ट्वा सदस्याः सदिवौकसः ।
तैरर्द्यमानाः सुभृशं ग्रावभिर्नैकधाद्रवन् ॥ १८ ॥

sarva evartvijo dṛṣṭvā
sadasyāḥ sa-divaukasaḥ
tair ardyamānāḥ subhṛśaṁ
grāvabhir naikadhādravan

sarve—所有的 / eva / 无疑地 / ṛtvijaḥ—祭司们 / dṛṣṭvā—看到后 / sadasyāḥ—所有参加祭祀的人 / sa-divaukasaḥ—与半神人一起 / taiḥ—被那些(石头) / ardyamānāḥ—被打扰 / su-bhṛśam—非常

巨大的 / grāvabhiḥ—被石头 / na ekadhā—在不同的方向 / adravan—开始散开

译文 石块像雨点一样从祭祀场上空飞落下来，使祭司和聚集在祭祀场上的人们痛苦不堪。人们害怕被砸死，争先恐后地四散奔散。

第19节 जुह्वतः स्रुवहस्तस्य श्मश्रूणि भगवान् भवः ।
भृगोर्लुलुञ्चे सदसि योऽहसच्छ्मश्रु दर्शयन् ॥ १९ ॥

juhvataḥ sruva-hastasya
śmaśrūṇi bhagavān bhavaḥ
bhṛgor luluñce sadasi
yo 'hasac chmaśru darśayan

juhvataḥ—供奉祭品 / sruva-hastasya—他手中拿着祭祀用的勺子 / śmaśrūṇi—胡子 / bhagavān—一切财富的拥有者 / bhavaḥ—维茹阿巴铎 / bhṛgoḥ—布瑞古·牟尼的 / luluñce—扯出 / sadasi—在众人中 / yaḥ—谁(布瑞古·牟尼) / ahasat—笑过 / śmaśru—他的胡子 / darśayan—展出

译文 维茹阿巴铎一把扯下布瑞古的胡子，而他那时正用双手把祭品供奉到火中。

第20节 भगस्य नेत्रे भगवान् पातितस्य रुषा भुवि ।
उज्जहार सदस्थोऽक्ष्णा यः शपन्तमसूसुचत् ॥ २० ॥

bhagasya netre bhagavān
pātitasya ruṣā bhuvi
ujjahāra sada-stho 'kṣṇā
yaḥ śapantam asūsucat

bhagasya—巴嘎的 / netre—两眼 / bhagavān—维茹阿巴铎 / pātitasya—插入 / ruṣā—怀着极大的愤怒 / bhuvi—在地上 / ujjahāra—猛然拉出 / sada-sthaḥ—当处在宇宙中的创造者们中间时 / akṣṇā—由于挑动他的眉毛 / yaḥ—谁(巴嘎) / śapantam—诅咒(主希瓦)的达克沙 / asūsucat—鼓励

译文 巴嘎在达克沙诅咒主希瓦时曾挑动他的眉毛，因此维茹阿巴铎努火万丈地抓住他，把他推倒在地，挖出了他的双眼。

第21节 पूष्णो ह्यपातयद्दन्तान् कालिङ्गस्य यथा बलः ।
शप्यमाने गरिमणि योऽहसद्दर्शयन्दतः ॥ २१ ॥

pūṣṇo hy apātayad dantān
kāliṅgasya yathā balaḥ
śapyamāne garimaṇi
yo 'hasad darśayan dataḥ

pūṣṇaḥ—普萨 / hi—自……以后 / apātayat—拔出 / dantān—牙齿 / kāliṅgasya—喀陵嘎君王的 / yathā—正如 / balaḥ—巴拉戴瓦 / śapyamāne—在被诅咒时 / garimaṇi—主希瓦 / yaḥ—谁(普萨) / ahasat—微笑 / darśayan—展示 / dataḥ—他的牙齿

译文 由于达克沙在诅咒主希瓦时曾经龇牙，而普萨在微笑着表示赞同时也露出了自己的牙，维茹阿巴铎便像巴拉戴瓦在阿尼如达的婚礼上进行赌博比赛时敲掉喀陵嘎君王的牙一样，敲掉了他们俩人的牙齿。

要旨 这里提到主奎师那的孙子阿尼如达的婚礼。在婚礼上，新郎奶奶的哥哥茹珂弥(Rukmi)，企图在掷骰子时欺骗巴拉茹阿玛(Balarama)。赌博进行时，站在一旁观看的喀陵嘎(Kalinga)君王一直无礼地微笑着嘲弄巴拉茹阿玛。最后，受到欺骗和侮辱的巴拉茹阿玛被激怒，用祂的大头棒杀了茹珂弥，然后抓住正要逃跑的喀陵嘎君王并敲掉了他的牙。巴拉茹阿玛还把茹珂弥的其他几个同伙打成了重伤。这种打斗在查锤亚之间非常普遍，特别是在婚礼上时，每个人都跃跃欲试，斗志昂扬。人们怀有这种挑战的心态时，打斗是在所难免的。在这类打斗中，通常会有人被杀，遭遇不幸。这种打斗结束后，双方会和解，一切问题也就都解决了。达克沙(Dakṣa)举行的这场祭祀(雅格亚，yajña)发生了类似的情况。现在，达克沙，以及半神人巴嘎(Bhaga)、普萨(Pūṣā)和布瑞古・牟尼(Bhṛgu Muni)等达克沙一方的人，都受到主希瓦(Śiva)的士兵的惩处；但到后来，一切都将和平解决。因此，打斗双方的这种战斗精神并不完全是敌对的。大家都本领强大，都想通过韦达曼陀(Vedic mantra)或神通来表现自己的力量，因此双方都在达克沙举行的祭祀中淋漓尽致地展现了自己的本领。

第22节 आक्रम्योरसि दक्षस्य शितधारेण हेतिना ।
छिन्दन्नपि तदुद्धर्तुं नाशक्नोत्त्र्यम्बकस्तदा ॥ २२ ॥

ākramyorasi dakṣasya
śita-dhāreṇa hetinā
chindann api tad uddhartuṁ
nāśaknot tryambakas tadā

ākramya—坐下 / urasi—在胸膛上 / dakṣasya—达克沙的 / śita-dhāreṇa—有一把锋利的刀 / hetinā—用武器 / chindan—切割 / api—尽管 / tat—那(头颅) / uddhartum—分开 / na aśaknot—不能够 / tri-ambakaḥ—(有三只眼睛的)维茹阿巴铎 / tadā—这以后

译文 接着，巨大的维茹阿巴铎在达克沙的胸膛上坐下来，试图用锋利的武器割下达克沙的头颅，但没有成功。

第23节 शस्त्रैरस्त्रान्वितैरेवमनिर्भिन्नत्वचं हरः ।
विस्मयं परमापन्नो दध्यौ पशुपतिश्चिरम् ॥ २३ ॥

śastrair astrānvitair evam
anirbhinna-tvacaṁ haraḥ
vismayaṁ param āpanno
dadhyau paśupatiś ciram

śastraiḥ—用武器 / astra-anvitaiḥ—用赞歌(曼陀) / evam—如此 / anirbhinna—没有割下 / tvacam—皮肤 / haraḥ—维茹阿巴铎 / vismayam—困惑 / param—最伟大的 / āpannaḥ—击打…… / dadhyau—尽管 / paśupatiḥ—维茹阿巴铎 / ciram—用了很长时间

译文 他又试着用各种武器和吟唱赞歌的方法割下达克沙的头，但仍割不下来，就连达克沙头上的表皮都割不破。这使维茹阿巴铎极为困惑。

第24节 दृष्ट्वा संज्ञपनं योगं पशूनां स पतिर्मखे ।
यजमानपशोः कस्य कायात्तेनाहरच्छिरः ॥ २४ ॥

dṛṣṭvā saṁjñapanaṁ yogaṁ
paśūnāṁ sa patir makhe
yajamāna-paśoḥ kasya
kāyāt tenāharac chiraḥ

dṛṣṭvā—看到 / saṁjñapanam—为在祭祀中杀动物 / yogam—装置 / paśūnām—动物的 / saḥ—他(维茹阿巴铎) / patiḥ—主人 /

makhe—祭祀中 / yajamāna-paśoḥ—成了祭祀动物的祭祀主办人 / kasya—达克沙的 / kāyāt—从躯体 / tena—用那(装置) / aharat—砍掉 / śiraḥ—他的头颅

译文 后来，维茹阿巴铎看到放在祭祀场上用来杀动物的木头装置，便用它把达克沙的头砍了下来。

要旨 在这里要注意的是：在祭祀中用来杀动物的装置，并不是为方便吃动物的肉而设计的。在祭祀中杀动物，是专门为了靠韦达曼陀的力量给祭祀用的动物以新生，以此检验韦达曼陀的力量。举行祭祀(雅格亚，yajña)是对曼陀的检验。即使在现代社会中，人们也在生理学实验室里用动物做试验。同样，布茹阿玛纳(brāhmaṇa，婆罗门)吟诵韦达赞歌时发音是否准确，要在祭祀场上受到检验。从总体来看，被用于祭祀的动物一点儿都没有损失。年老的动物被献祭后，会换一个新的躯体。这就是对韦达曼陀的检验。维茹阿巴铎(Vīrabhadra)没有用祭祀场上的木制机械装置献祭动物，而是马上用它把达克沙的头砍了下来。这使在场的人都很震惊。

第25节 साधुवादस्तदा तेषां क र्म तत्तस्य पश्यताम् ।
भूतप्रेतपिशाचानामन्येषां तद्विपर्ययः ॥ २५ ॥

sādhu-vādas tadā teṣāṁ
karma tat tasya paśyatām
bhūta-preta-piśācānām
anyeṣāṁ tad-viparyayaḥ

sādhu-vādaḥ—高兴地惊呼 / tadā—那时 / teṣām—那些(主希瓦的随从)的 / karma—行动 / tat—那 / tasya—他(维茹阿巴铎)的 / paśyatām—看到 / bhūta-preta-piśācānām—布塔(鬼魂的)、普瑞塔和琵沙查 / anyeṣām—其他(站在达克沙一边的)人的 / tatviparyayaḥ—与那相反(伤心地惊叫)

译文　布塔、鬼魂和恶魔等主希瓦的随从，看到维茹阿巴铎这么做都高兴地欢呼起来，现场一片喧闹声。在另一边，负责做祭祀的布茹阿玛纳们则为达克沙的死而悲伤哭泣。

第26节　जुहावैतच्छिरस्तस्मिन्दक्षिणाग्नावमर्षितः ।
तद्देवयजनं दग्ध्वा प्रातिष्ठद्गुह्यकालयम् ॥ २६ ॥

juhāvaitac chiras tasmin
dakṣiṇāgnāv amarṣitaḥ
tad-deva-yajanaṁ dagdhvā
prātiṣṭhad guhyakālayam

juhāva—作为祭品祭祀 / etat—那 / śiraḥ—头颅 / tasmin—在那之中 / dakṣiṇa-agnau—在南面的祭祀之火中 / amarṣitaḥ—维茹阿巴铎极为愤怒地 / tat—达克沙的 / deva-yajanam—为给半神人祭祀所做的安排 / dagdhvā—点火—prātiṣṭhat—离开 / guhyaka-ālayam—到古亚卡的住所(凯拉斯)

译文　维茹阿巴铎紧接着提起达克沙的头颅，极其愤怒地把它扔进祭祀之火南边的火里当祭品。就这样，主希瓦的随从们毁坏了为举行祭祀所进行的一切安排。他们放火烧了整个祭祀场所后，起程返回他们主人的居所凯拉斯山。

到此为止，结束了巴克提韦丹塔对《圣典博伽瓦谭》第 4 篇第 5 章“达克沙的祭祀受重挫”所作的阐释。

第六章

布茹阿玛取悦主希瓦

第1—2节

मैत्रेय उवाच
अथ देवगणाः सर्वे रुद्रानीकैः पराजिताः ।
शूल पट्टिशनिस्त्रिंशगदापरिघमुद्गरैः ॥ १ ॥

सञ्छि न्नभिन्नसर्वाङ्गाः सर्त्विक्सभ्या भयाकुलाः ।
स्वयम्भुवे नमस्कृ त्य क ात्स्न्र्येनैतन्न्यवेदयन् ॥ २ ॥

maitreya uvāca
atha deva-gaṇāḥ sarve
rudrānīkaiḥ parājitāḥ
śūla-paṭṭiśa-nistriṁśa-
gadā-parigha-mudgaraiḥ

sañchinna-bhinna-sarvāṅgāḥ
sartvik-sabhyā bhayākulāḥ
svayambhuve namaskṛtya
kārtsnyenaitan nyavedayan

maitreyaḥ uvāca—麦垂亚说／atha—这以后／deva-gaṇāḥ—半神人们／sarve—所有的／rudra-anīkaiḥ—被主希瓦的士兵／parājitāḥ—被打败／śūla—三叉戟／paṭṭiśa—头很锋利的矛／nistriṁśa—刀剑／gadā—钉头锤／parigha—铁制大头棒／mudgaraiḥ—像锤一样的武器／sañchinna-bhinna-sarva-aṅgāḥ—所有的肢体都受了伤／sa-ṛtvik-sabhyāḥ—与所有的祭司和参加祭祀的人员／bhaya-ākulāḥ—怀着巨大的恐惧／svayambhuve—向主布茹阿玛／namaskṛtya—顶礼后／kārtsnyena—详细地／etat—达克沙的祭祀一事／nyavedayan—报告

译文 全体祭司、参加祭祀仪式的人和所有的半神人，被希瓦的士兵用三叉戟和刀剑打得落花流水，遍体鳞伤，于是惊恐万状地去找布茹阿玛。他们向布茹阿玛顶礼后，便详细述说整个事件的经过。

第3节 उपलभ्य पुरैवैतद्भगवानब्जसम्भवः ।
नारायणश्च विश्वात्मा न कस्याध्वरमीयतुः ॥ ३ ॥

upalabhya puraivaitad
bhagavān abja-sambhavaḥ
nārāyaṇaś ca viśvātmā
na kasyādhvaram īyatuḥ

upalabhya—知道 / purā—预先 / eva—肯定地 / etat—所有有关达克沙的祭祀的事 / bhagavān——切财富的拥有者 / abja-sambhavaḥ—诞生于一朵莲花(主布茹阿玛) / nārāyaṇaḥ—纳茹阿亚纳 / ca—和 / viśva-ātmā—整个宇宙的超灵 / na—不 / kasya—达克沙的 / adhvaram—对祭祀 / īyatuḥ—去过

译文 主维施怒和布茹阿玛早就知道达克沙的祭祀场上会发生此事，因此才没有去参加祭祀。

要旨 正如至尊主在《博伽梵歌》(Bhagavad-gītā)第7章第26节诗中说的："我知道过去发生的每一件事，现在正发生的一切和将来要发生的一切(vedāhaṁ samatītāni vartamānāni cārjuna)。"主维施努(Viṣṇu)无所不知，所以知道达克沙(Dakṣa)的祭祀场上会发生什么事。正因为如此，纳茹阿亚纳(Nārāyaṇa)和主布茹阿玛(Brahmā)都没有出席达克沙举行的盛大祭祀。

第4节　तदाकर्ण्य विभुः प्राह तेजीयसि कृतागसि ।
क्षेमाय तत्र सा भूयान्न प्रायेण बुभूषताम् ॥ ४ ॥

tad ākarṇya vibhuḥ prāha
tejīyasi kṛtāgasi
kṣemāya tatra sā bhūyān
na prāyeṇa bubhūṣatām

tat—半神人和其他人的述说 / ākarṇya—聆听后 / vibhuḥ—主布茹阿玛 / prāha—回答 / tejīyasi—一位伟大的人物 / kṛta-āgasi—受到冒犯 / kṣemāya—为了你的快乐 / tatra—以那种方式 / sā—那 / bhūyāt na—没有帮助 / prāyeṇa—通常 / bubhūṣatām—想要发生

译文　布茹阿玛听了半神人和其他参加祭祀的人的叙述后回答道：你们不要以为在侮辱了一位伟大的人物，冒犯了他的莲花足后还能通过做祭祀获得快乐。这么做是不可能有快乐的。

要旨　主布茹阿玛(Brahmā)对半神人们解释说：达克沙(Dakṣa)虽然想享受功利性祭祀活动的成果，但在冒犯了像主希瓦(Śiva)那样伟大的人物后不可能有享受。达克沙最好死在战斗中，因为他如果还活着，就会继续不断地这样冒犯伟大人物的莲花足。根据玛努(Manu)法典，对杀人犯处以死刑的惩罚对杀人犯来说是好事，因为如果不把他处死，他就有可能杀更多的人，并因此而在来生受束缚。所以，君王惩罚杀人犯是正当的。就那些极富攻击性的人而言，借至尊主的恩典而被杀死对他们只有好处。换句话说，主布茹阿玛向半神人们解释说，达克沙本人因被杀而受益。

第5节 अथापि यूयं कृतकि ल्बिषा भवं
ये बर्हिषो भागभाजं परादुः ।
प्रसादयध्वं परिशुद्धचेतसा
क्षिप्रप्रसादं प्रगृहीताङ्घ्रिपद्मम् ॥ ५ ॥

athāpi yūyaṁ kṛta-kilbiṣā bhavaṁ
ye barhiṣo bhāga-bhājaṁ parāduḥ
prasādayadhvaṁ pariśuddha-cetasā
kṣipra-prasādaṁ pragṛhītāṅghri-padmam

atha api—还 / yūyam—你们大家 / kṛta-kilbiṣāḥ—冒犯了 / bhavam—主希瓦 / ye—你们大家 / barhiṣaḥ—祭祀的 / bhāga-bhājam—有权分享 / parāduḥ—排斥 / prasādayadhvam—你们全体都该感到满足 / pariśuddha-cetasā—心中毫无保留 / kṣipra-prasādam—快速的仁慈 / pragṛhīta-aṅghri-padmam—托庇于他的莲花足

译文 你们不让希瓦分享祭祀成果，所以都冒犯了他的莲花足。尽管如此，如果你们真心诚意地去找他，跪在他的莲花足下向他认错，他就会非常高兴。

要旨 主希瓦又叫阿舒头沙(Āśutoṣa)。阿舒(Āśu)的意思是“很快”，头沙(toṣa)的意思是“变得满足”。主布茹阿玛(Brahmā)劝半神人们去见主希瓦(Śiva)，请求他原谅，而由于主希瓦很容易取悦，他们的目的肯定能实现。主布茹阿玛很了解主希瓦的心思，确信那些冒犯了主希瓦莲花足的半神人如果去见他，毫无保留地前去投诚，就能减轻他们的罪。

第6节 आशासाना जीवितमध्वरस्य
ल ोकः सपालः कु पिते न यस्मिन् ।

तमाशु देवं प्रियया विहीनं
　क्षमापयध्वं हृदि विद्धं दुरुक्तैः ॥ ६ ॥

āśāsānā jīvitam adhvarasya
　lokaḥ sa-pālaḥ kupite na yasmin
tam āśu devaṁ priyayā vihīnaṁ
　kṣamāpayadhvaṁ hṛdi viddhaṁ duruktaiḥ

āśāsānāḥ—想要询问 / jīvitam—……期间内 / adhvarasya—祭祀的 / lokaḥ—所有的星球 / sa-pālaḥ—与它们的控制者 / kupite—当愤怒时 / na—不 / yasmin—谁的 / tam—那 / āśu—马上 / devam—主希瓦 / priyayā—他的爱妻的 / vihīnam—被剥夺了 / kṣamāpayadhvam—请求他的原谅 / hṛdi—在他心中 / viddham—受到很深的伤害 / duruktaiḥ—被冷酷的语言

译文　布茹阿玛还告诉众人，希瓦是如此强大，以致凭他的愤怒就能立刻毁灭所有的星球和它们的控制者。他还说，不光是刚刚失去爱妻使希瓦格外难过，达克沙尖酸刻薄的话语也使希瓦非常痛苦。布茹阿玛建议道：鉴于这种情况，大家理所当然应该立刻去找希瓦，乞求他的原谅。

第7节　नाहं न यज्ञो न च यूयमन्ये
　ये देहभाजो मुनयश्च तत्त्वम् ।
विदुः प्रमाणं बल वीर्ययोर्वा
　यस्यात्मतन्त्रस्य क उपायं विधित्सेत् ॥ ७ ॥

nāhaṁ na yajño na ca yūyam anye
　ye deha-bhājo munayaś ca tattvam
viduḥ pramāṇaṁ bala-vīryayor vā
　yasyātma-tantrasya ka upāyaṁ vidhitset

na—不 / aham—我 / na—也不 / yajñaḥ—因铎 / na—也不 / ca—和 / yūyam—你们大家 / anye—其他人 / ye—谁 / deha-bhājaḥ—那些忍受物质躯体的 / munayaḥ—圣人 / ca—和 / tattvam—事实 / viduḥ—知道 / pramāṇam—程度 / bala-vīryayoḥ—力量和能力的 / vā—或者 / yasya—主希瓦的 / ātma-tantrasya—依靠自我的主希瓦的 / kaḥ—什么 / upāyam—方法 / vidhitset—应该想要图谋

译文 布茹阿玛说，无论是全体圣人，还是聚集在祭祀场上的全体成员，甚至他本人和因铎，没人能了解希瓦是多么强大有力。在这种情况下，有谁还胆敢冒犯他的莲花足呢？

要旨 主布茹阿玛(Brahmā)劝半神人们去见主希瓦(Śiva)，乞求他的原谅。不仅如此，他还告诉半神人如何取悦主希瓦，并向他提及要解决的问题。布茹阿玛也声明：包括他自己和全体半神人在内的受制约的灵魂，没人能知道该如何使主希瓦满意。但他也说："大家都知道希瓦很容易满足，所以让我们匍匐在他的莲花足下，尽力使他满意吧。"

事实上，处在从属地位的人应该始终归依至尊者。这是《博伽梵歌》(Bhagavad-gītā)中的教导。至尊主要求大家放弃一切种类的虚构职责，只投靠、服从祂。这将保护受制约的灵魂免于一切恶报。同样，就有关这件事的处理，布茹阿玛也建议半神人去拜见主希瓦，皈依主希瓦的莲花足。由于主希瓦很仁慈，很容易满足，半神人的这一举动将会被证明是有效的。

第8节 स इत्थमादिश्य सुरानजस्तु तैः
समन्वितः पितृभिः सप्रजेशैः ।

ययौ स्वधिष्ण्यान्निल यं पुरद्विषः
कै ल ासमद्रिप्रवरं प्रियं प्रभोः ॥८॥

sa ittham ādiśya surān ajas tu taiḥ
samanvitaḥ pitṛbhiḥ sa-prajeśaiḥ
yayau sva-dhiṣṇyān nilayaṁ pura-dviṣaḥ
kailāsam adri-pravaraṁ priyaṁ prabhoḥ

saḥ—他(布茹阿玛) / ittham—如此 / ādiśya—教导后 / surān—半神人们 / ajaḥ—主布茹阿玛 / tu—那时 / taiḥ—那些 / samanvitaḥ—跟随 / pitṛbhiḥ—被琵塔 / sa-prajeśaiḥ—与生物体的主人们一起 / yayau—去 / sva-dhiṣṇyāt—从他自己的地方 / nilayam—住所 / pura-dviṣaḥ—主希瓦的 / kailāsam—凯拉斯 / adri-pravaram—最好的山 / priyam—亲爱的 / prabhoḥ—主(希瓦)的

译文 布茹阿玛这样教导琵塔和生物体的祖先等全体半神人后，便带领他们起程去希瓦的住所凯拉斯山。

要旨 主希瓦(Śiva)的住所名叫凯拉斯(Kailāsa)，以下有十四节诗描述凯拉斯。

第9节 जन्मौषधितपोमन्त्रयोगसिद्धैर्नरेतरैः ।
जुष्टं किन्नरगन्धर्वैरप्सरोभिर्वृतं सदा ॥९॥

janmauṣadhi-tapo-mantra-
yoga-siddhair naretaraiḥ
juṣṭaṁ kinnara-gandharvair
apsarobhir vṛtaṁ sadā

janma—出生 / auṣadhi—草药 / tapaḥ—苦修 / mantra—韦达赞歌 / yoga—神秘瑜珈练习 / siddhaiḥ—与完美的生物 / naraitaraiḥ—由半神人们 / juṣṭam—享受 / kinnara-gandharvaiḥ—由克伊纳尔和甘达尔瓦 / apsarobhiḥ—由天使(阿普萨娃) / vṛtam—充满 / sadā—永远

译文 称为凯拉斯的居所长满了草药和蔬菜，并因吟唱韦达赞歌和练神秘瑜伽而被圣化。所以，那里的居民天生是具有一切玄秘力量的半神人。那里除了他们，还居住着名叫克伊纳尔和甘达尔瓦的其他人类。那些人的美丽妻子被称为天使(阿普萨娃)。

第10节 नानामणिमयैः शृङ्गैर्नानाधातुविचित्रितैः ।
नानाद्रुमल तागुल्मैर्नानामृगगणावृतैः ॥ १० ॥

nānā-maṇimayaiḥ śṛṅgair
nānā-dhātu-vicitritaiḥ
nānā-druma-latā-gulmair
nānā-mṛga-gaṇāvṛtaiḥ

nānā—各种各样的 / maṇi—珠宝 / mayaiḥ—用……制造 / śṛṅgaiḥ—与山顶 / nānā-dhātu-vicitritaiḥ—用各种矿物装饰着 / nānā—不同的 / druma—树木 / latā—滕蔓 / gulmaiḥ—植物 / nānā—各种的 / mṛga-gaṇa—由成群的鹿 / āvṛtaiḥ—由……居住

译文 凯拉斯处在各种珍贵的树木和植物的环抱中，到处是蕴藏着所有珍贵宝石和矿物的山脉，各种各样的鹿把山顶点缀得分外美艳。

第11节 नानामल प्रस्रवणैर्नानाक न्दरसानुभिः ।
रमणं विहरन्तीनां रमणैः सिद्धयोषिताम् ॥ ११ ॥

nānāmala-prasravaṇair
　nānā-kandara-sānubhiḥ
ramaṇaṁ viharantīnāṁ
　ramaṇaiḥ siddha-yoṣitām

nānā—各种的 / amala—透明的 / prasravaṇaiḥ—与瀑布 / nānā—各种各样的 / kandara—山洞 / sānubhiḥ—与顶点 / ramaṇam—给予快乐 / viharantīnām—喜好运动的 / ramaṇaiḥ—与她们的爱人 / siddha-yoṣitām—神秘主义者的年轻女子的

译文　山上有许多瀑布和美丽的山洞，神秘主义者美丽非凡的妻子们就住在山洞里。

第12节　मयूरके क ाभिरुतं मदान्धालि विमूर्च्छितम् ।
प्लावितै रक्त क ण्ठ ानां कू जितैश्च पतत्त्रिणाम् ॥ १२ ॥

mayūra-kekābhirutaṁ
　madāndhāli-vimūrcchitam
plāvitai rakta-kaṇṭhānāṁ
　kūjitaiś ca patattriṇām

mayūra—孔雀 / kekā—与叫声 / abhirutam—回响 / mada—因为沉醉 / andha—盲目 / ali—由蜜蜂 / vimūrcchitam—回响 / plāvitaiḥ—用歌声 / rakta-kaṇṭhānām—布谷鸟的 / kūjitaiḥ—用耳语 / ca—和 / patattriṇām—其他鸟儿的

译文　凯拉斯山上终日缭绕着孔雀发出的甜美而有节奏的叫声，以及蜜蜂的嗡嗡声；布谷鸟歌声不断，其他鸟儿则窃窃私语。

第13节 आह्वयन्तमिवोद्धस्तैर्द्विजान् क ामदुघैर्द्रुमैः ।
व्रजन्तमिव मातङ्गैर्गृणन्तमिव निर्झरैः ॥ १३ ॥

āhvayantam ivoddhastair
dvijān kāma-dughair drumaiḥ
vrajantam iva mātaṅgair
gṛṇantam iva nirjharaiḥ

āhvayantam—呼唤 / iva—仿佛如果 / ut-hastaiḥ—用举起的手(树枝) / dvijān—鸟儿们 / kāma-dughaiḥ—满足愿望 / drumaiḥ—与树木 / vrajantam—移动 / iva—仿佛如果 / mātaṅgaiḥ—由大象 / gṛṇantam—回响 / iva—仿佛如果 / nirjharaiḥ—由瀑布

译文 参天大树上笔直向外伸展的树枝像是在召唤灵巧的鸟儿；象群穿越山丘时，凯拉斯山看上去仿佛在随着象群移动。瀑布的轰鸣声，在凯拉斯山谷中回荡不息。

第14—15节 मन्दारैः पारिजातैश्च सरलैश्चोपशोभितम् ।
तमालैः शाल तालैश्च क ोविदारासनार्जुनैः ॥ १४ ॥

चूतैः कदम्बैर्नीपैश्च नागपुन्नागचम्पकैः ।
पाट ल ाशोक बकुलैः कु न्दैः कु रबकै रपि ॥ १५ ॥

mandāraiḥ pārijātaiś ca
saralaiś copaśobhitam
tamālaiḥ śāla-tālaiś ca
kovidārāsanārjunaiḥ

cūtaiḥ kadambair nīpaiś ca
nāga-punnāga-campakaiḥ
pāṭalāśoka-bakulaiḥ
kundaiḥ kurabakair api

mandāraiḥ—由曼达尔 / pārijātaiḥ—由帕瑞佳塔 / ca—和 /

saralaiḥ—由萨茹阿拉 / ca—和 / upaśobhitam—装饰 / tamālaiḥ—由塔茂树 / śāla-tālaiḥ—由沙拉和塔拉 / ca—和 / kovidāra-āsana-arjunaiḥ—考维达尔、阿萨纳和阿尔诸纳树 / cūtaiḥ—由查塔(一种芒果树) / kadambaiḥ—由卡当芭 / nīpaiḥ—由杜莉·卡当芭 / ca—和 / nāga-punnāga-campakaiḥ—由纳嘎、普纳嘎和昌帕卡 / pāṭala-aśoka-bakulaiḥ—由帕塔拉、阿首卡和芭库拉 / kundaiḥ—由琨达 / kurabakaiḥ—由库茹阿巴卡 / api—也

译文　凯拉斯山满山遍野点缀着种类繁多的树林，这些树分别是：曼达尔，帕瑞佳塔，萨茹阿拉，塔茂，塔拉，考维达尔，阿萨纳，阿尔诸纳，芒果树，卡当芭，杜莉·卡当芭，纳嘎，普纳嘎，昌帕卡，帕塔拉，阿首卡，芭库拉，琨达和库茹阿巴卡。这些树长出的花朵散发出芬芳的香气。

第16节　स्वर्णार्णशतपत्रैश्च वररेणुक जातिभिः ।
कु ब्जकै र्मल्लिक ाभिश्च माधवीभिश्च मण्डितम् ॥ १६ ॥

svarṇārṇa-śata-patraiś ca
vara-reṇuka-jātibhiḥ
kubjakair mallikābhiś ca
mādhavībhiś ca maṇḍitam

svarṇārṇa—金色的 / śata-patraiḥ—由莲花 / ca—和 / vara-reṇuka-jātibhiḥ—由瓦茹阿、瑞努卡和玛拉缇 / kubjakaiḥ—由库布佳 / mallikābhiḥ—由玛丽卡 / ca—和 / mādhavībhiḥ—玛达维 / ca—和 / maṇḍitam—装饰

译文　点缀凯拉斯山的还有其他树，比如：金色莲花、肉桂树、玛拉缇、库布佳、玛丽卡和玛达维。

第17节 पनसोदुम्बराश्वत्थप्लक्षन्यग्रोधहिङ्गुभिः ।
भूर्जैरोषधिभिः पूगै राजपूगैश्च जम्बुभिः ॥ १७ ॥

panasodumbarāśvattha-
plakṣa-nyagrodha-hiṅgubhiḥ
bhūrjair oṣadhibhiḥ pūgai
rājapūgaiś ca jambubhiḥ

panasa-udumbara-aśvattha-plakṣa-nyagrodha-hiṅgubhiḥ—由帕纳萨(木菠萝树)、乌杜姆芭茹阿、阿斯瓦塔、菩拉克萨、尼亚格柔达和盛产阿魏的树 / bhūrjaiḥ—由布尔佳 / oṣadhibhiḥ—由槟榔树 / pūgaiḥ—由普嘎 / rājapūgaiḥ—由茹阿佳普嘎 / ca—和 / jambubhiḥ—由绽姆布

译文 凯拉斯山上也有卡塔、木菠萝，珠拉尔，菩提，菩拉克萨，尼亚格柔达和盛产阿魏的树，以及槟榔树、布尔佳·帕陀、茹阿佳普嘎、黑莓树和其他类似的树。

第18节 खर्जूराम्रातक म्राद्यैः प्रियाल मधुकेङ्गुदैः ।
द्रुमजातिभिरन्यैश्च राजितं वेणुकीचकैः ॥ १८ ॥

kharjūrāmrātakāmrādyaiḥ
priyāla-madhukeṅgudaiḥ
druma-jātibhir anyaiś ca
rājitaṁ veṇu-kīcakaiḥ

kharjūra-āmrātaka-āmra-ādyaiḥ—由卡尔竹尔、阿姆茹阿塔卡、阿姆茹阿和其他树林 / priyāla-madhuka-iṅgudaiḥ—由菩瑞亚拉、玛杜卡和因古达 / druma-jātibhiḥ—由各种各样的树林 / anyaiḥ—其他 / ca—和 / rājitam—装饰 / veṇu-kīcakaiḥ—由细竹和克伊查卡(空竹)

译文 山上还有芒果树、菩瑞亚拉、玛杜卡和因吉达。除了这些树，凯拉斯山上还点缀有细竹、克伊查卡，以及其他品种的竹子。

第19—20节 कुमुदोत्पल कह्लारशतपत्रवनर्द्धिभिः ।
नलिनीषु कलं कूजत्खगवृन्दोपशोभितम् ॥ १९ ॥

मृगैः शाखामृगैः क्रोडैर्मृगेन्द्रैर्ऋक्षशल्यकैः ।
गवयैः शरभैर्व्याघ्रै रुरुभिर्महिषादिभिः ॥ २० ॥

kumudotpala-kahlāra-
śatapatra-vanarddhibhiḥ
nalinīṣu kalaṁ kūjat-
khaga-vṛndopaśobhitam

mṛgaiḥ śākhāmṛgaiḥ kroḍair
mṛgendrair ṛkṣa-śalyakaiḥ
gavayaiḥ śarabhair vyāghrai
rurubhir mahiṣādibhiḥ

kumuda—库穆达 / utpala—乌特帕拉 / kahlāra—卡拉茹阿 / śatapatra—莲花 / vana—森林 / ṛddhibhiḥ—被……覆盖 / nalinīṣu—在湖中 / kalam—非常甜美 / kūjat—耳语 / khaga—鸟儿的 / vṛnda—成群的 / upaśobhitam—用……装饰 / mṛgaiḥ—与鹿 / śākhā-mṛgaiḥ—与猴子 / kroḍaiḥ—与野猪 / mṛga-indraiḥ—与狮子 / ṛkṣa-śalyakaiḥ—与瑞克沙和沙力亚卡 / gavayaiḥ—与林中的乳牛 / śarabhaiḥ—与林中的驴 / vyāghraiḥ—与老虎 / rurubhiḥ—与小鹿 / mahiṣa-ādibhiḥ—与水牛等

译文 山上有库穆达、乌特帕拉和沙塔帕陀等各种各样的莲花。整片森林就像华美的花园，每一个小湖泊里都满是正在甜言蜜语的飞禽。凯拉斯山上还有鹿、猴子、野猪、狮子、瑞克沙、沙力亚卡、野牛、野驴、老虎、小鹿、水牛等许多其他种类的动物，它们都愉快地享受着生活。

第21节 कर्णान्त्रैकपदाश्वास्यैर्निर्जुष्टं वृकनाभिभिः ।
कदलीखण्डसंरुद्धनलिनीपुलिनश्रियम् ॥२१॥

karṇāntraikapadāśvāsyair
nirjuṣṭaṁ vṛka-nābhibhiḥ
kadalī-khaṇḍa-saṁruddha-
nalinī-pulina-śriyam

karṇāntra—由卡尔南陀 / ekapada—艾卡帕达 / aśvāsyaiḥ—由阿施瓦夏 / nirjuṣṭam—尽情享受 / vṛka-nābhibhiḥ—由维卡和卡斯图瑞鹿 / kadalī—香蕉树的 / khaṇḍa—与成群的 / saṁruddha—覆盖 / nalinī—长满莲花的小湖 / pulina—由沙滩 / śriyam—很美丽

译文 鹿的种类很多，有卡尔南陀、艾卡帕达、阿施瓦夏、维卡，以及产麝香的鹿卡斯图瑞。除了鹿，还有许多香蕉树把镶嵌在山坡上的小湖泊装点得美不胜收。

第22节 पर्यस्तं नन्दया सत्याः स्नानपुण्यतरोदया ।
विलोक्य भूतेशगिरिं विबुधा विस्मयं ययुः ॥ २२ ॥

paryastaṁ nandayā satyāḥ
snāna-puṇyatarodayā
vilokya bhūteśa-giriṁ
vibudhā vismayaṁ yayuḥ

paryastam—围绕 / nandayā—被南达 / satyāḥ—萨缇的 /

snāna—通过沐浴 / puṇya-tara—特别有香味了 / udayā—与水 / vilokya—看后 / bhūta-īśa —布特沙(鬼魂) / girim—山 / vvibudhāḥ—半神人们 / vismayam—惊讶 / yayuḥ—获得

译文　有一个名叫阿拉卡南达的小湖泊特别吉祥，萨缇曾在那里沐浴。全体半神人看到凯拉斯山独特的美丽后，都对那里拥有的巨大财富感到惊讶。

要旨　根据名为“施瑞·巴嘎瓦特·禅铎·禅兑卡(Śrī-Bhāgavata-candra-candrikā)”里的评注，萨缇(Satī)曾经用来沐浴的水是恒河水。换句话说，恒河流经凯拉斯·帕尔瓦塔(Kailāsa-parvata)。这是完全可能的，因为恒河水是从主希瓦(Śiva)的头顶上流下来的。既然恒河水以主希瓦的头顶为栖息地，然后流向宇宙的其他地方，那么萨缇沐浴用的无疑非常芳香的水，很可能就是恒河水。

第23节　ददृशुस्तत्र ते रम्यामलक ां नाम वै पुरीम् ।
वनं सौगन्धिकं चापि यत्र तन्नाम पङ्कजम् ॥ २३ ॥

dadṛśus tatra te ramyām
alakāṁ nāma vai purīm
vanaṁ saugandhikaṁ cāpi
yatra tan-nāma paṅkajam

dadṛśuḥ—看 / tatra—那里(凯拉斯) / te—他们(半神人) / ramyām—非常吸引人的 / alakām—阿拉卡 / nāma—称为 / vai—事实上 / purīm—住所 / vanam—森林 / saugandhikam—骚甘迪卡 / ca—和 / api—甚至 / yatra—在那个地方 / tat-nāma—以那个名字闻名 / paṅkajam—莲花的种类

译文　就这样，半神人们在骚甘迪卡森林中看到了名叫阿拉卡的美丽神奇的地方。骚甘迪卡的意思是充满芳香，那片森林之所以被称为骚甘迪卡，是因为其中长满了莲花。

要旨 阿拉卡(Alakā)有时又被称为阿拉卡·普瑞(Alakā-pu- rī)，阿拉卡·普瑞也是库维尔(Kuvera)住所的名字。但是，从凯拉斯看不到库维尔的住所。所以，这节诗里说的阿拉卡地区不同于库维尔的阿拉卡· 普瑞。按照维尔茹阿嘎瓦· 阿查尔亚(Vīraraghava Ācārya)的解释，阿拉卡的意思是“美丽非凡”。在阿拉卡地区，半神人们看到一种名为骚甘迪卡(Saugandhika)的莲花，那种花散发一种特殊的香味。

第24节 नन्दा चाल क नन्दा च सरितौ बाह्यतः पुरः ।
तीर्थपादपदाम्भोजरजसातीव पावने ॥ २४ ॥

nandā cālakanandā ca
saritau bāhyataḥ puraḥ
tīrthapāda-padāmbhoja-
rajasātīva pāvane

nandā—南达 / ca—和 / alakanandā—阿拉卡南达 / ca—和 / saritau—两条河 / bāhyataḥ—外面 / puraḥ—从城市 / tīrtha-pāda—至尊人格首神的 / pada-ambhoja—莲花足的 / rajasā—被灰尘 / atīva—极度地 / pāvane—神圣化

译文 半神人们还看到了南达和阿拉卡南达河。至尊人格首神哥文达莲花足上的尘土，使这两条河成了神圣的河。

第25节 ययोः सुरस्त्रियः क्षत्तरवरुह्य स्वधिष्ण्यतः ।
क्रीडन्ति पुंसः सिञ्चन्त्यो विगाह्य रतिकर्शिताः ॥ २५ ॥

yayoḥ sura-striyaḥ kṣattar
avaruhya sva-dhiṣṇyataḥ
krīḍanti puṁsaḥ siñcantyo
vigāhya rati-karśitāḥ

yayoḥ—在那两条河里 / sura-striyaḥ—天堂星球的仙女们与她们的丈夫一起 / kṣattaḥ—维杜茹阿啊 / avaruhya—降落 / sva-dhiṣṇyataḥ—从他们的飞机 / krīḍanti—他们嬉戏 / puṁsaḥ—她们的丈夫 / siñcantyaḥ—泼水 / vigāhya—进入(水中)后 / rati-karśitāḥ—享受减少了的他们

译文 亲爱的维杜茹阿(查塔),仙女们跟她们的丈夫一起驾驶飞机降落在这两条河边,在享受过鱼水之欢后进入河中,与她们的丈夫相互泼水嬉戏。

要旨 从这节诗中可以明白:就连天堂星球上的仙女们也被性享受的想法所污染,因此坐飞机到南达(Nandā)及阿拉卡南达(Alakanandā)河中来沐浴。重要的是:南达及阿拉卡南达这两条河已经被至尊人格首神莲花足上的尘土圣化了。换句话说,正如恒河水之所以圣洁,是因为它从至尊人格首神纳茹阿亚纳(Nārāyaṇa)的脚趾流淌出来;无论水还是其他事物,只要用来为至尊人格首神做奉爱服务,就会被净化、灵性化。奉爱服务的规范守则是以这一原则为基础规定的,那就是:触碰过至尊主莲花足的一切事物,都立刻去除物质污染。

受性生活念头污染的天堂星球的仙女们,进入圣河中沐浴并往她们的丈夫身上泼水,与丈夫们嬉戏。有关这一点,这里的梵文 rati-karśitāḥ 一词意义重大,rati-karśitāḥ 的意思是:仙女们在享受性生活后变得闷闷不乐。她们虽然认为性享受是躯体的需求,但享受性生活后却不快乐。

这节诗中的另一个重点是：把至尊人格首神哥文达(Govinda)描述为提尔塔帕德(Tīrthapāda)。提尔塔(Tīrtha)的意思是“被圣化的地方”，帕德(pāda)的意思是“至尊主的莲花足”。人们为了清除他们所有的恶报而到圣地去。换句话说，那些全心全意为至尊人格首神奎师那的莲花足做奉爱服务的人，自然而然就变得圣洁了。主的莲花足叫踢尔塔帕德，因为成千上万圣化了圣地的圣人们都托庇于它们。高迪亚·外士纳瓦(Gauḍīya Vaiṣṇava)师徒传承中的一位伟大的灵性导师——圣纳若塔玛· 达斯· 塔库尔(Narottama dāsa Thākura)，建议我们不要到不同的圣地去旅行。毫无疑问，从一个地方到另一个地方去是很麻烦的，明智的人托庇于哥文达的莲花足，因此自然而然被圣化，与朝圣所得到的结果一样。坚定不移地为哥文达莲花足服务的人，被称为踢尔塔帕德；他不需要到各种圣地去旅行，因为只要致力于侍奉至尊主的莲花足，就能享受进行这种旅行所带来的一切好处。《圣典博伽瓦谭》(Śrīmad-Bhagavatam)第 1 篇第 13 章的第 10 节诗中说：对至尊主的莲花足坚信不疑的纯粹奉献者，无论决定留在世界上的哪个地方，都能创造出圣地来(tīrthī-kurvanti tīrthāni)。哪里有纯粹的奉献者，哪里就会被圣化；无论至尊主或祂的纯粹奉献者停留或住在哪里，哪里就自然而然成了圣地。换句话说，全心全意致力于为至尊主做服务的纯粹奉献者，可以停留在宇宙内的任何地方，而当他平静地按至尊主的愿望侍奉主时，那地方就立刻成了神圣的地方。

第26节 ययोस्तत्स्नानविभ्रष्टनवकुङ्कुमपिञ्जरम् ।
वितृषोऽपि पिबन्त्यम्भः पाययन्तो गजा गजीः ॥ २६ ॥

yayos tat-snāna-vibhraṣṭa-
nava-kuṅkuma-piñjaram
vitṛṣo 'pi pibanty ambhaḥ
pāyayanto gajā gajīḥ

yayoḥ—在两条河中 / tat-snāna—由于她们(天堂星球的仙女)沐浴 / vibhraṣṭa—掉下 / nava—新鲜的 / kuṅkuma—琨库玛粉 / piñjaram—黄色 / vitṛṣaḥ—不渴 / api—甚至 / pibanti—喝 / ambhaḥ—水 / pāyayantaḥ—导致喝水 / gajāḥ—大象们 / gajīḥ—雌象们

译文　仙女们在河中沐浴后，从她们身上洗下的琨库玛粉使河水变黄而且香气袭人，结果引来公象和它们的妻子雌象一起沐浴。它们虽然并不渴，但却在那里喝水。

第27节　तारहेममहारत्नविमानशतसङ्कुलाम् ।
जुष्टां पुण्यजनस्त्रीभिर्यथा खं सतडिद्घनम् ॥ २७ ॥

tāra-hema-mahāratna-
vimāna-śata-saṅkulām
juṣṭāṁ puṇyajana-strībhir
yathā khaṁ sataḍid-ghanam

tāra-hema—珍珠和黄金的 / mahā-ratna—贵重的宝石 / vimāna—飞机的 / śata—与丈夫 / saṅkulām—云集—juṣṭām—使从事、享受 / puṇyajana-strībhiḥ—被亚克刹们的妻子 / yathā—正如 / kham—空中 / sa-taḍit-ghanam—与闪电和云彩

译文　天堂居民用珍珠、黄金和许多珍贵的宝石装饰他们的飞机，而他们自己则仿佛天空中用闪电装饰的云朵。

要旨　这节诗中所描述的飞机与我们看到的飞机不一样。《圣典博伽瓦谭》(Śrīmad-Bhāgavatam)及其他所有的韦达文献中，都对飞机(维玛亚，vimāna)有很多描述。不同的星球上有不同的飞机。这

个地球上的飞机靠机械启动飞行，但其他星球上的飞机是用韦达曼陀(mantra)而不是机械启动飞行。其他星球上的飞机专供天堂星球的居民享用，以使他们能乘坐飞机从一个星球到另一个星球去。在名叫希达哈珞卡(Siddhaloka)的星球上居住的居民，能自己从一个地方飞到另一个地方而不用乘坐飞机。这节诗中把在天上飞着的天堂星球的漂亮飞机比喻为天空；把乘客比喻为云朵，其中美丽的仙女——天堂居民的妻子们被喻为闪电。总之，从高等星球飞到凯拉斯(Kailāsa)来的飞机和其中的乘客们，看上去令人赏心悦目。

第28节 हित्वा यक्षेश्वरपुरीं वनं सौगन्धिकं च तत् ।
द्रुमैः कामदुघैर्हृद्यं चित्रमाल्यफलच्छदैः ॥ २८ ॥

hitvā yakṣeśvara-purīṁ
vanaṁ saugandhikaṁ ca tat
drumaiḥ kāma-dughair hṛdyaṁ
citra-mālya-phala-cchadaiḥ

hitvā—越过 / yakṣa-īśvara—亚克刹的主人(库维尔) / purīm—居所 / vanam—森林 / saugandhikam—名叫骚甘迪卡 / ca—和 / tat—那 / drumaiḥ—与树木 / kāma-dughaiḥ—顺从愿望 / hṛdyam—有魅力的 / citra—五彩缤纷的 / mālya—花朵 / phala—水果 / chadaiḥ—叶子

译文 在旅行途中，半神人们飞过了结满果实，长满如愿树和各种鲜花的骚甘迪卡森林。在飞越森林上空时，他们也看到了名叫雅克瑟施瓦尔的区域。

要旨 雅克瑟施瓦尔(Yakṣeśvara)又叫库维尔(Kuvera)，是半神人的司库。韦达文献中说他富有的程度令人难以置信。从这几节诗的描述来看，凯拉斯(Kailāsa)就位于库维尔的住所附近。这里还说森林中长满了如愿树。《布茹阿玛·萨密塔》(Brahma-saṁhitā)中说：灵性世界，特别是主奎师那的住所奎师那珞卡(Kṛṣṇaloka)中有如愿树。我们从这节诗得知，凭借奎师那的恩典，主希瓦的住所凯拉斯中也有这种如愿树。如此看来，凯拉斯有着特别的意义，它与奎师那的住所几乎一样。

第29节　रक्त क ण्ठ खगानीक स्वरमण्डितषट् पदम् ।
क ल हंसकु ल प्रेष्ठं खरदण्डजल ाशयम् ॥ २९ ॥

rakta-kaṇṭha-khagānīka-
svara-maṇḍita-ṣaṭpadam
kalahaṁsa-kula-preṣṭhaṁ
kharadaṇḍa-jalāśayam

rakta—红色 / kaṇṭha—脖子 / khaga-anīka—许多鸟儿的 / svara—与甜美的声音 / maṇḍita—装饰 / ṣaṭ-padam—蜜蜂 / kalahaṁsa-kula—成群的天鹅的 / preṣṭham—非常亲 / khara-daṇḍa—莲花 / jala-āśayam—湖泊

译文　那片天堂森林中有许多颈部是红色的鸟，它们甜美的叫声与蜜蜂的嗡嗡声交织在一起。湖水中花梗粗壮的莲花盛开着，引颈长鸣的天鹅在畅游，把湖泊点缀得美丽非凡。

要旨　各种湖泊增添了森林的美。这里描述说，盛开的莲花、嬉戏的天鹅、歌唱的鸟儿和嗡嗡叫的蜜蜂，把湖泊点缀得美丽非凡。人可以想象出此情此景有多美，路过这里的半神人有多喜欢这环境。这个地球上也有许多由人类开辟修建的道路和观光景点，但没有一处比得上这些诗里描述的凯拉斯(Kailāsa)。

第30节 वनकुञ्जरसङ्घृष्टहरिचन्दनवायुना ।
अधि पुण्यजनस्त्रीणां मुहुरुन्मथयन्मनः ॥ ३० ॥

vana-kuñjara-saṅghṛṣṭa-
haricandana-vāyunā
adhi puṇyajana-strīṇāṁ
muhur unmathayan manaḥ

vana-kuñjara—被野象 / saṅghṛṣṭa—摩擦 / haricandana—檀香树 / vāyunā—被微风 / adhi—更远 / puṇyajana-strīṇām—亚克刹的妻子们的 / muhuḥ—一再 / unmathayat—冲动 / manaḥ—心中

译文 此情此景使成群结队在檀香树森林中游荡的野象心醉神迷；微风徐徐，激起森林中的仙女们想进一步享受性生活的欲望。

要旨 在这个物质世界里，物质主义者一旦到优美的环境中，心里就会立即燃起性欲。整个物质世界里到处都有这种倾向，不仅在这个地球上，在高等星系里也如此。经典里描述说：在灵性世界里与在物质世界中，环境对生物心理的影响完全相反。灵性世界里的女子比物质世界中的女子要漂亮千百倍，灵性的环境也优美得多。尽管如此，灵性世界外琨塔(Vaikuṇṭha)里的居民的心不会受打扰，因为他们的灵性心智完全沉浸在吟诵、吟唱至尊主荣耀的灵性声音震荡中，以至于其他享乐，特别是性生活这一物质世界最高的享乐，都无法与那灵性的快乐相比。换句话说，外琨塔世界里的环境和条件虽然比物质世界里的好，但却没有性刺激。正如《博伽梵歌》(Bhagavad-gītā)第 2 章的第 59 节诗中声明的：通过体验高品味的快乐来放弃物质享乐(paraṁ dṛṣṭvā nivartate)。灵性世界里的居民在灵性上是如此进步，以致性生活对他们来说是根本不值得一提的事情。

第31节 वैदूर्यकृ तसोपाना वाप्य उत्पल मालि नीः ।
प्राप्तं कि म्पुरुषैर्दृष्ट्वा त आराद्ददृशुर्वट म् ॥ ३१ ॥

vaidūrya-kṛta-sopānā
vāpya utpala-mālinīḥ
prāptaṁ kimpuruṣair dṛṣṭvā
ta ārād dadṛśur vaṭam

vaidūrya-kṛta—用外杜尔亚制成 / sopānāḥ—阶梯 / vāpyaḥ—湖泊 / utpala—莲花的 / mālinīḥ—包含成排的 / prāptam—有人居住的 / kimpuruṣaiḥ—由克伊姆普茹沙 / dṛṣṭvā—看到后 / te—那些半神人 / ārāt—不远 / dadṛśuḥ—看 / vaṭam—一棵榕树

译文 半神人们还看到沐浴用的下水口和用外杜尔亚·玛尼宝石砌成的台阶，湖水中满是盛开的莲花。经过这些湖泊，他们到了一棵巨大的榕树前。

第32节 स योजनशतोत्सेधः पादोनविट पायतः ।
पर्यक्कृ ताचल च्छ ायो निर्नीडस्तापवर्जितः ॥ ३२ ॥

sa yojana-śatotsedhaḥ
pādona-viṭapāyataḥ
paryak-kṛtācala-cchāyo
nirnīḍas tāpa-varjitaḥ

saḥ—那棵榕树 / yojana-śata—一百尤佳纳(八百英里) /

utsedhaḥ—高度 / pāda-ūna—少于四分之一(六百英里) / viṭapa—被树枝 / āyataḥ—伸展出去 / paryak—周围 / kṛta—使 / acala—不动摇的 / chāyaḥ—树荫 / nirnīḍaḥ—没有鸟巢 / tāpa-varjitaḥ—不热

译文 那棵榕树高达八百英里，枝桠向四外延伸出六百英里，投下一大片树荫。树荫下不仅凉爽怡人，而且没有鸟儿的喧闹声。

要旨 树上一般都有鸟巢，鸟儿一到傍晚便聚集在一起叽叽喳喳，吵闹不休。但这节诗里描述的大榕树上看来没有鸟巢，因此很安静、祥和。这地方既没有嘈杂的声音也不热，正是理想的冥想之地。

第33节 तस्मिन्महायोगमये मुमुक्षुशरणे सुराः ।
दद‍ृशुः शिवमासीनं त्यक्त ामर्षमिवान्तकम् ॥ ३३ ॥

tasmin mahā-yogamaye
mumukṣu-śaraṇe surāḥ
dadṛśuḥ śivam āsīnaṁ
tyaktāmarṣam ivāntakam

tasmin—在那棵树下 / mahā-yoga-maye—有许多圣人在冥想至尊者 / mumukṣu—那些想要解脱的人的 / śaraṇe—庇护所 / surāḥ—半神人们 / dadṛśuḥ—看到 / śivam—主希瓦 / āsīnam—坐 / tyakta-amarṣam—停止了愤怒 / iva—如同 / antakam—永恒的时间

译文 半神人们看到主希瓦就坐在那棵足以保护神秘瑜伽师，拯救全人类的榕树下。主希瓦像永恒的时间一样肃穆，看上去已经停止了一切愤怒。

要旨　这节诗中的梵文 mahā-yogamaye 一词意义重大。Yoga(瑜伽)的意思是冥想至尊人格首神，mahā-yoga 是指那些致力于为维施努(Viṣṇu)做奉爱服务的人。冥想的意思是铭记——斯玛冉纳么(smaraṇam)。奉爱服务共有九种方法，其中一种是斯玛冉纳么——瑜伽师在心中铭记维施努的形象。在那棵大榕树下，有许多奉献者致力于冥想主维施努。

梵文玛哈(mahā)一词来源于词缀玛哈特(mahat)。这个词缀在表示数量或量很大时用，因此 mahā-yoga 是指有很多杰出的瑜伽师和奉献者都在冥想主维施努的形象。这些冥想者一般都想摆脱物质束缚，而他们最终会被提升到灵性世界的外琨塔(Vaikuṇṭha)星球上去。解脱意味着摆脱无知或物质束缚。在物质世界里，我们因为把自我与躯体认同而生生世世受苦，解脱就是摆脱这个痛苦的生活状况。

第34节　सनन्दनाद्यैर्महासिद्धैः शान्तैः संशान्तविग्रहम् ।
उपास्यमानं सख्या च भर्त्रा गुह्यक रक्षसाम् ॥ ३४ ॥

sanandanādyair mahā-siddhaiḥ
śāntaiḥ saṁśānta-vigraham
upāsyamānaṁ sakhyā ca
bhartrā guhyaka-rakṣasām

sanandana-ādyaiḥ—以萨纳坦为首的库玛尔四兄弟 / mahā-siddhaiḥ—解脱了的灵魂 / śāntaiḥ—神圣的 / saṁśānta-vigraham—庄严、圣洁的主希瓦 / upāsyamānam—受到赞美 / sakhyā—被库维尔 / ca—和 / bhartrā—被主人 / guhyaka-rakṣasām—古亚卡和茹阿克刹萨

译文 主希瓦坐在那里，身边围绕着圣洁的人物。那些人物是：古亚卡的主人库维尔，以及已经解脱的灵魂库玛尔四兄弟等。主希瓦庄严、圣洁。

要旨 与主希瓦(Śiva)坐在一起的人物都是极为重要的人，其中库玛尔(Kumāra)四兄弟一出生就解脱了。大家也许还记得：库玛尔四兄弟出生后，他们的父亲要求他们娶妻生子，为刚刚创造好的宇宙增加居民量，但他们拒绝了。当时，他们的父亲主布茹阿玛(Brahmā)非常生气，而在那愤怒的情绪中，茹铎(Rudra)——主希瓦诞生了。正因为如此，主希瓦和库玛尔四兄弟的关系非常亲密。半神人的司库库维尔(Kuvera)极为富有。主希瓦与库玛尔四兄弟及库维尔在一起表明，他拥有一切超然的和物质的财富。事实上，他是至尊主的品质化身，因此地位极为崇高。

第35节 विद्यातपोयोगपथमास्थितं तमधीश्वरम् ।
चरन्तं विश्वसुहृदं वात्सल्याल्लोक मङ्गल म् ॥ ३५ ॥

vidyā-tapo-yoga-patham
āsthitaṁ tam adhīśvaram
carantaṁ viśva-suhṛdaṁ
vātsalyāl loka-maṅgalam

vidyā—知识／tapaḥ—苦修／yoga-patham—奉爱服务之途／āsthitam—处于／tam—他(主希瓦)／adhīśvaram—感官的主人／carantam—从事(苦修等)／viśva-suhṛdam—整个世界的朋友／vātsalyāt—满怀深情地／loka-maṅgalam—对每一个生物来说都是吉祥的

译文 半神人们看到，主希瓦作为感官、知识、功利性活动和迈向完美之途的主人，处在他完美的境界中。他是整个世界的朋友。他对众生充满感情，而这一美德使他成为非常吉祥的人物。

要旨 主希瓦(Śiva)充满智慧，一直在从事苦修(塔帕夏，tapasya)。了解工作性质的人被认为正走在为至尊人格首神做奉爱服务的路途上。人除非完全精通与做奉爱服务的各种方法有关的知识，否则不可能去侍奉至尊人格首神。

这节诗里把主希瓦描述为是阿迪士瓦尔(adhīśvara)。伊士瓦尔(īśvara)的意思是“控制者”，阿迪士瓦尔则特指：“感官的控制者”。我们的受物质污染的感官一般倾向于进行感官享乐，可是人一旦靠智慧和苦修提升了自己，净化了感官，就能用感官为至尊人格首神服务。主希瓦是这种完美境界的象征，因此经典中说：主希瓦是至尊主的奉献者(vaiṣṇavānāṁ yathā śambhuḥ)。主希瓦通过他自己在这个物质世界里的活动，教导受制约的灵魂如何一天二十四小时不断地做奉爱服务。所以，这节诗把他描述为是给所有受制约的灵魂带来好运的化身(loka-maṅgala)。

第36节 लिङ्गं च तापसाभीष्टं भस्मदण्डजटाजिनम् ।
अङ्गेन सन्ध्याभ्ररुचा चन्द्रलेखां च बिभ्रतम् ॥ ३६ ॥

liṅgaṁ ca tāpasābhīṣṭaṁ
bhasma-daṇḍa-jaṭājinam
aṅgena sandhyābhra-rucā
candra-lekhāṁ ca bibhratam

liṅgam—特征 / ca—和 / tāpasa-abhīṣṭam—被崇拜主希瓦的苦修者所期望 / bhasma—灰烬 / daṇḍa—棍棒 / jaṭā—纠缠在一起的头发 / ajinam—羚羊皮 / aṅgena—与他的身体 / sandhyāābhra—红色的 / rucā—染色的 / candra-lekhām—半月形头冠 / ca—和 / bibhratam—承受

译文 他坐在一张鹿皮上，从事所有种类的苦修。他身上涂着灰烬，使他看上去仿佛傍晚的云朵。他头发上有代表他的半月标志。

要旨 主希瓦(Śiva)苦修的特征与外士纳瓦(Vaiṣṇava)的特征不完全一样。他无疑是首要的外士纳瓦，但却表现出不能遵守外士纳瓦守则的一类人的特征。主希瓦的追随者(Śaivite)，一般都模仿希瓦的穿戴，有时还沉溺于抽烟、吸毒。遵守外士纳瓦规范守则的人从不接受这种做法。

第37节 उपविष्टं दर्भमय्यां बृस्यां ब्रह्म सनातनम् ।
नारदाय प्रवोचन्तं पृच्छते शृण्वतां सताम् ॥ ३७ ॥

upaviṣṭaṁ darbhamayyāṁ
bṛsyāṁ brahma sanātanam
nāradāya pravocantaṁ
pṛcchate śṛṇvatāṁ satām

upaviṣṭam—坐 / darbha-mayyām—用稻草制成的 / bṛsyām—在一个垫子上 / brahma—绝对真理 / sanātanam—永恒的 / nāradāya—向纳茹阿达 / pravocantam—讲话 / pṛcchate—询问 / śṛṇvatām—聆听 / satām—伟大的圣人们的

译文 他坐在草垫上，对包括大圣人纳茹阿达在内的在场全体人员讲话。他特别对伟大的圣人纳茹阿达讲述有关绝对真理的一切。

要旨　主希瓦(Śiva)之所以坐在稻草垫上，是因为那些想靠从事苦修获得对绝对真理理解的人都是这样做的。这节诗中特别提到他正在对著名的奉献者、伟大的圣人纳茹阿达(Nārada)讲话。纳茹阿达正在向主希瓦询问有关奉爱服务的问题，而希瓦作为最高级的外士纳瓦(Vaiṣṇava)正在教导他。换句话说，主希瓦和纳茹阿达正在谈论韦达经中的知识，但主题是奉爱服务。有关这一方面的另一个重点在于：主希瓦是最好的老师，伟大的圣人纳茹阿达是最好的听众，因此韦达知识的最高主题是奉爱服务(巴克缇，bhakti)。

第38节　कृत्वोरौ दक्षिणे सव्यं पादपद्मं च जानुनि ।
बाहुं प्रकोष्ठेऽक्षमालामासीनं तर्कमुद्रया ॥ ३८ ॥

kṛtvorau dakṣiṇe savyaṁ
pāda-padmaṁ ca jānuni
bāhuṁ prakoṣṭhe 'kṣa-mālām
āsīnaṁ tarka-mudrayā

kṛtvā—放置 / ūrau—大腿 / dakṣiṇe—在右边 / savyam—左边 / pāda-padmam—莲花足 / ca—和 / jānuni—在他的膝盖上 / bāhum—手 / prakoṣṭhe—右手的指端 / akṣa-mālām—茹铎克沙念珠 / āsīnam—坐姿 / tarka-mudrayā—以辩论的手势

译文　他左腿搭在右大腿上，左手放在左大腿上，右手拿着茹铎克沙念珠。这种坐姿称为维茹阿萨纳。他以维茹阿萨纳的姿势坐着，打着辩论的手势。

要旨　这里按八部瑜伽(阿施唐嘎·尤嘎，aṣṭāṅga-yoga)体系的灵修法，把主希瓦(Śiva)的坐姿称为维茹阿萨纳(vīrāsana)。八部瑜伽灵修法分八个部分，首先是控制(yama)和遵守规范守则(niyama)，然后是练习坐姿，等等。除了维茹阿萨纳坐姿外，还有帕德玛萨纳(padmāsana)和希达萨纳(siddhāsana)等姿势。练这些姿势(阿萨纳，āsana)而不把自己提升到觉悟超灵维施努(Viṣṇu)的层面，就没有达到练瑜伽的完美境界。主希瓦被称为尤格伊士瓦尔(yogīśvara)——全体瑜伽师的主人，奎师那被称为尤给士瓦尔(yogeśvara)。梵文尤格伊士瓦尔是指没人能超过主希瓦练瑜伽的程度，而尤给士瓦尔是指没人高于奎师那的瑜伽完美境界。这节诗里另一个重要的梵文词是tarka-mudrā，它代表手指张开，竖起食指，同时举起手臂，以使听众加深对某个主题的印象。这实际上是一种手印。

第39节

तं ब्रह्मनिर्वाणसमाधिमाश्रितं
व्युपाश्रितं गिरिशं योगकक्षाम् ।
सल ोकपाल ा मुनयो मनूना-
माद्यं मनुं प्राञ्जल यः प्रणेमुः ॥ ३९ ॥

tam̐ brahma-nirvāṇa-samādhim āśritam̐
vyupāśritam̐ giriśam̐ yoga-kakṣām
sa-loka-pālā munayo manūnām
ādyam̐ manum̐ prāñjalayaḥ praṇemuḥ

tam—他(主希瓦) / brahma-nirvāṇa—在布茹阿玛南达境界之中 / samādhim—在心醉神迷的状态中 / āśritam—全神贯注地 / vyupāśritam—倾向于 / giriśam—主希瓦 / yoga-kakṣām—他的左膝上用一块布紧紧地包裹着 / sa-loka-pālāḥ—与(以因铎为首)的半神人一起 / munayaḥ—圣人们 / manūnām—全体思想家的 / ādyam—领袖 / manum—思想家 / prāñjalayaḥ—双手合十地 / praṇemuḥ—致以敬礼

译文 所有的圣人和以因铎为首的半神人，都双手合十向主希瓦致敬。主希瓦穿着橘黄色的衣服，完全沉浸在心醉神迷的状态中，因此让人一眼看去就是最杰出的圣人。

要旨　这节诗中的梵文布茹阿玛南达(brahmānanda)一词很重要。帕拉德·玛哈茹阿佳对布茹阿玛南达——布茹阿玛·尼尔瓦纳(brahma-nirvāṇa)一词作了解释。他说：当人全神贯注于超越物质主义者的知觉之上的至尊人格首神阿宝克沙佳(adhokṣaja)时，他就处在布茹阿玛南达境界中了。

至尊人格首神超越物质主义者所具有的概念，因此祂的存在、名字、形象、品质和娱乐时光，对他们来说都是无法想象的。物质主义者因为想象不了至尊人格首神，便认为神死了，但实际上，《布茹阿玛·萨密塔》第 5 章的第 1 节诗中说：祂永远以祂永恒、极乐和全知的形象(萨·祺德·阿南达·维卦哈，sac-cid-ānanda-vigraha)存在着。一直不断、全神贯注地冥想至尊主形象的状态，称为萨玛迪(samādhi)——狂喜或心醉神迷。萨玛迪是指人的注意力完全集中，使他获得了能始终冥想人格首神的资格。这种人被认为一直处于狂喜或心醉神迷的状态中，享受布茹阿玛·尼尔瓦纳——布茹阿玛南达的境界。主希瓦展现出这些特征，因此诗中说他沉浸于布茹阿玛南达的境界中。

另一个意义重大的梵文词是 yoga-kakṣām。Yoga-kakṣā 是指左腿一直盘在打紧了结的橘黄色衣服下。另一个梵文词 manūnām ādyam 也很重要，因为它是指哲学家，或者思想深刻、善于思考的人。这种人被称为玛努(manu)。这节诗中说主希瓦是思想家的领袖。当然，主希瓦并不是在进行无谓的主观推测，而是像前面的诗节所描述的，一直在考虑如何把恶魔们从他们堕落的生活状况中拯救出来。经典说，主柴坦亚(Caitanya)降临时，萨达希瓦(Sadāśiva)曾显现为阿兑塔·帕布(Advaita Prabhu)，而阿兑塔·帕布最关心的事就是：把堕落的受制约的灵魂，提升到为主奎师那做奉爱服务的层面上。由于人们一直忙于那些把自己捆绑在物质存在中的毫无益处的事情，主希瓦便以主阿兑塔的形象显现，呼唤至尊主以主柴坦亚的身份显现，拯救这些被错觉迷惑的灵魂。事实上，主柴坦亚是在主阿兑塔的请求下降临的。同样，主希瓦有一个师徒传承(sampradāya)——茹铎(Rudra)师徒传承。就像主阿兑塔·帕布体现的一样，主希瓦始终想着拯救堕落灵魂的事。

第40节 स तूपलभ्यागतमात्मयोनिं
सुरासुरेशैरभिवन्दिताङ्घ्रिः ।
उत्थाय चक्रे शिरसाभिवन्दन-
मर्हत्तमः क स्य यथैव विष्णुः ॥ ४० ॥

sa tūpalabhyāgatam ātma-yonim̐
surāsureśair abhivanditāṅghriḥ
utthāya cakre śirasābhivandanam
arhattamaḥ kasya yathaiva viṣṇuḥ

saḥ—主希瓦 / tu—但是 / upalabhya—看到 / āgatam—到达 / ātma-yonim—主布茹阿玛 / sura-asura-īśaiḥ—由最优秀的半神人和恶魔 / abhivandita-aṅghriḥ—他的脚受到崇拜 / utthāya—站起来 / cakre—使 / śirasā—用他的头 / abhivandanam—恭恭敬敬地 / arhattamaḥ—瓦玛纳戴瓦 / kasya—卡夏帕的 / yathā eva—正如 / viṣṇuḥ—维施努

译文 半神人和恶魔都崇拜主希瓦的莲花足。然而，他虽然地位崇高，可还是一看到主布茹阿玛和其他半神人来到面前，便立刻起身恭敬地顶拜布茹阿玛，触碰他的莲花足，就像瓦玛纳戴瓦恭敬地顶拜卡夏帕·牟尼一样。

要旨 卡夏帕·牟尼(Kaśyapa Muni)虽然是普通的生物体，但却有一个超然的儿子——维施努(Viṣṇu)的化身瓦玛纳戴瓦(Vāmanadeva)。由于展现为父子关系，主维施努虽然是至尊人格首神，但却向卡夏帕·牟尼致敬。同样，主奎师那显现为孩童时，也恭恭敬敬地向祂的父母南达(Nanda)和雅首达(Yaśodā)顶礼。在库茹柴陀(Kurukṣetra)战役中，主奎师那以触碰玛哈茹阿佳·尤帝士提尔(Maharāja Yudhiṣṭhira)的脚的方式向他致敬，原因是尤帝士提尔王比祂年长。由此我们看到，至尊人格首神、主希瓦和其他奉献者，虽然本身地位极为崇高，但仍以身作则，教导人们如何向长者致敬。主希瓦(Śiva)之所以恭恭敬敬地向布茹阿玛(Brahmā)致敬，是因为布茹阿玛是他父亲，就像卡夏帕·牟尼是瓦玛纳的父亲一样。

第41节 तथापरे सिद्धगणा महर्षिभि-
र्ये वै समन्तादनु नीललोहितम् ।
नमस्कृतः प्राह शशाङ्कशेखरं
कृतप्रणामं प्रहसन्निवात्मभूः ॥ ४१ ॥

tathāpare siddha-gaṇā maharṣibhir
ye vai samantād anu nīlalohitam
namaskṛtaḥ prāha śaśāṅka-śekharaṁ
kṛta-praṇāmaṁ prahasann ivātmabhūḥ

tathā—如此 / apare—其他人 / siddha-gaṇāḥ—希达们 / mahā-ṛṣibhiḥ—与伟大的圣人们一起 / ye—谁 / vai—事实上 / samantāt—从所有的方面 / anu—之后 / nīlalohitam—主希瓦 / namaskṛtaḥ—致敬 / prāha—说 / śaśāṅka-śekharam—向主希瓦 / kṛta-praṇāmam—顶礼 / prahasan—微笑着 / iva—同样地 / ātmabhūḥ—主布茹阿玛

译文 与主希瓦坐在一起的全体圣人纳茹阿达等，也虔敬地向主布茹阿玛顶礼。主布茹阿玛接受了他们的崇拜后，微笑着开口对主希瓦说话。

要旨 主布茹阿玛(Brahmā)微笑是因为他知道主希瓦(Śiva)容易满足也容易被激怒。他担心主希瓦失去妻子，又受到达克沙(Dakṣa)的侮辱，有可能还在愤怒。为了掩饰这种担心，他微笑着对主希瓦说了如下的话。

第42节 ब्रह्मोवाच

जाने त्वामीशं विश्वस्य जगतो योनिबीजयोः ।
शक्तेः शिवस्य च परं यत्तद् ब्रह्म निरन्तरम् ॥ ४२ ॥

brahmovāca
jāne tvāṁ īśaṁ viśvasya
jagato yoni-bījayoḥ
śakteḥ śivasya ca paraṁ
yat tad brahma nirantaram

brahmā uvāca—主布茹阿玛说 / jāne—我知道 / tvām—您(主希瓦) / īśam—控制者 / viśvasya—整个物质展示的 / jagataḥ—宇宙展示的 / yoni-bījayoḥ—父亲和母亲的 / śakteḥ—力量的 / śivasya—希瓦的 / ca—和 / param—至尊者 / yat—那一个 / tat—那 / brahma—没有变化 / nirantaram—没有物质品质

译文 主布茹阿玛说：亲爱的主希瓦，我知道您既是整个物质展示的控制者，是宇宙展示的父母亲，又是超越宇宙展示的至尊布茹阿曼(梵)。这是我对您的了解。

要旨 主布茹阿玛(Brahmā)虽然接受了主希瓦(Śiva)的敬礼，

但心里很清楚主希瓦的实际地位比自己高。《布茹阿玛・萨密塔》(Brahma-saṁhitā)中描述主希瓦的地位说：尽管主希瓦的原本地位与主维施努(Viṣṇu)的完全一样，但主希瓦仍与主维施努不同。以酸奶(优酪乳)和牛奶为例，酸奶由牛奶转化而成，但与牛奶不同。

第43节　त्वमेव भगवन्नेतच्छि वशक्त्योः स्वरूपयोः ।
विश्वं सृजसि पास्यत्सि क्र ीडन्नूर्णपट ो यथा ॥ ४३ ॥

tvam eva bhagavann etac
chiva-śaktyoḥ svarūpayoḥ
viśvaṁ sṛjasi pāsy atsi
krīḍann ūrṇa-paṭo yathā

tvam—您 / eva—肯定地 / bhagavan—我的主人啊 / etat—这 / śiva-śaktyoḥ—处在您吉祥的能量中 / svarūpayoḥ—通过您本人的扩展 / viśvam—这宇宙 / sṛjasi—创造 / pāsi—维系 / atsi—毁灭 / krīḍan—工作 / ūrṇa-paṭaḥ—蜘蛛的网 / yathā—就如同

译文　我亲爱的主，就像蜘蛛编织、保养并收起它的网一样，您通过扩展自己创造这个宇宙展示，维系它，并毁灭它。

要旨　这节诗中的梵文希瓦・ 沙克缇(śiva-śakti)一词很重要。希瓦的意思是“吉祥的”，沙克缇的意思是“能量”。至尊主的能量有很多种，而所有这些能量都是吉祥的。布茹阿玛(Brahmā)、维施努(Viṣṇu)和希瓦(玛黑施瓦尔，Maheśvara)被称为物质属性的人格化身——古纳・阿瓦塔尔(guṇa-avatāra)。在物质世界里，我们从不同的角度对这些不同的化身进行比较，有时认为一种自然属性高于或低于另一种自然属性，但他们其实都是至尊吉祥的扩展，因此都是吉祥的。

愚昧属性(tamo-guṇa)被认为是比其他自然低得多，但从更高的角度看，它也是吉祥的。举例来说，政府机构中既有教育部门，也有司法部门。外人可能认为司法部门是不吉祥的，但从政府的角度看，司法部门与教育部门一样重要，因此政府平行对待这两个部门，为它们提供经费。

第44节　त्वमेव धर्मार्थदुघाभिपत्तये
दक्षेण सूत्रेण ससर्जिथाध्वरम् ।
त्वयैव लोकेऽवसिताश्च सेतवो
यान् ब्राह्मणाः श्रद्दधते धृतव्रताः ॥ ४४ ॥

tvam eva dharmārtha-dughābhipattaye
dakṣeṇa sūtreṇa sasarjithādhvaram
tvayaiva loke 'vasitāś ca setavo
yān brāhmaṇāḥ śraddadhate dhṛta-vratāḥ

tavm—陛下 / eva—无疑地 / dharma-artha-dugha—从宗教活动和经济发展得到的好处 / abhipattaye—为保护他们 / dakṣeṇa—被达克沙 / sūtreṇa—使他成为…… / sasarjitha—创造 / adhvaram—祭祀 / tvayā—由您 / eva—肯定地 / loke—在这个世界里 / avasitāḥ—规范 / ca—和 / setavaḥ—尊重瓦尔纳刷玛制度 / yān—那个 / brāhmaṇāḥ—布茹阿玛纳们 / śraddadhate—非常尊敬 / dhṛta-vratāḥ—把它当作誓言

译文　亲爱的主，您以达克沙为代理介绍了祭祀制度，使人获得宗教活动和经济发展的利益。在您的管理原则控制下，社会四阶层(瓦尔纳)和灵性四阶段(阿刷玛)制度受到尊重。因此，布茹阿玛纳们发誓要严格遵守这一制度。

要旨 我们永恒都不该忽视瓦尔纳(varṇa)和阿刷玛(āśrama)这一韦达制度，因为它们是由至尊主本人为了维持人类社会的社会与宗教秩序而制定的。布茹阿玛纳(brāhmaṇa，婆罗门)作为社会的智慧阶层，必须发誓要始终尊重这一规范制度。在这个喀历(Kali)年代中，人们倾向于制造一个无阶级社会，因而不用遵守瓦尔纳和阿刷玛的原则。这是做白日梦。摧毁社会阶层和灵性阶层，并不能实现无阶级社会的理想。主奎师那在《博伽梵歌》(Bhagavad-gītā)中声明：布茹阿玛纳、查锤亚(kṣatriya，刹帝利)、外夏(vaiśya，吠舍)和庶铎(śūdra，首陀罗)这四个社会阶层，是祂创造的。因此，为了满足创造者的愿望，我们应该严格遵守瓦尔纳和阿刷玛制度的原则。我们应该像躯体的各个部位都在为整个躯体服务一样，按这一制度的规范原则行事，使至尊主满意。整体就是至尊主的宇宙形象(virāṭ-rūpa)，布茹阿玛纳、查锤亚、外夏和庶铎分别是至尊主宇宙形象的头部、手臂、腹部和腿部。这四个阶层的人只要为整体服务，其处境就是安全的，否则就会从各自的地位上坠落下来。

第45节 त्वं कर्मणां मङ्गल मङ्गलानां
कर्तुः स्वलोकं तनुषे स्वः परं वा ।
अमङ्गलानां च तमिस्रमुल्बणं
विपर्ययः केन तदेव कस्यचित् ॥ ४५ ॥

tvaṁ karmaṇāṁ maṅgala maṅgalānāṁ
kartuḥ sva-lokaṁ tanuṣe svaḥ paraṁ vā
amaṅgalānāṁ ca tamisram ulbaṇaṁ
viparyayaḥ kena tad eva kasyacit

tvam—阁下 / karmaṇām—规定职责的 / maṅgala —最吉祥的人啊 / maṅgalānām—吉祥的人的 / kartuḥ—举办者的 / sva-lokam—各个高等星系 / tanuṣe—扩张 / svaḥ—天堂星球 / param—超然

的世界 / vā—或者 / amaṅgalānām—不吉祥之人的 / ca—和 / tamisram—特定地狱的名字 / ulbaṇam—可怕的 / viparyayaḥ—反面 / kena—为什么 / tat eva—肯定那 / kasyacit—为某人

译文 最吉祥的主啊!，您把天堂星球、灵性外琨塔星球和非人格布茹阿曼(梵光)定为人们从事各种吉祥活动后分别到达的不同的目的地。同样，您规定邪恶的人去各种各样可怕的地狱。然而，我们有时看到人们的归宿与他们的所作所为恰恰相反，要探明其中的原因极其困难。

要旨 至尊人格首神被称为至尊意志。一切是凭借至尊意志而发生的。因此经典说，在没有至尊意志允许的情况下，连一片小草都不能动。一般的规定是：从事虔诚活动的人被提升到高等星系，奉献者被提升到灵性世界——外琨塔(Vaikuṇṭha)，而持非人格神理论的思辨者被提升到至尊主的非人格布茹阿曼(Brahman)光芒中。但有时，事情的发生并不依照常规。像阿佳米勒(Ajāmila)那样罪大恶极的人，仅仅因为喊了纳茹阿亚纳(Nārāyaṇa)的名字而被立即提升到外琨塔星球。尽管阿佳米勒是为了招呼他儿子纳茹阿亚纳而喊了至尊主的圣名，但主纳茹阿亚纳还是认真对待这件事，不管阿佳米勒罪恶累累的过去，立刻把他提升到外琨塔星球。然而，达克沙(Dakṣa)王虽然一直致力于举行祭祀的虔诚活动，但仅仅因为制造了与主希瓦(Śiva)之间的一点小误会，就受到严厉的训斥和惩罚。因此结论是：至尊意志做最终的判决，没人可以对此进行争辩。所以，纯粹的奉献者在一切环境中都服从至尊主的至尊意志，把它接受为是最吉祥的。《圣典博伽瓦谭》第10篇第14章的第8节诗说：

tat te'nukampāṁ susamīkṣamāṇo
bhuñjāna evātma-kṛtaṁ vipākam

hṛd-vāg-vapurbhir vidadhan namas te
jīveta yo mukti-pade sa dāya-bhāk

这节诗的要旨是：奉献者面对困境时会把它视为是至尊主的祝福，以及自己过去犯错所该受到的惩罚，于是更坚定、更努力地做奉爱服务。在这种思想状态中生活并致力于做奉爱服务的人，是最有资格被升入灵性世界的人选。换句话说，这种奉献者的想升入灵性世界的愿望，在任何情况下都保证会实现。

第46节　न वै सतां त्वच्चरणार्पितात्मनां
भूतेषु सर्वेष्वभिपश्यतां तव ।
भूतानि चात्मन्यपृथग्दिदृक्षतां
प्रायेण रोषोऽभिभवेद्यथा पशुम् ॥ ४६ ॥

na vai satāṁ tvac-caraṇārpitātmanāṁ
bhūteṣu sarveṣv abhipaśyatāṁ tava
bhūtāni cātmany apṛthag-didṛkṣatāṁ
prāyeṇa roṣo 'bhibhaved yathā paśum

na—不 / vai—但是 / satām—奉献者的 / tvat-caraṇa-arpita-ātmanām—那些完全归依您莲花足的人的 / bhūteṣu—在生物体中 / sarveṣu—所有种类 / abhipaśyatām—完美地看到 / tava—您的 / bhūtāni—生物 / ca—和 / ātmani—在至尊中 / apṛthak—没有区别 / didṛkṣatām—那些看像那个的人 / prāyeṇa—几乎永远 / roṣaḥ—愤怒 / abhibhavet—发生 / yathā—完全像 / paśum—动物

译文　亲爱的主，把生命完全奉献给您莲花足的奉献者，无疑能看到您以超灵(帕茹阿特玛)的形式处在每一个生物体的心中，因此不对其他生物体进行区分。这种人平行对待众生，从不会像动物一样受制于愤怒，而动物看事物时必须对其加以区分。

要旨 当至尊人格首神愤怒或杀恶魔时，从物质的角度看就会认为那不好；但从灵性的角度看，就会发现那对恶魔是一种充满快乐的祝福。因此，纯粹的奉献者不会对至尊主的愤怒和赐福加以区分，无论至尊主是对他们自己还是对其他人愤怒或赐福。奉献者在任何情况下都不会去挑剔至尊主的行为。

第47节 पृथग्धियः कर्मदृशो दुराशयाः
परोदयेनार्पितहृद्रुजोऽनिशम् ।
परान्दुरुक्तैर्वितुदन्त्यरुन्तुदा-
स्तान्मावधीद्दैववधान् भवद्विधः ॥ ४७ ॥

pṛthag-dhiyaḥ karma-dṛśo durāśayāḥ
parodayenārpita-hṛd-rujo 'niśam
parān duruktair vitudanty aruntudās
tān māvadhīd daiva-vadhān bhavad-vidhaḥ

pṛthak—不同地 / dhiyaḥ—那些想……的人 karma—功利性活动 / dṛśaḥ—观察者 / durāśayāḥ—心胸狭窄 / para-udayena—被他人的成功 / arpita—放弃 / hṛt—心 / rujaḥ—愤怒 / aniśam—总是 / parān—其他人 / duruktaiḥ—尖刻的话语 / vitudanti—给予痛苦 / aruntudāḥ—用讽刺的话 / tān—向他们 / mā—不 / avadhīt—杀 / daiva—被天意 / vadhān—准备杀 / bhavat—您 / vidhaḥ—好像

译文 以分别心看待一切事物的人，只是执著于功利性活动。他们心胸狭窄，看到其他人的境况好时就感到痛苦，于是说些尖酸刻薄的话语使他人苦恼。这种人已被天意所杀，因此不需要您这么崇高的人物亲自动手。

要旨 为获得物质利益而终日忙于功利性活动的物质主义者，看到别人兴旺发达就受不了。除了少数具有奎师那意识的人以外，整个世界充满了这种嫉妒成性的人。这种人依恋物质躯体，缺乏对自我的认识，因此心中总是焦灼不安，而处于这种状态的人被视为是已被天意所杀。为此，布茹阿玛(Brahmā)劝主希瓦(Śiva)：作为觉悟了自我的外士纳瓦(Vaiṣṇava)，他不必杀达克沙(Dakṣa)。外士纳瓦被描述为是 para-duḥkha-duḥkhī，因为他虽然在任何生活环境中都不会为自己而苦恼，但见到别人痛苦时就会感到痛苦。所以，外士纳瓦不该试图通过自己的身心活动去杀他人，而该慈悲为怀，努力唤醒他人的奎师那意识。奎师那意识运动已经开始拯救世上的嫉妒之人，使他们摆脱玛亚(māyā，错觉)的钳制。奉献者们虽然有时会遇到麻烦，但却忍受一切，尽全力拓展奎师那意识运动。《柴坦亚·查瑞塔姆瑞塔》阿迪篇第 17 章的第 31 节诗，记载了主柴坦亚(Caitanya)的训示：

tṛṇād api sunīcena
taror api sahiṣṇunā
amāninā mānadena
kīrtanīyaḥ sadā hariḥ

“人应该怀着谦卑的心态吟诵、吟唱主的圣名，认为自己比路边的草还低微。人应该比树木更宽容，毫无虚荣感，准备随时向他人致敬。人只有怀着这种心态，才能一直不断地吟诵、吟唱主的圣名。”(《八训规》之三)

所有的外士纳瓦都应该向哈瑞达斯·塔库尔(Haridāsa Ṭhākura)、尼提阿南达·帕布(Nityānanda Prabhu)这样的外士纳瓦，以及耶稣基督这样的典范学习。我们没有必要去杀那些已经被天意杀死的人，但在此要注意的是：外士纳瓦虽然应该容忍别人对自己的侮辱，但不能容忍别人对维施努或其他外士纳瓦的亵渎。

第48节 यस्मिन् यदा पुष्करनाभमायया
दुरन्तया स्पृष्टधियः पृथग्दृशः ।
कु र्वन्ति तत्र ह्यनुक म्पया कृपां
न साधवो दैवबलात्कृते क्र मम् ॥ ४८ ॥

yasmin yadā puṣkara-nābha-māyayā
durantayā spṛṣṭa-dhiyaḥ pṛthag-dṛśaḥ
kurvanti tatra hy anukampayā kṛpāṁ
na sādhavo daiva-balāt kṛte kramam

yasmin—在某些地方 / yadā—当……时 / puṣkara-nābha-māyayā—被至尊人格首神菩施卡茹阿纳巴的错觉能量 / durantayā—无法超越的 / spṛṣṭa-dhiyaḥ—所迷惑 / pṛthak-dṛśaḥ—同一些人看法不同 / kurvanti—做 / tatra—在那里 / hi—肯定地 / anukampayā—出于同情 / kṛpām—仁慈 / na—永不 / sādhavaḥ—神圣的人 / daiva-balāt—由天意 / kṛte—做了 / kramam—超凡技术

译文 我亲爱的主，被至尊首神不可超越的错觉能量迷惑的物质主义者如果冒犯了圣洁的人，慈悲为怀的圣洁之人是不会介意的。他知道他们是因为被错觉能量征服才冒犯了自己，所以不会用他高超的本领去对付他们。

要旨 经典说：宽恕是圣洁之人(tapasvī)的美德。世界宗教史上记载了许多圣洁之人虽受陷害，但却逆来顺受的例子。例如帕瑞克西特·玛哈茹阿佳(Parīkṣit Mahārāja)：一个布茹阿玛纳(brāhma- ṇa，婆罗门)少年毫无必要地诅咒他会在一个星期内死去，尽管那少年的父亲对此深感抱歉，但帕瑞克西特·玛哈茹阿佳欣然接受了诅咒，同意按那少年的愿望如期死去。帕瑞克西特·玛哈茹阿佳是帝王，在灵性和物质方面都充满力量，但他出于同情和对布茹阿玛纳阶层的尊重，并没有试图去抵消那个布茹阿玛纳少年的诅咒，而是同意在七天内死去。由于奎师那的愿望是让帕瑞克西特同意接受这种“惩罚”，以使《圣典博伽瓦谭》(Śrīmad-Bhāgavatam)能揭示给世人，帕瑞克西特·玛哈茹阿佳便接受劝告不采取抵消诅咒的行动。外士纳瓦(Vaiṣṇava)为了他人的利益而承受个人的痛苦。他不显示自己的力量并不意味着他没有力量。相反，这表明他为了整个人类社会的利益而容忍、忍受。

第49节 भवांस्तु पुंसः परमस्य मायया
दुरन्तयास्पृष्टमतिः समस्तदृक् ।
तया हतात्मस्वनुक र्मचेतः-
स्वनुग्रहं क र्तुमिहार्हसि प्रभो ॥ ४९ ॥

bhavāṁs tu puṁsaḥ paramasya māyayā
durantayāspṛṣṭa-matiḥ samasta-dṛk
tayā hatātmasv anukarma-cetaḥsv
anugrahaṁ kartum ihārhasi prabho

bhavān—阁下 / tu—但是 / puṁsaḥ—人的 / paramasya—至尊者 / māyayā—被物质能量 / durantayā—超凡力量的 / aspṛṣṭa—不受影响的 / matiḥ—智力 / samasta-dṛk—一切的知悉者 / tayā—被同样的错觉能量 / hata-ātmasu—心灵受迷惑 / anukarma-cetaḥsu—那些受功利性活动吸引的人 / anugraham—仁慈 / kartum—去从事 / iha—在这个事件中 / arhasi—欲望 / prabho—主啊

译文 亲爱的主，您永远不会被至尊人格首神的错觉能量的强大影响所迷惑，因此无所不知。您应该同情那些被错觉能量所迷惑，执著于功利性活动的人，仁慈地对待他们。

要旨 外士纳瓦(Vaiṣṇava)因为致力于为至尊主做超然的爱心服务，所以永远不受至尊主外在能量影响的迷惑。至尊主在《博伽梵歌》(Bhagavad-gita)第 7 章的第 14 节诗中说：

daivī hy eṣā guṇamayī
mama māyā duratyayā
mām eva ye prapadyante
māyām etāṁ taranti te

“我这由物质自然三属性组成的神圣能量难以克服。但是，皈依我的人却能轻易地跨越它。”

外士纳瓦应该照顾那些被玛亚(māyā，错觉)迷惑的人，而不是对他们愤怒，因为没有外士纳瓦的恩典，他们根本没办法摆脱玛亚的钳制。被玛亚惩罚的人靠奉献者的恩典而得救。

vāñchā-kalpatarubhyaś ca
kṛpā-sindhubhya eva ca
patitānāṁ pāvanebhyo
vaiṣṇavebhyo namo namaḥ

“我虔敬地顶拜至尊主所有的外士纳瓦奉献者。他们恰似能满足每个人愿望的如愿树，对堕落的灵魂充满怜悯之心。”

受错觉能量影响的人迷恋功利性活动，但外士纳瓦传道者的心完全被至尊人格首神——圣奎师那所吸引。

第50节 कुर्वध्वरस्योद्धरणं हतस्य भोः
त्वयासमाप्तस्य मनो प्रजापतेः ।
न यत्र भागं तव भागिनो ददुः
कुयाजिनो येन मखो निनीयते ॥ ५० ॥

kurv adhvarasyoddharaṇaṁ hatasya bhoḥ
tvayāsamāptasya mano prajāpateḥ
na yatra bhāgaṁ tava bhāgino daduḥ
kuyājino yena makho ninīyate

kuru—只要执行 / adhvarasya—祭祀的 / uddharaṇam—定期完成 / hatasya—杀 / bhoḥ—啊 / tvayā—由您 / asamāptasya—未完成的祭祀的 / mano—主希瓦啊 / prajāpateḥ—达克沙·玛哈茹阿佳的 / na—不 / yatra—哪里 / bhāgam—份额 / tava—您的 / bhāginaḥ—有资格拿份额 / daduḥ—不给 / ku-yājinaḥ—糟糕的祭司 / yena—被给予者 / makhaḥ—祭祀 / ninīyate—得到结果

译文　我亲爱的主希瓦，您是祭祀的分享者，是赐予结果的人。糟糕的祭司没有把您该享受的份额传送给您，您就摧毁了一切，使祭祀没有完成。现在，您可以做需要做的，拿您该拿的那一份。

第51节　जीवताद्यजमानोऽयं प्रपद्येताक्षिणी भगः ।
भृगोः श्मश्रूणि रोहन्तु पूष्णो दन्ताश्च पूर्ववत् ॥ ५१ ॥

jīvatād yajamāno 'yaṁ
prapadyetākṣiṇī bhagaḥ
bhṛgoḥ śmaśrūṇi rohantu
pūṣṇo dantāś ca pūrvavat

jīvatāt—让他活着 / yajamānaḥ—主办祭祀的人(达克沙) / ayam—这 / prapadyeta—让他回来 / akṣiṇī—用眼睛 / bhagaḥ—巴嘎戴瓦 / bhṛgoḥ—圣人布瑞古的 / śmaśrūṇi—胡子 / rohantu—再次生长 / pūṣṇaḥ—普萨戴瓦的 / dantāḥ—整排牙齿 / ca—和 / pūrva-vat—像从前

译文　亲爱的主，凭借您的仁慈，让举行祭祀的人(达克沙王)活过来，让巴嘎的眼睛、布瑞古的胡子和普萨的牙齿复原吧。

第52节 देवानां भग्नगात्राणामृत्विजां चायुधाश्मभिः ।
भवतानुगृहीतानामाशु मन्योऽस्त्वनातुरम् ॥ ५२ ॥

devānāṁ bhagna-gātrāṇām
ṛtvijāṁ cāyudhāśmabhiḥ
bhavatānugṛhītānām
āśu manyo 'stv anāturam

devānām—半神人们的 / bhagna-gātrāṇām—四肢严重伤残的人 / ṛtvijām—祭司们的 / ca—和 / āyudha-aśmabhiḥ—用武器和石头 / bhavatā—由您 / anugṛhītānām—施恩 / āśu—立即 / manyo—主希瓦(在愤怒的情绪中)啊 / astu—让那…… / anāturam—从伤害的状态下复原

译文 主希瓦啊！凭借您的仁慈，让那些被您的士兵打断四肢的半神人和祭司恢复原状吧！

第53节 एष ते रुद्र भागोऽस्तु यदुच्छिष्टोऽध्वरस्य वै ।
यज्ञस्ते रुद्र भागेन कल्पतामद्य यज्ञहन् ॥ ५३ ॥

eṣa te rudra bhāgo 'stu
yad-ucchiṣṭo 'dhvarasya vai
yajñas te rudra bhāgena
kalpatām adya yajña-han

eṣaḥ—这 / te—您的 / rudra—主希瓦啊 / bhāgaḥ—部分 / astu—让它…… / yat—无论什么 / ucchiṣṭaḥ—是剩余物 / adhvarasya—祭祀的 / vai—事实上 / yajñaḥ—祭祀 / te—您的 / rudra—茹铎啊 / bhāgena—被部分 / kalpatām—可以完成 / adya—今天 / yajña-han—毁坏祭祀的人啊

译文　祭祀的摧毁者啊！请接受属于您的那一部分祭祀份额，让祭祀凭借您的恩典得以完成吧！

要旨　祭祀是为取悦至尊人格首神而举行的仪式。《圣典博伽瓦谭》(Śrīmad-Bhāgavatam)第 1 篇第 2 章中说，每一个人都应该努力了解自己的活动是不是能使至尊人格首神满意。换句话说，我们活动的目的是使至尊人格首神满意。公司办公室工作人员的职责是使公司的拥有者或主人满意；同样，每个人的责任是通过自己的活动使至尊人格首神满意。韦达文献中规定了使至尊人格首神满意的活动，而从事这些活动就是做祭祀(雅格亚，yajña)。换句话说，为了满足至尊主而从事的活动就是祭祀。我们应该清楚地知道：除了做祭祀这一活动外，其他的活动都会使人受物质的束缚。《博伽梵歌》(Bhagavad-gītā)第 3 章的第 9 节诗中对此解释说：应该把活动当祭祀奉献给维施努，否则活动就会把人捆绑在物质世界里(yajñārthāt karmavo 'nyatra loko'yaṁ karma-bandhanaḥ)。梵文 karma-bandhanaḥ 的意思是：如果我们不是为满足至尊主维施努(Viṣṇu)而工作，那我们工作的结果就会束缚我们。我们不应该为满足自己的感官而工作，相反应该为使神满意而工作。这称为祭祀。

所有的半神人都期望在达克沙(Dakṣa)举行祭祀后，自己能分得一份给维施努供奉过的食物——帕萨达(prasāda)。主希瓦(Śiva)也是半神人，因此自然也希望从祭祀中得到他的那一份帕萨达。但达克沙因为嫉妒主希瓦，所以既没有邀请希瓦参加祭祀，也不在供奉食物后把希瓦该得到的份额分给他。主希瓦的追随者捣毁祭祀场所后，主布茹阿玛(Brahmā)安抚主希瓦，并向他保证他将得到他的那份帕萨达。随后，主布茹阿玛请求主希瓦恢复他的随从者所破坏的一切。

《博伽梵歌》第 3 章的第 11 节诗中说：人举行祭祀时，所有的半神人都得到了满足。由于半神人都期望从祭祀中得到给至尊主供奉过的食物，所以必须举行祭祀。那些忙于感官享乐一类物质活动的人必须举行祭祀，否则就会被这些活动所捆绑。就这样，人类的祖先达克沙举行祭祀，主希瓦期望得到他的祭祀份额，但达克沙没有邀请主希瓦，因此给自己招来了麻烦，最后由主布茹阿玛从中调停，才使一切得到了圆满的解决。

举行祭祀必须邀请所有的半神人参加，因此是非常困难的一项工作。在现在这个喀历(Kali)年代里，我们既没有能力举行这种耗资巨大的祭祀，也没有可能邀请到半神人来参加祭祀。所以，《圣典博伽瓦谭》第 11 篇第 5 章的第 32 节诗中推荐：这个年代要举行集体吟唱至尊主圣名的祭祀(yajñaiḥ saṅkīrtana-prāyair yajanti hi sumedha-saḥ)。有智慧的人应该知道在喀历年代里是不可能举行韦达祭祀的。大自然里的一切都由半神人管理；人除非取悦半神人，否则就会季节紊乱，雨水失调。在喀历年代的这种情况下，为了保持社会的安定与繁荣，所有的智者都应该举行集体吟唱圣名的祭祀(桑克伊尔坦·雅格亚，saṅkīrtana-yajña)，吟唱哈瑞·奎师那曼陀：哈瑞·奎师那　哈瑞·奎师那　奎师那·奎师那　哈瑞·哈瑞 / 哈瑞·茹阿玛　哈瑞·茹阿玛　茹阿玛·　茹阿玛　哈瑞·哈瑞。我们应该邀请人们吟唱哈瑞·奎师那，然后派发给至尊神供奉过的食物(帕萨达)。这种祭祀将满足全体半神人。这样，世界就会和平昌盛。举行韦达祭祀的另一个困难是：在成千上万的半神人中，即使有一个半神人对祭祀不满意，也会有灾难，正如达克沙没有使主希瓦满意而给自己招来灾祸一样。但是，在这个年代里，祭祀的举行程序已经被简化。人们可以仅仅通过吟诵、吟唱哈瑞·奎师那就取悦奎师那，从而使全体半神人自动得到满足。

到此为止，结束了巴克提韦丹塔对《圣典博伽瓦谭》第 4 篇第 6 章“布茹阿玛取悦主希瓦”所作的阐释。

第七章
达克沙举行的祭祀

第1节 मैत्रेय उवाच

इत्यजेनानुनीतेन भवेन परितुष्यता ।
अभ्यधायि महाबाहो प्रहस्य श्रूयतामिति ॥ १ ॥

maitreya uvāca
ity ajenānunītena
bhavena parituṣyatā
abhyadhāyi mahā-bāho
prahasya śrūyatām iti

maitreyaḥ—麦垂亚 / uvāca—说 / iti—因此 / ajena—被主布茹阿玛 / anunītena—安抚 / bhavena—被主希瓦 / parituṣyatā—完全满足 / abhyadhāyi—说 / mahā-bāho—维杜茹阿啊 / prahasya—微笑 / śrūyatām—听 / iti—如此

译文 麦垂亚圣人说：臂力强大的维杜茹阿呀！主希瓦听了主布茹阿玛的一番话后感到安慰，于是说了如下的话回答主布茹阿玛的请求。

第2节 महादेव उवाच

नाघं प्रजेश बाल ानां वर्णये नानुचिन्तये ।
देवमायाभिभूतानां दण्डस्तत्र धृतो मया ॥ २ ॥

mahādeva uvāca
nāghaṁ prajeśa bālānāṁ
varṇaye nānucintaye

deva-māyābhibhūtānāṁ
daṇḍas tatra dhṛto mayā

mahādevaḥ—主希瓦 / uvāca—说 / na—不 / agham—冒犯 / prajā-īśa—被造生物体的主人啊 / bālānām—孩子的 / varṇaye—我在乎 / na—不 / anucintaye—我认为 / deva-māyā—至尊主的外在能量 / abhibhūtānām—那些被……迷惑的 daṇḍaḥ—棍棒 / tatra—那里 / dhṛtaḥ—用来 / mayā—由我

译文 主希瓦说：亲爱的父亲布茹阿玛，我不在意半神人对我的冒犯。这些半神人很幼稚，缺乏智慧，因此我并不介意他们的冒犯。我之所以惩罚他们，是为了纠正他们。

要旨 惩罚分两种：一种是征服者对敌人的惩罚，另一种是父亲对儿子的惩罚。这两种惩罚的性质截然不同。主希瓦(Śiva)生来就是个外士纳瓦(Vaiṣṇava)——伟大的奉献者，因此他又叫阿舒头沙(Āśutoṣa)。他永远心满意足，因此并不是因为与人为敌而变得愤怒。他对谁都没有敌意，相反总是祝愿众生幸福、安乐。他无论何时惩罚人，都是像父亲惩罚儿子一样的在做。主希瓦就像众生的父亲，因为他从不介意任何生物体，特别是半神人对他的冒犯。

第3节 प्रजापतेर्दग्धशीर्ष्णो भवत्वजमुखं शिरः ।
मित्रस्य चक्षुषेक्षेत भागं स्वं बर्हिषो भगः ॥ ३ ॥

prajāpater dagdha-śīrṣṇo
bhavatv aja-mukhaṁ śiraḥ
mitrasya cakṣuṣekṣeta
bhāgaṁ svaṁ barhiṣo bhagaḥ

prajāpateḥ—生物祖先达克沙的 / dagdha-śīrṣṇaḥ—头颅被烧

成灰烬的人的 / bhavatu—让事情这样发生吧 / aja-mukham—有一张山羊脸 / śiraḥ—脑袋 / mitrasya—弥陀的 / cakṣuṣā—透过眼睛 / īkṣeta—可以看到 / bhāgam—份额 / svam—他自己的 / barhiṣaḥ—祭祀的 / bhagaḥ—巴嘎

译文　主希瓦接着说：既然达克沙的头颅已经被烧成了灰烬，他将会得到一个山羊头。名叫巴嘎的半神人将透过弥陀的眼睛看到属于他的那部分祭祀份额。

第4节　पूषा तु यजमानस्य दद्भिर्जक्षतु पिष्टभुक् ।
देवाः प्रकृ तसर्वाङ्गा ये म उच्छे षणं ददुः ॥ ४ ॥

pūṣā tu yajamānasya
dadbhir jakṣatu piṣṭa-bhuk
devāḥ prakṛta-sarvāṅgā
ye ma uccheṣaṇaṁ daduḥ

pūṣā—普萨 / tu—但是 / yajamānasya—举行祭祀的人的 / dadbhiḥ—用牙齿 / jakṣatu—咀嚼 / piṣṭa-bhuk—吃面粉 / devāḥ—半神人 / prakṛta—制成 / sarva-aṅgāḥ—完整的 / ye—谁 / me—向我 / uccheṣaṇam—祭品的一份 / daduḥ—给予

译文　半神人普萨只能通过他门徒的牙齿咀嚼食物；如果他独自一人，就不得不吃用鹰嘴豆粉制成的面团充饥了。至于那些同意把我的祭祀份额给我的半神人，他们所受的伤将痊愈。

要旨　半神人普萨(Pūṣā)变得要依靠他的门徒来咀嚼食物，否则就只能吞食用鹰嘴豆粉制成的面团。因此，他所受的惩罚将持续下去。他因为露出牙齿来嘲笑主希瓦(Śiva)，而不再能用他的牙齿吃东西了。换句话说，他用牙齿作出反对主希瓦的事，因此不适合再有牙齿。

第5节 बाहुभ्यामश्विनोः पूष्णो हस्ताभ्यां कृ तबाहवः ।
भवन्त्वध्वर्यवश्चान्ये बस्तश्मश्रुर्भृगुर्भवेत् ॥ ५ ॥

bāhubhyām aśvinoḥ pūṣṇo
hastābhyāṁ kṛta-bāhavaḥ
bhavantv adhvaryavaś cānye
basta-śmaśrur bhṛgur bhavet

bāhubhyām—用两只手臂 / aśvinoḥ—阿施维尼·库玛尔的 / pūṣṇaḥ—普萨的 / hastābhyām—用两只手 / kṛta-bāhavaḥ—那些需要手臂的人 / bhavantu—他们将不得不 / adhvaryavaḥ—祭司 / ca—和 / anye—其他人 / basta-śmaśruḥ—山羊的胡子 / bhṛguḥ—布瑞古 / bhavet—他可以有

译文 那些臂膀被砍下来的人，将不得不借用阿施维尼·库玛尔的臂膀工作；那些手被砍下来的人，将不得不借用普萨的手工作。祭司们也将以那种方式工作。至于布瑞古，他将有山羊的胡子。

要旨 极力支持达克沙(Dakṣa)的布瑞古·牟尼(Bhṛgu Muni)，被赐予了一付山羊胡子，而那颗山羊头则被安放在达克沙的躯体上了。从达克沙换头这一点来看，现代科学中所谓“脑实质是一切智慧的来源”这一理论毫无根据。达克沙的脑实质和山羊的头实质并不一样，但他虽然被换上了山羊头，却依然以他的身份行事。这是因为：真正起作用的是个体灵魂的意识。头脑只不过是一个工具，与真正的智力毫无关系。真正的智力、思想和意识是个体灵魂的一部分。在后面的诗节中我们会看到，达克沙虽然被换上了山羊头，但仍像以前一样聪明。为了取悦主希瓦(Śiva)和主维施努(Viṣṇu)，他诚挚地祈祷，祈祷内容非常出色。山羊是不可能做到这一点的。因此，我们可以得出明确的结论：脑实质不是智慧的中心；聪明地从事各种工作的是个体灵魂的意识。奎师那意识运动的目的就是要净化人们的意识。人有什么样的脑袋并不重要，只要他把自己的意识从物质意识扭转为奎师那意识，他的生命就成功了。在《博伽梵歌》(Bhagavad-gītā)中，至尊主亲口证实说：人不管坠入什么样的令人憎恶的生存环境中，都可以培养奎师那意识，以达到生命的完美境界。培养奎师那意识的独特之处在于：满怀奎师那意识的人在离开他现有的物质躯体时，将回归首神、回归家园。

第6节

मैत्रेय उवाच
तदा सर्वाणि भूतानि श्रुत्वा मीढुष्टमोदितम् ।
परितुष्टात्मभिस्तात साधु साध्वित्यथाब्रुवन् ॥ ६ ॥

maitreya uvāca
tadā sarvāṇi bhūtāni
śrutvā mīḍhuṣṭamoditam
parituṣṭātmabhis tāta
sādhu sādhv ity athābruvan

maitreyaḥ—麦垂亚圣人 / uvāca—说 / tadā—那时 / sarvāṇi—所有的 / bhūtāni—人物 / śrutvā—听完后 / mīḍhuḥ-tama—最仁慈的祝福者(主希瓦) / uditam—由……说的 / parituṣṭa—感到满意 / ātmabhiḥ—由衷地 / tāta—我亲爱的维杜茹阿 / sādhu sādhu—做得好 / iti—因此 / atha abruvan—正如我们所说的

译文 伟大的圣人麦垂亚说：亲爱的维杜茹阿，听了世上最仁慈的祝福者希瓦的一番话后，在场所有的人物都感到心满意足。

要旨 这节诗把主希瓦(Śiva)描述为是最仁慈的祝福者——弥杜施塔玛(mīḍhuṣṭama)。他还被称为阿舒头沙(Āśutoṣa)，以指他很容易就会满足，也很容易就发怒。《博伽梵歌》(Bhagavad-gītā)中说，智力欠佳的人为了得到物质利益而去找半神人。就这方面而言，人们一般去找主希瓦。主希瓦因为总是很容易满足，而且不假思索就把祝福给予他的奉献者，所以被称为最仁慈的祝福者——弥杜施塔玛(mīḍhuṣṭama)。物质主义者总是渴望得到物质利益，但却不认真看待灵性利益。

当然，主希瓦有时也成为灵性生活的最佳祝福者。经典描述说，从前有一位贫穷的布茹阿玛纳(brāhmaṇa)为了得到祝福而崇拜主希瓦，主希瓦劝他的这位奉献者去找萨纳坦·哥斯瓦米(Sanātana Gosvāmī)。这位奉献者于是去找萨纳坦·哥斯瓦米，告诉萨纳坦是主希瓦劝自己来找他(萨纳坦)求取最好的祝福。萨纳坦有一块点金石，但却把它与垃圾放在一起。为了满足贫穷的布茹阿玛纳的请求，萨纳坦·哥斯瓦米把点金石给了他。那位布茹阿玛纳很高兴拥有了点金石。现在，他只要用点金石触碰铁块就能得到黄金，而且想要多少就有多少。但他离开萨纳坦后不禁心想：“如果点金石就是最好的祝福，萨纳坦为什么要把它跟垃圾放在一起？”于是，他转回来问萨纳坦·哥斯瓦米：“先生，如果这点金石就是最好的祝福，您为什么会把它和垃圾放在一起？”萨纳坦·哥斯瓦米便告诉他说：“实际上，这石头并不是最好的祝福。但你做好从我这里接受最好的祝福的准备了吗？”那位布茹阿玛纳说：“是的，先生。主希瓦送我到您这儿来，就是为了让我得到最好的祝福。”于是，萨纳坦·哥斯瓦米要那位布茹阿玛纳把点金石扔到附近的水里，然后回来找他。贫穷的布茹阿玛纳这样做了，等他回来后，萨纳坦·哥斯瓦米便传授给他哈瑞奎师那曼陀(Hare Kṛṣṇa mantra)。这样，靠主希瓦的祝福，那位布茹阿玛纳得以与主奎师那最优秀的奉献者联谊，并被传授了玛哈·曼陀(mahā-mantra)：哈瑞·奎师那　哈瑞·奎师那　奎师那·奎师那　哈瑞·哈瑞 / 哈瑞·茹阿玛　哈瑞·茹阿玛　茹阿玛·茹阿玛　哈瑞·哈瑞

第7节　ततो मीढ्वांसमामन्त्र्य शुनासीराः सहर्षिभिः ।
भूयस्तद्देवयजनं समीढ्वद्वेधसो ययुः ॥ ७ ॥

tato mīḍhvāṁsam āmantrya
śunāsīrāḥ saharṣibhiḥ
bhūyas tad deva-yajanaṁ
sa-mīḍhvad-vedhaso yayuḥ

tataḥ—那以后 / mīḍhvāṁsam—主希瓦 / āmantrya—邀请 / āmantrya—以因铎为首的半神人 / saha ṛṣibhiḥ—与以布瑞古为首的全体大圣人 / bhūyaḥ—再次 / tat—那 / deva-yajanam—半神人受到崇拜的地方 / sa-mīḍhvat—与主希瓦 / vedhasaḥ—与主布茹阿玛 / yayuḥ—去

译文　那以后，大圣人中的领袖人物布瑞古邀请主希瓦到祭祀现场去。就这样，半神人们与主希瓦、主布茹阿玛和圣人们一起，前往原来举行盛大祭祀的地方。

要旨　达克沙(Dakṣa)王安排的整个祭祀被主希瓦摧毁了。因此，出席祭祀的全体半神人，与主布茹阿玛(Brahmā)和伟大的圣人们一起，特意请求主希瓦(Śiva)到祭祀现场重点祭祀之火。有一句惯用语说："主希瓦如果不在场，所有的祭祀都不会顺利(śiva-hīna-yajña)。"尽管主维施努(Viṣṇu)是祭祀中至高无上的人物雅格耶施瓦尔(Yajñeśvara)，但每场祭祀都需要有以主布茹阿玛和主希瓦为首

的全体半神人出席。

第8节　विधाय क ात्स्न्र्येन च तद्यदाह भगवान् भवः ।
सन्दधुः क स्य क ायेन सवनीयपशोः शिरः ॥ ८ ॥

vidhāya kārtsnyena ca tad
　yad āha bhagavān bhavaḥ
sandadhuḥ kasya kāyena
　savanīya-paśoḥ śiraḥ

vidhāya—执行 / kārtsnyena—总而言之 / ca—也 / tat—那 / yat—那个 / āha—被说成 / bhagavān—主人 / bhavaḥ—希瓦 / sandadhuḥ—完成 / kasya—活着的(达克沙) / kāyena—与躯体 / savanīya—专为祭祀 / paśoḥ—动物的 / śiraḥ—头颅

译文　半神人们严格按照主希瓦的指导行事，把在祭祀中杀死的动物的头连在了达克沙的身上。

要旨　这一次，全体半神人和大圣人们都小心翼翼，注意不要激怒主希瓦。(Śiva)。因此，他所要求的一切，他们都照做了。这节诗里特别说，他们把一只动物(山羊)的头连在了达克沙(Dakṣa)的身上。

第9节　सन्धीयमाने शिरसि दक्षो रुद्राभिवीक्षितः ।
सद्यः सुप्त इवोत्तस्थौ ददृशे चाग्रतो मृडम् ॥ ९ ॥

sandhīyamāne śirasi
　dakṣo rudrābhivīkṣitaḥ
sadyaḥ supta ivottasthau
　dadṛśe cāgrato mṛḍam

sandhīyamāne—被实施 / śirasi—被头颅 / dakṣaḥ—达克沙王 /

rudra-abhivīkṣitaḥ—被茹铎(主希瓦)看到 / sadyaḥ—立刻 / supte—睡觉 / iva—如同 / uttasthau—醒来 / dadṛśe—看到 / ca—也 / agrataḥ—在前面 / mṛḍam—主希瓦

译文　动物头一旦被固定在达克沙王的身上，达克沙王便立即恢复了意识，像从沉睡的状态中醒过来一样。他看到主希瓦就在他面前。

要旨　这节诗里把达克沙(Dakṣa)恢复意识，比喻为是像从沉睡中醒来一样。梵文把这称为 supta ivottasthau，意思是说：人从睡眠中醒来后，就立即想起他必须执行的全部责任。达克沙曾被杀死，他的脑袋被拿走烧成了灰烬。他的尸体横卧在地上，但凭借主希瓦(Śiva)的恩典，人们一旦把山羊头连到那尸体上，达克沙就恢复了意识。这表明意识是个体性的。事实上，达克沙被换上山羊头时，他的躯体就与原来的不一样了，但因为意识是个体性的，所以尽管他的躯体情况改变了，但他的意识仍保持原样。因此，躯体的构造与意识发展毫不相干。灵魂转换躯体时携带着意识。韦达历史中记载了很多这样的事例，玛哈茹阿佳·巴茹阿特(Mahārāja Bharata)的经历就是一例。巴茹阿特王离开他那君王的身体后，转到一头鹿的躯体中，但仍保有原来的意识。他知道：他虽然前生是巴茹阿特王，但由于死亡时全神贯注地想着一头鹿，就被转到了鹿的躯体中。然而，尽管他有一头鹿的躯体，但他的意识与在巴茹阿特王躯体中时的意识一样。至尊主的安排是如此神奇，如果人的意识转为奎师那意识，那么毫无疑问，他即使来世得到一个与以前不同的躯体，也将还是奎师那伟大的奉献者。

第10节　तदा वृषध्वजद्वेषक लिल ात्मा प्रजापतिः ।
शिवावलोक ादभवच्छ रद्ध्रद इवामलः ॥ १० ॥

tadā vṛṣadhvaja-dveṣa-
kalilātmā prajāpatiḥ
śivāvalokād abhavac
charad-dhrada ivāmalaḥ

tadā—那时 / vṛṣa-dhvaja—骑在公牛上的主希瓦 / dveṣa—嫉妒 / kalila-ātmā—受污染的心 / prajāpatiḥ—达克沙王 / śiva—主希瓦 / avalokāt—通过看他 / abhavat—变成 / śarat—在秋季 / hradaḥ—湖 / iva—如同 / amalaḥ—得到净化

译文 达克沙看到骑在公牛上的主希瓦时，那颗曾经因为嫉妒主希瓦而被污染了的心立即得到了净化，恰似湖水被秋雨所净化一样。

要旨 这节诗中所描述的事例，表明了希瓦为什么是吉祥的这一事实。任何人只要怀着奉爱和崇敬之情看主希瓦(Śiva)，其心灵就会立即得到净化。达克沙(Dakṣa)的心虽然由于嫉妒主希瓦而受到了污染，但只因他怀着少许的爱看了主希瓦，他的心便立即得到了净化。雨季时节，江河、湖泊中的水会变混浊，可一旦降下秋雨，所有的水便立即变得清澈透明了。同样道理，尽管达克沙因为诽谤主希瓦而变得内心不洁，并为此受到了严厉的惩罚，但他在恢复意识后，仅仅通过怀着崇敬之心看主希瓦，内心就立即得到了净化。

第11节 भवस्तवाय कृतधीर्नाशक्नोदनुरागतः ।
औत्कण्ठ्याद्बाष्पकलया सम्परेतां सुतां स्मरन् ॥ ११ ॥

bhava-stavāya kṛta-dhīr
nāśaknod anurāgataḥ
autkaṇṭhyād bāṣpa-kalayā
samparetāṁ sutāṁ smaran

bhava-stavāya—为了向主希瓦祈祷 / kṛta-dhīḥ—尽管决定了 / na—从不 / aśaknot—有能力 / anurāgataḥ—被感情 / autkaṇṭhyāt—因急切 / bāṣpa-kalayā—眼中含泪 / samparetām—死的 / sutām—女儿 / smaran—回忆起

译文　达克沙王要向主希瓦祈祷，但想起自己女儿萨缇的不幸之死，泪水便涌了出来，痛失亲人使他喉咙哽咽说不出话来。

第12节　कृच्छ्रात्संस्तभ्य च मनः प्रेमविह्वलितः सुधीः ।
शशंस निर्व्यलीकेन भावेनेशं प्रजापतिः ॥ १२ ॥

kṛcchrāt saṁstabhya ca manaḥ
prema-vihvalitaḥ sudhīḥ
śaśaṁsa nirvyalīkena
bhāveneśaṁ prajāpatiḥ

kṛcchrāt—以极大的努力 / saṁstabhya—安慰 / ca—也 / manaḥ—心绪 / prema-vihvalitaḥ—被爱的情感所迷惑 / su-dhīḥ—真正清醒过来的人 / śaśaṁsa—赞美 / nirvyalīkena—表里如一或怀着巨大的爱 / bhāvena—在情感中 / īśam—对主希瓦 / prajāpatiḥ—达克沙王

译文　备受爱的情感折磨的达克沙王，这时完全清醒过来了。他竭力控制自己的感情，使心情平静下来，并开始怀着纯净的意识向主希瓦祈祷。

第13节　दक्ष उवाच
भूयाननुग्रह अहो भवता कृतो मे

दण्डस्त्वया मयि भृतो यदपि प्रलब्धः ।
न ब्रह्मबन्धुषु च वां भगवन्नवज्ञा
तुभ्यं हरेश्च कु त एव धृतव्रतेषु ॥ १३ ॥

dakṣa uvāca
bhūyān anugraha aho bhavatā kṛto me
daṇḍas tvayā mayi bhṛto yad api pralabdhaḥ
na brahma-bandhuṣu ca vāṁ bhagavann avajñā
tubhyaṁ hareś ca kuta eva dhṛta-vrateṣu

dakṣaḥ—达克沙王 / uvāca—说 / bhūyān—巨大的 / anugrahaḥ—恩典 / aho—唉 / bhavatā—由您 / kṛtaḥ—所做的 / me—对我 / daṇḍaḥ—惩罚 / tvayā—由您 / mayi—向我 / bhṛtaḥ—所做的 / yat api—尽管 / pralabdhaḥ—击败 / na—都不 / brahma-bandhuṣu—对一个没有资格的布茹阿玛纳 / ca—也 / vām—您们两位 / bhagavan—我的主人 / avajñā—忽视 / tubhyam—您的 / hareḥ ca—主维施努的 / kutaḥ—那里 / eva—肯定地 / dhṛta-vrateṣu—致力于举行祭祀的人

译文 达克沙王说：亲爱的主希瓦，我严重地冒犯了您；但您是如此仁慈，不但没有撤回您的仁慈，反而用惩罚的方式给了我极大的帮助。您和至尊主维施努甚至从不怠慢毫无用处、没有资格的布茹阿玛纳，因此怎么会对我这个致力于举行祭祀的人不管不顾呢？

要旨 达克沙(Dakṣa)虽然感到被打败了，但内心知道他所受到的惩罚完全是主希瓦(Śiva)对他表示的巨大仁慈。他想起主希瓦和主维施努(Viṣṇu)从不怠慢布茹阿玛纳(brāhmaṇa，婆罗门)，尽管有的布茹阿玛纳并不合格。根据韦达文明，布茹阿玛纳家庭的后代永远不应该受到严厉的惩罚。阿尔诸纳(Arjuna)对待阿施瓦塔玛(Aśvatthāmā)的方式就是一个例证。阿施瓦塔玛是杰出的布茹阿玛纳朵纳查尔亚(Droṇācārya)的儿子，因此尽管他杀死了潘达瓦(Pāṇḍava)兄弟们那些正在熟睡中的儿子，犯下了滔天罪行，甚至为此受到主奎师那的谴责，但阿尔诸纳还是因考虑他是布茹阿玛纳的儿子而放了他一条生路。这节诗中所用的梵文布茹阿玛·般杜(brahmabandhuṣu)一词意义重大。布茹阿玛·般杜是指父亲是布茹阿玛纳，但本人的所作所为不够布茹阿玛纳标准的人。这种人不是布茹阿玛纳，而是布茹阿玛·般杜。达克沙证实自己是布茹阿玛·般杜。尽管他的父亲是主布茹阿玛(Brahmā)——一位伟大的布茹阿玛纳，但他对待主希瓦的方式并不符合布茹阿玛纳的标准，因此他承认自己不是完美的布茹阿玛纳。然而，主希瓦和主维施努甚至对不完美的布茹阿玛纳也很慈爱。主希瓦惩罚达克沙并不是把他当敌人看待，而是为了让达克沙清醒过来，知道自己做错了。达克沙能理解这一点，他承认主奎师那和主希瓦对包括他在内的堕落布茹阿玛纳极为仁慈。达克沙虽然堕落了，但为了执行布茹阿玛纳的职责，他发誓要完成祭祀。为此，他开始向主希瓦祈祷。

第14节 विद्यातपोव्रतधरान्मुखतः स्म विप्रान्
ब्रह्मात्मतत्त्वमवितुं प्रथमं त्वमस्राक् ।
तद् ब्राह्मणान् परम सर्वविपत्सु पासि
पालः पशूनिव विभो प्रगृहीतदण्डः ॥ १४ ॥

vidyā-tapo-vrata-dharān mukhataḥ sma viprān
brahmātma-tattvam avituṁ prathamaṁ tvam asrāk
tad brāhmaṇān parama sarva-vipatsu pāsi
pālaḥ paśūn iva vibho pragṛhīta-daṇḍaḥ

vidyā—学识 / tapaḥ—苦修 / vrata—誓言 / dharān—追随者 / mukhataḥ—从嘴部 / sma—是 / viprān—布茹阿玛纳 / brahmā—主

布茹阿玛 / ātma-tattvam—觉悟自我 / avitum—传播 / prathamam—首先 / tvam—您 / asrāk—创造 / tat—因此 / brāhmaṇān—布茹阿玛纳 / parama—伟大的人啊 / sarva—所有的 / vipatsu—在危难中 / pāsi—您保护 / pālaḥ—像保护者 / paśūn—动物 / iva—如同 / vibho—伟大的人啊 / pragṛhīta—手持 / daṇḍaḥ—棍棒

译文 伟大而又强大的主希瓦，为了保护致力于教育、苦修、遵守誓言和觉悟自我的布茹阿玛纳，您首先从主布茹阿玛的嘴部被创造出来。作为布茹阿玛纳的保护者，您像牧牛童手持棍棒保护乳牛一样，始终维护着他们遵守的规范原则。

要旨 人在社会中的特定义务是：无论他的社会地位如何，他都应该通过遵守韦达经典中规定的规范原则，练习控制心神和感官。主希瓦(Śiva)之所以被称为帕舒帕提(paśupati)，是因为他保护生物体，提升他们的意识，以使他们能遵守瓦尔纳(varṇa)和阿刷玛(āśrama)这一韦达制度。梵文帕舒(paśu)一词既指动物也指人。这节诗中说主希瓦总是愿意保护动物，以及灵性意识不是很进步的动物般的生物体。经典还说，布茹阿玛纳(brāhmaṇa，婆罗门)诞生于至尊主的嘴部。我们应该永远记住：主希瓦被称为是至尊主维施努(Viṣṇu)的代表。韦达文献中描述说：布茹阿玛纳诞生于维施努宇宙形象的嘴部，查锤亚(kṣatriya，刹帝利)诞生于祂的臂膀，外夏(vaiśya，吠舍)诞生于祂的腹部或腰部，而庶铎(śūdra，首陀罗)诞生于祂的腿部。从躯体的构造来看，头部极为重要。为了接受为崇拜主维施努所进行的布施，传播韦达知识，布茹阿玛纳从至尊人格首神的嘴部诞生出来。主希瓦被称为帕舒帕提——布茹阿玛纳和其他生物体的保护者。他保护他们免遭那些反对觉悟自我程序的没有教养的非布茹阿玛纳的攻击。

帕舒帕提一词的另一个意思是：仅仅迷恋韦达经(Veda)中讲述的仪式部分，而不明白至尊人格首神地位的人，并不比动物进步。《圣典博伽瓦谭》(Śrīmad-Bhāgavatam)一开始就证实说：如果人不培养奎师那意识，那他即使花费力气举行韦达经中所推荐的仪式也纯属枉然，只不过是在浪费时间而已。主希瓦之所以摧毁达克沙(Dakṣa)举行的祭祀，是为了惩罚他，因为他怠慢主希瓦，犯了极大的罪。主希瓦对达克沙所进行的惩罚，就像牧牛童手持棍棒吓唬他所放养的牛一样。俗话说：保护动物必须用棍棒，因为动物不会讲理。跟它们讲理的唯一方式是用棍棒说话；没有棍棒，它们不会驯服。对还处在动物层面上的人需要用武力来制服。但对进步的文明人则应该通过讲道理和用经典的权威说服他们。只依恋韦达仪式，而不进一步培养奎师那意识，为至尊主做奉爱服务的人，几乎像动物一样。主希瓦负责保护那种人，有时会像惩罚达克沙那样惩罚他们。

第15节　योऽसौ मयाविदिततत्त्वदृशा सभायां
क्षिप्तो दुरुक्ति विशिखैर्विगणय्य तन्माम् ।
अर्वाक्पतन्तमर्हत्तमनिन्दयापाद्
दृष्ट्यार्द्रया स भगवान् स्वकृ तेन तुष्येत् ॥ १५ ॥

yo 'sau mayāvidita-tattva-dṛśā sabhāyāṁ
kṣipto durukti-viśikhair vigaṇayya tan mām
arvāk patantam arhattama-nindayāpād
dṛṣṭyārdrayā sa bhagavān sva-kṛtena tuṣyet

yaḥ—谁 / asau—那 / mayā—由我 / avidita-tattva—不知道事实真相 / dṛśā—靠经验 / sabhāyām—在集会中 / kṣiptaḥ—被辱骂 / durukti—尖酸刻薄的话语 / viśikhaiḥ—被……的箭 / vigaṇayya—不在乎 / tat—那 / mām—我 / arvāk—向下的 / patantam—滑向地狱 / arhat-tama—最值得尊敬的 / nindayā—被中伤 / apat—拯救 /

dṛṣṭyā—看到 / ārdrayā—出于怜悯 / saḥ—那 / bhagavān—您大人 / sva-kṛtena—靠您本人的仁慈 / tuṣyet—感到满意

译文 我不了解您全部的荣耀。正因为如此，我才会在大庭广众之中向您投掷尖刻的话语之箭，尽管您本人并不介意。您是最值得尊重的人，我因为与您对抗而该下地狱，但您却同情我，用惩罚我的方式拯救我。由于我的言语不能令您满意，我请求您对自身的仁慈感到高兴。

要旨 身处逆境的奉献者通常都把逆境视为至尊主的恩典。实际上，达克沙(Dakṣa)所说的那些侮辱主希瓦(Śiva)的话，足以把他扔进地狱，万劫不复。但主希瓦对他很仁慈，赐予他惩罚，以抵消他的弥天大罪。达克沙王认识到这一点，非常感激主希瓦宽宏大量的作为，于是想表示自己的感激之情。父亲有时会惩罚自己的孩子，等孩子长大明白事理时，他就会明白父亲的惩罚其实不是惩罚，而是仁慈。同样道理，达克沙认识到，主希瓦对他的惩罚其实是仁慈的体现。有这种觉悟是在培养奎师那意识的路途上不断取得进步的人的特征。据说，有奎师那意识的奉献者，从不把生活中所遇到的不幸视为是至尊人格首神的非难。他把困境视为是到尊主的恩赐。他想："由于我从前所犯的错误，我本该受惩罚或被置于更大的危难之境中，但至尊主保护了我。因此，我只受到了一点点惩罚，作为业报法律实施的象征性结果。"奉献者这样想着至尊主的恩典，一直不断越来越真诚地投靠至尊人格首神，根本不受这种所谓的惩罚所打扰。

第16节 मैत्रेय उवाच

क्षमाप्यैवं स मीढ्वांसं ब्रह्मणा चानुमन्त्रितः ।
कर्म सन्तानयामास सोपाध्यायर्त्विगादिभिः ॥ १६ ॥

maitreya uvāca
kṣamāpyaivaṁ sa mīḍhvāṁsaṁ
brahmaṇā cānumantritaḥ
karma santānayām āsa
sopādhyāyartvig-ādibhiḥ

maitreyaḥ—麦垂亚圣人 / uvāca—说 / kṣamā—宽恕 / āpya—接受 / evam—因此 / saḥ—达克沙王 / mīḍhvāṁsam—对主希瓦 / brahmaṇā—与主布茹阿玛一起 / ca—也 / anumantritaḥ—得到允许 / karma—祭祀 / santānayām āsa—重新开始 / sa—一起 / upādhyāya—博学的圣人 / ṛtvik—祭司 / ādibhiḥ—和其他人

译文 伟大的圣人麦垂亚说：达克沙王得到主希瓦的原谅后，征得主布茹阿玛的许可，与学识渊博的大圣人、祭司和其他人一起，重新开始举行祭祀。

第17节 वैष्णवं यज्ञसन्तत्यै त्रिक पालं द्विजोत्तमाः ।
पुरोडाशं निरवपन् वीरसंसर्गशुद्धये ॥ १७ ॥

vaiṣṇavaṁ yajña-santatyai
tri-kapālaṁ dvijottamāḥ
puroḍāśaṁ niravapan
vīra-saṁsarga-śuddhaye

vaiṣṇavam—为了主维施努或祂的奉献者 / yajña—祭祀 / santatyai—为了举行 / tri-kapālam—三种供奉 / dvija-uttamāḥ—最优秀的布茹阿玛纳 / puroḍāśam—名叫普柔达沙的祭品 / niravapan—供奉 / vīra—维茹阿巴铎和主希瓦的其他随从 / saṁsarga—因他的触碰而污染 / śuddhaye—为净化

译文 维茹阿巴铎和主希瓦的其他鬼魂随从的触碰使祭祀场所受到了污染，因此为了恢复祭祀活动，布茹阿玛纳们先安排净化祭祀场所。接着，他们安排把名叫普柔达沙的祭品供奉到火中。

要旨 以维茹阿巴铎(Vīrabhadra)为首的主希瓦(Śiva)的部下，都被称为维茹阿(Vīra)，都是鬼魂中的恶魔。他们出现在祭祀场上就已经污染了整个场所，但他们并不就此善罢甘休，还拉屎撒尿玷污了整个环境。因此，首先必须以供奉普柔达沙(puroḍāśa)祭品的方式净化他们所造成的污染。

举行维施努·雅格亚(viṣṇu-yajña)——向主维施努(Viṣṇu)供奉，必须保持清洁、纯净。在不干净的情况下供奉祭品被称为是对奉爱服务的冒犯(sevāparādha)。在庙里崇拜维施努神像也称为维施努·雅格亚。因此，在所有的维施努庙里，负责崇拜神像的祭司都必须非常干净，与崇拜神像有关的一切物品都应该始终保持井然有序，干干净净，食物也应该是在整洁的环境中准备的。所有这些规范守则都在《奉爱的甘露》一书中进行了讲解。为神像服务时有可能做出三十二种冒犯。所以，这项服务要求我们必须谨慎小心地不要使自己被污染。通常，不论何时在开始举行任何一种仪式前，都先要吟诵、吟唱主维施努的圣名，以净化整个环境。一个人不论他的外在或内在洁净与否，只要他吟诵、吟唱或甚至记忆至尊人格首神维施努的圣名，他就会立即得到净化。

整个祭祀场所既然已经被以维茹阿巴铎为首的主希瓦的部下所亵渎，那就应该重新使它神圣化。尽管主希瓦亲自到了现场，而他又是绝对吉祥的，但由于他的部下曾闯入祭祀场，做出许多可憎的举动，所以还是有必要再圣化祭祀场。唯一能圣化祭祀场的方法是：吟诵、吟唱主维施努那能圣化三个世界的圣名垂卡帕拉(Trikapāla)。换句话说，这节诗里承认主希瓦的追随者一般都是不干净的。他们不讲卫生，不定时沐浴，留长发，还抽大麻。这种有不良生活习惯的人被视为鬼魂。由于他们进入神圣的祭祀场所，污染了整个氛围，所以必须用垂卡帕拉供品重新圣化祭祀场，也只有这样才能祈求维施努的恩典。

第18节　अध्वर्युणात्तहविषा यजमानो विशाम्पते ।
धिया विशुद्धया दध्यौ तथा प्रादुरभूद्धरिः ॥ १८ ॥

adhvaryuṇātta-haviṣā
yajamāno viśāmpate
dhiyā viśuddhayā dadhyau
tathā prādurabhūd dhariḥ

adhvaryuṇā—以《亚诸尔·韦达》/ ātta—获取 / haviṣā—用纯净的黄油 / yajamānaḥ—达克沙王 / viśām-pate—维杜茹阿啊 / dhiyā—在冥想中 / viśuddhayā—圣化 / dadhyau—供奉 / tathā—立刻 / prāduḥ—展现 / abhūt—成为 / hariḥ—至尊主哈尔依

译文　伟大的圣人麦垂亚对维杜茹阿说：亲爱的维杜茹阿，一旦达克沙王在神圣的冥想中伴随着《亚诸尔·韦达》曼陀供奉纯净黄油，至尊主维施努便以祂原本的纳茹阿亚纳形象显现在祭祀场上。

要旨　主维施努(Viṣṇu)无所不在。任何奉献者只要遵守规范守则，在神圣的冥想中以做服务的方式，怀着奉爱的心吟诵、吟唱经典所要求的曼陀，就能见到维施努。《布茹阿玛·萨密塔》(Brahma-saṁhitā)中说：眼睛涂上爱神眼膏的奉献者，在心中一直能看到至尊人格首神。主夏玛逊达尔(Śyāmasundara)对祂的奉献者极为仁慈。

第19节 तदा स्वप्रभया तेषां द्योतयन्त्या दिशो दश ।
मुष्णंस्तेज उपानीतस्तार्क्ष्येण स्तोत्रवाजिना ॥ १९ ॥

tadā sva-prabhayā teṣāṁ
dyotayantyā diśo daśa
muṣṇaṁs teja upānītas
tārkṣyeṇa stotra-vājinā

tadā—那时 / sva-prabhayā—由祂身上发出的光芒 / teṣām—他们全体 / dyotayantyā—被光明 / diśaḥ—方向 / daśa —十 / muṣṇan—减弱 / tejaḥ—光芒 / upānītaḥ—带来 / tārkṣyeṇa—由嘎茹达 / stotra-vājinā—它的翅膀被称为毕尔哈特和茹阿坦塔尔

译文 至尊主纳茹阿亚纳坐在长着巨大翅膀的嘎茹达肩上。至尊主一旦显现，便把十方照得一片通明，使布茹阿玛和在场的其他人黯然失色。

要旨 以下两节诗(śloka)中描述了至尊主纳茹阿亚纳(Nārāyaṇa)。

第20节 श्यामो हिरण्यरशनोऽर्क कि रीट जुष्टो
नील ाल क भ्रमरमण्डितकु ण्डलास्यः ।
शङ्खाब्जचक्र शरचापगदासिचर्म-
व्यग्रैर्हिरण्मयभुजैरिव क र्णिक ारः ॥ २० ॥

śyāmo hiraṇya-raśano 'rka-kirīṭa-juṣṭo
nīlālaka-bhramara-maṇḍita-kuṇḍalāsyaḥ
śaṅkhābja-cakra-śara-cāpa-gadāsi-carma-
vyagrair hiraṇmaya-bhujair iva karṇikāraḥ

śyāmaḥ—微黑色 / hiraṇya-raśanaḥ—像黄金一样的衣服 /

arka-kirīṭa-juṣṭaḥ—戴着像太阳一样耀眼的头盔 / nīla-alaka—带蓝色的卷发 / bhramara—大黑蜂 / maṇḍita-kuṇḍala-āsyaḥ—用耳环衬托着的面庞 / śaṅkha—海螺 / abja—莲花 / cakra—飞轮 / śara—箭 / cāpa—弓 / gadā—大头棒 / asi—宝刀 / carma—盾牌 / vyagraiḥ—充满…… / hiraṇmaya—金黄色(手镯) / bhujaiḥ—用手 / iva—恰似 / karṇikāraḥ—鲜花盛开的树

译文　　祂肤色微黑，身穿金黄色衣服，头上的冠冕如太阳般灿然。祂的头发呈黑蓝色，像黑蜜蜂的颜色。祂佩戴着耳环，八只手中分别拿着海螺、飞轮、大头棒、莲花、箭、弓、刀和盾牌，手臂上戴着手镯和臂环等黄金饰品。祂的整个身体恰似点缀着各种美丽鲜花的茁壮大树。

要旨　　这节诗中描述主维施努(Viṣṇu)的面庞仿佛有蜜蜂在上面嗡嗡飞舞的莲花。主维施努身上所戴的饰物，颜色都像早晨的太阳所发出的微带红色的熔金。至尊主如同旭日东升般显现，以保护整个宇宙创造。祂的手中展示了各种武器，祂的八只手被比喻为是八个莲花瓣。诗中所提到的所有武器都是用来保护祂的奉献者的。

维施努通常是四臂形象，手中分别持有飞轮、大头棒、海螺和莲花。我们看到维施努手中所拿的这四种象征物各有其不同的用途：大头棒和飞轮是祂惩罚恶魔和邪恶之人的象征，莲花和海螺则是用来祝福奉献者的。世上总有两类人，那就是恶魔和奉献者。正如《博伽梵歌》(Bhagavad-gītā)中确认的：至尊主总是准备保护奉献者(paritrāṇāya sādhūnām)，消灭恶魔。这个物质世界里有奉献者也有恶魔，但灵性世界里没有恶魔。换句话说，物质世界和灵性世界都归主维施努所有。尽管物质世界里几乎所有的人都有邪恶的品性，但也存在着奉献者，他们虽然总处在灵性世界中，但却出现在物质世界里。奉献者的地位永远是超然的，他永远受主维施努的保护。

第21节 वक्षस्यधिश्रितवधूर्वनमाल्युदार-
हासावलोक क लया रमयंश्च विश्वम् ।
पार्श्वभ्रमद्व्यजनचामरराजहंसः
श्वेतातपत्रशशिनोपरि रज्यमानः ॥ २१ ॥

vakṣasy adhiśrita-vadhūr vana-mäly udāra-
hāsāvaloka-kalayā ramayaṁś ca viśvam
pārśva-bhramad-vyajana-cāmara-rāja-haṁsaḥ
śvetātapatra-śaśinopari rajyamānaḥ

vakṣasi—胸膛上 / adhiśrita—处在 / vadhūḥ—一位女士(幸运女神拉玙施蜜) / vana-mālī—带着用森林中的鲜花编成的花环 / udāra—美丽的 / hāsa—微笑 / avaloka—扫视 / kalayā—以一小部分 / ramayan—愉快的 / ca—和 / viśvam—整个世界 / pārśva—边 / bhramat—前后移动 / vyajana-cāmara—白色犛牛尾扇 / rāja-haṁsaḥ—天鹅 / śveta-ātapatra-śaśinā—月亮般的华盖 / upari—在……之上 / rajyamānaḥ—看起来很美

译文 在至尊主维施努胸膛上的幸运女神和花环，使祂看上去美丽非凡。祂脸上展露着微笑，那微笑使整个世界为之倾倒，更能迷住祂的奉献者。在至尊主两侧的白色牛尾扇仿佛白天鹅，祂头顶上的白色华盖恰似月亮。

要旨 主维施努(Viṣṇu)微笑的脸庞使整个世界的人都感到愉快，不仅是奉献者，就连非奉献者都被这样的微笑所吸引。这节诗以太阳、月亮、八个莲花瓣的莲花和嗡嗡叫着的黑蜜蜂为比喻，极美地描绘了白色的牛尾扇、华盖，以及用前后摆动的耳环衬托着的至尊主的脸庞和祂的黑发。这一切使手持海螺、飞轮、大头棒、莲花、弓、箭、盾牌、宝刀的主维施努，看上去庄严、华美，迷住了包括达克沙(Dakṣa)和主布茹阿玛(Brahmā)在内的祭祀场上的全体半神人。

第22节 तमुपागतमालक्ष्य सर्वे सुरगणादयः ।
प्रणेमुः सहसोत्थाय ब्रह्मेन्द्रत्र्यक्षनायकाः ॥ २२ ॥

tam upāgatam ālakṣya
sarve sura-gaṇādayaḥ
praṇemuḥ sahasotthāya
brahmendra-tryakṣa-nāyakāḥ

tam—祂 / upāgatam—抵达 / ālakṣya—看过后 / sarve—所有的 / sura-gaṇa-ādayaḥ—半神人和其他人 / praṇemuḥ—致敬 / sahasā—立即 / utthāya—站起来后 / brahma—主布茹阿玛 / indra—主因铎 / tri-akṣa—(有三只眼睛的)主希瓦 / nāyakāḥ—由……指引

译文 主布茹阿玛、主希瓦、甘达尔瓦等所有在场的半神人一旦看到主维施努，马上五体投地拜倒祂面前向祂致以敬意。

要旨 从这节诗中可以看出，主维施努(Viṣṇu)甚至是主希瓦(Śiva)和主布茹阿玛(Brahma)的至尊主，就更不用说其他的半神人、甘达尔瓦(Gandharva)和普通生物体了。《圣典博伽瓦谭》第 12 篇第 13 章的第 1 节诗中说：所有的半神人都崇拜主维施努(yaṁ brahmā varuṇendra-rudra-marutāḥ)，瑜伽师也把注意力完全集中在主维施努的形象上(dhyānāvasthita-tad-gatena manasā paśyanti yaṁ yoginaḥ)；所有的半神人、甘达尔瓦，甚至主希瓦和主布茹阿玛都崇拜主维施努，因此维施努是至尊人格首神(tad viṣṇoḥ paramaṁ padaṁ sadā paśyanti sūrayah)。尽管主布茹阿玛在前面的诗中祈祷说主希瓦是至尊者，但当主维施努出现时，希瓦也要在祂面前五体投地，向祂致以虔诚的顶礼。

第23节 तत्तेजसा हततरुचः सन्नजिह्वाः ससाध्वसाः ।
मूर्ध्ना धृताञ्जलि पुट । उपतस्थुरधोक्षजम् ॥ २३ ॥

tat-tejasā hata-rucaḥ
sanna-jihvāḥ sa-sādhvasāḥ
mūrdhnā dhṛtāñjali-puṭā
upatasthur adhokṣajam

tat-tejasā—被祂身体放射出的耀眼光芒 / hata-rucaḥ—光泽消退 / sanna-jihvāḥ—沉默不语 / sa-sādhvasāḥ—害怕祂 / mūrdhnā—用头 / dhṛta-añjali-puṭāḥ—用手触碰头 / upatasthuḥ—祈祷 / adhokṣajam—对至尊人格首神阿窦克萨佳

译文 在场所有的人的身体光芒都隐没在纳茹阿亚纳身体放射出的灿烂光芒中。大家都停止了说话，怀着敬畏的心情用手触头，准备向至尊人格首神阿窦克萨佳祈祷。

第24节 अप्यर्वाग्वृत्तयो यस्य महि त्वात्मभुवादयः ।
यथामति गृणन्ति स्म कृ तानुग्रहविग्रहम् ॥ २४ ॥

apy arvāg-vṛttayo yasya
mahi tv ātmabhuv-ādayaḥ
yathā-mati gṛṇanti sma
kṛtānugraha-vigraham

api—仍然 / arvāk-vṛttayaḥ—超越心智活动 / yasya—谁的 / mahi—光荣的 / tu—但是 / ātmabhū-ādayaḥ—布茹阿玛等人 / yathā-mati—根据他们各自的能力 / gṛṇanti sma—敬献祈祷内容 / kṛta-anugraha—凭借祂的恩典展示 / vigraham—超然的形象

译文　尽管就连像布茹阿玛那样心智极高的半神人都不能理解至尊主无限的荣耀，但凭借至尊主的恩典，他们全都看到了至尊人格首神的超然形象。他们只有凭借这种恩典，才能根据各自的地位恭敬地向祂献上他们的祈祷。

要旨　至尊主——人格首神，永远是无限的，任何人都列举不完祂的荣耀，就连主布茹阿玛这样伟大的人物也做不到。据说，至尊主的直接化身阿南塔(Ananta)有无数张嘴，但尽管祂的每一张嘴都在努力描述至尊主的荣耀，可用了无限长的时间，至尊主的荣耀仍然无穷无尽，因此祂永远讲述不完。普通生物体根本不可能理解或赞美无限的人格首神，但每个人可以根据自己的能力向至尊主祈祷或为至尊主服务。这种能力会通过服务的精神而增加。梵文 sevonmukhe hi jihvādau 一句是指，为至尊主服务始于舌头，即吟诵、吟唱。人通过吟诵、吟唱哈瑞·奎师那曼陀开始为至尊主服务。舌头的另一个作用是品尝给至尊主供奉过的素食——帕萨达(prasāda)。我们必须用舌头开始侍奉无限者，通过吟诵、吟唱神的圣名和品尝至尊主的帕萨达达到完美。接受至尊主的帕萨达意味着控制所有的感官。舌头被认为是最难控制的感官，因为它渴求吃许许多多有害身体健康的食物，以迫使生物坠入受制约的物质化生命形式的牢笼中。生物从一种生命形式转入另一种生命形式，不得不吃许多令人恶心的食物，这种情况永无止境。我们应该用舌头吟诵、吟唱神的圣名和吃祂的帕萨达，以便控制其他感官。吟诵、吟唱至尊主的圣名是药疗，而吃至尊主的帕萨达是食疗。人利用这些方法就能开始为至尊主做服务，而随着服务的质和量的增加，至尊主就会越来多地向奉献者揭示祂自己。然而，至尊主的荣耀是无限的，为祂做服务也是没有止境的。

第25节

दक्षो गृहीतार्हणसादनोत्तमं
यज्ञेश्वरं विश्वसृजां परं गुरुम् ।
सुनन्दनन्दाद्यनुगैर्वृतं मुदा
गृणन् प्रपेदे प्रयतः कृ ताञ्जलिः ॥ २५ ॥

dakṣo gṛhītārhaṇa-sādanottamaṁ
yajñeśvaraṁ viśva-sṛjāṁ paraṁ gurum
sunanda-nandādy-anugair vṛtaṁ mudā
gṛṇan prapede prayataḥ kṛtāñjaliḥ

dakṣaḥ—达克沙 / gṛhīta—接受 / arhaṇa—合法的 / sādana-uttamam—祭祀用的器皿 / yajña-īśvaram—向一切祭祀的主人 / viśva-sṛjām—全体生物体祖先的 / param—至尊者 / gurum—导师 / sunanda-nanda-ādi-anugaiḥ—通过与苏南达和南达那样的同伴 / vṛtam—围绕 / mudā—以巨大的快乐之情 / gṛṇan —恭敬地祈祷 / prapede—托庇 / prayataḥ—有被征服的心 / kṛta-añjaliḥ—双手合十

译文 等至尊主维施努接受了在祭祀中供奉的祭品后，生物体的祖先达克沙便怀着喜悦的心情开始向祂恭恭敬敬地祈祷。至尊人格首神其实是一切祭祀的主人，及所有生物体祖先的导师，就连南达和苏南达这样的人物都侍奉祂。

第26节

दक्ष उवाच
शुद्धं स्वधाम्न्युपरताखिल बुद्ध्यवस्थं
चिन्मात्रमेक मभयं प्रतिषिध्य मायाम् ।

तिष्ठंस्तयैव पुरुषत्वमुपेत्य तस्या-
मास्ते भवानपरिशुद्ध इवात्मतन्त्रः ॥ २६ ॥

dakṣa uvāca
śuddhaṁ sva-dhāmny uparatākhila-buddhy-avasthaṁ
cin-mātram ekam abhayaṁ pratiṣidhya māyām
tiṣṭhaṁs tayaiva puruṣatvam upetya tasyām
āste bhavān apariśuddha ivātma-tantraḥ

dakṣaḥ—达克沙 / uvāca—说 / śuddham—纯粹的 / sva-dhāmni—在您自己的住所 / uparata-akhila—完全掉转 / buddhi-avastham—主观臆测的范畴 / cit-mātram—完全灵性的 / ekam—独一无二 / abhayam—无畏的 / pratiṣidhya—控制 / māyām—物质能量 / tiṣṭhan—处于 / tayā—与她(玛亚) / eva—肯定地 / puruṣatvam—监督者 / upetya—进入 / tasyām—她体内 / āste—存在 / bhavān—主人 / apariśuddhaḥ—不纯洁 / iva—仿佛 / ātma-tantraḥ—自给自足

译文　达克沙对至尊人格首神说：亲爱的主，您超越一切思辨的范畴。您完全是灵性的，毫无畏惧。您始终控制着物质能量，即使出现在物质能量中，也是超然的。您完全是自给自足的，因此从不受物质的污染。

第27节

ऋत्विज ऊचुः
तत्त्वं न ते वयमनञ्जन रुद्रशापात्
क र्मण्यवग्रहधियो भगवन् विदामः ।
धर्मोपलक्षणमिदं त्रिवृदध्वराख्यं
ज्ञातं यदर्थमधिदैवमदो व्यवस्थाः ॥ २७ ॥

ṛtvija ūcuḥ
tattvaṁ na te vayam anañjana rudra-śāpāt
karmaṇy avagraha-dhiyo bhagavan vidāmaḥ

dharmopalakṣaṇam idaṁ trivṛd adhvarākhyaṁ
jñātaṁ yad-artham adhidaivam ado vyavasthāḥ

ṛtvijaḥ—祭司 / ūcuḥ—开始说 / tattvam—真相 / na—不 / te—至尊主您的 / vayam—我们所有的人 / anañjana—没有物质污染 / rudra—主希瓦 / śāpāt—被他的诅咒 / karmaṇi—在功利性活动中 / avagraha—太执著于 / dhiyaḥ—这种智力的 / bhagavan—至尊主啊 / vidāmaḥ—知道 / dharma—宗教 / upalakṣaṇam—采用象征 / idam—这 / tri-vṛt—韦达经的三个知识系统 / adhvara—祭祀 / ākhyam—名字的 / jñātam—我们所知道 / yat—那 / artham—为了……的缘故 / adhidaivam—为了崇拜半神人 / adaḥ—这 / vyavasthāḥ—安排

译文 祭司们向至尊主祈祷道：超越物质污染的主啊！由于主希瓦部下的诅咒，我们现在变得依恋功利性活动，因而堕落得对您一无所知。相反，我们以祭祀为名举行仪式，忙于遵从韦达知识三个体系的教导。我们知道，您对分发给各个半神人的祭祀份额做出了安排。

要旨 《博伽梵歌》(Bhagavad-gītā)第 2 章的第 45 节诗中，说韦达经(Veda)论述了物质自然的三个属性(traiguṇya-viṣayā vedā)。那些认真研究韦达经的人——韦达·瓦迪(veda-vādī)，非常迷恋韦达经中提到的各种仪式，因此不能了解韦达经的最终目的是帮助人了解主奎师那——维施努(Viṣṇu)。然而，那些不受韦达经中属于三种物质属性范畴的迷人论述吸引的人，能了解永不受物质属性污染的奎师那。所以，这节诗中说主维施努不受物质污染(anañjana)。主奎师那在《博伽梵歌》第 2 章的第 42 节诗中，抨击不成熟的韦达学者们说：

yām imām puṣpitām vācam
pravadanty avipaścitaḥ
veda-vāda-ratāḥ pārtha
nānyad astīti vādinaḥ

"知识浅薄的人过分执著韦达经的华丽辞藻，说除此之外再没有其他的内容了。"

第28节

सदस्या ऊचुः
उत्पत्त्यध्वन्यशरण उरुक्लेशदुर्गेऽन्तकोग्र-
व्यालान्विष्टे विषयमृगतृष्यात्मगेहोरुभारः ।
द्वन्द्वश्वभ्रे खल मृगभये शोक दावेऽज्ञसार्थः
पादौक स्ते शरणद क दा याति क ामोपसृष्टः ॥ २८ ॥

sadasyā ūcuḥ
utpatty-adhvany aśaraṇa uru-kleśa-durge 'ntakogra-
vyālānviṣṭe viṣaya-mṛga-tṛṣy ātma-gehoru-bhāraḥ
dvandva-śvabhre khala-mṛga-bhaye śoka-dāve 'jña-sārthaḥ
pādaukas te śaraṇada kadā yāti kāmopasṛṣṭaḥ

sadasyāḥ—集会成员 / ūcuḥ—说 / utpatti—重复生死 / adhvani—在……路途上的 / aśaraṇe—无处托庇 / uru—巨大的 / kleśa—麻烦 / durge—在可怕的堡垒中 / antaka—终止 / ugra—凶猛的 / vyāla—蛇 / anviṣṭe—充满 / viṣaya—物质的快乐 / mṛga-tṛṣi—海市蜃楼 / ātma—躯体 / geha—家 / uru—沉重的 / bhāraḥ—负担 / dvandva—双重的 / śvabhre—洞，所谓快乐与痛苦的沟 / khala—凶猛的 / mṛga—动物 / bhaye—害怕…… / śoka-dāve—悲伤的森林之火 / ajña-sa-arthaḥ—为了恶棍的利益 / pāda-okaḥ—您莲花足的保护 / te—向您 / śaraṇa-da—给予庇护 / kadā—当……时 / yāti—去 / kāma-upasṛṣṭaḥ—受各种欲望的折磨

译文 参加祭祀的成员们对至尊主说：生活在苦恼中

的人的唯一庇护者啊！在受制约的存在这一可怕的围城中，时间因素就像蛇一样时时刻刻在寻找机会用毒牙咬人。这个世界充满了所谓痛苦和快乐的沟渠，以及随时准备攻击人的凶猛野兽。悲伤之火始终熊熊燃烧着，虚假快乐的海市蜃楼一直在诱惑人，但没人能从它们那里得到保护。正因为如此，愚蠢的人们才会生活在生与死的循环中，永远肩负着履行所谓责任的重担。我们不知道，他们什么时候才会接受您莲花足的庇护。

要旨 正如这节诗中所描述的，没有奎师那意识的人过着非常危险的生活，而所有这些处境都是由忘记奎师那所导致的。奎师那意识运动的目的，就是要解救所有这些受迷惑且痛苦不堪的人。因此，这场运动是对整个人类社会所进行的最大规模的营救工作：参与其中的工作者是最伟大的祝福者，因为他们追随主柴坦亚(Caitanya)的步伐，而主柴坦亚是众生最好的朋友。

第29节

रुद्र उवाच
तव वरद वराङ्घ्रावाशिषेहाखिल ार्थे
ह्यपि मुनिभिरसक्तै रादरेणार्हणीये ।
यदि रचितधियं माविद्यलोक ोऽपविद्धं
जपति न गणये तत्त्वत्परानुग्रहेण ॥ २९ ॥

rudra uvāca
tava varada varāṅghrāv āśiṣehākhilārthe
hy api munibhir asaktair ādareṇārhaṇīye
yadi racita-dhiyaṁ māvidya-loko 'paviddhaṁ
japati na gaṇaye tat tvat-parānugraheṇa

rudraḥ uvāca—主希瓦说 / tava—您的 / vara-da—至高无上

的赐福者啊 / vara-aṅghrau—珍贵的莲花足 / āśiṣā—被欲望 / iha—在物质世界里 / akhila-arthe—为实现 / hi api—肯定地 / munibhiḥ—被圣人们 / asaktaiḥ—解脱的 / ādareṇa—小心翼翼地 / arhaṇīye—值得崇拜的 / yadi—如果 / racita-dhiyam—集中注意力 / mā—我 / avidya-lokaḥ—无知之人 / apaviddham—不纯洁的活动 / japati—作声 / na gaṇaye—不重视 / tat—它 / tvat-para-anugraheṇa—靠像您这样的怜悯心

译文　主希瓦说：亲爱的至尊主，我始终全神贯注于您的莲花足。您的莲花足作为一切祝福的源头，使所有的心愿得以满足，因而值得崇拜。为此，所有解脱了的伟大圣人都崇拜您的莲花足。由于我把注意力都集中在您的莲花足上，那些亵渎我，说我的活动不纯洁的人不再能扰乱我的心。我不在乎他们的责难，而是出于怜悯原谅他们，一如您向众生展现同情。

要旨　主希瓦(Śiva)在这节诗里对他曾经发怒，破坏达克沙(Dakṣa)的祭祀活动一事表示后悔。达克沙王以各种方式侮辱他，他因而愤怒，破坏了整个祭祀仪式。后来当他被取悦后，祭祀才得以重新举行。他为此而后悔自己的所作所为。他现在说，由于他把注意力集中在至尊主维施努(Viṣṇu)的莲花足上，那些对他生活方式的种种批评不再扰乱他的心。从主希瓦的这一声明中可以了解，我们只要还处在物质的层面上，就会受物质自然三种属性的影响。然而，我们一旦完全具有了奎师那意识，就不再受这种物质活动的影响。所以，我们应该始终怀着奎师那意识，致力于为至尊主做超然的爱心服务。这样的奉献者保证永远不受物质自然三种属性作用与反作用的影响。《博伽梵歌》(Bhagavad-gītā)中也证实这一事实说：坚定地为至尊主做超然服务的人，超越了一切物质属性，处在布茹阿曼

(Brahman，梵)觉悟的境界，在此境界中不为追求物质事物的欲望所折磨。《圣典博伽瓦谭》(Śrīmad-Bhāgavatam)劝告我们：要始终保持奎师那意识，永远不要忘了与至尊主的超然关系。所有的人都必须严格遵守这一程序。从主希瓦的声明中我们可以明白：他始终保持奎师那意识，因此摆脱了物质的痛苦。所以，摆脱物质属性影响的唯一办法，就是一直不断地增强奎师那意识。

第30节

भृगुरुवाच
यन्मायया गहनयापहृतात्मबोधा
ब्रह्मादयस्तनुभृतस्तमसि स्वपन्तः ।
नात्मन्श्रितं तव विदन्त्यधुनापि तत्त्वं
सोऽयं प्रसीदतु भवान् प्रणतात्मबन्धुः ॥ ३० ॥

bhṛgur uvāca
yan māyayā gahanayāpahṛtātma-bodhā
brahmādayas tanu-bhṛtas tamasi svapantaḥ
nātman-śritaṁ tava vidanty adhunāpi tattvaṁ
so 'yaṁ prasīdatu bhavān praṇatātma-bandhuḥ

bhṛguḥ uvāca—圣布瑞古说 / yat—谁 / māyayā—被错觉能量 / gahanayā—超越不了的 / apahṛta—被偷 / ātma-bodhāḥ—有关原本地位的知识 / brahma-ādayaḥ—主布茹阿玛等人 / tanu-bhṛtaḥ—有物质躯体的生物 / tamasi—在错觉的黑暗之中 / svapantaḥ—躺下 / na—不 / ātman—在生物体内 / śritam—处在 / tava—您的 / vidanti—明白 / adhunā—现在 / api—肯定地 / tattvam—绝对的地位 / saḥ—您 / ayam—这 / prasīdatu—仁慈地 / bhavān—至尊主您的 / praṇata-ātma—皈依的灵魂 / bandhuḥ—朋友

译文 圣布瑞古说：亲爱的至尊主，所有的生物，从最高的布茹阿玛，到最低的普通蚂蚁，都受错觉能量那不可超越的迷惑力的影响，因此对他们的原本状况一无所知。大家都相信躯体概念，都身陷在错觉的黑暗中。实际上，他们既理解不了您是怎么作为超灵住在每一个生物体中的，也不了解您绝对的地位。然而，对全体投靠、服从您的灵魂来说，您永远是朋友和保护者。因此，请仁慈地对待我们，原谅我们所犯的错误。

要旨　布瑞古·牟尼(Bhṛgu Muni)注意到在达克沙(Dakṣa)举行的祭祀仪式中，包括布茹阿玛(Brahmā)和主希瓦(Śiva)在内的每一个人所表现出的不体面的行为。他之所以提及这个物质世界里的最高生物体布茹阿玛，是为了说明，除了主维施努(Viṣṇu)，物质世界中的每一个生物体，包括布茹阿玛和主希瓦在内，都受躯体概念的影响，都受物质能量的迷惑。这就是布瑞古的看法。人只要还把躯体与自我认同，就很难了解超灵或至尊人格首神。布瑞古意识到自己不如布茹阿玛，于是把自己列在冒犯者的名单上。无知之人——受制约的灵魂，除了接受由物质自然控制着的危险处境外，没有其他选择。唯一的解决办法就是投靠、服从维施努，始终祈求得到宽恕。要想得到拯救，只有依靠至尊主的没有缘故的仁慈，而不是依靠自己的力量，哪怕一点都不行。这就是具有奎师那意识之人的完美状态。至尊主虽然是众生的朋友，但对投靠祂的灵魂特别亲切。因此，简单的方法便是：受制约的灵魂应该始终投靠至尊主，而至尊主会全面保护他，使他摆脱物质污染的钳制。

第31节

ब्रह्मोवाच
नैतत्स्वरूपं भवतोऽसौ पदार्थ-
भेदग्रहैः पुरुषो यावदीक्षेत् ।

ज्ञानस्य चार्थस्य गुणस्य चाश्रयो
मायामयाद्व्यतिरिक्तो मतस्त्वम् ॥ ३१ ॥

brahmovāca
naitat svarūpaṁ bhavato 'sau padārtha-
bheda-grahaiḥ puruṣo yāvad īkṣet
jñānasya cārthasya guṇasya cāśrayo
māyāmayād vyatirikto matas tvam

brahmā uvāca—主布茹阿玛说 / na—不 / etat—这 / svarūpam—永恒的形象 / bhavataḥ—您的 / asau—其他 / pada-artha—知识 / bheda—不同的 / grahaiḥ—通过获得 / puruṣaḥ—人 / yāvat—只要 / īkṣet—想看 / jñānasya—知识的 / ca—也 / arthasya—目标的 / guṇasya—知识工具的 / ca—也 / āśrayaḥ—基础 / māyā-mayāt—从物质能量制造的 / vyatiriktaḥ—不同的 / mataḥ—被视为 / tvam—您

译文 主布茹阿玛说：亲爱的至尊主，那些试图依靠各种获得知识的程序来了解您的人，不可能了解您的个性和永恒的形象。您的地位永远超越于物质创造，想单凭经验或观察去了解您的方法是物质的，其达到的目的和所用的工具也是物质的。

要旨 经典说，我们用我们的物质感官，理解不了至尊人格首神的超然名字、品质、活动和用品等。经验主义哲学家靠思辨去了解绝对真理的努力，永远是徒劳无功的，因为他们用来了解绝对真理的方法、目标和工具都是物质的。至尊主是阿帕奎塔(aprākṛta)——超越物质世界创造之外。就连伟大的非人格神主义者商卡尔查尔亚(Śaṅkarācārya)也承认这一事实说：最初的物质原因超越这个物质展示之外，是物质世界的源头(nārāyaṇaḥ paro 'vyaktād aṇḍam avyakta-sambhavam)。梵文 avyakta 的意思是"最初的物质原因"。由于至尊人格首神纳茹阿亚纳(Nārāyaṇa)超越这个物质世界，我们不可能用任何物质的方法去推测祂。我们必须只用培养奎师那意识的超然方法去了解至尊人格首神。《博伽梵歌》(Bhagavad-gītā)第 18 章的第 55 节诗中确证这一点说：人只有做奉爱服务，才能了解至尊主超然的形象(bhaktyā mām abhijānāti)。非人格神主义者和人格神主义者的区别在于：非人格神主义者受他们那思辨方法的局限，甚至接近不了至尊人格首神；相反，奉献者是用他们为至尊人格首神所做的超然爱心服务取悦祂。至尊主被奉献者的服务态度所感动，向奉献者揭示祂自己(sevonmukhe hi)。物质主义者不了解至尊主，即使至尊主出现在这种人的面前，他们也认不出祂。所以，在《博伽梵歌》中，主奎师那谴责这种物质主义者是穆达(mūḍha)。穆达的意思是"恶棍、无赖"。《博伽梵歌》中说：只有邪恶之徒才把奎师那视为是凡夫俗子；他们不了解主奎师那的地位和祂的超然能量。非人格神主义者不知道主奎师那的超然能量，所以嘲笑、轻视祂，把祂视为是人类的一分子。相反，奉献者通过他们的服务态度，能了解奎师那就是人格首神。在《博伽梵歌》第 10 章中，阿尔诸纳(Arjuna)也证实说：要了解至尊主的人格性是非常困难的。

第32节

इन्द्र उवाच
इदमप्यच्युत विश्वभावनं
वपुरानन्दक रं मनोदृशाम् ।
सुरविद्विट्क्षपणैरुदायुधै-
र्भुजदण्डैरुपपन्नमष्टभिः ॥ ३२ ॥

indra uvāca
idam apy acyuta viśva-bhāvanaṁ
vapur ānanda-karaṁ mano dṛśām

sura-vidviṭ-kṣapaṇair udāyudhair
bhuja-daṇḍair upapannam aṣṭabhiḥ

indraḥ uvāca—天帝因铎说 / idam—这 / api—肯定地 / acyuta—绝无错误、绝对可靠的人啊 / viśva-bhāvanam—为了宇宙的福利 / vapuḥ—超然的形象 / ānanda-karam—令人快乐的原因 / manaḥ-dṛśām—对心神和眼睛 / sura-vidviṭ—嫉妒您的奉献者 / kṣapaṇaiḥ—通过惩罚 / ud-āyudhaiḥ—用举起的武器 / bhuja-daṇḍaiḥ—用手臂 / upapannam—拥有 / aṣṭabhiḥ—用八个

译文 天帝因铎说：我亲爱的主，您为整个宇宙的幸福而显现了超然的八臂形象，这每只手各持不同武器的八臂形象令人赏心悦目。您的这一形象，随时准备惩罚那些嫉妒您奉献者的恶魔。

要旨 从启示经典中我们看到，主维施努(Viṣṇu)通常以四臂形象显现。但在这场祭祀中，主维施努却是以八臂形象出现。天帝因铎(Indra)说："我们虽然习惯看您的四臂维施努形象，但您现在显现的这八臂形象与四臂形象一样真实。"主布茹阿玛(Brahmā)曾说，至尊主的超然形象超出我们感官所能感知的范畴。为回应布茹阿玛的说明，天帝因铎说：即使物质的感官感受不到至尊主的超然形象，但祂的活动和超然的形象还是能让人了解的。至尊主非凡的特征、活动和美丽，甚至能让普通人感受到，比如：主奎师那在温达文(Vṛndāvana)以六七岁的孩子形象出现时，那里的居民都去接近祂。当温达文上空下起倾盆大雨时，至尊主用左手小手指举起哥瓦尔丹山(Govardhana)长达七天，拯救了温达文的居民们。至尊主的这一非凡举动，甚至该让那些想要推测出自己物质感官的极限的物质主义者们信服。祂的活动甚至从体验的角度看也是令人愉悦的。然而，非人格神主义者们因为是通过对照自己的人格性去研究至尊

主的人格性，所以不相信祂的身份。由于这个物质世界里的人举不起一座山，他们便不相信至尊主能举起来。他们认为《圣典博伽瓦谭》(Śrīmad-Bhāgavatam)是寓言，因此试图用自己的方式去解释。但事实上，维亚萨戴瓦(Vyāsadeva)、纳茹阿达(Nārada)等伟大的导师和经典的作者都证实说，至尊主在温达文的全体居民面前举起了哥瓦尔丹山。我们应该如实地接受至尊主的活动、娱乐时光和非凡特征等与祂有关的一切。我们如果这样做，那么即便在现在的状况下也能了解至尊主。在这节诗里，天帝因铎确认说："您以八臂形象显现跟以四臂显现一样。"这是毫无疑问的。

第33节

पत्न्य ऊचुः
यज्ञोऽयं तव यजनाय के न सृष्टो
विध्वस्तः पशुपतिनाद्य दक्षक ोपात् ।
तं नस्त्वं शवशयनाभशान्तमेधं
यज्ञात्मन्नलि नरुचा दृशा पुनीहि ॥ ३३ ॥

patnya ūcuḥ
yajño 'yaṁ tava yajanāya kena sṛṣṭo
vidhvastaḥ paśupatinādya dakṣa-kopāt
taṁ nas tvaṁ śava-śayanābha-śānta-medhaṁ
yajñātman nalina-rucā dṛśā punīhi

patnyaḥ ūcuḥ—执行祭祀的人的妻子们说 / yajñaḥ—祭祀 / ayam—这 / tava—您的 / yajanāya—崇拜 / kena—由布茹阿玛 / sṛṣṭaḥ—安排 / vidhvastaḥ—毁坏 / paśupatinā—被主希瓦 / adya—今天 / dakṣa-kopāt—由于对达克沙愤怒 / tam—它 / naḥ—我们的 / tvam—您 / śava-śayana—死尸 / ābha—像 / śānta-medham—静止不动的祭祀动物 / yajña-ātman—祭祀之主啊 / nalina—莲花 / rucā—美丽 / dṛśā—用您的目光 / punīhi—圣化

译文 祭祀执行者的妻子们说：亲爱的主，这场祭祀是按布茹阿玛的指示安排的，但不幸的是，主希瓦因为生达克沙的气，破坏了整个祭祀场所。由于他的愤怒，原准备用来祭祀的牲畜横尸祭祀场。因此，我们失去了为祭祀准备的一切。现在，请用您的莲花眼扫视祭祀场，使它恢复圣洁。

要旨 在祭祀中供奉动物，是为了使动物们获得新生。这就是动物牺牲的目的。这样做是为了证明吟唱曼陀(mantra，韦达赞歌)的力量。不幸的是：当达克沙(Dakṣa)的祭祀被主希瓦(Śiva)毁坏时，有些动物也被杀死了(其中一个被杀死是为了用它的头颅替换达克沙的头颅)。它们陈尸在祭祀场上，使整个祭祀场变成了火葬场。如此，祭祀的真正目的便失去了。

祭司的妻子们请求主维施努(Viṣṇu)——这种祭祀仪式的最终受益者，用祂没有缘故的仁慈扫视祭祀场所，以使祭祀的各项工作得以继续进行。这里的关键是，人们不应该不必要地杀动物。用他们来做祭祀的目的是为了证明曼陀的力量，并使它们借助曼陀的力量返老还童。它们本不该被杀死，就像主希瓦为了用动物头替换达克沙的头而杀死动物一样。看到动物被供奉后得到新生是令人愉快的，但这种愉快的气氛却因为动物不必要地被杀死而失去了。祭司的妻子们要求主维施努用祂的扫视让动物复活，以使祭祀愉快地进行。

第34节

ऋषय ऊचुः
अनन्वितं ते भगवन् विचेष्टितं
यदात्मना चरसि हि क र्म नाज्यसे ।
विभूतये यत उपसेदुरीश्वरीं
न मन्यते स्वयमनुवर्ततीं भवान् ॥ ३४ ॥

ṛṣaya ūcuḥ
ananvitaṁ te bhagavan viceṣṭitaṁ
yad ātmanā carasi hi karma nājyase

vibhūtaye yata upasedur īśvarīṁ
na manyate svayam anuvartatīṁ bhavān

ṛṣayaḥ—圣人们 / ūcuḥ—祈祷 / ananvitam—神奇的 / te—您的 / bhagavan—一切财富的拥有者啊 / viceṣṭitam—活动 / yat—那 / ātmanā—用您的能量 / carasi—您实行 / hi—肯定地 / karma—对这种活动 / na ajyase—您不执著 / vibhūtaye—为了她的仁慈 / yataḥ—从谁 / upaseduḥ—崇拜 / īśvarīm—幸运女神拉珂施蜜 / na manyate—不依恋 / svayam—您本人 / anuvartatīm—向顺从您的仆人(拉珂施蜜) / bhavān—至尊主您的

译文 圣人们祈祷说：亲爱的主，您的活动无比神奇；您虽然用您的各种能量去做一切，但却一点儿都不执著于这样的活动。您甚至不依恋幸运女神，而她本身受到布茹阿玛那样伟大的半神人的崇拜，布茹阿玛都要向她祈祷，以期得到她的仁慈。

要旨 《博伽梵歌》(Bhagavad-gītā)中说：至尊主既不想从祂神奇的活动中得到什么结果，也不需要从事那些活动。但为了给大家树立榜样，祂有时还是要做事，而祂从事的活动都很神奇。祂对一切都不执著。《博伽梵歌》第 4 章的第 14 节诗中说：祂的活动虽然很神奇，但祂不执著任何事(na māṁkarmāṇi limpanti)。祂是自足的。这里举了幸运女神拉珂施蜜(Lakṣmī)的例子：她一直不断地在侍奉至尊主，但至尊主并没有就此依恋她。就连布茹阿玛(Brahmā)那样伟大的半神人，为了赢得幸运女神拉珂施蜜的欢心都要崇拜她。然而，尽管成千上万的幸运女神崇拜至尊主，但祂却不依恋她们中的任何人。伟大的圣人们特别提到了有关至尊主崇高的超然状态与普通生物的区别，那就是：祂不像普通生物那样，执著于虔诚活动的结果。

第35节

सिद्धा ऊचुः
अयं त्वत्कथामृष्टपीयूषनद्यां
मनोवारणः क्लेशदावाग्निदग्धः ।
तृषार्तोऽवगाढो न सस्मार दावं
न निष्क्रामति ब्रह्मसम्पन्नवन्नः ॥ ३५ ॥

siddhā ūcuḥ
ayaṁ tvat-kathā-mṛṣṭa-pīyūṣa-nadyāṁ
mano-vāraṇaḥ kleśa-dāvāgni-dagdhaḥ
tṛṣārto 'vagāḍho na sasmāra dāvaṁ
na niṣkrāmati brahma-sampannavan naḥ

siddhāḥ—希达们 / ūcuḥ—祈祷 / ayam—这 / tvat-kathā—您的娱乐时光 / mṛṣṭa—纯粹的 / pīyūṣa—甘露的 / nadyām—在河中 / manaḥ—思绪的 / vāraṇaḥ—大象 / kleśa—受苦 / dāva-agni—被森林之火 / dagdhaḥ—烧 / tṛṣā—渴 / ārtaḥ—折磨 / avagāḍhaḥ—陷入 / nasasmāra—不记得 / dāvam—森林之火或痛苦 / na niṣkrāmati—没出来 / brahma—绝对者 / sampanna-vat—仿佛融入 / naḥ—我们的

译文 希达们说：主啊！正如大象在森林大火中备受折磨后进入河里便忘了所有的痛苦，我们的思绪始终沉浸在您超然的娱乐时光的甘露之河中，从不想离开这种超然的极乐。这极乐与融入绝对所感到的快乐一样。

要旨 这节诗是希达珞卡(Siddhaloka)星球上的居民希达们(具有神秘力量的半神人)所说的话。希达珞卡上具有八种物质的完美。希达珞卡上的居民对八种瑜伽神通运用自如，但从他们的声明看，他们都是纯粹的奉献者。他们总是沉浸在聆听至尊主娱乐时光的甘露之河中。梵文中把聆听至尊主娱乐时光的活动称为奎师那·

卡塔(Kṛṣṇa-kathā)。同样，帕拉德·玛哈茹阿佳(Prahlāda Mahārāja)也曾说过：始终沉浸在描述至尊主娱乐时光的甘露之洋中的人已经解脱了，对物质生活的处境毫无畏惧。希达们说，一般人心中总是充满了焦虑。这里举大象的例子说：大象在森林大火中受苦后，进入河中以减轻痛苦。在这个物质存在的森林大火中受苦的人，只有进入讲述至尊主娱乐时光的甘露之洋中，才会忘记痛苦的物质存在中的一切烦恼。希达们不关心举行祭祀以得到好报一类的功利性活动。他们只是沉浸在对至尊主娱乐时光的超然谈论中。这使他们完全快乐而无须关心虔诚或不虔诚的活动。始终具有奎师那意识的人，不需要从事各种虔诚或不虔诚的祭祀等活动。奎师那意识本身就是圆满的，因为它囊括了韦达经典中所赞扬的一切方法。

第36节

यजमान्युवाच
स्वागतं ते प्रसीदेश तुभ्यं नमः
श्रीनिवास श्रिया कान्तया त्राहि नः ।
त्वामृतेऽधीश नाङ्गैर्मखः शोभते
शीर्षहीनः क बन्धो यथा पुरुषः ॥ ३६ ॥

yajamāny uvāca
svāgataṁ te prasīdeśa tubhyaṁ namaḥ
śrīnivāsa śriyā kāntayā trāhi naḥ
tvām ṛte 'dhīśa nāṅgair makhaḥ śobhate
śīrṣa-hīnaḥ ka-bandho yathā puruṣaḥ

yajamānī—达克沙的妻子 / uvāca—祈祷 / su-āgatam—吉祥的显现 / te—您的 / prasīda—变得快乐 / īśa—我亲爱的主 / tubhyam—向您 / namaḥ—恭敬地顶礼 / śrīnivāsa—幸运女神的居所啊 / śriyā—与拉珂施蜜 / kāntayā—您的妻子 / trāhi—保护 / naḥ—我们 / tvām—您 / ṛte—没有 / adhīśa—至尊的控制者啊 / na—不 / aṅgaiḥ—用肢体 / makhaḥ—祭祀场所 / śobhate—是美丽的 /

śīrṣa-hīnaḥ—没有头颅 / ka-bandhaḥ—只有一个躯体 / yathā—像 / puruṣaḥ—一个人

译文 达克沙的妻子这样祈祷道：我亲爱的至尊主，您在这个祭祀场上显现真是我们天大的福气。我恭恭敬敬地向您顶礼，并希望您在这里能高兴。正如身体缺了头颅便不会美丽，如果没有您在，这个祭祀场就不美。

要旨 主维施努(Viṣṇu)的另一名字是雅格耶施瓦尔(Yajñeśvara)。《博伽梵歌》(Bhagavad-gītā)中说，所有的活动都应该是为了取悦主维施努而做。这种为维施努·雅格亚(Viṣṇu-yajña)。我们除非是为了取悦至尊主而活动，否则所做的一切都将成为把我们捆绑在这个物质世界里的原因。达克沙(Dakṣa)的妻子在这节诗里证实这一点说："您如果不来到祭祀场，这场祭祀仪式的庄严、宏大便毫无用处，恰似没有头的身体，再怎么修饰它也毫无用处。"这一比喻正适用于形容人类社会这一躯体。人们对取得的物质文明进步感到很骄傲，但这种进步实际上只是毫无用处的无头之躯。没有奎师那意识，没有对至尊人格首神维施努的了解，文明中的任何进步，无论其多么复杂精致，都是没有价值的。《哈尔伊·巴克缇·苏杜达亚》(Hari-bhakti-sudhodaya)一书第3章的第11节诗中说：

bhagavad-bhakti-hīnasya
jātiḥ śāstraṁ japas tapaḥ
aprāṇasyaiva dehasya
maṇḍanaṁ loka-rañjanam

这段话的大意是说：当朋友或亲戚去世时，人们，特别是层次低的人有时就会给尸体整容、穿衣打扮并列队送葬。对死尸所做的这番装饰其实毫无价值，因为真正的生命力早已离去，同样，如果没有奎师那意识，那么贵族身份、社会声望或物质文明进步等，都只不过是像装饰死尸一样。

达克沙的妻子名叫帕苏缇(Prasūtī)，是斯瓦阳布瓦·玛努(Svāyambhuva Manu)的女儿。她的妹妹黛瓦瑚缇(Devahūti)嫁给了卡尔达玛·牟尼(Kardama Muni)，而人格首神卡皮拉戴瓦(Kapiladeva)显现为黛瓦瑚缇的儿子。因此，帕苏缇是主维施努的姨妈。她满怀深情地请求主维施努赐予她特别的恩典；她是祂的姨妈。因此寻求特别的恩典。这节诗中还有一个重点是：帕苏缇赞美至尊主时也一起赞美了幸运女神。主维施努在哪里受到崇拜，哪里就会得到幸运女神的特别照顾。主维施努被称为阿姆瑞塔(amṛta)——超然的。半神人，包括主布茹阿玛(Brahmā)和主希瓦(Śiva)，都是创造后出生的，但主维施努存在于创造之前。因此，祂被称为阿姆瑞塔。至尊主的奉献者外士纳瓦(Vaiṣṇava)们，崇拜主维施努和祂的内在能量。达克沙的妻子恳求至尊主把祭司们转变为外士纳瓦，不要让他们当功利性活动者，不要仅仅为了获得某些物质利益而举行祭祀。

第37节

लोक पाला ऊचुः
दृष्टः किं नो दृग्भिरसद्ग्रहैस्त्वं
प्रत्यग्द्रष्टा दृश्यते येन विश्वम् ।
माया ह्येषा भवदीया हि भूमन्
यस्त्वं षष्ठः पञ्चभिर्भासि भूतैः ॥ ३७ ॥

lokapālā ūcuḥ
dṛṣṭaḥ kiṁ no dṛgbhir asad-grahais tvaṁ
pratyag-draṣṭā dṛśyate yena viśvam
māyā hy eṣā bhavadīyā hi bhūman
yas tvaṁ ṣaṣṭhaḥ pañcabhir bhāsi bhūtaiḥ

loka-pālāḥ—各个星球上的统治者 / ūcuḥ—说 / dṛṣṭaḥ—看到 / kim—无论 / naḥ—由我们 / dṛgbhiḥ—被物质感官 / asat-grahaiḥ—显示宇宙展示 / tvam—您 / pratyak-draṣṭā—内在的见证人 / dṛśyate—

被看见 / yena—被谁 / viśvam—宇宙 / māyā—物质世界 / hi—因为 / eṣā—这 / bhavadīyā—您的 / hi—肯定地 / bhūman—宇宙的拥有者啊 / yaḥ—因为 / tvam—您 / ṣaṣṭhaḥ—第六个 / pañcabhiḥ—与五个 / bhāsi—显现 / bhūtaiḥ—与各种元素

译文 各星球的统治者们这样说：亲爱的主，我们只相信我们的直觉，但在这种情况下，我们不知道我们是否真的以我们物质的感官看到了您。我们用我们物质的感官只能感知到物质展示，但您超出五种元素的范围。您是第六元素。因此，我们把您看作是物质世界的创造。

要旨 各个星球上的统治者在物质上肯定都极为富有，因此很骄傲。这种人理解不了至尊主超然、永恒的形象。《布茹阿玛·萨密塔》(Brahma-saṁhitā)中说：只有那些眼睛上涂了爱神眼膏的人，才能在自己的活动中时时刻刻看到至尊人格首神。琨缇(Kuntī)王后的祈祷中也说：只有那些在物质方面不骄傲自大的人(akiñcanagocaram)，才能看到至尊人格首神；其他人则受到迷惑，甚至想不到绝对真理。

第38节

योगेश्वरा ऊचुः
प्रेयान्न तेऽन्योऽस्त्यमुतस्त्वयि प्रभो
विश्वात्मनीक्षेन्न पृथग्य आत्मनः ।
अथापि भक्त्येश तयोपधावता-
मनन्यवृत्त्यानुगृहाण वत्सल ॥ ३८ ॥

yogeśvarā ūcuḥ
preyān na te 'nyo 'sty amutas tvayi prabho
viśvātmanīkṣen na pṛthag ya ātmanaḥ
athāpi bhaktyeśa tayopadhāvatām
ananya-vṛttyānugṛhāṇa vatsala

yoga-īśvarāḥ—伟大的神秘主义者 / ūcuḥ—说 / preyān—非常喜爱 / na—不 / te—您的 / anyaḥ—另一个 / asti—有 / amutaḥ—从那 / tvayi—在您之中 / prabho—亲爱的主 / viśva-ātmani—在众生的超灵中 / īkṣet—看 / na—不 / pṛthak—不同的 / yaḥ—谁 / ātmanaḥ—生物 / atha api—更多 / bhaktyā—以奉爱之心 / ısa—至尊主啊 / tayā—与它 / upadhāvatām—那些崇拜者的 / ananya-vṛttyā—始终不渝 / anugṛhāṇa—恩宠 / vatsala—总是怀着善意的主啊

译文　伟大的神秘主义者说：亲爱的主，谁因为知道您是众生的超灵而看您跟他们自己一样，您无疑就极喜爱谁。您很赞许那些为您做奉爱服务，把您视为主人并认为自己是仆人的人。您总是仁慈地关心他们的利益。

要旨　这节诗指出：一元论者和伟大的神秘主义者都知道至尊人格首神是一个完整体。这“一体”并不是人们所误解的“生物在所有的方面都与至尊人格首神平等”，而这种一元论的观点基础于《博伽梵歌》(Bhagavad-gītā)所描述的纯粹知识。《博伽梵歌》第 7 章的第 17 节中，至尊主说：有高度的超然知识并了解奎师那意识科学的人非常爱我，我也非常爱他(priyo hi jñānino ‘tyartham ahaṁ sa ca mama priyah)。那些真正完全了解神的科学的人，知道生物是至尊主的高级能量。《博伽梵歌》第 7 章中谈到这一点说：物质能量是低等能量，生物是高等能量。能量和有能量的人没有分别，因此，能量和能量的拥有者具有同样的品质。对至尊人格首神有完整知识的人，分析祂的各种能量并知道自己的原本地位。对这样的人，至尊主无疑是极为喜爱的。然而，有些人虽然并不很了解有关至尊者的知识，但却总怀着爱和信心想着祂，感到祂伟大、非凡，自己是祂不可缺少的一部分，永远是祂的仆人。这样的人甚至更得到至尊主的喜爱。

这节诗的特别之处在于：至尊主被称为瓦特萨拉(vatsala)。梵文瓦特萨拉的意思是“总是怀着善意”。至尊主的名字是巴克塔·瓦特萨拉(bhakta-vatsala)，而巴克塔·瓦特萨拉的意思是“祂对奉献者总是很友善”。至尊主以巴克塔·瓦特萨拉闻名于世，韦达经典中从没有把祂称为格亚尼·瓦特萨拉(jñānī-vatsala)——对思辨者总是很友善。

第39节 जगदुद्भवस्थितिलयेषु दैवतो
बहुभिद्यमानगुणयात्ममायया ।
रचितात्मभेदमतये स्वसंस्थया
विनिवर्तितभ्रमगुणात्मने नमः ॥ ३९ ॥

jagad-udbhava-sthiti-layeṣu daivato
bahu-bhidyamāna-guṇayātma-māyayā
racitātma-bheda-mataye sva-saṁsthayā
vinivartita-bhrama-guṇātmane namaḥ

jagat—物质世界 / udbhava—创造 / sthiti—维系 / layeṣu—毁灭 / daivataḥ—命运 / bahu—许多 / bhidyamāna—是富于变化的 / guṇayā—被物质属性 / ātma-māyayā—被祂的物质能量 / racita—生产 / ātma—在生物中 / bheda-mataye—产生不同的倾向的 / sva-saṁsthayā—被祂的内在能量 / vinivartita—导致停顿 / bhrama—相互作用 / guṇa—物质属性 / ātmane—向祂的个人形象 / namaḥ—致敬

译文 我们恭恭敬敬地顶拜至尊主，祂创造了多样化的展示，并为了创造、维系和毁灭它们，把它们置于物质世界三种属性的控制下。祂本身并不受祂外在能量的控制；在祂的个人特征当中，根本没有物质属性那些富于变化的展示。祂不受错误认同的错觉所影响。

要旨　这节诗中描述了两种情况：一种是物质世界的创造、维系和毁灭，另一种是至尊主自己的住所。神的王国——至尊主本人的住所中，也有其属性。这节诗中说哥珞卡(Goloka)中也存在着属性，但那属性并不分别展示为创造、维系和毁灭。在外在能量中，三种属性的相互作用使事物得以创造、维系和毁灭。但在灵性世界里，也就是在神的王国中，由于一切都是永恒、有感知力并充满喜乐的，所以并没有创造、维系和毁灭这一类的展示。有一类哲学家错误地认识人格首神在这个物质世界里的出现，认为：至尊人格首神出现时，像在这个物质世界里出生的其他生物体一样，受物质自然三种属性的影响。这是他们的误解。这节诗中清楚地说：祂的内在能量，使祂超越所有的物质属性(sva-saṁsthayā)。同样，在《博伽梵歌》(Bhagavad-gītā)中，至尊主说："我靠我的内在能量出现。"内在能量和外在能量都受至尊者的控制，因此祂不受这些能量中的任何一种能量的控制。恰恰相反，一切都受祂的控制。祂为了展示祂超然的名字、形象、品质、娱乐时光和个人用品，让祂的内在能量开始工作。外在能量的多样化，使得以布茹阿玛(Brahmā)、主希瓦(Śiva)为首的多种性质的半神人展示出来，而受不同物质属性制约的人就受不同半神人的吸引。但是，当人超越物质属性的影响，处在超然的层面上时，他就会一心一意只崇拜至尊的人物。《博伽梵歌》中解释这一事实说：致力于为至尊主服务的人，已超越了物质自然三种属性的变化和相互作用。结论是：受制约的灵魂被物质属性的作用和反作用拉扯着，而物质属性的作用和反作用创造了各种不同的能量。但在灵性世界里，唯一受到崇拜的是至尊主，别无他人。

第40节　　ब्रह्मोवाच

नमस्ते श्रितसत्त्वाय धर्मादीनां च सूतये ।
निर्गुणाय च यत्काष्ठां नाहं वेदापरेऽपि च ॥ ४० ॥

brahmovāca
namas te śrita-sattvāya
dharmādīnāṁ ca sūtaye
nirguṇāya ca yat-kāṣṭhāṁ
nāhaṁ vedāpare 'pi ca

brahma—韦达经的人格化身 / uvāca—说 / namaḥ—虔敬的顶礼 / te—向您 / śrita-sattvāya—善良属性的庇护者 / dharma-ādīnām——一切宗教、苦修和赎罪的 / ca—和 / sūtaye—源泉 / nirguṇāya—超越物质属性 / ca—和 / yat—谁的(至尊主的) / kāṣṭhām—位置 / na—不 / aham—我 / veda—知道 / apare—其他人 / api—肯定地 / ca—和

译文 韦达经的人格化身说：我们虔敬地顶拜您，至尊主，善良属性的庇护者，一切宗教、苦修和赎罪的源头。您超越一切物质属性，没人知道您或您的实际地位。

要旨 物质世界里有由三种属性组成的三位一体物质属性。主维施努(Viṣṇu)负责掌管善良属性，而这个属性是宗教、知识、苦行、弃绝、财富等的源头。因此，当生物受物质世界里的善良属性控制时，他就会享有真正的和平、繁荣、知识和宗教。可他们一旦受制于其他两种属性——激情和愚昧属性，不稳定的受制约生活就会变得使他们难以忍受。然而，主维施努的原本状态，始终是超越一切物质属性的。梵文称这种状态为尼尔古纳(nirguṇa)，古纳(guṇa)的意思是“属性”，尼尔(nir)的意思是“没有”。但这并不是指主维施努没有属性；祂有超然的属性，并借此显现并展示祂的娱乐时光。韦达经的研究者，以及布茹阿玛(Brahmā)、希瓦(Śiva)等伟大的半神人，都不知道祂那绝对超然的属性展示。实际上，祂的超然属性只向奉献者展示。正如《博伽梵歌》(Bhagavad-gītā)中所确认的：人仅仅通过做奉爱服务就能了解至尊主的超然状态。受善良

属性影响的人，可以对超然的绝对真理有部分的了解。但《博伽梵歌》中建议说，人必须超越这个层面。韦达原则是以物质自然三种属性为基础制定的。人必须先超越三种属性，然后才能过绝对纯粹的灵性生活。

第41节 अग्निरुवाच

यत्तेजसाहं सुसमिद्धतेजा
हव्यं वहे स्वध्वर आज्यसिक्त म् ।
तं यज्ञियं पञ्चविधं च पञ्चभिः
स्विष्टं यजुर्भिः प्रणतोऽस्मि यज्ञम् ॥ ४१ ॥

agnir uvāca
yat-tejasāhaṁ susamiddha-tejā
havyaṁ vahe svadhvara ājya-siktam
taṁ yajñiyaṁ pañca-vidhaṁ ca pañcabhiḥ
sviṣṭaṁ yajurbhiḥ praṇato 'smi yajñam

agniḥ—火神 / uvāca—说 / yat-tejasā—被……的光芒 / aham—我 / su-samiddha-tejāḥ—像熊熊大火一样明亮 / havyam—供奉 / vahe—我接受 / su-adhvare—在祭祀中 / ājya-siktam—与黄油混合在一起 / tam—那 / yajñiyam—祭祀的保护者 / pañca-vidham—五 / ca—和 / pañcabhiḥ—由五种 / su-iṣṭam—崇拜 / yajurbhiḥ—韦达赞歌 / praṇataḥ—恭敬地顶礼 / asmi—我 / yajñam—向雅格亚(维施努)

译文 火神说：亲爱的主，我虔敬地顶拜您，因为凭借您的恩惠，我像熊熊大火一样明亮，并接受在祭祀中供奉的掺了黄油的祭品。按照《亚诸尔·韦达》所准备的五种祭品都是您不同的能量，您受到五种韦达赞美诗的崇拜。祭祀就是您本人——至尊人格首神。

要旨 《博伽梵歌》(Bhagavad-gītā)中明确地说，应该为取悦主维施努(Viṣṇu)而举行祭祀。主维施努有一千个著名、超然的名字，其中一个是雅格亚(yajña)。经典中明确地说：所做的一切，都应该是为了满足雅格亚(维施努)而做的。除此之外，人们所从事的其他活动都只是给他们带来束缚而已。人们必须按韦达赞歌中的指示举行祭祀(雅格亚)。正如众多的乌帕尼沙德(Upaniṣad，奥义者)中所说的：火、祭坛、吉祥的满月，以及称为查图尔玛夏(cāturmāsya)的四个月、祭祀用的动物和名为索玛(soma)的饮料都是必备的，韦达经中提到的由四个字母组成的特殊赞歌也是必不可少的。有这样一首赞歌：āśrāvayeti catur-akṣaraṁ astu śrauṣaḍ iti catur-akṣaraṁ yajeti dvābhyāṁ ye yajāmahah。按施茹缇(Śruti)和斯密尔缇(smṛti)文献的规定吟诵、吟唱这些曼陀(mantra)，只是为了取悦主维施努。为了拯救那些受物质制约，执著于物质享受的人，经典推荐他们举行祭祀(雅格亚)，遵守四个社会阶层和四个灵性阶段的规范守则。《维施努·普冉纳》(Viṣṇu Purāṇa)中说：为取悦维施努而举行祭祀，能使人逐渐获得解脱。因此，人生的目标就是取悦主维施努。这就是祭祀(雅格亚)。有奎师那意识的人，献出一生来取悦奎师那——全体维施努形象的源头。这样的人通过每天崇拜至尊主并向祂供奉帕萨达(prasāda)，而成为最优秀的祭祀举行者。《圣典博伽瓦谭》(Śrīmad-Bhāgavatam)中明确地说：在这个喀历(Kali)年代里，唯一能获得成功的最佳祭祀(雅格亚)就是：吟诵、吟唱哈瑞·奎师那 哈瑞·奎师那 奎师那·奎师那 哈瑞·哈瑞 / 哈瑞·茹阿玛 哈瑞·茹阿玛 茹阿玛·茹阿玛 哈瑞·哈瑞(yajñaiḥ saṅkīrtana-prāyaiḥ)。正如其他祭祀要在主维施努的形象面前举行，这种祭祀要在主柴坦亚(Caitanya)的形象前举行。《圣典博伽瓦谭》第 11 篇中记载着这些建议。此外，这种祭祀的举行记实：主柴坦亚·玛哈帕布(Caitanya Mahāprabhu)就是主维施努本人。就像主维施努很久很久以前在达克沙(Dakṣa)举行的祭祀上显现一样，主柴坦亚在这个年代里体现，接受我们举行的集体吟唱神的圣名的祭祀——桑克伊尔坦·雅格亚(saṅkīrtana-yajña)。

第42节

देवा ऊचुः
पुरा कल्पापाये स्वकृतमुदरीकृत्य विकृतं
त्वमेवाद्यस्तस्मिन् सलिल उरगेन्द्राधिशयने ।
पुमान् शेषे सिद्धैर्हृदि विमृशिताध्यात्मपदविः
स एवाद्याक्ष्णोर्यः पथि चरसि भृत्यानवसि नः ॥ ४२ ॥

devā ūcuḥ
purā kalpāpāye sva-kṛtam udarī-kṛtya vikṛtaṁ
tvam evādyas tasmin salila uragendrādhiśayane
pumān śeṣe siddhair hṛdi vimṛśitādhyātma-padaviḥ
sa evādyākṣṇor yaḥ pathi carasi bhṛtyān avasi naḥ

devāḥ—半神人们 / ūcuḥ—说 / purā—从前 / kalpa-apāye—毁灭的时刻到来时 / sva-kṛtam—自生 / udarī-kṛtya—吸入您的腹中 / vikṛtam—结果 / tvam—您 / eva—肯定地 / ādyaḥ—原始的 / tasmin—在那之中 / salile—水 / uraga-indra—在蛇沙上 / adhiśayane—在床上 / pumān—人格 / śeṣe—休息 / siddhaiḥ—被解脱的灵魂（萨纳卡等）/ hṛdi—在心中 / vimṛśita—冥想 / adhyātma-padaviḥ—哲学思辨的方法 / saḥ—祂 / eva—肯定地 / adya—现在 / akṣṇoḥ—双眼的 / yaḥ—谁 / pathi—在路途上 / carasi—您移动 / bhṛtyān—仆人 / avasi—保护 / naḥ—我们

译文 半神人们说：亲爱的主，以前，当毁灭来临时，您保存起物质展示中一切种类的能量。那时，以萨纳卡等解脱灵魂为代表的高等星球的全体居民，都会以哲学思辨的形式冥想您。因此，您是存在中的第一个人；您躺在名叫蛇沙是蛇床上，在毁灭之洋中休息。今天的此刻，您让我们——您的全体仆人见到了您。请保护我们。

要旨 这节诗中所说的毁灭是指：当主布茹阿玛(Brahmā)睡觉时，宇宙里的低等星球遭到毁灭。以玛哈尔珞卡(Maharloka)、佳纳珞卡(Janaloka)和塔珀珞卡(Tapoloka)为起始的高等星系，在这种毁灭来临时并不会被淹没。正如这节诗指出的那样：至尊主是创造者；创造的能量由祂的身体展示出来，毁灭后，祂把所有的能量都保存在祂的腹中。

这节诗中的另一个重点是，半神人们说："我们都是您的仆人(bhṛtyān)。请保护我们。"半神人依靠维施努的保护；他们不是独立的。因此，由于不需要崇拜半神人，《博伽梵歌》(Bhagavad-gītā)谴责对半神人的崇拜，并明确地说：只有智力欠缺的人才去求取半神人的支持。通常，谁要是有物质欲望想要得到满足，就可以去祈求维施努，而不必去求半神人。崇拜半神人的人不是很聪明。除此之外，半神人还说："我们是您永恒的仆人。"因此，至尊主的仆人——奉献者，对功利性活动、举行规定的祭祀(雅格亚，yajña)和心智思辨等不感兴趣。他们只是怀着爱和信心真诚地为至尊人格首神做爱心服务，至尊主亲自保护这样的奉献者。在《博伽梵歌》中，主奎师那说，"只皈依我，我会保护你免于一切恶报。"这个物质世界是这样创造的：人有意、无意地都会作恶，除非把生命奉献给主维施努，否则就不得不承受从事罪恶活动所带来的一切报应。但是，投靠、服从至尊主并用自己的有生之年为祂服务的人，会得到至尊主的直接保护。这样的人即不害怕受恶报之苦，也不会在有意或无意间去作恶。

第43节 गन्धर्वा ऊचुः

अंशांशास्ते देव मरीच्यादय एते

ब्रह्मेन्द्राद्या देवगणा रुद्रपुरोगाः ।

क्रीडाभाण्डं विश्वमिदं यस्य विभूमन्
तस्मै नित्यं नाथ नमस्ते करवाम ॥ ४३ ॥

gandharvā ūcuḥ
aṁśāṁśās te deva marīcy-ādaya ete
brahmendrādyā deva-gaṇā rudra-purogāḥ
krīḍā-bhāṇḍaṁ viśvam idaṁ yasya vibhūman
tasmai nityaṁ nātha namas te karavāma

gandharvāḥ—甘达尔瓦们 / ūcuḥ—说 / aṁśa-aṁśāḥ—您身体不可缺少的一部分 / te—您的 / deva—亲爱的主 / marīci-ādayaḥ—玛瑞祺和伟大的圣人们 / ete—这些 / brahma-indra-ādyāḥ—以布茹阿玛和因铎为首 / deva-gaṇāḥ—半神人们 / rudra-purogāḥ—以主希瓦为首 / krīḍā-bhāṇḍam—玩具 / viśvam—整个创造 / idam—这 / yasya—谁的 / vibhūman—至尊万能的大人物 / tasmai—向祂 / nityam—永远 / nātha—主啊 / namaḥ—虔敬地顶拜 / te—向您 / karavāma—我们致以

译文　歌仙甘达尔瓦们说：亲爱的至尊主，所有的半神人，包括主希瓦、主布茹阿玛、因铎、玛瑞祺和伟大的圣人们在内，都只不过是您身体的各个部分。您是至尊全能的大人物，整个创造对您来说只是一个玩具。我们永远承认您是至尊人格首神，向您致以最虔敬的顶拜。

要旨　《布茹阿玛·萨密塔》(Brahma-saṁhitā)中说，奎师那是至尊人格首神。控制者有许许多多，从布茹阿玛(Brahmā)、主希瓦(Śiva)天帝因铎(Indra)和月神昌铎(Candra)，下至低等星系的统治者、总统、部长、主席和国王等。事实上，每个人都可以把自己视为是上帝。这是物质生活中骄傲自大的错觉。实际情况是：尽管维施努是至尊主，但在祂之上甚至还有一个人物——奎师那，因为维施努是奎师那完整扩展的一部分。这节诗中用梵文 aṁśāṁśāḥ 一词提到了这一点，aṁśāṁśāḥ 是指部分的部分。经典《柴坦亚·查瑞塔姆瑞塔》(Caitanya-caritāmṛta)中也有类似的诗节指出，至尊主的部分扩展又扩展出其他的部分。正如《圣典博伽瓦谭》(Śrīmad-Bhāgavatam)中所描述的：有许多维施努的展示和生物体的展示。维施努的展示称为部分展示(svāṁśa)，生物被称为维宾囊沙(vibhinnāṁśa)。像布茹阿玛和因铎这样的半神人之所以提升到如此崇高的地位上，是因为他们以前从事过极为虔诚的活动和苦修，但实际上维施努——奎师那，才真正是众生的主人。《柴坦亚·查瑞塔姆瑞塔》中说：唯有奎师那是至尊人格首神，其他所有的人，甚至包括维施努·塔特瓦(viṣṇu-tattva)在内，都是祂的仆人，更不要说普通生物了(ekale īśvara kṛṣṇa，āra saba bhṛtya)。巴拉戴瓦(Baladeva)是奎师那的第一个扩展，就连祂都致力于为奎师那服务，普通生物毫无疑问更要做服务了。众生被创造出来的目的，原本就是要为奎师那服务的。甘达尔瓦(Gandharva，歌仙)们在此承认：半神人们也许表示自己是至尊者，但他们并不是至高无上的。真正的至尊者是奎师那。《圣典博伽瓦谭》中声明：“奎师那是唯一的至尊主(kṛṣṇas tu bhagavān svayam)。”因此，正如往树根处浇水，树的枝枝叶叶和花朵也能得到水分，仅仅崇拜奎师那就已经包括了对一切“部分”的崇拜。

第44节

विद्याधरा ऊचुः
त्वन्माययार्थमभिपद्य कले वरेऽस्मिन्
कृत्वा ममाहमिति दुर्मतिरुत्पथैः स्वैः ।
क्षिप्तोऽप्यसद्विषयलालस आत्ममोहं
युष्मत्कथामृतनिषेवक उद्व्युदस्येत् ॥ ४४ ॥

vidyādharā ūcuḥ
tvan-māyayārtham abhipadya kalevare 'smin
kṛtvā mamāham iti durmatir utpathaiḥ svaiḥ
kṣipto 'py asad-viṣaya-lālasa ātma-mohaṁ
yuṣmat-kathāmṛta-niṣevaka udvyudasyet

vidyādharāḥ—维迪亚达尔们 / ūcuḥ—说 / tvat-māyayā—被您的外在能量 / artham—人体 / abhipadya—得到后 / kalevare—在体内 / asmin—在这之中 / kṛtvā—错误的认同 / mama—我的 / aham—我 / iti—因此 / durmatiḥ—愚昧之人 / utpathaiḥ—被错误的路途 / svaiḥ—被人自己的财产 / kṣiptaḥ—所迷惑 / api—甚至 / asat—短暂的 / viṣaya-lālasaḥ—在感官对象中寻找自己的快乐 / ātma-moham—以为躯体是自我的错觉 / yuṣmat—您的 / kathā—话题 / amṛta—甘露 / niṣevakaḥ—品尝 / ut—从远处 / vyudasyet—能得到拯救

译文　维迪亚达尔们说：亲爱的主，人体是专门为达到最高的完美境界而设的，但在您外在能量的推动下，生物错误地把自己与他有的躯体和物质能量相认同。因此，在玛亚的影响下，他想靠物质享受变得快乐。他被误导，总是被短暂、虚假的快乐所吸引。但您超然的活动是如此有力，以致人只要聆听和吟唱这些话题，就能去除错觉。

要旨　梵文称人体生命为阿尔塔达(arthada)，因为它能很好地帮助有物质躯体的灵魂达到最完美的境界。帕拉德·玛哈茹阿佳(Prahlāda Mahārāja)曾经说：人体虽然短暂，但能帮我们达到最高的完美境界。在从低级生命形式向高级生命形式的进化过程中，人体生命是神赋予我们的一个极大的恩惠。但玛亚(māyā，错觉)的力量是如此强大，尽管我们得到了人体生命这一极大的恩惠，但她让我们受短暂物质快乐的影响，忘记自己的人生目的。我们被那些会停止存在东西所吸引，而首先吸引我们的就是短暂的身体。在物质世界这可怕的生命境况中，通往解脱的路只有一条，那就是致力于聆听和吟诵、吟唱至尊主圣名这一超然的活动：哈瑞·奎师那 哈瑞·奎师那 奎师那·奎师那 哈瑞·哈瑞 / 哈瑞·茹阿玛 哈瑞·茹阿玛 茹阿玛·茹阿玛 哈瑞·哈瑞。

这节诗中的梵文 yuṣmat-kathāmṛa-niṣevakaḥ 一句的意思是：那些沉浸于品尝有关您的话题的甘露的人。专门讲述奎师那的话语和事迹的书籍有两部，其中《博伽梵歌》(Bhagavad-gītā)是奎师那的教导，《圣典博伽瓦谭》(Śrīmad-Bhāgavatam)是只描述奎师那和祂的奉献者的书。这两部书专门是有关奎师那话题的甘露。致力于传播这两部韦达经典的人，很容易摆脱玛亚强加在我们身上的受制约并充满错觉的生活。错觉使受制约的灵魂不努力了解自己的灵性身份，却对裹住真正自我的血肉之躯更感兴趣，而那个皮囊犹如昙花一现，时间一到就会毁灭。当生物不得不从一个身体转到另一个躯体时，他所面临的整个处境都会改变。在玛亚的影响下，他会再一次对新处境感到满意。梵文称玛亚的这种影响是 āvaraṇtmikā śakti，因为它是如此强大，以致使生物在任何令人厌恶的环境中都感到满意，即使投生为虫子，生活在肠子中的粪便里也不例外。这就是玛亚的蒙蔽性影响。但人体生命为我们提供了一个了解真相的机会，谁要是错过这个机会，他就是最不幸的。摆脱玛亚影响的方法是：不断地谈论有关奎师那的话题。主柴坦亚(Caitanya)推荐了一个程序，使人们可以在保持现状的情况下从真正的权威那里聆听有关奎师那的一切。主柴坦亚鼓励所有的人都去传播奎师那所说的话。祂建议说："你们都要成为灵性导师。你们的责任是向每一个你遇到的人讲述奎师那或奎师那的教导。"国际奎师那意识协会就是为实现这一宗旨而成立的。我们并不要求人们先改变他们的现状，然后再来加入我们。相反，我们邀请所有的人来和我们一起吟诵、吟唱哈瑞·奎师那　哈瑞·奎师那　奎师那·奎师那　哈瑞·哈瑞／哈瑞·茹阿玛　哈瑞·茹阿玛　茹阿玛·茹阿玛　哈瑞·哈瑞。因为我们知道：人只要吟诵、吟唱并聆听有关奎师那的话题，他的生活就会改变；他会看到曙光就在前面，他的人生就会成功。

第45节

ब्राह्मणा ऊचुः
त्वं क्रतुस्त्वं हविस्त्वं हुताशः स्वयं
त्वं हि मन्त्रः समिद्दर्भपात्राणि च ।
त्वं सदस्यर्त्विजो दम्पती देवता
अग्निहोत्रं स्वधा सोम आज्यं पशुः ॥ ४५ ॥

brāhmaṇā ūcuḥ
tvaṁ kratus tvaṁ havis tvaṁ hutāśaḥ svayaṁ
tvaṁ hi mantraḥ samid-darbha-pātrāṇi ca
tvaṁ sadasyartvijo dampatī devatā
agnihotraṁ svadhā soma ājyaṁ paśuḥ

brāhmaṇāḥ—布茹阿玛纳(婆罗门)／ūcuḥ—说／tvam—您／kratuḥ—祭祀／tvam—您／haviḥ—供奉纯净的黄油／tvam—您／huta-āśaḥ—火／svayam—人格化／tvam—您／hi—为了／mantraḥ—韦达赞歌／samit-darbha-pātrāṇi—燃料、库沙草和祭祀罐子／ca—和／tvam—您／sadasya—集会成员／ṛtvijaḥ—祭司／dampatī—祭祀的主持人和他的妻子／devatā—半神人／agni-hotram—神圣的火祭／svadhā—供奉给祖先的祭品／somaḥ—索玛植物／ājyam—纯净的黄油／paśuḥ—献祭用的动物

译文　布茹阿玛纳们说：亲爱的主，您是祭祀的人格化身。您就是用纯净黄油做的祭品；您就是火，是举行祭祀时吟唱的韦达赞歌，是木炭，是火焰，是库沙草，是祭祀用的罐子。您是执行祭祀的祭司，是以因铎为首的半神人，是献

祭用的牲畜。在祭祀中的一切都是您或您的能量。

要旨 这节诗中的声明部分地解释了主维施努(Viṣṇu)的无所不在性。《维施努·普冉纳》中说：正如火在一个地方，却把光和热发散到各处，我们在物质世界和灵性世界里所见到的一切，都只不过是至尊人格首神发出的各种能量的展示。布茹阿玛纳(brāhmaṇa，婆罗门)在这节诗中的声明是：主维施努是包括火、祭品、纯净的黄油、器皿、祭祀场所和库沙(kuśa)草在内的一切。祂就是一切。这里证实说：现在这个年代里所举行的集体吟唱神的圣名祭祀(桑克伊尔坦·雅格亚，saṇkīrtana-yajña)，与其他年代里举行的所有其他祭祀一样有用。人如果举行集体吟唱神的圣名祭祀，吟诵、吟唱哈瑞·奎师那 哈瑞·奎师那 奎师那·奎师那 哈瑞·哈瑞／哈瑞·茹阿玛 哈瑞·茹阿玛 茹阿玛·茹阿玛 哈瑞·哈瑞，就不用再安排韦达经中推荐的举行祭祀所规定用的精致用品了。在吟诵、吟唱哈瑞和奎师那这些圣名时，我们要知道哈瑞的意思是奎师那的能量，奎师那是维施努·塔特瓦(viṣṇu-tattva)。哈瑞和奎师那结合在一起就是一切。在现在这个年代里，人们受喀历(Kali)年代影响的干扰，没有能力准备韦达经中推荐的举行祭祀所需要的用品。但我们该明白：只要吟诵、吟唱哈瑞·奎师那，就是在举行所有种类的祭祀，因为我们所看到的一切除了奎师那的能量哈瑞和奎师那本人以外没有别的。奎师那和祂的能量没有区别。因此，我们应该了解：既然一切都是奎师那能量的展示，那么一切就是奎师那。人只要怀着奎师那意识接受一切，就是解脱之人。我们不应该误解说：由于一切都是奎师那，奎师那便不具有人格特征。奎师那是如此绝对完整，祂虽然用祂的能量把自己与一切分开，但还是一切。《博伽梵歌》(Bhagavad-gītā)第 9 章中证实这一点说：祂作为一切而遍布在创造中，但又不是一切。主柴坦亚倡导的哲学是：祂既是一体又有区别。

第46节　त्वं पुरा गां रसाया महासूकरो
दंष्ट्रया पद्मिनीं वारणेन्द्रो यथा ।
स्तूयमानो नदँल्लील या योगिभि-
र्व्युज्जहर्थ त्रयीगात्र यज्ञक्रतुः ॥ ४६ ॥

tvaṁ purā gāṁ rasayā mahā-sūkaro
damṣṭrayā padminīṁ vāraṇendro yathā
stūyamāno nadaṅ līlayā yogibhir
vyujjahartha trayī-gātra yajña-kratuḥ

tvam—您— / purā—在过去 / gām—地球 / rasāyāḥ—从水中 / mahā-sūkaraḥ—化身为巨大的雄猪 / daṁṣṭrayā—用您的獠牙 / padminīm——一朵莲花 / vārana-indraḥ——一只大象 / yathā—犹如 / stūyamānaḥ—被献上祈祷 / nadan—震荡 / līlayā—非常容易 / yogibhiḥ—通过像萨纳卡等那样伟大的圣人 / vyujjahartha—捡起 / trayīgātra—韦达知识的人格化身啊 / yajña-kratuḥ—有祭祀的形象

译文　亲爱的主，韦达知识的人格化身啊！在过去极为久远的年代里，您以巨大的雄猪化身显现时，就像大象从湖中拾起一朵莲花一样，从水中托起这个世界。当您以巨大的雄猪形象发出超然的叫声时，那声音被接受为是祭祀时吟唱的赞美诗，像萨纳卡那样的伟大圣人都冥想它并祈祷赞美您的荣耀。

要旨　这节诗中用的梵文 trayī-gātra 一词很有意义，它的意思是：至尊主的超然形象就是韦达经(Veda)。谁致力于崇拜神像——至尊主在庙里的形象，谁就被认为是一天二十四小时都在研读韦达经。人仅仅在庙里打扮至尊主的神像——茹阿妲(Rādhā)和奎师那，就是极为详细的研究了韦达经的教导。即使是初阶奉献者，只要他崇拜神像，就被认为是与韦达知识的要旨有了直接的接触。正如《博伽梵歌》(Bhagavad-gītā)第 15 章的第 15 节诗中所确证的：研习韦达经的目的是要了解祂——奎师那(vedaiśca sarvair aham eva vedyaḥ)。直接崇拜并侍奉奎师那的人，已经了解了韦达经的精髓。

第47节 स प्रसीद त्वमस्माक माक ाङ्क्षतां
दर्शनं ते परिभ्रष्टसत्क र्मणाम् ।
कीर्त्यमाने नृभिर्नाम्नि यज्ञेश ते
यज्ञविघ्नाः क्षयं यान्ति तस्मै नमः ॥ ४७ ॥

sa prasīda tvam asmākam ākāṅkṣatāṁ
darśanaṁ te paribhraṣṭa-sat-karmaṇām
kīrtyamāne nṛbhir nāmni yajñeśa te
yajña-vighnāḥ kṣayaṁ yānti tasmai namaḥ

saḥ—那同一个人 / prasīda—满意 / tvam—您 / asmākam—向我们 / ākāṅkṣatām—等候 / darśanam—幸运的观众 / te—您 / paribhraṣṭa—坠落 / sat-karmaṇām—举行祭祀的人的 / kīrtyamāne—被吟诵、吟唱 / nṛbhiḥ—被人们 / nāmni—您的圣名 / yajña-īśa—祭祀的主人啊 / te—您的 / yajña-vighnāḥ—障碍 / kṣayam—毁灭 / yānti—获得 / tasmai—向您 / namaḥ—恭敬地顶拜

译文 亲爱的主，我们没有能力按照韦达仪式举行祭祀，因此正期待着能见到您。我们向您祈祷，请您对我们感到满意。只要吟诵、吟唱您的圣名，就能跨越一切障碍。我们在您面前恭恭敬敬地顶拜您。

要旨 布茹阿玛纳(brāhmaṇa，婆罗门)祭司们很希望有主维施努(Viṣṇu)在场，使祭祀得以顺利完成。这节诗里有意义的一点是布茹阿玛纳们说：“只要吟诵、吟唱您的圣名，就能跨越一切障碍。

但现在您亲自到来了。”达克沙(Dakṣa)举行的祭祀受到希瓦(Śiva)的弟子和部下的阻碍。布茹阿玛纳们婉转地批评了主希瓦的部下，但由于布茹阿玛纳永远受主维施努的保护，希瓦的部下们再也不能阻碍他们举行祭祀了。有一句话说：当奎师那保护某人时，没人能伤害得了他；当奎师那想杀死某人时，没人能保护他。有关这一点的生动例子就是茹阿瓦纳(Rāvaṇa)的死。茹阿瓦纳是主希瓦的一个大奉献者，但当主茹阿玛禅铎(Rāmacandra)想杀死他时，主希瓦也保护不了他。如果某个半神人，哪怕是主希瓦或主布茹阿玛想伤害至尊主的奉献者，奎师那就会保护祂的奉献者不受伤害。但当奎师那想杀茹阿瓦纳或黑冉亚卡希普(Hiraṇyakaśipu)等恶魔时，没有一个半神人能保护得了他们。

第48节

मैत्रेय उवाच
इति दक्षः क विर्यज्ञं भद्र रुद्राभिमर्शितम् ।
कीर्त्यमाने हृषीके शे सन्निन्ये यज्ञभावने ॥ ४८ ॥

maitreya uvāca
iti dakṣaḥ kavir yajñaṁ
bhadra rudrābhimarśitam
kīrtyamāne hṛṣīkeśe
sanninye yajña-bhāvane

maitreyaḥ—麦垂亚 / uvāca—说 / iti—这样 / dakṣaḥ—达克沙 / kaviḥ—意识得到净化 / yajñam—祭祀 / bhadra—维杜茹阿啊 / rudra-abhimarśitam—被维茹阿巴铎破坏 / kīrtya-māne—被赞美 / hṛṣīkeśe—慧希凯施(主维施努) / sanninye—安排重新开始 / yajña-bhāvane—祭祀的保护者

译文　圣麦垂亚说：等所有在场的人都赞美过至尊主维施努后，意识得到净化的达克沙安排重新开始举行被主希瓦的手下破坏了的祭祀。

第49节 भगवान् स्वेन भागेन सर्वात्मा सर्वभागभुक् ।
दक्षं बभाष आभाष्य प्रीयमाण इवानघ ॥ ४९ ॥

bhagavān svena bhāgena
sarvātmā sarva-bhāga-bhuk
dakṣaṁ babhāṣa ābhāṣya
prīyamāṇa ivānagha

bhagavān—主维施努 / svena—与祂自己的 / bhāgena—与份额 / sarva-ātmā—众生的超灵 / sarva-bhāga-bhuk——切祭祀结果的享受者 / dakṣam—达克沙 / babhāṣe—说 / ābhāṣya—讲话 / prīyamāṇaḥ—被满足 / iva—正如 / anagha—无罪的维杜茹阿啊

译文 麦垂亚继续说道：无罪的维杜茹阿，主维施努其实是一切祭祀结果的享受者。但由于祂是众生的超灵，祂满足于只享用祂的那一部分祭品。因此，祂用愉快的语调对达克沙说话。

要旨 《博伽梵歌》(Bhagavad-gita)第 5 章的第 29 节诗中说：主维施努(Visnu)——奎师那，是一切祭祀和苦修成果的最终享用者(bhoktāraṁ yajña-tapasām)；人无论做什么，最终的目标都应该是满足维施努。对此一无所知的人是被误导了。作为至尊人格首神，维施努不需要从任何人那里得到什么。祂自给自足、永远满足，但出于对众生的友善，祂还是接受祭祀(雅格亚，yajia)中供奉的祭品。当人们把祂的那一份祭品献给祂时，祂显得非常高兴。《博伽梵歌》第 9 章的第 26 节诗中说：奉献者怀着奉爱之心哪怕向至尊主供奉一片叶、一朵花或一点水，至尊主都会高兴地接受(patraṁ puṣpaṁ phalaṁ toyaṁ yo me bhaktyā prayacchati)。祂虽然自给自足，不需要从别人那里得到任何东西，但却接受这样的供奉，因为作为众生心中的超灵，祂对众生非常友善。

这里要说的另一个要点是：至尊主不占有他人的祭祀份额。半神人们、主希瓦(Śiva)、主布茹阿玛(Brahmā)和主维施努，分享祭祀中的祭品。主维施努满足于自己的那一份，而不去占有他人的。祂间接地表明：祂不满意达克沙(Dakṣa)试图不给主希瓦本属于祂的那一份祭品的做法。麦垂亚(Maitreya)之所以称维杜茹阿为“无罪的人”，是因为维杜茹阿是纯粹的外士纳瓦(Vaiṣṇava)，从不冒犯任何半神人。外士纳瓦虽然把主维施努接受为是至尊者，但并不想冒犯半神人。他们对半神人表示适当的尊敬。至尊主的奉献者认为主希瓦是最优秀的外士纳瓦。外士纳瓦不可能去冒犯任何半神人，而由于他们都是主维施努无瑕的奉献者，半神人对他们也很满意。

第50节

श्रीभगवानुवाच
अहं ब्रह्मा च शर्वश्च जगतः कारणं परम् ।
आत्मेश्वर उपद्रष्टा स्वयन्दृगविशेषणः ॥ ५० ॥

śrī-bhagavān uvāca
ahaṁ brahmā ca śarvaś ca
jagataḥ kāraṇaṁ param
ātmeśvara upadraṣṭā
svayan-dṛg aviśeṣaṇaḥ

śrī-bhagavān—主维施努 / uvāca—说 / aham—我 / brahmā—布茹阿玛 / ca—和 / śarvaḥ—主希瓦 / ca—和 / jagataḥ—物质展示的 / kāraṇam—原因 / param—至尊 / ātma-īśvaraḥ—超灵 / upadraṣṭā—见证者 / svayam-dṛk—自给自足 / aviśeṣaṇaḥ—没有区别

译文 主维施努说：布茹阿玛、主希瓦和我，都是物质展示至高无上的源头。我是超灵，是自给自足的见证者。但从本质上讲，我与布茹阿玛、主希瓦之间并没有区别。

要旨 主布茹阿玛(Brahmā)从主维施努(Viṣṇu)超然的身体中诞生出来，主希瓦(Śiva)从布茹阿玛的身体诞生出来。因此，主维施努是最高的源头。韦达经(Veda)中也说：在最开始的时候只有维施努——纳茹阿亚纳(Nārāyaṇa)，并没有布茹阿玛和希瓦。同样，商卡尔阿查尔亚(Śaṅkarācārya)证实这一点说：纳茹阿亚纳超越这个物质展示(nārāyaṅaḥ paraḥ)。纳茹阿亚纳——主维施努是本源，而布茹阿玛和希瓦是创造后才展示的。主维施努也是众生心中的超灵(ātmeśvara)。祂在我们的心中指导、提示我们。例如：《圣典博伽瓦谭》(Śrīmad-Bhāgavatam)在一开始便说：祂先把知识以心传的方式传授给布茹阿玛。

在《博伽梵歌》(Bhagavad-gītā)第 10 章的第 2 节诗中，主奎师那说：主维施努——奎师那，是包括主布茹阿玛和主希瓦在内的全体半神人的本源(aham ādir hi devānām)。在《博伽梵歌》第 10 章的第 8 节诗中，奎师那又说："一切都来自我(ahaṁ sarvasya prabhavaḥ)。"这包括全体半神人。同样，《韦丹塔·苏陀》(Vedānta-sūtra)中说：祂是所展示的宇宙创造、维系和毁灭的原因(janmādy asya yataḥ)。众多的乌帕尼沙德(Upaniṣad，奥义书)中声明：主维施努产生、维系一切，并由祂的能量毁灭一切(yato vā imāni bhūtāni jāyante)。至尊主能量之间的作用与反作用，既创造了宇宙展示，也使整个创造解体。所以，祂既是原因，又是结果。我们所看到的一切结果，都是祂的能量相互间作用的结果，又因为能量产自祂，所以祂既是因又是果。一切既是一体，同时又有区别。经典说，一切都是布茹阿曼(Brahman，梵)。从最高的角度看，一切都不外乎是布茹阿曼，因此主布茹阿玛和主希瓦与至尊主肯定没有区别。

第51节　आत्ममायां समाविश्य सोऽहं गुणमयीं द्विज ।
सृजन् रक्षन् हरन् विश्वं दध्रे संज्ञां क्रि योचिताम् ॥ ५१ ॥

ātma-māyāṁ samāviśya
so 'haṁ guṇamayīṁ dvija
sṛjan rakṣan haran viśvaṁ
dadhre saṁjñāṁ kriyocitām

ātma-māyām—我的能量 / samāviśya—进入 / saḥ—我自己 / aham—我 / guṇa-mayīm—物质自然属性的组成 / dvi-ja—经过第二次出生的达克沙啊 / sṛjan—创造 / rakṣan—维系 / haran—毁灭 / viśvam—宇宙展示 / dadhre—我使……诞生 / saṁjñām—名字 / kriyā-ucitām—按照活动

译文　至尊主接着说：亲爱的达克沙·德维佳，我是最初的人格首神，但为了创造、维系和毁灭这个宇宙展示，我通过我的物质能量行事，而按照活动的不同等级，我的代表被赋予不同的名字。

要旨　正如《博伽梵歌》(Bhagavad-gītā)中解释的：整个世界都是最高的源头人格首神所释放出的能量(ahaṁ sarvasya prabhavo)。《博伽梵歌》中进一步说明道：祂通过高等和低等能量行事(jīva-bhūtāṁ mahā-bāho)。高等能量是至尊主不可缺少的一部分——生物。作为至尊主不可缺少的一部分，生物与至尊主没有区别；祂发出的能量与祂本人没有区别。但在这个物质世界的实际活动中，生物处在物质能量不同属性的控制下，所得到的躯体也各不相同。这个物质世界里有八百四十万种生命形式。每一个生物都在不同的物质自然属性影响下活动。生物拥有不同的躯体，但原本在创造之初只有主维施努(Viṣṇu)自己。为了创造，祂展示出主布茹阿玛(Brahmā)；为了毁灭，祂又展示出主希瓦(Śiva)。就进入物质世界的灵性个体生物而言，他们都是至尊主不可缺少的一部分，但被不同的物质属性包裹着，因此有不同的形象和名字。主布茹阿玛和主希瓦都是维施努的属性化身——古纳·阿瓦塔尔(guṇa-vatāra)，维施努负责控制善良属性，与他们一起工作。因此，祂和主希瓦、主布茹阿玛一样，是一位属性化身。实际上，不同的形象和名字的存在是为了实现不同的目的，否则原本就只有一个。

第52节 तस्मिन् ब्रह्मण्यद्वितीये केवले परमात्मनि ।
ब्रह्मरुद्रौ च भूतानि भेदेनाज्ञोऽनुपश्यति ॥ ५२ ॥

tasmin brahmaṇy advitīye
kevale paramātmani
brahma-rudrau ca bhūtāni
bhedenājño 'nupaśyati

tasmin—祂 / brahmaṇi—至尊布茹阿曼 / advitīye—独一无二 / kevale—作为一 / parama-ātmani—超灵 / brahma-rudrau—布茹阿玛和希瓦两者 / ca—和 / bhūtāni—生物 / bhedena—与分离 / ajñaḥ—没有正确了解的人 / anupaśyati—想

译文 至尊主继续说：没有正确知识的人认为，像布茹阿玛和希瓦那样的半神人是独立的。或者，他甚至以为生物是独立的。

要旨 生物，包括布茹阿玛(Brahmā)在内，并不是独立存在，而是至尊主的边缘能量。至尊主作为众生心中的超灵，指导着每一个生物体，包括主布茹阿玛和主希瓦(Śiva)，在物质自然属性的影响下活动着。没有人可以在不经至尊主批准的情况下独立行事，因此间接说来，没有人跟至尊的人不同，物质自然的激情和愚昧属性化身布茹阿玛和茹铎(Rudra，希瓦)，毫无疑问也不例外。

第53节　यथा पुमान्न स्वाङ्गेषु शिरःपाण्यादिषु क्वचित् ।
पारक्यबुद्धिं कुरुते एवं भूतेषु मत्परः ॥ ५३ ॥

yathā pumān na svāṅgeṣu
śiraḥ-pāṇy-ādiṣu kvacit
pārakya-buddhiṁ kurute
evaṁ bhūteṣu mat-paraḥ

yathā—如同 / pumān—人 / na—不 / sva-aṅgeṣu—在他自己的体内 / śiraḥ-pāṇi-ādiṣu—在头、手和身体的其他部位之间 / kvacit—有时 / pārakya-buddhim—区别 / kurute—加以 / evam—因此 / bhūteṣu—在生物之间 / mat-paraḥ—我的奉献者

译文　有一般智慧的人都不会认为，头和身体的其他部位是各不相干的。同样，我的奉献者不把无所不在的人格首神维施努与任何事物或生物加以区分。

要旨　每当身体的某个部位有病变时，整个身体都会调动起来去照顾生病的那个部位。同样，奉献者的一体性表现在他对所有受制约的灵魂的同情上。《博伽梵歌》(Bhagavad-gītā)第 5 章第 18 节诗中说：博学的人平等地看待受制约的生命(paṇḍitāḥ sama-darśinaḥ)。奉献者同情所有的受制约的灵魂，因此被称为不作分别的人(apārakya-buddhi)。奉献者因为博学，知道每一个生物都是至尊主不可缺少的一部分，因此向所有的人传播奎师那意识，以使大家都能快乐。如果身体的某一个部位生病，整个身体的注意力都会集中到那个部位上。同样，奉献者关心每一个遗忘了奎师那并因而沉浸在物质意识中的人。奉献者平等对待众生，为让所有的生物回归家园、回归首神而工作。

第54节 त्रयाणामेकभावानां यो न पश्यति वै भिदाम् ।
सर्वभूतात्मनां ब्रह्मन् स शान्तिमधिगच्छति ॥ ५४ ॥

trayāṇām eka-bhāvānāṁ
yo na paśyati vai bhidām
sarva-bhūtātmanāṁ brahman
sa śāntim adhigacchati

trayāṇām—三个的 / eka-bhāvānām—有一种本质 / yaḥ—谁 / na paśyati—不看 / vai—肯定地 / bhidām—分离 / sarva-bhūta-ātmanām—众生的超灵的 / brahman—达克沙啊 / saḥ—他 / śāntim—和平 / adhigacchati—觉悟

译文 至尊主接着说：布茹阿玛纳呀！谁不认为布茹阿玛、维施努、希瓦或生物是与至尊者分开的，谁就真正变得平静；其他人做不到这一点。

要旨 这节诗中有两个梵文词意义重大，其中 trayāṇām 是指“三位”，即主布茹阿玛(Brahmā)、主希瓦(Śiva)和主维施努(Viṣṇu)。Bhidām 的意思是“不同的”。他们是三位，因此是分开的，但同时他们又是一体。这就是“既是一体又有区别”的哲学，梵文称这为 acintya-bhedābheda-tattva。《布茹阿玛·萨密塔》(Brahmasaṁhitā)中举了一个例子，那就是：牛奶和酸奶(优酪乳)既一样又有区别；二者都是牛奶，但酸奶(优酪乳)已发生了改变。为了达到真正的平静，人应该看一切事物和众生，包括主布茹阿玛和主希瓦在内，都与至尊人格首神没有区别。没有人是独立存在的。我们每一个人都是至尊人格首神的一个扩展。这就是一体中的多样性。尽管展示多姿多彩，但他们同时都存在于维施努这一个个体中。一切都是维施努能量的扩展。

第55节

मैत्रेय उवाच
एवं भगवतादिष्टः प्रजापतिपतिर्हरिम् ।
अर्चित्वा क्रतुना स्वेन देवानुभयतोऽयजत् ॥ ५५ ॥

maitreya uvāca
evaṁ bhagavatādiṣṭaḥ
prajāpati-patir harim
arcitvā kratunā svena
devān ubhayato 'yajat

maitreyaḥ—麦垂亚 / uvāca—说 / evam—因此 / bhagavatā—被至尊人格首神 / ādiṣṭaḥ—被教导 / prajāpati-patiḥ—全体生物体祖先的领袖 / harim—哈尔依 / arcitvā—崇拜后 / kratunā—与祭祀仪式 / svena—他自己的 / devān—半神人 / ubhayataḥ—分开的 / ayajat—崇拜

译文　圣人麦垂亚说：生物体祖先的领袖达克沙聆听了至尊人格首神维施努的这番谆谆教导后，举行规定的祭祀仪式崇拜了维施努。随后，达克沙又分别崇拜了主布茹阿玛和主希瓦。

要旨　应该把一切都供奉给主维施努(Viṣṇu)，而祂的帕萨达(prasāda)应该派发给所有的半神人。到目前为止，圣地普瑞(Purī)的佳嘎纳特(Jagannātha)庙里还在继续这么做。在佳嘎纳特主庙的周围，有许多崇拜半神人的庙，给佳嘎纳特供奉过的帕萨达就会派发给所有的半神人。巴嘎林(Bhagālin)的神像就是用维施努的帕萨达崇拜的，在布瓦内施瓦尔(Bhuvaneśvara)著名的主希瓦庙里也是如此，人们把主维施努或主佳嘎纳特的帕萨达供奉给主希瓦的神像。这是外士纳瓦(Vaiṣṇava)的原则。外士纳瓦不嘲笑任何生物体，就连小蚂蚁也不例外。他们按每一个生物体的地位，对他致以适当的敬意。但是，这是在以至尊人格首神奎师那——维施努为中心的情况下做的。极为进步的奉献者看一切都与奎师那有联系，都不是独立于奎师那而存在的。这就是他的一体观。

第56节 रुद्रं च स्वेन भागेन ह्युपाधावत्समाहितः ।
कर्मणोदवसानेन सोमपानितरानपि ।
उदवस्य सहर्त्विग्भिः सस्नाववभृथं ततः ॥ ५६ ॥

rudraṁ ca svena bhāgena
  hy upādhāvat samāhitaḥ
karmaṇodavasānena
  somapān itarān api
udavasya sahartvigbhiḥ
  sasnāv avabhṛthaṁ tataḥ

rudram—主希瓦 / ca—和 / svena—用他自己的 / bhāgena—份额 / hi—自从 / upādhāvat—他崇拜 / samāhitaḥ—全神贯注地 / karmaṇā—通过举行 / udavasānena—被完成的行动 / somapān—半神人 / itarān—其他 / api—甚至 / udavasya—结束后 / saha—以及 / ṛtvigbhiḥ—与祭司 / sasnau—沐浴 / avabhṛtham—阿瓦布尔塔沐浴 / tataḥ—接着

译文 达克沙毕恭毕敬地用分给主希瓦的那份祭品崇拜了主希瓦。祭祀仪式结束后，他满足了所有其他的半神人和参加祭祀的人。在与祭司一起履行完这一切职责后，他沐浴并感到心满意足。

要旨 达克沙(Dakṣa)把在祭祀(雅格亚，yajña)中供奉过的祭品中属于主希瓦(Śiva)的一份，分给了茹铎(Rudra)——主希瓦，恰到好处地崇拜了他。祭祀就是维施努，供奉给维施努的帕萨达(prasāda)，应该分发给参加祭祀的每一个人，甚至包括主希瓦。施瑞达尔·斯瓦米(Śrīdhara Svāmī)也对此评论说：在祭祀中供奉过的祭品被分发给所有的半神人和其他人(svena bhāgena)。

第57节　तस्मा अप्यनुभावेन स्वेनैवावाप्तराधसे ।
धर्म एव मतिं दत्त्वा त्रिदशास्ते दिवं ययुः ॥ ५७ ॥

tasmā apy anubhāvena
svenaivāvāpta-rādhase
dharma eva matiṁ dattvā
tridaśās te divaṁ yayuḥ

tasmai—向他(达克沙) / api—甚至 / anubhāvena—通过崇拜至尊主 / svena—被他自己的 / eva—肯定地 / avāpta-rādhase—获得了完美 / dharme—在宗教方面 / eva—肯定地 / matim—智慧 / dattvā—给了 / tridaśāḥ—半神人们 / te—那些 / divam—到天堂星球 / yayuḥ—去

译文　这样举行祭祀仪式崇拜至尊主维施努后，达克沙完美地走在了宗教之途上。参加祭祀的半神人们祝福他会更虔诚，随后便都离开了。

要旨　达克沙(Dakṣa)虽然在遵守宗教原则方面已经很进步了，但还是期望得到半神人们的祝福。就这样，达克沙举行的盛大祭祀，在和谐、平静的气氛中结束了。

第58节　एवं दाक्षायणी हित्वा सती पूर्वक ले वरम् ।
जज्ञे हिमवतः क्षेत्रे मेनायामिति शुश्रुम ॥ ५८ ॥

evaṁ dākṣāyaṇī hitvā
satī pūrva-kalevaram
jajñe himavataḥ kṣetre
menāyām iti śuśruma

evam—就这样 / dākṣāyaṇī—达克沙的女儿 / hitvā—放弃后 / satī—萨缇 / pūrva-kalevaram—她以前的躯体 / jajñe—生于 / himavataḥ—喜马拉雅山的 / kṣetre—在妻子的体内 / menāyām—在梅娜体内 / iti—因此 / śuśruma—我听说

译文 麦垂亚说：我听说，达克沙雅妮(达克沙的女儿)放弃了她从达克沙那里接受的躯体后，投生在喜马拉雅山的王国中。她出生为梅娜的女儿。我是从权威人士那里听到这件事的。

要旨 梅娜(Menā)又叫梅娜卡(Menakā)，是喜马拉雅山君王的妻子。

第59节 तमेव दयितं भूय आवृङ्क्ते पतिमम्बिक । ।
अनन्यभावैक गतिं शक्तिः सुप्तेव पूरुषम् ॥ ५९ ॥

tam eva dayitaṁ bhūya
āvṛṅkte patim ambikā
ananya-bhāvaika-gatiṁ
śaktiḥ supteva pūruṣam

tam—他(主希瓦) / eva—肯定地 / dayitam—心爱的 / bhūyaḥ—再次 / āvṛṅkte—接受 / patim—为她丈夫 / ambikā—安碧卡(萨缇) / ananya-bhāvā—不依恋其他人 / eka-gatim—一个目标 / śaktiḥ—阴性(边缘和外在的)能量 / suptā—处于潜伏状态 / iva—正如 / pūruṣam—阳性(主希瓦作为至尊主的代表)

译文 曾经叫做达克沙雅妮(萨缇)的安碧卡(杜尔嘎女神)，再一次接受主希瓦为她丈夫，正如至尊人格首神的不同能量在新的一轮创造中运作一样。

要旨 韦达经中有一节诗是这样说的：至尊人格首神拥有各种各样的能量(parāsya śaktir vividhaiva śrūyate)。沙克缇(Sakti)是女性，而至尊主是普茹沙(puruṣa)——男性。按至尊普茹沙的要求做服务是女性的义务。《博伽梵歌》(Bhagavad-gītā)中声明：所有的生物都是至尊主的边缘能量。因此，为至尊人服务是众生的职责。杜尔嘎(Durgā)是边缘能量和外在能量在物质世界里的代表，主希瓦(Śiva)是至尊人的代表。主希瓦和安碧卡(Ambikā，杜尔嘎)的关系是永恒的。萨缇(Satī)除了接受主希瓦为丈夫，不能接受任何其他人。主希瓦是怎样又娶了投生为喜马拉雅山的女儿黑玛瓦缇(Himavatī)的杜尔嘎？卡尔提凯亚(Kārttikeya)是如何诞生的？这一切是一个很长的故事。

第60节 एतद्भगवतः शम्भोः कर्म दक्षाध्वरद्रुहः ।
श्रुतं भागवताच्छिष्यादुद्धवान्मे बृहस्पतेः ॥ ६० ॥

etad bhagavataḥ śambhoḥ
karma dakṣādhvara-druhaḥ
śrutaṁ bhāgavatāc chiṣyād
uddhavān me bṛhaspateḥ

etat—这 / bhagavataḥ——切财富的拥有者的 / śambhoḥ—商布(主希瓦)的 / karma—故事 / dakṣa-adhvara-druhaḥ—破坏了达克沙的祭祀的人 / śrutam—被听到 / bhāgavatāt—从一个伟大的奉献者 / śiṣyāt—从门徒 / uddhavāt—从乌达瓦 / me—由我 / bṛhaspateḥ—毕尔哈斯帕提的

译文 麦垂亚说：亲爱的维杜茹阿，我从毕尔哈斯帕提的弟子、伟大的奉献者乌达瓦那里，听说了主希瓦破坏达克沙的祭祀这件事。

第61节 इदं पवित्रं परमीशचेष्टितं
यशस्यमायुष्यमघौघमर्षणम् ।
यो नित्यदाक र्ण्य नरोऽनुकीर्तयेद्
धुनोत्यघं कौरव भक्ति भावतः ॥ ६१ ॥

idaṁ pavitraṁ param īśa-ceṣṭitaṁ
yaśasyam āyuṣyam aghaugha-marṣaṇam
yo nityadākarṇya naro 'nukīrtayed
dhunoty aghaṁ kaurava bhakti-bhāvataḥ

idam—这 / pavitram—纯粹的 / param—至尊 / īśa-ceṣṭitam—至尊主的娱乐时光 / yaśasyam—名望 / āyuṣyam—长寿 / agha-ogha-marṣaṇam—摧毁罪恶 / yaḥ—谁 / nityadā—永远 / ākarṇya—聆听后 / naraḥ—人 / anukīrtayet—应该讲述 / dhunoti—清除 / agham—物质污染 / kaurava—库茹族的后裔啊 / bhakti-bhāvataḥ—以信心和奉爱

译文 伟大的圣人麦垂亚继续说：库茹的儿子啊！如果人怀着信心和奉爱之心，聆听并复述至尊人格首神维施努的这个娱乐活动——达克沙祭祀的故事，那他无疑将清除物质存在对他的污染。

到此为止，结束了巴克提韦丹塔对《圣典博伽瓦谭》第 4 篇第 7 章“达克沙举行的祭祀”所作的阐释。

第八章

杜茹瓦·玛哈茹阿佳离家去森林

第1节 मैत्रेय उवाच

सनक द्या नारदश्च ऋभुर्हंसोऽरुणिर्यतिः ।
नैते गृहान् ब्रह्मसुता ह्यावसन्नूर्ध्वरेतसः ॥ १ ॥

maitreya uvāca
sanakādyā nāradaś ca
ṛbhur haṁso 'ruṇir yatiḥ
naitc gṛhān brahma-sutā
hy āvasann ūrdhva-retasaḥ

maitreyaḥ uvāca—麦垂亚说 / sanaka-ādyāḥ—以萨纳卡为首的那些人 / nāradaḥ—纳茹阿达 / ca—和 / ṛbhuḥ—瑞布 / haṁsaḥ—汉萨 / aruṇiḥ—阿茹尼 / yatiḥ—亚提 / na—不 / ete—所有这些 / gṛhān—在家 / brahma-sutāḥ—布茹阿玛的儿子们 / hi—无疑 / āvasan—活着 / ūrdhva-retasaḥ—绝对禁欲的独身者

译文 伟大的圣人麦垂亚说：以萨纳卡为首的四大圣人——库玛尔兄弟，以及纳茹阿达、瑞布、汉萨、阿茹尼和亚提等布茹阿玛的儿子，都没有住在家里，而是当了绝对独身禁欲的修行者(奈斯提卡·布茹阿玛纳查瑞或乌尔达瓦·瑞塔)。

要旨 独身禁欲修行(布茹阿玛查尔亚，brahmacarya)制度，自布茹阿玛(Brahmā)诞生一直流传至今。一部分人，尤其是男性，根本不结婚。他们不让精液受驱使向下行，而是把精液提升到脑部。这些人被称为是提升之人(ūrdhva-retasaḥ)。精液是如此重要，以致如果人能靠练瑜伽把精液提升至脑部，他的记忆力就能变得敏捷，他的寿命就会增加，以使他能进行奇妙的工作。正因为如此，瑜伽师(尤格伊，yogī)能坚定地从事各种苦修，使自己提升到最完美的境界，甚至升入灵性世界。接受这一生活原则的生动典范是萨纳卡(sanaka)、萨南丹(Sanandana)、萨纳坦(Sanātana)和萨纳特·库玛尔(Sanat-kumāra)四位圣人，以及纳茹阿达(Nārada)等其他人。

这节诗中另一个重要的短语是 naite gṛhān hy āvasan，意思是："他们不住在家里。"梵文 gṛha 的意思是"家"和"妻子"。事实上，"家"就意味着妻子；"家"并不是指一间屋子或一所房子。与妻子一起生活的人就是住在家里，而萨尼亚希(sannyāsī，出家人)或布茹阿玛查瑞(brahmacāri，独身禁欲的学生)即使住在一间屋子或一所房子里，也不是住在家里。说他们不住在家里是指他们不娶妻，因而也就没有排精的问题。经典的教导是：人只有在有妻子并想生儿育女时才该排精。经典制定的这些原则从创造一开始就一直被遵守着，这种布茹阿玛查瑞从不生育后代。这里讲的是玛努(Manu)的女儿帕苏缇(Prasūti)所生的布茹阿玛的后代的事。帕苏缇的女儿是达克沙雅妮(Dākṣāyaṇī)——萨缇(Satī)，她是有关达克沙祭祀故事中的关键人物。现在，麦垂亚(Maitreya)正在解释布茹阿玛之子的后代。在布茹阿玛众多的儿子中，以萨纳卡和纳茹阿达为首的布茹阿玛查瑞根本不结婚，因此不存在讲他们后代的问题。

第2节 मृषाधर्मस्य भार्यासीद्दम्भं मायां च शत्रुहन् ।
असूत मिथुनं तत्तु निर्ऋतिर्जगृहेऽप्रजः ॥ २ ॥

mṛṣādharmasya bhāryāsīd
dambhaṁ māyāṁ ca śatru-han
asūta mithunaṁ tat tu
nirṛtir jagṛhe 'prajaḥ

mṛṣā—弥瑞沙 / adharmasya—非宗教的 / bhāryā—妻子 /

āsīt—是 / dambham—愚弄 / māyām—欺骗 / ca—和 / śatru-han—杀害敌人的人啊 / asūta—生产 / mithunam—结合 / tat—那 / tu—但 / nirṛtiḥ—尼尔提 / jagṛhe—收养 / aprajaḥ—因为没有孩子

译文 主布茹阿玛的另一个儿子名叫反宗教，他妻子名叫虚伪。他们俩生了两个恶魔，一个叫愚弄(达姆巴)，一个叫欺骗(玛亚)。有一个名叫尼尔提的恶魔没有孩子，因此收养了这两个恶魔。

要旨 从这节诗中我们了解到，反宗教(阿达尔玛，Adharma)也是布茹阿玛(Brahmā)的儿子，而他娶了他妹妹虚伪(Mṛṣā)。这是兄弟姊妹之间性生活的开始。只有当反宗教(Adharma)存在时，人类社会中才可能有这个违反自然的性结合。从这里我们可以了解到：布茹阿玛在开始创造时，不仅创造了像萨纳卡(Sanaka)、萨纳坦(Sanātana)和纳茹阿达(Nārada)那样圣洁的儿子，也创造了诸如尼尔提(Nirṛti)、反宗教(Adharma)、愚弄(达姆巴，Dambha)和虚伪一类的邪恶后代。一切都由布茹阿玛在创造一开始时就创造出来了。谈到纳茹阿达，我们应该明白：由于他在前世非常虔诚并与优秀的人交往，所以投生为纳茹阿达。其他人也都根据其各自的背景诞生，具有各自的资格。业报(karma)法律跟随着生物，生生世世一直在起作用；当新的创造开始时，生物便与他的业报一起重返物质世界。尽管他们的父亲原本都是布茹阿玛——至尊人格首神尊贵的属性化身，但他们的业报使他们出生后具有不同的资格和能力。

第3节 तयोः समभवल्लोभो निकृतिश्च महामते ।
ताभ्यां क्रोधश्च हिंसा च यद् दुरुक्तिः स्वसा कलिः ॥ ३ ॥

tayoḥ samabhaval lobho
nikṛtiś ca mahā-mate

tābhyāṁ krodhaś ca hiṁsā ca
yad duruktiḥ svasā kaliḥ

tayoḥ—那两个 / samabhavat—出生 / lobhaḥ—贪婪 / nikṛtiḥ—狡猾 / ca—和 / mahā-mate—伟大的灵魂啊 / tābhyām—从他们俩 / krodhaḥ—愤怒 / ca—和 / hiṁsā—嫉妒 / ca—和 / yat—从两者的 / duruktiḥ—恶语 / svasā—姐妹 / kaliḥ—喀历

译文 麦垂亚告诉维杜茹阿：伟大的灵魂啊！愚弄和欺骗生下了贪婪和狡猾(尼克提)。这两者结合生下了愤怒(克柔达)和嫉妒(黑姆萨)，而他们俩结合生下了喀历和他妹妹恶语(杜茹克缇)。

第4节 दुरुक्तौ कलिराधत्त भयं मृत्युं च सत्तम ।
तयोश्च मिथुनं जज्ञे यातना निरयस्तथा ॥ ४ ॥

duruktau kalir ādhatta
bhayaṁ mṛtyuṁ ca sattama
tayoś ca mithunaṁ jajñe
yātanā nirayas tathā

Duruktau—在恶语 / kaliḥ—喀历 / ādhatta—生产 / bhayam—恐惧 / mṛtyum—死亡 / ca—和 / sat-tama—最优秀的人啊 / tayoḥ—那两个的 / ca—和 / mithunam—靠组合 / jajñe—生产 / yātanā—极度的痛苦 / nirayaḥ—地狱 / tathā—以及

译文 最优秀的人啊！喀历和恶语这两者结合生下了死亡(弥瑞提尤)和恐惧(碧缇)。死亡和恐惧结合生下了极度痛苦(亚塔纳)和地狱(妮茹阿亚)。

第5节 सङ्ग्रहेण मयाख्यातः प्रतिसर्गस्तवानघ ।
त्रिः श्रुत्वैतत्पुमान् पुण्यं विधुनोत्यात्मनो मलम् ॥ ५ ॥

saṅgraheṇa mayākhyātaḥ
pratisargas tavānagha
triḥ śrutvaitat pumān puṇyaṁ
vidhunoty ātmano malam

saṅgraheṇa—概要地 / mayā—由我 / ākhyātaḥ—解释了 / pratisargaḥ—毁灭的原因 / tava—你的 / anagha—纯洁的人啊 / triḥ—三次 / śrutvā—听说 / etat—这描述 / pumān—……的人 / puṇyam—虔诚 / vidhunoti—洗掉 / ātmanaḥ—灵魂的 / malam—污染

译文 亲爱的维杜茹阿，我简要地解释了毁灭的根源。聆听三遍这一叙述的人会变得虔诚，清洗附着在他灵魂上的罪恶的污染。

要旨 创造是以善良为基础发生的，但毁灭是因反宗教而发生的。这就是物质创造和毁灭之道。这节诗中说，反宗教(阿达尔玛，Adharma)是造成毁灭的原因。反宗教和虚伪所生的后代相继是：愚弄、欺骗、贪婪、狡猾、愤怒、嫉妒、纷争、恶语、死亡、恐惧、极度痛苦和地狱。所有这些后代都被描述为是毁灭的征兆。如果一个人虔诚，那么他听了这些毁灭的原因后，就会痛恨这一切，而这会使他在虔诚的生活中取得进步。虔诚是指净化心灵的过程。正如主柴坦亚(Caitanya)所说的：人必须先清除心灵之镜上的尘埃，然后才会开始在解脱之途上向前迈进。这里推荐了同一个程序。梵文malam 一词的意思是“污染”。我们应该学会鄙视以反宗教和欺骗为开端的一切毁灭之因，然后应该能在虔诚生活的路途上取得进步。这样，我们达到奎师那意识的层面的可能性就会更大，并因而不沦落为重复毁灭的对象。我们现在过的是重复生死的生活，但如果我们寻求解脱之途，就有可能得到拯救，不再这样重复痛苦。

第6节 अथातः कीर्तये वंशं पुण्यकीर्तेः कुरूद्वह ।
स्वायम्भुवस्यापि मनोर्हरेरंशांशजन्मनः ॥ ६ ॥

athātaḥ kīrtaye vaṁśaṁ
puṇya-kīrteḥ kurūdvaha
svāyambhuvasyāpi manor
harer aṁśāṁśa-janmanaḥ

atha—现在 / ataḥ—此后 / kīrtaye—我将描述 / vaṁśam—王朝 / puṇya-kīrteḥ—因善良活动而出名 / kuru-udvaha—库茹族最优秀的人啊 / svāyambhuvasya—斯瓦阳布瓦的 / api—甚至 / manoḥ—玛努的 / hareḥ—人格首神的 / aṁśa—完整扩展 / aṁśa—……的部分 / janmanaḥ—由……诞生

译文 麦垂亚接着说：库茹王朝最杰出的人啊！斯瓦阳布瓦·玛努是至尊人格首神完整扩展的一部分，我现在要给你讲述他的后裔。

要旨 主布茹阿玛(Brahmā)是至尊人格首神强有力的扩展。尽管布茹阿玛是个体灵魂(吉瓦·塔特瓦，jīva-tattva)，但他得到了至尊主的授权，因此被认为是至尊主的一位完整扩展。有时在没有合适的生物可以被授权担任布茹阿玛一职时，至尊主本人就会显现为布茹阿玛。布茹阿玛是至尊人格首神的一个完整扩展，而斯瓦阳布瓦·玛努(Svāyambhuva Manu)是布茹阿玛的亲生儿子。大圣人麦垂亚(Maitreya)现在要介绍这位玛努的后裔，他们都因从事虔诚的活动而闻名于世。麦垂亚在介绍这些虔诚的后裔之前，已经介绍了以愤怒、妒嫉、恶语、纷争、恐惧和死亡为代表活动的不虔诚的后裔。

因此，他接下来有意讲述这个宇宙中最虔诚的君王杜茹瓦·玛哈茹阿佳(Dhruva Mahārāja)生活的历史。

第7节 प्रियव्रतोत्तानपादौ शतरूपापतेः सुतौ ।
वासुदेवस्य क ल या रक्षायां जगतः स्थितौ ॥ ७ ॥

priyavratottānapādau
śatarūpā-pateḥ sutau
vāsudevasya kalayā
rakṣāyām̐ jagataḥ sthitau

priyavrata—普瑞亚瓦尔塔 / uttānapādau—乌塔纳帕达 / śatarūpā-pateḥ—莎塔茹帕王后和她丈夫玛努的 / sutau—两个儿子 / vāsudevasya—至尊人格首神的 / kalayā—由完整扩展 / rakṣāyām—为了保护 / jagataḥ—世界的 / sthitau—为了维系

译文 斯瓦阳布瓦·玛努跟他妻子莎塔茹帕生有两个儿子，他们名叫乌塔纳帕达和普瑞亚瓦尔塔。他们俩因为都是至尊人格首神华苏戴瓦的一个完整扩展的后裔，所以都很善于统治和管理宇宙，维系和保护其中的居民。

要旨 这节诗里所说的乌塔纳帕达(Uttānapāda)和普瑞亚瓦尔塔(Priyavrata)，是至尊人格首神特别授权的君王，不像瑞沙巴(Ṛṣabha)王是至尊人格首神本人。

第8节 जाये उत्तानपादस्य सुनीतिः सुरुचिस्तयोः ।
सुरुचिः प्रेयसी पत्युर्नेतरा यत्सुतो ध्रुवः ॥ ८ ॥

jāye uttānapādasya
sunītiḥ surucis tayoḥ

suruciḥ preyasī patyur
netarā yat-suto dhruvaḥ

jāye—两个妻子的 / uttānapādasya—乌塔纳帕达王的 / sunītiḥ—苏妮缇 / suruciḥ—苏茹祺 / tayoḥ—她们俩 / suruciḥ—苏茹祺 / preyasī—很亲 / patyuḥ—丈夫的 / na itarā—另外则不是 / yat—谁的 / sutaḥ—儿子 / dhruvaḥ—杜茹瓦

译文 乌塔纳帕达王有两位王后，她们分别是苏妮缇和苏茹祺。乌塔纳帕达王特别宠爱苏茹祺。苏妮缇有一个儿子名叫杜茹瓦，君王并不宠爱他。

要旨 伟大的圣人麦垂亚(Maitreya)想讲述君王们的虔诚活动。尽管普瑞亚瓦尔塔(Priyavrata)是斯瓦阳布瓦・玛努(Svāyambhuva Manu)的长子，而乌塔纳帕达(Uttānapāda)是二儿子，但伟大的圣人麦垂亚立刻开始介绍乌塔纳帕达的儿子杜茹瓦・玛哈茹阿佳(Dhruva Mahārāja)。这是因为麦垂亚很渴望讲述虔诚的活动。杜茹瓦・玛哈茹阿佳的生活经历，特别吸引奉献者们。聆听他所从事的虔诚活动，可以使人学习如何不执著物质拥有，如何能通过严格的苦修增进奉爱服务。通过聆听虔诚的杜茹瓦所从事的活动，人能增强对神的信心，直接与至尊人格首神连接，从而极快地提升到做奉爱服务的超然层面。杜茹瓦・玛哈茹阿佳从事苦修的例子，能使聆听者的心中立刻产生对奉爱服务的情感。

第9节 एकदा सुरुचेः पुत्रमङ्कमारोप्य लालयन् ।
उत्तमं नारुरुक्षन्तं ध्रुवं राजाभ्यनन्दत ॥ ९ ॥

ekadā suruceḥ putram
aṅkam āropya lālayan

uttamaṁ nāruruksantaṁ
　dhruvaṁ rājābhyanandata

ekadā—从前 / suruceḥ—王后苏茹祺的 / putram—儿子 / aṅkam—在腿上 / āropya—放置 / lālayan—在轻轻拍打时 / uttamam—乌塔玛 / na—不 / aruruksantam—试图上去 / dhruvam—杜茹瓦 / rājā—君王 / abhyanandata—欢迎

译文　有一次，乌塔纳帕达王把苏茹祺的儿子抱在腿上轻轻拍打着。杜茹瓦·玛哈茹阿佳也试图到君王的腿上去，但君王不是很欢迎他。

第10节　तथा चिकीर्षमाणं तं सपत्न्यास्तनयं ध्रुवम् ।
सुरुचिः शृण्वतो राज्ञः सेर्ष्यमाहातिगर्विता ॥ १० ॥

tathā cikīrṣamāṇaṁ taṁ
　sapatnyās tanayaṁ dhruvam
suruciḥ śṛṇvato rājñaḥ
　serṣyam āhātigarvitā

tathā—如此 / cikīrṣamāṇam—试图上去的儿童杜茹瓦 / tam—向他 / sa-patnyāḥ—与她共有一个丈夫的苏妮缇的 / tanayam—儿子 / dhruvam—杜茹瓦 / suruciḥ—王后苏茹祺 / śṛṇvataḥ—在听时 / rājñaḥ—君王的 / sa-īrṣyam—怀着嫉妒 / āha—说 / atigarvitā—过于骄傲

译文　就在杜茹瓦·玛哈茹阿佳正努力往他父亲腿上攀时，他的后母苏茹祺非常嫉妒起这个孩子来。她极为傲慢地开口说话，声调高得让君王也能听到。

要旨 君王对乌塔玛(Uttama)和杜茹瓦(Dhruva)这两个儿子的感情无疑是一样的，所以自然愿意像对待乌塔玛那样把杜茹瓦也放在自己的腿上。但他因为更宠爱王后苏茹祺(Suruci)，所以只能违心地不对杜茹瓦表示欢迎。苏茹祺明白乌塔纳帕达王的心情，因此开始极为骄傲地谈君王对她的宠爱。女人的本性就是如此。女人如果知道丈夫偏爱自己、宠自己，就会过分地利用这一点。这些特征即使在斯瓦阳布瓦·玛努这样的高等家族中也能看到。因此结论是：妇女的女人本性随处可见。

第11节 न वत्स नृपतेर्धिष्ण्यं भवानारोढुमर्हति ।
न गृहीतो मया यत्त्वं कुक्षावपि नृपात्मजः ॥ ११ ॥

na vatsa nṛpater dhiṣṇyaṁ
bhavān āroḍhum arhati
na gṛhīto mayā yat tvaṁ
kukṣāv api nṛpātmajaḥ

na—不 / vatsa—我亲爱的孩子 / nṛpateḥ—君王的 / dhiṣṇyam—座位 / bhavān—你本人 / āroḍhum—上去 / arhati—配得到 / na—不 / gṛhītaḥ—被拿取 / mayā—由我 / yat—因为 / tvam—你 / kukṣau—在子宫中 / api—尽管 / nṛpa-ātmajaḥ—君王的儿子

译文 苏茹祺王后对杜茹瓦·玛哈茹阿佳说：我亲爱的孩子，你不配坐在王座上或君王的腿上。你虽然无疑也是君王的儿子，但却并不是我生的，因此没有资格坐在君王的腿上。

要旨 王后苏茹祺(Suruci)极为骄傲地对杜茹瓦·玛哈茹阿佳

(Dhruva Mahārāja)说：是君王的儿子并不等于就有了坐在君王腿上或宝座上的资格。相反，是否能得到这种特权，要看人是不是从她的子宫里生出来。换句话说，她间接地告诉杜茹瓦·玛哈茹阿佳，他虽然是君王的亲生儿子，但因为是从另一个王后的子宫中生出来的，所以仍被视为是私生子。

第12节　बालोऽसि बत नात्मानमन्यस्त्रीगर्भसम्भृतम् ।
नूनं वेद भवान् यस्य दुर्लभेऽर्थे मनोरथः ॥ १२ ॥

bālo 'si bata nātmānam
anya-strī-garbha-sambhṛtam
nūnaṁ veda bhavān yasya
durlabhe 'rthe manorathaḥ

bālaḥ—孩子 / asi—你是 / bata—然而 / na—不 / ātmānam—我自己 / anya—其他 / strī—女人 / garbha—子宫 / sambhṛtam—由……生 / nūnam—然而 / veda—努力了解 / bhavān—你自己 / yasya—那的 / durlabhe—不可接近的 / arthe—事件 / manaḥ-rathaḥ—愿望

译文　我亲爱的孩子，你不知道你不是我生的，而是另一个女人生的。因此，你该知道，你的努力注定会失败。你在试图实现不可能实现的愿望，那只不过是痴心妄想罢了。

要旨　小孩子杜茹瓦·玛哈茹阿佳(Dhruva Mahārāja)自然对他父亲很有感情，而且不知道他的两个母亲之间是有区别的。王后苏茹祺(Suruci)指出这一区别，告诉杜茹瓦：他是小孩子，因此不明白两个王后之间的区别。这是王后苏茹祺骄傲地说出的另一番话。

第13节 तपसाराध्य पुरुषं तस्यैवानुग्रहेण मे ।
गर्भे त्वं साधयात्मानं यदीच्छ सि नृपासनम् ॥ १३ ॥

tapasārādhya puruṣaṁ
tasyaivānugraheṇa me
garbhe tvaṁ sādhayātmānaṁ
yadīcchasi nṛpāsanam

tapasā—靠苦行 / ārādhya—满足 / puruṣam—至尊人格首神 / tasya—靠祂的 / eva—只有 / anugraheṇa—凭借……的仁慈 / me—我的 / garbhe—子宫中 / tvam—你 / sādhaya—地方 / ātmānam—你自己 / yadi—如果 / icchasi—你想 / nṛpa-āsanam—在君王的宝座上

译文 倘若你一心想要升到君王的王座上，你就必须去进行严格的苦修。你必须先通过这种方式的崇拜让至尊人格首神纳茹阿亚纳满意，然后凭祂的恩典在来世由我生下你。

要旨 苏茹祺(Suruci)那么妒嫉杜茹瓦·玛哈茹阿佳(Dhruva Mahārāja)，甚至间接地要求他更换躯体。按苏茹祺的说法，杜茹瓦必须先去死，然后再在她的子宫中接受另一个躯体，只有到那时他才有可能登上他父亲的王位。

第14节 मैत्रेय उवाच
मातुः सपत्न्याः स दुरुक्ति विद्धः
श्वसन् रुषा दण्डहतो यथाहिः ।
हित्वा मिषन्तं पितरं सन्नवाचं
जगाम मातुः प्ररुदन् सक ाशम् ॥ १४ ॥

maitreya uvāca
mātuḥ sapatnyāḥ sa durukti-viddhaḥ
śvasan ruṣā daṇḍa-hato yathāhiḥ

hitvā miṣantaṁ pitaraṁ sanna-vācaṁ
jagāma mātuḥ prarudan sakāśam

maitreyaḥ uvāca—伟大的圣人麦垂亚说 / mātuḥ—他母亲的 / sa-patnyāḥ—跟她共有一个丈夫的女人 / saḥ—他 / durukti—尖刻的话语 / viddhaḥ—被刺伤 / śvasan—喘粗气 / ruṣā—由于愤怒 / daṇḍa-hataḥ—被棍子打了 / yathā—如……一样 / ahiḥ—蛇 / hitvā—放弃 / miṣantam—只是看着 / pitaram—他父亲 / sanna-vācam—沉默 / jagāma—去 / mātuḥ—找他母亲 / prarudan—哭泣 / sakāśam—附近

译文　圣人麦垂亚继续说：亲爱的维杜茹阿，正如蛇被棍子打到时会喘粗气，杜茹瓦·玛哈茹阿佳被他后母措辞强硬的话语刺激得怒火万丈，直喘粗气。他看他父亲并不开口反对，便立刻离开宫殿，去找他母亲。

第15节　तं निःश्वसन्तं स्फुरिताधरोष्ठं
सुनीतिरुत्सङ्ग उदूह्य बाल म् ।
निशम्य तत्पौरमुखान्नितान्तं
सा विव्यथे यद्गदितं सपत्न्या ॥ १५ ॥

taṁ niḥśvasantaṁ sphuritādharoṣṭhaṁ
sunītir utsaṅga udūhya bālam
niśamya tat-paura-mukhān nitāntaṁ
sā vivyathe yad gaditaṁ sapatnyā

tam—他 / niḥśvasantam—喘粗气 / sphurita—颤抖 / adhara-oṣṭham—上下唇 / sunītiḥ—王后苏妮缇 / utsaṅge—她腿上 / udūhya—抱起 / bālam—她儿子 / niśamya—听了后 / tat-paura-mukhāt—从其他居民的嘴里 / nitāntam—所有的描述 / sā—她 / vivyathe—变得悲伤 / yat—那 / gaditam—说 / sa-patnyā—被跟她共有一个丈夫的女人

译文 杜茹瓦·玛哈茹阿佳到他母亲跟前时，双唇因愤怒而颤抖，极其悲伤地哭泣着。苏妮缇王后立即把儿子抱起来放在自己腿上。当住在宫殿里的人把听到的苏茹祺说的刻薄话一五一十地转告给苏妮缇听时，苏妮缇也变得非常难过。

第16节 सोत्सृज्य धैर्यं विल ल ाप शोक-
दावाग्निना दावलतेव बाल ा ।
वाक्यं सपत्न्याः स्मरती सरोज-
श्रिया दृशा बाष्पक ल ामुवाह ॥ १६ ॥

sotsṛjya dhairyaṁ vilalāpa śoka-
dāvāgninā dāva-lateva bālā
vākyaṁ sapatnyāḥ smaratī saroja-
śriyā dṛśā bāṣpa-kalām uvāha

sā—她 / utsṛjya—放弃 / dhairyam—耐心 / vilalāpa—悲伤 / śoka-dāva-agninā—被忧伤之火 / dāva-latā iva—像燃烧的树叶 / bālā—女人 / vākyam—话语 / sa-patnyāḥ—由跟她共有一个丈夫的女人说 / smaratī—想起 / saroja-śriyā—莲花般美丽的脸庞 / dṛśā—通过看 / bāṣpa-kalām—哭泣 / uvāha—说

译文 苏妮缇实在无法容忍这件事；她浑身发烧，仿佛置身于森林大火中。她像一片燃烧的树叶，悲愤欲绝。她夫君的另一个妻子说的话在她耳边回响着，泪水洗刷着她那莲花般明丽的脸庞。她这样哭泣着说话了。

要旨 人悲伤时，会感到自己恰似在森林大火中燃烧的树叶。苏妮缇(Sunīti)的情况就是如此。尽管她的脸庞像莲花一般美丽，但由于那与她共有一个丈夫的妻子所说的刻薄话语使她怒火万丈，竟把她娇美的脸庞烧得枯干了。

第17节 दीर्घं श्वसन्ती वृजिनस्य पार-
मपश्यती बालक माह बाल ।
मामङ्गलं तात परेषु मंस्था
भुङ्क्ते जनो यत्परदुःखदस्तत् ॥ १७ ॥

dırgham śvasantı vṛjinasya param
apaśyatī bālakam āha bālā
māmaṅgalaṁ tāta pareṣu maṁsthā
bhuṅkte jano yat para-duḥkhadas tat

dīrgham—沉重 / śvasantī—呼吸 / vṛjinasya—危险的 / pāram—限制 / apaśyatī—找不到 / bālakam—对她儿子 / āha—说 / bālā—女士 / mā—不要让 / amaṅgalam—厄运 / tāta—我亲爱的儿子 / pareṣu—向其他的 / maṁsthāḥ—愿望 / bhuṅkte—痛苦 / janaḥ—人 / yat—那 / para-duḥkhadaḥ—令他人痛苦的人—tat—那

译文 她的呼吸也相当沉重，她不知道该怎样扭转这痛苦的局面，于是对自己的儿子说：我心爱的儿子，不要期望他人遭难。害人者反害己。

第18节 सत्यं सुरुच्याभिहितं भवान्मे
यद् दुर्भगाया उदरे गृहीतः ।
स्तन्येन वृद्धश्च विल ज्ञते यां
भार्येति वा वोढुमिडस्पतिर्माम् ॥ १८ ॥

satyaṁ surucyābhihitaṁ bhavān me
yad durbhagāyā udare gṛhītaḥ
stanyena vṛddhaś ca vilajjate yāṁ
bhāryeti vā voḍhum iḍaspatir mām

satyam—真相 / surucyā—被苏茹祺王后 / abhihitam—讲述 /

bhavān—向你 / me—我的 / yat—因为 / durbhagāyāḥ—不幸的 / udare—子宫中 / gṛhītaḥ—投生 / stanyena—由乳汁喂养 / vṛddhaḥ ca—长大 / vilajjate—蒙羞 / yām—向人 / bhāryā—妻子 / iti—因此 / vā—或者 / voḍhum—接受 / iḍaḥ-patiḥ—君王 / mām—我

译文 苏妮缇说：我亲爱的孩子，苏茹祺说的都是事实，因为你父亲——君王，并不把我当成他的妻子或甚至是女仆。他觉得娶我让他丢脸了。因此事实是，你由一个不幸的女人所生，并喝她的奶长大。

第19节

आतिष्ठ तत्तात विमत्सरस्त्व-
मुक्तं समात्रापि यदव्यलीकम् ।
आराधयाधोक्षजपादपद्मं
यदीच्छ सेऽध्यासनमुत्तमो यथा ॥ १९ ॥

ātiṣṭha tat tāta vimatsaras tvam
uktaṁ samātrāpi yad avyalīkam
ārādhayādhokṣaja-pāda-padmaṁ
yadīcchase 'dhyāsanam uttamo yathā

ātiṣṭha—只是执行 / tat—那 / tāta—我亲爱的儿子 / vimatsaraḥ—不要嫉妒 / tvam—对你 / uktam—说 / samātrā api—被你的后母 / yat—无论什么 / avyalīkam—它们都是事实 / ārādhaya—只要开始崇拜 / adhokṣaja—超然者 / pāda-padmam—莲花足 / yadi—如果 / icchase—愿望 / adhyāsanam—与……坐一起 / uttamaḥ—你的同父异母兄弟 / yathā—差不多

译文 亲爱的孩子，你后母苏茹祺说的话虽然尖刻刺耳，但却是事实。因此，你如果真想跟你的同父异母兄弟乌塔玛一样坐在王座上，就要去除嫉妒的心态，立即努力按你后母的指示去做。你必须去崇拜至尊人格首神的莲花足，不要再拖延。

要旨 苏茹祺(Suruci)对她丈夫的另一个妻子所生的儿子说的话是事实，因为人除非得到至尊人格首神的支持，否则不可能在人生中获得任何成功。俗话说：谋事在人，成事在天。杜茹瓦·玛哈茹阿佳(Dhruva Mahārāja)的母亲苏妮缇(Sunīti)，同意与她共有一个丈夫的女人提的建议，即让杜茹瓦去崇拜至尊人格首神。苏茹祺的话对杜茹瓦·玛哈茹阿佳来说，是一个间接的祝福，因为他受后母所说的话的影响，成了一位伟大的奉献者。

第20节 यस्याङ्घ्रिपद्मं परिचर्य विश्व-
विभावनायात्तगुणाभिपत्तेः ।
अजोऽध्यतिष्ठत्खलु पारमेष्ठ्यं
पदं जितात्मश्वसनाभिवन्द्यम् ॥ २० ॥

yasyāṅghri-padmaṁ paricarya viśva-
vibhāvanāyātta-guṇābhipatteḥ
ajo 'dhyatiṣṭhat khalu pārameṣṭhyaṁ
padaṁ jitātma-śvasanābhivandyam

yasya—谁的 / aṅghri—腿 / padmam—莲花足 / paricarya—崇拜 / viśva—宇宙 / vibhāvanāya—为创造 / ātta—接受 / guṇa-abhipatteḥ—为得到要求的资格 / ajaḥ—不经出生过程(主布茹阿玛) / adhyatiṣṭhat—变得处在 / khalu—无疑 / pārameṣṭhyam—宇宙中最高的地位 / padam—地位 / jita-ātma—控制了自己的心神的人 / śvasana—靠控制生命之气 / abhivandyam—值得崇拜

译文 苏妮缇继续说：至尊人格首神是如此非凡，你伟大的祖先布茹阿玛仅仅靠崇拜祂的莲花足，就获得了创造这个宇宙所需要的资格。他虽然不是放生下来的，虽然是众生的领袖，但还是靠至尊人格首神的恩典才有了那么尊贵的职位。就连伟大的瑜伽师，都要靠控制心神和调节呼吸(帕纳)来崇拜至尊人格首神。

要旨 苏妮缇(Sunīti)举了杜茹瓦·玛哈茹阿佳(Dhruva Mahārāja)的曾祖父布茹阿玛(Brahmā)的例子。主布茹阿玛虽然也是一个生物，但通过苦修，凭借至尊主的仁慈，得到了这个宇宙创造者的崇高地位。要想获得任何一方面的成功，都不仅需要经历严格的苦修，也必须依靠至尊人格首神的仁慈。杜茹瓦·玛哈茹阿佳的后母给他的指示，现在得到了他生母苏妮缇的确认。

第21节

तथा मनुर्वो भगवान् पितामहो
यमेक मत्या पुरुदक्षिणैर्मखैः ।
इष्ट्वाभिपेदे दुरवापमन्यतो
भौमं सुखं दिव्यमथापवर्ग्यम् ॥ २१ ॥

tathā manur vo bhagavān pitāmaho
yam eka-matyā puru-dakṣiṇair makhaiḥ
iṣṭvābhipede duravāpam anyato
bhaumaṁ sukhaṁ divyam athāpavargyam

tathā—同样地 / manuḥ—斯瓦阳布瓦·玛努 / vaḥ—你的 / bhagavān—值得崇拜 / pitāmahaḥ—祖父 / yam—向谁 / eka-matyā—以毫不退缩的奉爱 / puru—伟大的 / dakṣiṇaiḥ—布施 / makhaiḥ—通过举行祭祀 / iṣṭvā—崇拜 / abhipede—获得 / duravāpam—难获得 / anyataḥ—靠任何其他的方法 / bhaumam—物质的 / sukham—

快乐 / divyam—天国的 / atha—后来 / āpavargyam—解脱

译文　苏妮缇告诉她儿子：你祖父斯瓦阳布瓦·玛努靠举行盛大的祭祀和布施，以及坚定不移的信心和爱，崇拜并取悦了至尊人格首神。他靠如此行事，成功地获得了最大的物质快乐和后来的解脱，而这些是不可能靠崇拜半神人得到的。

要旨　人生成功的标准是：活着时很快乐，死后随即获得解脱。这种成功只有凭借至尊人格首神的恩典才能获得。梵文 eka-matyā 的意思是：把注意力完全集中在至尊主身上，毫不分心。《博伽梵歌》(Bhagavad-gītā)中，把这样一心一意地崇拜至尊主解释为是：不可能从其他来源处得到的(ananyabhāk)。这一点在这节诗中也提到了。“其他来源”是指崇拜半神人。这里特别强调，玛努(Manu)之所以如此富有，是因为他怀着坚定不移的信心和爱为至尊主做超然的服务。为得到物质快乐而把注意力分散开来去崇拜许多半神人的人，被认为是丧失了智力。想得到解脱，甚至想得到物质快乐的人，都可以一心一意地崇拜至尊主，从而达到他们的人生目标。

第22节　तमेव वत्साश्रय भृत्यवत्सलं
मुमुक्षुभिर्मृग्यपदाब्जपद्धतिम् ।
अनन्यभावे निजधर्मभाविते
मनस्यवस्थाप्य भजस्व पूरुषम् ॥ २२ ॥

tam eva vatsāśraya bhṛtya-vatsalaṁ
mumukṣubhir mṛgya-padābja-paddhatim
ananya-bhāve nija-dharma-bhāvite
manasy avasthāpya bhajasva pūruṣam

tam—祂 / eva—也 / vatsa—我亲爱的孩子 / āśraya—托庇 / bhṛtya-vatsalam—对自己的奉献者极为仁慈的至尊人格首神的 / mumukṣubhiḥ—也由希望解脱的人 / mṛgya—被追求 / pada-abja—莲花足 / paddhatim—系统 / ananya-bhāve—在稳定的处境中 / nijadharma-bhāvite—处在人原本的地位上 / manasi—向心意 / avasthāpya—放置 / bhajasva—继续做奉爱服务 / pūruṣam—至尊人

译文 我亲爱的孩子，你也应该托庇于至尊人格首神，而祂对祂的奉献者极为仁慈。想要摆脱生死循环的人，始终以为至尊主做奉爱服务的方式求取祂莲花足的庇护。通过执行指定给你的职责净化自己，心中时刻牢记至尊人格首神，一直不断地为祂做服务。

要旨 苏妮缇(Sunīti)王后给她儿子描述的奉爱瑜伽(巴克缇·尤嘎，bhakti-yoga)，是觉悟神的标准方式。每个人都可以继续履行自己的职责，同时在心中想着至尊人格首神。在《博伽梵歌》(Bhagavad-gītā)中，至尊主本人也这样教导阿尔诸纳(Arjuna)说："继续战斗，但心中想着我。"这应该成为所有想通过培养奎师那意识达到完美的诚实之人的座右铭。苏妮缇王后告诉她儿子：至尊人格首神对祂的奉献者很仁慈，因此被称为 bhṛtya-vatsala。她说："你到我这儿来哭诉你受到后母的侮辱，可我帮不了你什么。然而，奎师那对祂的奉献者极为仁慈，如果你去找祂，就会得到祂给予你的深情和关怀，而那是千百万我这种母亲的仁慈加起来都比不上的。奎师那可以帮助祂的奉献者，减轻任何其他人都不能帮那奉献者减轻的痛苦。"苏妮缇王后还强调：尽管接近至尊人格首神并不容易，但灵性觉悟很高的大圣人们都孜孜不倦地追求着。苏妮缇王后在她的教导中还指出：杜茹瓦·玛哈茹阿佳(Dhruva Mahārāja)只是一个五岁大的小孩子，因此不可能用韦达经"业报之部(卡尔玛·康达，karma-kāṇḍa)”所推荐的方式净化自己。但用奉爱瑜伽(巴克缇·尤嘎，bhakti-yoga)的方法，能使甚至不到五岁的孩子或任何年龄的人得到净化。奉爱瑜伽的特别意义就在于此。所以，苏妮缇王后建议杜茹瓦·玛哈茹阿佳除了崇拜至尊人格首神外，不要去崇拜半神人或用其他方法；这么做，就会得到绝对圆满的结果。人一旦把至尊人格首神放在自己的心里，一切就会变得容易，无往而不胜。

第23节

नान्यं ततः पद्मपलाशलोचनाद्
दुःखच्छिदं ते मृगयामि कञ्चन ।
यो मृग्यते हस्तगृहीतपद्मया
श्रियेतरैरङ्ग विमृग्यमाणया ॥ २३ ॥

nānyaṁ tataḥ padma-palāśa-locanād
duḥkha-cchidaṁ te mṛgayāmi kañcana
yo mṛgyate hasta-gṛhīta-padmayā
śriyetarair aṅga vimṛgyamāṇayā

na anyam—不是其他人 / tataḥ—因此 / padma-palāśa-locanāt—从长着莲花般眼睛的至尊人格首神那里 / duḥkha-chidam—能减轻他人困难的人 / te—你的 / mṛgayāmi—我在追寻 / kañcana—任何其他人 / yaḥ—谁 / mṛgyate—探求 / hasta-gṛhīta-padmayā—手中拿一朵莲花 / śriyā—幸运女神 / itaraiḥ—由他人 / aṅga—我亲爱的孩子 / vimṛgyamāṇayā—被崇拜的人

译文　亲爱的杜茹瓦，以我之见，除了眼如莲花瓣的至尊人格首神外，没人能减轻你的痛苦。主布茹阿玛等许多半神人祈求幸运女神赐予快乐，但手持莲花的幸运女神本人，却时刻准备为至尊主做服务。

要旨 苏妮缇(Suniti)在这节诗中指出：至尊主所给予的祝福和半神人所给予的祝福不属于同一个层次。愚蠢的人说：无论崇拜谁，都会得到相同的结果。然而事实并非如此。《博伽梵歌》(Bhagavad-gita)中也说，从半神人那里得到的赐福都是短暂的，是专给智力欠佳的人的。换句话说，半神人都是受物质制约的灵魂，因此他们的地位虽然很高，但所给予的祝福却不是永远的。永恒的祝福是灵性的祝福，因为灵魂是永恒的。《博伽梵歌》中还说，只有失去理智的人才去崇拜半神人。为此，苏妮缇告诉自己的儿子不要去寻求半神人的恩典，而应该直接去请至尊人格首神来减轻他的痛苦。

至尊人格首神通过祂的各种能量，特别是幸运女神，控制着物质财富，因此追求物质财富的人都想取悦幸运女神，得到她的仁慈。就连地位很高的半神人都崇拜幸运女神，可幸运女神玛哈·拉珂施蜜(Maha-Laksmi)本人却总渴望取悦至尊人格首神。因此，崇拜至尊主的人都自然会得到幸运女神的祝福。杜茹瓦·玛哈茹阿佳(Dhruva Maharaja)在当时他那个生活阶段中正追求物质上的富有，他母亲给他的建议是对的，即使是追求物质财富，最好也别去崇拜半神人，而是去崇拜至尊主。

尽管纯粹的奉献者不会为了提高物质生活水平而请求至尊主的祝福，但《博伽梵歌》中说，虔诚的人即使是追求物质利益也会去向至尊主请求。为获得物质利益而接近至尊人格首神的人，通过与至尊主联谊而逐渐得到净化。他这样摆脱一切物质欲望后，就会被提升到灵性生活的层面。人除非上升到灵性的层面，否则没有可能彻底超越所有的物质污染。

杜茹瓦的母亲苏妮缇是一位目光远大的女子，因此她劝儿子要崇拜至尊主，而不是其他人。这节诗里描述至尊主的眼睛如莲花一般(padma-palāśa-locanāt)。人在疲劳的时候如果看一朵莲花，他所有的疲劳感就会立即全部消除。同样，当悲痛的人看到至尊人格首神莲花般的脸庞时，他所有的痛苦就会立刻减少。莲花也是主维施努(Viṣṇu)和幸运女神手中所持的标志。同时崇拜幸运女神和主维施努的人，无疑在所有的方面，甚至物质生活方面都很富足。经典有时把至尊主描述为是 śiva-viriñci-nutam，这意思是说：就连主希瓦和主布茹阿玛也虔敬地顶拜至尊人格首神纳茹阿亚纳的莲花足。

第24节

मैत्रेय उवाच
एवं सञ्जल्पितं मातुराक र्ण्यार्थागमं वचः ।
सन्नियम्यात्मनात्मानं निश्चक्र ाम पितुः पुरात् ॥ २४ ॥

maitreya uvāca
evaṁ sañjalpitaṁ mātur
ākarṇyārthāgamaṁ vacaḥ
sanniyamyātmanātmānaṁ
niścakrāma pituḥ purāt

maitreyaḥ uvāca—伟大的圣人麦垂亚说 / evam—如此 / sañjalpitam—一起说话 / mātuḥ—从母亲 / ākarṇya—听 / artha-āgamam—有目的的 / vacaḥ—话语 / sanniyamya—控制 / ātmanā—由心 / ātmānam—自己 / niścakrāma—出去 / pituḥ—父亲的 / purāt—从家中

译文　伟大的圣人麦垂亚接着说：杜茹瓦·玛哈茹阿佳的母亲苏妮缇这样教导他，实际上是为了让他能实现他想要达到的目的。因此，他经过深思熟虑后，明智地下定决心离开了父亲家。

要旨　杜茹瓦·玛哈茹阿佳(Dhruva Mahārāja)受到后母的侮辱，而他父亲对此却没有任何反应；这使杜茹瓦·玛哈茹阿佳和他的亲生母亲很悲伤。但光是悲伤并没有用，人应该找办法减轻悲伤。

为此。母子二人决定托庇于至尊主的莲花足，因为那是解决一切物质问题的唯一方法。这节诗中表明，杜茹瓦·玛哈茹阿佳离开他父亲的都城，到人迹罕至的地方寻找至尊人格首神去了。帕拉德·玛哈茹阿佳(Prahlāda Mahārāja)也教导说：人如果想寻求心灵的平静，就应该使自己摆脱家庭生活的一切污染，到森林中去寻找至尊人格首神的保护。对高迪亚·外士纳瓦(Gauḍīya Vaiṣṇava)而言，那森林就是温达文(Vṛndāvana)森林。人如果托庇于温达文，求取温达文内施瓦瑞(Vṛndāvaneśvarī)——施瑞玛缇·茹阿妲茹阿妮(Śrīmatī Rādhārāṇī)的保护，他生命中的一切问题无疑都会迎刃而解。

第25节 नारदस्तदुपाकर्ण्य ज्ञात्वा तस्य चिकीर्षितम् ।
स्पृष्ट्वा मूर्धन्यघघ्नेन पाणिना प्राह विस्मितः ॥ २५ ॥

nāradas tad upākarṇya
jñātvā tasya cikīrṣitam
spṛṣṭvā mūrdhany agha-ghnena
pāṇinā prāha vismitaḥ

nāradaḥ—伟大的圣人纳茹阿达 / tat—那 / upākarṇya—无意中听到 / jñātvā—并了解 / tasya—他(杜茹瓦·玛哈茹阿佳)的 / cikīrṣitam—活动 / spṛṣṭvā—通过触碰 / mūrdhani—在头上 / aghaghnena—可以驱除一切罪恶活动的 / pāṇinā—用手 / prāha—说 / vismitaḥ—吃惊

译文 伟大的圣人纳茹阿达听到这个消息后，理解杜茹瓦·玛哈茹阿佳所做的一切，并因此感到震惊。他找到杜茹瓦，用他那绝对吉祥的手抚摸那男孩子的头说了如下的话。

要旨 当杜茹瓦·玛哈茹阿佳(Dhruva Mahārāja)跟他母亲苏妮

缇(Sunīti)谈论王宫中所发生的一切时，纳茹阿达(Nārada)并不在场。因此有人也许会问，纳茹阿达是怎么无意中听到所有这些话题的呢？答案是：纳茹阿达是了解过去、现在和未来的一切的人(trikāla-jña)；他是如此强大有力，像超灵(至尊人格首神)一样，能知道每个人心中的过去、现在和未来所想的一切。因此，了解了杜茹瓦·玛哈茹阿佳的坚强决心后，纳茹阿达就前来帮助他。还有另外一种解释，那就是：至尊人格首神处在每个人的心中，祂一旦知道某人真心诚意地想进入奉爱服务的领域，就会马上派祂的代表去找那个人；纳茹阿达因此奉命来找杜茹瓦·玛哈茹阿佳。有关这一点《柴坦亚·查瑞塔姆瑞塔》中解释说：凭借灵性导师和奎师那的仁慈，人可以进入奉爱服务的领域(guru-kṛṣṇa-prasāde pāya bhakti-latābīja)。了解了杜茹瓦·玛哈茹阿佳的决心后，奎师那——超灵，立即派祂的代表纳茹阿达去把相应的知识传授给杜茹瓦·玛哈茹阿佳。

第26节　अहो तेजः क्षत्रियाणां मानभङ्गममृष्यताम् ।
बालोऽप्ययं हृदा धत्ते यत्समातुरसद्वचः ॥ २६ ॥

aho tejaḥ kṣatriyāṇāṁ
　māna-bhaṅgam amṛṣyatām
bālo 'py ayaṁ hṛdā dhatte
　yat samātur asad-vacaḥ

aho—这多令人惊奇啊 / tejaḥ—力量 / kṣatriyāṇām—查锺亚的 / māna-bhaṅgam—损害名誉 / amṛṣyatām—无法忍受 bālaḥ—只是一个小孩 / api—尽管 / ayam—这 / hṛdā—在心中 / dhatte—接受 / yat—那……的 / sa-mātuḥ—后母的 / asat—难听的 / vacaḥ—话语

译文　强大的查锺亚是多么令人惊奇啊！他们不能容忍对他们名誉的侵犯，哪怕一点儿都不行。想象一下吧！这个男孩还只是个孩子，但却无法忍受他后母说的尖刻话语。

要旨 《博伽梵歌》(Bhagavad-gītā)中描述了查锤亚(kṣatriya，刹帝利)的品格，其中两项重要的品格是：有强烈的荣誉感和不临阵脱逃。看起来，查锤亚的血液很自然地在杜茹瓦·玛哈茹阿佳(Dhruva Mahārāja)的体内奔腾着。如果布茹阿玛纳(brāhmaṇa，婆罗门)、查锤亚和外夏(vaiśya，吠舍)的文化在各自的家庭中得到维护，儿孙们自然就会继承各个所属阶层的精神。所以，在韦达社会中，净化制度(saṁskāra)得到严格的维护。谁要是在家里没有执行标准的净化程序，其身份就会立即降低。

第27节

नारद् उवाच
नाधुनाप्यवमानं ते सम्मानं वापि पुत्रक ।
ल क्षयामः कुमारस्य सक्त स्य क्रीडनादिषु ॥ २७ ॥

nārada uvāca
nādhunāpy avamānaṁ te
sammānaṁ vāpi putraka
lakṣayāmaḥ kumārasya
saktasya krīḍanādiṣu

nāradaḥ uvāca—伟大的圣人纳茹阿达说 / na—不 / adhunā—现在 / api—尽管 / avamānam—侮辱 / te—对你 / sammānam—致敬 / vā—或 / api—无疑 / putraka—我亲爱的男孩 / lakṣayāmaḥ—我能看 / kumārasya—像你这种男孩的 / saktasya—依恋 / krīḍana-ādiṣu—游戏和无聊的事情

译文 伟大的圣人纳茹阿达对杜茹瓦说：我亲爱的孩子，你还只是个乐于玩耍和做其他无聊事情的小孩子，为什么那么受有辱你尊严的话的影响呢？

要旨　小孩子在被申斥为是坏蛋、傻瓜时，通常都只是付之一笑，并不把这类骂他们的话当真。同样，他们也并不很在意那些赞美他们的话。但杜茹瓦·玛哈茹阿佳(Dhruva Mahārāja)身上的查锤亚(kṣatriya，刹帝利)精神是如此强烈，以致他不能容忍后母对他所说的微含侮辱性的话语，感到那有损他查锤亚的荣誉。

第28节　विकल्पे विद्यमानेऽपि न ह्यसन्तोषहेतवः ।
पुंसो मोहमृते भिन्ना यल्लोके निजकर्मभिः ॥ २८ ॥

vikalpe vidyamāne 'pi
na hy asantoṣa-hetavaḥ
puṁso moham ṛte bhinnā
yal loke nija-karmabhiḥ

vikalpe—交替 / vidyamāne api—虽然有 / na—不 / hi—无疑 / asantoṣa—不满意 / hetavaḥ—原因 / puṁsaḥ—人们的 / moham ṛte—不受迷惑 / bhinnāḥ—分开 / yat loke—在这个世界里 / nija-karmabhiḥ—由他自己的工作

译文　我亲爱的杜茹瓦，即使你觉得你认为的尊严受到了侮辱，你也不必那么忿忿不平。这种忿忿不平的感觉是错觉能量的另一种表现。所有的生物都受他前世活动的控制，因此会有各种各样快乐或痛苦的生活。

要旨　韦达(Veda)经中说，灵魂本身永远不受物质的污染和影响。生物前生所从事的功利性行动，使他来世得到不同种类的躯体。然而，作为有生命力的属性的灵魂，他与物质的苦乐实际上没有关系：懂得这一哲学的人，被视为是解脱了的人。《博伽梵歌》(Bhagavad-gītā)第18章的第54节中确证这一点说：当人真正处在超然的层面上时，他既不渴求什么，也不为什么而悲伤(brahma-bhūtaḥ prasannātmā)。纳茹阿达·瑞希(Nārada Ṛṣi)首先想让杜茹瓦·玛哈茹阿佳明白：他只是个小孩子，不应该受侮辱或赞美一类话语的影响；就算他成熟到能明白荣辱了，也应该把这种认识用到自己的生活中，了解这一生的荣辱是由人前生的作为所决定的，因此在任何情况下都不应该为此而感到难过或高兴。

第29节 परितुष्येत्ततस्तात तावन्मात्रेण पूरुषः ।
दैवोपसादितं यावद्वीक्ष्येश्वरगतिं बुधः ॥ २९ ॥

paritusyet tatas tāta
tāvan-mātreṇa pūruṣaḥ
daivopasāditaṁ yāvad
vīkṣyeśvara-gatiṁ budhaḥ

parituṣyet—人应该满足 / tataḥ—因此 / tāta—我亲爱的孩子 / tāvat—向上到这样 / mātreṇa—品质 / pūruṣaḥ—一个人 / daiva—命运 / upasāditam—由……提供 / yāvat—如同 / vīkṣya—看到 / īśvara-gatim—至高无上的安排 / budhaḥ—明智的人

译文 至尊人格首神制定的程序非常奇妙。明智的人应该按祂制定的程序做，满足于因祂的最高旨意而发生在我们身上的一切，不管是我们喜欢的还是不喜欢的。

要旨 伟大的圣人纳茹阿达(Nārada)教导杜茹瓦·玛哈茹阿佳(Dhruva Mahārāja)：人应该在任何情况下都知足。明智的人应该知道：我们因为怀有躯体化的生命概念，所以便受苦乐的支配。超越躯体化的生命概念，处在超然层面上的人，被认为是有智慧的人；尤其是奉献者，他们把一切逆境视为是至尊主给他们的礼物。奉献者被置于痛苦中时，会把痛苦当做是神的仁慈，并用自己的身体和心智不断地向祂致敬。因此，有智慧的人应该永远满足，并依靠至尊主的仁慈。

第30节　अथ मात्रोपदिष्टेन योगेनावरुरुत्ससि ।
यत्प्रसादं स वै पुंसां दुराराध्यो मतो मम ॥ ३० ॥

atha mātropadiṣṭena
yogenāvarurutsasi
yat-prasādaṁ sa vai puṁsāṁ
durārādhyo mato mama

atha—因此 / mātrā—由你母亲 / upadiṣṭena—被教导 / yogena—靠神秘冥想 / avarurutsasi—想要提升你自己 / yatprasādam—……的仁慈 / saḥ—那 / vai—无疑 / puṁsām—生物的 / durārādhyaḥ—很难从事 / mataḥ—意见 / mama—我的

译文　听了你母亲的教导后，你现在决定从事神秘瑜伽冥想，以便得到至尊主的仁慈。但依我之见，普通人从事不了这种苦修。要取悦至尊人格首神是很难的一件事。

要旨　练奉爱瑜伽(巴克缇·尤嘎，bhakti-yoga)既很困难又非常容易。最优秀的灵性导师纳茹阿达·牟尼(Nārada Muni)，在考验杜茹瓦·玛哈茹阿佳(Dhruva Mahārāja)，看他要做奉爱服务的决心到底有多大。这是接受门徒的程序。伟大的圣人纳茹阿达在至尊人格首神的指导下来找杜茹瓦，就是为了启迪他，但还是要先考验杜茹瓦的决心。对真诚的人来说，做奉爱服务实际上是非常容易的事；但对不真诚，还没有下决心的人来说，做奉爱服务是非常困难的。

第31节 मुनयः पदवीं यस्य निःसङ्गेनोरुजन्मभिः ।
न विदुर्मृगयन्तोऽपि तीव्रयोगसमाधिना ॥ ३१ ॥

munayaḥ padavīṁ yasya
niḥsaṅgenoru-janmabhiḥ
na vidur mṛgayanto 'pi
tīvra-yoga-samādhinā

munayaḥ—伟大的圣人们 / padavīm—道路 / yasya—谁的 / niḥsaṅgena—靠超脱 / uru-janmabhiḥ—许多生世后 / na—从不 / viduḥ—明白 / mṛgayantaḥ—寻求…… / api—无疑地 / tīvra-yoga—严格的苦修 / samādhinā—靠入定

译文 纳茹阿达·牟尼继续说：许多神秘主义瑜伽师虽然生生世世按这个程序努力，保持不受物质污染，一直不断地让自己处在入定的状态中，从事许许多多种苦修，但还是找不到认识神这条路的终点。

第32节 अतो निवर्ततामेष निर्बन्धस्तव निष्फलः ।
यतिष्यति भवान् क ाले श्रेयसां समुपस्थिते ॥ ३२ ॥

ato nivartatām eṣa
nirbandhas tava niṣphalaḥ
yatiṣyati bhavān kāle
śreyasāṁ samupasthite

ataḥ—此后 / nivartatām—只是阻止你自己 / eṣaḥ—这 / nirbandhaḥ—决心 / tava—你的 / niṣphalaḥ—没有任何结果 / yatiṣyati—今后你将会试 / bhavān—你自己 / kāle—在一定的时候 / śreyasām—机会 / samupasthite—在场

译文　鉴于这个原因，我亲爱的孩子，你不应该为此而努力。它是不会成功的。你最好还是回家去。等你长大后，凭至尊主的仁慈，你就会得到机会练这些神秘瑜伽。到那时，你也许可以从事这一活动。

要旨　受过完整训练的人，通常会在他这一生结束时达到灵性的完美。按照韦达制度，人的一生分为四个阶段，一开始先当布茹阿玛查瑞(brahmacārī，独身禁欲的学生)，在灵性导师的权威指导下学习韦达知识。接下来，他成为居士，按韦达方法履行家庭职责。随后，他由居士成为瓦纳帕斯塔(vānaprastha)，逐渐等他成熟时，就放弃家庭生活，告别瓦纳帕斯塔阶段，进入萨尼亚斯(sannyāsa)阶段，使自己完全致力于做奉爱服务。

一般人认为：童年时期应该玩游戏享受生活；青年时期应该享受与年轻姑娘做伴的快乐；老年时期快要面临死亡时，也许可以试着做奉爱服务或练神秘瑜伽。但严肃、真诚的奉献者不这样认为。大圣人纳茹阿达(Nārada)在这节诗中对杜茹瓦·玛哈茹阿佳(Dhruva Mahārāja)这样说，只是为了考验他。事实上，直接的指示是：人无论正处在人生的哪一个阶段，都应该开始做奉爱服务。但考验门徒，看他做奉爱服务的愿望到底有多真诚，是灵性导师的职责。门徒通过考验后，才可以接受启迪。

第33节　यस्य यद्दैवविहितं स तेन सुखदुःखयोः ।
आत्मानं तोषयन्देही तमसः पारमृच्छ ति ॥ ३३ ॥

yasya yad daiva-vihitaṁ
sa tena sukha-duḥkhayoḥ
ātmānaṁ toṣayan dehī
tamasaḥ pāram ṛcchati

yasya—任何人 / yat—那 / daiva—被命运 / vihitam—注定 / saḥ—这样的人 / tena—靠那 / sukha-duḥkhayoḥ—快乐或痛苦 / ātmānam—自我 / toṣayan—被满足 / dehī—有物质躯体的灵魂 / tamasaḥ—黑暗的 / pāram—到另一边 / ṛcchati—跨越

译文 人应该努力保持自己在任何生活状况中都满足；不管生活是痛苦还是快乐，都是凭至尊旨意赐给我们的。以这种方式忍受的人，能轻易地跨越无知的黑暗。

要旨 虔诚和不虔诚的功利性活动构成了物质存在。只要从事不属于奉爱服务范畴的任何一种活动，就会使自己留在这个物质世界里受苦和享乐。我们应该明白：当我们享受所谓的物质快乐时，我们是在消耗过去从事虔诚活动所积累起的善报；当我们受苦时，我们是在抵消过去从事不虔诚的活动所积累起的恶报。如果我们不执著这些由从事虔诚或不虔诚活动所导致的各种痛苦和快乐，想要摆脱这种受无知控制的状态，那么无论至尊主把我们置于什么境地，我们都应该欣然接受。如果我们这样一心一意地投靠至尊人格首神，我们就会摆脱这种物质存在的钳制。

第34节 गुणाधिकान्मुदं लिप्सेदनुक्रोशं गुणाधमात् ।
मैत्रीं समानादन्विच्छेन्न तापैरभिभूयते ॥ ३४ ॥

guṇādhikān mudaṁ lipsed
anukrośaṁ guṇādhamāt
maitrīṁ samānād anvicchen
na tāpair abhibhūyate

guṇa-adhikāt—更有资格的人 / mudam—快乐 / lipset—人应该感到 / anukrośam—同情 / guṇa-adhamāt—资格较差的人 /

maitrīm—友谊 / samānāt—与同等的人 / anvicchet—人应该欲望 / na—不 / tāpaiḥ—苦难 / abhibhūyate—受影响

译文　每一个人都应该这样行事：在遇到比自己强的人时，应该非常高兴；在遇到不如自己的人时，应该同情对方；在遇到跟自己不相上下的人时，应该和对方交朋友。这样做，人就永远都不会受物质世界三种苦的影响了。

要旨　通常，我们看到比自己强的人时便会嫉妒他，看到不如自己的人时就会嘲笑他，看到跟自己不相上下的人时就会对自己的所作所为感到骄傲。这些是导致所有物质苦难的原因。因此，伟人的圣人纳茹阿达(Nārada)建议奉献者为人处世要圆满：不要嫉妒比自己强的人，相反应该高兴地接待他；不要压制不如自的人，相反应该同情他，帮他提升到适当的水准；遇到与自己不相上下的人时，不要在其面前炫耀自己，而应该把对方当朋友。人还应该同情因遗忘了奎师那而在受苦的大众。这样做非常重要，能使人在这个物质世界里生活快乐。

第35节

ध्रुव उवाच
सोऽयं शमो भगवता सुखदुःखहतात्मनाम् ।
दर्शितः कृपया पुंसां दुर्दर्शोऽस्मद्विधैस्तु यः ॥ ३५ ॥

dhruva uvāca
so 'yaṁ śamo bhagavatā
sukha-duḥkha-hatātmanām
darśitaḥ kṛpayā puṁsām
durdarśo 'smad-vidhais tu yaḥ

dhruvaḥ uvāca—杜茹瓦·玛哈茹阿佳说 / saḥ—那 / ayam—这 / śamaḥ—心情平静 / bhagavatā—靠您 / sukha-duḥkha—快乐

和痛苦 / hata-ātmanām — 那些受影响的人 / darśitaḥ — 显示 / kṛpayā — 靠仁慈 / puṁsām — 人的 / durdarśaḥ — 很难感知 / asmat-vidhaiḥ—被像我们这种人 / tu—但 / yaḥ—您说的一切

译文 杜茹瓦·玛哈茹阿佳说：亲爱的纳茹阿达吉阁下，对一个被苦乐等物质状况搅扰得心神不宁的人来说，您为了使他恢复平静而如此仁慈地解释的一切，无疑是非常好的教导。但对我来说，我被愚昧所包裹，这样的哲学根本触动不了我的心。

要旨 人分很多类，其中一类人是没有物质欲望的人，被称为阿卡弥(akāmī)。欲望必然存在，不是物质的就是灵性的。当人想满足自己的感官时，心中就升起了物质欲望。当人愿意为使至尊人格首神满意而牺牲自己的一切时，就可以说他有灵性欲望。伟大的圣人纳茹阿达(Nārada)教导杜茹瓦(Dhruva)要去除一切物质欲望，杜茹瓦认为自己执行不了这一训令，因此没有接受。然而，其实并不是说有物质欲望的人禁止崇拜至尊人格首神。这是参照杜茹瓦的生活所得出的重要教导。他坦率地承认他心中充满了物质欲望。有高度灵性觉悟的人不在乎他人对自己的非难或崇拜，但杜茹瓦深受他后母所说的冷酷无情话语的影响。

《博伽梵歌》(Bhagavad-gītā)中说：灵性上真正进步的人，不在乎这个物质世界里的相对性事物。但杜茹瓦·玛哈茹阿佳坦率地承认他并没有超越物质苦乐的影响。他确信纳茹阿达给他的教导很宝贵，但还是不能接受。人们就此会提问说：受物质欲望折磨的人适不适合崇拜至尊人格首神。答案是：人人都可以崇拜祂。一个人即使有许多物质欲望想要得到满足，也应该培养奎师那意识，崇拜至尊主奎师那。奎师那无比仁慈，满足每一个生物的欲望。杜茹瓦·玛哈茹阿佳的故事清楚地告诉我们：没有人被禁止崇拜至尊人格首神，即使有许多物质欲望的人也可以崇拜祂。

第36节　अथापि मेऽविनीतस्य क्षात्त्रं घोरमुपेयुषः ।
सुरुच्या दुर्वचोबाणैर्न भिन्ने श्रयते हृदि ॥ ३६ ॥

athāpi me 'vinītasya
kṣāttraṁ ghoram upeyuṣaḥ
surucyā durvaco-bāṇair
na bhinne śrayate hṛdi

atha api—因此 / me—我的 / avinītasya—不是很服从 / kṣāttram—查锤亚的精神 / ghoram—不容忍 / upeyuṣaḥ—得到 / surucyāḥ—苏茹祺王后的 / durvacaḥ—恶语 / bāṇaiḥ—被箭 / na—不 / bhinne—被刺穿 / śrayate—保持在 / hṛdi—心

译文　亲爱的大人，我无礼地拒绝了您的教导，但这不是我的错，而是因为我出生在查锤亚家庭。我后母苏茹祺用她尖刻刺耳的话语刺伤了我的心。因此，我心中留不住您宝贵的教导。

要旨　据说我们的心就像瓦罐一样，一旦破裂就无法完全恢复原样了。杜茹瓦·玛哈茹阿佳(Dhruva Mahārāja)告诉纳茹阿达·牟尼(Nārada Muni)说：他的心被他后母箭一般刻薄的话语刺伤了；他感到如此伤心，以致除了想报复她对自己的侮辱外，没其他想法。杜茹瓦·玛哈茹阿佳的后母对他说，因为他是备受玛哈茹阿佳·乌塔纳帕达(Mahārāja Uttānapāda)冷落的王后苏妮缇(Sunīti)生下来的，所以他没有资格坐在他父亲的腿上或王座上。换句话说，根据他后母的说法，他不能继承王位。为此，杜茹瓦·玛哈茹阿佳决心要当一个星球上的君王，而这个星球要比最伟大的半神人主布茹阿玛(Brahmā)所拥有的星球还要高级。

杜茹瓦·玛哈茹阿佳间接地告诉伟大的圣人纳茹阿达，人类的精神共分四种：布茹阿玛纳(brahmana，婆罗门)精神、查锤亚(kṣatriya，刹帝利)精神、外夏(vaiśya，吠舍)精神和庶铎(śūdra，首陀罗)精神。某一阶层成员的精神不适用于其他阶层的成员。纳茹阿达·牟尼所阐述的哲理符合布茹阿玛纳精神，但不适合查锤亚接受。杜茹瓦坦承他缺乏布茹阿玛纳的谦卑精神，因此不能接受纳茹阿达·牟尼所讲的哲学。

杜茹瓦·玛哈茹阿佳的陈述表明：训练、教育孩子必须根据他的天性，否则不可能使他发展出他所特有的精神。灵性导师或教师有责任观察每一个孩子的心理活动，然后根据不同的孩子所具有的不同天性，训练他们履行不同的职责。杜茹瓦·玛哈茹阿佳已受到训练，培养了查锤亚精神，因此不会按布茹阿玛纳的方式行事。我们在美国确实体验到这种布茹阿玛纳、查锤亚等各阶层成员气质的不同。美国少年都被训练成了庶铎，根本不适合到战场上去作战。正因为他们没有查锤亚精神，所以当国家征兵时，他们都拒绝入伍。这在社会中引起了强烈的不满。

男孩子们不具备查锤亚精神，并不意味着他们是受到了成为布茹阿玛纳的训练；他们都被训练成庶铎，所以在感到灰心丧气时便成了嬉皮士。然而，尽管他们坠落为最低级的庶铎，可他们一旦加入我们在美国发起的奎师那意识运动，就受到训练，培养了布茹阿玛纳的品格。换句话说，由于奎师那意识运动的大门对每一个人敞开着，普通大众都能具备布茹阿玛纳的资格。这是当今社会最需要的，因为现在人类社会中事实上既没有布茹阿玛纳，也没有查锤亚，而只有一小部分外夏和绝大多数的庶铎。把人类社会分为布茹阿玛纳、查锤亚、外夏和庶铎四个阶层是极科学的。在人类社会这个机体中，布茹阿玛纳被视为是头，查锤亚是手臂，外夏是肚子，庶铎是腿。如今，这个机体只有肚子和腿，却没有手臂和头，所以社会混乱不堪。为了把堕落的人类社会提升到灵性意识的最高层次，必须重新培养布茹阿玛纳。

第37节　पदं त्रिभुवनोत्कृष्टं जिगीषोः साधु वर्त्म मे ।
ब्रूह्यस्मत्पितृभिर्ब्रह्मन्नन्यैरप्यनधिष्ठितम् ॥ ३७ ॥

padaṁ tri-bhuvanotkṛṣṭaṁ
jigīṣoḥ sādhu vartma me
brūhy asmat-pitṛbhir brahmann
anyair apy anadhiṣṭhitam

padam—地位 / tri-bhuvana—三界 / utkṛṣṭam—最好的 / jigīṣoḥ—愿望 / sādhu—诚实的 / vartma—路途 / me—对我 / brūhi—请告诉 / asmat—我们 / pitṛbhiḥ—被祖父、父亲和祖父 / brahman—伟大的布茹阿玛纳啊 / anyaiḥ—由他人 / api—甚至 / anadhiṣṭhitam—没有获得

译文　博学的布茹阿玛纳啊！我想要得到比这三个世界中的任何人所得到的地位都高的地位，甚至高于我的父辈或祖先。您如果肯施恩于我，就请指给我一条能让我实现我生活目标的可靠的路。

要旨　杜茹瓦·玛哈茹阿佳(Dhruva Mahārāja)拒绝接受纳茹阿达·牟尼(Nārada Muni)所给他的布茹阿玛纳(brahmāna，婆罗门)类的教导，自然下一个问题就是他想要得到哪一类的指导。因此，甚至在纳茹阿达发问前，杜茹瓦·玛哈茹阿佳就先表明了自己的心愿。由于他父亲是整个世界的帝王，他祖父布茹阿玛(Brahmā)是这个宇宙的创造者，他便表明他的心愿是：想得到一个比他父亲和祖父的王国还要强的王国。他坦率地说：他想得到一个在上、中、下三个星系中无

与伦比的王国。这个宇宙中最伟大的人物是主布茹阿玛，而杜茹瓦·玛哈茹阿佳想得到甚至比布茹阿玛的职位还要高的地位。他很清楚纳茹阿达·牟尼是主奎师那最伟大的奉献者，如果纳茹阿达·牟尼能祝福他或为他指明道路，他无疑就能得到一个比三个世界里任何人都高的地位，因此他想抓住纳茹阿达·牟尼此刻在他面前的这个机会。他想让纳茹阿达帮他得到那个地位。杜茹瓦想得到高于布茹阿玛的地位。这本是一个不可能实现的愿望，但奉献者通过取悦至尊人格首神，甚至能实现不可能实现的愿望。

这里特别提出的一点是：杜茹瓦·玛哈茹阿佳并不想靠搞阴谋诡计谋取高位，而是靠诚实的方法。这表明如果奎师那赐给他这样一个地位，他就会接受。奉献者的本性即是如此。他也许想得到物质利益，但只接受奎师那赐予他的。杜茹瓦·玛哈茹阿佳很抱歉拒绝纳茹阿达·牟尼的教导，因此请求纳茹阿达·牟尼对他仁慈，为他指明一条能使他实现心愿的路。

第38节 नूनं भवान् भगवतो योऽङ्गजः परमेष्ठिनः ।
वितुदन्नट ते वीणां हिताय जगतोऽर्कवत् ॥ ३८ ॥

nūnaṁ bhavān bhagavato
yo 'ṅgajaḥ parameṣṭhinaḥ
vitudann aṭate vīṇāṁ
hitāya jagato 'rkavat

nūnam—无疑 / bhavān—您的荣誉 / bhagavataḥ—至尊主的 / yaḥ—那 / aṅga-jaḥ—从躯体而生 / parameṣṭhinaḥ—主布茹阿玛 / vitudan—通过弹奏 / aṭate—周游四方 / vīṇām—乐器 / hitāya—为福利 / jagataḥ—世界的 / arka-vat—像太阳一样

译文 亲爱的阁下大人，您是主布茹阿玛杰出的儿子；

为了整个宇宙的幸福、安宁，您奏着您的乐器维纳琴周游四方。您就像太阳，为了众生的利益而在宇宙中旋转。

要旨　杜茹瓦·玛哈茹阿佳(Dhruva Mahārāja)虽然还是个小孩子，但却表明希望得到一个比他父亲和祖父的王国还要富有的王国。他还表示他很高兴遇到像纳茹阿达这样崇高的人。太阳为了利益所有星球上的居民而在整个宇宙中旋转，纳茹阿达唯一关心的是能像太阳一样照亮全世界。纳茹阿达·牟尼周游宇宙的唯一目的是：通过教导人们如何成为至尊人格首神的奉献者，为整个宇宙做最好的善事。因此，尽管杜茹瓦·玛哈茹阿佳的愿望太特别了，但他完全相信纳茹阿达·牟尼能满足他的愿望。

太阳的例子很有意义。太阳是如此仁慈，以致连想都不想就把阳光遍洒到各处。杜茹瓦·玛哈茹阿佳请求纳茹阿达·牟尼对他仁慈。他指出，纳茹阿达周游宇宙纯粹是为了利益所有受制约的灵魂。他请纳茹阿达·牟尼通过帮助他满足他的心愿向他表示仁慈。杜茹瓦·玛哈茹阿佳下定决心要实现自己的心愿，而他正是为了这一目的才离开家和皇宫的。

第39节

मैत्रेय उवाच
इत्युदाहृतमाक र्ण्य भगवान्नारदस्तदा ।
प्रीतः प्रत्याह तं बालं सद्वाक्यमनुक म्पया ॥ ३९ ॥

maitreya uvāca
ity udāhṛtam ākarṇya
bhagavān nāradas tadā
prītaḥ pratyāha taṁ bālaṁ
sad-vākyam anukampayā

maitreyaḥ uvāca—圣人麦垂亚接着说 / iti—如此 / udāhṛtam—讲述 / ākarṇya—听 / bhagavān nāradaḥ—伟大的人物纳茹阿达 / tadā—

因此 / prītaḥ—感到高兴 / pratyāha—回答 / tam—他 / bālam—男孩 / sat-vākyam—好的建议 / anukampayā—怜悯

译文 麦垂亚圣人接着说：伟大的人物纳茹阿达·牟尼听了杜茹瓦·玛哈茹阿佳的话后非常同情他，为了向他表示自己那没有缘故的仁慈，便给了他如下的权威性忠告。

要旨 伟大的圣人纳茹阿达(Nārada)是最杰出的灵性导师，因此他唯一的活动自然就是把最大的利益给予他所遇见的人。但由于杜茹瓦·玛哈茹阿佳(Dhruva Mahārāja)只是个孩子，他提出的要求自然也就是好玩耍的孩子提出的要求。尽管如此，伟大的圣人还是很同情他，于是为了他的利益说了如下的话。

第40节 नारद उवाच

जनन्याभिहितः पन्थाः स वै निःश्रेयसस्य ते ।
भगवान् वासुदेवस्तं भज तं प्रवणात्मना ॥ ४० ॥

nārada uvāca
jananyābhihitaḥ panthāḥ
sa vai niḥśreyasasya te
bhagavān vāsudevas taṁ
bhaja taṁ pravaṇātmanā

nāradaḥ uvāca—大圣人纳茹阿达说 / jananyā—被你母亲 / abhihitaḥ—说明 / panthāḥ—道路 / saḥ—那 / vai—无疑 / niḥśreyasasya—人生的最终目的 / te—为你 / bhagavān—至尊人格首神 / vāsudevaḥ—奎师那 / tam—向祂 / bhaja—你做服务 / tam—靠祂 / pravaṇa-ātmanā—完全集中你的注意力

译文 伟大的圣人纳茹阿达告诉杜茹瓦·玛哈茹阿

佳：你母亲苏妮缇教导你要走为至尊人格首神做奉爱服务的路，这很适合你。因此，你应该全神贯注地为至尊主做奉爱服务。

要旨 杜茹瓦·玛哈茹阿佳(Dhruva Mahārāja)的要求是：得到一个甚至比主布茹阿玛(Brahmā)的居所还要高级的地方。主布茹阿玛是这个宇宙中全体半神人的领袖，因此他的职位在这个宇宙中应该是最高的，但杜茹瓦·玛哈茹阿佳想要一个甚至超过他的住所的王国。因此，崇拜半神人不会帮他实现他的心愿。《博伽梵歌》(Bhagavad-gītā)中说：半神人给予的利益都是短暂的。因此，纳茹阿达·牟尼(Nārada Muni)让杜茹瓦·玛哈茹阿佳走他母亲推荐的路——崇拜奎师那(华苏戴瓦，Vāsudeva)。奎师那赐予的一切都超出奉献者的期望。苏妮缇(Sunīti)和纳茹阿达·牟尼两人都知道，没有一个半神人能满足杜茹瓦·玛哈茹阿佳的要求，因此他们都推荐他按为主奎师那做奉爱服务的程序去做。

纳茹阿达·牟尼在这节诗里被称为巴嘎万(bhagavān)，是因为他能像至尊人格首神那样祝福任何一个人。他对杜茹瓦·玛哈茹阿佳很满意，因此可以立即把杜茹瓦想要的东西给予他，但那不是灵性导师的职责。灵性导师的职责是让门徒按经典的指示正确地做奉爱服务。同样，当奎师那在阿尔诸纳(Arjuna)面前时，尽管祂能让阿尔诸纳不打仗就战胜对方，但祂并没有这样做，而是要求阿尔诸纳去战斗。同样道理，纳茹阿达·牟尼为了让杜茹瓦·玛哈茹阿佳达到最高的境界，要求他按奉爱服务的程序去做。

第41节

धर्मार्थक ाममोक्षाख्यं य इच्छे च्छ्रे य आत्मनः ।
एकं ह्येव हरेस्तत्र क ारणं पादसेवनम् ॥ ४१ ॥

dharmārtha-kāma-moksākhyaṁ
ya icchec chreya ātmanaḥ

ekaṁ hy eva hares tatra
kāraṇaṁ pāda-sevanam

dharma-artha-kāma-mokṣa—宗教信仰、经济发展、感官享乐和解脱这四项主要活动 / ākhyam—称为 / yaḥ—谁 / icchet—愿望 / śreyaḥ—人生的目的 / —ātmanaḥ—自我的 / ekam hi eva—唯一的一位 / hareḥ—至尊人格首神的 / tatra—在那之中 / kāraṇam—原因 / pāda-sevanam—崇拜莲花足

译文 任何人，只要他想得到宗教信仰、经济发展、感官享乐和最终解脱这四项活动的果实，就应该致力于为至尊人格首神做奉爱服务，因为崇拜祂的莲花足令这一切得以实现。

要旨 《博伽梵歌》(Bhagavad-gītā)中说：只有经过至尊人格首神的批准，半神人才能给予祝福。因此，人们每当向半神人献祭时，都要把至尊主的纳茹阿亚纳·希拉(nārāyaṇa-śilā)形象或沙拉瓜玛·希拉(śālagrāma-śilā)形象放在祭祀场上监督祭祀的举行。实际上，没有至尊主的准许，半神人不能给予任何祝福。所以，纳茹阿达·牟尼(Nārada Muni)奉劝道：即使是为了信仰宗教、发展经济、感官享乐和解脱等目的，也应该去找至尊人格首神，向祂祈祷，在至尊主的莲花足下请求至尊主满足自己的心愿。这是真正聪明的做法。聪明人从不去向半神人祈求什么，而是直接去找一切祝福的泉源——至尊人格首神。

正如圣主奎师那在《博伽梵歌》中所说的：举行仪式并不是真正的宗教。真正的宗教之路是皈依至尊主的莲花足。真正投靠至尊主莲花足的人，根本不需要为发展经济而做额外的努力。致力于为至尊主服务的奉献者，根本不存在感官得不到满足的问题。奉献者如果想满足自己的感官，奎师那就会实现他的愿望。至于谈到解脱，全心全意地为至尊主服务的奉献者已经解脱了，因此根本没必

要为解脱而做额外的努力。

为此，纳茹阿达·牟尼劝杜茹瓦·玛哈茹阿佳(Dhruva Mahārāja)托庇于华苏戴瓦(Vāsudeva)——主奎师那，按他母亲的建议做，因为那有助于实现他的愿望。纳茹阿达在这节诗中特别强调，为至尊主做奉爱服务是唯一的路。换句话说，即使一个人心中充满了物质欲望，只要他一直不断地为至尊主做奉爱服务，他所有的愿望就会实现。

第42节　तत्तात गच्छ भद्रं ते यमुनायास्तटं शुचि ।
पुण्यं मधुवनं यत्र सान्निध्यं नित्यदा हरेः ॥ ४२ ॥

tat tāta gaccha bhadraṁ te
yamunāyās taṭaṁ śuci
puṇyaṁ madhuvanaṁ yatra
sānnidhyaṁ nityadā hareḥ

tat—那 / tāta—我亲爱的儿子 / gaccha—去 / bhadram—好运 / te—为你 / yamunāyāḥ—雅沐娜的 / taṭam—河岸 / śuci—被净化 / puṇyam—神圣的 / madhu-vanam—名叫玛杜文的 / yatra—那里 / sānnidhyam—比较近 / nityadā—永远 / hareḥ—至尊人格首神的

译文　亲爱的孩子，为此我祝你鸿运当头。你应该到雅沐娜河畔去，那里有名叫玛杜文的神圣森林，在那里得到净化。人只要去那里，就靠近永远住在那里的至尊人格首神了。

要旨　纳茹阿达·牟尼(Nārada Muni)和杜茹瓦·玛哈茹阿佳(Dhruva Mahārāja)的母亲苏妮缇(Sunīti)，都劝杜茹瓦·玛哈茹阿佳崇拜至尊人格首神。现在，纳茹阿达·牟尼正专门指导他用很快能收效的方式崇拜至尊人格首神。他推荐杜茹瓦·玛哈茹阿佳到坐落在雅沐娜

(Yamunā)河畔的玛杜文(Madhuvana)森林去，在那里进行冥想和崇拜。

圣地对帮助奉献者在灵修生活中迅速取得进步有着特殊的帮助。尽管主奎师那无所不在，但在圣地还是更容易接近祂，因为这些地方居住着伟大的圣人。圣主奎师那说：祂的奉献者在哪里吟诵、吟唱祂超然活动的荣耀，祂就住在哪里。印度有许多圣地，特别突出的是巴德瑞·纳茹阿亚纳(Badarī-nārāyaṇa)、杜瓦尔卡(Dvārakā)、茹阿梅刷尔(Rāmeśvara)和佳干纳特·普瑞(Jagannātha purī)。这些圣地被称为四个达玛(dhāma)。达玛是指人能与至尊主立即接触上的地方。到巴达瑞·纳茹阿亚纳去找至尊人格首神，必须路过一个叫哈尔德瓦尔(Hardwar)的地方。同样，印度还有其他一些圣地，例如：帕亚嘎(Prayāga，阿拉哈巴德)和玛图茹阿(Mathurā)，其中最重要的是温达文(Vṛndāvana)。人除非在灵性生活中非常进步，否则最好住在这些圣地中，在那里做奉爱服务。但像纳茹阿达·牟尼这种致力于传教工作的高级奉献者，则可以在任何地方为至尊主服务。纳茹阿达·牟尼有时甚至到地狱星球去。他在奉爱服务中肩负重大的职责，因此不受地狱环境的影响。根据纳茹阿达·牟尼的说明，至今仍在玛图茹阿地区温达文境内的玛杜文森林，是极为神圣的地方。许多圣人至今还生活在那里，致力于为至尊主做奉爱服务。

在温达文境内有十二座森林，玛杜文是其中的一座。从印度各地前来朝圣的朝圣者聚集在一起，参拜这十二座森林。雅沐娜河的东岸有五座森林，它们是：巴铎文(Bhadravana)、波尔瓦文(Bilvavana)、劳哈文(Lauhavana)、般迪茹阿文(Bhāṇḍīravana)和玛哈文(Mahāvana)。雅沐娜河的西岸有七座森林，它们是：玛杜文、塔拉文(Tālavana)、库穆达文(Kumudavana)、巴胡拉文(Bahulāvana)、卡米亚文(Kāmyavana)、卡迪尔文(Khadiravana)和温达文。在这十二座森林里有许多沐浴的地方(ghāṭa)。它们的名字如下：1.阿维牟克特(Avi-mukta)；2.阿迪茹达(Adhirūḍha)；3.古亚·提尔塔(Guhya-tīrtha)；

4.帕亚嘎·提尔塔(Prayāga-tīrtha)；5.卡纳卡勒(Kana-khala)；6.亭杜卡·提尔塔(Tinduka-tīrtha)；7.苏尔亚·提尔塔(Sūrya-tīrtha)；8.瓦特斯瓦弥(Vaṭasvāmī)；9.杜茹瓦·嘎塔(Dhruva-ghāṭa)，因杜茹瓦·玛哈茹阿佳在那里的一块高地上冥想和从事严酷的苦修而闻名，那里有许多盛产鲜花和水果的树；10.瑞希·提尔塔(Ṛṣitīrtha)；11.摩克沙·提尔塔(Mokṣa-tīrtha)；12.布达·提尔塔(Budha-tīrtha)；13.哥卡尔纳(Gokarṇa)；14.奎师那甘嘎(Kṛṣṇa-gaṅgā)；15.外琨塔(Vaikuṇṭha)；16.阿希·琨达(Asi-kuṇḍa)；17.查图·萨姆追卡·库帕(Catuḥ-sāmudrika-kūpa)；18.阿库茹阿·提尔塔(Akrūra-tīrtha)，当奎师那和巴拉茹阿玛(Balarāma)乘着阿库茹阿赶的战车前往玛图茹阿时，他们都在这里沐浴过；19.雅格尼卡·维帕·斯塔纳(Yājñika-vipra-sthāna)；20.库布佳·库帕(Kubjā-kūpa)；21.阮嘎·斯塔拉(Raṅga-sthala)；22.曼查·斯塔拉(Mañcha-sthala)；23.玛拉尤达·斯塔纳(Mallayuddha-sthāna)；24.达沙施瓦梅达(Daśāśvamedha)。

第43节　स्नात्वानुसवनं तस्मिन् कालिन्द्याः सलिले शिवे ।
कृत्वोचितानि निवसन्नात्मनः कल्पितासनः ॥ ४३ ॥

snātvānusavanaṁ tasmin
kālindyāḥ salile śive
kṛtvocitāni nivasann
ātmanaḥ kalpitāsanaḥ

snātvā—沐浴后 / anusavanam—三次 / tasmin—在那之中 / kālindyāḥ—在卡琳迪河(雅沐娜河)中 / salile—在水中 / śive—非常吉祥的 / kṛtvā—举行 / ucitāni—合适的 / nivasan—坐 / ātmanaḥ—自我的 / kalpita-āsanaḥ—准备一个坐的地方

译文 纳茹阿达·牟尼指导说：我亲爱的孩子，你应该在以卡琳迪著称的雅沐娜河水中每天沐浴三次，因为那河水非常吉祥、神圣和清澈。沐浴后，你应该按练八部瑜伽(阿施唐嘎·尤嘎)所需要遵守的规范守则去做，然后在你的座位(阿萨纳)上平静地坐下来。

要旨 从这节诗的说明看，杜茹瓦·玛哈茹阿佳(Dhruva Mahārāja)已经学了练八部瑜伽的方法，这种瑜伽称为阿施唐嘎·尤嘎(aṣṭāṅga-yoga)。我们在《博伽梵歌原意》(《巴嘎瓦德·歌伊塔原意》，Bhagavad-gītā)"迪亚纳·尤嘎(Dhyāna-yoga)"一章中，解释了这个瑜伽体系。要明白的是：练八部瑜伽的人要先使心沉静下来，然后把注意力集中在主维施努(Viṣṇu)的形象上。这在以后的诗中会作解释。这里清楚地表明，八部瑜伽不是体操锻炼，而是一种修行方式，其目的在于使注意力集中在主维施努的形象上。《博伽梵歌》中也解释说：人在自己的座位(āsana)上坐下之前，必须在圣河或清澈的水中每日沐浴三次，以很好地清洁自身。雅沐娜(Yamunā)河的河水自然非常清洁、纯净，因此人如果在那里每天沐浴三次，身体无疑就会非常干净。所以，纳茹阿达·牟尼(Nārada Muni)指示杜茹瓦·玛哈茹阿佳到雅沐娜河畔去，以便从外在先净化自己。这是神秘瑜伽的循序渐进程序中的一个部分。

第44节 प्राणायामेन त्रिवृता प्राणेन्द्रियमनोमल म् ।
शनैर्व्युदस्याभिध्यायेन्मनसा गुरुणा गुरुम् ॥ ४४ ॥

prāṇāyāmena tri-vṛtā
prāṇendriya-mano-malam
śanair vyudasyābhidhyāyen
manasā guruṇā gurum

prāṇāyāmena—通过呼吸训练 / tri-vṛtā—用推荐的三种方法 / prāṇa-indriya—生命之气和感官 / manaḥ—心神 / malam—不纯的 / śanaiḥ—逐渐地 / vyudasya—放弃 / abhidhyāyet—冥想…… / manasā—用心 / guruṇā—不受干扰地 / gurum—至高无上的灵性导师奎师那

译文　在你的座位上坐好后，用三种方式训练呼吸，以逐渐控制生命之气、心神和感官。等你完全清除物质污染后，便以极大的耐心开始冥想至尊人格首神。

要旨　这节诗扼要地讲述了整个瑜伽体系，并特别强调了为使心神免受干扰而进行的呼吸练习。人心的本性便是思绪万千、变幻无常，练习控制呼吸的目的就是要对它进行控制。这种控制心神的方法在几百万年前杜茹瓦·玛哈茹阿佳(Dhruva Mahārāja)修行的时候是极为可行的，但对现代人来说，要控制它必须靠吟诵、吟唱法把注意力直接集中在至尊主的莲花足上。吟诵、吟唱哈瑞·奎师那曼陀(Hare Kṛṣṇa mantra)，使人立刻把注意力集中在超然的声音震荡上，并想着至尊主的莲花足，很快便被提升到萨玛迪(samādhi，心醉神迷)的境界。至尊人格首神的圣名与祂本人没有区别，人如果一直不断地吟诵、吟唱祂的圣名，自然而然就会全神贯注地想着祂了。

纳茹阿达·牟尼在这里推荐杜茹瓦·玛哈茹阿佳冥想至高无上的灵性导师(古茹，guru)。至高无上的灵性导师是奎师那，祂以超灵的形式住在每一个生物体的心中，因此被称为柴提亚·古茹(caitya-guru)。《博伽梵歌》(Bhagavad-gītā)中说，超灵在生物体心中提供帮助并派遣灵性导师从外在帮助我们。灵性导师是处在众生心中的超灵——内在灵性导师(柴提亚·古茹)的外部展示。

使我们放弃对物质事物的思虑的方法，称为帕提亚哈茹阿

(pratyāhāra)。这方法必然使我们去除所有的物质思虑，停止从事一切物质活动。这节诗中用的梵文 abhidhyāyet 一词是指：人除非集中注意力，否则不可能进行冥想。所以结论是：冥想是指在心中想着至尊主。无论是用八部瑜伽体系达到集中注意力的境界，还是用经典为如今这个年代所特别推荐的“一直不断地吟诵、吟唱至尊主圣名”的方式达到集中注意力的境界，其最终目的都是要冥想至尊人格首神。

第45节 प्रसादाभिमुखं शश्वत्प्रसन्नवदनेक्षणम् ।
सुनासं सुभ्रुवं चारुक पोलं सुरसुन्दरम् ॥ ४५ ॥

prasādābhimukhaṁ śaśvat
prasanna-vadanekṣaṇam
sunāsaṁ subhruvaṁ cāru-
kapolaṁ sura-sundaram

prasāda-abhimukham—随时准备给没有缘故的仁慈 / śaśvat—永远 / prasanna—愉快 / vadana—嘴 / īkṣaṇam—视野 / su-nāsam—长得很好的鼻子 / su-bhruvam—修饰得很美的眉毛 / cāru—美丽的 / kapolam—前额 / sura—半神人们 / sundaram—俊美

译文 至尊主的脸庞看上去总是美丽动人、令人愉快。看过祂的奉献者们从没见过祂有不快乐的时候，祂随时准备给他们祝福。祂的双眼、修饰得很漂亮的眉毛、挺直的高鼻子和宽阔的前额，都非常美。祂比所有的半神人都俊美。

要旨 这节诗清楚地解释了人必须冥想至尊主的形象。如今人们编造出对不具人格特征的事物的冥想方法，这在任何韦达经典中都找不到。《博伽梵歌》(Bhagavad-gītā)中推荐冥想时用的梵文词是 mat-paraḥ，意思是“关于我”。所有的维施努(Viṣṇu)形象都与主奎师那有关，因为主奎师那是所有的维施努形象的来源。有时有人试图冥想没有人格特征的布茹阿曼(梵光)，而它在《博伽梵歌》中被描述为是“不展示或不具人格特征的(avyakta)”。但是，至尊主本人评论说：那些执著于神的非人格特征的人面临巨大的麻烦，因为没人能把注意力集中在非人格特征上。人必须把注意力集中在至尊主的形象上，而这节诗里描述了祂的形象，以便杜茹瓦·玛哈茹阿佳(Dhruva Mahārāja)冥想。从以下诗篇的描述看，杜茹瓦·玛哈茹阿佳正确地进行了这一冥想，使他的瑜伽修行获得了成功。

第46节　तरुणं रमणीयाङ्गमरुणोष्ठेक्षणाधरम् ।
प्रणताश्रयणं नृम्णं शरण्यं क रुणार्णवम् ॥ ४६ ॥

taruṇaṁ ramaṇīyāṅgam
aruṇoṣṭhekṣaṇādharam
praṇatāśrayaṇaṁ nṛmṇaṁ
śaraṇyaṁ karuṇārṇavam

taruṇam—年轻的 / ramaṇīya—有魅力的 / aṅgam—身体的所有部位 / aruṇa-oṣṭha—粉红的嘴唇仿佛初升的太阳 / īkṣaṇa-adharam—同样性质的眼睛 / praṇata—皈依的人 / āśrayaṇam—皈依之人的保护者 / nṛmṇam—在各方面都令人感到超然的快乐 / śaraṇyam—值得去皈依的人 / karuṇā—像……般仁慈 / arṇavam—海洋

译文　纳茹阿达·牟尼接着说：至尊主的形象永远年轻。祂的四肢和身体的每一个部位都很匀称，完美无瑕。祂的眼睛和嘴唇就像初升的太阳一样是略带桃红色的。祂总是准备给投靠祂的灵魂以庇护，福星高照的人一看到祂就会感到心满意足。至尊主是仁慈的海洋，因此当之无愧永远是投靠祂的灵魂的主人。

要旨 每个人都必须投靠一个比自己强的对象，而这是我们的本性。如今，我们试图投靠某个对象，不是社会、民族、家庭、国家，就是政府。这种皈依的程序早已存在，但却从未完美过，究其原因：我们所投靠的人或机构并不完美，我们投靠时的动机也不完美。正因为如此，物质世界里既没人值得他人去投靠，也没人全身心地去投靠什么人，除非迫不得已那么做。但这里说的皈依程序是自觉自愿的，因为至尊主是值得投靠的人。生物体一旦看到至尊主那风华正茂的美丽形象，就会不由自主地想投靠祂。

纳茹阿达·牟尼(Nārada Muni)的描述不是虚构的。至尊主的形象必须透过师徒传承(帕让帕茹阿，paramparā)来了解。玛亚瓦迪(Māyāvādī)哲学家说我们必须想象至尊主的形象，但纳茹阿达·牟尼在此并不是这么说的。相反，他按照从权威处得到的信息描述至尊主。他本人就是一个权威；他能够去外琨塔星球(Vaikuṇṭhaloka)面见至尊主，因此对至尊主的身体特征的描述不是虚构的。我有时告诉我的学生有关至尊主的身体特征，他们就为祂画像。他们的绘画不是靠凭空想象画出来的。纳茹阿达·牟尼见过至尊主，于是向杜茹瓦描述至尊主的身体特征。同样，对至尊主的描述是透过师徒传承进行的。因此，人应该接受这种描述，人如果按照这种描述把至尊主的形象画出来，那绘画就不是虚构出的画。

第47节 श्रीवत्साङ्कं घनश्यामं पुरुषं वनमालिनम् ।
शङ्खचक्र गदापद्मैरभिव्यक्त चतुर्भुजम् ॥ ४७ ॥

śrīvatsāṅkaṁ ghana-śyāmaṁ
puruṣaṁ vana-mālinam
śaṅkha-cakra-gadā-padmair
abhivyakta-caturbhujam

śrīvatsa-aṅkam—至尊主胸前的施瑞瓦特萨标记 / ghana-śyāmam—深蓝色 / puruṣam—至尊人 / vana-mālinam—带着花环 / śaṅkha—海螺 / cakra—飞轮 / gadā—大头棒 / padmaiḥ—莲花 / abhivyakta—展示 / catuḥ-bhujam—四只手

译文　纳茹阿达·牟尼进一步描述至尊主说，祂有施瑞瓦特萨标记——幸运女神坐的地方，祂的肤色是深蓝色的。至尊主是个人，祂戴鲜花穿的花环，永远展现为(以左边较低部位的手开始的)手持海螺、飞轮、大头棒和莲花的四臂形象。

要旨　这节诗中的梵文菩茹沙姆(puruṣam)一词意义重大。至尊主从不是女性。祂永远是男性(puruṣa)。因此，非人格神主义者把至尊主想象成女人是错误的。在有必要的时候，至尊主可以以女性形象显现，但祂的永恒形象是男性形象(puruṣa)，因为祂本来就是男性。至尊主的女性特征是通过拉玡施蜜(Lakṣmī)、茹阿妲茹阿妮(Rādhārāṇī)和悉塔(Sītā)等幸运女神展现的。所有这些幸运女神都是至尊主的仆人，而不是非人格神主义者假想的至尊者。主奎师那以祂的纳茹阿亚纳(Nārāyaṇa)形象出现时总是四臂形象。在库茹柴陀(Kurukṣetra)战场上，当阿尔诸纳(Arjuna)要看主奎师那的宇宙形象时，祂展示了这个四臂的纳茹阿亚纳形象。有些奉献者认为奎师那是纳茹阿亚纳的一个化身，但巴嘎瓦特(Bhāgavata)学者说，纳茹阿亚纳是奎师那的一个展示。

第48节　किरीटिनं कुण्डलिनं केयूरवलयान्वितम् ।
कौस्तुभाभरणग्रीवं पीतकौशेयवाससम् ॥ ४८ ॥

kirīṭinaṁ kuṇḍalinaṁ
keyūra-valayānvitam

kaustubhābharaṇa-grīvaṁ
pīta-kauśeya-vāsasam

kirīṭinam—至尊主戴着镶嵌着珠宝的冠冕 / kuṇḍalinam—和珍珠耳环 / keyūra—宝石项链 / valaya-anvitam—带着镶嵌着珠宝的手镯 / kaustubha-ābharaṇa-grīvam—祂脖子上佩戴着考斯图巴宝石 / pīta-kauśeya-vāsasam—祂穿着黄色的丝绸衣服

译文 至尊人格首神华苏戴瓦的永恒身体，装饰华美。祂戴镶嵌着珍贵宝石的冠冕、项链和手镯，颈部用考斯图巴宝石做装饰，身穿黄色丝绸衣服。

第49节 क ाञ्चीक ल ापपर्यस्तं ल सत्क ाञ्चननूपुरम् ।
दर्शनीयतमं शान्तं मनोनयनवर्धनम् ॥ ४९ ॥

kāñcī-kalāpa-paryastaṁ
lasat-kāñcana-nūpuram
darśanīyatamaṁ śāntaṁ
mano-nayana-vardhanam

kāñcī-kalāpa—小铃铛 / paryastam—环绕着腰 / lasat-kāñcana-nūpuram—祂脚踝上带着金脚铃 / darśanīya-tamam—绝佳的特征 / śāntam—平静、安祥 / manaḥ-nayana-vardhanam—使人赏心悦目

译文 至尊主腰间佩戴着许多小金铃，莲花足用金脚铃作装饰。祂身体的每一个特征都非常吸引人，让人看了极为愉快。祂永远平静、安详，令人看了赏心悦目。

第50节 पद्भ्यां नखमणिश्रेण्या विलसद्भ्यां समर्चताम् ।
हृत्पद्मक र्णिक ाधिष्ण्यमाक्र म्यात्मन्यवस्थितम् ॥ ५० ॥

padbhyāṁ nakha-maṇi-śreṇyā
vilasadbhyāṁ samarcatām
hṛt-padma-karṇikā-dhiṣṇyam
ākramyātmany avasthitam

padbhyām—祂的莲花足 / nakha-maṇi-śreṇyā—祂宝石般脚趾甲的光亮 / vilasadbhyām—闪光的莲花足 / samarcatām—崇拜它们的人 / hṛt-padma-karṇikā—心中的莲花涡 / dhiṣṇyam—处在 / ākramya—可捕捉的 / ātmani—在心中 / avasthitam—处在

译文 真正的瑜伽师冥想至尊主那在他们心中站在莲花心上的超然形象，祂莲花足上宝石般的趾甲闪闪发光。

第51节 स्मयमानमभिध्यायेत्सानुरागावलोक नम् ।
नियतेनैक भूतेन मनसा वरदर्षभम् ॥ ५१ ॥

smayamānam abhidhyāyet
sānurāgāvalokanam
niyatenaika-bhūtena
manasā varadarṣabham

smayamānam—至尊主的微笑 / abhidhyāyet—人应该冥想祂 / sa-anurāga-avalokanam—怀着深情注视着奉献者的人 / niyatena—就这样，一直不断 / eka-bhūtena—以极大的关注 / manasā—用心 / vara-da-ṛṣabham—人应该冥想这最伟大的祝福者

译文 至尊主始终微笑着，奉献者应该一直不断地看至尊主的这一形象，同样祂也极其仁慈地看着祂的奉献者。冥想者应该这样注视至尊人格首神——一切祝福的赐予者。

要旨 这节诗里的梵文 niyatena 一词非常重要，因为它说明人

应该按上面所说的方法进行冥想。我们不应该去编造一些冥想至尊人格首神的方法，而应该按权威经典(萨斯陀，śāstra)和权威人士所说的去做。人只要按经典规定的方法做，就能练习把注意力集中在至尊主那里，直到他如此全神贯注，以致始终想着至尊主的形象，一直处在心醉神迷的状态中。这节诗里用的梵文 eka-bhūtena 一词，意思是“全神贯注”。谁如果把注意力完全集中在对至尊主身体特征的描述上，他就永远不会堕落。

第52节 एवं भगवतो रूपं सुभद्रं ध्यायतो मनः ।
निर्वृत्या परया तूर्णं सम्पन्नं न निवर्तते ॥ ५२ ॥

evaṁ bhagavato rūpaṁ
subhadraṁ dhyāyato manaḥ
nirvṛtyā parayā tūrṇaṁ
sampannaṁ na nivartate

evam—因此 / bhagavataḥ—至尊人格首神的 / rūpam—形象 / su-bhadram—非常吉祥 / dhyāyataḥ—冥想 / manaḥ—注意力 / nirvṛtyā—清除一切物质污染 / parayā—超然的 / tūrṇam—很快 / sampannam—使富足 / na—永不 / nivartate—坠落

译文 这样冥想的人，全神贯注于至尊主永恒吉祥的形象，因此能很快清除所有的物质污染。他不会从冥想至尊主的层面上坠落下来。

要旨 这种牢固不变的冥想状态称为萨玛迪(samādhi)——全神贯注。正如这节诗中所描述的，一直不断致力于为至尊主做超然的爱心服务的人，不可能在冥想至尊主的形象时分心。奉爱服务的潘查茹阿陀(Pañcarātra)体系所规定的在庙宇中崇拜神像的奉爱方法

(arcana-mārga)，使奉献者一直不断地想着至尊主，而这就是全神贯注的状态——萨玛迪。这样灵修的人不可能偏离为至尊主做服务的路，而全神贯注地为至尊主服务将使他圆满地完成他的人生使命。

第53节　जपश्च परमो गुह्यः श्रूयतां मे नृपात्मज ।
यं सप्तरात्रं प्रपठन् पुमान् पश्यति खेचरान् ॥ ५३ ॥

japaś ca paramo guhyaḥ
śrūyatāṁ me nṛpātmaja
yaṁ sapta-rātraṁ prapaṭhan
pumān paśyati khecarān

japaḥ ca—与此有关的吟诵曼陀 / paramaḥ—非常、非常 / guhyaḥ—机密的 / śrūyatām—请听 / me—从我这里 / nṛpa-ātmaja—君王的儿子啊 / yam—那 / sapta-rātram—七个夜晚 / prapaṭhan—吟诵 / pumān—人 / paśyati—能看 / khe-carān—在空中旅行的人类

译文　君王的儿子啊！现在我要教你在按这个冥想程序做时所要吟诵的曼陀。连续七夜小心谨慎地吟诵这个曼陀的人，能看到在天空飞翔的完美的人类。

要旨　这个宇宙中有一个名叫希达哈珞卡(Siddhaloka)的星球。希达哈珞卡上的居民生来就完美地具有八种瑜伽神通，例如：能变得比最小的还小，比最轻的还轻，比最大的还大；能立即得到自己所喜欢的东西，甚至能创造一个星球等。这里列举的只是一部分瑜伽神通。希达哈珞卡的居民凭借能把自己变轻的净化程序(laghimā-siddhi)的功效，把自己变得比鸿毛还轻，然后不用飞机和飞船就能在空中飞翔。在这节诗中，纳茹阿达·牟尼(Nārada Muni)告诉杜茹瓦·玛哈茹阿佳

(Dhruva Mahārāja)：通过冥想至尊主超然的形象，同时吟诵曼陀(mantra)，人能在七天内变得如此完美，以致可以看到在空中飞翔的人类。纳茹阿达· 牟尼在诗中用了 japaḥ 一词，以指在冥想过程中要吟诵的曼陀极为机密。人们也许会问："既然是机密的，《圣典博伽瓦谭》(Śrīmad- Bhāgavatam)中为什么会记载下来？"说它机密是指：人可以在任何地方得到一个被公布的曼陀，但除非透过师徒传承接受它，否则它不起作用。权威经典和人士指出：不是从师徒传承中得到的曼陀不灵验。

这节诗中确立的另一个要点是：冥想时应该吟诵、吟唱曼陀。吟诵、吟唱哈瑞·奎师那(Hare Kṛṣṇa)曼陀，是如今这个年代中最简易的冥想方法。人一旦吟诵、吟唱哈瑞·奎师那曼陀，就会看到奎师那、茹阿玛(Rāma)和祂们的能量的形象，而这是心醉神迷的完美境界。我们不应该在吟诵、吟唱哈瑞·奎师那时硬要看到至尊主的形象，当吟诵、吟唱达到毫无冒犯的阶段时，至尊主自然会在吟诵、吟唱者面前揭示祂自己。因此，吟诵、吟唱的人必须集中注意力聆听曼陀的声明震荡，而不需要再做额外的努力，至尊主自会显现的。

第54节 ॐ नमो भगवते वासुदेवाय
मन्त्रेणानेन देवस्य कु र्याद्द्रव्यमयीं बुधः ।
सपर्यां विविधैर्द्रव्यैर्देशक ाल विभागवित् ॥ ५४ ॥

oṁ namo bhagavate vāsudevāya
mantreṇānena devasya
kuryād dravyamayīṁ budhaḥ
saparyāṁ vividhair dravyair
deśa-kāla-vibhāgavit

oṁ—我的主啊 / namaḥ—我恭敬地致以敬意 / bhagavate—向至尊人格首神 / vāsudevāya—向至尊主华苏戴瓦 / mantreṇa—用这

个赞美诗(曼陀) / anena—这 / devasya—至尊主的 / kuryāt—人应该做 / dravyamayīm—身体的 / budhaḥ—博学的人 / saparyām—用规定的方法崇拜 / vividhaiḥ—以各种 / dravyaiḥ—用品 / deśa—按照国家 / kāla—时间 / vibhāga-vit—了解区分的人

译文　欧姆·纳摩·巴嘎瓦忒·瓦苏戴瓦亚。这十二音节组成的曼陀是用来崇拜主奎师那的。人应该安置至尊主的神像；应该一边吟诵这个曼陀，一边严格按照权威规定的规范原则向神像供奉水果、鲜花和各种食物。但做这些应该先考虑时间、地点和在场的人是否方便。

要旨　欧姆·纳摩·巴嘎瓦忒·瓦苏戴瓦亚(Oṁ namo bhagavate vāsudevāya)被称为十二音节曼陀(dvādaśākṣara-mantra)。它以帕纳瓦(praṇava)或欧么卡尔(oṁkāra)为开始，外士纳瓦(Vaiṣṇava)奉献者吟诵这个曼陀。经典中有一条训示：不是布茹阿玛纳(brāhmaṇa，婆罗门)的人，不能吟诵帕纳瓦·曼陀。杜茹瓦·玛哈茹阿佳(Dhruva Mahārāja)生就是一名查锤亚(kṣatriya，刹帝利)。他立即向纳茹阿达·牟尼(Nārada Muni)承认：作为查锤亚，他不能接受纳茹阿达要他弃绝和保持平静的教导。这是布茹阿玛纳所关心的。可尽管杜茹瓦不是布茹阿玛纳而是查锤亚，但作为权威的纳茹阿达却授权他吟诵帕纳瓦·欧么卡尔。此事意义重大，尤其是在印度，世袭布茹阿玛纳极力反对非布茹阿玛纳家庭出身的其他阶层人士吟诵这个帕纳瓦·曼陀。但纳茹阿达的做法不言而喻，证明人如果接受外士纳瓦·曼陀，或者以外士纳瓦的方式崇拜神像，就可以吟诵帕纳瓦·曼陀。在《博伽梵歌》(Bhagavad-gītā)中，至尊主亲口说：任何生物，即使是在低级的物种中，只要他正确地崇拜神，就能被提升到最高的境界，回归家园，回归首神。

正如纳茹阿达·牟尼在此说明的规则：人应该从真正的灵性导

师那里接受曼陀，并用右耳聆听灵性导师的传授。人不仅要吟诵、吟唱曼陀，还必须在至尊主的神像面前这样做。当然，当至尊主显现时，神像就不再是用物质元素制成的神像了。例如：当铁棒在火中被烧得又红又热时，它就不再是铁而是火了。同样，无论我们是用木头、石头、金属、宝石或图画制成至尊主的形象，还是在心中勾勒出祂的形象，那形象都是至尊主真正灵性的超然形象。人不仅必须从纳茹阿达·牟尼或他那些在师徒传承中的代表等真正的灵性导师那里接受曼陀，还必须吟诵、吟唱那曼陀。人不仅必须吟诵、吟唱，还应该根据他身处的地区、时间和便利条件，向神像供奉他能得到的食物。

吟诵、吟唱曼陀和制作神像等崇拜方法，不是一成不变和千篇一律的。这节诗中特别提到，人应该考虑时间、地点和方便与否。我们奎师那意识运动遍及全世界，我们在世界各地的中心安置神像。我们的印度朋友有时带着混乱的概念自以为是地批评我们说："这没有做到，那没有做到。"但他们忘了：纳茹阿达·牟尼的这一教导，是给予最伟大的外士纳瓦之一——杜茹瓦·玛哈茹阿佳的。我们必须考虑具体的时间、地点和便利条件。在印度方便的不一定在西方国家里就方便。那些实际上并不在师徒传承中的人，或者并不知道该如何担当灵性导师职务的人，毫无根据地批评国际奎师那意识协会(ISKCON)在印度之外的国家中所从事的活动。事实上，这些批评人士自己在传播奎师那意识方面什么也做不了。如果有人冒着一切风险出去传教，对时间和地点进行全面考虑后，在崇拜方式上做一些改变，那么按经典的指示，他这么做就并没有错。茹阿玛努佳(Rāmānuja)师徒传承中的一位灵性导师圣维尔茹阿格哈瓦·阿查尔亚(Vīrarāghava Ācārya)，在他的评注中评论道：出生在比庶铎(śūdra)还低级的家庭中的受制约灵魂昌达拉(caṇḍāla)，也可以按情况受启迪。为使他们成为外士纳瓦，形式上可能需要做一些改动。

主柴坦亚·玛哈帕布(Caitanya Mahāprabhu)说：全世界每个角落

的人都该听到至尊主的圣名。如果没人到处去传教，祂的话怎么能实现呢？主柴坦亚·玛哈帕布所推广的崇拜方式，是巴嘎瓦特·达尔玛(bhāgavata-dharma)，祂特别倡导奎师那·卡塔(kṛṣṇa-kathā)——对《博伽梵歌》和《圣典博伽瓦谭》(Śrīmad-Bhāgavatam)的崇拜。祂建议每一个印度人都要担负起把至尊主的信息传给世上其他居民的任务，并把这项任务当成是最高的利益众生的事业(para-upakāra)。“世界上的其他居民”并不光指那些完全像印度布茹阿玛纳和查锤亚的人，或者像那些因为生在布茹阿玛纳家庭就声称自己是布茹阿玛纳的世袭布茹阿玛纳一类的人。认为只有印度人和印度教徒才可以当外士纳瓦的观点是错误的。我们应该广为宣传，使每一个人都成为外士纳瓦。奎师那意识运动的目的就在于此。奎师那意识运动拓展的范围并没有限制，即使在出身是昌达拉、摩雷查(mleccha)或亚瓦纳(yavana)的人中也可以传播。即使在印度也不例外，圣萨纳坦·哥斯瓦米(Sanātana Gosvāmī)在他的《哈尔伊·巴克缇·维拉斯》(Hari-bhakti-vilāsa)一书中阐明了这一观点。《哈尔伊·巴克缇·维拉斯》一书属于斯密瑞缇(smṛti)，是有关外士纳瓦日常活动的权威性韦达指南。萨纳坦·哥斯瓦米说：用化学方法，把用以铸钟的铜和水银混合在一起，就能把铸钟的铜转化为黄金；同样，真正的启迪方式(迪克沙，dīkṣā)，能使任何人成为外士纳瓦。真正的灵性导师来自师徒传承，他前辈的灵性导师授权于他，因此人应该从这样的灵性导师那里接受启迪。梵文把这称为迪克沙·维达纳(dīkṣā-vidhāna)。主奎师那在《博伽梵歌》中说：人应该接受一位灵性导师(vyapāśritya)。这个程序可以把整个世界的意识转化为奎师那意识。

第55节　सलि लैः शुचिभिर्माल्यैर्वन्यैर्मूल फ ल ादिभिः ।
शस्ताङ्कुरांशुकै श्चार्चेत्तुल स्या प्रियया प्रभुम् ॥ ५५ ॥

salilaiḥ śucibhir mālyair
vanyair mūla-phalādibhiḥ
śastāṅkurāṁśukaiś cārcet
tulasyā priyayā prabhum

salilaiḥ—通过用水 / śucibhiḥ—被净化 / mālyaiḥ—用花环 / vanyaiḥ—森林里的鲜花的 / mūla—根 / phala-ādibhiḥ—用各种各样的蔬菜和水果 / śasta—新鲜的嫩草 / aṅkura—花蕾 / aṁśukaiḥ—用布尔佳等树的树皮 / ca—和 / arcet—应该崇拜 / tulasyā—用图拉希叶 / priyayā—至尊主非常喜欢的 / prabhum—至尊主

译文 人应该用在森林里能找到的纯净的水、花环、水果、鲜花和蔬菜，或者采集的嫩草、花蕾，甚至是树皮崇拜至尊主。如果有可能的话，通过供奉至尊人格首神极为喜爱的图拉西叶来崇拜祂。

要旨 这节诗里特别提到了图拉西(tulasī)树叶是至尊人格首神极喜爱的叶子，奉献者应该特别注意在每一个庙宇和崇拜中心都要备有图拉西叶。我在西方国家致力于传播奎师那意识时，因为找不到图拉西叶而感到很不快乐。为此，我的门徒圣哥文达· 达希(Govinda dāsī)精心播下图拉西种子，靠奎师那的仁慈成功地培育出图拉西植物。所以我非常感激她。如今，我们运动中的每一个中心几乎都种有图拉西植物。在崇拜至尊人格首神的方法中，图拉西叶占有极为重要的地位。

这节诗中梵文 salilaiḥ 一词的意思是“用水”。当然，杜茹瓦 · 玛哈茹阿佳(Dhruva Mahārāja)当时是在雅沐娜(Yamunā)河畔崇拜至尊主。雅沐娜河与恒河都是圣河，在印度居住的奉献者有时强调必须要用恒河水或雅沐娜河水崇拜神像。但我们在这节诗中看到梵文 deṣa-kāla 一词，它的意思是“根据时间和地区”。西方国家里没有雅沐娜河或恒河，因此得不到这些圣河中的水。难道我们应该为此就停止崇拜神像(arcā)吗？不！梵文 Salilaiḥ 一词是指能找到的任何水，但那水必须非常清洁，而且是以纯净的方式收集的。那种水就可以用。至于花环，水果和蔬菜等其他用品，也都应该是当地所能找到的。要取悦至尊主，图拉西叶是非常重要的，所以应该尽可能地安排种植图拉西。杜茹瓦·玛哈茹阿佳(Dhruva Mahārāja)得到的教导是：用森林中能找到的水果和鲜花崇拜至尊主。在《博伽梵歌》(Bhagavad-gītā)中，主奎师那坦率地告诉我们：祂接受蔬菜、水果和鲜花等。除了用伟大的权威纳茹阿达·牟尼(Nārada Muni)在此规定的这些用品崇拜至尊主以外，我们不应该向主华苏戴瓦(Vāsudeva)供奉其他的东西。人不能异想天开地崇拜神像，既然这些水果和蔬菜在宇宙中随处可得，我们就应该谨慎地遵守这项规定。

第56节　लब्ध्वा द्रव्यमयीमर्चां क्षित्यम्ब्वादिषु वार्चयेत् ।
आभृतात्मा मुनिः शान्तो यतवाङ् मितवन्यभुक् ॥ ५६ ॥

labdhvā dravyamayīm arcāṁ
kṣity-ambv-ādiṣu vārcayet
ābhṛtātmā muniḥ śānto
yata-vāṅ mita-vanya-bhuk

labdhvā—通过得到 / dravya-mayīm—用物质元素制成 / arcām—可崇拜的神像 / kṣiti—土 / ambu—水 / ādiṣu—以……为开始 / vā—或者 / arcayet—崇拜 / ābhṛta-ātmā—完全控制住自己的人 / muniḥ—伟大的人物 / śāntaḥ—平静地 / yata-vāk—控制说话的力量 / mita—节俭的 / vanya-bhuk—吃在森林里能找到的食物

译文　用土、水、纸浆、木头和金属等物质材料制成的至尊主的形象，都可以进行崇拜。在森林中，人可以只用土和水制成至尊主的形象，并按以上的原则崇拜祂。完全自控的奉献者，应该非常节制、平静，必须只满足于吃他在森林里能找到的水果和蔬菜。

要旨 奉献者不仅要在吟诵、吟唱灵性导师传授的曼陀(mantra)时在心中冥想至尊主的形象，还必须崇拜神像。崇拜神像极为重要，必不可少。非人格神主义者冥想或崇拜某种不具人格特征的事物，不但给自己带来许多不必要的麻烦，所走的路也很危险。我们不主张用非人格神主义者冥想或崇拜至尊主的方法。纳茹阿达·牟尼建议杜茹瓦·玛哈茹阿佳崇拜用土和水制成的至尊主的神像，因为在丛林中不可能有用金属、木头或石头制成的神像，所以最好是用土和水混合制成至尊主的神像并崇拜祂。奉献者不应该为烹煮食物而焦虑，应该把在森林或城市里能找到的水果或蔬菜供奉给神像；奉献者应该满足于吃这些食物，而不应该渴望得到美味佳肴。当然，我们应该把在当地能得到的最好的食物供奉给神像，不管是否烹煮，都必须是用水果和蔬菜准备的。重要的是：奉献者应该节制自己(mita-bhuk)，而这是奉献者的优秀品德之一。奉献者不应该渴望用某种食品来满足自己的舌头，而应该满足于吃凭借至尊主的恩典所能得到的帕萨达(prasāda)。

第57节 स्वेच्छ ावतारचरितैरचिन्त्यनिजमायया ।
क रिष्यत्युत्तमश्लोक स्तद्ध्यायेद् धृदयङ्गमम् ॥ ५७ ॥

svecchāvatāra-caritair
acintya-nija-māyayā
kariṣyaty uttamaślokas
tad dhyāyed dhṛdayaṅ-gamam

sva-icchā—凭祂本人的至尊旨意 / avatāra—化身 / caritaiḥ—活动 / acintya—不可思议的 / nija-māyayā—靠祂自己的能量 / kariṣyati—从事 / uttama-ślokaḥ—至尊人格首神 / tat—那 / dhyāyet—人应该冥想 / hṛdayam-gamam—很有魅力的

译文 亲爱的杜茹瓦，除了每天崇拜神像并吟诵曼陀三次外，你还应该冥想至尊人格首神以不同化身显现时，通过祂的至尊旨意和个人能量所从事的超然活动。

要旨 奉爱服务包括九项规定程序，那就是：聆听，吟诵、吟唱，记忆，崇拜，服务，以及把一切都供奉给神像，等等。杜茹瓦·玛哈茹阿佳(Dhruva Mahārāja)在此得到的建议是：不仅要冥想至尊主的形象，还要想祂以不同的化身所从事的超然的娱乐活动。玛亚瓦迪(Māyāvādī)哲学家认为至尊主的化身与普通生物是同类。这是极大的错误。至尊人格首神的化身，并不是在物质自然法律控制下被迫活动的。这节诗里用的梵文 svecchā 一词是指，祂凭祂的至尊旨意显现。受制约的灵魂被迫接受某种躯体，而那躯体是物质自然法律在至尊主的指导下根据受制约的灵魂以往的活动(卡尔玛，karma)判给他的。但至尊主并不是受物质自然命令的迫使显现的；祂按自己的意愿靠祂自己的内在能量显现。这就是至尊主和普通生物的区别。物质自然的高等权威按受制约的灵魂从事过的活动，迫使他接受某种类型的躯体，例如：猪的躯体。但当至尊主以雄猪化身显现时，祂与普通的猪并不一样。奎师那以雄猪化身(Varāha- avatāra)显现时，身躯巨大，根本不是普通的猪所能比的。祂的出现和消失对我们来说是不可思议的。《博伽梵歌》(Bhagavad-gītā)中清楚地说：祂为了保护奉献者，消灭恶魔，靠自身的内在能量显现。奉献者应该始终清楚：奎师那不以普通人或普通动物显现，祂以祂的内在能量展现为雄猪形象(Varāha mūrti)

或马、乌龟等形象。《布茹阿玛·萨密塔》(Brahma-saṁhitā)中说：人不该误把至尊主以人类形象或兽类形象的显现与受制约的普通灵魂的出生等同起来，受制约的灵魂不管生为动物、人类，还是半神人，都是在自然法律的迫使下出生的(ānanda-cinmaya-rasa-pratibhāvitābhiḥ)。把至尊主的显现与受制约灵魂的出生等同起来的看法，是对至尊主的一种冒犯。主柴坦亚·玛哈帕布(Caitanya Mahāprabhu)谴责玛亚瓦迪人士冒犯了至尊人格首神，因为他们认为至尊主和受制约的灵魂完全一样，是一体。

纳茹阿达(Nārada)建议杜茹瓦冥想至尊主的娱乐时光，这与全神贯注地冥想至尊主的形象一样灵验。正如冥想至尊主的任何形象都有效，吟诵、吟唱哈尔伊(Hari)、哥文达(Govinda)和纳茹阿亚纳(Nārāyaṇa)等至尊主的不同名字也一样有效。但经典(śāstra)明确地推荐我们，在如今这个年代特别要吟诵、吟唱哈瑞·奎师那曼陀，那就是：哈瑞·奎师那 哈瑞·奎师那 奎师那·奎师那 哈瑞·哈瑞/哈瑞·茹阿玛 哈瑞·茹阿玛 茹阿玛·茹阿玛 哈瑞·哈瑞。

第58节 परिचर्या भगवतो यावत्यः पूर्वसेविताः ।
ता मन्त्रहृदयेनैव प्रयुञ्ज्यान्मन्त्रमूर्तये ॥ ५८ ॥

paricaryā bhagavato
yāvatyaḥ pūrva-sevitāḥ
tā mantra-hṛdayenaiva
prayuñjyān mantra-mūrtaye

paricaryāḥ—服务 / bhagavataḥ—人格首神的 / yāvatyaḥ—正如它们被规定的(如前所述) / pūrva-sevitāḥ—由前辈灵性导师推荐或做的 / tāḥ—那 / mantra—赞美诗 / hṛdayena—在心中 / eva—无疑地 / prayuñjyāt—人应该崇拜 / mantra-mūrtaye—与曼陀没有区别的人

译文　有关如何用规定的用品崇拜至尊主，人应该向前辈奉献者学习。或者，人应该通过对人格首神吟诵曼陀在心中崇拜祂，祂与曼陀没有分别。

要旨　这里介绍说：人如果在实际情况中不能用经典(沙斯陀，śāstra)推荐的用品崇拜神像，甚至可以只在心中想着至尊主的形象，在心中向祂供奉经典推荐的一切，包括鲜花、檀香浆(candana)、海螺、伞、扇和拂尘(cāmara)。我们可以一边在心中做这一切，一边吟诵由十二个音节组成的曼陀(mantra)——欧姆·纳摩·巴嘎瓦忒·瓦苏戴瓦亚(Oṁ namo bhagavate vāsudevāya)。由于曼陀和至尊人格首神没有区别，人便可以在没有崇拜用品的情况下靠吟诵曼陀崇拜至尊主的形象。有关这一点，我们应该参考《奉爱的甘露》(Bhakti- rasāmṛta-sindhu)一书中的一个故事，它讲述的是一个布茹阿玛纳(brāhmaṇa，婆罗门)在心中崇拜至尊主的事。如果在实际情况中确实找不到崇拜的用品，人可以想着这些用品，通过吟诵曼陀，在心中把它们供奉给神像。这些是奉爱服务程序中有效而不死板的方法。

第59－60节　एवं कायेन मनसा वचसा च मनोगतम् ।
परिचर्यमाणो भगवान् भक्ति मत्परिचर्यया ॥ ५९ ॥

पुंसाममायिनां सम्यग्भजतां भाववर्धनः ।
श्रेयो दिशत्यभिमतं यद्धर्मादिषु देहिनाम् ॥ ६० ॥

evaṁ kāyena manasā
vacasā ca mano-gatam
paricaryamāṇo bhagavān
bhaktimat-paricaryayā

puṁsām amāyināṁ samyag
bhajatāṁ bhāva-vardhanaḥ
śreyo diśaty abhimataṁ
yad dharmādiṣu dehinām

evam—如此 / kāyena—用身体 / manasā—用心 / vacasā—用话语 / ca—也 / manaḥ-gatam—仅仅靠想着至尊主 / paricaryamāṇaḥ—致力于做奉爱服务 / bhagavān—至尊人格首神 / bhakti-mat—按照奉爱服务的规范守则 / paricaryayā—通过崇拜至尊主 / puṁsām—奉献者的 / amāyinām—严肃、认真的人 / samyak—完美地 / bhajatām—致力于做奉爱服务 / bhāva-vardhanaḥ—增强奉献者狂喜之情的至尊主 / śreyaḥ—最终的目标 / diśati—赐予 / abhimatam—愿望 / yat—如其所是 / dharma-ādiṣu—有关灵性生活和发展经济 / dehinām—受制约的灵魂的

译文 无论是谁，只要他真诚地用他的身心和话语这样为至尊主做奉爱服务，稳定地按规定的奉爱服务的方法去活动，至尊主就会根据他的愿望祝福他。如果奉献者想要物质的宗教信仰、经济发展、感官享乐或摆脱物质世界，至尊主就会赐予他这些结果。

要旨 奉爱服务是如此有效力，以致做奉爱服务的人可以得到至尊人格首神的祝福，满足自己的心愿。受制约的灵魂很迷恋物质世界，因此想靠举行宗教仪式得到称为举行宗教仪式(达尔玛，dharma)和促进经济发展的物质利益。

第61节 विरक्तश्चेन्द्रियरतौ भक्ति योगेन भूयसा ।
तं निरन्तरभावेन भजेताद्धा विमुक्तये ॥ ६१ ॥

viraktaś cendriya-ratau
bhakti-yogena bhūyasā
taṁ nirantara-bhāvena
bhajetāddhā vimuktaye

viraktaḥ ca—完全弃绝的生活 / indriya-ratau—有关感官享乐

的事 / bhakti-yogena—靠奉爱服务的方法 / bhūyasā—极其认真地 / tam—向祂（至尊主）/ nirantara—每天二十四小时一直不断地 / bhāvena—在喜极若狂中 / bhajeta—必须崇拜 / addhā—直接地 / vimuktaye—为解脱

译文　人如果很认真地要获得解脱，就必须严格地按超然的爱心服务的方法去做，一天二十四小时沉浸在狂嘉的最高境界中，而且必须远离一切与感官享乐有关的活动。

要旨　人的目标不同，所达到的完美境界就不一样。人们一般都忙于从事感官享乐的活动，因此基本上都是功利性活动者(karmī)。比功利性活动者高级的是思辨者(jñānī)，因为他们正在努力摆脱物质的束缚。比思辨者高级的是瑜伽师(Yogī)，因为他们冥想至尊人格首神的莲花足。在这三者之上的是奉献者，因为他们全心全意地为至尊主做超然的爱心服务，沉浸在欣喜若狂的最高境界里。

杜茹瓦・玛哈茹阿佳(Dhruva Mahārāja)在此得到的建议是：如果他对感官享乐不感兴趣，那他就应该直接去为至尊主做超然的爱心服务。解脱(apavarga)之途始于被称为摩克沙(mokṣa)的阶段。这节诗中特别提到了“为解脱(vimuktaye)”一词。想在这个物质世界里得到幸福的人，也许渴望到那些有更优越的条件可以进行感官享乐的高等星球去，但只有在不怀着这种欲望灵修时才会有真正的解脱(摩克沙)。《巴克缇・茹阿萨姆瑞塔・心都》(Bhakti-rasāmṛta-sindhu)一书中，用“没有进行物质感官享乐的欲望(anyābhilāṣitā-śūnyam)”一句解释了这一点。对那些仍然倾向于在人生的不同阶段或在不同的星球上享受物质生活的人，经典不推荐他们有关练奉爱瑜伽(巴克缇・尤嘎，bhakti-yoga)得到解脱的方法。只有彻底清除了感官享乐污染的人，才能一心一意地做奉爱服务——练奉爱瑜伽。在上升到解脱(apavarga)层面的过程中，举行宗教仪式(达尔玛，dharma)、促进经济发展(阿尔特，artha)和从事感官享乐(卡玛，kāma)等活动的目的，都是为了进行感官享乐，但当人逐渐上升到非人格神主义解脱(摩克沙)的阶段时，修行者便想融入至尊主的存在。可那还是属于感官享乐。然而，人一旦超越解脱的阶段，就会立即成为至尊主的同伴，为祂做超然的爱心服务。这个阶段在梵文术语中称为维穆克提(vimukti)。纳茹阿达·牟尼(Nārada Muni)建议人们，要想得到这种特殊的维穆克提解脱，就必须直接致力于为至尊主做奉爱服务。

第62节 इत्युक्तस्तं परिक्र म्य प्रणम्य च नृपार्भकः ।
ययौ मधुवनं पुण्यं हरेश्चरणचर्चितम् ॥ ६२ ॥

ity uktas taṁ parikramya
praṇamya ca nṛpārbhakaḥ
yayau madhuvanaṁ puṇyaṁ
hareś caraṇa-carcitam

iti—如此 / uktaḥ—被讲述 / tam—他(纳茹阿达·牟尼) / parikramya—通过绕行 / praṇamya—通过致敬 / ca—也 / nṛpa-arbhakaḥ—君王的男孩 / yayau—去 / madhuvanam—温达文境内名叫玛杜文的森林 / puṇyam—吉祥和虔诚的 / hareḥ—至尊主的 / caraṇa-carcitam—主奎师那的莲花足留下的印记

译文 王子杜茹瓦·玛哈茹阿佳聆听了伟大的圣人纳茹阿达的教导后，恭恭敬敬地绕行并顶拜了他的灵性导师，然后启程去玛杜文森林。那里永远印着主奎师那的莲花足印，因此特别吉祥。

第63节 तपोवनं गते तस्मिन् प्रविष्टोऽन्तःपुरं मुनिः ।
अर्हितार्हणको राज्ञा सुखासीन उवाच तम् ॥ ६३ ॥

tapo-vanaṁ gate tasmin
praviṣṭo 'ntaḥ-puraṁ muniḥ
arhitārhaṇako rājñā
sukhāsīna uvāca tam

tapaḥ-vanam—杜茹瓦·玛哈茹阿佳从事苦修的林间小路 / gate—这样接近 / tasmin—那里 / praviṣṭaḥ—进入 / antaḥ-puram—在私人的房子里 / muniḥ—伟大的圣人纳茹阿达 / arhita—受到崇拜 / arhaṇakaḥ—通过尊敬的行为 / rājñā—由君王 / sukha-āsīnaḥ—当他舒舒服服地就座后 / uvāca—说 / tam—向他(君王)

译文 杜茹瓦进入森林去做奉爱服务后，伟大的圣人纳茹阿达考虑最好去找一下乌塔纳帕达王，看他现在在王宫里是怎样生活的。纳茹阿达·牟尼抵达王宫后，君王合乎礼仪式地接待了他，向他致以敬意。纳茹阿达轻松地坐下后开始说话。

第64节 नारद उवाच

राजन् किं ध्यायसे दीर्घं मुखेन परिशुष्यता ।
किं वा न रिष्यते क ामो धर्मो वार्थेन संयुतः ॥ ६४ ॥

nārada uvāca
rājan kiṁ dhyāyase dīrghaṁ
mukhena pariśuṣyatā
kiṁ vā na riṣyate kāmo
dharmo vārthena saṁyutaḥ

nāradaḥ uvāca—伟大的圣人纳茹阿达·牟尼说 / rājan—亲爱的君王 / kim—什么 / dhyāyase—想…… / dīrgham—很深地 / mukhena—与你的脸庞 / pariśuṣyatā—好像干枯了 / kim vā—是否 / na—不 / riṣyate—失去 / kāmaḥ—感官享乐 / dharmaḥ—宗

教仪式 / vā—或者 / arthena—与经济发展 / saṁyutaḥ—以及

译文 伟大的圣人纳茹阿达询问道：亲爱的君王，你面容憔悴，看上去像是长时间地在想心事。为什么会这样呢？有什么事情妨碍你从事举行宗教仪式、经济发展和感官享乐吗？

要旨 人类文明进展的四个阶段是：举行宗教仪式，经济发展，感官享乐和追求解脱。纳茹阿达·牟尼(Nārada Muni)没有询问君王有关解脱的事，而只是问他有关国家管理的事。管理国家的目的是为了更好地举行宗教仪式，增进经济发展和增加感官享乐。由于从事这些活动的人对解脱不感兴趣，所以纳茹阿达便没有向君王询问有关他自己解脱的事。只有对宗教仪式、经济发展和感官享乐全都失去兴趣的人，才会想到解脱。

第65节

राजोवाच
सुतो मे बालको ब्रह्मन् स्त्रैणेनाक रुणात्मना ।
निर्वासितः पञ्चवर्षः सह मात्रा महान् क विः ॥ ६५ ॥

rājovāca
suto me bālako brahman
straiṇenākaruṇātmanā
nirvāsitaḥ pañca-varṣaḥ
saha mātrā mahān kaviḥ

rājā uvāca—君王回答道 / sutaḥ—儿子 / me—我的 / bālakaḥ—年幼的男孩 / brahman—我亲爱的布茹阿玛纳 / straiṇena—迷恋妻子的人 / akaruṇā-ātmanā—铁石心肠、毫无仁慈可言的人 / nirvāsitaḥ—被驱逐 / pañca-varṣaḥ—尽管男孩只有五岁 / saha—与 / mātrā—母亲 / mahān—伟大的人物 / kaviḥ—奉献者

译文　君王回答道：最优秀的布茹阿玛纳啊！我非常迷恋我妻子；我是如此堕落，以致丧失了一切仁爱之举，甚至对我那仅有五岁的儿子也不例外。尽管他是伟大的灵魂、伟大的奉献者，但我却赶走了他和他母亲。

要旨　这节诗里有几个梵文词我们要仔细领会其含义。君王说太迷恋妻子使他丧失了一切仁慈之心。这就是对女子太有感情的结果。君王有两个妻子：第一个妻子叫苏妮缇(Sunīti)，第二个妻子叫苏茹祺(Suruci)。然而，君王太迷恋第二个妻子，因此不能对第一个妻子生的儿子杜茹瓦·玛哈茹阿佳(Dhruva Mahārāja)太好。杜茹瓦就是因为这个原因才离家去苦修的。尽管作为父亲，君王对儿子很有感情，但由于他太迷恋第二个妻子，便把对杜茹瓦·玛哈茹阿佳的爱减少到最少的程度。他现在后悔自己几乎是赶走了杜茹瓦·玛哈茹阿佳和杜茹瓦的母亲苏妮缇。杜茹瓦·玛哈茹阿佳去了森林，而他母亲饱受君王的冷落，几乎跟被放逐没什么区别。君王后悔赶走了自己的儿子，因为杜茹瓦只有五岁大，而作父亲的本不应该赶走妻子儿女，不应该不去维持他们的生活。由于后悔自己对苏妮缇和儿子的冷落，君王心情郁闷，面容憔悴。《玛努法典》中规定：人永远都不该抛弃自己的妻子儿女。除非妻子儿女不服从，不按家庭生活原则去做，人有时便会抛弃他们。但杜茹瓦·玛哈茹阿佳的情况并非如此，他很有礼貌，很孝顺。不仅如此，他还是一位伟大的奉献者。这样的人永远都不该受到冷落，但君王却被迫赶走了他。君王现在为此极为难过、后悔。

第66节　अप्यनाथं वने ब्रह्मन्मा स्मादन्त्यर्भकं वृकाः ।
श्रान्तं शयानं क्षुधितं परिम्लानमुखाम्बुजम् ॥ ६६ ॥

apy anāthaṁ vane brahman
mā smādanty arbhakaṁ vṛkāḥ

śrāntaṁ śayānaṁ kṣudhitaṁ
parimlāna-mukhāmbujam

api—无疑地 / anātham—得不到任何人的保护 / vane—在森林里 / brahman—我亲爱的布茹阿玛纳 / mā—是否 / sma—不 / adanti—吞食 / arbhakam—无助的孩子 / vṛkāḥ—狼 / śrāntam—累了 / śayānam—躺下 / kṣudhitam—饥饿 / parimlāna—消瘦 / mukha-ambujam—他那莲花般的脸庞

译文 亲爱的布茹阿玛纳，我儿子的脸庞恰似一朵莲花。我在想他此刻的处境该有多危险：没人保护他；他可能很饿，可能正躺在森林里的什么地方，狼可能会攻击他、吃他。

第67节 अहो मे बत दौरात्म्यं स्त्रीजितस्योपधारय ।
योऽङ्कं प्रेम्णारुरुक्षन्तं नाभ्यनन्दमसत्तमः ॥ ६७ ॥

aho me bata daurātmyaṁ
strī-jitasyopadhāraya
yo 'ṅkaṁ premṇārurukṣantaṁ
nābhyanandam asattamaḥ

aho—唉 / me—我的 / bata—无疑地 / daurātmyam—残酷 / strījitasya—被女人征服 / upadhāraya—想一想我这方面吧 / yaḥ—谁 / aṅkam—大腿 / premṇā—出于爱 / ārurukṣantam—试图爬到它上面 / na—不 / abhyanandam—适当地接待 / asat-tamaḥ—最残酷的

译文 唉！看看我被我妻子征服到了什么程度！想象一下我是多么残酷吧！那孩子出于对我的爱想攀到我腿上来，可我不但没有接纳他，甚至都没有轻轻地拍拍他。想象一下我的心有多硬吧！

第68节

नारद उवाच
मा मा शुचः स्वतनयं देवगुप्तं विशाम्पते ।
तत्प्रभावमविज्ञाय प्रावृङ्क्ते यद्यशो जगत् ॥ ६८ ॥

nārada uvāca
mā mā śucaḥ sva-tanayaṁ
deva-guptaṁ viśāmpate
tat-prabhāvam avijñāya
prāvṛṅkte yad-yaśo jagat

nāradaḥ uvāca—伟大的圣人纳茹阿达说 / mā—不 / mā—不 / śucaḥ—悲伤 / sva-tanayam—你亲儿子的 / deva-guptam—他被至尊主很好地保护着 / viśām-pate—人类社会的主人啊 / tat—他的 / prabhāvam—影响 / avijñāya—不知道 / prāvṛṅkte—传遍 / yat—谁的 / yaśaḥ—名声 / jagat—全世界

译文 伟大的圣人纳茹阿达回答说：我亲爱的君王，请不要为你儿子烦恼。至尊人格首神在很好地保护他。尽管你不真正了解他的影响，但他的名声已经传遍了整个世界。

要旨 当我们听说伟大的圣人和奉献者去森林做奉爱服务或冥想时，我们有时会感到惊讶，心想：人怎么能在没有他人照顾的情况下在森林里生活呢？但伟大的权威纳茹阿达·牟尼(Nārada Muni)对这个问题的回答是：这种人受到至尊人格首神的精心保护。投靠(Śaraṇāgati)的意思是：投靠了至尊人格首神的灵魂坚信，无论他生活在哪里，都会受到至尊人格首神的保护；他永远都不是独自一人、不受保护的。杜茹瓦·玛哈茹阿佳(Dhruva Mahārāja)那深爱着他的父亲认为：自己的孩子太小，只有五岁，在丛林中的处境很危险。但纳茹阿达·牟尼向君王保证说："你不真正了解你儿子的影响。"致力于做奉爱服务的人，无论在这个宇宙中的什么地方，都永远不会得不到保护。

第69节 सुदुष्क रं क र्म कृ त्वा लोक पालै रपि प्रभुः ।
ऐष्यत्यचिरतो राजन् यशो विपुल यंस्तव ॥ ६९ ॥

suduṣkaraṁ karma kṛtvā
loka-pālair api prabhuḥ
aiṣyaty acirato rājan
yaśo vipulayaṁs tava

su-duṣkaram—不可能做的 / karma—工作 / kṛtvā—做过后 / loka-pālaiḥ—由伟大的人物 / api—即使 / prabhuḥ—相当能干 / aiṣyati—会回来 / aciratah—不会延迟 / rājan—我亲爱的君王 / yaśaḥ—名声 / vipulayan—使成为伟大的 / tava—你的

译文 亲爱的君王，你的儿子非常能干。他将从事的活动甚至对伟大的君王和圣人们来说都是不可能做到的。他很快就会完成他所做的事并回家来。你应该知道他也会把你的名声传遍全世界。

要旨 纳茹阿达 ·牟尼(Nārada Muni)在这节诗中把杜茹瓦 ·玛哈茹阿佳(Dhruva Mahārāja)称为帕布(prabhu，主人)。这个词适用于至尊人格首神。灵性导师有时被称为帕布帕德(Prabhupāda)。帕布的意思是“至尊人格首神”，帕德的意思是“职位”。按照外士纳瓦(Vaiṣṇava)哲学，灵性导师在行使至尊人格首神的职权；或者换句话说，他是至尊主的真正代表。杜茹瓦 · 玛哈茹阿佳是外士纳瓦宗的一位灵性导师(阿查尔亚，ācārya)，因此纳茹阿达在这节诗中也称他为帕布。帕布的另一个意思与斯瓦米(svāmī)的意思一样，是“感官的主人”。

这节诗里还有一个意义重大的词是“很难做的(suduṣkaram)”。

杜茹瓦·玛哈茹阿佳在做什么难做的事情呢？生命中最难做的事情就是取悦至尊人格首神，而杜茹瓦·玛哈茹阿佳将能做到这一点。我们必须记住，杜茹瓦·玛哈茹阿佳不是变化无常之人；他下决心要做完他的服务，然后才回家。因此，每一位奉献者都应该下决心，要能在今生今世就使至尊人格首神满意，通过做奉爱服务回归家园，回归首神。这是完成人生最高使命所能达到的完美境界。

第70节

मैत्रेय उवाच
इति देवर्षिणा प्रोक्तं विश्रुत्य जगतीपतिः ।
राजल क्ष्मीमनादृत्य पुत्रमेवान्वचिन्तयत् ॥ ७० ॥

maitreya uvāca
iti devarṣiṇā proktaṁ
viśrutya jagatī-patiḥ
rāja-lakṣmīm anādṛtya
putram evānvacintayat

maitreyaḥ uvāca—伟大的圣人麦垂亚说 / iti—如此 / devarṣiṇā—由伟大的圣人纳茹阿达 / proktam—说 / viśrutya—听 / jagatī-patiḥ—君王 / rāja-lakṣmīm—他的大王国的财富 / anādṛtya—没有照顾 / putram—他的儿子 / eva—无疑 / anvacintayat—开始想他

译文　伟大的麦垂亚继续说：乌塔纳帕达王听了纳茹阿达·牟尼的劝告后，放弃了与他那幅员辽阔、如幸运女神般富有的王国有关的一切责任，只是一心想着他儿子杜茹瓦。

第71节

तत्राभिषिक्तः प्रयतस्तामुपोष्य विभावरीम् ।
समाहितः पर्यचरदृष्यादेशेन पूरुषम् ॥ ७१ ॥

tatrābhiṣiktaḥ prayatas
　tām upoṣya vibhāvarīm
samāhitaḥ paryacarad
　ṛṣy-ādeśena pūruṣam

tatra—因此 / abhiṣiktaḥ—沐浴后 / prayataḥ—极为注意地 / tām—那 / upoṣya—禁食 / vibhāvarīm—夜晚 / samāhitaḥ—聚精会神 / paryacarat—崇拜 / ṛṣi—由伟大的圣人纳茹阿达 / ādeśena—按建议 / pūruṣam—至尊人格首神

译文 在另一处，杜茹瓦·玛哈茹阿佳已经到了玛杜文，在雅沐娜河沐浴后，小心翼翼地开始在夜晚禁食。随后，他按大圣人纳茹阿达的建议崇拜至尊人格首神。

要旨 这节诗的重要意义在于：杜茹瓦·玛哈茹阿佳(Dhruva Mahārāja)完全按他的灵性导师——伟大的圣人纳茹阿达(Nārada)的建议在做。圣维施瓦纳特·查夸瓦尔提(Viśvanātha Cakravartī)也建议说：我们倘若想通过我们的努力成功地回归首神，就必须严格地按照灵性导师的指示去做。这才是达到完美的途径。人只要完全按灵性导师的指示做，就肯定会达到完美，因此根本不需要担心是否会达到完美。我们唯一该关心的是，如何执行灵性导师的指令。灵性导师很擅长给他的每一个门徒以特别的指示，门徒只要执行灵性导师的指令就能达到完美。

第72节 त्रिरात्रान्ते त्रिरात्रान्ते कपित्थबदराशनः ।
आत्मवृत्त्यनुसारेण मासं निन्येऽर्चयन् हरिम् ॥७२॥

tri-rātrānte tri-rātrānte
　kapittha-badarāśanaḥ
ātma-vṛtty-anusāreṇa
　māsaṁ ninye 'rcayan harim

tri—三 / rātra-ante—夜晚结束时 / tri—三 / rātra-ante—夜晚结束时 / kapittha-badara—水果和浆果 / aśanaḥ—吃 / ātma-vṛtti—只为维持身体 / anusāreṇa—作为最低的需要 / māsam—一个月 / ninye—过去了 / arcayan—崇拜 / harim—至尊人格首神

译文　在第一个月里，杜茹瓦·玛哈茹阿佳只是每隔三天吃一次水果和浆果来维持生命，以这种方式在崇拜至尊人格首神的路途上向前迈进。

要旨　卡皮特(Kapittha)是一种花，印度方言称之为卡耶特(kayeta)。我们在英文中找不到这种花的名字，但人类一般不吃这种花的果实，只有森林里的猴子才吃它。然而，杜茹瓦·玛哈茹阿佳(Dhruva Mahārāja)为了维持生命，却吃这种果实。躯体需要食物，但奉献者不应该为满足口腹之欲而吃太丰盛的食物。《博伽梵歌》(Bhagavad-gitā)中指出：人应该为了维持身体健康而吃一定量的、需要吃的食物，所以不应该吃太丰盛的美味佳肴。杜茹瓦·玛哈茹阿佳是一位灵性导师(阿查尔亚，ācārya)，通过他个人所从事的苦修教导我们该如何做奉爱服务。我们必须仔细地了解杜茹瓦·玛哈茹阿佳做奉爱服务的过程。后面的诗将描述他是如何度过那些苦修的日子的。我们应该始终记住，要想成为至尊主真正的奉献者并不是一件容易的事，但在这个年代里，靠主柴坦亚(Caitanya)的仁慈我们很容易就能做到。尽管如此，如果我们连主柴坦亚给我们的宽松的指示都遵守不了，我们又怎能期望自己能履行奉爱服务中的正式职责呢？在现在这个年代里，我们虽然不可能像杜茹瓦·玛哈茹阿佳那样去苦修，但基本的原则还是必须要遵守的；我们不应该违背灵性导师告诉我们的规范守则，因为它们有助于受制约的灵魂灵修。谈到我们国际奎师那意识运动，我们只要求人们遵守四条戒律，在念珠上吟诵、吟唱十六圈哈瑞·奎师那曼陀(mantra)，并只接受给神供奉过的素食(帕萨达，prasāda)，而不为满足舌头吃过于丰盛的食物。这并不意味着因为我们不吃丰盛的食物，所以至尊主也应该吃得简单。我们应该尽自己最大的可能给至尊主供奉美味的食物。但我们不应该利用这一点来满足我们自己的口腹之欲。我们应该以维持生命便于做奉爱服务为原则，尽量吃简单的食物。

我们应该始终牢记：与杜茹瓦·玛哈茹阿佳相比，我们太微不足道了。杜茹瓦·玛哈茹阿佳为觉悟自我所做的一切，我们根本做不到，因为我们绝对没有能力做他做的那种服务。但在这个年代里，主柴坦亚仁慈地对我们做了尽可能的让步，所以我们至少应该始终牢记：不认真履行我们在奉爱服务中的规定职责，将使我们不能成功地完成我们已经担负起的使命。我们应该向杜茹瓦·玛哈茹阿佳学习，学习他坚定不移的决心。我们也应该下定决心，一定要在今生完成我们在做奉爱服务中所担负的责任，而不要等到下一生再去完成我们的工作。

第73节 द्वितीयं च तथा मासं षष्ठे षष्ठेऽर्भको दिने ।
तृणपर्णादिभिः शीर्णैः कृतान्नोऽभ्यर्चयन् विभुम् ॥ ७३ ॥

dvitīyaṁ ca tathā māsaṁ
ṣaṣṭhe ṣaṣṭhe 'rbhako dine
tṛṇa-parṇādibhiḥ śīrṇaiḥ
kṛtānno 'bhyarcayan vibhum

dvitīyam—下一个月 / ca—也 / tathā—正如上面提到的 / māsam—月 / ṣaṣṭhe ṣaṣṭhe—每六天 / arbhakaḥ—天真的男孩 / dine—那些天 / tṛṇa-parṇa-ādibhiḥ—靠草和树叶 / śīrṇaiḥ—干枯的 / kṛta-annaḥ—作为他的食物 / abhyarcayan—就这样继续他的崇拜 / vibhum—对至尊人格首神

译文 在第二个月里，杜茹瓦·玛哈茹阿佳只是每隔六天吃一次，吃的是干草和树叶。他就这样继续着他的崇拜。

第74节 तृतीयं चानयन्मासं नवमे नवमेऽहनि ।
अब्भक्ष उत्तमश्लोक मुपाधावत्समाधिना ॥ ७४ ॥

tṛtīyaṁ cānayan māsaṁ
navame navame 'hani
ab-bhakṣa uttamaślokam
upādhāvat samādhinā

tṛtīyam—第三个月 / ca—也 / ānayan—度过 / māsam—一个月 / navame navame—在每一个第九 / ahani—在那一天 / ap-bhakṣaḥ—只喝水 / uttama-ślokam—精选出的诗节所崇拜的至尊人格首神 / upādhāvat—崇拜 / samādhinā—在全神贯注的状态中

译文 在第三个月里，他只是每隔九天喝一些水，因此完全在全神贯注的状态中崇拜优秀诗篇所赞美的至尊人格首神。

第75节 चतुर्थमपि वै मासं द्वादशे द्वादशेऽहनि ।
वायुभक्षो जितश्वासो ध्यायन्देवमधारयत् ॥ ७५ ॥

caturtham api vai māsaṁ
dvādaśe dvādaśe 'hani
vāyu-bhakṣo jita-śvāso
dhyāyan devam adhārayat

caturtham—第四个 / api—也 / vai—以那种方式 / māsam—那个月 / dvādaśe dvādaśe—在第十二 / ahani—天 / vāyu—气 / bhakṣaḥ—吃 / jita-śvāsaḥ—控制呼吸的程序 / dhyayan—冥想 /

devam—至尊主 / adhārayat—崇拜

译文 第四个月里，杜茹瓦·玛哈茹阿佳完全成了控制呼吸的大师，因此只是每隔十二天才吸一次气。他就这样极为稳定地在那种状态下崇拜至尊人格首神。

第76节 पञ्चमे मास्यनुप्राप्ते जितश्वासो नृपात्मजः ।
ध्यायन् ब्रह्म पदैके न तस्थौ स्थाणुरिवाचलः ॥ ७६ ॥

pañcame māsy anuprāpte
jita-śvāso nṛpātmajaḥ
dhyāyan brahma padaikena
tasthau sthāṇur ivācalaḥ

pañcame—在第五个中 / māsi—那个月里 / anuprāpte—处在 / jita-śvāsaḥ—仍然控制着呼吸 / nṛpa-ātmajaḥ—君王的儿子 / dhyāyan—冥想 / brahma—至尊人格首神 / padā ekena—以一条腿 / tasthau—站立 / sthāṇuḥ—就像一根圆柱 / iva—像 / acalaḥ—不移动

译文 到第五个月，王子杜茹瓦·玛哈茹阿佳已经能极其完美地控制他的呼吸，以致能单腿站立，像柱子一样屹立不动，而且把注意力完全集中在至尊布茹阿曼上。

第77节 सर्वतो मन आकृ ष्य हृदि भूतेन्द्रियाशयम् ।
ध्यायन् भगवतो रूपं नाद्राक्षीत्कि ञ्चनापरम् ॥ ७७ ॥

sarvato mana ākṛṣya
hṛdi bhūtendriyāśayam
dhyāyan bhagavato rūpaṁ
nādrākṣīt kiñcanāparam

sarvataḥ—在所有的方面 / manaḥ—心神 / ākṛṣya—专心 / hṛdi—在心中 / bhūta-indriya-āśayam—感官栖息地和感官对象 / dhyāyan—冥想 / bhagavataḥ—至尊人格首神的 / rūpam—形象 / na adrākṣīt—不看 / kiñcana—任何东西 / aparam—也

译文　他彻底控制住了他的感官和感官对象，把注意力完全集中在至尊人格首神的形象上，毫不分心。

要旨　这里清楚地解释了瑜伽冥想的原则。人必须把注意力完全集中在至尊人格首神的形象上，而不分散到其他对象上。打坐冥想并不是说人可以冥想或把注意力集中于一个没有人格特征的目标上。试图这样做只是在浪费时间，因为正如《博伽梵歌》(Bhagavad-gītā)中解释的，它给人带来不必要的麻烦。

第78节　आधारं महदादीनां प्रधानपुरुषेश्वरम् ।
ब्रह्म धारयमाणस्य त्रयो लोक ाश्चक म्पिरे ॥ ७८ ॥

ādhāraṁ mahad-ādīnāṁ
pradhāna-puruṣeśvaram
brahma dhārayamāṇasya
trayo lokāś cakampire

ādhāram—休息 / mahat-ādīnām—称为玛哈特·塔特瓦的物质整体的 / pradhāna—首领 / puruṣa-īśvaram—众生的主人 / brahma—至尊布茹阿曼，人格首神 / dhārayamāṇasya—放在心中 / trayaḥ—三个星系 / lokāḥ—所有的星球 / cakampire—开始颤抖

译文　至尊人格首神是整个物质创造的庇护者，是众生的主人，当杜茹瓦·玛哈茹阿佳这样捕捉住祂的形象后，三个世界都开始颤抖起来。

要旨 这节诗中的梵文布茹阿玛(brahma)一词非常重要。布茹阿曼(Brahman，梵)是指不仅最伟大，而且有能力无限扩展的人。杜茹瓦·玛哈茹阿佳(Dhruva Mahārāja)怎么能在他心中捕捉住布茹阿曼呢？吉瓦·哥斯瓦米(Jīva Gosvāmī)对此作了很好的解释。他说：至尊人格首神是布茹阿曼的源头，因为祂包含了物质与灵性的一切，没有什么能比祂更伟大。在《博伽梵歌》(Bhagavad-gītā)中，至尊首神也说："我是布茹阿曼的基础。"许多人，特别是玛亚瓦迪(Māyāvādī，非人格神主义)哲学家，认为布茹阿曼最大，是全面扩展的实体，但按照这节诗和《博伽梵歌》等其他韦达典籍的说明：正如阳光是太阳球体放射出的光芒一样，布茹阿曼是至尊人格首神发散出来的。因此，圣吉瓦·哥斯瓦米说：至尊主的超然形象是一切最伟大的事物的种子，因此祂是至尊布茹阿曼。由于至尊布茹阿曼处在杜茹瓦·玛哈茹阿佳心中，杜茹瓦·玛哈茹阿佳变得比最沉重得还重，致使物质三界里的万物和灵性世界中的一切都在颤抖。

我们应该明白：物质创造整体玛哈特·塔特瓦(mahat-tattva)，是包含一切生物在内的所有宇宙的起始和终结。布茹阿曼(Brahman，梵)是玛哈特·塔特瓦的基础，其中包含了所有的物质能量和灵性能量。这节诗里描述至尊布茹阿曼——人格首神，是帕达纳(pradhāna)和菩茹沙(puruṣa)的主人。帕达纳是指空间等精微的物质，菩茹沙是指被束缚在精微的物质存在中的灵性火花——生物。《博伽梵歌》中，又把这些称为帕茹阿·帕奎缇(parā prakṛti)和阿帕茹阿·帕奎缇(aparā prakṛti)。奎师那是这两种帕奎缇的控制者，因此是帕达纳和菩茹沙的主人。韦达赞歌中还把至尊布茹阿曼描述为是 antaḥ-praviṣṭaḥ śāstā，以表明至尊人格首神控制着一切并进入每一件事物。《布茹阿玛·萨密塔》(Brahma-saṁhitā)第 5 章的第 35 节诗，进一步证实这一点说：祂不仅进入宇宙，甚至也进入原子(Aṇḍāntara-stha-paramāṇu-cayāntara-stham)。在《博伽梵歌》第 10 章的第 42 节诗中，至尊主奎师那也说：祂通过进入一切来控制一切(viṣṭahyāham idaṁ kṛtsnam)。杜茹瓦·玛哈茹阿佳通过在心中一直不断地与至尊人物联谊，自然而然变得与最伟大的布茹阿曼一样伟大，因此变成天下最重的人，压得整个宇宙都颤抖起来。总之，一直全神贯注地在心中冥想奎师那的超然形象的人，很容易使整个世界为其活动所震撼。这是练瑜伽所能达到的完美境界，正如《博伽梵歌》第6章的第47节诗所确认的：在所有的瑜伽师当中，心中总想着奎师那，致力于为祂做超然的爱心服务的奉爱宗瑜伽师是最高级的。一般的瑜伽师最多能表演神奇的物质活动——八种瑜伽神通(aṣṭa-siddhi)，但至尊主纯粹的奉献者能通过从事震撼整个宇宙的活动，超越那些神通。

第79节

यदैक पादेन स पार्थिवार्भक-
स्तस्थौ तदङ्गुष्ठनिपीडिता मही ।
ननाम तत्रार्धमिभेन्द्रधिष्ठिता
तरीव सव्येतरतः पदे पदे ॥ ७९ ॥

yadaika-pādena sa pārthivārbhakas
tasthau tad-aṅguṣṭha-nipīḍitā mahī
nanāma tatrārdham ibhendra-dhiṣṭhitā
tarīva savyetarataḥ pade pade

yadā—当……的时候 / eka—与一个 / pādena—腿 / saḥ—杜茹瓦·玛哈茹阿佳 / pārthiva—君王的 / arbhakaḥ—孩子 / tasthau—保持站立 / tat-aṅguṣṭha—他的大脚趾 / nipīḍitā—压着 / mahī—大地 / nanāma—下陷 / tatra—那时 / ardham——半 / ibha-indra—象王 / dhiṣṭhitā—处于 / tarī iva—像一条船 / savya-itarataḥ—左右 / pade pade—每一步中

译文　正如大象在船上每迈一步都把船压得左右摇摆，在王子杜茹瓦·玛哈茹阿佳稳定地保持单腿站立的姿势时，他大脚趾的压力使地球塌陷了一半。

要旨 这节诗中最重要的措辞就是“君王的儿子(pārthivārbhakaḥ)”。杜茹瓦·玛哈茹阿佳(Dhruva Mahārāja)在家时虽然也是君王的儿子，但却被阻止攀到父亲的腿上去。然而，当他通过做奉爱服务觉悟了自我时，他的脚趾竟能把整个大地压得塌陷下去。这就是普通意识和奎师那意识之间的区别。怀有普通意识的人，即使是王子，有时也会遭到父亲的拒绝，但同一个人，当他心中满怀奎师那意识时，他脚趾的压力却能把地球压塌。

人不应该争辩说：“被阻止攀到父亲腿上去的杜茹瓦·玛哈茹阿佳怎么可能把大地压塌陷了呢？”有学问的人不欣赏这样的辩论，因为这属于“母亲裸体(nagna-mātṛkā)”逻辑的一个例子。根据这种逻辑，人以为他母亲小时候不穿衣服，因此长大后也应该继续保持裸体的状态。杜茹瓦·玛哈茹阿佳的后母或许会以同样的方式想：既然她能制止杜茹瓦攀到他父亲的腿上去，杜茹瓦又怎么能做出把整个大地压塌这种神奇的事呢？听到杜茹瓦·玛哈茹阿佳通过一直不断、全神贯注地冥想心中的至尊人格首神压塌了整个大地，就像大象把载它的船压沉一样，杜茹瓦的后母一定是大吃一惊。

第80节

तस्मिन्नभिध्यायति विश्वमात्मनो
द्वारं निरुध्यासुमनन्यया धिया ।
लोका निरुच्छ्वासनिपीडिता भृशं
सलोकपालाः शरणं ययुर्हरिम् ॥ ८० ॥

tasminn abhidhyāyati viśvam ātmano
dvāraṁ nirudhyāsum ananyayā dhiyā
lokā nirucchvāsa-nipīḍitā bhṛśaṁ
sa-loka-pālāḥ śaraṇaṁ yayur harim

tasmin—杜茹瓦·玛哈茹阿佳 / abhidhyāyati—全神贯注地冥想

时 / viśvam ātmanaḥ—宇宙的整个机体 / dvāram—洞 / nirudhya—关闭 / asum—生命之气 / ananyayā—不分心 / dhiyā—冥想 / lokāḥ—所有的星球 / nirucchvāsa—停止了呼吸 / nipīḍitāḥ—因此而窒息 / bhṛśam—很快 / sa-loka-pālāḥ—各个星球上的全体伟大的半神人 / śaraṇam—庇护 / yayuḥ—求取 / harim—至尊人格首神的

译文　当杜茹瓦·玛哈茹阿佳变得跟主维施努一样重时，宇宙整体意识——整个宇宙，因他的全神贯注和关闭身上所有的孔洞而变得窒息，所有星系上所有伟大的半神人都感到窒息，于是托庇于至尊人格首神。

要旨　几百个人一起坐在一架飞机里时，虽然还都是一个一个的人，但每一个人都承担着飞机以一小时几千公里的速度飞行时所带来的整个压力。同样道理，当个体能量与整体能量的运作协调一致时，个体能量就变得与整体能量一样强大了。正如前面的诗中所解释的，杜茹瓦·玛哈茹阿佳(Dhruva Mahārāja)因为灵性上的进步而变得几乎跟宇宙整体一样重了，所以压塌了整个大地。而且，这种灵性力量使他的个体躯体变成了宇宙整体。因此，当他关闭他个体躯体上所有的孔洞，全神贯注地想着至尊人格首神时，宇宙中所有的个体生物，包括巨大的半神人在内，都感到窒息，呼吸不畅。他们对发生的事情困惑不解，因此求取至尊人格首神的保护。

杜茹瓦·玛哈茹阿佳关闭他身上所有的孔洞，从而封闭了整个宇宙的呼吸孔洞这一事例，清楚地表明：奉献者通过他个人为至尊主所做的奉爱服务，能影响世上所有的人，使他们成为至尊主的奉献者。一位怀着纯粹的奎师那意识的纯粹奉献者，能把整个世界的意识转变为奎师那意识；如果我们研究杜茹瓦·玛哈茹阿佳所做的一切就会明白，这并不是很困难的事。

第81节

देवा ऊचुः
नैवं विदामो भगवन् प्राणरोधं
चराचरस्याखिलसत्त्वधाम्नः ।
विधेहि तन्नो वृजिनाद्विमोक्षं
प्राप्ता वयं त्वां शरणं शरण्यम् ॥ ८१ ॥

devā ūcuḥ
naivaṁ vidāmo bhagavan prāṇa-rodhaṁ
carācarasyākhila-sattva-dhāmnaḥ
vidhehi tan no vṛjinād vimokṣaṁ
prāptā vayaṁ tvāṁ śaraṇaṁ śaraṇyam

devāḥ ūcuḥ—全体半神人说 / na—不 / evam—因此 / vidāmaḥ—我们能明白 / bhagavan—人格首神啊 / prāṇa-rodham—我们怎么感到我们呼吸困难 / cara—移动 / acarasya—不移动 / akhila—宇宙的 / sattva—存在 / dhāmnaḥ—……的泉源 / vidhehi—请做需要做的 / tat—因此 / naḥ—我们的 / vṛjināt—从危险中 / vimokṣam—解脱 / prāptāḥ—接近 / vayam—我们大家 / tvām—向您 / śaraṇam—托庇 / śaraṇyam—值得托庇的

译文 半神人们说：亲爱的至尊主，您是一切动与不动的生物体的保护者。我们感到众生都窒息、喘不过气来。我们从没有体验过这种事。由于您是所有投靠您的灵魂的至尊保护者，我们便来找您，请您把我们从这个危险的处境中解救出来。

要旨 杜茹瓦·玛哈茹阿佳(Dhruva Mahārāja)通过为至尊主做奉爱服务所获得的影响力，甚至连半神人都感受到了，他们以前从没有体验过这种情况：杜茹瓦·玛哈茹阿佳控制自己的呼吸，结果使整个宇宙都感到窒息。物质实体不能呼吸但灵性实体却能呼吸的情况，是按至尊人格首神的意愿发生的。物质实体是至尊主外在能量的产物，而灵性实体是至尊主内在能量的产物。半神人们为了了解他们感到呼吸困难的原因，便去找控制着这两种实体的至尊人格首神。至尊主是解决这个物质宇宙中一切问题的最高权威。灵性世界里没有问题，但物质世界里一直有问题。至尊人格首神是物质世界和灵性世界的主人，遇到问题时最好都去找祂帮助，因此奉献者在这个物质世界里没有问题。《柴坦亚·昌铎姆瑞塔》(Caitanya-candrāmṛta)中说：奉献者完全依靠至尊人格首神，因此什么问题也没有。奉献者知道如何用世上的一切为至尊主做超然的爱心服务，因此对他们来说，世上的一切都是美好的。

第82节

श्रीभगवानुवाच
मा भैष्ट बालं तपसो दुरत्ययान्
निवर्तयिष्ये प्रतियात स्वधाम ।
यतो हि वः प्राणनिरोध आसी-
दौत्तानपादिर्मयि सङ्गतात्मा ॥ ८२ ॥

śrī-bhagavān uvāca
mā bhaiṣṭa bālaṁ tapaso duratyayān
nivartayiṣye pratiyāta sva-dhāma
yato hi vaḥ prāṇa-nirodha āsīd
auttānapādir mayi saṅgatātmā

śrī-bhagavān uvāca—至尊人格首神回答道 / mā bhaiṣṭa—不要害怕 / bālam—男孩杜茹瓦 / tapasaḥ—被他严格的苦修 / duratyayāt—坚定的决心 / nivartayiṣye—我会请他停止这样做 / pratiyāta—你们可以返回 / sva-dhāma—你们各自的家 / yataḥ—从那个人 / hi—无疑 / vaḥ—你们的 / prāṇa-nirodhaḥ—呼吸困难 / āsīt—发生 / auttānapādiḥ—由乌塔纳帕达王的儿子 / mayi—向我 / saṅgata-ātmā—全神贯注地想着我

译文 至尊人格首神回答道：我亲爱的半神人，不要惊慌。这种情况是由乌塔纳帕达王之子的坚定决心和所从事的严酷苦修造成的，他现在正全神贯注地想着我。是他阻碍了宇宙的呼吸程序。你们可以安全地回到各自的家中。我会阻止这孩子继续从事严酷的苦修，使你们摆脱这种困境。

要旨 这节诗里的梵文 saṅgatātmā 一词，被非人格神主义的玛亚瓦迪(Māyāvadi)哲学家所曲解。他们说杜茹瓦・玛哈茹阿佳(Dhru- va Mahārāja)的灵魂与至尊灵魂——人格首神合一了。玛亚瓦迪哲学家想用这个词来证明：超灵和个体灵魂以这种方式合一，而合一后个体灵魂便不再有其独立的存在。但至尊主在这节诗里明确地说：杜茹瓦・玛哈茹阿佳如此全神贯注地沉浸在对至尊人格首神的冥想中，以致使祂自己——宇宙意识，受到了杜茹瓦的吸引。为了让半神人们高兴，至尊主要亲自去找杜茹瓦・玛哈茹阿佳，阻止他继续从事这种苦修。至尊主在这节诗中的声明，不支持玛亚瓦迪哲学家得出的所谓“超灵与个体灵魂合一”的结论。相反，超灵——人格首神，是要去阻止杜茹瓦・玛哈茹阿佳从事这种严酷的苦修。

正如往树根上浇水能滋养整棵树的枝枝叶叶，取悦了至尊人格首神就取悦了每一个人。人如果能吸引至尊人格首神的注意，虽然能吸引整个宇宙的注意，因为奎师那是宇宙的最高原因。全体半神人害怕因窒息而造成整个宇宙的毁灭，但人格首神向他们保证说：杜茹瓦・玛哈茹阿佳是至尊主伟大的奉献者，并不想毁灭宇宙中的众生。奉献者对其他生物从没有恶意。

到此为止，结束了巴克提韦丹塔对《圣典博伽瓦谭》第 4 篇第 8 章“杜茹瓦・玛哈茹阿佳离家去森林”所作的阐释。

第九章

杜茹瓦·玛哈茹阿佳返家

第1节

मैत्रेय उवाच
त एवमुत्सन्नभया उरुक्रमे
कृतावनामाः प्रययुस्त्रिविष्टपम् ।
सहस्रशीर्षापि ततो गरुत्मता
मधोर्वनं भृत्यदिदृक्षया गतः ॥ १ ॥

maitreya uvāca
ta evam utsanna-bhayā urukrame
kṛtāvanāmāḥ prayayus tri-viṣṭapam
sahasraśīrṣāpi tato garutmatā
madhor vanaṁ bhṛtya-didṛkṣayā gataḥ

maitreyaḥ uvāca—伟大的圣人麦垂亚继续说／te—半神人们／evam—因此／utsanna-bhayāḥ—去除了所有的恐惧／urukrame—向行事非凡的至尊人格首神／kṛta-avanāmāḥ—他们致以敬意／prayayuḥ—他们返回／tri-viṣṭapam—到各自的天堂星球／sahasraśīrṣā api—人格首神又称萨哈刷希尔沙／tataḥ—从那里／garutmatā—骑上嘎茹达的背／madhoḥ vanam—名叫玛杜文的森林／bhṛtya—仆人／didṛkṣayā—希望见到他／gataḥ—去

译文　伟大的圣人麦垂亚告诉维杜茹阿：至尊人格首神这样向半神人保证后，半神人们便不再害怕。他们向至尊主顶礼，然后返回他们的天堂星球。与萨哈刷希尔沙化身无异的至尊主，随即骑着嘎茹达去玛杜文森林看祂的仆人杜茹瓦。

要旨　梵文萨哈刷希尔沙(sahasraśīrṣā)一词是指，名叫嘎尔博达卡沙依·维施努(Garbhodakaśāyī Viṣṇu 的至尊人格首神。尽管至尊主以祺柔达卡沙依·维施努(Kṣīrodakaśāyī Viṣṇu)显现，但在此被说成是萨哈刷希尔沙·维施努，其原因是祂与嘎尔博达卡沙依·维施努没有区别。根据圣萨纳坦·哥斯瓦米(Sanātana Gosvāmī)在他写的《巴嘎瓦塔姆瑞特》(Bhāgavatāmṛta)一书中所言：那时显现的萨哈刷希尔沙人格首神，是被称为普瑞施尼嘎尔巴(Pṛśnigarbha)的化身。祂创造了名叫杜茹瓦珞卡(Dhruvaloka)的星球，以便杜茹瓦·玛哈茹阿佳(Dhruva Mahārāja)居住。

第2节 स वै धिया योगविपाक तीव्रया
हृत्पद्मक ोशे स्फु रितं तडित्प्रभम् ।
तिरोहितं सहसैवोपल क्ष्य
बहिःस्थितं तदवस्थं ददर्श ॥ २ ॥

sa vai dhiyā yoga-vipāka-tīvrayā
hṛt-padma-kośe sphuritaṁ taḍit-prabham
tirohitaṁ sahasaivopalakṣya
bahiḥ-sthitaṁ tad-avasthaṁ dadarśa

saḥ—杜茹瓦·玛哈茹阿佳 / vai—也 / dhiyā—靠冥想 / yoga-vipāka-tīvrayā—通过练瑜伽所得到的成熟觉悟 / hṛt—心脏 / padma-kośe—在……的莲花上 / sphuritam—展现 / taḍit-prabham—像闪电一样耀眼 / tirohitam—消失不见了 / sahasā—突然 / eva—也 / upalakṣya—靠遵守 / bahiḥ-sthitam—处于外在的 / tat-avastham—以同样的姿势 / dadarśa—能够看到

译文 杜茹瓦·玛哈茹阿佳在他纯熟的瑜伽阶段中正全神贯注地冥想闪电般灿烂的至尊主的形象时，那形象突然间从他心中消失了。这使杜茹瓦一阵心慌，中断了冥想。然而他一睁眼，看见自己在心中见到的至尊人格首神正站在自己面前。

要旨　杜茹瓦·玛哈茹阿佳(Dhruva Mahārāja)练瑜伽冥想达到了纯熟的阶段，因此能一直不断地在心中观看人格首神的形象，但突然，至尊人物从他心中消失了。杜茹瓦·玛哈茹阿佳当时以为他失去了至尊主，所以心慌意乱。可他一旦睁开眼睛，终止冥想，便看到至尊主以同样的形象出现在他面前。《布茹阿玛·萨密塔》(Brahma-saṁhitā)第5章的第38节诗中说：通过做奉爱服务培养了对神的爱的圣洁之人，能一直不断地看到至尊主夏玛逊达尔(Śyāmasundara)的超然形象(premāñjana-cchurita-bhakti-vilocanena)。奉献者心中的至尊主的夏玛逊达尔形象不是虚构的。当奉献者通过做奉爱服务变得成熟时，他就会面对面地见到他在做奉爱服务的过程中一直想着的同一位夏玛逊达尔。由于至尊主是绝对的，祂在奉献者心中的形象、庙宇里的形象，以及在外琨塔(Vaikuṇṭha)和温达文(Vṛndāvana-dhāma)的原本形象，都是一样的，彼此没有区别。

第3节

तद्दर्शनेनागतसाध्वसः क्षिता-
ववन्दताङ्गं विनमय्य दण्डवत् ।
दृग्भ्यां प्रपश्यन् प्रपिबन्निवार्भक-
श्चुम्बन्निवास्येन भुजैरिवाश्लिषन् ॥ ३ ॥

tad-darśanenāgata-sādhvasaḥ kṣitāv
avandatāṅgaṁ vinamayya daṇḍavat
dṛgbhyāṁ prapaśyan prapibann ivārbhakaś
cumbann ivāsyena bhujair ivāśliṣan

tat-darśanena—看到至尊主以后 / āgata-sādhvasaḥ—极为困惑的杜茹瓦·玛哈茹阿佳 / kṣitau—在地上 / avandata—致敬 / aṅgam—他的身体 / vinamayya—伏地 / daṇḍavat—就像一根杆子 / dṛgbhyām—用他的眼睛 / prapaśyan—注视 / prapiban—喝 / iva—像 / arbhakaḥ—男孩 / cumban—亲吻 / iva—像 / āsyena—用他的

嘴 / bhujaiḥ—用他的手臂 / iva—像 / āśliṣan—拥抱

译文 杜茹瓦·玛哈茹阿佳看到自己的至尊主就在自己眼前时激动万分，连忙向至尊主顶礼致敬。他像根杆子一样直直地扑倒在至尊主面前，完全沉浸在对首神的爱之中。杜茹瓦·玛哈茹阿佳欣喜若狂地凝视着至尊主，像是要用眼睛把至尊主喝下去，用嘴唇亲吻至尊主的莲花足，用双臂拥抱至尊主。

要旨 杜茹瓦·玛哈茹阿佳(Dhruva Mahārāja)面对面地亲眼看到至尊人格首神时，自然对祂很敬畏并感到非常激动。他看上去仿佛在用双眼喝下至尊主的整个身体。奉献者对至尊人格首神的爱是如此强烈，以致想不停地亲吻至尊主的莲花足、触摸祂的脚趾尖、拥抱祂的莲花足。杜茹瓦·玛哈茹阿佳的身体所表现出的这些特征表明：他面对面地见到至尊主后，身上展现了八种超然的欣喜若狂的征象。

第4节 स तं विवक्षन्तमतद्विदं हरि-
ज्ञात्वास्य सर्वस्य च हृद्यवस्थितः ।
कृताञ्जलिं ब्रह्ममयेन कम्बुना
पस्पर्श बालं कृपया कपोले ॥ ४ ॥

sa taṁ vivakṣantam atad-vidaṁ harir
jñātvāsya sarvasya ca hṛdy avasthitaḥ
kṛtāñjaliṁ brahmamayena kambunā
pasparśa bālaṁ kṛpayā kapole

saḥ—至尊人格首神 / tam—杜茹瓦·玛哈茹阿佳 / vivakṣantam—想要祈祷描述祂的物质 / a-tat-vidam—对那没有体验—hariḥ—人格首神 / jñātvā—明白 / asya—杜茹瓦·玛哈茹阿佳的 / sarvasya—每

一个生物体的 / ca—和 / hṛdi—在心中 / avasthitaḥ—处在 / kṛta-añjalim—双手合十地 / brahma-mayena—正好与韦达赞歌中的词语一致 / kambunā—用祂的海螺 / pasparśa—触碰 / bālam—男孩 / kṛpayā—出于没有缘故的仁慈 / kapole—在前额上

译文　杜茹瓦·玛哈茹阿佳当时虽然只是个小孩子，但却想用恰当的言语向至尊人格首神祈祷，可由于没有经验，一时还做不到。至尊人格首神处在每一个生物体的心中，因此能理解杜茹瓦·玛哈茹阿佳的困难。祂出于没有缘故的仁慈，用祂的海螺触碰双手合十站在祂面前的杜茹瓦·玛哈茹阿佳的前额。

要旨　所有的奉献者都想赞美至尊主的超然品质。奉献者总喜欢聆听至尊主的超然品质，总渴望赞美祂的这些品质，但有时会因为谦卑而感到不知如何做。处在每个人的心中的人格首神，因此会专门赐予奉献者描述祂所需要的智慧。所以我们应该明白：当奉献者撰写或讲述有关至尊人格首神时，他的话语是由在他心中的至尊主提示的。《博伽梵歌》(Bhagavad-gītā)第 10 章中证实这一点说：对那些一直不断地在为至尊主做超然的爱心服务的人，至尊主在他们心中指示他们下一步该为祂做什么服务。当杜茹瓦·玛哈茹阿佳(Dhruva-Mahārāja)因为没有经验，不知道该怎么赞美至尊主，因此而犹豫不决时，至尊主出于祂没有缘故的仁慈，用祂的海螺触碰杜茹瓦的前额，使杜茹瓦得到了超然的灵感。这种超然的灵感梵文称之为 brahma-maya，因为当人得到这种灵感时，他所发出的声音完全符合韦达(Veda)经的声音震荡。那不是这个物质世界里的普通声音震荡。因此，哈瑞·奎师那曼陀(Hare Kṛṣṇa mantra)的声音震荡虽然是用普通字母呈现的，但不应该被视为是世俗的或物质的。

第5节

स वै तदैव प्रतिपादितां गिरं
दैवीं परिज्ञातपरात्मनिर्णयः ।
तं भक्तिभावोऽभ्यगृणादसत्वरं
परिश्रुतोरुश्रवसं ध्रुवक्षितिः ॥५॥

sa vai tadaiva pratipāditāṁ giraṁ
daivīṁ parijñāta-parātma-nirṇayaḥ
taṁ bhakti-bhāvo 'bhyagṛṇād asatvaraṁ
pariśrutoru-śravasaṁ dhruva-kṣitiḥ

saḥ—杜茹瓦·玛哈茹阿佳 / vai—肯定地 / tadā—那时 / eva—正好 / pratipāditām—得到 / giram—演讲 / daivīm—超然的 / parijñāta—明白 / para-ātma—至尊灵魂的 / nirṇayaḥ—结论 / tam—向至尊主 / bhakti-bhāvaḥ—做奉爱服务的过程中 / abhyagṛṇāt—献上祈祷 / asatvaram—不轻率地下结论 / pariśruta—广为人知 / uru-śravasam—他的名望 / dhruva-kṣitiḥ—所在星球不会毁灭的杜茹瓦

译文 那时，杜茹瓦·玛哈茹阿佳立刻变得完全了解韦达结论，明白绝对真理，以及至尊主与众生的关系。他按照做奉爱服务的程序为闻名天下的至尊主服务，以后将得到一个在宇宙毁灭时也永不毁灭的星球。当时达到这种境界的杜茹瓦，经深思熟虑后向至尊主祈祷。

要旨 这节诗中有许多重点要了解。首先，绝对真理与物质和灵性这两种相对能量的关系，在此被一个完全知悉韦达文献的学生所理解。杜茹瓦·玛哈茹阿佳(Dhruva Mahārāja)从没有上过学或拜师以学习韦达结论，但因为他为至尊主做奉爱服务，所以至尊主一旦显现并用祂的海螺触碰杜茹瓦的前额，整个韦达结论便自动向杜茹瓦揭示出来。这就是理解韦达文献的方法。人不可能仅仅靠理论学习理解韦达文献。韦达经指出：韦达结论只提示给对至尊主和灵性导师怀有坚定信心的人。

杜茹瓦·玛哈茹阿佳的例子是：他按他灵性导师纳茹阿达·牟尼(Nārada Muni)的指示做奉爱服务；而他以巨大的决心和苦修为至尊主做奉爱服务的结果，是人格首神在他面前亲自展示了自己。杜茹瓦当时还只是个小孩。他想向至尊主献上优美的祈祷，但由于缺乏足够的知识，他犹豫着开不了口；然而，至尊主一旦用海螺触碰他的前额，他便靠至尊主的仁慈完全了解了韦达结论。那结论以对个体灵魂吉瓦(jīva)和超灵帕茹阿玛特玛(Paramātmā)的正确理解为基础。个体灵魂永远是超灵的仆人，因此他与超灵的关系是为超灵提供服务。这称为奉爱瑜伽(巴克缇·尤嘎，bhakti-yoga)或巴克缇·巴瓦(bhakti-bhāva)。杜茹瓦·玛哈茹阿佳并不是以非人格神哲学家的方式向至尊主祈祷，而是作为奉献者向祂祈祷。所以，这节诗里清楚地说巴克缇· 巴瓦。唯一值得祈祷的人，就是闻名遐迩的至尊人格首神。杜茹瓦·玛哈茹阿佳想继承他父亲的王国，但他父亲甚至拒绝他攀上自己的腿。至尊主为了满足他的愿望，已经创造了一个名叫北极星或杜茹瓦珞卡(Dhruvaloka)的星球。这个星球永远不会毁灭，即使在宇宙毁灭时也不毁灭。杜茹瓦·玛哈茹阿佳并不是靠轻率、匆忙的举动达到这种完美境界的，而是靠耐心地执行他灵性导师的指令大获成功，以致能面对面地见到至尊主。现在，他凭借至尊主没有缘故的仁慈，能够进一步恰如其分地向至尊主祈祷。要想赞美至尊主或向至尊主祈祷，需要有至尊主的恩典。人除非得到了至尊主没有缘故的仁慈，否则不可能撰文赞美至尊主。

第6节　　ध्रुव उवाच

योऽन्तः प्रविश्य मम वाचमिमां प्रसुप्तां
सञ्जीवयत्यखिल शक्तिधरः स्वधाम्ना ।

अन्यांश्च हस्तचरणश्रवणत्वगादीन्
प्राणान्नमो भगवते पुरुषाय तुभ्यम् ॥ ६ ॥

dhruva uvāca
yo 'ntaḥ praviśya mama vācam imāṁ prasuptāṁ
sañjīvayaty akhila-śakti-dharaḥ sva-dhāmnā
anyāṁś ca hasta-caraṇa-śravaṇa-tvag-ādīn
prāṇān namo bhagavate puruṣāya tubhyam

dhruvaḥ uvāca—杜茹瓦·玛哈茹阿佳说 / yaḥ—……的至尊主 / antaḥ—内在 / praviśya—进入 / mama—我的 / vācam—话语 / imām—所有这些 / prasuptām—都不活动或死的 / sañjīvayati—使复原 / akhila—宇宙的 / śakti—能量 / dharaḥ—拥有 / sva-dhāmnā—通过祂的内在能量 / anyān ca—其他的肢体也 / hasta—像手 / caraṇa—腿 / śravaṇa—耳朵 / tvak—皮肤 / ādīn—等等 / prāṇān—生命力 / namaḥ—让我致敬 / bhagavate—向至尊人格首神 / puruṣāya—至尊人 / tubhyam—向您

译文 杜茹瓦·玛哈茹阿佳说：我亲爱的至尊主，您无所不能。您进入我体内，激活了我所有处在静止状态的感官，我的手、腿、耳朵、触觉感官、生命力，特别是说话的能力。请允许我恭恭敬敬地顶拜您。

要旨 杜茹瓦·玛哈茹阿佳(Dhruva Mahārāja)能轻易地明白他以前的状况与获得灵性觉悟并面对面地看至尊人格首神后的不同。他能认识到他的生命力和活动会处于睡眠状态。人除非上升到灵性的层面，否则他的肢体、思想和体内的其他器官都被认为是处在睡眠状态。人除非从事灵性活动，否则他的活动被视为是死人的活动或鬼魂般的活动。圣巴克提维诺德·塔库尔(Bhaktivinoda Ṭhākura)曾经写过一首歌，他在歌中对自己说："生物啊，起来吧！

你还要在玛亚(māyā，错觉能量)的膝头上睡多久呢？你现在有幸得到了人体，快起身认识自己吧。”韦达经中也声明道：“起来！起来！你有机会得获人体生命，现在就了解你自己吧。”这些都是韦达指令。

杜茹瓦·玛哈茹阿佳真正体验到，当他的感官在灵性层面上得到启明时，他能够理解韦达教导的精髓，那就是：至尊首神是至尊人，而不是不具人格特征的。杜茹瓦·玛哈茹阿佳能立即明白这一事实。他意识到自己长久以来实际上一直都在沉睡，而此刻有了按韦达结论赞美至尊主的行动。世俗之人对韦达结论没有领悟，因此不能向至尊人格首神祈祷、赞美祂。

当杜茹瓦·玛哈茹阿佳发现他内心所产生的变化时，能立即认识到这是由至尊主没有缘故的仁慈造成的。他极其敬畏地向至尊主致敬，完全明白至尊主在赐予他恩典。杜茹瓦·玛哈茹阿佳感官和心灵所具有的灵性行动，是至尊主的内在能量作用的结果。所以，这节诗中的梵文 sva-dhāmnā 一词的意思是“由灵性能量”。只有凭借至尊主灵性能量的仁慈，人才有可能得到灵性启明。吟诵、吟唱哈瑞·奎师那曼陀(Hare Kṛṣṇa mantra)时，首先呼唤的是至尊主的灵性能量哈瑞(Hare)。当生物彻底皈依并承认他是至尊主永恒的仆人时，这个灵性能量就发挥作用。当人听从至尊主的安排和指令时，梵文称这种情况为 sevonmukha；这时，灵性能量就会逐渐把至尊主提示给他。

没有灵性能量的启示，人没有能力向至尊主献上赞美祂的祈祷。世俗之人所进行的哲学思辨或用诗歌表达的情感，无论数量多少，都不过是物质能量作用与反作用的结果。当人真正受到灵性能量的激发时，他所有的感官都被净化，他唯一做的事就是为至尊主服务。到那时，他的手、腿、耳朵、舌头、心、生殖器等一切，都只用来为至尊主服务。这种被启明的奉献者不仅不再从事任何物质活动，对物质活动也丝毫没有兴趣。这种净化感官并用它们为至尊主服务的方法，就叫奉爱服务——巴克缇(bhakti)。开始时，我们是在灵性导师和经典(萨斯陀，śāstra)的指导下运用感官；觉悟后，这些感官被净化，还会继续为至尊主做服务。所不同是：我们开始时是机械地运用感官，但觉悟后则用它们进行灵性的理解。

第7节

एक स्त्वमेव भगवन्निदमात्मशक्त्या
मायाख्ययोरुगुणया महदाद्यशेषम् ।
सृष्ट्वानुविश्य पुरुषस्तदसद्गुणेषु
नानेव दारुषु विभावसुवद्विभासि ॥ ७ ॥

ekas tvam eva bhagavann idam ātma-śaktyā
māyākhyayoru-guṇayā mahad-ādy-aśeṣam
sṛṣṭvānuviśya puruṣas tad-asad-guṇeṣu
nāneva dāruṣu vibhāvasuvad vibhāsi

ekaḥ—一个 / tvam—您 / eva—肯定地 / bhagavan—我的主啊 / idam—这个物质世界 / ātma-śaktyā—靠您自己的能量 / māyā-ākhyayā—玛亚的名字的 / uru—极为强大的 / guṇayā—由自然属性构成的 / mahat-ādi—玛哈·塔特瓦等 / aśeṣam—无限的 / sṛṣṭvā—创造后 / anuviśya—进入后 / puruṣaḥ—超灵 / tat—玛亚的 / asat-guṇeṣu—进入短暂展示的属性 / nānā—各种各样的 / iva—正如 / dāruṣu—进入木块 / vibhāvasu-vat—正如火 / vibhāsi—您显现

译文 我的主，您是至高无上的整体，但却靠您不同的能量在灵性世界和物质世界以不同的形象显现。您用您的外在能量创造了物质世界的全部能量，并在创造后以超灵进入物质世界。您是至高无上的人；您用短暂的物质自然属性创造了丰富多彩的展示，正如火进入各种形状的木头，燃烧时呈现各种各样的火焰。

要旨　杜茹瓦·玛哈茹阿佳(Dhruva Mahārāja)认识到：至尊绝对真理——人格首神，用祂的各种能量行事；祂并不是变成空或不具人格特性后再遍布各处的。玛亚瓦迪(Māyāvādī)哲学家认为：绝对真理因为伸展开来遍布整个宇宙展示，所以没有具体的形象。但这节诗里，杜茹瓦·玛哈茹阿佳在领悟了韦达结论后说："您通过您的能量遍布整个宇宙展示。"这能量从根本上来说是灵性的，但因为它在物质世界里暂时性地发挥作用，所以被称为错觉能量——玛亚(māyā)。换句话说，至尊主的能量除了对奉献者以外，对其他人都以外在能量的形式运作。杜茹瓦·玛哈茹阿佳很清楚这一事实，能理解能量和能量的拥有者是同一体。能量不可能跟能量的拥有者分开。

这节诗里证实了至尊人格首神超灵(帕茹阿玛特玛，Paramātmā)形象的特性。祂原本的灵性能量使物质能量有生气，因此无生命的躯体才显得有活力。虚无主义哲学家认为：在一定的物质条件下，物质躯体就会有生命的迹象。但事实上，物质躯体是不会自己活动的，就像一台机器需要其他能量(电力、蒸汽等)的支持才能运作一样。这节诗中说：物质能量在各种各样的物质躯体中作用，正如火根据木块大小和材质的不同燃烧得也不同。当人成为奉献者后，在他身上作用的物质能量被转化成了灵性能量。能量原本就是灵性而不是物质的，所以这种转化是有可能发生的。正如《柴坦亚·查瑞塔姆瑞塔》玛迪亚篇第 6 章的第 154 节诗中所说：至尊主维施努的能量是灵性的(viṣṇu-śaktiḥ parā proktā)。原始能量激励奉献者，鼓舞着他用身体所有的部分为至尊主做服务。而这同一种能量，在非奉献者身上却以外在能量的形式作用，使他们从事以感官享乐为目的的物质活动。我们应该分清外在能量玛亚和内在能量 sva-dhāmnā 之间的不同；内在能量 sva-dhāmnā 奉献者身上起作用，外在能量玛亚在非奉献者身上作用。

第8节 त्वद्दत्तया वयुनयेदमचष्ट विश्वं
सुप्तप्रबुद्ध इव नाथ भवत्प्रपन्नः ।
तस्यापवर्ग्यशरणं तव पादमूलं
विस्मर्यते कृतविदा कथमार्तबन्धो ॥ ८ ॥

tvad-dattayā vayunayedam acaṣṭa viśvaṁ
supta-prabuddha iva nātha bhavat-prapannaḥ
tasyāpavargya-śaraṇaṁ tava pāda-mūlaṁ
vismaryate kṛta-vidā katham ārta-bandho

tvat-dattayā—由您给予 / vayunayā—由知识 / idam—这 / acaṣṭa—能看 / viśvam—整个宇宙 / supta-prabuddhaḥ—从睡梦中醒来的人 / iva—像 / nātha—我的主啊 / bhavat-prapannaḥ—投靠了您的主布茹阿玛 / tasya—他 / āpavargya—想解脱的人的 / śaraṇam—庇护 / tava—您的 / pāda-mūlam—莲花足 / vismaryate—能被遗忘 / kṛta-vidā—由一个有学问的人 / katham—怎样 / ārtabandho—悲伤者的朋友啊

译文 我的主人啊！主布茹阿玛完全服从您。是您在开始时给予他知识，让他能看到并了解整个宇宙，就像人从睡眠状态中清醒过来时想起自己眼下该履行的职责一样。您是所有想获得解脱的人的唯一庇护者，是全体苦恼人的朋友。因此，有完美知识的博学之人怎么可能会忘记您呢？

要旨 皈依至尊人格首神的奉献者一分一秒都忘不了祂。奉献者了解：至尊主没有缘故的仁慈超出他的认识范围，他不清楚自己靠至尊主的恩典究竟得到了多少利益。奉献者越多地为至尊主做奉爱服务，就越多地得到至尊主能量的激励。在《博伽梵歌》(Bhagavad-gītā)中，至尊主说：对那些一直不断怀着爱心为至尊人格首神做奉爱服务的人，至尊人格首神从他们的心中给予他们智慧，使他们更进步。受到这种激励的奉献者，一分一秒都忘不了人格首神。他永远感激至尊主，因为靠至尊主的恩典，他做奉爱服务的力量不断增加着。像萨纳卡(Sanaka)、萨纳坦(Sanātana)和主布茹阿玛(Brahmā)这样的圣人，凭借至尊主的恩典，能透过至尊主给予的知识看整个宇宙。一个人表面看起来也许一整天都没睡觉，但只要他在灵性上还没有得到启蒙，他实际上就是在睡觉。他也许晚上睡觉，白天做事，但只要还没有上升到怀着灵性觉悟而工作的层面，就被视为是一直在睡觉。所以，奉献者永远不会忘记至尊主给予他的利益。

至尊主在这节诗里被称为“苦恼人的朋友(ārta-bandhu)”。正如《博伽梵歌》中说明的：为寻求知识而从事了许许多多世苦修后，人得到真正的知识，并在投靠至尊人格首神后变得有智慧。不皈依至尊人的玛亚瓦迪哲学家，被认为缺乏真正的知识。有完美知识的奉献者，永远忘不了他该为至尊主履行的义务。

第9节 नूनं विमुष्टमतयस्तव मायया ते
ये त्वां भवाप्ययविमोक्षणमन्यहेतोः ।
अर्चन्ति क ल्पकतरुं कु णपोपभोग्य-
मिच्छ न्ति यत्स्पर्शजं निरयेऽपि नृणाम् ॥ ९ ॥

nūnaṁ vimuṣṭa-matayas tava māyayā te
ye tvāṁ bhavāpyaya-vimokṣaṇam anya-hetoḥ
arcanti kalpaka-taruṁ kuṇapopabhogyam
icchanti yat sparśajaṁ niraye 'pi nṝṇām

nūnam—肯定地 / vimuṣṭa-matayaḥ—那些失去理智的人 / tava—您的 / māyayā—被错觉能量的影响 / te—他们 / ye—谁 / tvām—您 / bhava—从出生 / apyaya—和死亡 / vimokṣaṇam—解脱的原因 / anya hetoḥ—为其他目的 / arcanti—崇拜 / kalpakatarum—像如愿树的人 / kuṇapa—这个死尸的 / upabhogyam—感官享乐 / icchanti—他们想要 / yat—那 / sparśa-jam—来自触觉的 / niraye—在地狱中 / api—甚至 / nṝṇām—为人们

译文 那些仅仅为了满足这个皮囊的感官而崇拜您的人，无疑受您的错觉能量的影响。您就像一棵如愿树，是使人摆脱生死轮回的根源，但像我这样愚蠢的人，不想拥有您，却想从您那里得到祝福，以便享受就连住在地狱般环境里的生物都能得到的感官享乐。

要旨 杜茹瓦·玛哈茹阿佳(Dhruva Mahārāja)后悔自己为了得到物质利益而为至尊主做奉爱服务。他在这节诗里谴责自己的态度。只有严重缺乏知识的人，才会为了得到物质的利益或感官享乐来崇拜至尊主。至尊主就像如愿树。任何人都能从至尊主那里得到他想要得到的东西，但一般人不知道应该向至尊主要求什么。从皮肤接触或感官享受得到的快乐，在猪和狗的生活中也能找到。这样的快乐微不足道。人如果为得到这种微不足道的快乐而崇拜至尊主，必会被认为是根本没有知识。

第10节 या निर्वृतिस्तनुभृतां तव पादपद्म-
ध्यानाद्भवज्जनक थाश्रवणेन वा स्यात् ।
सा ब्रह्मणि स्वमहिमन्यपि नाथ मा भूत्
किं त्वन्तक ासिलुलि तात्पततां विमानात् ॥ १० ॥

yā nirvṛtis tanu-bhṛtāṁ tava pāda-padma-
dhyānād bhavaj-jana-kathā-śravaṇena vā syāt
sā brahmaṇi sva-mahimany api nātha mā bhūt
kiṁ tv antakāsi-lulitāt patatāṁ vimānāt

yā—那 / nirvṛtiḥ—极乐 / tanu-bhṛtām—有物质躯体的灵魂的 / tava—您的 / pāda-padma—莲花足 / dhyānāt—从冥想中 / bhavat-jana—从您亲密的奉献者 / kathā—话题 / śravaṇena—通过聆听 / vā—或者 / syāt—开始存在 / sā—那极乐 / brahmaṇi—在非人格布茹阿曼中 / sva-mahimani—您本人的壮丽 / api 甚至 / nātha—主啊 / mā—永不 / bhūt—存在 / kim—更不要说 / tu—那么 / antaka-asi—由死亡之剑 / lulitāt—所摧毁 / patatām—那些坠落的人的 / vimānāt—从他们的飞机

译文　我的主，通过冥想您的莲花足或聆听纯粹的奉献者赞美您而得到的超然极乐无穷无尽，远远超过处在想把自己融入至尊主的非人格光芒，与至尊主合一的布茹阿玛南达阶段所体会到的快乐。既然连布茹阿玛南达阶段的快乐都比不上通过做奉爱服务所得到的超然极乐，更何谈升入天堂星球所能得到的短暂快乐呢？这种快乐很快就会被时间的分离之剑所斩断。人虽然能升到天堂星球去，但时间一到就会坠落下来。

要旨　主要通过聆听(śravaṇaṁ)和吟诵、吟唱(kīrtanam)这两项奉爱服务所得到的超然快乐无与伦比。功利性活动者(卡尔弥，karmī)通过把自己提升到天堂星球得到的快乐，以及哲学思辨者(格亚尼，jñānī)或瑜伽师(尤格伊，yogī)所享受的与至尊非人格布茹阿曼(Brahman，梵)合一的快乐，都无法与做奉爱服务所得到的快乐相比。瑜伽师一般是冥想维施努(Viṣṇu)的超然形象，但奉献者不仅仅冥想祂，还实实在在地直接为祂做服务。在前一节诗中，我们看到梵文bhavāpyaya一词，它指的是生与死。至尊主可以使人摆脱生与死的锁链。一元论者认为：人一旦摆脱生死轮回，就融入至尊布茹阿曼。这种观点是错误的。这节诗里清楚地说：纯粹的奉献者从聆听和吟诵、吟唱中得到的超然快乐，是非人格神主义者通过融入绝对者所得到的超然快乐布茹阿玛南达(brahmānanda)无法比的。

功利性活动者(卡尔弥，karmī)的层次更低。他们的目标是把自己提升到更高级的星系去。《博伽梵歌》(Bhagavad-gītā)第 9 章的第 25 节诗中说：崇拜半神人的人被提升到天堂星球(yānti deva-vratā devān)。但我们在《博伽梵歌》第 9 章的第 21 节诗中看到：上升到高等星系的那些人，一旦耗尽他们的功德就必须再降下来(kṣīṇe puṇye martya-lokaṁ viśanti)。他们就像去登月的现代宇航员(太空人)一样，一旦燃料用尽，就不得不返回这个地球。那些靠燃烧燃料喷气推动登月或到其他天堂星球去的宇航员(太空人)们，等燃料耗尽后就必须降回到地球。同样，那些凭借祭祀(雅格亚，yajña)和虔诚活动的力量被升到天堂星球去的人也是如此。时间这把剑会削去人在这个物质世界里的尊贵地位，使他再掉下来(Antakāsi-lulitāt)。杜茹瓦·玛哈茹阿佳体会到，做奉爱服务所取得的成果远比融入绝对者或升入天堂星球更有价值。梵文词 patatāṁ vimānāt 意义重大，其中 vimāna 的意思是“飞机”。那些被升到天堂星球的人都像飞机一样，等燃料耗尽时就会掉下来。

第11节 भक्तिं मुहुः प्रवहतां त्वयि मे प्रसङ्गो
भूयादनन्त महताममल ाशयानाम् ।
येनाञ्जसोल्बणमुरुव्यसनं भवाब्धिं
नेष्ये भवद्गुणक थामृतपानमत्तः ॥ ११ ॥

bhaktiṁ muhuḥ pravahatāṁ tvayi me prasaṅgo
bhūyād ananta mahatām amalāśayānām
yenāñjasolbaṇam uru-vyasanaṁ bhavābdhiṁ
neṣye bhavad-guṇa-kathāmṛta-pāna-mattaḥ

bhaktim—奉爱服务 / muhuḥ—一直不断地 / pravahatām—那

些从事……的人的 / tvayi—向您 / me—我的 / prasaṅgaḥ—亲密的交往 / bhūyāt—愿它成为 / ananta—无限者啊 / mahatām—伟大的奉献者的 / amala-āśayānām—心中去除物质污染的人 / yena—由此 / añjasā—容易地 / ulbaṇam—可怕的 / uru—伟大的 / vyasanam—充满危险 / bhava-abdhim 物质存在的海洋 / neṣye—我应该跨越 / bhavat—您的 / guṇa—超然的品质 / kathā—娱乐时光 / amṛta—甘露，永恒的 / pāna—通过喝 / mattaḥ—疯狂

译文 杜茹瓦·玛哈茹阿佳接着说：不受限制的至尊主啊！正如河中的波浪此起彼伏，从不间断，伟大的奉献者们一直不断地为您做超然的爱心服务；请您祝福我，好让我能与这样的奉献者交往。这些超然的奉献者完全处在不受污染的生命阶段。物质存在中充满了熊熊火焰般的危险，但我一定能靠做奉爱服务跨越这种物质存在的无知海洋。这么做对我来说将会很容易，因为我疯狂地迷上了聆听您的超然的品质和娱乐时光，而这些是永恒存在的。

要旨 杜茹瓦·玛哈茹阿佳(Dhruva Mahārāja)这番话中的要点是：他想与纯粹的奉献者交往。没有奉献者的联谊，人即不能圆满地做超然的奉爱服务，也品尝不到它的美好滋味。正因为如此，我们建立了国际奎师那意识协会。想在离开奎师那意识协会的同时培养奎师那意识的人，是在做白日梦，因为那是不可能做到的。杜茹瓦·玛哈茹阿佳的这番话清楚地表明：人除非与奉献者联谊，否则他所做的奉爱服务并不圆满，不能与物质活动区分开来。在《圣典博伽瓦谭》(Śrīmad-bhāgavatam)中，至尊主说：只有与纯粹的奉献者联谊，主奎师那的话语才会充满力量，赏心悦目。杜茹瓦·玛哈茹阿佳明确要求要与奉献者交往。在做奉爱服务的过程中与奉献者联谊，就像河中连绵不绝、此起彼伏的波浪。

在我们的奎师那意识协会中，我们把一天二十四小时都安排得满满的，充分利用每一分每一秒忙于为至尊主服务。这就叫做奉爱服务连绵不尽的浪潮。

玛亚瓦迪(Māyāvādī，非人格神主义)哲学家也许会问我们：“与奉献者交往也许使你们很快乐，但你们跨越物质存在汪洋的方法是什么？”杜茹瓦·玛哈茹阿佳的回答是：这并不是很困难的事。他明确地说：人只要疯狂地迷恋聆听至尊主的荣耀，就能轻易地跨越物质存在这一汪洋。因为任何人只要坚持不懈地聆听《博伽梵歌》(Bhagavad-gītā)、《圣典博伽瓦谭》和《柴坦亚·查瑞塔姆瑞塔》(Caitanya-caritāmṛta)中有关至尊主的话题，像吸毒上瘾了一样真正迷恋上这种方法，那么跨越物质存在的无知海洋就是轻而易举的事(bhavad-guṇa-kathā)。物质无知的海洋恰似熊熊烈火，但奉献者因为全神贯注地做奉爱服务，所以并不在乎这熊熊大火。尽管物质世界是熊熊大火，但对奉献者来说，它显得充满了快乐(viśvaṁ pūrṇa-sukhāyate)。

杜茹瓦·玛哈茹阿佳这番话的重点是：与奉献者一起奉爱服务，促使人做更多、更优质的奉爱服务。人只有靠做奉爱服务，才能升到超然的星球哥珞卡·温达文(Goloka Vṛndāvana)；而我们在那里唯一做的也是奉爱服务，因为无论在这个世界还是灵性世界中，奉爱服务的活动都是一样的。奉爱服务不变，以芒果为例：没有成熟的芒果是芒果，等它成熟时，它还是那同一个芒果，只不过比生的时候更美味可口了。同样，奉爱服务分为：按照灵性导师的指示和经典(萨斯陀，śāstra)中的教导与原则所做的奉爱服务，以及在灵性世界中面对面地为至尊人格首神做的奉爱服务。但这两者都一样，服务的本质不变。不同之处在于：一个处于不成熟的阶段，另一个处于成熟的阶段，更有滋味。只有在与奉献者交往的情况下，奉爱服务才有可能发展成熟。

第12节　ते न स्मरन्त्यतितरां प्रियमीश मर्त्यं
ये चान्वदः सुतसुहृद्गृहवित्तदाराः ।
ये त्वब्जनाभ भवदीयपदारविन्द-
सौगन्ध्यलुब्धहृदयेषु कृतप्रसङ्गाः ॥ १२ ॥

te na smaranty atitaraṁ priyam īśa martyaṁ
ye cānv adaḥ suta-suhṛd-gṛha-vitta-dārāḥ
ye tv abja-nābha bhavadīya-padāravinda-
saugandhya-lubdha-hṛdayeṣu kṛta-prasaṅgāḥ

te—他们 / na—永不 / smaranti—记着 / atitarām—高等的 / priyam—亲爱的 / īśa—主啊 / martyam—物质躯体 / ye—他们 / ca—也 / anu—与……有联系 / adaḥ—那 / suta—儿子们 / suhṛt—朋友们 / gṛha—家 / vitta—财产 / dārāḥ—和妻子 / ye—那些人 / tu—那时 / abja-nābha—有莲花般肚脐的主啊！ / bhavadīya—您的 / pada-aravinda—莲花足 / saugandhya—芳香 / lubdha—达到了 / hṛdayeṣu—与心灵……的奉献者 / kṛta-prasaṅgāḥ—交往

译文　有莲花般肚脐的主啊！如果人能与始终一心一意追寻您莲花足的芳香的奉献者交往，他就永远都不会依恋物质躯体，或者子孙、朋友、家庭、财产、妻子等与躯体有关的人与事。事实上，他根本不在乎物质主义者极为重视的这一切。

要旨　做奉爱服务的特别益处在于：奉献者不仅可以通过聆听、歌唱和赞美至尊主超然的娱乐时光享受它们，还会变得不再执著自己的躯体；不像瑜伽师那么依恋自己的躯体，认为通过体操性练习就能在灵性意识方面取得进步。瑜伽师对奉爱服务一般都不太感兴趣，而只想练习控制呼吸。这只是对躯体的关注。杜茹瓦·玛哈茹阿佳在这节诗中明确地说：奉献者对自己的躯体不再感兴趣。

他知道自己不是躯体。因此，奉献者从一开始就不把时间浪费在锻炼身体上，而是去寻找一位纯粹的奉献者，仅仅通过和纯粹奉献者的联谊就能在灵性意识上取得比任何瑜伽师都大的进步。奉献者因为知道他不是躯体，所以从不受躯体苦乐的影响。他对妻子、儿女、家庭和银行存款等与躯体有关联的事物，以及由这些事物带来的痛苦与快乐不感兴趣。这就是成为奉献者的特别之处。纯粹的奉献者永远享受至尊主莲花足的芬芳，只有当人愿意与纯粹的奉献者交往时，他才有可能达到这种生命境界。

第13节 तिर्यङ्नगद्विजसरीसृपदेवदैत्य-
मर्त्यादिभिः परिचितं सदसद्विशेषम् ।
रूपं स्थविष्ठमज ते महदाद्यनेकं
नातः परं परम वेद्मि न यत्र वादः ॥ १३ ॥

tiryaṅ-naga-dvija-sarīsṛpa-deva-daitya-
martyādibhiḥ paricitaṁ sad-asad-viśeṣam
rūpaṁ sthaviṣṭham aja te mahad-ādy-anekaṁ
nātaḥ paraṁ parama vedmi na yatra vādaḥ

tiryak—被动物 / naga—树木 / dvija—飞鸟 / sarīsṛpa—爬虫 / deva—半神人们 / daitya—恶魔 / martya-ādibhiḥ—被人等 / paricitam—遍布 / sat-asat-viśeṣam—和各种各样的展示与不展示 / rūpam—形象 / sthaviṣṭham—宇宙的 / aja—不经出生就存在的人啊 / te—您的 / mahat-ādi—由整个物质能量等所致 / anekam—各种原因 / na—不 / ataḥ—从这 / param—超然的 / parama—至尊者啊 / vedmi—我知道 / na—不 / yatra—那里 / vādaḥ—各种论点

译文 亲爱的主，不经出生就存在的至尊者啊！我知道，由于全体物质能量的作用，宇宙中遍布着动物、树木、飞鸟、爬虫，以及半神人和人类等各种各样的生物体；我知道他们有时展现，有时不展现。但我从来没有见过我现在所看到的您的至尊形象。现在，各种各样的推测都有了一个最终的结论。

要旨　在《博伽梵歌》(Bhagavad-gītā)中，至尊主说：祂扩展自己遍布整个宇宙，但尽管万物都栖息在祂身上，祂却能同时远离一切。杜茹瓦·玛哈茹阿佳(Dhruva Mahārāja)在这节诗里表达了同样的概念。他说：在看到至尊主的超然形象之前，他所看到的只是水生物、飞禽、走兽等各种各样的物质形象，总计有八百四十万种生命形式。事实上，人除非致力于为至尊主做奉爱服务，否则根本没有可能了解至尊主的真正的形象。《博伽梵歌》第18章的第55节诗中也证实说：除了做奉爱服务之外，其他方法不可能使人真正了解绝对真理——至尊人。

在这节诗里，杜茹瓦·玛哈茹阿佳把他以前的理解和看到至尊主以后所具有的完美理解作了对比。服务是生物的本分；他除非上升到赞赏至尊人格首神的层面，否则就会忙着为树木、爬虫、动物、人和半神人等各种各样的生物体服务。我们可以看到：有人忙着为狗服务，有人侍奉植物和爬行物，有人为半神人服务，有人为办公室的老板等其他人服务，但却没人致力于为奎师那服务。姑且不谈一般人，就连有很高的灵性领悟的最多也就是在从事名叫维茹阿特·茹帕(virāṭ-rūpa)的服务；这些人了解不了至尊主的真正的形象，便靠打坐冥想崇拜虚无。然而，杜茹瓦·玛哈茹阿佳得到了至尊主的祝福。当至尊主用海螺触碰杜茹瓦的前额时，真正的知识便在他心中提示了，使他能了解至尊主的超然形象。杜茹瓦·玛哈茹阿佳在此承认：他不仅愚昧无知，而且从年龄上说只不过是个小孩子。如果至尊主没有通过用海螺触碰杜茹瓦的前额祝福他，他作为一个无知的孩子是不可能欣赏至尊主的至尊形象的。

第14节 क ल्पान्त एतदखिलं जठ रेण गृह्णन्
शेते पुमान् स्वदृगनन्तसखस्तदङ्के ।
यन्नाभिसिन्धुरुहक ाञ्चनलोक पद्म-
गर्भे द्युमान् भगवते प्रणतोऽस्मि तस्मै ॥ १४ ॥

kalpānta etad akhilaṁ jaṭhareṇa gṛhṇan
śete pumān sva-dṛg ananta-sakhas tad-aṅke
yan-nābhi-sindhu-ruha-kāñcana-loka-padma-
garbhe dyumān bhagavate praṇato 'smi tasmai

kalpa-ante—在一个劫结束时 / etat—这个宇宙 / akhilam—所有的 / jaṭhareṇa—在腹中 / gṛhṇan—撤回 / śete—躺下 / pumān—至尊人 / sva-dṛk—注视祂自己 / ananta—无限的生物蛇沙 / sakhaḥ—由……陪伴 / tat-aṅke—在祂膝上 / yat—从……人 / nābhi—肚脐 / sindhu—海洋 / ruha—发芽 / kāñcana—金色的 / loka—星球 / padma—莲花的 / garbhe—轮生体 / dyumān—主布茹阿玛 / bhagavate—向至尊人格首神 / praṇataḥ—致敬 / asmi—我是 / tasmai—向祂

译文 我亲爱的主，在每一个劫结束时，至尊人格首神嘎尔博达卡沙依·维施努就会把宇宙中所有展示的事物毁灭，吞进祂的肚子。祂躺在蛇沙·纳嘎的身上，从祂的肚脐长出一支莲花茎，上面盛开着一朵金色的莲花，主布茹阿玛就在那朵莲花上被创造出来。我明白您就是那同一位至尊首神，因此恭恭敬敬地顶拜您。

要旨 杜茹瓦·玛哈茹阿佳(Dhruva Mahārāja)对至尊人格首神的认识是完整的。韦达经(Veda)中说：通过至尊主超然的没有缘故的仁慈所得到的知识如此完美，使奉献者能透过那知识通晓至尊主所有的不同展示(yasmin vijñāte sarvam evaṁ vijñātaṁ bhavati)。尽管主祺柔达卡沙依·维施努(Kṣīrodakaśāyī Viṣṇu 出现在杜茹瓦·玛哈茹阿佳面前，但杜茹瓦也能了解至尊主的其他两个形象——嘎尔博达卡沙依·维施努(Garbhodakaśāyī Viṣṇu)卡冉诺达卡沙依·维施努(Kāraṇodakaśāyī Viṣṇu)。有关卡冉诺达卡沙依·维施努——玛哈·维施努(Mahā-Viṣṇu),《布茹阿玛·萨密塔》第5章的第48节诗中说：

yasyaika-niśvasita-kālam athāvalambya
jīvanti loma-vilajā jagad-aṇḍa-nāthāḥ
viṣṇur mahān sa iha yasya kalā-viśeṣo
govindam ādi-puruṣaṁ tam ahaṁ bhajāmi

在每一个劫结束时，所有的物质世界都会瓦解。那时，一切都进入嘎尔博达卡沙依·维施努体内，而祂躺在至尊主的另一个形象蛇沙·纳嘎(Śeṣa Nāga)的身上。

非奉献者了解不了维施努的不同形象和祂们在创造中的地位。无神论者们有时争辩说："嘎尔博达卡沙依·维施努的肚脐怎么可能长出一枝花来呢？"他们认为经典(萨斯陀，śāstra)中的说明都是故事。由于他们对绝对真理毫无体验，以不愿意接受权威，结果他们变得越来越不信神，理解不了至尊人格首神。但像杜茹瓦·玛哈茹阿佳这样的奉献者，凭借至尊主的恩典，了解至尊主所有的展示及祂们不同的地位。经典说，人哪怕只要得到至尊主的一点恩赐，就能了解祂的荣耀；其他人也许会一直不断地推测绝对真理，但永远都了解不了至尊主。换句话说，不与奉献者接触不可能了解至尊主的超然形象、灵性世界，以及其中的超然活动。

第15节　त्वं नित्यमुक्त परिशुद्धविबुद्ध आत्मा
कूट स्थ आदिपुरुषो भगवांस्त्र्यधीशः ।
यद्बुद्ध्यवस्थितिमखण्डितया स्वदृष्ट्या
द्रष्टा स्थितावधिमखो व्यतिरिक्त आस्से ॥ १५ ॥

tvaṁ nitya-mukta-pariśuddha-vibuddha ātmā
kūṭa-stha ādi-puruṣo bhagavāṁs try-adhīśaḥ
yad-buddhy-avasthitim akhaṇḍitayā sva-dṛṣṭyā
draṣṭā sthitāv adhimakho vyatirikta āsse

tvam—您 / nitya—永恒的 / mukta—解脱 / pariśuddha—没有污染的 / vibuddhaḥ—充满知识 / ātmā—至尊灵魂 / kūṭa-sthaḥ—没有变化的 / ādi—原始的 / puruṣaḥ—人 / bhagavān—充满六种财富的至尊主 / tri-adhīśaḥ—三种属性的主人 / yat—从哪里 / buddhi—智力活动的 / avasthitim—所有阶段 / akhaṇḍitayā—不间断 / sva-dṛṣṭyā—用超然的目光 / draṣṭā—您见证 / sthitau—为了维系(宇宙) / adhimakhaḥ—一切祭祀结果的享受者 / vyatiriktaḥ—不同地 / āsse—您处在

译文 我的主，您是至高无上的见证者，通过不间断的超然扫视监视着智力活动的所有阶段。您永不受束缚，您的存在是纯粹善良型的，您永远以超灵的形式存在着。您就是充满着六种财富的原始人格首神，您永远是物质自然三种属性的主人。因此，您永远与普通生物不同。作为主维施努，您虽然维系着整个宇宙的一切，但同时远离这一切。您是所有祭祀结果的享受者。

要旨 无神论者反对至尊人格首神的至尊地位，争辩说：如果神——至尊人有时出现，有时失踪，有时睡觉，有时醒来，那祂和普通生物有什么区别呢？杜茹瓦·玛哈茹阿佳仔细分析了至尊人格首神的存在与普通生物的存在之间的区别后指出：至尊主是永恒解脱的；祂无论在哪里显现，即使是在物质世界里，也永远不受物质自然三种属性的束缚，因此被称为物质自然三种属性的主人(try-adhīśa)。《博伽梵歌》(Bhagavad-gītā)第 7

章的第 14 节诗中说：生物都被束缚在物质自然的三种属性中。至尊主的外在能量非常强大，但祂本人作为物质自然三种属性的主人，永远不受这三种属性作用与反作用的影响。因此，正如《伊首帕尼沙德》(Īśopaniṣad，《至尊奥义书》)中所言，祂是不受污染的。物质世界的污染对至尊首神毫无影响。所以，奎师那在《博伽梵歌》中说，傻瓜和无赖以为祂是普通人，不知道祂永远是超然的(paraṁ bhāvam)。物质污染影响不了祂。

至尊主和普通生物之间的另一个区别是：生物总是处在愚昧的黑暗中，即使他在善良属性的影响下，对他来说仍有许多未知的事。但至尊人格首神的情况就不同了。祂知道过去、现在和未来，以及每个人心中的念头。《博伽梵歌》中证实了这一点(vedāhaṁ samatītāni)。至尊主不是个体灵魂的一部分，而是永不改变的至尊灵魂，生物则是祂不可缺少的一部分。生物投生在这个物质世界里是在至尊主的外在能量(daiva-māyā)指挥下被迫做的，但至尊主显现时，却是凭借祂的内在能量(ātma-māyā)自愿前来。除此之外，生物受制于过去、现在和未来的时间。他的一生有起始——出生，随后在受制约的情况下以死亡为结束。然而，至尊主是存在中的第一个人(ādi-puruṣa)，祂永恒存在。在《布茹阿玛·萨密塔》(Brahma-sa- ṁhitā)中，主布茹阿玛(Brahmā)向这位存在中的第一人高文达(Govinda)致敬。祂没有开始存在的时间，但这个物质世界的创造有开始的时间。韦达文献《韦丹塔》(Vedānta)中说：一切都生于至尊者，但至尊者是不经出生就存在的。祂绝对拥有全部的六种财富，无与伦比；祂是物质自然的主人；祂的智慧在任何情况下都不会中断；祂虽然维系着整个创造，但却远离创造的一切。韦达经典《卡塔·乌帕尼沙德》第 2 篇第 2 章的第 13 节诗中说：至尊主是至高无上的维系者(nityo nityānāṁ cetanaś cetanānām)。生物的使命是通过举行祭祀为祂服务，因为祂理所当然是一切祭祀结果的享受者。所以，每一个人都应该致力于用他的生命、钱财、智力和言语为至尊主做奉爱服务。这是生物的原本地位。我们永远都不该把一般生物体的睡眠和至尊人格首神在原因之洋中的睡眠相提并论。普通生物在任何阶段都无法与至尊人相比。玛亚瓦迪(Māyāvādī)哲学家对这一切不能适应，因此只好得出非人格神主义或虚无主义的结论。

第16节 यस्मिन् विरुद्धगतयो ह्यनिशं पतन्ति
विद्यादयो विविधशक्तय आनुपूर्व्यात् ।
तद् ब्रह्म विश्वभवमेक मनन्तमाद्य-
मानन्दमात्रमविक ारमहं प्रपद्ये ॥ १६ ॥

yasmin viruddha-gatayo hy aniśaṁ patanti
vidyādayo vividha-śaktaya ānupūrvyāt
tad brahma viśva-bhavam ekam anantam ādyam
ānanda-mātram avikāram ahaṁ prapadye

yasmin—在……人之中 / viruddha-gatayaḥ—物质相反的 / hi—肯定地 / aniśam—永远 / patanti—展示了 / vidyā-ādayaḥ—知识和愚昧等 / vividha—各种各样的 / śaktayaḥ—能量 / ānupūrvyāt—一直不断 / tat—那 / brahma—布茹阿曼 / viśva-bhavam—物质创造的原因 / ekam—一个 / anantam—无限的 / ādyam—原始的 / ānanda-mātram—只是充满喜悦 / avikāram—没有变化的 / aham—我 / prapadye—致以我的敬意

译文 亲爱的主，在您的非人格布茹阿曼(梵光)展示中始终存在着两种相对的要素——知识与无知。尽管您的多种能量在连绵不断地展示着，但您原本完整、不变、无限并充满喜悦的非人格布茹阿曼，却是物质展示的根源。由于您就是那非人格布茹阿曼，我恭恭敬敬地顶拜您。

要旨　《布茹阿玛・萨密塔》(Brahma-saṁhitā)中说：无限的非人格布茹阿曼(Brahman，梵)是至尊主哥文达(Govinda)的超然身躯放射出的光芒。在至尊人格首神那无限广阔的光芒中，存在着无数的宇宙，而每一个宇宙中又有各种各样、数不胜数的星球。尽管这位至尊人是一切原因的根源，但祂那名为布茹阿曼的非人格光芒却是物质展示的直接原因。为此，杜茹瓦・玛哈茹阿佳(Dhruva Mahārāja)向至尊主的这一非人格特征致以虔敬的顶礼。领悟到至尊主的这一非人格特征的人，能享受到这节诗中所描述的永恒不变的灵性快乐——布茹阿玛南达(brahmānanda)。

圣维施瓦纳特・查夸瓦尔提・塔库尔(Viśvanātha Cakravartī Ṭhākura)说：有些人灵性觉悟很高，能了解至尊主的这种非人格特征——布茹阿曼展示，但还了解不了至尊主的人格特征或灵性世界的多样化；这样的奉献者被称为是带着经验主义知识做奉爱服务的奉献者(jñāna-miśra-bhakta)。由于对非人格布茹阿曼的领悟也属于对绝对真理的部分了解，杜茹瓦・玛哈茹阿佳也向这种领悟致以敬礼。

经典说，对非人格布茹阿曼的领悟是对绝对真理的远距离认识。布茹阿曼虽然从表面上看似乎没有能量，但事实上它有各种各样的能量在知识和无知的影响下运作着。由于有这些不同的能量，维迪亚(vidyā，知识)和阿维迪亚(avidyā，无知)才不断展示着。《伊首帕尼沙德》(Īśopaniṣad，《至尊奥义书》)中，对维迪亚和阿维迪亚作了很好的描述。它说：有时候因为阿维迪亚——无知的缘故，人们以为绝对真理最终是不具人格特征的。但事实上，对至尊真理的非人格特征和人格特征的认识，随着做奉爱服务的深入而提高。当我们一开始从远距离了解绝对真理时，我们只看到绝对真理的非人格特征，但我们越为至尊主做奉爱服务，就会越接近绝对真理，了解祂的人格特征。

普通大众都受无知能量(阿维迪亚・沙克提，avidyā-śakti)或叫错觉能量(玛亚，māyā)的影响，因此既没有知识也没有奉爱之心。当人进步一点点，有一些知识时，他便被称为哲学思辨者(格亚尼，jñānī)。他如果再进步一些，就属于带着经验主义知识做奉爱服务的奉献者(jñāna-miśra-bhakta)。等他更进步时，他就能认识到绝对真理是一位具有多种能量的人。高级奉献者能了解至尊主和祂的有创造力的能量，而他一旦认识到绝对真理的有创造力的能量，也就了解了至尊人格首神所具有的六种财富。这样的奉献者更进步，具有完整的知识时，便能明白至尊主超然的娱乐时光了。人只有处在这个层面上时，才能完全享受到超然的喜乐。就有关这一点，维施瓦纳特·查夸瓦尔提·塔库尔举了一个人向目的地行进的例子：人往目的地进发时，从远处看目的地就像我们从远处看一座城市，只知道城市在远方一样；但等他走到离城市近一些的地方时，他就能看到房子的圆顶和上面飘扬着的旗帜；他一旦进入城市，就会看到各种各样的道路、公园、湖泊、电影院，以及有着许多商店的市场和正在买东西的人，看到有人跳舞、欢呼。当人真正进入城市，亲眼看到城市中的各种活动时，他才会心满意足。

第17节 सत्याशिषो हि भगवंस्तव पादपद्म-
माशीस्तथानुभजतः पुरुषार्थमूर्तेः ।
अप्येवमर्य भगवान् परिपाति दीनान्
वाश्रेव वत्सक मनुग्रहक ातरोऽस्मान् ॥ १७ ॥

satyāśiṣo hi bhagavaṁs tava pāda-padmam
āśīs tathānubhajataḥ puruṣārtha-mūrteḥ
apy evam arya bhagavān paripāti dīnān
vāśreva vatsakam anugraha-kātaro ’smān

satya—真的 / āśiṣaḥ—与其他利益相比 / hi—无疑 / bhagavan—我的主 / tava—您的 / pāda-padmam—莲花足 / āśīḥ—祝福 / tathā—以那种方式 / anubhajataḥ—为奉献者 / puruṣa-artha—

人生真正目标的 / mūrteḥ—人格化 / api—尽管 / evam—如此 / arya—主啊 / bhagavān—人格首神 / paripāti—维系 / dīnān—内心浅薄 / vāśrā—乳牛 / iva—像 / vatsakam—向牛犊 / anugraha—赐予仁慈 / kātaraḥ—渴望 / asmān—向我

译文　我亲爱的主，至高无上的上帝啊！您是一切恩典的至高无上的人格化形象，因此对一个人来说，全心全意、坚持不懈地为您做奉爱服务，崇拜您的莲花足，远胜过当君王统治王国。对像我这样幼稚的奉献者来说，您是慈悲为怀的养育者，就像一头乳牛通过给刚出生的牛犊喂奶来照顾它，并保护它使它免受攻击一样。

要旨　杜茹瓦·玛哈茹阿佳(Dhruva Mahārāja)认识到他本人做的奉爱服务中所存在的缺陷。纯粹的奉爱服务没有物质形式，没有心智思辨或功利性活动的成分，因此被说成是没有动机的(ahaitukī)。杜茹瓦·玛哈茹阿佳知道自己为了得到父亲的王国而在做崇拜至尊主的奉爱服务，因此是有动机的。这种不纯粹的奉献者永远都不可能面对面地见到至尊人格首神。因此，他非常感激至尊主出于没有缘故的仁慈给了他这个例外。至尊主是如此仁慈，祂不仅满足那些被愚昧和追求物质利益的欲望驱使着的奉献者的愿望，还给这种奉献者以全面的保护，就像母牛给新生的牛犊喂奶一样。《博伽梵歌》(Bhagavad-gītā)中说：至尊主把智慧赐予一直不断地做奉爱服务的奉献者，使其能毫无困难地逐渐接近祂。奉献者必须非常真诚地做奉爱服务；这样，即使奉献者有许多缺陷，奎师那也会指导他，使他逐渐提升，最后达到奉爱服务的最高境界。

杜茹瓦·玛哈茹阿佳在这节诗中把至尊主称为是生命的最高目标(puruṣārtha-mūrti)。梵文词 puruṣārtha 一般是指遵循某类宗教原理，或者为了得到物质的利益而崇拜神。为获得物质利益而向神祈祷的目的，是为了满足感官。当人在做了种种努力后仍不能完全满足感官并因而感到挫折时，他便想到解脱——摆脱物质存在。这类活动一般被称为 puruṣārtha。但实际上，最高的目标是要了解至尊人格首神，而这称为生命的最高目的(pañcama-puruṣārtha)。为此，主柴坦亚(Caitanya)教导我们不要向至尊人格首神要求诸如物质财富、名望、好妻子等恩赐；而应该只向至尊主祈祷，使自己能一直不断地为祂做超然的爱心服务。杜茹瓦·玛哈茹阿佳认识到自己追求物质利益的欲望，因此请求至尊主保护他，使他不要误入歧途，被物质欲望驱使着偏离了奉爱服务之途。

第18节 मैत्रेय उवाच
अथाभिष्टुत एवं वै सत्सङ्कल्पेन धीमता ।
भृत्यानुरक्तो भगवान् प्रतिनन्द्येदमब्रवीत् ॥ १८ ॥

maitreya uvāca
athābhiṣṭuta evaṁ vai
sat-saṅkalpena dhīmatā
bhṛtyānurakto bhagavān
pratinandyedam abravīt

maitreyaḥ uvāca—麦垂亚说 / atha—那时 / abhiṣṭutaḥ—被崇拜 / evam—因此 / vai—肯定地 / sat-saṅkalpena—由内心只有美好愿望的杜茹瓦·玛哈茹阿佳 / dhī-matā—由于他非常聪明 / bhṛtya-anuraktaḥ—极为善待奉献者 / bhagavān—至尊人格首神 / pratinandya—祝贺他 / idam—这 / abravīt—说

译文 伟大的圣人麦垂亚继续说：亲爱的维杜茹阿，等满怀善意的杜茹瓦·玛哈茹阿佳祈祷完毕，对自己的奉献者和仆人极为仁慈的至尊人格首神祝贺他，说了如下的话。

第19节　श्रीभगवानुवाच
वेदाहं ते व्यवसितं हृदि राजन्यबालक ।
तत्प्रयच्छ ामि भद्रं ते दुरापमपि सुव्रत ॥ १९ ॥

śrī-bhagavān uvāca
vedāhaṁ te vyavasitaṁ
hṛdi rājanya-bālaka
tat prayacchāmi bhadraṁ te
durāpam api suvrata

śrī-bhagavān uvāca—人格首神说 / veda—知道 / aham—我 / te—你的 / vyavasitam—决心 / hrdi—在心中 / rājanya-bālaka—君王的儿子啊 / tat—那 / prayacchāmi—我将给你 / bhadram—所有的好运 / te—向你 / durāpam—尽管它很难得到 / api—尽管 / su-vrata—发虔诚誓言的人

译文　人格首神说：我亲爱的杜茹瓦王子，你履行了虔诚的誓言。我知道你的心愿。尽管你的要求极高，不容易满足，但我还是会满足你的愿望。祝你一切吉祥如意。

要旨　至尊主对祂的奉献者如此仁慈，竟立即对杜茹瓦·玛哈茹阿佳(Dhruva Mahārāja)说："祝你一切吉祥如意。"事实上，杜茹瓦心里很害怕，因为他为得到物质利益而做奉爱服务，这妨碍他达到爱神的阶段。《博伽梵歌》(Bhagavad-gītā 第 2 章的第 44 节诗中说：沉溺于物质快乐的人不可能受奉爱服务的吸引(bhogaiśvarya-prasatānām)。杜茹瓦·玛哈茹阿佳事实上想得到一个比布茹阿玛珞卡(Brahmaloka)还要好得多的王国。对查锤亚(kṣatriya，刹帝利)而言，有这种愿望是很自然。他当时只有五岁，他那孩子的思考方式使他想得到比他父亲、祖父，甚至曾祖父的王国还要大的王国。他父亲乌塔纳帕达(Uttānapāda)是玛努(Manu)的儿子，而玛努是主布茹阿玛(Brahmā)的儿子。杜茹瓦想要胜过所有这些伟大的家庭成员。至尊主清楚杜茹瓦·玛哈茹阿佳幼稚的野心，但怎么才能给他一个比主布茹阿玛的地位还要高的地位呢？

至尊主向杜茹瓦·玛哈茹阿佳保证，杜茹瓦不会失去至尊主对他的爱。祂鼓励杜茹瓦，不要为在幼稚地怀有物质欲望的同时以渴望成为伟大的奉献者而担心。至尊主一般不会把物质财富赐给祂的奉献者，即使那位奉献者也许想得到物质财富。但杜茹瓦·玛哈茹阿佳的情况不同。至尊主知道像他这样伟大的奉献者，即使拥有物质财富，也永远不会失去对神的爱。这个例子说明：极有资格的奉献者可以在拥有物质享受便利条件的同时依然爱神。然而，这是杜茹瓦·玛哈茹阿佳的特殊情况。

第20—21节 नान्यैरधिष्ठितं भद्र यद् भ्राजिष्णु ध्रुवक्षिति ।
यत्र ग्रहर्क्षताराणां ज्योतिषां चक्रमाहितम् ॥ २० ॥
मेढ्यां गोचक्र वत्स्थास्नु परस्तात्क ल्पवासिनाम् ।
धर्मोऽग्निः क श्यपः शुक्र ो मुनयो ये वनौक सः ।
चरन्ति दक्षिणीकृ त्य भ्रमन्तो यत्सतारक ाः ॥ २१ ॥

nānyair adhiṣṭhitaṁ bhadra
yad bhrājiṣṇu dhruva-kṣiti
yatra graharkṣa-tārāṇāṁ
jyotiṣāṁ cakram āhitam

meḍhyāṁ go-cakravat sthāsnu
parastāt kalpa-vāsinām
dharmo 'gniḥ kaśyapaḥ śukro
munayo ye vanaukasaḥ
caranti dakṣiṇī-kṛtya
bhramanto yat satārakāḥ

na—从不 / anyaiḥ—由他人 / adhiṣṭhitam—被统治 / bhadra—我的好孩子 / yat—那 / bhrājiṣṇu—闪闪发光的 / dhruva-kṣiti—被

称为杜茹瓦洛卡的土地 / yatra—那里 / graha—星球 / ṛkṣa—星座 / tārāṇām—和星星 / jyotiṣām—被发光体 / cakram—环绕 / āhitam—被做 / meḍhyām—绕中轴 / go—公牛的 / cakra—一大群 / vat—像 / sthāsnu—固定的 / parastāt—超出 / kalpa—布茹阿玛的一天(劫) / vāsinām—那些活着的 / dharmaḥ—达尔玛 / agniḥ—阿格尼 / kaśyapaḥ—卡夏帕 / śukraḥ—舒夸 / munayaḥ—伟大的圣人 / ye—他们所有的人 / vana-okasaḥ—住在森林里 / caranti—移动 / dakṣiṇī-kṛtya—使它始终在他们的右侧 / bhramantaḥ—绕行 / yat—那星球 / satārakāḥ—与所有的星星

译文　至尊人格首神继续说：亲爱的杜茹瓦，我会赐予你一个称为北极星的闪闪发光的星球。这个星球即使在一个劫结束大毁灭后还继续存在。从没有人统治过这个被太阳等所有的星球环绕着的星球。就像为了碾碎谷物，公牛拉着碾砣绕着碾盘走一样，天空中所有的发光体都围绕着这个星球运行。达尔玛、阿格尼、卡夏帕和舒夸等伟大的圣人居住的所有星球，始终以顺时针的方向围绕着这个在其他的星球都毁灭后还继续存在的北极星运行。

要旨　尽管北极星在杜茹瓦·玛哈茹阿佳(Dhruva Mahārāja)进驻前就已存在了，但在他统治前并没有谁统治过它。北极星——杜茹瓦洛卡(Dhruvaloka)，是其他星体和太阳系的中心，因为它们就像公牛拉着碾砣绕着碾盘走以碾碎谷物一样都绕着它运行。杜茹瓦想得到所有星球中最好的星球，尽管那是孩子式的祈求，但至尊主还是满足了他的要求。小孩子也许会要求父亲给他别人从没有得到过的东西，但父亲仍然会出于爱满足孩子的愿望。同样，至尊主把北极星这颗独一无二的星球给了杜茹瓦·玛哈茹阿佳。这颗星球的特殊性在于：主布茹阿玛的夜晚发生毁灭的期间，它不毁灭，即使整个宇宙都毁灭了，它也不毁灭，仍将继续存在。毁灭共有两种，一种发生在主布茹阿玛的夜晚期间，一种发生在主布茹阿玛寿终正寝之时。在布茹阿玛的一生结束时，被挑选到的人物就会回归家园，回归首神。杜茹瓦·玛哈茹阿佳是被选中的人之一。至尊主对杜茹瓦保证说：当这个宇宙局部毁灭时，他还会继续活着。等宇宙完全毁灭后，杜茹瓦·玛哈茹阿将直接到灵性天空中的一个灵性星球外琨塔珞卡(Vaikuṇṭhaloka)上去。圣维施瓦纳特·查夸瓦尔提·塔库尔(Viśvanātha Cakravartī Ṭhākura)曾对此评论说：杜茹瓦珞卡性质像施维塔兑帕(Śvetadvīpa)玛图茹阿(Mathurā)的杜瓦尔卡(Dvārakā)等星球的性质一样。这些星球都是首神王国中的永恒之地，《博伽梵歌》(Bhagavad-gītā)中把它们描述为是至尊主的至高无上的住所(tad dhāma paramam)，韦达经(Veda)中描述它们是oṁ tad viṣṇoḥ paramaṁ padaṁ sadā paśyanti sūrayaḥ。这节诗中说的“超越在毁灭后还有人住的星球之上的星球(parastāt kalpa-vāsinām)”，是指外琨塔星球。换言之，至尊人格首神保证杜茹瓦·玛哈茹阿佳会被提升到外琨塔珞卡。

第22节 प्रस्थिते तु वनं पित्रा दत्त्वा गां धर्मसंश्रयः ।
षट् त्रिंशद्वर्षसाहस्रं रक्षिताव्याहतेन्द्रियः ॥ २२ ॥

prasthite tu vanaṁ pitrā
dattvā gāṁ dharma-saṁśrayaḥ
ṣaṭ-triṁśad-varṣa-sāhasraṁ
rakṣitāvyāhatendriyaḥ

prasthite—离开后 / tu—但是 / vanam—到森林 / pitrā—由你父亲 / dattvā—赐予 / gām—整个世界 / dharma-saṁśrayaḥ—在虔诚的保护下 / ṣaṭ-triṁśat—三十六 / varṣa—年 / sāhasram—一千 / rakṣitā—你将统治 / avyāhata—不衰退 / indriyaḥ—感官的力量

译文　等你父亲去森林并让你统治他的王国时，你将连续统治整个世界三万六千年之久，你所有的感官会一直像现在一样强壮。你永远都不会变老。

要旨　在黄金年代(萨缇亚·伊乌嘎，Satya-yuga)里，人的寿命一般是十万岁，因此当时杜茹瓦·玛哈茹阿佳(Dhruva Mahārāja)统治世界三万六千年是非常可能的。

第23节　त्वद्भ्रातर्युत्तमे नष्टे मृगयायां तु तन्मनाः ।
अन्वेषन्ती वनं माता दावाग्निं सा प्रवेक्ष्यति ॥ २३ ॥

tvad-bhrātary uttame naṣṭe
mṛgayāyāṁ tu tan-manāḥ
anveṣantī vanaṁ mātā
dāvāgniṁ sā pravekṣyati

tvat—你的 / bhrātari—兄弟 / uttame—乌塔玛 / naṣṭe—被杀 / mṛgayāyām—打猎时 / tu—那时 / tat-manāḥ—太痛苦 / anveṣantī—在寻找时 / vanam—在森林里 / mātā—母亲 / dāva-agnim—在森林大火中 / sā—她 / pravekṣyati—将进入

译文　至尊主接着说：将来有一天，你兄弟乌塔玛会到森林里去打猎，并在全神贯注打猎时被杀死。你后母苏茹祺会因为她儿子的死而发疯，会到森林里去寻找他，结果被森林大火所吞噬。

要旨　杜茹瓦·玛哈茹阿佳(Dhruva Mahārāja)怀着报复他后母的心态到森林中来找至尊人格首神。他后母侮辱了杜茹瓦，杜茹瓦不是普通人而是伟大的外士纳瓦(Vaiṣṇava，至尊主的奉献者)。冒犯外士纳瓦的莲花足，是世间最大的罪。由于侮辱了杜茹瓦·玛哈茹阿佳，苏茹祺(Suruci)将会因她儿子的死而发疯，将会进入森林大火，被森林大火所吞噬。至尊主之所以特意向杜茹瓦提到这一点，是因为杜茹瓦曾下决心报复苏茹祺。我们必须从这件事情吸取教训，那就是：永远都不要侮辱外士纳瓦。我们不仅不应该侮辱外士纳瓦，也不应该无端地侮辱任何人。当苏茹祺侮辱杜茹瓦·玛哈茹阿佳时，杜茹瓦还只是个小孩子，她当然不知道杜茹瓦会是一位举世公认的伟大的外士纳瓦，因此是在不知道的情况下对外士纳瓦作出了冒犯。人即使在不知情的情况下侍奉了一位外士纳瓦也会得到好结果，即使在不知情的情况下侮辱了外士纳瓦也会遭受恶报。至尊人格首神特别喜爱外士纳瓦，因此取悦外士纳瓦或使外士纳瓦不悦，都直接影响至尊主的快乐与否。圣维施瓦纳特·查夸瓦尔提·塔库尔(Viśvanātha Cakravartī Ṭhākura)在他所作的向灵性导师祈祷的八节诗中吟唱道：灵性导师是纯粹的外士纳瓦，人通过使灵性导师高兴而取悦人格首神(yasya prasādād bhagavat-prasādaḥ)，但让灵性导师生气的人，将不知道自己会去向何方。

第24节 इष्ट्वा मां यज्ञहृदयं यज्ञैः पुष्कलदक्षिणैः ।
भुक्त्वा चेहाशिषः सत्या अन्ते मां संस्मरिष्यसि ॥२४॥

iṣṭvā māṁ yajña-hṛdayaṁ
yajñaiḥ puṣkala-dakṣiṇaiḥ
bhuktvā cehāśiṣaḥ satyā
ante māṁ saṁsmariṣyasi

iṣṭvā—崇拜后 / mām—我 / yajña-hṛdayam——切祭祀的中心 / yajñaiḥ—通过盛大的祭祀 / puṣkala-dakṣiṇaiḥ—包括大量布施 / bhuktvā—享受后 / ca—也 / iha—在这个世界里 / āśiṣaḥ—祝福 / satyāḥ—真实 / ante—结束时 / mām—我 / saṁsmariṣyasi—你将能记住

译文　至尊主继续说：我是一切祭祀的中心；你将会举行很多盛大的祭祀，并大量地布施。这样做将使你能在这一生享受到物质的快乐，并在死亡时有能力记住我。

要旨　这节诗中最重要的内容是：至尊人格首神教导人们如何在死亡时能记住祂。我们要是能记住至尊人格首神纳茹阿亚纳(Nārāyaṇa)，那么所从事的一切灵性活动就都会取得成功(antenārāyaṇa-smṛtiḥ)。生活中有许多事情会干扰我们，使我们不能一直不断地想着至尊主，但杜茹瓦·玛哈茹阿佳(Dhruva Mahārāja)的一生将如此纯洁，以致就像至尊主亲自保证的那样，杜茹瓦永远都不会忘了祂。因此，他在死亡的时候会记住至尊主；而在死亡前，他会享受这个物质世界，但不是通过感官享乐，而是通过举行盛大的祭祀。正如韦达经中声明的：人举行盛大祭祀时必须布施，不仅布施给布茹阿玛纳(brāhmaṇa，婆罗门)，也布施给查锤亚(kṣatriya，刹帝利)、外夏(vaiśya，吠舍)和庶铎(śūdra，首陀罗)。至尊主在这节诗中保证说：杜茹瓦·玛哈茹阿佳将有能力从事这类活动。然而，在现在这个喀历(Kali)年代，盛大的祭祀就是集体吟唱神的圣名——桑克伊尔坦·雅格亚(Saṅkīrtana-yajña)。我们奎师那意识运动的目的就是要正确地教导人们有关至尊人格首神的教导，同时自己也学习。因此，我们应该一直不断地举行集体吟唱神的圣名的祭祀，不断地吟诵、吟唱哈瑞·奎师那曼陀(Hare Kṛṣṇa mantra)。这样，在我们的一生结束时，我们就定能想着奎师那，我们的人生计划就成功了。在这个年代，派发帕萨达(prasāda)取代了布施金钱；没人有足够的钱财去布施，但如果我们尽可能大量地派发帕萨达，就比布施钱财更有价值。

第25节　ततो गन्तासि मत्स्थानं सर्वलोक नमस्कृ तम् ।
उपरिष्टादृषिभ्यस्त्वं यतो नावर्तते गतः ॥ २५ ॥

tato gantāsi mat-sthānaṁ
sarva-loka-namaskṛtam
upariṣṭād ṛṣibhyas tvaṁ
yato nāvartate gataḥ

tataḥ—因此 / gantā asi—你会去 / mat-sthānam—到我的居所 / sarva-loka—被所有的星系 / namaḥ-kṛtam—致敬 / upariṣṭāt—处在更高的 / ṛṣibhyaḥ—比圣人们住的星系 / tvam—你 / yataḥ—自何处 / na—永不 / āvartate—会回来 / gataḥ—去到那里

译文 人格首神接着说：我亲爱的杜茹瓦，你结束在这个躯体中的物质生活后，将到我的星球去。我的星球永远受到其他星球上的居民的顶礼膜拜，它处在七位圣人(瑞希)居住的星球之上。到了那里后，你永远都不会返回这个物质世界了。

要旨 这节诗中的梵文 nāvartate 一词很有意义。至尊主说："你会到我的住所(mat-sthānam)，因此不会再返回这个物质世界。"所以，北极星杜茹瓦珞卡(Dhruvaloka)，是主维施努(Viṣṇu)在这个物质世界里的居所。在它上面有一个牛奶之洋，在那大洋中有一个名叫施维塔兑帕(Śvetadvīpa)的岛屿。这节诗里清楚地说明，这个星球处在七位圣人(瑞希，ṛṣis)居住的星球之上，而因为是维施努珞卡(Viṣṇuloka)，所以受到其他所有星系的崇拜。有人在这里也许会问：在这个宇宙瓦解时，名为杜茹瓦珞卡的星球会怎样呢？答案很简单：像其他超出这个宇宙之外的外琨塔珞卡(Vaikuṇṭhaloka)一样，杜茹瓦珞卡会继续存在下去。圣维施瓦纳特·查夸瓦尔提·塔库尔(Viśvanātha Cakravartī Ṭhākura)对此曾评论说：梵文 nāvartate 一词指这个星球是永恒的。

第26节

मैत्रेय उवाच
इत्यर्चितः स भगवानतिदिश्यात्मनः पदम् ।
बाल स्य पश्यतो धाम स्वमगाद्गरुडध्वजः ॥ २६ ॥

maitreya uvāca
ity arcitaḥ sa bhagavān
atidiśyātmanaḥ padam
bālasya paśyato dhāma
svam agād garuḍa-dhvajaḥ

maitreyaḥ uvāca—伟大的圣人麦垂亚继续说 / iti—因此 / arcitaḥ—被尊敬和崇拜 / saḥ—至尊主 / bhagavān—人格首神 / atidiśya—供奉后 / ātmanaḥ—祂个人的 / padam—居所 / bālasya—当男孩……时 / paśyataḥ—注视 / dhāma—到祂的住所 / svam—自己的 / agāt—祂返回 / garuḍa-dhvajaḥ—旗帜上标有嘎茹达图案的主维施努

译文　伟大的圣人麦垂亚说：主维施努接受男孩杜茹瓦·玛哈茹阿佳的崇拜和敬意，并把自己的住所赐予他后，便在杜茹瓦·玛哈茹阿佳的注视下骑着嘎茹达回自己的住所去了。

要旨　从这节诗看，主维施努(Viṣṇu)把祂自己的住所赐给了杜茹瓦·玛哈茹阿佳(Dhruva Mahārāja)。《博伽梵歌》(Bhagavad-gītā 第 15 章的第 6 节诗中描述至尊主的居所说：到达那里的人永不返回这个物质世界(yad gatvā na nivartante tad dhāma paramaṁ mama)。

第27节　सोऽपि सङ्कल्पजं विष्णोः पादसेवोपसादितम् ।
प्राप्य सङ्कल्पनिर्वाणं नातिप्रीतोऽभ्यगात्पुरम् ॥ २७ ॥

so 'pi saṅkalpajaṁ viṣṇoḥ
pāda-sevopasāditam
prāpya saṅkalpa-nirvāṇaṁ
nātiprīto 'bhyagāt puram

saḥ—他(杜茹瓦·玛哈茹阿佳) / api—虽然 / saṅkalpa-jam—想要的结果 / viṣṇoḥ—主维施努 / pāda-sevā—通过侍奉莲花足 / upasāditam—达到 / prāpya—获得 / saṅkalpa—他的决心的 / nirvāṇam—满足 / na—不 / atiprītaḥ—非常高兴 / abhyagāt—他返回 / puram—到他的家

译文 杜茹瓦·玛哈茹阿佳虽然通过崇拜至尊主的莲花足得到了他下决心想得到的结果，但却不是很高兴。他就这样回家去了。

要旨 杜茹瓦·玛哈茹阿佳(Dhruva Mahārāja)按纳茹阿达·牟尼(Nārada Muni)的教导，怀着奉爱之心崇拜至尊主的莲花足，结果如愿以偿。他原本的愿望是得到一个极高的地位，甚至超过他父亲、祖父和曾祖父，尽管那多少是幼稚的决心，但由于杜茹瓦·玛哈茹阿佳当时还只是个小孩子，至尊人格首神主维施努(Viṣṇu)便极为仁慈地满足了他的愿望。杜茹瓦·玛哈茹阿佳想要一个比他家庭中任何人的居所都高级的居所。因此，至尊主把祂本人居住的星球赐给了他，使他的愿望达到了彻底满足。尽管如此，杜茹瓦·玛哈茹阿佳回家时并不是很高兴，原因是做纯粹的奉爱服务本不该向至尊主要求任何东西，但他却因为幼稚而索要了。因此，尽管至尊主满足了他的愿望，他还是不太高兴。相反，他为自己向至尊主索要东西而感到羞耻，因为他本不该这样做。

第28节

विदुर उवाच
सुदुर्लभं यत्परमं पदं हरे-
र्मायाविनस्तच्चरणार्चनार्जितम् ।
लब्ध्वाप्यसिद्धार्थमिवैकजन्मना
कथं स्वमात्मानममन्यतार्थवित् ॥२८॥

vidura uvāca
sudurlabhaṁ yat paramaṁ padaṁ harer
māyāvinas tac-caraṇārcanārjitam
labdhvāpy asiddhārtham ivaika-janmanā
kathaṁ svam ātmānam amanyatārtha-vit

viduraḥ uvāca—维杜茹阿继续问 / sudurlabham—非常罕见 / yat—那 / paramam—是至尊 / padam—处境 / hareḥ—至尊人格首神的 / māyā-vinaḥ—极有感情 / tat—祂的 / caraṇa—莲花足 / arcana—被崇拜 / arjitam—获得 / labdhvā—取得 / api—虽然 / asiddha-artham—没有满足 / iva—就像 / eka-janmanā—在人的一生中 / katham—为什么 / svam—自己的 / ātmānam—心 / amanyata—他感到 / artha-vit—非常明智

译文　圣维杜茹阿询问道：亲爱的布茹阿玛纳，至尊主的住所是很难去的，只有通过做纯粹的奉爱服务才能到那里去，因为唯有纯粹的奉爱服务才能取悦最仁慈、最有感情的至尊主。杜茹瓦·玛哈茹阿佳只用一生就达到了这一境界，况且他又很贤明、有责任心。既然这样，他怎么会不是很高兴呢？

要旨　圣人维杜茹阿(Vidura)的询问恰到好处。指能区分真假之人的梵文 artha-vit 一词，在这节诗里很有意义。能区分真假的人又叫帕茹阿玛罕姆萨(paramahaṁsa)。就像天鹅从牛奶和水的混合物中只吸取牛奶一样，帕茹阿玛罕姆萨只接受每一件事物的积极因素。帕茹阿玛罕姆萨只把至尊人格首神视为自己的生命和灵魂，而不在乎一切外在的物质事物。杜茹瓦·玛哈茹阿佳就是这样的人，他的决心使他得到了他想要的结果，但他回家时并不是很高兴。

第29节

मैत्रेय उवाच
मातुः सपत्न्या वाग्बाणैर्हृदि विद्धस्तु तान् स्मरन् ।
नैच्छ न्मुक्ति पतेर्मुक्तिं तस्मात्तापमुपेयिवान् ॥ २९ ॥

maitreya uvāca
mātuḥ sapatnyā vāg-bāṇair
hṛdi viddhas tu tān smaran
naicchan mukti-pater muktiṁ
tasmāt tāpam upeyivān

maitreyaḥ uvāca—伟大的圣人麦垂亚回答道 / mātuḥ—他母亲的 / sa-patnyāḥ—丈夫的另一个妻子的 / vāk-bāṇaiḥ—尖刻话语之箭 / hṛdi—在心中 / viddhaḥ—被刺穿 / tu—那时 / tān—他们所有的 / smaran—记着 / na—不 / aicchat—需求 / mukti-pateḥ—从其莲花足给予解脱的至尊主那里 / muktim—拯救 / tasmāt—因此 / tāpam—伤心 / upeyivān—他受苦

译文　麦垂亚回答道：当杜茹瓦·玛哈茹阿佳的后母用尖刻的言语之箭刺伤杜茹瓦的心时，杜茹瓦·玛哈茹阿佳感到忿忿不平，因此在确立自己的人生目标时没有准备原谅他后母的错误行为。他当时并没有要求从这个物质世界里解脱出去，但当他做完奉爱服务，当至尊人格首神出现在他面前时，他为自己心中存有物质欲望而感到羞愧。

要旨　这节重要的诗被许多著名的评注家谈论过。杜茹瓦·

玛哈茹阿佳(Dhruva Mahārāja)为什么在实现了他的人生目标后并不是很高兴呢？纯粹的奉献者根本没有物质欲望。在物质世界里，人的物质欲望几乎都是邪恶的；都认为他人是自己的敌人，想着向敌人报复，渴望成为这个物质世界里的最高领导人、最顶尖的人物，以便与他人竞争、对抗。

《博伽梵歌》(Bhagavad-gītā)第 16 章中，把这些欲望描述为是恶魔的欲望。纯粹的奉献者不向至尊主提出要求。他唯一关心的是诚恳、认真地为至尊主服务，毫不在乎将来会发生什么。库拉晒卡尔(Kulaśekhara)王在他写的《穆琨达·玛拉·斯透陀》(Mukunda-mālā-stotra)一书中祈祷说："亲爱的主，我不想要这个物质世界里的任何有助于满足感官的地位。我只想一直不断地为您服务。"同样，主柴坦亚(Caitanya)在祂的"八训规"(Śikṣāṣṭaka)中也祈祷说："我的主，我不想要任何的物质财富和物质主义追随者，也不想要漂亮的女人。我唯一想的是生生世世为您服务。"主柴坦亚甚至不祈求解脱(穆克提，mukti)。

麦垂亚(Maitreya)在这节诗中回答维杜茹阿(Vidura)说：杜茹瓦·玛哈茹阿佳一心想报复侮辱他的后母，在这种想法的影响下没有想起要解脱；他也不知道解脱是什么，因此没有把解脱作为他人生的目标。纯粹的奉献者也不想得到解脱。杜茹瓦·玛哈茹阿佳是完全投靠了至尊主的灵魂，当他看到出现在他面前的至尊人格首神时，他被提升到瓦苏戴瓦(vasudeva)的层面，觉悟到根本不该向至尊主索要什么。瓦苏戴瓦的层面是指完全没有物质污染的阶段。换句话说，在那个层面上的人根本不受善良、激情和愚昧等物质自然属性的影响，因此能看到至尊人格首神。由于在瓦苏戴瓦层面上能面对面地见到至尊主，至尊主也就被称为华苏戴瓦了。

杜茹瓦·玛哈茹阿佳所要求得到的地位是如此高，高到连他的曾祖父布茹阿玛(Brahmā)都没有享受过。至尊人格首神奎师那对祂的奉献者感情至深、极为仁慈，对像杜茹瓦·玛哈茹阿佳这样的奉献者更是特别疼爱。杜茹瓦·玛哈茹阿佳年仅五岁就独自到森林中去做奉爱服务，虽然他的动机不纯，但至尊主没有计较他的动机，而是关注他所做的服务。但这是至尊主对奉献者的特殊恩典。一般情况下，如果奉献者有某种动机，至尊主就会直接或间接地知道，而祂不会不让奉献者的物质欲望得以实现。这就是至尊主对祂的奉献者的特殊恩典。

杜茹瓦·玛哈茹阿佳得到了杜茹瓦珞卡(Dhruvaloka)，而这个星球从没有任何受制约的灵魂居住过，就连这个宇宙中最高级的生物体布茹阿玛也不被允许进入其中。每当这个宇宙中发生危机时，半神人们就到牛奶之洋的岸边去见至尊人格首神祺柔达卡沙依·维施努(Kṣīrodakaṣāyi Viṣṇu)，站在那里。因此，至尊主满足了杜茹瓦·玛哈茹阿佳的要求，给了他甚至比他曾祖父布茹阿玛的地位还要高的地位。

这节诗中把至尊主描述为是“莲花足下有各种解脱人物(muktipati)的人”。解脱有五种，它们分别是：萨尤佳(sāyujya)、萨茹琵亚(sārūpya)、萨珞克亚(sālokya)、萨密皮亚(sāmīpya)和萨尔士提(sārṣṭi)。人只要致力于为至尊主做奉爱服务，就能得到这五种解脱。玛亚瓦迪(Māyāvādī)哲学家一般都要求得到萨尤佳解脱，也就是与至尊主的非人格布茹阿曼(Brahman，梵)光芒合一。根据许多学者的意见，萨尤佳解脱虽然被列为五种解脱之一，但并不是真正的解脱，因为获得这种解脱的人还可能再坠回这个物质世界。《圣典博伽瓦谭》(Śrīmad-Bhāgavatam)第10篇第2章的第32节诗中说：“他们再一次坠落(patanty adhaḥ)。”一元论哲学家从事过严酷的苦修后，会融入至尊主的非人格光芒。然而，生物总想怀着爱的情感互相交流。因此，一元论哲学家虽然被提升到与至尊主光芒合一的境界，但因为在那里没有条件与至尊主交往，为祂做服务，所以又重新坠入这个物质世界，通过从事人道主义、利他主义和博爱主义等物质福利活动满足其做服务的习性。这类坠落的事例有很多，即使玛亚瓦迪派中杰出的托钵僧(萨尼亚希，sannyāsī也不例外。

因此，外士纳瓦(Vaiṣṇava)哲学家不承认萨尤佳解脱属于解脱的范畴。根据他们的理论，解脱的意思是：人不再侍奉错觉(玛亚，māyā)，相反是转而为至尊主做爱心服务。就有关这一点，主柴坦亚也说：生物的原本状态是为至尊主服务。这才是真正的解脱。当人恢复原本的状态，去除不自然的状态时，他就被称为解脱者(穆克塔，mukta)。《博伽梵歌》中证实这一点说：致力于为至尊主做超然的爱心服务的人，被视为是解脱者或布茹阿玛·布塔(brahmabhūta)。《博伽梵歌》中说：去除了物质污染的奉献者，被认为是处在发布茹阿玛·布塔的层面上。《帕达玛·普冉纳》(Padma Purāṇa)中也证实这一点说：解脱是指致力于为至尊主做服务。

伟大的圣人麦垂亚解释说：杜茹瓦·玛哈茹阿佳一开始并没有想致力于为至尊主服务，而是想得到比他曾祖父的地位还要好的地位。这其实是为感官服务，而不是为至尊主服务。人即使得到这个物质世界中最高的地位——布茹阿玛的地位，也还是个受制约的灵魂。圣帕博达南达·萨茹阿斯瓦提(Prabodhānanda Sarasvatī)说：人如果上升到真正的纯粹奉爱服务的境界，就会认为甚至像布茹阿玛、因铎(Indra)那样伟大的半神人也和微不足道的昆虫属于同一个层次。原因是：微小的昆虫有支配物质自然的感官享乐欲望，像布茹阿玛那样伟大的人物也不例外地想主宰这个物质自然。

感官享乐的意思是，想要主宰物质自然。受制约的灵魂之间的一切竞争、对抗，都起源于要主宰这个物质自然的欲望。现代科学家以为他们发现了控制物质自然规律的方法，因此为他们拥有的所谓知识而感到骄傲。他们认为这就是人类文明的进步；他们越能控制物质规律，就越认为他们进步。杜茹瓦·玛哈茹阿佳一开始的心态就是如此。他想在比主布茹阿玛还要高的地位上主宰这个物质世界。因此，经典的其他地方讲述到：至尊主显现后，杜茹瓦·玛哈茹阿佳在心中比较他的决心和他最后得到的奖赏，认识到：他想要的只是几片碎玻璃，但得到的却是许多钻石。他一旦面对面地看到至尊人格首神，就立即意识到：他想要至尊主给他比布茹阿玛高的地位的要求，实在是毫无价值。

当杜茹瓦·玛哈茹阿佳因为面对面地见到至尊主而处在瓦苏戴瓦层面上时，他的一切物质污染都被清除掉了。因此，他为自己曾经有的愿望和后来得到的结果而感到无地自容。他惭愧地想：自己虽然离开父亲的王国，到玛杜文(Madhuvana)森林去，并得到了像纳茹阿达·牟尼(Nārada Muni)那样的灵性导师，但还是想着要向后母报复，想在这个物质世界里占据一个高位。这些就是他在从至尊主那里得到所有他想要的祝福后仍然感到郁闷的原因。

杜茹瓦·玛哈茹阿佳亲眼看到至尊人格首神时，既不想报复后母也不想主宰物质世界了。然而，至尊人格首神知道杜茹瓦·玛哈茹阿佳曾经想要这些。至尊主对杜茹瓦·玛哈茹阿佳讲话时之所以用了梵文 vedāham 一词，是因为当杜茹瓦·玛哈茹阿佳想要得到物质利益时，至尊主就在他的心中并知道一切。至尊主始终知道人心中所想的一切。在《博伽梵歌》中，至尊主自己确认这一点说：我知道过去、现在和未来的一切(vedāhaṁ samatītāni)。

至尊主满足了杜茹瓦·玛哈茹阿佳的一切愿望。他要报复后母和同父异母兄弟的愿望实现了，他想得到比他曾祖父的地位还高的地位的愿望也实现了。不仅如此，他在杜茹瓦珞卡的永恒地位也得到了确立。尽管杜茹瓦·玛哈茹阿佳并没有想要得到一个永恒的星球，但奎师那想："杜茹瓦在这个物质世界里的高位上干什么呢？"因此，祂给杜茹瓦提供了一个机会，让他用没有变化的感官统治这个物质世界三万六千年，并有机会举行许多盛大的祭祀，从而成为这个物质世界里最有名气的君王。杜茹瓦·玛哈茹阿佳享受过所有这些物质享受后，就会被提升到包括杜茹瓦珞卡在内的灵性世界里。

第30节

ध्रुव उवाच
समाधिना नैकभवेन यत्पदं
विदुः सनन्दादय ऊर्ध्वरेतसः ।
मासैरहं षड्भिरमुष्य पादयो-
श्छायामुपेत्यापगतः पृथङ्मतिः ॥ ३० ॥

dhruva uvāca
samādhinā naika-bhavena yat padaṁ
viduḥ sanandādaya ūrdhva-retasaḥ
māsair ahaṁ ṣaḍbhir amuṣya pādayoś
chāyām upetyāpagataḥ pṛthaṅ-matiḥ

dhruvaḥ uvāca—杜茹瓦·玛哈茹阿佳说 / samādhinā—通过练瑜伽达到心醉神迷的状态 / na—永不 / eka-bhavena—通过一次出生 / yat—那 / padam—地位 / viduḥ—理解 / sananda-ādayaḥ—以萨南丹为首的四位布茹阿玛查瑞 / ūrdhva-retasaḥ—绝不违背誓言的独身禁欲 / māsaiḥ—在几个月中 / aham—我 / ṣaḍbhiḥ—六个 / amuṣya—祂的 / pādayoḥ—莲花足的 / chāyām—庇护 / upetya—获得 / apagataḥ—坠落 / pṛthak-matiḥ—我的注意力集中在其他事物上而不是集中于至尊主

译文　杜茹瓦·玛哈茹阿佳心想：为能得到至尊主莲花足的庇护而努力不是件简单的事，因为就连以萨南丹为首的伟大的布茹阿玛查瑞，通过练阿施唐嘎·尤嘎处于全神贯注的状态后，都是在经过许许多多生世后才得到至尊主莲花足的庇护的。我虽然在六个月里就得到了同样的结果，但却因为想法与至尊主的想法不同而从自己的地位上掉了下来。

要旨　在这节诗中，杜茹瓦·玛哈茹阿佳(Dhruva Mahārāja)自己解释了他感到郁闷的原因。他首先为直接见到至尊人格首神不是一件容易的事而感叹。就连以萨南丹(Sanandana)为首的萨南丹、萨纳卡(Sanaka)、萨纳坦(Sanātana)和萨纳特· 库玛尔(Sanat-kumāra)这四位著名的布茹阿玛查瑞(brahmacārī)都要练瑜伽并一直保持在全神贯注的状态中许许多多生世后，才得到面见至尊人格首神的机会。然而，杜茹瓦·玛哈茹阿佳只做了六个月的奉爱服务就见到了至尊人格首神本人。因此，他期望一遇到至尊主，至尊主就立即把他带回至尊居所。杜茹瓦·玛哈茹阿佳很清楚：至尊主之所以让他统治世界三万六千年，是因为他一开始受物质能量的迷惑，想报复后母并统治他父亲的王国。杜茹瓦·玛哈茹阿佳为自己有这种统治物质世界的倾向和向其他生物报复的心态而悔恨不已。

第31节 अहो बत ममानात्म्यं मन्दभाग्यस्य पश्यत ।
भवच्छिदः पादमूलं गत्वा याचे यदन्तवत् ॥३१॥

aho bata mamānātmyaṁ
manda-bhāgyasya paśyata
bhava-cchidaḥ pāda-mūlaṁ
gatvā yāce yad antavat

aho—哦 / bata—唉 / mama—我的 / anātmyam—躯体意识 / manda-bhāgyasya—不幸的 / paśyata—看看吧 / bhava—物质存在 / chidaḥ—能砍断……的至尊主 / pāda-mūlam—莲花足 / gatvā—已经接近 / yāce—我祈求 / yat—那 / anta-vat—易腐朽的

译文 唉，看我是多么不幸啊！至尊人格首神能立刻斩断把我捆绑在生死轮回圈中的锁链，我已经接近祂的莲花足，但却出于愚蠢而向祂祈求易变质的事物。

要旨 这节诗中的梵文 anātmyam 一词意义重大。阿特玛(Ātmā)的意思是“灵魂”，anātmya 的意思是“对灵魂丝毫没有概念”。圣瑞沙巴戴瓦(Ṛṣabhadeva)曾教导他的儿子们说：人除非明白了灵性的状况阿特玛，否则做的一切都是愚昧的，只会使其人生失败。杜茹瓦·玛哈茹阿佳(Dhruva Mahārāja)为自己的不幸感到悔恨，因为尽管他接近了至尊人格首神，而至尊人格首神总能给祂的奉献者以半神人所不能给予的最高祝福——停止生死轮回，但他却愚蠢地向至尊主要求一些会腐化的东西。当黑冉亚卡希普(Hiraṇyakaśipu)向主布茹阿玛(Brahmā)要求长生不死时，主布茹阿玛表示说：就连他本人都不是长生不死的，因此没有能力给予这种祝福。所以，只有至尊主——人格首神本人，才能赐予不朽——彻底砍断生死循环的锁链，其他人做不到。经典说：没有至尊人格首神哈尔依(Hari)的祝福，没人能终止在这个物质世界里的生死轮回(Harim̐ vinā na sṛtim̐ ta- ranti)。为此，至尊主被称为“能去除物质存在的人(bhava-cchit)”。

提倡人们培养奎师那意识的外士纳瓦(Vaiṣṇava)哲学，禁止奉献者去追求各种物质利益。外士纳瓦奉献者应该彻底清除一切追求功利性活动结果或经验性哲理思辨结果的物质欲望(anyābhilāṣitā-śūnya)。事实上，最伟大的外士纳瓦奉献者纳茹阿达·牟尼(Nārada Muni)，传授杜茹瓦·玛哈茹阿佳吟诵 om̐ namo bhagavate vāsudevāya，而这首曼陀(mantra)是维施努·曼陀(viṣṇu-mantra)，练习吟诵、吟唱这首曼陀的人能被提升到维施努珞卡(Viṣṇuloka)。杜茹瓦·玛哈茹阿佳后悔自己在得到外士纳瓦传授的维施努·曼陀后，还渴求物质利益。这是他感到悲伤的原因。尽管靠至尊主没有缘故的仁慈，他得到了吟诵、吟唱维施努·曼陀的结果，但他为自己在做奉爱服务的同时竟愚蠢地追求物质利益而感到悲伤。换句话说，我们每一个怀着奎师那意识致力于做奉爱服务的人，都应该彻底去除一切物质渴求。否则，我们将不得不像杜茹瓦·玛哈茹阿佳那样悲伤了。

第32节 मतिर्विदूषिता देवैः पतद्भिरसहिष्णुभिः ।
यो नारदवचस्तथ्यं नाग्राहिषमसत्तमः ॥ ३२ ॥

matir vidūṣitā devaiḥ
patadbhir asahiṣṇubhiḥ
yo nārada-vacas tathyaṁ
nāgrāhiṣam asattamaḥ

matiḥ—智力 / vidūṣitā—污染的 / devaiḥ—被半神人 / patadbhiḥ—会坠落的人 / asahiṣṇubhiḥ—不容忍 / yaḥ—……的我 / nārada—伟大的圣人纳茹阿达的 / vacaḥ—教导的 / tathyam—真相 / na—不 / agrāhiṣam—能接受 / asat-tamaḥ—最不幸的

译文 住在高等星系的全体半神人因为都会再掉下来，所以嫉妒我靠做奉爱服务而被提升到外琨塔星球去的事实。这些不宽容的半神人去除了我的智慧，正是由于这个原因，我才不能接受圣人纳茹阿达的真正有益于我的教导。

要旨 正如韦达文献中所记载的许多事例表明，每当有人从事严格的苦修时，半神人们就会变得心慌意乱，因为他们总是害怕失去他们作为天堂星球主宰神明的职位。他们知道：正如《博伽梵歌》(Bhagavad-gītā)第 9 章中所说的，他们在高等星系里的地位不是永恒的(kṣīṇe puṇye martya-lokaṁ viśanti)。《博伽梵歌》中说：高等星系中的居民——半神人，在耗尽了他们的功德后，都不得不返回这个地球上来。

事实上，是半神人在控制着我们躯体四肢的各种活动，就连我们眼皮的眨动都不是自己能控制的。一切都由半神人们控制着。杜茹瓦·玛哈茹阿佳(Dhruva Mahārāja)得出结论说：这些半神人因为嫉妒他在奉爱服务中的高级地位，所以同谋反对他，污染了他的智力，使他虽然身为伟大的外士纳瓦(Vaiṣṇava)奉献者纳茹阿达·牟尼

(Nārada Muni)的门徒，但却不能接受纳茹阿达的正确教导。现在，杜茹瓦·玛哈茹阿佳为自己拒绝这些教导而悔恨不已。纳茹阿达·牟尼曾经问他："你为什么要在乎你后母的侮辱或崇拜呢？"他当时对杜茹瓦·玛哈茹阿佳说：杜茹瓦只不过是个小孩子，有必要对这种侮辱或崇拜采取什么措施吗？但杜茹瓦·玛哈茹阿佳下决心得到至尊人格首神的祝福。纳茹阿达劝他暂时先回家，等时机成熟时再试着练习做奉爱服务。杜茹瓦·玛哈茹阿佳后悔自己拒绝了纳茹阿达·牟尼的建议，还强硬地要求他给自己一些短暂的事物，即报复后母对他的侮辱，并拥有他父亲的王国。

杜茹瓦·玛哈茹阿佳悔恨没能认真地听他灵性导师的教导，结果使自己的意识受到了污染。然而，至尊主是如此仁慈，因为杜茹瓦做了奉爱服务，便把外士纳瓦所向往的最终目的地赐给了他。

第33节 दैवीं मायामुपाश्रित्य प्रसुप्त इव भिन्नदृक् ।
तप्ये द्वितीयेऽप्यसति भ्रातृभ्रातृव्यहृद्रुजा ॥ ३३ ॥

daivīṁ māyām upāśritya
prasupta iva bhinna-dṛk
tapye dvitīye 'py asati
bhrātṛ-bhrātṛvya-hṛd-rujā

daivīm—至尊人格首神的 / māyām—错觉能量 / upāśritya—托庇于 / prasuptaḥ—睡觉时做梦 / iva—像 / bhinna-dṛk—有着各别的视野 / tapye—我悲伤 / dvitīye—在错觉能量中 / api—尽管 / asati—短暂的 / bhrātṛ—兄弟 / bhrātṛvya—敌人 / hṛt—在心中 / rujā—由悲伤

译文 杜茹瓦·玛哈茹阿佳悲叹道：我受错觉能量的影响，不了解真相，而是躺在假象的大腿上睡觉。我以二元性的眼光看事物，把自己的兄弟视为敌人，错误地伤心道：

“他们是我的敌人。”

要旨 只有当奉献者凭借至尊主的恩典得出人生的正确结论时，真正的知识才会向他揭示。我们在这个物质世界里制造的敌人和朋友恰似晚上做的梦一样。在梦中，存留在我们潜意识里的各种印象制造出许许多多的事物，但所有这些梦中产物都是短暂和不真实的。同样，在物质生活中，我们虽然从表面看起来是清醒的，但由于对灵魂和超灵一无所知，便凭想象制造出许多朋友和敌人。圣奎师那达斯·卡维茹阿佳·哥斯瓦米(Kṛṣṇadāsa Kavirāja Gosvāmī)说：在这个物质世界里或物质意识中，好坏其实都是一样的，因为好坏之间的区别只不过是心智杜撰出来。事实真相是：众生都是神的儿子，是神的边缘能量。我们受物质自然三种属性的污染，于是把一个灵性火花与其他的灵性火花加以区别。这是另一种梦。《博伽梵歌》(Bhagavad-gītā)中说：真正有学问的人平等看待博学的学者、布茹阿玛纳(brāhmaṇa，婆罗门)、大象、狗和吃狗肉的人(昌达拉，caṇḍāla)。他们不是把目光停留在外在的躯体上，而是看生物都是灵性的灵魂。靠更高层次的了解，我们可以知道：物质身体只不过是五种物质元素的组合而已。从这个意义上说，人类的躯体构造和半神人的躯体构造是完全一样的。从灵性的角度看，我们都是灵性的火花，都是至尊灵魂(神)的不可缺少的一部分。不管是在物质方面还是在灵性方面，我们基本上都是一样的，但我们在错觉能量的控制下把其他生物体分为朋友和敌人。正因为如此，杜茹瓦·玛哈茹阿佳(Dhruva Mahārāja)说：与物质的错觉能量接触，是使他迷惑的原因(daivīṁ māyām upāśritya)。

第34节 मयैतत्प्रार्थितं व्यर्थं चिकि त्सेव गतायुषि ।
प्रसाद्य जगदात्मानं तपसा दुष्प्रसादनम् ।
भवच्छि दमयाचेऽहं भवं भाग्यविवर्जितः ॥ ३४ ॥

mayaitat prārthitaṁ vyarthaṁ
　cikitseva gatāyuṣi
prasādya jagad-ātmānaṁ
　tapasā duṣprasādanam
bhava-cchidam ayāce 'haṁ
　bhavaṁ bhāgya-vivarjitaḥ

mayā—由我 / etat—这 / prārthitam—祈求 / vyartham—无用地 / cikitsā—治疗 / iva—像 / gata—结束了 / āyuṣi—对一个生命……的人 / prasādya—满足后 / jagat-ātmānam—宇宙的灵魂 / tapasā—通过苦修 / duṣprasādanam—极难满足的人 / bhavachidam—能砍断生死之链的人格首神 / ayāce—祈求 / aham—我 / bhavam—重复生死 / bhāgya—好运 / vivarjitaḥ—没有

译文　要取悦至尊人格首神是很难的，可我的情况是：我虽然取悦了整个宇宙的超灵，但却只向祂祈求没用的东西。我所做的就像给死人进行治疗一样。看看我是多么不幸吧！我虽然见到了能斩断生死轮回圈的至尊主，但却向祂祈求一些会使自己再度受同样制约的事物。

要旨　有时候也会发生这样的情况，那就是：致力于为至尊主做爱心服务的奉献者，想要用他所做的服务换取某种物质的利益。这样做奉爱服务是不正确的。当然，有时候奉献者因为无知这样做了，但杜茹瓦·玛哈茹阿佳(Dhruva Mahārāja)在此对他的行为悔恨不已。

第35节　स्वाराज्यं यच्छ तो मौढ्यान्मानो मे भिक्षितो बत ।
ईश्वरात्क्षीणपुण्येन फ लीक ारानिवाधनः ॥ ३५ ॥

svārājyaṁ yacchato mauḍhyān
　māno me bhikṣito bata

īśvarāt kṣīṇa-puṇyena
phalī-kārān ivādhanaḥ

svārājyam—他的奉爱服务 / yacchataḥ—从至尊主，祂愿意提供 / mauḍhyāt—由于愚蠢 / mānaḥ—物质繁荣 / me—由我 / bhikṣitaḥ—要求…… / bata—唉 / īśvarāt—从伟大的君王 / kṣīṇa—减少 / puṇyena—……人的虔诚活动 / phalī-kārān—除去外壳的碎米 / iva—像 / adhanaḥ—穷人

译文 由于我处在完全愚昧的阶段，很少从事虔诚活动，在至尊主亲自向我提供服务时，我却想得到物质的名望和成功。我的情况无异于一个穷人取悦了伟大的皇帝，在他无论要求什么皇帝都会给他时，他却愚蠢地只要几粒去了壳的碎米。

要旨 这节诗中的“完全独立(svārājyam)”一词非常重要。受制约的灵魂不知道什么是完全的独立。完全独立的意思是人处在他自己的原本地位上。作为至尊人格首神不可缺少的一部分，生物真正的独立是永远依靠至尊主，就像独自玩耍着的孩子是受监护着他的父母指导一样。受制约的灵魂的独立是投靠奎师那，而不是与玛亚(māyā)设置的障碍作战。在物质世界里，每个人都企图光靠与玛亚设置的障碍作斗争变得完全独立。这被称作为生存而奋斗。真正的独立是恢复为至尊主做服务。回到外琨塔(Vaikuṇṭha)星球或哥珞卡·温达文(Goloka Vṛndāvana)星球的人，都自由自在地为至尊主服务。这才是完全的独立。它与我们所误解的“物质霸权是独立”完全相反。许多杰出的政治领袖都试图建立“独立”，但这种所谓的独立只是增加了人们的依赖性。生物试图在这个物质世界里变得独立，是不可能幸福的。因此，人必须投靠至尊主的莲花足，致力于做他原本的、永恒的服务。

杜茹瓦·玛哈茹阿佳(Dhruva Mahārāja)后悔自己想得到物质财富，得到比他曾祖父主布茹阿玛(Brahmā)还要巨大的成功。他向至尊主提出的乞求，就像穷人请求伟大的君王给一点碎米一样。结论是：为至尊主做爱心服务的人，永远不应该向至尊主要求物质的荣华富贵。是否能得到物质的荣华富贵，完全要由至尊主的外在能量的严格律法来裁决。纯粹的奉献者只向至尊主要求给予为祂做服务的特权。这才是我们真正的独立。想得到其他东西，只体现了我们的不幸。

第36节

मैत्रेय उवाच
न वै मुकुन्दस्य पदारविन्दयो
रजोजुषस्तात भवादृशा जनाः ।
वाञ्छन्ति तद्दास्यमृतेऽर्थमात्मनो
यदृच्छया लब्धमनःसमृद्धयः ॥ ३६ ॥

maitreya uvāca
na vai mukundasya padāravindayo
rajo-juṣas tāta bhavādṛśā janāḥ
vāñchanti tad-dāsyam ṛte 'rtham ātmano
yadṛcchayā labdha-manaḥ-samṛddhayaḥ

maitreyaḥ uvāca—伟大的圣人麦垂亚继续说 / na—永不 / vai—肯定地 / mukundasya—能赐予解脱的至尊主的 / pada-aravindayoḥ—莲花足的 / rajaḥ-juṣaḥ—渴望品尝灰尘的人 / tāta—我亲爱的维杜茹阿 / bhavādṛśāḥ—像你本人一样 / janāḥ—人们 / vāñchanti—欲望 / tat—祂 / dāsyam—仆人身份 / ṛte—没有 / artham—兴趣 / ātmanaḥ—为他们自己 / yadṛcchayā—自动地 / labdha—靠所得到的 / nanaḥ-samṛddhayaḥ—认为他们自己很富有

译文　大圣人麦垂亚继续说：我亲爱的维杜茹阿，你是崇拜穆琨达(能赐予人解脱的至尊人格首神)莲花足的纯粹奉献者，永远迷恋祂莲花足的甘美，永远满足于侍奉至尊主的莲花足。像你这样的人，无论生活情况如何都会随遇而安，满足现状，因此从不会向至尊主要求物质的荣华富贵。

要旨 在《博伽梵歌》(Bhagavad-gītā)中，至尊主说：祂是至高无上的享受者，是这个创造中万事万物的至尊拥有者，也是众生最好的朋友。人一旦完全明了这一切，就会永远感到满足。纯粹的奉献者从不追求任何种类的物质成功。然而，功利性活动者(卡尔弥，karmī)、哲学思辨者(格亚尼，jñānī)或瑜伽师(尤格伊，yogī)总是为他们自身的幸福而努力。功利性活动者日以继夜地操劳，以改善他们的经济状况；思辨者为得到解脱而苦修，瑜伽师也为了得到神奇的神秘力量而从事严酷的苦行。然而，奉献者对这类活动不感兴趣；他不想要神通、解脱或物质的成功，只要能一直不断地为至尊主服务，在任何生活状况中他都感到满足。至尊主的双足被比作内含橘黄色粉尘的莲花，奉献者始终忙着喝至尊主莲花足上的蜜汁。人除非去除一切物质欲望，否则无法真正品尝到至尊主莲花足上蜜汁的甘美。人必须不受物质环境变化的影响，坚定不移地履行他的奉爱职责。这种不想追求物质成功的状态称为尼施卡玛(niṣkāma)。但我们不应该把尼施卡玛误解为是放弃一切欲望。那是不可能的。生物永恒存在，他不可能放弃一切欲望。生物肯定会有欲望，那是生命的特征。当谈及人应该变得无欲时，我们要明白，这意思是说我们应该没有追求满足自身感官的欲望。对奉献者来说，这种心理状态(niḥspṛha)是正确的。实际上，我们每个人的物质舒适标准都已经被安排好了。正如《伊首帕尼沙德》(Īśopaniṣad，《至尊奥义书》)中所说：奉献者应该始终满足于至尊主所提供的舒适标准(tena tyaktena bhuñjīthāḥ)。这会使我们节省下时间，多培养奎师那意识。

第37节 आक र्ण्यात्मजमायान्तं सम्परेत्य यथागतम् ।
राजा न श्रद्दधे भद्रमभद्रस्य कु तो मम ॥ ३७ ॥

ākarṇyātma-jam āyāntaṁ
samparetya yathāgatam
rājā na śraddadhe bhadram
abhadrasya kuto mama

ākarṇya—听说 / ātma-jam—他的儿子 / āyāntam—回来 / samparetya—死后 / yathā—就像 / āgatam—回来 / rājā—乌塔纳帕达王 / na—不 / śraddadhe—确信 / bhadram—好运 / abhadrasya—不虔诚之人的 / kutaḥ—无论如何 / mama—我的

译文 乌塔纳帕达王听说他儿子杜茹瓦正在返家的路上时仿佛死而复生，简直不敢相信自己的耳朵，怀疑自己是在做梦。他认为自己是最不幸的人，因此心想他不可能会有这么好的福气。

要旨 五岁的杜茹瓦·玛哈茹阿佳(Dhruva Mahārāja)去森林苦修，君王根本不相信这样弱小的孩子能在森林中活下来。他确信杜茹瓦已经死了，因此不敢相信杜茹瓦正返回家中的消息。对他来说，这一消息无疑是说一个死人正在回家，所以他不能相信这是真的。杜茹瓦·玛哈茹阿佳离开家后，乌塔纳帕达(Uttānapāda)认为自己是使杜茹瓦离家的罪魁祸首，因此认为自己是最卑鄙、可怜的人。所以，即使他那失去的儿子从死亡之国返回家来是极有可能的事，但他还是认为自己罪孽深重，不可能如此幸运地再得回失去的儿子。

第38节 श्रद्धाय वाक्यं देवर्षेर्हर्षवेगेन धर्षितः ।
वार्ताहर्तुरतिप्रीतो हारं प्रादान्महाधनम् ॥ ३८ ॥

śraddhāya vākyaṁ devarṣer
harṣa-vegena dharṣitaḥ
vārtā-hartur atiprīto
hāraṁ prādān mahā-dhanam

śraddhāya—保持信心 / vākyam—在话语中 / devarṣeḥ—伟大的圣人纳茹阿达的 / harṣa-vegena—被巨大的满足 / dharṣitaḥ—淹没 / vārtā-hartuḥ—对带来消息的信使 / atiprītaḥ—非常满意 / hāram——一条珍珠项链 / prādāt—给予 / mahā-dhanam—非常珍贵的

译文 他虽然不相信信使的话，但却对大圣人纳茹阿达说的话充满信心。因此，这消息还是使他惊喜万分，他立刻满心欢喜地送给信使一条贵重的珍珠项链。

第39－40节 सदश्वं रथमारुह्य कार्तस्वरपरिष्कृतम् ।
ब्राह्मणैः कुलवृद्धैश्च पर्यस्तोऽमात्यबन्धुभिः ॥ ३९ ॥

शङ्खदुन्दुभिनादेन ब्रह्मघोषेण वेणुभिः ।
निश्चक्राम पुरात्तूर्णमात्मजाभीक्षणोत्सुकः ॥ ४० ॥

sad-aśvaṁ ratham āruhya
kārtasvara-pariṣkṛtam
brāhmaṇaiḥ kula-vṛddhaiś ca
paryasto 'mātya-bandhubhiḥ

śaṅkha-dundubhi-nādena
brahma-ghoṣeṇa veṇubhiḥ
niścakrāma purāt tūrṇam
ātmajābhīkṣaṇotsukaḥ

sat-aśvam—由骏马拉着 / ratham—战车 / āruhya—登上 / kārtasvara-pariṣkṛtam—镶着金丝的 / brāhmaṇaiḥ—与布茹阿玛纳们 / kula-vṛddhaiḥ—以及家庭孩子的长者 / ca—也 / paryastaḥ—

被围绕 / amātya—由官员和大臣 / bandhubhiḥ—和朋友 / śaṅkha—海螺的 / dundubhi—和铜鼓 / nādena—与声音 / brahma-ghoṣeṇa—由韦达曼陀的吟唱 / veṇubhiḥ—由笛子 / niścakrāma—他出来 / purāt—从城市 / tūrṇam—极为匆忙地 / ātma-ja—儿子 / abhīkṣaṇa—去见 / utsukaḥ—非常渴望

译文 乌塔纳帕达王极渴望看到他那曾经失去的儿子的面庞，于是立即登上由骏马拉着、镶嵌着金丝的战车，带着由许多博学的布茹阿玛纳、家中所有的长辈、宰相、大臣及亲密的朋友组成的队伍，迅速离开城市去迎接他儿子。在向前行进的队伍中响起了海螺、铜鼓、笛子和吟唱韦达曼陀的吉祥声音，以显示鸿运当头、福星高照。

第41节 सुनीतिः सुरुचिश्चास्य महिष्यौ रुक्मभूषिते ।
आरुह्य शिबिकां सार्धमुत्तमेनाभिजग्मतुः ॥ ४१ ॥

sunītiḥ suruciś cāsya
mahiṣyau rukma-bhūṣite
āruhya śibikāṁ sārdham
uttamenābhijagmatuḥ

sunītiḥ—苏妮缇王后 / suruciḥ—苏茹祺王后 / ca—也 / asya—君王的 / mahiṣyau—王后们 / rukma-bhūṣite—用金首饰装扮着 / āruhya—登上 / śibikām—轿子 / sārdham—以及 / uttamena—君王的另一个儿子乌塔玛 / abhijagmatuḥ—全体人员进发

译文 乌塔纳帕达王的两位王后苏妮缇和苏茹祺，以及他的另一个儿子乌塔玛也在队伍中。王后们坐在轿子上。

要旨 杜茹瓦·玛哈茹阿佳(Dhruva Mahārāja)离开宫殿后，君王极为痛苦，但圣人纳茹阿达(Nārada)一番仁慈的话语安慰了他。他了解他妻子苏妮缇(Sunīti)鸿运当头，而苏茹祺(Suruci)王后则厄运当头，因为这些是宫廷中人人皆知的事实。但是，当杜茹瓦·玛哈茹阿佳正赶回家的消息传到宫殿时，他母亲苏妮缇作为一位伟大的外士纳瓦(Vaiṣṇava)的母亲，出于巨大的同情，毫不犹豫地与君王的另一位妻子苏茹祺和她儿子乌塔玛(Uttama)同乘一顶轿子。这是至尊主伟大的奉献者杜茹瓦·玛哈茹阿佳的母亲——苏妮缇王后的伟大之处。

第42—43节 तं दृष्ट्वोपवनाभ्याश आयान्तं तरसा रथात् ।
अवरुह्य नृपस्तूर्णमासाद्य प्रेमविह्वलः ॥ ४२ ॥

परिरेभेऽङ्गजं दोर्भ्यां दीर्घोत्कण्ठमनाः श्वसन् ।
विष्वक्सेनाङ्घ्रिसंस्पर्शहताशेषाघबन्धनम् ॥ ४३ ॥

taṁ dṛṣṭvopavanābhyāśa
āyāntaṁ tarasā rathāt
avaruhya nṛpas tūrṇam
āsādya prema-vihvalaḥ

parirebhe 'ṅgajaṁ dorbhyāṁ
dīrghotkaṇṭha-manāḥ śvasan
viṣvaksenāṅghri-saṁsparśa-
hatāśeṣāgha-bandhanam

tam—他(杜茹瓦·玛哈茹阿佳) / dṛṣṭvā—看到 / upavana—小树林 / abhyāśe—附近 / āyāntam—返回 / tarasā—匆匆忙忙 / rathāt—从战车 / avaruhya—下来 / nṛpaḥ—君王 / tūrṇam—立即 / āsādya—靠近 / prema—怀着爱 / vihvalaḥ—沉浸 / parirebhe—他拥抱 / aṅga-jam—他的儿子 / dorbhyām—用他的手臂 / dīrgha—长时间地 / utkaṇṭha—焦虑 / manāḥ—君王的心 / śvasan—呼吸沉

重 / viṣvaksena—至尊主的 / aṅghri—由莲花足 / saṁsparśa—被触碰 / hata—被摧毁 / aśeṣa—无限的 / agha—物质污染 / bandhanam—……的束缚

译文 当看到杜茹瓦·玛哈茹阿佳接近了城池附近的小森林时，乌塔纳帕达王急忙从他的战车上下来。他长久以来一直渴望能见到儿子杜茹瓦，因此满怀深情地上前拥抱他失去已久的儿子。君王呼吸沉重地张开双臂拥抱杜茹瓦·玛哈茹阿佳，但杜茹瓦·玛哈茹阿佳已经不同于从前了；至尊人格首神莲花足的触碰使他取得了巨大的灵性进步，整个人完全被圣化了。

第44节 अथाजिघ्रन्मुहुर्मूर्ध्नि शीतैर्नयनवारिभिः ।
स्नापयामास तनयं जातोद्दाममनोरथः ॥ ४४ ॥

athājighran muhur mūrdhni
śītair nayana-vāribhiḥ
snāpayām āsa tanayaṁ
jātoddāma-manorathaḥ

atha—因此 / ājighran—嗅 / muhuḥ—一再 / mūrdhni—在头上 / śīaiḥ—清凉的 / nayana—他眼睛的 / vāribhiḥ—和水 / snāpayām āsa—他沐浴 / tanayam—儿子 / jāta—实现 / uddāma—巨大的 / manaḥ-rathaḥ—他的愿望

译文 乌塔纳帕达王终于实现了他长久以来渴望与杜茹瓦·玛哈茹阿佳团聚的愿望，于是一遍又一遍地嗅着杜茹瓦的头。他泪如雨下，使杜茹瓦沐浴在他清凉的泪水中。

要旨 通常有两种原因会让人哭。当某种愿望实现时，人喜极而泣，这时流出的是高兴的眼泪，泪水非常清凉。相反，人痛苦时流出的泪水是热的。

第45节 अभिवन्द्य पितुः पादावाशीर्भिश्चाभिमन्त्रितः ।
नमाम मातरौ शीर्ष्णा सत्कृतः सज्जनाग्रणीः ॥ ४५ ॥

abhivandya pituḥ pādāv
āśīrbhiś cābhimantritaḥ
nanāma mātarau śīrṣṇā
sat-kṛtaḥ saj-janāgraṇīḥ

abhivandya—崇拜 / pituḥ—他父亲的 / pādau—脚 / āśīrbhiḥ—用祝福 / ca—和 / abhimantritaḥ—被称呼 / nanāma—他磕头 / mātarau—向他的两位母亲 / śīrṣṇā—用他的头 / sat-kṛtaḥ—被尊敬 / sat-jana—高贵之人的 / agraṇīḥ—最重要的

译文 接下来，高贵无比的杜茹瓦·玛哈茹阿佳先向他父亲的脚顶礼，而他父亲则通过问他各种问题表达了对他的敬意。随后，他向他的两位母亲顶礼。

要旨 人们也许会问，杜茹瓦·玛哈茹阿佳(Dhruva Mahārāja)为什么不只向他母亲致敬，还要向侮辱他使他离开家的后母致敬呢？答案是：通过觉悟自我达到完美并面对面地见到至尊人格首神后，杜茹瓦·玛哈茹阿佳完全去除了一切物质欲望的污染。奉献者从来都不去感受这个物质世界里的荣辱。因此，主柴坦亚(Caitanya)劝告我们说：要想做奉爱服务，就必须比草还要谦卑，比树还要忍受。正因为如此，杜茹瓦·玛哈茹阿佳在这节诗中被描述为是最高尚的人(saj-janāgraṇīḥ)。纯粹的奉献者是最高尚的人，他对任何人都没有敌意。由敌意所产生的对立是这个物质世界的产物，在绝对真实的灵性世界中没有这种东西。

第46节　सुरुचिस्तं समुत्थाप्य पादावनतमर्भक म् ।
परिष्वज्याह जीवेति बाष्पगद्गदया गिरा ॥ ४६ ॥

surucis taṁ samutthāpya
　pādāvanatam arbhakam
pariṣvajyāha jīveti
　bāṣpa-gadgadayā girā

suruciḥ—苏茹祺王后 / tam—他 / samutthāpya—扶起 / pāda-avanatam—倒在她脚上 / arbhakam—无辜的男孩 / pariṣvajya—拥抱 / āha—她说 / jīva—祝你长寿 / iti—如此 / bāṣpa—用眼泪 / gadgadayā—哽咽 / girā—用话语

译文　杜茹瓦·玛哈茹阿佳年轻的后母苏茹祺，看到这无辜的男孩跪在她脚前，立即扶起他并用双臂拥抱他，充满感情地含着泪祝福他说："亲爱的孩子，祝你长寿！"

第47节　यस्य प्रसन्नो भगवान् गुणैर्मैत्र्यादिभिर्हरिः ।
तस्मै नमन्ति भूतानि निम्नमाप इव स्वयम् ॥४७॥

yasya prasanno bhagavān
　guṇair maitry-ādibhir hariḥ
tasmai namanti bhūtāni
　nimnam āpa iva svayam

yasya—与……的人 / prasannaḥ—被取悦 / bhagavān—人格首神 / guṇaiḥ—被品质 / maitrī-ādibhiḥ—被友谊等 / hariḥ—至尊主哈尔依 / tasmai—向他 / namanti—致敬 / bhūtāni—众生 / nimnam—向低处 / āpaḥ—水 / iva—正如 / svayam—自动地

译文 正如水自然会往低处流，众生自然会尊敬那些因善待至尊人格首神而拥有超然品德的人。

要旨 人们也许会问，以前对杜茹瓦(Dhruva)一点儿都不好的苏茹祺(Suruci)为什么要祝福他说“祝你长寿”呢？这意味着她也希望杜茹瓦吉祥如意。对此，这节诗中给予了回答：杜茹瓦·玛哈茹阿佳得到了至尊主的祝福，由于他具有超然的品质，所有的人都有义务向他致敬并祝福他，正如水往低处流一样是本性使然。至尊主的奉献者并不要求他人尊重自己，但无论他到那里，都会受到世界各地人们的尊敬。施瑞尼瓦萨·阿查尔亚(Śrīnivāsa Ācārya)说：温达文(Vṛndāvana)的六位哥斯瓦米(Gosvāmī)在整个宇宙中都受到尊敬，因为奉献者取悦了作为一切之根源的至尊人格首神，自然也就令每一个生物高兴，因此大家都向他致敬。

第48节 उत्तमश्च ध्रुवश्चोभावन्योन्यं प्रेमविह्वलौ ।
अङ्गसङ्गादुत्पुलकावस्रौघं मुहुरूहतुः ॥ ४८ ॥

uttamaś ca dhruvaś cobhāv
anyonyaṁ prema-vihvalau
aṅga-saṅgād utpulakāv
asraughaṁ muhur ūhatuḥ

uttamaḥ ca—乌塔玛也 / dhruvaḥ ca—杜茹瓦也 / ubhau—两人 / anyonyam—彼此 / prema-vihvalau—被感情所淹没 / aṅga-saṅgāt—通过拥抱 / utpulakau—他们毛发直竖 / asra—眼泪的 / ogham—涌流 / muhuḥ—一再 / ūhatuḥ—他们交换

译文 乌塔玛和杜茹瓦·玛哈茹阿佳兄弟俩也相对流泪。他们沉浸在爱的狂喜中，相互拥抱时身上的毛发都因激动而直竖了起来。

第49节　सुनीतिरस्य जननी प्राणेभ्योऽपि प्रियं सुतम् ।
उपगुह्य जहावाधिं तदङ्गस्पर्शनिर्वृता ॥ ४९ ॥

sunītir asya jananī
prāṇebhyo 'pi priyaṁ sutam
upaguhya jahāv ādhiṁ
tad-aṅga-sparśa-nirvṛtā

sunītiḥ—杜茹瓦·玛哈茹阿佳的亲生母亲苏妮缇 / asya—他的 / jananī—母亲 / prāṇebhyaḥ—甚于生命之气 / api—甚至 / priyam—亲 / sutam—儿子 / upaguhya—拥抱 / jahau—放弃 / ādhim—一切悲伤 / tat-aṅga—他的身体 / sparśa—触碰 / nirvṛtā—得到满足

译文　杜茹瓦·玛哈茹阿佳的亲生母亲苏妮缇，把儿子看得比自己的生命还珍贵。她拥抱儿子柔嫩的身体，高兴得忘了物质的不幸。

第50节　पयः स्तनाभ्यां सुस्राव नेत्रजैः सलि लैः शिवैः ।
तदाभिषिच्यमानाभ्यां वीर वीरसुवो मुहुः ॥ ५० ॥

payaḥ stanābhyāṁ susrāva
netra-jaiḥ salilaiḥ śivaiḥ
tadābhiṣicyamānābhyāṁ
vīra vīra-suvo muhuḥ

payaḥ—奶水 / stanābhyām—从双乳 / susrāva—开始流下来 / netra-jaiḥ—从眼睛 / salilaiḥ—被眼泪 / śivaiḥ—吉祥的 / tadā—那时 / abhiṣicyamānābhyām—湿润 / vīra—我亲爱的维杜茹阿 / vīra-suvaḥ—生了英雄的母亲的 / muhuḥ—一直不断地

译文 亲爱的维杜茹阿，苏妮缇是大英雄的母亲。她的眼泪和从乳房涌流出的奶水，打湿了杜茹瓦·玛哈茹阿佳的全身。这是极为吉祥的征兆。

要旨 安置神像时，要用牛奶、酸奶(优酪乳)和清水给神像沐浴，这个仪式称为阿比谁克(abhiṣeka)。这节诗中特别提到，苏妮缇(Sunīti)眼中流出的泪水是绝对吉祥的。他亲爱的母亲所进行的这一吉祥的阿比谁克仪式，预示着杜茹瓦·玛哈茹阿佳(Dhruva Mahārāja)在不久的将来会被安置在他父亲的王位上。杜茹瓦·玛哈茹阿佳离家出走的原因是，他父亲不让他爬到腿上去。为此，杜茹瓦·玛哈茹阿佳下决心，除非得到父亲的宝座，否则绝不回家。现在，他所爱的母亲所做的这个阿比谁克仪式，预示了他将来要登上乌塔纳帕达(Uttānapāda)王的宝座。

这节诗中的另一个重点是：杜茹瓦·玛哈茹阿佳的母亲苏妮缇被描述为“生了个大英雄的母亲(vīra-sū)”。世上有许多英雄，但没人能与杜茹瓦·玛哈茹阿佳相比。他不仅是这个星球上英勇的君王，还是一位伟大的奉献者。奉献者战胜玛亚(māyā)的影响，所以也是伟大的英雄。主柴坦亚(Caitanya)曾向茹阿玛南达·若依(Rāmānanda Rāya)询问有关谁是这个世界上最著名的人的问题，后者回答说：作为至尊主伟大的奉献者而闻名于世的人，被认为是最著名的人。

第51节 तां शशंसुर्जना राज्ञीं दिष्ट्या ते पुत्र आर्तिहा ।
प्रतिलब्धश्चिरं नष्टो रक्षिता मण्डलं भुवः ॥ ५१ ॥

tāṁ śaśaṁsur janā rājñīṁ
diṣṭyā te putra ārti-hā
pratilabdhaś ciraṁ naṣṭo
rakṣitā maṇḍalaṁ bhuvaḥ

tām—向苏妮缇王后 / śaśaṁsuḥ—赞美 / janāḥ—大众 / rājñīm—向王后 / diṣṭyā—被幸运 / te—你的 / putraḥ—儿子 / ārti-hā—将去除你的一切痛苦 / pratilabdhaḥ—现在返回 / ciram—长久以来 / naṣṭaḥ—失去 / rakṣitā—将保护 / maṇḍalam—地球 / bhuvaḥ—地球的

译文　居住在王宫里的人们都赞美王后道：亲爱的王后，您福气真大，失去了那么久的爱子现在竟然回来了。因此，看起来您的儿子将会长期保护您，去除您所有的物质痛苦。

第52节　अभ्यर्चितस्त्वया नूनं भगवान् प्रणतार्तिहा ।
यदनुध्यायिनो धीरा मृत्युं जिग्युः सुदुर्जयम् ॥ ५२ ॥

abhyarcitas tvayā nūnaṁ
bhagavān praṇatārti-hā
yad-anudhyāyino dhīrā
mṛtyuṁ jigyuḥ sudurjayam

abhyarcitaḥ—崇拜 / tvayā—由你 / nūnam—然而 / bhagavān—至尊人格首神 / praṇata-ārti-hā—能把祂的奉献者从巨大的危险中拯救出来的人 / yat—谁的 / anudhyāyinaḥ—一直不断地冥想 / dhīrāḥ—伟大圣洁的人 / mṛtyum—死亡 / jigyuḥ—征服 / sudurjayam—非常非常难以克服的

译文　亲爱的王后，您必定是崇拜了至尊人格首神。至尊主从最危险的处境中把祂的奉献者解救出来，一直不断地冥想祂的人将超越生死，而要达到这一完美的境界非常困难。

要旨 杜茹瓦·玛哈茹阿佳(Dhruva Mahārāja)是苏妮缇(Sunīti)王后失去了的孩子，但当他不在时，苏妮缇总是冥想能把奉献者从所有的危险中拯救出来的至尊人格首神。杜茹瓦·玛哈茹阿佳离家期间，不光是他在玛杜文(Madhuvana)森林中从事严格的苦修，他母亲也在家中为他的安全和好运向至尊主祈祷。换句话说，母亲和儿子都崇拜至尊主，都能够得到至尊主至高无上的祝福。梵文形容词 sudurjayam 非常重要，意思是没人能战胜死亡。杜茹瓦·玛哈茹阿佳离家出走后，他父亲以为他死了。一般的情况下，才五岁的王子离家到森林中去是必死无疑的，但凭借至尊人格首神的仁慈，杜茹瓦·玛哈茹阿佳不仅是安全的，而且还得到了最高完美境界的祝福。

第53节 लाल्यमानं जनैरेवं ध्रुवं सभ्रातरं नृपः ।
आरोप्य करिणीं हृष्टः स्तूयमानोऽविशत्पुरम् ॥ ५३ ॥

lālyamānaṁ janair evaṁ
dhruvaṁ sabhrātaraṁ nṛpaḥ
āropya kariṇīṁ hṛṣṭaḥ
stūyamāno 'viśat puram

lālyamānam—这样受到赞美 / janaiḥ—被大众 / evam—如此 / dhruvam—杜茹瓦·玛哈茹阿佳 / sa-bhrātaram—与他兄弟 / nṛpaḥ—君王 / āropya—放置 / kariṇīm—在雌象的背上 / hṛṣṭaḥ—如此高兴 / stūyamānaḥ—并被如此赞美 / aviśat—返回 / puram—向他的首都

译文 圣人麦垂亚继续说：亲爱的维杜茹阿，听到大家都在赞美杜茹瓦·玛哈茹阿佳，乌塔纳帕达王感到非常快乐。他让杜茹瓦和他的另一个儿子坐在雌象的背上，与他一起返回他的首都。在那里，他受到各阶层人士的赞扬。

第54节　तत्र तत्रोपसङ्क्लृप्तैर्ल सन्मक रतोरणैः ।
सवृन्दैः क दलीस्तम्भैः पूगपोतैश्च तद्विधैः ॥ ५४ ॥

tatra tatropasaṅkḷptair
lasan-makara-toraṇaiḥ
savṛndaih kadalī-stambhaiḥ
pūga-potaiś ca tad-vidhaiḥ

tatra tatra—这里和那里 / upasaṅkḷptaiḥ—设置 / lasat—灿烂的 / makara—鲨鱼状 / toraṇaiḥ—用拱门 / sa-vṛndaiḥ—成串的水果和鲜花 / kadalī—香蕉树的 / stambhaiḥ—用圆柱 / pūga-potaiḥ—用年幼的槟榔树 / ca—也 / tat-vidhaiḥ—那种的

译文　整座城市点缀着一排排挂满了水果和鲜花串的香蕉树，枝繁叶茂的槟榔树随处可见，还耸立着许多形状像鲨鱼的牌楼。

要旨　用棕榈树、椰子树、槟榔树和香蕉树的绿叶，以及水果、鲜花和叶子作装饰的吉祥礼节，是印度年代悠久的古老习惯。乌塔纳帕达(Uttānapāda)王安排隆重迎接他伟大的儿子杜茹瓦·玛哈茹阿佳(Dhruva Mahārāja)，所有的居民都兴高采烈地积极参与。

第55节　चूतपल्लववासःस्रङ्मुक्त ादामविल म्बिभिः ।
उपस्कृतं प्रतिद्वारमपां कुम्भैः सदीपकैः ॥ ५५ ॥

cūta-pallava-vāsaḥ-sraṅ-
muktā-dāma-vilambibhiḥ
upaskṛtaṁ prati-dvāram
apāṁ kumbhaiḥ sadīpakaiḥ

cūta-pallava—用芒果树叶 / vāsaḥ—布 / srak—花环 / muktadāma—成串的珍珠 / vilambibhiḥ—悬挂 / upaskṛtam—装饰 / prati-dvāram—在每一个牌楼 / apām—充满水 / kumbhaiḥ—用水壶 / sa-dīpakaiḥ—用点燃的灯

译文 在每一个牌楼上都悬挂着点燃的灯，以及用各种颜色的布料、珍珠串、花环和芒果叶串装饰着的大水壶。

第56节 प्राक रैर्गोपुरागारैः शातकु म्भपरिच्छ दैः ।
सर्वतोऽल ङ्कृतं श्रीमद्विमानशिखरद्युभिः ॥ ५६ ॥

prākārair gopurāgāraiḥ
śātakumbha-paricchadaiḥ
sarvato 'laṅkṛtaṁ śrīmad-
vimāna-śikhara-dyubhiḥ

prākāraiḥ—以环绕四周的墙 / gopura—城门 / āgāraiḥ—以房子 / śātakumbha—金色的 / paricchadaiḥ—用装饰作品 / sarvataḥ—在所有的边上 / alaṅkṛtam—装饰着 / śrīmat—珍贵、美丽的 / vimāna—飞机 / śikhara—圆顶 / dyubhiḥ—闪亮的

译文 首都城市里有许多宫殿、城门和围墙。它们本来就很美丽，但这时更是用金色饰物装饰得金碧辉煌。各个宫殿的圆顶灿烂辉煌，与盘旋在城市上空的漂亮飞机上的圆顶一样。

要旨 有关这节诗里提到的飞机，圣维佳亚德瓦佳·提尔塔(Vijayadhvaja Tīrtha)曾说明：在这一场合，高等星系上的半神人们也乘飞机前来，以便在杜茹瓦·玛哈茹阿佳(Dhruva Mahārāja)抵达他父亲的都城时给予他祝福。看来，城中皇宫的圆顶和飞机的圆顶都是用

黄金装饰品装饰的，在阳光的照射下反射着耀眼的光芒。从这当中，我们能看出杜茹瓦·玛哈茹阿佳的时代与当今时代的明显差异：那时的飞机是用黄金制成的，但现代的飞机是用低级金属铝制成的。这只是对杜茹瓦·玛哈茹阿佳时代的富有与当今时代的贫穷的一点提示。

第57节　मृष्टचत्वररथ्याट्टमार्गं चन्दनचर्चितम् ।
ल ाजाक्षतैः पुष्पफलै स्तण्डुलै र्बलि भिर्युतम् ॥ ५७ ॥

mṛṣṭa-catvara-rathyāṭṭa-
mārgaṁ candana-carcitam
lājākṣataiḥ puṣpa-phalais
taṇḍulair balibhir yutam

mṛṣṭa—十分清洁 / catvara—四合院 / rathyā—公路 / aṭṭa—凸起的座位 / mārgam—小巷 / candana—用檀香 / carcitam—喷洒 / lāja—用炸过的米 / akṣataiḥ—大麦 / puṣpa—用花 / phalaiḥ—和水果 / taṇḍulaiḥ—用米 / balibhiḥ—吉祥物 / yutam—提供

译文　城里所有的四合院、小巷和街道，以及交叉路口处供人坐的凸起的座位，都被彻底清扫并喷洒了檀香水。城里到处都是象征吉祥的米和大麦等谷物，以及鲜花、水果和其他的吉祥物。

第58—59节　ध्रुवाय पथि दृष्टाय तत्र तत्र पुरस्त्रियः ।
सिद्धार्थाक्षतदध्यम्बुदूर्वापुष्पफ ल ानि च ॥ ५८ ॥

उपजह्रुः प्रयुञ्जाना वात्सल्यादाशिषः सतीः ।
शृण्वंस्तद्वल्गुगीतानि प्राविशद्भवनं पितुः ॥ ५९ ॥

dhruvāya pathi dṛṣṭāya
tatra tatra pura-striyaḥ

siddhārthākṣata-dadhy-ambu-
dūrvā-puṣpa-phalāni ca
upajahruḥ prayuñjānā
vātsalyād āśiṣaḥ satīḥ
śṛṇvaṁs tad-valgu-gītāni
prāviśad bhavanaṁ pituḥ

dhruvāya—在杜茹瓦上方 / pathi—在路上 / dṛṣṭāya—看到 / tatra tatra—到处 / pura-striyaḥ—家中的女士 / siddhārtha—白色芥末子 / akṣata—大麦 / dadhi—凝乳 / ambu—水 / dūrvā—新鲜的嫩草 / puṣpa—鲜花 / phalāni—水果 / ca—也 / upajahruḥ—她们撒下 / prayuñjānāḥ—发出声音 / vātsalyāt—出于情感 / āśiṣaḥ—祝福 / satīḥ—淑女 / śṛṇvan—聆听 / tat—她们的 / valgu—非常高兴 / gītāni—歌 / prāviśat—他进入 / bhavanam—宫殿 / pituḥ—他父亲的

译文 当杜茹瓦·玛哈茹阿佳穿过街道时，家住附近的淑女们都聚拢来看他。出于母爱，她们祝福他，向他身上撒白色的芥末子、大麦、凝乳、水、嫩草、水果和鲜花。就这样，杜茹瓦·玛哈茹阿佳听着女士们唱的动听的歌曲，进入了他父亲的王宫。

第60节 महामणिव्रातमये स तस्मिन् भवनोत्तमे ।
लालितो नितरां पित्रा न्यवसद्दिवि देववत् ॥ ६० ॥

mahāmaṇi-vrātamaye
sa tasmin bhavanottame
lālito nitarāṁ pitrā
nyavasad divi devavat

mahā-maṇi—极为珍贵的珠宝 / vrāta—成群的 / maye—装饰有 / saḥ—他（杜茹瓦·玛哈茹阿佳）/ tasmin—在那之中 / bhavana-uttame—灿烂辉煌的房子 / lālitaḥ—被抚养 / nitarām—始终 / pitrā—由父亲 / nyavasat—生活在那里 / divi—在高等星系中 / deva-vat—像半神人一样

译文　从此，杜茹瓦·玛哈茹阿佳就住在他父亲的宫殿里，宫殿的墙上镶嵌着极为珍贵的宝石。深爱他的父亲对他特别照顾，他住的房子就像高等星系上的半神人住的宫殿一样。

第61节　पयःफे ननिभाः शय्या दान्ता रुक्मपरिच्छदाः ।
आसनानि महार्हाणि यत्र रौक्मा उपस्कराः ॥ ६१ ॥

payaḥ-phena-nibhāḥ śayyā
dāntā rukma-paricchadāḥ
āsanāni mahārhāṇi
yatra raukmā upaskarāḥ

payaḥ—牛奶 / phena—泡沫 / nibhāḥ—像 / śayyāḥ—被褥 / dāntāḥ—象牙制作的 / rukma—金的 / paricchadāḥ—装饰 / āsanāni—座位 / mahā-arhāṇi—非常珍贵 / yatra—那里 / raukmāḥ—金的 / upaskarāḥ—家具

译文　宫殿里的被褥像牛奶泡沫一样洁白、柔软，床架是用镶金的象牙做的，各种各样的坐椅和家具都是黄金打造的。

第62节　यत्र स्फ टि क कु ड्येषु महामारकतेषु च ।
मणिप्रदीपा आभान्ति ल ल नारत्नसंयुताः ॥ ६२ ॥

yatra sphaṭika-kuḍyeṣu
mahā-mārakateṣu ca
maṇi-pradīpā ābhānti
lalanā-ratna-saṁyutāḥ

yatra—那里 / sphaṭika—大理石制作的 / kuḍyeṣu—在墙上 / mahā-mārakateṣu—用珍贵蓝宝石装饰的 / ca—也 / maṇi-pradīpāḥ—珠宝做的灯 / ābhānti—闪亮 / lalanā—女性图案 / ratna—用珠宝 / saṁyutāḥ—由……举着

译文 君王的王宫由大理石墙围绕着，墙上镶嵌着用蓝宝石等贵重宝石组成的美女手持闪亮宝石灯的图案。

要旨 对乌塔纳帕达(Uttānapāda)王的宫殿的描述，刻画了远在《圣典博伽瓦谭》(Śrīmad-Bhāgavatam)被编纂以前千百万年前的情况。既然描述说杜茹瓦·玛哈茹阿佳(Dhruva Mahārāja)统治地球长达三万六千年，那他必定生活在萨提亚(Satya，黄金)年代，那时的人们能活十万年。韦达经典中也提到了四个年代中人们的寿命：在萨提亚年代里，人们的寿命是十万岁；在特瑞塔(Tretā，白银)年代里，人们的寿命是一万岁；在杜瓦帕尔(Dvāpara，铜器)年代里，人们的寿命是一千岁；在如今这个喀历(Kali，铁器)年代里，人们的寿命是一百岁。随着每一个新年代的到来，人的寿命就减少百分之九十，也就是：从十万岁减少到一万岁，从一万岁减少到一千岁，从一千岁减少到一百岁。

据说杜茹瓦·玛哈茹阿佳是主布茹阿玛(Brahmā)优秀的曾孙子。这说明杜茹瓦·玛哈茹阿佳生活在创造一开始的萨提亚年代里。正如《博伽梵歌》(Bhagavad-gītā)中说的，在布茹阿玛的一天中有许多萨提亚年代。根据韦达计算方式，我们现在正处在第二十八个周期中，因此可以算出，杜茹瓦·玛哈茹阿佳生活在几千万年前。然而，经典中描述杜茹瓦父亲的宫殿是如此富丽堂皇，以致我们不能接受四五万年前不存在高级的人类文明的说法。即使近代的莫卧儿时代，也有像乌塔纳帕达宫殿里的那种墙。看到过德里红色城堡的人，都肯定会看到城墙是由大理石做的，而上面曾经装饰有珠宝。在英国人统治时期，所有这些宝石都被拿走，运到了英国的博物馆里。

从前有关世上财富的概念是以宝石、大理石、丝绸、象牙、黄金和白银等自然资源为主。那时的经济发展不是以大汽车为基础。人类文明进步不依赖工业，而依赖所拥有的自然财富和天然食物。这些都是至尊人格首神提供给我们，好让我们把时间节省下来，以便用来觉悟自我，在人体生命形式中取得成功。

这节诗的另一个方面是：杜茹瓦·玛哈茹阿佳的父亲乌塔纳帕达王将很快停止对他王宫的迷恋，到森林中去觉悟自我。因此，从《圣典博伽瓦谭》的描述中，我们能对现代文明和萨提亚、特瑞塔及杜瓦帕尔等其他年代里的人类文明进行全面性的比较研究。

第63节 उद्यानानि च रम्याणि विचित्रैरमरद्रुमैः ।
कूजद्विहङ्गमिथुनैर्गायन्मत्तमधुव्रतैः ॥६३॥

udyānāni ca ramyāṇi
vicitrair amara-drumaiḥ
kūjad-vihaṅga-mithunair
gāyan-matta-madhuvrataiḥ

udyānāni—花园 / ca—也 / ramyāṇi—很美丽 / vicitraiḥ—各种各样的 / amara-drumaiḥ—用从天堂星球带来的树木 / kūjat—歌唱 / vihaṅga—鸟儿的 / mithunaiḥ—成双成对的 / gāyat—嗡嗡声 / matta—疯狂 / madhu-vrataiḥ—与大黄蜂

译文 君王的住处周围环绕着花园，花园里种植着从天堂星球带来的各种树木。在那些树上，叫声甜美的鸟儿成双成对，大黄蜂疯狂舞动，发出悠扬的嗡嗡声。

要旨 这节诗中的“有从天堂星球带来的树木(amara-drumaiḥ)”一句很重要。天堂星球被称为“死亡被大大延后的星球(Amaraloka)”，因为那里的人的寿命按半神人的计算标准是一万年，而我们的六个月才是半神人的一天。半神人在天堂星球，按半神人的时间月复一月、年复一年地生活上一万年，在他们的功德耗尽后，就再次坠落到这个地球上来。这些说明在韦达经典中都能找到。那里的人活一万年，树木也可以活那么久。当然，在我们这个地球上就有许多寿命长达一万年的树，因此还用说天堂星球上的树木吗？那里的树肯定活几十万年还多。那时，就像我们现代人还在做的一样，人们有时把某些珍贵的树木从一个地方移到另一个地方。

经典的其他地方曾谈到，当主奎师那和祂妻子萨缇亚芭玛(Satyabhāmā)到天堂星球去时，祂把一棵帕瑞佳塔(pārijāta)花树带回了地球。为此，奎师那和半神人之间还有过一场激战。帕瑞佳塔树被种植在萨缇亚芭玛王后居住的奎师那的宫殿里。天堂星球中的鲜花令人心旷神怡，水果极为甜美，比地球上的好。看来在乌塔纳帕达(Uttānapāda)王的宫殿里有许多这样的树木。

第64节 वाप्यो वैदूर्यसोपानाः पद्मोत्पल कुमुद्वतीः ।
हंसक ारण्डवकुलै र्जुष्टाश्चक्र ाह्वसारसैः ॥ ६४ ॥

vāpyo vaidūrya-sopānāḥ
padmotpala-kumud-vatīḥ
haṁsa-kāraṇḍava-kulair
juṣṭāś cakrāhva-sārasaiḥ

vāpyaḥ—湖泊 / vaidūrya—绿宝石 / sopānāḥ—与阶梯 / padma—莲花 / utpala—蓝色的莲花 / kumut-vatīḥ—满是睡莲 / haṁsa—天鹅 / kāraṇḍava—和鸭子 / kulaiḥ—由成群的 / juṣṭāḥ—居住 / cakrāhva—被鹅 / sārasaiḥ—和被仙鹤

译文　绿宝石的阶梯伸向湖中，湖面上满是盛开着的五彩缤纷的莲花和百合花，天鹅、野鸭、鹅、仙鹤以及其他珍禽在湖水中畅游。

要旨　看来，乌塔纳帕达王的宫殿四周不仅有四合院，以及长满各种树木的花园，还有许多小小的人工湖；湖水中满是五颜六色的莲花和睡莲，通向湖边的台阶是由珍贵的绿宝石等珠宝砌成的。在美丽的花园建筑旁，有天鹅、鹅(cakravāka)、野鸭(kāraṇḍava)和仙鹤等多种飞禽。这些飞禽都不像乌鸦那样住在污浊的地方。那时整个城市的环境非常健康、美丽，我们现在只能通过经典的描述去想象了。

第65节　उत्तानपादो राजर्षिः प्रभावं तनयस्य तम् ।
श्रुत्वा दृष्ट्वाद्भुततमं प्रपेदे विस्मयं परम् ॥ ६५ ॥

uttānapādo rājarṣiḥ
prabhāvaṁ tanayasya tam
śrutvā dṛṣṭvādbhutatamaṁ
prapede vismayaṁ param

uttānapādaḥ—乌塔纳帕达王 / rāja-ṛṣiḥ—伟大圣洁的君王 / prabhāvam—影响 / tanayasya—他儿子的 / tam—那 / śrutvā—听 / dṛṣṭvā—看 / adbhuta—神奇的 / tamam—在最高的程度 / prapede—快乐地感到 / vismayam—神奇 / param—至高的

译文 圣洁的乌塔纳帕达王听了杜茹瓦·玛哈茹阿佳的光荣事迹，并亲眼见到他是多么有影响力和伟大后，心中十分满意，因为杜茹瓦的活动实在是奇妙无比。

要旨 杜茹瓦·玛哈茹阿佳(Dhruva Mahārāja)的父亲乌塔纳帕达(Uttānapāda)，听说了杜茹瓦·玛哈茹阿佳在森林中苦修时所从事的各种神奇的活动。杜茹瓦·玛哈茹阿佳当时虽然只是个五岁大的王子，但却到森林中以从事严格苦修的方式为至尊主做奉爱服务。因此，他的活动很神奇，他返家后，他所具有的灵性资格自然使他深受国民们的欢迎。凭借至尊主的恩典，他肯定从事了很多神奇的活动。当儿子因为其光荣事迹受到赞美时，做父亲的心里自然是最高兴的了。乌塔纳帕达王不是普通的君王，而是茹阿佳瑞希(rājarṣi)——圣洁的君王。从前，整个地球是由一个圣洁的君王统治的。君王受训练成为圣洁的人，因此心中所关心的只是臣民们的福利。正如《博伽梵歌》(Bhagavad-gītā)中谈到的，这些圣洁的君王都受到正确的训练，有关神的科学——《博伽梵歌》中所讲述的奉爱瑜伽体系，首先被传授给太阳上的圣洁君王，然后通过太阳神和月亮神的君王后代们逐渐传下来。政府的首脑如果是圣洁的，臣民们无疑就会变得圣洁，而由于他们的灵性追求和躯体需求都得到了满足，他们就会感到非常幸福。

第66节 वीक्ष्योढवयसं तं च प्रकृतीनां च सम्मतम् ।
अनुरक्तप्रजं राजा ध्रुवं चक्रे भुवः पतिम् ॥ ६६ ॥

vīkṣyoḍha-vayasaṁ taṁ ca
prakṛtīnāṁ ca sammatam
anurakta-prajaṁ rājā
dhruvaṁ cakre bhuvaḥ patim

vīkṣya—看到后 / ūḍha-vayasam—年纪成熟 / tam—杜茹瓦 / ca—和 / prakṛtīnām—由大臣们 / ca—也 / sammatam—批准 / anurakta—爱戴的 / prajam—被他的臣民 / rājā—君王 / dhruvam—杜茹瓦·玛哈茹阿佳 / cakre—使 / bhuvaḥ—地球的 / patim—主人

译文　乌塔纳帕达王看杜茹瓦·玛哈茹阿佳长大成熟到适合掌管王国，而大臣们都同意他继位，居民们也都非常喜爱他时，便在经过深思熟虑后立杜茹瓦为王，负责统治地球。

要旨　人们误认为以前的君主制政府是独裁统治，但从这节诗的描述看，乌塔纳帕达(Uttānapāda)不仅本人是一位圣洁的君王(茹阿佳瑞希，rājarṣi)，而且在让爱子杜茹瓦(Dhruva)继承王位统治世界前，先和大臣们商量并考虑民众的意见，还亲自考察杜茹瓦的品德。这之后，他才会让杜茹瓦继承王位，掌管世界事务。

当杜茹瓦·玛哈茹阿佳这样的外士纳瓦(Vaiṣṇava)君王成为全世界的政府领袖时，整个世界是如此快乐、幸福，以致到了无法想象、无法描述的程度。即使是现在，如果人们都具有了奎师那意识，那么今天的民主制国家就会变得如同天堂王国。如果所有的人都具有奎师那意识，那他们就会投票选举像杜茹瓦·玛哈茹阿佳那样的人当领袖。像他那样的外士纳瓦如果执政，那么由邪恶之人掌管的政府所带来的一切问题就会迎刃而解。现在年轻的一代正积极地为推翻世界各地的政府而努力，但除非人们像杜茹瓦·玛哈茹阿佳那样具有奎师那意识，否则无论是什么政府都不会有明显的改变，因为那些用阴谋诡计取得政权的人不会考虑到人民的福利。他们只会忙着保持自己的权力地位和金钱所得，真正用来思考人民福利的时间少得可怜。

第67节　आत्मानं च प्रवयसमाकलय्य विशाम्पतिः ।
वनं विरक्तः प्रातिष्ठद्विमृशन्नात्मनो गतिम् ॥ ६७ ॥

ātmānaṁ ca pravayasam
ākalayya viśāmpatiḥ
vanaṁ viraktaḥ prātiṣṭhad
vimṛśann ātmano gatim

ātmānam—他自己 / ca—也 / pravayasam—年纪大了 / ākalayya—考虑 / viśāmpatiḥ—乌塔纳帕达王 / vanam—去森林 / viraktaḥ—脱离 / prātiṣṭhat—离开 / vimṛśan—深思有关…… / ātmanaḥ—自我的 / gatim—解脱

译文 乌塔纳帕达王考虑到自己年事已高，应该注重自我灵性方面的利益了，于是便脱开世间俗务，进入了森林。

要旨 这是圣洁君王(茹阿佳瑞希，rājarṣi)的特征。乌塔纳帕达(Uttānapāda)极为富有，是统治全世界的帝王，而人们无疑很依恋这些。现代政治家并没有像乌塔纳帕达王那么伟大，但因为在一段时间里得到了一些政治权力，就变得对其地位迷恋不舍，以致如果不是残酷的死亡迫使他们离开或被敌对的政治团体杀死，他们永远都不会自动退休。我们看到，印度的政治家不到死的那一刻绝不会离开他们的职权。然而，这并不是古人的惯例，乌塔纳帕达王的所作所为很明显地证实了这一点。他让他那杰出的儿子杜茹瓦·玛哈茹阿佳(Dhruva Mahārāja)继承王位后，便立刻离开了家庭和王宫。历史上像这样的例子有成千上万，君王们到期后便离开王国到森林中去灵修。灵修才是人生最主要该做的事。杜茹瓦·玛哈茹阿佳幼年时灵修，他父亲乌塔纳帕达王老年时到森林中去从事苦修。然而，在如今这个年代，离开家到森林中去苦修是不可能的事，但人们如果不管年纪大小，都托庇于奎师那意识运动，并练习做不吃肉、不赌博、不使用麻醉自我的用品和不过非法性生活等简单的苦修。每天有规律地吟诵、吟唱哈瑞·奎师那曼陀(Hare Kṛṣṇa mantra)十六圈，就能借助这种灵修方法，轻易地从这个物质世界中被拯救出去。

到此为止，结束了巴克提韦丹塔对《圣典博伽瓦谭》第 4 篇第 9 章“杜茹瓦·玛哈茹阿佳返家”所作的阐释。

第十章

杜茹瓦与亚克刹作战

第1节

मैत्रेय उवाच
प्रजापतेर्दुहितरं शिशुमारस्य वै ध्रुवः ।
उपयेमे भ्रमिं नाम तत्सुतौ कल्पवत्सरौ ॥ १ ॥

maitreya uvāca
prajāpater duhitaraṁ
śiśumārasya vai dhruvaḥ
upayeme bhramiṁ nāma
tat-sutau kalpa-vatsarau

maitreyaḥ uvāca—伟大的圣人麦垂亚继续说 / prajāpateḥ—生物祖先的 / duhitaram—女儿 / śiśumārasya—锡舒玛尔的 / vai—肯定地 / dhruvaḥ—杜茹瓦·玛哈茹阿佳 / upayeme—结婚 / bhramin—布茹阿蜜 / nāma—名为 / tat-sutau—她的儿子 / kalpa—考帕 / vatsarau—瓦特萨茹阿

译文　伟大的圣人麦垂亚说：亲爱的维杜茹阿，杜茹瓦·玛哈茹阿佳后来娶了生物祖先锡舒玛尔的女儿布茹阿蜜，跟她生了考帕和瓦特萨茹阿两个儿子。

要旨　看来，杜茹瓦·玛哈茹阿佳(Dhruva Mahārāja)是在他父亲立他为王并离开家到森林去灵修以后结的婚。这一点很值得重视。既然乌塔纳帕达·玛哈茹阿佳(Uttānapāda Mahārāja)深爱他的儿子，既然使自己的儿女尽快完婚是做父亲的职责，那么乌塔纳帕达王为什么没有在自己离开家前安排儿子结婚呢？答案是：乌塔纳帕达王是一位圣洁的君王(茹阿佳瑞希，rājarṣi)；他虽然忙于从事政治事务和政府管理，但非常渴望觉悟自我。因此，一旦他儿子杜茹瓦·玛哈茹阿佳有能力掌管政府，他就趁机离开家庭，正如他儿子杜茹瓦在五岁时就为了觉悟自我，毫无畏惧地离开了家庭。从这些罕见的事例中，我们能认识到：灵性觉悟比其他重要工作更重要。乌塔纳帕达王心里很清楚：离开家去森林觉悟自我应该是优先的选择，安排他儿子结婚的事并没有重要到比这更重要的地步。

第2节 इलायामपि भार्यायां वायोः पुत्र्यां महाबलः ।
पुत्रमुत्कलनामानं योषिद्रत्नमजीजनत् ॥ २ ॥

ilāyām api bhāryāyāṁ
vāyoḥ putryāṁ mahā-balaḥ
putram utkala-nāmānaṁ
yoṣid-ratnam ajījanat

ilāyām—向他妻子伊拉 / api—也 / bhāryāyām—向他妻子 / vāyoḥ—半神人瓦尤(风神)的 / putryām—向女儿 / mahā-balaḥ—力量强大的杜茹瓦·玛哈茹阿佳 / putram—儿子 / utkala—乌特卡拉 / nāmānam—名叫 / yoṣit—女性 / ratnam—珠宝 / ajījanat—他生了

译文 强有力的杜茹瓦·玛哈茹阿佳的另一个妻子是半神人瓦尤的女儿，名叫伊拉。杜茹瓦·玛哈茹阿佳与她生了一个叫乌特卡拉的儿子和一个非常美丽的女儿。

第3节 उत्तमस्त्वकृतोद्वाहो मृगयायां बलीयसा ।
हतः पुण्यजनेनाद्रौ तन्मातास्य गतिं गता ॥ ३ ॥

uttamas tv akṛtodvāho
mṛgayāyāṁ balīyasā

hataḥ puṇya-janenādrau
tan-mātāsya gatiṁ gatā

uttamaḥ—乌塔玛 / tu—但是 / akṛta—没有 / udvāhaḥ—结婚 / mṛgayāyām—在打猎的途中 / balīyasā—强有力的 / hataḥ—被杀 / puṇya-janena—被一个亚克刹 / adrau—在喜马拉雅山脉 / tat—他的 / mātā—母亲(苏如祺) / asya—她儿子的 / gatim—路线 / gatā—跟随

译文　杜茹瓦·玛哈茹阿佳的弟弟乌塔玛还没有结婚，在一次外出打猎时被强大的亚克刹杀死在喜马拉雅山中。他母亲苏茹祺也随他离开了人世。

第4节　ध्रुवो भ्रातृवधं श्रुत्वा कोपामर्षशुचार्पितः ।
जैत्रं स्यन्दनमास्थाय गतः पुण्यजनालयम् ॥ ४ ॥

dhruvo bhrātṛ-vadhaṁ śrutvā
kopāmarṣa-śucārpitaḥ
jaitraṁ syandanam āsthāya
gataḥ puṇya-janālayam

dhruvaḥ—杜茹瓦·玛哈茹阿佳 / bhrātṛ-vadham—他弟弟的杀害 / śrutvā—听到这个消息 / kopa—愤怒 / amarṣa—复仇 / śucā 悲伤 / arpitaḥ—充满了 / jaitram—胜利 / syandanam—战车 / āsthāya—登上 / gataḥ—去 / puṇya-jana-ālayam—到亚克刹的城市

译文　杜茹瓦·玛哈茹阿佳听到他弟弟乌塔玛被喜马拉雅山中的亚克刹杀死的消息后悲愤交加，于是登上他的战车去攻打亚克刹的城市阿拉卡普瑞。

要旨 杜茹瓦·玛哈茹阿佳(Dhruva Mahārāja)极为愤怒、悲痛万分并痛恨敌人的表现，与他作为伟大的奉献者的地位并不矛盾。认为奉献者不该愤怒、嫉妒或被悲伤压倒的想法，是一种误解。杜茹瓦·玛哈茹阿佳是君王，当他的兄弟被喜马拉雅山的亚克刹(Yakṣa)无端杀死时，他有责任去找他们报仇。

第5节 गत्वोदीचीं दिशं राजा रुद्रानुचरसेविताम् ।
ददर्श हिमवद्द्रोण्यां पुरीं गुह्यक सङ्कु ल ाम् ॥ ५ ॥

gatvodīcīṁ diśaṁ rājā
rudrānucara-sevitām
dadarśa himavad-droṇyāṁ
purīṁ guhyaka-saṅkulām

gatvā—去 / udīcīm—北方 / diśam—方向 / rājā—杜茹瓦王 / rudra-anucara—被茹铎(主希瓦)的属下 / sevitām—居住 / dadarśa—看到 / himavat—喜马拉雅山 / droṇyām—在山谷中 / purīm—一座城市 / guhyaka—鬼魂般的人物 / saṅkulām—充满

译文 杜茹瓦·玛哈茹阿佳向喜马拉雅山脉的北方行进，在一个山谷中看到一座充满幽灵般人物的城池，那些人都是主希瓦的属下。

要旨 这节诗中说，亚克刹(Yakṣa)在某种程度上说是主希瓦(Śiva)的奉献者。从这一说明看，亚克刹可能是像西藏人那样的在喜马拉雅山居住的一个种族。

第6节 दध्मौ शङ्खं बृहद्बाहुः खं दिशश्चानुनादयन् ।
येनोद्विग्नदृशः क्षत्तरुपदेव्योऽत्रसन् भृशम् ॥ ६ ॥

dadhmau śaṅkhaṁ bṛhad-bāhuḥ
　khaṁ diśaś cānunādayan
yenodvigna-dṛśaḥ kṣattar
　upadevyo 'trasan bhṛśam

dadhmau—吹 / śaṅkham—海螺 / bṛhat-bāhuḥ—臂力强大的 / kham—天空 / diśaḥ ca—以及四面八方 / anunādayan—引起回响 / yena—由…… / udvigna-dṛśaḥ—显得非常焦虑 / kṣattaḥ—我亲爱的维杜茹阿 / upadevyaḥ—亚克刹们的妻子 / atrasan—惊恐 / bhṛśam—极为

译文　麦垩亚接着说：亲爱的维杜茹阿，杜茹瓦·玛哈茹阿佳一到阿拉卡普瑞便立即吹响了他的海螺，海螺声响彻整个天空，在四周回荡着。亚克刹们的妻子惊恐万状，眼里流露出极度的焦虑。

第7节　ततो निष्क्रम्य बलिन उपदेवमहाभटाः ।
असहन्तस्तन्निनादमभिपेतुरुदायुधाः ॥ ७ ॥

tato niṣkramya balina
　upadeva-mahā-bhaṭāḥ
asahantas tan-ninādam
　abhipetur udāyudhāḥ

tataḥ—从那以后 / niṣkramya—出来 / balinaḥ—十分有力 / upadeva—库维尔的 / mahā-bhaṭāḥ—英勇的士兵 / asahantaḥ—无法忍受 / tat—海螺的 / ninādam—声音 / abhipetuḥ—攻击 / udāyudhāḥ—各种武器装备

译文　豪杰维杜茹阿啊！亚克刹中强有力的英雄们忍受不了杜茹瓦·玛哈茹阿佳那回荡在空中的海螺声，拿着武器从城里冲出来攻击杜茹瓦。

第8节 स तानापततो वीर उग्रधन्वा महारथः।
एकैकं युगपत्सर्वानहन् बाणैस्त्रिभिस्त्रिभिः ॥८॥

sa tān āpatato vīra
ugra-dhanvā mahā-rathaḥ
ekaikaṁ yugapat sarvān
ahan bāṇais tribhis tribhiḥ

saḥ—杜茹瓦·玛哈茹阿佳 / tān—他们全体 / āpatataḥ—冲向他 / vīraḥ—英雄 / ugra-dhanvā—本领高强的弓箭手 / mahā-rathaḥ—能与许多战车战士作战的人 / eka-ekam——个接一个 / yugapat—同时 / sarvān—他们全体 / ahan—杀戮 / bāṇaiḥ—用箭 / tribhiḥ tribhiḥ—用三支

译文 杜茹瓦·玛哈茹阿佳不仅是优秀的战车战将，无疑也是优秀的弓箭手。他立即开始放箭射杀亚克刹，每一次都同时射出三支箭。

第9节 ते वै ल ल ाट ल ग्नैस्तैरिषुभिः सर्व एव हि।
मत्वा निरस्तमात्मानमाशंसन् कर्म तस्य तत् ॥९॥

te vai lalāṭa-lagnais tair
iṣubhiḥ sarva eva hi
matvā nirastam ātmānam
āśaṁsan karma tasya tat

te—他们 / vai—肯定地 / lalāṭa-lagnaiḥ—他们的头颅受到威胁 / taiḥ—被那些 / iṣubhiḥ—箭 / sarve—他们全体 / eva—肯定地 / hi—没有失败 / matvā—想 / nirastam—失败 / ātmānam—他们

自己 / āśaṁsan—赞美 / karma—行为 / tasya—他的 / tat—那

译文　亚克刹中的英雄看到自己的头颅就这样受到杜茹瓦·玛哈茹阿佳的威胁时，很快便明白自己处于劣势，结果无疑是以失败告终。但作为勇士，他们赞叹杜茹瓦的表现。

要旨　这节诗中描述的公正大度的战斗精神很重要。亚克刹(Yakṣa)们受到猛烈的攻击；但尽管杜茹瓦·玛哈茹阿佳(Dhruva Mahārāja)是他们的敌人，可他们在目睹了他神奇、英勇的行为后还是很赞赏他。坦率地赏识对手的力量，体现了真正的查锤亚(kṣatriya，刹帝利)的精神。

第10节　तेऽपि चामुममृष्यन्तः पादस्पर्शमिवोरगाः ।
शरैरविध्यन् युगपद् द्विगुणं प्रचिकीर्षवः ॥ १० ॥

te 'pi cāmum amṛṣyantaḥ
pāda-sparśam ivoragāḥ
śarair avidhyan yugapad
dvi-guṇaṁ pracikīrṣavaḥ

te—亚克刹们 / api—也 / ca—和 / amum—对杜茹瓦 / amṛṣyantaḥ—不容忍 / pāda-sparśam—被脚碰到 / iva—像 / uragāḥ—毒蛇 / śaraiḥ—用箭 / avidhyan—击打 / yugapat—同时 / dvi-guṇam—两倍多 / pracikīrṣavaḥ—努力反击

译文　正如蛇不能容忍别人用脚踩它，亚克刹们容忍不了杜茹瓦·玛哈茹阿佳有如此超凡的武功，于是把射箭的数目加倍——每一个士兵一次射六支箭，用这种方式极为英勇地展现了他们的力量。

第11－12节 ततः परिघनिस्त्रिंशैः प्रासशूल परश्वधैः ।
शक्त्यृष्टिभिर्भुशुण्डीभिश्चित्रवाजैः शरैरपि ॥ ११ ॥

अभ्यवर्षन् प्रकुपिताः सरथं सहसारथिम् ।
इच्छ न्तस्तत्प्रतीक र्तुमयुतानां त्रयोदश ॥ १२ ॥

tataḥ parigha-nistriṁśaiḥ
prāsaśūla-paraśvadhaiḥ
śakty-ṛṣṭibhir bhuśuṇḍībhiś
citra-vājaiḥ śarair api

abhyavarṣan prakupitāḥ
sarathaṁ saha-sārathim
icchantas tat pratīkartum
ayutānāṁ trayodaśa

tataḥ—接着 / parigha—用铁制大头棒 / nistriṁśaiḥ—和宝刀 / prāsa-śūla—用三叉戟 / paraśvadhaiḥ—和长枪 / śakti—用矛 / ṛṣṭibhiḥ—和梭镖 / bhuśuṇḍībhiḥ—用布顺迪武器 / citra-vājaiḥ—有各种羽毛 / śaraiḥ—用箭 / api—也 / abhyavarṣan—它们像雨一样投掷向杜茹瓦 / prakupitāḥ—愤怒 / sa-ratham—与他的战车一起 / saha-sārathim—与他的战车御者 / icchantaḥ—想要 / tat—杜茹瓦的活动 / pratīkartum—抵挡 / ayutānām—几万的 / trayodaśa—十三

译文 亚克沙这边有十三万名士兵，各个都怒火万丈，想胜过杜茹瓦·玛哈茹阿佳的非凡武功。他们倾尽全力向杜茹瓦·玛哈茹阿佳、他的战车和战车御者发射用羽毛装饰的箭，投掷铁棒、刀、三叉戟、长枪、梭镖和布顺迪等各种各样的武器。

第13节 औत्तानपादिः स तदा शस्त्रवर्षेण भूरिणा ।
न एवादृश्यताच्छ न्न आसारेण यथा गिरिः ॥ १३ ॥

auttānapādiḥ sa tadā
  śastra-varṣeṇa bhūriṇā
na evādṛśyatācchanna
  āsāreṇa yathā giriḥ

auttānapādiḥ—杜茹瓦·玛哈茹阿佳 / saḥ—他 / tadā—那时 / śastra-varṣeṇa—被阵雨般的武器 / bhūriṇā—不断的 / na—不 / eva—肯定地 / adṛśyata—可见的 / ācchannaḥ—被覆盖 / āsāreṇa—被一直不断的降雨 / yathā—像 / giriḥ—高山

译文 正如高山笼罩在连绵不绝的倾盆大雨中，杜茹瓦·玛哈茹阿佳被亚克刹劈头盖脸投射过来的武器完全笼罩了。

要旨 圣维施瓦纳特·查夸瓦尔提·塔库尔(Viṣvanātha CakravartīṬhākura)对此指出：尽管杜茹瓦·玛哈茹阿佳(Dhruva Mahārāja)被敌人发射的连绵不绝的箭雨所笼罩，但这并不意味着他在战斗中屈服了。用山峰被连绵不绝的大雨所笼罩为例非常恰当，因为当高山被连绵不绝的雨水笼罩时，山上所有的脏东西便被冲洗掉了。同样，敌人持续不断地向杜茹瓦·玛哈茹阿佳发射的箭雨，给了他击败他们的新活力。换句话说，他身上或许有的不胜任被箭雨冲刷掉了。

第14节 हाहाक रस्तदैवासीत्सिद्धानां दिवि पश्यताम् ।
हतोऽयं मानवः सूर्यो मग्नः पुण्यजनार्णवे ॥ १४ ॥

hāhā-kāras tadaivāsīt
  siddhānāṁ divi paśyatām
hato 'yaṁ mānavaḥ sūryo
  magnaḥ puṇya-janārṇave

hāhā-kāraḥ—失望引起的骚动 / tadā—那时 / eva—肯定地 / āsīt—变得明显 / siddhānām—希达珞卡上的全体居民的 / divi—天空中 / paśyatām—观看战斗的人 / hataḥ—杀 / ayam—这 / mānavaḥ—玛努的孙子 / sūryaḥ—太阳 / magnaḥ—落下 / punya-jana—亚克刹们的 / arṇave—在海洋中

译文 住在高等星系上的全体希达哈都从天上向下观看这场战斗。他们看到杜茹瓦·玛哈茹阿佳被敌人连绵不断发射出的武器罩住时，不禁纷纷叫道："玛努的孙子杜茹瓦现在完了！"他们大喊：太阳般的杜茹瓦·玛哈茹阿佳，如今落入了亚克刹的海洋。

要旨 这节诗中的梵文 mānava 一词意义重大。这个词一般是指"人类"，而杜茹瓦·玛哈茹阿佳(Dhruva Mahārāja)在此被描述为是 mānava。不仅杜茹瓦·玛哈茹阿佳是玛努(Manu)的后代，整个人类社会都是从玛努而来。根据韦达文明，玛努是立法者。即使到今天，印度境内的印度教徒仍然遵循玛努立的法。因此，人类社会中的每一个成员都是玛努的后裔(mānava)。但杜茹瓦·玛哈茹阿佳是玛努卓越的后裔，因为他是伟大的奉献者。

希达哈珞卡(Siddhaloka)星球上的居民能在没有飞机的情况下在空中飞翔，他们极为担心战场上杜茹瓦·玛哈茹阿佳的安危。圣茹帕·哥斯瓦米(Rūpa Gosvāmī)因此说：至尊主的奉献者不仅受到至尊主的精心保护，就连全体半神人，甚至普通人，也都渴望他平平安安。这节诗把杜茹瓦·玛哈茹阿佳比喻为沉没在亚克刹大海中的太阳，这个比喻也很有意义。当太阳从地平线上落下时，看起来仿佛沉到了海里，但实际上并非如此，太阳并没有遇到困难。同样，杜茹瓦·玛哈茹阿佳虽然看起来没入亚克刹的海洋中，但其实并没有陷入困境。正如黑夜结束时太阳又再次升起来，尽管杜茹瓦·玛哈茹阿佳或许处在困境中(因为那毕竟是一场战斗，而作战过程中总会遭到挫折)，但那并不意味着他被打败了。

第15节 नदत्सु यातुधानेषु जयकाशिष्वथो मृधे ।
उदतिष्ठद्रथस्तस्य नीहारादिव भास्करः ॥ १५ ॥

nadatsu yātudhāneṣu
jaya-kāśiṣv atho mṛdhe
udatiṣṭhad rathas tasya
nīhārād iva bhāskaraḥ

nadatsu—在呼喊时 / yātudhāneṣu—鬼魂般的亚克刹们 / jaya-kāśiṣu—宣布胜利 / atho—那时 / mṛdhe—在战斗中 / udatiṣṭhat—出现 / rathaḥ—战车 / tasya—杜茹瓦·玛哈茹阿佳的 / nīhārāt—从迷雾中 / iva—仿佛 / bhāskaraḥ—太阳

译文 亚克刹们暂时得胜后便宣称他们征服了杜茹瓦·玛哈茹阿佳，但就在这时，杜茹瓦的战车突然出现，犹如太阳冲破迷雾突然出现一样。

要旨 这节诗里把杜茹瓦·玛哈茹阿佳(Dhruva Mahārāja)比作太阳，把一大群亚克刹(Yakṣa)比作迷雾。跟太阳相比，雾根本算不上什么。尽管太阳有时候看起来被浓雾所笼罩，但实际上没有什么东西能遮住太阳。我们的眼睛也许会被云朵挡住，但太阳永远不会被遮住。这里通过把杜茹瓦·玛哈茹阿佳比作太阳，确认他无论在什么环境中都是伟大的。

第16节 धनुर्विस्फूर्जयन्दिव्यं द्विषतां खेदमुद्वहन् ।
अस्त्रौघं व्यधमद्बाणैर्घनानीकमिवानिलः ॥ १६ ॥

dhanur visphūrjayan divyaṁ
dviṣatāṁ khedam udvahan
astraughaṁ vyadhamad bāṇair
ghanānīkam ivānilaḥ

dhanuḥ—他的弓 / visphūrjayan—砰然作响 / divyam—神奇的 / dviṣatām—敌人的 / khedam—悲伤 / udvahan—造成 / astraogham—各种各样的武器 / vyadhamat—他发射 / bāṇaiḥ—用他的箭 / ghana—云朵的 / anīkam—军队 / iva—恰似 / anilah—风

译文 杜茹瓦·玛哈茹阿佳的弓弦怦然作响，射出的箭嘶嘶地呼啸，使他的敌人心中哀号不止。恰似大风吹散密布在天空中的云层，他连续不断射出的箭，把敌人投向他的各种武器打得粉碎。

第17节 तस्य ते चापनिर्मुक्ता भित्त्वा वर्माणि रक्षसाम् ।
कायानाविविशुस्तिग्मा गिरीनशनयो यथा ॥१७॥

tasya te cāpa-nirmuktā
bhittvā varmāṇi rakṣasām
kāyān āviviśus tigmā
girīn aśanayo yathā

tasya—杜茹瓦的 / te—那些箭 / cāpa—从弓上 / nirmuktāḥ—放出 / bhittvā—刺穿 / varmāṇi—盾牌 / rakṣasām—恶魔的 / kāyān—躯体 / āviviśuḥ—进入 / tigmāḥ—尖锐的 / girīn—山峦 / aśanayaḥ—霹雳 / yathā—正如

译文 就像天帝发出的霹雳劈开高山一样，杜茹瓦·玛哈茹阿佳射出的利箭，穿透敌人的盾，刺穿了他们的身体。

第18－19节 भल्लैः सञ्छिद्यमानानां शिरोभिश्चारुकुण्डलैः ।
ऊरुभिर्हेमतालाभैर्दोर्भिर्वलयवल्गुभिः ॥ १८ ॥

हारकेयूरमुकुटैरुष्णीषैश्च महाधनैः ।
आस्तृतास्ता रणभुवो रेजुर्वीरमनोहराः ॥ १९ ॥

bhallaiḥ sañchidyamānānāṁ
śirobhiś cāru-kuṇḍalaiḥ
ūrubhir hema-tālābhair
dorbhir valaya-valgubhiḥ

hāra-keyūra-mukuṭair
uṣṇīṣaiś ca mahā-dhanaiḥ
āstṛtās tā raṇa-bhuvo
rejur vīra-mano-harāḥ

bhallaiḥ—被他的箭 / sañchidyamānānām—被射成碎片的亚克刹的 / śirobhiḥ—用头颅 / cāru—美丽的 / kuṇḍalaiḥ—用耳环 / ūrubhiḥ—用大腿 / hema-tālābhaiḥ—像金色的棕榈树 / dorbhiḥ—手臂上 / valaya-valgubhiḥ—用美丽的手镯 / hāra—用花环 / keyūra—臂环 / mukuṭaiḥ—和头盔 / uṣṇīṣaiḥ—用头帕 / ca—也 / mahā-dhanaiḥ—很珍贵的 / āstṛtāḥ—覆盖 / tāḥ—那些 / raṇa-bhuvaḥ—战场 / rejuḥ—开始发出微弱的光 / vīra—英雄们的 / manaḥ-harāḥ—心中迷惑

译文　大圣人麦垂亚继续说：亲爱的维杜茹阿，被杜茹瓦·玛哈茹阿佳用利箭击碎了的敌人的头颅，原本都用非常漂亮的耳环和头帕装饰着。他们的腿像金色的棕榈树那样美，他们的手臂都佩戴着黄金手镯和臂环，他们的头上都戴着镶金的贵重头盔。所有这些装饰品此刻都散落在战场上，闪耀着能迷惑勇士的心的动人光彩。

要旨 看来古代士兵上战场时都佩戴很多金首饰，戴着头盔和头帕，当他们战死沙场时，敌方就会拿走战利品。他们横卧沙场后，身上佩戴的许多黄金饰物对战场上的勇士们来说，肯定是一个获利的机会。

第20节
हतावशिष्टा इतरे रणाजिराद्
रक्षोगणाः क्षत्रियवर्यसायकैः ।
प्रायो विवृक्णावयवा विदुद्रुवु-
र्मृगेन्द्रविक्रीडितयूथपा इव ॥ २० ॥

hatāvaśiṣṭā itare raṇājirād
rakṣo-gaṇāḥ kṣatriya-varya-sāyakaiḥ
prāyo vivṛkṇāvayavā vidudruvur
mṛgendra-vikrīḍita-yūthapā iva

hata-avaśiṣṭāḥ—其余没有被杀死的士兵 / itare—其他的 / raṇa-ajirāt—从战场上 / rakṣaḥ-gaṇāḥ—亚克刹们 / kṣatriya-varya—最伟大的武士(查锤亚)的 / sāyakaiḥ—被箭 / prāyaḥ—大部分 / vivṛkṇa—射成碎片 / avayavāḥ—他们的肢体 / vidudruvuḥ—逃跑 / mṛgendra—被一头狮子 / vikrīḍita—被打败 / yūthapāḥ—大象 / iva—如同

译文 剩下的一些亚克刹虽然侥幸没被伟大的战将杜茹瓦·玛哈茹阿佳的箭射死，但也都断胳膊断腿成了残废，于是像大象被狮子击败后逃跑一样抱头鼠窜。

第21节
अपश्यमानः स तदाततायिनं
महामृधे कञ्चन मानवोत्तमः ।
पुरीं दिदृक्षन्नपि नाविशद् द्विषां
न मायिनां वेद चिकीर्षितं जनः ॥ २१ ॥

apaśyamānaḥ sa tadātatāyinaṁ
 mahā-mṛdhe kañcana mānavottamaḥ
purīṁ didṛkṣann api nāviśad dviṣāṁ
 na māyināṁ veda cikīrṣitaṁ janaḥ

apaśyamānaḥ—在没有观察到时 / saḥ—杜茹瓦 / tadā—那时 / ātatāyinam—武装起来的敌方士兵 / mahā-mṛdhe—在那广阔的战场上 / kañcana—任何 / mānava-uttamaḥ—最优秀的人 / purīm—城市 / didṛkṣan—希望看到 / api—尽管 / na āviśat—不进入 / dviṣām—敌人的 / na—不 / māyinām—神秘者的 / veda—知道 / cikīrṣitam—计划 / janaḥ—任何人

译文 最优秀的人杜茹瓦·玛哈茹阿佳注意到，在那辽阔的战场上已经没有任何对方的士兵还在手持武器坚守阵地了，因此便决定去看一看阿拉卡普瑞城。但他在心中对自己说："谁知道有神通的亚克刹在要什么伎俩。"

第22节 इति ब्रुवंश्चित्ररथः स्वसारथिं
 यत्तः परेषां प्रतियोगशङ्कितः ।
शुश्राव शब्दं जलधेरिवेरितं
 नभस्वतो दिक्षु रजोऽन्वदृश्यत ॥ २२ ॥

iti bruvaṁś citra-rathaḥ sva-sārathiṁ
 yattaḥ pareṣāṁ pratiyoga-śaṅkitaḥ
śuśrāva śabdaṁ jaladher iveritaṁ
 nabhasvato dikṣu rajo 'nvadṛśyata

iti—如此 / bruvan—讲话 / citra-rathaḥ—杜茹瓦·玛哈茹阿佳的战车极为华美 / sva-sārathim—对他的战车御者 / yattaḥ—守卫 / pareṣām—从他的敌人 / pratiyoga—反击 / śaṅkitaḥ—担心 /

śuśrāva—听到 / śabdam—声音 / jaladheḥ—从海洋 / iva—就像 / īritam—回响 / nabhasvataḥ—由于风 / dikṣu—四面八方 / rajaḥ—尘土 / anu—那时 / adṛśyata—被感受到

译文 就在杜茹瓦·玛哈茹阿佳怀疑那些诡秘的敌人并跟他的战车御者说话时，他们听到一种仿佛大海在面前咆哮的可怕声音。他们发现，天空中有巨大的灰尘风暴从四面八方向他们涌来。

第23节 क्षणेनाच्छ ादितं व्योम घनानीके न सर्वतः ।
विस्फु रत्तडिता दिक्षु त्रासयत्स्तनयित्नुना ॥ २३ ॥

kṣaṇenācchāditaṁ vyoma
ghanānīkena sarvataḥ
visphurat-taḍitā dikṣu
trāsayat-stanayitnunā

kṣaṇena—在那一瞬间 / ācchāditam—被覆盖 / vyoma—天空 / ghana—乌云密布 / anīkena—与一大群 / sarvataḥ—到处 / visphurat—耀眼的 / taḍitā—与闪电 / dikṣu—四面八方 / trāsayat—威胁 / stanayitnunā—与雷电

译文 片刻间，整个天空便乌云密布，闪电交加，伴随着震耳欲聋的霹雳声，大雨倾盆而下。

第24节 ववृषू रुधिरौघासृक्पूयविण्मूत्रमेदसः ।
निपेतुर्गगनादस्य कबन्धान्यग्रतोऽनघ ॥ २४ ॥

vavṛṣū rudhiraughāsṛk-
pūya-viṇ-mūtra-medasaḥ

nipetur gaganād asya
kabandhāny agrato 'nagha

vavṛṣuḥ—洒下 / rudhira—血的 / ogha—泛滥 / asṛk—黏液 / pūya—脓汁 / viṭ—粪便 / mūtra—尿液 / medasaḥ—和骨髓 / nipetuḥ—开始降下 / gaganāt—从天空 / asya—杜茹瓦的 / kabandhāni—躯干 / agrataḥ—在眼前 / anagha—无瑕的维杜茹阿啊

译文　没有缺点的维杜茹阿啊，夹带着鲜血、黏液、脓汁、粪便、尿液和骨髓的滂沱大雨落在杜茹瓦·玛哈茹阿佳的面前，同时还有躯干从空中落下。

第25节　ततः खेऽदृश्यत गिरिर्निपेतुः सर्वतोदिशम् ।
गदापरिघनिस्त्रिंशमुसलाः साश्मवर्षिणः ॥ २५ ॥

tataḥ khe 'dṛśyata girir
nipetuḥ sarvato-diśam
gadā-parigha-nistriṁśa-
musalāḥ sāśma-varṣiṇaḥ

tataḥ—此后 / khe—天空中 / adṛśyata—可见 / giriḥ—一座山 / nipetuḥ—落下 / sarvataḥ-diśam—从四面八方 / gadā—大头棒 / parigha—铁棒 / nistriṁśa—宝刀 / musalāḥ—狼牙棒 / saaśma—大块石头 / varṣiṇaḥ—雨点般落下

译文　接下来，天空出现了一座大山，冰雹、长枪、大头棒、刀剑、铁棒和大石块从四面八方袭来。

第26节　अहयोऽशनिनिःश्वासा वमन्तोऽग्निं रुषाक्षिभिः ।
अभ्यधावन् गजा मत्ताः सिंहव्याघ्राश्च यूथशः ॥ २६ ॥

ahayo 'śani-niḥśvāsā
  vamanto 'gniṁ ruṣākṣibhiḥ
abhyadhāvan gajā mattāḥ
  siṁha-vyāghrāś ca yūthaśaḥ

ahayaḥ—毒蛇 / aśani—霹雳 / niḥśvāsāḥ—呼吸 / vamantaḥ—呕吐 / agnim—火 / ruṣā-akṣibhiḥ—与愤怒的眼睛 / abhyadhāvan—前来 / gajāḥ—大象 / mattāḥ—疯狂的 / siṁha—狮子 / vyāghrāḥ—老虎 / ca—也 / yūthaśaḥ—成群的

译文 杜茹瓦·玛哈茹阿佳还看到许多怒目圆睁、嘴里喷火的大蛇，以及一群群疯狂的大象、狮子和老虎，向他扑过来要吞噬他。

第27节 समुद्र ऊर्मिभिर्भीमः प्लावयन् सर्वतो भुवम् ।
आससाद महाह्रादः कल्पान्त इव भीषणः ॥२७॥

samudra ūrmibhir bhīmaḥ
  plāvayan sarvato bhuvam
āsasāda mahā-hrādaḥ
  kalpānta iva bhīṣaṇaḥ

samudraḥ—大海 / ūrmibhiḥ—与波浪 / bhīmaḥ—猛烈的 / plāvayan—淹没 / sarvataḥ—四面八方 / bhuvam—大地 / āsasāda—朝向前来 / mahā-hrādaḥ—发出巨大的声响 / kalpa-ante—在一劫结束时的毁灭 / iva—仿佛 / bhīṣaṇaḥ—可怕的

译文 随后，仿佛整个世界毁灭的时刻到来了一样，波涛汹涌的狂暴大海咆哮着向他席卷而来。

第28节 **एवंविधान्यनेकानि त्रासनान्यमनस्विनाम् ।
ससृजुस्तिग्मगतय आसुर्या माययासुराः ॥२८॥**

evaṁ-vidhāny anekāni
trāsanāny amanasvinām
sasṛjus tigma-gataya
āsuryā māyayāsurāḥ

evam-vidhāni—像这一(现象) / anekāni—多种的 / trāsanāni—可怕的 / amanasvinām—对智力欠佳的人 / sasṛjuḥ—他们制造 / tigma-gatayaḥ—本性凶恶的 / āsuryā—邪恶的 / māyayā—被错觉 / asurāḥ—恶魔们

译文 天性凶恶的恶魔亚克剎，能靠他们邪恶的幻影力量制造许多奇怪的现象，以恐吓智力欠佳的人。

第29节 **ध्रुवे प्रयुक्त ामसुरैस्तां मायामतिदुस्तराम् ।
निशम्य तस्य मुनयः शमाशंसन् समागताः ॥२९॥**

dhruve prayuktām asurais
tāṁ māyām atidustarām
niśamya tasya munayaḥ
śam āśaṁsan samāgatāḥ

dhruve—反对杜茹瓦 / prayuktām—遭受 / asuraiḥ—被恶魔 / tām—那 / māyām—神秘力量 / ati-dustarām—很危险 / niśamya—听到后 / tasya—他 / munayaḥ—伟大的圣人 / śam—好运 / āśaṁsan—为……而鼓励 / samāgatāḥ—聚会

译文 伟大的圣人们听说杜茹瓦·玛哈茹阿佳被恶魔制造的神秘假象蒙蔽住时，立即聚集起来给予他吉祥的鼓励。

第30节

मुनय ऊचुः
औत्तानपाद भगवांस्तव शार्ङ्गधन्वा
देवः क्षिणोत्ववनतार्तिहरो विपक्षान् ।
यन्नामधेयमभिधाय निशम्य चाद्धा
लोकोऽञ्जसा तरति दुस्तरमङ्ग मृत्युम् ॥३०॥

munaya ūcuḥ
auttānapāda bhagavāṁs tava śārṅgadhanvā
devaḥ kṣiṇotv avanatārti-haro vipakṣān
yan-nāmadheyam abhidhāya niśamya cāddhā
loko 'ñjasā tarati dustaram aṅga mṛtyum

munayaḥ ūcuḥ—圣人们说 / auttānapāda—乌塔纳帕达王的儿子啊 / bhagavān—至尊人格首神 / tava—你的 / śārṅga-dhanvā—持有沙仁嘎弓的人 / devaḥ—至尊主 / kṣiṇout—愿祂杀死 / avanata—皈依灵魂的 / ārti—痛苦 / haraḥ—谁移开 / vipakṣān—敌人 / yat—谁的 / nāmadheyam—圣名 / abhidhāya—发声 / niśamya—聆听 / ca—也 / addhā—立即 / lokaḥ—人们 / añjasā—完全 / tarati—战胜 / dustaram—无法超越的 / aṅga—杜茹瓦啊 / mṛtyum—死亡

译文 全体圣人们说：亲爱的杜茹瓦，乌塔纳帕达王的儿子，被称为沙仁嘎丹瓦的至尊人格首神，解救祂的奉献者于危难中，愿祂彻底歼灭你那些危险的敌人。至尊主的圣名就像祂本人一样有力。因此，许多人仅仅靠吟诵、吟唱和聆听至尊主的圣名，就轻易地得到全面的保护而免受死亡的威胁。因此，奉献者是安全的。

要旨 伟大的圣人(ṛṣi)在杜茹瓦·玛哈茹阿佳(Dhruva Mahā- rāja)被亚克刹(Yakṣa)们表演的魔术所迷惑时来到他面前。奉献者永远受到至尊人格首神的保护。正是由于至尊主的启发，圣人们才来鼓励杜茹瓦·玛哈茹阿佳，向他保证：他是完全投靠了至尊主的灵魂，因此根本不会有危险。借助至尊主的恩典，奉献者在死亡时只要能吟诵祂的圣名——哈瑞·奎师那　哈瑞·奎师那　奎师那·奎师那　哈瑞·哈瑞／哈瑞·茹阿玛　哈瑞·茹阿玛　茹阿玛·茹阿玛　哈瑞·哈瑞这个伟大的曼陀(mahā-mantra)，就能立即越过物质天空的海洋，进入灵性天空。他永远不会再回来重复生死了。人只要吟诵、吟唱至尊主的圣名，就能跨越死亡的大海。因此，尽管亚克刹们表演的魔术暂时干扰了杜茹瓦·玛哈茹阿佳的心，但他肯定能借助至尊主圣名的帮助战胜亚克刹们所施展的魔术幻象。

到此为止，结束了巴克提韦丹塔对《圣典博伽瓦谭》第 4 篇第 10 章“杜茹瓦与亚克刹作战”所作的阐释。

第十一章

斯瓦阳布瓦·玛努劝杜茹瓦停战

第1节

मैत्रेय उवाच

निशम्य गदतामेवमृषीणां धनुषि ध्रुवः ।

सन्दधेऽस्त्रमुपस्पृश्य यन्नारायणनिर्मितम् ॥ १ ॥

maitreya uvāca
niśamya gadatām evam
ṛṣīṇāṁ dhanuṣi dhruvaḥ
sandadhe 'stram upaspṛśya
yan nārāyaṇa-nirmitam

maitreyaḥ uvāca—圣人麦垂亚继续说 / niśamya—听说 / gadatām—话语 / evam—如此 / ṛṣīṇām—圣人们的 / dhanuṣi—向他的弓 / dhruvaḥ—杜茹瓦·玛哈茹阿佳 / sandadhe—固定了 / astram—一枝箭 / upaspṛśya—触碰水以后 / yat—那 / nārāyaṇa—由纳茹阿亚纳 / nirmitam—被造

译文　圣麦垂亚说：亲爱的维杜茹阿，杜茹瓦·玛哈茹阿佳听了大圣人们鼓励的话语后，便触碰水做了阿查玛纳，然后拿起主纳茹阿亚纳打造的箭稳稳地搭在弓上。

要旨　杜茹瓦·玛哈茹阿佳(Dhruva Mahārāja)得到过一根由主纳茹阿亚纳(Nārāyaṇa)本人制造的特殊的箭，现在他把这根箭稳稳地搭在弓上，以消除亚克刹(Yakṣa)们制造的幻象。正如《博伽梵歌》(Bhagavad-gītā)第 7 章的第 14 节诗中声明的：皈依至尊主的人能轻易克服错觉能量(māṁ eva ye prapadyante māyām etāṁ taranti te)。离开至尊人格首神纳茹阿亚纳，没人能战胜错觉能量的作用。圣柴坦亚·玛哈帕布也为我们提供了这个年代战胜错觉能量所需要的最佳武器，正如《博伽瓦谭》(Bhāgavatam)中说：在这个年代里，驱除玛亚(māyā)的武器——纳茹阿亚纳斯陀(nārāyaṇāstra)，是效法阿兑塔·帕布(Advaita Prabhu)、尼提阿南达(Nityānanda)、嘎达达尔(Gadādhara)和施瑞瓦萨(śrīvāsa)等主柴坦亚的同伴，吟诵、吟唱哈瑞·奎师那曼陀(Hare Kṛṣṇa mantra)。

第2节 सन्धीयमान एतस्मिन्माया गुह्यक निर्मिताः ।
क्षिप्रं विनेशुर्विदुर क्लेशा ज्ञानोदये यथा ॥ २ ॥

sandhīyamāna etasmin
māyā guhyaka-nirmitāḥ
kṣipraṁ vineśur vidura
kleśā jñānodaye yathā

sandhīyamāne—在搭弓时 / etasmin—这个纳茹阿亚纳斯陀箭 / māyāḥ—幻象 / guhyaka-nirmitāḥ—由亚克刹制造的 / kṣipram—很快 / vineśuḥ—被消除 / vidura—维杜茹阿啊 / kleśāḥ—虚幻的痛苦和快乐 / jñāna-udaye—提高知识 / yathā—正如

译文 杜茹瓦·玛哈茹阿佳一旦把纳茹阿亚纳斯陀箭搭在弓上，由亚克刹制造的假象便立即消失了。这就像人彻底觉悟了自我后，就能克服一切物质的痛苦和快乐一样。

要旨 奎师那就像太阳，祂的错觉能量玛亚(māyā)就像黑暗。黑暗的意思是没有光亮；同样，玛亚的意思是缺乏奎师那意识。奎师那意识和玛亚始终并存着。人一旦唤醒奎师那意识，就征服了物质存在中所有的错觉性苦乐。《博伽梵歌》(Bhagavad-gītā)第 7 章的第 14 节诗中说：皈依至尊主的人能轻易地克服错觉能量(Māyām etāṁ taranti te)。一直不断地吟诵、吟唱哈瑞·奎师那这首玛哈·曼陀(mahā-mantra)，将使我们始终远离玛亚的错觉能量。

第3节　तस्यार्षास्त्रं धनुषि प्रयुञ्जतः
सुवर्णपुङ्खाः कलहंसवाससः ।
विनिःसृता आविविशुर्द्विषद्बलं
यथा वनं भीमरवाः शिखण्डिनः ॥ ३ ॥

tasyārṣāstraṁ dhanuṣi prayuñjataḥ
suvarṇa-puṅkhāḥ kalahaṁsa-vāsasaḥ
viniḥsṛtā āviviśur dviṣad-balaṁ
yathā vanaṁ bhīma-ravāḥ śikhaṇḍinaḥ

tasya—当杜茹瓦·玛哈茹阿佳 / ārṣa-astram—纳茹阿亚纳·瑞希给的武器 / dhanuṣi—在他的弓上 / prayuñjataḥ—固定 / suvarṇa-puṇkhāḥ—有金制箭杆的(箭) / kalahaṁsa-vāsasaḥ—有像天鹅翅膀一样的箭羽 / viniḥsṛtāḥ—弹出 / āviviśuḥ—进入 / dviṣatbalam—敌人的士兵 / yathā—正如 / vanam—进入森林 / bhīmaravāḥ—发出喧闹声 / śikhaṇḍinaḥ—孔雀

译文　杜茹瓦·玛哈茹阿佳刚把纳茹阿亚纳·瑞希制造的箭搭上弓，这些有金制箭杆、箭羽如天鹅的箭就离弦飞了出去。它们发出嘶嘶的呼啸声飞入敌阵，就像孔雀大声啼叫着飞进森林一样。

第4节　तैस्तिग्मधारैः प्रधने शिलीमुखै-
रितस्ततः पुण्यजना उपद्रुताः ।
तमभ्यधावन् कुपिता उदायुधाः
सुपर्णमुन्नद्धफणा इवाहयः ॥ ४ ॥

tais tigma-dhāraiḥ pradhane śilī-mukhair
itas tataḥ puṇya-janā upadrutāḥ
tam abhyadhāvan kupitā udāyudhāḥ
suparṇam unnaddha-phaṇā ivāhayaḥ

taiḥ—被那些 / tigma-dhāraiḥ—有尖头的 / pradhane—在战场上 / śilī-mukhaiḥ—箭 / itaḥ tataḥ—到处 / puṇya-janāḥ—亚克刹们 / upadrutāḥ—被激怒 / tam—向杜茹瓦·玛哈茹阿佳 / abhyadhāvan—冲 / kupitāḥ—很愤怒 / udāyudhāḥ—举着武器 / suparṇam—向嘎茹达 / unnaddha-phaṇāḥ—昂着头 / iva—像 / ahayaḥ—蛇

译文 尽管那些利箭使战场上的敌军亚克刹们胆战心惊，吓得几乎昏了过去，但他们因为对杜茹瓦·玛哈茹阿佳恼羞成怒，所以还是想方设法收集起他们的武器，向杜茹瓦·玛哈茹阿佳发起进攻。正如毒蛇被嘎茹达激怒后昂头冲向嘎如达，所有的亚克刹士兵高举着他们的武器准备战胜杜茹瓦·玛哈茹阿佳。

第5节 स तान् पृषत्कैरभिधावतो मृधे
निकृत्तबाहूरुशिरोधरोदरान् ।
निनाय लोकं परमर्कमण्डलं
व्रजन्ति निर्भिद्य यमूर्ध्वरेतसः ॥ ५ ॥

sa tān pṛṣatkair abhidhāvato mṛdhe
nikṛtta-bāhūru-śirodharodarān
ināya lokaṁ param arka-maṇḍalaṁ
vrajanti nirbhidya yam ūrdhva-retasaḥ

saḥ—他（杜茹瓦·玛哈茹阿佳）/ tān—所有的亚克刹 / pṛṣatkaiḥ—被他的箭 / abhidhāvataḥ—向前 / mṛdhe—在战场上 / nikṛtta—被分开 / bāhu—手臂 / ūru—大腿 / śiraḥ-dhara—脖子 /

udarān—和肚子 / nināya—超度 / lokam—到星球 / param—高等 / arka-maṇḍalam—太阳球 / vrajanti—去 / nirbhidya—刺穿 / yam—向那 / ūrdhva-retasaḥ—那些在任何时候都不排精的人

译文　杜茹瓦·玛哈茹阿佳看到亚克刹向他冲过来时，立刻搭弓射箭，把敌人射成了碎片。这些手臂、腿脚、头颅和躯干分家的亚克刹，被杜茹瓦·玛哈茹阿佳送上了高于太阳的高等星球，而这个星球通常只有从没有排放过精液的一流布茹阿玛查瑞才能去。

要旨　对非奉献者来说，被至尊主或至尊主的奉献者杀死是吉祥的事。亚克刹(Yakṣa)们虽然被杜茹瓦·玛哈茹阿佳(Dhruva Mahārāja)不分青红皂白地杀死了，但却因而到达了只有从未排过精液的布茹阿玛查瑞(brahmacārī)才能去的星系。非人格神主义的格亚尼(jñānī)或被至尊主杀死的恶魔，会去布茹阿玛珞卡(Brahmaloka)或萨提亚珞卡(Satyaloka)，被至尊主的奉献者杀死的人也去萨提亚珞卡。要到达这里所讲的萨提亚珞卡星系，必须上升越过太阳球体。因此，杀戮并不总是坏事。如果这杀戮是由至尊人格首神或祂的奉献者做的，或者是在盛大的祭祀中进行的，那么这种杀就对被杀的生物有益。与至尊人格首神或祂的奉献者进行的杀戮相比，物质的“非暴力”毫无意义。即使当国王或国家政府处死一名杀人犯时，那种杀也是为了杀人犯的利益，因为那样做可以清除他的一切恶报。

这节诗中的梵文 ūrdhva-retasaḥ 一词意义重大，意思是“从不排精的布茹阿玛纳查瑞(brahmacārī，贞守生)”。独身禁欲是如此重要，以致人即使没有从事过任何苦修，没有举行过韦达经(Veda)中规定的仪式，但只要始终作一名纯粹的布茹阿玛查瑞，从不排精，就能在死后去萨提亚珞卡。一般而言，性生活是导致物质世界中一切痛苦的根源。在韦达文明中，性生活受到各种各样的限制，在整个人类社会中，只有居士(贵哈斯塔，gṛhastha)允许有限制地过性生活，而其他人都禁止过性生活。然而，现代人根本不知道不排精的价值。因此，他们被物质属性以各种方式束缚着，仅仅为了生存而挣扎受苦。ūrdhva-retasaḥ 一词特指那些遵守严格的苦修原则的玛亚瓦迪・萨尼亚希(Māyāvādī sannyāsī，非人格神主义托钵僧)。但是，在《博伽梵歌》(Bhagavad-gītā)第 8 章的第 16 节诗中，至尊主说：人即使上升到布茹阿玛珞卡，也还会再返回这个地球(ābrahma-bhuvanāl lokāḥ punar āvartino 'rjuna)。所以，只有通过为至尊主做奉爱服务，才能得到真正的解脱——穆克提(mukti)，因为做奉爱服务能使人超越布茹阿玛珞卡，到达去了之后永不返回的灵性世界。玛亚瓦迪・萨尼亚希对追求解脱非常自豪，但人除非通过做奉爱服务与至尊主接触，否则不可能得到真正的解脱。经典中说：没人能在未得到奎师那的恩典的情况下解脱(hariṁ vinā na sṛtiṁ taranti)。

第6节

तान् हन्यमानानभिवीक्ष्य गुह्यका-
ननागसश्चित्ररथेन भूरिशः ।
औत्तानपादिं कृपया पितामहो
मनुर्जगादोपगतः सहर्षिभिः ॥ ६ ॥

tān hanyamānān abhivīkṣya guhyakān
anāgasaś citra-rathena bhūriśaḥ
auttānapādiṁ kṛpayā pitāmaho
manur jagādopagataḥ saharṣibhiḥ

tān—那些亚克刹 / hanyamānān—被杀死 / abhivīkṣya—看到 / guhyakān—亚克刹们 / anāgasaḥ—无罪的 / citra-rathena—被有着华美战车的杜茹瓦・玛哈茹阿佳 / bhūriśaḥ—巨大的 / auttānapādim—向乌塔纳帕达的儿子 / kṛpayā—出于仁慈 / pitāmahaḥ—祖父 / manuḥ—斯瓦阳布瓦·玛努 / jagāda—给予教导 / upagataḥ—去找 / saha-ṛṣibhiḥ—与伟大的圣人

译文 斯瓦阳布瓦·玛努看到他孙子杜茹瓦·玛哈茹阿佳杀了那么多其实并没有犯罪的亚克刹时，出于极大的同情，跟伟大的圣人们一起来找杜茹瓦，以便给他一些好的忠告。

要旨 杜茹瓦·玛哈茹阿佳(Dhruva Mahārāja)之所以攻击亚克刹(Yakṣa)的城市阿拉卡普瑞(Alakāpurī)，是因为他弟弟被他们中的一个人杀死了。实际上，只是他们中的一个，而不是他们全体犯下了杀害他弟弟乌塔玛(Uttama)的罪。毫无疑问，杜茹瓦·玛哈茹阿佳对他弟弟被杀一事采取了严厉的对策——向亚克刹宣战并与之作战。这种情况在当今时代也时有发生，有时整个国家会因为某一个人的过错而受到攻击。然而，人类的始祖和立法者玛努(Mamu)并不赞成这种大规模的攻击。因此，他想阻止他孙子杜茹瓦继续杀那些无罪的亚克刹。

第7节

मनुरुवाच
अलं वत्सातिरोषेण तमोद्वारेण पाप्मना ।
येन पुण्यजनानेतानवधीस्त्वमनागसः ॥ ७ ॥

manur uvāca
alaṁ vatsātiroṣeṇa
tamo-dvāreṇa pāpmanā
yena puṇya-janān etān
avadhīs tvam anāgasaḥ

manuḥ uvāca—玛努说 / alam—够了 / vatsa—我亲爱的孩子 / atiroṣeṇa—怀着极度的愤怒 / tamaḥ-dvāreṇa—愚昧之路 / pāpmanā—罪恶的 / yena—被那 / puṇya-janān—亚克刹们 / etān—

所有这些 / avadhīḥ—你杀了 / tvam—你 / anāgasaḥ—无罪的

译文 主玛努说：我亲爱的孩子，请停战吧！不必要的愤怒并不好，它是通向地狱的路。你杀死事实上并没有犯罪的亚克刹，超出了限度。

要旨 这节诗中的梵文 atiroṣeṇa 一词的意思是“不必要的愤怒”。当杜茹瓦・玛哈茹阿佳(Dhruva Mahārāja)超过必要的愤怒的界限时，他祖父斯瓦阳布瓦・玛努(Svāyambhuva Manu)立即前来阻止他，保护他不要进一步犯罪。由此我们可以明白：杀并不是坏事，但不必要的杀或杀死无罪的人，便为自己铺设了通向地狱的路。杜茹瓦・玛哈茹阿佳是至尊主伟大的奉献者，因此被他祖父拯救而没有犯下如此罪行。

只有在为维护国家的秩序和法律时，查锤亚(kṣatriya，刹帝利)才有权杀人，否则他无权杀——不能毫无理由地施行暴力。暴力无疑把人引向地狱般的受制约的生活，但为了维护国家的法律和秩序也需要运用暴力。玛努在此阻止杜茹瓦・玛哈茹阿佳继续杀亚克刹，是因为他们中只有一个人因杀死他弟弟乌塔玛(Uttama)而该受到惩罚，并不是所有的亚克刹居民都该受到惩罚。然而我们发现，在现代战争中，没有过错的无辜居民受到攻击。根据玛努制定的法律，这种战争是罪大恶极的。此外，现代的文明国家正毫无必要地维持着许许多多的屠宰场，杀死无辜的动物。当一个国家遭到敌人的攻击，居民被大量地屠杀时，应该知道：那是他们从事罪恶活动所得到的报应。这就是大自然的法律。

第8节 नास्मत्कुलोचितं तात कर्मैतत्सद्विगर्हितम् ।
वधो यदुपदेवानामारब्धस्तेऽकृतैनसाम् ॥ ८ ॥

nāsmat-kulocitaṁ tāta
　karmaitat sad-vigarhitam
vadho yad upadevānām
　ārabdhas te 'kṛtainasām

na—不 / asmat-kula—我们的家族 / ucitam—适当的 / tāta—我亲爱的孩子 / karma—行动 / etat—这 / sat—被宗教权威 / vigarhitam—禁止 / vadhaḥ—杀戮 / yat—那 / upadevānām—亚克刹的 / ārabdhaḥ—所从事 / te—被你 / akṛta-enasām—那些没有罪的

译文　亲爱的孩子，权威人士一点儿都不赞同你杀无罪的亚克刹。你做这件事，对我们这个本该了解宗教法律和非宗教之间区别的家庭没好处。

第9节　नन्वेकस्यापराधेन प्रसङ्गाद्बहवो हताः ।
भ्रातुर्वधाभितप्तेन त्वयाङ्ग भ्रातृवत्सल ॥ ९ ॥

nanv ekasyāparādhena
　prasaṅgād bahavo hatāḥ
bhrātur vadhābhitaptena
　tvayāṅga bhrātṛ-vatsala

nanu—肯定地 / ekasya—一个(亚克刹)的 / aparādhena—有罪 / prasaṅgāt—由于他们的关系 / bahavaḥ—许多 / hatāḥ—被杀死 / bhrātuḥ—你兄弟的 / vadha—由于死亡 / abhitaptena—悲伤 / tvayā—被你 / aṅga—我亲爱的孩子 / bhrātṛ-vatsala—对你兄弟的感情

译文　亲爱的孩子，事实已经证明你很爱你弟弟，而亚克刹杀死他使你很悲痛。但请想一想，为了一个亚克刹所犯的罪，你已经杀死了那么多其他无辜的亚克刹。

第10节 नायं मार्गो हि साधूनां हृषीकेशानुवर्तिनाम् ।
यदात्मानं पराग्गृह्य पशुवद्भूतवैशसम् ॥ १० ॥

nāyaṁ mārgo hi sādhūnāṁ
hṛṣīkeśānuvartinām
yad ātmānaṁ parāg gṛhya
paśuvad bhūta-vaiśasam

na—从不 / ayam—这 / mārgaḥ—道路 / hi—肯定地 / sādhūnām—诚实的人的 / hṛṣīkeśa—至尊人格首神的 / anuvartinām—遵循道路 / yat—那 / ātmānam—自我 / parāk—躯体 / gṛhya—认为是 / paśu-vat—像动物 / bhūta—生物的 / vaiśasam—杀戮

译文 人不应该把物质躯体当作真正的自我，因而像动物一样去杀他人的躯体。走在为至尊人格首神做奉爱服务的路途上的圣人，尤其禁止这么做。

要旨 梵文 sādhūnāṁ hṛṣīkeśānuvartinām 一句意义重大，萨杜(sādhu)的意思是“圣人”。但谁是圣人呢？走在为至尊人格首神慧希凯施(Hṛṣīkeśa)做奉爱服务的路途上的人是圣人。《纳茹阿达·潘查茹阿陀》(Nārada-pañcarātra)中说：用感官为至尊人格首神做爱心服务的程序叫巴克缇(bhakti)——奉爱服务(hṛṣīkeṇa hṛṣīkeśa-sevanaṁ bhaktir ucyate)。因此，为什么已经致力于为至尊主服务的人要从事满足个人感官的活动呢？玛努(Manu)在这节诗中提醒杜茹瓦·玛哈茹阿佳(Dhruva Mahārāja)说：他是至尊主纯粹的奉献者，为什么要像动物一样无谓地陷在躯体化的生命概念中呢？动物认为其他动物的躯体是它的食物，因此带着这种躯体化的生命概念互相攻击。人类，尤其是至尊主的奉献者，不应该如此行事。圣洁的奉献者——萨杜，不应该毫无必要地杀动物。

第11节　सर्वभूतात्मभावेन भूतावासं हरिं भवान् ।
आराध्याप दुराराध्यं विष्णोस्तत्परमं पदम् ॥ ११ ॥

sarva-bhūtātma-bhāvena
bhūtāvāsaṁ hariṁ bhavān
ārādhyāpa durārādhyaṁ
viṣṇos tat paramaṁ padam

sarva-bhūta—在所有的生物中 / ātma—向超灵 / bhāvena—以冥想 / bhūta——切存在的 / āvāsam—居所 / harim—主哈尔依 / bhavān—你 / ārādhya—靠崇拜 / āpa—达到 / durārādhyam—很难安抚 / viṣṇoḥ—主维施努的 / tat—那 / paramam—至尊 / padam—境况

译文　要想进入哈尔依在外琨塔星球中的灵性住所极为困难，但你是如此幸运，通过把祂作为众生的至尊住所来崇拜，早已注定了要去那儿。

要旨　除非有灵魂的存在与超灵的保护，否则众生的物质躯体不可能存在。灵魂依靠超灵，而超灵甚至存在于原子中。由于物质的或灵性的一切都完全依靠至尊主，至尊主因此在这节诗中被称为一切的居所(bhūtāvāsa)。当玛努(Manu)要求杜茹瓦·玛哈茹阿佳(Dhruva Mahārāja)停战时，杜茹瓦·玛哈茹阿佳作为查锤亚(kṣatriya，刹帝利)，可以跟他祖父争辩。然而，即使他可以争辩说：作为一名查锤亚，他的责任是与敌人作战。但他被告知：至尊主住在每一个生物体的心中，因此每一个生物体都可以被视为至尊主的一座庙宇，无谓地杀戮任何生物体都是被禁止的。

第12节　स त्वं हरेरनुध्यातस्तत्पुंसामपि सम्मतः ।
कथं त्ववद्यं कृतवाननुशिक्षन् सतां व्रतम् ॥ १२ ॥

sa tvaṁ harer anudhyātas
tat-puṁsām api sammataḥ
kathaṁ tv avadyaṁ kṛtavān
anuśikṣan satāṁ vratam

saḥ—那个人 / tvam—你 / hareḥ—被至尊主 / anudhyātaḥ—永远记着 / tat—祂的 / puṁsām—被奉献者 / api—也 / sammataḥ—尊重 / katham—为什么 / tu—那时 / avadyam—令人憎恶的(行为) / kṛtavān—你所从事的 / anuśikṣan—树立榜样 / satām—圣洁之人的 / vratam—誓言

译文 由于你是至尊主纯粹的奉献者，至尊主一直在想你，祂所有亲密的奉献者也都赏识你。你的生活是为了给他人树立典范。因此，我感到震惊，不明白你为什么要做这么令人憎恶的事。

要旨 杜茹瓦·玛哈茹阿佳(Dhruva Mahārāja)是至尊主纯粹的奉献者，习惯于一直不断地想着至尊主。相应地，至尊主也总是想着那些一天二十四小时只想着祂的纯粹奉献者。纯粹奉献者除了至尊主以外，不在乎其他事物。同样，至尊主除了祂纯粹的奉献者外，也不在乎其他的事物。斯瓦阳布瓦·玛努(Svāyambhuva Manu)向杜茹瓦·玛哈茹阿佳指明这一事实说："你不仅是纯粹的奉献者，还得到了至尊主的全体纯粹奉献者的认可。你应该始终以身作则，为其他人树立榜样。既然如此，你杀死那么多没犯错误的亚克刹(Yakṣa)实在令人惊讶。"

第13节 तितिक्षया करुणया मैत्र्या चाखिलजन्तुषु ।
समत्वेन च सर्वात्मा भगवान् सम्प्रसीदति ॥ १३ ॥

titikṣayā karuṇayā
maitryā cākhila-jantuṣu
samatvena ca sarvātmā
bhagavān samprasīdati

titikṣayā—靠容忍 / karunayā—靠仁慈 / maitryā—靠友谊 / ca—也 / akhila—宇宙的 / jantuṣu—对生物 / sanatvena—靠平静 / ca—也 / sarva-ātmā—超灵 / bhagavān—人格首神 / samprasīdati—非常满意

译文 当至尊主的奉献者以宽容、仁慈、友好及和平的心善待他人时，至尊主对他们非常满意。

要旨 处在奉爱服务第二个完美阶段的高级奉献者，有责任按这节诗行事。奉爱服务共分三个阶段。在最初级的阶段，奉献者只关心庙里的神像，以巨大的热情按规范守则崇拜至尊主。在第二个阶段，奉献者认识到他与至尊主的关系，与其他奉献者的关系，与无知之人的关系，以及与心怀恶意之人的关系。奉献者有时受到心怀恶意之人的虐待。经典建议进步的奉献者应该忍受，应该对无知的人慈悲为怀。负责传教的奉献者就是要向无知的人展示慈悲，从而使他提升到做奉爱服务的层面。所有生物的原本地位，都是神永恒的仆人。所以，奉献者的责任是唤醒每个人心中的奎师那意识。这就是他的仁慈。谈到奉献者应该如何对待与他同等的奉献者时，他应该与他们保持友好关系。他应该把每一个生物都视为是至尊主不可缺少的一部分。不同的生物进入不同的物质躯体，以不同的形象出现，但按照《博伽梵歌》(Bhagavad-gītā)中的教导，有学问的人对众生一视同仁。至尊主非常赞赏奉献者这种待人接物的态度和方式。因此经典中说：圣人总是平静、宽容、仁慈，对人友善，从不与人为敌。这些是奉献者的一些优秀品质。

第14节 सम्प्रसन्ने भगवति पुरुषः प्राकृतैर्गुणैः ।
विमुक्तो जीवनिर्मुक्तो ब्रह्म निर्वाणमृच्छति ॥ १४ ॥

samprasanne bhagavati
puruṣaḥ prākṛtair guṇaiḥ
vimukto jīva-nirmukto
brahma nirvāṇam ṛcchati

samprasanne—使满意 / bhagavati—至尊人格首神的 / puruṣaḥ—人 / prākṛtaiḥ—从物质的 / guṇaiḥ—自然属性 / vimuktaḥ—被释放 / jīva-nirmuktaḥ—也摆脱精微躯体 / brahma—无限的 / nirvāṇam—灵性的喜悦 / ṛcchati—获得

译文 让至尊人格首神真正满意的人，将从粗糙和精微的物质环境中解脱出来。他这样摆脱所有的物质自然属性的影响后，就获得了无限的灵性极乐。

要旨 前一节诗中解释说，人以宽容、仁慈、友好及平等的心善待众生。这样做使至尊人格首神非常满意，而由于祂满意，奉献者便立即摆脱所有的物质制约。在《博伽梵歌》(Bhagavad-gītā)中，至尊主也证实说："真心诚意地为我服务的人立即处于超然的境界，在那里享受无限的灵性喜乐。"在这个物质世界里，大家都在为得到快乐的生活而努力奋斗。不幸的是，人们并不知道如何得到快乐。无神论者不信神，因此无疑不去取悦祂。这节诗里清楚地说：取悦了至尊人格首神的人，立即臻达灵性的层面，享受无限的极乐生活。摆脱物质存在的意思是，摆脱物质自然的影响。

这节诗中所用的梵文 samprasanne 一词的意思是"使满意"。人应该这样行事，即通过自己的活动使至尊主满意，而不是满足自己。当然，当至尊主满意时，奉献者自然也就心满意足了。这是奉爱瑜伽(巴克缇·尤嘎，bhakti-yoga)的秘密。除了练奉爱瑜伽的人，每个人都在试图满足自己。没有人在努力使至尊主满足。功利性活动者(卡尔弥，karmī)努力以粗糙的方式满足自己的感官；即使是那些上升到知识层面的人，也试图满足自己，只不过用的是一种精微的形式而已。功利性活动者(卡尔弥)试图靠感官享乐满足自己；心智思辨者(格亚尼，jñānī)试图靠心智思辨这一精微的活动满足自己，并以为自己就是上帝；瑜伽师(尤格伊，yogī)也试图通过想自己能获得各种神通来满足自己。然而，只有奉献者在努力使至尊人格首神满意。奉献者获得自我觉悟的方法完全不同于功利性活动者、思辨者和瑜伽师所用的方法。除了奉献者在努力使至尊主满意外，其他人都在努力满足自己。奉爱之途与其他方法完全不同；奉献者通过用自己的感官为至尊主做爱心服务取悦至尊主而立即处在超然的层面上，享受无限喜乐的生活。

第15节　भूतैः पञ्चभिरारब्धैर्योषित्पुरुष एव हि ।
तयोर्व्यवायात्सम्भूतिर्योषित्पुरुषयोरिह ॥१५॥

bhūtaiḥ pañcabhir ārabdhair
yoṣit puruṣa eva hi
tayor vyavāyāt sambhūtir
yoṣit-puruṣayor iha

bhūtaiḥ—被物质元素 / pañcabhiḥ—五种 / ārabdhaiḥ—发展 / yoṣit—妇女 / puruṣaḥ—男人 / eva—正如 / hi—无疑地 / tayoḥ—他们的 / vyavāyāt—通过性生活 / sambhūtiḥ—进一步的创造 / yoṣit—妇女的 / puruṣayoḥ—和男人的 / iha—在这个物质世界里

译文　物质世界的创造是由五种元素开始的，因此所有的一切，包括男人和女人的躯体，都由这些元素组成。男人和女人的交媾，使这个物质世界里的男女数目进一步增加。

要旨　斯瓦阳布瓦·玛努(Svāyambhuva Manu)看到杜茹瓦·玛哈茹阿佳(Dhruva Mahārāja)虽然理解了外士纳瓦(Vaiṣṇava)哲学，但还是因为弟弟的死而感到不满意时，便向他解释这个物质躯体是如何由物质自然的五种元素制造的。《博伽梵歌》(Bhagavad-gītā)中也证实说：物质世界里的一切，都是由物质自然三种属性创造、维系和毁灭的(prakṛteḥ kriyamāṇāni)。当然，在幕后指挥的是至尊人格首神。这一点《博伽梵歌》中也进行了确认，奎师那在第 9 章的第 10 节诗中说："物质自然在我的指挥下活动(mayādhyakṣeṇa)。"斯瓦阳布瓦·玛努想让杜茹瓦·玛哈茹阿佳了解：他弟弟的物质躯体的死亡，其实不是亚克刹(Yakṣa)的过错，而是物质自然的作用。至尊人格首神有无数种能量，它们以各种方式明显地或奥妙地运作着。

至尊主的这些能量是如此强大有力，虽然大致看来只有土、水、火、气和空间这五种元素，但整个宇宙却被创造了出来。同样，各类物种的躯体，不管是人类还是半神人，走兽类还是飞禽类，也都由这同样的五种元素创造了出来，而且通过性的结合，他们繁衍出越来越多的生物体。那就是创造、维系和毁灭的形式。在这一过程中，人不应该受物质自然波涛的干扰。斯瓦阳布瓦·玛努委婉地劝告杜茹瓦·玛哈茹阿佳，不要因他弟弟的死亡而痛苦，因为我们与躯体的关系完全是物质性的。真正的自我——灵性的灵魂，是任何人都杀不死、毁灭不了的。

第16节　एवं प्रवर्तते सर्गः स्थितिः संयम एव च ।
गुणव्यतिक राद्राजन्मायया परमात्मनः ॥१६॥

evaṁ pravartate sargaḥ
sthitiḥ saṁyama eva ca

guṇa-vyatikarād rājan
māyayā paramātmanaḥ

evam—因此 / pravartate—发生 / sargaḥ—创造 / sthitiḥ—维系 / saṁyamaḥ—毁灭 / eva—无疑地 / ca—和 guṇa—属性的 / vyatikarāt—通过互相作用 / rājan—君王啊 / māyayā—被错觉能量 / parama-ātmanaḥ—至尊人格首神的

译文　玛努继续说：亲爱的杜茹瓦王，这个物质世界的创造、维系和毁灭，只不过是至尊人格首神的物质能量(错觉能量)的作用，以及物质自然三种属性相互作用的结果。

要旨　首先，创造是由物质自然的五种元素构成的。接下来，物质自然三种属性之间的相互作用，维系了整个创造。婴儿出生后，父母立即养育照料他。这种抚养后代的倾向不只存在于人类社会中，也存在于动物社会里，就连要吃其他动物的老虎也照料自己的幼仔。物质自然属性间的相互作用，使创造、维系和毁灭不可避免地进行着。但同时我们应该知道，这一切都是在至尊人格首神的指挥、监督下进行的。万事万物都按那种程序进行着。创造是激情属性(rajo-guṇa)作用的结果，维系是善良属性(sattva-guṇa)作用的结果，毁灭是愚昧属性(tamo-guṇa)作用的结果。我们可以看到：受善良属性控制的人，寿命比受愚昧属性和激情属性控制的人要长。换句话说，当人升到善良属性的层面上时，他就会被提升到寿命很长的高级星系上去。经典中说：伟大的圣哲贤人和萨尼亚希(sannyāsī，托钵僧)，保持自己始终处在善良属性的层面上，就会被提升到高级星系上去(ūrdhvaṁ gacchanti sattva-sthāḥ)。超越物质自然属性而处在纯粹善良属性层面上的人，在灵性世界中获得永生。

第17节 निमित्तमात्रं तत्रासीन्निर्गुणः पुरुषर्षभः ।
व्यक्ताव्यक्तमिदं विश्वं यत्र भ्रमति लोहवत् ॥१७॥

nimitta-mātraṁ tatrāsīn
nirguṇaḥ puruṣarṣabhaḥ
vyaktāvyaktam idaṁ viśvaṁ
yatra bhramati lohavat

nimitta-mātram—远因 / tatra—那时 / āsīt—是 / nirguṇaḥ—没有污染的 / puruṣa-ṛṣabhaḥ—至尊者 / vyakta—展示的 / avyaktam—没有展示的 / idam—这 / viśvam—世界 / yatra—哪里 / bhramati—移动 / loha-vat—像铁

译文 亲爱的杜茹瓦，至尊人格首神不受物质自然属性的污染。祂是这个物质宇宙展示得以创造的远因。祂发出动力，许多其他的因和果便接着产生了。整个宇宙就这样运转起来，仿佛铁棒在磁铁吸引力的作用下转动一样。

要旨 这节诗中解释了至尊人格首神的外在能量是怎样在这个物质世界里运作的。万事万物都是由于至尊主能量的作用而发生的。不承认至尊人格首神是创造起因的无神论哲学家，认为物质世界的运转靠的是各种物质元素间的作用与反作用。这方面的简单例子是：当我们把酸性物质和碱性物质混合在一起时就会产生气泡。但没有人能靠这种化学元素间的相互作用制造出生命来。物质世界里共有八百四十万种生命形式，这些不同的生物体各有各的愿望和活动。光以化学反应为根据，解释不了物质力量是如何运作的。就有关这一点，用陶工和陶工用的转盘为例子加以说明极为恰当。陶工旋转他的转盘，就可以制作出好几种瓦罐来。瓦罐产生的原因有很多，但最初的原因是用力旋转转盘的陶工。那力量是在他的控制下产生的。《博伽梵歌》(Bhagavad-gītā)中解释了同样的概念，那就是：在一切物质作用与反作用背后的，是至尊人格首神奎师那。奎师那说：一切都依靠祂的能量，但祂远离一切。瓦罐是陶工利用物质能量在一定的条件下作用与反作用制作的，但陶工并不在瓦罐中。同样道理，至尊主虽然发动了物质创造，但却始终远离物质创造。韦达经(Veda)中说：祂只扫视了一眼物质自然，物质便立即受到激发开始活动起来。

《博伽梵歌》中也说：至尊主用属于祂不可缺少的部分——个体灵魂(吉瓦，jīva)使物质能量受孕，然后便立即有了各种各样的形体和活动。个体灵魂所具有的各种欲望和所从事的各种功利性活动，导致不同物种的各种躯体产生出来。达尔文的理论中不承认生物是属灵的灵魂，因此他的进化论是不完整的。这个宇宙中各种现象的发生，都是物质自然三种属性作用的反作用的结果，但最初的创造者或说原因，则是这节诗中提到的至尊人格首神——远因(nimitta-mātram)。祂只是用祂的能量推动转盘而已。非人格神主主义的玛亚瓦迪(Māyāvādī)哲学家们说，至尊布茹阿曼(Brahman，梵)把祂自己转化为许多种形象。但这不是事实。祂虽然是一切原因的最初原因，但始终没有参与物质自然属性的作用与反作用。正因为如此，主布茹阿玛(Brahmā)在他的《布茹阿玛·萨密塔》第 5 章的第 1 节诗中说：

īśvaraḥ paramaḥ kṛṣṇaḥ
sac-cid-ānanda-vigrahaḥ
anādir ādir govindaḥ
sarva-kāraṇa-kāraṇam

原因和结果有许许多多，但圣主奎师那是最初的原因。

第18节　स खल्विदं भगवान् काल शक्त्या
गुणप्रवाहेण विभक्तवीर्यः ।

करोत्यक र्तैव निहन्त्यहन्ता
चेष्टा विभूम्नः खलु दुर्विभाव्या ॥ १८ ॥

sa khalv idaṁ bhagavān kāla-śaktyā
guṇa-pravāheṇa vibhakta-vīryaḥ
karoty akartaiva nihanty ahantā
ceṣṭā vibhūmnaḥ khalu durvibhāvyā

saḥ—那 / khalu—然而 / idam—这个(宇宙) / bhagavān—人格首神 / kāla—时间的 / śaktyā—被力量 / guṇa-pravāheṇa—通过自然属性的相互作用 / vibhakta—分开 / vīryaḥ—(谁的)能量 / karoti—对……作用 / akartā—无为者 / eva—尽管 / nihanti—杀 / ahantā—非杀者 / ceṣṭā—能量 / vibhūmnaḥ—至尊主 / khalu—肯定地 / durvibhāvyā—不可思议的

译文 至尊人格首神用祂不可思议的至尊能量和时间因素，引发物质自然三种属性的相互作用，以此展示出各种各样的能量。祂看起来是在做事，但其实不是那具体做事的人。祂在杀戮，但却不是杀戮者。因此应该明白，是祂不可思议的力量在使一切得以发生。

要旨 梵文 durvibhāvyā 一词的意思是“用我们小小的脑袋所无法想象的”，vibhakta-vīryaḥ 的意思是“分为各种各样的能量”。这是对物质世界里创造能量的展示所进行的正确解释。我们可以透过例子来更好地理解神的仁慈：政府永远都应该是仁慈的，但有时为了维护法律和秩序，政府使用它的警察力量，处罚造反的臣民。同样，至尊人格首神始终很仁慈，具足超然的品质，但某些个体灵魂忘了他们与至尊主奎师那的关系，企图主宰物质自然。他们这么做的结果，是使他们陷入物质能量的相互作用中。然则，如果因为能量来源于至尊人格首神，我们就争论说祂是具体做事的人，那么这种说法就不正确了。前一节诗中用梵文 nimitta-mātram 一词说明至尊主完全远离这个物质世界的作用和反作用。那么，所有的一切又是如何完成的呢？这里用了“不可思议”一词来解释。这一切是用我们小小脑袋的能力所理解不了的；我们如果不承认至尊主不可思议的力量和能量，就无法取得任何进步。发挥作用的能量无疑是由至尊人格首神发出的，但祂本人始终远离那些能量的作用的反作用。物质自然相互作用所产生的各种能量，制造了各种各样的生命形式，以及与之相应的痛苦和快乐。

《维施努·普冉纳》(Viṣṇu Purāṇa)中很好地解释了至尊主是如何行事的：大火在一个地方，但大火产生的光和热则以许多不同的方式发挥着作用。另一个例子是：发电厂坐落在一处，但它发出的电能使许多不同类型的机器运转着。产品与能量的始源永远不是同一的，但能量的始源作为最初的因素，与产品既是一体又有区别。因此，主柴坦亚(Caitanya)的 “既是一体又有区别(acintya-bhedabhedatattva)”的哲学，是最完美的认识至尊主的方式。在这个物质世界里，至尊主化身出布茹阿玛(Brahmā)、维施努(Viṣṇu)和希瓦(Śiva)三个形象，透过他们掌管物质自然三种属性。祂透过祂的布茹阿玛化身进行创造，作为维施努化身进行维系，通过希瓦化身进行毁灭。 但布茹阿玛、维施努和希瓦的源头——嘎尔博达卡沙依·维施努(Garbhodakaśāyī Viṣṇu)，始终远离物质自然的这些作用与反作用。

第19节　सोऽनन्तोऽन्तकरः कालोऽनादिरादिकृदव्ययः ।
जनं जनेन जनयन्मारयन्मृत्युनान्तकम् ॥ १९ ॥

so 'nanto 'nta-karaḥ kālo
'nādir ādi-kṛd avyayaḥ
janaṁ janena janayan
mārayan mṛtyunāntakam

saḥ—祂 / anantaḥ—无限的 / anta-karaḥ—毁灭者 / kālaḥ—时间 / anādiḥ—没有开始 / ādi-kṛt—万物的开始 / avyayaḥ—没有减少 / janam—生物体 / janena—被生物 / janayan—使出生 / mārayan—杀戮 / mṛtyunā—被死亡 / antakam—杀戮者

译文 亲爱的杜茹瓦，至尊人格首神永恒存在，祂以时间的形式毁灭一切。尽管祂是一切存在的开始，尽管一切都会在一定的时间结束存在，但祂自己既没有开始存在的时间，也永远不会结束存在。生物体通过父亲的能量得以出生，被死亡的能量所杀死，但至尊主永远不经历出生和死亡。

要旨 通过这节诗，我们可以详细地研究至尊人格首神至高无上的权威性和不可思议的力量。祂永远是无限的，也就是说，祂无始无终。然而，正如《博伽梵歌》(Bhagavad-gītā)中描述的，祂就是死亡(以时间的形式)。奎师那说，“我是死亡。在生命终结时，我带走一切。”永恒的时间没有起始，但却是一切创造物的创造者。以点金石为例，它制造出许多珍贵的珠宝，但自身的力量一点儿都没有减少。同样，创造多次发生，一切都得以维系，而经过一段时间后万物都被毁灭，但最初的创造者——至尊主，却始终不变，远不可及，力量不减。第二阶段的创造由布茹阿玛(Brahmā)进行，但布茹阿玛是至尊首神创造出来的。主希瓦虽然负责毁灭整个创造，但最终他本身也被维施努所毁灭。最后只剩下主维施努。韦达赞歌中说：开始时只有维施努，结束时也只剩下维施努。

有一个例子可以帮助我们理解至尊主不可思议的力量。在近代战争史中，至尊人格首神制造了希特勒和他之前的拿破仑·波拿巴，他们两人在战争中都杀死了许多生灵。但最后，拿破仑和希特勒也都被杀死了。直至现在，人们还很有兴趣撰写和阅读有关希特勒和拿破仑的生平，以及他们是如何在战争中杀死许多人的作品。人们仍然很感兴趣。年复一年，有关希特勒在集中营里屠杀成千上万犹太人的书籍出版了许多，供大众阅读。但是，却没有人研究是谁杀了希特勒，又是谁创造了这样一个大肆屠杀人类的杀手。至尊主的奉献者对研究如昙花一现的短暂世界史不感兴趣。他们只对作为最初的创造者、维系者和毁灭者的至尊主感兴趣。这就是奎师那意识运动的目的之所在。

第20节　न वै स्वपक्षोऽस्य विपक्ष एव वा
परस्य मृत्योर्विशतः समं प्रजाः ।
तं धावमानमनुधावन्त्यनीशा
यथा रजांस्यनिलं भूतसङ्घाः ॥ २० ॥

na vai sva-pakṣo 'sya vipakṣa eva vā
parasya mṛtyor viśataḥ samaṁ prajāḥ
taṁ dhāvamānam anudhāvanty anīśā
yathā rajāṁsy anilaṁ bhūta-saṅghāḥ

na—不 / vai—然而 / sva-pakṣaḥ—盟友 / asya—至尊人格首神的 / vipakṣaḥ—敌人 / eva—肯定地 / vā—或者 / parasya—至尊者的 / mṛtyoḥ—以时间的形式 / viśataḥ—进入 / samam—平等地 / prajāḥ—生物 / tam—祂 / dhāvamānam—移动 / anudhāvanti—在后面跟随 / anīśāḥ—依赖的生物 / yathā—如同 / rajāṁsi—尘埃粒子 / anilam—风 / bhūta-saṅghāḥ—其他物质元素

译文　至尊人格首神以祂永恒的时间特征出现的物质世界里，始终保持中立的立场。祂平等对待一切众生，既不偏向谁，也不与谁为敌。在时间因素的管辖下，每个生物都在承受自己从事功利性活动(卡尔玛)所得到的结果，并因此而享乐或受苦。正如刮风时尘埃粒子会随风飘动，生物根据自己所从事过的活动，享受物质生活或在其中受苦。

要旨 至尊人格首神虽然是一切原因的最初原因，但并不对任何生物的物质苦乐负责。至尊主从不偏心。智力欠佳的人指责至尊主偏心，并断定这就是这个物质世界里有人享乐而有人受苦的原因。但是，这节诗特别说明至尊主没有这种偏心。然而，生物永远都不是独立的。他们一旦声称他们不须依赖于至尊控制者，就立即被置入这个物质世界，尽可能自由地尝试他们的运气。当物质世界为这种误入歧途的生物而被创造出来时，这些生物就开始创造自己的功利性活动(卡尔玛，karma)，利用时间因素，从而制造他们自己的幸运和不幸。每一个生物体都是被创造出来的，每一个生物体都得到维系，而每一个生物体最终都被杀死。就这三方面而言，至尊主平等对待每一个生物体。生物体所从事的功利性活动(卡尔玛)，使他受苦或享乐。生物体的地位是高是低，生物体是受苦还是享乐，都取决于他自身的活动。这节诗中就有关这一方面所有的梵文 anīśāḥ 一词很准确，它的意思是“取决于他们自身的活动”。举例子来说：政府为每一个人提供生活的便利条件，但人因自己的选择而成为罪犯到监狱里去，或者当合法公民在政府的保护下生活。这节诗中举的例子是：刮风时，尘埃粒子随风飘动。逐渐地，天空出现了闪电，接着下起了倾盆大雨，雨季就这样创造出森林中的各种环境。神极为仁慈，祂给予每一个生物以平等的机会，但每个人从事功利性活动所得到的报应，使他在这个物质世界里享乐或受苦。

第21节 आयुषोऽपचयं जन्तोस्तथैवोपचयं विभुः ।
उभाभ्यां रहितः स्वस्थो दुःस्थस्य विदधात्यसौ ॥ २१ ॥

āyuṣo 'pacayaṁ jantos
tathaivopacayaṁ vibhuḥ

ubhābhyāṁ rahitaḥ sva-stho
duḥsthasya vidadhāty asau

āyuṣaḥ—寿命的 / apacayam—减少 / jantoḥ—生物的 / tathā—同样地 / eva—也 / upacayam—增加 / vibhuḥ—至尊人格首神 / ubhābhyām—从他们两者 / rahitaḥ—自由的 / sva-sthaḥ—始终处在祂超然的状态中 / duḥsthasya—在业报法律控制下的生物的 / vidadhāti—赐予 / asau—祂

译文　至尊人格首神维施努无所不能，祂把人从事功利性活动的结果赐予活动的从事者。因此，尽管有的生物体寿命很短，有的生物体寿命很长，但祂永远处在祂超然的状态中，根本不存在寿命缩短或增加的问题。

要旨　蚊子和主布茹阿玛(Brahmā)都是物质世界里的生物体，都是至尊主的微小粒子和所属部分。蚊子那极短的寿命和主布茹阿玛极长的寿命，都是由至尊人格首神按他们各自的业报赐予他们的。然而我们在《布茹阿玛·萨密塔》中看到说：至尊主减少或消除奉献者的报应(karmāṇi nirdahati)。《博伽梵歌》(Bhagavad-gītā)中解释同样的事实说：人应该只为取悦至尊主而从事活动，否则就会被业报所束缚(yajñārthāt karmaṇo 'nyatra)。在业报法律的控制下，生物在永恒时间的统治下游荡在宇宙中，有时成为一只蚊子，有时当主布茹阿玛。有理智的人认为这是徒劳无功的。《博伽梵歌》第9章的第25节诗中对生物提出敬告说：热衷于崇拜半神人的人到半神人的星球上去(yānti deva-vratā devān)，热衷于崇拜祖先(Pitā)的人到祖先那里去。喜欢从事物质活动的人停留在物质范围里。但是，致力于做奉爱服务的人到至尊人格首神的居所去，那里没有生没有死，也没有受业报法律控制的生物。对生物最有利益的事情是致力于做奉爱服务，回归家园，回归首神。圣巴克提维诺德·塔库尔(Bhaktivinoda Ṭhākura)劝告世人说：“我的朋友，物质自然中的时间巨浪正冲走你。请努力了解你是至尊主永恒的仆人。这样，一切就会停止，你就会永远幸福。”

第22节 केचित्कर्म वदन्त्येनं स्वभावमपरे नृप ।
एके कालं परे दैवं पुंसः कामम्मुतापरे ॥ २२ ॥

kecit karma vadanty enaṁ
svabhāvam apare nṛpa
eke kālaṁ pare daivaṁ
puṁsaḥ kāmam utāpare

kecit—有些 / karma—功利性活动 / vadanti—解释 / enam—那 / svabhāvam—自然 / apare—其他人 / nṛpa—我亲爱的杜茹瓦王 / eke—有些 / kālam—时间 / pare—其他人 / daivam—命运 / puṁsaḥ—生物体的 / kāmam—欲望 / uta—也 / apare—其他人

译文 关于各种生命形式之间不同的原因，有人解释说是由功利性活动的结果造成的，其他人有的说是由自然，有的说是由时间，有的说是由命运，有的则说是由欲望造成的。

要旨 哲学理论分很多类型，有弥曼萨卡(mīmāṁsaka)论、无神论、天文学、性论，以及其他许多种心智思辨的产物。但真正的结论是：我们的活动是把我们以各种生命形式束缚在这个物质世界里的唯一原因。韦达经(Veda)中解释各种生命形式展现的原因说：是生物的欲望使然。生物不是无生命的石头，他有各种欲望——卡玛(kāma)。韦达经中说，那是欲望所做的(kāmo'kārṣīt)。生物原本是至尊主的一部分，就像火花是火的一部分一样，但他们被主宰自然的欲望所诱惑，结果掉到这个物质世界里。这是事实。每个生物都竭尽所能地要控制物质资源。

欲望——卡玛，是消除不了的。有些哲学家说，人如果消除他的欲望，就能重新获得解脱。但要消除欲望是根本不可能的，因为欲望是生物的生命征象。如果没有欲望，生物就成一块死石头了。因此，圣纳若塔玛·达斯·塔库尔(Narottama dāsa Ṭhākura)劝我们，把欲望转向为至尊人格首神服务。这样，欲望就得到了净化。当人的欲望净化时，人就摆脱了一切物质污染。结论是：不同的哲学理论对不同的生物体及他们的苦乐的解释，都是不完美的。真正的解释是：我们都是神永恒的仆人；我们一旦忘了这个关系，就被投入物质世界，在这里制造出各种活动，并承受从事这些活动所带来的苦与乐。我们的欲望把我们抛进这个物质世界，但这欲望必须予以净化，用于为至尊主做奉爱服务。这样，我们以不同的形象在宇宙的不同环境中游荡的疾病就会痊愈。

第23节 अव्यक्तस्याप्रमेयस्य नानाशक्त्युदयस्य च ।
न वै चिकीर्षितं तात को वेदाथ स्वसम्भवम् ॥ २३ ॥

avyaktasyāprameyasya
nānā-śakty-udayasya ca
na vai cikīrṣitaṁ tāta
ko vedātha sva-sambhavam

avyaktasya—不展示的 / aprameyasya—超然者的 / nānā—各种各样的 / śakti—能量 / udayasya—赐予提升的祂的 / ca—也 / na—永不 / vai—肯定地 / cikīrṣitam—计划 / tāta—我亲爱的孩子 / kaḥ—谁 / veda—能知道 / atha—因此 / sva—自己的 / sambhavam—本源

译文 绝对真理——超越一切的人，永远不是用不完美的感觉器官努力就能了解的，而且永远不受直接经验的限制。祂是包括整个物质能量在内的一切能量的主人，没人能了解祂的计划或行动。因此应该得出结论：祂是一切原因的最初原因，没人能通过心智思辨了解祂。

要旨 有人也许会问："既然有那么多类哲学家以不同的方式解释世界，那究竟谁是正确的呢？"答案是：绝对真理——超然者，永远不是直接体验或心智思辨所能了解的。心智思辨者可以被称为是青蛙博士。事情是这样的：有一只生活在三尺宽的井里的青蛙，想要根据它对自己所在的井的知识，计算一下大西洋的长度和宽度。但这项工作对青蛙博士来说是不可能完成的。一个人也许是杰出的院士、学者或教授，但却不能期望靠臆测来了解绝对真理，因为他的感官的受局限的。我们只有从绝对真理本人那里了解绝对真理——一切原因的最初原因，靠自下而上的方法不可能接触到祂。当夜晚见不到太阳或白天太阳被云朵遮住时，尽管太阳还在天空中，但我们不可能靠身体和心智的力量或借助科学工具让它重现出来。没人能说他找到一把火光如此强烈的火炬，以致只要他站到房顶上，把火炬对准夜空，就可以见到太阳。这样的火炬是没有的，也不可能有。

这节诗中的"不展示(avyakta)"一词表明，靠所谓先进的科学知识不可能认识绝对真理。超然者并不是直接体验的对象。了解绝对真理或许就像要见到被乌云或夜色遮住的太阳一样，当太阳以自己的方式在清晨升起时，每个人就都能看到它，看到周围的世界和自己了。这种觉悟了自我的认识称为阿特玛·塔特瓦(ātma-tattva)。人除非有了阿特玛·塔特瓦认识，否则就继续停留在他所诞生的黑暗中。在这种情况下，没人能了解至尊人格首神的计划。韦达经典中说：至尊主具有各种各样的能量(parāsya śaktir vividhaiva śrūyate)。

祂有永恒时间的能量。祂不仅拥有我们所见到和体验到的物质能量，还具有许多保留能量，有需要时便会在适当的时候展示出来。物质主义科学家只能对至尊主各种能量进行局部性的研究和了解；他可以对众多能量中的一种能量进行研究，从而得到有限的知识，但还是不可能靠物质科学完全了解绝对真理。没有一个物质科学家能预言将来会发生什么。然而，奉爱瑜伽(巴克缇·尤嘎，bhakti-yoga)的方法与所谓的科学进步知识完全不同。奉献者完全皈依至尊者，而至尊主出于祂没有缘故的仁慈向奉献者揭示祂自己。在《博伽梵歌》(Bhagavad-gītā)中至尊主说："我赐予他智慧(dadāmi buddhi-yogaṁ tam)。"那智慧是什么呢？是能使人跨越无知的海洋，回归家园、回归首神的智慧(yena mām upayānti te)。总而言之，一切原因的最初原因——绝对真理——至尊布茹阿曼(Brahman，梵)，不可能靠哲学思辨去了解，但祂会向祂的奉献者揭示自己，因为奉献者全心全意的皈依祂的莲花足。所以，《博伽梵歌》被认为是绝对真理降临地球时亲自讲述的启示经典。明智的人如果想知道神是什么，就应该在真正的灵性导师指导下，研读这一超然的经典。这样就能很容易地了解真实的奎师那了。

第24节 न चैते पुत्रक भ्रातुर्हन्तारो धनदानुगाः ।
विसर्गादानयोस्तात पुंसो दैवं हि क ारणम् ॥ २४ ॥

na caite putraka bhrātur
　hantāro dhanadānugāḥ
visargādānayos tāta
　puṁso daivaṁ hi kāraṇam

na—永不 / ca—也 / ete—所有这些 / putraka—我亲爱的孩子 / bhrātuḥ—你兄弟的 / hantāraḥ—杀戮者 / dhanada—库维尔的 / anugāḥ 随从 / visarga—出生的 / ādānayoḥ—死亡的 / tāta—

我亲爱的孩子 / puṁsaḥ—生物的 / daivam—至尊者 / hi—无疑地 / kāraṇam—原因

译文 亲爱的孩子，那些亚克刹是库维尔的后代，其实并不是杀死你弟弟的凶手。至尊主无疑是一切原因的原因，每一个生物生与死的原因都是祂。

第25节 स एव विश्वं सृजति स एवावति हन्ति च ।
अथापि ह्यनहङ्कारान्नाज्यते गुणकर्मभिः ॥ २५ ॥

sa eva viśvaṁ sṛjati
sa evāvati hanti ca
athāpi hy anahaṅkārān
nājyate guṇa-karmabhiḥ

saḥ—祂 / eva—无疑地 / viśvam—宇宙 / sṛjati—创造 / saḥ—祂 / eva—肯定地 / avati—维系 / hanti—毁灭 / ca—也 / athaapi—而且 / hi—肯定地 / anahaṅkārāt—因没有自我 / na—不 / ajyate—束缚 / guṇa—被物质自然属性 / karmabhiḥ—被活动

译文 至尊人格首神创造这个物质世界，维系它，并在适当的时间毁灭它，但由于祂超越这种活动，因此永远不受从事这种活动时的自我和物质自然属性的影响。

要旨 这节诗中的梵文 anahaṅkāra 一词是指“没有假我”。受制约的灵魂都有假我，而他活动(卡尔玛，karma)的报应使他在这个物质世界里得到各种各样的躯体。他有时得到半神人的躯体，于是认为自己就是那躯体。同样，他得到狗的躯体时便把那躯体与自我相认同。但至尊人格首神不像我们这样——灵魂与躯体是不同的，祂的灵魂与躯体没有区别。因此《博伽梵歌》(Bhagavad-gītā)中声明：谁认为奎师那是普通人类的一分子，谁就对奎师那的超然本性一无所知，是一个十足的傻瓜。至尊主说：祂不受祂所做的一切的影响，因为祂永不受物质自然属性的污染(na māṁ karmāṇi limpanti)。我们有物质躯体这一事实证明，我们受物质自然三种属性的污染。主奎师那对阿尔诸纳(Arjuna)说："你我经历过无数次诞生，我都能记得，你却不能。"这就是受制约的灵魂(普通生物)和超灵之间的不同。超灵——至尊人格首神，没有物质的躯体，因此不受祂做的事情的影响。有许多玛亚瓦迪(Māyāvādī)哲学家认为，奎师那的身体是物质善良属性集合的结果，他们认为奎师那的灵魂和奎师那的身体是分开的。然而真实的情况是：受制约灵魂的躯体即使累积了大量的物质善良属性，仍然是物质的，但奎师那的身体永远不是物质的，而是超然的。奎师那没有假我，因为祂不把祂自己与短暂虚假的躯体相认同。祂的身体永远是永恒的，祂以祂原本灵性的身体降临到这个世界。《博伽梵歌》把这解释为是超然的本质(paraṁ bhāvam)。梵文词"超然的本质(paraṁ bhāvam)"和"超然(divyam)"在理解奎师那的人格特征方面意义重大。

第26节　एष भूतानि भूतात्मा भूतेशो भूतभावनः ।
स्वशक्त्या मायया युक्तः सृजत्यत्ति च पाति च ॥ २६ ॥

eṣa bhūtāni bhūtātmā
bhūteśo bhūta-bhāvanaḥ
sva-śaktyā māyayā yuktaḥ
sṛjaty atti ca pāti ca

eṣaḥ—这 / bhūtāni—所有被创造的生物体 / bhūta-ātmā—众生的超灵 / bhūta-īśaḥ—众生的控制者—bhūta-bhāvanaḥ—众生的维

系者 / sva-śaktyā—透过祂的能量 / māyayā—外在能量 / yuktaḥ—通过这种能量 / sṛjati—创造 / atti—毁灭 / ca—和 / pāti—维系 / ca—和

译文 至尊人格首神是一切众生心中的超灵。祂管理和供养着每一个生物；祂通过祂的外在能量，创造、维系和毁灭众生。

要旨 创造这一事宜中存在着两种能量。至尊主用祂的外在物质能量创造了这个物质世界，而用祂的内在能量展示了灵性世界，祂始终与内在能量在一起，始终远离物质能量。因此，《博枷梵歌》(Bhagavad-gītā)第 9 章的第 4 节诗中，至尊主说：众生都靠我或我的能量生存，但我却远离一切(mat-sthāni sarva-bhūtāni na cāhaṁ teṣv avasthitaḥ)。祂本人始终住在灵性世界里。在物质世界里，无论至尊主本人出现在哪里，哪里就是灵性世界。例如，纯粹的奉献者在庙里崇拜至尊主，我们就应该把那庙宇视为灵性世界。

第27节 तमेव मृत्युममृतं तात दैवं
सर्वात्मनोपेहि जगत्परायणम् ।
यस्मै बलिं विश्वसृजो हरन्ति
गावो यथा वै नसि दामयन्त्रिताः ॥२७॥

tam eva mṛtyum amṛtaṁ tāta daivaṁ
sarvātmanopehi jagat-parāyaṇam
yasmai baliṁ viśva-sṛjo haranti
gāvo yathā vai nasi dāma-yantritāḥ

tam—向祂 / eva—无疑地 / mṛtyum—死亡 / amṛtam—不朽 / tāta—我亲爱的孩子 / daivam—至尊者 / sarva-ātmanā—在所有的

方面 / upehi—投靠 / jagat—世界的 / parāyaṇam—最终的目标 / yasmai—向谁 / balim—供奉 / viśva-sṛjaḥ—布茹阿玛等全体半神人 / haranti—承受 / gāvaḥ—公牛 / yathā—正如 / vai—没有失败 / nasi—在鼻子里 / dāma—被绳子 / yantritāḥ—控制

译文　杜茹瓦，我亲爱的孩子，请投靠、服从至尊人格首神，祂是世界进程的最终目标。众生，包括以主布茹阿玛为首的半神人，都在至尊主的控制下工作，正如被拴在鼻子上的绳子敦促着的公牛受它主人的控制一样。

要旨　声称自己独立于至尊控制者而存在，是物质的疾病。事实上，我们的物质存在就始于我们忘记至尊控制者并希望主宰物质自然的那一刻。物质世界里的每一个人都竭尽全力想成为至尊控制者，无论是个人的、国家的、社会的，还是其他许多方面的。杜茹瓦·玛哈茹阿佳(Dhruva Mahārāja)的祖父劝杜茹瓦停战，担心他坚持个人的野心，通过作战消灭整个亚克刹(Yakṣa)族。因此在这节诗中，斯瓦阳布瓦·玛努(Svāyambhuva Manu)想通过解释至尊控制者的地位，根除杜茹瓦心中残余的野心。这节诗中的“死亡和永生(mṛtyum amṛtam)”一句意义重大。在《博伽梵歌》(Bhagavad-gītā)中，至尊主说：“我是把一切从恶魔手中夺走的最终死亡。”恶魔所做的就是妄图主宰物质自然，结果一直不断地为生存而挣扎。恶魔们一生复一生不断地遭遇死亡，并编织把自己束缚在物质世界里的罗网。对恶魔而言，至尊主是死亡，但对奉献者而言，祂却是永生(amṛta)。一直不断地为至尊主服务的奉献者，早已获得了永生，因为他们这一生中正在做的一切，将在下一生中继续做下去；唯一的变化将是：脱下物质躯体，恢复灵性身体。他们与恶魔不同的是：不再迫不得已地更换物质躯体。因此说，至尊主既是死亡，同时也是永生。祂对恶魔来说是死亡，对奉献者而言是永生。祂是一切原因的最初原因，因此是每个人所追寻的终极目标。斯瓦阳布瓦·玛努劝杜茹瓦·玛哈茹阿佳彻底皈依至尊主，不存有任何个人的野心。

有人也许会问：“半神人为什么受到崇拜？”这节诗里给出的答案是：智力欠佳的人崇拜半神人。半神人本身是为了最终使至尊人格首神满意才接受祭祀的。

第28节 यः पञ्चवर्षो जननीं त्वं विहाय
मातुः सपत्न्या वचसा भिन्नमर्मा ।
वनं गतस्तपसा प्रत्यगक्ष-
माराध्य लेभे मूर्ध्नि पदं त्रिलोक्याः ॥ २८ ॥

yaḥ pañca-varṣo jananīṁ tvaṁ vihāya
mātuḥ sapatnyā vacasā bhinna-marmā
vanaṁ gatas tapasā pratyag-akṣam
ārādhya lebhe mūrdhni padaṁ tri-lokyāḥ

yaḥ—……的人 / pañca-varṣaḥ—五岁 / jananīm—母亲 / tvam—你 / vihāya—置于一旁 / mātuḥ—母亲的 / sa-patnyāḥ—丈夫的另一个妻子的 / vacasā—被话语 / bhinna-marmā—心中悲伤 / vanam—到森林 / gataḥ—去 / tapasā—靠苦修 / pratyak-akṣam—至尊主 / ārādhya—崇拜 / lebhe—达到 / mūrdhni—在顶部 / padam—地位 / tri-lokyāḥ—三个世界的

译文 亲爱的杜茹瓦，在你只有五岁时，你父亲的另一个妻子说的话深深地伤害了你。为此，你勇敢地离开母亲的保护，到森林去练瑜伽，以觉悟至尊人格首神。这样做使你获得了三个世界中最高的地位。

要旨 杜茹瓦· 玛哈茹阿佳(Dhruva Mahārāja)是玛努(Manu)家族的后裔之一，由于年仅五岁就开始冥想至尊人格首神，经过六个月便能够面见至尊主，玛努对此非常自豪。事实上，杜茹瓦·玛哈茹阿佳是玛努王朝的光荣，是人类的光荣。人类始于玛努。梵文中指人类的单词是玛努斯亚(manuṣya)，意思是“玛努的后裔”。杜茹瓦·玛哈茹阿佳不仅是斯瓦阳布瓦·玛努(Svāyambhuva Manu)家族的光荣，也是整个人类社会的光荣。由于杜茹瓦·玛哈茹阿佳已经皈依了至尊首神，玛努便特别要求他不要做与皈依了的灵魂不相称的事。

第29节

तमेनमङ्गात्मनि मुक्त विग्रहे
व्यपाश्रितं निर्गुणमेक मक्षरम् ।
आत्मानमन्विच्छ विमुक्त मात्मदृग्
यस्मिन्निदं भेदमसत्प्रतीयते ॥ २९ ॥

tam enam aṅgātmani mukta-vigrahe
vyapāśritaṁ nirguṇam ekam akṣaram
ātmānam anviccha vimuktam ātma-dṛg
yasminn idaṁ bhedam asat pratīyate

tam—祂 / enam—那 / aṅga—我亲爱的杜茹瓦 / ātmani—在心中 / mukta-vigrahe—摆脱愤怒 / vyapāśritam—处于 / nirguṇam—超然的 / ekam——一 / akṣaram—绝无错误的布茹阿曼 / ātmānam—自我 / anviccha—努力找出 / vimuktam—没有污染的 / ātma-dṛk—面对超灵 / yasmin—在那之中 / idam—这 / bhedam—区别 / asat—不真实的 / pratīyate—显得是

译文 亲爱的杜茹瓦，因此请把你的注意力转向至尊的人，祂是绝对可靠、永不犯错的布茹阿曼(梵)。以你原本的身份面对至尊人格首神，通过这样认识自我，你将会发现：这种物质分别只不过是昙花一现。

要旨 生物觉悟自我的程度不同，其视野也不同，大致分三类。生物如果对自我的认识停留在躯体化生命概念的层面上，就会按各种各样的躯体对其他生物进行区分。尽管生物实际上更换过许许多多种物质形体，但无论外在的躯体怎么换，他本身是永恒的。然而，当生物带着躯体化的生命概念看其他生物时，便看到生物之间的差异。杜茹瓦·玛哈茹阿佳就是这样看待亚克刹(Yakṣa)的；他把他们看成是与他不同的种族，把他们视为他的敌人。为此，玛努想要改变他的看法。实际上，没有哪一个生物是敌人或是朋友。每一个生物都在业报法律(卡尔玛，karma)的控制下，不断地更换着各类躯体。然而，人一旦觉悟了自我的灵性身份，就不会看由业报法律造成的差异了。正如《博伽梵歌》(Bhagavad-gītā)第 18 章的第 54 节诗中说明的：

brahma-bhūtaḥ prasannātmā
na śocati na kāṅkṣati
samaḥ sarveṣu bhūteṣu
mad-bhaktiṁ labhate parām

“这样处在超然境界中的人，立即觉悟至尊布茹阿曼，变得充满喜悦。他永不悲伤，不再想得到什么。他平等对待众生。在这种状态下，他达到为我做纯粹奉爱服务的境界。”

已经解脱了的奉献者，不根据外在躯体的差异以分别心看待众生；他看每一个生物都是灵性的灵魂，是至尊主永恒的仆人。玛努劝杜茹瓦·玛哈茹阿佳用这种眼光看待众生。杜茹瓦·玛哈茹阿佳之所以被特别要求这样做，是因为他是伟大的奉献者，不应该以普通的眼光看待其他生物。玛努委婉地向杜茹瓦·玛哈茹阿佳指出：出于物质的情感，杜茹瓦认为他兄弟是他的亲人，而亚克刹是他的敌人。人一旦认清自己的原本地位是至尊主永恒的仆人，就会去除这种分别心。

第30节　त्वं प्रत्यगात्मनि तदा भगवत्यनन्त
आनन्दमात्र उपपन्नसमस्तशक्तौ ।
भक्तिं विधाय परमां शनकैरविद्या-
ग्रन्थिं विभेत्स्यसि ममाहमिति प्ररूढम् ॥ ३० ॥

tvaṁ pratyag-ātmani tadā bhagavaty ananta
ānanda-mātra upapanna-samasta-śaktau
bhaktiṁ vidhāya paramāṁ śanakair avidyā-
granthiṁ vibhetsyasi mamāham iti prarūḍham

tvam—你 / pratyak-ātmani—向超灵 / tadā—那时 / bhagavati—向至尊人格首神 / anante—祂是无限的 / ānanda-mātre——切快乐的泉源 / upapanna—拥有 / samasta—所有的 / śaktau—能量 / bhaktim—奉爱服务 / vidhāya—通过从事 / paramām—至尊的 / śanakaiḥ—很快 / avidyā—错觉的 / granthim—结 / vibhetsyasi—你将解开 / mama—我的 / aham—我 / iti—因此 / prarūḍham—稳固

译文　这样，当你恢复原本的身份，为一切快乐的万能源泉、住在众生心中的超灵——至尊主服务后，你就会很快忘了"我"和"我的"这种错觉性的理解。

要旨　杜茹瓦·玛哈茹阿佳在五岁时就见到了至尊人格首神，因此早已是解脱之人。但即便如此，他当时还是被玛亚制造的错觉所影响，带着躯体化的生命概念视自己是乌塔玛(Uttama)兄弟。整个物质世界就是以"我"和"我的"为基础运转的。这是人们受物质世界吸引的根源。人如果被"我"和"我的"这一错觉性观念的根源所吸引，就不得不在所谓的崇高地位或低贱地位上继续留在这个物质世界里。借助主奎师那的恩典，圣人们和玛努(Manu)提醒杜茹瓦·玛哈茹阿佳：不要继续持有"我"和"我的"这种物质概念；他只要为至尊主做奉爱服务，就能毫不困难地彻底清除他的错觉。

第31节 संयच्छ रोषं भद्रं ते प्रतीपं श्रेयसां परम् ।
श्रुतेन भूयसा राजन्नगदेन यथामयम् ॥३१॥

samyaccha roṣaṁ bhadraṁ te
pratīpaṁ śreyasāṁ param
śrutena bhūyasā rājann
agadena yathāmayam

saṁyaccha—只是控制 / roṣam—愤怒 / bhadram—所有的好运 / te—向你 / pratūpam—敌人 / śreyasām——切善良型的 / param—最重要的 / śrutena—通过聆听 / bhūyasā——直不断地 / rājan—我亲爱的君王 / agadena—通过医疗 / yathā—正如 / āmayam—疾病

译文 亲爱的君王，我对你说的这些话就像治病的良药，请考虑一下。控制你的愤怒，因为愤怒是灵性觉悟路途上最大的敌人。我祝你好运。请按我的指示去做。

要旨 杜茹瓦·玛哈茹阿佳(Dhruva Mahārāja)是解脱了的灵魂，实际上不会对任何人感到愤怒。但由于他是统治者，有时候为了维护国家的法律和秩序他必须发怒。他弟弟乌塔玛(Uttama)在没有犯任何错误的情况下竟被一个亚克刹(Yakṣa)杀死了，他作为君王有责任杀死罪犯，因为杀人是要偿命的。当挑衅来临时，杜茹瓦·玛哈茹阿佳勇猛作战，严厉地惩罚了亚克刹。但愤怒是这样的，如果人去增强它，它就会无限增强。为了使杜茹瓦·玛哈茹阿佳的君王之怒不超过限度，玛努慈悲为怀去劝阻他孙子。杜茹瓦·玛哈茹阿佳能理解他祖父的用意，于是立即停止了战斗。这节诗中的“靠一直不断地聆听(śrutena bhūyasā)”一句非常重要。一直不断地聆听与奉爱服务有关的事，可以使人抑制对做奉爱服务有害的怒火。圣帕瑞克西特·玛哈茹阿佳(Parīkṣit Mahārāja)说过：一直不断地聆听至尊主的娱乐时光是医治一切物质疾病的灵丹妙药。因此，所有的人都应该一直不断地聆听与至尊人格首神有关的一切。这种聆听可以使人保持平静，从而使他在灵修生活中的进步不会受到阻碍。

杜茹瓦·玛哈茹阿佳对罪人发怒是十分恰当的。在这方面有一个小故事，讲的是一条蛇在纳茹阿达(Nārada)的教导下成了一位奉献者。纳茹阿达教导那毒蛇今后不要再咬人。毒蛇通常所做的就是咬其他生物体，把他们置于死地，但纳茹阿达所教化的这条毒蛇作为一名奉献者被禁止那样做。然而不幸的是：人们，特别是孩子们，利用这条毒蛇的非暴力品德，开始向它投掷石头。尽管如此，它没有咬任何人，因为它的灵性导师教导它不要再咬人。过了一段时间，这条毒蛇遇到它的灵性导师纳茹阿达，便抱怨说："我已经改掉了咬其他无辜生物体的坏习惯，但他们却虐待我，向我投掷石头。"听到这事，纳茹阿达教导它说："不要咬，但不要忘记把你的脖子鼓胀起来，装出要咬人的样子。那样，他们就会离开。"同样，奉献者总是非暴力的；他具备一切优秀的品质。但在世俗世界里，当有人要加害他时，他不应该忘记发怒，至少当时为了赶走恶人应该发怒。

第32节　येनोपसृष्टात्पुरुषाल्लोक उद्विजते भृशम् ।
न बुधस्तद्वशं गच्छे दिच्छन्नभयमात्मनः ॥ ३२ ॥

yenopasṛṣṭāt puruṣāl
loka udvijate bhṛśam
na budhas tad-vaśaṁ gacched
icchann abhayam ātmanaḥ

yena—由此 / upasṛṣṭāt—被淹没 / puruṣāt—被人 / lokaḥ—

每一个人 / udvijate—恐惧 / bhṛśam—巨大的 / na—永不 / budhaḥ—有学问的人 / tat—愤怒的 / vaśam—在控制下 / gacchet—应该去 / icchan—愿望 / abhayam—无畏、解脱 / ātmanaḥ—自我的

译文 被愤怒蒙蔽的人将成为其他人恐惧的根源，所以想要摆脱这个物质世界的人不应该被愤怒所控制。

要旨 奉献者或圣人既不该令他人感到恐惧，也不该让他人吓到自己。人如果对待他人时不怀敌意，就没有人会成为他的敌人。然而，耶稣基督的例子表明，即使他不把任何人当成敌人，但有些人还是把他钉在了十字架上。邪恶的人一直都有，他们甚至在圣人身上挑挑毛病。但圣人遇到再大的刺激，也从不愤怒。

第33节 हेलनं गिरिशभ्रातुर्धनदस्य त्वया कृतम् ।
यज्जघ्निवान् पुण्यजनान् भ्रातृघ्नानित्यमर्षितः ॥ ३३ ॥

helanaṁ giriśa-bhrātur
dhanadasya tvayā kṛtam
yaj jaghnivān puṇya-janān
bhrātṛ-ghnān ity amarṣitaḥ

helanam—无礼的行为 / giriśa—主希瓦的 / bhrātuḥ—兄弟 / dhanadasya—向库维尔 / tvayā—由你 / kṛtam—所举行 / yat—因为 / jaghnivān—你已经杀死 / puṇya-janān—亚克刹们 / bhrātṛ—你兄弟的 / ghnān—杀戮者 / iti—这样(想) / amarṣitaḥ—愤怒

译文 亲爱的杜茹瓦，你认为亚克刹们杀死了你弟弟，因此便杀了他们很多人。但你这样做却刺激了主希瓦的兄弟库维尔——半神人的司库。请注意，你的行为对库维尔

和主希瓦极为失礼。

要旨　玛努(Manu)说杜茹瓦· 玛哈茹阿佳(Dhruva Mahārāja)冒犯了主希瓦(Śiva)和希瓦的兄弟库维尔(Kuvera)，因为亚克刹(Yakṣa)是库维尔家族的成员。他们不是普通人，而被描述为虔诚的人(puṇya janān)。杜茹瓦·玛哈茹阿佳已经把库维尔激怒了，所以受到劝告该去安抚库维尔。

第34节　तं प्रसादय वत्साशु सन्नत्या प्रश्रयोक्तिभिः ।
न यावन्महतां तेजः कुलं नोऽभिभविष्यति ॥ ३४ ॥

tam̐ prasādaya vatsāśu
sannatyā praśrayoktibhiḥ
na yāvan mahatām̐ tejaḥ
kulam̐ no 'bhibhaviṣyati

tam—他 / prasādaya—抚慰 / vatsa—我的孩子 / āśu—立刻 / sannatyā—用致敬 / praśrayā—用表示尊敬的行为 / uktibhiḥ—用文雅的话语 / na yāvat—在……的前面 / mahatām—伟大人物的 / tejaḥ—愤怒 / kulam—家庭 / naḥ—我们的 / abhibhaviṣyati—将影响

译文　为此，我的孩子，你应该立刻用温和的话语和祈祷安抚库维尔。这样他也许就不会迁怒于我们的家庭了。

要旨　在平常为人处事时，我们应该与每一个人保持友好关系，当然更不要说对待像库维尔(Kuvera)这样尊贵的半神人了。我们应该这样为人，那就是：没人会因为我们的行为而变得愤怒，从而做出对个人、家庭和社会不利的事。

第35节 एवं स्वायम्भुवः पौत्रमनुशास्य मनुर्ध्रुवम् ।
तेनाभिवन्दितः साकं ऋषिभिः स्वपुरं ययौ ॥ ३५ ॥

evaṁ svāyambhuvaḥ pautram
anuśāsya manur dhruvam
tenābhivanditaḥ sākam
ṛṣibhiḥ sva-puraṁ yayau

evam—因此 / svāyambhuvaḥ—斯瓦阳布瓦·玛努 / pautram—对他孙子 / anuśāsya—给予训示后 / manuḥ—玛努 / dhruvam—对杜茹瓦·玛哈茹阿佳 / tena—由他 / abhivanditaḥ—向……致敬 / sākam——一起 / ṛṣibhiḥ—与圣人们 / sva-puram—到他自己的住所 / yayau—去

译文 斯瓦阳布瓦·玛努教导了他孙子杜茹瓦·玛哈茹阿佳，并接受杜茹瓦·玛哈茹阿佳恭敬的顶礼后，便与伟大的圣人们一起返回他们各自的家。

到此为止，结束了巴克提韦丹塔对《圣典博伽瓦谭》第 4 篇第 11 章“斯瓦阳布瓦·玛努劝杜茹瓦停战”所作的阐释。

第十二章

杜茹瓦·玛哈茹阿佳回归首神

第1节

मैत्रेय उवाच
ध्रुवं निवृत्तं प्रतिबुद्ध्य वैशसा-
दपेतमन्युं भगवान्धनेश्वरः ।
तत्रागतश्चारणयक्षकिन्नरैः
संस्तूयमानो न्यवदत्कृताञ्जलिम् ॥ १ ॥

maitreya uvāca
dhruvaṁ nivṛttaṁ pratibuddhya vaiśasād
apeta-manyuṁ bhagavān dhaneśvaraḥ
tatrāgataś cāraṇa-yakṣa-kinnaraiḥ
saṁstūyamāno nyavadat kṛtāñjalim

maitreyaḥ uvāca—麦垂亚说 / dhruvam—杜茹瓦·玛哈茹阿佳 / nivṛttam—停止 / pratibuddhya—得知 / vaiśasāt—从杀戮 / apeta—平息 / manyum—愤怒 / bhagavān—库维尔 / dhana-īśvaraḥ—司库 / tatra—那里 / āgataḥ—显现 / cāraṇa—被查冉纳 / yakṣa—亚克刹 / kinnaraiḥ—并被克伊纳尔 / saṁstūyamānaḥ—被崇拜 / nyavadat—说 / kṛta-añjalim—对双手合十的杜茹瓦

译文　伟大的圣人麦垂亚说：亲爱的维杜茹阿，杜茹瓦·玛哈茹阿佳的愤怒平息下来，不再杀亚克刹们。受到最大祝福的总司库库维尔听到这个消息后，出现在杜茹瓦的面前。在克伊纳尔·亚克刹和查冉纳·亚克刹崇拜他时，他对双手合十站在他面前的杜茹瓦·玛哈茹阿佳说话。

第2节 धनद उवाच
भो भोः क्षत्रियदायाद परितुष्टोऽस्मि तेऽनघ ।
यत्त्वं पितामहादेशाद्वैरं दुस्त्यजमत्यजः ॥ २ ॥

dhanada uvāca
bho bhoḥ kṣatriya-dāyāda
paritușṭo 'smi te 'nagha
yat tvaṁ pitāmahādeśād
vairaṁ dustyajam atyajaḥ

dhana-daḥ uvāca—司库（库维尔）说 / bhoḥ bhoḥ—啊 / kṣatriya-dāyāda—查锤亚的儿子啊 / parituṣṭaḥ—很高兴 / asmi—我是 / te—与你 / anagha—无罪的人啊 / yat—因为 / tvam—你 / pitāmaha—你祖父的 / ādeśāt—在教导下 / vairam—敌意 / dustyajam—很难避免 / atyajaḥ—已经放弃

译文 总司库库维尔说：查锤亚无罪的儿子啊！我很高兴你在你祖父的教导下去除了仇恨，尽管要做到这一点是很困难的。我对你很满意。

第3节 न भवानवधीद्यक्षान्न यक्षा भ्रातरं तव ।
क ाल एव हि भूतानां प्रभुरप्ययभावयोः ॥ ३ ॥

na bhavān avadhīd yakṣān
na yakṣā bhrātaraṁ tava
kāla eva hi bhūtānāṁ
prabhur apyaya-bhāvayoḥ

na—不 / bhavān—你 / avadhīt—杀死 / yakṣān—亚克刹们 / na—不 / yakṣāḥ—亚克刹们 / bhrātaram—兄弟 / tava—你的 / kālaḥ—时间 / eva—无疑地 / hi—为了 / bhūtānām—生物的 / prabhuḥ—至尊主 / apyaya-bhāvayoḥ—毁灭和产生的

译文　事实上，你既没有杀死亚克刹，亚克刹也没有杀死你弟弟，因为最终导致产生和消亡的是至尊主的永恒时间。

要旨　当天堂总司库库维尔(Kuvera)称杜茹瓦·玛哈茹阿佳(Dhruva Mahārāja)为无罪这人时，杜茹瓦·玛哈茹阿佳想到自己杀了那么多亚克刹(Yakṣa)认为自己并不是无罪的。但库维尔向他保证说：他其实并没有杀死任何亚克刹，因此根本没有罪。他根据自然法律的命令，履行他作为君王的职责。库维尔说："你也不应该认为你兄弟是被亚克刹杀死的。他的死亡或被杀是自然法律安排在一定的时间要发生的事情。永恒的时间——至尊主的形象之一，是毁灭和繁殖的最高负责者。你不对这种活动负责。"

第4节　अहं त्वमित्यपार्था धीरज्ञानात्पुरुषस्य हि ।
स्वाप्नीवाभात्यतद्ध्यानाद्यया बन्धविपर्ययौ ॥ ४ ॥

ahaṁ tvam ity apārthā dhīr
ajñānāt puruṣasya hi
svāpnīvābhāty atad-dhyānād
yayā bandha-viparyayau

aham—我 / tvam—你 / iti—因此 / apārthā—误解 / dhīḥ—智力 / ajñānāt—从愚昧 / puruṣasya——个人的 / hi—肯定地 / svāpni——场梦 / iva—像 / ābhāti—显得 / a-tat-dhyānāt—从躯体化的生命概念 / yayā—由此 / bandha—捆绑 / viparyayau—和痛苦

译文　以生命的躯体化概念为基础而对自我和他人进行的错误认同——"我"和"你"，是愚昧的产物。这种躯体化的概论是生物重复生死的原因，它把我们继续留在物质存在中。

要旨 “‘我’和‘你’(ahaṁ tvam)”这种区分彼此的观念，是因我们忘了我们与至尊人格首神之间的关系而产生的。至尊者奎师那是一切的中心，我们大家都是祂不可缺少的一部分，就像手和腿是整个躯体不可缺少的一部分一样。当我们真正认识到我们与至尊主的永恒关系时，这种以躯体化的生命概念为基础的分别心就不存在了。在此我们还可以引用同一个例子来说明，即尽管手是手，腿是腿，但当这两者都为整个躯体服务时，就不存在“手”和“腿”之间的这种区别了，因为它们都属于整个躯体，躯体的各个部分一起工作组成了整个躯体。同样道理，生物都具有奎师那意识时，就没有“我”和“你”这样的区别了，因为大家都致力于为至尊主服务。由于至尊主是绝对的，为祂服务也是绝对的，尽管手以一种方式工作，而腿以另一种方式工作，但因为它们活动的目的都是为至尊人格首神服务，所以它们是一体。我们不要把这个事实与非人格神主义的玛亚瓦迪(Māyāvādī)哲学家所说的“万物皆一”理论混为一谈。真正的知识是：手是手，腿是腿，躯体是躯体，它们组合在一起成为一体。生物一旦认为自己是独立的，他那受制约的物质存在就开始了。因此，独立存在的想法就像一场梦。人必须具有奎师那意识，而这才是他原本的状态。只有这样，他才能摆脱物质束缚。

第5节 तद्गच्छ ध्रुव भद्रं ते भगवन्तमधोक्षजम् ।
सर्वभूतात्मभावेन सर्वभूतात्मविग्रहम् ॥ ५ ॥

tad gaccha dhruva bhadraṁ te
bhagavantam adhokṣajam
sarva-bhūtātma-bhāvena
sarva-bhūtātma-vigraham

tat—因此 / gaccha—来 / dhruva—杜茹瓦 / bhadram—好运 / te—向你 / bhagavantam—向至尊人格首神 / adhokṣajam—超越

物质感官概念的人 / sarva-bhūta—众生 / ātma-bhāvena—靠把他们想成一体 / sarva-bhūta—在众生中 / ātma—超灵 / vigraham—有形象

译文　亲爱的杜茹瓦，过来。愿至尊主永远赐你好运。超出我们感官知觉范围的至尊人格首神，是众生的超灵，因此所有的生物是一体，没有分别。至尊主是众生最大的保护者，因此开始为至尊主的超然形象做服务吧！

要旨　这节诗中的“有特殊形象(vigraham)”一词很重要，因为它指出绝对真理最终是至尊人格首神。《布茹阿玛·萨密塔》(Brahma-saṁhitā)第 5 章的第 1 节诗对此解释说：至尊主的形象是永恒、全知和极乐的人形(sac-cid-ānanda-vigrahaḥ)。祂有形象，但祂的形象不同于任何物质的形象。生物是至尊形象的边缘能量。正因为如此，他们的形象与至尊形象既无不同，但同时又不完全一样。这里建议杜茹瓦·玛哈茹阿佳(Dhruva Mahārāja)为至尊形象服务，其实也包括了为其他个体形象服务。这就好比一棵树有一个形象，当我们把水浇在树根上时，树叶、树枝、花朵和果实等其他形象也自然得到了水分。非人格神主义的玛亚瓦德(Mahārāja)哲学认为：绝对真理既然是一切，就必定没有形象。这节诗否定这种概念并证实：绝对真理虽然无所不在，但仍然有形象。没有任何事物能不依赖祂而独立存在。

第6节　भजस्व भजनीयाङ्घ्रिमभवाय भवच्छिदम् ।
युक्तं विरहितं शक्त्या गुणमय्यात्ममायया ॥ ६ ॥

bhajasva bhajanīyāṅghrim
　abhavāya bhava-cchidam
yuktaṁ virahitaṁ śaktyā
　guṇa-mayyātma-māyayā

bhajasva—致力于奉爱服务 / bhajanīya—值得崇拜的 / aṅghrim—向具有莲花足的他 / abhavāya—为摆脱物质存在 / bhava-chidam—砍断物质捆绑的结 / yuktam—执著 / virahitam—远离 / śaktyā—向神的能量 / guṣa-mayyā—物质自然属性的组成 / ātma-māyayā—用祂不可思议的能量

译文　全心全意地为至尊主做奉爱服务吧，因为只有祂能把我们从这个物质存在中解救出去。尽管至尊主的物质能量依靠祂，但祂却远离她的活动。这个物质世界里所发生的一切，都是由至尊人格首神不可思议的能量操作的。

要旨　紧接着前一节诗的内容，这节诗里特别强调杜茹瓦·玛哈茹阿佳(Dhruva Mahārāja)应该致力于为至尊主做奉爱服务。奉爱服务不可能是为至尊人格首神那不具人格特征的布茹阿曼(Brahman，梵)去做。无论何时，一提到“致力于做奉爱服务(bhajasva)”这个词，就必然牵涉到仆人、服务和被服务者。至尊人格首神是被服务者，为取悦祂而从事的活动称为服务，而提供这种服务的人称为仆人。这节诗中说的另一个重点是：除了至尊主，谁都不是被服务者。《博伽梵歌》(Bhagavad-gītā)中强调了这一点(mām ekaṁ śaraṇaṁ vraja)。半神人其实就像至尊主的手和腿一样，是至尊主这一整体的一部分，因此无需崇拜半神人。当我们为至尊主服务时，至尊主的手和腿自然也就得到了服侍，而不需要再去做额外的服务。正如《博伽梵歌》第12章的第7节诗中所说：我把我的奉献者从生死的海洋中迅速地拯救出来(teṣām ahaṁ samuddharā mṛtyu saṁsāra-sāgarā)。这是说，至尊主为了向祂的奉献者表示特别的慈爱，在奉献者的心中进行指导，以使奉献者最终能够摆脱物质存在的束缚。除了至尊主，没人能拯救生物，使其摆脱这个物质世界的束缚。物质能量是至尊人格首神展示的各种能量中的一种(parāsya śaktir vividhaiva śrūyate)。物质能量是至尊主的能量之一，就像光和热是火的能量一样。物质能量与至尊首神没有区别，但同时，至尊主与物质能量以没有接触。作为至尊主的边缘能量的生物，因为想要主宰物质世界而深陷物质能量的罗网里。至尊主远离这一切，但当深陷在物质能量罗网中的生物致力于为至尊主服务时，至尊主就会受到这种服务的吸引。这一境界称为尤克塔么(yuktam)。对奉献者而言，至尊主甚至存在于物质能量中。这就是至尊主不可思议的能力。物质能量以物质自然三种属性相互作用与反作用的方式运作着，导致了物质存在。非奉献者被卷入这些活动中，而与至尊人格首神紧密相连的奉献者却不受物质能量这种作用与反作用的影响。因此，这节诗中把至尊主称为“能把人从物质存在束缚中解救出来的人(bhava-cchidam)”。

第7节

वृणीहि कामं नृप यन्मनोगतं
मत्तस्त्वमौत्तानपदेऽविशङ्कितः ।
वरं वरार्होऽम्बुजनाभपादयो-
रनन्तरं त्वां वयमङ्ग शुश्रुम ॥ ७ ॥

vṛṇīhi kāmaṁ nṛpa yan mano-gataṁ
mattas tvam auttānapade ’viśaṅkitaḥ
varaṁ varārho ’mbuja-nābha-pādayor
anantaraṁ tvāṁ vayam aṅga śuśruma

vṛṇīhi—请要求 / kāmam—欲望 / nṛpa—君王啊 / yat—无论 / manaḥ-gatam—在你心中 / mattaḥ—从我 / tvam—你 / auttānapade—乌塔纳帕德·玛哈茹阿佳的儿子啊 / aviśaṅkitaḥ—毫不犹豫 / varam—祝福 / vara-arhaḥ—值得得到祝福 / ambuja—莲花 / nābha—祂的肚脐 / pādayoḥ—在祂的莲花足那里 / anantaram—一直不断地 / tvām—有关你 / vayam—我们 / aṅga—亲爱的杜茹瓦 / śuśruma—听说

译文 亲爱的杜茹瓦·玛哈茹阿佳，乌塔纳帕达·玛哈茹阿佳的儿子，我们听说你一直在为以肚脐恰似莲花著称于世的至尊人格首神做超然的奉爱服务。为此，你有资格从我们这里得到所有的祝福。所以，向我要求你想要的任何祝福吧，不必犹豫！

要旨 乌塔纳帕达(Uttānapāda)王的儿子杜茹瓦·玛哈茹阿佳(Dhruva Mahārāja)，一直不断地想着至尊主的莲花足，因此作为至尊主的一位伟大的奉献者，早已闻名整个宇宙。至尊主的这种纯洁无瑕的奉献者，有资格得到半神人所能给予的一切祝福。他不必为了得到这些祝福而去另外崇拜半神人。库维尔(Kuvera)是半神人的司库，无论杜茹瓦·玛哈茹阿佳想从他那里得到什么利益，他都会亲自提供。因此，圣比尔瓦蒙嘎拉·塔库尔(Bilvamaṅgala Ṭhākura)说：对致力于为至尊主做奉爱服务的人来说，所有的物质祝福就像女仆一样等着侍奉他。解脱女神穆克提·黛薇(Mukti-devī)就等在奉献者的门口，以向奉献者献上解脱，或者更甚于此，她随时准备把解脱给予奉献者。所以，奉献者的地位是极为崇高的。仅仅通过为至尊人格首神做超然的爱心服务，人就可以得到世上的一切祝福，而不需要再去做额外的努力。库维尔对杜茹瓦·玛哈茹阿佳说：他听说杜茹瓦始终处在想念至尊主莲花足的萨玛迪(samādhi)境界中。换句话说，他知道杜茹瓦·玛哈茹阿佳对上、中、下三个物质世界中的一切都不感兴趣。他知道，杜茹瓦除了要求要永远牢记至尊主的莲花足外，不会要求其他祝福。

第8节 मैत्रेय उवाच

स राजराजेन वराय चोदितो

ध्रुवो महाभागवतो महामतिः ।

हरौ स वव्रेऽचलितां स्मृतिं यया
तरत्ययत्नेन दुरत्ययं तमः ॥ ८ ॥

maitreya uvāca
sa rāja-rājena varāya codito
dhruvo mahā-bhāgavato mahā-matiḥ
harau sa vavre 'calitāṁ smṛtiṁ yayā
taraty ayatnena duratyayaṁ tamaḥ

maitreyaḥ uvāca—伟大的圣人麦垂亚说 / saḥ—他 / rāja-rājena—被王中之王(库维尔) / varāya—为了祝福 / coditaḥ—被要求 / dhruvaḥ—杜茹瓦·玛哈茹阿佳 / mahā-bhāgavataḥ——流的纯粹奉献者 / mahā-matiḥ—最明智的或有思想的 / harau—向至尊人格首神 / saḥ—他 / vavre—要求 / acalitām—坚定不移 / smṛtim—忘忆 / yayā—由此 / tarati—跨越 / ayatnena—没有困难 / duratyayam—无法超越的 / tamaḥ—无知

译文 伟大的圣人麦垂亚接着说：亲爱的维杜茹阿，当库维尔这样请求杜茹瓦·玛哈茹阿佳接受他的祝福时，最进步的纯粹奉献者、明智的君王杜茹瓦·玛哈茹阿佳，请求库维尔祝福他能对至尊人格首神坚信不移并铭记不忘，因为只有这种人才能轻易地跨越无知的海洋，尽管要跨越物质的海洋对其他人来说是非常困难的。

要旨 根据精通遵守韦达仪式的人的意见，祝福分宗教、经济发展、感官享受和解脱这四大类，梵文称其为查图·瓦尔嘎(catur-varga)。在这四大类祝福中，给予解脱的祝福被认为是这个物质世界里最大的祝福。能够跨越物质无知被认为是对人最高的祝福(puruṣārtha)。然而，杜茹瓦·玛哈茹阿佳(Dhruva Mahārāja)想得到甚至此解脱(puruṣārtha)这一最高的祝福还要高级的祝福。他想得到的祝福是：

让他可以一直不断地铭记至尊主的莲花足。生命的这一境界梵文叫做pañcama-puruṣārtha。当奉献者上升到这个全心全意为至尊主做奉爱服务的层面上时，第四种祝福(puruṣārtha)——解脱，在他看来就是微不足道的了。就有关这一点，圣帕博达南德·萨茹阿斯瓦提(Prabodhānanda Sarasvatī)曾经说：对奉献者来说，解脱是地狱般的生活状况；至于在天堂星球上可以得到的感官享乐，则是像鬼火一样迷惑人的东西，在生命中毫无价值；瑜伽师竭尽全力控制感官，但对奉献者来说，控制感官根本不是一件困难的事；对一般人来说感官好比毒蛇，但对奉献者而言，这条毒蛇的毒牙已经断了。就这样，圣帕博达南德·萨茹阿斯瓦提分析在物质世界里能得到的所有种类的祝福后明确地指出：对纯粹的奉献者来说，那一切都毫无意义。杜茹瓦·玛哈茹阿佳是一位一流的纯粹奉献者——玛哈·巴嘎瓦特(mahā-bhāgavata)，他极有智慧(mahā-matiḥ)。人除非很明智，否则不可能做奉爱服务——培养奎师那意识。很自然，一流的奉献者肯定都是最有智慧的聪明人，因此对这个物质世界里的任何种类的祝福都不感兴趣。王中之王库维尔(Kuvera)要给杜茹瓦·玛哈茹阿佳一个祝福。作为半神人的司库，库维尔唯一的事务就是向这个物质世界里的人提供巨大的财富。他之所以被称为王中之王，是因为人除非得到他的祝福，否则不可能成为君王。王中之王本人要把财富给予杜茹瓦·玛哈茹阿佳财富，但杜茹瓦·玛哈茹阿佳谢绝了。为此，他被描述为极有思想或高度明智(mahā-matiḥ)的人。

第9节 तस्य प्रीतेन मनसा तां दत्त्वैडविडस्ततः ।
पश्यतोऽन्तर्दधे सोऽपि स्वपुरं प्रत्यपद्यत ॥ ९ ॥

tasya prītena manasā
tāṁ dattvaiḍaviḍas tataḥ
paśyato 'ntardadhe so 'pi
sva-puraṁ pratyapadyata

tasya—对杜茹瓦 / prītena—感到非常满意 / manasā—带着这种心态 / tām—那记忆 / dattvā—给予 / aiḍaviḍaḥ—伊达薇妲的儿子库维尔 / tataḥ—因此 / paśyataḥ—在杜茹瓦注视的时候 / antardadhe—消失 / saḥ—他(杜茹瓦) / api—也 / sva-puram—到他的城市 / pratyapadyata—返回

译文 伊达薇妲的儿子库维尔很满意，高兴地给予杜茹瓦·玛哈茹阿佳想要的祝福，随后便从杜茹瓦面前消失了。杜茹瓦·玛哈茹阿佳启程返回自己的首都。

要旨 被称为是伊达薇妲(Iḍaviḍā)之子的库维尔(Kuvera)，对杜茹瓦·玛哈茹阿佳(Dhruva Mahārāja)非常满意，因为杜茹瓦·玛哈茹阿佳没有向他要求有关物质享受的祝福。库维尔是一个半神人，因此有人也许会问："杜茹瓦·玛哈茹阿佳为什么要接受一位半神人的祝福呢？"答案是：对外士纳瓦(Vaiṣṇava)来说，如果半神人的祝福有利于增强奎师那意识，那么就没有理由不接受半神人的祝福。比如说：牧牛姑娘(哥琵，gopī)崇拜卡提雅亚妮(Kātyāyanī)女神，但她们想从女神那里得到的唯一的祝福是：能嫁给奎师那。外士纳瓦既没兴趣向半神人要求祝福，也不喜欢向至尊人格首神请求祝福。《博伽瓦谭》(Bhāgavatam)中说：至尊者能赐予人们解脱，但即使至尊主赐予一位纯粹的奉者以解脱，奉献者也不愿意接受。杜茹瓦·玛哈茹阿佳并没有向库维尔要求解脱——转往灵性世界，他只请求：无论他在哪里，不管是在灵性世界里还是在物质世界中，他都能永远牢记至尊人格首神。外士纳瓦始终尊敬每一个生物。因此，当库维尔要给他一个祝福时，他并没有拒绝。但他想要有利于他增强奎师那意识的祝福。

第10节 अथायजत यज्ञेशं क्रतुभिर्भूरिदक्षिणैः ।
द्रव्यक्रियादेवतानां कर्म कर्मफलप्रदम् ॥ १० ॥

athāyajata yajñeśaṁ
kratubhir bhūri-dakṣiṇaiḥ
dravya-kriyā-devatānāṁ
karma karma-phala-pradam

atha—因此 / ayajata—他崇拜 / yajña-īśam—祭祀的主人 / kratubhiḥ—靠祭祀仪式 / bhūri—伟大的 / dakṣiṇaiḥ—用布施 / dravya-kriyā-devatānām—(祭祀包括)个人用品、活动和半神人的 / karma—目的 / karma-phala—活动的结果 / pradam—赐予者

译文 杜茹瓦·玛哈茹阿佳在家居住期间，举行了许多盛大的祭祀仪式，以取悦祭祀的至高享受者——至尊人格首神。经典规定的祭祀仪式是专门用来取悦主维施努的，祂是所有这些祭祀的目标和祭祀利益的赐予者。

要旨 《博伽梵歌》(Bhagavad-gītā)第3章的第9节诗中说：人应该只为取悦至尊主而活动或工作，否则就会被业报所捆绑(yajñārthāt karmaṇo 'nyatra loko 'yaṁ karma-bandhanaḥ)。根据社会四阶层制度——瓦尔纳刷玛(varṇāśrama)制度，从事行政管理的查锤亚(kṣatriya，刹帝利)和从商务农的外夏(vaiśya，吠舍)尤其被建议要举行盛大的祭祀，并慷慨地布施他们所积累的金钱。作为君王和理想的查锤亚，杜茹瓦·玛哈茹阿佳(Dhruva Mahārāja)举行了许多这样的祭祀并慷慨布施。查锤亚和外夏被认为要赚钱并积累财产。但他们有时以罪恶的方式赚取财富。查锤亚的职责是统治国家，比如杜茹瓦·玛哈茹阿佳，他在统治的过程中必须作战并杀死许多亚克刹(Yakṣa)。对查锤亚而言，这种行动是必不可少的。查锤亚不应该是懦夫，不应该不用暴力；为了统治国家，他有时不得不采取暴力

的手段。

因此，查锤亚和外夏都被特别建议：把他们所积聚的财富拿出至少百分之五十用于布施。《博伽梵歌》中推荐说：人即使进入生命的弃绝阶段，也不能停止做祭祀(雅格亚，yajña)、布施(dāna)和苦修(塔帕夏，tapasya)。永远都不该停止这些活动。苦修就是为那些进入了生命弃绝阶段的人而设的，退出世俗活动的人应该从事苦修。还在尘世中的查锤亚和外夏必须进行布施。布茹阿玛查瑞(Brahmacārī，贞守生)在他们生命的初期阶段，应该举行各种祭祀(雅格亚)。

杜茹瓦·玛哈茹阿佳作为一位理想的君王，实际上为布施耗尽了他的国库。君王不应该只知道向臣民征收赋税，从而积累财富，以用于感官享乐。世上的君主制，正是自君王们用从臣民那里征收来的赋税去满足自己的感官开始没落的。当然，无论是君主制还是民主制，腐败持续不断。如今在民主制政府中有不同的党派，但大家都忙于保住自己的地位，或者试图保存自己政党的力量。政治家们极少有时间想到国民的福利，只知道用所得税、营业税和其他许多形式的苛捐杂税压迫国民，人们的收入有时有百分之八九十被以税款的形式拿走，而这些税款被大量地花费在官员们和统治者所领取的高薪上。从前，君王从臣民那里收集的赋税是用来按韦达经典中的命令举行盛大祭祀的。但如今，几乎所有种类的祭祀都不可能举行了，因此经典(沙斯陀，śāstra)中推荐，人们应该举行集体吟唱圣名的祭祀(桑克伊尔坦·雅格亚，saṅkīrtana-yajña)。任何居家之人，不管他的状况如何，都可以举行这种集体吟唱圣名的祭祀而不需要有什么花费。所有的家庭成员都可以坐在一起，只靠拍手伴奏来吟唱哈瑞·奎师那玛哈·曼陀(mahā-mantra)。这样，所有的人都能设法举行这样的祭祀，并向民众派发帕萨达(prasāda)。这对喀历(Kali)年代而言已经足够了。无论是在庙里还是在庙外，尽可能每时每刻都吟唱哈瑞·奎师那曼陀，尽可能大量地派发帕萨达：奎师那意识运动就是以这一原则为基础的。国家的行政管理人员和生产国家财富的人合作，就能加速这种灵修程序的推展。同样，慷慨地派发帕萨达并举行集体吟唱圣名祭祀，整个世界就会变得和平安定、繁荣昌盛。

韦达经典中推荐的物质性祭祀，几乎都是向半神人供奉。这种对半神人进行崇拜的方式，专门为智力欠佳的人而设。事实上，这种祭祀的结果最终都要到至尊人格首神纳茹阿亚纳(Nārāyaṇa)那里去。主奎师那在《博伽梵歌》第 5 章的第 29 节诗中说：祂是一切祭祀的真正享受者(yajña-tapasām)。为此，祂又叫雅格亚·菩茹沙(Yajña-puruṣa)。

杜茹瓦·玛哈茹阿佳虽然是伟大的奉献者，不需要举行这些祭祀，但为了给他的臣民树立榜样，他还是举行了许多祭祀，并把他所有的财产都布施出去了。他在当居士期间，从没把一分钱用在自己的感官享乐上。这节诗中的梵文 karma-phala-pradam 一词很有意义。至尊主根据个体生物的愿望，把各种不同的业报(karma)赐予每一个生物；祂是处在每一个生物体心中的超灵；祂是如此的仁慈和慷慨，给每一个生物提供一切方便，使他能做自己想做的事情，生物随后享受他活动的结果。如果有人想享用或主宰物质自然，至尊主就给他提供一切方便，但他会被报应所束缚。同样，如果有人想全心全意地做奉爱服务，至尊主也会给他提供一切方便，让奉献者也享受成果。为此，至尊主被称为活动结果的赐予者(karma-phala-pradam)。

第11节 सर्वात्मन्यच्युतेऽसर्वे तीव्रौघां भक्ति मुद्वहन् ।
दद‍र्शात्मनि भूतेषु तमेवावस्थितं विभुम् ॥ ११ ॥

sarvātmany acyute 'sarve
tīvraughāṁ bhaktim udvahan
dadarśātmani bhūteṣu
tam evāvasthitaṁ vibhum

sarva-ātmani—向超灵 / acyute—绝无错误的 / asarve—没有限制的 / tīvra-oghām—以无情的力量 / bhaktim—奉爱服务 / udvahan—执行 / dadarśa—他看到 / ātmani—在至尊的灵魂中 / bhūteṣu—在众生之中 / tam—祂 / eva—只有 / avasthitam—处于 / vibhum—全能

译文　杜茹瓦·玛哈茹阿佳毫不松懈地为一切的泉源——至尊主做奉爱服务。他在为至尊主服务时，能看到天地万物都只是在至尊主的体内，而至尊主处在众生的体内。至尊主之所以被称为阿秋塔，是因为祂从不忘记履行祂主要的责任——保护祂的奉献者。

要旨　杜茹瓦·玛哈茹阿佳(Dhruva Mahārāja)不仅举行了很多祭祀，还始终坚持履行他的超然职责——为至尊主做奉爱服务。贪图享受功利性活动结果的物质主义者(卡尔弥，karmī)，只关心韦达经典里推荐的能使人获得享乐成果的祭祀和仪式。但杜茹瓦·玛哈茹阿佳不仅为树立君王的典范而举行许多祭祀，还一直不断地做奉爱服务。

至尊主永远保护投靠祂的奉献者。《博伽梵歌》(Bhagavad-gītā)第 18 章的第 61 节诗中说，至尊主处在每一个生物体的心中(īśvaraḥ sarva-bhūtānāṁ hṛd-deśe 'rjuna tiṣṭhati)，而奉献者能看到这一点。普通人不理解至尊主是怎么处在每个生物体心中的，但奉献者却能实实在在地看到祂。奉献者不仅能在外界看到祂，也能用灵性的眼光看到一切都栖息在至尊人格首神体内，正如《博伽梵歌》中所说，众生都在我之中(mat-sthāni sarva-bhūtāni)。这就是纯粹奉献者(玛哈·巴嘎瓦特，mahā-bhāgavata)的视阈。他不仅看到其他人所看到的树木、山脉、城市和天空，更看到天地万物之中其实只有他所崇拜的至尊人格首神，因为万物都栖息在祂之中。这就是纯粹奉献者的视阈。总之，纯粹奉献者(玛哈·巴嘎瓦特)不仅看到至尊主处在每个生物体心中，也看到至尊主无所不在。这对于为至尊主做纯粹奉爱服务的纯粹奉献者来说，是没有问题的。正如《布茹阿玛·萨密塔》(Brahma-saṁhitā)第 5 章的第 38 节诗中所说：只有在眼睛上涂上爱神眼膏的人，才可以在任何地方都能面对面地见到至尊主(premāñjana-cchurita-bhakti-vilocanena)，靠想象或所谓的冥想不可能做到这一点。

第12节 तमेवं शील सम्पन्नं ब्रह्मण्यं दीनवत्सल म् ।
गोप्तारं धर्मसेतूनां मेनिरे पितरं प्रजाः ॥ १२ ॥

tam evaṁ śīla-sampannaṁ
brahmaṇyaṁ dīna-vatsalam
goptāraṁ dharma-setūnāṁ
menire pitaraṁ prajāḥ

tam—他 / evam—如此 / śīla—以神性品质 / sampannam—赋予 / brahmaṇyam—尊敬布茹阿玛纳 / dīna—对穷人 / vatsalam—仁慈 / goptāram—保护者 / dharma-setūnām—宗教原则的 / menire—想法 / pitaram—父亲 / prajāḥ—居民们

译文 杜茹瓦·玛哈茹阿佳被赐予了所有的神性品质；他很尊重至尊主的奉献者，极为仁慈地对待无知而可怜的人，保护宗教原则。他因为具备所有这些资格，所以被全体臣民视为是自己的亲父亲。

要旨 这里描述的杜茹瓦·玛哈茹阿佳(Dhruva Mahārāja)的个人品德，是神圣的君王所具有的典型品德。不仅是古代君王，即使是当代民主制国家的领袖或非人格神主义政府的领袖，也必须具备这一切神圣的品德。只有那样，国民们才能快乐幸福。这节诗里清楚地说，臣民们把杜茹瓦·玛哈茹阿佳视为自己的父亲，正如孩子依靠能干的父亲就会心满意足，国民们也应该在国家或君王的保护下从各方面感到满足。然而，如今的政府甚至保障不了国民的基本生活所需，保护不了人们的生命和财产。

有关这一方面，梵文“尊敬布茹阿玛纳(brahmaṇyam)”一词很有意义。杜茹瓦·玛哈茹阿佳非常爱戴致力于研究韦达经(Veda)并因而了解至尊人格首神的布茹阿玛纳(brāhmaṇa，婆罗门)，他们总是为传播奎师那意识而忙碌。国家本应该非常尊重向全世界传播神意识的社团，但不幸的是：如今的国家或政府都不对这些运动给予支持。至于优秀品德，如今在国家行政人员中很难发现有品德优秀的人。行政官员们只是坐在他们的管理位子上，对一切请求都置之不理，仿佛是被花钱雇来专门对国民说“不”的。

另一个梵文词“对穷人仁慈(dīna-vatsalam)”也很有意义。国家领袖对无辜的人应该非常仁慈。不幸的是：在这个年代里，国家官员和行政首脑从国家领取高薪并装出一副虔诚的样子，但却允许开设屠宰场，屠杀无辜的动物。如果我们把杜茹瓦·玛哈茹阿佳的神圣品德与现代政治家的品德作一番比较，我们就会发现，实际上根本无法相比。杜茹瓦·玛哈茹阿佳所处的年代是萨提亚(Satya)年代，这在下几节诗中就有清楚的解释。他是萨提亚年代中的理想君王。现代这个年代(喀历年代)中的政府管理人员，丧失了所有的神圣品德。考虑到这些，今天的人们要想保护宗教、生命和财产，除了培养奎师那意识，没有其他的选择。

第13节　षट् त्रिंशद्वर्षसाहस्रं शशास क्षितिमण्डल म् ।
भोगैः पुण्यक्षयं कु र्वन्नभोगैरशुभक्षयम् ॥ १३ ॥

ṣaṭ-triṁśad-varṣa-sāhasraṁ
śaśāsa kṣiti maṇḍalam

bhogaiḥ puṇya-kṣayaṁ kurvann
abhogair aśubha-kṣayam

ṣaṭ-triṁśat—三十六 / varṣa—年 / sāhasram—千 / śaśāsa—统治 / kṣiti-maṇḍalam—地球 / bhogaiḥ—被享受 / puṇya—通过享受虔诚活动的报应的 / kṣayam—减少 / kurvan—做 / abhogaiḥ—靠苦修 / aśubha—不吉祥的报应的 / kṣayam—减少

译文 杜茹瓦·玛哈茹阿佳统治这个星球三万六千年，享受使他减少了福报，苦修使他降低了不吉祥的报应。

要旨 杜茹瓦·玛哈茹阿佳(Dhruva Mahārāja)统治地球长达三万六千年之久，这意味着他生活在萨提亚(Satya)年代，因为萨提亚年代的人的寿命一般是十万年。在接下来的年代——特瑞塔(Tretā)年代中，人的寿命一般是一万年，再下一个年代——杜瓦帕尔(Dvāpara)年代，人的寿命一般是一千年。现在这个年代——喀历(Kali)年代，人们最多只能活上一百岁。随着年代的改变，人的寿命、记忆力、仁慈的品德和其他一切优秀品德都在减少。

世俗的活动分两种，一种是虔诚活动，一种是不虔诚的活动。从事虔诚的活动能使人得到享受高级物质享乐的方便条件，从事不虔诚的活动则使人不得不受巨大的痛苦。然而，奉献者没兴趣享乐，也不受痛苦的影响。当他荣华富贵时，他知道："我正在减少我从事虔诚活动所积累的功德。"当他承受痛苦时，他知道："我正在减少我从事不虔诚的活动所得到的恶报。"奉献者根本不在乎享乐和受苦，他唯一想的是做奉爱服务。《圣典博伽瓦谭》(Śrīmad-Bhāgavatam)中说：奉爱服务不受物质苦乐处境的阻碍(apratihatā)。奉献者从事各种苦修，比如遵守艾卡达西(Ekādaśī)的规定并在其他类似的日子里禁食，以及不过非法性生活，不服用麻醉品，不赌博，不吃肉食。

通过这样做，他得到净化，清除他以前从事不虔诚的活动所带来的恶报。而且，由于他致力于做奉爱服务——最虔诚的活动，他不用再做额外的努力就可以享受生活。

第14节　एवं बहुसवं क ालं महात्माविचले न्द्रियः ।
त्रिवर्गौपयिकं नीत्वा पुत्रायादान्नृपासनम् ॥१४॥

evaṁ bahu-savaṁ kālaṁ
mahātmāvicalendriyaḥ
tri-vargaupayikaṁ nītvā
putrāyādān nṛpāsanam

evam—如此 / bahu—许多 / savam—年 / kālam—时间 / mahā-ātmā—伟大的灵魂 / avicala-indriyaḥ—不受感官冲动的干扰 / tri-varga—三种世俗活动 / aupayikam—有利于执行 / nītvā—通过 / putrāya—向他的儿子 / adāt—他移交 / nṛpa-āsanam—王座

译文　就这样，能控制自我的伟大灵魂杜茹瓦·玛哈茹阿佳，从事宗教、经济发展和满足一切物质欲望这三种世俗活动，顺利地过了许许多多年。此后，他让他儿子继承了王位。

要旨　物质主义生活的完美境界，通过遵守宗教原则就可以达到。这么做自然使人在经济发展方面获得成功，从而可以毫无困难地满足所有的物质欲望。杜茹瓦·玛哈茹阿佳(Dhruva Mahārāja)作为君王，必须维持他的王国的现状，否则就不能统治大众，而他做得很完美。然而，他一旦看到儿子长大成人，能掌管君权，就立即移交权力，退出了所有的世俗事务。

这节诗里用了一个非常重要的梵文词 avicalendriyaḥ，意思是：他既不受感官冲动的干扰，他感官的感受能力也没有随着时光的流逝而减弱，即使到他老年时也不例外。杜茹瓦·玛哈茹阿佳统治世界三万六千年，因此人们自然会认为他已经很老很老了，但实际上他的感官依然年轻。尽管如此，他对感官享乐没有兴趣。换句话说，他保持自制。他以物质主义的方式完美地履行了他的职责。伟大的奉献者就是如此行事的。主柴坦亚(Caitanya)亲自启迪的门徒圣茹阿古纳特·达斯·哥斯瓦米(Raghunātha dāsa Gosvāmī)，是一个富豪的儿子。尽管他对享受物质快乐毫无兴趣，但当他受托管理国家事务时，他做得尽善尽美。圣高尔孙达尔(Gaurasundara)建议他说："内心要保持自我，使你的心完全处在超然远离的状态中，但外在要履行世俗职责，做需要做的事情。"这种超然的状态只有奉献者才能达到，正如《博伽梵歌》(Bhagavad-gītā)中描述的：当瑜伽师等其他人在努力强行控制他们的感官时，奉献者在从事更高级的超然活动，因此即使感官充满力量，也不使用它们进行感官享乐。

第15节 मन्यमान इदं विश्वं मायारचितमात्मनि ।
अविद्यारचितस्वप्नगन्धर्वनगरोपमम् ॥१५॥

manyamāna idaṁ viśvaṁ
māyā-racitam ātmani
avidyā-racita-svapna-
gandharva-nagaropamam

manyamānaḥ—了解 / idam—这 / viśvam—宇宙 / māyā—被外在能量 / racitam—制造 / ātmani—向生物 / avidyā—以错觉 / racita—制造 / svapna——一场梦 / gandharva-nagara—千变万化的风景 / upamam—像

译文 圣杜茹瓦·玛哈茹阿佳认识到，这个宇宙展示如梦似幻，使生物迷惑，因为它是至尊主的外在能量——错觉能量创造的。

要旨　在密林深处有时会出现宏大的宫殿和美丽的城市，术语称这种现象为 gandharva-nagara。同样，我们在梦中也会想象出许多虚幻的景象。觉悟自我的人——奉献者，清楚地知道这个物质宇宙展示是短暂的，看似真实，实为幻象，就像千变万化的风景一样。但在这影像般的创造后面，存在着真实——灵性世界。奉献者对灵性世界本身感兴趣，而对它的影像没兴趣。奉献者因为亲证了至尊真相，所以对真相那短暂易逝的影子不感兴趣。《博伽梵歌》(Bhagavad-gītā)中证实了这一点(paraṁ dṛṣṭvā nivartate)。

第16节　आत्मस्त्र्यपत्यसुहृदो बल मृद्धक ोश-
मन्तःपुरं परिविहारभुवश्च रम्याः ।
भूमण्डलं जलधिमेखल माक ल य्य
क ाल ोपसृष्टमिति स प्रययौ विशाल ाम् ॥ १६ ॥

ātma-stry-apatya-suhṛdo balam ṛddha-kośam
antaḥ-puraṁ parivihāra-bhuvaś ca ramyāḥ
bhū-maṇḍalaṁ jaladhi-mekhalam ākalayya
kālopasṛṣṭam iti sa prayayau viśālām

ātma—躯体 / strī—妻子 / apatya—孩子 / suhṛdaḥ—朋友 / balam—影响、军队 / ṛddha-kośam—富足的国库 / antaḥ-puram—女子住的区域 / parivihāra-bhuvaḥ—娱乐的场所 / ca—和 / ramyāḥ—美丽 / bhū-maṇḍalam—整个大地 / jala-dhi—被大海 / mekhalam—捆绑 / ākalayya—考虑 / kāla—由时间 / upasṛṣṭam—创造 / iti—如此 / saḥ—他 / prayayau—去 / viśālām—去巴德瑞卡刷玛

译文 因此，尽管杜茹瓦·玛哈茹阿佳统治的范围遍及陆地，以汪洋为界，但他最后还是离开了他的王国。他认为他的躯体、妻子、孩子、朋友、军队、富有的国库、舒适的宫殿和许多可供享乐的娱乐场，都是错觉能量制造的。所以，他选择适当的时间离开宫殿，去了喜马拉雅山中的巴德瑞卡刷玛森林。

要旨 杜茹瓦·玛哈茹阿佳(Dhruva Mahārāja)年幼时到森林中去寻找至尊人格首神。他那时认识到：怀着躯体化生命概念所体验到的一切快乐，都是错觉能量的产物。当然，他开始时是想得到他父亲的王国，并为了得到它去森林中寻找至尊主。但后来，他认识到一切都是由错觉能量创造的。从圣杜茹瓦·玛哈茹阿佳的行为中，我们可以认识到：人只要为奎师那做奉爱服务，不管他开始时的动机是什么，他都将凭借至尊主的恩典最终觉悟到真理。开始时，杜茹瓦·玛哈茹阿佳对他父亲的王国感兴趣，但后来他成为伟大的奉献者——玛哈·巴嘎瓦特(Mahā-bhāgavata)，便不再对物质享受感兴趣了。只有奉献者才能达到生命的完美境界。人即使在只做过一点点奉爱服务后便从他那不成熟的境界坠落下来，也强过只忙着从事这个物质世界里的功利性活动的人。

第17节 तस्यां विशुद्धकरणः शिववार्विगाह्य
बद्ध्वासनं जितमरुन्मनसाहृताक्षः ।
स्थूले दधार भगवत्प्रतिरूप एतद्
ध्यायंस्तदव्यवहितो व्यसृजत्समाधौ ॥१७॥

tasyāṁ viśuddha-karaṇaḥ śiva-vār vigāhya
baddhvāsanaṁ jita-marun manasāhṛtākṣaḥ
sthūle dadhāra bhagavat-pratirūpa etad
dhyāyaṁs tad avyavahito vyasṛjat samādhau

tasyām—巴德瑞卡刷玛 / viśuddha—净化 / karaṇaḥ—他的感官 / śiva—纯洁 / vāḥ—水 / vigāhya—在……中沐浴 / baddhvā—固定 / āsanam—坐姿 / jita—控制 / marut—呼吸程序 / manasā—用心 / āhṛta—收摄 / akṣaḥ—他的感官 / sthūle—肉体的 / dadhāra—他全神贯注地 / bhagavat-pratirūpe—在至尊主的具体形象上 / etat—注意力 / dhyāyan—冥想 / tat—那 / avyavahitaḥ—没有停止 / vyasṛjat—他进入 / samādhau—进入心醉神迷的状态

译文　在巴德瑞卡刷玛森林中，杜茹瓦·玛哈茹阿佳有规律地到清澈、纯净的水中沐浴，彻底净化了他的感官。他以固定的姿势坐稳，按一定的程序控制呼吸和生命之气，完全收摄起感官。接着，他把注意力集中在至尊主的阿尔查·维卦哈的形象上，而这个形象与至尊主本人一样。他就这样冥想着至尊主，进入心醉神迷的状态。

要旨　这节诗里谈到杜茹瓦·玛哈茹阿佳(Dhruva Mahārāja)早已练熟了的八部瑜伽(阿施唐嘎·尤嘎，aṣṭāṇga-yoga)体系。住在时髦都市里的人永远不可能练八部瑜伽。杜茹瓦·玛哈茹阿佳练八部瑜伽时是去巴德瑞卡刷玛(Badarikāśrama)，在一个人迹罕至的地方独自练习。他全神贯注于可崇拜的至尊主神像——阿尔查·维卦哈(arcā-vigraha)，而那神像完全代表至尊主。他就这样一直不断地想着神像，沉浸在心醉神迷的状态中。崇拜至尊主的神像不是偶像崇拜。可崇拜的至尊主神像，是至尊主以奉献者可感知的形式显现的化身。因此，奉献者通过在庙里侍奉用物质材料制成的至尊主的神像来侍奉祂。这些物质材料可以是石头、金属、木头、珠宝或绘画等，梵文统称它们为斯图拉(sthūla)——物质的体现。至尊主虽然以物质材料制成的形象展现，但那形象与祂原本的灵性形象毫无区别；而奉献者因为遵守崇拜的规则，所以能得到实现生命终极目标的利益——永远沉浸在对至尊主的思念中。《博伽梵歌》(Bhagavad-gītā)中声明：这样持续增强的对至尊主的思念，使人成为最高级的瑜伽师。

第18节 भक्तिं हरौ भगवति प्रवहन्नजस्र-
मानन्दबाष्पकलया मुहुरर्द्यमानः ।
विक्लिद्यमानहृदयः पुलकाचिताङ्गो
नात्मानमस्मरदसाविति मुक्तलिङ्गः ॥१८॥

bhaktiṁ harau bhagavati pravahann ajasram
ānanda-bāṣpa-kalayā muhur ardyamānaḥ
viklidyamāna-hṛdayaḥ pulakācitāṅgo
nātmānam asmarad asāv iti mukta-liṅgaḥ

bhaktim—奉爱服务 / harau—向哈尔依 / bhagavati—至尊人格首神 / pravahan—不断地致力于 / ajasram—始终 / ānanda—极乐 / bāṣpa-kalayā—被涌流的泪水 / muhuḥ—再三 / ardyamānaḥ—被征服 / viklidyamāna—融化 / hṛdayaḥ—他的心 / pulaka—毛发直竖 / ācita—覆盖 / aṅgaḥ—他的躯体 / na—不 / ātmānam—躯体 / asmarat—他牢记 / asau—他 / iti—如此 / mukta-liṅgaḥ—摆脱精微的躯体

译文 他感受到超然的极乐，因此泪如泉涌，浑身颤抖、毛发直竖，心中充满了柔情。在这种做奉爱服务导致的心醉神迷境界中，杜茹瓦·玛哈茹阿佳完全忘了自己的躯体存在，因此立即摆脱了物质的束缚。

要旨 一直不断地从事聆听、吟诵(吟唱)、记忆及崇拜神像等经典描述的九种奉爱服务，奉献者身上就会出现能表明他心中已经解脱了的八种不同的征象。这八种身体变化梵文称为 aṣṭa-sāttvika-vikāra。当奉献者完全忘记他的躯体存在时，我们应该明白，他已经解脱了。他不再被关在躯体的牢笼中。就好比椰子：当椰子完全干燥时，椰子壳内的椰肉与椰子的外壳完全分离；晃一晃那椰子就能听出，里面的椰肉不再附着在椰壳上了。同样道理，当人全神贯注地做奉爱服务时，他就与精微和粗糙这两种物质包裹彻底分离。杜茹瓦·玛哈茹阿佳一直不断地做奉爱服务，实际上已经达到了这种境界。他早就被描述为是一流的纯粹奉献者——玛哈·巴嘎瓦特(mahā-bhāgavata)，因为不是一流的纯粹奉献者不可能有这些征象。主柴坦亚(Caitanya)展现了所有这些征象。塔库尔·哈尔伊达斯(Ṭhākura Haridāsa)和许许多多纯粹的奉献者也都展现了这些征象。这些征象是模仿不出来的，当人在灵性上真正取得进步时，它们会自然展现出来。当奉献者展现出这些征象时，我们应该明白，他摆脱了物质的束缚。当然，人一旦开始做奉爱服务，解脱之路就立即开通了，正如椰子从椰树上掉下来那一刻开始便立即进入逐渐干燥的过程，椰肉和椰壳分家只是时间的问题。

这节诗中的梵文穆克塔·林嘎(mukta-liṅgaḥ)一词非常重要。穆克塔(Mukta)的意思是“解脱了的”，林嘎(liṅgaḥ)的意思是“精微的躯体”。人死亡时，由心智、假我组成的精微躯体就会携带着灵魂离开粗糙躯体进入一个新的躯体。灵魂在现有的躯体里时，精微躯体会通过心智的发展带着他从生命的一个阶段进入另一阶段，例如：从童年到少年。婴儿时期的心智状况与少年人的不同，少年人的心智状况与青年人的不同，青年人的心智状况与老年人的不同。同样，死亡时的身体变化是由精微躯体导致的，心智和假我携带着灵魂从一个躯体到另一个粗糙躯体里去。这叫做灵魂的转移。但是还存在着另一种情况，那就是：当人甚至摆脱了精微躯体变得解脱时，生物就有能力并准备好转入超然的灵性世界了。

从对圣杜茹瓦·玛哈茹阿佳所体现出的征象的描述看，他显然绝对有资格转入灵性世界。人甚至每一天都可以体验到粗糙躯体和精微躯体的不同：做梦时，人的粗糙躯体尽管躺在床上，但精微的躯体却带着灵魂到另一个环境中去了；但由于粗糙的躯体必须继续存在下去，精微的躯体便带着灵魂回到现有的粗糙躯体里。因此，人不仅要摆脱粗糙的躯体，还要摆脱精微的躯体。梵文称这种自由为穆克塔·林嘎。

第19节 स ददर्श विमानाग्र्यं नभसोऽवतरद् ध्रुवः ।
विभ्राजयद्दश दिशो राकापतिमिवोदितम् ॥१९॥

sa dadarśa vimānāgryaṁ
nabhaso 'vatarad dhruvaḥ
vibhrājayad daśa diśo
rākāpatim ivoditam

saḥ—他 / dadarśa—看到 / vimāna—一架飞机 / agryam—很美丽 / nabhasaḥ—从空中 / avatarat—降下 / dhruvaḥ—杜茹瓦·玛哈茹阿佳 / vibhrājayat—照亮 / daśa—十 / diśaḥ—方向 / rākā-patim—满月 / iva—像 / uditam—看得见的

译文 解脱的征兆一旦出现，他便看到一架极为华美的飞机从空中降落下来，恰似光芒四射的满月从天而降照亮了四面八方。

要旨 我们获取的知识分不同的层次，那就是：通过直接体验得到的知识，从权威那里接受的知识，超然的知识，超越感官知觉之外的知识，以及最终的灵性知识。当人超越了通过自上而下的程序获得知识的阶段，就立即处在超然的层面上。杜茹瓦·玛哈茹阿佳去除了物质化的生命概念，处在超然知识的层面上，能感受到如满月般发亮的超然飞机的出现。这在直接或间接感受知识的阶段，是不可能做到的。这种知识是由至尊人格首神所赐予的特殊恩典。但是，人可以通过做奉爱服务——培养奎师那意识，逐渐进步，上升到这种知识的层面。

第20节

तत्रानु देवप्रवरौ चतुर्भुजौ
श्यामौ किशोरावरुणाम्बुजेक्षणौ ।
स्थिताववष्टभ्य गदां सुवाससौ
किरीटहाराङ्गदचारुकुण्डलौ ॥२०॥

tatrānu deva-pravarau catur-bhujau
śyāmau kiśorāv aruṇāmbujekṣaṇau
sthitāv avaṣṭabhya gadāṁ suvāsasau
kirīṭa-hārāṅgada-cāru-kuṇḍalau

tatra—那里 / anu—于是 / deva-pravarau—两个极为美丽的仙人 / catuḥ-bhujau—有四条手臂 / śyāmau—微黑 / kiśorau—相当年轻 / aruṇa—微红 / ambuja—莲花 / īkṣaṇau—用眼睛 / sthitau—处于 / avaṣṭabhya—手持 / gadām—大头棒 / suvāsasau—穿戴漂亮的服饰 / kirīṭa—头盔 / hāra—项链 / aṅgada—手镯 / cāru—美丽的 / kuṇḍalau—戴着耳环

译文　杜茹瓦·玛哈茹阿佳看到飞机里有主维施努的两位美丽非凡的同伴。他们有四只手臂、微黑发亮的皮肤，以及如淡红色莲花一般的眼睛，看上去都风华正茂。他们手持大头棒，身穿漂亮的服装，戴着头盔、项链、手镯和耳环等饰物。

要旨　维施努珞卡(Viṣṇuloka)上的居民的身体特征和至尊主的身体特征一样，也都持有大头棒、海螺、莲花和飞轮。这节诗中清楚地说明，他们有四只手臂，而且穿戴华美。诗中所描述的他们的身体装饰，与主维施努的十分相像。因此，这两位从飞机上下来的非凡人物，是直接来自维施努珞卡——主维施努居住的星球的。

第21节 विज्ञाय तावुत्तमगायकि ङ्करा-
वभ्युत्थितः साध्वसविस्मृतक्र मः ।
ननाम नामानि गृणन्मधुद्विषः
पार्षत्प्रधानाविति संहताञ्जलिः ॥२१॥

vijñāya tāv uttamagāya-kiṅkarāv
abhyutthitaḥ sādhvasa-vismṛta-kramaḥ
nanāma nāmāni gṛṇan madhudviṣaḥ
pārṣat-pradhānāv iti saṁhatāñjaliḥ

vijñāya—明白后 / tau—他们 / uttama-gāya—(名声显赫的)主维施努的 / kiṅkarau—两个仆人 / abhyutthitaḥ—起立 / sādhvasa—由于困惑 / vismṛta—忘记 / kramaḥ—得体的行为 / nanāma—致敬 / nāmāni—名字 / gṛṇan—吟诵、吟唱 / madhu-dviṣaḥ—(玛杜的敌人)至尊主的 / pārṣat—同伴 / pradhānau—主要的 / iti—因此 / saṁhata—尊敬的合在一起 / añjaliḥ—双手合十

译文 杜茹瓦·玛哈茹阿佳看出这些不凡的人物是至尊人格首神的随从，因此立刻站立起来。但由于困惑，情急之下他竟一时忘了该怎样适当地迎接他们。于是，他只是以双手合十并吟唱、赞美至尊主圣名的方式向他们致敬。

要旨 以任何方式吟诵、吟唱至尊主的圣名都是完美的。杜茹瓦·玛哈茹阿佳(Dhruva Mahārāja)看到主维施努(Viṣṇu)的随从——

有四只手臂且穿戴华美的维施努杜塔(Viṣṇudūta)时，虽然能明白他们是谁，但一时还感到困惑。可是，他仅仅靠吟诵、吟唱至尊主的圣名——哈瑞·奎师那曼陀(Hare Kṛṣṇa mantra)，就取悦了突然出现在他面前的贵客。吟诵、吟唱至尊主的圣名是如此完美，以致在甚至不知道如何取悦主维施努或祂的同伴的情况下，只要诚恳地吟诵、吟唱至尊主的圣名，一切就都变得非常完美。正因为如此，奉献者不管是遇到危险还是在快乐之时，都不断地吟诵、吟唱哈瑞·奎师那曼陀；当他遇到危险时，他只要吟诵、吟唱这个曼陀，就立即得到拯救；当他面对面地见到主维施努或祂的同伴时，靠吟诵、吟唱这个曼陀，就能取悦至尊主和祂的奉献者。这就是玛哈·曼陀的绝对性，无论是在危难中还是在高兴时，都可以吟诵、吟唱，没有限制。

第22节

तं कृष्णपादाभिनिविष्टचेतसं
बद्धाञ्जलिं प्रश्रयनम्रकन्धरम् ।
सुनन्दनन्दावुपसृत्य सस्मितं
प्रत्यूचतुः पुष्करनाभसम्मतौ ॥ २२ ॥

tam̐ kṛṣṇa-pādābhiniviṣṭa-cetasam̐
baddhāñjalim̐ praśraya-namra-kandharam
sunanda-nandāv upasṛtya sasmitam̐
pratyūcatuḥ puṣkaranābha-sammatau

tam—他 / kṛṣṇa—主奎师那的 / pāda—莲花的 / abhiniviṣṭa—全神贯注地想 / cetasam—他的心 / baddha-añjalim—双手合十地 / praśraya—非常谦卑的 / namra—鞠躬 / kandharam—他的脖子 / sunanda—苏南达 / nandau—和南达 / upasṛtya—接近 / sa-smitam—微笑着 / pratyūcatuḥ—说 / puṣkara-nābha—肚脐似莲花的主维施努 / sammatau—可信赖的仆人

译文　杜茹瓦·玛哈茹职佳一直全神贯注地想着主奎师那的莲花足，心中装满了奎师那，当至尊主信赖的两位仆人南达和苏南达快乐地微笑着到他面前时，他谦卑地双手合十向他们鞠躬。他们随后对杜茹瓦·玛哈茹阿佳说了如下的话。

要旨　这节诗中的梵文puṣkaranābha-sammatau一词很有意义。奎师那——主维施努，以祂的莲花眼、莲花脐、莲花足和莲花掌闻名于世。这节诗里把祂称为 puṣkara-nābha，意思是“肚脐似莲花的至尊人格首神”，而梵文 sammatau 的意思是“两位可信赖的或非常顺从的仆人”。物质主义的生活方式与灵性的生活方式之间的不同在于：一种是不服从至尊主的旨意，而另一种是服从至尊主的旨意。众生都是至尊主不可缺少的一部分，都应该始终按至尊者的指示行事，而这才是完美的同一性。

在外琨塔(Vaikuṇṭha)世界中，所有的生物都与至尊首神保持一致，从不违反祂的命令。然而，在这个物质世界里，众生不与至尊主保持一致(sammata)，相反总是与至尊主的旨意不一致(asammata)。人体生命给了我们一个训练自己与至尊主的命令保持一致的机会，而把这项训练带入人类社会是奎师那意识运动的使命。正如《博伽梵歌》(Bhagavad-gītā)中说明的：物质自然的法律极为严厉，没人能摆脱这严厉的法律。但是，投靠并服从至尊主命令的灵魂，能轻易超越这些严厉的法律。杜茹瓦·玛哈茹阿佳的例子很能说明问题。他仅仅靠顺从至尊人格首神的命令，培养对首神的爱，就得到机会能面对面地见到主维施努所信赖的仆人。杜茹瓦·玛哈茹阿佳能达到的境界，大家都有可能达到。非常认真地做奉爱服务的人，都能在一定的时候达到与杜茹瓦所达到的一样完美的人生境界。

第23节

सुनन्दनन्दावूचतुः
भो भो राजन् सुभद्रं ते वाचं नोऽवहितः शृणु ।
यः पञ्चवर्षस्तपसा भवान्देवमतीतृपत् ॥ २३ ॥

sunanda-nandāv ūcatuḥ
bho bho rājan subhadraṁ te
vācaṁ no 'vahitaḥ śṛṇu
yaḥ pañca-varṣas tapasā
bhavān devam atītṛpat

sunanda-nandau ūcatuḥ—苏南达和南达说 / bhoḥ bhoḥ rājan—亲爱的君王啊 / su-bhadram—好运 / te—向你 / vācam—话语 / naḥ—我们的 / avahitaḥ—专注地 / śṛṇu—聆听 / yaḥ—谁 / pañca-varṣaḥ—五岁 / tapasā—靠苦修 / bhavān—你 / devam—至尊人格首神 / atītṛpat—极为满足

译文　主维施努信赖的两位仆人南达和苏南达说：亲爱的君王，祝你一切吉祥。请注意听我们将要说的话。你在年仅五岁的时候从事了严格的苦修，使至尊人格首神极为满意。

要旨　杜茹瓦·玛哈茹阿佳(Dhruva Mahārāja)能达到的境界，大家都有可能达到。任何五岁大的孩子都能接受训练，并在很短的时间内觉悟奎师那意识，使人生获得成功。不幸的是：全世界都缺乏这种训练。奎师那意识运动的领导们有必要在世界各地建立教育机构，使孩子们从五岁起就受到训练。这样，孩子们将来就不会成为嬉皮士或社会中被宠坏的孩子。相反，他们都能成为至尊主的奉献者。那时，世界的面貌自然就会改变。

第24节 तस्याखिल जगद्धातुरावां देवस्य शार्ङ्गिणः ।
पार्षदाविह सम्प्राप्तौ नेतुं त्वां भगवत्पदम् ॥ २४ ॥

tasyākhila-jagad-dhātur
āvāṁ devasya śārṅgiṇaḥ
pārṣadāv iha samprāptau
netuṁ tvāṁ bhagavat-padam

tasya—祂的 / akhila—整个 / jagat—宇宙 / dhātuḥ—创造者 / āvām—我们 / devasya—至尊人格首神的 / śārṅgiṇaḥ—祂有名叫沙仁嘎弓的 / pārṣadau—同伴 / iha—现在 / samprāptau—接近 / netum—带 / tvām—你 / bhagavat-padam—到至尊人格首神的地方

译文 手持沙仁嘎弓的至尊人格首神是整个宇宙的创造者，我们是祂的代表。祂特别委派我们来带你回灵性世界。

要旨 在《博伽梵歌》(Bhagavad-gītā)中，至尊主说：人仅仅靠了解祂超然的娱乐时光(不管是物质世界里的还是灵性世界中的)，从而真正明白祂是谁，如何显现又如何行事，就能立即获得转入灵性世界的资格。《博伽梵歌》中所说的原则，在杜茹瓦(Dhruva)王身上发生了作用。他一生都在努力通过苦修了解至尊人格首神。现在，杜茹瓦·玛哈茹阿佳得到了成熟的果实——有资格在至尊主所信赖的仆人的陪同下被带入灵性世界。

第25节 सुदुर्जयं विष्णुपदं जितं त्वया
यत्सूरयोऽप्राप्य विचक्षते परम् ।
आतिष्ठ तच्चन्द्रदिवाक रादयो
ग्रहर्क्षताराः परियन्ति दक्षिणम् ॥ २५ ॥

sudurjayaṁ viṣṇu-padaṁ jitaṁ tvayā
yat sūrayo 'prāpya vicakṣate param

ātiṣṭha tac candra-divākarādayo
graharkṣa-tārāḥ pariyanti dakṣiṇam

sudurjayam—很困难达到 / viṣṇu-padam—名为外琨塔珞卡或维施努珞卡的星球 / jitam—征服 / tvayā—被你 / yat—那 / sūrayaḥ—伟大的半神人 / aprāpya—没有获得 / vicakṣate—只是看 / param—至尊 / ātiṣṭha—请来 / tat—那 / candra—月亮 / diva-ākara—太阳 / ādayaḥ—和其他 / graha—(水星、金星、地球、火星、木星、土星、天王星、海王星和冥王星)九个行星 / ṛkṣa-tārāḥ—星星 / pariyanti—环绕 / dakṣiṇam—向右

译文 要想去维施努珞卡是很困难的，但你通过从事苦修做到了这一点。就连伟大的圣人和半神人都到达不了这种境界。仅仅为了看这个至高无上的居所(维施努的星球)，太阳、月亮，以及其他所有的恒星、行星、星座和太阳系，都围绕着它运行。现在请随我们来。欢迎你到那个居所去。

要旨 这个物质世界里那些所谓的科学家、哲学家和心智思辨者，虽然为融入灵性天空而拼命努力，但却永远都去不了那里。可是，奉献者通过做奉爱服务，不仅能认识到灵性世界究竟是什么，而且能真正去那里，过充满知识和极乐的永恒生活。奎师那意识运动是如此强大有效，只要采用其所推荐的这些生活原则，培育对神的爱，人就能轻轻松松地回归家园，回归首神。杜茹瓦·玛哈茹阿佳(Dhruva Mahārāja)就是一个实际的典范。哲学家和科学家试图登上月球，留在那里生活，但他们失望了。然而，奉献者却能很容易地旅行到其他星球，最终回到首神身边。奉献者没兴趣去看其他星球，但在他们回归首神的路途上时，会看到处在各个层面上的所有的星球，就像到远处去的人会经过许多小车站一样。

第26节 अनास्थितं ते पितृभिरन्यैरप्यङ्ग कर्हिचित् ।
आतिष्ठ जगतां वन्द्यं तद्विष्णोः परमं पदम् ॥ २६ ॥

anāsthitaṁ te pitṛbhir
anyair apy aṅga karhicit
ātiṣṭha jagatāṁ vandyaṁ
tad viṣṇoḥ paramaṁ padam

anāsthitam—从未到达 / te—你的 / pitṛbhiḥ—被祖先 / anyaiḥ—被他人 / api—甚至 / aṅga—杜茹瓦啊 / karhicit—任何时候 / ātiṣṭha—请来生活在那里 / jagatām—被宇宙的居民 / vandyam—值得崇拜的 / tat—那 / viṣṇoḥ—主维施努的 / paramam—至尊 / padam—境界

译文 亲爱的杜茹瓦，不管是你的祖先，还是在你之前的任何人，都从没有登上过这超然的星球。名叫维施努珞卡的星球是主维施努本人的住所，是这个宇宙中最高的星球，被居住在这个宇宙中所有其他星球上的居民所崇拜。请跟我们走，永远住在那里。

要旨 杜茹瓦·玛哈茹阿佳(Dhruva Mahārāja)去苦修时，下定决心要得到一个连祂的祖先都从未梦想过的职位。他父亲是乌塔纳帕达(Uttānapāda)，他祖父是玛努(Manu)，而他的曾祖父是主布茹阿玛(Brahmā)。因此，杜茹瓦想得到甚至比主布茹阿玛所能得到的王国还要大的王国，并请求纳茹阿达·牟尼(Nārada Muni)为他提供得到这个王国所需要的便利条件。主维施努(Viṣṇu)所信赖的仆人提醒他说：不仅是他的祖先，在他之前就没有人能到达主维施努居住的星球——维施努珞卡(Viṣṇuloka)。那其中的原因是：这个物质世界里的人不是功利性活动者(卡尔弥，karmī)、思辨者(格亚尼，jñānī)，就是瑜伽师(尤格伊，yogī)，但很少有纯粹的奉献者；可是，名为维施努珞卡的超然星球是特别给奉献者准备的，而不是为功利性活动者、思辨者或瑜伽师准备的。

伟大的圣人(瑞西，ṛṣi)或半神人很少能接近布茹阿玛珞卡(Brahmaloka)，尽管《博伽梵歌》(Bhagavad gītā)中说，布茹阿玛珞卡不是灵魂永恒的居所。主布茹阿玛的寿命极长，即使他一生中一天的长短都很难估计。尽管如此，主布茹阿玛还是会死去，他的星球上的居民也不例外。《博伽梵歌》第 8 章的第 16 节诗中说：除了维施努珞卡，在物质世界中，从最高等的星球到最低等的星球都是生死轮回的痛苦之地(ābrahma-bhuvanāl lokāḥ punar āvartino 'rjuna)。至尊主在《博伽梵歌》第 15 章的第 6 节诗中说：到达我那至高无上的住所的人，永不返回这个物质世界(yad gatvā na nivartante tad dhāma paramaṁ mama)。杜茹瓦·玛哈茹阿佳被告知："我们要陪你去的那个星球，是个去了之后永不返回这个物质世界的星球。"物质主义科学家试图到月亮和其他星球上去，但他们根本想不到要去最高的星球布茹阿玛珞卡，因为那超出他们的想象力。根据物质的计算，以光速运行要用四万光年的时间才能到达宇宙中最高的星球布茹阿玛珞卡。靠机械的方法，我们不可能到达这个宇宙中最高的星球，但靠奉爱瑜伽(巴克提·尤嘎，bhakti-yoga)的程序，正如杜茹瓦·玛哈茹阿佳所练的，人就不仅能去这个宇宙中的其他星球，而且也能去这个宇宙之外的维施努珞卡星球。我在《简易的星际旅程》这本小册子中概要地描述了这一点。

第27节　एतद्विमानप्रवरमुत्तमश्लोक मौलि ना ।
उपस्थापितमायुष्मन्नधिरोढुं त्वमर्हसि ॥ २७ ॥

etad vimāna-pravaram
uttamaśloka-maulinā

upasthāpitam āyuṣmann
adhiroḍhuṁ tvam arhasi

etat—这 / vimāna—飞机 / pravaram—独一无二的 / uttamaśloka—至尊人格首神 / maulinā—被众生的领袖 / upasthāpitam—派遣 / āyuṣman—永生的人啊 / adhiroḍhum—登上 / tvam—你 / arhasi—是值得的

译文 永生的人啊！至尊人格首神是众生的领袖，人们通过用精心挑选过的词语向祂祈祷来崇拜祂。这架独一无二的飞机就是祂派来的。你相当有资格乘坐这架飞机。

要旨 根据天文学计算，与北极星在一起的还有另外一个名叫锡舒玛尔(Śiśumāra)的星球，是负责维系这个物质世界的主维施努居住的地方。正如下面的诗节所描述的：除了至尊主的奉献者外士纳瓦(Vaiṣṇava)，其他人永远都接近不了锡舒玛尔星球或北极星杜茹瓦珞卡(Dhruvaloka)。主维施努的仆人为杜茹瓦·玛哈茹阿佳(Dhruva Mahārāja)带来了一架很特别的飞机，并告诉他这架飞机是主维施努专门派来的。

外琨塔(Vaikuṇṭha)的飞机不靠机械装置驱动。在外太空运行有三种方法，其中一种是现代科学家知道的，梵文称之为 ka-pota-vāyu。Ka 的意思是“外太空”，pota 的意思是“船”。第二种方法梵文称为 kapota-vāyu。Kapota 的意思是“鸽子”。人可以训练鸽子把人带入外太空。第三种方法很精微，梵文称为 ākāśa-patana，而这种方法也是物质性的。正如人的心念可以随心所欲地飞往各处而无需任何的机械装置，ākāśa-patana 飞机也能以心念的速度飞行。除了这种 ākāśa-patana 方法，还有完全灵性的外琨塔方法。主维施努(Viṣṇu)派来接杜茹瓦·玛哈茹阿佳去锡舒玛尔星球的飞机就完全是灵性的、超然的飞机。物质主义科学家既看不到这种运输工具，也无法想象它们是怎么在空中飞翔的。物质主义科学家对灵性天空一无所知，尽管《博伽梵歌》(Bhagavad-gītā)第 8 章的第 20 节诗中提到过灵性天空(paras tasmāt tu bhāvo ’nyaḥ)。

第28节

मैत्रेय उवाच
निशम्य वैकुण्ठ नियोज्यमुख्ययो-
र्मधुच्युतं वाचमुरुक्रमप्रियः ।
कृताभिषेकः कृतनित्यमङ्गलो
मुनीन् प्रणम्याशिषमभ्यवादयत् ॥ २८ ॥

maitreya uvāca
niśamya vaikuṇṭha-niyojya-mukhyayor
madhu-cyutaṁ vācam urukrama-priyaḥ
kṛtābhiṣekaḥ kṛta-nitya-maṅgalo
munīn praṇamyāśiṣam abhyavādayat

maitreyaḥ uvāca—伟大的圣人麦垂亚说 / niśamya—听了之后 / vaikuṇṭha—至尊主的 / niyojya—同伴 / mukhyayoḥ—首脑的 / madhu-cyutam—像涌出的蜂蜜 / vācam—言语 / urukrama-priyaḥ—至尊主非常喜爱的杜茹瓦·玛哈茹阿佳 / kṛta-abhiṣekaḥ—进行了神圣的沐浴 / kṛta—执行 / nitya-maṅgalaḥ—他日常的灵性活动 / munīn—向圣人们 / praṇamya—致敬 / āśiṣam—祝福 / abhyavādayat—接受

译文　伟大的圣人麦垂亚继续说：至尊人格首神非常喜爱杜茹瓦·玛哈茹阿佳。杜茹瓦·玛哈茹阿佳听了外琨塔星球上至尊主的主要随从所说的甜蜜话语后，立即进行圣化沐浴，穿上合身的衣服履行他日常的灵性责任。随后，他恭恭敬敬地顶拜在场的伟大圣人，并接受他们的祝福。

要旨 我们应该留意杜茹瓦·玛哈茹阿佳(Dhruva Mahārāja)在做奉爱服务时是怎样的忠于职守，即使在离开这个物质世界时也不松懈。他在做奉爱服务时一直保持警醒。每一个奉献者都应该在清晨沐浴并用提拉克(tilaka)装饰身体。在喀历(Kali)年代里，人很难能得到黄金或珠宝饰品，但对于净化躯体来说，在身上十二个部位涂上提拉克作为吉祥的装饰就足够了。杜茹瓦·玛哈茹阿佳住在巴德瑞卡刷玛(Badarikāśrama)时，那里还有其他一些伟大的圣人。他并没有因为主维施努派飞机来接他而骄傲自大；作为一名谦卑的外士纳瓦(Vaiṣṇava)，他在登上主维施努在外琨塔(Vaikuṇṭha)的主要助手带来的飞机前，先接受了全体圣人的祝福。

第29节 परीत्याभ्यर्च्य धिष्ण्याग्र्यं पार्षदावभिवन्द्य च ।
इयेष तदधिष्ठातुं बिभ्रद्रूपं हिरण्मयम् ॥ २९ ॥

parītyābhyarcya dhiṣṇyāgryaṁ
pārṣadāv abhivandya ca
iyeṣa tad adhiṣṭhātuṁ
bibhrad rūpaṁ hiraṇmayam

parītya—绕行 / abhyarcya—崇拜 / dhiṣṇya-agryam—超然的飞机 / pārṣadau—向至尊主的两位同伴 / abhivandya—致敬 / ca—也 / iyeṣa—他试着 / tat—那飞机 / adhiṣṭhātum—登上 / bibhrat—光辉灿烂 / rūpam—他的形象 / hiraṇmayam—金色的

译文 在登上飞机前，杜茹瓦·玛哈茹阿佳崇拜飞机，绕着它行走，并向维施努的同伴致敬。就在他这样做的时候，他变得像熔化的金子一样光辉灿烂。他就这样做好了登上超然飞机的一切准备。

要旨　在绝对的世界里，飞机、主维施努(Viṣṇu)的同伴以及主维施努本人都是灵性的。那里没有物质的污染。从质上讲，那里的一切是一个整体。主维施努是值得崇拜的，祂的同伴、个人用品、飞机和居所也是如此，因为主维施努的一切和主维施努本人一样完美。作为纯粹的外士纳瓦(Vaiṣṇava)，杜茹瓦·玛哈茹阿佳很清楚这一切，因此在登机之前向至尊主的同伴以及飞机致敬。就在他这么做的时候，他的躯体转化为灵性的存在，因此像熔化的黄金一样闪闪发光。他就这样变成了维施努珞卡(Viṣṇuloka)上的一分子，与维施努珞卡上的一切成了一体。

非人格神主义玛亚瓦迪(Māyāvādī)哲学家，无法想象怎么能在多样化的情况下达成一体。他们认为的一体是不存在多样化的。正因为如此，他们成了非人格神主义者。锡舒玛尔(Śiśumāra)、维施努珞卡或杜茹瓦珞卡(Dhruvaloka)与这个物质世界完全不同。同样，这个世界里的维施努庙宇也完全不同于这个物质世界。我们一旦进入神庙，就应该很清楚我们处在一个不同于物质世界的地方。在庙里，主维施努、祂的宝座、祂的房间，以及一切与神庙有关的事物，都是超然的。善良(sattva-guṇa)、激情(rajo-guṇa)和愚昧(tamo-guṇa)等物质自然三种属性，进不了庙里。因此说：在森林中生活是处在善良属性的影响下，在城市中生活是处在激情属性的影响里，生活在妓院、酒馆或屠宰场中是处在愚昧属性的控制下，但在庙里生活则意味着生活在灵性世界外琨塔珞卡(Vaikuṇṭhaloka)上。神庙里的一切都与主维施努(奎师那)一样值得崇拜。

第30节　तदोत्तानपदः पुत्रो ददर्शान्तक मागतम् ।
मृत्योर्मूर्ध्नि पदं दत्त्वा आरुरोहाद्भुतं गृहम् ॥ ३० ॥

tadottānapadaḥ putro
dadarśāntakam āgatam

mṛtyor mūrdhni padaṁ dattvā
āruroḥādbhutaṁ gṛham

tadā—那时 / uttānapadaḥ—乌塔纳帕达王的 / putraḥ—儿子 / dadarśa—可以看到 / antakam—死亡的人格化身 / āgatam—接近他 / mṛtyoḥ mūrdhni—在死亡的头上 / padam—脚 / dattvā—放置 / āruroha—登上 / adbhutam—神奇的 / gṛham—像一座大房子一样的飞机上

译文 就在杜茹瓦·玛哈茹阿佳准备登上超然的飞机时，他看到死亡的化身来到他面前。他不在乎死亡，而是趁机把脚放在死亡的头上，借此登上了像房子一样大的飞机。

要旨 认为奉献者去世和非奉献者去世的性质完全一样的看法，绝对是错误的。在准备登上超然的飞机时，杜茹瓦·玛哈茹阿佳(Dhruva Mahārāja)突然看到死神来到他面前，但他并不感到害怕。死神不但没给杜茹瓦·玛哈茹阿佳找麻烦，反而是杜茹瓦·玛哈茹阿佳利用死神的来临，把脚放在死神的头上登上了飞机。知识浅薄的人不知道奉献者的死和非奉献者的死是不同的。就有关这一方面，可以举例说明：猫既用它的嘴衔小猫仔，也用它的嘴叼老鼠。表面上看，猫都是用它的嘴夹着老鼠和小猫仔，但实际上并非如此。当猫用嘴叼住老鼠时，它的嘴对老鼠来说就意味着死亡，而当猫用嘴衔着小猫仔时，小猫仔则乐在其中。当杜茹瓦·玛哈茹阿佳登机时，他利用死神前来向他致敬的机会，把脚放在死神的头上，登上了这节诗中描述的如房子(gṛham)一般大的独特飞机。

《博伽瓦谭》(Bhāgavatam)中记载有很多类似的事例，其中谈到卡尔达玛·牟尼(Kardama Muni)制造了一架飞机，载着他妻子黛瓦瑚缇(Devahūti)遨游宇宙；那架飞机如同一座大城市，上面有许多房子、湖泊和花园。现代科学家也制造大飞机，但乘飞机的旅客挤在里面，体验到种种不适。

物质主义科学家即使在制造物质的飞机方面也还没达到完美。要想与卡尔达玛·牟尼所用的飞机或来自维施努珞卡(Viṣṇuloka)的飞机相比，他们必须造出像大城市一样的飞机，上面有湖泊、花园和公园等各种令生活舒适的设施；他们的飞机必须能在外太空飞行、盘旋，以便乘客可以访问其他星球。他们要是发明出这种飞机，就不用为了飞进外太空而建造各种补充燃料的太空站了。这样的飞机会有无限的原料供应，或者像来自维施努珞卡的飞机一样，不用燃料就能飞行。

第31节　तदा दुन्दुभयो नेदुर्मृदङ्गपणवादयः ।
गन्धर्वमुख्याः प्रजगुः पेतुः कु सुमवृष्टयः ॥ ३१ ॥

tadā dundubhayo nedur
mṛdaṅga-paṇavādayaḥ
gandharva-mukhyāḥ prajaguḥ
petuḥ kusuma-vṛṣṭayaḥ

tadā—那时 / dundubhayaḥ—定音鼓 / neduḥ—回响 / mṛdaṅga—鼓 / paṇava—小鼓 / ādayaḥ—等等 / gandharva-mukhyāḥ—甘达尔瓦星球上的主要居民 / prajaguḥ—歌唱 / petuḥ—抛洒 / kusuma—鲜花 / vṛṣṭayaḥ—像雨水

译文　那时，空中回荡起锣鼓声，主要的歌仙(甘达尔瓦)开始唱歌，其他半神人则向杜茹瓦·玛哈茹阿佳撒下如倾盆大雨般的花雨。

第32节　स च स्वलर्ोकि मारोक्ष्यन् सुनीतिं जननीं ध्रुवः ।
अन्वस्मरदगं हित्वा दीनां यास्ये त्रिविष्टपम् ॥ ३२ ॥

sa ca svarlokam ārokṣyan
sunītiṁ jananīṁ dhruvaḥ
anvasmarad agaṁ hitvā
dīnāṁ yāsye tri-viṣṭapam

saḥ—他 / ca—也 / svaḥ-lokam—向天堂星球 / ārokṣyan—即将上升 / sunītim—苏妮缇 / jananīm—母亲 / dhruvaḥ—杜茹瓦·玛哈茹阿佳 / anvasmarat—马上想起 / agam—难于获得 / hitvā—留在后面 / dīnām—可怜的 / yāsye—我应该去 / tri-viṣṭapam—到外琨塔星球

译文 杜茹瓦坐在超然的飞机里，就在飞机即将起动时，他想起可怜的母亲苏妮缇，心中对自己说："我怎么能撇下我可怜的母亲，自己去外琨塔星球呢？"

要旨 杜茹瓦(Dhruva)对母亲苏妮缇(Sunīti)始终怀有感激之情。正是因为苏妮缇给他提供了线索，他才能在此刻由主维施努(Viṣṇu)的同伴亲自带往外琨塔(Vaikuṇṭha)星球。他这时想起了她，想带她同去。事实上，杜茹瓦·玛哈茹阿佳的母亲苏妮缇是他的指路灵性导师(patha-pradarśaka-guru)。这种灵性导师(古茹，guru)有时也被称为训示灵性导师(希克沙·古茹，śikṣā-guru)。尽管纳茹阿达·牟尼(Nārada Muni)是他的启迪灵性导师(迪克沙·古茹，dīkṣā-guru)，但他母亲苏妮缇是第一位指导他怎样得到至尊人格首神帮助的人。训示灵性导师或启迪灵性导师的职责，是为门徒指明正确的方向，具体的灵修则需要门徒自己努力。根据经典(沙斯陀，śāstric)的教导，训示灵性导师或启迪灵性导师之间没有区别，训示灵性导师通常以后就会成为启迪灵性导师。然而，苏妮缇是一位女子，特别又是杜茹瓦·玛哈茹阿佳的母亲，因此不能成为杜茹瓦·玛哈茹阿佳的启迪灵性导师。尽管如此，杜茹瓦·玛哈茹阿佳对苏妮缇的感激之情分毫不减。纳茹阿达·牟尼根本不需要由别人把他带到外琨塔路卡，杜茹瓦·玛哈茹阿佳想到了他的母亲。

至尊人格首神无论想到什么计划都会立即实现。同样，完全依靠至尊主的奉献者，凭借至尊主的恩典也能立即实现自己的心愿。至尊主是自己实现自己的心愿而无需他人帮助，奉献者是只要依靠至尊人格首神就能实现心愿。因此，杜茹瓦·玛哈茹阿佳一旦想到他那可怜的母亲，维施努的侍从就立即向他保证，苏妮缇乘坐另一架飞机也正前往外琨塔路卡。杜茹瓦·玛哈茹阿佳认为，自己独自前往外琨塔路卡而把母亲撇下是很不吉祥的，因为人们会批评他只顾自己去外琨塔路卡而不带为他付出极多的苏妮缇一同前往。但杜茹瓦也想到自己并不是至尊人物，因此只有奎师那想满足他的心愿，他才有可能带母亲一同前往。奎师那能立即明白他的心意，因此让祂的同伴告诉杜茹瓦，他母亲也随着他一起前往。这件事证明：像杜茹瓦·玛哈茹阿佳那样纯粹的奉献者，能实现所有的心愿；凭借至尊主的恩典，他变得完全像至尊主一样，无论想到什么，心愿就会立刻实现。

第33节　इति व्यवसितं तस्य व्यवसाय सुरोत्तमौ ।
दर्शयामासतुर्देवीं पुरो यानेन गच्छ तीम् ॥ ३३ ॥

iti vyavasitaṁ tasya
vyavasāya surottamau
darśayām āsatur devīṁ
puro yānena gacchatīm

iti—如此 / vyavasitam—沉思 / tasya—杜茹瓦的 / vyavasāya—理解 / sura-uttamau—两个主要的同伴 / darśayām āsatuḥ—给(他)看 / devīm—尊贵的苏妮缇 / puraḥ—之前 / yānena—被飞机 / gacchatīm—向前

译文 主维施努非凡的同伴南达和苏南达能了解杜茹瓦·玛哈茹阿佳的心思，于是给他看，他母亲苏妮缇正坐在另一架飞机里。

要旨 这件事表明：作为指导者的训示灵性导师(希克沙·古茹，śikṣā-guru)或启迪灵性导师(迪克沙·古茹，dīkṣā-guru)即使不够进步，但如果有一位像杜茹瓦·玛哈茹阿佳(Dhruva Mahārāja)那样坚定地做奉爱服务的门徒，也能被这位门徒带到灵性世界。苏妮缇(Sunīti)虽然是杜茹瓦·玛哈茹阿佳的指导者，但身为女人不能到森林中去，也不能像杜茹瓦·玛哈茹阿佳那样从事苦修。尽管如此，杜茹瓦·玛哈茹阿佳还是能带他母亲一起去灵性世界。同样，帕拉德·玛哈茹阿佳(Prahlāda Mahārāja)也拯救了他那个不信神的父亲黑冉亚卡希普(Hiraṇyakaśipu)。结论是：门徒或后代如果是强有力的奉献者，就能把他的父亲、母亲、训示灵性导师或启迪灵性导师带去外琨塔珞卡(Vaikuṇṭhaloka)。圣巴克提希丹塔·萨茹阿斯瓦提·塔库尔(Bhaktisiddhānta Sarasvatī Ṭhākura)经常说："我哪怕能彻底拯救一个灵魂，使他回归家园，回归首神，也会认为我的传播奎师那意识的使命获得了成功。"奎师那意识运动现在正传向全世界，有时我想：尽管我在许多方面都有缺陷，但假如我的门徒中有一个人成为像杜茹瓦·玛哈茹阿佳那样优秀的奉献者，那他就能带着我和他一起前往外琨塔珞卡。

第34节 तत्र तत्र प्रशंसद्भिः पथि वैमानिकैः सुरैः ।
अवकीर्यमाणो ददृशे कु सुमैः क्र मशो ग्रहान् ॥ ३४ ॥

tatra tatra praśaṁsadbhiḥ
pathi vaimānikaiḥ suraiḥ
avakīryamāṇo dadṛśe
kusumaiḥ kramaśo grahān

tatra tatra—到处 / praśaṁsadbhiḥ—被赞美杜茹瓦·玛哈茹阿佳的人 / pathi—在路上 / vaimānikaiḥ—被不同种类的飞机承载着 / suraiḥ—由半神人 / avakīryamāṇaḥ—被覆盖着 / dadṛśe—能看到 / kusumaiḥ—被鲜花 / kramaśaḥ——个接一个 / grahān—太阳系中的所有星球

译文　杜茹瓦·玛哈茹阿佳在穿越太空时，逐一看到了太阳系中所有的星球。一路上，所有的半神人都乘坐在他们各自的飞机里向他抛撒鲜花，鲜花如雨般地落在他身上。

要旨　韦达文献中有一句话说：奉献者了解至尊人格首神后便了解了一切(yasmin vijñāte sarvam evaṁ vijñātaṁ bhavati)。同样，前往至尊人格首神所在的星球外琨塔(Vaikuṇṭha)，可以使人了解在途中的所有其他星系。我们应该记住：杜茹瓦·玛哈茹阿佳(Dhruva Mahārāja)的身体与我们的不同。在登上外琨塔的飞机时，他的身体转成了完全灵性的金黄色。没人能以物质的躯体超越高级星球，但当人得到灵性的身体时，他不仅能到这个物质世界中的高级星系去旅行，还能到比物质高等星系还高的外琨塔珞卡去。众所周知，纳茹阿达·牟尼(Nārada Muni)可以在灵性世界和物质世界里到处遨游。

我们还应该注意：苏妮缇(Sunīti)前往外琨塔珞卡时，她的躯体也变成了灵性的。所有作母亲的妇女都应该像圣苏妮缇一样，训练自己的孩子成为像杜茹瓦·玛哈茹阿佳那样的奉献者。苏妮缇甚至在她儿子五岁时就教导他不要执著世俗事务，而应该到森林中去寻找至尊主。她从不期望她儿子留在家中，在不从事苦修的情况下舒舒服服地就得到至尊人格首神的恩惠。所有的母亲都应该像苏妮缇一样，必须照顾儿子，从他五岁开始就训练他成为一名布茹阿玛查瑞(brahmacārī，贞守生)，为获得灵性的觉悟而苦修。这样做的好处是：假如儿子成为像杜茹瓦那样强有力的奉献者，不仅他自己肯定能被转往家园，回归首神，做母亲的也将与他一起转往灵性世界，即使作母亲的也许不能在做奉爱服务的过程中从事苦行。

第35节 त्रिलोकीं देवयानेन सोऽतिव्रज्य मुनीनपि ।
परस्ताद्यद् ध्रुवगतिर्विष्णोः पदमथाभ्यगात् ॥ ३५ ॥

tri-lokīṁ deva-yānena
so 'tivrajya munīn api
parastād yad dhruva-gatir
viṣṇoḥ padam athābhyagāt

tri-lokīm—三个星系 / deva-yānena—被超然的飞机 / saḥ—杜茹瓦 / ativrajya—超越 / munīn—伟大的圣人们 / api—甚至 / parastāt—在……之外 / yat—那 / dhruva-agtiḥ—获得永生的杜茹瓦 / viṣṇoḥ—至尊主维施努的 / padam—居所 / atha—那时 / abhyagāt—获得

译文 就这样，杜茹瓦·玛哈茹阿佳超越伟大的圣人萨普塔瑞希们居住的七个星系，到达了主维施努居住的超然住所，在那里过着超然、永恒的生活。

要旨 来接杜茹瓦·玛哈茹阿佳的飞机，是由主维施努(Viṣṇu)的两位主要同伴苏南达(Sunanda)和南达(Nanda)驾驶的。只有这种灵性的宇航员(太空人)才能驾驶飞机越过七大星系到达永恒喜乐的生命领域。《博伽梵歌》(Bhagavad-gītā)第 8 章的第 20 节诗中也证实说：超出这个物质宇宙有一个灵性天空，那里一切都是永恒、极乐的(paras tasmāt tu bhāvo 'nyaḥ)。那里的星球名叫维施努珞卡(Viṣṇuloka)或外琨塔珞卡(Vaikuṇṭhaloka)。人只有在那里才能过上充满知识和极乐的永恒生活。在外琨塔珞卡之下是物质的宇宙，在物质宇宙里只有主布茹阿玛(Brahmā)和其他住在布茹阿玛珞卡(Brahmaloka)上的生物体能活到这个宇宙毁灭之时，但那也不是永恒的。《博伽梵歌》中证实说：人即使升入这个宇宙中最高的星球，也得不到永生(ābrahma-bhuvanāl lokāḥ)。只有到外琨塔珞卡才能过上永恒、极乐的生活。

第36节 यद् भ्राजमानं स्वरुचैव सर्वतो
लोकास्त्रयो ह्यनु विभ्राजन्त एते ।
यन्नाव्रजञ्जन्तुषु येऽननुग्रहा
व्रजन्ति भद्राणि चरन्ति येऽनिशम् ॥ ३६ ॥

yad bhrājamānaṁ sva-rucaiva sarvato
lokās trayo hy anu vibhrājanta ete
yan nāvrajañ jantuṣu ye 'nanugrahā
vrajanti bhadrāṇi caranti ye 'niśam

yat—那星球 / bhrājamānam—发光 / sva-rucā—以自身的光辉 / eva—只有 / sarvataḥ—到处 / lokāḥ—星系 / trayaḥ—三 / hi—肯定地 / anu—因此 / vibhrājante—发光 / ete—这些 / yat—那星球 / na—不 / avrajan—到达 / jantuṣu—向生物 / ye—那些……的人 / ananugrahāḥ—不仁慈 / vrajanti—获得 / bhadrāṇi—福利活动 / caranti—致力于 / ye—那些……的人 / aniśam—一直不断地

译文 外琨塔星球自身发光，这个物质世界里所有起照明作用的星球都是靠反射它的光芒。对其他生物不慈悲的人到不了外琨塔星球，只有一直不断为其他生物谋福利的人才能去那里。

要旨 这节诗里谈了外琨塔(Vaikuṇṭha)星球的两个方面，第一个方面是外琨塔天空中不需要太阳和月亮。这一点在《乌帕尼沙德》(Upaniṣad，奥义书)和《博伽梵歌》(Bhagavad-gītā)中都得到了确认。《博伽梵歌》第 15 章的第 6 节诗中说：灵性世界的外琨塔路卡本身就是光明的，因此不需要太阳、月亮或电力照明(na tad bhāsayate sūryo na śaśāṇko na pāvakaḥ)。事实上，物质天空中的光是外琨塔路卡发射出的光芒的反射；正是靠反射这种光，物质宇宙中的太阳才可以起照明作用，而其他星星和月亮才被照亮。换句话说，物质天空中所有的发光体的光都是从外琨塔路卡借来的。人们如果不断地从事为众生造福的活动，就能从这个物质世界被转往外琨塔路卡，而只有怀着奎师那意识的人才能真正地、一直不断地从事造福众生的活动。在这个物质世界里，除了传播、培养奎师那意识，没有其他博爱及慈善活动能使人一天二十四小时都投入其中。

有奎师那意识的人，总是忙着筹划如何使所有受苦的人都回归家园，回归首神。即使他并没有能成功地感化所有坠落了的灵魂都回归首神，但因为他有奎师那意识，通往外琨塔路卡的路就在他面前伸展开来。他本人具备了进入外琨塔路卡的资格，而追随这种奉献者的人也会进入外琨塔路卡。其他那些因为嫉妒他人而忙碌的人被称为功利性活动者——卡尔弥(karmī)，功利性活动者总是互相嫉妒。他们仅仅为了自己的感官享乐，就能屠杀成千上万无辜的动物。思辨者——格亚尼(Jñānī)，虽然不像功利性活动者那么罪恶，但却并不努力感化他人回归首神。他们只是为了自身的解脱而从事苦修。瑜伽师——尤格伊(Yogī)，也只是努力通过得到神秘力量而强化自我。但是，奉献者——作为至尊主的仆人的外士纳瓦(Vaiṣṇava)，则是真正致力于传播奎师那意识，感化坠落了的灵魂。只有具有奎师那意识的人，才有资格进入灵性世界。这节诗中清楚地说明了这一点；《博伽梵歌》中也证实了这一点，至尊主说：祂最珍爱的是那些向全世界传播《博伽梵歌》福音的人。

第37节　शान्ताः समदृशः शुद्धाः सर्वभूतानुरञ्जनाः ।
यान्त्यञ्जसाच्युतपदमच्युतप्रियबान्धवाः ॥ ३७ ॥

śāntāḥ sama-dṛśaḥ śuddhāḥ
sarva-bhūtānurañjanāḥ
yānty añjasācyuta-padam
acyuta-priya-bāndhavāḥ

śāntāḥ—平静的 / sama-dṛaḥ—平衡的 / śuddhāḥ—洁净的、净化的 / sarva—所有的 / bhūta—生物 / anurañjanāḥ—令人愉快 / yānti—去 / añjasā—轻易地 / acyuta—至尊主的 / padam—向居所 / acyuta-priya—与至尊主的奉献者 / bāndhvaāḥ—朋友

译文　谁平静、纯洁，知道取悦所有其他生物的艺术，只与至尊主的奉献者保持友谊，谁就能轻易地回归家园、回归首神。

要旨　这节诗中的话明确说明：唯有奉献者才有资格进入首神的王国。它所谈的第一个要点是：奉献者是平静的，因为他们没有满足个人感官的需求。他们一心一意地献身于侍奉主。功利性活动者(卡尔弥，Karmī)因为欲壑难填而始终不得平静。至于思辨者(格亚尼，Jñānī)，他们忙着获得解脱或融入至尊者的存在中，因此也不得平静。同样，为了得到神秘力量，瑜伽师(尤格伊，Yogī)也不平静。只有奉献者是平静的，因为他彻底皈依至尊人格首神，认为自己完全是无助的；就像孩子依赖父母而感到完全平静一样，奉献者依靠至尊人格首神的恩典，所以完全是平静的。

奉献者平等对待众生。他看每一个生物都在同等超然的层面

上，知道：尽管每一个受制约的灵魂都根据其以往所从事的功利性活动而有一个特定类型的躯体，但实际上他们都是至尊主的所属部分。奉献者用灵魂的眼光看待众生，而不用躯体化的生命概念进行区分。只有与奉献者联谊，才能培养这种品质。不与奉献者联谊，就不可能增强奎师那意识。为此，我们建立了国际奎师那意识协会。事实上，无论是谁，只要他在这个协会中生活，就自然而然培养起奎师那意识。至尊人格首神珍爱奉献者，而奉献者唯一爱的人是至尊人格首神。人只有在这个层面上才能增强奎师那意识。正如奎师那意识运动中的各种事例所展现的，满怀奎师那意识的人——至尊主的奉献者，能使所有的人高兴。我们毫无分别心地邀请所有的人；我们请大家坐下来，和我们一起吟唱哈瑞·奎师那曼陀(Hare Kṛṣṇa mantra)，尽可能多地品尝我们所能提供的帕萨达(prasāda)，因此大家都很喜欢我们。这就是资格：令所有的生物都愉快(sarva-bhūtānurañjanāḥ)。

至于纯洁，没人能比奉献者更纯洁。人一旦念出维施努(Viṣṇu)的圣名，就立即从里到外都得到了净化(yaḥ smaret puṇḍarīkāṣam)。由于奉献者一直不断地吟诵、吟唱哈瑞·奎师那曼陀，物质世界中的一切污染物都沾不上他。因此，他是真正纯洁的。经典说：人如果培养奎师那意识，即使他是个鞋匠或出生在鞋匠家，也能被提升到布茹阿玛纳(śuci)的地位上(muci haya śuci haya yadi kāṣṇa bhaje)。具有纯粹的奎师那意识并致力于吟诵、吟唱哈瑞·奎师那曼陀的人，是整个宇宙中最纯洁的人。

第38节 इत्युत्तानपदः पुत्रो ध्रुवः कृ ष्णपरायणः ।
अभूत्त्रयाणां ल ोक ानां चूडामणिरिवामलः ॥ ३८ ॥

ity uttānapadaḥ putro
dhruvaḥ kṛṣṇa-parāyaṇaḥ

abhūt trayāṇāṁ lokānāṁ
cūḍā-maṇir ivāmalaḥ

iti—如此 / uttānapadaḥ—乌塔纳帕达·玛哈茹阿佳的 / putraḥ—儿子 / dhruvaḥ—杜茹瓦·玛哈茹阿佳 / kṛṣṇa-parāyaṇaḥ—满怀奎师那意识 / abhūt—变成 / trayāṇām—三的 / lokānām—世界 / cūḍā-maṇiḥ—最珍贵的珠宝 / iva—像 / amalaḥ—净化

译文　就这样，乌塔纳帕达·玛哈茹阿佳那尊贵的儿子——满怀奎师那意识的杜茹瓦·玛哈茹阿佳，到达了处在三个世界的顶部。

要旨　这里提到用于说明奎师那意识的梵文术语是kṛṣṇa-parāyaṇaḥ。Parāyaṇaḥ 的意思是“向前”。向奎师那这一目标迈进的人都被称为 kṛṣṇa-parāyaṇaḥ——完全具有奎师那意识的人。杜茹瓦·玛哈茹阿佳(Dhruva Mahārāja)的事例表明：每一位具有奎师那意识的人，都有希望到达这个宇宙中三大星系之上的最高处。有奎师那意识的人们所能有的崇高地位，远远超出任何野心勃勃的物质主义者的想象。

第39节　गम्भीरवेगोऽनिमिषं ज्योतिषां चक्र माहितम् ।
यस्मिन् भ्रमति कौरव्य मेढ्यामिव गवां गणः ॥ ३९ ॥

gambhīra-vego 'nimiṣaṁ
jyotiṣāṁ cakram āhitam
yasmin bhramati kauravya
meḍhyām iva gavāṁ gaṇaḥ

gambhīra-vegaḥ—以巨大的力量和极高的速度 / animiṣam—不断地 / jyotiṣām—发光体的 / cakram—天体 / āhitam—连接 / yasmin—以……围绕 / bhramati—环绕 / kauravya—维杜茹阿啊 /

medhyām—中轴 / iva—如 / gavām—公牛的 / gaṇaḥ——群

译文 圣人麦垂亚继续说：亲爱的维杜茹阿，库茹的子孙，正如公牛群以杆子为中心按顺时针方向绕行，这个宇宙空间中所有的发光体，都以极大的动力和极快的速度围着杜茹瓦·玛哈茹阿佳所在的星球绕行。

要旨 这个宇宙中的每一个星球都以极高的速度运行着。从《圣典博伽瓦谭》(Śrīmad-Bhāgavatam)的说明中，我们可以了解：就连太阳也以每秒钟一万六千英里的速度运行着。从《布茹阿玛·萨密塔》(Brahma-saṁhitā)中的诗节中我们了解：被视为是至尊人格首神哥文达(Govinda)的眼睛的太阳(yaccakṣur eṣa savitā sakala-grahāṇām)，也有它特殊的运行轨道。同样，其他所有的星球都有他们各自的运行轨道。尽管如此，它们都环绕着杜茹瓦·玛哈茹阿佳(Dhruva Mahārāja)所在的北极星杜茹瓦珞卡(Dhruvaloka)运行，这颗北极星就处在三个世界的顶端。当然，我们只能想象奉献者的真正地位有多崇高，但无疑想象不了至尊人格首神的地位有多崇高。

第40节 महिमानं विलोक्यास्य नारदो भगवानृषिः ।
आतोद्यं वितुदञ्श्लोकान् सत्रेऽगायत्प्रचेतसाम् ॥ ४० ॥

mahimānaṁ vilokyāsya
nārado bhagavān ṛṣiḥ
ātodyaṁ vitudañ ślokān
satre 'gāyat pracetasām

mahimānam—荣耀 / vilokya—观看 / asya—杜茹瓦·玛哈茹阿佳的 / nāradaḥ—伟大的圣人纳茹阿达 / bhagavān—像至尊人

格首神一样尊贵 / ṛṣiḥ—圣人 / ātodyam—弦乐器维那 / vitudan—弹奏着 / ślokān—诗句 / satre—在祭祀场里 / agāyat—吟唱 / pracetasām—帕柴塔的

译文 伟大的圣人纳茹阿达观看到杜茹瓦·玛哈茹阿佳的荣光后，弹着他的维那琴到帕柴塔的祭祀场，欢快地吟唱了以下三节诗。

要旨 伟大的圣人纳茹阿达(Nārada)是杜茹瓦·玛哈茹阿佳(Dhruva Mahārāja)的灵性导师，看到杜茹瓦的荣光无疑使他非常高兴。正如父亲很高兴看到儿子在各个方面都取得进步一样，灵性导师看到门徒取得灵性进步也很快乐。

第41节 नारद उवाच
नूनं सुनीतेः पतिदेवताया-
स्तपःप्रभावस्य सुतस्य तां गतिम् ।
दृष्ट्वाभ्युपायानपि वेदवादिनो
नैवाधिगन्तुं प्रभवन्ति किं नृपाः ॥ ४१ ॥

nārada uvāca
nūnaṁ sunīteḥ pati-devatāyās
tapaḥ-prabhāvasya sutasya tāṁ gatim
dṛṣṭvābhyupāyān api veda-vādino
naivādhigantuṁ prabhavanti kiṁ nṛpāḥ

nāradaḥ uvāca—纳茹阿达说 / nūnam—肯定地 / sunīteḥ—苏妮缇的 / pati-devatāyāḥ—非常依恋她丈夫 / tapaḥ-prabhāvasya—受苦修的影响 / sutasya—儿子的 / tām—那 / gatim—地位 / dṛṣṭvā—观看 / abhyupāyān—方法 / api—尽管 / veda-vādinaḥ—严格遵守韦达原则的人或所谓的韦丹塔主义者 / na—从不 / eva—

无疑地 / adhigantum—获得 / prabhavanti—有资格 / kim—更不要说…… / nṛpāḥ—普通君王

译文 伟大的圣人纳茹阿达唱道：深爱丈夫的苏妮缇，其儿子杜茹瓦·玛哈茹阿佳仅仅靠他灵性的进步和从事强有力的苦修，就获得了崇高的地位，而这个地位就连所谓的韦丹塔主义者或严格遵守韦达原则的人都得不到，更不要说普通人了。

要旨 这节诗中的"严格遵守韦达原则的人或所谓的韦丹塔主义者(veda-vādinaḥ)"一词非常重要。通常，严格遵守韦达原则的人被称为韦达·瓦迪(veda-vādi)。世上也有所谓的韦丹塔主义者(Vedāntist)，他们声称自己是韦丹塔(Vedānta)哲学的信奉者，但事实上却曲解韦丹塔。我们在《博伽梵歌》(Bhagavad-gītā)中也可以找到 veda-vāda-ratāḥ 的说法，以指那些并不了解韦达经(Vada)的目的，但却执著于韦达经的人。这种人可以一直不断地谈论韦达经，或者按自己的方式从事苦修，但绝不可能升到像杜茹瓦·玛哈茹阿佳那样崇高的地位上。至于一般的君王，那就更没有可能了。这里特别提到君王是有深意的，因为以前的君王与伟大的圣人们一样优秀，也是茹阿佳瑞希(rājarṣi)。杜茹瓦·玛哈茹阿佳是君王，但同时却像伟大的圣人一样学识渊博。但是，如果不为至尊主做奉爱服务，不管是伟大的君王(查锺亚，kṣatriya)，还是严守韦达原则的优秀的布茹阿玛纳(brāhmaṇa，婆罗门)，都不会被提升到像杜茹瓦·玛哈茹阿佳那样崇高的地位上。

第42节 यः पञ्चवर्षो गुरुदारवाक्शरै-
भिन्नेन यातो हृदयेन दूयता ।

वनं मदादेशक रोऽजितं प्रभुं
जिगाय तद्भक्त गुणैः पराजितम् ॥ ४२ ॥

yaḥ pañca-varṣo guru-dāra-vāk-śarair
bhinnena yāto hṛdayena dūyatā
vanaṁ mad-ādeśa-karo 'jitaṁ prabhuṁ
jigāya tad-bhakta-guṇaiḥ parājitam

yaḥ—……的他 / pañca-varṣaḥ—在五岁时 / guru-dāra—他父亲的妻子的 / vāk-śaraiḥ—被刻薄的话语 / bhinnena—感到很难过 / yātaḥ—去 / hṛdayena—因为他的心 / dūyatā—非常痛苦 / vanam—去森林 / mat-ādeśa—根据我的命令 / karaḥ—行事 / ajitam—不可征服的 / prabhum—至尊人格首神 / jigāya—他击败了 / tat—祂的 / bhakta—奉献者的 / guṇaiḥ—以品格 / parājitam—征服

译文　伟大的圣人纳茹阿达继续唱道：看看被继母的刻薄言语所伤害的杜茹瓦・玛哈茹阿佳，是如何在年仅五岁时就去森林，在我的指导下从事苦修的吧。尽管至尊人格首神是不可征服的，但杜茹瓦・玛哈茹阿佳用至尊主的奉献者所具有的特殊品格征服了祂。

要旨　至尊人格首神是不可征服的。没人能征服至尊主，但祂却自愿被祂奉献者的奉爱品格所征服。例如：主奎师那接受雅首达(Yaśodā)妈妈的管教，因为她是一位伟大的奉献者。至尊主喜欢被祂的奉献者所控制。《柴坦亚・查瑞塔姆瑞塔》(Caitanya-caritāmṛta)中说：尽管大家都到至尊主面前用优美的话语向祂祈祷，但至尊主听祂的奉献者出于纯粹的爱把祂当作从属者而责备祂时所感到的快乐，大于听这类祈祷时所感到的快乐。至尊主在祂的奉献者面前忘了祂自己的崇高地位，愿意顺从祂纯粹的奉献者。杜茹瓦・

玛哈茹阿佳之所以能征服至尊人格首神，是因为他在年仅五岁时就经历了奉爱服务中的各种苦行。当然，他是在大圣人纳茹阿达(Nārada)的指导下做这种奉爱服务的，而这是奉爱服务的首要原则——人必须在开始时接受一位真正的灵性导师(ādau gurv-āśrayam)。奉献者如果像杜茹瓦·玛哈茹阿佳遵守纳茹阿达·牟尼的教导一样，严格遵守灵性导师的指导，那么对他来说，要得到至尊主的恩典并不困难。

奉爱的品质总的来说，就是要发展出对奎师那纯粹的爱。对奎师那的这种纯粹的爱，只有靠聆听与奎师那有关的一切才能获得。主柴坦亚(Caitanya)赞成这一原则，那就是：人无论其地位如何，只要他恭顺地聆听奎师那所讲述的超然讯息，聆听与奎师那有关的一切，那么他就会逐渐发展出对奎师那纯粹的爱，而唯有这种爱能使他征服不可征服的至尊主。玛亚瓦迪(Māyāvādī)哲学家渴望与至尊主合一，但奉献者超越那种境界。奉献者不仅在质上与至尊主成为一体，而且有时还成为至尊主的父亲、母亲或主人。阿尔诸纳(Arjuna)便靠他所做的奉爱服务，使主奎师那成了他的战车御者；他向至尊主发号施令说“把车赶到这里”，至尊主就执行他的命令。这些是奉献者如何征服不可征服者获得崇高地位的例子。

第43节

यः क्षत्रबन्धुर्भुवि तस्याधिरूढ-
मन्वारुरुक्षेदपि वर्षपूगैः ।
षट्पञ्चवर्षो यदहोभिरल्पैः
प्रसाद्य वैकुण्ठमवाप तत्पदम् ॥ ४३ ॥

yaḥ kṣatra-bandhur bhuvi tasyādhirūḍham
anv ārurukṣed api varṣa-pūgaiḥ
ṣaṭ-pañca-varṣo yad ahobhir alpaiḥ
prasādya vaikuṇṭham avāpa tat-padam

yaḥ—……的人 / kṣatra-bandhuḥ—查锤亚的儿子 / bhuvi—在地球上 / tasya—杜茹瓦的 / adhirūḍham—崇高地位 / anu—之后 / ārurukṣet—能渴望得到 / api—甚至 / varṣa-pūgaiḥ—许多年后 / ṣaṭ-pañca-varṣaḥ—五六岁 / yat—那 / ahobhiḥ alpaiḥ—几天后 / prasādya—取悦……后 / vaikuntham—至尊主 / avāpa—达到 / tat-padam—祂的居所

译文 杜茹瓦·玛哈茹阿佳从事苦修六个月后，在年仅五六岁时就获得了崇高的地位。哎！即使是伟大的查锤亚从事许许多多年苦修也得不到这样的地位。

要旨 这节诗把杜茹瓦·玛哈茹阿佳(Dhruva Mahārāja)描述为“查锤亚的儿子(kṣatra-bandhuḥ)”，以说明他当时因为只有五岁大，还没有受到完整的查锤亚(kṣatriya，刹帝利)训练，所以还不是成熟的查锤亚。查锤亚或布茹阿玛纳(brāhmaṇa，婆罗门)都必须接受训练。出生在布茹阿玛纳家庭的男孩并不是立刻就成为布茹阿玛纳，而必须先接受训练，接受整个净化过程。

伟大的圣人纳茹阿达·牟尼(Nārada Muni)为有杜茹瓦·玛哈茹阿佳这样一个奉献者门徒而感到非常自豪。他虽然有许多门徒，但却极为钟爱杜茹瓦·玛哈茹阿佳，因为杜茹瓦·玛哈茹阿佳通过从事严格的苦修，仅仅用一生的时间就到达了灵性世界外琨塔(Vaikuṇṭha)，而这是整个宇宙内其他的王子或圣洁的君王(茹阿佳瑞希，rājarṣi)从没有做到过的。历史上有一位伟大的君王叫巴茹阿特(Bharata)，他也是一位伟大的奉献者，但他用了三生的时间才到达外琨塔路卡(Vaikuṇṭhaloka)。他在第一生当中虽然到森林中苦修，但却因为迷恋一头小鹿而成为牺牲者，在下一生不得不投生为鹿。他虽然有一个鹿的躯体，但还记得自己的灵性地位，然而却不得不等到下一生才能继续迈向完美的境界。在下一生中，他投生为佳德·巴茹阿特(Jaḍa

Bharata)。当然，在那一生中他彻底摆脱了一切物质束缚，达到了完美的境界，被提升到外琨塔珞卡。杜茹瓦·玛哈茹阿佳的生平告诉我们：人如果愿意，就能在今生今世到达外琨塔珞卡，而不必等待许许多多生世。我的灵性导师(古茹·玛哈茹阿佳，Guru Mahārāja)圣巴克提希丹塔·萨茹阿斯瓦提·哥斯瓦米·帕布帕德(Bhaktisiddhānta Sarasvatī Gosvāmī Prabhupāda)经常说，他的每一个门徒都能通过做奉爱服务在今生今世到达外琨塔珞卡，而不用等到下一生。人只要像杜茹瓦·玛哈茹阿佳那样认真、诚恳，就极有可能在这一生结束后到达外琨塔珞卡，回归家园，回归首神。

第44节 मैत्रेय उवाच

एतत्तेऽभिहितं सर्वं यत्पृष्टोऽहमिह त्वया ।
ध्रुवस्योद्दामयशसश्चरितं सम्मतं सताम् ॥ ४४ ॥

maitreya uvāca
etat te 'bhihitaṁ sarvaṁ
yat pṛṣṭo 'ham iha tvayā
dhruvasyoddāma-yaśasaś
caritaṁ sammataṁ satām

maitreyaḥ uvāca—伟大的圣人麦垂亚说 / etat—这 / te—向你 / abhihitam—描述 / sarvam——切 / yat—什么 / pṛṣṭaḥ aham—我被问及 / iha—这里 / tvayā—被你 / dhruvasya—杜茹瓦·玛哈茹阿佳的 / uddāma—极高地提升 / yaśasaḥ—他的名望 / caritam—品格 / sammatam—称许 / satām—被伟大的奉献者

译文 大圣人麦垂亚接着说：亲爱的维杜茹阿，你问及的有关杜茹瓦·玛哈茹阿佳的崇高声望和优秀品格，我都详细地给你作了讲解。伟大的圣人和奉献者都很喜欢听杜茹瓦·玛哈茹阿佳的事迹。

要旨　《圣典博伽瓦谭》(Śrīmad- Bhāgavatam)讲述的是与至尊人格首神有关的一切。我们所聆听的无论是至尊主的娱乐时光和活动，还是有关祂的奉献者的品格、名望及活动，都是同样超然的。初级奉献者只想了解至尊主的娱乐时光，而对聆听有关祂的奉献者的活动不感兴趣。但要想成为真正的奉献者，就不该保持这种分别心。有些智力欠佳的人试图聆听奎师那跳茹阿萨(rāsa)舞的娱乐时光，而不听也不想听《圣典博伽瓦谭》的其他部分。那些以朗诵《圣典博伽瓦谭》为职业赚钱的人，径直跳到《圣典博伽瓦谭》的茹阿萨·丽拉(rāsa-līlā)章节，视其他部分于无用。前辈灵性导师(阿查尔亚)们不赞成这种分别心，以及不阅读《圣典博伽瓦谭》的其他部分，而直接去阅读至尊主的茹阿萨·丽拉娱乐时光的做法。认真的奉献者应该循序渐进地阅读《圣典博伽瓦谭》的每一章、每一个句子，因为这部圣典本身一开始就说，它是所有韦达文献的成熟之果。奉献者不应该跳过《圣典博伽瓦谭》中的任何一个字。因此，伟大的圣人麦垂亚在这节诗中确认说：《圣典博伽瓦谭》是伟大的奉献者们都喜欢聆听的(sammataṁ satām)。

第45节　धन्यं यशस्यमायुष्यं पुण्यं स्वस्त्ययनं महत् ।
स्वर्ग्यं ध्रौव्यं सौमनस्यं प्रशस्यमघमर्षणम् ॥ ४५ ॥

dhanyaṁ yaśasyam āyuṣyaṁ
puṇyaṁ svasty-ayanaṁ mahat
svargyaṁ dhrauvyaṁ saumanasyaṁ
praśasyam agha-marṣaṇam

dhanyam—给予财富 / yaśasyam—给予名望 / āyuṣyam—增长寿命 / puṇyam—神圣的 / svasti-ayanam—创造吉祥 / mahat—伟大的 / svargyam—赐予到达天堂星球 / dhrauvyam—杜茹瓦珞卡的 / saumanasyam—使心情愉快 / praśasyam—荣耀 / agha-marṣaṇam—抵消所有的恶报

译文 聆听杜茹瓦·玛哈茹阿佳的故事，能满足人对财富、名望和增长寿命的渴望。聆听他的故事是如此吉祥的事，以致仅仅这样做，就能使人到天堂星球去或到达杜茹瓦·玛哈茹阿佳所在的杜茹瓦星球。这个故事是如此荣耀，以致半神人听了也变得快乐、满足。这个故事强大有力，能抵消聆听之人全部的恶报。

要旨 这个世界上有各种各样的人，并不是所有的人都是纯粹的奉献者。形形色色的人中有些是功利性活动者(卡尔弥，karmī)，只求取功名利禄；有些人希望提升到天堂星球或去北极星(杜茹瓦珞卡，Dhruvaloka)；还有人想取悦半神人，以便得到物质利益。麦垂亚(Maitreya)在这节诗里介绍说，这些人都可以聆听杜茹瓦的事，以实现他们的心愿。经典推荐说：从事超然活动(akāma)的奉献者、从事功利性活动(sarva-kāma)的卡尔弥和想获得解脱(mokṣakāma)的思辨者(格亚尼，jñānī)，都应该崇拜至尊人格首神，以达到他们想要达到的生命目标。同样，人如果聆听至尊主的奉献者的活动，也能取得同样的结果。至尊人格首神的活动和品格，与祂纯粹的奉献者的活动和品格毫无分别。

第46节 श्रुत्वैतच्छ्र द्धयाभीक्ष्णमच्युतप्रियचेष्टितम् ।
भवेद्भक्तिर्भगवति यया स्यात्क्ले शसङ्क्षयः ॥ ४६ ॥

śrutvaitac chraddhayābhīkṣṇam
acyuta-priya-ceṣṭitam
bhaved bhaktir bhagavati
yayā syāt kleśa-saṅkṣayaḥ

śrutvā—通过聆听 / etat—这 / śraddhayā—带着信心 / abhīkṣṇam—重复地 / acyuta—为至尊人格首神 / priya—亲爱的 / ceṣṭitam—活动 / bhavet—发展 / bhaktiḥ—奉爱 / bhagavati—对至尊人格首神 / yayā—通过那 / syāt—肯定会 / kleśa—痛苦的 / saṅkṣayaḥ—彻底消除

译文　无论是谁，只要他听了杜茹瓦・玛哈茹阿佳的故事，并不断努力怀着信心专注地理解杜茹瓦・玛哈茹阿佳的品格，就能到达纯粹奉爱的层面，做纯粹的奉爱服务。这种活动能减少人在物质生活中所受的三种苦。

要旨　这节诗中“至尊人格首神(acyuta-priya)所珍爱的”一词意义重大。杜茹瓦・玛哈茹阿佳(Dhruva Mahārāja)德高望重，为至尊人格首神阿秋塔(Acyuta)所珍爱。正如至尊主的娱乐时光和从事的活动令人听来愉快，聆听至尊人所珍爱的奉献者的有关事迹也令人快乐。不仅如此，叙述和聆听这些事迹所产生的力量极为强大。人如果一遍又一遍反复聆听和阅读这几章对杜茹瓦・玛哈茹阿佳的描述，就能达到他所期望达到的最高的完美境界；最重要的是，他得到了一个成为伟大的奉献者的机会。成为伟大的奉献者，意味着结束物质生活的一切苦境。

第47节　महत्त्वमिच्छ तां तीर्थं श्रोतुः शील ादयो गुणाः ।
यत्र तेजस्तदिच्छू नां मानो यत्र मनस्विनाम् ॥ ४७ ॥

mahattvam icchatāṁ tīrthaṁ
śrotuḥ śīlādayo guṇāḥ
yatra tejas tad icchūnāṁ
māno yatra manasvinām

mahattvam—伟大 / icchatām—对那些希求的人 / tīrtham—程序 / śrotuḥ—聆听者的 / śīla-ādayaḥ—崇高品德等 / guṇāḥ—品质 / yatra—在那 / tejaḥ—英勇 / tat—那 / icchūnām—对那些有愿望的人 / mānaḥ—崇拜 / yatra—在那 / manasvinām—对有思想的人

译文 听了杜茹瓦·玛哈茹阿佳的这个故事的人，将获得像他一样的高尚品质。对于渴望变得伟大、有权力或有影响力的人来说，聆听他的故事是获得这些事物的方法。对于想受到崇拜的善于思索的人来说，聆听他的故事是正确的方法。

要旨 在物质世界里，人人都在追求功名利禄，想要得到他人的尊敬；每个人都想获得至高无上的尊贵地位，每个人都想聆听崇高之人的伟大品格。想成为伟大人物的种种雄心壮志，只要通过阅读和理解对杜茹瓦·玛哈茹阿佳的活动的描述，就能得以实现。

第48节 प्रयतः कीर्तयेत्प्रातः समवाये द्विजन्मनाम् ।
सायं च पुण्यश्लोक स्य ध्रुवस्य चरितं महत् ॥ ४८ ॥

prayataḥ kīrtayet prātaḥ
samavāye dvi-janmanām
sāyaṁ ca puṇya-ślokasya
dhruvasya caritaṁ mahat

prayataḥ—极为仔细地 / kīrtayet—人应该吟唱 / prātaḥ—在早上 / samavāye—在联谊中 / dvi-janmanām—两次出生的 / sāyam—在晚上 / ca—也 / puṇya-ślokasya—神圣名声的 / dhruvasya—杜茹瓦 / caritam—品格 / mahat—伟大的

译文　伟大的圣人麦垂亚继续说：人应该早晚两次，与布茹阿玛纳或其他经过两次出生的人一起，专心、谨慎地吟诵、吟唱杜茹瓦·玛哈茹阿佳的品格和所从事的活动。

要旨　经典说，只有与奉献者联谊，才能明白至尊人格首神及祂的奉献者的品格和娱乐时光的重要性。这节诗中特别推荐说，应该与经过两次出生的人一起谈论杜茹瓦·玛哈茹阿佳(Dhruva Mahārāja)的品格，而经过两次出生的人是指合格的布茹阿玛纳(brāhmaṇa，婆罗门)、查锤亚(kṣatriya，刹帝利)及外夏(vaiśya，吠舍)。人应该特别寻找上升到外士纳瓦(Vaiṣṇava，至尊主的奉献者)层面的布茹阿玛纳的联谊。只有与他们一起谈论《圣典博伽瓦谭》(Śrīmad-Bhāgavatam)中所描述的至尊主及祂的奉献者的品格和娱乐时光，才会很快收到成效。国际奎师那意识协会就是为达到这一目的而建立的。在这个协会的每一个中心里，不仅是早、中、晚，实际上是一天二十四小时都在一直不断地为至尊主做奉爱服务。与奎师那意识协会接触的人，自然而然便成为了奉献者。我们发现，许多功利性活动者(卡尔弥，karmī)及其他人士到来协会后，都感受到国际奎师那意识协会的庙里气氛安详，令人愉快。这节诗中梵文dvi-janmanām 一词的意思是“经过两次出生的”。任何人都可以参加国际奎师那意识协会，并接受启迪，成为经过两次出生的人。正如萨纳坦·哥斯瓦米(Sanātana Gosvāmī)告诉我们的：通过接受启迪和权威的训练，任何人都能成为经过两次出生的人。父母亲给予我们第一次出生，灵性的父亲和韦达知识则使我们能有第二次出生。人除非经历第二次出生，否则无法理解至尊主和祂的奉献者的超然物质。正因为如此，韦达社会不允许庶铎(śūdra，首陀罗)学习韦达经。庶铎仅仅凭他的学院资格理解不了超然的科学。如今，全世界的教育体系都在生产庶铎。一个大技术专家无非是一个大庶铎。在喀历年代中，所有的人都是庶铎(Kalau śūdra-sambhavaḥ)。由于世上整个人口的结构都只是庶铎，灵性知识便渐渐流失，人们因此而不幸福。拓展奎师那意识运动，特别是要培养有资格的布茹阿玛纳，以便在全世界广泛传播灵性知识；因为只有这样，人们才会非常快乐。

第49—50节 पौर्णमास्यां सिनीवाल्यां द्वादश्यां श्रवणेऽथवा ।
दिनक्षये व्यतीपाते सङ्क्रमेऽर्कदिनेऽपि वा ॥४९॥

श्रावयेच्छ्रद्दधानानां तीर्थपादपदाश्रयः ।
नेच्छंस्तत्रात्मनात्मानं सन्तुष्ट इति सिध्यति ॥५०॥

paurṇamāsyāṁ sinīvālyāṁ
dvādaśyāṁ śravaṇe 'thavā
dina-kṣaye vyatīpāte
saṅkrame 'rkadine 'pi vā

śrāvayec chraddadhānānāṁ
tīrtha-pāda-padāśrayaḥ
necchaṁs tatrātmanātmānaṁ
santuṣṭa iti sidhyati

paurṇamāsyām—在满月时 / sinīvālyām—在月黑时 / dvādaśyām—在艾卡达西后的第一天 / śravaṇe—刷瓦纳星出现期间 / athavā—或 / dina-kṣaye—在提体结束时 / vyatīpāte—名为……的一天 / saṅkrame—月末 / arkadine—星期天 / api—也 / vā—或者 / śrāvayet—人应该朗诵 / śraddadhānānām—对善于接受的听众 / tīrtha-pāda—至尊人格首神的 / pada-āśrayaḥ—托庇于莲花足 / na icchan—不想要报酬地 / tatra—那里 / ātmanā—靠自我 / ātmānam—心 / santuṣṭaḥ—安慰 / iti—因此 / sidhyati—变得平静

译文 全身心地投靠在至尊主莲花足下的人，应该不收报酬地讲述杜茹瓦·玛哈茹阿佳的故事。建议特别要在满月或月黑天、艾卡达西后的那一天、刷瓦纳星出现的那一天、特定的提体——瓦亚提帕塔时期结束时，以及月末和星期天讲述。当然，一定要讲给善意的听众听。讲述者在这样讲述时，如果不带以此为职业赚钱的动机，讲述者和听众就都会变得完美。

要旨 以朗诵为职业赚钱的人，可以用赚得的钱扑灭他们胃里正燃烧着的胃火，但不可能取得任何灵性进步或变得完美。所以，经典严格禁止把朗诵《圣典博伽瓦谭》(Śrīmad-Bhāgavatam)作为谋生赚钱的职业。人只有彻底皈依至尊人格首神的莲花足，完全依靠祂来维持自己或甚至家人的生活，才能通过朗诵通篇都在描述至尊主和祂的奉献者的娱乐时光的《圣典博伽瓦谭》达到完美。总而言之，整个过程是：听众必须充满信心地接受《圣典博伽瓦谭》的信息，而朗诵《圣典博伽瓦谭》的人应该完全依靠至尊人格首神。对《圣典博伽瓦谭》的朗诵绝不能是一门生意。如果正确地按经典的要求做，那么不仅朗读者心满意足，至尊主也会对朗读者和听众非常满意。这样，仅仅靠聆听的程序，朗诵者和听众双方就都将摆脱物质的束缚。

第51节 ज्ञानमज्ञाततत्त्वाय यो दद्यात्सत्पथेऽमृतम् ।
कृपालोर्दीननाथस्य देवास्तस्यानुगृह्णते ॥५१॥

jñānam ajñāta-tattvāya
yo dadyāt sat-pathe ’mṛtam
kṛpālor dīna-nāthasya
devās tasyānugṛhṇate

jñānam—知识 / ajñāta-tattvāya—对那些不知道真理的人 / yaḥ—……的人 / dadyāt—授予 / sat-pathe—在真理之途上 /

amṛtam—不朽 / kṛpāloḥ—仁慈的 / dīna-nāthasya—可怜人的保护者 / devāḥ—半神人 / tasya—对他 / anugṛhṇate—给予祝福

译文 杜茹瓦·玛哈茹阿佳的故事，是使人获得永生的卓越知识，能引导不知道绝对真理的人走上真理之途。那些出于超然的仁慈而担负起保护可怜生物这责的人，自然会得到半神人的赏识和祝福。

要旨 梵文 jñānam ajñāta 的意思是全世界几乎都不知道的知识。没有人真正知道绝对真理是什么。物质主义者对他们在教育、哲学思辨和科技知识方面的发展感到非常骄傲，但没人真正知道绝对真理究竟是什么。因此，伟大的圣人麦垂亚(Maitreya)指出：要启发人们，让他们知道绝对真理(tattva)；奉献者应该在全世界宣讲《圣典博伽瓦谭》(Śrīmad-Bhāgavatam)的教导。就因为人们对绝对真理一无所知，圣维亚萨戴瓦(Vyāsadeva)才特地编纂了这部有关科学知识的伟大著作。《圣典博伽瓦谭》在第一篇开始就说：博学的圣哲维亚萨戴瓦，之所以编纂这部伟大的《博伽梵往世书》(Bhāgavata Purāṇa，《博伽梵往世书》)，就是为了消除人民大众的无知。由于人们不知道绝对真理，维亚萨戴瓦便听从纳茹阿达(Nārada)的教导，专门编纂了这部《圣典博伽瓦谭》。通常，人们即使对认识真理感兴趣，也是用思辨的方法，最多得出神的非人格布茹阿曼(Brahman，梵)概念，而只有极少数人真正了解至尊人格首神。

朗诵《圣典博伽瓦谭》的目的，就在于启蒙大众，使他们知道绝对真理——至尊人格首神。尽管至尊人格首神的非人格布茹阿曼、在局部区域展示的超灵(帕茹阿玛特玛，Paramātmā)和至尊人物之间没有根本的不同，但人除非达到与至尊人交往的层面，否则不可能获得真正的永生。引领人们与至尊主交往的奉爱服务，实际上才真正是永恒的。纯粹的奉献者同情坠落了的灵魂，因此对大众极为慈悲(kṛpālu)，在全世界传播有关至尊神(Bhāgavata)的知识。梵文称慈悲为怀的奉献者为“可怜、无知之人的保护者——迪纳·纳特(dīna-nātha)”。主奎师那也被称为迪纳·纳特，或者迪纳·班杜(dīna-bandhu)——可怜众生的主人或真正的朋友，祂纯粹的奉献者也同样担负起迪纳·纳特的职责。迪纳、纳特——传播奉爱服务之途的主奎师那的奉献者，成为半神人的最爱。人们为了得到物质利益，一般都对崇拜半神人，特别是主希瓦(Śiva)感兴趣，但致力于传播奉爱服务原则的纯粹奉献者，正如《圣典博伽瓦谭》中指明的，根本不需要另外去崇拜半神人；半神人自然就对他满意，尽自己最大的能力祝福他。正如把水浇在树根上，树枝、树叶就自然得到滋养一样，为至尊主做纯粹的奉爱服务，作为至尊主的枝枝叶叶的半神人们自然就对奉献者满意，为奉献者献上所有的祝福。

第52节

इदं मया तेऽभिहितं कुरूद्वह
ध्रुवस्य विख्यातविशुद्धकर्मणः ।
हित्वार्भकः क्रीडनकानि मातु-
र्गृहं च विष्णुं शरणं यो जगाम ॥५२॥

idaṁ mayā te 'bhihitaṁ kurūdvaha
dhruvasya vikhyāta-viśuddha-karmaṇaḥ
hitvārbhakaḥ krīḍanakāni mātur
gṛhaṁ ca viṣṇuṁ śaraṇaṁ yo jagāma

idam—这 / mayā—由我 / te—向你 / abhihitam—讲述了 / kuru-udvaha—库茹族中优秀的人啊 / dhruvasya—杜茹瓦的 / vikhyāta—极为著名 / viśuddha—非常纯粹 / karmaṇaḥ—他的活动 / hitvā—放弃 / arbhakaḥ—孩子 / krīḍanakāni—玩具 / mātuḥ—他母亲的 / gṛham—家 / ca—也 / viṣṇum—向至尊主维施努 / śaraṇam—庇护 / yaḥ—……的人 / jagāma—去

译文 杜茹瓦·玛哈茹阿佳的超然活动闻名天下、完美无瑕。杜茹瓦·玛哈茹阿佳在孩童时期拒绝了所有种类的玩具，离开母亲的保护，真诚地托庇于至尊人格首神维施努。亲爱的维杜茹阿，我给你讲述了这个故事的一切细节，因此就此打住。

要旨 查纳克雅·潘迪特(Cāṇakya Paṇḍita)曾经说：人生无疑是很短暂的，但人如果能正确行事，将能流芳百世。正如至尊人格首神奎师那永远闻名于世，主奎师那的奉献者的名声也永垂青史。为此，这节诗中用了两个特殊的梵文词来描述杜茹瓦·玛哈茹阿佳(Dhruva Mahārāja)的活动，那就是“极为著名的(vikhyāta)”和“超然的(viśuddha)”。杜茹瓦·玛哈茹阿佳幼年时就离开家庭，到森林中去托庇于至尊人格首神，是世上独一无二的例子。

到此为止，结束了巴克提韦丹塔对《圣典博伽瓦谭》第 4 篇第 12 章“杜茹瓦·玛哈茹阿佳回归首神”所作的阐释。

第十三章

介绍杜茹瓦·玛哈茹阿佳的后代

第1节

सूत उवाच
निशम्य कौषारविणोपवर्णितं
ध्रुवस्य वैकुण्ठपदाधिरोहणम् ।
प्ररूढभावो भगवत्यधोक्षजे
प्रष्टुं पुनस्तं विदुरः प्रचक्रमे ॥ १ ॥

sūta uvāca
niśamya kauṣāraviṇopavarṇitaṁ
dhruvasya vaikuṇṭha-padādhirohaṇam
prarūḍha-bhāvo bhagavaty adhokṣaje
praṣṭuṁ punas taṁ viduraḥ pracakrame

sūtaḥ uvāca—苏塔·哥斯瓦米说 / niśamya—听后 / kauṣāraviṇā—由麦垂亚圣人 / upavarṇitam—描述 / dhruvasya—杜茹瓦·玛哈茹阿佳的 / vaikuṇṭha-pada—向维施努的住所 / adhirohaṇam—上升 / prarūḍha—增加 / bhāvaḥ—奉爱之情 / bhagavati—向至尊人格首神 / adhokṣaje—超出知觉范畴的人 / praṣṭum—询问 / punaḥ—再次 / tam—向麦垂亚 / viduraḥ—维杜茹阿 / pracakrame—尝试

译文 苏塔·哥斯瓦米继续对以绍纳卡为首的全体圣人说：聆听了圣人麦垂亚讲述的杜茹瓦·玛哈茹阿佳升上主维施努住所的故事后，维杜茹阿受到启发，奉爱情感大大地增强了。他接着向麦垂亚提出问题。

要旨 维杜茹阿(Vidura)与麦垂亚(Maitreya)之间的谈话证明，至尊人格首神与祂奉献者的活动令人着迷，使讲述的奉献者和聆听的奉献者一问一答乐此不疲。超然的话题引人入胜，不管是聆听者还是讲述者都不会厌倦。不是奉献者的人也许会想："人们怎么能把那么多时间光是用来谈论神呢？"但奉献者始终渴望聆听和讲述至尊人格首神及祂的奉献者，永不知足，越听越爱听，越讲越想讲。尽管吟诵、吟唱哈瑞·奎师那曼陀(Hare Kṛṣṇa mantra)只是在重复哈瑞(Hare)、奎师那(Kṛṣṇa)和茹阿玛(Rāma)这三个词，但奉献者仍然能一天二十四小时连续吟诵、吟唱这个曼陀，不知疲倦。

第2节

विदुर उवाच
के ते प्रचेतसो नाम कस्यापत्यानि सुव्रत ।
कस्यान्ववाये प्रख्याताः कुत्र वा सत्रमासत ॥ २ ॥

vidura uvāca
ke te pracetaso nāma
kasyāpatyāni suvrata
kasyānvavāye prakhyātāḥ
kutra vā satram āsata

viduraḥ uvāca—维杜茹阿询问道 / ke—谁是 / te—他们 / pracetasaḥ—帕柴塔 / nāma—名字的 / kasya—谁的 / apatyāni—儿子们 / su-vrata—发下吉祥誓言的麦垂亚啊 / kasya—谁的 / anvavāye—在家族中 / prakhyātāḥ—著名的 / kutra—哪里 / vā—也 / satram—祭祀 / āsata—举行

译文 维杜茹阿向麦垂亚询问道：优秀的高级奉献者啊！谁是帕柴塔？他们属于哪个家族？他们的子孙是谁，他们在哪里举行盛大的祭祀？

要旨 前一章中描述，伟大的圣人纳茹阿达(Nārada)在帕柴塔(Pracetā)的祭祀场中吟唱了三节诗，这促使维杜茹阿(Vidura)进一步询问。

第3节　मन्ये महाभागवतं नारदं देवदर्शनम् ।
येन प्रोक्तः क्रि यायोगः परिचर्याविधिर्हरेः ॥ ३ ॥

manye mahā-bhāgavataṁ
nāradaṁ deva-darśanam
yena proktaḥ kriyā-yogaḥ
paricaryā-vidhir hareḥ

manye—我想 / mahā-bhāgavatam—最伟大的奉献者 / nāradam—圣人纳茹阿达 / deva—至尊人格首神 / darśanam—谁遇到 / yena—又谁 / proktaḥ—讲述 / kriyā-yogaḥ—奉爱服务 / paricaryā—为了做服务 / vidhiḥ—程序 / hareḥ—向至尊人格首神

译文　维杜茹阿接着说：我知道大圣人纳茹阿达是最伟大的奉献者；他编纂了潘查茹阿垂卡——对奉爱服务程序的介绍，而且与至尊人格首神见过面。

要旨　要接近至尊主有两种方法，一种是《圣典博伽瓦谭》(Śrīmad-Bhāgavatam)的方法，被称为巴嘎瓦特之道(巴嘎瓦特·玛尔嘎，bhāgavata-mārga)，另一种是庙宇崇拜法，被称为潘查茹阿垂卡·维迪(pāñcarātrika-vidhi)。巴嘎瓦特之道是以聆听和吟诵、吟唱为开端的九种方法组成的体系。奎师那意识运动同时接受这两种方法，以使人能在觉悟至尊人格首神的路途上稳步向前。正如维杜茹阿(Vidura)在这节诗中谈到的，潘查茹阿垂卡程序是由伟大的圣人纳茹阿达(Nārada)最先介绍的。

第4节　स्वधर्मशीलैः पुरुषैर्भगवान् यज्ञपूरुषः ।
इज्यमानो भक्ति मता नारदेनेरितः कि ल ॥ ४ ॥

sva-dharma-śīlaiḥ puruṣair
bhagavān yajña-pūruṣaḥ

ijyamāno bhaktimatā
nāradeneritaḥ kila

sva-dharma-śīlaiḥ—履行祭祀职责 / puruṣaiḥ—由人 / bhagavān—至尊人格首神 / yajña-pūruṣaḥ—一切祭祀的享受者 / ijyamānaḥ—被崇拜 / bhaktimatā—被奉献者 / nāradena—被纳茹阿达 / īritaḥ—描述 / kila—的确

译文 当全体帕柴塔为了满足至尊人格首神而举行宗教祭祀仪式崇拜祂时，伟大的圣人纳茹阿达讲述了杜茹瓦·玛哈茹阿佳的超然品质。

要旨 纳茹阿达·牟尼(Nārada Muni)始终在赞美至尊主的娱乐时光。我们在这节诗中看到，他不仅赞美至尊主，还喜欢赞美至尊主的奉献者。伟大的圣人纳茹阿达的使命，就是宣传为至尊主做奉爱服务。为此，他编纂了称为《纳茹阿达·潘查茹阿陀》(Nārada-pañcarātra)的奉爱服务指南，以使奉献者总能从中学到如何做奉爱服务的知识，于是一天二十四小时致力于举行取悦至尊人格首神的祭祀。《博伽梵歌》(Bhagavad-gītā)中说：至尊主创造了社会四阶层，名为布茹阿玛纳(brāhmaṇa，婆罗门)、查锤亚(kṣatriya，刹帝利)、外夏(vaiśya，吠舍)和庶铎(śūdra，首陀罗)。《纳茹阿达·潘查茹阿陀》中清楚地讲述了每一个社会阶层的成员能取悦至尊主的方法。《博伽梵歌》第18章的第45节诗中说：靠履行自己的规定职责就能取悦至尊主(sve sve karmaṇy abhirataḥ saṁsiddhiṁ labhate naraḥ)。《圣典博伽瓦谭》第1篇第2章的第13节诗中也说：是否尽职要看人是否通过履行他的特定职责满足了至尊人格首神(svanuṣṭhitasya dharmasya saṁsiddhir hari-toṣaṇam)。纳茹阿达看到帕柴塔(Pracetā)们按照这一指导举行祭祀时十分满意，他也想在那个祭祀场里赞美杜茹瓦·玛哈茹阿佳(Dhruva Mahārāja)。

第5节　यास्ता देवर्षिणा तत्र वर्णिता भगवत्कथाः ।
मह्यं शुश्रूषवे ब्रह्मन् क ात्स्न्येनाचष्टुमर्हसि ॥ ५ ॥

yās tā devarṣiṇā tatra
varṇitā bhagavat-kathāḥ
mahyaṁ śuśrūṣave brahman
kārtsnyenācaṣṭum arhasi

yāḥ—那 / tāḥ—所有那些 / devarṣiṇā—由伟大的圣人纳茹阿达 / tatra—那里 / varṇitāḥ—叙述 / bhagavat-kathāḥ—宣讲与至尊主有关的活动 / mahyam—向我 / śuśrūṣave—非常渴望聆听 / brahman—我亲爱的布茹阿玛纳 / kārtsnyena—完全地 / ācaṣṭum arhasi—请解释

译文　亲爱的布茹阿玛纳，纳茹阿达·牟尼是怎样歌颂至尊人格首神的？他在盛会上描述了至尊主的哪些娱乐时光？我非常渴望聆听这些。请你全面讲解至尊主的那些荣耀。

要旨　《圣典博伽瓦谭》(Śrīmad- Bhāgavatam)，是有关至尊主娱乐活动话题的记录(巴嘎瓦特·卡塔，bhagavat-kathā)。只要我们十分渴望了解至尊主的一切，那么五千年前维杜茹阿(Vidura)从麦垂亚(Maitreya)那里如饿似渴地聆听到的一切，我们现在也能听到。

第6节　मैत्रेय उवाच
ध्रुवस्य चोत्क लः पुत्रः पितरि प्रस्थिते वनम् ।
सार्वभौमश्रियं नैच्छ दधिराजासनं पितुः ॥ ६ ॥

maitreya uvāca
dhruvasya cotkalaḥ putraḥ
pitari prasthite vanam

sārvabhauma-śriyaṁ naicchad
adhirājāsanaṁ pituḥ

maitreyaḥ uvāca—伟大的圣人麦垂亚说 / dhruvasya—杜茹瓦·玛哈茹阿佳的 / ca—也 / utkalaḥ—乌特卡拉 / putraḥ—儿子 / pitari—在父亲之后 / prasthite—离开 / vanam—到森林 / sārvabhauma—包括所有的陆地 / śriyam—富有 / na aicchat—不希求 / adhirāja—王室的 / āsanam—王座 / pituḥ—父亲的

译文 伟大的圣人麦垂亚回答道：亲爱的维杜茹阿，当杜茹瓦·玛哈茹阿佳离开家去森林时，他儿子乌特卡拉不想继承他父亲富有的王国，当这个星球上所有陆地的统治者。

第7节 स जन्मनोपशान्तात्मा निःसङ्गः समदर्शनः ।
दद‍र्श लोके विततमात्मानं लोकमात्मनि ॥ ७ ॥

sa janmanopaśāntātmā
niḥsaṅgaḥ sama-darśanaḥ
dadarśa loke vitatam
ātmānaṁ lokam ātmani

saḥ—他的儿子乌特卡拉 / janmanā—从他 / upaśānta—很满足 / ātmā—灵魂 / niḥsaṅgaḥ—不执著 / sama-darśanaḥ—平衡 / dadarśa—看到 / loke—在世界里 / vitatam—遍布 / ātmānam—超灵 / lokam—所有的世界 / ātmani—在超灵中

译文 乌特卡拉从一出生内心就十分满足，根本不依恋这个世界。他心平气和，因为他能看到一切都安息在超灵体内，而超灵处在每一个生物体的心中。

要旨　杜茹瓦·玛哈茹阿佳(Dhruva Mahārāja)的儿子乌特卡拉(Utkala)所展现的特征和品格，是玛哈·巴嘎瓦特(mahā-bhāgavata)的特征和品格。正如《博伽梵歌》(Bhagavad-gītā)第6章的第30节诗中说明的：高级奉献者看到至尊人格首神无所不在，还看到万事万物都栖息在至尊者体内(yo māṁ paśyati sarvatra sarvaṁ ca mayi paśyati)。《博伽梵歌》第9章的第4节诗中还证实说：主奎师那以祂的非人格形象遍布整个宇宙(mayā tatam idaṁ sarvaṁ jagad avyakta-mūrtinā)。尽管万事万物都栖息在祂之上，但这并不意味着一切就都是祂本人。高级奉献者玛哈·巴嘎瓦特这样看一切，那就是：尽管生物的外在物质躯体各不相同，但同一的超灵帕茹阿玛特玛(Paramātmā)存在于每一个生物体的心中。他看到每一个生物都是至尊人格首神不可缺少的一部分。体验到人格首神无所不在的玛哈·巴嘎瓦特，从不会从至尊主的视野中消失，至尊主也永远不会从他的视野中消失。这只有当人在爱首神方面取得极大的进步时才有可能。

第8—9节　आत्मानं ब्रह्म निर्वाणं प्रत्यस्तमितविग्रहम् ।
अवबोधरसैक ात्म्यमानन्दमनुसन्ततम् ॥ ८ ॥

अव्यवच्छि न्नयोगाग्निदग्धकर्ममलाशयः ।
स्वरूपमवरुन्धानो नात्मनोऽन्यं तदैक्षत ॥ ९ ॥

ātmānaṁ brahma nirvāṇaṁ
pratyastamita-vigraham
avabodha-rasaikātmyam
ānandam anusantatam

avyavacchinna-yogāgni-
dagdha-karma-malāśayaḥ
svarūpam avarundhāno
nātmano 'nyaṁ tadaikṣata

ātmānam—自我 / brahma—灵性 / nirvāṇam—去除物质存在 / pratyastamita—终止 / vigraham—分离 / avabodha-rasa—靠成熟的知识 / eka-ātmyam——体 / ānandam—祝福 / anusantatam—扩展 / avyavacchinna—继续 / yoga—通过练瑜伽 / agni—被火 / dagdha—烧 / karma—功利性愿望 / mala—肮脏 / āśayaḥ—在他心中 / svarūpam—原本地位 / avarundhānaḥ—觉悟到 / na—不 / ātmanaḥ—比至尊灵魂 / anyam—任何其他的 / tadā—那时 / aikṣata—看到

译文 随着对至尊布茹阿曼的知识的增长，他已经摆脱了躯体的束缚。这种解脱称为尼尔瓦纳(涅槃)。他处在超然的极乐中，而且那极乐一直不断地增强着。他之所以能这样，是因为一直在练奉爱瑜伽。奉爱瑜伽被比喻为是火，因为它能把一切物质的污染烧成灰烬。乌特卡拉始终处在认识自我的原本状态中，除了至尊主和他本人在做的奉爱服务外，他什么都觉察不到。

要旨 这两节诗解释了《博伽梵歌》第18章的第54节诗：

brahma-bhūtaḥ prasannātmā
na śocati na kāṅkṣati
samaḥ sarveṣu bhūteṣu
mad-bhaktiṁ labhate parām

“这样处在超然境界的人，立即觉悟至尊布茹阿曼，变得充满喜悦。他永不悲伤，不再想得到什么。他平等对待众生。在这种状态下，他达到为我做纯粹奉爱服务的境界。”就有关这一点，主柴坦亚(Caitanya)在祂的《八训规》(Śikṣāṣṭaka)的第一节诗开端也进行了解释：

ceto-darpaṇa-mārjanaṁ bhava-mahā-dāvāgni-nirvāpaṇaṁ
śreyaḥ-kairava-candrikā-vitaraṇaṁ vidyā-vadhū-jīvanam

(《柴坦亚·查瑞塔姆瑞塔》阿迪亚篇20.12)

奉爱瑜伽(巴克缇·尤嘎，bhakti-yoga)是最高级的瑜伽体系，而在这一体系中，吟诵、吟唱至尊主的圣名是最重要的奉爱服务。吟诵、吟唱圣名不仅能让人达到摆脱物质存在(nirvāṇa，涅槃)的完美境界，还如主柴坦亚所说的，增加灵性存在的喜悦(ānandāmbudhi-vardhanam)。当人处在那种境界时，他便不再对物质富裕感兴趣，即使是帝王宝座和统治整个星球的主权也吸引不了他。这种状况梵文称为 viraktir anyatra syāt。这是奉爱服务的成果。

在奉爱服务的路途上越向前迈进，就越不执著物质的富裕和活动。这是充满喜悦的灵性本质。《博伽梵歌》第 2 章的第 59 节诗中对此解释说：人一旦体验到高级的灵性喜悦，就会放弃物质享乐(Paraṁ dṛṣṭvā nivartate)。灵性知识被视为熊熊烈火，在灵性知识方面取得进步后，所有的物质欲望就都会被烧成灰烬。当人通过做奉爱服务始终与至尊人格首神相连时，他就能达到练神秘瑜伽的完美境界。奉献者毕生时时刻刻都在想着至尊人。每一个受制约的灵魂都承载着他累世的报应，但只要做奉爱服务，就能把所有的脏东西都立刻烧成灰烬。对此，《纳茹阿达·潘查茹阿陀》中描述说：为至尊主做奉爱服务，能使人的感官得到净化，物质概念和物质欲望得到清除(sarvopādhi-vinirmuktaṁ tat-paratvena nirmalam，《柴坦亚·查瑞塔姆瑞塔》玛迪亚篇 19.170)。

第10节 जडान्धबधिरोन्मत्तमूकाकृतिरतन्मतिः ।
लक्षितः पथि बालानां प्रशान्तार्चिरिवानलः ॥ १० ॥

jaḍāndha-badhironmatta-
mūkākṛtir atan-matiḥ
lakṣitaḥ pathi bālānāṁ
praśāntārcir ivānalaḥ

jaḍa—愚蠢的 / andha—盲目的 / badhira—聋的 / unmatta—

疯狂的 / mūka—哑巴 / ākṛtiḥ—外表 / a-tat—不像那 / matiḥ—他的智力 / lakṣitaḥ—他被看到 / pathi—在路上 / bālānām—被智力欠佳的人 / praśānta—平静下来 / arciḥ—用火焰 / iva—像 / analaḥ—火

译文 乌特卡拉显得像是个智力欠佳的傻瓜、瞎子、哑巴、聋子和疯子，虽然他实际上并非如此。他保持着类似火被灰烬覆盖因而没有火焰的状态。

要旨 为了避开物质主义者制造的矛盾、烦扰和不利的环境，像佳德·巴茹阿特(Jaḍa Bharata)和乌特卡拉(Utkala)那样伟大、圣洁的人物都会保持沉默。智力欠佳的人认为这样的圣人是疯子、聋子或哑巴。事实上，高级奉献者会避免与不过奉爱生活的人讲话，亲切地对过奉爱生活的人讲话，并对无知的人讲话以启发他们。其实，整个世界充满了非奉献者，因此有一种非常进步的称为巴佳纳南迪(bhajanānandī)的奉献者便保持绝对的沉默。然而，称为哥斯提·阿南迪(goṣṭhy-ānandī)的奉献者则为培养更多的奉献者而传教。但就连这样的传教士也回避不利于灵性生活的因素。

第11节 मत्वा तं जडमुन्मत्तं कुलवृद्धाः समन्त्रिणः ।
वत्सरं भूपतिं चक्रुर्यवीयांसं भ्रमेः सुतम् ॥ ११ ॥

matvā taṁ jaḍam unmattaṁ
kula-vṛddhāḥ samantriṇaḥ
vatsaraṁ bhūpatiṁ cakrur
yavīyāṁsaṁ bhrameḥ sutam

matvā—认为 / tam—乌特卡拉 / jaḍam—不具智力 / unmattam—疯狂 / kula-vṛddhāḥ—家族中的长者 / samantriṇaḥ—

与大臣 / vatsaram—瓦特萨茹阿 / bhū-patim—世界的统治者 / cakruḥ—他们决定 / yavīyāṁsam—年轻的 / bhrameḥ—布茹阿蜜的 / sutam—儿子

译文 为此，大臣和家中所有的长辈都认为乌特卡拉不具智力，事实上是个疯子。于是，他弟弟瓦特萨茹阿——布茹阿蜜的儿子，便被提升坐到王位上，成了世界之王。

要旨 看来以前的君主制政府并不是独裁政府。尽管只有王族中的人才能继承王位，但族中的长者和大臣有权做改动，让适合的人选升上王位。如今也是如此，实行君主制的国家，大臣和家族中的长者有时还会从王族中选择一个他们认为更有资格的成员继承王位。

第12节 स्वर्वीथिर्वत्सरस्येष्टा भार्यासूत षडात्मजान् ।
पुष्पार्णं तिग्मकेतुं च इषमूर्जं वसुं जयम् ॥ १२ ॥

svarvīthir vatsarasyeṣṭā
bhāryāsūta ṣaḍ-ātmajān
puṣpārṇaṁ tigmaketuṁ ca
iṣam ūrjaṁ vasuṁ jayam

svarvīthiḥ—斯瓦尔薇缇 / vatsarasya—瓦特萨茹阿王的 / iṣṭā—珍爱的 / bhāryā—妻子 / asūta—生了 / ṣaṭ—六个 / ātmajān—儿子 / puṣpārṇam—菩施帕尔纳 / tigmaketum—提格玛凯图 / ca—还有 / iṣam—伊沙 / ūrjam—乌尔嘉 / vasum—瓦苏 / jayam—佳亚

译文 瓦特萨茹阿有一个钟爱的妻子名叫斯瓦尔薇缇，她生了六个儿子，他们分别叫菩施帕尔纳、提格玛凯图、伊沙、乌尔嘉、瓦苏和佳亚。

要旨 这里把瓦特萨茹阿(Vatsara)的妻子说成是“可崇拜的(Iṣṭā)”。换句话说，看来瓦特萨茹阿的妻子具有一切优秀的品德，比如说：她对丈夫始终温顺体贴、满怀深情、忠贞不渝，而且善于操持家务。夫妻俩如果都品德优秀且相敬如宾、和平共处，那么就会生育优秀的子女，整个家庭就会幸福、昌盛。

第13节 पुष्पार्णस्य प्रभा भार्या दोषा च द्वे बभूवतुः ।
प्रातर्मध्यन्दिनं सायमिति ह्यासन् प्रभासुताः ॥ १३ ॥

puṣpārṇasya prabhā bhāryā
doṣā ca dve babhūvatuḥ
prātar madhyandinaṁ sāyam
iti hy āsan prabhā-sutāḥ

puṣpārṇasya—菩施帕尔纳的 / prabhā—帕芭 / bhāryā—妻子 / doṣā—宝沙 / ca—也 / dve—两个 / babhūvatuḥ—是 / prātaḥ—帕塔尔 / madhyandinam—玛迪延迪纳姆 / sāyam—萨亚姆 / iti—如此 / hi—肯定地 / āsan—是 / prabhā-sutāḥ—帕芭的儿子

译文 菩施帕尔纳有帕芭和宝萨两个妻子，帕芭生了三个儿子，分别叫帕塔尔、玛迪延迪纳姆和萨亚姆。

第14节 प्रदोषो निशिथो व्युष्ट इति दोषासुतास्त्रयः ।
व्युष्टः सुतं पुष्क रिण्यां सर्वतेजसमादधे ॥ १४ ॥

pradoṣo niśitho vyuṣṭa
iti doṣā-sutās trayaḥ
vyuṣṭaḥ sutaṁ puṣkariṇyāṁ
sarvatejasam ādadhe

pradoṣaḥ—帕宝萨 / niśithaḥ—尼锡塔 / vyuṣṭaḥ—维尤施塔 / iti—

如此 / doṣā—宝萨的 / sutāḥ—儿子 / trayaḥ—三个 / vyuṣṭaḥ—维尤施塔 / sutam—儿子 / puṣkariṇyām—在菩施卡蕊妮体内 / sarva-tejasam—名叫萨尔瓦忒佳(绝对有力) / ādadhe—生育

译文　宝萨有三个儿子，名叫帕宝萨、尼锡塔和维尤施塔。维尤施塔的妻子叫菩施卡蕊妮，她生了一个很有力量的儿子名叫萨尔瓦忒佳。

第15—16节　स चक्षुः सुतमाकूत्यां पत्न्यां मनुमवाप ह ।
मनोरसूत महिषी विरजान्नड्वला सुतान् ॥ १५ ॥

पुरुं कुत्सं त्रितं द्युम्नं सत्यवन्तमृतं व्रतम् ।
अग्निष्टोममतीरात्रं प्रद्युम्नं शिबिमुल्मुकम् ॥ १६ ॥

sa cakṣuḥ sutam ākūtyāṁ
patnyāṁ manum avāpa ha
manor asūta mahiṣī
virajān naḍvalā sutān

puruṁ kutsaṁ tritaṁ dyumnaṁ
satyavantam ṛtaṁ vratam
agniṣṭomam atīrātraṁ
pradyumnaṁ śibim ulmukam

saḥ—他(萨尔瓦忒佳) / cakṣuḥ—名叫查克苏 / sutam—儿子 / ākūtyām—在阿库缇体内 / patnyām—妻子 / manum—查克苏萨·玛努 / avāpa—获得 / ha—确实 / manoḥ—玛努的 / asūta—生养 / mahiṣī—王后 / virajān—没有激情 / naḍvalā—娜德瓦拉 / sutān—儿子们 / purum—菩茹 / kutsam—库特萨 / tritam—特瑞塔 / dyumnam—杜么纳 / satyavantam—萨提亚万 / ṛtam—瑞塔 / vratam—布茹阿塔 / agniṣṭomam—阿格尼施陀玛 / atīrātram—阿提茹阿陀 / pradyumnam—帕杜么纳 / śibim—希比 / ulmukam—乌勒穆卡

译文 萨尔瓦忒佳的妻子阿库缇生了个儿子名叫查克苏萨，他在玛努的千年期结束时当了第六任玛努。查克苏萨·玛努的妻子娜德瓦拉生了许多完美无瑕的儿子，他们分别是：菩茹、库特萨、特瑞塔、杜么纳、萨提亚万、瑞塔、布茹阿塔、阿格尼施陀玛、阿提茹阿陀、帕杜么纳、希比和乌勒穆卡。

第17节 उल्मुकोऽजनयत्पुत्रान् पुष्करिण्यां षडुत्तमान् ।
अङ्गं सुमनसं ख्यातिं क्रतुमङ्गिरसं गयम् ॥ १७ ॥

ulmuko 'janayat putrān
puṣkariṇyāṁ ṣaḍ uttamān
aṅgaṁ sumanasaṁ khyātiṁ
kratum aṅgirasaṁ gayam

ulmukaḥ—乌勒穆卡 / ajanayat—生育 / putrān—儿子们 / puṣkariṇyām—在他妻子菩施卡蕊妮体内 / ṣaṭ—六个 / uttamān—非常优秀的 / aṅgam—安嘎 / sumanasam—苏玛纳 / khyātim—克雅缇 / kratum—夸图 / aṅgirasam—安给茹阿 / gayam—嘎亚

译文 在这十二个儿子中，乌勒穆卡与他妻子菩施卡蕊妮一起共生了六个儿子。这些儿子都是非常优秀的孩子，他们分别叫安嘎、苏玛纳、克雅缇、夸图、安给茹阿和嘎亚。

第18节 सुनीथाङ्गस्य या पत्नी सुषुवे वेनमुल्बणम् ।
यद्दौःशील्यात्स राजर्षिर्निर्विण्णो निरगात्पुरात् ॥ १८ ॥

sunīthāṅgasya yā patnī
suṣuve venam ulbaṇam
yad-dauḥśīlyāt sa rājarṣir
nirviṇṇo niragāt purāt

sunīthā—苏妮塔 / aṅgasya—安嘎的 / yā—她 / patnī—妻子 / suṣuve—生了 / venam—维纳 / ulbaṇam—非常邪恶的 / yat—谁的 / dauḥśīlyāt—由于败坏的品德 / saḥ—他 / rāja-ṛṣiḥ—圣洁的君王安嘎 / nirviṇṇaḥ—非常失望 / niragāt—出走 / purāt—从家中

译文　安嘎的妻子苏妮塔生了一个儿子名叫维纳，他非常邪恶。圣洁的君王安嘎对品德败坏的维纳感到很失望，于是离开家庭和王国去了森林。

第19—20节 यमङ्ग शेपुः कुपिता वाग्वज्रा मुनयः किल ।
गतासोस्तस्य भूयस्ते ममन्थुर्दक्षिणं करम् ॥ १९ ॥

अराजके तदा लोके दस्युभिः पीडिताः प्रजाः ।
जातो नारायणांशेन पृथुराद्यः क्षितीश्वरः ॥ २० ॥

yam aṅga śepuḥ kupitā
vāg-vajrā munayaḥ kila
gatāsos tasya bhūyas te
mamanthur dakṣiṇaṁ karam

arājake tadā loke
dasyubhiḥ pīḍitāḥ prajāḥ
jāto nārāyaṇāṁśena
pṛthur ādyaḥ kṣitīśvaraḥ

yam—他(维纳) / aṅga—我亲爱的维杜茹阿 / śepuḥ—他们诅咒 / kupitāḥ—愤怒 / vāk-vajrāḥ—话语像霹雳一样强有力的人 / munayaḥ—伟大的圣人们 / kila—确实 / gata-asoḥ tasya—他死后 / bhūyaḥ—此外 / te—他们 / mamanthuḥ—搅拌 / dakṣiṇam—右边 / karam—手 / arājake—由于没有君王 / tadā—于是 / loke—世界 / dasyubhiḥ—流氓和盗贼 / pīḍitāḥ—痛苦 / prajāḥ—所有的居民 / jātaḥ—降临 / nārāyaṇa—至尊人格首神的 / aṁśena—被……的部分代

表 / pṛthuḥ—普瑞图 / ādyaḥ—原本的 / kṣiti-īśvaraḥ—世界的统治者

译文 亲爱的维杜茹阿，当大圣人们诅咒时，他们的话语就像所向披靡的霹雳一样。因此，当他们出于愤怒而诅咒维纳王时，维纳王就死了。他死后，由于没有了君王，流氓、强盗和小偷便猖狂起来，整个王国变得秩序紊乱，全体臣民饱受痛苦。看到这情景，大圣人们便拿起维纳的右手，把它像搅棒一样搅动。作为搅动的结果，主维施努的部分扩展以普瑞图王的形象降临了，他便是世界原本的统治者。

要旨 君主制比民主制强，因为如果君主政体强大有力，王国内的规范原则就会被维持得井井有条。甚至在一百年前印度的喀什米尔邦，君王统治强而有力，假如有盗贼在他的国内被抓获并带到他面前，他就会立刻砍掉盗贼的手。由于有这种严厉的惩罚，王国内几乎没有盗窃案发生；即使有人把东西放在街上，也没有人会去碰它。当时的法律是：除了拥有者能拿走属于自己的东西，其他人不能碰不属于自己的东西。在所谓的民主制国家中，不管哪里发生了盗窃案，警察便到场做案情记录，但一般情况下根本抓不到窃贼，更不要说惩罚他了。政府无能的结果是：如今世上窃贼横行，流氓猖獗，欺骗成风。

第21节

विदुर उवाच
तस्य शीलनिधेः साधोर्ब्रह्मण्यस्य महात्मनः ।
राज्ञः कथमभूद् दुष्टा प्रजा यद्विमना ययौ ॥ २१ ॥

vidura uvāca
tasya śīla-nidheḥ sādhor
brahmaṇyasya mahātmanaḥ
rājñaḥ katham abhūd duṣṭā
prajā yad vimanā yayau

viduraḥ uvāca—维杜茹阿说 / tasya—他(安嘎)的 / śīla-nidheḥ—优秀品质的泉源 / sādhoḥ—圣洁的人 / brahmaṇyasya—热爱布茹阿玛纳文化的人 / mahātmanaḥ—伟大的灵魂 / rājāaḥ—君王的 / katham—如何 / abhūt—它是 / duṣṭā—坏的 / prajā—儿子 / yat—由此 / vimanāḥ—漠不关心的 / yayau—他离开

译文　维杜茹阿向麦垂亚圣人询问道：亲爱的布茹阿玛纳，安嘎王温和文雅、品德高尚，是非常圣洁的人；他很爱护布茹阿玛纳文化。这样一位卓越的灵魂怎么会生了维纳王那样邪恶的儿子，并为此而不再管自己的王国，离家出走了呢？

要旨　过家庭生活的人原本应该与父母、妻子和儿女幸福地生活在一起，但有时在某些特定的情况下，父亲、母亲、孩子或妻子却成了仇敌。查纳克雅·潘迪特(Cāṇakya Paṇḍita)曾经说：父亲如果欠债累累，他就是敌人；母亲如果再嫁，她就是敌人；妻子如果太漂亮，她就是敌人；儿子如果是个愚蠢的无赖，他就是敌人。当家庭成员成为敌人时，人就很难继续在家里生活下去，很难继续当居士。毫无疑问，这种情况在物质世界里屡见不鲜。因此，根据韦达文化，人一过五十岁就应该离开家人，以便把自己的余生完全用于培养奎师那意识。

第22节　किं वांहो वेन उद्दिश्य ब्रह्मदण्डमयूयुजन् ।
दण्डव्रतधरे राज्ञि मुनयो धर्मकोविदाः ॥ २२ ॥

kiṁ vāṁho vena uddiśya
brahma-daṇḍam ayūyujan
daṇḍa-vrata-dhare rājñi
munayo dharma-kovidāḥ

kim—为什么 / vā—也 / aṁhaḥ—罪恶活动 / vene—向维纳 / uddiśya—看 / brahma-daṇḍam—布茹阿玛纳的诅咒 / ayūyujan—他们想要给予 / daṇḍa-vrata-dhare—持有惩罚权杖的人 / rājñi—向君王 / munayaḥ—伟大的圣人们 / dharma-kovidāḥ—完全熟悉宗教原则

译文 维杜茹阿还问道：那些精通宗教原则的伟大圣人，怎么会想要诅咒本身持有惩罚权杖的维纳王，并给予他最重的惩罚呢？

要旨 人们都知道君王可以惩罚任何人，但从这节诗描述的情况看，伟大的圣人们惩罚了君王。君王无疑是做了性质极为严重的坏事，否则本应该是最伟大、最宽容的大圣人们怎能不顾他们那崇高的宗教意识，去惩罚君王呢？此外，我们还看到，君王并不独立于布茹阿玛纳(brāhmaṇa，婆罗门)文化，而是受布茹阿玛纳的管束。如果确实有需要，布茹阿玛纳就会废黜君王或把他杀掉。他们杀君王不用任何武器，而是用梵文称为布茹阿玛·沙帕(brahma-śāpa)的曼陀(mantra)。布茹阿玛纳的力量是如此强大，以致仅仅靠诅咒就能立即让一个人死去。

第23节 नावध्येयः प्रजापालः प्रजाभिरघवानपि ।
यदसौ लोकपालानां बिभर्त्योजः स्वतेजसा ॥ २३ ॥

nāvadhyeyaḥ prajā-pālaḥ
prajābhir aghavān api
yad asau loka-pālānāṁ
bibharty ojaḥ sva-tejasā

na—永不 / avadhyeyaḥ—受到侮辱 / prajā-pālaḥ—君王 / prajābhiḥ—被臣民 / aghavān—永远有罪 / api—尽管 / yat—因

为 / asau—他 / loka-pālānām—许多君王的 / bibharti—维护 / ojaḥ—英勇 / sva-tejasā—透过自己的影响力

译文　全体臣民的责任是永不得对君王无礼，即使君王有时看来是做了很罪恶的事。君王所拥有的权利，使他永远比其他领袖要有影响力。

要旨　按照韦达文明，君王应该是至尊人格首神的代表。他被称为纳茹阿·纳茹阿亚纳(nara-nārāyaṇa)，以指明至尊人格首神纳茹阿亚纳在人类社会中作为君王显现。人类社会的礼仪规定是：臣民们不能侮辱布茹阿玛纳(brāhmaṇa)和查锤亚(kṣatriya，刹帝利)，即使君王犯了错，臣民们也不应该侮辱他。然而，在维纳(Vena)一事中，看来他受到了圣人们(纳茹阿·戴瓦塔，nara-devatā)的诅咒。因此，可以得出结论：他的罪行一定是极为严重的。

第24节　एतदाख्याहि मे ब्रह्मन् सुनीथात्मजचेष्टितम् ।
श्रद्धानाय भक्त ाय त्वं परावरवित्तमः ॥ २४ ॥

etad ākhyāhi me brahman
sunīthātmaja-ceṣṭitam
śraddadhānāya bhaktāya
tvaṁ parāvara-vittamaḥ

etat—所有这些 / ākhyāhi—请描述 / me—向我 / brahman—伟大的布茹阿玛纳啊 / sunīthā-ātmaja—苏妮塔的儿子维纳 / ceṣṭitam—活动 / śeaddadhānāya—忠实的 / bhaktāya—对你的奉献者 / tvam—你 / para-avara—与过去和将来 / vit-tamaḥ—精通

译文　维杜茹阿问麦垂亚说：亲爱的布茹阿玛纳，你熟知过去和将来的一切，所以我想听你讲述维纳王的一切。我是你忠实的奉献者，因此请解释给我听。

要旨 维杜茹阿(Vidura)把麦垂亚(Maitreya)当成他的灵性导师。门徒始终要向灵性导师询问，而灵性导师看门徒非常顺从和忠诚，便会解答门徒提的问题。圣维施瓦纳特·查夸瓦尔提·塔库尔(Viśvanātha Cakravartī Ṭhākura)曾经说：人只有凭借灵性导师的恩典才能得到至尊主仁慈的祝福。除非门徒极为顺从和忠诚，否则灵性导师不愿意把超然科学的一切秘密都揭示出来。正如《博伽梵歌》(Bhagavad-gītā)中所说的，从灵性导师那里接受知识的方法是：必须以顺从的态度询问和做服务。

第25节 मैत्रेय उवाच
अङ्गोऽश्वमेधं राजर्षिराजहार महाक्रतुम् ।
नाजग्मुर्देवतास्तस्मिन्नाहूता ब्रह्मवादिभिः ॥ २५ ॥

maitreya uvāca
aṅgo 'śvamedhaṁ rājarṣir
ājahāra mahā-kratum
nājagmur devatās tasminn
āhūtā brahma-vādibhiḥ

maitreyaḥ uvāca—麦垂亚回答道 / aṅgaḥ—安嘎王 / aśvamedham—阿施瓦梅达祭祀 / rāja-ṛṣiḥ—神圣的君王 / ājahāra—执行 / mahā-kratum—盛大的祭祀 / na—不 / ājagmuḥ—来 / devatāḥ—半神人 / tasmin—在那场祭祀中 / āhūtāḥ—受到邀请 / brahma-vādibhiḥ—由精通做祭祀的布茹阿玛纳

译文 圣麦垂亚回答道：亲爱的维杜茹阿，伟大的君王安嘎有一次举行了名为阿施瓦梅达的盛大祭祀。所有在场的布茹阿玛纳都是专家，知道如何邀请半神人。然而，尽管他们做了所有的努力，但半神人却没来参加那场祭祀。

要旨　韦达祭祀不是表演，半神人过去总是参加这样的祭祀，而在这种祭祀中牺牲的动物也都得到新生。但是，在现在这个喀历(Kali)年代里，已经没有能邀请半神人或使动物获得新生的本领强大的布茹阿玛纳(brāhmaṇa)了。以前，精通韦达曼陀(mantra)的布茹阿玛纳能证明曼陀的效力，但在现在这个年代里，由于没有这样的布茹阿玛纳，所有这类的祭祀都被禁止了。以马匹作为祭品的祭祀梵文称为阿施瓦梅达(aśvamedha，马祭)。有时候，祭祀当中供奉的是牛，这种祭祀梵文称为嘎瓦朗巴(gavālambha，牛祭)，但目的不是要吃它们的肉，而是使它们获得新生，以证明曼陀的效力。在如今这个年代里，唯一实际可行的祭祀(yajña，雅格亚)就是桑克伊尔坦·雅格亚(saṅkīrtana-yajña)—— 一天二十四小时吟诵、吟唱哈瑞·奎师那曼陀。

第26节　तमूचुर्विस्मितास्तत्र यजमानमथर्त्विजः ।
हवींषि हूयमानानि न ते गृह्णन्ति देवताः ॥ २६ ॥

tam ūcur vismitās tatra
yajamānam athartvijaḥ
havīṁṣi hūyamānāni
na te gṛhṇanti devatāḥ

tam—对安嘎王 / ūcuḥ—说 / vismitāḥ—惊奇地 / tatra—那里 / yajamānam—向祭祀的主办者 / atha—那时 / ṛtvijaḥ—祭司 / havīṁṣi—供奉纯净的黄油 / hūyamānāni—被供奉 / na—不 / te—他们 / gṛhṇanti—接受 / devatāḥ—半神人

译文　做祭祀的祭司于是通知安嘎王说：君王啊！我们在祭祀中正确地供奉了纯净的黄油，但不管我们怎么努力，半神人们就是不接受。

第27节 राजन् हवींष्यदुष्टानि श्रद्धयासादितानि ते ।
छ न्दांस्ययातयामानि योजितानि धृतव्रतैः ॥ २७ ॥

rājan havīṁṣy aduṣṭāni
śraddhayāsāditāni te
chandāṁsy ayāta-yāmāni
yojitāni dhṛta-vrataiḥ

rājan—君王啊 / havīṁṣi—祭祀供奉 / aduṣṭāni—没有污染 / śraddhayā—以极大的信心和谨慎 / āsāditāni—收集 / te—你的 / chandāṁsi—曼陀 / ayāta-yāmāni—没有缺陷的 / yojitāni—正确地执行 / dhṛta-vrataiḥ—被有资格的布茹阿玛纳

译文 君王啊！我们知道：你怀着巨大的信心，以恰当的方式谨慎小心地收集了举行祭祀所需要的用品，而且用品没有受到污染；我们吟唱韦达赞歌时也没犯任何错误，因为在场的全体布茹阿玛纳和祭司都是专家，都正确地履行了各自的职责。

要旨 以准确的音调吟诵、吟唱韦达曼陀(mantra)是一门科学，精通这门科学是布茹阿玛纳(brāhmaṇa，婆罗门)的职责。曼陀的组合及梵文词都必须发音准确，否则就不会成功。在这个年代里，布茹阿玛纳不仅不精通梵文，而且在实际生活中并不很纯洁。但是，吟诵、吟唱哈瑞·奎师那曼陀，能使人得到举行祭祀的最高利益。即使人在吟诵、吟唱哈瑞·奎师那时发音并不十分准确，这个曼陀仍然是极为强有力的，能使吟诵、吟唱者受益匪浅。

第28节 न विदामेह देवानां हेलनं वयमण्वपि ।
यन्न गृह्णन्ति भागान् स्वान् ये देवाः क र्मसाक्षिणः ॥ २८ ॥

na vidāmeha devānāṁ
helanaṁ vayam aṇv api
yan na gṛhṇanti bhāgān svān
ye devāḥ karma-sākṣiṇaḥ

na—不 / vidāma—能发现 / iha—在这方面 / devānām—半神人的 / helanam—侮辱、轻视 / vayam—我们 / aṇu—微小的 / api—甚至 / yat—因为这 / na—不 / gṛhṇanti—接受 / bhāgān—份额 / svān—自己的 / ye—谁 / devāḥ—半神人 / karma-sākṣiṇaḥ—祭祀的见证者

译文　亲爱的君王，我们找不出任何能让半神人感到被侮辱或怠慢的理由，但作为祭祀证人的半神人们就是不接受他们的祭祀份额。我们不知道这其中的原因是什么。

要旨　这节诗中指出：祭司如有任何疏忽，半神人都不会接受他们在祭祀中的份额。同样道理，在做奉爱服务时也有一些称为赛瓦·阿帕茹阿达(sevā-aparādha)的冒犯，是那些在庙里崇拜茹阿妲(Rādhā)和奎师那神像的人在侍奉神像时应该尽量避免的。《奉爱的甘露》一书中描述了做奉爱服务时会有的冒犯。如果我们侍奉神像只是为了表演给别人看，而不注意避免赛瓦·阿帕茹阿达冒犯，茹阿妲·奎师那神像无疑将不接受这种非奉献者的供奉。因此，在庙里崇拜神像的奉献者不应该编造自己的方法，而应该严格遵照有关清洁的规范原则做，以使神像能接受供奉。

第29节　मैत्रेय उवाच

अङ्गो द्विजवचः श्रुत्वा यजमानः सुदुर्मनाः ।
तत्प्रष्टुं व्यसृजद्वाचं सदस्यांस्तदनुज्ञया ॥ २९ ॥

maitreya uvāca
aṅgo dvija-vacaḥ śrutvā
yajamānaḥ sudurmanāḥ
tat praṣṭuṁ vyasṛjad vācaṁ
sadasyāṁs tad-anujñayā

maitreyaḥ uvāca—伟大的圣人麦垂亚回答道 / aṅgaḥ—安嘎王 / dvija-vacaḥ—布茹阿玛纳的话语 / śrutvā—听了后 / yajamānaḥ—祭祀的举行者 / sudurmanāḥ—心中十分难过 / tat—有关那 / praṣṭum—为了询问 / vyasṛjat vācam—他说 / sadasyān—向祭司 / tat—他们的 / anujñayā—征得许可

译文 麦垂亚解释说，安嘎王听了祭司的说明后感到非常苦恼。那时，他征得祭司的允许打破沉默，向在祭祀场上的全体祭司发出询问。

第30节 नागच्छन्त्याहुता देवा न गृह्णन्ति ग्रहानिह ।
सदसस्पतयो ब्रूत किमवद्यं मया कृतम् ॥ ३० ॥

nāgacchanty āhutā devā
na gṛhṇanti grahān iha
sadasas-patayo brūta
kim avadyaṁ mayā kṛtam

na—不 / āgacchanti—来 / āhutāḥ—被邀请 / devāḥ—半神人 / na—不 / gṛhṇanti—接受 / grahān—份额 / iha—祭祀中的 / sadasaḥ-patayaḥ—我亲爱的祭司 / brūta—请告诉我 / kim—什么 / avadyam—错误 / mayā—由我 / kṛtam—犯下的

译文 安嘎王对祭司们说：亲爱的祭司们，请告诉我，我曾经犯过什么错误，以至于半神人们受到邀请后既不参加祭祀，也不接受他们的祭祀份额。

第31节　सदसस्पतय ऊचुः
नरदेवेह भवतो नाघं तावन्मनाक्स्थितम् ।
अस्त्येकं प्राक्तनमघं यदिहेदृक्त्वमप्रजः ॥ ३१ ॥

sadasas-pataya ūcuḥ
nara-deveha bhavato
nāghaṁ tāvan manāk sthitam
asty ekaṁ prāktanam aghaṁ
yad ihedṛk tvam aprajaḥ

sadasaḥ-patayaḥ ūcuḥ—总祭司说 / nara-deva—君王啊 / iha—在这一生 / bhavataḥ—你的 / na—不 / agham—罪恶活动 / tāvat manāk—即使很轻微的 / sthitam—处在 / asti—有 / ekam—一个 / prāktanam—在前生 / agham—罪恶活动 / yat—由此 / iha—在这一生 / īdṛk—像这 / tvam—你 / aprajaḥ—没有儿子

译文　总祭司说：君王啊！我们没发现你在这一生中从事过什么罪恶活动，即使在心中也没动过恶念，因此你丝毫没有犯错。但我们看得出，你在前世从事过罪恶活动。为此，即使你具备所有的条件，你也没有儿子。

要旨　结婚的目的在于生儿子，因为坠入悲惨的受制约的生命处境中的父亲和祖先，需要做儿子和后代的去救度他们。为此，查纳克亚·潘迪特(Cāṇakya Paṇḍita)说：没有儿子的婚姻生活只是令人厌恶的生活(putra-hīnaṁ gṛhaṁ śūnyam)。安嘎(Aṅga)王在这一生中是非常虔诚的君王，但由于他前世的恶行，他在这一生中不能得到一个儿子。因此说，人在这一生中如果没有儿子，就说明他前生有罪。

第32节　तथा साधय भद्रं ते आत्मानं सुप्रजं नृप ।
इष्टस्ते पुत्रकामस्य पुत्रं दास्यति यज्ञभुक् ॥ ३२ ॥

tathā sādhaya bhadraṁ te
ātmānaṁ suprajaṁ nṛpa
iṣṭas te putra-kāmasya
putraṁ dāsyati yajña-bhuk

tathā—因此 / sādhaya—举行祭祀以得到 / bhadram—好运 / te—向你 / ātmānam—你自己 / su-prajam—好儿子 / nṛpa—君王啊 / iṣṭaḥ—受到崇拜 / te—由你 / putra-kāmasya—想要一个儿子 / putram——个儿子 / dāsyati—祂会送 / yajña-bhuk—祭祀的享受者至尊主

译文 君王啊！我们祝你吉祥如意。你没有儿子，但如果你马上向至尊主祈祷，请求祂赐给你一个儿子；如果你为达到这个目的而举行祭祀，那么祭祀的享受者至尊人格首神就会满足你的愿望。

第33节 तथा स्वभागधेयानि ग्रहीष्यन्ति दिवौक सः ।
यद्यज्ञपुरुषः साक्षादपत्याय हरिर्वृतः ॥३३॥

tathā sva-bhāgadheyāni
grahīṣyanti divaukasaḥ
yad yajña-puruṣaḥ sākṣād
apatyāya harir vṛtaḥ

tathā—因此 / sva-bhāga-dheyāni—他们的祭祀份额 / grahīṣyanti—将接受 / diva-okasaḥ—全体半神人 / yat—因为 / yajña-puruṣaḥ——切祭祀的享受者 / sākṣāt—直接地 / apatyāya—为了得到一个儿子 / hariḥ—至尊人格首神 / vṛtaḥ—被邀请

译文 当一切祭祀的享受者哈尔依应邀前来满足你想

要儿子的愿望时，所有的半神人就会跟祂一起来，在祭祀中分享他们的份额。

要旨　无论何时举行祭祀，目的都是为了满足主维施努(Viṣṇu)——一切祭祀成果的享受者。当主维施努同意驾临祭祀场所时，所有的半神人自然都会跟着他们的主人前往，享受在这种祭祀中供奉给他们的份额。结论是：祭祀是为主维施努而举行的，不是为半神人。

第34节　तांस्तान् क ामान् हरिर्दद्याद्यान् यान् क ामयते जनः ।
आराधितो यथैवैष तथा पुंसां फ ल ोदयः ॥३४॥

tāṁs tān kāmān harir dadyād
yān yān kāmayate janaḥ
ārādhito yathaivaiṣa
tathā puṁsāṁ phalodayaḥ

tān tān—那些 / kāmān—想要达到的目标 / hariḥ—至尊主 / dadyāt—会赐予 / yān yān—无论什么 / kāmayate—欲望 / janaḥ—人 / ārādhitaḥ—被崇拜 / yathā—正如 / eva—肯定地 / eṣaḥ—至尊主 / tathā—同样地 / puṁsām—人的 / phala-udayaḥ—结果

译文　举行祭祀的人如果崇拜至尊主，就会得到他举行祭祀(属于卡尔玛·康达活动)所要满足的愿望。

要旨　在《博伽梵歌》(Bhagavad- gītā)中，至尊主说：祂按照崇拜者的愿望赐予他们祝福。至尊人格首神给予在这个物质世界中受制约的众生以完全的自由，使他们可以按自己的方式行事。但祂对祂的奉献者说：最好不要那样行事，而是依靠、服从祂，因为祂会照顾奉献者。这就是奉献者和功利性活动者之间的区别。功利性活动者只是在享受他自己活动的结果，但奉献者却在至尊主的指导下，在奉爱服务的路途上一直向前，达到回归家园、回归神的生命终极目标。这节诗中的 kāmān 一词非常重要，其意思是“感官享乐的欲望”。奉献者没有任何感官享乐的欲望。他是“始终没有任何感官享乐欲望的奉献者(anyābhilāṣitā-śūnya)”。他唯一的目的就是满足至尊主的感官。这就是功利性活动者(karmī，卡尔弥)与奉献者之间的区别。

第35节 इति व्यवसिता विप्रास्तस्य राज्ञः प्रजातये ।
पुरोडाशं निरवपन् शिपिविष्टाय विष्णवे ॥३५॥

iti vyavasitā viprās
tasya rājñaḥ prajātaye
puroḍāśaṁ niravapan
śipi-viṣṭāya viṣṇave

iti—如此 / vyavasitāḥ—决定 / viprāḥ—布茹阿玛纳们 / tasya—他的 / rājñaḥ—君王的 / prajātaye—为了得到一个儿子 / puro-ḍāśam—祭祀用品 / niravapan—提供 / śipi-viṣṭāya—向在祭祀之火中的至尊主 / viṣṇave—向主维施努

译文 就这样，为了帮安嘎王达到他想要儿子的愿望，大家决定把祭品供奉给处在众生心中的主维施努。

要旨 根据祭祀仪式的要求，祭祀场上有时会用动物作牺牲。用动物作牺牲并不是要杀死它们，而是使它们获得新生。这样做是为了检验韦达曼陀(mantra)的发音是否准确。医学实验室里为了调查医疗效果，有时会杀死小动物。在这种实验室里，被杀死的动物不会复活，但在祭祀场里，当动物被用于献祭时，它们能凭借韦达曼陀的力量重获新生。这节诗中有梵文 śipi-viṣṭāya 一句。Śipi 的意思是“祭祀的火焰”。在祭祀中，如果把祭品供奉到祭祀的火焰中，主维施努(Viṣṇu)就会以火焰的形象处在祭祀之火中。因此，主维施努又被称为希琵维斯塔(Śipiviṣṭa)。

第36节　तस्मात्पुरुष उत्तस्थौ हेममाल्यमलाम्बरः ।
हिरण्मयेन पात्रेण सिद्धमादाय पायसम् ॥३६॥

tasmāt puruṣa uttasthau
hema-māly amalāmbaraḥ
hiraṇmayena pātreṇa
siddham ādāya pāyasam

tasmāt—从那火 / puruṣaḥ——个人 / uttasthau—出现 / hema-mālī—戴着金色的花环 / amala-ambaraḥ—穿着白色的衣服 / hiraṇmayena—金的 / pātreṇa—用一个罐子 / siddham—煮好的 / ādāya—携带 / pāyasam—用牛奶煮的米

译文　祭品一旦被供奉到火中，祭坛的火里便显现出一个穿白衣、戴金色花环的人物。他带着一个装满用奶煮的米饭的金罐子。

第37节　स विप्रानुमतो राजा गृहीत्वाञ्जलिनौदनम् ।
अवघ्राय मुदा युक्तः प्रादात्पत्न्या उदारधीः ॥३७॥

sa viprānumato rājā
gṛhītvāñjalinaudanam
avaghrāya mudā yuktaḥ
prādāt patnyā udāra-dhīḥ

saḥ—他 / vipra—布茹阿玛纳的 / anumataḥ—征得许可 /

rājā—君王 / gṛhītvā—取 / añjalinā—双手捧着 / odanam—用牛奶煮的米 / avaghrāya—嗅过后 / mudā—非常高兴地 / yuktaḥ—固定地 / prādāt—给予 / patnyai—向他妻子 / udāra-dhīḥ—思想开明的

译文 君王是思想开明的人，他征得祭司们的许可后双手捧起那食物，先闻了闻，然后就把一部分给了他妻子。

要旨 梵文“思想开明的(udāra-dhīḥ)”一词在这节诗里意义重大。君王的妻子苏妮塔(Sunīthā)本不适合接受这一恩赐，但君王是如此开明随便，以致毫不犹豫地把从祭祀之主(雅格亚·普茹沙，yajña-puruṣa)那里得到的牛奶饭帕萨达(prasāda)给了他妻子。当然，一切都是由至尊人格首神预先安排好的。正如后面的诗节将要解释的，这件事从表面上看对君王并不是十分有利。由于君王非常自由开放，至尊人格首神便为了增加他对物质世界的厌弃之情，让王后生了一个残酷的儿子，以迫使君王离开家庭。如上所述，主维施努按照功利性活动者(卡尔弥，karmī)的愿望满足他们的要求，但却以不同于对待功利性活动者的方式满足祂的奉献者的愿望，以使奉献者能逐渐回到祂身边。对此，《博伽梵歌》(Bhagavad-gītā)中证实说：我赐予他们理解力，使他们来到我这里(dadāmi buddhi-yogaṁ taṁ yena mām upayānti te)。至尊主为奉献者提供机会，以使他不断进步，最后能回归家园、回归首神。

第38节 सा तत्पुंसवनं राज्ञी प्राश्य वै पत्युरादधे ।
गर्भं काल उपावृत्ते कुमारं सुषुवेऽप्रजा ॥३८॥

sā tat puṁ-savanaṁ rājñī
prāśya vai patyur ādadhe
garbhaṁ kāla upāvṛtte
kumāraṁ suṣuve 'prajā

sā—她 / tat—那食物 / pum-savanam—生男孩的 / rājñī—王后 / prāśya—吃 / vai—确实 / patyuḥ—从丈夫 / ādadhe—受孕 / garbham—怀孕 / kāle—在适当的时间 / upāvṛtte—出现 / kumāram—儿子 / suṣuve—生产 / aprajā—没有儿子

译文　那食物有让人生育男孩的力量，王后虽然没儿子，但吃了它后就怀上了她丈夫的孩子，一段时间后生下了一个儿子。

要旨　在十种净化程序中，有一种是生男孩的程序，梵文称为pum̐-savanam。在这种程序中，妻子得到一些给主维施努(Visnu)供奉过的食物——帕萨达(prasāda)。她吃了这种食物后再与丈夫同房，就能怀男孩。

第39节　स बाल एव पुरुषो मातामहमनुव्रतः ।
अधर्मांशोद्भवं मृत्युं तेनाभवदधार्मिकः ॥३९॥

sa bāla eva puruṣo
mātāmaham anuvrataḥ
adharmāṁśodbhavaṁ mṛtyuṁ
tenābhavad adhārmikaḥ

saḥ—那 / bālaḥ—孩子 / eva—无疑地 / puruṣaḥ—男性 / mātā-maham—外祖父 / anuvrataḥ—……的追随者 / adharma—反宗教的 / aṁśa—从一部分 / udbhavam—出现 / mṛtyum—死亡 / tena—由这 / abhavat—他成为 / adhārmikaḥ—非宗教

译文　出生的男孩继承了部分反宗教血统。男孩的外祖父是死亡的人格化身，而男孩本人作为他的追随者成长起来，成了一个极端反对宗教的人。

要旨 男孩的母亲苏妮塔(Sunīthā)是死亡人格化身的女儿。一般的情况是：女儿会秉承父亲的品质，儿子会得到母亲的品质。因此，根据 A=B、B=C，则 A=C 的公理，安嘎(Aṅga)王的儿子就成了他外祖父的追随者。根据斯密尔缇·沙斯陀(smṛti-śāstra)的说法，外甥随舅舅。梵文 Narāṇāṁ mātula-karma 是指，男孩一般秉承母亲家族的品质。如果母亲的家族很堕落或罪孽深重，那么即使他的生父很优秀，他还是会成为母亲家族的受害者。正因为如此，根据韦达文明，人在结婚前要先考虑男女双方家庭的情况。如果按占星推算，双方的结合是完美的，那么才可以结婚。但有时，一时的错误会使人的家庭生活很失败。

看起来，安嘎王没有得到好妻子，因为苏妮塔是死亡的人格化身的女儿。至尊主有时候为自己的奉献者安排一个不适宜的妻子，以使他因为家庭环境糟糕而逐渐不依恋妻子和家庭，转向在奉爱生活中取得进步。看来，安嘎王虽然是一位虔诚的奉献者，但在至尊人格首神的安排下却娶了苏妮塔这样一位不适宜的妻子，后来又生了维纳(Vena)这样的逆子。但结果是：他彻底摆脱了家庭生活的束缚，离开家庭，回到首神身边。

第40节 स शरासनमुद्यम्य मृगयुर्वनगोचरः ।
हन्त्यसाधुर्मृगान्दीनान् वेनोऽसावित्यरौज्जनः ॥४०॥

sa śarāsanam udyamya
mṛgayur vana-gocaraḥ
hanty asādhur mṛgān dīnān
veno ’sāv ity arauj janaḥ

saḥ—那个名叫维纳的男孩 / śarāsanam—他的弓 / udyamya—拿起 / mṛgayuḥ—猎人 / vana-gocaraḥ—到森林里去 / hanti—经常杀死 / asādhuḥ—非常残酷 / mṛgān—鹿 / dīnān—可怜的 / venaḥ—维纳 / asau—他出现 / iti—因此 / araut—就会喊叫 / janaḥ—所有的人

译文　那残酷的男孩习惯到森林去，搭弓射箭，毫无必要地杀戮无辜的鹿。人们一看到他出现，就会大喊："残酷的维纳来啦！残酷的维纳来啦！"

要旨　查锤亚(Kṣatriya，刹帝利)被允许在林中打猎，目的是学习射杀技巧，而不是为了杀动物来吃或其他别的目的。查锤亚君王身负砍下国内罪犯头颅的职责，因此被允许在森林中打猎。安嘎(Aṅga)王的这个儿子维纳(Vena)因为是由一位不良的母亲生下来的，所以非常残酷，经常到林中去无谓地杀戮动物。临近的居民一看到他出现就十分害怕，他们会喊叫："维纳来了！维纳来了！"所以，他年幼时就是居民们惧怕的对象。

第41节　आक्रीडे क्रीडतो बालान् वयस्यानतिदारुणः ।
प्रसह्य निरनुक्रोशः पशुमारममारयत् ॥४१॥

ākrīḍe krīḍato bālān
vayasyān atidāruṇaḥ
prasahya niranukrośaḥ
paśu-māram amārayat

ākrīḍe—在游戏场上 / krīḍataḥ—在玩耍的时候 / bālān—男孩 / vayasyān—他年龄的 / ati-dāruṇaḥ—很残酷 / prasahya—用强力 / niranukrośaḥ—无情地 / paśu-māram—就像是屠杀动物 / amārayat—杀害

译文　那男孩是如此残酷，甚至在跟他同龄的少年玩耍时会无情地杀死他们，就好像他们是待宰的动物一样。

第42节　तं विचक्ष्य खलं पुत्रं शासनैर्विविधैर्नृपः ।
यदा न शासितुं कल्पो भृशमासीत्सुदुर्मनाः ॥ ४२ ॥

tam̐ vicakṣya khalam̐ putram̐
śāsanair vividhair nṛpaḥ
yadā na śāsitum̐ kalpo
bhṛśam āsīt sudurmanāḥ

tam—他 / vicakṣya—观察 / khalam—残酷 / putram—儿子 / śāsanaiḥ—通过惩罚 / vividhaiḥ—各种各样的 / nṛpaḥ—君王 / yadā—当……时 / na—不 / śāsitum—控制 / kalpaḥ—能够 / bhṛśam—极大地 / āsīt—变得 / su-durmanāḥ—苦恼

译文 安嘎王看到他儿子维纳残忍、无情的行为后，用各种方式惩罚他，以期使他改过自新，但却无法使他变得温和、亲切。这使安嘎王极为苦恼。

第43节 प्रायेणाभ्यर्चितो देवो येऽप्रजा गृहमेधिनः ।
कदपत्यभृतं दुःखं ये न विन्दन्ति दुर्भरम् ॥ ४३ ॥

prāyeṇābhyarcito devo
ye 'prajā gṛha-medhinaḥ
kad-apatya-bhṛtam̐ duḥkham̐
ye na vindanti durbharam

prāyeṇa—也许 / abhyarcitaḥ—受崇拜 / devaḥ—至尊主 / ye—……的他们 / aprajāḥ—没有儿子 / gṛha-medhinaḥ—住在家里的人 / kad-apatya—被坏儿子 / bhṛtam—导致 / duḥkham—不快乐 / ye—……的他们 / na—不 / vindanti—痛苦 / durbharam—无法忍受的

译文 君王心想：没有儿子的人无疑非常幸运。他们必定在前生崇拜过至尊主，所以不必承受邪恶之子带来的无法忍受的痛苦。

第44节　यतः पापीयसी कीर्तिरधर्मश्च महान्नृणाम् ।
यतो विरोधः सर्वेषां यत आधिरनन्तकः ॥ ४४ ॥

yataḥ pāpīyasī kīrtir
adharmaś ca mahān nṛṇām
yato virodhaḥ sarveṣāṁ
yata ādhir anantakaḥ

yataḥ—由于不好的儿子 / pāpīyasī—罪恶 / kīrtiḥ—名声 / adharmaḥ—反宗教 / ca—也 / mahān—巨大的 / nṛṇām—人的 / yataḥ—从那 / virodhaḥ—纷争 / sarveṣām—所有人的 / yataḥ—从那 / ādhiḥ—焦虑 / anantakaḥ—无尽的

译文　有罪孽深重的儿子会使一个人名誉扫地。他在家从事的违反宗教原则的活动，导致家人没有宗教信仰，彼此之间纷争不断，而这给人带来的只是无尽的焦虑。

要旨　据说：夫妻必须生个儿子，否则他们的家庭生活是没有意义的。然而，生一个没有好品质的儿子跟长着一双瞎眼一样。瞎眼不能用来看东西，只是让人承受难以忍受的痛苦。所以，君王认为自己有这样一个大逆不道的儿子实在是自己的不幸。

第45节　क स्तं प्रजापदेशं वै मोहबन्धनमात्मनः ।
पण्डितो बहु मन्येत यदर्थाः क्लेशदा गृहाः ॥ ४५ ॥

kas taṁ prajāpadeśaṁ vai
moha-bandhanam ātmanaḥ
paṇḍito bahu manyeta
yad-arthāḥ kleśadā gṛhāḥ

kaḥ—谁 / tam—他 / prajā-apadeśam—只是名义上的儿子 / vai—无疑地 / moha—错觉的 / bandhanam—捆绑 / ātmanaḥ—为

灵魂 / paṇḍitaḥ—明智的人 / bahu manyeta—将评价 / yat-arthāḥ—由于……的 / kleśa-dāḥ—痛苦 / gṛhāḥ—家

译文　有哪一个明智的人会想要这种败家子呢？这种儿子只是错觉给人带来的束缚而不是别的，他使家人痛苦万分。

第46节　क दपत्यं वरं मन्ये सदपत्याच्छु चां पदात् ।
निर्विद्येत गृहान्मर्त्यो यत्क्लेशनिवहा गृहाः ॥ ४६ ॥

kad-apatyaṁ varaṁ manye
sad-apatyāc chucāṁ padāt
nirvidyeta gṛhān martyo
yat-kleśa-nivahā gṛhāḥ

kad-apatyam—逆子 / varam—更好 / manye—我想 / satapatyāt—比一个好儿子 / śucām—忧伤 / padāt—源泉 / nirvidyeta—变得超脱 / gṛhāt—从家 / martyaḥ—凡人 / yat—由于……的 / kleśa-nivahāḥ—地狱的 / gṛhāḥ—家

译文　君王于是思考：有一个坏儿子比有一个好儿子强，因为好儿子使人更依恋家庭，而坏儿子没有这种作用。坏儿子把家变得像地狱一样，使明智的人自然很容易不再依恋家庭。

要旨　君王开始就有关人应该依恋物质家庭还是应该不执著物质家庭的问题进行思考。按照帕拉德·玛哈茹阿佳(Prahlāda Mahārāja)所言：物质家庭就好比是一口黑井，坠入黑井的人很难从里面出来重新开始生活。帕拉德·玛哈茹阿佳劝人们尽快离弃这种家庭生活的黑井，到森林中去寻求至尊人格首神的保护。根据韦达文明制度规定，瓦纳帕斯塔(vānaprastha)和萨尼亚希(sannyāsa)必须离开家庭。但人们是如此恋家，甚至到死时都不愿意退出家庭生活。因此，安嘎(Aṅga)考虑超脱的问题，把有一个坏儿子接受为是促使他离开家的推动力。为此，他把正帮助他超脱家庭束缚的坏儿子视为自己的朋友。人们最终必须学习如何摆脱对物质生活的依恋；所以，坏儿子用他的坏行为帮助居士离开家庭，而这对居士来说其实是一种恩惠。

第47节 एवं स निर्विण्णमना नृपो गृहान्
निशीथ उत्थाय महोदयोदयात् ।
अलब्धनिद्रोऽनुपलक्षितो नृभि-
र्हित्वा गतो वेनसुवं प्रसुप्ताम् ॥ ४७ ॥

evaṁ sa nirviṇṇa-manā nṛpo gṛhān
niśītha utthāya mahodayodayāt
alabdha-nidro 'nupalakṣito nṛbhir
hitvā gato vena-suvaṁ prasuptām

evam—如此 / saḥ—他 / nirviṇṇa-manāḥ—漠不关心 / nṛpaḥ—安嘎王 / gṛhāt—从家 / niśīthe—在深夜 / utthāya—起床 / mahā-uda-ya-udayāt—因伟大的灵魂的祝福而有的富裕 / alabdha-nidraḥ—没有入睡 / anupalakṣitaḥ—没有被看见 / nṛbhiḥ—被大众 / hitvā—放弃 / gataḥ—离开 / vena-suvam—维纳的母亲 / prasuptām—熟睡

译文 这种想法一直在安嘎王的脑海里盘旋，使他整夜整夜睡不着觉。他变得对家庭生活漠不关心。于是，在一天深夜，他趁维纳的母亲(他妻子)正在熟睡，就起床离开了她。他不再受他那极为富有的王国的吸引，在没有人看到他的情况下，悄悄地离开家庭和所拥有的财富，到森林里去了。

要旨 这节诗中的梵文 mahodayodayāt 一词指出：凭借伟大灵魂的祝福，人才会在物质上变得富有，但当人不再执著物质财富时，应该把这种情况视为是伟大的灵魂所给予的更大的祝福。君王要离开他那富有的王国和年轻、忠贞的妻子并不是件容易的事，但那肯定是至尊人格首神的巨大祝福，才使他能斩断执著，在没人看见的情况下离家出走到森林中去。历史上有许多伟大的灵魂这样深夜离家出走，斩断对家庭、妻子和钱财的依恋的事例。

第48节

विज्ञाय निर्विद्य गतं पतिं प्रजाः
पुरोहितामात्यसुहृद्गणादयः ।
विचिक्युरुर्व्यामतिशोक क ातरा
यथा निगूढं पुरुषं कु योगिनः ॥ ४८ ॥

vijñāya nirvidya gataṁ patiṁ prajāḥ
purohitāmātya-suhṛd-gaṇādayaḥ
vicikyur urvyām atiśoka-kātarā
yathā nigūḍhaṁ puruṣaṁ kuyoginaḥ

vijñāya—明白后 / nirvidya—漠不关心 / gatam—离开 / patim—君王 / prajāḥ—全体国民 / purohita—祭司 / āmātya—大臣 / suhṛt—朋友 / gaṇa-ādayaḥ—以及民众 / vicikyuḥ—寻找 / urvyām—在地球上 / ati-śoka-kātarāḥ—极为悲伤 / yathā—正如 / nigūḍham—隐藏 / puruṣam—超灵 / ku-yoginaḥ—没有经验的神秘主义者

译文 了解到安嘎王淡然地离开了家庭时，全体国民、祭司、大臣及朋友等所有的人都极为难过。他们开始在全世界范围内寻找君王，就像缺乏经验的神秘主义者在自己体内寻找超灵一样。

要旨　这里所举的缺乏经验的神秘主义者在心中寻找超灵的例子，很有教育意义。人们可以从三个方面了解绝对真理：非人格布茹阿曼(Brahman，梵)，展示在局部区域的帕茹阿玛特玛(Paramātmā，超灵)，以及至尊人格首神。没有经验的神秘主义者(kuyoginaḥ)可以通过思辨认识到非人格布茹阿曼，但却找不到处在每一个生物体心中的超灵。君王离家后无疑停留在某个地方，但居民们不知道怎么才能找到他，因此像缺乏经验的神秘主义者一样受到挫折。

第49节　अलक्षयन्तः पदवीं प्रजापते-
　　र्हतोद्यमाः प्रत्युपसृत्य ते पुरीम् ।
ऋषीन् समेतानभिवन्द्य साश्रवो
　　न्यवेदयन् पौरव भर्तृविप्लवम् ॥ ४९ ॥

alakṣayantaḥ padavīṁ prajāpater
　hatodyamāḥ pratyupasṛtya te purīm
ṛṣīn sametān abhivandya sāśravo
　nyavedayan paurava bhartṛ-viplavam

alakṣayantaḥ—没找到 / padavīm—任何踪迹 / prajāpateḥ—安嘎王的 / hata-udyamāḥ—变得失望 / pratyupasṛtya—返回后 / te—那些国民 / purīm—到城市 / ṛṣīn—伟大的圣人 / sametān—聚集 / abhivandya—致敬后 / sa-aśravaḥ—他们眼中含泪 / nyavedayan—告诉 / paurava—维杜茹阿啊 / bhartṛ—君王的 / viplavam—不在

译文　臣民们在到处搜寻找不到君王的踪迹后感到非常失望，于是返回城里，王国中所有伟大的圣人都因没有了国王一事在那里聚集起来。臣民们眼里含着泪向圣人们顶礼致敬，并详细地告诉圣人们，他们到处找君王但却找不到他的经过。

到此为止，结束了巴克提韦丹塔对《圣典博伽瓦谭》第 4 篇第 13 章“介绍杜茹瓦·玛哈茹阿佳的后代”所作的阐释。

第十四章

维纳王的故事

第1节

मैत्रेय उवाच
भृग्वादयस्ते मुनयो लोकानां क्षेमदर्शिनः ।
गोप्तर्यसति वै नृणां पश्यन्तः पशुसाम्यताम् ॥ १ ॥

maitreya uvāca
bhṛgv-ādayas te munayo
lokānāṁ kṣema-darśinaḥ
goptary asati vai nṝṇāṁ
paśyantaḥ paśu-sāmyatām

maitreyaḥ uvāca—伟大的圣人麦垂亚继续说 / bhṛgu-ādayaḥ—以布瑞古为首的 / te—他们全体 / munayaḥ—伟大的圣人们 / lokānām—人们的 / kṣema-darśinaḥ—总是渴望福利的人 / goptari—君王 / asati—缺席 / vai—肯定地 / nṝṇām—全体臣民的 / paśyantaḥ—认识到 / paśu-sāmyatān—存在于动物的层面上

译文 伟大的圣人麦垂亚继续说：啊，非凡的勇士维杜茹阿！以布瑞古为首的大圣人们总是想着大众的福利。他们看到安嘎王不在时没人保护人民的利益，于是明白：如果没有统治者，人民将变得放纵、失控。

要旨 这节诗中的“总是渴望福利的人(kṣema-darśinaḥ)”一词意义重大，它是指那些总是为人民大众的利益着想的人，以布瑞古(Bhṛgu)为首的大圣人们，总想着如何把宇宙里所有的人都提升到灵性的层面上。事实上，他们劝告每一个星球上的君王，在统治人民时心中应该始终想着生命的终极目标。伟大的圣人们经常劝导一国之君，而君王通常是按照他们的指示统治百姓。安嘎(Aṅga)王失踪后，没有人遵守大圣人们的教导。结果所有的居民都变得无法无天，最后变得像动物一样了。正如《博伽梵歌》(Bhagavad-gītā)第4章的第13节诗中描述的，人类社会必须把人按他们受物质属性的影响和从事的工作划分为四个阶层。在每一个社会中，都必须有知识阶层、行政管理阶层、负责生产阶层和劳力阶层。在现代民主制国家中，这些科学的划分被弄得乱七八糟，人们通过投票选举，把劳力阶层的人(庶铎，śūdra)选到行政管理岗位上。这些人对生命的终极目的一无所知，在不知道人生目的的情况下异想天开地制定法律，结果是：在他们在管理下没有人感到快乐。

第2节 वीरमातरमाहूय सुनीथां ब्रह्मवादिनः ।
प्रकृ त्यसम्मतं वेनमभ्यषिञ्चन् पतिं भुवः ॥ २ ॥

vīra-mātaram āhūya
sunīthāṁ brahma-vādinaḥ
prakṛty-asammataṁ venam
abhyaṣiñcan patiṁ bhuvaḥ

vīra—维纳的 / mātaram—母亲 / āhūya—要求 / sunīthām—苏妮塔的 / brahma-vādinaḥ—精通韦达经的大圣人 / prakṛti—被大臣们 / asammatam—不赞成 / venam—维纳 / abhyaṣiñcan—立……为王 / patim—主人 / bhuvaḥ—世界的

译文 为此，伟大的圣人们要求王后苏妮塔——维纳的母亲，允许他们立维纳为王，统治全世界。然而，所有的大臣都不同意这样做。

第3节 श्रुत्वा नृपासनगतं वेनमत्युग्रशासनम् ।
निलिल्युर्दस्यवः सद्यः सर्पत्रस्ता इवाखवः ॥ ३ ॥

śrutvā nṛpāsana-gataṁ
　venam atyugra-śāsanam
nililyur dasyavaḥ sadyaḥ
　sarpa-trastā ivākhavaḥ

śritvā—听后 / nṛpa—君王的 / āsana-gatam—登上王位 / venam—维纳 / ati—非常 / ugra—严厉的 / śāsanam—惩罚者 / nililyuḥ—隐藏起来 / dasyavaḥ—所有的盗贼 / sadyaḥ—立刻 / sarpa—从蛇 / trastāḥ—害怕得 / iva—像 / ākhavaḥ—老鼠

译文　人们已经知道维纳非常凶狠、残暴，因此王国中的流氓、强盗一听说他坐上了王位，就都很怕他。事实上，他们像老鼠躲避蛇一样到处躲藏。

要旨　政府软弱无能，流氓和盗贼就会猖狂；政府强大有力，流氓和盗贼就四处躲藏、销声匿迹。当然，维纳(Vena)不是一个好君王，但他的残酷无情是众所周知的。因此，王国中至少没有盗贼和流氓了。

第4节　स आरूढनृपस्थान उन्नद्धोऽष्टविभूतिभिः ।
अवमेने महाभागान् स्तब्धः सम्भावितः स्वतः ॥ ४ ॥

sa ārūḍha-nṛpa-sthāna
　unnaddho 'ṣṭa-vibhūtibhiḥ
avamene mahā-bhāgān
　stabdhaḥ sambhāvitaḥ svataḥ

saḥ—维纳王 / ārūḍha—登上 / nṛpa-sthānaḥ—君王的宝座 / unnaddhaḥ—非常骄傲 / aṣṭa—八 / vibhūtibhiḥ—被财富 / avamene—开始侮辱 / mahā-bhāgān—伟大的人物 / stabdhaḥ—不顾他人的 / sambhāvitaḥ—认为伟大 / svataḥ—被他自己

译文 维纳王一旦坐上王位，便因为拥有八种财富而势倾天下。这使他变得极为狂妄。虚荣使他以为自己比谁都强，因此开始侮辱伟大的人物。

要旨 这节诗中的“八种财富(aṣṭa-vibhūtibhiḥ)”一词非常重要。君王应该拥有八种财富。通过练神秘瑜伽，君王们一般都会得到这八种财富。这些君王被称为茹阿佳瑞希(rājarṣi)，即：他们不仅是君王，还是伟大的圣人。通过练神秘瑜伽，茹阿佳瑞希可以变得比最小的还小，比最大的还大，而且能得到自己想要的一切。茹阿佳瑞希还可以创造出一个王国，使每一个人都处在他的控制下。这是君王所具有的一些财富。然而，维纳(Vena)王并没有练瑜伽，但他却对他的君王地位感到非常骄傲。这使他头脑发热，开始滥用职权，侮辱伟大的人物。

第5节 एवं मदान्ध उत्सिक्तो निरङ्कुश इव द्विपः ।
पर्यटन् रथमास्थाय कम्पयन्निव रोदसी ॥ ५ ॥

evaṁ madāndha utsikto
niraṅkuśa iva dvipaḥ
paryaṭan ratham āsthāya
kampayann iva rodasī

evam-因此 / mada-andhaḥ—被权利冲昏头脑 / utsiktaḥ—骄傲 / niraṅkuśaḥ—不加控制的 / iva—像 / dvipaḥ——头大象 / paryaṭan—旅行 / ratham——辆战车 / āsthāya—乘坐 / kampayan—导致颤抖 / iva—的确 / rodasī—天空和大地

译文 维纳王在完全被自己拥有的财富冲昏了头时，开始乘坐战车像一头失控的大象一样在王国中横冲直撞，所到之处天地为之震颤。

第6节 न यष्टव्यं न दातव्यं न होतव्यं द्विजाः क्व चित् ।
इति न्यवारयद्धर्मं भेरीघोषेण सर्वशः ॥ ६ ॥

na yaṣṭavyaṁ na dātavyaṁ
na hotavyaṁ dvijāḥ kvacit
iti nyavārayad dharmaṁ
bherī-ghoṣeṇa sarvaśaḥ

na—不 / yaṣṭavyam—任何祭祀都可以举行 / na—不 / dātavyam—任何布施都可以给 / na—不 / hotavyam—任何纯净的黄油都可以供奉 / dvijāḥ—经过两次出生的人啊 / kvacit—在任何时候 / iti—如此 / nyavārayat—他停止 / dharmam—宗教原则的程序 / bherī—铜鼓的 / ghoṣeṇa—与声音 / sarvaśaḥ—到处

译文 他禁止所有经过两次出生的人(布茹阿玛纳)再举行祭祀，禁止他们布施或供奉纯净的黄油。就这样，维纳王在全国各地敲锣打鼓发布禁令，禁止举行一切种类的宗教仪式。

要旨 目前全世界的无神论政府，正在做维纳(Veva)王远古时做过的事。世界局势变得如此紧张，政府随时都会发表声明勒令停止举行宗教仪式。最终，全世界的情况会变得极为堕落，以致虔诚的人在这个星球上不能继续生活下去。所以，理智的人应该非常认真地培养奎师那意识，使自己能回归家园、回归首神，而不必再继续受这个宇宙中的痛苦环境的折磨。

第7节 वेनस्यावेक्ष्य मुनयो दुर्वृत्तस्य विचेष्टितम् ।
विमृश्य लोकव्यसनं कृपयोचुः स्म सत्रिणः ॥ ७ ॥

venasyāvekṣya munayo
durvṛttasya viceṣṭitam

vimṛśya loka-vyasanaṁ
　kṛpayocuḥ sma satriṇaḥ

venasya—维纳王的 / āvekṣya—察看后 / munayaḥ—全体伟大的圣人 / durvṛttasya—大恶棍的 / viceṣṭitam—活动 / vimṛśya—考虑 / loka-vyasanam—对大众危险 / kṛpayā—出于同情 / ūcuḥ—谈论 / sma—在过去 / satriṇaḥ—祭祀的举行者

译文　所有的大圣人在观察了维纳的残酷暴行后，聚集在一起。他们断定世人正面临巨大的危险和灾难，于是出于同情开始互相谈论，因为他们自己就是做祭祀的人。

要旨　在立维纳(Vena)为王前，伟大的圣人们为社会的福利问题而感到焦虑。现在，他们在看到维纳王毫不负责、残暴无情时，又开始重新考虑人民的幸福安宁。我们应该明白：圣人和奉献者们并不是不关心人们的幸福安宁。功利性活动者(卡尔弥，karmī)为感官享乐而忙着赚钱，思辨者(格亚尼，jñānī)在深思解脱问题时远离社会，但真正的奉献者和圣人则始终渴望看到人们能通过努力，能在物质和灵性两方面都感到幸福。因此，伟大的圣人们开始互相商议用什么方法能使人们摆脱维纳王所制造的危险气氛。

第8节　अहो उभयतः प्राप्तं लोक स्य व्यसनं महत् ।
दारुण्युभयतो दीप्ते इव तस्क रपालयोः ॥ ८ ॥

aho ubhayataḥ prāptaṁ
　lokasya vyasanaṁ mahat
dāruṇy ubhayato dīpte
　iva taskara-pālayoḥ

aho—哎 / ubhayataḥ—从两方面 / prāptam—受到 / lokasya—

大众的 / vyasanam—危险 / mahat—伟大的 / dāruṇi——根木头 / ubhayataḥ—从两端 / dīpte—燃烧 / iva—像 / taskara—从盗贼和流氓 / pālayoḥ—和从君王

译文　大圣人们在彼此谈论时发现，人民大众的处境很危险，受到双方面的威胁。当一根木柴的两端同时燃烧起来时，在木柴中段的蚂蚁处境就很危险了。同样，那时的人民大众一边要面对不负责任的君王，一边要遭受小偷、强盗和流氓的侵害。

第9节　अराजक भयादेष कृ तो राजातदर्हणः ।
ततोऽप्यासीद्भयं त्वद्य क थं स्यात्स्वस्ति देहिनाम् ॥ ९ ॥

arājaka-bhayād eṣa
kṛto rājātad-arhaṇaḥ
tato 'py āsīd bhayaṁ tv adya
kathaṁ syāt svasti dehinām

arājaka—由于没有君王 / bhayāt—出于恐惧 / eṣaḥ—这个维纳 / kṛtaḥ—被立为 / rājā—君王 / a-tat-arhaṇaḥ—尽管没有资格 / tataḥ—从他 / api—也 / āsīt—有 / bhayam—危险 / tu—那时 / adya—现在 / katham—如何 / syāt—能有 / svasti—快乐 / dehinām—人民大众的

译文　圣人们想挽救秩序混乱的王国，于是考虑：他们因为政治危机才把毫无资格可言的维纳立为王；但现在，唉！人民大众受到君王本身的骚扰。在这种情况下，人民怎么可能快乐呀？

要旨　《博伽梵歌》(Bhagavad-gītā)第 18 章的第 5 节诗中说：

人即使处在弃绝阶段。也不应该停止祭祀、布施和苦行。过独身禁欲的学生生活的人(布茹阿玛查瑞，brahmacārī)必须举行祭祀，居士(贵哈斯塔，gṛhastha)必须布施，那些处在生命的弃绝阶段的人——瓦纳帕斯塔(vānaprastha)和萨尼亚希(sannyāsī)则必须从事苦行。这些是能使每一个人都升上灵性层面的程序。圣人们看到维纳王阻止人们做这些事时，开始担心人们的灵性提升问题。圣人们渴望把人民大众从动物般生活的危险状况中拯救出来，因此传播神意识——奎师那意识。世上必须有虔诚的政府监督人民确实举行他们该举行的宗教仪式，并使盗贼和流氓受到打击、控制。当这一切都做到后，人民就能在安定的情况下顺利地取得灵性意识的进步，使人生获得成功。

第10节 अहेरिव पयःपोषः पोषक स्याप्यनर्थभृत् ।
वेनः प्रकृ त्यैव खलः सुनीथागर्भसम्भवः ॥ १० ॥

aher iva payaḥ-poṣaḥ
poṣakasyāpy anartha-bhṛt
venaḥ prakṛtyaiva khalaḥ
sunīthā-garbha-sambhavaḥ

aheḥ—蛇的 / iva—像 / payaḥ—用牛奶 / poṣaḥ—养 / poṣakasya—供养的 / api—甚至 / anartha—违背利益 / bhṛt—变得 / venaḥ—维纳王 / prakṛtyā—由本性 / eva—无疑地 / khalaḥ—有害的 / sunīthā—维纳的母亲苏妮塔的 / garbha—子宫 / sambhavaḥ—生于

译文 圣人们考虑：维纳王出自苏妮塔的子宫，因此本性恶劣。支持这种本性恶劣的君王，就好比用牛奶喂养毒蛇。他现在成了一切困难的根源。

要旨　圣人们通常都远离社会活动，避开物质主义者的生活方式。他们立维纳(Vena)为王，是想保护居民不受盗贼和流氓的危害，但维纳登基后却成了圣人们烦恼的根源。圣洁的人特别喜欢举行祭祀，进行苦修，以期在灵性生活中取得进步，但维纳不仅不感激圣人们的仁慈，反而与他们为敌，禁止他们履行自己的日常职责。用牛奶和香蕉喂养毒蛇，只会使毒蛇在牠的毒牙中积蓄更多的毒液，准备有朝一日咬牠的主人。

第11节　**निरूपितः प्रजापालः स जिघांसति वै प्रजाः ।**
तथापि सान्त्वयेमामुं नास्मांस्तत्पातकं स्पृशेत् ॥ ११ ॥

nirūpitaḥ prajā-pālaḥ
sa jighāṁsati vai prajāḥ
tathāpi sāntvayemāmuṁ
nāsmāṁs tat-pātakaṁ spṛśet

nirūpitaḥ—指定 / prajā-pālaḥ—君王 / saḥ—他 / jighāṁsati—要伤害 / vai—无疑地 / prajāḥ—臣民 / tathā api—尽管 / sāntvayema—我们应该安抚 / amum—他 / na—不 / asmān—我们 / tat—他的 / pātakam—恶果 / spṛśet—也许影响到

译文　为了保护臣民，我们指定这个维纳为王，但他现在成了臣民的敌人。尽管他离君王的标准相去甚远，我们还是应该立即努力去安抚他。这样，由他制造的恶报也许就不会影响到我们了。

要旨　圣人们立维纳(Vena)为王，但事实证明他是有害的，因此圣人们非常害怕会给自己招致恶报。业报(卡尔玛，karma)法律甚至禁止人们与恶人交往。圣人们通过立维纳为王，无疑与他产生了联系。最后，维纳王变得如此邪恶，以致圣人们实在担心被他的活动所污染。因此，在采取行动反对他之前，圣人们先试图安抚他，纠正他，以使他能弃恶从善。

第12节 तद्विद्वद्भिरसद्वृत्तो वेनोऽस्माभिः कृतो नृपः ।
सान्त्वितो यदि नो वाचं न ग्रहीष्यत्यधर्मकृत् ।
लोकधिक्कारसन्दग्धं दहिष्यामः स्वतेजसा ॥ १२ ॥

tad-vidvadbhir asad-vṛtto
veno 'smābhiḥ kṛto nṛpaḥ
sāntvito yadi no vācaṁ
na grahīṣyaty adharma-kṛt
loka-dhikkāra-sandagdhaṁ
dahiṣyāmaḥ sva-tejasā

tat—他的邪恶本性 / vidvadbhiḥ—知道 / asat-vṛttaḥ—不虔诚的 / venaḥ—维纳 / asmābhiḥ—由我们 / kṛtaḥ—立为 / nṛpaḥ—君王 / sāntvitaḥ—(尽管)被安抚 / yadi—如果 / naḥ—我们的 / vācam—话语 / na—不 / grahīṣyati—他将接受 / adharma-kṛt—最恶劣的 / loka-dhik-kāra—受公众谴责 / sandagdham—燃烧 / dahiṣyāmaḥ—我们应该烧 / sva-tejasā—用我们的力量

译文 圣洁的圣人们继续思索：当然，我们在完全了解维纳恶劣本性的情况下，还是立他为王了；如果我们不能说服维纳王接受我们的劝告，他就会受到大众的谴责，而我们将站在他们一边。这样，我们就可以用我们的超凡技术把他烧成灰烬。

要旨 圣人们虽然对政治事务不感兴趣，但却始终想着人民大众的幸福和利益，结果有时不得不从超然的层面下来到政治领域，采取措施，纠正政府或君王的行为。然而，在喀历(Kali)年代，圣人们不再像他们从前那样本领强大了。以前，他们能靠他们的灵性力量把罪人烧为灰烬。现在，由于喀历年代的影响，圣人们没有这种力量了，事实上，现在的布茹阿玛纳(brāhmaṇa，婆罗门)甚至根本没有力量举行那种把动物投入火中使其获得新生的祭祀。在这种情况下，圣人们不应该积极参与政治，而应该全神贯注地吟诵、吟唱伟大的曼陀(mantra)——哈瑞·奎师那。凭借主柴坦亚(Caitanya)的恩典，大众只要吟诵、吟唱哈瑞·奎师那这一伟大的曼陀，就能得到所有的利益，而不需要进行政治上的钩心斗角。

第13节　एवमध्यवसायैनं मुनयो गूढमन्यवः ।
उपव्रज्याब्रुवन् वेनं सान्त्वयित्वा च सामभिः ॥ १३ ॥

evam adhyavasāyainaṁ
munayo gūḍha-manyavaḥ
upavrajyābruvan venaṁ
sāntvayitvā ca sāmabhiḥ

evam—如此 / adhyavasāya—决定 / enam—他 / munayaḥ—伟大的圣人 / gūḍha-manyavaḥ—掩饰他们的愤怒 / upavrajya—接近 / abruvan—讲话 / venam—向维纳王 / sāntvayitvā—安抚后 / ca—也 / sāmabhiḥ—用甜蜜的话语

译文　伟大的圣人们这样作出决定后，便去找维纳王。他们掩饰住真正的愤怒，用甜蜜的话语安抚他，然后说了如下的话。

第14节　मुनय ऊचुः
नृपवर्य निबोधैतद्यत्ते विज्ञापयाम भोः ।
आयुःश्रीबल कीर्तीनां तव तात विवर्धनम् ॥ १४ ॥

munaya ūcuḥ
nṛpa-varya nibodhaitad
yat te vijñāpayāma bhoḥ
āyuḥ-śrī-bala-kīrtīnāṁ
tava tāta vivardhanam

munayaḥ ūcuḥ—伟大的圣人们说 / nṛpa-varya—最优秀的君王啊 / nibodha—请努力理解 / etat—这个 / yat—……的 / te—向你 / vijñāpayāma—我们应该教导 / bhoḥ—君王啊 / āyuḥ—寿命 / śrī—财富 / bala—力量 / kīrtīnā—好名声 / tava—你的 / tāta—亲爱的儿子 / vivardhanam—那将增加

译文 伟大的圣人们说：亲爱的君王，我们来给你提一些好的建议，请注意听我们说。这样做将增加你的寿命、财富、力量和名望。

要旨 按照韦达文明，在君主制国家中，君王听圣人们的建议。采纳圣人们的建议，能使君王具有最伟大的统治力量，而在他统治的王国中，人人都会平静、快乐和顺利。在接受大圣人的教导方面，伟大的君王们责任重大。过去的君王总是接受帕茹阿沙尔(Parāśara)、维亚萨戴瓦(Vyāsadeva)、纳茹阿达(Nārada)、戴瓦拉(Devala)和阿西塔(Asita)等大圣人们的教导。换句话说，他们首先接受圣人们的权威，然后才行使他们的君主权力。不幸的是：在如今这个喀历(Kali)年代，政府首脑不听圣人们的教导；因此，无论是普通大众还是政府官员都不快乐。人们的寿命也大大地缩短，几乎所有的人都很不幸，丧失了体力和精力。人们如果想在如今这个民主年代得到幸福和成功，就不应该选那些不尊敬圣人的无赖和傻瓜当政。

第15节 धर्म आचरितः पुंसां वाङ्मनःक ायबुद्धिभिः ।
लोक ान् विशोक ान् वितरत्यथानन्त्यमसङ्गिनाम् ॥ १५ ॥

dharma ācaritaḥ puṁsāṁ
　vāṅ-manaḥ-kāya-buddhibhiḥ
lokān viśokān vitaraty
　athānantyam asaṅginām

dharmaḥ—宗教原则 / ācaritaḥ—执行 / puṁsām—对人 / vāk—用话语 / manaḥ—心 / kāya—身 / buddhibhiḥ—以及用智力 / lokān—星球 / viśokān—没有痛苦 / vitarati—赐予 / atha—肯定地 / ānantyam—无限的快乐、解脱 / asaṅginām—对那些摆脱物质影响的人

译文　那些按宗教原则生活，在言语、身心和智力方面都遵守宗教原则的人，会升上没有痛苦的天堂王国。他们通过这样清除物质的影响，获得生命中最高的快乐。

要旨　圣人们在这节诗里教导君王或国家元首，应该以身作则按宗教原则生活，为大众树立榜样。正如《博伽梵歌》(Bhagavad-gītā)中所说，宗教就是崇拜至尊人格首神。人不应该装出一副相信宗教的样子，而应该运用自己的身心、话语和才智全心全意地为至尊主做奉爱服务。这样做，不仅有使君王或政府首脑清除各种物质自然属性的污染，民众也不例外。大家都将逐渐升上神的王国，回归家园，回归首神。圣人们在这节诗里所给予的教导，可作为概要，说明政府首脑应该如何行使他的统治权，以便他不仅在今生获得幸福，在来世也能得到快乐。

第16节　स ते मा विनशेद्वीर प्रजानां क्षेमलक्षणः ।
यस्मिन् विनष्टे नृपतिरैश्वर्यादवरोहति ॥ १६ ॥

sa te mā vinaśed vīra
　prajānām kṣema-lakṣaṇaḥ

yasmin vinaṣṭe nṛpatir
aiśvaryād avarohati

saḥ—灵性生活 / te—由你 / mā—不要 / vinaśet—让它被破坏 / vīra—英雄啊 / prajānām—人民的 / kṣema-lakṣaṇaḥ—繁荣的原因 / yasmin—……的 / vinaṣṭe—被破坏 / nṛpatiḥ—君王 / aiśvaryāt—从财富 / avarohati—坠落

译文 圣人们继续说：非凡的勇士啊！为了这个缘故，你不应该成为破坏普通大众灵性生活的根源；如果他们的灵性生活因你的所作所为而遭到破坏，你无疑将从你的王位上掉下来，失去所有的财富。

要旨 以前，世界各地其实都是君主制，但随着君主政体逐渐偏离理想的宗教之途，滑向追求感官享乐无神论之途，君主制便在全世界被废除了。但是，除非政府官员遵从伟大的宗教人士的教导，按宗教原则生活，否则仅仅废除君主制，用民主制取而代之是远远不够的。

第17节 राजन्नसाध्वमात्येभ्यश्चोरादिभ्यः प्रजा नृपः ।
रक्षन् यथा बलिं गृह्णन्निह प्रेत्य च मोदते ॥ १७ ॥

rājann asādhv-amātyebhyaś
corādibhyaḥ prajā nṛpaḥ
rakṣan yathā baliṁ gṛhṇann
iha pretya ca modate

rājan—君王啊 / asādhu—恶劣的 / amātyebhyaḥ—从大臣们 / lora-ādibhyaḥ—从盗贼和流氓 / prajāḥ—居民们 / nṛpaḥ—君王 / rakṣan—保护 / yathā—相应地 / balim—赋税 / gṛhṇan—接受 / iha—在这个世界里 / pretya—死亡后 / ca—也 / modate—享受

译文　圣洁的人们接着说：当君王保护臣民免受胡闹的大臣、小偷、强盗和流氓的骚扰时，他就能凭从事这种虔诚活动所得到的功德接受他的人民上交给他的赋税。这样，虔诚的君王无疑能在这个世界上和来世过得快乐。

要旨　这节诗中精彩地描述了虔诚君王的职责。他首要的职责是保护大众不受盗贼、流氓，以及并不比盗贼和流氓好的那种大臣的骚扰。以前，大臣由君王任命，而不是选举产生的。结果是：如果君王不是很虔诚或严格，大臣们就成为了盗贼和流氓，剥削无辜的百姓。君王有责任监督政府部门中和社会上的盗贼及流氓数量不增加。君王如果不能保护民众，使他们免受政府部门中和社会上的盗贼及流氓的侵害，就无权向民众征税。换句话说，君王或政府只有在能够保护人民不受盗贼和流氓的侵害时，才有权向人们征税。

《圣典博伽瓦谭》(Śrīmad-Bhāgavatam)第12篇第1章的第40节诗中，描述那些做政府工作的盗贼和流氓说："这些骄横的摩累查(mleccha，比庶铎还低的人)自称为王，欺压臣民，而他们所统治的臣民也会养成最邪恶、堕落的习惯。歪风邪气盛行，行为愚蠢，被统治的对象将会跟统治者一样愚不可及(prajās te bhakṣayiṣyanti mlecchā rājanya-rūpiṇaḥ)。"这意思是：在喀历(Kali)年代民主化的日子里，人民大众都将坠落到庶铎(śūdra，首陀罗)的层次。正如经典中预言的，全世界的人几乎都将是庶铎(kalau śūdra-sambhavaḥ)。属于人类社会第四阶层的庶铎，只适合于为比他们高的三个阶层的人工作。作为第四阶层的人，庶铎不是很有智慧。由于在民主化的年代里大众都堕落了，他们所能选择的只会是像他们一样的人，但庶铎管理政府，政府不可能运作良好。称为查锤亚(kṣatriyas)的人类社会第二阶层的人，是专门在极有智慧的圣人(布茹阿玛纳，婆罗门)的指导下管理国家的人。在萨提亚(Satya)、特瑞塔(Tretā)和杜瓦帕尔(Dvāpara)年代，大众没有那么堕落，政府首脑根本不是民主选举产生的。君王是最高行政首脑；

他如果抓到像盗贼和流氓一样的大臣，就会立即杀死他们或将其革职。杀死盗贼和流氓是君王的职责。同样，立即杀死政府中不诚实的大臣也是君王的职责。君王保持这种高度的警惕，就可以使政府运作良好，而人民会因为有这样的君王而幸福快乐。总之，君王除非绝对有能力保护他的人民不受盗贼和流氓的危害，否则没有权力为了自己的感官享乐去向人民征税。相反，他如果在给予人民全面保护的情况下向他们征税，就能不仅今生今世生活得快乐、平静，而且在这一生结束后被提升到天堂王国或甚至外琨塔珞卡(Vaikuṇṭha)，在那里过极乐的生活。

第18节 यस्य राष्ट्रे पुरे चैव भगवान् यज्ञपूरुषः ।
इज्यते स्वेन धर्मेण जनैर्वर्णाश्रमान्वितैः ॥ १८ ॥

yasya rāṣṭre pure caiva
bhagavān yajña-pūruṣaḥ
ijyate svena dharmeṇa
janair varṇāśramānvitaiḥ

yasya—谁的 / rāṣṭre—在国家或王国中 / pure—在城市里 / ca—也 / eva—无疑地 / bhagavān—至尊人格首神 / yajña-pūruṣaḥ——切祭祀的享受者的 / ijyate—被崇拜 / svena—他们自己 / dharmeṇa—被职业 / janaiḥ—被人民 / varṇa-āśrama—八个社会阶层的体制 / anvitaiḥ—遵守……的人

译文 君王如果虔诚的话，他国家和城市里的人民大众就会严格遵守社会四阶层和生命四阶段的制度，就会根据自己所从事的具体职业崇拜至尊人格首神。

要旨 这节诗中很好地阐释了国家的职责和国民的职责。政府首脑或君王的活动，以及国民的活动，都应该以最终是致力于为至尊人格首神做奉爱服务为指导方向。君王——政府首脑，本应该是至尊人格首神的代表，因此应该负责监督一切在正确的轨道上运行，王国中的居民是按由四个社会阶层(瓦尔纳，varṇa)和四个灵性阶段(阿刷玛，āśrama)所组成的科学的社会制度生活，四个社会阶层(瓦尔纳)是：布茹阿玛纳(brāhmaṇa，婆罗门)，查锤亚(kṣatriya，刹帝利)，外夏(vaiśya，吠舍)和庶铎(vaiśya，首陀罗)。四个灵性阶段是：布茹阿玛查瑞(brahmacarya，过独身禁欲生活的学生)、贵哈斯塔(gṛhastha，居士)、瓦纳帕斯塔(vānaprastha，退出家庭生活的人)和萨尼亚希(sannyāsa，托钵僧)。《维施努·普冉纳》(Viṣṇu Purāṇa)中说，人们除非受到训练按由四个社会阶层(瓦尔纳)和四个灵性阶段(阿刷玛)所组成的科学的社会制度生活，否则社会永远不能被视为是真正的人类社会，它也不会使人向人生的终极目标迈进。政府的责任是监督一切按四个社会阶层和四个灵性阶段运作。

正如这节诗中说的：至尊人格首神奎师那是雅格亚·菩茹沙(bhagavān yajña-pūruṣaḥ)。《博伽梵歌》(Bhagavad-gītā)第 5 章的第 29 节诗中说：奎师那是一切祭祀的最终目的(bhoktāraṁ yajña-tapasām)。祂也是一切祭祀的享受者，因此被称为雅格亚·菩茹沙(yajña-pūruṣa)。梵文雅格亚·菩茹沙一词是指主维施努——奎师那，或者任何属于维施努·塔特瓦(viṣṇu-tattva)范畴的人格首神。在完美的人类社会中，按照四个社会阶层和四个灵性阶段制度生活的人，各尽所能用自己的活动崇拜主维施努。每一个国民都从事某种职业，用他工作的成果为至尊主做服务。那才是完美的生活。《博伽梵歌》第 18 章的第 46 节诗说：

yataḥ pravṛttir bhūtānāṁ
yena sarvam idaṁ tatam
sva-karmaṇā tam abhyarcya
siddhiṁ vindati mānavaḥ

履行自己的职责，崇拜众生的源头——无所不在的至尊主，可以使人达到完美。

因此，布茹阿玛纳、查锺亚、外夏和庶铎，必须按经典中的规定，履行各自的职责。只有这样，每个人才能让至尊人格首神维施努满意。君王——政府首脑，必须监督国民履行自己的职责。换句话说，国家或政府必须忠于职守，不得声称自己的国家是不受宗教约束的国家，进而对国民是否在四社会阶层和四灵性阶段制度(瓦尔纳刷玛·达尔玛)中取得进步不闻不问。如今在政府部门中任职的人和政府首脑根本不关心四社会阶层和四灵性阶段制度。他们为国家不受宗教约束而自鸣得意。在这种政府的管理下，没有人能幸福。人民必须遵守四社会阶层和四灵性阶段制度，而君王必须监督人民很好地遵守这一制度。

第19节 तस्य राज्ञो महाभाग भगवान् भूतभावनः ।
परितुष्यति विश्वात्मा तिष्ठतो निजशासने ॥ १९ ॥

tasya rājño mahā-bhāga
bhagavān bhūta-bhāvanaḥ
parituṣyati viśvātmā
tiṣṭhato nija-śāsane

tasya—与他 / rājñaḥ—君王 / mahā-bhāga—高贵的人啊 / bhagavān—至尊人格首神 / bhūta-bhāvanaḥ—是宇宙展示始源的人 / parituṣyati—变得满足 / viśva-ātmā—整个宇宙的至尊灵魂 / tiṣṭhataḥ—处在 / nija-śāsane—在他个人的统治地位上

译文 高贵的人啊！至尊人格首神是宇宙展示的最初动因，是每一个生物心中的超灵，如果君王监督臣民崇拜祂，祂就会感到满意。

要旨　事实上，政府的职责就是：监督人们和政府通过其活动取悦至尊人格首神。如果政府和国民不了解至尊人格首神巴嘎万(Bhagavān)是宇宙展示的最初动因，不知道布塔·巴瓦纳(bhūta-bhāvanaḥ)是超灵(viśvātmā)，是每一个灵魂的灵魂，那么他们就不可能有幸福可言。结论是：不做奉爱服务，无论是政府还是国民都不可能幸福快乐。如今，政府首脑和政府各部门的负责人，根本不关心人们是否在为至尊人格首神做奉爱服务，更不要说监督了。相反，他们对增加感官享乐的机器更感兴趣，结果越来越深地陷在大自然严格的法网中。人们应该摆脱物质自然三种属性的束缚，而唯一能让人做到这一点的方法就是皈依至尊人格首神。这是《博伽梵歌》(Bhagavad-gītā)中的建议。不幸的是：政府和国民对此都一无所知；他们只对感官享乐感兴趣，只注重眼前的幸福。梵文“在他个人的管理职责中(nija-śāsane)”一词指出，政府和国民都有责任履行四社会阶层和四灵性阶段制度(瓦尔纳刷玛·达尔玛，varṇāśrama-dharma)。全体国民一旦按四社会阶层和四灵性阶段制度生活，就绝对有可能在今生和来世都过真正幸福的生活，使人生得以成功。

第20节　तस्मिंस्तुष्टे कि मप्राप्यं जगतामीश्वरेश्वरे ।
लोक ाः सपाला ह्येतस्मै हरन्ति बलि मादृताः ॥ २० ॥

tasmiṁs tuṣṭe kim aprāpyaṁ
jagatām īśvareśvare
lokāḥ sapālā hy etasmai
haranti balim ādṛtāḥ

tasmin—当祂 / tuṣṭe—被满足 / kim—什么 / aprāpyam—不可能达到 / jagatām—宇宙的 / īśvara-īśvare—控制者的控制者 / lokāḥ—星球的居民 / sapālāḥ—与他们的主宰神明 / hi—为这个原因 / etasmai—向祂 / haranti—供奉 / balim—崇拜用的用品 / ādṛtāḥ—与

巨大的快乐

译文 至尊人格首神受到掌管宇宙事务的半神人的崇拜。祂如果满意了，人就没有办不到的事情。正因为如此，全体半神人、管辖各个星球的神明，以及他们所在星球上的居民，都极其愉快地提供崇拜祂所需要的一切用品。

要旨 这节诗概述了韦达文明，即：众生，无论是这个星球上的还是其他星球上的，都必须通过履行各自的职责取悦至尊人格首神。祂一旦满意，所有的生活必需品就都会自然被提供。韦达经(Veda)中也说：至尊主维系着众生(eko bahūnāṁ yo vidadhāti kāmān，《卡塔·乌帕尼沙德》2.2.13)。我们不但从韦达经中了解到至尊主在供应每个生物的生活必需品，也实际看到飞禽走兽和蜜蜂等低等动物根本没有职业，但却并没有因为食物缺乏而濒临死亡。它们以自然的生活方式活着，都得到了吃、睡、防卫和交配等维持生命所必需的一切便利条件。

人类社会多此一举地创造出一种非自然的文明，使人类自己忘了与至尊人格首神的关系。现代社会甚至使人忘了至尊人格首神的恩典和仁慈。结果是：现代社会里的文明人总是不幸福，总是渴望得到。人们不知道人生的最终目的是接近主维施努，取悦祂。他们把这种物质主义生活方式视为一切，成为物质主义活动的俘虏。事实上，他们的领导人总是怂恿他们沿着这条路继续走下去，而人民大众因为对神的法律一无所知，所以便追随他们那些“睁眼瞎”领导人走向不幸。因此，全世界人民都应该受到训练培养奎师那意识，按照四社会阶层和四灵性阶段(瓦尔纳刷玛，varṇāśrama)制度生活，以改善这世界的状况。国家政府应该监督国民从事取悦至尊人格首神的活动。这才是国家政府的首要职责。奎师那意识运动创立的目的，就是要说服大众用最好的方法取悦至尊人格首神，从而解决一切问题。

第21节 तं सर्वलोकामरयज्ञसङ्ग्रहं
त्रयीमयं द्रव्यमयं तपोमयम् ।
यज्ञैर्विचित्रैर्यजतो भवाय ते
राजन् स्वदेशाननुरोद्धुमर्हसि ॥ २१ ॥

taṁ sarva-lokāmara-yajña-saṅgrahaṁ
trayīmayaṁ dravyamayaṁ tapomayam
yajñair vicitrair yajato bhavāya te
rājan sva-deśān anuroddhum arhasi

tam—祂 / sarva-loka—在所有的星球上 / amara—与主管神明 / yajña—祭祀 / saṅgraham—接受……的人 / trayī-mayam—三部韦达经的总合体 / dravya-mayam—一切用品的拥有者 / tapaḥ-mayam—一切苦修的目的 / yajñaiḥ—通过祭祀 / vicitraiḥ—各种各样的 / yajataḥ—崇拜 / bhavāya—为上升 / te—你的 / rājan—君王啊 / sva-deśān—你的国人 / anuroddhum—以指导 / arhasi—你应该

译文 亲爱的君王，由管辖各星球的神明陪伴着的至尊人格首神，是在所有星球上举行的一切祭祀结果的享受者。至尊主是三部韦达经的总合体、一切的拥有者和所有苦修的最终目标。因此，为了你的提升，你应该让你的臣民举行各种祭祀。事实上，你应该一直不断地指引他们去做祭祀。

第22节 यज्ञेन युष्मद्विषये द्विजातिभि-
र्वितायमानेन सुराः क ल ा हरेः ।
स्विष्टाः सुतुष्टाः प्रदिशन्ति वाञ्छि तं
तद्धेलनं नार्हसि वीर चेष्टितुम् ॥ २२ ॥

yajñena yuṣmad-viṣaye dvijātibhir
vitāyamānena surāḥ kalā hareḥ

svistāḥ sutuṣṭāḥ pradiśanti vāñchitaṁ
tad-dhelanaṁ nārhasi vīra ceṣṭitum

yajñena—通过祭祀 / yuṣmat—你的 / viṣaye—在王国内 / dvijātibhiḥ—由布茹阿玛纳 / vitāyamānena—被举行 / surāḥ—所有的半神人 / kalāḥ—扩展 / hareḥ—人格首神的 / su-iṣṭāḥ—被正确的崇拜 / su-tuṣṭāḥ—非常满意 / pradiśanti—将给予 / vāñchitam—想要的结果 / tat-helanam—不尊重他们 / na—不 / arhasi—你应该 / vīra—英雄啊 / ceṣṭitum—去做

译文 当所有的布茹阿玛纳在你的王国中忙于举行祭祀时，全体半神人——至尊主的部分扩展，就会对他们的活动感到非常满意，就会把你所想要的结果给予你。因此，英雄啊！不要阻止布茹阿玛纳举行祭祀。你要是阻止他们，就会对半神人失礼。

第23节

वेन उवाच
बालिशा बत यूयं वा अधर्मे धर्ममानिनः ।
ये वृत्तिदं पतिं हित्वा जारं पतिमुपासते ॥ २३ ॥

vena uvāca
bāliśā bata yūyaṁ vā
adharme dharma-māninaḥ
ye vṛttidaṁ patiṁ hitvā
jāraṁ patim upāsate

venaḥ—维纳王 / uvāca—回答道 / bāliśāḥ—幼稚的 / bata—哦 / yūyam—你们全体 / vā—确实 / adharme—在非宗教原则上 / dharma-māninaḥ—接受为宗教 / ye—……的你们所有人 / vṛtti-dam—供养 / patim—丈夫 / hitvā—放弃 / jāram—情人 / patim—丈夫 / upāsate—崇拜

译文　维纳王回答道：你们太幼稚了。很可惜你们提出一些非宗教但却认为是宗教的事情。事实上，我认为你们抛弃养活你们的真正丈夫，去追求、崇拜某个情夫。

要旨　维纳(Vena)王是如此愚蠢，竟然指责圣人们像小孩子一样幼稚。换句话说，他指责他们没有完美的知识。这样，他就能拒绝他们的建议，反咬一口指控他们，把他们比作那种不关心供养自己的丈夫而去取悦不养自己的情夫的妇女。这个比喻的用意很明显。让布茹阿玛纳(brāhmaṇa，婆罗门)从事各种宗教活动是查锤亚(kṣatriya，刹帝利)的职责，君王负责供养布茹阿玛纳。布茹阿玛纳如果不崇拜君王而去崇拜半神人，就像不贞洁的女人一样受到了污染。

第24节　अवजानन्त्यमी मूढा नृपरूपिणमीश्वरम् ।
नानुविन्दन्ति ते भद्रमिह लोके परत्र च ॥ २४ ॥

avajānanty amī mūḍhā
nṛpa-rūpiṇam īśvaram
nānuvindanti te bhadram
iha loke paratra ca

avajānanti—不敬 / amī—那些……的人 / mūḍhāḥ—因为无知 / nṛpa-rūpiṇam—以君王的形式 / īśvaram—人格首神 / na—不 / anuvindanti—体验 / te—他们 / bhadram—快乐 / iha—在这个……里 / loke—世界 / paratra—死后 / ca—也

译文　君王其实就是至尊人格首神，那些因极度的愚昧而不崇拜他的人，不管是在这个世界上还是在来世，都体验不到快乐。

第25节 को यज्ञपुरुषो नाम यत्र वो भक्तिरीदृशी ।
भर्तृस्नेहविदूराणां यथा जारे कुयोषिताम् ॥ २५ ॥

ko yajña-puruṣo nāma
yatra vo bhaktir īdṛśī
bhartṛ-sneha-vidūrāṇāṁ
yathā jāre kuyoṣitām

kaḥ—是……的人 / yajña-puruṣaḥ—所有祭祀的享受者 / nāma—由名字 / yatra—向谁 / vaḥ—你的 / bhaktiḥ—奉爱服务 / īdṛśī—如此伟大 / bhartṛ—为丈夫 / sneha—感情 / vidūrāṇām—失去 / yathā—像 / jāre—向情夫 / ku-yoṣitām—不贞洁妇女的

译文 你们对半神人那么忠心耿耿，但他们是什么人？不贞洁的女人不理会她的婚姻生活，却把注意力完全集中在她情夫的身上。事实上，你们对这些半神人的感情就像她的感情。

第26—27节 विष्णुर्विरिञ्चो गिरिश इन्द्रो वायुर्यमो रविः ।
पर्जन्यो धनदः सोमः क्षितिरग्निरपाम्पतिः ॥ २६ ॥

एते चान्ये च विबुधाः प्रभवो वरशापयोः ।
देहे भवन्ति नृपतेः सर्वदेवमयो नृपः ॥ २७ ॥

viṣṇur viriñco giriśa
indro vāyur yamo raviḥ
parjanyo dhanadaḥ somaḥ
kṣitir agnir apāmpatiḥ

ete cānye ca vibudhāḥ
prabhavo vara-śāpayoḥ
dehe bhavanti nṛpateḥ
sarva-devamayo nṛpaḥ

viṣṇuḥ—主维施努 / viriñcaḥ—主布茹阿玛 / giriśaḥ—主希瓦 / indraḥ—主因铎 / vāyuḥ—风神瓦尤 / yamaḥ—死神亚玛 / raviḥ—太阳神 / parjanyaḥ—雨神 / dhana-daḥ—司库库维尔 / somaḥ—月神 / kṣitiḥ—管辖地球的神明 / agniḥ—火神 / apām-patiḥ—水神瓦茹纳 / ete—所有这些 / ca—和 / anye—其他人 / ca—也 / vibudhāḥ—半神人们 / prabhavaḥ—有权能的 / vara-śāpayoḥ—在祝福和诅咒两方面 / dehe—在身体中 / bhavanti—居留 / nṛpateḥ—君王的 / sarva-devamayaḥ—包括所有的半神人 / nṛpaḥ—君王

译文　主维施努、布茹阿玛、希瓦、因铎、风神瓦尤、死神亚玛、太阳神、雨神、天堂司库库维尔、月神、掌管地球的神明、火神阿格尼、水神瓦茹纳，以及其他伟大而有权能赐予祝福或施行诅咒的人物，都居住在君王的体内。正因为如此，君王被称为是全体半神人的储藏库，而那些半神人只不过是君王身体的一部分而已。

要旨　有许多恶魔认为自己是至尊者，把自己装扮成太阳、月亮和其他星球的掌管神明。这都是因狂妄所致。维纳王同样也培养了恶魔的心态，把自己装扮成至尊人格首神。在喀历(Kali)年代里，这类恶魔数目众多，他们都受到伟大的圣人的谴责。

第28节　तस्मान्मां कर्मभिर्विप्रा यजध्वं गतमत्सराः ।
बलिं च मह्यं हरत मत्तोऽन्यः कोऽग्रभुक्पुमान् ॥ २८ ॥

tasmān māṁ karmabhir viprā
yajadhvaṁ gata-matsarāḥ
baliṁ ca mahyaṁ harata
matto 'nyaḥ ko 'gra-bhuk pumān

tasmāt—为了这个原因 / mām—我 / karmabhiḥ—通过仪式 / viprāḥ—布茹阿玛纳啊 / yajadhvam—崇拜 / gata—没有 / matsarāḥ—由于嫉妒 / balim—崇拜用品 / ca—也 / mahyam—向我 / harata—带来 / mattaḥ—比我 / anyaḥ—其他人 / kaḥ—是……的人 / agra-bhuk—第一份祭品的享受者 / pumān—人物

译文 维纳王接着说：为此，布茹阿玛纳啊！你们应该放弃对我的嫉妒，通过举行仪式崇拜我，把所有的供品献给我。你们若有智慧就应该知道，世上根本不存在高于我并能接受所有祭祀的第一份祭品的人。

要旨 在《博伽梵歌》(Bhagavad-gītā)中，奎师那本人一直说：祂是至高无上的，没有比祂更高的真理。维纳(Vena)王模仿至尊人格首神，狂妄地把自己说成是至高无上的主。这是邪恶之人的特点。

第29节 मैत्रेय उवाच

इत्थं विपर्ययमतिः पापीयानुत्पथं गतः ।
अनुनीयमानस्तद्याज्ञां न चक्रे भ्रष्टमङ्गलः ॥ २९ ॥

maitreya uvāca
itthaṁ viparyaya-matiḥ
pāpīyān utpathaṁ gataḥ
anunīyamānas tad-yācñāṁ
na cakre bhraṣṭa-maṅgalaḥ

maitreyaḥ uvāca—麦垂亚说 / ittham—如此 / viparyaya-matiḥ—智力变得反常的人 / pāpīyān—罪大恶极 / utpatham—从正确的路途上 / gataḥ—离开了 / anunīyamānaḥ—被致以的一切敬意 / tat-yācñām—圣人们的请求 / na—不 / cakre—接受 / bhraṣṭa—丧

失 / maṅgalaḥ——切好运

译文　伟大的圣人麦垂亚继续道：就这样，维纳王过的罪恶生活使他变得没有理智，背离正确的道路，真正丧失了所有的好运。他不能接受大圣人们极为恭敬地向他提出的请求，为此受到谴责。

要旨　恶魔无疑不会接受权威人士的话。事实上，他们从不尊重权威。他们编出自己的一套教理，不服从维亚萨(Vyāsa)、纳茹阿达(Nārada)等伟大的人物，甚至不服从至尊人格首神奎师那。人一旦不服从权威，就立即变得罪孽深重，失去一切好运。维纳王是如此狂妄自大、厚颜无耻，竟敢不尊敬伟大、圣洁的人物，而这导致了他的毁灭。

第30节　इति तेऽसत्कृ तास्तेन द्विजाः पण्डितमानिना ।
भग्नायां भव्ययाच्ञायां तस्मै विदुर चुक्रुधुः ॥ ३० ॥

iti te 'sat-kṛtās tena
dvijāḥ paṇḍita-māninā
bhagnāyāṁ bhavya-yācñāyāṁ
tasmai vidura cukrudhuḥ

iti—如此 / te—全体伟大的圣人 / asat-kṛtāḥ—受到侮辱 / tena—被君王 / dvijāḥ—布茹阿玛纳们 / paṇḍita-māninā—认为自己很有学问 / bhagnāyām—被打碎 / bhavya—吉祥 / yācñāyām—他们的请求 / tasmai—对他 / vidura—维杜茹阿啊 / cukrudhuḥ—变得非常愤怒

译文　亲爱的维杜茹阿，祝你一切吉祥如意。愚蠢的维纳王认为自己很有学问，因此侮辱伟大的圣人们。他的话令圣人们心碎、绝望，圣人们对他极为愤怒。

第31节 हन्यतां हन्यतामेष पापः प्रकृ तिदारुणः ।
जीवञ्जगदसावाशु कु रुते भस्मसाद् ध्रुवम् ॥ ३१ ॥

hanyatāṁ hanyatām eṣa
pāpaḥ prakṛti-dāruṇaḥ
jīvañ jagad asāv āśu
kurute bhasmasād dhruvam

hanyatām—杀死他 / hanyatām—杀死他 / eṣaḥ—这个君王 / pāpaḥ—罪恶的代表 / prakṛti—由本性 / dāruṇaḥ—最可怕的 / jīvan—活着时 / jagat—整个世界 / asau—他 / āśu—非常快 / kurute—会使 / bhasmasāt—化为灰烬 / dhruvam—无疑地

译文 全体伟大、圣洁的圣人们立即高喊道：杀了他！杀了他！他是最可怕、最邪恶的人。他要是活着，肯定会立刻把整个世界化为灰烬。

要旨 圣人对众生一般都慈悲为怀，但当毒蛇或蝎子被杀死时，他们并不感到遗憾。圣人杀生固然不好，但铲除毒蛇、蝎子和恶魔却得到支持。因此，全体圣人一致决定杀死维纳(Vena)王，他是如此可厌，对整个人类社会构成极大的威胁。从这个事例我们可以认识到，圣人们实际上控制着君王。假如君王或政府变邪恶了，圣人有责任推翻君王或政府，让听从圣人教导的合适人选执政。

第32节 नायमर्हत्यसद्वृत्तो नरदेववरासनम् ।
योऽधियज्ञपतिं विष्णुं विनिन्दत्यनपत्रपः ॥ ३२ ॥

nāyam arhaty asad-vṛtto
naradeva-varāsanam
yo 'dhiyajña-patiṁ viṣṇuṁ
vinindaty anapatrapaḥ

na—从不 / ayam—这个人 / arhati—该得到 / asat-vṛttaḥ—充满了不虔诚的活动 / nara-deva—世上君王或世上的神的 / vara-āsanam—崇高的王位 / yaḥ—……的他 / adhiyajña-patim—所有祭祀的主人 / viṣṇum—主维施努 / vinindati—侮辱 / anapatrapaḥ—恬不知耻的

译文　圣洁的圣人们继续喊道：这个不敬神的卑鄙小人，根本不配坐在王位上。他如此恬不知耻，甚至胆敢亵渎至尊人格首神维施努。

要旨　我们无论何时都不该容忍他人亵渎和侮辱主维施努或祂的奉献者。奉献者一般都很谦卑、温顺，不愿与任何人争吵，更不嫉妒任何人。但是，当主维施努或祂的奉献者受到侮辱时，纯粹的奉献者就会立即勃然大怒。这是奉献者的责任。奉献者虽然保持谦恭、温顺的态度，但当至尊主和祂的奉献者被人亵渎时，他还是保持沉默，那他就大错特错了。

第33节　को वैनं परिचक्षीत वेनमेक मृतेऽशुभम् ।
प्राप्त ईदृशमैश्वर्यं यदनुग्रहभाजनः ॥ ३३ ॥

ko vainaṁ paricakṣīta
venam ekam ṛte 'śubham
prāpta īdṛśam aiśvaryaṁ
yad-anugraha-bhājanaḥ

kaḥ—谁 / vā—事实上 / enam—至尊主 / paricakṣīta—将会亵渎 / venam—维纳王 / ekam—独自 / ṛte—但为了 / aśubham—不吉祥 / prāptaḥ—得到 / īdṛśam—像这 / aiśvaryam—财富 / yat—谁的 / anugraha—仁慈 / bhājanaḥ—接受

译文 凭借至尊人格首神的仁慈，一个人能吉祥如意，获得所有种类的财富，但维纳王只是个不吉祥的人，所以才会亵渎祂。

要旨 在人类社会中，无论是个人还是集体，只要不敬神，诽谤至尊人格首神的权威性，都毫无疑问会遭受毁灭的命运。这种不感激至尊主仁慈的文明，给人类招来所有种类的厄运。

第34节 इत्थं व्यवसिता हन्तुमृषयो रूढमन्यवः ।
निजघ्नुर्हुङ्कृतैर्वेनं हतमच्युतनिन्दया ॥ ३४ ॥

itthaṁ vyavasitā hantum
ṛṣayo rūḍha-manyavaḥ
nijaghnur huṅkṛtair venaṁ
hatam acyuta-nindayā

ittham—如此 / vyavasitāḥ—决定 / hantum—杀死 / ṛṣayaḥ—圣人们 / rūḍha—展现 / manyavaḥ—他们的愤怒 / nijaghnuḥ—他们杀死 / hum-kṛtaiḥ—靠愤怒的话语或靠哼哼声 / venam—维纳王 / hatam—死亡 / acyuta—反对至尊人格首神 / nindayā—通过亵渎

译文 就这样，伟大的圣人们展现了隐藏在心底的愤怒，立刻决定杀死维纳王。维纳王因为亵渎、冒犯至尊人格首神，所以已经是虽生犹死了。因此，圣人们除了高声说话，没用任何武器就杀死了维纳王。

第35节 ऋषिभिः स्वाश्रमपदं गते पुत्रकलेवरम् ।
सुनीथा पालयामास विद्यायोगेन शोचती ॥ ३५ ॥

ṛṣibhiḥ svāśrama-padaṁ
gate putra-kalevaram
sunīthā pālayām āsa
vidyā-yogena śocatī

ṛṣibhiḥ—被圣人 / sva-āśrama-padam—向他们各自的修行所 / gate—返回 / putra—她儿子的 / kalevaram—躯体 / sunīthā—维纳王的母亲苏妮塔 / pālayām āsa—保存 / vidyā-yogena—用曼陀和原料 / śocatī—在悲伤时

译文　维纳王的死使他母亲苏妮塔悲痛欲绝，等全体圣人返回各自的隐居所后，她决定：通过一边吟诵曼陀(曼陀·尤给纳)，一边用一些混合物对她儿子的尸体进行处理，把他的尸体保存起来。

第36节　एक दा मुनयस्ते तु सरस्वत्सलिलाप्लुताः ।
हुत्वाग्नीन् सत्क थाश्चक्रु रुपविष्टाः सरित्तटे ॥ ३६ ॥

ekadā munayas te tu
sarasvat-salilāplutāḥ
hutvāgnīn sat-kathāś cakrur
upaviṣṭāḥ sarit-taṭe

ekadā—从前有一次 / munayaḥ—所有那些伟大的圣人 / te—他们 / tu—那时 / sarasvat—萨茹阿斯瓦缇河的 / salila—在水中 / āplutāḥ—沐浴 / hutvā—供奉祭品 / agnīn—到火中 / satkathāḥ—谈论有关超然的主题 / cakruḥ—开始做 / upaviṣṭāḥ—坐 / sarit-taṭe—在河岸边

译文　一次，同一些圣人在萨茹阿斯瓦缇河中沐浴后，开始履行他们的日常职责——把祭品供奉到祭祀之火中。做完这件事，他们便坐在河岸上谈论超然的人和祂的娱乐活动。

第37节 वीक्ष्योत्थितांस्तदोत्पातानाहुर्लोक भयङ्करान् ।
अप्यभद्रमनाथाया दस्युभ्यो न भवेद्भुवः ॥ ३७ ॥

vīkṣyotthitāṁs tadotpātān
āhur loka-bhayaṅkarān
apy abhadram anāthāyā
dasyubhyo na bhaved bhuvaḥ

vīkṣya—看到 / utthitān—发展 / tadā—那时 / utpātān—打扰 / āhuḥ—他们开始说 / loka—社会中 / bhayam-karān—造成恐慌 / api—不论 / abhadram—不幸 / anāthāyāḥ—没有统治者 / dasyubhyaḥ—从盗贼和流氓 / na—不 / bhavet—也许发生 / bhuvaḥ—世界的

译文 在那些天里，王国中发生各种各样的动乱，给社会造成了恐慌。为此，全体圣人聚会讨论：君王一死，世上就没了保护者，流氓、盗贼和小偷所制造的灾难就会降临在普通大众的头上。

要旨 无论何时，国家中一旦有动乱发生，局势紧张，国民的财产和生命就都会受到威胁。这是因为各种盗贼和流氓闹事所致。当有这种情况发生时，应该明白：统治者已死，政府已经名存实亡了。维纳(Vena)王的死引发了社会的动荡。这使圣人们很担心人民大众的安全。结论是：圣人们虽然对政治事务不感兴趣，但始终对人民大众充满怜悯之心。因此，即使他们总是远离社会，但还是出于慈悲和怜悯，考虑如何使国民能够平静地举行他们的仪式并遵守四社会阶层和四灵性阶段制度(瓦尔纳刷玛·达尔玛，varṇāśrama-dharma)的规范守则。这是圣人们所关注的。在这个喀历(Kali)年代，一切都被扰乱了。因此，圣人们应该吟诵、吟唱哈瑞·奎师那曼陀(Hare Kṛṣṇa mantra)，如经典所说：

harer nāma harer nāma
harer nāmaiva kevalaṁ
kalau nāsty eva nāsty eva
nāsty eva gatir anyathā

(《柴坦亚·查瑞塔姆瑞塔》阿迪篇 17.21)

“在这纷争、虚伪的年代中，得救的唯一方法是吟诵、吟唱至尊主的圣名。别无他法，别无他法，别无他法。”

为了灵性和物质的成功，每一个人都应该投入地吟诵、吟唱哈瑞·奎师那曼陀。

第38节 एवं मृशन्त ऋषयो धावतां सर्वतोदिशम् ।
पांसुः समुत्थितो भूरिश्चोराणामभिलुम्पताम् ॥ ३८ ॥

evaṁ mṛśanta ṛṣayo
dhāvatāṁ sarvato-diśam
pāṁsuḥ samutthito bhūriś
corāṇām abhilumpatām

evam—如此 / mṛśantaḥ—在考虑时 / ṛṣayaḥ—伟大的圣人们 / dhāvatām—流动 / sarvataḥ-diśam—从四面八方 / pāṁsuḥ—灰尘 / samutthitaḥ—扬起 / bhūriḥ—许多 / corāṇām—从盗贼和流氓 / abhilumpatām—掠夺

译文　就在伟大的圣人们这样讨论时，他们看到四面八方尘土飞扬。这场尘暴是盗贼和流氓对王国中的居民进行大肆掠夺造成的。

要旨 盗贼和流氓都在等待政治动乱，以便乘机掠夺人民大众的财产。要能压制盗贼和流氓作乱，就必须有一个强大有力的政府。

第39－40节 तदुपद्रवमाज्ञाय लोकस्य वसु लुम्पताम् ।
भर्तर्युपरते तस्मिन्नन्योन्यं च जिघांसताम् ॥ ३९ ॥
चोरप्रायं जनपदं हीनसत्त्वमराजक म् ।
लोक ान्नावारयञ्छ क्ता अपि तद्दोषदर्शिनः ॥ ४० ॥

tad upadravam ājñāya
lokasya vasu lumpatām
bhartary uparate tasminn
anyonyaṁ ca jighāṁsatām

cora-prāyaṁ jana-padaṁ
hīna-sattvam arājakam
lokān nāvārayañ chaktā
api tad-doṣa-darśinaḥ

tat—那时 / upadravam—干扰 / ājñāya—明白 / lokasya—人民大众的 / vasu—财富 / lumpatām—掠夺的人 / bhartari—保护者 / uparate—死了 / tasmin—维纳王 / anyonyam—相互 / ca—也 / jighāṁ-satām—想要杀 / cora-prāyam—到处是贼 / jana-padam—国家 / hīna—丧失 / sattvam—管理 / arājakam—没有君王 / lokān—盗贼和流氓 / na—不 / avārayan—他们克制 / śaktāḥ—有能力这样做 / api—尽管 / tat-doṣa—那个……的错误 / darśinaḥ—考虑

译文 看到漫天飞舞的尘暴，圣人们明白，维纳王的死使社会秩序大乱。没有政府，国家便没有法律和秩序，结果是凶狠的盗贼和流氓不断涌现，掠夺人民大众的财产。尽管伟大的圣人们能运用他们的力量平息动乱，就像他们能杀死君王一样，但他们认为由他们来做这事不合适。因此，他们没有做努力去阻止动乱。

要旨　由于情况危急，伟大的圣人们杀死了维纳(Vena)王，但他们并没有决定参与政府管理，去平息维纳王死后盗贼和流氓所进行的暴乱。布茹阿玛纳(brāhmaṇa，婆罗门)和圣人的职责不是杀，尽管他们有时遇到紧急情况会这么做。他们可以凭借他们念曼陀(mantra)的力量杀死所有的盗贼和流氓，但他们认为这是查绎亚(kṣatirya，刹帝利)君王该做的。因此，他们不愿意参与镇压。

第41节　ब्राह्मणः समदृक्शान्तो दीनानां समुपेक्षकः ।
स्रवते ब्रह्म तस्यापि भिन्नभाण्डात्पयो यथा ॥ ४१ ॥

brāhmaṇaḥ sama-dṛk śānto
dīnānāṁ samupekṣakaḥ
sravate brahma tasyāpi
bhinna-bhāṇḍāt payo yathā

brāhmaṇaḥ—一位布茹阿玛纳 / sama-dṛk—使平衡 / śāntaḥ—平静 / dīnānām—可怜人 / samupekṣakaḥ—坐视不管 / sravate—减少 / brahma—灵性力量 / tasya—他的 / api—无疑地 / bhinna-bhāṇḍāt—从破裂的罐子 / payaḥ—水 / yathā—正如

译文　但伟大的圣人们想，布茹阿玛纳虽然因为平等看待众生而始终平静、公平，但还是不应该对可怜人置之不理。罐子有裂缝，水就会流出来，这种对可怜人的忽视将减弱布茹阿玛纳的力量。

要旨　人类社会最高阶层中的布茹阿玛纳(brāhmaṇa，婆罗门)大都是奉献者。他们总是忙着从事提升灵性的活动，因此并不了解物质世界里发生的事。然而，当人类社会里有灾难发生时，他们不会无动于衷。经典说，他们如果不采取措施使人类社会摆脱痛苦的情况，他们的灵性知识就会因这种漠然而减少。几乎所有的圣人都会为了自身的利益，前往喜马拉雅山，但帕拉德·玛哈茹阿佳(Prahlāda Mahārāja)说，他不想独自一人得到解脱。他决定等待，直到能把世上所有坠落了的灵魂拯救出去。

灵性觉悟极高的布茹阿玛纳称为外士纳瓦(Vaiṣṇava，至尊主的奉献者)。布茹阿玛纳分两类：一类叫布茹阿玛纳·潘迪特(brāhmaṇa-paṇḍita)，一类叫布茹阿玛纳·外士纳瓦(brāhmaṇa-vaiṣṇava)。合格的布茹阿玛纳自然都很博学，但当他博学到在认识至尊人格首神方面很进步时，他就成了布茹阿玛纳·外士纳瓦。人除非成为外士纳瓦，否则他的布茹阿玛纳文化素养是不完整的。

圣人们明智地考虑到：维纳(Vena)王虽然罪孽深重，但却是杜茹瓦·玛哈茹阿佳(Dhruva Mahārāja)家族的后代；为此，这个家庭中的精子必定受到至尊人格首神凯沙瓦(Keśava)的保护。没有君王，群龙无首，社会秩序大乱，圣人们想要采取措施调整局面。

第42节 नाङ्गस्य वंशो राजर्षेरेष संस्थातुमर्हति ।
अमोघवीर्या हि नृपा वंशेऽस्मिन् केशवाश्रयाः ॥ ४२ ॥

nāṅgasya vaṁśo rājarṣer
eṣa saṁsthātum arhati
amogha-vīryā hi nṛpā
vaṁśe 'smin keśavāśrayāḥ

na—不 / aṅgasya—安嘎王的 / vaṁśaḥ—家族 / rāja-ṛṣeḥ—圣洁君王的 / eṣaḥ—这 / saṁsthātum—被停止 / arhati—应该 / amogha—无罪、强有力的 / vīryāḥ—他们的精子 / hi—因为 / nṛpāḥ—君王们 / vaṁśe—在家族中 / asmin—这 / keśava—至尊人格首神的 / āśrayāḥ—庇护下

译文　圣人们决定：圣洁的安嘎王的家族不应该没有后代，由于这个家族中的精子强大有力，生出的孩子极有可能成为至尊主的奉献者。

要旨　梵文把遗传的纯洁性称为阿摩嘎·维尔亚(amogha-vīrya)。特别是在经过第二次出生的布茹阿玛纳(brāhmaṇa，婆罗门)和查锤亚(kṣatriya，刹帝利)家族及外夏(vaiśya，吠舍)家族中的虔诚精子，必须通过执行以嘎尔博达纳·萨么斯卡尔(garbhādhāna-saṁāra)为开端的净化程序，保持极为纯洁的继承。嘎尔博达纳·萨么斯卡尔净化仪式是在妇女准备怀孕之前举行的；人除非严格按净化程序做，否则家族的后代，尤其是布茹阿玛纳家庭的后代，就会变得不纯洁，就会逐渐开始从事罪恶活动。安嘎(Aṅga)王之所以很纯洁，是因为杜茹瓦·玛哈茹阿佳(Dhruva Mahārāja)家族中的精子很纯洁。但是，由于安嘎王的妻子苏妮塔(Sunīthā)恰巧是死亡化身的女儿，安嘎王与她在一起便使自己的精子受到了污染，从而生出了维纳(Vena)王。这对杜茹瓦·玛哈茹阿佳家族来说无疑是灾难。全体圣人考虑到这一点，决定采取如下一节诗中所描述的行动，以解决问题。

第43节　विनिश्चित्यैवमृषयो विपन्नस्य महीपतेः ।
ममन्थुरूरुं तरसा तत्रासीद्बाहुको नरः ॥ ४३ ॥

viniścityaivam ṛṣayo
vipannasya mahīpateḥ
mamanthur ūruṁ tarasā
tatrāsīd bāhuko naraḥ

viniścitya—决定 / evam—因此 / ṛṣayaḥ—伟大的圣人们 / vipannasya—死的 / mahī-pateḥ—君王的 / mamanthuḥ—搅动 / ūrum—大腿 / tarasā—特别有力的 / tatra—因此 / āsīt—诞生 /

bāhukaḥ—名为巴胡卡(侏儒) / naraḥ—人

译文 圣人们做了决定后，便按照特殊的方法，用很大的力量搅动维纳王尸体上的大腿。搅动的结果是：从维纳王的尸体生出了一个侏儒。

要旨 通过搅动维纳(Vena)王尸体的大腿使一个人诞生出来一事证明，灵魂是个体，而且与肉体是分开的。伟大的圣人们能让维纳王的死尸生出另外一个人，但并不能使维纳王复活。维纳王已经去世，而且无疑已经接受了另一个躯体。圣人们只关心维纳王留下的躯体，因为它是杜茹瓦·玛哈茹阿佳(Dhruva Mahārāja)家族的精子传宗接代的结果。因此，生产另一个躯体所需要的成分已经在维纳王的尸体中。用特定的方法搅动尸体的大腿时，另一个躯体产生了。维纳王虽然死了，但他母亲用药物和吟诵曼陀(mantra)的方式把他的尸体很好地保存了下来。因此，生产另一个躯体所需要的成分已经有了。让被称为巴胡卡(Bāhuka)的人从维纳王的尸体里诞生出来，并没有什么令人惊奇的，问题只是要知道如何去做。从一个躯体里出来的精子可以生成另一个躯体，而躯体之所以反映出生命的迹象是因为其中有灵魂。千万不要以为从维纳王的死尸不可能产生出另一个躯体。圣人们通过他们熟练的工作做到了这一点。

第44节 काककृष्णोऽतिह्रस्वाङ्गो ह्रस्वबाहुर्महाहनुः ।
ह्रस्वपान्निम्ननासाग्रो रक्ताक्षस्ताम्रमूर्धजः ॥ ४४ ॥

kāka-kṛṣṇo ’tihrasvāṅgo
hrasva-bāhur mahā-hanuḥ
hrasva-pān nimna-nāsāgro
raktākṣas tāmra-mūrdhajaḥ

kāka-kṛṣṇaḥ—像乌鸦一样黑 / ati-hrasva—很矮 / aṅgaḥ—他

的四肢 / hrasva—短 / bāhuḥ—他的手臂 / mahā—大 / hanuḥ—他的上、下颚 / hrasva—短 / pāt—他的腿 / nimna—扁平 / nāsa-agraḥ—他的鼻尖 / rakta—微红的 / akṣaḥ—他的眼睛 / tāmra—像铜一样 / mūrdha-jaḥ—他的头发

译文　这个从维纳王的大腿出来的人名叫巴胡卡，他的肤色跟乌鸦一般黑，四肢很短，嘴很大，鼻子扁平，眼睛发红，毛发的颜色像铜一样。

第45节　तं तु तेऽवनतं दीनं किं क रोमीति वादिनम् ।
निषीदेत्यब्रुवंस्तात स निषादस्ततोऽभवत् ॥ ४५ ॥

taṁ tu te 'vanataṁ dīnaṁ
kiṁ karomīti vādinam
niṣīdety abruvaṁs tāta
sa niṣādas tato 'bhavat

tam—向他 / tu—那时 / te—圣人们 / avanatam—磕头 / dīnam—温顺地 / kim—什么 / karomi—我应该做 / iti—如此 / vādinam—询问 / niṣīda—请坐下 / iti—如此 / abruvan—他们回答 / tāta—我亲爱的维杜茹阿 / saḥ—他 / niṣādaḥ—名叫尼沙达的 / tataḥ—因此 / abhavat—变成

译文　他很顺从、谦恭，出生后立即跪下询问道：“先生们，我该做什么呢？”伟大的圣人们回答道：“请坐下(尼西达)。”就这样，奈沙达族的祖先尼沙达出生了。

要旨　经典(沙斯陀，śāstra)中说：人体的头部代表布茹阿玛纳(brāhmaṇa，婆罗门)，手臂代表查锤亚(kṣatriya，刹帝利)，腹部代表外夏

(vaiśya，吠舍)，而从股部开始的腿部代表庶铎(śūdra)。庶铎有时被称为黑色的(kṛṣṇa)，布茹阿玛纳被称为白色的(śukla)，而查锤亚和外夏是黑白混合。但是，据说肤色过于白是麻风病所致。可以说，白色或金黄色是高等阶层的肤色，而黑色是庶铎的肤色。

第46节 तस्य वंश्यास्तु नैषादा गिरिक ाननगोचराः ।
येनाहरज्ञायमानो वेनक ल्मषमुल्बणम् ॥ ४६ ॥

tasya vaṁśyās tu naiṣādā
giri-kānana-gocarāḥ
yenāharaj jāyamāno
vena-kalmaṣam ulbaṇam

tasya—他(尼沙达的) / vaṁśyāḥ—后代 / tu—那时 / naiṣādāḥ—称为奈沙达 / giri-kānana—丘陵和森林 / gocarāḥ—居住 / yena—因为 / aharat—他自己掌管 / jāyamānaḥ—出生 / vena—维纳王的 / kalmaṣam—各种罪恶 / ulbaṇam—非常可怕

译文 尼沙达出生后立刻掌管了维纳王从事罪恶活动所引发的一切犯罪活动。从那以后，奈沙达族人一直从事偷盗、抢劫和狩猎等罪恶活动。结果是：他们只被允许住在森林和丘陵地带。

要旨 奈沙达(Naiṣāda)们天性罪恶，因此被禁止住在城镇中。他们的身体很丑陋，所从事的活动也都是有罪的。但我们应该知道，凭借纯粹奉献者的仁慈，就连这些罪孽深重的人(有时被称为克伊茹阿特)也能从罪恶的情况中被解救出来，上升到最高级的外士纳瓦(Vaiṣṇava)层面。无论一个人有多么罪孽深重，他只要致力于怀着爱心为至尊主做超然的奉爱服务，就有资格回归家园，回归首神。

做奉爱服务将使人清除一切污染。这种方法可以使所有的人都具备资格回归家园、回归首神。在《博伽梵歌》第 9 章的第 32 节诗中，至尊主本人证实这一点说：

mām hi pārtha vyapāśritya
ye 'pi syuḥ pāpa-yonayaḥ
striyo vaiśyās tathā śūdrās
te 'pi yānti parām gatim

“普瑞塔的儿子啊！托庇于我的人，即使是妇女、外夏(商人)、庶铎(工人)或出身低贱的人，也能到达至高无上的目的地。”

到此为止，结束了巴克提韦丹塔对《圣典博伽瓦谭》第 4 篇第 14 章“维纳王的故事”所作的阐释。

第十五章

普瑞图王的显现和加冕

第1节 मैत्रेय उवाच

अथ तस्य पुनर्विप्रैरपुत्रस्य महीपतेः ।
बाहुभ्यां मथ्यमानाभ्यां मिथुनं समपद्यत ॥ १ ॥

maitreya uvāca
atha tasya punar viprair
aputrasya mahīpateḥ
bāhubhyāṁ mathyamānābhyāṁ
mithunaṁ samapadyata

maitreyaḥ uvāca—麦垂亚继续说 / atha—如此 / tasya—他的 / punaḥ—再次 / vipraiḥ—被布茹阿玛纳们 / aputrasya—没有儿子 / mahīpateḥ—君王的 / bāhubhyām—从手臂 / mathyamānābhyām—被搅动 / mithunam—一对夫妻 / samapadyata—出生

译文 伟大的圣人麦垂亚继续说：亲爱的维杜茹阿，布茹阿玛纳和大圣人们于是再一次努力，搅动维纳王尸体上的两支手臂；结果，一对男女伴侣从维纳王的手臂出来了。

第2节 तद् दृष्ट्वा मिथुनं जातमृषयो ब्रह्मवादिनः ।
ऊचुः परमसन्तुष्टा विदित्वा भगवत्कलाम् ॥ २ ॥

tad dṛṣṭvā mithunaṁ jātam
ṛṣayo brahma-vādinaḥ
ūcuḥ parama-santuṣṭā
viditvā bhagavat-kalām

tat—那 / dṛṣṭvā—看 / mithunam——对夫妻 / jātam—出生 / ṛṣayaḥ—伟大的圣人们 / brahma-vādinaḥ—精通韦达知识 / ūcuḥ—说 / parama—很多 / santuṣṭāḥ—被取悦 / viditvā—知道 / bhagavat—至尊人格首神的 / kalām—扩展

译文 精通韦达知识的大圣人们，看到从维纳王尸体的手臂出来的一对男女后非常高兴，因为他们知道这对伴侣是至尊人格首神维施努的完整扩展。

要旨 精通韦达知识的大圣人和学者们，所采用的方法是完美的。我们在前一章的描述中看到，他们通过让维纳(Vena)王的尸体先生出巴胡卡(Bāhuka)，移开了维纳王从事罪恶活动所产生的报应。维纳王的躯体被如此净化后，一对男女又从中生了出来，而伟大的圣人们明白这是主维施努(Viṣṇu)的扩展。当然，主维施努的这一扩展并不属于维施努·塔特瓦(viṣṇu-tattva)范畴，而是被特殊赋予了力量的扩展，梵文称之为阿维沙(āveśa)。

第3节

ऋषय ऊचुः
एष विष्णोर्भगवतः कला भुवनपालि नी ।
इयं च ल क्ष्म्याः सम्भूतिः पुरुषस्यानपायिनी ॥ ३ ॥

ṛṣaya ūcuḥ
eṣa viṣṇor bhagavataḥ
kalā bhuvana-pālinī
iyaṁ ca lakṣmyāḥ sambhūtiḥ
puruṣasyānapāyinī

ṛṣayaḥ ūcuḥ—圣人们说 / eṣaḥ—这个男子 / viṣṇoḥ—主维施努的 / bhagavataḥ—至尊人格首神的 / kalā—扩展 / bhuvana-pālinī—维系世界的人 / iyam—这个女子 / ca—也 / lakṣmyāḥ—幸

运女神的 / sambhūtiḥ—扩展 / puruṣasya—至尊主的 / anapāyinī—不分离的

译文　大圣人们说：这个男人是维系着整个宇宙的主维施努的完整扩展，而这个女人是从不与至尊主分离的幸运女神的完整扩展。

要旨　这节诗里清楚地强调说，幸运女神永远不与至尊主分开。物质世界中的人们非常喜爱幸运女神，想得到她的恩宠发财致富。但他们应该知道，幸运女神与主维施努是不可分离的。物质主义者应该明白：要崇拜幸运女神，就必须与主维施努一起崇拜，而不该把他们分开来对待。物质主义者要想得到幸运女神的恩宠，保有物质富裕，就必须同时崇拜主维施努和幸运女神拉珂施蜜(Lakṣmī)。茹阿瓦纳(Rāvaṇa)曾经想把悉塔(Sītā)和主茹阿玛禅铎(Rāma-candra)分开，但自身遭到了毁灭；物质主义者如果想效法茹阿瓦纳的所作所为，也必将遭到毁灭。那些非常富有，得到了幸运女神恩宠的人，必须用他们赚的钱为至尊主做服务。只有这样，他们才能继续保持富有的状态，而不会有麻烦。

第4节　अयं तु प्रथमो राज्ञां पुमान् प्रथयिता यशः ।
पृथुर्नाम महाराजो भविष्यति पृथुश्रवाः ॥ ४ ॥

ayaṁ tu prathamo rājñāṁ
pumān prathayitā yaśaḥ
pṛthur nāma mahārājo
bhaviṣyati pṛthu-śravāḥ

ayam—这 / tu—那时 / prathamaḥ—第一位 / rājñām—君王的 / pumān—男子 / prathayitā—将扩大 / yaśaḥ—名声 / pṛthuḥ—玛哈茹阿佳·普瑞图 / nāma—名叫 / mahā-rājaḥ—伟大的君王 /

bhaviṣyati—将变成 / pṛthu-śravāḥ—名声遍及的

译文 在这两个人中，男人的名字将是普瑞图，他会把他的声名传遍全世界。事实上，他将是最卓越的君王。

要旨 至尊人格首神的化身有不同的种类。经典(沙斯陀，śāstra)中说，主维施努(Viṣṇu)的坐骑嘎茹达(Garuḍa)、主希瓦(Śiva)和阿南塔(Ananta)都是至尊主布茹阿曼(Brahman，梵)特征的强有力的化身。同样，天帝因铎(Indra)——沙祺帕提(Śacīpati)，是至尊主情欲特征的化身；阿尼如达(Aniruddha)是至尊主心智的化身，而普瑞图(Pṛthu)王是至尊主的统治力量的化身。伟大的圣人们预言了普瑞图王将来的活动，而我们已经解释过，普瑞图王是至尊主完整扩展的部分展示。

第5节 इयं च सुदती देवी गुणभूषणभूषणा ।
अर्चिर्नाम वरारोहा पृथुमेवावरुन्धती ॥ ५ ॥

iyaṁ ca sudatī devī
guṇa-bhūṣaṇa-bhūṣaṇā
arcir nāma varārohā
pṛthum evāvarundhatī

iyam—这个女孩 / ca—和 / su-datī—牙齿很美的人 / devī—幸运女神 / guṇa—由好品质 / bhūṣaṇa—首饰 / bhūṣaṇā—使……更美丽 / arciḥ—阿尔祺 / nāma—由名字 / vara-ārohā—很美丽 / pṛthum—对普瑞图王 / eva—无疑地 / avarundhatī—非常依恋

译文 这个女人明眸皓齿、美丽非凡，她将为穿在她身上的衣服增添光彩。她的名字将是阿尔祺。今后她会嫁给普瑞图王。

第6节 एष साक्षाद्धरेरंशो जातो लोकरिरक्षया ।
इयं च तत्परा हि श्रीरनुजज्ञेऽनपायिनी ॥ ६ ॥

eṣa sākṣād dharer aṁśo
jāto loka-rirakṣayā
iyaṁ ca tat-parā hi śrīr
anujajñe 'napāyinī

eṣaḥ—这个男子 / sākṣāt—直接地 / hareḥ—至尊人格首神的 / aṁśaḥ—部分代表 / jātaḥ—诞生 / loka—整个世界 / rirakṣayā—怀着保护的愿望 / iyam—这个女子 / ca—也 / tat-parā—非常依恋他 / hi—肯定地 / śrīḥ—幸运女神 / anujajñe—投生 / anapāyinī—不分离的

译文 为了保护世人，至尊人格首神以普瑞图王的形象展现祂的部分力量。幸运女神始终陪伴着至尊主，因此化身为阿尔祺变成普瑞图王的王后。

要旨 在《博伽梵歌》(Bhagavad-gītā)中，至尊主说：人无论何时见识到非凡的力量，都应该知道，那是至尊人格首神特殊的部分扩展所体现的。世上有数不胜数的这类人物，但他们并不都直接属于至尊主的完整扩展——维施努·塔特瓦(viṣṇu-tatta)范畴，许多被列入沙克提·塔特瓦(śakti-tattva)之列，至尊主为达到某种特定的目的而授权给这类化身，他们被称为沙克提亚维沙·阿瓦塔尔(śaktyāveśa-avatāra)。普瑞图(Pṛthu)王就是至尊主的这样一位沙克提亚维沙·阿瓦塔尔。同样，普瑞图王的妻子是幸运女神的沙克提亚维沙·阿瓦塔尔。

第7节 मैत्रेय उवाच
प्रशंसन्ति स्म तं विप्रा गन्धर्वप्रवरा जगुः ।
मुमुचुः सुमनोधाराः सिद्धा नृत्यन्ति स्वःस्त्रियः ॥ ७ ॥

maitreya uvāca
praśaṁsanti sma taṁ viprā
gandharva-pravarā jaguḥ
mumucuḥ sumano-dhārāḥ
siddhā nṛtyanti svaḥ-striyaḥ

maitreyaḥ uvāca—伟大的圣人麦垂亚说 / praśaṁsanti sma—赞美 / tam—他(普瑞图) / viprāḥ—全体布茹阿玛纳 / gandharva-pravarāḥ—最优秀的甘达尔瓦们 / jaguḥ—歌唱 / mumucuḥ—释放出 / sumanaḥ-dhārāḥ—花雨 / siddhāḥ—希达珞卡上的居民 / nṛtyanti—跳舞 / svaḥ—天堂星球的 / striyaḥ—女子(阿普萨茹阿)

译文 大圣人麦垂亚继续说：亲爱的维杜茹阿，那时，全体布茹阿玛纳高度赞扬和歌颂普瑞图王，歌仙星球(甘达尔瓦珞卡)上最优秀的歌手们歌唱他的荣光。神通星球(希达珞卡)上的居民向普瑞图王抛撒鲜花，天堂星球中的美丽女士心醉神迷地翩翩起舞。

第8节 शङ्खतूर्यमृदङ्गाद्या नेदुर्दुन्दुभयो दिवि ।
तत्र सर्व उपाजग्मुर्देवर्षिपितृणां गणाः ॥ ८ ॥

śaṅkha-tūrya-mṛdaṅgādyā
nedur dundubhayo divi
tatra sarva upājagmur
devarṣi-pitṝṇāṁ gaṇāḥ

śaṅkha—海螺 / tūrya—号角 / mṛdaṅga—鼓 / ādyāḥ—等等 / neduḥ—发出声响 / dundubhayaḥ—铜鼓 / divi—在外太空里 / tatra—那里 / sarve—所有的 / upājagmuḥ—来 / deva-ṛṣi—半神人和圣人 / pitṝṇām—祖先的 / gaṇāḥ—成群结队

译文　海螺声、号角声、锣鼓声此起彼伏，响彻太空。伟大的圣人、祖先和天堂星球的人们，全都从各个星系赶到地球来了。

第9—10节　ब्रह्मा जगद्गुरुर्देवैः सहासृत्य सुरेश्वरैः ।
वैन्यस्य दक्षिणे हस्ते दृष्ट्वा चिह्नं गदाभृतः ॥ ९ ॥

पादयोररविन्दं च तं वै मेने हरेः कलाम् ।
यस्याप्रतिहतं चक्र मंशः स परमेष्ठिनः ॥ १० ॥

brahmā jagad-gurur devaiḥ
sahāsṛtya sureśvaraiḥ
vainyasya dakṣiṇe haste
dṛṣṭvā cihnaṁ gadābhṛtaḥ

pādayor aravindaṁ ca
taṁ vai mene hareḥ kalām
yasyāpratihataṁ cakram
aṁśaḥ sa parameṣṭhinaḥ

brahmā—主布茹阿玛 / jagat-guruḥ—宇宙的主人 / devaiḥ—由半神人们 / saha—陪伴 / āsṛtya—到达 / sura-īśvaraiḥ—与所有天堂星球的主管神明 / vainyasya—维纳的儿子普瑞图·玛哈茹阿佳的 / dakṣiṇe—右边 / haste—手上 / dṛṣṭvā—看到 / cihnam—标志 / gadā-bhṛtaḥ—手持大头棒的主维施努的 / pādayoḥ—在两只脚上 / aravindam—莲花 / ca—也 / tam—他 / vai—肯定地 / mene—他明白 / hareḥ—至尊人格首神的 / kalām—完整扩展的部分 / yasya—谁的 / apratihatam—无敌的 / cakram—飞轮 / aṁśaḥ—部分展示 / saḥ—他 / parameṣṭhinaḥ—至尊人格首神的

译文　这个宇宙的主人布茹阿玛，在全体半神人及他们的助手陪同下也到了现场，看到普瑞图王的右手掌上有主维施努的手掌线，脚底有莲花印记，主布茹阿玛明白普瑞图王是至尊人格首神的部分展示。手掌上有飞轮一类标记的人物，应该被看做是至尊主的部分展示或化身。

要旨 经典介绍了一套鉴别至尊人格首神化身的系统。如今，把无赖视为神的化身已经成为一种廉价的时尚，但我们从经典描述的这一事件中可以看到，主布茹阿玛(Brahmā)亲自查看了普瑞图(Pṛthu)王的手和脚，看是否有特殊的标记。博学的圣人和布茹阿玛纳(brāhmaṇa，婆罗门)在他们的预言中，承认普瑞图王是至尊主完整扩展的一部分。当主奎师那五千年前降临时，有一个君王曾经声称自己是华苏戴瓦(Vāsudeva)，结果被主奎师那杀死了。在承认某人是神的化身前，我们应该先按经典(沙斯陀，śāstra)中提到的特征查验他的身份，不具备经典所提到的特征，但却冒充是神的化身的人，应该被权威所铲除。

第11节 तस्याभिषेक आरब्धो ब्राह्मणैर्ब्रह्मवादिभिः ।
आभिषेचनिकान्यस्मै आजह्रुः सर्वतो जनाः ॥ ११ ॥

tasyābhiṣeka ārabdho
brāhmaṇair brahma-vādibhiḥ
ābhiṣecanikāny asmai
ājahruḥ sarvato janāḥ

tasya—他的 / abhiṣekaḥ—加冕礼 / ārabdhaḥ—被安排 / brāhmaṇaiḥ—由博学的布茹阿玛纳们 / brahma-vādibhiḥ—执著韦达仪式 / ābhiṣecanikāni—举行仪式用的各种用品 / asmai—向他 / ājahruḥ—搜集 / sarvataḥ—从四面八方 / janāḥ—人们

译文 十分依恋韦达仪式的博学的布茹阿玛纳们，接下来安排君王的加冕仪式。人们从四面八方搜集来举行仪式所需要的各种用品。这样，一切就都俱全了。

第12节　सरित्समुद्रा गिरयो नागा गावः खगा मृगाः ।
द्यौः क्षितिः सर्वभूतानि समाजह्रुरुपायनम् ॥ १२ ॥

sarit-samudrā girayo
nāgā gāvaḥ khagā mṛgāḥ
dyauḥ kṣitiḥ sarva-bhūtāni
samājahrur upāyanam

sarit—河流 / samudrāḥ—海洋 / girayaḥ—山脉 / nāgāḥ—蛇 / gāvaḥ—乳牛 / khagāḥ—飞禽 / mṛgāḥ—走兽 / dyauḥ—天空 / kṣitiḥ—大地 / sarva-bhūtāni—众生 / samājahruḥ—搜集 / upāyanam—各种各样的礼物

译文　所有的河流、海洋、丘陵、高山、蛇、乳牛、飞禽、走兽、天堂星球、地球，以及其他所有的生物体，都尽自己的能力搜集各种各样的礼物献给君王。

第13节　सोऽभिषिक्तो महाराजः सुवासाः साध्वलङ्कृतः ।
पत्न्यार्चिषालङ्कृ तया विरेजेऽग्निरिवापरः ॥ १३ ॥

so 'bhiṣikto mahārājaḥ
suvāsāḥ sādhv-alaṅkṛtaḥ
patnyārciṣālaṅkṛtayā
vireje 'gnir ivāparaḥ

saḥ—君王 / abhiṣiktaḥ—被加冕 / mahārājaḥ—玛哈茹阿佳·普瑞图 / su-vāsāḥ—穿戴精美 / sādhu-alaṅkṛtaḥ—佩戴着珍贵的首饰 / patnyā—与他的妻子一起 / arciṣā—名叫阿尔祺 / alaṅkṛtayā—戴着精美饰物 / vireje—显得 / agniḥ—火 / iva—像 / aparaḥ—另一个

译文 就这样，伟大的普瑞图王穿戴着精美、华丽的服饰，接受加冕，被引上了王座。普瑞图王和他那位也佩戴着精美首饰的妻子阿尔祺，看上去如同火焰一般光芒四射。

第14节 तस्मै जहार धनदो हैमं वीर वरासनम् ।
वरुणः सलिलस्रावमातपत्रं शशिप्रभम् ॥ १४ ॥

tasmai jahāra dhanado
haimaṁ vīra varāsanam
varuṇaḥ salila-srāvam
ātapatraṁ śaśi-prabham

tasmai—向他 / jahāra—赠送 / dhana-daḥ—财神库维尔 / haimam—金子制造的 / vīra—维杜茹阿啊 / vara-āsanam—王位 / varuṇaḥ—半神人瓦茹纳 / salila-srāvam—洒水滴 / ātapatram—雨伞 / śaśi-prabham—像月亮一样明亮

译文 大圣人麦垂亚接着说：亲爱的维杜茹阿，库维尔把金色的王冠献给普瑞图王；半神人瓦茹纳献上一把伞，这把伞像月亮一样灿烂，一直不断地在喷射水雾。

第15节 वायुश्च वालव्यजने धर्मः कीर्तिमयीं स्रजम् ।
इन्द्रः कि रीटमुत्कृ ष्टं दण्डं संयमनं यमः ॥ १५ ॥

vāyuś ca vāla-vyajane
dharmaḥ kīrtimayīṁ srajam
indraḥ kirīṭam utkṛṣṭaṁ
daṇḍaṁ saṁyamanaṁ yamaḥ

vāyuḥ—风神 / ca—也 / vāla-vyajane—用毛发做的两把拂尘（查玛茹阿）/ dharmaḥ—宗教之王 / kīrti-mayīm—扩大一个人的名

声 / srajam—花环 / indraḥ—天帝 / kirīṭam—头盔 / utkṛṣṭam—极为珍贵的 / daṇḍam—王杖 / saṁyamanam—为统治世界 / yamaḥ—死亡的监督人

译文　风神瓦尤送给普瑞图王两把拂尘；宗教之王达尔玛送他一串将扩大他名望的鲜花花环；天帝因铎送给他贵重的头盔；死神亚玛茹阿佳送给他统治世界的王杖。

第16节　ब्रह्मा ब्रह्ममयं वर्म भारती हारमुत्तमम् ।
हरिः सुदर्शनं चक्रं तत्पत्न्यव्याहतां श्रियम् ॥ १६ ॥

brahmā brahmamayaṁ varma
bhāratī hāram uttamam
hariḥ sudarśanaṁ cakraṁ
tat-patny avyāhatāṁ śriyam

brahmā—主布茹阿玛 / brahma-mayam—由灵性知识制成的 / varma—盔甲 / bhāratī—学问女神 / hāram—项链 / uttamam—超然的 / hariḥ—至尊人格首神 / sudarśanam cakram—苏达尔珊飞轮 / tat-patnī—祂妻子(拉珂施蜜) / avyāhatām—不灭的 / śriyam—美丽和富裕

译文　主布茹阿玛送给普瑞图王一件用灵性知识制成的护身衣；布茹阿玛的妻子萨茹阿斯瓦缇(芭茹阿缇)送他一条超然的项链；主维施努送他一个苏达尔珊飞轮；主维施努的妻子——幸运女神，送给他不灭的财富。

要旨　全体半神人给普瑞图(Pṛthu)王赠送各种各样的礼物。哈尔依(Hari)——至尊人格首神在天堂星球里的一位化身乌彭铎

(Upendra)，送给君王一个苏达尔珊(Sudarśana)飞轮。我们应该明白：这个苏达尔珊飞轮与至尊人格首神奎师那或维施努所用的苏达尔珊飞轮并不完全一样。普瑞图王是至尊人格首神的力量化身——部分展示，因此送给他的苏达尔珊飞轮便具有主维施努所用的原始苏达尔珊飞轮的部分力量。

第17节 दशचन्द्रमसिं रुद्रः शतचन्द्रं तथाम्बिका ।
सोमोऽमृतमयानश्वांस्त्वष्टा रूपाश्रयं रथम् ॥ १७ ॥

daśa-candram asiṁ rudraḥ
śata-candraṁ tathāmbikā
somo 'mṛtamayān aśvāṁs
tvaṣṭā rūpāśrayaṁ ratham

daśa-candram—用十个月亮装饰的 / asim—宝刀 / rudraḥ—主希瓦 / śata-candram—用一百个月亮装饰的 / tathā—以那种方式 / ambikā—杜尔嘎女神 / somaḥ—月亮神 / amṛta-mayān—用甘露制成的 / aśvān—马匹 / tvaṣṭā—半神人维施瓦卡尔玛 / rūpaāśrayam—非常美丽 / ratham——辆战车

译文 主希瓦送给他一把刀鞘上刻着十个月亮的宝刀；主希瓦的妻子杜尔嘎女神送给他用甘露制成的马匹；半神人维施瓦卡尔玛送给他一辆华丽的战车。

第18节 अग्निराजगवं चापं सूर्यो रश्मिमयानिषून् ।
भूः पादुके योगमय्यौ द्यौः पुष्पावलिमन्वहम् ॥ १८ ॥

agnir āja-gavaṁ cāpaṁ
sūryo raśmimayān iṣūn
bhūḥ pāduke yogamayyau
dyauḥ puṣpāvalim anvaham

agniḥ—火神 / āja-gavam—用山羊角和牛角制成的 / cāpam——张弓 / sūryaḥ—太阳神 / raśmi-mayān—像阳光一样灿烂 / iṣūn—箭 / bhūḥ—掌管地球的女神布咪 / pāduke—两只拖鞋 / yoga-mayyau—充满神秘力量 / dyauḥ—外太空中的半神人 / puṣpa—鲜花的 / āvalim—礼物 / anu-aham——天又一天

译文　火神阿格尼送给他一张用羊角和牛角做的弓；太阳神送给他像阳光一样灿烂的箭；掌管地球(布尔星球)的神明送给他一支充满神秘力量的拖鞋；外太空的半神人一次又一次向他献上鲜花。

要旨　这节诗中描述说，送给君王的拖鞋被赋予了神秘力量(paduke yogamayyau)。君王一旦穿上那双拖鞋，拖鞋就会立即把他带到他想去的任何一个地方。神秘瑜伽师可以随心所欲地把自己从一个地方转到另一个地方。普瑞图(Pṛthu)王的拖鞋就有类似的能力。

第19节　**नाट यं सुगीतं वादित्रमन्तर्धानं च खेचराः ।**
ऋषयश्चाशिषः सत्याः समुद्रः शङ्खमात्मजम् ॥ १९ ॥

nāṭyaṁ sugītaṁ vāditram
　antardhānaṁ ca khecarāḥ
ṛṣayaś cāśiṣaḥ satyāḥ
　samudraḥ śaṅkham ātmajam

nāṭyam—戏剧艺术 / su-gītam—歌唱甜蜜歌曲的艺术 / vāditram—弹奏乐器的艺术 / antardhānam—遁形的艺术 / ca—也 / khe-carāḥ—在外太空遨游的半神人 / ṛṣayaḥ—伟大的圣人 / ca—也 / āśiṣaḥ—祝福 / satyāḥ—绝对可靠的 / samudraḥ—海神 / śaṅkham—海螺 / ātma-jam—他自己生的

译文 总在外太空漫游的半神人送给普瑞图王游戏、唱歌、演奏乐器和按自己的愿望遁形的艺术；伟大的圣人们也给予他绝对可靠的祝福；汪洋献给他海螺。

第20节 सिन्धवः पर्वता नद्यो रथवीथीर्महात्मनः ।
सूतोऽथ मागधो वन्दी तं स्तोतुमुपतस्थिरे ॥ २० ॥

sindhavaḥ parvatā nadyo
ratha-vīthīr mahātmanaḥ
sūto 'tha māgadho vandī
taṁ stotum upatasthire

sindhavaḥ—大海 / parvatāḥ—山脉 / nadyaḥ—河流 / rathavīthīḥ—战车通行的路 / mahā-ātmanaḥ—伟大灵魂的 / sūtaḥ—以赞美为职业的人 / atha—那时 / māgadhaḥ—职业诗人 / vandī—以祈祷为职业的人 / tam—他 / stotum—赞美 / upatasthire—展现他们自己

译文 高山、大海及河流，送给他驾驭战车穿越其中的无阻通道；苏塔、玛格达和万迪这三位以赞颂、吟诗及祈祷为职业的人向他祈祷，赞美他，在他面前履行自己的职责。

第21节 ० स्तावक ंस्तानभिप्रेत्य पृथुर्वैन्यः प्रतापवान् ।
मेघनिर्ह्लादया वाचा प्रहसन्निदमब्रवीत् ॥ २१ ॥

stāvakāṁs tān abhipretya
pṛthur vainyaḥ pratāpavān
megha-nirhrādayā vācā
prahasann idam abravīt

stāvakān—致力于祈祷 / tān—那些人 / abhipretya—看到、了

解 / pṛthuḥ—普瑞图王 / vainyaḥ—维纳王的儿子 / pratāpa-vān—巨大的力量 / megha-nirhrādayā—雷鸣般低沉 / vācā—用一种声音 / prahasan—微笑 / idam—这 / abravīt—他说

译文　维纳的儿子——强大有力的普瑞图王，看着在他面前的专业人才，为了鼓励他们向他们露出微笑，接着用雷鸣般厚重、响亮的声音说了如下的话。

第22节

पृथुरुवाच
भोः सूत हे मागध सौम्य वन्दिँ-
ल्लोकेऽधुनास्पष्टगुणस्य मे स्यात् ।
कि माश्रयो मे स्तव एष योज्यतां
मा मय्यभूवन् वितथा गिरो वः ॥ २२ ॥

pṛthur uvāca
bhoḥ sūta he māgadha saumya vandi'
loke 'dhunāspaṣṭa-guṇasya me syāt
kim āśrayo me stava eṣa yojyatāṁ
mā mayy abhūvan vitathā giro vaḥ

pṛthuḥ uvāca—普瑞图王说 / bhoḥ sūta—苏塔啊 / he māgadha—玛格达啊 / saumya—文雅的 / vandin—正在祈祷的奉献者啊 / loke—在这个世界里 / adhunā—现在 / aspaṣṭa—不显著 / guṇasya—谁的品质 / me—我的 / syāt—也许有 / kim—为什么 / āśrayaḥ—庇护 / me—我的 / stavaḥ—赞美 / eṣaḥ—这 / yojyatām—可用于 / mā—永不 / mayi—向我 / abhūvan—是 / vitathāḥ—徒然 / giraḥ—话语 / vaḥ—你的

译文　普瑞图王说：文雅的苏塔、玛格达和另一位负责祈祷的奉献者，你们所赞美的这些物质在我身上并不显著，你们为什么要赞美我，说我具有这一切我并不具备的物质呢？我不想听这些不符合实际的话语，把它们献给其他人会好些。

要旨 玛哈茹阿佳·普瑞图(Mahārāja Pṛthu)是至尊人格首神的能量化身——沙克提亚维沙·阿瓦塔尔(śaktyāveśa-avatāra)，因此苏塔(sūta)、玛格达(māgadha)和万迪(vandī)所作的赞美性祈祷，全面解释了他的神性品质。但普瑞图王还没有展示这些品质，所以便十分谦卑地询问道，奉献者们为什么把他赞美得那么崇高。他认为自己除非真正具有他们所说的这些品质，否则不希望别人这么赞美他。他是首神的一位化身，祈祷赞美他无疑是恰当的，但他警告说：不具备神性品质的人，不应该被视为是人格首神的化身。如今世上有许多所谓的人格首神的化身；尽管这些人只不过是蠢货和无赖，根本不具备神性品质，但人们却把他们接受为是神的化身。普瑞图王希望，他将要展示出的品格可以证实这些赞美的话语是属实的。尽管奉献者们所献上的赞美诗并没有错误，但普瑞图·玛哈茹阿佳还是指出，这样的赞美不应该给予那些冒充至尊人格首神化身的冒牌货。

第23节 तस्मात्परोक्षेऽस्मदुपश्रुतान्यलं
क रिष्यथ स्तोत्रमपीच्यवाचः ।
सत्युत्तमश्लोक गुणानुवादे
जुगुप्सितं न स्तवयन्ति सभ्याः ॥ २३ ॥

tasmāt parokṣe 'smad-upaśrutāny alaṁ
karişyatha stotram apīcya-vācaḥ
saty uttamaśloka-guṇānuvāde
jugupsitaṁ na stavayanti sabhyāḥ

tasmāt—因此 / parokṣe—在将来 / asmat—我的 / upaśrutāni—

有关讲到的品质 / alam—充分地 / kariṣyatha—你将能献上 / stotram—祈祷 / apīcya-vācaḥ—文雅的吟诵者啊 / sati—做正确的事 / uttama-śloka—至尊人格首神的 / guṇa—品质的 / anuvāde—谈论 / jugupsitam—向一个令人厌恶的人 / na—永不 / stavayanti—献上赞美诗 / sabhyāḥ—文雅的人

译文　文雅的吟诵者啊，等我身上真正展现了这些特质时再这样赞美我吧！向至尊人格首神祈祷的绅士，不把这些特质安在一个实际上根本不具备它们的人的身上。

要旨　至尊人格首神的儒雅的奉献者，完全清楚谁是神，谁不是。然而，对神一无所知且从不向至尊人格首神祈祷的非奉献者、非人格神主义者，总喜欢把凡人视为神，并把赞美神的话语用来赞美他。这就是奉献者和恶魔之间的不同之处。恶魔们杜撰出他们自己的神灵，或者向茹阿瓦纳(Rāvaṇa)和黑冉亚卡希普(Hiraṇyakaśipu)那样，声称自己是神。普瑞图·玛哈茹阿佳(Pṛthu Mahārāja)虽然确实是至尊人格首神的一位化身，但因为还没有展示至尊人的品质，所以拒绝接受那些赞美。他想强调的是：不真正具备这些品质的人，不该试图让他的信徒用不实之词赞美他，即使这些品质或许在将来会展示出来。不真正具有伟人品德的人如果让他的追随者赞美他，以期将来能发展出这些品德，那么这种赞美其实是一种侮辱。

第24节

महद्गुणानात्मनि कर्तुमीशः
कः स्तावकैः स्तावयतेऽसतोऽपि ।
तेऽस्याभविष्यन्निति विप्रलब्धो
जनावहासं कुमतिर्न वेद ॥ २४ ॥

mahad-guṇān ātmani kartum īśaḥ
kah stāvakaiḥ stāvayate 'sato 'pi

te 'syābhaviṣyann iti vipralabdho
janāvahāsaṁ kumatir na veda

mahat—崇高的 / guṇān—品质 / ātmani—在他自己身上 / kartum—展示 / īśaḥ—能干的 / kaḥ—谁 / stāvakaiḥ—被追随者们 / stāvayate—导致被赞美 / asataḥ—不存在 / api—尽管 / te—他们 / asya—他的 / abhaviṣyan—也许是 / iti—如此 / vipra-labdhaḥ—欺骗 / jana—人们的 / avahāsam—侮辱 / kumatiḥ—傻瓜 / na—不 / veda—知道

译文 一个足以拥有这些崇高品质的明智之人，如果事实上还不具备它们，怎么可能允许他的追随者这样赞美他？通过说一个人如果受教育就有可能成为一个大学者来赞美他，只不过是一种欺骗。接受这种赞美的蠢人不知道，这种话对他来说只是一种羞辱。

要旨 正如主布茹阿玛(Brahmā)和其他半神人在送普瑞图(Pṛthu)王许多天堂的礼物时已经查明的那样，普瑞图王是至尊人格首神的一位化身。但因为刚刚举行了加冕仪式，所以他还没能透过行动展示出他的神性品质。因此，他不愿意接受奉献者对他的赞美。那些冒充神的化身的人应该从普瑞图的行为中吸取教训。不具备神性品质的恶魔，不该接受追随他们的人对他们进行的不实赞美。

第25节 प्रभवो ह्यात्मनः स्तोत्रं जुगुप्सन्त्यपि विश्रुताः ।
ह्रीमन्तः परमोदाराः पौरुषं वा विगर्हितम् ॥ २५ ॥

prabhavo hy ātmanaḥ stotraṁ
jugupsanty api viśrutāḥ
hrīmantaḥ paramodārāḥ
pauruṣaṁ vā vigarhitam

prabhavaḥ—强有力的人物 / hi—无疑地 / ātmanaḥ—他们自己的 / stotram—赞美 / jugupsanti—不喜欢 / api—尽管 / viśrutāḥ—非常著名的 / hrī-mantaḥ—谦逊的 / parama-udārāḥ—宽宏大量的人 / pauruṣam—有力的行动 / vā—也 / vigarhitam—令人厌恶的

译文 就像高尚而有荣誉感的人，不喜欢听人说自己从事过的令人憎恶的行为一样，著名而有权利的人，不喜欢听人赞美自己。

第26节 वयं त्वविदिता लोके सूताद्यापि वरीमभिः ।
क र्मभिः क थमात्मानं गापयिष्याम बालवत् ॥ २६ ॥

vayaṁ tv aviditā loke
sūtādyāpi varīmabhiḥ
karmabhiḥ katham ātmānaṁ
gāpayiṣyāma bālavat

vayam—我们 / tu—那时 / aviditāḥ—不出名的 / loke—在这个世界里 / sūta-ādya—以苏塔为首的人们啊 / api—现在 / varīmabhiḥ—伟大的、值得赞美的 / karmabhiḥ—通过行动 / katham—怎么 / ātmānam—向我自己 / gāpayiṣyāma—我应该让你们供奉 / bālavat—像孩子一样

译文 普瑞图王继续说：以苏塔为首的亲爱的奉献者们，我现在还没做什么令人钦佩的事，因此我个人的活动还没有那么出名，以至于值得你们歌颂。因此，我怎么能像孩子一样让你们赞美我的活动呢？

到此为止，结束了巴克提韦丹塔对《圣典博伽瓦谭》第 4 篇第 15 章“普瑞图王的显现和加冕”所作的阐释。

第十六章

职业吟诵者赞美普瑞图王

第1节

मैत्रेय उवाच
इति ब्रुवाणं नृपतिं गायका मुनिचोदिताः ।
तुष्टुवुस्तुष्टमनसस्तद्वागमृतसेवया ॥ १ ॥

maitreya uvāca
iti bruvāṇaṁ nṛpatiṁ
gāyakā muni-coditāḥ
tustuvus tusta-manasas
tad-vāg-amṛta-sevayā

maitreyaḥ uvāca—伟大的圣人麦垂亚说 / iti—如此 / bruvāṇam—说 / nṛpatim—君王 / gāyakāḥ—吟诵者 / muni—由圣人 / coditāḥ—被教导 / tuṣṭuvuḥ—赞美、满足 / tuṣṭa—被取悦 / manasaḥ—他们的心 / tat—他的 / vāk—话语 / amṛta—甘露般的 / sevayā—通过聆听

译文 伟大的圣人麦垂亚继续说：当普瑞图王说这番话时，那琼浆玉液般甘美的话语所体现出的谦逊使吟诵者们极为高兴。于是，他们按大圣人们对他们的教导，再一次向普瑞图王献上典雅的祷辞，继续给予他高度的赞扬。

要旨 这节诗中的梵文 muni-coditāḥ 一词是指，从伟大的圣人那里得到的教导。尽管普瑞图(Pṛthu)王刚刚在加冕仪式上登基，还没时间展示他的神性力量，但苏塔(sūta)、玛格达(māgadha)和万迪(vandī)等吟诵者明白他是神的一位化身，在伟大的圣人和博学的布茹阿玛纳(brāhmaṇa，婆罗门)教导下，他们能了解这一点。我们必须通过权威人

士的教导去认识神的化身，而不该按自己的想象杜撰出一个神。纳若塔玛·达斯·塔库尔(Narottama dāsa Ṭhākura)说：必须按照圣人、经典和灵性导师的教导，检验所有的灵性事物(sādhu- śāstra-guru)。追随前辈灵性导师和圣人(萨杜，sādhu)的人，才是灵性导师。真正的灵性导师不说权威经典中没有说过的话。普通人必须按照圣人、经典和灵性导师的教导做。经典中的声明与真正的圣人或灵性导师说的话，不可能是互相冲突、不一致的。

苏塔和玛格达等吟诵者心里很清楚，普瑞图王是至尊人格首神的一位化身。尽管君王当时还没有展示出他的神性品质，因此拒绝接受他们的赞美，但吟诵者们并没有停止对他赞美。相反，他们对君王很满意，认为他虽然实际上是神的化身，但在与奉献者打交道时却那么谦逊。就有关这方面，我们可以注意到前一章的第 21 节诗中描述说，普瑞图王在对吟诵者们讲话时，一直愉快地微笑着。因此，我们必须向至尊主或祂的化身学习，如何谦虚、儒雅地待人接物。君王的行为使吟诵者们很高兴，因此按照圣人们的教导继续赞美他，甚至预言了君王将来的活动。

第2节

नालं वयं ते महिमानुवर्णने
　　यो देववर्योऽवततार मायया ।
वेनाङ्गजातस्य च पौरुषाणि ते
　　वाचस्पतीनामपि बभ्रमुर्धियः ॥ २ ॥

nālaṁ vayaṁ te mahimānuvarṇane
　yo deva-varyo 'vatatāra māyayā
venāṅga-jātasya ca pauruṣāṇi te
　vācas-patīnām api babhramur dhiyaḥ

na alam—没有能力 / vayam—我们 / te—您的 / mahima—荣耀 / anuvarṇane—描述 / yaḥ—……的您 / deva—人格首神 / varyaḥ—最

重要的 / avatatāra—降临 / māyayā—由祂的内在能量或没有缘故的仁慈 / vena-aṅga—从维纳王的躯体 / jātasya—显现的…… / ca—和 / pauruṣāṇi—光荣的活动 / te—您的 / vācaḥ-patīnām—伟大的演讲家的 / api—尽管 / babhramuḥ—变得迷惑 / dhiyaḥ—心

译文　吟诵者们说：亲爱的君王，您是至尊人格首神维施努的直接化身，凭借祂没有缘故的仁慈，您降临到这个地球；因此，要完全如实地赞美您崇高的活动是我们能力所不及的。尽管您经由维纳王的躯体显现，但就连非凡的演讲家主布茹阿玛和其他半神人，也不能完全准确地赞美陛下您的光荣活动。

要旨　这节诗中的梵文 māyayā 一词的意思是"凭借您的没有缘故的仁慈"。玛亚瓦迪(Māyāvādī)哲学家把玛亚(māyā)一词解释为是"错觉"或"虚假"。但是，玛亚还有另外一个意思，那就是"没有缘故的仁慈"。玛亚分两种，一种是尤嘎玛亚(yogamāyā)，一种是玛哈玛亚(mahāmāyā)。玛哈玛亚是尤嘎玛亚的扩展，这两种玛亚是至尊主的内在能量的不同展现。正如《博伽梵歌》(Bhagavad-gīta)中说明的，至尊主通过祂的内在能量(ātma-māyayā)显现。然而，玛亚瓦德(Māyāvāda)哲学却解释说，至尊主显现在由外在能量(物质能量)所提供的一个躯体内。我们不应该接受这种解释。至尊主和祂的化身都是完全独立的，可以凭祂的内在能量的作用显现在任何地方。普瑞图(Pṛthu)王虽然诞生于维纳(Vena)王的尸体，但还是至尊人格首神通过祂自己的内在能量所展示的一位化身。至尊主可以在任何家族中显现。祂有时以鱼化身(matsya-avatāra)显现，有时以雄猪化身(varāha-avatāra)显现。至尊主就是这样完全独立，通过祂的内在能量随心所欲地在祂想要显现的任何地方显现。

经典上说：至尊主的一位化身阿南塔(Ananta)有无数张嘴，虽然从不可追溯的年代起就一直用这些嘴讲述至尊主的荣光，但却始终讲不完。因此，更不用说主布茹阿玛(Brahmā)、主希瓦(śiva)和其他人了。经典说，主希瓦和主布茹阿玛等半神人总是在崇拜至尊主(Śiva-viriñci-nutam)。如果就连半神人都找不到适当的话语赞美至尊主的荣耀，那么其他人又能做什么呢？因此，苏塔和玛格达等吟诵者觉得怎么说都不足以描述普瑞图王。

用优美的诗句赞美至尊主，能使人得到净化。尽管我们没有能力用适当的话语向至尊主祈祷，赞美祂，但为了净化我们自身，我们有责任努力做。并不是说连主布茹阿玛和主希瓦这样的半神人都不能恰当地赞美至尊主，我们就应该停止赞美祂。相反，正如帕拉德·玛哈茹阿佳(Prahlāda Mahārāja)所言，每一个人都应该尽自己的能力赞美至尊主。如果我们是真心诚意的奉献者，至尊主就会赐给我们才智，让我们能恰如其分地向祂祈祷，赞美祂。

第3节

अथाप्युदारश्रवसः पृथोर्हरेः
क लावतारस्य क थामृतादृताः ।
यथोपदेशं मुनिभिः प्रचोदिताः
श्लाघ्यानि क र्माणि वयं वितन्महि ॥ ३ ॥

athāpy udāra-śravasaḥ pṛthor hareḥ
kalāvatārasya kathāmṛtādṛtāḥ
yathopadeśaṁ munibhiḥ pracoditāḥ
ślāghyāni karmāṇi vayaṁ vitanmahi

atha api—然而 / udāra—慷慨的 / śravasaḥ—……的名望 / pṛthoḥ—普瑞图王的 / hareḥ—主维施努的 / kalā—完整扩展的部分 / avatārasya—化身 / kathā—话语 / amṛta—甘露般的 / ādṛtāḥ—留意 / yathā—按照 / upadeśam—教导 / munibhiḥ—由伟

大的圣人 / pracoditāḥ—受到鼓励 / ślāghyāni—值得赞赏 / karmāṇi—活动 / vayam—我们 / vitanmahi—应该努力传扬

译文 我们虽然没有能力对您做恰如其分的赞美，但赞美您使我们体验到超然的感受。我们应该按照从圣人和学者这些权威那里得到的教导来努力赞美您。然而，我们说的一切永远都是不充分、不恰当和没有意义的。亲爱的君主，您是至尊人格首神的直接化身，您心胸宽阔，因此所从事的一切活动都是永远值得赞赏的。

要旨 无论一个人有多么老练，他也永远描述不尽至尊主的荣耀。尽管如此，那些致力于颂扬至尊主活动的人还是应该竭尽所能。这种努力将取悦至尊人格首神。主柴坦亚(Caitanya)奉劝所有追随祂的人，到世界各地去传播主奎师那的讯息。由于这一信息从根本上说就是《博伽梵歌》(Bhagavad-gītā)的内容，因此传播这一信息的人有责任通过师徒传承，以及大圣人和博学的奉献者的解释，来学习和理解《博伽梵歌》的真实内涵。人应该按照圣人(萨杜，sādhu)灵性导师(古茹，guru)和经典(沙斯陀，śāstra)的教导，向大众宣讲有关至尊主的信息。这种简单的方法是颂扬至尊主的最简便的方法。为至尊主做奉爱服务是真正的方法，因为做奉爱服务的人只要说几句话就能满足至尊人格首神。但是，没有奉爱服务，光是大量的书籍并不能取悦至尊主。奎师那意识运动中的传道者也许没有足够的能力描述至尊主的荣耀，但却可以到世界各地，请求人们吟诵、吟唱哈瑞·奎师那曼陀(Hare Kṛṣṇa Mantra)。

第4节 एष धर्मभृतां श्रेष्ठो लोकं धर्मेऽनुवर्तयन् ।
गोप्ता च धर्मसेतूनां शास्ता तत्परिपन्थिनाम् ॥ ४ ॥

eṣa dharma-bhṛtāṁ śreṣṭho
lokaṁ dharme 'nuvartayan
goptā ca dharma-setūnāṁ
śāstā tat-paripanthinām

eṣaḥ—这位普瑞图王 / duarma-bhṛtām—从事宗教活动之人的 / śreṣṭhaḥ—最佳的 / lokam—整个世界 / dharme—在宗教活动中 / anuvartayan—正确地安排他们 / goptā—保护者 / ca—也 / dharma-setūnām—宗教原则的 / śāstā—惩罚者 / tat-paripanthi-nām—那些违反宗教原则的人的

译文 这位君王——普瑞图·玛哈茹阿佳，是遵守宗教原则的人当中最优秀的人。同样，他将让所有的人都遵守宗教原则，全面维护那些原则。他还将严厉惩罚那些反宗教的无神论者。

要旨 这节诗中很好地描述了君王或政府首脑的职责。监督人们严格按照宗教原则生活是政府首脑的职责。君王应该严厉地惩罚无神论者。换句话说，君王或政府首脑永远都不该支持不信神的政府。这是对优秀政府的检验。在现代所谓的宗教与国家职能分离的政府里，君王或政府首脑保持中立，允许人们从事各种各样违反宗教原则的罪恶活动。在这种国家里，尽管经济得到了全面的发展，但人们不可能幸福。在如今这个喀历(kali)年代里，世上根本没有虔诚的君王。相反，流氓和盗贼被选举为政府首脑。但是，人们怎么可能在没有宗教和神意识的情况下幸福、快乐呢？无赖们为了自己的感官享乐向人民征收赋税，按照《圣典博伽瓦谭》(Śrīmad-Bhāgavatam)的预言，今后人们会被无赖们折磨得被迫逃离家园，背井离乡到森林中去隐藏起来。不过，在喀历年代里，有奎师那意识的人可能会赢得掌管民主制政府的机会。如果能这样，人民大众就有可能获得幸福。

第5节　एष वै लोक पालानां बिभर्त्येक स्तनौ तनूः ।
क ाले क ाले यथाभागं लोकयोरुभयोर्हितम् ॥ ५ ॥

eṣa vai loka-pālānāṁ
　bibharty ekas tanau tanūḥ
kāle kāle yathā-bhāgaṁ
　lokayor ubhayor hitam

eṣaḥ—这位君王 / vai—肯定地 / loka-pālānām—全体半神人的 / bibharti—忍受 / ekaḥ—独自 / tanau—在他体内 / tanūḥ—躯体 / kāle kāle—在一定的时间里 / yathā—根据 / bhāgam—适当的份额 / lokayoḥ—星系的 / ubhayoḥ—两者 / hitam—福利

译文　这位君王将用他自己的身体，在适当的时间里，通过把自己展现为不同的半神人去从事各种系统的活动，来维系一切众生并让他们生活在愉快、舒适的环境中。因此，他将通过引导大众举行韦达祭祀来维系高等星系。在适当的时候，他还将通过控制适当的降雨量来维系这个地球。

要旨　负责维持这个世界正常运作的各种半神人，只不过是至尊人格首神的助手。当神的一位化身降临这个地球时，太阳神、月亮神和天帝因铎(Indra)等半神人就会跟祂一起来。这样，首神的化身就能代替那些负责各部门工作的半神人做工作，保持各个星系能正常运转。对地球的保护有赖于适量的降雨，正如《博伽梵歌》(Bhagavad-gītā)和其他经典中声明的，举行祭祀是为了取悦那些负责降雨的半神人。《博伽梵歌》第 3 章的第 14 节诗说：

annād bhavanti bhūtāni
　parjanyād anna-sambhavaḥ
yajñād bhavati parjanyo
　yajñaḥ karma-samudbhavaḥ

“众生的躯体靠五谷滋养，五谷靠雨水生长。雨水因雅格亚(祭祀)的举行而降，雅格亚则来自规定职责。”

因此，按正确的方法举行祭祀(雅格亚，yajña)是必需的。正如这节诗中指明的，普瑞图(Pṛthu)王本人将让全体国民致力于这种祭祀活动，使得世上没有物资匮乏和苦恼。然而，在喀历(Kali)年代，在所谓的宗教与国家职能分离的国家里，那些掌管政府各行政部门的所谓君王和总统，其实都是愚蠢的无赖，他们根本不了解大自然因果的复杂奥秘，不知道祭祀的原则。这些无赖只会制定各种各样永远实现不了的计划，使人们因而承受各种困扰的折磨。要改善这种情况，经典(沙斯陀，śāstra)建议说：

harer nāma harer nāma
harer nāmaiva kevalam
kalau nāsty eva nāsty eva
nāsty eva gatir anyathā

(《柴坦亚·查瑞塔姆瑞塔》阿迪篇 17.21)

“在这纷争、虚伪的年代中，得救的唯一方法是吟诵、吟唱至尊主的圣名。别无他法，别无他法，别无他法。”

为了改善现代政府管理所带来的这种不幸状况，人们大众应该吟诵、吟唱伟大的曼陀(mantra)：哈瑞·奎师那 哈瑞·奎师那 奎师那·奎师那 哈瑞·哈瑞 / 哈瑞·茹阿玛 哈瑞·茹阿玛 茹阿玛·茹阿玛 哈瑞·哈瑞(Hare Kṛṣṇa，Hare Kṛṣṇa，Kṛṣṇa Kṛṣṇa，Hare Hare / Hare Rāma，Hare Rāma，Rāma Rāma，Hare Hare)。

第6节 वसु काल उपादत्ते काले चायं विमुञ्चति ।
समः सर्वेषु भूतेषु प्रतपन् सूर्यवद्विभुः ॥ ६ ॥

vasu kāla upādatte
kāle cāyaṁ vimuñcati
samaḥ sarveṣu bhūteṣu
pratapan sūryavad vibhuḥ

vasu—财富 / kāle—在适当的时候 / upādatte—征税 / kāle—在适当的时候 / ca—也 / ayam—这位普瑞图王 / vimuñcati—返回 / samaḥ—平等的 / sarveṣu—对所有的 / bhūteṣu—生物 / pratapan—闪亮的 / sūrya-vat—像太阳神 / vibhuḥ—强大的

译文　这位普瑞图王将像太阳神一样有力，正如太阳神把他的阳光平均地照射在万物上，普瑞图王将平等地施予他的仁慈。同样，正如太阳神用八个月的时间蒸发大地上的水分，然后在雨季里慷慨地回赠给大地，这位君王也将向臣民征收赋税，在需要的时候把这些钱用在他们身上。

要旨　这节诗中很好地解释了征税一事。政府征得的税收不是为了让所谓的行政首脑进行感官享乐，而应该在饥荒或水灾等紧急情况发生时人民急需帮助的情况下发给民众。永远都不应该以高工资和各种津贴的形式，把税款分发给的政府中服务的人。但是，在喀历(Kali)年代里，人民大众的处境十分可怕；他们必须付各种各样的苛捐杂税，而这些税款却被花费在政府官员个人的舒适方面。

这节诗中用太阳作比喻是极为恰当的。太阳离地球有千万英里，虽然并没有真正接触地球，但却用阳光普照大地，并通过从海洋中吸取水分，在雨季里降雨，使大地变得肥沃。普瑞图(Pṛthu)王会像太阳一样熟练地在乡村和城市里做这些事。

第7节　तितिक्षत्यक्र मं वैन्य उपर्याक्र मतामपि ।
भूतानां क रुणः शश्वदार्तानां क्षितिवृत्तिमान् ॥ ७ ॥

titikṣaty akramaṁ vainya
upary ākramatām api
bhūtānāṁ karuṇaḥ śaśvad
ārtānāṁ kṣiti-vṛttimān

titikṣati—容忍 / akramam—冒犯 / vainyaḥ—维纳王的儿子 / upari—在他头上 / ākramatām—那些践踏的人的 / api—也 / bhūtānām—对众生 / karuṇaḥ—非常仁慈 / śaśvat—永远 / ārtānām—对苦恼之人 / kṣiti-vṛtti-mān—像大地一样做

译文 这位普瑞图王会极为仁慈地对待全体臣民。尽管卑鄙小人通过违反法律规定践踏君王的王威，但普瑞图王出于他没有缘故的仁慈，会予以遗忘和宽恕。作为全世界的保护者，他会像大地本身一样忍受。

要旨 这节诗比喻普瑞图(Pṛthu)王像大地一样忍受。大地虽然一直被人类和动物所践踏，但还是通过生产谷物、水果和蔬菜，为他们提供食物。普瑞图·玛哈茹阿佳(Pṛthu Mahārāja)作为理想的君王，被比喻为像地球一样，因为即使有些臣民违犯了国家的法律规定，他仍然宽容他们，为他们提供维持生活所需要的谷物和水果。换句话说，照顾臣民，使他们生活舒适，是君王的职责。他在履行职责时，即使牺牲自身的方便也应该在所不辞。然而，在喀历(Kali)年代情况并非如此，因为喀历年代里的君王和国家首脑用从国民那里征收来的税款寻欢作乐。他们这样不正当地使用税收使人们变得不诚实，人们想方设法隐瞒自己的收入，结果使国家收不到税，无法支付庞大的军费开支和行政费用。一切都会崩溃，全国将陷入一片混乱。

第8节 देवेऽवर्षत्यसौ देवो नरदेववपुर्हरिः ।
कृच्छ्रप्राणाः प्रजा ह्येष रक्षिष्यत्यञ्जसेन्द्रवत् ॥ ८ ॥

deve 'varṣaty asau devo
naradeva-vapur hariḥ
kṛcchra-prāṇāḥ prajā hy eṣa
rakṣiṣyaty añjasendravat

deve—当半神人(因铎) / avarṣati—不提供雨水 / asau—那 / devaḥ—玛哈茹阿佳·普瑞图 / nara-deva—君王的 / vapuḥ—具有……的身体 / hariḥ—至尊人格首神 / kṛcchra-prāṇāḥ—痛苦的生物体 / prajāḥ—臣民 / hi—无疑地 / eṣaḥ—这 / rakṣiṣyati—将保护 / añjasā—非常轻易地 / indra-vat—像天帝因铎

译文 当天不降雨，臣民面临干旱的巨大威胁时，这位人格首神的君王化身将会像天帝因铎那样提供雨水。他将以这种方式轻易地保护臣民免遭危难。

要旨 普瑞图(Pṛthu)王被比作太阳和半神人因铎(Indra)是非常恰当的。天帝因铎负责向地球和其他星系分发水。这节诗说明，如果因铎没有正确地履行他的职责，普瑞图王就会亲自安排降雨。有时候，当地球上的居民不举行祭祀取悦天帝因铎时，他就会生气。然而，作为至尊人格首神的一位化身，普瑞图王并不依靠天帝的恩典。这节诗中预言道，在雨水缺乏时，普瑞图王将运用他的神性力量改变这种情况。主奎师那在温达文(Vṛndāvana)显现时，曾经展示过这种力量。那时，因铎连着七天向温达文泼洒倾盆大雨，而奎师那举行起哥瓦尔丹(Govardhana)山，把它像一把巨伞一样遮在温达文居民的头顶上保护他们。为此，主奎师那又被称为哥瓦尔丹·达瑞(Govardhana-dhārī)。

第9节 आप्याययत्यसौ लोकं वदनामृतमूर्तिना ।
सानुरागावलोकेन विशदस्मितचारुणा ॥ ९ ॥

āpyāyayaty asau lokaṁ
vadanāmṛta-mūrtinā
sānurāgāvalokena
viśada-smita-cāruṇā

āpyāyayati—加强 / asau—他 / lokam—整个世界 / vadana—被他的脸庞 / amṛta-mūrtinā—月亮般的 / sa-anurāga—充满深情的 / avalokena—用瞥视 / viśada—明亮的 / smita—微笑 / cāruṇā—美丽的

译文 这位君王——普瑞图·玛哈茹阿佳，将靠他深情的瞥视和对巨民始终深情微笑着的美丽如月的脸庞，稳固人民大众的和平生活。

第10节 अव्यक्त वर्त्मैष निगूढक र्यो
गम्भीरवेधा उपगुप्तवित्तः ।
अनन्तमाहात्म्यगुणैकधामा
पृथुः प्रचेता इव संवृतात्मा ॥ १० ॥

avyakta-vartmaiṣa nigūḍha-kāryo
gambhīra-vedhā upagupta-vittaḥ
ananta-māhātmya-guṇaika-dhāmā
pṛthuḥ pracetā iva saṁvṛtātmā

avyakta—不展示的 / vartmā—政策 / eṣaḥ—这位君王 / nigūḍha—机密的 / kāryaḥ—他的活动 / gambhīra—庄重的、秘密的 / vedhāḥ—他的成就 / upagupta—秘密地保持着 / vittaḥ—他的宝库 / ananta—无限的 / māhātmya—光荣的 / guṇa—好品质的 / eka-dhāmā—唯一的源泉 / pṛthuḥ—普瑞图王 / pracetāḥ—海王瓦茹纳 / iva—像 / saṁvṛta—遮盖 / ātmā—自己

译文 吟诵者继续道：没人能明白君王将实施的政策。他的活动也非常机密，以致没人知道他是怎么令每一项活动都获得成功的。人们永远不知道他的宝库的状况，他是无限荣光和美好品质的储藏所。恰似海神瓦茹纳被水包裹着，普瑞图王的真正身份和地位始终藏而不露。

要旨　所有的物质元素都有一位负责掌管的神明，瓦茹纳(Varuṇa)——帕柴塔(Pracetā)是掌管海洋的神明。表面上看，海洋是无生命的，但熟悉大海的人知道，海水里存在着许多种生命。水国的君王是瓦茹纳。正如没人能了解海面下在发生什么事情一样，没人能明白普瑞图(Pṛthu)王用什么政策使万事成功。事实上，普瑞图王的政策非常严肃。他之所以成功，是因为他是无数辉煌品质的储藏所。

这节诗中的梵文 upagupta-vittaḥ 一词非常重要。它指明，没人知道普瑞图王秘密地持有多少财富。不光是君王，其实每一个人都应该对辛苦挣得的钱财保密，以便在适当的时候用于实现好的、实际的目的。然而，在喀历(Kali)年代，君王或政府并没有受到很好保护的国库，纸币是唯一用来流通的货币。一遇到经济不景气时，政府就会人为地增印货币，造成通货膨胀、物价上涨，人们的一般生活状况很不稳定。因此，把自己的钱藏起来是一种古老的做法，我们发现即使在玛哈茹阿佳·普瑞图(Mahārāja Pṛthu)统治期间，就已经有这种做法了。君王有权秘密保有他的国库；同样，人民也有权对个人所得保密。这么做没有错。关键是：所有的人都应该在四社会阶层和四灵性阶段(瓦尔纳刷玛·达尔玛，varṇāśrama-dharma)制度中受到训练，以便学会只把钱用在崇高的事情上。

第11节　दुरासदो दुर्विषह आसन्नोऽपि विदूरवत् ।
नैवाभिभवितुं शक्यो वेनारण्युत्थितोऽनलः ॥ ११ ॥

durāsado durviṣaha
　āsanno 'pi vidūravat
naivābhibhavituṁ śakyo
　venārany-utthito 'nalaḥ

durāsadaḥ—无法接近的 / durviṣahaḥ—无法忍受的 / āsannaḥ—

被接近 / api—尽管 / vidūra-vat—仿佛很远 / na—永不 / eva—肯定地 / abhibhavitum—被征服 / śakyaḥ—能够 / vena—维纳王 / araṇi—生火的木柴 / utthitaḥ—生于 / analaḥ—火

译文 正如火产自阿茹阿尼木柴，普瑞图王诞生于维纳王的尸体。因此，普瑞图王将永远像火一样，使他的敌人接近不了他。事实上，他的敌人将无法忍受他，因为他们虽然离他很近，但却永远接近不了他，相反一直像是离他很远。世上将没人能比普瑞图王更有力量。

要旨 阿茹阿尼(Araṇi)木柴是一种燃料，经常被用来摩擦点火。在举行祭祀时，人可以用阿茹阿尼木柴点燃祭祀之火。普瑞图(Pṛthu)王虽然诞生于他父亲的尸体，但仍然像火令人不易接近一样，使他的敌人无法接近他，即使他们看起来离他很近。

第12节 अन्तर्बहिश्च भूतानां पश्यन् कर्माणि चारणैः ।
उदासीन इवाध्यक्षो वायुरात्मेव देहिनाम् ॥ १२ ॥

antar bahiś ca bhūtānāṁ
paśyan karmāṇi cāraṇaiḥ
udāsīna ivādhyakṣo
vāyur ātmeva dehinām

antaḥ—内在地 / bahiḥ—外在地 / ca—和 / bhūtānām—生物的 / paśyan—看到 / karmāṇi—活动 / cāraṇaiḥ—靠侦察 / udāsīnaḥ—中立的 / iva—像 / adhyakṣaḥ—证人 / vāyuḥ—生命之气 / ātmā—生命力 / iva—像 / dehinām—一切有物质躯体的

译文 普瑞图王将能看到他的每一个臣民内心和外在的

活动，但却没人能了解他的侦察系统。有关对他的赞美或诽谤，他本人将保持中立的态度。他将完全像空气和体内的生命力一样，虽然同时在内外展现，但对一切都始终保持不偏不倚。

第13节 नादण्ड्यं दण्डयत्येष सुतमात्मद्विषामपि ।
दण्डयत्यात्मजमपि दण्ड्यं धर्मपथे स्थितः ॥ १३ ॥

nādaṇḍyaṁ daṇḍayaty eṣa
sutam ātma-dviṣām api
daṇḍayaty ātmajam api
daṇḍyaṁ dharma-pathe sthitaḥ

na—不 / adaṇḍyam—不可惩罚的 / daṇḍayati—惩罚 / eṣaḥ—这位君王 / sutam—儿子 / ātma-dviṣān—他的敌人的 / api—甚至 / daṇḍayati—他惩罚 / ātma-jam—他自己的儿子 / api—甚至 / daṇḍyam—可惩罚的 / dharma-pathe—在虔诚之路上 / sthitaḥ—处于

译文 由于这位君王一直走在虔诚的大道上，他将不偏不倚地对待自己的儿子和敌人的儿子。如果他敌人的儿子不该受罚，他就不会对其施以惩罚，可他自己的儿子如果该受罚，他就会立即将其绳之以法。

要旨 这些都是公正的统治者所具有的特征。惩罚罪犯，保护无辜之人，是统治者的职责。普瑞图(Pṛthu)王是如此不偏不倚，甚至如果他自己的儿子该受惩罚，他就会毫不犹豫地予以惩罚；相反，如果他敌人的儿子没有犯错，他就不会搞阴谋去惩罚他敌人的儿子。

第14节 अस्याप्रतिहतं चक्रं पृथोरामानसाचलात् ।
वर्तते भगवानर्को यावत्तपति गोगणैः ॥ १४ ॥

asyāpratihataṁ cakraṁ
pṛthor āmānasācalāt
vartate bhagavān arko
yāvat tapati go-gaṇaiḥ

asya—这位君王的 / apratihatam—不受阻碍 / cakram—影响圈 / pṛthoḥ—普瑞图王的 / ā-mānasa-acalāt—上至玛纳萨山 / vartate—保持 / bhagavān—最有力的 / arkaḥ—太阳神 / yāvat—正如 / tapati—发光 / go-gaṇaiḥ—用光芒

译文 正如太阳神把阳光照射在北极地带而不受阻挡，普瑞图王将在他的有生之年不受干扰地保护包括北极在内的全世界。

要旨 尽管一般人看不到北极，但阳光还是不受阻挡地照到那里。正如没人能阻挡阳光普照宇宙，只要普瑞图(Pṛthu)王在世一天，就没人能阻挡他的影响力和统治。总之，就像不能把阳光和太阳神分开一样，普瑞图王和他的统治力量是分不开的。他将不受干扰地统治众生。因此，君王与他的统治力量是不可分的。

第15节 रञ्जयिष्यति यल्लोकमयमात्मविचेष्टितैः ।
अथामुमाहू राजानं मनोरञ्जनकैः प्रजाः ॥ १५ ॥

rañjayiṣyati yal lokam
ayam ātma-viceṣṭitaiḥ
athāmum āhū rājānaṁ
mano-rañjanakaiḥ prajāḥ

rañjayiṣyati—将令人快乐 / yat—因为 / lokam—整个世界 / ayam—这个君王 / ātma—亲自 / viceṣṭitaiḥ—通过活动 / atha—因此 / amum—他 / āhuḥ—他们称呼 / rājānam—君王 / manaḥ-rañjanakaiḥ—让人心中十分高兴 / prajāḥ—居民

译文　这位君王将以他的实际行动满足大众，他的全体臣民将始终感到心满意足。为此，臣民们将极为满意地把他接受为是统治他们的君王。

第16节　दृढव्रतः सत्यसन्धो ब्रह्मण्यो वृद्धसेवकः ।
शरण्यः सर्वभूतानां मानदो दीनवत्सलः ॥ १६ ॥

dṛḍha-vrataḥ satya-sandho
brahmaṇyo vṛddha-sevakaḥ
śaraṇyaḥ sarva-bhūtānāṁ
mānado dīna-vatsalaḥ

dṛḍha-vrataḥ—坚定的决心 / satya-sandhaḥ—始终处在真理中 / brahmaṇyaḥ—热爱布茹阿玛纳文化的人 / vṛddha-sevakaḥ—侍奉老人的人 / śaraṇyaḥ—可托庇的 / sarva-bhūtānām—众生的 / mānadaḥ—对众生尊重的人 / dīna-vatsalaḥ—对可怜、无助的人很仁慈

译文　这位君王将始终坚持真理。他热爱布茹阿玛纳文化，将会为长者做所有的服务，并保护一切归顺的灵魂。他尊重、关心众生，将始终仁慈地对待可怜、无辜的生物体。

要旨　这节诗中的梵文 vṛddha-sevakaḥ 一词意义重大。Vṛddha 的意思是“老人”。老人有两种，一种是就年龄而论，另一种是靠

知识而成为“老人”。这个梵文词表明，人可以通过提高知识成为长者。普瑞图(Pṛthu)王很尊重布茹阿玛纳(brāhmaṇa，婆罗门)，给予他们保护。他也保护上了年纪的人。普瑞图王无论决定做什么，都没人能阻止。这称为坚定的决心(dṛḍha-saṅkalpa or dṛḍha-vrata)。

第17节 मातृभक्तिः परस्त्रीषु पत्न्यामर्ध इवात्मनः ।
प्रजासु पितृवत्स्निग्धः कि ङ्करो ब्रह्मवादिनाम् ॥१७॥

mātṛ-bhaktiḥ para-strīṣu
patnyām ardha ivātmanaḥ
prajāsu pitṛvat snigdhaḥ
kiṅkaro brahma-vādinām

mātṛ-bhaktiḥ—像尊重自己的母亲一样尊重 / para-strīṣu—对其他妇女 / patnyām—对他的妻子 / ardhaḥ——半 / iva—像 / ātmanaḥ—他身体的 / prajāsu—对臣民们 / pitṛ-vat—像父亲 / snigdhaḥ—深情 / kiṅkaraḥ—仆人 / brahma-vādinām—传播至尊主荣耀的奉献者的

译文 这位君王将尊重所有的女性，把她们视为自己的母亲。他会像对待自己身体的另一半一样对待他妻子。对他的臣民，他会像慈父一样。对那些一直在传扬至尊主荣光的奉献者，他将把自己当做他们最顺从的仆人。

要旨 有学问的人把除妻子之外的其他妇女都视为是自己的母亲，把他人的财产视为是街上的垃圾，对待他人像对待自己一样。这些特征，是查纳克雅·潘迪特(Cāṇakya Paṇḍita)所描述的有学问的人的特征，而这应该成为教育的标准。受教育不该只是为了得到学位。人应该把学到的知识运用在自己的生活中。普瑞图(Pṛthu) 王在他的一生中，真实地展现了有学问的人所具有的这些特征。他虽然是君王，但却把自己视为是至尊主奉献者的仆人。按照韦达礼仪，如果一位奉献者到君王的宫殿去，君王应该立即把自己的座位让给他。

梵文 brahma-vādinām 一词很有意义。brahma-vādī 指至尊主的奉献者。布茹阿曼(Brahman，梵)、帕茹阿玛特玛(paramātmā，超灵)和巴嘎万(Bhagavān)，是对至尊布茹阿曼的不同称呼，而至尊布茹阿曼就是主奎师那。在《博伽梵歌》(Bhagavad-gītā)第 10 章的第 12 节诗中，阿尔诸纳(Arjuna)承认了这一点(paraṁ brahma paraṁ dhāma)。因此，brahma-vādinām 一词是指至尊主的奉献者。国家应该始终为至尊主的奉献者服务，理想的国家应该按奉献者的教导行事。普瑞图王遵守这一原则，因此受到高度的赞扬。

第18节 देहिनामात्मवत्प्रेष्ठः सुहृदां नन्दिवर्धनः ।
मुक्तसङ्गप्रसङ्गोऽयं दण्डपाणिरसाधुषु ॥ १८ ॥

dehinām ātmavat-preṣṭhaḥ
suhṛdāṁ nandi-vardhanaḥ
mukta-saṅga-prasaṅgo 'yaṁ
daṇḍa-pāṇir asādhuṣu

dehinām—向有躯体的众生 / ātma-vat—像他自己一样 / preṣṭhaḥ—视为所爱的 / suhṛdām—他朋友的 / nandi-vardhanaḥ—增加快乐 / mukta-saṅga—与完全没有物质污染的人 / prasaṅgaḥ—亲密的交往 / ayam—这位君王 / daṇḍa-pāṇiḥ—惩罚之手 / asādhuṣu—对罪犯

译文 这位君王将会视所有受躯体制约的生物亲如自己，将一直不断地增加他朋友的快乐。他会与解脱的人亲密交往，还将是惩罚一切不虔诚之人的行家。

要旨 梵文 dehinām 一词指那些有物质躯体的生物。宇宙中共有八百四十万种物质躯体，生物处在这些不同形状的躯体中。君王对待这些生物就像对待他自己一样。然而，在这个年代时，所谓的君王和总统们对待众生并不像对待自己一样。他们大多数人都吃肉，即使有些人不吃肉并装出一副很虔诚的样子，但却允许屠宰乳牛。这种有罪的国家首脑，任何时候都不会真正得到人们的爱戴。这节诗中另一个重要的词是，“与完全没有污染的人亲密的交往(mukta-saṅga-prasaṅgaḥ)”。这个词是指君王总是与解脱了的人交往、联谊。

第19节 अयं तु साक्षाद्भगवांस्त्र्यधीशः
कूटस्थ आत्मा कलयावतीर्णः ।
यस्मिन्नविद्यारचितं निरर्थकं
पश्यन्ति नानात्वमपि प्रतीतम् ॥ १९ ॥

ayaṁ tu sākṣād bhagavāṁs try-adhīśaḥ
kūṭa-stha ātmā kalayāvatīrṇaḥ
yasminn avidyā-racitaṁ nirarthakaṁ
paśyanti nānātvam api pratītam

ayam—这位君王 / tu—那时 / sākṣāt—直接地 / bhagavān—至尊人格首神 / tri-adhīśaḥ—三个星系的主人 / kūṭa-sthaḥ—没有任何改变 / ātmā—超灵 / kalayā—被完整扩展的一部分 / avatīrṇaḥ—降临 / yasmin—在那人之中 / avidyā-racitam—由无知制造 / nirarthakam—没有意义 / paśyanti—他们看到 / nānātvam—物质的多样化 / api—肯定地 / pratītam—理解

译文 这位君王是三个世界的主人，被至尊人格首神直接赋予了力量。他从不变化，是至尊主称为沙克提亚维沙·阿瓦塔尔的一个化身。作为已解脱的灵魂和全知的人，他看一切物质的多样化都是毫无意义的，因为他知道无知是它们的根基。

要旨　吟诵这些赞美诗的吟诵者正在描述普瑞图·玛哈茹阿佳(Pṛthu Mahārāja)的超然品质。这些品质用一句话概括就是“他直接是至尊人格首神(sākṣād bhagavān)”。正因为如此，普瑞图王拥有无限的优秀品质。作为至尊人格首神的一位化身，普瑞图·玛哈茹阿佳的卓越品质无与伦比。至尊人格首神完全具有六种财富，而普瑞图王因为被赋予了特殊的力量，所以也完全能展示出至尊人格首神的这六种财富。

诗中“不变的(kāṭa-stha)”一词也很重要。生物分两种，一种叫尼提亚·穆克塔(nitya-mukta)，另一种叫尼提亚·巴德(nityabddha)。称为尼提亚·穆克塔的生物永远都不会忘记自己是至尊人格首神的永恒仆人。没忘记这种地位并知道自己是至尊主不可缺少的一部分的人，就是尼提亚·穆克塔。尼提亚·穆克塔作为至尊主超灵的扩展而代表超灵。韦达经中说：称为尼提亚·穆克塔的生物，知道自己是永恒的至尊人格首神(至尊尼提亚)的一个扩展(nityo nityānām)。处在这种境界中的他，以不同常人的视野看待物质世界。称为尼提亚·巴德的生物是永远受制约的生物，他们以为物质的多样化真的是各不相同。就有关这一点我们应当牢记，受制约的灵魂所具有的物质躯体，被认为就像衣服一样。一个人可以穿各种各样的衣服，但真正有学问的人并不看人穿的衣服。正如《博伽梵歌》(Bhagavad-gītā)第 5 章的第 18 节诗所说：

vidyā-vinaya-sampanne
　brāhmaṇe gavi hastini
śuni caiva śvapāke ca
　panditāh sama-darśinah

“谦卑的圣人凭真正的知识用平等的眼光看待母牛、大象、狗和吃狗肉的人(不属于四个社会阶层的人)，以及博学、温和的布茹阿玛纳。”

因此，有学问的人并不看包裹着生物的外在服装，而是看在各种服装里的纯粹的灵魂。他们清楚地知道各种服装只不过是无知的产物(avidyā-racitam)。作为被至尊人格首神授予了力量的化身(śaktyāveśa-avatāra)，普瑞图·玛哈茹阿佳并没有改变他的灵性状态，因此不可能把物质世界看成是真实的存在。

第20节 अयं भुवो मण्डलमोदयाद्रे-
गोप्तैक वीरो नरदेवनाथः ।
आस्थाय जैत्रं रथमात्तचापः
पर्यस्यते दक्षिणतो यथार्कः ॥ २० ॥

ayaṁ bhuvo maṇḍalam odayādrer
goptaika-vīro naradeva-nāthaḥ
āsthāya jaitraṁ ratham ātta-cāpaḥ
paryasyate dakṣiṇato yathārkaḥ

ayam—这位君王 / bhuvaḥ—世界的 / maṇḍalam—地球 / āudaya-adreḥ—从能看到太阳刚刚升起的那座高山 / goptā—将保护 / eka—独一无二的 / vīraḥ—强大的、英勇的 / nara-deva—人类社会中的全体君王和神灵的 / nāthaḥ—主人 / āsthāya—处在……上 / jaitram—胜利 / ratham—他的战车 / ātta-cāpaḥ—手持弓 / paryasyate—他将环绕 / dakṣiṇataḥ—从南方 / yathā—像 / arkaḥ—太阳

译文 这位君王的力量和英勇行为无与伦比，因此天下无敌。他将乘坐他那胜利的战车，手持战无不胜的弓箭，恰似太阳从南方按自己的轨道运转一样游遍全球。

要旨 这节诗中的“像太阳一样(yathārkaḥ)”一词，是指太阳并不是固定不动，而是在至尊人格首神给它定的轨道上旋转运行。韦达经典《布茹阿玛·萨密塔》(Brahma-saṁhitā)和《圣典博伽瓦谭》(Śrīmad-Bhāgavatam)的其他篇章，都证实了这一点。《圣典博伽瓦谭》第5篇中说，太阳以每秒一万六千英里的速度在它的轨道上旋转运行。同样，《布茹阿玛·萨密塔》中说：太阳按至尊人格首神的命令在它的轨道上旋转运行(yasyājñayā bhramati sambhṛta-kāla-cakraḥ)。结论是：太阳并不是固定在某一个地方不动的。谈到普瑞图·玛哈茹阿佳(Pṛthu Mahārāja)，诗中指明，他的统治权将扩展到全世界。喜马拉雅山是最先能看到太阳升起的地方，它被称为乌达雅查拉(udayācala)或乌达雅兑(udayādri)。这节诗中指出，普瑞图·玛哈茹阿佳统治全世界，甚至包括喜马拉雅山和所有的海洋边缘。换句话说，他将统治全球。

这节诗中的另一个重点梵文词是纳茹阿戴瓦(naradeva)。正如前面几节诗所描述的：合格的君王，无论是普瑞图王还是其他统治国家的理想君王，都应该被视为是以人类的形象出现的上帝。根据韦达文化，臣民应该像尊重至尊人格首神一样尊重君王，因为他代表了纳茹阿亚纳(Nārāyaṇa)，而纳茹阿亚纳是保护众生的。因此，君王是拥有者(nātha)。就连萨纳坦·哥斯瓦米(Sanātana Gosvāmī)都尊敬当时的地方行政长官胡森·沙哈，把他视为纳茹阿戴瓦，尽管他是一个回教徒。因此，君王或政府首脑在治理国家方面必须极有能力，以致国民们都把他当做以人类形象出现的上帝来崇敬。这是政府首脑或国家元首应该达到的完美状态。

第21节 अस्मै नृपालाः किल तत्र तत्र
बलिं हरिष्यन्ति सलोकपालाः ।
मंस्यन्त एषां स्त्रिय आदिराजं
चक्रायुधं तद्यश उद्धरन्त्यः ॥ २१ ॥

asmai nṛ-pālāḥ kila tatra tatra
balim̐ hariṣyanti saloka-pālāḥ
mam̐syanta eṣām̐ striya ādi-rājam̐
cakrāyudham̐ tad-yaśa uddharantyaḥ

asmai—向他 / nṛ-pālāḥ—所有的君王 / kila—肯定地 / tatra tatra—到处 / balim—赠礼 / hariṣyanti—将供奉 / sa—与 / loka-pālāḥ—半神人 / mam̐syante—将考虑 / eṣām—这些君王的 / striyaḥ—妻子们 / ādi-rājam—世上第一位君王 / cakra-āyudham—有飞轮武器 / tat—他的 / yaśaḥ—名望 / uddharantyaḥ—进行下去

译文 当这位君王周游世界时，其他诸侯和半神人们将送给他各种各样的礼物。由于他会像至尊人格首神一样著名，其他诸侯的王后也会把他视为是手持大头棒和飞轮等象征物的世上第一位君王，为此歌唱他的声威。

要旨 在有关名声方面，普瑞图(Pṛthu)王已经作为至尊人格首神的化身而声名远扬。梵文 ādi-rājam 一词的意思是“世上第一位君王”，而世上第一位君王是纳茹阿亚纳(Nārāyaṇa)——主维施努(Viṣṇu)。人们不知道世上第一位君王纳茹阿亚纳是众生真正的保护者。韦达经《卡塔·乌帕尼沙德》(Kaṭha Upaniṣad)第 2 篇第 2 章的第 13 节诗中证实说：实际上是至尊人格首神在维系着众生(eko bahūnām̐ yo vidadhāti kāmān)。君王——纳茹阿戴瓦(naradeva)，是祂的代表。因此，君王的职责是：亲自监督财富的分配，以抚养众生。他如果这样做了，就会像纳茹阿亚纳一样声名卓著。正如这节诗中提到的，普瑞图王实际上有像至尊人格首神那样统治全世界的能力，因此真正享有至尊人格首神那样的名声。

第22节

अयं महीं गां दुदुहेऽधिराजः
प्रजापतिर्वृत्तिकरः प्रजानाम् ।
यो लीलयाद्रीन् स्वशरासकोट्या
भिन्दन् समां गामकरोद्यथेन्द्रः ॥ २२ ॥

ayaṁ mahīṁ gāṁ duduhe 'dhirājaḥ
prajāpatir vṛtti-karaḥ prajānām
yo līlayādrīn sva-śarāsa-koṭyā
bhindan samāṁ gām akarod yathendraḥ

ayam—这位君王 /mahīm—地球 / gām—以乳牛的形象 / duduhe—将会挤奶 / adhirājaḥ—非凡的君王 / prajā-patiḥ—人类的祖先 / vṛtti-karaḥ—提供生存便利条件 / prajānām—臣民的 / yaḥ—……的人 / līlayā—仅仅靠娱乐时光 / adrīn—高山和丘陵 / svaśarāsa—他的弓的 / koṭyā—被尖端 / bhindan—打破 / samām—水平 / gām—地球 / akarot—将使 / yathā—像 / indraḥ—天帝因铎

译文　这位君王，这位臣民的保护者，是非凡的君王，地位与半神人的祖先不相上下。为了全体臣民的生活便利，他会从变形为乳牛的地球身上挤奶。不仅如此，他会像天帝因铎用那强有力的雷电劈开高山一样，用他那张弓的尖锐末端劈裂丘陵，把地球表面夷为平地。

第23节

विस्फूर्जयन्नाजगवं धनुः स्वयं
यदाचरत्क्ष्मामविषह्यमाजौ ।
तदा निलिल्युर्दिशि दिश्यसन्तो
लाङ्गूलमुद्यम्य यथा मृगेन्द्रः ॥ २३ ॥

visphūrjayann āja-gavaṁ dhanuḥ svayaṁ
yadācarat kṣmām aviṣahyam ājau

tadā nililyur diśi diśy asanto
  lāṅgūlam udyamya yathā mṛgendraḥ

visphūrjayan—震动 / āja-gavam—用山羊角和公牛角做的 / dhanuḥ—他的弓 / svayam—亲自 / yadā—当……时 / acarat—将旅行 / kṣmām—在地球上 / aviṣahyam—不可抗拒的 / ājau—在战场上 / tadā—那时 / nililyuḥ—将把自己隐藏起来 / diśi diśi—在四面八方 / asantaḥ—邪恶的人 / lāṅgūlam—尾巴 / udyamya—保持高度 / yathā—像 / mṛgendraḥ—狮子

译文 当狮子翘着尾巴在森林里旅游时，所有卑微的动物都到处藏身。同样，当普瑞图王在他的王国四处巡查，并抖动他那用羊角和牛角制成的战无不胜的大弓上的弓弦时，流氓、强盗等所有邪恶的人无一不东躲西藏。

要旨 把普瑞图(Pṛthu)那样强有力的君王比作雄师是非常合适的。印度至今仍把查锤亚(kṣatriya)王称为雄师(siṅgh)。在一个国家里，除非盗贼、流氓及其他邪恶的人害怕以强有力的手段统治国家的行政首脑，否则这个国家不可能有安定与繁荣。因此，当国家里没有雄师般的君王，妇女取而代之成了行政首脑时，这种情况是最令人叹息的，此时的人民被认为是极为不幸的。

第24节 एषोऽश्वमेधाञ्शतमाजहार
  सरस्वती प्रादुरभावि यत्र ।
अहार्षीद्यस्य हयं पुरन्दरः
  शतक्र तुश्चरमे वर्तमाने ॥ २४ ॥

eṣo 'śvamedhāñ śatam ājahāra
  sarasvatī prādurabhāvi yatra

ahārṣīd yasya hayaṁ purandaraḥ
śata-kratuś carame vartamāne

eṣaḥ—这位君王 / aśvamedhān—称为阿施瓦梅达的祭祀 / śatam—一百 / ājahāra—将举行 / sarasvatī—名为萨茹阿斯瓦缇的河流 / pradurabhāvi—展示出来 / yatra 哪里 / ahārṣīt—将偷盗 / yasya—谁的 / hayam—马匹 / purandaraḥ—主因铎 / śata-kratuḥ—举行一百场祭祀的人 / carame—在举行最后一场祭祀时 / vartamāne—发生

译文　在萨茹阿斯瓦缇河的源头，这位君王将举行一百场名为阿施瓦梅达的祭祀。在要举行最后一场祭祀时，天帝因铎将偷走祭祀用的马匹。

第25节　एष स्वसद्मोपवने समेत्य
सनत्कु मारं भगवन्तमेक म् ।
आराध्य भक्त्याल भतामलं त-
ज्ज्ञानं यतो ब्रह्म परं विदन्ति ॥ २५ ॥

eṣa sva-sadmopavane sametya
sanat-kumāraṁ bhagavantam ekam
ārādhya bhaktyālabhatāmalaṁ taj
jñānaṁ yato brahma paraṁ vidanti

eṣaḥ—这位君王 / sva-sadma—他的王宫的 / upavane—在花园里 / sametya—会见 / sanat-kumāram—萨纳特·库玛尔 / bhagavantam—值得崇拜的 / ekam—独自 / ārādhya—崇拜 / bhaktyā—以奉爱之心 / alabhata—他将获得 / amalam—没有污染 / tat—那 / jñānam—超然的知识 / yataḥ—由那 / brahma—灵性的 / param—至高无上的、超然的 / vidanti—他们享受、他们知道

译文 这位普瑞图王将在他王宫的御花园中，与库玛尔四兄弟中的萨纳特·库玛尔见面。那时，君王将热心地崇拜他，并幸运地接受他那些能使人享受到超然极乐的教导。

要旨 梵文 vidanti 一词是指知道某些事或享受某事物的人。人得到灵性导师的正确教导并了解了超然的喜悦时，就开始真正享受生活了。《博伽梵歌》(Bhagavad-gītā)第 18 章的第 54 节诗中说：这样处在超然境界中的人，立即觉悟至尊布茹阿曼，变得充满喜悦。他永不悲伤，不再想得到什么(brahma-bhūtaḥ prasannātmā na śocati na kāṅkṣati)。普瑞图(Pṛthu)王虽然是维施努(Viṣṇu)的一位化身，但仍然教导他的人民要听代表师徒传承的灵性导师的教导。这样做可以使人甚至在这个物质世界里就能过上吉祥、喜乐的生活。这节诗中的动词 vidanti 有时用于指“了解”。因此，当人了解了万事万物最高的源头布茹阿曼(Brahman)时，他就开始享受充满喜悦的生活了。

第26节 तत्र तत्र गिरस्तास्ता इति विश्रुतविक्र मः ।
श्रोष्यत्यात्माश्रिता गाथाः पृथुः पृथुपराक्रमः ॥ २६ ॥

tatra tatra giras tās tā
iti viśruta-vikramaḥ
śroṣyaty ātmāśritā gāthāḥ
pṛthuḥ pṛthu-parākramaḥ

tatra tatra—到处 / giraḥ—话语 / tāḥ tāḥ—许多、各种各样的 / iti—如此 / viśruta-vikramaḥ—其慷慨的活动被四处传扬的他 / śrossyati—将听到 / ātma-āśritāḥ—有关他自己 / gāthāḥ—歌、故事 / pṛthuḥ—普瑞图王 / pṛthu-parākramaḥ—十分强大的

译文 这样，当普瑞图王所从事的慷慨无私的活动传遍天下时，普瑞图王就会一直不断地听到对他和他强大无比的活动的描述。

要旨 宣传自己，为此而享受所谓的名望，是自高自大。普瑞图·玛哈茹阿佳(Pṛthu Mahārāja)之所以声名远扬，是因为他从事慷慨无私的活动。他不需要宣传自己。真正的名望是遮不住的。

第27节 दिशो विजित्याप्रतिरुद्धचक्रः
स्वतेजसोत्पाटि तलोक शल्यः ।
सुरासुरेन्द्रैरुपगीयमान-
महानुभावो भविता पतिर्भुवः ॥ २७ ॥

diśo vijityāpratiruddha-cakraḥ
sva-tejasotpāṭita-loka-śalyaḥ
surāsurendrair upagīyamāna-
mahānubhāvo bhavitā patir bhuvaḥ

diśaḥ—四面八方 / vijitya—征服 / apratiruddha—没有阻拦 / cakraḥ—他的影响或权利 / sva-tejasā—靠他本人的勇敢 / utpāṭita—根除 / loka-śalyaḥ—人民的痛苦 / sura—半神人的 / asura—恶魔的 / indraiḥ—被首领 / upagīyamāna—被赞美 / mahā-anubhāvaḥ—伟大的灵魂 / bhavitā—他将变得 / patiḥ—统治者 / bhuvaḥ—世界的

译文 没人能违抗普瑞图·玛哈茹阿佳的命令。他在征服全世界后，将根除臣民所受的三种苦。随后，他将得到全世界的承认。到那时，无论是半神人还是恶魔，无疑都将赞颂他高尚的活动。

要旨 在普瑞图·玛哈茹阿佳(Pṛthu Mahārāja)统治时期，世上只有一个帝王和许多附属国。正如当今世界各地有许多联合起来的国家一样，古代整个世界有许多诸侯统治着各地，但只有一个至高无上的帝王统辖列国君王。只要哪一个附属国的君王在维系四社会阶层和四灵性阶段(瓦尔纳刷玛，varṇāśrama)制度方面出现某种偏差，帝王就会立即接管那个附属国。

诗中“根除人民的痛苦(utpāṭita-loka-śalyaḥ)”一词是指，普瑞图·玛哈茹阿佳彻底去除了他的全体臣民的一切痛苦。梵文 śalya 一词的意思是“尖刺”。有许多种令人痛苦的刺刺激着国民，但所有有能力的统治者，一直到玛哈茹阿佳·尤帝士提尔(Mahārāja Yudhiṣṭhira)，都能根除臣民们的一切苦境。据说在玛哈茹阿佳·尤帝士提尔统治期间，世上甚至没有严寒或酷暑，臣民们也从不受焦虑引起的痛苦。这是优秀政府的标准。这种和平、安定与繁荣的政府，是由普瑞图·玛哈茹阿佳(Pṛthu Mahārāja)建立的。因此，无论是圣洁的人还是邪恶的人，都极力赞美普瑞图·玛哈茹阿佳的活动。那些竭力在全世界扩大自己的影响的人或国家，应该考虑这一点。人如果能彻底去除国民的三种痛苦，就应该立志统治世界。不应该为了任何政治或外交上的考虑，渴望享有统治权。

到此为止，结束了巴克提韦丹塔对《圣典博伽瓦谭》第 4 篇第 16 章“职业吟诵者赞美普瑞图王”所作的阐释。

第十七章

普瑞图王对地球发怒

第1节

मैत्रेय उवाच

एवं स भगवान् वैन्यः ख्यापितो गुणकर्मभिः ।
छन्दयामास तान् कामैः प्रतिपूज्याभिनन्द्य च ॥ १ ॥

maitreya uvāca
evaṁ sa bhagavān vainyaḥ
khyāpito guṇa-karmabhiḥ
chandayām āsa tān kāmaiḥ
pratipūjyābhinandya ca

maitreyaḥ uvāca—伟大的圣人麦垂亚继续说 / evam—如此 / saḥ—他 / bhagavān—人格首神 / vainyaḥ—以维纳王儿子的形式 / khyāpitaḥ—被赞美 / guṇa-karmabhiḥ—由品质和真实的活动 / chandayām āsa—抚慰 / tān—那些吟诵者 / kāmaiḥ—被各种礼物 / pratipūjya—致以所有的敬意 / abhinandya—献上赞美诗 / ca—也

译文 大圣人麦垂亚接着说：就这样，那些赞美玛哈茹阿佳·普瑞图的吟诵者，一气呵成、毫不断续地描述了他的特质和慷慨无私的活动。等他们结束后，玛哈茹阿佳·普瑞图尊敬地送给他们各种各样的礼物，并向他们表示恰如其分的敬重。

第2节

ब्राह्मणप्रमुखान् वर्णान् भृत्यामात्यपुरोधसः ।
पौराञ्जानपदान् श्रेणीः प्रकृतीः समपूजयत् ॥ २ ॥

brāhmaṇa-pramukhān varṇān
bhṛtyāmātya-purodhasaḥ

paurāñ jāna-padān śreṇīḥ
prakṛtīḥ samapūjayat

brāhmaṇa-pramukhān—向布茹阿玛纳的领袖们 / varṇān—向其他的阶层 / bhṛtya—仆人们 / amātya—大臣们 / purodhasaḥ—向祭司们 / paurān—向居民们 / jāna-padān—向他的国人 / śreṇīḥ—向不同团体的人 / prakṛtīḥ—向钦佩他的人 / samapūjayat—他给予适当的尊敬

译文 普瑞图王向所有的布茹阿玛纳领袖和其他阶层的人，包括他的仆人、大臣、祭司、市民、国民、各个团体、仰慕者等，致以敬意，使所有的人都满意、快乐。

第3节 विदुर उवाच
क स्माद्दधार गोरूपं धरित्री बहुरूपिणी ।
यां दुदोह पृथुस्तत्र क ो वत्सो दोहनं च कि म् ॥ ३ ॥

vidura uvāca
kasmād dadhāra go-rūpaṁ
dharitrī bahu-rūpiṇī
yāṁ dudoha pṛthus tatra
ko vatso dohanaṁ ca kim

viduraḥ uvāca—维杜茹阿询问道 / kasmāt—为什么 / dadhāra—采用 / go-rūpam—乳牛的形象 / dharitrī—地球 / bahu-rūpiṇī—有许多其他形象的…… / yām—谁的 / dudoha / 挤奶 / pṛthuḥ—普瑞图王 / tatra—那里 / kaḥ—谁 / vatsaḥ—牛犊 / dohanam—奶罐 / ca—也 / kim—什么

译文 维杜茹阿向大圣人麦垂亚询问道：我亲爱的布

茹阿玛纳，既然地球母亲能以各种不同的形象显现，她为什么用了乳牛的形象？当普瑞图王挤她的奶时，谁成了牛犊？盛牛奶的罐子是什么做的？

第4节　प्रकृत्या विषमा देवी कृता तेन समा कथम् ।
तस्य मेध्यं हयं देवः कस्य हेतोरपाहरत् ॥ ४ ॥

prakṛtyā viṣamā devī
kṛtā tena samā katham
tasya medhyaṁ hayaṁ devaḥ
kasya hetor apāharat

prakṛtyā—由本性 / viṣamā—不平 / devī—大地 / kṛtā—使 / tena—被他 / samā—夷平 / katham—如何 / tasya—他的 / medhyam—为了在祭祀中供奉 / hayam—马匹 / devaḥ—半神人因铎 / kasya—为了什么 / hetoḥ—原因 / apāharat—偷

译文　地球表面原本是高低不平的，普瑞图王是怎么夷平地球表面的？天帝因铎为什么要偷祭祀用的马匹？

第5节　सनत्कुमाराद्भगवतो ब्रह्मन् ब्रह्मविदुत्तमात् ।
लब्ध्वा ज्ञानं सविज्ञानं राजर्षिः कां गतिं गतः ॥ ५ ॥

sanat-kumārād bhagavato
brahman brahma-vid-uttamāt
labdhvā jñānaṁ sa-vijñānaṁ
rājarṣiḥ kāṁ gatiṁ gataḥ

sanat-kumārāt—从萨纳特·库玛尔 / bhagavataḥ—最有力的 / brahman—我亲爱的布茹阿玛纳 / brahma-vit-uttamāt—精通韦达

知识 / labdhvā—得到后 / jñānam—知识 / sa-vijñānam—为了实际的应用 / rāja-ṛṣiḥ—伟大而神圣的君王 / kām—那 / gatim—目的地 / gataḥ—达到

译文 卓越、圣洁的君王——玛哈茹阿佳·普瑞图，从最优秀的韦达学者萨纳特·库玛尔那里得到知识。在他把得到的知识具体地运用到他的生活中后，这位圣洁的君王是怎样达到他想要达到的目标的？

要旨 世上共有四个外士纳瓦师徒传承(桑帕达亚，sampradāya)：一个师徒传承来自主布茹阿玛(Brahmā)，一个来自幸运女神，一个来自以萨纳特·库玛尔(Sanat-kumāra)为首的库玛尔四兄弟，一个来自主希瓦(Śiva)。这四个师徒传承至今还在。正如普瑞图(Pṛthu)王所阐明的，人要真想得到超然的韦达知识，就必须接受一个来自这四个师徒传承中的灵性导师——古茹(guru)。经典中说，人除非从这四个师徒传承中的一个中接受曼陀(mantra)，否则他所念的所谓曼陀在喀历(Kali)年代里根本不会生效。如今世上有许多没有权威来源的所谓传承，他们通过给人们未经授权的曼陀来误导人。这些假传承中的无赖们并不遵守韦达规范守则。他们本人虽然沉溺于各种各样的罪恶活动，但却给人们一些曼陀，从而误导人们。然而，聪明人知道这种曼陀永远都不会使人成功，因此永远都不会支持这种突然冒出的灵修团体。对这些荒唐的传承，人们应该非常小心、警惕。如今，不幸的人们为了获得某些有利于感官享乐的便利条件，就去这些所谓的传承那里接受曼陀。但是，普瑞图·玛哈茹阿佳(Pṛthu Mahārāja)以身作则树立榜样，让人们知道应该从真正的师徒传承那里接受知识。为此，他拜萨纳特·库玛尔为他的灵性导师。

第6—7节　यच्चान्यदपि कृष्णस्य भवान् भगवतः प्रभोः ।
श्रवः सुश्रवसः पुण्यं पूर्वदेहकथाश्रयम् ॥ ६ ॥

भक्ताय मेऽनुरक्ताय तव चाधोक्षजस्य च ।
वक्तुमर्हसि योऽदुह्यद्वैन्यरूपेण गामिमाम् ॥ ७ ॥

yac cānyad api kṛṣṇasya
　bhavān bhagavataḥ prabhoḥ
śravaḥ suśravasaḥ puṇyaṁ
　pūrva-deha-kathāśrayam

bhaktāya me 'nuraktāya
　tava cādhokṣajasya ca
vaktum arhasi yo 'duhyad
　vainya-rūpeṇa gām imām

yat—那 / ca—和 / anyat—其他 / api—肯定地 / kṛṣṇasya—奎师那的 / bhavān—阁下 / bhagavataḥ—至尊人格首神 / prabhoḥ—强有力的 / śravaḥ—光荣的活动 / su-śravasaḥ—令人听了高兴的人 / puṇyam—虔诚的 / pūrva-deha—祂前一个化身的 / kathā-āśrayam—与故事有关的 / bhaktāya—向奉献者 / me—向我 / anuraktāya—非常注意的 / tava—你的 / ca—和 / adhokṣajasya—名叫阿宝克沙佳的至尊主的 / ca—也 / vaktum arhasi—请讲述 / yaḥ—……的人 / aduhyat—挤奶 / vainya-rūpeṇa—以维纳王儿子的形式 / gām—乳牛、大地 / imām—这

译文　普瑞图·玛哈茹阿佳是主奎师那能量的强大化身，因此毫无疑问，任何与他的活动有关的故事都很动听，而且能带来所有的好运。至于我，我不仅一直是你的奉献者，也是被称为阿宝克沙佳的至尊主的奉献者。因此请给我讲述这位普瑞图王的全部的故事，他以维纳王儿子的形式显现，并挤变形为乳牛的地球的奶。

要旨 主奎师那又被称为阿瓦塔瑞(avatārī)，意思是“一切化身的源头”。在《博伽梵歌》(Bhagavad-gītā)第 10 章的第 8 节诗中，主奎师那说:“我是灵性世界和物质世界的源头。一切都来自我(ahaṁ sarvasya prabhavo mattaḥ sarvaṁ pravartate)。”因此，主奎师那是众生的源头。至于在这个物质世界里，主布茹阿玛(Brahmā)、主维施努(Viṣṇu)和主希瓦(Śiva)，都来自奎师那。奎师那的这三位化身被称为属性化身(古纳·阿瓦塔尔，guṇa-avatāra)。物质世界由物质自然三种属性所控制，主维施努、主布茹阿玛和主希瓦分别负责掌管善良属性、激情属性和愚昧属性。普瑞图(Pṛthu)王也是主奎师那的统治着受制约的灵魂的属性化身。

这节诗中的梵文阿宝克沙佳(adhokṣaja)一词很重要，意思是“超越物质感官知觉范围的”。没人能靠心智思辨了解至尊人格首神，因此知识贫乏的人无法了解至尊人格首神。人靠自己的物质感官力量，只能了解神的非人格概念，所以至尊主被称为阿宝克沙佳。

第8节

सूत उवाच
चोदितो विदुरेणैवं वासुदेवक थां प्रति ।
प्रशस्य तं प्रीतमना मैत्रेयः प्रत्यभाषत ॥ ८ ॥

sūta uvāca
codito vidureṇaivaṁ
vāsudeva-kathāṁ prati
praśasya taṁ prīta-manā
maitreyaḥ pratyabhāṣata

sūtaḥ uvāca—苏塔·哥斯瓦米说 / coditaḥ—受到鼓励 / vidureṇa—由维杜茹阿 / evam—如此 / vāsudeva—主奎师那的 / kathām—叙述 / prati—有关 / praśasya—赞美 / tam—他 / prīta-manāḥ—非常高兴 / maitreyaḥ—圣人麦垂亚 / pratyabhāṣata—回答道

译文　苏塔·哥斯瓦米继续说：当维杜茹阿热切地想听主奎师那以各种化身从事的活动时，麦垂亚受到鼓励并对维杜茹阿很满意，于是先称赞了他，然后接着讲述。

要旨　有关主奎师那或祂的化身的话题——奎师那·卡塔(kṛṣṇa-kathā)，在灵性上是如此使人感动，以致无论是吟诵者还是聆听者都永远不会感到厌倦。这是灵性话题的本质。我们确实看到，人们始终渴望聆听维杜茹阿(Vidura)和麦垂亚(Maitreya)之间的对话，永远不会感到厌倦。他们俩都是奉献者，维杜茹阿询问得越多，麦垂亚就越受鼓励，愿意继续讲下去。灵性话题的特征是：讲述者和听众都永不感到厌倦。因此，听了维杜茹阿的询问后，伟大的圣人麦垂亚不但没感到厌烦，反而备受鼓舞，继续介绍更多的细节。

第9节

मैत्रेय उवाच
यदाभिषिक्तः पृथुरङ्ग विप्रै-
रामन्त्रितो जनतायाश्च पालः ।
प्रजा निरन्ने क्षितिपृष्ठ एत्य
क्षुत्क्षामदेहाः पतिमभ्यवोचन् ॥ ९ ॥

maitreya uvāca
yadābhiṣiktaḥ pṛthur aṅga viprair
āmantrito janatāyāś ca pālaḥ
prajā niranne kṣiti-pṛṣṭha etya
kṣut-kṣāma-dehāḥ patim abhyavocan

maitreyaḥ uvāca—伟大的圣人麦垂亚说 / yadā—当……时 / abhiṣiktaḥ—登基 / pṛthuḥ—普瑞图王 / aṅga—我亲爱的维杜茹阿 / vipraiḥ—由布茹阿玛纳们 / āmantritaḥ—被宣布 / janatāyāḥ—人们的 / ca—也 / pālaḥ—保护者 / prajāḥ—臣民 / niranne—由于没有食物 / kṣiti-pṛṣṭhe—地球表面 / etya—几乎 / kṣut—由于饥饿 / kṣāma—皮包

骨 / dehāḥ—他们的身体 / patim—对保护人 / abhyavocan—他们说

译文 大圣人麦垂亚说：亲爱的维杜茹阿，在伟大的圣人和布茹阿玛纳立普瑞图为王并宣布他是臣民的保护者时，全世界正在闹粮荒，人民其实都饿得皮包骨了。因此他们来到君王面前，向他禀报他们的实际情况。

要旨 这节诗里讲了有关布茹阿玛纳(brāhmaṇa，婆罗门)选择君王的事。根据社会四阶层和灵性四阶段(瓦尔纳刷玛，varṇāśrama)制度，布茹阿玛纳被认为是社会之首，因此社会地位最高。社会四阶层和灵性四阶段制度设计得非常科学。《博伽梵歌》(Bhagavad-gītā)中说：社会四阶层和灵性四阶段(瓦尔纳刷玛)制度不是人类制定的，而是神制定的。这节诗清楚地表明，布茹阿玛纳曾经控制着王权。当维纳(Vena)王那样邪恶的君王统治王国时，布茹阿玛纳们就会用他们的布茹阿玛纳力量杀死他，然后以检验人品的方式选择出另一个有资格的统治者。换句话说，布茹阿玛纳——知识分子或伟大的圣人们，控制着君王的权力。我们在这节诗中看到，布茹阿玛纳选普瑞图(Pṛthu)为王当臣民的保护者。饿得皮包骨的居民来找君王，告诉他应该采取必要的措施。社会四阶层和灵性四阶段制度的架构是如此的好，使布茹阿玛纳们能指导国家领袖，而国家领袖则保护居民。查锤亚(kṣatriya，刹帝利)——君王和将士，负责保护人民大众。在查锤亚的保护下，外夏(vaiśya，吠舍)——农场主和商人，负责保护乳牛、生产并分配粮食。庶铎(śūdra 首陀罗)——劳力阶层，用体力劳动帮助三个更高级的阶层。这是完美的社会制度。

第10—11节 वयं राजञाठ रेणाभितप्ता
यथाग्निना क ोट रस्थेन वृक्षाः ।

त्वामद्य याताः शरणं शरण्यं
　यः साधितो वृत्तिकरः पतिर्नः ॥ १० ॥
तन्नो भवानीहतु रातवेऽन्नं
　क्षुधार्दितानां नरदेवदेव ।
यावन्न नङ्क्ष्यामह उज्झितोर्जा
　वार्तापतिस्त्वं किल लोकपालः ॥ ११ ॥

vayaṁ rājañ jāṭhareṇābhitaptā
　yathāgninā koṭara-sthena vṛkṣāḥ
tvām adya yātāḥ śaraṇaṁ śaraṇyaṁ
　yaḥ sādhito vṛtti-karaḥ patir naḥ

tan no bhavān īhatu rātave 'nnaṁ
　kṣudhārditānāṁ naradeva-deva
yāvan na naṅkṣyāmaha ujjhitorjā
　vārtā-patis tvaṁ kila loka-pālaḥ

vayam—我们 / rājan—君王啊 / jāṭhareṇa—被饥饿之火 / abhitaptāḥ—非常难受 / yathā—正如 / agninā—由火 / koṭarasthena—在树洞中 / vṛkṣāḥ—树木 / tvām—向你 / adya—今天 / yātāḥ—我们前来 / śaraṇam—托庇 / śaraṇyam—值得托庇于 / yaḥ—谁 / sādhitaḥ—任命 / vṛtti-karaḥ—安排工作 / patiḥ—主人 / naḥ—我们的 / tat—因此 / naḥ—向我们 / bhavān—陛下 / īhatu—请努力 / rātave—给予 / annam—食物 / kṣudhā—由于饥饿 / arditānām—受苦 / nara-deva-deva—全体君王的至尊主人啊 / yāvat na—以免 / naṅkṣyāmahe—我们将死亡 / ujjhita—丧失 / ūrjāḥ—食物 / vārtā—职业从事的 / patiḥ—赐予者 / tvam—你 / kila—的确 / loka-pālaḥ—臣民的保护者

译文　亲爱的君王啊，正如在树干的空洞里点火，使整棵树逐渐干枯，我们胃里的饥饿之火使我们越来越枯瘦。您是皈依的灵魂的保护者，已经被指定来给我们安排工作。因此，我们都来到您这里，请求您的保护。您不仅仅是君王，还是神的化身。事实上，您是所有君王的王。您是我们生活的主人，所以能给我们安排各种职业。因此，万王之王啊！请做安排，通过适当地分发粮食让我们不再挨饿。我们就快要饿死了，请照顾我们，以免这种情况发生。

要旨 君王的职责是：使布茹阿玛纳(brāhmaṇa，婆罗门、查锤亚(kṣatriya，刹帝利)、外夏(vaiśya，吠舍)和庶铎(śūdra，首陀罗)等社会各阶层成员，在王国中各尽其职。正如布茹阿玛纳有责任挑选一位有资格的君王，君王有责任使布茹阿玛纳、查锤亚、外夏和庶铎等社会各阶层成员各尽其职。这节诗表明，人们当时虽然被允许履行自己的职责，但还是失业了。他们虽然并不懒惰，但还是生产不出足够的粮食来填饱肚子。人们陷入这种困境时应该去找政府首脑，而总统或君王应该立即采取行动，减轻人民的痛苦。

第12节 मैत्रेय उवाच

पृथुः प्रजानां क रुणं निशम्य परिदेवितम् ।
दीर्घं दध्यौ कु रुश्रेष्ठ निमित्तं सोऽन्वपद्यत ॥ १२ ॥

maitreya uvāca
pṛthuḥ prajānāṁ karuṇaṁ
niśamya paridevitam
dīrghaṁ dadhyau kuruśreṣṭha
nimittaṁ so 'nvapadyata

maitreyaḥ uvāca—伟大的圣人麦垂亚说 / pṛthuḥ—普瑞图王 / prajānām—臣民的 / karuṇam—可怜处境 / niśamya—听了 / paridevitam—悲伤 / dīrgham—长时间的 / dadhyau—沉思 / kuruśreṣṭha—维杜茹阿啊 / nimittam—原因 / saḥ—他 / anvapadyata—找出

译文　听了这悲凉的请求，看到人民悲苦的样子，普瑞图王沉思良久，看能不能找出发生这种情况的潜在原因。

第13节　इति व्यवसितो बुद्ध्या प्रगृहीतशरासनः ।
सन्दधे विशिखं भूमेः क्रुद्धस्त्रिपुरहा यथा ॥ १३ ॥

iti vyavasito buddhyā
pragṛhīta-śarāsanaḥ
sandadhe viśikhaṁ bhūmeḥ
kruddhas tripura-hā yathā

iti—如此 / vyavasitaḥ—得出结论 / buddhyā—用智慧 / pragṛhīta—拿起 / śarāsanaḥ—弓 / sandadhe—安上 / viśikham—箭 / bhūmeḥ—对着地球 / kruddhaḥ—愤怒 / tri-pura-hā—主希瓦 / yathā—像

译文　君王得出结论后，拿起他的弓箭把目标对准了地球，势如因愤怒而摧毁整个世界的主希瓦。

要旨　普瑞图(Pṛthu)王找到了粮食匮乏的原因。他认识到这不是人民的错，因为他们在履行职责方面并不懒惰。真正的原因在于，地球没有产出足够的粮食。这说明：如果一切都安排得很妥当的话，大地就生产足够的粮食，但有时出于各种原因，大地拒绝生产粮食。说人口增长导致粮食缺乏的理论并不合理。使地球增产或停止生产粮食其实另有原因。普瑞图王找到了真正的原因，于是立即采取必要的行动。

第14节　प्रवेपमाना धरणी निशाम्योदायुधं च तम् ।
गौः सत्यपाद्रवद्भीता मृगीव मृगयुद्रुता ॥ १४ ॥

pravepamānā dharaṇī
niśāmyodāyudhaṁ ca tam
gauḥ saty apādravad bhītā
mṛgīva mṛgayu-drutā

pravepamānā—颤抖 / dharaṇī—地球 / niśāmya—看到 / udāyudham—拿着他的弓箭 / ca—也 / tam—君王 / gauḥ—乳牛 / satī—变成 / apādravat—开始逃跑 / bhītā—非常害怕 / mṛgī iva—像一头鹿 / mṛgayu—被猎人 / drutā—追赶

译文 地球看到普瑞图王拿起弓箭要杀她，立刻吓得浑身发抖。接着，她像被猎人追赶的鹿一样快速奔逃。由于害怕普瑞图王，她逃跑时变形成一头乳牛。

要旨 母亲能生出不同性别的孩子——男孩和女孩。同样，地球母亲的子宫也能生出形象各异的各种生物体。因此，地球母亲把自己变成各种各样的形象也不是不可以。这时，为了避开普瑞图(Pṛthu)王的怒火，地球母亲变形为一头乳牛。由于乳牛永远不该被杀，地球母亲认为要避开普瑞图王的利箭，最聪明的做法是变形为一头乳牛。然而，普瑞图王能明白这一真相，因此并没有停止追赶变形为乳牛的地球。

第15节 तामन्वधावत्तद्वैन्यः कुपितोऽत्यरुणेक्षणः ।
शरं धनुषि सन्धाय यत्र यत्र पलायते ॥ १५ ॥

tām anvadhāvat tad vainyaḥ
kupito 'tyaruṇekṣaṇaḥ
śaraṁ dhanuṣi sandhāya
yatra yatra palāyate

tām—乳牛形象的地球 / anvadhāvat—他追赶 / tat—那时 /

vainyaḥ—维纳王的儿子 / kupitaḥ—非常愤怒 / ati-aruṇa—非常红 / īkṣaṇaḥ—他的眼睛 / śaram——一枝箭 / dhanuṣi—在弓上 / sandhāya—安放 / yatra yatra—无论何处 / plaāyate—她逃跑

译文　看到这情景，玛哈茹阿佳·普瑞图非常愤怒，眼睛变得像清晨升起的太阳一样红。他把箭搭在弓上追赶变形为乳牛的地球，无论她跑到那里都紧追不放。

第16节　सा दिशो विदिशो देवी रोदसी चान्तरं तयोः ।
धावन्ती तत्र तत्रैनं ददर्शानूद्यतायुधम् ॥ १६ ॥

sā diśo vidiśo devī
rodasī cāntaraṁ tayoḥ
dhāvantī tatra tatrainaṁ
dadarśānūdyatāyudham

sā—变形为乳牛的地球 / diśaḥ—向四个方向 / vidiśaḥ—任意向其他方向 / devī—女神 / rodasī—向天堂和大地 / ca—也 / antaram—之间 / tayoḥ—他们 / dhāvantī—逃跑 / tatra tatra—到处 / enam—君王 / dadarśa—她看到 / anu—在……后面 / udyata—拿起 / āyudham—他的武器

译文　变形为乳牛的地球在天堂星球和地球之间的太空中到处跑，但不管她跑到哪里，君王都手持弓箭在后面追她。

第17节　लोके नाविन्दत त्राणं वैन्यान्मृत्योरिव प्रजाः ।
त्रस्ता तदा निववृते हृदयेन विदूयता ॥ १७ ॥

loke nāvindata trāṇaṁ
　vainyān mṛtyor iva prajāḥ
trastā tadā nivavṛte
　hṛdayena vidūyatā

loke—在三个世界里 / na—不 / avindata—能得到 / trāṇam—释放 / vainyāt—从维纳王儿子的手上 / mṛtyoḥ—从死亡 / iva—如同 / prajāḥ—人 / trastā—非常害怕 / tadā—那时 / nivavṛte—返回 / hṛdayena—在她心中 / vidūyatā—非常难过

译文 正如人逃不出死亡的残酷手心，变形为乳牛的地球逃不出维纳之子的手心。最后，因惧怕而心脏狂跳的地球，只好绝望地转身回到普瑞图王面前。

第18节 उवाच च महाभागं धर्मज्ञापन्नवत्सल ।
त्राहि मामपि भूतानां पालनेऽवस्थितो भवान् ॥ १८ ॥

uvāca ca mahā-bhāgaṁ
　dharma-jñāpanna-vatsala
trāhi mām api bhūtānāṁ
　pālane 'vasthito bhavān

uvāca—她说 / ca—和 / mahā-bhāgam—向伟大、幸运的君王 / dharma-jña—宗教原则的知悉者啊 / āpanna-vatsala—皈依灵魂的庇护者啊 / trāhi—拯救 / mām—我 / api—的确 / bhūtānām—生物的 / pālane—在保护中 / avasthitaḥ—处于 / bhavān—陛下

译文 她称伟大、富有的普瑞图王是宗教原则的知悉者和皈依灵魂的保护者，并对他说：请救救我；你是众生的保护者，现在当了这个星球的君王。

要旨　变形为乳牛的地球称普瑞图(Pṛthu)王为宗教原则的知悉者(dharma jña)。宗教原则指明：君王或其他任何人，都必须完全保护妇女、乳牛、孩子、布茹阿玛纳(brāhmaṇa)和老人，正因为如此，地球母亲才变形为一头乳牛。另外，她还是一位女性。所以，她恳求通晓宗教原则的君王。宗教原则还指明，不杀投降的人。地球母亲提醒普瑞图王：他不仅是神的化身，还是地球的君王，所以有义务原谅她。

第19节　स त्वं जिघांससे क स्माद्दीनामकृ तकि ल्बिषाम् ।
अहनिष्यत्क थं योषां धर्मज्ञ इति यो मतः ॥ १९ ॥

sa tvaṁ jighāṁsase kasmād
dīnām akṛta-kilbiṣām
ahaniṣyat kathaṁ yoṣāṁ
dharma-jña iti yo mataḥ

saḥ—那个人 / tvam—你 / jighāṁsase—要杀死 / kasmāt—为什么 / dīnām—可怜的 / akṛta—没有做 / kilbiṣām—任何罪恶活动 / ahaniṣyat—将杀死 / katham—怎么 / yoṣām—一个女人 / dharma-jñaḥ—宗教原则的知悉者 / iti—如此 / yaḥ—……的人 / mataḥ—被认为是

译文　变形为乳牛的地球继续恳求君王说：我很不幸，而且并没有犯过任何罪，因此不知道你为什么要杀我。可以断定，你是宗教原则的知悉者。既然如此，你为何对我那么凶恶？为什么那么急切地要杀一个女人？

要旨　地球对君王的恳求有两个内容。首先，通晓宗教原则的人不该杀没有犯罪的人。此外，不该杀女子，即使她犯了罪也不该杀死她。既然地球既无辜又是一个女人，君王就不该杀死她。

第20节 प्रहरन्ति न वै स्त्रीषु कृ तागःस्वपि जन्तवः ।
किं मुत त्वद्विधा राजन् क रुणा दीनवत्सलाः ॥ २० ॥

praharanti na vai strīṣu
kṛtāgaḥsv api jantavaḥ
kim uta tvad-vidhā rājan
karuṇā dīna-vatsalāḥ

praharanti—打击 / na—永不 / vai—无疑地 / strīṣu—女人 / kṛta-āgaḥsu—犯罪 / api—尽管 / jantavaḥ—人类 / kim uta—更不要说 / tvat-vidhāḥ—像你这样的人物 / rājan—君王啊 / karuṇāḥ—仁慈 / dīna-vatsalāḥ—爱护可怜人

译文 女人即使犯了罪，别人也不该动手打她，更不要说你——如此仁慈的君王了。你是保护者，对不幸的可怜人充满感情。

第21节 मां विपाट्याजरां नावं यत्र विश्वं प्रतिष्ठितम् ।
आत्मानं च प्रजाश्चेमाः क थमम्भसि धास्यसि ॥ २१ ॥

māṁ vipāṭyājarāṁ nāvaṁ
yatra viśvaṁ pratiṣṭhitam
ātmānaṁ ca prajāś cemāḥ
katham ambhasi dhāsyasi

mām—我 / vipāṭya—打成碎片 / ajarām—很强壮 / nāvam—船 / yatra—哪里 / viśvam—世上所有的用品 / pratiṣṭhitam—站立 / ātmānam—你自己 / ca—和 / prajāḥ—你的臣民 / ca—也 / imāḥ—所有这些 / katham—怎么 / ambhasi—在水中 / dhāsyasi—你将掌握

译文 变形为乳牛的地球继续说：亲爱的君王，我恰似一艘坚固的船，世上万物都压在我身上。你要是把我弄成了碎片，怎么能保护你自己和你所保护的对象不被淹死呢？

要旨　在整个星系的下面是名叫嘎尔巴(garbha)的汪洋。主维施努(Viṣṇu)就躺在这个嘎尔巴汪洋上，一枝莲花茎从祂的肚脐中生出，宇宙内所有的星球都飘浮在空中，由这枝莲花茎支撑着。无论哪一颗星球毁灭的话，它都必将坠入嘎尔巴汪洋。因此，地球警告普瑞图(Pṛthu)王说，摧毁她没有任何好处。事实上，普瑞图王必须考虑如何保护自己和他的臣民们不掉进嘎尔巴汪洋中。换句话说，外太空就好比空气之洋，所有的星球都像小船或岛屿一样漂浮在这汪洋中。星球有时被称为岛屿(兑帕，dvīpa)，有时被称为船。变形为乳牛的地球就这样对宇宙展示做了一部分解释。

第22节

पृथुरुवाच
वसुधे त्वां वधिष्यामि मच्छ ासनपराङ्मुखीम् ।
भागं बर्हिषि या वृङ्क्ते न तनोति च नो वसु ॥ २२ ॥

pṛthur uvāca
vasudhe tvāṁ vadhiṣyāmi
mac-chāsana-parāṅ-mukhīm
bhāgaṁ barhiṣi yā vṛṅkte
na tanoti ca no vasu

pṛthuḥ uvāca—普瑞图王回答道 / vasu-dhe—我亲爱的地球 / tvām—你 / vadhiṣyāmi—我应该杀死 / mat—我的 / śāsana—统治 / parāk-mukhīm—不服从 / bhāgam—你的份额 / barhiṣi—在祭祀(雅格亚)中 / yā—谁 / vṛṅkte—接受 / na—不 / tanoti—给予 / ca—和 / naḥ—向我们 / vasu—生产

译文　普瑞图王回答地球说：亲爱的地球，你违反我的命令，违抗我的统治。你以半神人的身份接受我们举行祭祀时所供奉的祭品，但却不生产足够的粮食作为回报。为此，我必须杀了你。

要旨 变形为乳牛的地球委屈地认为自己只是一个无辜的女子，因此辩解说不该杀没有犯罪的她。此外她还指出：君王作为一位完美的有宗教之心的人，不应该违反禁杀妇女的宗教原则。作为回答，普瑞图·玛哈茹阿佳(Pṛthu Mahārāja)指责她说：首先，她不服从他的命令，而这是她犯的第一条罪；其次，她拿走属于她的那一份祭祀份额，但却不生产足够的粮食作为回报。

第23节 यवसं जग्ध्यनुदिनं नैव दोग्ध्यौधसं पयः ।
तस्यामेवं हि दुष्टायां दण्डो नात्र न शस्यते ॥ २३ ॥

yavasaṁ jagdhy anudinaṁ
naiva dogdhy audhasaṁ payaḥ
tasyām evaṁ hi duṣṭāyāṁ
daṇḍo nātra na śasyate

yavasam—绿草 / jagdhi—你吃 / anudinam—每天 / na—从不 / eva—肯定地 / dogdhi—你生产 / audhasam—在奶囊中 / payaḥ—牛奶 / tasyām—当一头乳牛 / evam—如此 / hi—无疑地 / duṣṭāyām—冒犯 / daṇḍaḥ—惩罚 / na—不 / atra—这里 / na—不 / śasyate—适当的

译文 你虽然每天吃青草，但却不把你的奶囊装满，好让我们用你的奶，你是有意在冒犯我，因此不能说你变形为乳牛就可以不受惩罚了。

要旨 乳牛在牧场上吃青草，使自己的奶囊充满奶水，以便牧人可以挤奶，举行祭祀(雅格亚，Yajña)是为了风调雨顺。梵文

payaḥ 一词既指牛奶又指水。作为一位半神人，地球拿走了她的那一份祭祀份额，也就是说，她吃了青草，但却没有使她的奶囊充满奶水——不生产足够的粮食作为回报。就这样，普瑞图·玛哈茹阿佳(Pṛthu Mahārāja)用事实证明她有罪，并威胁要惩罚她。

第24节　त्वं खल्वोषधिबीजानि प्राक्सृष्टानि स्वयम्भुवा ।
न मुञ्चस्यात्मरुद्धानि मामवज्ञाय मन्दधीः ॥ २४ ॥

tvaṁ khalv oṣadhi-bījāni
　prāk sṛṣṭāni svayambhuvā
na muñcasy atma-ruddhāni
　mām avajñāya manda-dhīḥ

tvam—你 / khalu—无疑地 / oṣadhi—草药、植物和谷物的 / bījāni—种子 / prāk—从前 / sṛṣṭāni—创造 / svayambhuvā—由主布茹阿玛 / na—不 / muñcasi—交出 / ātma-ruddhāni—藏在你自己体内 / mām—我 / avajñāya—不服从 / manda-dhīḥ—智力欠佳

译文　你丧失智慧到如此程度，竟敢轻视我的命令，把布茹阿玛从前创造的草药种子和谷物种子藏在自己体内不交出来。

要旨　主布茹阿玛(Brahmā)在宇宙中创造所有的星球时，也造出了各种谷物、草药、植物和树木的种子。雨量充沛时，各类种子就发芽、开花结果，长出水果、谷物和蔬菜等。普瑞图·玛哈茹阿佳(Pṛthu Mahārāja)用他的实际行动指明：无论何时，只要有粮食生产匮乏问题，政府首脑就应该采取行动找出阻碍生产的原因，并实际解决问题。

第25节 अमूषां क्षुत्परीतानामार्तानां परिदेवितम् ।
शमयिष्यामि मद्बाणैर्भिन्नायास्तव मेदसा ॥ २५ ॥

amūṣāṁ kṣut-parītānām
ārtānāṁ paridevitam
śamayiṣyāmi mad-bāṇair
bhinnāyās tava medasā

amūṣām—他们全体的 / kṣut-parītānām—受饥饿之苦 / ārtānām—痛苦之人的 / paridevitam—悲伤 / śamayiṣyāmi—我应该抚慰 / mat-bāṇaiḥ—用我的箭 / bhinnāyāḥ—砍成碎片 / tava—你的 / medasā—用肉

译文 现在，我要用我的箭把你射成碎片，用你身上的肉喂饱饥火烧肠的居民，他们此刻正哭喊着要吃粮食。因此，我要满足我的王国中正在哭喊着的居民。

要旨 就有关政府能在什么样的情况下安排人民食用牛肉的问题，我们从这节诗中得到一些启示，那就是：只有在根本没有粮食这种极为罕见的情况下，政府才可以允许人们吃肉。在粮食足够的情况下，政府不应该允许人们为了满足舌头的贪欲去吃牛肉。换句话说，只有在极其罕见的情况下，当人民因没有粮食吃而痛苦时，政府才能允许吃肉，否则不应该允许。政府永远都不该允许人们为了满足舌头而开设屠宰场，无谓地杀戮动物。

正如前面的诗节所叙述的，乳牛和其他牲畜应该有足够的青草可以吃。如果乳牛在吃了足够的草料后仍不产奶，如果发生粮食严重短缺，就可以用不产奶的乳牛的肉来维持饥饿人群的生命。根据“需要原则”，人类社会首先必须努力生产粮食和蔬菜，但如果失败了，就可以吃肉，否则不能。根据目前的人类社会结构，粮食产量足够全世界的人吃。所以，政府不应该支持人们开设屠宰场。在某些国家里，有时粮食产量是如此过剩，人们为了维持一定的价格竟把多余的粮食倒进大海里，有时政府禁止进一步生产粮食。结论是：大地产出的粮食足够供应全球人类，但由于贸易规则和想要赢利的欲望，粮食分配受到限制，使有些地方缺乏粮食，有些地方粮食过剩。如果全球只有一个政府负责粮食分配，就不会有粮食缺乏的问题，不必开设屠宰场，也不需要提出人口过剩的错误理论。

第26节 पुमान् योषिदुत क्लीब आत्मसम्भावनोऽधमः ।
भूतेषु निरनुक्रोशो नृपाणां तद्वधोऽवधः ॥ २६ ॥

pumān yoṣid uta klība
ātma-sambhāvano 'dhamaḥ
bhūteṣu niranukrośo
nṛpāṇāṁ tad-vadho 'vadhaḥ

pumān—男人 / yoṣit—女人 / uta—也 / klībaḥ—性无能者 / ātma-sambhāvanaḥ—对维系自我感兴趣 / adhamaḥ—最低贱的人 / bhūteṣu—对其他生物 / niranukrosoḥ—没有怜悯心 / nṛpāṇām—为君王们 / tat—他的 / vadhaḥ—杀 / avadhaḥ—不杀

译文 只关心自己而对其他生物毫不怜悯的冷酷之人，不管他是男人、女人或性无能者，都有可能被君王杀死。这种杀永远不能被视为是真正的杀。

要旨 地球的原本形象是一位女子的形象，因此需要得到君王的保护。但普瑞图·玛哈茹阿佳(Pṛthu Mahārāja)辩论说，如果王国中的居民对自己的同胞没有怜悯之心，无论这个人是男人、女人，还是性无能者，君王都有权杀死他(她)，而这种杀永远不被视为是真正的杀。谈到灵性活动的领域。如果奉献者满足自己的现状，不去传播至尊主的荣耀，那他就不算是个一流的奉献者。努力传播奎师那意识，对不知道奎师那的无辜之人充满怜悯心的奉献者，是高级奉献者。帕拉德·玛哈茹阿佳(Pṛthlāda Mahārāja)在向至尊主祈祷时说：他并不在乎自己的解脱；他希望所有坠落了的灵魂都得救后，自己再摆脱这个物质世界。即使在物质领域里，人如果对他人的福利漠不关心，也会受到至尊人格首神或像普瑞图·玛哈茹阿佳那样的神的化身的谴责。

第27节 त्वां स्तब्धां दुर्मदां नीत्वा मायागां तिलशः शरैः ।
आत्मयोगबलेनेमा धारयिष्याम्यहं प्रजाः ॥ २७ ॥

tvāṁ stabdhāṁ durmadāṁ nītvā
māyā-gāṁ tilaśaḥ śaraiḥ
ātma-yoga-balenemā
dhārayiṣyāmy ahaṁ prajāḥ

tvām—你 / stabdhām—十分骄傲 / durmadām—疯狂的 / nītvā—带入这种处境 / māyā-gām—假乳牛 / tilaśaḥ—使……变成像谷物一样的颗粒 / śaraiḥ—被我的箭 / ātma—亲自 / yogabalena—用神秘力量 / imāḥ—所有这些 / dhārayiṣyāmi—支持 / aham—我 / prajāḥ—所有的居民或众生

译文 你非常骄傲，以致到了几乎愚蠢的程度。尽管你现在用你的神秘力量把自己变形为乳牛，但我还是要把你砍成像谷粒那么小的碎片，然后用我自己的神秘力量托举起所有的生物体。

要旨 地球告诉普瑞图(Pṛthu)王：君王如果毁了她，那么君王和其臣民就都会坠入嘎尔巴(garbha)汪洋中。普瑞图王在这节诗里对此作出回答。尽管地球为了不被君王杀死而凭借神通变形为乳牛，但君王清楚这一真相，会毫不犹豫地把她砍成像谷粒一样小的碎片。至于臣民们是否会连带着被毁灭，普瑞图王指出：他可以用他个人的神秘力量托举起众生，而根本不需要地球的帮助。作为主维施努(Viṣṇu)的化身，普瑞图・玛哈茹阿佳(Pṛthu Mahārāja)拥有桑卡尔珊(Saṅkarṣaṇa)的力量，科学家们把这种力量说成是重力。至尊人格首神根本不需要任何支持就使得成千上万的星球浮在空中；同样，要使自己和臣民留在空中而不坠入嘎尔巴汪洋，对普瑞图王来说毫无困难，根本不用地球的帮助。至尊主的另一个名字是尤给士瓦尔(Yogeśvara)——所有神秘力量的主人。因此，君王告诉地球：她不需要担心，没有她的帮助君王如何站立。

第28节　एवं मन्युमयीं मूर्तिं कृ तान्तमिव बिभ्रतम् ।
प्रणता प्राञ्जलिः प्राह मही सञ्जातवेपथुः ॥ २८ ॥

evaṁ manyumayīṁ mūrtiṁ
kṛtāntam iva bibhratam
praṇatā prāñjaliḥ prāha
mahī sañjāta-vepathuḥ

evam—如此／manyu-mayīm—非常愤怒／mūrtim—形象／kṛta-antam—死亡的人格化身亚玛茹阿佳／iva—正如／bibhratam—拥有／praṇatā—皈依／prāñjaliḥ—双手合十／prāha—说／mahī—地球／sañjāta—升起的／vepathuḥ—她身体颤抖

译文　此时，普瑞图・玛哈茹阿佳变得就像阎罗王(亚玛茹阿佳)一样，全身燃烧着愤怒的火焰。换句话说，他是愤怒的化身。听了他的话，地球开始颤抖。她投降并双手合十说了如下的话。

要旨 至尊人格首神对邪恶的人来说是死亡的化身，对奉献者而言则是最可爱的至尊主。在《博伽梵歌》(Bhagavad-gītā)第 10 章的第 34 节诗中，至尊主说：“我是吞噬一切的死亡(mṛtyuḥ sarva-haraś cāham)。”毫无信仰的人不相信至尊神会在世上显现，对此提出挑战。对这样的人，至尊人格首神就会以死亡的形式显现在他们面前，拯救他们。例如：黑冉亚卡希普(Hiraṇyakaśipu)曾经挑战至尊人格首神的权威，结果至尊主以尼尔星哈戴瓦(Nṛsiṁhadeva)的形象面对他并杀死了他。同样，地球看普瑞图·玛哈茹阿佳(Pṛthu Mahārāja)恰似死亡的化身和愤怒的化身，因此开始发抖。人在任何情况下都不该向至尊人格首神的权威提出挑战。相反，最好是投靠、服从祂，时时刻刻求取祂的保护。

第29节

धरोवाच
नमः परस्मै पुरुषाय मायया
विन्यस्तनानातनवे गुणात्मने ।
नमः स्वरूपानुभवेन निर्धुत-
द्रव्यक्रि याक ारक विभ्रमोर्मये ॥ २९ ॥

dharovāca
namaḥ parasmai puruṣāya māyayā
vinyasta-nānā-tanave guṇātmane
namaḥ svarūpānubhavena nirdhuta-
dravya-kriyā-kāraka-vibhramormaye

dharā—地球星球 / uvāca—说 / namaḥ—我致以敬意 / parasmai—向超然者 / puruṣāya—向人物 / māyayā—被物质能量 / vinyasta—扩展 / nānā—各种各样的 / tanave—形象……的人 / guṇa-ātmane—向物质自然三种属性的源头 / namaḥ—我致以敬意 / svarūpa—真正形象的 / anubhavena—通过了解 / nirdhuta—

不被……影响 / dravya—物质 / kriyā—行动 / kāraka—行动者 / vibhrama—迷惑 / ūrmaye—物质存在的波浪

译文　地球说：至尊人格首神，我亲爱的主！您地位超然，您通过您的物质能量扩展出各种不同的形象，并通过物质自然三种属性的化身创造了各种生命形式。与其他主人不同，你总是保持自己的超然状态，不受由各种物质属性相互作用所产生的物质创造的影响。因此，您从不受物质活动的迷惑。

要旨　普瑞图(Pṛthu)王发出庄严的命令后，变形为乳牛的地球认识到：君王是被至尊人格首神直接授权了的力量化身，因此知道过去、现在和未来的一切。地球是骗不了他的。普瑞图王指责地球把草药和谷物的种子藏起来，所以地球准备解释如何才能重新得到那些种子。她知道君王对她很生气，意识到除非先平息他的愤怒，否则不可能给他提任何积极的建议。所以，她一开口说话，就极为谦卑地把自己说成是至尊人格首神的身体不可缺少的一部分。她认为：这个物质世界里展现的各种躯体形象，只不过是至尊主那最巨大的身体不可缺少的各个部分。

经典说：低等星系是至尊主的腿部，而高等星系是至尊主的头部。至尊主用祂的外在能量创造了这个物质世界。尽管从一方面说，至尊主的外在能量与至尊主本人并没有区别，但至尊主并没有同时直接展现在祂的外在能量中，而是始终处在祂的内在(灵性)能量中。正如《博伽梵歌》(Bhagavad-gītā)第 9 章的第 10 节诗中说：物质自然在至尊主的指挥下运作(mayā- dhyakṣeṇa prakṛtiḥ)。由此可见，至尊主并不依附外在能量。祂在这节诗中被称为物质自然三种属性的源头(guṇa-ātmā)。正如《博伽梵歌》第 13 章的第 15 节诗中所述：至尊主超越物质自然属性，但同时又是它们的主人

(nirguṇaṁ guṇa-bhoktṛ ca)。主柴坦亚(Caitanya)提出“至尊主与祂的创造既是一体，同时又有区别(acintya-bhedābheda-tattva)”的哲学主张，使人很容易理解这节诗。地球解释说：尽管外在能量是至尊主的能量，但至尊主根本不受外在能量活动的影响(nirdhuta)。祂始终处在祂的内在能量中，因此这节诗中说“通过了解真正的形象(svarūpa-anubhavena)”。

至尊主虽然始终处在祂的内在能量中，但对自己的外在能量和内在能量了如指掌。这种情况就像祂的奉献者全神贯注地为祂做奉爱服务而不依恋物质躯体，始终保持超然的状态一样。圣茹帕·哥斯瓦米(Rūpa Gosvāmī)曾经说过：始终致力于为至尊主做奉爱服务的奉献者，无论其物质处境如何，事实上都永远是解脱了的。如果就连奉献者都能保持超然的状态，那么至尊人格首神当然能不依附外在能量，而始终处在祂的内在能量中。要理解这种情况应该是没有困难的。正如奉献者永远不被他的物质躯体所迷惑，至尊主也永远不会被这个物质世界的外在能量所迷惑。物质躯体在很多的物质情况制约下运作着，比如：不仅体内有五种气在作用，手、腿、舌头、生殖器和肛门等诸多身体器官也在发挥着不同的作用。奉献者虽然处在这样一个受制约的物质躯体内，但物质躯体阻止不了奉献者做奉爱服务。完全明白自己的地位的生物——灵性的灵魂，根本不关心物质躯体的情况，而总是致力于吟诵、吟唱哈瑞·奎师那 哈瑞·奎师那 奎师那·奎师那 哈瑞·哈瑞 / 哈瑞·茹阿玛 哈瑞·茹阿玛 茹阿玛·茹阿玛 哈瑞·哈瑞。至尊主虽然与物质世界有关系，但却始终处在祂的灵性能量中，不与物质世界的运作发生关系。谈到物质躯体，它有六种“波浪”或说物质状况，那就是：饥饿、渴、悲伤、困惑、年老和死亡。解脱的灵魂从不关心物质躯体的这六种情况。至尊人格首神，作为一切能量的全能主人，虽然与祂的外在能量有关系，但却从不受外在能量相互作用的影响。

第30节　येनाहमात्मायतनं विनिर्मिता
धात्रा यतोऽयं गुणसर्गसङ्ग्रहः ।
स एव मां हन्तुमुदायुधः स्वरा-
डुपस्थितोऽन्यं शरणं क माश्रये ॥ ३० ॥

yenāham ātmāyatanaṁ vinirmitā
dhātrā yato 'yaṁ guṇa-sarga-saṅgrahaḥ
sa eva māṁ hantum udāyudhaḥ svarāḍ
upasthito 'nyaṁ śaraṇaṁ kam āśraye

yena—有谁 / aham—我 / ātma-āyatanam—众生的栖息地 / vinirmitā—被创造 / dhātrā—由至尊主 / yataḥ—由于谁 / ayam—这 / guṇa-sarga-saṅgrahaḥ—各种物质元素的组合 / saḥ—祂 / eva—肯定地 / mām—我 / hantum—杀 / udāyudhaḥ—准备用武器 / svarāṭ—完全独立 / upasthitaḥ—现在出现在我面前 / anyam—其他 / śaraṇam—庇护者 / kam—向谁 / āśraye—我应该求取

译文　地球继续说道：我亲爱的主，您是物质创造的全权指挥。是您创造了这个宇宙展示和三种物质属性，所以也是您创造了我——地球——众生的栖息地。尽管如此，我的主啊！您永远是完全独立的。您现在出现在我面前，准备用您的武器杀了我。请让我知道，我该到哪里寻求庇护；告诉我，谁能保护我。

要旨　在这节诗中，地球向至尊主展示了彻底皈依的特征。正如经典所说：没人能保护奎师那想杀死的人，也没人能杀死奎师那要保护的人。至尊主要杀地球，没人能保护得了她。我们都受到至尊主的保护，因此都应该投靠、服从祂。在《博伽梵歌》(Bhagavad-gītā)第 18 章的第 66 节诗中，至尊主教导我们说：

sarva-dharmān parityajya
mām ekaṁ śaraṇaṁ vraja
ahaṁ tvāṁ sarva-pāpebhyo
mokṣayiṣyāmi mā śucaḥ

“抛弃一切种类的宗教，只向我皈依。我将把你从所有的恶报中解救出来。不要害怕！”

圣巴克提维诺德·塔库尔(Bhaktivinoda Ṭhākura)唱道：“亲爱的主，现在，我把我所拥有的一切，甚至我的心，以及家庭、身体等所有与这个物质躯体有关的东西，都交给您。您现在可以完全按您的意愿行事。如果您愿意，您可以杀了我；如果您愿意，您也可以拯救我。无论您对我做什么，我都是您永恒的仆人，您绝对有权按您的意愿行事。”

第31节 य एतदादावसृजच्चराचरं
स्वमाययात्माश्रययावितर्क्यया ।
तयैव सोऽयं किल गोप्तुमुद्यतः
कथं नु मां धर्मपरो जिघांसति ॥ ३१ ॥

ya etad ādāv asṛjac carācaraṁ
sva-māyayātmāśrayayāvitarkyayā
tayaiva so 'yaṁ kila goptum udyataḥ
kathaṁ nu māṁ dharma-paro jighāṁsati

yaḥ—……的人 / etat—这些 / ādau—在创造开始时 / asṛjat—创造 / cara-acaram—动与不动的生物体 / sva-māyayā—用祂自身的能量 / ātma-āśrayayā—托庇于祂自己的保护下 / avitarkyayā—不可思议的 / tayā—由那同一个玛亚 / eva—肯定地 / saḥ—他 / ayam—这位君王 / kila—无疑地 / goptum udyataḥ—准备给予保护 / katham—如何 / nu—那时 / mām—我 / dharma-paraḥ—严格遵守宗教原则的人 / jighāṁsati—想要杀

译文　创造一开始，您就用您不可思议的能量创造了一切动与不动的生物体。现在，您准备用这同一种能量保护众生。事实上，您是宗教原则至高无上的维护者。您为什么如此急切地要杀死我，即使我变形为乳牛也不放过呢？

要旨　地球辩解地问道：尽管创造者无疑也能凭其意愿毁灭他的创造，但为什么至尊主在准备保护众生时却要杀了她？毕竟，地球是所有其他生物体的栖息之地。而且，为众生生产粮食的也是地球。

第32节

नूनं बतेशस्य समीहितं जनै-
　स्तन्मायया दुर्जययाकृ तात्मभिः ।
न लक्ष्यते यस्त्वक रोदक ारयद्
　योऽनेक एकः परतश्च ईश्वरः ॥ ३२ ॥

nūnaṁ bateśasya samīhitaṁ janais
　tan-māyayā durjayayākṛtātmabhiḥ
na lakṣyate yas tv akarod akārayad
　yo 'neka ekaḥ parataś ca īśvaraḥ

nūnam—的确地 / bata—无疑地 / īśasya—至尊人格首神的 / samīhitam—活动、计划 / janaiḥ—由人们 / tat-māyayā—用祂自己的能量 / durjayayā—那是战无不胜的 / akṛta-ātmabhiḥ—经验不足的人 / na—从不 / lakṣyate—被看到 / yaḥ—……的他 / tu—那时 / akarot—创造 / akārayat—导致创造 / yaḥ—……的人 / anekaḥ—许多 / ekaḥ—一个 / parataḥ—被祂不可思议的能量 / ca—和 / īśvaraḥ—控制者

译文　我亲爱的主，您虽然是一个个体，但却用您不可思议的能量扩展出许多形象。您透过布茹阿玛这个代理，

创造了整个宇宙。因此，您本人就是至尊人格首神。经验不足的人被您的错觉能量所蒙蔽，了解不了您超然的活动。

要旨 神是一个个体，但却扩展出物质能量、灵性能量和边缘能量等。人除非得到至尊人格首神特别的恩宠，否则不可能理解至尊主一个人是怎么通过祂不同的能量行事的。生物属于至尊人格首神的边缘能量。布茹阿玛(Brahmā)也是这样的一个生物，但他是被至尊人格首神特别授权了的。尽管布茹阿玛被认为是这个宇宙的创造者，但实际上至尊人格首神才是真正的创造者。这节诗中的梵文 māyayā 一词很重要。玛亚(Māyā)的意思是“能量”。布茹阿玛不是能量的拥有者，而是至尊主的边缘能量的展示之一。换句话说，主布茹阿玛只是一个工具。有时候，有些措施看起来似乎彼此矛盾，但在一切行动的背后却有一个明确的计划。得到至尊主恩宠的成熟之人能明白，一切都按至尊主的最高计划在进行。

第33节

सर्गादि योऽस्यानुरुणद्धि शक्ति भि-
र्द्रव्यक्रि याकारक चेतनात्मभिः ।
तस्मै समुन्नद्धनिरुद्धशक्त ये
नमः परस्मै पुरुषाय वेधसे ॥ ३३ ॥

sargādi yo ’syānuruṇaddhi śaktibhir
dravya-kriyā-kāraka-cetanātmabhiḥ
tasmai samunnaddha-niruddha-śaktaye
namaḥ parasmai puruṣāya vedhase

sarga-ādi—创造、维系和毁灭 / yaḥ—……的人 / asya—这个物质世界的 / anuruṇaddhi—原因 / śaktibhiḥ—用祂自己的能量 / dravya—物质元素 / kriyā—感官 / kāraka—负责控制的半神人 / cetanā—智力 / ātmabhiḥ—由假我组成的 / tasmai—向祂 / samunnaddha—展

示 / niruddha—能量的 / śaktaye—拥有这些能量的人 / namaḥ—敬礼 / parasmai—向超然者 / puruṣāya—至尊人格首神 / vedhase—向一切原因的最初原因

译文　亲爱的主，您用您自己的能量制造了所有的物质元素，以及从事活动的工具(感官)、感官的操作者(负责管理的半神人)、智力、假我和其他的一切。您用您的能量展示了这整个宇宙创造，并维系它，毁灭它。仅仅是您能量的作用，使天地万物有时展示，有时不展示。因此，您是至尊人格首神，一切原因的最初原因，我恭恭敬敬地向您顶礼。

要旨　一切活动都始于整体能量玛哈特·塔特瓦(mahat-tattva)的创造。随后，由于物质自然三种属性(古纳，guṇa)的刺激，物质元素及心智、假我和感官的控制者便被创造了出来。所有这些都是由至尊主不可思议的能量逐一创造出来的。在现代电子领域中，只要按下一个按钮，就可以启动一台机器，发生连锁的电力反应，由此逐一完成许多活动。同样，至尊人格首神按了一下创造的钮，各种能量就创造出物质元素和管辖它们的各种控制者，并使他们按至尊人格首神不可思议的计划相互作用。

第34节　स वै भवानात्मविनिर्मितं जगद्
भूतेन्द्रियान्तःक रणात्मकं विभो ।
संस्थापयिष्यन्नज मां रसातला-
दभ्युज्जहाराम्भस आदिसूक रः ॥ ३४ ॥

sa vai bhavān ātma-vinirmitaṁ jagad
bhūtendriyāntaḥ-karaṇātmakaṁ vibho
saṁsthāpayiṣyann aja māṁ rasātalād
abhyujjahārāmbhasa ādi-sūkaraḥ

saḥ—祂 / vai—肯定地 / bhavān—您自己 / ātma—由您本人 / vinirmitam—制造了 / jagat—这个世界 / bhūta—物质元素 / indriya—感官 / antaḥ-karaṇa—心灵、心脏 / ātmakam—……组成 / vibho—主啊 / saṁsthāpayiṣyan—维系 / aja—不经出生就存在的人啊 / mām—我 / rasātalāt—从深层区域 / abhyujjahāra—取出 / ambhasaḥ—从水 / ādi—原始的 / sūkaraḥ—雄猪

译文 亲爱的主，您永远不经过出生的过程。一次，您化身为雄猪，把我从宇宙底部的水里解救出来，为了维系这个世界，您通过您的能量创造了所有的物质元素、感官和心。

要旨 这里说的是主奎师那曾经显现为至高无上的雄猪形象瓦茹阿哈(Varāha)，把当时淹没在水中的地球救了起来。恶魔黑冉亚克沙(Hiraṇyākṣa)把地球从它运行的轨道上脱开，并把它扔进了嘎尔博达卡(Garbhodaka)汪洋中。那时，至尊主显现为最初的雄猪形象，拯救了地球。

第35节 अपामुपस्थे मयि नाव्यवस्थिताः
प्रजा भवानद्य रिरक्षिषुः किल ।
स वीरमूर्तिः समभूद्धराधरो
यो मां पयस्युग्रशरो जिघांससि ॥ ३५ ॥

apām upasthe mayi nāvy avasthitāḥ
prajā bhavān adya rirakṣiṣuḥ kila
sa vīra-mūrtiḥ samabhūd dharā-dharo
yo māṁ payasy ugra-śaro jighāṁsasi

apām—水的 / upasthe—处在水平面上 / mayi—在我之中 / nāvi—在一支船上 / avasthitāḥ—站立 / prajāḥ—生物 / bhavān—您自己 / adya—现在 / rirakṣiṣuḥ—想要保护 / kila—确实 / saḥ—祂 /

vīra-mūrtiḥ—以大英雄的形象 / samabhūt—成为 / dharā-dharaḥ—地球的保护者 / yaḥ—……的人 / mām—我 / payasi—为了牛奶的缘故 / ugra-śaraḥ—用尖锐的箭 / jighāṁsasi—您想杀

译文　我亲爱的主，由于那一次您把我从水中救起，以这种形式保护了我，您便以达茹阿达尔——“举起地球的人”这个名字闻名天下。可此刻，您却以大英雄的形象要用利箭杀了我。然而，我就像一艘船，载着万物漂浮在水面上。

要旨　至尊主又被称为达茹阿达尔(Dharādhara)，意思是“化身为雄猪用獠牙托起地球的祂”。因此，变形为乳牛的地球认为至尊主行事是相互矛盾的。祂曾经救过地球，但现在却要像推翻水面上的船一样推翻地球。没人能理解至尊主的活动。由于知识贫乏，人们有时候会认为至尊主的活动是相互矛盾的。

第36节

नूनं जनैरीहितमीश्वराणा-
　मस्मद्विधैस्तद्गुणसर्गमायया ।
न ज्ञायते मोहितचित्तवर्त्मभि-
　स्तेभ्यो नमो वीरयशस्करेभ्यः ॥ ३६ ॥

nūnaṁ janair īhitam īśvarāṇām
　asmad-vidhais tad-guṇa-sarga-māyayā
na jñāyate mohita-citta-vartmabhis
　tebhyo namo vīra-yaśas-karebhyaḥ

nūnam—确实地 / janaiḥ—被普通大众 / īhitam—活动 / īśvarāṇām—控制者们的 / asmat-vidhaiḥ—像我一样 / tat—人格首神的 / guṇa—物质自然属性的 / sarga—使创造发生的 / māyayā—用您的能量 / na—永不 / jñāyate—被理解 / mohita—迷惑 / citta—谁

的心 / vartmabhiḥ—方式 / tebhyaḥ—向他们 / namaḥ—顶礼 / vīrayaśaḥ-karebhyaḥ—给英雄本人带来声望的人

译文　亲爱的主，我也是您能量的一个创造物，由物质自然三种属性所组成，所以也被您的活动所迷惑。就连您的奉献者所从事的活动都不容易理解，更不要说您的娱乐活动了。因此，在我们眼里，一切都很矛盾和神奇。

要旨　至尊人格首神以各种形象和化身从事的活动，永远是非凡和神奇的。渺小的人类根本无法判断这种活动的宗旨和计划，因此圣吉瓦·哥斯瓦米(Jīva Gosvāmī)说：除非承认至尊主的活动是不可思议的，否则没有别的解释。至尊主作为至尊人格首神奎师那，永远住在哥珞卡·温达文(Goloka Vṛndāvana)。但同时，祂又扩展出无数的形象，从主茹阿玛(Rāma)开始，主尼尔星哈(Nṛsiṁha)、主瓦茹阿哈(Varāha)，以及所有直接来自桑卡尔珊(Saṅkarṣaṇa)的化身。桑卡尔珊是巴拉戴瓦(Baladeva)的扩展，而巴拉戴瓦是奎师那的第一位扩展。因此，所有这些化身都被称为卡拉(kalā)。

梵文 īśvarāṇām 是指首神扩展出的所有化身。正如经典《布茹阿玛·萨密塔》第 5 章的第 39 节诗中所述：所有的化身都是至尊人格首神的部分扩展——卡拉(rāmādi-mārtiṣu kalā-niyamena tiṣṛhan)。《圣典博伽瓦谭》(Śrīmad-Bhāgavatam)中也证实了这一点。然而，奎师那是存在中的第一位至尊人格首神。我们不应该把梵文 īśvarāṇām 一词的复数形式误解为是指有许多首神。事实是：只有一位神，祂永恒存在，并扩展出无数的形象，以各种各样的方式行事。普通人有时被这一切所迷惑，认为至尊主所从事的这类活动彼此之间相互矛盾，但它们并不是矛盾的。至尊主在祂所从事的一切活动背后有一项伟大的计划。

为便于人们理解，我们举例说明：至尊主既处在窃贼的心中，也处在房主的心中；超灵在窃贼心中指示说“去偷那个房子里的东西”，但同时在房主心中警告说“小心窃贼”。对不同的人来说，这些指示看似相互矛盾，但我们应该知道，超灵——至尊人格首神，在实行某项计划。我们不该认为这些事是相互矛盾的，最好是全心全意地投靠、服从至尊人格首神，在祂的保护下保持平静。

到此为止，结束了巴克提韦丹塔对《圣典博伽瓦谭》第 4 篇第 17 章“普瑞图王对地球发怒”所作的阐释。

第十八章

普瑞图王挤地球的奶

第1节 मैत्रेय उवाच

इत्थं पृथुमभिष्टूय रुषा प्रस्फुरिताधरम् ।
पुनराहावनिर्भीता संस्तभ्यात्मानमात्मना ॥ १ ॥

maitreya uvāca
ittham pṛthum abhiṣṭūya
rusā prasphuritādharam
punar āhāvanir bhītā
saṁstabhyātmānam ātmanā

maitreyaḥ uvāca—伟大的圣人麦垂亚继续说 / ittham—如此 / pṛthum—向普瑞图王 / abhiṣṭūya—祈祷后 / ruṣā—愤怒中 / prasphurita—颤抖 / adharam—他的嘴唇 / punaḥ—再次 / āha—她说 / avaniḥ—地球星球 / bhītā—恐惧中 / saṁstabhya—决定后 / ātmānam—主意 / ātmanā—靠智力

译文 大圣人麦垂亚继续对维杜茹阿说：亲爱的维杜茹阿，那时，即使听了地球的祈祷，普瑞图王还是平静不下来，他的双唇因极度愤怒而颤抖。地球虽然惊恐不安，但已下了决心，于是为了说服君王说了如下的话。

第2节 सन्नियच्छ ाभिभो मन्युं निबोध श्रावितं च मे ।
सर्वतः सारमादत्ते यथा मधुकरो बुधः ॥ २ ॥

sanniyacchābhibho manyuṁ
nibodha śrāvitaṁ ca me

sarvataḥ sāram ādatte
yathā madhu-karo budhaḥ

sanniyaccha—请安抚 / abhibho—君王啊 / manyum—愤怒 / nibodha—努力理解 / śrāvitam—所说的话 / ca—也 / me—由我 / sarvataḥ—从各处 / sāram—精华 / ādatte—取 / yathā—正如 / madhu-karaḥ—大黄蜂 / budhaḥ—有智慧的人

译文 亲爱的主，请息怒，耐心地听我提出的建议。请您注意听我说。尽管我也许很浅薄，但有学问的人会从各处汲取知识的精华，就如蜜蜂采百花之蜜一样。

第3节 अस्मिँल्लोकेऽथवामुष्मिन्मुनिभिस्तत्त्वदर्शिभिः ।
दृष्टा योगाः प्रयुक्ता श्च पुंसां श्रेयःप्रसिद्धये ॥ ३ ॥

asmi' loke 'thavāmuṣmin
munibhis tattva-darśibhiḥ
dṛṣṭā yogāḥ prayuktāś ca
puṁsāṁ śreyaḥ-prasiddhaye

asmin—在这之中 / loke—寿命 / atha vā—或者 / amuṣmin—在来生 / munibhiḥ—由伟大的圣人们 / tattva—事实真相 / darśibhiḥ—被那些见过它的人 / dṛṣṭāḥ—规定 / yogāḥ—方法 / prayuktāḥ—适用 / ca—也 / puṁsām—大众的 / śreyaḥ—利益 / prasiddhaye—有关获取的问题

译文 伟大的先知和圣人们为了利益全人类，指示了各种有助于大众增添好运的方法，使他们不仅在今生，而且来世也都能受益。

要旨　为人类社会的利益着想，韦达经(Veda)和伟大的圣人、布茹阿玛纳(brāhmaṇa,婆罗门)们提供了完美的知识，而韦达文明是这些完美知识的充分运用。韦达经典中的教导被称为施茹提(śruti)，而由伟大的圣人就经典教导所呈献的补充性文献被称为斯密尔缇(smṛti)，其教导与韦达经教导的原则一致。人类社会应该充分利用施茹提和斯密尔缇中的教导。人如果想在灵修生活中取得进步，就必须学习这些教导，遵守其中的原则。在《巴克缇·茹阿萨姆瑞塔·心都》(Bhakti-rasāmṛta-sindhu)中，圣茹帕·哥斯瓦米(Rāpa Gosvāmī)说：如果有人伪装自己在灵性上很进步，但却不按施茹提和斯密尔缇中教导的原则做，那他只不过是在扰乱社会而已。人不仅应该在灵修生活中遵守施茹提和斯密尔缇中规定的原则，在物质生活中也不例外。至于人类社会，应当遵循《玛努·斯密尔缇》(Manu-smṛti)中的法律，因为这些法律是人类的始祖玛努(Manu)制定的。

《玛努·斯密尔缇》中说：不应该让妇女独立，而应该由父亲、丈夫或长子保护她们。在任何情况下，妇女都应该依靠着某个保护人。现代社会让妇女像男子一样完全独立，但事实上我们看到，这种完全独立的妇女并不比那些受保护人保护的妇女幸福。人们如果按伟大的圣人，以及施茹提和斯密尔缇的教导做，就会在今生和来世都获得真正的幸福。不幸的是：无赖们编造出许许多多所谓的获得幸福的方法，结果使人类社会的物质和灵修生活都失去了真正的标准，人们迷失了，世界也没有了安宁与幸福。尽管人们试图以联合国的形式解决人类社会的问题，但一再受挫。他们不按韦达经教导的使人解脱的方法做，因此不幸福。

这节诗中用了asmin和amuṣmin两个意义重大的梵文词。Asmin的意思是“在今生”，amuṣmin的意思是“在来世”。不幸的是：在这个年代里，就连那些社会地位极高的教授和学者们也不相信有来世，而认为一切都会在死亡时结束。他们既然是这么愚昧的无赖，又能为大众提什么好建议呢？尽管如此，他们却以知识渊博的学者和教授的身份自居。这节诗中的 amuṣmin 一词说得很明确。每个人都有责任使自己过一种能让自己来世更好的生活。正如让孩子受教育，是为了他今后能过得幸福一样；人要想在死后过上永恒、幸福的生活，就应该在今生受教育。所以，按施茹提和斯密尔缇中给予的教导做，以确保人生使命获得成功：这一点是非常重要的。

第4节 तानातिष्ठति यः सम्यगुपायान् पूर्वदर्शितान् ।
अवरः श्रद्धयोपेत उपेयान् विन्दतेऽञ्जसा ॥ ४ ॥

tān ātiṣṭhati yaḥ samyag
upāyān pūrva-darśitān
avaraḥ śraddhayopeta
upeyān vindate 'ñjasā

tān—那些 / ātiṣṭhati—遵从 / yaḥ—任何人 / samyak—完全的 / upāyān—原则 / pūrva—从前 / darśitān—教导 / avaraḥ—没有经验的 / śraddhayā—怀着信心 / upetaḥ—处在 / upeyān—功利性活动 / vindate—享受 / añjasā—很容易

译文 按照过去的伟大圣人所给予的教导和原则去做的人，能利用这些教导达到实际的目的。这样的人很容易就能享受生活和快乐。

要旨 韦达经典强烈的要求我们，要向伟大的、解脱了的灵魂学习(mahājano yena gataḥ panthāḥ)。这样，我们不仅能在今生和来世获得灵性的利益，也能改善我们的物质生活。按以前的伟大圣人教导的原则做，能使我们很容易就了解所有生命的目的。“没有经验的、无知的(avaraḥ)”一词，用在这节诗中意义深刻。所有受制约的灵魂都是无知的。每个人出生时都是傻瓜和无赖(abodha jāja)。在如今的民主制政府中，各种各样的傻瓜和无赖都在做决定。但他们能做什么呢？他们制定的法律能有什么效果呢？他们今天制定的某项法律，就是为了明天随心所欲地废除它。一个政治团体为了达到某个目的利用国家；接下来，另一个政治团体又组成另一种类型的政府，废除前一个政府制定的法律和规定。正如《圣典博伽瓦谭》(Śrīmad Bhāgavatam)第 7 篇第 5 章的第 30 节诗中所说的，这种咀嚼已经咀嚼过的东西的方法(punaḥ punaś carvita-carvaṇānām)，永远不会使人类社会幸福。为了使整个人类社会繁荣昌盛、幸福快乐，我们应该接受解脱之人提供的标准方法。

第5节 तानानादृत्य योऽविद्वानर्थानारभते स्वयम् ।
तस्य व्यभिचरन्त्यर्था आरब्धाश्च पुनः पुनः ॥ ५ ॥

tān anādṛtya yo 'vidvān
　arthān ārabhate svayam
tasya vyabhicaranty arthā
　ārabdhāś ca punaḥ punaḥ

tān—那些 / anādṛtya—忽视 / yaḥ—任何……的人 / avidvān—无赖 / arthān—计划 / ārabhate—开始 / svayam—亲自地 / tasya—他的 / vyabhicaranti—不成功 / arthāḥ—目的 / ārabdhāḥ—努力 / ca—和 / punaḥpunaḥ——再

译文 愚蠢的人靠主观推测自创方法和途径，拒不承认圣人们所作的无懈可击的指示所具有的权威性。他们只是一而再，再而三地做不可能成功的努力。

要旨 如今，不服从前辈灵性导师(阿查尔亚，ācārya)和解脱了的灵魂所给予的无懈可击的教导，已经成了一种风气。现代人是如此堕落，以致根本分不清谁是解脱的灵魂，谁是受制约的灵魂。受制约的灵魂受制于四种缺陷，那就是：他肯定会犯错；他肯定会产生错觉；他有欺骗他人的倾向；他的感官不完美。正因为如此，我们必须接受解脱之人的指导。

奎师那意识运动直接按至尊人格首神的教导行事，而这些教导是通过那些严格按至尊神的话去做的人传下来的。尽管追随者也许不是解脱之人，但只要他按至尊的解脱者人格首神的话做，他的活动自然不受物质自然的污染。为此，主柴坦亚(Caitanya)说："因我的命令，你会成为灵性导师。"人如果对至尊人格首神的超然话语完全有信心，并按祂的教导做，就能立即成为一名灵性导师。物质主义者对接受解脱之人的教导不感兴趣，而是很喜欢自己编造出来的概念，但这些概念使他们的努力一再受挫。如今整个世界都在按受制约的灵魂所给予的不完美的指示行事，所以全人类都迷失了。

第6节 पुरा सृष्टा ह्योषधयो ब्रह्मणा या विशाम्पते ।
भुज्यमाना मया दृष्टा असद्भिरधृतव्रतैः ॥ ६ ॥

purā sṛṣṭā hy oṣadhayo
brahmaṇā yā viśāmpate
bhujyamānā mayā dṛṣṭā
asadbhir adhṛta-vrataiḥ

purā—在过去 / sṛṣṭāḥ—创造 / hi—肯定地 / oṣadhayaḥ—草药和五谷 / brahmaṇā—由主布茹阿玛 / yāḥ—所有那些 / viśām-pate—君王啊 / bhujyamānāḥ—被享受 / mayā—由我 / dṛṣṭāḥ—看到 / asadbhiḥ—被非奉献者 / adhṛta-vrataiḥ—根本不从事灵性活动

译文 我亲爱的君王，主布茹阿玛以前创造的种子、根、草药和谷物，现在正被那些毫无灵性理解的非奉献者所利用。

要旨 主布茹阿玛(Brahmā)创造了这个物质宇宙里的一切，以供生物体使用。但这创造是按一项计划进行的，那计划是：让那些为了感官享乐而进入这个物质世界试图主宰物质自然的芸芸众生，可以接受主布茹阿玛在韦达经中给予的指导，以便他们最终能离开物质世界，回归家园，回归首神。水果、鲜花、树木、谷物、动物及动物产品等地球产出的一切必需品，都是为了让我们在为满足至尊人格首神维施努(Viṣṇu)而举行祭祀时用的。但是，变形为乳牛的地球在此指出，所有这些实用品都被那些不打算灵修，获得灵性觉悟的非奉献者利用了。尽管地球有生产谷物、水果和鲜花的巨大能力，但当这些产品被毫无灵性目标的非奉献者误用时，地球本身就阻止自己生产。一切都属于至尊人格首神，一切都能用来取悦祂。生物不应该用大地生产出的一切来进行感官享乐。这是物质自然按照至尊主对她的指示所制定的整个计划。

在这节诗中，asadbhiḥ 和 adhṛta-vrataiḥ 这两个梵文词很重要。Asadbhiḥ 一词是指非奉献者。《博伽梵歌》(Bhagavad-gītā)中把非奉献者描述为是罪大恶极的人(duṣkṛtinaḥ)、最低贱的人(narādhamāḥ)、驴子或无赖(mūḍhāḥ)，以及被错觉能量的力量夺取了知识的人(māyayāpahṛta-jñānāḥ)。所有这些人都是非奉献者(阿萨特，asat)。非奉献者还被称为 gṛha-vrata，相反奉献者被称为 dhṛta-vrata。整个韦达计划是：受制约的灵魂误入歧途，试图来主宰物质自然；他们应该受训练成为奉献者(dhṛta-vrata)。这意味着他们应该发誓通过满足至尊主的感官不满足自己的感官或享受物质生活。为满足至尊主奎师那的感官而从事的活动，梵文称为 kṛṣṇārthe 'khila-ceṣṭāḥ。这说明人可以努力做各种工作，但其目的应该是为了满足奎师那。《博伽梵歌》把这描述为是 yajñrthāt karma。yajña 一词是指主维施努。我们应该只为满足至尊主而工作。然而，在如今这个喀历(Kali)年代里，人们完全遗忘了主维施努，只为了自己的感官享乐而活动。这类人会逐渐变得极为贫穷，因为他们不能把理应由至尊主享用的东西用于自己的感官享乐。他们如果继续只关心自己的感官享乐，最终就会变得极为贫穷，大地将不再生产粮食、水果或鲜花。事实上，《博伽瓦谭》(Bhāgavatam)第 12 篇中说：在喀历年代的最后，人们将如此龌龊，以致世上不再有任何谷物、小麦、甘蔗或牛奶。

第7节 अपालितानादृता च भवद्भिर्लोकपालकैः ।
चोरीभूतेऽथ लोके ऽहं यज्ञार्थेऽग्रसमोषधीः ॥ ७ ॥

apālitānādṛtā ca
bhavadbhir loka-pālakaiḥ
corī-bhūte 'tha loke 'haṁ
yajñārthe 'grasam oṣadhīḥ

apālitā—未受到照顾 / anādṛtā—被忽视 / ca—也 / bhavadbhiḥ—像陛下您一样 / loka-pālakaiḥ—被统治者或君王啊 / corībhūte—被窃贼所扰 / atha—因此 / loke—这世界 / aham—我 / yajña-arthe—为举行祭祀 / agrasam—藏起 / oṣadhīḥ—所有的草药和谷物

译文 亲爱的君王，非奉献者不仅仅利用谷物和草药，就连我，他们也不好好维护。利用谷物进行感官享乐的无赖们已经变成了强盗，可世上的一些君主却不惩罚他们。事实上，我受到那些君主的怠慢。为此，我藏起了所有这些只该为举行祭祀而用的种子。

要旨　在普瑞图(Pṛthu)王和他父亲维纳(Vena)王统治时期发生的事，目前也正在发生着。工业生产和农业生产都在大规模地进行着，但所有生产出的产品都是用于人们的感官享乐。因此，尽管人类社会有这样的生产能力，但仍然存在着物资匮乏问题，原因是：世上充满了贼。诗中的梵文 corī-bhūte 一词是指，人们都变成了盗贼。根据韦达经典的教导，当人们为自己的感官享乐而发展经济时，他们就变成了盗贼。《博伽梵歌》(Bhagavad-gītā)中也解释说：吃粮食前不先给至尊人格首神供奉的人是盗贼，应该受到惩罚。根据灵性的共产主义理论，地球上的一切都属于至尊人格首神。人只有把一切向至尊人格首神供奉后，才有权自己使用。这就是接受帕萨达(prasāda)的程序。人除非吃给至尊神供奉过的食物帕萨达，否则无疑就是贼。统治者和君王们有责任惩罚这种盗贼，以便很好地维持世界秩序。不这样做，大地就不会再生产粮食，人们就会挨饿。事实上，人们不仅将被迫少吃，还将互相残杀，吃对方的肉。他们已经杀动物，吃它们的肉了，因此当大地不再生产粮食、蔬菜和水果时，他们将会为维持自己的生命而杀自己的儿子和父亲，吃他们肉。

第8节　नूनं ता वीरुधः क्षीणा मयि क ाले न भूयसा ।
तत्र योगेन दृष्टेन भवानादातुमर्हति ॥ ८ ॥

nūnaṁ tā vīrudhaḥ kṣīṇā
mayi kālena bhūyasā
tatra yogena dṛṣṭena
bhavān ādātum arhati

nūnam—因此 / tāḥ—那些 / vīrudhaḥ—草药和谷物 / kṣīṇāḥ—变坏了 / mayi—在我体内 / kālena—最后 / bhūyasā—非常 / tatra—因此 / yogena—用适当的方法 / dṛṣṭena—公认的 / bhavān—陛下您 / ādātum—取出 / arhati—应该

译文 由于储藏的时间太久，所有在我体内的谷物种子肯定都变坏了，因此，您应该产刻做安排，用灵性导师和经典所推荐的标准程序把这些种子取出来。

要旨 当粮食缺乏时，政府应该在灵性导师(阿查尔亚，ācārya)的指导下，按经典(沙斯陀，śāstra)给出的方法采取行动。这样做就会有充足的粮食产出，因食物缺乏而造成的饥荒就会被遏制。《博伽梵歌》(Bhagavad-gītā)中劝告我们要举行祭祀(雅格亚，yajña)。举行祭祀会使天上聚集起充分的雨云，随后就会降下充足的雨水，农作物就能生长茂盛。粮食丰收，不仅人们有粮食吃，牛羊之类的家畜也有粮食和青草吃。因此，按照神的安排，人类应该根据经典的推荐举行祭祀，这样做就不会再有粮食的缺乏。经典推荐，在喀历(Kali)年代里唯一能举行的祭祀就是集体吟诵、吟唱神的圣名(桑克伊尔坦·雅格亚，saṅkīrtana- yajña)。

这节诗中有两个很重要的词，一个是“用经授权的方法(yogena)”，另一个是“按前辈灵性导师树立的典范(dṛṣṭena)”。如果以为只要用拖拉机等现代化机械就能生产出粮食来，那可就大错特错了。到沙漠里去用拖拉机耕种，是生产不出粮食的。我们可以尝试各种方法，但最重要的是知道：如果不举行祭祀，地球就会停止生产粮食。地球已经解释了：由于非奉献者们在享受粮食，她便把粮食种子保存起来，以便今后举行祭祀用。当然，无神论者们不会相信生产粮食的这种灵性方法，但不管他们信不信，事实就是事实——只靠机器生产不出粮食。至于得到灵性导师们核准的方法，经典中的指示是：在这个年代里，明智的人会参加集体吟诵、吟唱神的圣名(桑克伊尔坦)运动，以此崇拜至尊人格首神主柴坦亚(Caitanya)；主柴坦亚肤色金黄，总是由祂亲密的奉献者陪伴着在全世界传播这场奎师那意识运动(桑克伊尔坦运动)。就目前的情况，只有这场奎师那意识运动才能拯救世界。我们从前面的诗节中得知，没有奎师那意识的人被认为是盗贼。盗贼无论在物质文明方面有多进步，都不会感到轻松。盗贼就是盗贼，终究会受到惩罚。人们因为没有奎师那意识，所以沦为盗贼，因而正受到物质自然法律的惩罚。没有人能阻止这种情况，即使再多的救济金和人道主义组织也阻止不了。世人除非培养奎师那意识，否则将缺乏粮食，受很多的苦。

第9—10节　वत्सं कल्पय मे वीर येनाहं वत्सला तव ।
धोक्ष्ये क्षीरमयान् कामाननुरूपं च दोहनम् ॥ ९ ॥

दोग्धारं च महाबाहो भूतानां भूतभावन ।
अन्नमीप्सितमूर्जस्वद्भगवान् वाञ्छ ते यदि ॥ १० ॥

vatsaṁ kalpaya me vīra
yenāhaṁ vatsalā tava
dhokṣye kṣīramayān kāmān
anurūpaṁ ca dohanam

dogdhāraṁ ca mahā-bāho
bhūtānāṁ bhūta-bhāvana
annam īpsitam ūrjasvad
bhagavān vāñchate yadi

vatsam—牛犊 / kalpaya—安排 / me—为我 / vīra—英雄啊 / yena—由那 / aham—我 / vatsalā—充满感情的 / tava—您的 / dhokṣye—会实现 / kṣīra-mayān—以牛奶的形式 / kāmān—想要的必需品 / anurūpam—按照不同的生物 / ca—也 / dohanam—奶罐 / dogdhāram—挤奶人 / ca—也 / mahā-bāho—臂力强大的人啊 / bhūtānām—众生的 / bhūta-bhāvana—众生的保护者啊 / annam—粮食 / īpsitam—愿望 / ūrjaḥ-vat—滋养 / bhagavān—可崇拜的您 / vāñchate—愿望 / yadi—如果

译文 啊！非凡的英雄，众生的保护者！如果您想通过为生物体提供足够的谷物来解救他们，如果您想从我这里挤出奶来喂养他们，您就应该安排找一头适合达成这一目的的牛犊和一个能盛放牛奶的罐子，以及做这项工作的挤奶人。由于我会对我的牛犊充满深情，您将能实现想挤我的奶的愿望。

要旨 对挤牛奶来说，这些是很好的建议。乳牛必须先生下小牛犊，然后出于对牛犊的爱，才会自动产出充沛的奶水。除此之外，要得到牛奶还必须有技术熟练的挤奶人，以及适合盛放牛奶的罐子。正如乳牛如果对她的牛犊没感情就不会产出充沛的奶水，地球如果没有对具有奎师那意识的人的感情，也不会产出足够的生活必需品。即使把地球变形为乳牛当做是一种比喻，这里所表达的意思也是非常明确的。正如牛犊可以从母牛身上吸取奶水，包括动物、鸟类、蜜蜂、爬虫和水生物在内的众生也能从地球那里得到各自的食物，但前提必须是像我们前面说过的：人类不是无神论者(阿萨特，asat)。当人们都成为无神论者，人类社会不再有奎师那意识时，整个世界就会受苦。如果人类行为端正，动物也会得到充足的食物，因而快快乐乐。不信神的人，不知道他们有责任保护动物，为它们提供食物，而是杀动物以弥补粮食生产的不足。这样做众生都不满意，而这正是造成世界目前这种情况的原因。

第11节 समां च कुरु मां राजन्देववृष्टं यथा पयः ।
अपर्ताविपि भद्रं ते उपावर्तेत मे विभो ॥ ११ ॥

samāṁ ca kuru māṁ rājan
deva-vṛṣṭaṁ yathā payaḥ
apartāv api bhadraṁ te
upāvarteta me vibho

samām—相同的水平 / ca—也 / kuru—使 / mām—我 / rājan—君王啊 / deva-vṛṣṭam—像天帝因铎仁慈地降下的雨 / yathā—为了 / payaḥ—水 / apa-ṛtau—当雨季停止时 / api—甚至 / bhadram—吉祥 / te—向您 / upāvarteta—它能保持 / me—我上面 / vibho—主啊

译文　亲爱的君王，请允许我告诉您，您必须把整个地球表面夷平。这会对我有帮助，即使雨季停止了也不例外。降雨要靠天帝因铎的仁慈。雨水将会留在地球表面，使大地始终保持湿润的状态，而那将有利于所有种类的农作物生长。

要旨　天帝因铎(Indra)掌管打雷、下雨的事宜。雷电一般是劈向山顶，以便把山顶劈碎。这些碎片随着时间的推移逐渐分布到四周，使地表逐渐变得适合耕种。平地特别有利于粮食的生产。为此，地球请求普瑞图(Pṛthu)王把高山和丘陵夷为平地。

第12节　इति प्रियं हितं वाक्यं भुव आदाय भूपतिः ।
वत्सं कृत्वा मनुं पाणावदुहत्सकलौषधीः ॥ १२ ॥

iti priyaṁ hitaṁ vākyaṁ
bhuva ādāya bhūpatiḥ
vatsaṁ kṛtvā manuṁ pāṇāv
aduhat sakalauṣadhīḥ

iti—这样 / priyam—取悦 / hitam—有益的 / vākyam—话语 / bhuvaḥ—地球的 / ādāya—考虑 / bhū-patiḥ—君王 / vatsam—牛犊 / kṛtvā—使 / manum—斯瓦阳布瓦·玛努 / pāṇau—在他手中 / aduhat—挤奶 / sakala—所有的 / oṣadhīḥ—草药和谷物

译文 普瑞图王听了地球所说的这些吉祥而令人高兴的话语后予以接受。接着，他使斯瓦阳布瓦·玛努变形为一头牛犊，后变形为乳牛的地球那里吸出所有的草药和谷物，把它们保存在他握成杯状的手里。

第13节 तथापरे च सर्वत्र सारमाददते बुधाः ।
ततोऽन्ये च यथाक ामं दुदुहुः पृथुभाविताम् ॥ १३ ॥

tathāpare ca sarvatra
sāram ādadate budhāḥ
tato 'nye ca yathā-kāmaṁ
duduhuḥ pṛthu-bhāvitām

tathā—如此 / apare—其他人 / ca—也 / sarvatra—各处 / sāram—精华 / ādadate—取 / budhāḥ—知识分子 / tataḥ—此后 / anye—其他人 / ca—也 / yathā-kāmam—像他们所想要的那么多 / duduhuḥ—挤奶 / pṛthu-bhāvitām—由普瑞图·玛哈茹阿佳管辖的地球

译文 其他像普瑞图王一样有智慧的人，也从地球那里汲取精华。事实上，每个人都抓住这个机会效法普瑞图王，从地球那里取得自己想要的东西。

要旨 地球又被称为瓦苏达尔(vasundharā)。瓦苏(vasu)的意思是“财富”，达尔(dharā)的意思是“拥有……的人”。地球上有满足人类需要的一切，而各种各样的生物体也都能通过适当的方法得到他们所需要的一切。正如地球所建议，而普瑞图王所接受并开始做的那样，我们不管从地球上得到什么，无论是矿场里、地球表面或空气中的一切，都应该视之为是至尊人格首神的财产，应该用来服务雅格亚(Yajña)——主维施努。人一旦停止举行祭祀(雅格亚)，地球就会把蔬菜、树木、植物、水果、鲜花、其他农产品和矿物等一切产品收起来，不再生产。《博伽梵歌》(Bhagavad-gītā)中证实说，举行祭祀的做法在创造的一开始就已经规定了。只要定期举行祭祀，平均分配财富，控制感官享乐，整个世界就会和平、繁荣。前面已经说过，在这个喀历(Kali)年代里，唯一可行的祭祀方法是集体吟诵、吟唱至尊主的圣名(桑克伊尔坦·雅格亚，saṅkīrtana-yajña)。由国际奎师那意识协会所传授的庆典，应该被介绍到每一个城市和乡村。有智慧的人应该以身作则推动集体吟诵、吟唱至尊主的圣名的运动。这就是说，他们应该遵守苦行的原则，控制自己不过非法性生活，不吃肉，不赌博，不麻醉自我。有智慧的人——社会中的布茹阿玛纳(brāhmaṇa，婆罗门)，如果遵守规范守则，如今世上的这种混乱局面肯定就会改变，人民就会生活得快乐、富有和成功。

第14节　ऋषयो दुदुहुर्देवीमिन्द्रियेष्वथ सत्तम ।
वत्सं बृहस्पतिं कृत्वा पयश्छन्दोमयं शुचि ॥ १४ ॥

ṛṣayo duduhur devīm
indriyeṣv atha sattama
vatsaṁ bṛhaspatiṁ kṛtvā
payaś chandomayaṁ śuci

ṛṣayaḥ—伟大的圣人们 / duduhuḥ—挤奶 / devīm—地球 / indriyeṣu—用感官 / atha—那时 / sattama—维杜茹阿啊 / vatsam—牛犊 / bṛhaspatim—圣人毕尔哈斯帕提 / kṛtvā—使 / payaḥ—牛奶 / chandaḥ-mayam—以韦达赞歌的形式 / śuci—纯粹的

译文　全体伟大的圣人把比尔哈斯帕提变形为牛犊，

用感官制成罐子，汲取所有种类的韦达知识，以净化语言、思想和心灵。

要旨 毕尔哈斯帕提(Bṛhaspati)是天堂星球的祭司。韦达知识是由伟大的圣人们通过毕尔哈斯帕提得到的，它不仅使地球星球上的人类受益，而且利益了整个宇宙里的人。换句话说，韦达知识被认为是人类社会的必需品之一。人类社会如果只满足于从地球得到维持身体健康的粮食和其他生活必需品，就不会有充分的繁荣。人类必须为心灵、耳朵和用于发音的器官准备食粮。谈到超然的声音震荡，所有韦达知识的精华就是超然的声音震荡玛哈·曼陀(mahā-mantra)：哈瑞·奎师那 哈瑞·奎师那 奎师那·奎师那 哈瑞·哈瑞 / 哈瑞·茹阿玛 哈瑞·茹阿玛 茹阿玛·茹阿玛 哈瑞·哈瑞。在喀历(Kali)年代里，如果能借助奉爱瑜伽中的聆听和吟诵、吟唱(śravaṇaṁ kīrtanam)程序，有规律地吟诵、吟唱并聆听这个伟大的曼陀，整个社会就会得到净化，人类在物质上和精神上都将感到快乐。

第15节 कृ त्वा वत्सं सुरगणा इन्द्रं सोममदूदुहन् ।
हिरण्मयेन पात्रेण वीर्यमोजो बलं पयः ॥ १५ ॥

kṛtvā vatsaṁ sura-gaṇā
indraṁ somam adūduhan
hiraṇmayena pātreṇa
vīryam ojo balaṁ payaḥ

kṛtvā—使 / vatsam—牛犊 / sura-gaṇāḥ—半神人 / indram—天帝因铎 / somam—甘露 / adūduhan—他们挤出 / hiraṇmayena—黄金制造的 / pātreṇa—用一个罐子 / vīryam—心智力量 / ojaḥ—感官的力量 / balam—身体的力量 / payaḥ—牛奶

译文　所有的半神人把天帝因铎变形为牛犊，从地球那里吸取称为索玛的琼浆玉液。这极大地提高了他们在心智思辨方面的能力，同时也使他们的身体和感官充满了活力。

要旨　这节诗中的梵文索玛(soma)一词的意思是“甘露”。索玛是在天堂星球中制作的一种饮料，月球及各种高级星球中的半神人都喝这种饮料。喝这种索玛饮料，可以使半神人增强心智、感官和身体的力量。梵文 hiraṇmayena pātreṇa 是指，这种索玛饮料不是普通的有麻醉作用的酒。半神人根本是滴酒不沾。索玛也不是毒品。它是另一种饮料，只有在天堂星球中才能找到。正如下一节诗中会解释的，索玛与那些为邪恶的人制作的酒类有天壤之别。

第16节　दैतेया दानवा वत्सं प्रह्लादमसुरर्षभम् ।
विधायादूदुहन् क्षीरमयःपात्रे सुरासवम् ॥ १६ ॥

daiteyā dānavā vatsaṁ
　prahlādam asurarṣabham
vidhāyādūduhan kṣīram
　ayaḥ-pātre surāsavam

daiteyāḥ—迪缇的儿子们 / dānavāḥ—恶魔们 / vatsam—牛犊 / prahlādam—帕拉德·玛哈茹阿佳 / asura—恶魔 / ṛṣabham—首领 / vidhāya—使 / adūduhan—他们挤出 / kṣīram—牛奶 / ayaḥ—铁 / pātre—在罐子里 / surā—液体 / āsavam—像啤酒一样发酵的液体

译文　迪缇的儿子们和恶魔，把出生在恶魔家里的帕拉德·玛哈茹阿佳变形为牛犊，吸取各种各样的美酒，把它们放进铁制的罐子里。

要旨 半神人喝的饮料是索玛(soma)，而恶魔们喝的饮料是酒和啤酒。由迪缇(Diti)生下的恶魔们以喝酒和啤酒为乐。时至今日，生性邪恶的人仍迷恋酒和啤酒。这节诗里提到帕拉德·玛哈茹阿佳(Prahlāda Mahārāja)的名字是有深刻用意的。正因为帕拉德·玛哈茹阿佳生在恶魔家里，是黑冉亚卡希普(Hiraṇyakaśipu)的儿子，所以恶魔们才能够凭借他的恩典，直到今日仍有酒和啤酒喝。梵文“铁(ayaḥ)”一词很重要。甘露般的索玛被放在金罐子中，相反酒和啤酒则被放在铁罐子里。酒和啤酒是低等品，因此被放在铁罐子里，而索玛汁是高级饮料，因此被放在金罐子中。

第17节 गन्धर्वाप्सरसोऽधुक्षन् पात्रे पद्ममये पयः ।
वत्सं विश्वावसुं कृत्वा गान्धर्वं मधु सौभगम् ॥ १७ ॥

gandharvāpsaraso 'dhukṣan
pātre padmamaye payaḥ
vatsaṁ viśvāvasuṁ kṛtvā
gāndharvaṁ madhu saubhagam

gandharva—甘达尔瓦星球上的居民 / apsarasaḥ—阿普萨柔星球上的居民 / adhukṣan—挤出 / pātre—在一个罐子里 / padma-maye—用莲花制成的 / payaḥ—牛奶 / vatsam—牛犊 / viśvāvasum—名为维施娃瓦苏的 / kṛtvā—变成 / gāndharvam—歌 / madhu—甜美的 / saubhagam—美丽的

译文 甘达尔瓦星球和阿普萨柔星球上的居民，把维施娃瓦苏变形为牛犊，把吸出的牛奶放进莲花罐中，牛奶转变为甜美的音乐艺术和美。

第18节 वत्सेन पितरोऽर्यम्णा क व्यं क्षीरमधुक्षत ।
आमपात्रे महाभागाः श्रद्धया श्राद्धदेवताः ॥ १८ ॥

vatsena pitaro 'ryamṇā
kavyaṁ kṣīram adhukṣata
āma-pātre mahā-bhāgāḥ
śraddhayā śrāddha-devatāḥ

vatsena—由牛犊 / pitaraḥ—琵垂星球上的居民 / aryamṇā—由琵垂星球上的掌管神明阿尔亚玛 / kavyam—向祖先供奉食物 / kṣīram—牛奶 / adhukṣata—取出 / āma-pātre—放进没有烧过的泥土罐中 / mahā-bhāgāḥ—极大的幸运 / śraddhayā—以巨大的决心 / śrāddha-devatāḥ—半神人们主持尊敬死去亲人的刷达仪式

译文 琵垂星球上那些主持葬礼的幸运居民，把阿尔亚玛变形为牛犊。他们怀着巨大的信心吸取供奉给祖先的食物卡维亚，把它们放进没有烧过的泥土罐中。

要旨 《博伽梵歌》(Bhagavad-gītā)第 9 章的第 25 节诗中说：崇拜祖先的人，到祖先那里去(pitṝn yānti pitṛ-vratāḥ)。对家庭福利感兴趣的人叫做琵垂·维茹阿塔(pitṛvratāḥ)。宇宙中有个名叫琵垂珞卡(Pitṛloka)的星球，掌管那个星球的神明叫阿尔亚玛(Aryamā)。他也算是位半神人，人可以通过满足他来帮助变成鬼魂的家人培育出一个肉身。那些罪孽沉重，执著于自己的家庭、房子、村庄或国家的人，得不到由物质元素构成的肉身，只能有一个由心智和假我组成的精微躯体。被束缚在这种精微躯体中的生物，被称为鬼魂。鬼魂的处境极为痛苦，因为他有心智和假我，想要享受物质生活，但由于没有粗糙的物质躯体(肉身)，所以只好为了得到物质满足而制造麻烦。家庭成员，尤其是儿子，有义务向半神人阿尔亚玛或主维施努(Viṣṇu)供奉祭品。自远古以来，在印度，死者的儿子就会到嘎亚(Gayā)的维施努神庙里去，为他那成为鬼魂的父亲的利益向维施努供奉祭品。并不是说每一个人的父亲都会变成鬼魂，但是如果向主维施努的莲花足献上祭品(Piṇḍa)，那么万一家人成了鬼魂，他就会幸运地得到一个肉身。然而，如果一个人习惯了吃给主维施努供奉过的素食——帕萨达(prasāda)，那他就不可能变成鬼魂或其他比人类低级的生物体。在韦达文明中，有一种叫做施茹阿达(śrāddha)的祭祀，举行这种祭祀的人怀着信心和奉爱供奉食物。人只要怀着信心和奉爱供奉食物，那么无论是供奉给主维施努的莲花足，还是供奉给至尊主在琵垂珞卡的代表阿尔亚玛，其祖先都会得到肉身，以享受他们该享受的各种物质快乐。换句话说，他们不会沦落为鬼魂。

第19节 प्रकल्प्य वत्सं कपिलं सिद्धाः सङ्कल्पनामयीम् ।
सिद्धिं नभसि विद्यां च ये च विद्याधरादयः ॥ १९ ॥

prakalpya vatsaṁ kapilaṁ
siddhāḥ saṅkalpanāmayīm
siddhiṁ nabhasi vidyāṁ ca
ye ca vidyādharādayaḥ

prakalpya—指出 / vatsam—牛犊 / kapilam—伟大的圣人卡皮拉 / siddhāḥ—希达哈星球上的居民 / saṅkalpanā-mayīm—按意愿进行 / siddhim—瑜伽完美 / nabhasi—在空中 / vidyām—知识 / ca—也 / ye—那些……的人 / ca—也 / vidyādhara-ādayaḥ—维迪亚达尔星球上的居民等

译文 这以后，希达哈星球上的居民和维迪亚达尔星球上的居民，把伟大的圣人卡皮拉变形成牛犊，用整个天空制成罐子，吸取以阿尼玛为开端的特殊的瑜伽玄秘力量。维迪亚达尔星球上的居民甚至还得到了在空中飞翔的技术。

要旨　希达珞卡(Siddhaloka)和维迪亚达尔·珞卡(Vidyādharaloka)这两个星球上的居民，都天生具有神秘的瑜伽力量。他们靠这些神通不仅能在外太空飞行，而且是在不用飞行工具的情况下，只凭心念就随心所欲地从一个星球飞到另一个星球。就像鱼儿在水中游动一样，维迪亚达尔星球上的居民能在空气的海洋中遨游。至于希达哈星球上的居民，他们生来就具备所有的神秘力量。我们地球星球上的瑜伽师练八部神秘瑜伽，即亚玛(yama)、尼亚玛(niyama)、阿萨纳(āsana)、帕纳亚玛(prāṇāyāma)、帕提亚哈茹阿(pratyāhāra)、达冉纳(dhāraṇā)、迪亚纳(dhyāna)和萨玛迪(samā-dhi)。通过有规律地逐一练习这些瑜伽方法，瑜伽师就能得到各种各样的神通，能变得比最小的还小，比最重的还重，等等。他们甚至能造出一个星球，去自己想去的任何地方，能控制自己想控制的任何人。然而，希达哈星球上的居民天生就具有这些瑜伽神通。在地球上，我们要是看到有人不乘飞机就在空中飞翔肯定觉得非常神奇，但在维迪亚达尔星球上，这类飞行就像鸟儿在空中飞翔一样平常。同样，在希达哈星球上，所有的居民都是伟大的瑜伽师，都具有完美的神秘力量。

这节诗中提到卡皮拉·牟尼(Kapila Muni)的名字是很有深意的，因为祂是桑克亚(Sāṅkhya)哲学体系的创始人，而祂父亲卡尔达玛·牟尼(Kardama Muni)是一位杰出的瑜伽师和神秘主义者。事实上，卡尔达玛·牟尼曾经造了一架像一座小城镇那么大的飞机，上面有各种花园、富丽堂皇的建筑及男女仆从等。卡皮拉·牟尼的父母卡尔达玛·牟尼和黛瓦瑚缇(Devahūti)，就乘坐这架飞机遨游宇宙各处，参观游览了各种各样的星球。

第20节 अन्ये च मायिनो मायामन्तर्धानाद्भुतात्मनाम् ।
मयं प्रकल्प्य वत्सं ते दुदुहुर्धारणामयीम् ॥ २० ॥

anye ca māyino māyām
antardhānādbhutātmanām
mayaṁ prakalpya vatsaṁ te
duduhur dhāraṇāmayīm

anye—其他人 / ca—也 / māyinaḥ—玄秘魔术家 / māyām—神秘力量 / antardhāna—消失 / adbhuta—神奇的 / ātmanām—身体的 / mayam—名叫玛亚的恶魔 / prakalpya—使 / vatsam—牛犊 / te—他们 / duduhuḥ—挤出 / dhāraṇāmayīm—按意愿进行

译文 其他人也不例外，克英菩茹萨星球上的居民把恶魔玛亚变形为牛犊，吸取神秘力量。那种力量能使人在其他人面前立即消失，然后又以另一种形象出现。

要旨 据说克英菩茹萨·珞卡(Kimpuruṣa-loka)上的居民们，能进行许多神奇的神功秘术表演。换句话说，只要是人们能够想象出的奇妙事情，他们都能展示出来。那个星球上的居民能随心所欲地做事。这种力量也属于神秘力量。梵文称拥有这种神秘力量为依希塔(īśitā)。恶魔们一般是通过练瑜伽拥有这些神秘力量的。《圣典博伽瓦谭》(Śrīmad-Bhāgavatam)第 10 篇中，生动地描述了恶魔们是如何以各种神奇的形象出现在奎师那面前的。举例来说，巴卡苏茹阿(Bakāsura)以一只巨鹤的形象出现在奎师那和祂的牧牛童朋友面前。主奎师那降临这个星球时，曾经与许多恶魔作战，这些恶魔都能展示出克英菩茹萨星球上的各种神功秘术。克英菩茹萨星球上的居民天生有这种力量，但地球上的人通过练各种瑜伽功法，也能获得这种力量。

第21节　यक्षरक्षांसि भूतानि पिशाचाः पिशिताशनाः ।
भूतेशवत्सा दुदुहुः क पाले क्षतजासवम् ॥ २१ ॥

yakṣa-rakṣāṁsi bhūtāni
piśācāḥ piśitāśanāḥ
bhūteśa-vatsā duduhuḥ
kapāle kṣatajāsavam

yakṣa—亚克刹(库维尔的后代) / rakṣāṁsi—茹阿克刹萨(食肉者) / bhūtāni—鬼魂 / piśācāḥ—女巫 / piśita-aśanāḥ—习惯于吃血肉的种族 / bhūteśa—主希瓦的化身茹铎 / vatsāḥ—谁的牛犊 / duduhuḥ—挤出 / kapāle—在头尽骨制成的罐子里 / kṣata-ja—血液 / āsavam—发酵的饮料

译文　接着，亚克刹、茹阿克刹萨、鬼魂和巫婆这些习惯于吃血肉的种族，把主希瓦的化身茹铎(布塔纳塔)变形为牛犊，吸出血制的液体，把它们放进用头盖骨做的罐子里。

要旨　世上有些有着人体形状的生物，他们的居住条件和所吃的东西是最令人厌恶的。他们一般都吃生肉，以及这节诗中提到的发酵了的血液(kṣatajāsavam)。以亚克刹(Yakṣa)、茹阿克刹萨(Rākṣasa)、布塔(bhūta)和琵沙查(piśāca)为首的这类低等人，完全被愚昧属性所包裹，都被置于茹铎(Rudra)的控制下。茹铎是主希瓦(Śiva)的化身，负责掌管物质自然的愚昧属性。主希瓦的另一个名字是布塔纳塔(Bhātanātha)，意思是“鬼魂的主人”。当布茹阿玛(Brahmā)对库玛尔(Kumāra)四兄弟生气时，茹铎便从他的两眼之间诞生了。

第22节　तथाहयो दन्दशूक ाः सर्पा नागाश्च तक्षक म् ।
विधाय वत्सं दुदुहुर्बिलपात्रे विषं पयः ॥ २२ ॥

tathāhayo dandaśūkāḥ
sarpā nāgāś ca takṣakam
vidhāya vatsaṁ duduhur
bila-pātre viṣaṁ payaḥ

tathā—同样地 / ahayaḥ—没有颈部皮褶的蛇 / dandaśūkāḥ—蝎子 / sarpāḥ—眼镜蛇 / nāgāḥ—大蟒蛇 / ca—和 / takṣakam—蛇的首领塔克萨卡 / vidhāya—变成 / vatsam—牛犊 / duduhuḥ—挤出 / bilapātre—用蛇洞做的罐子 / viṣam—毒液 / payaḥ—作为牛奶

译文 眼镜蛇、没有颈部皮褶的蛇、蟒蛇、蝎子和许多其他有毒的动物，把塔克萨卡变形成牛犊，从地球那里吸出毒液作为它们的乳汁，把毒液存放在蛇洞里。

要旨 这个物质世界里有各种类型的生物体，在至尊人格首神的安排下，这节诗中提到的各种爬行动物和蝎子也都得到了它们赖以生存的食物。关键是：每一个生物体都从地球那里得到可食用的东西。不同的生物体与物质自然属性接触，就会发展出不同的特征。经典说：用牛奶喂毒蛇，只会使它产出更多的毒液。但是，如果把牛奶供应给有才能的圣哲贤人，他们就会生出更优良的脑组织，使他们能深思更高级的灵性主题。因此，至尊主为每一个生物体提供食物，但不同的生物体因为与物质自然各个属性的关系，而发展出各自不同的特性来。

第23—24节 पशवो यवसं क्षीरं वत्सं कृत्वा च गोवृषम् ।
अरण्यपात्रे चाधुक्षन्मृगेन्द्रेण च दंष्ट्रिणः ॥२३॥

क्रव्यादाः प्राणिनः क्रव्यं दुदुहुः स्वे कलेवरे ।
सुपर्णवत्सा विहगाश्चरं चाचरमेव च ॥ २४ ॥

paśavo yavasaṁ kṣīraṁ
vatsaṁ kṛtvā ca go-vṛṣam

aranya-pātre cādhukṣan
mṛgendreṇa ca daṁṣṭriṇaḥ
kravyādāḥ prāṇinaḥ kravyaṁ
duduhuḥ sve kalevare
suparṇa-vatsā vihagāś
caraṁ cācaram eva ca

paśavaḥ—牛 / yavasam—青草 / kṣīram—牛奶 / vatsam—牛犊 / kṛtvā—使 / ca—也 / go-vṛṣam—主希瓦的坐骑 / araṇya-pātre—在森林的罐子里 / ca—也 / adhukṣan—挤出 / mṛga-indreṇa—由铁 / ca—和 / daṁṣṭriṇaḥ—有尖利牙齿的动物 / kravya-adāḥ—吃生肉的动物 / prāṇinaḥ—生物 / kravyam—肉 / duduhuḥ—取出 / sve—自己的 / kalevare—在他们身体的罐子里 / suparṇa—嘎茹达 / vatsāḥ—谁的牛犊 / vihagāḥ—飞鸟 / caram—移动的生物体 / ca—也 / acaram—不移动的生物体 / eva—肯定地 / ca—也

译文 乳牛等四条腿的动物，把主希瓦骑的公牛变成牛犊，把森林转变为盛牛奶的罐子。就这样，它们有了新鲜的青草可以吃。老虎等凶猛的动物把一头狮子变形为牛犊，以此方法得到肉作为它们的牛奶。飞禽把嘎茹达变形为牛犊，从地球那里吸出了活动的昆虫及不动的草和植物为它们的牛奶。

要旨 有许多食肉类的飞禽，都是主维施努的坐骑嘎茹达(Garuḍa)的后代。事实上，有一种飞禽非常喜欢吃猴子，老鹰则喜欢吃山羊。当然，也有许多飞禽只吃水果和浆果。因此，这节诗中提到的梵文 caram 一词是指动物，而 acaram 一词则指水果和蔬菜。

第25节 वट वत्सा वनस्पतयः पृथग्रसमयं पयः ।
गिरयो हिमवद्वत्सा नानाधातून् स्वसानुषु ॥ २५ ॥

vaṭa-vatsā vanaspatayaḥ
pṛthag rasamayaṁ payaḥ
girayo himavad-vatsā
nānā-dhātūn sva-sānuṣu

vaṭa-vatsāḥ—把榕树变形为牛犊 / vanaḥ-patayaḥ—树木 / pṛthak—不同的 / rasa-mayam—以汁液的形式 / payaḥ—牛奶 / girayaḥ—高山和丘陵 / himavat-vatsāḥ—把喜马拉雅山变形为牛犊 / nānā—各种各样的 / dhātūn—矿物 / sva—自己的 / sānuṣu—在它们的峰顶上

译文 树木把榕树变形为牛犊，以此得到了以许多美味的汁液形式呈现的牛奶。高山把喜马拉雅山变形为牛犊，吸出各种各样的矿物，把它们放进用丘陵顶部做的罐子。

第26节 सर्वे स्वमुख्यवत्सेन स्वे स्वे पात्रे पृथक्पयः ।
सर्वक ामदुघां पृथ्वीं दुदुहः पृथुभाविताम् ॥ २६ ॥

sarve sva-mukhya-vatsena
sve sve pātre pṛthak payaḥ
sarva-kāma-dughāṁ pṛthvīṁ
duduhuḥ pṛthu-bhāvitām

sarve—所有的 / sva-mukhya—以他们各自的首领 / vatsena—作为牛犊 / sve sve—以他们自己的 / pātre—罐子 / pṛthak—不同的 / payaḥ—牛奶 / sarva-kāma—所有想要的 / dughām—以牛奶的形式提供 / pṛthvīm—地球 / duduhuḥ—挤出 / pṛthu-bhāvitām—被普瑞图王所控制

译文　地球为每一种生物提供他们各自能吃的食物。那时，地球完全受普瑞图王的控制。因此，地球上的全体居民都能通过造出各种不同的牛犊得到他们所需要的食物供给，并把各自得到的特种牛奶储藏在不同的罐子里。

要旨　这节诗是至尊主为众生提供食物的证据。正如韦达经中所证实的：尽管至尊主是一个个体，但祂通过地球这个媒介，为众生提供所有的生活必需品(eko bahūnāṁ yo vidadhāti kāmān)。不同的星球上居住着不同种类的生物体，他们以不同的形式从他们居住的星球上得到各自可吃的食物。基于这些描述，人怎么能假设月球上没有生物呢？月亮也是由五大元素构成，就像地球一样。每个星球都根据其居民的需要生产各种类型的食物。根据韦达经典(沙斯陀，śāstra)描述，认为月亮不生产食物或没有生物居住的想法是错误的。

第27节　एवं पृथ्वादयः पृथ्वीमन्नादाः स्वन्नमात्मनः ।
दोहवत्सादिभेदेन क्षीरभेदं कुरूद्वह ॥ २७ ॥

evaṁ pṛthv-ādayaḥ pṛthvīm
annādāḥ svannam ātmanaḥ
doha-vatsādi-bhedena
kṣīra-bhedaṁ kurūdvaha

evam—如此 / pṛthu-ādayaḥ—普瑞图王和其他人 / pṛthvīm—地球 / anna-adāḥ—想得到食物的众生 / su-annam—他们想得到的食物 / ātmanaḥ—为生存 / doha—为挤奶 / vatsa-ādi—由牛犊、罐子和挤奶人 / bhedena—不同的 / kṣīra—牛奶 / bhedam—不同的 / kuru-udvaha—库茹族的领袖啊

译文 亲爱的维杜茹阿，库茹族的领袖，普瑞图王与所有其他靠食物生存的生物，就这样造出各种不同的牛犊，从变形为乳牛的地球那里吸出自己能吃的食物。这些食物都以牛奶的形式展现出来。

第28节 ततो महीपतिः प्रीतः सर्वक ामदुघां पृथुः ।
दुहितृत्वे चक ारेमां प्रेम्णा दुहितृवत्सलः ॥ २८ ॥

tato mahīpatiḥ prītaḥ
sarva-kāma-dughāṁ pṛthuḥ
duhitṛtve cakāremāṁ
premṇā duhitṛ-vatsalaḥ

tataḥ—此后 / mahī-patiḥ—君王 / prītaḥ—被取悦 / sarva-kāma—所有想得到的东西 / dughām—作为牛奶生产 / pṛthuḥ—普瑞图王 / duhitṛtve—作为他的女儿对待 / cakāra—做 / imām—向地球 / premṇā—出于感情 / duhitṛ-vatsalaḥ—对他女儿的感情

译文 这以后，普瑞图王对地球很满意，因为她为不同的生物体提供了各种各样足够的食物。为此，他对地球产生了感情，把她视为自己的女儿。

第29节 चूर्णयन् स्वधनुष्कोट द्या गिरिकू ट ानि राजराट् ।
भूमण्डलमिदं वैन्यः प्रायश्चक्रे समं विभुः ॥ २९ ॥

cūrṇayan sva-dhanuṣ-koṭyā
giri-kūṭāni rāja-rāṭ
bhū-maṇḍalam idaṁ vainyaḥ
prāyaś cakre samaṁ vibhuḥ

cūrṇayan—弄成碎片 / sva—他自己 / dhanuḥ-koṭyā—靠他那张弓的力量 / giri—丘陵的 / kūṭāni—顶部 / rāja-rāṭ—帝王 / bhū-maṇḍalam—整个地球 / idam—这 / vainyaḥ—维纳的儿子 / prāyaḥ—几乎 / cakre—使 / samam—平坦的 / vibhuḥ—强大有力的人

译文　随后，全体君主的帝王普瑞图·玛哈茹阿佳，用他那张弓的力量打碎了丘陵，把地球表面高低不平的地方都夷平了。靠他的恩典，地球表面几乎变成了一马平川。

要旨　地球上的山脉和丘陵一般都是被雷电劈平的。这本是天帝因铎(Indra)该做的事，但至尊人格首神的化身——普瑞图(Pṛthu)王，并没有等天帝因铎来铲平丘陵和山脉，而是亲自动手，用他那张强有力的弓把高低不平的地表夷为了平地。

第30节　अथास्मिन् भगवान् वैन्यः प्रजानां वृत्तिदः पिता ।
निवासान् क ल्पयां चक्रे तत्र तत्र यथार्हतः ॥ ३० ॥

athāsmin bhagavān vainyaḥ
prajānāṁ vṛttidaḥ pitā
nivāsān kalpayāṁ cakre
tatra tatra yathārhataḥ

atha—如此 / asmin—在这个地球上 / bhagavān—人格首神 / vainyaḥ—维纳的儿子 / prajānām—居民的 / vṛttidaḥ—提供职业的人 / pitā—父亲 / nivāsān—住在 / kalpayām—适当的 / cakre—使 / tatra tatra—到处 / yathā—如 / arhataḥ—想要的、适合的

译文　普瑞图王像慈父一样对待他王国中所有的居民。他明显地改善了他们的生存环境，给予他们为生存所该从事的适当工作。他夷平地球表面后，按居民各自的愿望划分出不同的地方作为他们的居住区。

第31节 ग्रामान् पुरः पत्तनानि दुर्गाणि विविधानि च ।
घोषान् व्रजान् सशिबिरानाकरान् खेटखर्वटान् ॥ ३१ ॥

grāmān puraḥ pattanāni
durgāṇi vividhāni ca
ghoṣān vrajān sa-śibirān
ākarān kheṭa-kharvaṭān

grāmān—村庄 / puraḥ—城市 / pattanāni—社区 / durgāṇi—要塞 / vividhāni—各种各样不同的 / ca—也 / ghoṣān—挤奶人的住所 / vrajān—牛栏 / sa-śibirā—与帐篷 / ākarān—矿场 / kheṭa—乡镇 / kharvaṭān—山庄

译文 就这样，普瑞图王建立了许多形式的村庄、社区和城镇，与建起要塞、牧牛人的住所、动物房、皇家营地、矿区、乡镇和山庄。

第32节 प्राक्पृथोरिह नैवैषा पुरग्रामादिकल्पना ।
यथासुखं वसन्ति स्म तत्र तत्राकुतोभयाः ॥ ३२ ॥

prāk pṛthor iha naivaiṣā
pura-grāmādi-kalpanā
yathā-sukhaṁ vasanti sma
tatra tatrākutobhayāḥ

prāk—在……之前 / pṛthoḥ—普瑞图王 / iha—在这星球上 / na—从不 / eva—肯定地 / eṣā—这 / pura—城镇的 / grāma-ādi—乡村等的 / kalpanā—有计划的安排 / yathā—如同 / sukham—方便的 / vasanti sma—生活 / tatra tatra—到处 / akutaḥ-bhayāḥ—毫不犹豫地

译文　在普瑞图王统治前，人们没有对不同的城市、乡村、牧场等进行过有序的规划安排。一切都是分散型的，每一个居民都在只考虑自己方便的情况下修建自己的住所。然而，普瑞图王统治后，对城市和乡村进行了规划。

要旨　从这节诗看，城镇和乡村的规划并不是什么新事物，而是自从普瑞图(Pṛthu)王统治以后就一直沿用下来。我们可以看到，在印度极为古老的城市里有非常整齐划一的格局。《圣典博伽瓦谭》(Śrīmad-Bhāgavatam)中，有许多对这类古老城市的描述。即使在五千年前，主奎师那的首都城市杜瓦尔卡(Dvārakā)就规划得很好。同样，玛图茹阿(Mathurā)和哈斯提纳普尔(Hastināpura，现在的新德里)等其他城市也都规划得很好。因此，城镇规划并不是现代社会的创新，而是在以前的年代就已经存在了。

到此为止，结束了巴克提韦丹塔对《圣典博伽瓦谭》第 4 篇第 18 章“普瑞图王挤地球的奶”所作的阐释。

第十九章

普瑞图王举行的一百场马祭

第1节

मैत्रेय उवाच
अथादीक्षत राजा तु हयमेधशतेन सः ।
ब्रह्मावर्ते मनोः क्षेत्रे यत्र प्राची सरस्वती ॥ १ ॥

maitreya uvāca
athādīkṣata rājā tu
hayamedha-śatena saḥ
brahmāvarte manoḥ kṣetre
yatra prācī sarasvatī

maitreyaḥ uvāca—圣人麦垂亚说 / atha—此后 / adīkṣata—开始 / rājā—君王 / tu—那时 / haya—马匹 / medha—祭祀 / śatena—举行一百场 / saḥ—他 / brahmāvarte—被称为布茹阿玛瓦尔塔 / manoḥ—斯瓦阳布瓦·玛努的 / kṣetre—在土地上 / yatra—哪里 / prācī—东方 / sarasvatī—名叫萨茹阿斯瓦缇的河

译文 伟大的圣人麦垂亚继续说：亲爱的维杜茹阿，普瑞图王开始举行一百场马祭，祭祀地点就在萨茹阿斯瓦缇河流向东方的地方。这块土地名叫布茹阿玛瓦尔塔，归斯瓦阳布瓦·玛努管辖。

第2节

तदभिप्रेत्य भगवान् क र्मातिशयमात्मनः ।
शतक्र तुर्न ममृषे पृथोर्यज्ञमहोत्सवम् ॥ २ ॥

tad abhipretya bhagavān
karmātiśayam ātmanaḥ

śata-kratur na mamṛṣe
pṛthor yajña-mahotsavam

tat abhipretya—考虑这个问题 / bhagavān—最有力的 / karma-atiśayam—在功利性活动方面胜过 / ātmanaḥ—他自己的 / śata-kratuh—举行过一百次祭祀的天帝因铎 / na—不 / mamṛṣe—容忍 / pṛthoḥ—普瑞图王的 / yajña—祭祀 / mahā-utsavam—盛大的仪式

译文 势力最强大的天帝因铎看到这，认为普瑞图王在从事功利性活动方面的成就实际上超过了他，因此无法忍受普瑞图王举行盛大的祭祀仪式。

要旨 在物质世界里，每一个来享受或试图主宰物质自然的人都嫉妒他人。天帝因铎(Indra)也有这种嫉妒心。正如启示经典中所记载的证据，因铎曾经嫉妒过许多人，尤其嫉妒的是那些从事大型功利性活动和苦练神秘瑜伽(siddhi)的人。事实上，他无法容忍这些人，想要破坏他们所从事的活动。他之所以嫉妒，是因为害怕那些为得到神秘力量而举行盛大祭祀或苦练瑜伽的人，可能会占了他的职位。在这个物质世界里，没人能容忍别人取得进步，因此这个物质世界里的人都被称为嫉妒者(matsara)。正因为如此，《圣典博伽瓦谭》(śrīmad-Bhāgavatam)一开篇便说，《圣典博伽瓦谭》是为那些完全没有嫉妒之心(nirmatsara)的人写的。换句话说，没有去除嫉妒之污染的人，不可能增强奎师那意识。然而，奉献者在培养奎师那意识的过程中，如果发现有人超过自己，就会想：那人在奉爱服务的过程中取得了进步，是多么幸运啊！灵性世界外琨塔(Vaikuṇṭha)的特征之一是没有嫉妒。嫉妒自己的竞争者是物质世界的特点。在物质世界里任职的半神人，不可避免地也有嫉妒之心。

第3节 यत्र यज्ञपतिः साक्षाद्भगवान् हरिरीश्वरः ।
अन्वभूयत सर्वात्मा सर्वलोक गुरुः प्रभुः ॥ ३ ॥

yatra yajña-patiḥ sākṣād
bhagavān harir īśvaraḥ
anvabhūyata sarvātmā
sarva-loka-guruḥ prabhuḥ

yatra—哪里 / yajña-patiḥ—所有祭祀的享受者 / sākṣāt—直接地 / bhagavān—至尊人格首神 / hariḥ—主维施努 / īśvaraḥ—至尊的控制者 / anvabhūyata—变得看得见 / sarva-ātmā—每一个生物体的超灵 / sarva loka-guruḥ—现有星球的主人或每一个人的老师 / prabhuḥ—拥有者

译文 至尊人格首神维施努是存在于每一个生物体心中的超灵，是所有星球的拥有者和一切祭祀结果的享受者。祂亲自出席普瑞图王举行的祭祀。

要旨 这节诗中的梵文 sākṣāt 一词非常重要。普瑞图·玛哈茹阿佳(Pṛthu Mahārāja)是主维施努的力量化身(śaktyāveśa-avatāra)。其实，普瑞图·玛哈茹阿佳是一个普通生物，但被主维施努(Viṣṇu)赋予了特殊力量。主维施努就是至尊人格首神，属于维施努·塔特瓦(Viṣṇu-tattva)的范畴。普瑞图·玛哈茹阿佳属于吉瓦·塔特瓦(jéva-tattva)。维施努·塔特瓦是神，而吉瓦·塔特瓦是神不可缺少的一部分。当神不可缺少的一部分被赋予特殊权能时，祂就被称为力量化身(śaktyāveśa-avatāra)。

这节诗里把主维施努称为哈瑞尔·伊士瓦尔(harir īśvaraḥ)。至尊主是这样的仁慈，使祂的奉献者脱离一切苦境，所以被称为哈尔依(Hari)。祂之所以又被称为伊士瓦尔(īśvara)，是因为祂是至高无上的控制者，可以做祂喜欢做的一切，主奎师那是至高无上的伊士瓦尔·菩茹首塔玛(īśvara puruṣottama)。在《博伽梵歌》里，祂向祂的奉献者展示了祂作为至尊控制者伊士瓦尔的权能；在第18章的第66节诗中，祂向祂的奉献者保证说："抛弃一切种类的宗教，只向我皈依。我将把你从所有的恶报中解救出来。不必害怕！"奉献者只要投靠祂，祂就能立即免除奉献者过去从事的罪恶活动所导致的一切报应。这节诗里的梵文描述祂是 sarvātmā，意思是说：祂作为超灵处在每个人的心中，因此是每个人的最高导师。如果我们足够幸运，能接受主奎师那在《博伽梵歌》中所给予的教导，我们的人生就会立刻成功。除了主奎师那，没人能给予人类更好的教导。

第4节 अन्वितो ब्रह्मशर्वाभ्यां ल ोक पालैः सहानुगैः ।
उपगीयमानो गन्धर्वैर्मुनिभिश्चाप्सरोगणैः ॥ ४ ॥

anvito brahma-śarvābhyāṁ
loka-pālaiḥ sahānugaiḥ
upagīyamāno gandharvair
munibhiś cāpsaro-gaṇaiḥ

anvitaḥ—由……陪伴 / brahma—由主布茹阿玛 / śarvābhyām—并由主希瓦 / loka-pālaiḥ—由各星球的主管神明 / saha anugaiḥ—与他们的随从一起 / upagīyamānaḥ—受到赞美 / gandharvaiḥ—由甘达尔瓦星球上的居民 / munibhiḥ—由伟大的圣人们 / ca—也 / apsaraḥ-gaṇaiḥ—由阿普萨柔星球上的居民

译文 当主维施努在祭祀场所出现时，主布茹阿玛、希瓦和各个星球的主管神明，以及他们的随从，都跟随祂一起到场。祂一出现，伟大的圣人、甘达尔瓦星球和阿普萨柔星球上的居民便齐声赞美祂。

第5节　सिद्धा विद्याधरा दैत्या दानवा गुह्यकादयः ।
सुनन्दनन्दप्रमुखाः पार्षदप्रवरा हरेः ॥ ५ ॥

siddhā vidyādharā daityā
dānavā guhyakādayaḥ
sunanda-nanda-pramukhāḥ
pārṣada-pravarā hareḥ

siddhāḥ—希达哈星球的居民 / vidyādharāḥ—维迪亚达尔星球上的居民 / daityāḥ—迪缇的恶魔子孙 / dānavāḥ—阿苏茹阿 / guhyaka-ādayaḥ—亚克刹等 / sunanda-nanda-pramukhāḥ—以主在外琨塔星球的首要同伴苏南达和南达为首 / pārṣada—同伴 / pravarāḥ—最有礼貌的 / hareḥ—至尊人格首神的

译文　伴随至尊主而来的还有希达哈星球和维迪亚达尔星球上的居民、迪缇所有的后代、恶魔和亚克刹，以及以苏南达和南达为首的至尊主的主要同伴。

第6节　क पिलो नारदो दत्तो योगेशाः सनक ादयः ।
तमन्वीयुर्भागवता ये च तत्सेवनोत्सुक ाः ॥ ६ ॥

kapilo nārado datto
yogeśāḥ sanakādayaḥ
tam anvīyur bhāgavatā
ye ca tat-sevanotsukāḥ

kapilaḥ—卡皮拉牟尼 / nāradaḥ—伟大的圣人纳茹阿达 / dattaḥ—达塔垂亚 / yoga-īśāḥ—神秘力量的主人 / sanaka-ādayaḥ—以萨纳卡为首 / tam—主维施努 / anvīyuḥ—跟随 / bhāgavatāḥ—伟大的奉献者 / ye—所有那些人 / ca—也 / tat-sevana-utsukāḥ—总是渴望为至尊主服务

译文 一直致力于为至尊人格首神服务的伟大的奉献者，卡皮拉、纳茹阿达、达塔垂亚等伟大的圣人，以及以萨纳卡·库玛尔为首的神秘力量的主人们，都跟随主维施努一起参加伟大的祭祀。

第7节 यत्र धर्मदुघा भूमिः सर्वक ामदुघा सती ।
दोग्धि स्माभीप्सितानर्थान् यजमानस्य भारत ॥ ७ ॥

yatra dharma-dughā bhūmiḥ
sarva-kāma-dughā satī
dogdhi smābhīpsitān arthān
yajamānasya bhārata

yatra—哪里 / dharma-dughā—为宗教活动生产足够的牛奶 / bhūmiḥ—土地 / sarva-kāma—所有的愿望 / dughā—生产为牛奶 / satī—乳牛 / dogdhi sma—满足 / abhīpsitān—想要的 / arthān—对象 / yajamānasya—祭祀的 / bhārata—我亲爱的维杜茹阿

译文 亲爱的维杜茹阿，在那盛大的祭祀举行过程中，整个大地变得像生产牛奶的卡玛·黛努，因此靠举行祭祀就能得到日常生活的必需品。

要旨 这节诗中的梵文 dharma-dughā 一词很重要，因为它是指卡玛·黛努(kāma-dhenu)。卡玛·黛努又叫苏茹阿碧(suradhi)。苏茹阿碧乳牛住在灵性世界里，《布茹阿玛·萨密塔》(Brahma-saṁhitā)第 5 章的第 29 节诗中说：主奎师那就在那里照料这些乳牛(surabhīr abhipālayantam)。人可以根据自己的愿望挤苏茹阿碧乳牛的奶，想挤多少次就挤多少次，想挤多少奶就挤多少奶。无疑，用牛奶可以制作许多奶制品，特别是举行盛大祭祀时所需要的纯净黄油。除非我们举行经典规定的祭祀，否则我们的生活必需品的供给就会受阻。《博伽梵歌》(Bhagavad-gītā)中证实说，主布茹阿玛(Brahmā)创造人类社会的同时也创造了雅格亚(yajña)——祭祀的举行。雅格亚的意思是至尊人格首神——主维施努(Viṣṇu)，祭祀的意思是为取悦至尊人格首神而工作。然而，在现在这个年代里，很难找到有资格的布茹阿玛纳(brāhmaṇa，婆罗门)主持韦达经(Veda)中规定的祭祀。为此，《圣典博伽瓦谭》(Śrīmad-Bhāgavatam)中推荐人们：通过集体吟诵、吟唱神的圣名(桑克伊尔坦·雅格亚，saṅkīrtana-yajña)，使主柴坦亚——雅格亚·菩茹沙(yajña-puruṣa)满意，就可以得到过去举行盛大祭祀所能得到的一切。普瑞图(Pṛthu)王和其他人，过去通过举行盛大的祭祀从地球那里得到生活所需要的一切。现在，国际奎师那意识协会推动了集体吟诵、吟唱神的圣名(桑克伊尔坦·雅格亚)运动，人们应该利用这一机会，参加这场伟大的祭祀，参加协会的活动。这样就不会有生活物资匮乏的问题。集体吟诵、吟唱神的圣名，生活就不会有困难，即使在工业生产中也没有困难。因此，我们应该把这一做法引入社会、政治、工商业界等生活的各个领域。那时，一切都会进行得平稳、顺利。

第8节　ऊहुः सर्वरसान्नद्यः क्षीरदध्यन्नगोरसान् ।
तरवो भूरिवर्ष्माणः प्रासूयन्त मधुच्युतः ॥ ८ ॥

ūhuḥ sarva-rasān nadyaḥ
kṣīra-dadhy-anna-go-rasān
taravo bhūri-varṣmāṇaḥ
prāsūyanta madhu-cyutaḥ

ūhuḥ—产生 / sarva-rasān—各种滋味 / nadyaḥ—河流 / kṣīra—牛奶 / dadhi—凝乳 / anna—各种食物 / go-rasān—其他的奶制

品 / taravaḥ—树木 / bhūri—巨大的 / varṣmāṇaḥ—有躯体 / prāsūyanta—生产水果 / madhu-cyutaḥ—滴蜜

译文 流动的河水提供甜、酸、苦等所有种类的滋味，大树提供水果和大量的蜂蜜。乳牛吃了足够的青草后，提供大量的牛奶、凝乳、纯净的黄油等各类所需的奶制品。

要旨 如果人们没有让河流受到污染，并让它们按自己的路线流动，有时甚至让它淹没田地，田地就会变得很肥沃，能生产各种各样的蔬菜、树木和农作物。这节诗中的梵文 rasa 一词的意思是“滋味”。实际上，土壤里有各种滋味，我们只要把不同的种子播种到地里，各种植物就会发芽生长，为我们提供各种滋味的果实。比如说，甘蔗提供的汁液可以让我们品尝到甜的滋味，橘子所提供的汁液可以让我们品尝到酸甜的滋味，菠萝(凤梨)和其他水果也不例外。同样道理，辣椒让我们品尝到辣的滋味。尽管土壤一样，但不同的种子生产出不同滋味的果实。在《博伽梵歌》(Bhagavad-gītā)第 7 章的第 10 节诗中，主奎师那说：“我是一切存在原初的种子(bījaṁ māṁ sarva-bhūtānā)。”因此，一切都早已安排好了。正如《伊首帕尼沙德》(Iśopaniṣsd，《至尊奥义书》)的祈祷所说：至尊人格首神安排生产了生物体生存所需要的一切(pūrṇam idam)。因此，人们应该学习如何满足雅格亚 · 普茹沙(yajñapuruṣa)——主维施努(Viṣṇu)。其实，所有的生物都是至尊主不可缺少的一部分，所以最主要的责任是满足至尊主。正因为如此，整个体系的安排是：生物必须按他的原本地位履行他的职责。不这样做的话，众生必然会受苦。这是大自然的法律。

梵文 taravo bhūri-varṣmāṇḥ 一句是指枝繁叶茂的大树。这些树木的用途是生产蜂蜜和各种水果。换句话说，森林还有提供蜂蜜、水果和鲜花的用处。不幸的是，在现在这个喀历(Kali)年代里，由于人们不举行祭祀(雅格亚)，森林中虽然还有许多大树，但并不提供充足的水果和蜂蜜，所以，一切都有赖于祭祀的举行。这个年代里举行祭祀的最佳途径是，在全世界推广集体吟诵、吟唱神的圣名的运动。

第9节　सिन्धवो रत्ननिकरान् गिरयोऽन्नं चतुर्विधम् ।
उपायनमुपाजह्रुः सर्वे लोकाः सपालकाः ॥ ९ ॥

sindhavo ratna-nikarān
girayo 'nnaṁ catur-vidham
upāyanam upājahruḥ
sarve lokāḥ sa-pālakāḥ

sindhavaḥ—海洋 / ratna-nikarān—成堆的珠宝 / girayaḥ—山岳 / annam—食物 / catuḥ-vidham—四种…… / upāyanam—礼物 / upājahruḥ—带去 / sarve—所有的 / lokāḥ—所有星球上的大众 / sa-pālakāḥ—与统治者一起

译文　普瑞图王得到大自然和掌管各个星球的神明赠送给他的各种礼物。汪洋大海充满了贵重的宝石和珍珠，山丘满是化学品和肥料。四种食物产量丰富。

要旨　正如《伊首帕尼沙德》(īśopaniṣsd，《至尊奥义书》)中所述：这个物质创造提供了所有的能量，以便生产众生维生所需要的一切；这众生不仅指人类，还包括动物、爬虫、水生物和树木。大海生产珍珠、珊瑚和宝石，让幸运的善良人能使用它们。同样，山上满是化学物质，因此当河流从山上流下来时，化学物质就随水流被播散在田地里，滋养四种食物。梵文用术语称呼这四种食物为咀嚼型食物(carvya)、舔食型食物(lehya)、吞咽型食物(cūṣya)和喝饮型食物(peya)。

其他星球的掌管神明和居住其上的居民们，纷纷祝贺普瑞图·玛哈茹阿佳(Pṛthu Mahārāja)。他们送给君王各种礼物，公认他最适合当君王，因为靠他的计划和活动，宇宙中的众生都能生活得吉祥、快乐。这节诗中明确指出，海洋是用来生产珠宝的，但在喀历(Kali)年代里却被用来捕鱼。庶铎(Śūdra)和穷人被允许捕鱼，但查锤亚(kṣatriya)和外夏(vaiśya)这些高阶层的人则收集珍珠、宝石和珊瑚。穷人捕到成吨的鱼，其价值也比不上一块珊瑚或一粒珍珠。在现在这个年代里，人们开设那么多的工厂以生产化肥，但当我们举行祭祀(雅格亚，yajña)使至尊人格首神满意时，山上就会自动生出使土地变得更肥沃的化学物质，帮助土地生产粮食。一切都取决于人们是否接受韦达祭祀的原则。

第10节 इति चाधोक्षजेशस्य पृथोस्तु परमोदयम् ।
असूयन् भगवानिन्द्रः प्रतिघातमचीकरत् ॥ १० ॥

iti cādhokṣajeśasya
pṛthos tu paramodayam
asūyan bhagavān indraḥ
pratighātam acīkarat

iti—如此 / ca—也 / adhokṣaja-īśasya—把阿宝克沙佳作为自己崇拜的至尊主的人 / pṛthoḥ—普瑞图王的 / tu—那时 / parama—最高的 / udayam—富裕 / asūyan—因嫉妒 / bhagavān—最有力的 / indraḥ—天帝 / pratighātam—阻碍 / acīkarat—使得

译文 普瑞图王依靠以阿宝克沙佳著称的至尊人格首神。普瑞图王举行了那么多场祭祀，因此靠至尊主的仁慈财富在惊人地增加着。然而，天帝因铎不能容忍普瑞图王有那么多财富，于是企图阻止他财富的增加。

要旨　这节诗中用 adhokṣaja、bhagavān indraḥ 和 pṛthoḥ 这三个梵文词表达了三个要点。玛哈茹阿佳·普瑞图(Mahārāja Pṛthu)虽然是主维施努(Viṣṇu)的化身，但却是维施努的伟大的奉献者。他虽然是被主维施努授予了力量的化身，但还是一个普通生物。因此，他必须是至尊人格首神的奉献者。一个生物即使被至尊人格首神授予力量，成为化身，也不该忘了自己与至尊人格首神的永恒关系，喀历(Kali)年代里有许多自造的化身，这些无赖自称自己是至尊人格首神。梵文 bhagavān indraḥ 是指普通生物也能变得像天帝因铎(Indra)那样高贵和有力，因为因铎也只不过是物质世界里的一个普通生物，具有受制约的灵魂所具有的四种缺陷。这节诗里把天帝因铎描述为是巴嘎万(bhagavān)，而这个词通常是用来指至尊人格首神的。这里之所以称天帝因铎为巴嘎万，是因为他手中掌有那么多权利。他虽然已经是巴嘎万了，但还是嫉妒神的化身普瑞图王。物质生活的缺陷是如此的有影响力，天帝因铎由于受到污染竟然嫉妒起神的化身来。

所以，我们应该努力了解受制约的灵魂是如何堕落的。普瑞图王并不是靠物质条件得到财富的。正如这节诗所描述的，他是阿宝克沙佳(Adhokṣaja)的伟大的奉献者。阿宝克沙佳一词是指超越思想和话语所能表述的至尊人格首神。尽管如此，至尊人格首神还是以祂那永恒快乐和充满知识的原本形象出现在奉献者的面前。至尊主允许奉献者面对面地看祂，尽管祂超越了我们的感官所能表述的，超出了我们直接知觉的范畴。

第11节　चरमेणाश्वमेधेन यजमाने यजुष्पतिम् ।
वैन्ये यज्ञपशुं स्पर्धन्नपोवाह तिरोहितः ॥ ११ ॥

caramenāśvamedhena
yajamāne yajuṣ-patim

vainye yajña-paśuṁ spardhann
apovāha tirohitaḥ

caramena—被最后一个 / aśva-medhena—通过阿施瓦梅达祭祀 / yajamāne—当他在举行祭祀时 / yajuḥ-patim—为了满足祭祀之主维施努 / vainye—维纳王的儿子 / yajña-paśum—要在祭祀中牺牲的动物 / spardhan—因为嫉妒 / apovāha—偷取 / tirohitaḥ—看不见的

译文 当普瑞图·玛哈茹阿佳举行最后一场马祭(阿施瓦梅达·雅格亚)时,天帝因铎遁形偷走了准备用来做祭祀的马匹。他之所以做这件事,是因为他嫉妒普瑞图王。

要旨 天帝因铎(Indra)的另一个名字叫 śata-kratu,以指他曾经举行过一百次马祭(aśvamedha-yajña)。但我们应该知道,在祭祀(雅格亚,yajña)中牺牲的动物并没有被杀死。如果祭司在祭祀中能准确地发韦达曼陀(mantra)的音,祭祀用的动物就会换一个新的躯体从祭祀之火中走出来。这是对祭祀是否成功的检验。当普瑞图(Pṛthu)王准备举行第一百次祭祀时,因铎变得非常嫉妒,因为他不想有人比他强。他作为一个普通生物,开始嫉妒普瑞图王,于是隐身偷走了祭祀用的马匹,以阻止祭祀的举行。

第12节 तमत्रिर्भगवानैक्षत्त्वरमाणं विहायसा ।
आमुक्तमिव पाखण्डं योऽधर्मे धर्मविभ्रमः ॥ १२ ॥

tam atrir bhagavān aikṣat
tvaramāṇaṁ vihāyasā
āmuktam iva pākhaṇḍaṁ
yo 'dharme dharma-vibhramaḥ

tam—因铎王 / atriḥ—圣人阿特瑞 / bhagavān—最有力的 / aikṣat—能看 / tvaramāṇam—匆匆行走 / vihāyasā—在外太空 / āmuktam iva—像一个解脱了的人 / pākhaṇḍam—骗子 / yaḥ—……的人 / adharme—在非宗教中 / dharma—宗教 / vibhramaḥ—误以为

译文　天帝因铎偷走马匹后，把自己打扮成解脱之人。事实上，这样打扮是一种欺骗，因为它制造了一种宗教印象，然而事实并非如此。当因铎以这身打扮进入外太空时，伟大的圣人阿特瑞一看到他，便明白了整个情况。

要旨　这节诗中所用的梵文 pākhaṇḍa 一词有时也发 pāṣaṇḍa 的音。这两个词都指那些伪装成宗教人士，但实际上很邪恶的骗子。因铎(Indra)穿上橘黄色的服装以欺骗他人。许多骗子都用这种橘黄色服装把自己打扮成解脱者或神的化身，欺骗大众。正如我们多次提到过的，受制约的灵魂有欺骗他人的倾向，像天帝因铎那样的人物也不例外。应该明白，就连天帝因铎也没有摆脱物质污染的钳制。因此这节诗中说他“像已解脱了的人(āmuktam iva)”。橘黄色的衣服是萨尼亚希(sannyāsī)穿的，以此向世人宣布，他舍弃了一切世俗事物，一心一意致力于为至尊主服务。这样的奉献者才是真正的萨尼亚希——解脱者。《博伽梵歌》(Bhagavad-gītā)第 6 章的第 1 节诗中说：

anāśritaḥ karma-phalaṁ
kāryaṁ karma karoti yaḥ
sa sannyāsī ca yogī ca
na niragnir na cākriyaḥ

“谁不执著活动的结果，出于义务而活动，谁就是弃绝者。真正的神秘主义者是他，而不是不生火、不尽责的人。”

换句话说，把自己的活动成果奉献给至尊人格首神的人，才是真正的萨尼亚希和瑜伽师(尤格伊，yogī)。自从普瑞图(Pṛthu)王做祭祀开始，就有了骗人的萨尼亚希和瑜伽师。天帝因铎是极为愚蠢地首次采用这种欺骗手段的人。这种欺骗在某些年代里非常盛行，在其他年代则不那么盛行。萨尼亚希的言行举止应该特别小心，因为正如主柴坦亚(Caitanya)说过的：萨尼亚希品格上的一点点瑕疵，都会被大众所夸大(sannyāsīra alpa chidra sarva-loke gāya，《柴坦亚·查瑞塔姆瑞塔》玛迪亚篇 12.51)。因此，人除非极为严肃、认真，否则就不应该出家当萨尼亚希。人不应该把当萨尼亚希作为欺骗公众的手段。在喀历(Kali)年代里最好不要当萨尼亚希，因为这个年代里物质的诱惑极为强烈。只有非赏高尚、有很高的灵性觉悟的人，才能尝试着进入萨尼亚斯阶层。人不应该把当萨尼亚希视为谋生的手段，或实现某种物质目的的方法。

第13节 अत्रिणा चोदितो हन्तुं पृथुपुत्रो महारथः ।
अन्वधावत सङ्क्रुद्धस्तिष्ठ तिष्ठेति चाब्रवीत् ॥ १३ ॥

atriṇā codito hantuṁ
pṛthu-putro mahā-rathaḥ
anvadhāvata saṅkruddhas
tiṣṭha tiṣṭheti cābravīt

atriṇā—被伟大的圣人阿特瑞 / coditaḥ—受到鼓励 / hantum—去杀 / pṛthu-putraḥ—普瑞图的儿子 / mahā-rathaḥ—大英雄 / anvadhāvata—跟着 / saṅkruddhaḥ—非常愤怒 / tiṣṭha tiṣṭha—站住，站住 / iti—如此 / ca—也 / abravīt—他说

译文 普瑞图王的儿子听了阿特瑞告诉他天帝因铎所干的欺骗勾当，顿时义愤填膺，去追杀因铎，一路喊着：“站住！站住！”

要旨 过去查锤亚(kṣatriya，刹帝利)在向敌人挑战时就说“站

住！站住(tiṣṛha tiṣṛha)！”作战时，查锤亚是不能逃离战场的。当一个查锤亚因怯懦逃离战场，把自己的背部转向对方时，对方就说“站住！站住！”向他发出挑战。真正的查锤亚既不会从敌人的背后杀死敌人，也不会在战场上转身逃跑。查锤亚的原则和精神是：要么战胜，要么战死杀场。因铎(Indra)虽然作为天堂的皇帝极为尊贵，但却因盗走祭祀用的马匹而降低了身份。因此，他不遵守查锤亚的原则却转身逃走，普瑞图(Pṛthu)的儿子于是喊着“站住！站住！”，向他挑战。

第14节　तं तादृशाकृ तिं वीक्ष्य मेने धर्मं शरीरिणम् ।
जटि लं भस्मनाच्छ न्नं तस्मै बाणं न मुञ्चति ॥ १४ ॥

taṁ tādṛśākṛtiṁ vīkṣya
mene dharmaṁ śarīriṇam
jaṭilaṁ bhasmanācchannaṁ
tasmai bāṇaṁ na muñcati

tam—他 / tādṛśa-ākṛtim—以这身打扮 / vīkṣya—看到后 / mene—认为 / dharmam—虔诚或笃信宗教的 / śarīriṇam—有一个躯体 / jaṭilam—打结的头发 / bhasmanā—用灰烬 / ācchannam—涂抹全身 / tasmai—向他 / bāṇam—箭 / na—不 / muñcati—他放出

译文　天帝因铎把头发盘结在头顶，浑身上下涂满了灰，不诚实地打扮成一个萨尼亚希。普瑞图王的儿子看到他的这种打扮，以为他是一位宗教人士、虔诚的萨尼亚希，因此没有向他射箭。

第15节　वधान्निवृत्तं तं भूयो हन्तवेऽत्रिरचोदयत् ।
जहि यज्ञहनं तात महेन्द्रं विबुधाधमम् ॥ १५ ॥

vadhān nivṛttaṁ taṁ bhūyo
hantave 'trir acodayat
jahi yajña-hanaṁ tāta
mahendraṁ vibudhādhamam

vadhāt—从杀戮 / nivṛttam—停止 / tam—普瑞图的儿子 / bhūyaḥ—再次 / hantave—为了杀的目的 / atriḥ—伟大的圣人阿特瑞 / acodayat—鼓励 / jahi—杀 / yajña-hanam—阻碍举行祭祀的人 / tāta—我亲爱的孩子 / mahā-indram—伟大的天帝因铎 / vibudha-adhamam—全体半神人中最低级的

译文 阿特瑞·牟尼看普瑞图王的儿子没有杀因铎，而是受因铎的骗又折返回来，于是便再一次指示他要杀了天帝，因为天帝因铎阻碍普瑞图王举行祭祀的行为已经使他本人成了最低级的半神人。

第16节 एवं वैन्यसुतः प्रोक्त स्त्वरमाणं विहायसा ।
अन्वद्रवदभिक्रु द्धो रावणं गृध्रराडिव ॥ १६ ॥

evaṁ vainya-sutaḥ proktas
tvaramāṇaṁ vihāyasā
anvadravad abhikruddho
rāvaṇaṁ gṛdhra-rāḍ iva

evam—如此 / vainya-sutaḥ—普瑞图王的儿子 / proktaḥ—被命令 / tvaramāṇam—行色匆匆的因铎 / vihāyasā—在空中 / anvadravat—开始追赶 / abhikruddhaḥ—非常愤怒 / rāvaṇam—茹阿瓦纳 / gṛdhra-rāṭ—秃鹰王 / iva—犹如

译文 维纳王的孙子得到这一指示后，立刻去追赶在空中仓皇飞着的因铎。他对因铎非常生气，像秃鹰王追捕茹阿瓦纳一样追捕他。

第17节　सोऽश्वं रूपं च तद्धित्वा तस्मा अन्तर्हितः स्वराट् ।
वीरः स्वपशुमादाय पितुर्यज्ञमुपेयिवान् ॥ १७ ॥

so 'śvaṁ rūpaṁ ca tad dhitvā
tasmā antarhitaḥ svarāṭ
vīraḥ sva-paśum ādāya
pitur yajñam upeyivān

saḥ—因铎王 / aśvam—马匹 / rūpam—圣洁的人的服装 / ca—也 / tat—那 / hitvā—放弃 / tasmai—为他 / antarhitaḥ—消失 / sva-rāṭ—因铎 / vīraḥ—大英雄 / sva-paśum—他的动物 / ādāya—拿 / pituḥ—他父亲的 / yajñam—对祭祀 / upeyivān—他回来

译文　因铎看到普瑞图的儿子在追捕他，便立即脱掉为伪装打扮而穿的衣服，扔下马匹，从现场遁形逃走了。玛哈茹阿佳·普瑞图的儿子作为大英雄，把他父亲的马匹带回祭祀场。

第18节　तत्तस्य चाद्भुतं क र्म विचक्ष्य परमर्षयः ।
नामधेयं ददुस्तस्मै विजिताश्व इति प्रभो ॥ १८ ॥

tat tasya cādbhutaṁ karma
vicakṣya paramarṣayaḥ
nāmadheyaṁ dadus tasmai
vijitāśva iti prabho

tat—那 / tasya—他的 / ca—也 / adbhutam—神奇的 / karma—活动 / vicakṣya—观看后 / parama-ṛṣayaḥ—伟大的圣人们 /

nāmadheyam—名字 / daduḥ—他们献上 / tasmai—向他 / vijita-aśvaḥ—维吉塔施瓦(赢得马匹的人) / iti—如此 / prabho—我亲爱的维杜茹阿

译文 我亲爱的维杜茹阿，伟大的圣人们观看了普瑞图王之子神奇的英勇行为后，都同意授予他维吉塔施瓦这个称号。

第19节 उपसृज्य तमस्तीव्रं जहाराश्वं पुनर्हरिः ।
चषालयूपतश्छन्नो हिरण्यरशनं विभुः ॥ १९ ॥

upasṛjya tamas tīvraṁ
jahārāśvaṁ punar hariḥ
caṣāla-yūpataś channo
hiraṇya-raśanaṁ vibhuḥ

upasṛjya—创造 / tamaḥ—黑暗 / tīvram—浓密的 / jahāra—取走 / aśvam—马匹 / punaḥ—再次 / hariḥ—因铎王 / caṣāla-yūpataḥ—从献祭动物的木制工具那里 / channaḥ—被遮盖 / hiraṇya-raśanam—用金链拴着 / vibhuḥ—非常有力

译文 亲爱的维杜茹阿，强大有力的天帝因铎立刻使祭祀场的上空乌云密布。他以这种方式遮盖了整个祭祀场后，再一次牵走了用金锁链拴在献祭动物的木制机具旁的马匹。

第20节 अत्रिः सन्दर्शयामास त्वरमाणं विहायसा ।
क पाल खट्वाङ्गधरं वीरो नैनमबाधत ॥ २० ॥

atriḥ sandarśayām āsa
tvaramāṇaṁ vihāyasā

kapāla-khaṭvāṅga-dharaṁ
vīro nainam abādhata

atriḥ—伟大的圣人阿特瑞 / sandarśayām āsa—使看到 / tvaramāṇam—匆匆而去 / vihāyasā—在空中 / kapāla-khaṭvāṅga—顶端有头骨的手杖 / dharam—携带……的人 / vīraḥ—英雄(普瑞图王的儿子) / na—不 / enam—天帝因铎 / abādhata—杀

译文　伟大的圣人阿特瑞再一次告诉普瑞图王的儿子，因铎正在空中奔逃。伟大的英雄——普瑞图之子，再一次去追捕他。可这一次，普瑞图的儿子在看到因铎重又穿上萨尼亚希的服装，手里拿着顶端有头骨的手杖时，又决定不杀他。

第21节　अत्रिणा चोदितस्तस्मै सन्दधे विशिखं रुषा ।
सोऽश्वं रूपं च तद्धित्वा तस्थावन्तर्हितः स्वराट् ॥ २१ ॥

atriṇā coditas tasmai
sandadhe viśikhaṁ ruṣā
so 'śvaṁ rūpaṁ ca tad dhitvā
tasthāv antarhitaḥ svarāṭ

atriṇā—被伟大的圣人阿特瑞 / coditaḥ—激发 / tasmai—为主因铎 / sandadhe—固定 / viśikham—他的箭 / ruṣā—出于巨大的愤怒 / saḥ—因铎王 / aśvam—马匹 / rūpam—萨尼亚希的服装 / ca—也 / tat—那 / hitvā—放弃 / tasthau—他留在那里 / antarhitaḥ—看不见 / sva-rāṭ—独立的因铎

译文　当大圣人阿特瑞再一次指导普瑞图王的儿子后，普瑞图之子变得怒火万丈，把一支箭搭在了弓上。天帝因铎看到这情景，立即脱下伪装成萨尼亚希的服装，放弃马匹，使自己消失不见了。

第22节 वीरश्चाश्वमुपादाय पितृयज्ञमथाव्रजत् ।
तदवद्यं हरे रूपं जगृहुर्ज्ञानदुर्बल ाः ॥ २२ ॥

vīraś cāśvam upādāya
pitṛ-yajñam athāvrajat
tad avadyaṁ hare rūpaṁ
jagṛhur jñāna-durbalāḥ

vīraḥ—普瑞图王的儿子 / ca—也 / aśvam—马匹 / upādāya—取 / pitṛ-yajñam—向他父亲的祭祀场 / atha—此后 / avrajat—去 / tat—那 / avadyam—令人憎恶的 / hareḥ—因铎的 / rūpam—服装 / jagṛhuḥ—采用 / jñāna-durbalāḥ—那些知识贫乏的人

译文 于是，普瑞图王的儿子——大英雄维吉塔施瓦，再一次牵着马匹回到他父亲的祭祀场。从那以后，一些知识贫乏的人也开始假扮萨尼亚希。天帝因铎是带头这样做的人。

要旨 自远古以来，萨尼亚斯(sannyāsa)阶层的人就一直携带着垂丹达(tridaṇḍa，弃绝着所携带的长棍)。后来，商卡尔阿查尔亚(Śaṅkarācārya)介绍了艾卡丹迪 · 萨尼亚斯(ekadaṇḍi-sannyāsa)。垂丹迪 ·萨尼亚希(tridaṇḍi-sannyāsī)是外士纳瓦 ·萨尼亚希(Vaiṣṇava sannyāsī)，而艾卡丹迪 · 萨尼亚希是玛亚瓦迪 · 萨尼亚希(Māyāvādī sannyāsī)。此外，世上还有许多不为韦达经典所认可的其他类型的萨尼亚希，其中有一种就是因铎(Indra)为逃避普瑞图(Pṛthu)王非凡的儿子维吉塔施瓦(Vijitāśva)的攻击而假扮成萨尼亚希所制造的冒牌货。如今世上有许多种不同类型的萨尼亚希，其中有些人始终赤身露体，有些人随身携带着头盖骨和三叉戟，而这种人通常被称为卡帕黎卡(kāpālika)。世上之所以会有那些萨尼亚希，是因为尽管那些假萨尼亚希根本没有资格指导人们取得灵性进步，但知识贫乏的人却接受他们和他们的说辞。如今有些不遵守韦达教导的传教组织，推出了一些从事罪恶活动的萨尼亚希。经典(沙斯陀，śāstra)所禁止从事的罪恶活动是：非法的性生活、吸食麻醉品、吃肉和赌博。那些所谓的萨尼亚希沉溺于所有这些罪恶活动。他们吃鱼、吃肉、吃蛋，几乎什么都吃，有时还喝酒，借口是：住在北极区附近极为寒冷的地方，如果不喝酒、不吃鱼和肉，就无法生存。那些萨尼亚希打着为穷人服务的幌子从事罪恶活动，结果是可怜的动物被切成碎片，进了那些萨尼亚希的肚子。在以下的诗节中，那种萨尼亚希被称为是帕康迪(pākhaṇḍī)。韦达经典中说，认为主纳茹阿亚纳(Nārāyaṇa)与主希瓦(Śiva)或主布茹阿玛(Brahmā)在同一个层面上的人，立即变成帕康迪，正如普冉纳(Purāṇa)《往事书》中所说：

yas tu nārāyaṇaṁ devaṁ
　brahma-rudrādi-daivataiḥ
samatvenaiva vīkṣeta
　sa pāṣaṇḍī bhaved dhruvam

在喀历(Kali)年代中，帕康迪们很惹人注目。然而，圣主柴坦亚·玛哈帕布(Caitanya Mahāprabhu)为了消灭这些帕康迪，介绍了集体吟诵、吟唱神的圣名(桑克伊尔坦，saṅkīrtana)运动。抓住机会，参加国际奎师那意识协会推动的这场集体吟诵、吟唱神的圣名运动的人，将能拯救自己，不受那些帕康迪的影响。

第23节　यानि रूपाणि जगृहे इन्द्रो हयजिहीर्षया ।
तानि पापस्य खण्डानि लिङ्गं खण्डमिहोच्यते ॥ २३ ॥

yāni rūpāṇi jagṛhe
　indro haya-jihīrṣayā

tāni pāpasya khaṇḍāni
  liṅgaṁ khaṇḍam ihocyate

yāni—所有那些 / rūpāṇi—形象 / jagṛhe—接受 / indraḥ—天帝 / haya—马匹 / jihīrṣayā—怀着想偷的愿望 / tāni—所有那些 / pāpasya—罪恶活动的 / khaṇḍāni—标记 / liṅgam—象征 / khaṇḍam—康达一词 / iha—这里 / ucyate—说

译文 因铎为占有祭祀用马匹而假扮出的各种形象的托钵僧，都是无神论哲学的象征。

要旨 根据韦达文明，在社会四阶层制度和灵性生活四阶段制度(瓦尔纳·阿刷么，varṇa-āśrama)中，萨尼亚斯(sannyāsa)是一个极为重要的阶层。人们应该按师徒传承(帕茹阿姆帕茹阿，paramparā)的制度，接受萨尼亚斯。然而，如今的许多假萨尼亚希或托钵僧对神意识根本毫无认识。这类萨尼亚希是由因铎(Indra)嫉妒普瑞图·玛哈茹阿佳(Pṛthu Mahārāja)而假扮萨尼亚希导致的。在这个喀历(Kali)年代里，这类人又出现了。事实上，这个年代里几乎没有真正的萨尼亚希。没人能把任何所谓的新制度引进韦达生活中；如果有谁蓄意这样做，就被视为是无神论者(帕桑迪，pāṣaṇḍī)。《外士纳瓦·坦陀》中说：

yas tu nārāyaṇaṁ devaṁ
  brahma-rudrādi-daivataiḥ
samatvenaiva vīkṣeta
  sa pāṣaṇḍī bhaved dhruvam

尽管经典禁止人们把主纳茹阿亚纳(Nārāyaṇa)与主希瓦(Śiva)或主布茹阿玛(Brahmā)等同看待，尽管就连主希瓦或主布茹阿玛这样的半神人都不能与纳茹阿亚纳相提并论，但还是有许多无神论者(帕桑迪)杜撰出 daridra-nārāyaṇa 和 svāmi-nārāyaṇa 等一类词。

第24－25节 एवमिन्द्रे हरत्यश्वं वैन्ययज्ञजिघांसया ।
तद्गृहीतविसृष्टेषु पाखण्डेषु मतिर्नृणाम् ॥ २४ ॥

धर्म इत्युपधर्मेषु नग्नरक्त पट ादिषु ।
प्रायेण सज्जते भ्रान्त्या पेशले षु च वाग्मिषु ॥ २५ ॥

evam indre haraty aśvaṁ
vainya-yajña-jighāṁsayā
tad-gṛhīta-visṛṣṭeṣu
pākhaṇḍeṣu matir nṛṇām

dharma ity upadharmeṣu
nagna-rakta-paṭādiṣu
prāyeṇa sajjate bhrāntyā
peśaleṣu ca vāgmiṣu

evam—如此 / indre—当天帝……时 / harati—偷 / aśvam—马匹 / vainya—维纳王的儿子的 / yajña—祭祀 / jighāṁsayā—想阻止 / tat—由他 / gṛhīta—接受 / visṛṣṭeṣu—放弃 / pākhaṇḍeṣu—向罪恶的服装 / matiḥ—吸引 / nṛṇām—大众的 / dharmaḥ—宗教体系 / iti—如此 / upadharmeṣu—向假宗教体系 / nagna—裸体 / rakta-paṭa—红袍 / ādiṣu—等等 / prāyeṇa—通常 / sajjate—被吸引 / bhrāntyā—愚蠢地 / peśaleṣu—专家 / ca—和 / vāgmiṣu—能说会道

译文　就这样，天帝因铎为了偷普瑞图王祭祀用的马匹，假扮成不同的萨尼亚希。有些萨尼亚希平日总赤身露体，有时则穿上红色衣服，以卡帕黎卡的名义招摇过市。这些只不过是他们从事罪恶活动的标记。这些所谓的萨尼亚希很受罪恶之人的赏识，因为他们都是无神论者，都非常精通编造一些理由和论点，以支持他们的观点和做法。然而我们必须知道，他们只不过是打着宗教信徒的幌子招摇过市，实际情况并非如此。不幸的是：被蒙蔽的人以为他们是宗教人士，受他们的吸引，以致毁了自己的生活。

要旨　正如《圣典博伽瓦谭》(Śrīmad-Bhāgavatam)中所述：这个喀历(Kali)年代的人，寿命短，缺乏灵性知识，因不幸而容易受假宗教体系的影响。为此，他们的心总是受干扰。韦达经典(沙斯陀，śāstra)实际上禁止人在喀历年代里当萨尼亚希(sannyāsī)，因为缺乏智慧的人可能会为了欺骗他人而这么做。事实上，使人投靠、皈依至尊人格首神的宗教，才是唯一的宗教。我们必须怀着奎师那意识为至尊主服务。其他的宗教和萨尼亚斯(sannyāsa)体系实际上都不是真的。然而，在如今这个年代里，它们却被接受为宗教体系。这是最令人叹息的事。

第26节　तदभिज्ञाय भगवान् पृथुः पृथुपराक्रमः ।
इन्द्राय कु पितो बाणमादत्तोद्यतकार्मुकः ॥ २६ ॥

tad abhijñāya bhagavān
　pṛthuḥ pṛthu-parākramaḥ
indrāya kupito bāṇam
　ādattodyata-kārmukaḥ

tat—那 / abhijñāya—明白 / bhagavān—首神的化身 / pṛthuḥ—普瑞图王 / pṛthu-parākramaḥ—以强大有力闻名于世 / indrāya—向因铎 / kupitaḥ—非常愤怒 / bāṇam——支箭 / ādatta—拿起 / udyata—拿起后 / kārmukaḥ—弓

译文　由于因铎率先假扮萨尼亚希，以强大有力闻名于世的玛哈茹阿佳·普瑞图，立该拿起他的弓箭，准备亲手杀了因铎。

要旨　不允许任何非宗教体系的存在是君王的责任。普瑞图(Pṛthu)王是至尊人格首神的化身，无疑有责任铲除一切非宗教体系。

所有的国家首脑都应该向普瑞图学习，当神的真正的代表，应该铲除一切非宗教体系。不幸的是，他们都是懦夫，所以宣布要政教分开。这种妥协使真正的宗教体系和非宗教体系混为一谈，民众因此而对取得灵性进步失去了兴趣。情况恶化到这种程度，人类社会变得像地狱一样。

第27节　तमृत्विजः शक्र वधाभिसन्धितं
विचक्ष्य दुष्प्रेक्ष्यमसह्यरंहसम् ।
निवारयामासुरहो महामते
न युज्यतेऽत्रान्यवधः प्रचोदितात् ॥ २७ ॥

tam ṛtvijaḥ śakra-vadhābhisandhitaṁ
vicakṣya duṣprekṣyam asahya-raṁhasam
nivārayām āsur aho mahā-mate
na yujyate 'trānya-vadhaḥ pracoditāt

tam—普瑞图王 / ṛtvijaḥ—祭司们 / śakra-vadha—杀天帝 / abhisandhitam—这样准备他自己 / vicakṣya—遵守 / duṣprekṣyam—看起来很可怕 / asahya—无法忍受的 / raṁhasam—……的速度 / nivārayām āsuḥ—他们禁止 / aho—啊 / mahā-mate—伟大的灵魂啊 / na—不 / yujyate—与你相称 / atra—在这个祭祀场里 / anya—其他人 / vadhaḥ—杀 / pracoditāt—从经典中的教导

译文　祭司们和在场的其他人看到玛哈茹阿佳·普瑞图那么愤怒，竟准备杀了因铎，便请求他说：伟大的灵魂啊！不要杀他，因为在祭祀场上只能杀献祭用的动物，而这是经典的指示。

要旨　杀动物有不同的目的。在举行祭祀时，动物会被放进祭祀之火中，而它应该以焕然一新的躯体从火中出来。这是对祭司吟诵、吟唱韦达曼陀(Vedic mantra)是否准确的检测。谁都不应该为了满足主维施努(Viṣṇu)而在举行祭祀时杀人。因此，怎么能杀实际上在祭祀(雅格亚，yajña)中受到崇拜的因铎呢？更何况他还被认为是至尊人格首神不可缺少的一部分。为此，祭司们请求普瑞图(Pṛthu)王不要杀他。

第28节 वयं मरुत्वन्तमिहार्थनाशनं
हृयामहे त्वच्छ्रवसा हतत्विषम् ।
अयातयामोपहवैरनन्तरं
प्रसह्य राजन् जुहवाम तेऽहितम् ॥ २८ ॥

vayaṁ marutvantam ihārtha-nāśanaṁ
hvayāmahe tvac-chravasā hata-tviṣam
ayātayāmopahavair anantaraṁ
prasahya rājan juhavāma te 'hitam

vayam—我们 / marut-vantam—因铎王 / iha—这里 / artha—你的利益的 / nāśanam—破坏者 / hvayāmahe—我们应该召唤 / tvat-śravasā—被你的荣耀 / hata-tviṣam—已经失去了他的力量 / ayātayāma—以前从没有用过的 / upahavaiḥ—被祈祷曼陀 / anantaram—不迟疑 / prasahya—用力量 / rājan—君王啊 / juhavāma—我们应该在火中祭祀 / te—你的 / ahitam—敌人

译文 亲爱的君王，因铎的力量已经因为他企图阻止您举行祭祀而减弱了。我们要用以前从没用过的韦达-曼陀来召唤他，而他无疑会来。他是您的敌人，因此我们将靠吟唱曼陀的力量，把他掷入火中。

要旨 凭借在祭祀中正确地吟诵、吟唱韦达-曼陀(Vedic mantra)，人可以从事许多奇妙的事情。然而，喀历(Kali)年代里根本没有能正确地吟诵、吟唱曼陀(mantra)的合格的布茹阿玛纳(brāhmaṇa，婆罗门)，因此不该试图举行这种盛大的祭祀。在这个年代里，唯一受到经典推荐的祭祀是集体吟唱神的圣名(桑克伊尔坦，saṅkīrtana)运动。

第29节　इत्यामन्त्र्य क्रतुपतिं विदुरास्यर्त्विजो रुषा ।
स्रुग्घस्ताञ्जुह्वतोऽभ्येत्य स्वयम्भूः प्रत्यषेधत ॥ २९ ॥

ity āmantrya kratu-patiṁ
vidurāsyartvijo ruṣā
srug-ghastān juhvato 'bhyetya
svayambhūḥ pratyaṣedhata

iti—如此 / āmantrya—告诉后 / kratu-patim—祭祀的主人普瑞图王 / vidura—维杜茹阿啊 / asya—普瑞图的 / ṛtvijaḥ—祭司们 / ruṣā—怀着极大的愤怒 / sruk-hastān—手持祭祀用的杓子 / juhvataḥ—举行火祭 / abhyetya—开始 / svayambhūḥ—主布茹阿玛 / pratyaṣedhata—要求他们停止

译文　亲爱的维杜茹阿，祭司们给普瑞图王提了这个建议后，就怒火中烧地安排举行召唤天帝因铎的祭祀。就在他们要把祭品投入火中时，主布茹阿玛出现在祭祀场上，禁止他们开始祭祀。

第30节　न वध्यो भवतामिन्द्रो यद्यज्ञो भगवत्तनुः ।
यं जिघांसथ यज्ञेन यस्येष्टास्तनवः सुराः ॥ ३० ॥

na vadhyo bhavatām indro
yad yajño bhagavat-tanuḥ
yaṁ jighāṁsatha yajñena
yasyeṣṭās tanavaḥ surāḥ

na—不 / vadhyaḥ—应该被杀 / bhavatām—由你们大家 / indraḥ—天堂的君王 / yat—因为 / yajñaḥ—因铎的名字 / bhagavat-tanuḥ—至尊人格首神身体的部分 / yam—谁 / jighāṁsatha—你想要杀 / yajñena—通过举行祭祀 / yasya—因铎的 / iṣṭāḥ—被崇拜 / tanavaḥ—躯体的部分 / surāḥ—半神人们

译文 主布茹阿玛对他们说：我亲爱的祭祀主持人，你们不能杀天帝因铎。那不是你们的职责。你们应该知道，因铎与至尊人格首神几乎一样。事实上，他是人格首神最有力量的助手之一。你们想靠举行这一祭祀来满足全体半神人，但应该知道，所有这些半神人只不过是天帝因铎不可缺少的一部分而已。既然如此，你们怎么能在这场盛大的祭祀中杀了他呢？

第31节 तदिदं पश्यत महद्धर्मव्यतिक रं द्विजाः ।
इन्द्रेणानुष्ठितं राज्ञः क मैंतद्विजिघांसता ॥ ३१ ॥

tad idaṁ paśyata mahad-
dharma-vyatikaraṁ dvijāḥ
indreṇānuṣṭhitaṁ rājñaḥ
karmaitad vijighāṁsatā

tat—那时 / idam—这 / paśyata—请看 / mahat—极大的 / dharma—宗教生活的 / vyatikaram—违反 / dvijāḥ—伟大的布茹阿玛纳啊 / indreṇa—由因铎 / anuṣṭhitam—举行 / rājñaḥ—君王的 / karma—活动 / etat—这祭祀 / vijighāṁsatā—想要阻止

译文 为了制造麻烦，以阻止普瑞图王举行盛大的祭祀，天帝因铎用了一些今后会毁坏宗教生活的纯净之途的方法。我提请你们注意这一事实。如果你们再继续与他作对，他就会进一步误用他的力量，率先做出其他违反宗教体制的事。

第32节　पृथुकीर्तेः पृथोर्भूयात्तर्ह्येक ोनशतक्रतुः ।
अलं ते क्र तुभिः स्विष्टैर्यद्भवान्मोक्षधर्मवित् ॥ ३२ ॥

pṛthu-kīrteḥ pṛthor bhūyāt
tarhy ekona-śata-kratuḥ
alaṁ te kratubhiḥ sviṣṭair
yad bhavān mokṣa-dharma-vit

pṣthu-kītreḥ—声名远播 / pṛthoḥ—普瑞图王的 / bhūyāt—随它去吧 / tarhi—因此 / eka-ūna-śata-kratuḥ—举行了九十九场雅格亚的他 / alam—没有什么可得的 / te—你的 / kratubhiḥ—通过举行祭祀 / su-iṣṭaiḥ—很好地从事了 / yat—因此 / bhavān—你自己 / mokṣa-dharma-vit—了解解脱之途的人

译文　主布茹阿玛继续说："就让为玛哈茹阿佳·普瑞图举行的祭祀只有九十九场吧。"接着，主茹阿玛转向玛哈茹阿佳·普瑞图对他说，既然他对解脱之途已十分了解，还有什么必要再举行更多的祭祀呢？

要旨　为了普瑞图(Pṛthu)王想继续举行第一百次祭祀的事，主布茹阿玛(Brahmā)降临来安慰他。普瑞图王坚持要举行一百次祭祀，而天帝因铎(Indra)把这事看得很重，因为他本人就是因举行一百次祭祀而闻名于世的。正如这个物质世界里的众生都自然会嫉妒自己的竞争对手一样，因铎王虽然的天堂的君王，但却还嫉妒普瑞图王，因此想方设法要阻止他举行第一百次祭祀。竞争实际上非常激烈，天帝因铎为了满足自己的感官，开始发明许多非宗教的做法，以达到阻止普瑞图王的目的。为了阻止因铎继续发明非宗教的方法，主布茹阿玛亲自出现在祭祀现场。至于普瑞图王，他是至尊人格首神伟大的奉献者，因此没有必要举行韦达经典中规定的仪式。这种仪式被称为卡尔玛(karma)，处在超然地位上的奉献者根本不需要举行这种仪式。然而，作为理想的君王，普瑞图王有责任举行祭祀。为此，要找出一个折中的办法。由于主布茹阿玛的祝福，普瑞图王将变得比天帝因铎更著名。这样，普瑞图王要举行一百次祭祀的决心借由主布茹阿玛的祝福间接地实现了。

第33节　नैवात्मने महेन्द्राय रोषमाहर्तुमर्हसि ।
उभावपि हि भद्रं ते उत्तमश्लोक विग्रहौ ॥ ३३ ॥

naivātmane mahendrāya
roṣam āhartum arhasi
ubhāv api hi bhadraṁ te
uttamaśloka-vigrahau

na—不 / eva—肯定地 / ātmane—跟你没有区别 / mahāindrāya—向天帝因铎 / roṣam—愤怒 / āhartum—适用 / arhasi—你应该 / ubhau—你们俩 / api—无疑地 / hi—也 / bhadram—好运 / te—向你们 / uttama-śloka-vigrahau—至尊人格首神的化身

译文　主布茹阿玛继续说：就让你们俩都吉祥如意吧，因为你和天帝因铎都是至尊人格首神不可缺少的一部分。为此，你不该生因铎的气，他跟你没有任何区别。

第34节　मास्मिन्महाराज कृथाः स्म चिन्तां
निशामयास्मद्वच आदृतात्मा ।

यद्ध्यायतो दैवहतं नु कर्तुं
मनोऽतिरुष्टं विशते तमोऽन्धम् ॥ ३४ ॥

māsmin mahārāja kṛthāḥ sma cintāṁ
niśāmayāsmad-vaca ādṛtātmā
yad dhyāyato daiva-hataṁ nu kartuṁ
mano 'tiruṣṭaṁ viśate tamo 'ndham

mā—不 / asmin—在这之中 / mahā-rāja—君王啊 / kṛthāḥ—做 / sma—就如过去所做的 / cintām—情绪波动 / niśāmaya—请考虑 / asmat—我的 / vacaḥ—话语 / ādṛta-ātmā—非常尊敬的 / yat—因为 / dhyāyataḥ—正在冥想着的他的 / daiva-hatam—因天意而受阻的事情 / nu—无疑地 / kartum—去做 / manaḥ—心中 / ati-ruṣṭam—非常愤怒 / viśate—进入 / tamaḥ—黑暗 / andham—浓密的

译文　我亲爱的君王，不要为祭祀没有如你的愿完成而激动和焦虑，因为那是天意所为。请仔细听我说的话。我们应该永远记住，不要为因天意的安排而发生的事感到太难过。当事实与我们的期望背道而驰时，我们越想对这种情况作调整，就越进入物质主义思想的黑暗地带。

要旨　圣人或极为虔诚的人，在生活中有时也会遇到逆境。我们应该把这视为是天意所致。尽管有许多原因会使我们不快乐，但我们应该避免为扭转逆境而奋斗，因为我们越是试图扭转逆境，就会越深地陷入物质焦虑的最黑暗地带。就有关这一点，主奎师那也忠告我们，要我们忍受，不要受打扰，从而变得愤怒和焦虑。

第35节　क्रतुर्विरमतामेष देवेषु दुरवग्रहः ।
धर्मव्यतिकरो यत्र पाखण्डैरिन्द्रनिर्मितैः ॥ ३५ ॥

kratur viramatām eṣa
devesu duravagrahaḥ
dharma-vyatikaro yatra
pākhaṇḍair indra-nirmitaiḥ

kratuḥ—祭祀 / viramatām—让它停止 / eṣaḥ—这 / deveṣu—半神人之中 / duravagrahaḥ—沉溺于做不该做的事情 / dharma-vyatikaraḥ—违反宗教原则 / yatra—哪里 / pākhaṇḍaiḥ—由于罪恶活动 / indra—被天帝 / nirmitaiḥ—制造

译文 主布茹阿玛接着说：停止举行这些祭祀，因为它们致使因铎带头做出违反宗教的事。你应该清楚地知道，即使是半神人心中也会有许多要不得的欲望。

要旨 商业活动中一般总是有许多竞争对手，而韦达经(Veda)的业报之部(卡尔玛·康达，karma-kāṇḍa)有时也引起功利性活动者(卡尔弥，karmī)之间的竞争和嫉妒。功利性活动者希望最大限度地享受物质快乐，因此必然有嫉妒心。这是物质疾病。正因为如此，无论从事普通的商业活动，还是举行祭祀(雅格亚，yajña)，功利性活动者之间总是互相竞争。主布茹阿玛(Brahmā)想结束天帝因铎(Indra)和普瑞图(Pṛthu)王之间的竞争。普瑞图王是伟大的奉献者、神的化身，因此主布茹阿玛要求他停止做祭祀，好让因铎不再进一步发明反宗教体系。心术不正的人总是对那些反宗教体系乐此不疲。

第36节 एभिरिन्द्रोपसंसृष्टैः पाखण्डैर्हारिभिर्जनम् ।
ह्रियमाणं विचक्ष्वैनं यस्ते यज्ञध्रुगश्वमुट् ॥ ३६ ॥

ebhir indropasaṁsṛṣṭaiḥ
pākhaṇḍair hāribhir janam

hriyamāṇaṁ vicakṣvainaṁ
yas te yajña-dhrug aśva-muṭ

ebhiḥ—由这些 / indra-upasaṁsṛṣṭaiḥ—天帝因铎发明的 / pākhaṇḍaiḥ—罪恶活动 / hāribhiḥ—很迷人 / janam—大众 / hriyamāṇam—被带走 / vicakṣva—看看吧 / enam—这些 / yaḥ—……的人 / te—你的 / yajña-dhruk—在举行祭祀时制造麻烦 / aśva-muṭ—偷马匹的人

译文 看看天帝因铎是怎么通过偷祭祀用的马匹在祭祀过程中制造麻烦的吧！他率先从事的这些诱惑人的罪恶活动，将被大众所仿效。

要旨 正如《博伽梵歌》(Bhagavad-gītā)第3章的第21节诗中所说：

yad yad ācarati śreṣṭhas
tad tad evetaro janaḥ
sa yat pramāṇaṁ kurute
lokas tad anuvartate

“无论伟人做什么，普通人都会跟着做；无论伟人以模范行为建立什么标准，整个世界都会遵从。”

天帝因铎(Indra)为了保持他自己的感官享乐，想阻止普瑞图(Pṛthu)王举行第一百次马祭。为此，他偷走祭祀用的马匹，把自己伪装成各种各样的萨尼亚希(sannyāsī)，以这种方式从事反宗教活动。这类活动对一般人很有吸引力，因此很危险。主布茹阿玛(Brah- mā)想：与其让因铎进一步制造这类反宗教体系，不如制止普瑞图王做祭祀。佛祖(布达，Buddha)也做过类似的事；当人们过分沉迷于韦达经(Veda)所引荐的动物祭祀时，佛祖介绍了非暴力宗教，以抵制韦达经中有关祭祀的教导。事实上，当有资格的祭司在做祭祀时，被牺牲的动物都得到了新生，但没有这种能力的人却利用这种韦达仪式，毫无必要地杀害可怜的动物。为此，佛祖不得不暂时否定韦达经的权威性。如果祭祀所导致的结果与经典介绍的相反，就不应该举行祭祀。最好是停止做这种祭祀。

正如我们反复解释过的：喀历(Kali)年代里没有合格的布茹阿玛纳(brāhmiṇa，婆罗门)祭司，因此没有可能举行韦达经中推荐的祭祀仪式。为此，经典(沙斯陀，śāstra)教导我们要举行集体吟唱至尊主圣名的祭祀——桑克伊尔坦·雅格亚(saṅkīrtana-yajña)。集体吟唱至尊主圣名的祭祀，能取悦以主柴坦亚(Caitanya)的形象显现的至尊人格首神，达到崇拜祂的目的。举行祭祀的目的就是为了崇拜至尊人格首神维施努(Viṣṇu)。主维施努——主奎师那，以主柴坦亚的形象出现于世上，明知的人都应该通过举行集体吟唱至尊主圣名的祭祀取悦祂。这是在如今这个年代里取悦主维施努的最容易的方法。人们应该对各个经典就有关这个年代的祭祀的教导善加利用，而不要在这个罪恶的喀历年代里制造不必要的烦扰。在喀历年代里，世界各地的人都很擅长开屠宰场，杀动物吃它们的肉。如果还举行古老的祭祀仪式，人们就会受到鼓励，从而越来越多地杀动物。在加尔各答，有许多卖肉的商店里都供着卡莉(Kālī)女神的神像，吃肉的人希望吃到给卡莉女神供奉过的东西，因此以为从这种商店里买肉吃是对的。然而他们并不知道，卡莉女神是主希瓦(Śiva)贞洁的妻子，从不接受非素食食物，主希瓦也是伟大的外士纳瓦(Vaiṣṇava，至尊主的奉献者)，从不吃非素食食物，而卡莉女神吃主希瓦吃剩下的食物，因此不可能吃肉或鱼。肉店里供奉的东西都被鬼魂(布塔，bhūta)、妖怪(琵沙查，piśāca)和吃人肉的恶魔(茹阿克刹萨，Rākṣasa)等卡莉女神的同伴接受了。那些购买给卡莉女神供奉过的鱼和肉的人，得到的实际上根本不是卡莉女神吃过的食物——帕萨达(prasāda)，而是鬼魂和妖怪吃过的食物。

第37节

भवान् परित्रातुमिहावतीर्णो
धर्मं जनानां समयानुरूपम् ।
वेनापचाराद‌वलुप्तमद्य
तद्देहतो विष्णुकलासि वैन्य ॥३७॥

bhavān paritratum ihāvatīrṇo
dharmaṁ janānāṁ samayānurūpam
venāpacārād avaluptam adya
tad-dehato viṣṇu-kalāsi vainya

bhavān—陛下 / paritrātum—正是为了拯救 / iha—这个世界里 / avatīrṇaḥ—化身 / dharmam—宗教体系 / janānām—人民大众的 / samaya-anurūpam—根据时间和环境 / vena-apacārāt—由于维纳王的罪行 / avaluptam—几乎消失不见 / adya—在此刻 / tat—他的 / dehataḥ—从身体 / viṣṇu—主维施努 / kalā—完整扩展的部分 / asi—你是 / vainya—维纳王的儿子啊

译文　维纳的儿子——普瑞图王啊！你是主维施努扩展的一部分。维纳王所从事的恶行致使宗教原则丧失殆尽。就在那时，你作为主维施努的化身降临了。事实上，你从维纳王的尸体中显现出来，是为了维护宗教原则。

要旨　《博伽梵歌》(Bhagavad-gītā)第 4 章的第 8 节诗，谈了主维施努(Viṣṇu)杀死恶魔并保护虔诚之士的事：

paritrāṇāya sādhūnāṁ
vināśāya ca duṣkṛtām
dharma-saṁsthāpanārthāya
sambhavāmi yuge yuge

“一个年代复一个年代，我亲自降临，以拯救虔诚的人，彻底消灭邪恶之徒，重建宗教原则。”

主维施努总是用两双手分别持着杀恶魔的大头棒和飞轮，用另外两双手分别持着保护祂奉献者的海螺和莲花。祂一旦化身降临这个世界，便保护奉献者，同时杀恶魔。主维施努有时以主奎师那或主茹阿玛这些祂原本的两臂人形显现，经典(沙斯陀，śāstra)对此都有记载。有时候，祂作为佛祖那样的被赋予了力量的化身(śaktyāveśa-avatāra)显现。我们以前解释过，这些被赋予了力量的化身本身都是普通生物，但被维施努赋予了力量。众生都是主维施努不可缺少的一部分，但并没有维施努那么强大有力。因此，当一个普通生物作为维施努的化身出现时，他是被至尊主赋予了特殊力量的。

当经典说普瑞图(Pṛthu)王是主维施努的一位化身时，我们应该明白：他是被赋予了力量的化身；他是主维施努不可缺少的一部分，被主维施努赋予了特殊的力量。主维施努赋予一个普通生物以特殊的力量，让他以主维施努的化身行事，教导人们为至尊主做奉爱(巴克缇，bhakti)服务。这样的人能像主维施努一样行事，通过论辩击败恶魔，并完全按照经典所规定的原则，教导人们做奉爱服务。正如《博伽梵歌》中指出的：无论何时，我们只看到有人在教导奉爱服务方面作出卓越的贡献，就应该知道，是主维施努——奎师那赋予了他特殊的力量。《柴坦亚·查瑞塔姆瑞塔》安提亚篇第 7 章的第 11 节诗中证实说：没有被至尊主特别赋予力量的人，解释不了至尊主圣名的荣耀(kṛṣṇa-śakti vinā nahe tāra pravartana)。谁要是对这种赋予了力量的人进行批评或挑他的毛病，谁就被视为是在反对主维施努，应该受到惩罚。即便这种冒犯者书上提拉克(tilaka)，戴上项珠(玛拉，mālā)，打扮成至尊主的奉献者——外士纳瓦(Vaiṣṇava)，但只要他们冒犯了纯粹的奉献者，至尊主就永远都不会原谅他们，经典里有许多这样的例子。

第38节

स त्वं विमृश्यास्य भवं प्रजापते
सङ्कल्पनं विश्वसृजां पिपीपृहि ।

ऐन्द्रीं च मायामुपधर्ममातरं
प्रचण्डपाखण्डपथं प्रभो जहि ॥ ३८ ॥

sa tvaṁ vimṛśyāsya bhavaṁ prajāpate
saṅkalpanaṁ viśva-sṛjāṁ pipīpṛhi
aindrīṁ ca māyām upadharma-mātaraṁ
pracaṇḍa-pākhaṇḍa-pathaṁ prabho jahi

saḥ—前面所说的 / tvam—你 / vimṛśya—考虑 / asya—世界的 / bhavam—存在 / prajā-pate—人民的保护者啊 / saṅkalpanam—决心 / viśva-sṛjām—世上的祖先们的 / pipīpṛhi—请实现 / aindrīm—天帝制造的 / ca—也 / māyām—错觉 / upadharma—所谓的萨尼亚斯的伪宗教体系的 / mātaram—母亲 / pracaṇḍa—激烈的、危险的 / pākhaṇḍa-patham—罪恶活动之途 / prabho—主啊 / jahi—请征服

译文　大众的保护者啊！请考虑一下你作为主维施努的化身所要达到的目的。由因铎制造的非宗教事端，只不过是未来太多要不得的伪宗教之母。因此，请立即阻止未来的这些仿效行为。

要旨　主布茹阿玛(Brahmā)把普瑞图(Pṛthu)王称为是帕佳帕提(prajāpate)，以提醒他正肩负着维护臣民的和平与繁荣的重任。至尊人格首神特别赋予了普瑞图王这项权能。理想的君王有职责监督人们正确地执行宗教原则。主布茹阿玛特别要求普瑞图王要消除天帝因铎(Indra)所杜撰的伪宗教原则。换句话说，禁止狂妄之徒编创伪宗教体系，是政府或一国之君的责任。至尊人格首神最初只给了一个宗教原则，它透过师徒传承以两种形式传了下来。因铎下定决心要阻止普瑞图王举行完一百次祭祀(雅格亚，yajña)，主布茹阿玛于是要

求普瑞图王停止与因铎进行无谓的竞争。作为神的一位化身，普瑞图王与其因举行祭祀造成一些不利的反应，不如为了达成他降临的目的而停止举行祭祀。这是为了建立优良的政府，使一切按正确的规则运作。

第39节 मैत्रेय उवाच

इत्थं स ल ोक गुरुणा समादिष्टो विशाम्पतिः ।
तथा च कृ त्वा वात्सल्यं मघोनापि च सन्दधे ॥ ३९ ॥

maitreya uvāca
itthaṁ sa loka-guruṇā
samādiṣṭo viśāmpatiḥ
tathā ca kṛtvā vātsalyaṁ
maghonāpi ca sandadhe

maitreyaḥ uvāca—伟大的圣人麦垂亚接着说 / ittham—如此 / saḥ—普瑞图王 / loka-guruṇā—被全体人类的第一位老师主布茹阿玛 / samādiṣṭaḥ—被劝告 / viśām-patiḥ—君王(民众的主人) / tathā—以那种方式 / ca—也 / kṛtvā—做了 / vātsalyam—感情 / maghonā—与因铎 / api—甚至 / ca—也 / sandadhe—握手言和

译文 伟大的圣人麦垂亚继续说：普瑞图王听了至尊导师主布茹阿玛的这番劝告后，放弃了要举行祭祀的渴望，怀着非凡的爱与天帝因铎握手言和。

第40节 कृ तावभृथस्नानाय पृथवे भूरिक र्मणे ।
वरान्ददुस्ते वरदा ये तद्बर्हिषि तर्पिताः ॥ ४० ॥

kṛtāvabhṛtha-snānāya
pṛthave bhūri-karmaṇe
varān dadus te varadā
ye tad-barhiṣi tarpitāḥ

kṛta—举行了 / avabhṛtha-snānāya—祭祀后进行了沐浴 / pṛthave—向普瑞图王 / bhūri-karmaṇe—因做了许多功德而闻名于世 / varān—祝福 / daduḥ—给予 / te—他们全体 / vara-dāḥ—半神人(给予祝福的人) / ye—谁 / tat-barhiṣi—因为举行这种雅格亚 / tarpitāḥ—变得愉快

译文　这之后，普瑞图·玛哈茹阿佳按照举行祭祀后要沐浴的惯例进行了沐浴，随即接受那些对他的光荣活动很满意的半神人给予他的祝福。

要旨　雅格亚(Yajña，祭祀)的意思是主维施努(Viṣṇu)，因为所有的雅格亚都是为了取悦至尊人格首神——主维施努。由于举行祭祀自然会使半神人们很高兴，他们便祝福祭祀的举行者。把水浇到树根上，树干、树枝、花朵和叶子都会得到满足；把食物放进胃里，身体的各个部分就都得到了滋养。同样道理，人只要通过举行祭祀令主维施努满意，全体半神人就自然而然会感到满足，而且还会祝福这位奉献者以作为回报。正因为如此，纯粹的奉献者并不去向半神人请求祝福。他唯一做的事就是为至尊人格首神服务，而这使他从不缺少半神人们给他的东西。

第41节　विप्राः सत्याशिषस्तुष्टाः श्रद्धया लब्धदक्षिणाः ।
आशिषो युयुजुः क्षत्तरादिराजाय सत्कृताः ॥ ४१ ॥

viprāḥ satyāśiṣas tuṣṭāḥ
śraddhayā labdha-dakṣiṇāḥ
āśiṣo yuyujuḥ kṣattar
ādi-rājāya sat-kṛtāḥ

viprāḥ—全体布茹阿玛纳 / satya—真实的 / āśiṣaḥ—谁的祝福 / tuṣṭāḥ—非常满意 / śraddhayā—怀着极大的尊敬 / labdha-dakṣiṇāḥ—

得到奖赏的人 / āśiṣaḥ—祝福 / yuyujuḥ—供奉 / kṣattaḥ—维杜茹阿啊 / ādi-rājāya—向最初的君王 / sat-kṛtāù—受尊敬

译文 王中之王普瑞图，极为恭敬地把举行祭祀的报酬供奉给祭祀场上的布茹阿玛纳。所有这些布茹阿玛纳都很满意，于是衷心地祝福普端图王。

第42节 त्वयाहूता महाबाहो सर्व एव समागताः ।
पूजिता दानमानाभ्यां पितृदेवर्षिमानवाः ॥ ४२ ॥

tvayāhūtā mahā-bāho
sarva eva samāgatāḥ
pūjitā dāna-mānābhyāṁ
pitṛ-devarṣi-mānavāḥ

tvayā—由你 / āhūtāḥ—被邀请 / mahā-bāho—臂力强大的人啊 / sarve—所有的 / eva—肯定地 / samāgatāḥ—聚集 / pūjitāḥ—受到尊敬 / dāna—用布施 / mānābhyām—以及由尊敬 / pitṛ—琵垂珞卡的居民 / deva—半神人 / ṛṣi—伟大的圣人们 / mānavāḥ—以及普通人

译文 全体伟大的圣人和布茹阿玛纳说：强大的君王啊！应你的邀请，所有种类的生物体都参加了这个集会。他们来自琵垂珞卡和天堂星球。伟大的圣人和普通人都参加了这个盛会。你的行为和你给他们的布施，使他们此刻都感到极为满意。

到此为止，结束了巴克提韦丹塔对《圣典博伽瓦谭》第 4 篇第 19 章“普瑞图王举行的一百场马祭”所作的阐释。

圣帕布帕德小传

圣恩 A.C.巴克提韦丹塔·斯瓦米·帕布帕德于 1896 年在印度的加尔各答显世。

1922 年，帕布帕德在加尔各答首次与他的灵性导师圣巴克提希丹塔·萨茹阿斯瓦提·哥斯瓦米会面。巴克提希丹塔·萨茹阿斯瓦提作为一位杰出的宗教学者，在他的一生中创建了 64 所名为高迪亚·玛特的传播韦达文化的机构。巴克提希丹塔非常喜爱这位受过教育的年轻人，于是便说服他献身于传播韦达知识。帕布帕德成了巴克提希丹塔·萨茹阿斯瓦提的学生，并于 11 年后(1933 年)在阿拉哈巴接受了他的启迪，正式成为他的门徒。

在他们第一次会面时，巴克提希丹塔·萨茹阿斯瓦提曾要求帕布帕德用英语去传播韦达知识。为此，帕布帕德在随后的日子里用英文翻译、评注了《博伽梵歌》，参加高迪亚·玛特的传教工作，并在 1944 年独自创办了英语"回归首神"双月刊杂志。他自己编辑，打出原稿，校样，甚至逐本赠送、售卖，为维持杂志的出版艰苦奋斗。"回归首神"杂志自创刊后从未停刊，目前在西方正由他的门徒用 30 多种语言继续出版着。

高迪亚·外士纳瓦协会对帕布帕德的哲学造诣及奉爱精神推崇备至，于 1947 年授予他巴克提韦丹塔的称号。

1950 年，圣帕布帕德在他 54 岁时退出家庭生活，以便用更多的时间进行研究和写作。他到了圣地温达文，住在历史上著名的中世纪神庙——茹阿妲·达摩达尔庙，过着简朴的生活。在那里，他花了好几年的时间进行写作和深入的研究工作。

1959 年，圣帕布帕德在茹阿妲·达摩达尔庙接受萨尼亚希(托钵僧)称号，进入弃绝阶层。接着，他开始翻译、评注含有一万八千节诗的卷帙浩繁的《圣典博伽瓦谭》(《博伽梵往世书》)。这是他生活中的一部杰作。他还撰写了《简易的星际旅行》。

圣帕布帕德在出版了三篇《圣典博伽瓦谭》后，于 1965 年 9 月去了美国，以完成他灵性导师交给他的使命。在随后的岁月里，他写下的权威性翻译、评注和对有关印度哲学及宗教经典作品的综合研究论文，共有 60 多册。

圣帕布帕德乘货轮第一次到纽约时，几乎身无分文。仅仅一年后，他便克服巨大的困难，于 1966 年 7 月建立了国际奎师那意识协会。在 1977 年 11 月 14 日他离世前，他一直指导着协会，看着它成长为一个在全世界有超过一百所灵修所、学校、神庙、研究机构和集体农庄的联合体。

1968 年，圣帕布帕德在美国加利福尼亚州的一个山坡上创办了新温达文——实验性韦达社区。新温达文成了一个繁荣的、有超过两千英亩土地的集体农庄。新温达文的成功激励了圣帕布帕德的门徒。他们在美国和其他国家相继成立了几个同样的集体农庄。

1972 年，圣帕布帕德通过在美国得克萨斯州的达拉斯市创办灵性导师学校，把韦达制度的初级和中级教育引介给西方社会。从那以后，在他的监督、指导下，他的门徒在美国和世界其他地区开设了同样的儿童学校，其主要的教育中心设在印度的温达文。

圣帕布帕德还促成了几个规模宏大的国际文化中心在印度的兴建。坐落在印度西孟加拉圣玛亚普尔的中心，是计划中的灵性城市。这是一个雄心勃勃的计划，需要许多年才能实现、完成。在印度的温达文有宏伟的奎师那·巴拉茹阿玛庙宇、国际宾馆、圣帕布帕德纪念馆和博物馆，在孟买有文化和教育主中心。别的中心计划建在印度其他十二个重要地区。

然而，圣帕布帕德最重要的贡献是他的书籍。这些书籍因其深刻、清晰、具权威性而受到学术界的高度敬重，并在为数众多的学院里被当做典范性的教科书使用。他的著作以 50 多种语言翻译出版。于 1972 年成立的巴帝维丹达书籍信托基金会，负责出版圣帕布帕德翻译、评注、撰写的书籍。它目前已成为世上最大的、出版有关印度宗教及哲学书籍的出版机构。

圣帕布帕德不顾自己年事已高，仅仅在 12 年里就进行了 14 次环球旅行，走遍 6 大洲不断演讲。尽管旅程安排得如此紧凑，圣帕布帕德仍翻译、评注、撰写了大量的书籍。他的著作构成了一个名副其实的韦达哲学、宗教、文学和文化的图书馆。

圣帕布帕德著作一览表

《博伽梵歌原意》
《圣典博伽梵歌原意》第1—10篇
《永恒的柴坦亚经》共17篇
《奎师那——快乐的泉源》共2卷
《主柴坦亚的教导》
《奉爱的甘露》
《教诲的甘露》
《至尊奥义书》
《博伽梵之光》
《简易星际旅行》
《主卡皮拉的教导》
《琨缇王后的教导》
《觉悟自我的科学》
《瑜伽的完美境界》
《超越生死》
《通向奎师那之道》
《知识之王》
《培养奎师那意识》
《奎师那意识——无与伦比的礼物》
《奎师那意识——瑜伽体系的顶峰》
《完美的问答录》
《生命来自生命》
《回归首神杂志》（创办人）
《追求解脱》
《第二次机会》
《自我发现之旅》
《文明与超越》
《大自然的法律》
《凭智慧弃绝》

《寻求启发》

《通向超然存在之途》

《超越错觉、假象和疑惑》

《哈瑞·奎师那的挑战》

参考书籍

圣帕布帕德是根据公认的权威经典写作《圣典博伽瓦谭》要旨的，以下是他引用过的经典名称：

《博伽梵歌》 (Bhagavad-gītā)
《巴克缇·茹阿萨姆瑞塔·心都》 (Bhakti-rasāmṛta-sindhu)
《布茹阿玛·萨密塔》 (Brahma-saṁhitā)
《柴坦亚·昌铎姆瑞塔》 (Caitanya-candrāmṛta)
《柴坦亚·查瑞塔姆瑞塔》 (Caitanya-caritāmṛta)
《哈尔伊·巴克缇·苏杜达亚》 (Hari-bhakti-sudhodaya)
《哈尔伊·巴克缇·维拉斯》 (Hari-bhakti-vilāsa)
《伊首帕尼沙德》 (Īśopaniṣad)
《喀塔·乌帕尼沙德》 (Kaṭha Upaniṣad)
《穆琨达·玛拉·斯透陀》 (Mukunda-mālā-stotra)
《纳茹阿达·潘查茹阿陀》 (Nārada-pañcarātra)
《八训规》 (Śiksāstaka)
《希瓦·普冉纳》 (Śiva Purāṇa)
《圣典博伽瓦谭》 (Śrīmad-Bhāgavatam)
《泰缇瑞亚·乌帕尼沙德》 (Taittirīya Upaniṣad)
《韦丹塔·苏陀》 (Vedānta-sūtra)

词　　表

- A -

Ācamana—喝一小口水，同时吟诵至尊主的圣名，以此达到净化的目的。

Ācārya—以身作则，为整个人类树立灵修典范的灵性导师。

Adhokṣaja—至尊人格首神的一个名字，意思是指超出物质感官知觉的范畴。

Advaita Prabhu—维施努的一个化身，以主柴坦亚的主要同伴显现。

Agni—控制火的半神人。

Ajāmila—一个堕落的布茹阿玛纳（brāhmaṇa，婆罗门），在死亡时因为呼喊了至尊主的圣名而得救。

Ākūti—斯瓦阳布瓦·玛努(Svāyambhuva Manu)的三个女儿之一，后来当了茹祺(Ruci) 的妻子。

Ananta-Śeṣa— 至尊主的一个有着上千蛇头的化身，主维施努(Viṣṇu)躺在祂上面休息，祂用祂那上千个头支撑着宇宙中的众多星球。

Aṅga Mahārāja—维纳 (Vena)王的父亲。

Aṇimā-siddhi—一种神秘力量，人可以借此力量变得比一个原子还要小，从而进入石头里。

Aniruddha—主奎师那在灵性世界里的一个原始四臂扩展，也是祂的一个孙子的名字。

Ārati—迎接和崇拜至尊人格首神的一种仪式。在这个仪式中要一边吟唱至尊主的圣名，一边摇铃，一边向至尊主供奉香，点燃用纯净黄油做灯芯的油灯和以樟脑为燃料的灯，以及供奉盛在海螺中的水、一块精致的手帕、芬芳的鲜花、孔雀羽毛扇、牛尾毛做的拂尘。

Arcana—崇拜神像的奉爱程序。

Arci —普瑞图(Pṛthu) 王的妻子。

Arjuna —潘杜(Pāṇḍu)的第三个儿子，主奎师那亲密的朋友。在库茹柴陀(Kurukṣetra)战役中，主奎师那当了他的战车御者，并在战场上讲述了《博伽梵歌》（Bhagavad-gītā)。

Aryamā—掌管琵垂珞卡 (Pitṛloka)星球的半神人。那个星球上的居民都是些往生了的、虔诚的祖先。

Asita —远古时代的韦达(Veda) 经专家。

Āśrama —一生中四个灵性阶段的其中一个阶段。参看brahmacarya，Gṛhastha，Vānaprastha和 Sannyāsa。

Aṣṭāṅga-yoga—由帕谭佳里（Patañjali)推展的八部瑜伽系统，目的是为了觉悟处在我们心中的超灵。

Asura—无神论者、十足的物质主义者等不按经典原则做事的恶魔；嫉妒神，无视至高无上的绝对真理，反对为至尊主奎师那服务的人。

Aśvatthāmā —伟大的军事、武术教师朵纳(Droṇa)的儿子，他非常邪恶，趁潘达瓦(Pāṇḍava)五兄弟的孩子们睡觉之际谋杀了他们。

Atri —布茹阿玛(Brahmā)生的七个伟大的圣人之一，是至尊主的化身达塔垂亚(Dattātreya)的父亲。

Avatāra—至尊主降临到物质世界里的化身。

Aveśa—请看Śakty-āveśa。

- B -

Bāhuka —维纳(Vena)王的罪恶的人格化身。

Balarāma(Baladeva)—至尊人格首神奎师那的第一位完整扩展，五千年前显现为柔黑妮（Rohiṇī)的儿子，奎师那的哥哥。

Bhagavad-gītā—《博伽梵歌》，至尊主奎师那与祂的奉献者阿尔诸纳（Arjuna)在一场大战开始前的谈话，其中详细地解释说，奉爱服务既是最重要的灵修方法，也是最高级的灵性完美境界。

Bhāgavata—与至尊主巴嘎万（Bhagavān)有关的一切，特别是至尊主的奉献者和经典《博伽瓦谭》（《施瑞玛德·巴嘎瓦谭》，Śrīmad-Bhāgavatam）。

Bhajanānandī—以隐居的方式自修并独自做奉爱服务的奉献者，这样的奉献者不出去传教。

Bhakta—至尊主的奉献者。

Bhaktisiddhānta Sarasvatī Ṭhākura—（1874—1937)圣恩A.C.巴克提韦丹达·斯瓦米·帕布帕德(A. C. Bhaktivedanta Swami Prabhupāda)的灵性导师，因此是当代奎师那意识运动的灵性祖父。他在印度建立了六十四座神庙，是一个强有力的传教者。

Bhaktivinoda Ṭhākura—（1838—1915)当代奎师那意识运动的曾祖父，圣高尔克首尔·达斯·巴巴吉(Gaura-kiśora dāsa Bābājī)的灵性导师，圣巴克提希丹塔·萨茹阿斯瓦提(Bhaktisiddhānta Sarasvatī）的父亲。

Bhakti-yoga—通过做奉爱服务与至尊主相连的方法。

Bharata Mahārāja—至尊主的一个伟大的奉献者，后来对一头小鹿产生了依恋之情，结果在来生投生为一头鹿。在他的下一生中，作为佳德・巴茹阿特(Jaḍa Bharata)，他达到了灵性的完美境界。

Bhāratī —请看萨如阿斯瓦缇(Sarasvatī)。

Bhṛgu —布茹阿玛(Brahmā) 所生的最强大有力的圣人。

Bilvamaṅgala Ṭhākura—伟大的奉献者作家。他的作品包括《奎师那・卡尔纳姆瑞塔》(Kṛṣṇa-karṇāmṛta)，其中描述了主奎师那所从事的机密娱乐活动。

Brahmā—这个物质宇宙中第一位被创造出来的生物体，物质宇宙的次要创造者。

Brahma śāpa—布茹阿玛纳 (brāhmaṇa，婆罗门)所发出的诅咒。

Brahmacarya —独身禁欲的学生生活，韦达制度中人生的第一个灵性阶段。

Brahmaloka —物质宇宙中最高的星球，半神人布茹阿玛(Brahmā)的居所。

Brahman—绝对真理，特别指绝对真理的非人格方面。

brāhmaṇa —婆罗门，知识分子及祭司阶层。韦达社会制度中的最高阶层。

Bṛhaspati—天帝因铎的灵性导师（Indra），半神人中的主祭司。

- C -

Caitanya Mahāprabhu— (1486—1534)以主奎师那的奉献者形象显现的主奎师那本人。祂教导人们如何爱神，特别推荐了集体吟唱神的圣名（桑克伊尔坦，saṅkīrtana) 的方法。

Cakra (Sudarśana)—至尊主的武器之一——飞轮。

Cāmara—在神像崇拜时用的牛尾毛拂尘。

Cāṇakya Paṇḍita —昌铎古普塔(Candragupta)王的婆罗门顾问，负责阻止亚历山大王大举入侵印度。他擅长写有关政治和道德的格言，是这方面的著名作家。

Caṇḍāla—人类中最低下的贱民，不可触碰的人，吃狗肉的人。

Candana—用檀香木制成的化妆用浆液，用于神像崇拜。

Cāturmāsya—印度雨季的四个月。在这期间，奉献者发誓从事一些特殊的苦行。

- D -

Daivī māyā—至尊主非凡的迷惑能量，也就是物质能量。

Dakṣa —布茹阿玛(Brahmā)的一个儿子，宇宙生物体的主要的祖先之一。

Dākṣāyaṇī—又叫萨缇(Satī)，是达克沙(Dakṣa)的女儿，主希瓦(Śiva)的妻子。

Daridra-nārāyaṇa—“贫穷的纳茹阿亚纳(Nārāyaṇa)”。这是非人格神主义者们用的一个具有冒犯性质的词，它把穷人和至尊主相提并论。

Dattātreya —是至尊主的一个化身，显现为阿特瑞・牟尼(Atri Muni)的儿子，教导神秘瑜伽的方法。

Devahūti —斯瓦阳布瓦・玛努(Svāyambhuva Manu)的女儿，卡尔达玛・牟尼(Kardama Muni)的妻子，至尊主的化身卡皮拉(Kapila)的母亲。

Devala--远古时代的韦达经专家。

Dharma—宗教原则，人的天职，尤其指每一个灵魂的服务本性。

Dhruva Mahārāja—至尊主的一位伟大的奉献者，在还是孩童时便从事严酷的苦修，以期与至尊主相见，夺回本属于他的王国。这使他得到了永恒的星球，以及对神的觉悟。

Droṇācārya —潘达瓦(Pāṇḍava)五兄弟的军事、武术老师，在库茹柴陀(Kurukṣetra)战场中被迫与潘达瓦兄弟作战。

Durgā —物质能量的人格化身，主希瓦(Śiva)的妻子。

Durvāsā Muni—强有力的神秘瑜伽师，因发出可怕的诅咒而闻名于世。

- E -

Ekādaśī—用来增加对奎师那的想念的特殊日子，是满月和新月后的第十一天。经典规定在这一天禁食谷类和豆类。

- G -

Gadādhara —主柴坦亚・玛哈帕布(Caitanya Mahāprabhu) 的一位亲密的同伴。

Gāñjā—大麻。

Garbhādhāna-saṁskāra—父母在怀孩子前所举行的一种净化仪式。

Garuda —主维施努(Viṣṇu)永恒的坐骑，形象为巨鹰的伟大的奉献者。

Gauḍīya Vaiṣṇava sampradāya—来自主柴坦亚・玛哈帕布 (Caitanya Mahāprabhu) 的灵性导师传承，是经授权的真正的外士纳瓦(Vaiṣṇava)师徒传承；也指这个传承中的奉献者。

Gaurakiśora dāsa Bābājī —圣巴克提维诺德·塔库尔(Bhaktivinoda Ṭhākura)的门徒，圣巴克提希丹塔·萨如阿斯瓦提·塔库尔(Bhaktisiddhānta Sarasvatī Ṭhākura)的灵性导师。

Gaurasundara —美丽的、肤色金黄的主柴坦亚·玛哈帕布(Caitanya Mahāprabhu)。

Goloka Vṛndāvana (Kṛṣṇaloka)—最高的灵性星球，主奎师那的私人住所。

Gopīs—奎师那的牧牛姑娘朋友，是祂最顺从、最亲密的奉献者。

Govinda—给大地、乳牛和感官以快乐的至尊主奎师那。

Gṛha-vrata—执著于物质的家庭生活责任的人。

Gṛhastha—按经典的规定过有节制的居士生活的人；韦达灵性生活的第二个阶段。

Guru—灵性导师。

- H -

Hare(Harī) —请看Rādhārāṇī 。

Hare Kṛṣṇa mantra —请看Mahā-mantra 。

Hari—清除灵性进步路途上的一切障碍的至尊主。

Haridāsa Ṭhākura —伟大的奉献者，主柴坦亚·玛哈帕布(Caitanya Mahāprabhu)的同伴，每天念三十万遍神的圣名。

Hiraṇyakaśipu —被主的半人半狮化身尼尔星哈戴瓦(Nṛsiṁhadeva)杀死的邪恶君王、大恶魔。

- I -

Indra—负责管理宇宙行政事物的半神人首脑，天堂星球的帝王。

ISKCON—国际奎师那意识协会的英文缩写。

- J -

Jaḍa Bharata—巴茹阿特·玛哈茹阿佳(Bharata Mahārāja)在物质世界里的最后一生中投生为弃绝的布茹阿玛纳(brāhmaṇa，婆罗门)。他给予茹阿胡嘎纳(Rahūgaṇa)王以极好的灵性教导。

Jagannātha—作为宇宙之主的至尊人格首神，以及主奎师那的一个神像。

Jīva Gosvāmī —主柴坦亚·玛哈帕布(Caitanya Mahāprabhu)直接启迪的六位外士纳瓦(Vaiṣṇava)灵性导师中的一位，有系统的呈献了主柴坦亚的教导。

Jīva-tattva—个体生物，至尊主的微粒部分。

Jñānī—根据经验进行主观推测来获取知识的人。

- K -

Kalā—至尊主的扩展。

Kali-yuga—“纷争、伪善的年代”，是大周期循环中的第四个年代，也是最后一个年代，从五千年前开始。

Kāma—贪欲；想要满足自己的感官的欲望。

Kapila —至尊主的化身，是卡尔达玛·牟尼(Kardama Muni)和黛瓦瑚缇(Devahūti)的儿子。祂教导了奎师那意识的桑克亚(sāṅkhya)哲学。

Kāraṇodakaśāyī Viṣṇu—玛哈·维施努 (Mahā-Viṣṇu)至尊主的扩展，所有的物质宇宙都来自祂那里。

Karatālas—在集体吟唱至尊主圣名时用手敲击伴奏的铙钹。

Kardama Muni—主卡皮拉(Kapila)的父亲，繁衍宇宙生物体的一个主要的祖先。

Karma—物质、功利性活动及其报应。

Karma-kāṇḍa—韦达经中论述为了得到物质利益所需要进行的功利性活动的部份。

Karmī—从事功利性活动的人；物质主义者。

Kārttikeya —主希瓦(Śiva)和帕尔瓦缇(Pārvatī)的小儿子。他是掌管战争的神明。

Kaśyapa —伟大的圣人，是许多半神人及至尊主的化身瓦玛纳戴瓦(Vāmanadeva)的父亲。

Keśava—有着油黑发亮的长发的至尊主奎师那。

Kīrtana—吟唱至尊主的圣名并赞美至尊主的奉爱程序。

Kṛṣṇa—原始的两臂形象的至尊人格首神，是一切扩展的源头。

Kṛṣṇadāsa Kavirāja —伟大的外士纳瓦(Vaiṣṇava)灵性导师，在《柴坦亚·查瑞塔姆瑞塔》(Caitanya-caritāmṛta)中记录了主柴坦亚·玛哈帕布(Caitanya Mahāprabhu)的生平及教导。

Kṛṣnaloka —请看Goloka Vṛndāvana。

Kṣatriya—战士或管理者；韦达社会的第二个阶层。

Kuntī —主奎师那的姑妈，潘达瓦(Pāṇḍava) 兄弟的母亲。

Kuru —潘达瓦(Pāṇḍava)兄弟及兑塔瓦施陀(Dhṛtarāṣṭra)的儿子们所在王朝的创立者。

Kuvera —半神人的司库，纳拉库瓦尔(Nalakūvara)和玛尼贵瓦(Maṇigrīva)的父亲。

- L -

Lakṣmī —幸运女神，至尊主纳茹阿亚纳(Nārayaṇa) 永恒的伴侣。

Loka—星球。

- M -

Mādhavācārya—十三世纪时伟大的外士纳瓦 (Vaiṣṇava)灵性导师，教导有神论中的二元论哲学。

Mahā-mantra—为得到拯救而吟诵、吟唱的伟大的曼陀罗：哈瑞・奎师那　哈瑞・奎师那　奎师那・奎师那　哈瑞・哈瑞/哈瑞・茹阿玛　哈瑞・茹阿玛　茹阿玛・茹阿玛　哈瑞・哈瑞。

Maha-Viṣṇu—至尊人格首神的完整扩展，所有的物质宇宙都来自祂。

Mahābhārata—维亚萨戴瓦 (Vyāsadeva)用梵文撰写的描述古印度的史诗，其中记载了库茹柴陀(Kurukṣetra)战役，以及《博伽梵歌》（《巴嘎瓦德・歌伊塔》，Bhagavad-gītā)。

Mahāmāyā—至尊主的物质能量——错觉和幻象。

Maheśvara—请看Śiva。

Maitreya Muni —对维杜茹阿(Vidura)讲述《圣典博伽瓦谭》（Śrīmād-Bhagāvātām)的伟大的圣人。

Mantra—超然的声音震荡或韦达赞歌，它们可以使人摆脱心中的错觉。

Mathurā —主奎师那的住所及五千年前显现的地方，温达文(Vṛndāvana)在其区域内。主奎师那在温达文从事过孩提时期的娱乐活动后，又回到那里。

Māyā—至尊主的低等、错觉能量，负责统治这个物质创造，并通过迷惑生物体，使生物体遗忘自己与奎师那的关系。

Maya Dānava—恶魔中的建筑师。

Mayāvādī—持非人格神哲学观念的人。他们以为绝对真理最终没有形象，个体生物与神是平等的。

Mīmāṁsakas—无神论哲学家。这种哲学认为即使神存在，也会被迫把我们工作的结果给予我们。

Mṛdaṅga—用黏土做的鼓，在集体吟唱神的圣名时作伴奏用。

Mukti-devī—解脱的人格化身，是女性。

- N -

Nanda—在主纳茹阿亚纳(Nārāyaṇa)的灵性住所外琨塔(Vaikuṇṭha)中，担任主纳茹阿亚纳的主要随从。

Nara-Nārāyaṇa—至尊主的化身，显现为两个圣人，以身作则教导如何从事苦修。

Nārada Muni—至尊主的纯粹奉献者，用他永恒的身体在宇宙各处遨游， 赞扬奉爱服务。他是维亚萨戴瓦(Vyāsadeva)及许多伟大的奉献者的灵性导师。

Nārāyaṇa—至尊人格首神庄严的四臂形象的名字，意思说"祂是众生的来源及目的"。祂是至尊主的扩展主维施努(Viṣṇu)，众生的栖息所。

Narottama dāsa Ṭhākura—主柴坦亚・玛哈帕布 (Caitanya Mahāprabhu)师徒传承中的外士纳瓦(Vaiṣṇava)灵性导师，珞卡纳特・达斯・哥斯瓦米(Lokanātha dāsa Gosvāmī)的门徒，用孟加拉文写了很多赞美主奎师那的歌曲。

Nityānanda Prabhu —主巴拉茹阿玛(Balarāma)的化身，显现为圣主柴坦亚・玛哈帕布(Caitanya Mahāprabhu) 的主要同伴。

- P -

Pañcarātra—韦达文献，讲述奉献者在如今这个年代里崇拜神像的方法。

Pāṇḍavas —指尤帝士提尔(Yudhiṣṭhira)、波玛(Bhīma)、阿尔诸纳(Arjuna)、纳库拉(Nakula)和萨哈戴瓦(Sahadeva)五兄弟。他们是君王、武将，是主奎师那的好朋友和奉献者。

Paramparā—师徒传承，灵性知识经由传承中有资格的灵性导师传递下来。

Parāśara —伟大的圣人，圣维亚萨戴瓦(Vyāsadeva)的父亲。

Parīkṣit Mahārāja—五千年前整个世界的帝王。他从舒卡戴瓦・哥斯瓦米(Śukadeva Gosvāmī) 那里聆听了《圣典博伽瓦谭》(Śrīmad-Bhāgavatam)，并因此达到了完美。

Pārvatī —萨缇(Sati)，主希瓦(Śiva)的妻子，在达克沙(Dakṣa)的祭祀场上用神秘力量引火自焚后，再次投生为喜马拉雅山君王的女儿。

Piṇḍa—对去世祖先的供奉。

Prabodhānanda Sarasvatī—伟大的外士纳瓦 (Vaiṣṇava)哲学诗人，圣主柴坦亚·玛哈帕布(Caitanya Mahāprabhu)的奉献者，哥帕拉·巴塔·哥斯瓦米(Gopāla Bhaṭṭa Gosvāmī)的叔叔。

Prahlāda Mahārāja—至尊主伟大的奉献者，受到他那邪恶的父亲的迫害，但得到主尼尔星哈戴瓦 (Nrsiṁhadeva)的保护和拯救。

Prajāpatis—负责繁殖宇宙中的生物体的半神人。

Prasāda (prasādam)—主奎师那的仁慈；通过以爱心供奉给至尊主而被灵性化了的食物或其它东西。

Prasūti —斯瓦阳布瓦·玛努(Svāyambhuva Manu)的女儿，达克沙的妻子（Dakṣa）。

Priyavrata —斯瓦阳布瓦·玛努(Svāyambhuva Manu)的儿子，乌塔纳帕达(Uttānapāda)的兄弟，曾经统治过整个宇宙。

Pṛthu Mahārāja—主奎师那赋予了特殊力量和权利的化身，为世人树立了如何当一位理想统治者的榜样。

Purāṇas—十八部补充性质的韦达文献；历史性典籍。

- R -

Rādhārāṇī—主奎师那内在灵性能量的人格化身，是祂最亲密的伴侣。

Raghunātha dāsa Gosvāmī —直接受主柴坦亚·玛哈帕布(Caitanya Mahāprabhu)启迪的六位外士纳瓦(Vāndāvana)灵性导师中的一位，系统地呈献了主柴坦亚的教导。

Rājarṣi—伟大圣洁的君王。

Rāmacandra—至尊主的一个完美君王的化身。

Rāmānanda Rāya—主柴坦亚·玛哈帕布后期从事娱乐活动时的一个亲密的同伴。

Rāmānujācārya—幸运女神拉珂施蜜师徒传承中十一世纪时的一个伟大的外士纳瓦(Vaiṣṇava) 灵性导师。

Rāsa-līlā —主奎师那与祂最高级、最信赖的仆人——布阿佳布弥(Vrajabhūmi)的牧牛姑娘之间，纯洁、灵性的爱的交流。

Rāvaṇa —被主茹阿玛禅铎(Rāmacandra) 杀死的邪恶君王。

Ṛṣi—圣人。

Rudra—请看Śiva。

Rūpa Gosvāmī—直接受圣主柴坦亚·玛哈帕布(Caitanya Mahāprabhu) 启迪的六位外士纳瓦(Vaiṣṇava) 灵性导师中的领袖，系统的呈献了主柴坦亚的教导。

- S -

Sac-cid-ānanda-vigraha—至尊主的永恒、极乐、充满知识的超然形象。

Śacīpati —请看Indra。

Sahasra-śīrṣā —请看Ananta。

Śakty-āveśa—被至尊主赐予了一种或多种财富的生物。

Sālokya—与至尊主住在同一个星球上的解脱。

Sāmīpya—与至尊主在一起的解脱。

Sampradāya—师徒传承，也指传统的追随者。

Sanātana Gosvāmī—直接受圣主柴坦亚·玛哈帕布(Caitanya Mahāprabhu) 启迪的六位外士纳瓦(Vaiṣṇava) 灵性导师中的一位，有系统的呈献了主柴坦亚的教导。

Śaṅkara —请看Śiva。

Śaṅkarācārya —主希瓦(Śiva) 的化身。他按至尊主的指令显现为一位伟大的哲学家，以韦达经(Veda) 为基础，教导非人格神主义理论。

Saṅkarṣaṇa —主奎师那在灵性世界里最初扩展出的四个扩展之一，也是嘎尔戈·牟尼(Garga Muni) 给巴拉茹阿玛(Balarāma) 起的另一个名字。

Saṅkīrtana—聚众或集体赞美至尊主奎师那，特别是用吟唱至尊主的圣名的方法。

Sannyāsa—韦达灵性生活中的第四个阶段；弃绝的生活。

Sarasvatī—学问女神，主布茹阿玛(Brahmā) 的妻子。

Sārṣṭi—获得与至尊主具有同等财富的解脱。

Sārūpya—获得与至尊主一样的灵性形象的解脱。

Śāstra—像韦达经典那样的启示经典。

Satī—主希瓦(Śiva) 的妻子，达克沙(Dakṣa) 的女儿。

Satyabhāmā—主奎师那在杜瓦尔卡(Dvārakā) 的娱乐活动中的一位主要的王后。

Śeṣa Nāga —请看Ananta。

Siddhis —通过练瑜伽所得到的神秘力量或达到的完美境界，但对希达珞卡(Siddhaloka) 上的居民是天生就有的能力。

Sītā—主茹阿玛禅铎永恒的伴侣。

Śiva—至尊主的特殊化身，作为半神人掌管物质的愚昧属性，摧毁物质展示。

Smṛti —启示经典，作为韦达经(Veda) 和奥义书(Upaniṣad) 等原始韦达文献施茹缇(śruti) 的补充文献。

Somarāja—掌管月亮的半神人昌铎(Candra)。

Śravaṇam kīrtanaṁ viṣṇoḥ—聆听和吟诵、吟唱有关主奎师那——维施努(Viṣṇu) 的一切的奉爱方法。

Śrīdhara Svāmī—圣维施努斯瓦米(Viṣṇusvāmi) 传承中的一位外士纳瓦(Vaiṣṇava) 灵性导师，《博伽梵歌》(Bhagavad-gītā) 和《圣典博伽瓦谭》(Śrīmad-Bhāgavatam) 的早期评注者。

Srīvāsa Ṭhākura —主柴坦亚(Caitanya) 的亲密同伴。

Śruti —借由聆听得到的知识；至尊主直接给予的原始韦达文献，包括韦达经(Vedas) 和奥义书(Upaniṣads) 。

Śūdra—韦达社会制度中第四阶层的人——为其它阶层做服务的人。

Śukadeva Gosvāmī—伟大的奉献者圣人，在帕瑞克西特(Parīkṣit) 王死亡前给他讲述了《圣典博伽瓦谭》(Śrīmad-Bhāgavatam)。

Śukrācārya—恶魔们的灵性导师。

Sunanda—主纳茹阿亚纳(Nārāyaṇa) 在祂的灵性居所外琨塔珞卡(Vaikuṇṭha) 中的一个首要的侍从。

Sunīthā —安嘎(Aṅga) 王的妻子，维纳(Vena) 王的母亲。

Sunéti —杜茹瓦·玛哈茹阿佳(Dhruva Mahāraja) 的母亲。

Suruci —杜茹瓦·玛哈茹阿佳(Dhruva Mahāraja) 的后母。

Svāmi —控制住自己的感官和心念的人；对弃绝阶层的人萨尼亚希(sannyāsī) 的称呼。

Svāmī-nārāyaṇa—非人格神主义者的错误观点，认为人只要穿上萨尼亚希的外套，就能称为神。

Svāyambhuva Manu—最先在布茹阿玛(Brahmā) 的一天中显现的玛努(Manu)，杜茹瓦·玛哈茹阿佳(Dhruva Mahāraja) 的祖父。

Śyāmasundara—奎师那的名字，意思是：“形象美丽、肤色微黑的祂。”

- T -

Takṣaka—蛇王。

Tapasya—苦行；为了取得灵性进步自愿承受某种物质不便。

Ṭhākura Haridāsa—请看Haridāsa Ṭhākura。

Tilaka—奉献者用圣泥在前额和身体的其它部位所画的标志。

Tithis—韦达日历中按月相算的日子。

- U -

Uddhava —主奎师那在杜瓦尔卡(Dvārakā) 的一个亲密的朋友。

Upendra —主瓦玛纳戴瓦(Vāmanadeva) ，有时以因铎(Indra) 的弟弟的身份出现。

Utkala —杜茹瓦・玛哈茹阿佳(Dhruva Mahāraja) 的长子。

Uttama —杜茹瓦・玛哈茹阿佳(Dhruva Mahāraja) 的兄弟。

Uttānapāda—君王，斯瓦阳布瓦・玛努(Svāyambhuva Manu) 的儿子，杜茹瓦・玛哈茹阿佳(Dhruva Mahāraja) 的父亲。

- V -

Vaikuṇṭha—灵性世界，在那里没有焦虑。

Vaiṣṇava —至尊主维施努(Viṣṇu) ——奎师那的奉献者。

Vaiṣyas—韦达社会制度中的第三阶层的人——农场主和商人。

Vāmana —至尊主的一个侏儒布茹阿玛纳(brāhmaṇa，婆罗门) 化身，巴利・玛哈茹阿佳(Bali Mahārāja) 把一切都献给了祂。

Vānaprastha—退出家庭生活的人，韦达灵性生活的第三个阶段。

Varāha—主奎师那的巨大的雄猪化身。

Varṇa—韦达社会制度中的四个阶层，由人的工作性质和受哪一种物质属性影响所区分。请看Brāhmaṇa，Kṣatriya ，Vaiśya 和Śūdra。

Varṇāśrama-dharma —韦达社会制度中的四个社会阶层和四个灵性阶段。请看Varṇa 和Āśrama。

Varuṇa—控制海洋的半神人。

Vedas—由主奎师那最先讲述的原始启示经典。

Vena —安嘎(Aṅga) 王的邪恶的儿子，普瑞图(Pṛthu) 王的父亲。

Vidura —伟大的奉献者。他从麦垂亚・牟尼(Maitreya Muni) 那里聆听了《圣典博伽瓦谭》（Śrīmad-Bhāgavatam)。

Vijitāśva —普瑞图王的长子，又叫安塔尔达纳(Antardhāna)。

Vīṇā—一种弦乐器。

Vīrarāghava Ācārya—茹阿玛努佳查尔亚(Rāmānujācārya) 传承中的一位外士纳瓦(Vaiṣṇava) 灵性导师，评注了《圣典博伽瓦谭》（Śrīmad-Bhāgavatam)。

Virāṭ-rupa—至尊主的宇宙形象。

Viṣṇu—至尊人格首神为了创造和维系物质宇宙而扩展出的四臂形象。

Viṣṇu tattva—首神的地位或种类。用来指至尊主的主要扩展的词。

Viṣṇudūtas —主维施努(Viṣṇu) 的使者，在完美的奉献者死亡时来把他带回灵性世界。

Viṣṇuloka —至尊人格首神维施努(Viṣṇu) 的住所。

Viśvakarmā—半神人中的建筑师。

Viśvanātha Cakravartī Ṭhākura —圣主柴坦亚・玛哈帕布(Caitanya Mahāprabhu) 传承中的伟大的外士纳瓦(Vaiṣṇava) 灵性导师，《圣典博伽瓦谭》（《施瑞玛德・巴嘎瓦谭》，Śrīmad-Bhāgavatam) 的评注者。

Viśvāvasu —天堂星球的歌手，甘达尔瓦(Gandharva) 的领袖。

Vrajabhūmi —请看Vṛndāvana。

Vṛndāvana—奎师那永恒的住所，祂在那里完全展示了祂甜美的品质；这个地球上的一个村庄，至尊主奎师那五千年前在那里演出了祂孩提时的娱乐活动。

Vyāsadeva—主奎师那的文学化身，为人类编纂了韦达经（Vedas）、往世书(Purāṇas) 、《韦丹塔经》(Vedānta-sūtra) 和《玛哈巴茹阿特》(Mahābhārata) 等韦达文献。

- Y -

Yajña—韦达祭祀；也是一切祭祀的目的和享受者——至尊主的名字，意思是祭祀的人格体现。

Yajña-puruṣa—一切祭祀的最高享受者。

Yakṣa —半神人库维尔(Kuvera) 的鬼魂随从。

Yamarāja—掌管死亡和惩罚罪恶的半神人。

Yaśodā —奎师那的养母，布阿佳(Vraja) 的王后，南达・玛哈茹阿佳(Nanda Mahārāja) 的妻子。

Yogamāyā—至尊主的内在、灵性能量，也显现为奎师那的妹妹。

Yogī—以某种方法努力与至尊者相连的超然主义者。

Yudhiṣṭhira —潘达瓦(Pāṇḍava) 五兄弟中的大哥，库茹柴陀(Kurukṣetra) 战争后统治了整个地球。

Yugas—计算宇宙寿命的年代，四个年代循环往复。

梵文发音指导

人们历来用不同的字母来代表梵文，但在印度被最广泛采用的是戴瓦讷嘎瑞(devanāgarī)字母。戴瓦讷嘎瑞的意思是，半神人的城市文字。戴瓦讷嘎瑞共含有 48 个字母；13 个元音，35 个辅音。古代的梵文语法家根据方便、实用的语言学原则，把这些字母加以排列，其排列顺序被所有的现代语言学者所接受。本书所用的拉丁语字母拼音系统，50 年以来一直被语言学家所采用。

元音

अ a　आ ā　इ i　ई ī　उ u　ऊ ū　ऋ ṛ
ॠ ṝ　ऌ ḷ　ए e　ऐ ai　ओ o　औ au

辅音

喉　音：	क	ka	ख	kha	ग	ga	घ	gha	ङ	ṅa
颚　音：	च	ca	छ	cha	ज	ja	झ	jha	ञ	ña
卷舌音：	ट	ṭa	ठ	ṭha	ड	ḍa	ढ	ḍha	ण	ṇa
齿　音：	त	ta	थ	tha	द	da	ध	dha	न	na
唇　音：	प	pa	फ	pha	ब	ba	भ	bha	म	ma
半元音：	य	ya	र	ra	ल	la	व	va		
丝　音：	श	śa	ष	ṣa	स	sa				

送气音：ह ha　　鼻后音(anusvāra)：ं ṁ
无声音(visarga)：ः ḥ　　省字号(avagraha)：ऽ

数词

०-0　१-1　२-2　३-3　४-4　५-5　६-6　७-7　८-8　९-9

辅音后元音的写法

ा ā　ि i　ी ī　ु u　ू ū　ृ ṛ　ॄ ṝ　े e　ै ai　ो o　ौ au

例如：क ka　का kā　कि ki　की kī　कु ku　कू kū
कृ kṛ　कॄ kṝ　के ke　कै kai　को ko　कौ kau

一般来说当辅音是两个或两个以上一起时有特殊的写法，例如：क्ष kṣa त्र tra。

在辅音后没有标出元音时，应该当作有元音 a 来念。

当出现符号(्)时，表示没有元音，例如：क्。

元音发音

a —如英语 but 中的 u
ā —如英语 far 的 a 而两倍长于 a
ai —如英语 aisle 中的 ai
au —如英语 how 中的 ow
e —如英语 they 中的 e
i —如英语 pin 中的 i
ī —如英语 pique 中的 i 而两倍长于 i
ḷ —如 lree
o —如英语 go 中的 o
ṛ —如英语 rim 中的 ri
ṝ —如英语 reed 中的 ree 而两倍长于
u —如英语 push 中的 u
ū —如英语 rule 中的 u 而两倍长于 u

辅音发音

喉音

k —如英语 kite 中的 i
kh —如英语 Eckhart 中的 kh
g —如英语 give 中的 g
gh —如英语 dig-hard 中的 g-h
ṅ —如英语 sing 中的 ng

唇音

p —如英语 pine 中的 p
ph —如英语 up-hill 中的 p-h
b —如英语 bird 中的 b
bh —如英语 rub-hard 中的 b-h
m —如英语 mother 中的 m

卷舌音

ṭ —如英语 tub 中的 t
ṭh —如英语 light-heart 中的 t-h
ḍ —如英语 dove 中的 d
ḍh —如英语 red-hot 中的 d-h
ṇ —如英语 sing 中的 n

颚音

c —如英语 chair 中的 ch
ch —如英语 staunch-heart 中的 ch-h
j —如英语 joy 中的 j
jh —如英语 hedgehog 中的 dgeh
ñ —如英语 canyon 中的 n

齿音

t —如英语 tub 中的 t
th —如英语 light-heart 中的 t-h
d —如英语 dove 中的 d
dh —如英语 red-hot 中的 d-h
n —如英语 nut 中的 n

半元音

y —如英语 yes 中的 y
r —如英语 run 中的 r
l —如英语 light 中的 l
v —如英语 vine 中的 v

丝音

ś —如德语 sprechen 中的 s

ṣ —如英语 shine 中的 sh

s —如英语 sun 中的 s

送气音

h —如英语 home 中的 h

鼻后音(anusvāra)

ṁ —如法语 bon 中的 n

无声音(visarga)

ḥ —字尾的 h 音（aḥ 发音如 aha；iḥ 发音如 ihi）

梵文音节的声调没有明显的起伏，在一行中字与字之间也没有间单，有的只是一个音节接着一个音节连绵不断地连接。有的音节短，有的音节长，而长音节的长度是短音节的二倍。长音节含有长元音(ā, ai, au, e, ī, o, ṝ ,ū)或短元音后加一个以上的辅音(包括 ḥ 和 ṁ)。丝音辅音——后面带 h 的辅音，只算单辅音。

梵文诗句索引

- A -

- B -

- C -

- D -

- E -

- G -

- H -

- L -

- M -

- N -

- P -

- R -

- S -

- T -

- V -

中文译者简介

嘉娜娃（金磊），法籍华人，生于北京，医疗管理专科毕业。自1991年开始接触瑜伽后，深受印度古代文化的吸引，逐渐走上翻译这些经典的道路。迄今为止，她已经翻译、编辑了许多著名的古印度典籍，其中包括帕谭伽里的《瑜伽经》以及帕布帕德的《博伽梵歌原意》和《博伽梵往世书》（《圣典博伽瓦谭》）等40本印度古籍。此外，还有中国广大读者熟悉的《瑜伽的故事》和《瑜伽的艺术》（上、下）等。